本书为国家社科基金重大项目"《歌德全集》翻译"（批准号 14ZDB090）的阶段性成果

—— 卫茂平 主编 ——

歌 德 全 集

JOHANN WOLFGANG GOETHE
SÄMTLICHE WERKE.
BRIEFE, TAGEBÜCHER UND GESPRÄCHE

谷裕 分卷主编

> ## 翻译 II
> ## 改编

◆ 12 ◆

卢铭君　冯晓春　等译

上海外语教育出版社
外教社　SHANGHAI FOREIGN LANGUAGE EDUCATION PRESS

图书在版编目(CIP)数据

歌德全集. 第 12 卷, 翻译 II、改编 / 卫茂平主编; 卢铭君等译. — 上海:
上海外语教育出版社, 2022
ISBN 978 - 7 - 5446 - 6787 - 6

I. ①歌… II. ①卫… ②卢… III. ①歌德(Goethe, Johann Wolfgang Von
1749—1832)—全集 IV. ①I516. 14

中国版本图书馆 CIP 数据核字(2021)第 059648 号

出版发行: 上海外语教育出版社
(上海外国语大学内) 邮编: 200083
电　　话: 021-65425300 (总机)
电子邮箱: bookinfo@sflep.com.cn
网　　址: http://www.sflep.com
项目负责: 陈　懋
责任编辑: 任倬群
特约编辑: 糜佳乐
封面设计: 周蓉蓉

印　　刷: 上海中华商务联合印刷有限公司
开　　本: 890×1240 1/32 印张 37.75 字数 910 千字
版　　次: 2022 年 3 月第 1 版 2022 年 3 月第 1 次印刷

书　　号: ISBN 978-7-5446-6787-6
定　　价: 135.00 元
本版图书如有印装质量问题, 可向本社调换
质量服务热线: 4008-213-263 电子邮箱: editorial@sflep.com

汉译《歌德全集》主编序言

卫茂平

歌德(Johann Wolfgang Goethe，1749－1832)是德国文学史、思想史及精神史之俊才，也是欧洲乃至世界文坛巨擘。他还是自然研究者、文艺理论家和国务活动家，并对此留文遗墨，显名于世。

德国产生过众多文化伟人，但歌德显然是德国面对世界的第一骄傲，一如莎士比亚于英国。他在本土受到厚待，在中国亦同。撇开李凤苞(1834－1887)《使德日记》中提及"果次"(歌德)不论，首先以著作对他示出无比热情的，该是晚清名人辜鸿铭。他1898年由上海别发洋行出版的《论语》英译(*The Discourses and Sayings of Confucius*)，副标题即是《引用歌德和其他西方作家的话注释的一种新的特别翻译》(*A New Special Translation, Illustrated with Quotations from Goethe and Other Writers*)，颇有以德人歌德注中国孔子之势。另外，他1901年的《尊王篇》和1905年的《春秋大义》，同样频引歌德。到了1914年1月，中国第一部汉译德国诗歌选集、应时(应溥泉)的《德诗汉译》由浙江印刷公司印出，收有歌德叙事谣曲《鬼王》。同年6月，上海文明书局推出《马君武诗稿》，含歌德译作两篇：《少年维特之烦恼》选段《阿明临海岸哭女诗》和《威廉·迈斯特的学习年代》中的《米丽容歌》。此后，影响更大的是郭沫若所译《少年维特之烦恼》(上海泰东图书局1922年版)。此书首版后不仅重印数十次，而且引出众多重译，比如有黄鲁不(上海创造社1928年版)、罗牧(上海北新书局1931年版)、傅绍光(上海世界书局1931年版)、达观生(上海世界书局1932年版)、钱天佑(上海启明书局1936年版)、杨逸声(上海大通图书社1938年版)等译本。紧随其后的是郭沫若译《浮士德》第一部(上海创造社1928年版)。它带出周学普《浮士德》汉译全本(上海商务印书馆1935年版)。郭沫若的全译本随后跟进(群益出版社1947年版)。总之,在从20世纪初至1949年的五十年间,不少歌德代表作被译汉语,比如《史推拉》(1925)、《克拉维歌》(1926)、《哀格蒙特》(1929)、《铁手骑士葛兹》(1935)、《诗与真》(1936)以及《赫尔曼和窦绿苔》(1937)。据本人粗略统计,其中至少有中长篇小说及自传四部、剧本七部、诗歌上百首、诗集三部,另有一些短篇故事和童话。

新中国成立之后,尤其是20世纪80年代初以来,歌德作品汉译风光无限,很难在此细述。以《浮士德》为例。这部大作之重译在20世纪下半叶至少有五部,它们分别是董问樵(复旦大学出版社1982年版)、钱春绮(上海译文出版社1989年版)、樊修章(译林出版社1993年版)、绿原(人民文学出版社1994年版)、杨武能(安徽文艺出版社1998年版)的译本。进入21世纪,《浮士德》重译势头未减,仅本人所收就有陆钰明(长江文艺出版社2012年版)、潘子立(天津人民出版社2013年版)、马晓路(安徽师范大学出版社2013年版)和曹玉桀(北京联合出版公司2015年版)的同名译本。

而《少年维特之(的)烦恼》,自20世纪80年代初以来,复译愈炽。翻检个人所藏,已见有不同译本约二十种,译者分别为侯浚吉、杨武能、胡其鼎、黄甲年和马惠建、劳人、丁锡鹏、韩耀成、仲健和郑信、江雄、王凡、梁定祥、张佩芬、冀湘、成皇、贺松柏和李钥、徐帮学、王荫祺和杨悦等等。拙译《青年维特之烦恼》(北岳文艺出版社1996年版)属异名同书。

1999年,当德国学界隆重纪念歌德250周年诞辰之时,我国歌德汉译出版,达其大盛。京沪等地共有三部歌德文集,不约而同,联袂而出。它们分别是:人民文学出版社的10卷本《歌德文集》、上海译文出版社的6卷本《歌德文集》以及河北教育出版社的14卷本《歌德文集》。

人民文学出版社版《歌德文集》,第 1 卷收《浮士德》,第 2 卷收《威廉·麦斯特的学习时代》,第 3 卷收《威廉·麦斯特的漫游时代》,第 4 卷和第 5 卷收《诗与真》(上、下),第 6 卷收《少年维特的烦恼》与《亲和力》,第 7 卷收《铁手葛茨·封·贝利欣根》等剧作四部,第 8 卷收诗歌两百余首,第 9 卷收叙述诗,内含《叙事谣曲》《赫尔曼和多罗泰》与《莱涅克狐》等三部,第 10 卷含歌德"论文学与艺术"的相关论述约六十篇。

上海译文出版社的《歌德文集》为该出版社已出单行本之汇集,书名分别是《浮士德》《威廉·麦斯特》《少年维特的烦恼——歌德中短篇小说选》《歌德诗集》《亲合力》《歌德戏剧三种》(含《克拉维戈》《丝苔拉》和《哀格蒙特》)。

河北教育出版社的《歌德文集》,分为第 1 卷《诗歌》,第 2 卷《诗剧》(收《浮士德》),第 3 卷《长诗》(含《列那狐》《赫尔曼和多罗泰苔》),第 4 卷《小说》(收《少年维特的烦恼》与《亲和力》),第 5 卷《小说》(收《威廉·迈斯特的学习时代》),第 6 卷《小说》(收《威廉·迈斯特的漫游时代》),第 7 卷《戏剧》(收《情人的脾气》《铁手葛茨·封·贝利欣根》《克拉维戈》和《丝苔拉》等包括残篇在内的十二个剧本),第 8 卷《戏剧》(收《哀格蒙特》《伊菲格尼》《托尔夸托·塔索》与《私生女》等剧本),第 9 卷与第 10 卷同为《自传》(分别收《诗与真》的上、下两部),第 11 卷为《游记》(收《意大利游记》),第 12 卷题为《文论》(下分"艺术评论篇""文学评论篇""铭言与反思",收文近六十篇),第 13 与第 14 卷同为《书信》,共收歌德书信数百封。

三地三套文集,如约而至,争奇斗艳,在我国歌德汉译史上,可谓赫赫可碑。但细细查检,仍见如下现实:重译居多,新译殊乏。纵观歌德全部作品,其大量的日记、书信和各类文牍,直至今天,依旧少有汉译;遑论其有些作品的原始版本或者异文;而对其自然科学领域著述的译介，依然乏善可陈。这种局部的复译不断和整体的残缺不全，既造成我们歌德阅读、理解与研究方面的巨大障碍，也有碍中国作为善于吸收世界优秀文明成果的文化大国地位。

　　其实早在近百年前，田汉、宗白华、郭沫若合著《三叶集》（亚东图书馆 1920 年版），已提建议："我们似乎可以多于纠集些同志来，组织个'歌德研究会'，先把他所有的一切名著杰作……和盘翻译介绍出来……"遗憾的是，此愿至今未成现实。笔者曾在这三套"歌德文集"出版前后，援引上文，难抑感叹："我们何时能够克服商业主义带来的浮躁，走出浪费人力物力的反复重译的怪圈，向中国读书界奉上一部中国的'歌德全集'，让读者一窥歌德作品的全貌，并了却八十年前文坛巨擘们的夙愿？"①

　　此愿不孤。之后十年，偶见同调类似表述："最近在中国可以确定一种清晰趋势，总是聚焦于诸如《维特》和《浮士德》这样为数不多的作品，而它们早已为人熟知。难道我们不该终于思考一下，是否有必要去关注一下其他的、在中国一直还不为众人所知的歌德作品吗？与含有 143 卷的原文歌德全集相比，即使那至今规模最大的 14 卷汉语歌德文集，也仅是掉上一块烫石的一滴水珠。究竟还需要几代中国人，来完成这个巨大的使命？"②由此可见，歌德全集的汉译，越来越成为中德文学及文化交流过程中的学术召唤，并成为改革开放时代中国日耳曼学研究的具体要求。汉译《歌德全集》，若隐若现，有呼之欲出之势。

---

① 卫茂平：《歌德译介在中国——为纪念歌德二百五十年诞辰而作》。载：《文汇读书周报》1999 年 10 月 2 号。
② 顾正祥编著：《歌德汉译研究总目》（1878—2008），中央编译出版社 2009 年版，第 XIX 页。原文为德语，由笔者译出。

　　完成这个使命,先得选定翻译蓝本。歌德十分珍视己作,身前就关注全集编纂。首部 13 卷的《歌德全集》1806 年至 1810 年出版。① 第二部 20 卷的《歌德全集》,1815 年至 1819 年刊行。② 他在晚年投入大量精力,从官方争取到当时未获广泛认知的作家版权,于迟暮之年,推出《歌德全集——完整的作者最后审定版》40 卷。③ 歌德身后,前秘书爱克曼和挚友里默尔,承其未竟,编就《歌德遗著》20 卷,作为上及"作者最后审定版"的 41 至 60 卷,同由歌德"御用"的科塔出版社出齐。④

　　规模更大的歌德全集,即所谓魏玛版《歌德全集》,由伯劳出版社 1887 年至 1919 年发行。⑤ 它分四个部分:一、作品集 55 卷(63 册);二、自然科学文集 13 卷(14 册);三、日记 15 卷(16 册);四、书信 50 卷(按每年 1 卷编成,所以卷帙浩繁)。凡 133 卷(143 册)。

　　其实,歌德的各类著作包括书信等众多文字,即使在上及魏玛版全集中,也非全备无缺。另外,随着歌德作品发掘和研究的深入,新有成果,不断现身。所以,魏玛版之后,到了 20 世纪,歌德作品集或全集的出版,依旧代起不迭。主要有三:

① Goethes Werke, 13 Bde., Tübingen: J. G. Cotta, 1806 – 1810.
② Goethes Werke, 20 Bde., Stuttgart und Tübingen: J. G. Cotta, 1815 – 1819.
③ Goethes Werke. Vollständige Ausgabe letzter Hand, 40 Bde., Stuttgart und Tübingen: J. G. Cotta, 1827 – 1830.
④ Goethes Werke. Vollständige Ausgabe letzter Hand, Bde. 41 – 60, hg. v. Johann Peter Eckermann und Friedrich Wilhelm Riemer, Stuttgart und Tübingen: J. G. Cotta, 1832 – 1842.
⑤ Goethes Werke, 4 Abteilungen, 133 Bde., Weimar: Verlag Hermann Böhlau, 1887 – 1919.

一是汉堡版《歌德文集》，①按作品体裁分类编排，辑有歌德的主要作品，未录歌德日记、书信和文牍等，计 14 卷，是歌德作品选集，每卷均有评述。自 1964 年出齐后，历经多次修订，较新的有 1981 年慕尼黑版。

二是慕尼黑版《歌德全集》，②按作家创作年代的时间顺序编制，实际也是辑录歌德主体作品的文集，兼收部分书信，每卷均有评注。共计 21 卷(33 册)，1985 年至 1998 年刊印。

三是法兰克福版《歌德全集》40 卷(44 册)。正文 39 卷 1985 年至 1999 年排印。③ 它显然与歌德亲自主持的最后一部全集形成呼应，同为"40 卷"，但在辑录规模和笺注水准上，远非昔日全集可比。

法兰克福版《歌德全集》，被誉为 20 世纪(目录卷出版于 21 世纪)最完善的歌德版本，亦即代表目前歌德全集编制的最高水平。它既是德国日耳曼学人及出版界匠心经营、与时俱进的成果，也是歌德全集出版史上承前启后的新碑，并有以下亮点：

第一，它对歌德文字收录相当完整，囊括了歌德不同体裁的文学作品，以及美学、哲学、自然科学等方面的文字，还有书信、日记、自传、游记、谈话录和翻译作品以及从政期间所产生的相关公文，集成正文，几近 3 万页，规模可谓庞大，内容更臻完备。

第二，作品或文本按体裁划分，同时又按照编年体编排，并收录

① Johann Wolfgang Goethe：Werke. Hamburger Ausgabe in 14 Bde.，Hamburg，1948‑1964.
② Johann Wolfgang Goethe：Sämtliche Werke nach Epochen seines Schaffens. Münchener Ausgabe. München und Wien，1985‑1998.
③ Johann Wolfgang Goethe：Sämtliche Werke. 40 Bde.，Frankfurt /Main：Deutscher Klassiker Verlag，1985‑1999. 第 40 卷即目录卷 2013 年改在柏林问世：Das Register zum Gesamtwerk von Johann Wolfgang Goethe，Berlin：Deutscher Klassiker Verlag，2013.

重要作品的初版或异版，以此进一步全面呈现歌德的创作思想与生命历程。

第三，邀请德国文学研究专家五十余人，倾力二十余年，对歌德的各类文字，进行详尽评述与注解，提供众多辨证。仅笺注规模就达两万多页，实为歌德研究集大成者。

第四，它有目录卷上、下两册，置于卷末，以约 1555 页的篇幅，提供本《歌德全集》所涉人名（包括写信人和收信人以及谈话对象的人名）、地名、作品名（包括诗歌题目及无题诗歌首行）的完整索引，给出其在本《歌德全集》中的卷数和页码，所涉条目数逾百万，可为查检全集各种内容提供便利。

由此可见，将它选为本翻译项目的底本，既能最终推出一部汉语版《歌德全集》，让汉语读者有机会目睹歌德作为诗人、文学家、国务活动家和自然科学研究者的全貌，也可打造兼具学术性的评注版《歌德全集》汉译本，让我们的歌德研究同时跨上一个台阶。

2006 年初，笔者有幸获得这套法兰克福版《歌德全集》（德国博世基金会赠，2005 年 12 月 10 日由德寄出）。本该更早启动译事，了却已有心愿。只因歌德作品卷帙浩繁，规模庞大，内容复杂，涉及面广。兹事体大，让人踌躇。直到 2014 年，一则躬逢昌达的学术环境，二则得到同仁、领导的大力托举，才鼓勇气，正式提出翻译歌德全集的建议。它当年就被国家社会科学基金重大项目（第二批）招标选题库采纳，显然获得学界同人高度认可。

最初想法，是仅做翻译。但考虑到国家社会科学基金重大项目通常涉及研究，所以起先提交的题目，含歌德翻译研究内容：《歌德全集》翻译与歌德作品汉译研究"。有兄弟院校同行，见此招标，参与竞争。后经有关方面协调平衡,此题被分为"歌德翻译"和"歌德研究"两个独立项目,并在 2014 年 11 月同获立项。我们回到原点,专事翻译;竞标同行也有斩获,专事研究。结果可说各得其所,皆大欢喜。

本项目由本人作为首席专家,在上海外国语大学、北京大学和北京外国语大学多位同仁的热情帮助下,尤其在上外党委书记姜锋博士等党政领导的大力支持下,于 2014 年 8 月 24 日填表申请,2014年 11 月 5 日由"全国哲学社会科学规划办公室"作为"2014 年国家社科基金重大项目(第二批)"批准立项。最终题目改为:"《歌德全集》翻译"。项目批准号 14ZDB090。

这部汉译《歌德全集》,将法兰克福版《歌德全集》作为蓝本,最终分为五个子课题:

一、歌德诗歌与格言(共 4 卷:卷 1、卷 2、卷 3、卷 13)。负责人:王炳钧。

二、歌德戏剧与叙事作品及翻译(共 9 卷:卷 4、卷 5、卷 6、卷 7、卷 8、卷 9、卷 10、卷 11、卷 12)。负责人:谷裕。

三、歌德自传、游记、谈话录与文牍(共 7 卷:卷 14、卷 15 - 1/15 - 2、卷 16、卷 17、卷 26、卷 27、卷 39)。负责人:李昌珂。

四、歌德书信、日记及谈话(共 11 卷:卷 28、卷 29、卷 30、卷 31、卷 32、卷 33、卷 34、卷 35、卷 36、卷 37、卷 38)。负责人:卫茂平(兼)。

五、歌德美学与自然科学作品(共 8 卷:卷 18、卷 19、卷 20、卷 21、卷 22、卷 23 - 1/23 - 2、卷 24、卷 25)。负责人:谢建文。

另加索引卷(卷 40 - 1/40 - 2:人名、地名、作品名)。负责人:卫茂平(兼)。

统计分析表明:法兰克福版《歌德全集》正文达 29972 页,汉译可能将达 20 000 千字。与此同时,全集由德国相关领域的权威专家对每一卷进行详尽严谨的注解与评述,共达 21790 页,汉字约有 13 000 千字。这部分内容,不会被逐字逐句地译成汉语,而会被作为译本注释和作品解读时的重要参考资料,得以使用。加上译文之外的这些添加内容,这部汉语版歌德全集,其总字数可能达到 30 000 千字左右。

截至目前,共有一百多位国内外日耳曼学人参与翻译,另有多位各领域的学者、专家等协助工作。整个项目组人员分别来自京、沪等地和德国的约四十家国内外大学与科研机构。而各位译者,大多是中国的德语教师,其中不乏年逾八旬的前辈名宿,也有三十上下的青年学子。至少在我国德语圈内,可谓老少咸集,群贤毕至。在时代飚进、人趋实惠的当下,有众多同道集聚一起,为这样一项理想主义色彩浓厚的事业出力,作为主持者,倍感信念之力、同道厚爱。每每思之,感喟无穷。谨借此序,深致谢意!

德汉两种语言,在语法、词汇、句法以及对事物的称谓和命名上,差异巨大。两个民族的文化道统,更是有别。加上歌德的文字距今久远,译者之路,榛莽密布,崎岖难行。虽歌德作品汉译非生荒之地,其主作大多已有汉译。但是,相对原语的唯一、永恒和不可改变性,翻译本质上只是某时某刻的选择性结果,都是暂时的,不具终极意义。对研究者来说,旧译本可能更有魅力,因为它蕴含这一代人的审美趣味和文学眼光。而对一般读者来讲,也许符合此时此刻语言发展的译语最为合适。遑论研究新见时常问世,甄别旧译,融合新知,成为必须。而对本项目而言,它其实还面对大量在汉语语境内尚处尘封湮没状态的歌德文字。也就是说,我们所做,绝非集丛拾残、辑佚补缺之事,而常为开启新篇、起例发凡之举。这让译事更加步履维艰。所以本全集的翻译,舛误不当之处,或许难免。也会有个别古奥之词，因目前无法移译，而不得不留存原文，以请明教，开启柴塞。还望读者见谅。

该项目的一大困难，在于逾百名译者之间人名、地名、作品名、标题以及诗歌标题的译文统一。外语中同一读音常可对应不同汉字，而歌德作品及作品人物等的已有译名，往往各不相同。因此，译事第一步是翻译法兰克福版《歌德全集》索引卷（包含全集中所有人名、地名、作品名以及诗歌标题或诗歌首行的索引），以此为基础，确保本全集中各种译名尽量做到统一、规范。这里既有"萧规曹随"的做法，比如 Goethe 依旧是"歌德"；也有"不循旧习"的例子，比如 Lotte 不再是旧译"绿蒂"而是"洛特"。

我们计划，用五至十年时间完成这部《歌德全集》的翻译和出版工作。全力支持该项目实施的上海外语教育出版社，已在 2016 年 8 月 19 日上海书展上首发法兰克福版《歌德全集》德文影印版，为本全集助力开道。

德谚有言：Aller Anfang ist schwer. 汉译为：万事开头难。目前各卷译作逐渐竣事，将陆续推出。这意味着汉译《歌德全集》的实现，不再杳渺。"开头"之难，即将成为过去。

另有德谚云：Ende gut, alles gut. 汉译为：结果好，一切好。就此而言，开端远非全部，结果决定一切。如此说来，"革命尚未成功，同志仍须努力"。

2019 年 4 月于上海外国语大学

约翰·沃尔夫冈·歌德

Johann Wolfgang Goethe

向外的关系
翻译 Ⅱ
改编

BEZÜGE NACH AUSSEN
ÜBERSETZUNGEN Ⅱ
BEARBEITUNGEN

目 录

翻译 II

ÜBERSETZUNGEN II

外语习得及早期运用
FREMDSPRACHENERWERB UND
ERSTE ANWENDUNG

少年习作
LABORES JUVENILES

（出自歌德的练习本，1757—1761(?)）
〈Aus einem Schulheft Goethes 1757‑1761(?)〉

个人练习一至十六
EXERCITIA PRIVATA I‑XVI

个人练习一
Exercitium privatum I.
1757 年 1 月
Mens Jan. CIƆDCCLVII.

下雨之时，雨滴
落入水中，激起
许多气泡，然后
化为泡沫。结冻
的水，我们称之为
冰；结冻的露水，
我们称之为霜；
结冻的霜或雨水
被称为薄冰层。

Si pluit incidunt guttae in
aquam et faciunt multas
bullas ex quibus spuma fit.
Aquam congelatam dicimus
glaciem et congelatam ro-
rem dicimus pruinam et
pruinam s. pluviam gela-
tam, pruinosam glaciem.

个人练习二
Exercitium privatum II.

你被许多人视为一个
虔诚的孩童，

Tu a multis haberis pius
puer, cum tamen petulans

但你常恶作剧
而且爱胡闹。
你的兄长被你的
父母视为勤奋的孩子，
因为他在家的时候
总在钻研书本。
许多人被认为虔诚
和博学，事实却
并非如此。

sis，et nugeris. Tuus frater
autem habetur a suis paren-
tibus diligens quia domi
semper libris incumbit.
Multi habentur pii et docti,
nec tamen sunt.

个人练习三
Exercitium privatum III.

我和弟弟
今天清晨
7 点前起床，
无人叫醒我们。
女仆给我们
梳好头发之后，
我们双手合十
屈膝跪下做晨祷。

Ego et frater meus resur-
eximus hodie mane paulo
ante septimam horam nos-
que nemo expergefecit. Et
postquam nos ancilla pecti-
navit，copulatis manibus，et
flexis genubus praeces ma-
tutinas diximus.

个人练习四
Exercitium privatum IV.

含硫磺的雾气

Vapor sulphureus est causa

是导致雷电的
原因之一。
若干个月前轰隆声
从云中传来，雷鸣，
天空打闪。

电闪雷鸣时，
闪电总是先到，
雷鸣在打闪之后。

tonitru et fulguris. Ante ali-
quot menses erumpebat to-
nitru e nube et tonabat et
fulgur fulgurabat.

Tempore tonitru praeit
semper fulgur tonitru au-
tem sequitur fulgur.

个人练习五
Exercitium privatum V.

你哥哥并不是
有教养的孩童，
因为他几乎每天
空腹喝东西。
当他背诵课文，他从不
直起腰，而是驼着背。
在床上，他要么仰卧，
要么伏卧。

Frater tuus non est bene
educatus puer, quia fere
quotidie iejunus bibit. Suas
lectiones recitans, nunquam
erectus stat sed curvus. In
lecto iacet supinus, aut pro-
nus.

个人练习六（出自施佩齐乌斯之书）①
Exercitium privatum VI. ex Speccio

由于②。以前我富有，
你当时是我最好的朋友，
你我形影不离。
但是现在，自从我一贫如洗，
你不再说：
我们是最好的朋友，
而说，我们曾是朋友。
哦！幸福是那么
反复无常！
你多么迅速地区分
这两组词语：
我们是与我们曾是。
因为你不再是我的朋友，
那么你肯定从未是我的朋友，
只是曾是我的金钱朋友，
正如亚里士多德所说：
谁终止朋友关系，
那么他从未曾是朋友。

Quum dives essem, tu eras
meus optimus amicus, nam
ubi eram, illic tu etiam eras.
Jam autem postquam pau-
per factus sum non dicis am-
plius: sumus optimi amici；
sed amici fuimus. O sors in-
constans! quam mox facis
differentiam inter haec duo
verba：sumus et fuimus.
Quia igitur meus amicus
non amplius es；numquam
certe fuisti meus sed meae
pecuniae amicus：iuxta pro-
verbium Aristotilis. Qui
amicus esse desinit nun-
quam amicus fuit.

---

① 该练习出自克里斯托夫·施佩齐乌斯(Christoph Speccius, 1585—1639)所出版的《变格与变位练习》(Praxis declinationum et conjugationum)。施佩齐乌斯乃纽伦堡中学教师，该书在当时很有名，甚至在19世纪初仍不断再版。
② 歌德译为 Quum，疑为练习笔误。

个人练习七
Exercitium privatum VII.

万物的造物主
不仅创造了高山、
秀丽的山丘,还
造出深陷的渊谷、
平原和成荫的森林。

Creator omnium rerum non
solum altos montes elevatos
colles, sed etiam speluncas
cavas planos campos et opa-
cas sylvas creavit.

个人练习八
Exercitium privatum VIII.

如果我的孩子们
乖巧又勤奋,
我会喜欢他们,
并且给他们
喝加糖牛奶。
如果他们不乖且懒惰,
那么他们
会感受到我的怒气,
荆条是对付调皮、
懒散的孩子的良方。

Si liberi mei morigeri et di-
ligentes sunt omnes amo il-
lisque do saccharum lactis
bibere. Si autem immorigeri
et petulantes sunt sentiunt
meram iram et betulam, op-
timam lascivibundorum
pigrorumque liberorum
medicinam.

个人练习九
Exercitium privatum IX.

没有什么能比

Nihil est pulchrius quam in

草地上的花草、
田野上的庄稼蔬菜
以及森林里的
蘑菇、草莓和蓝莓更加美好。
地下的该算
金属、石头和矿产。
因为主的手
创造了所有这一切。

pratis herbas in campo fru-
ges et olera，et in sylvis fun-
gos fragarum mirtillosque.
Sub terra autem metalla la-
pides et mineralia videre，
nam manus domini haec
cuncta produxit.

个人练习十
Exercitium privatum X.

我希望你们在所有的
事情上顺从我，正如
乖巧的孩童听从他们
亲爱的父亲。因为主
在第四诫中曾命令：
你们小孩应孝顺父母，
这样，你们过得幸福，
在世上的日子长久。

Volo ut mihi in cunctis re-
bus obedientes sitis, sicut li-
beri chari charo patri. Nam
ita imperat DEUS in prae-
cepto quarto：Liberi obedi-
tote vestris parentibus ut
benevaleatis diuque vivatis
in terra.

个人练习十一
Exercitium privatum XI.

许多城市、地区和
民族获得特别的修饰语：

Acceperunt multae urbes
provinciae et populi, sin-

罗马是神圣的，
那不勒斯是殷勤的，
佛罗伦萨是美丽的，
热那亚是华丽的，威尼斯
是富有的，帕多瓦是博学的，
博洛尼亚是肥沃的，
米兰是伟大的，
拉文那是古老的。
地区中有：
富饶的和多石的阿拉伯。
高温的阿比西尼亚①，
干燥的毛里塔尼亚，
多山的瑞士等等。
其中，民族的别称有：
迷信的波斯人。
食人肉的霍屯督族人。
盲目的黑森人。
爱吃鲱鱼②的图林根人。

gularia epitheta: hoc pacto
Roma nuncupata Neapolis
civilis, Florentia pulchra,
Genua splendida, Venetiae
divites, Padua docta, Bolo-
gna opima Mediolanum
magnum, et Ravenna anti-
qua. Inter provincias dici-
tur. Arabia felix et lapidosa,
Abisinia calida Mauritania
sicca, Helvetia montosa, et
sic porro. A nationibus au-
tem appellantur. Persa su-
perstitiosus. Hottentottae
carnem humanam devoran-
tes. Hassi caeci. Thurringi
nasi halecini.

---

① 阿比西尼亚（Abisinia 即 Abessinien，系埃塞俄比亚旧称）。
② 歌德译为 Herings-Nasen。图林根人爱吃鲱鱼，故获此称呼。参见 M. Plaut,
Deutsches Land und Volk im Volksmund: Eine Sammlung von
Sprichwörtern, Sprüchen und Redensarten als Beitrag zur Kunde des
deutschen Landes und Volkes, Königliche Universitäts- und Verlags-
Buchhandlung, Breslau, 1897, S. 70.

个人练习十二
Exercitium privatum XII.

顺从是一种
伟大的美德。
因为只要我们听话，
便能得到
父母的疼爱，神圣的
天使围绕着我们。
我们成为他人的榜样，
获得每个人的尊重。
此外，顺从也能
让我们在父母处受益。
为此，我们得到
各种好吃的东西，
时不时与他们散步。
哦！庄严的美德啊！

Obedientia est pulchra et
pra⟨e⟩clara virtus. Nam si-
mulac nos obedientes su-
mus，nos amant nostri pa-
rentes et sancti Angeli cir-
cumdant nos，Sumus aliis
exemplo et honorati ab om-
nibus. Praeterea habet obe-
dientia apud nostros paren-
tes etiam hanc utilitatem.
Accipimus pro ea varias de-
licias，et cum illis subinde
carpento animi gratia vehi-
mur. O praeclara victus!

个人练习十三
Exercitium privatum XIII.

金属不仅在
价值和重量上
各有所别。谁还不知：
黄金并不是最昂贵的，
紧随其后的是银，

Metalla tam bonitate quam
gravitate differunt inter se.
Cuinam ignotum est? quod
aurum non praetiosissimum
sit. Hoc argentum sequitur

然后是黄铜，
紧接着是锡，
此外还有铅，
最终是铁。

deinde orichalcum tum
stannum post cuprum
porro plumbum et tandem
ferum.

个人练习十四
Exercitium privatum XIV.

就金属的重量而言，
次序如下：
首先，黄金是
这么多种金属中最重的，
其次是铅，
居其后是银，
然后是锡，
接下来是钢、铁、黄铜，
最后是铁皮。
若不理会这个次序，
那么，一磅黄金与
一磅铁皮一般重。

Quod ad gravitatem metal-
lorum attinet, sequuntur se
invicem, hoc ordine: ut-
pote, primo: Aurum quod
est gravissimum, deinde se-
quitur, plumbum, tum ar-
gentum porro stannum,
tunc chalybs, ferrum,
orichalcum, et demum la-
mina. Non obstante hoc or-
dine pondo auri tam grave
est quam pondo laminae.

个人练习十五
Exercitium privatum XV.

在大自然的矿藏王国里，
还有矿石，它们

Ad regnum naturae minera-
lium etiam referuntur lapi-

或明亮或暗淡。
属于这一类的有：
最贵重、纯度最高的是钻石，
闪耀着白光，
红宝石，那么红，
蓝宝石，那么蓝，
祖母绿石，那么绿，
风信子石，那么黄。
所有这些石头将不会闪亮，
如果它们事先没有
被艺术家之手打磨
并被切割出棱角。

des qui vel lucidi vel obscuri
sunt. Ad illos numerantur：
praeciossissimus et purissi-
mus Adamas qui candidus
est, Rubinus qui rubens, Sa-
phirus quae coerulea, Sma-
ragdus qui viridis, et Hya-
cinthus quae lutea est. Hi
omnes non nitarentur, nisi
artificis manus poliret eos
atque angulatos redderet.

个人练习十六
Exercitium privatum XVI.

属于最暗色的矿石。
鹅卵石、大理石，
这两者可以
经过人们辛勤打磨
变得光滑。
但磁石总是暗黑，
并有力量吸铁。
珍珠、贝壳、珊瑚等
与上述矿石有极大的不同，
正如黑色或普通琥珀。

Ad obscuros lapides perti-
nent. Silex, Μαρμαροσ, qui
duo per diligentiam possunt
laevigari. Magnes autem
manet obscurus et habet
virtutem ferrum attrahendi,
Uniones，Conchae, Corallia
e. s. p. ab ante enumeratis
omnibus toto coelo diffe-
runt ut et Gagates vel suc-

它们产于海里,主要是
普鲁士的海里。
水晶,特别是
从矿山开采出来的水晶,
透亮,如同
最清澈的水。

cinum quod in mare prae-
cipue in Borussia invenitur,
et Christallus inprimis qui
ex metallifodinis foditur et
pellucidus est ceu limpidis-
sima aqua.

对话练习
COLLOQUIUM

父与子
1757 年 1 月
Pater et Filius
Mens. Jan. MDCCLVII.

(子:)我可以一同
去地窖吗?

〈F.〉Licetne tecum ire in
cellam vinariam?

父:可以,只要你
告诉我,你想在那
做什么。

P. Immo licebit: utprimum
dixeris, quid illic facturus
sis.

子:我听说,
他们要装满葡萄酒,
我想见识一下。

F. Audio, quod vina
replenda sint, cuius rei no-
tionem veram habere cupe-
rem.

父：滑头！这背后
肯定藏着别的算盘：
快说实话。

子：我没有隐瞒，
我想再去
看一次基石
和拱顶石。

父：跟我来，应该让你
在两方面都能如愿。

子：我很愿意跟着。看吧，
我们已经到了楼梯口。
呵，这里真黑啊，
坟墓里也不比这黑多少。

父：现在别再如此
悲伤地想象了：
我的儿，你只消
小心走下这楼梯，
你很快就能见到光明。

子：您说得对：
我见到这周围

P. Astute，latet sub hoc quid
monstri：dic verum.

F. Ingenue fatear：volupe est
tandem aliquando videre la-
pidem fundamentalem et
clausularem.

P. Sequere me，voluntati
tuae in utroque satisfiet.

F. Lubens sequar. Verum
Ecce sumus ad scalas. Quae
tenebrae cimmeriae，sepul-
crum ipsum non potest esse
obscurius.

P. Mitte hanc，hac vice，fu-
nestam immaginem：des-
cende mi fili provide et mox
infra lucem invenies.

F. Rectissime：iam iam om-
nes res circumiacentes vi-

散放着铁桶、盆、木桶
以及其他等等物品。

父：等一下。
你将看到的比
迄今看到的
还要清楚些。

子：确实，些许光
透过地窖的洞
照亮所有的东西。

父：你认为哪里有
你要找的东西？

在我的头顶之上
我见到拱顶石，
但那基石，
我却找不见。①

父：看，在那角落
它被嵌入那墙内。

deo，ut，ahena，ollas，do-
liola，orcas labra e. i. g. a.

P. Exspecta paulisper，plura
adhuc eaque clariora hacte-
nus tibi patefient.

F. Profecto，clarum illud
perpausillum quod pet cel-
lae spiraculum intrat illu-
minat omnia.

P. Ubinam igitur opinaris
genio tuo satisfacere?

F. Lapidem quidem，quem
dicunt clausularem，super
caput meum optime cerno，
at lapidem fundamentalem
reperire non licet.

P. Ecce in isto angulo in
murum inclusus eminet.

---

① 这一节是儿子说的话，但歌德漏译了说话人。

子：现在我看到了。
我仍记得，
我认真地
亲手将它
砌入墙中。

父：你还能
记得更多
其他的情况吗？

（子：）为什么不呢。
我记得我在深处
身着砌墙工的衣服，
拿着铲站在许多
砌墙徒工中间，
旁边站的是
石匠师傅。

父：这期间，
无人说话吗？

（子：）当然有。
根据惯例，
徒工头先做个演讲，
但他却口拙，
只能着急地

F. Video et recordor，illum
multis solenitatibus adhibi-
tis a me eo collocatum fu-
isse.

P. Potesne alia atque alia eo-
dem tempore gesta，tibi re-
vocare in memoriam.

〈F.〉Quidni：Me ipsum vi-
deo scilicet in abisso ut mu-
rarium amictum spatulam
manutenentem magnoque
murariorum sociorum ag-
mine stipatum, lapicida la-
tus meum claudente.

P. Nihilne amplius tunc
eveniebat?

〈F.〉Quod sic. Primarius
nempe eorum murariorum
Ciceronem（ut solent）agere
voluit，cui tamen concione
vix coepta，vox faucibus

揪头发，
此时，这么多观众
在一旁取笑他。

父：你这么想见这块石头，
这块石头有什么让你
念念不忘之处？

子：我思考并希望
它不会在世界末日之前
被挪动。

父：我们将它
交给上帝吧。
但你跟我继续走。

子：天啊！人们从
这里走到大地窖是
多么的不舒适。
人们应该费了
不少心思和油
才建成这个入口。

haesit，steteruntque comae，
quas prae pudore sibi evel-
lere non cessavit spectato-
ribus interim eum deriden-
tibus.

P. Quid boni nunc ad hunc
lapidem cogitas quem intu-
eri adeo anhelasti?

F. Cogito mecum et opto，
ut iste haus prius，quam
cum mundi ipsius interitu
universali de loco suo mo-
veatur.

P. Id soli Deo commiten-
dum esse certe scio. Tu vero
progredere mecum ulterius.

F. Papae，quam commode
nobis ex hac in maiorem
transire licet cellam. Multa
sane opera multoque oleo
constiterit usque dum haec
apertura conficeretur.

父：你说中了：那些
手工业者们顶着
巨大的危险，
特别是在建造主楼梯时，
正如你在这所见到的，
因为这整个拱顶地窖
是用无数托架
打下的地基。

子：尽管如此危险，
我们还是继续住着。
无虑反而有益。
否则我肯定不会
睡得如此安稳。

父：你难道不知道，
当你回想已度过的危险时，
是多么的愉悦。
但，我的儿，
看那酒装得又是
那么满。

子：啊，这意味着什么：
这么多酒倒进

P. Rem acu tetigisti：adde
adhuc periculum，quod
operarii iniverunt，inprimis
in exstruendis，quas hic vi-
des，scalis primariis，ubi tota
fere haec fornix fulcris in-
numeris sustinebatur.

F. Et tamen in tantis peri-
culis habitationem ipsi non
mutavimus. O salutarem in-
scitiam! etenim si ego hoc
scivissem，non tam secure in
utramvis aurem dormivis-
sem.

P. An nescis quam dulce sit，
praeteritorum meminisse
periculorum. At，mi filli，re-
spice nunc et alterum sco-
pum，quomodo videlicet
implea⟨n⟩tur dolia.

F. Hem，quid hoc sibi vult
quod tantum vini singulis

每个酒桶里去，
酒都到哪儿去了，
我们喝得如此有节制。

你已经注意到了：
你要知道，
人们一天天地耗损它。
如果人们没有
时不时地添加，
它最终会消耗殆尽。①

子：如此，
若人们在它
成烟消散之前享受，
岂不是更好？因为
就算地窖都是满的，
但它变成烟雾，
于我又有何用。

父：蠢货！这些消耗
可以——正如你在这看到——
用很少的开销来
弥补。

doliis infundatur：quorsum
igitur abit，cum in hac re te-
neamus modum.

P. Optime animadvertis,
scito igitur, vina in dies
etiam non utendo sese
consumere，quae, nisi dicta
ratione restituerentur, om-
nia tandem evanescererent.

F. Atqui, hoc pacto consul-
tius esset, istam absumtio-
nem, utendo atque fruendo
praevenire quam ab illa
praeveniri, nam quid prod-
dest cella vinis plena, si in
auram abirent.

P. Stulte! huic decremento
minori, ut vides, sumtu,
obviam eundum est.

---

① 这一节是父亲说的话，但歌德漏译了说话人。

子：这我承认。只是
在这些酒桶里
究竟装了怎样的酒？

父：还是不
让你知道为好，
但你须知道，它们已经
有一些年头了，
这样的话，异常珍贵，
我之所以告诉你，
好让你有节制地享用，
尽力让这样的酒
不遭失传。

子：好，我愿意这样做。
但我还想知道一事：
它们是否就是那些酒，
那些被神学家命名，
并被三个字母 COS①
标志出来的
葡萄酒。

父：哎！这是多么

F. Do manum; sed quae
vina his in doliis asservan-
tur.

P. Docta quidem est haec
ignorantia, hoctamen ha-
beto, quod multos annos
computent proptereaque
rarissima sint, idque tibi
dico, ut aliquando illis mo-
derate utaris et in seram po-
steritatem illa transferri
quoque studeas.

F. Curabo; sed pace tua
scire velim, utrum id vini
genus forsan sit, quod
Theologicum vocari tribus-
que istis literis Cos indicari
solent.

P. Eia quam facete respon-

---

① 原本表示来自希腊科斯岛（Kos）的酒，拉丁原文为 vinum cosum，演变为
vinum cos。后 COS 成为当时学者与学生们的隐语，意指"上等的葡萄酒"。

有趣的想法。
那些可怜的牧师们想必
受了不少苦难，才能
享用这样的酒。

子：这也是真的，
他们才会习惯地
把这些指责推到
法学家身上。

父：就此打住。
你就上去，
回到你的
日常工作中去。
为了让你不白跑一趟，
你在此获得
一块虽然不怎么
起眼的木块，
但因为它曾是哥伦布
船上桅杆的残余，
因此尤为珍贵。

子：哈哈，我愿将它
与其他古董一起保管，
直到古文物商前来

des Boni isti Theologi mul-
tum in hac re pati debent，
cum tamen plerique eorum
ab illis bibendis abstinere
cogantur.

F. Hoc quoque verum est，
quare iidem illud dicterium
in Iureconsultos referre
amant.

P. Haec sufficiant; tu autem
redi ad labores consuetos.
Ne tamen indonatus hinc
prima vice discedas，accipe
hanc exilem licet cossisque
erosam ligni particulam
propter vetustatem tamen
pretiosam. Restat enim ut
ferunt ex malo navis scil.
qua Columbus in novi orbis
inventione usus est.

F. Hem conservabo eam
cum ceteris antiquitatibus
donec Damasippus venerit

购买。　　　　　　　　　illam emendo. Vale.
再见。

对话练习
COLLOQUIUM

沃尔夫冈与马克西米利安①
Wolfgang et Maximilian.

马：这么长时间，你去了哪？　　M. Ubi tam diu manes?

沃：你在等我？　　　　　　　W. Mene exspectavisti.

马：正是，而且几乎　　　　　M. Ita est：et quidem unam
等了一个小时。　　　　　　　prope horam.

沃：我很抱歉，　　　　　　　W. Doleo，non potui，aliâs
我做不到　　　　　　　　　　prius venissem.
否则我早就来了。

马：你有什么事　　　　　　　M. Quid tibi igitur adhuc
脱不开身。　　　　　　　　　agendum erat.

沃：我得摆好餐具，　　　　　W. Me oportebat mensam

_____

① 在这篇译文中，沃尔夫冈简写为"沃"，马克西米利安简写为"马"。

帮着做接待
好朋友的
准备工作。

马：真是不赖的活。
那你为什么不待在
家里。

沃：我的父母(不)①想我
出现在宴会上。
再加上我与你相约
要来这里，
在先生
按时到达之前。

马：这什么意思，
因为你们有客，
所以人们让你
离家。

沃：我不放在
心上之事，
我也不去查究。

sternere et omnia ad exci-
piendos amicos ordinare.

M. Praeclara res：cur non
mansisti domi.

W. Parentes mei noluerunt
ut conviviolo adessem，dein
tibi promisi huc prius ve-
nire，quam ludimagister se
sistat.

M. Quid sibi vult，quod ius-
sus sis domo exire convivis
praesentibus.

W. Quod mea non refert
percontari desino.

---

① 此处疑歌德漏译了否定词 nicht。

马：你说得有道理，
但你终究吃亏。

沃：随它去吧：
他们享用盛宴，
但我却很高兴与你见面。

马：那就说说我们该
怎么打发时间，
直到先生到来。

沃：我们可以
在这时翻翻
施佩齐乌斯的
《变格与变位
练习》。

马：不要这种消遣。

沃：你是否愿意
打开夸美纽斯①的

M. Recte quidem；modo ne
de multis rebus dulciculis
frustrareris.

W. Quid tum；epulentur，
gaudeo te valere.

M. Dic quaeso quomodo
fallendum nobis tempus do-
nec Didascalus veniat.

W. Speccii interea praxin
Declinationum Coniugatio-
num ad manus sumamus.

M. Fac missum hunc tem-
poris traducendi modum.

W. Visne forsan mecum Co-
menii orbem sensualium

---

① 夸美纽斯(Johannes Amos Comenius，1592—1670)，捷克教育改革家和宗教
领袖，代表作为《大教学论》与《图画中可见的世界》。

《可见的世界》
和我一起复习两章？

马：这我也不想，
就算它是同时
有四个语种的再版读物。①

沃：我想再推荐一个。
它是《即将通晓
拉丁文的人》②。

马：同样不。
让那些书离我远点。

沃：那你自己说说
想做什么。

马：我恨严肃的东西，
我把它留给
爱发牢骚的人。

pictum evolvere et par nu-
merorum repetere.

M. Nequidem hunc quam-
vis renovatus ac quadrilin-
guis esset.

W. Unum adhuc auctorem
proponam，tironem nempe
latinum.

M. Nequaquam：apage
nunc omnes libros.

W. Loquere ergo tu ipse
quid faciendum nobis.

M. Odi seria，quae morosis
prorsus relinquo.

---

① 指夸美纽斯的《图画中可见的世界》(Orbis sensualium pictus)，于 1658 年在
德国初次出版，1666 年再版时，出版社推出拉丁语、德语、意大利语和法语四
种版本。
② 这是一本由德国人约翰·戈特弗里德·格罗斯(Johann Gottfried Groß，1703—
1768)出版的一本拉丁语练习手册，完整的标题为 *Der angehende Lateiner, Das
ist Erste Übungen der Lateinischen Sprache nach der Langischen Grammatik*。

沃：别拐弯抹角了：
一次说出来，你想
做什么。

马：你知道的，我们
可以互相撞
脑袋。

沃：这我连想都没想过，
至少我的脑袋不用来
做这事。

马：这又何妨。让我们看看
谁的头更硬。

沃：听着，这个游戏还是
留给公羊吧，对它们来说
这是自然而然的事。

马：别说丧气的话了。
练过之后，我们的脑袋
会坚硬。

沃：这对我们来说
不是什么光荣的事。

W. Quid moraris：edic
modo in quonam consistat.

M. Scito, concuramus
frontibus interim adversis.

W. Absit a nobis：meum ad
minimum caput ad id aptum
non est.

M. Quid tum：videamus
quisnam nostrûm durius
habeat granium.

W. Audi, hunc arietandi lu-
sum, capris, quibus natura-
lis est, relicturi sumus.

M. Timide：duriora, hoc
pacto，nos habituri sumus,
capita

W. Id profecto nobis non
esset honori. Malo meum

我(更愿意)①让我的头软着。　　potius conservare molle.

马：你这是什么意思。　　M. Quomodo hoc intelligis.

沃：我不想变得　　W. Durum caput i. e. per-
固执②。　　tinax habere nolo.

马：你说得有理。　　M. Rectissime quidem：ego
但我这里指的是　　vero de soliditate s. firmi-
肢体的结实。　　tate membrorum loquor.

沃：如果你无其他愿望，　　W. Si sola haec est intentio，
那么乖乖地拿脑袋　　offende modo caput pro lu-
随意撞墙吧。　　bitu ad parietem et res ex
那也可以达到　　voto succedet.
你想要的效果。

马：你的建议真真好：　　M. Bonus sane consiliarius
不过我要是照做的话，　　es：ast ego te non nisi stultus
就是个傻瓜蛋。　　sequerer.

沃：为我们找一个　　W. Elige ergo aliud ludi ge-

---

① 此处疑歌德漏译了小品词 lieber。
② 一语双关。歌德译为 hartnäckig(顽固的)，从词源来看有"脖子僵硬的"意思，所以马克西米利安以"肢体的结实"进行反驳。

更加人性化的游戏吧。

马：好吧。那就拿着
这棍棒，趁着先生
不在的时候。

沃：你究竟想让
我做什么？

马：等一下，你马上
就会知道。我在这
拿着直尺，然后我们
可以勇敢地互相击剑。

沃：这也同样棘手。
要是我们被先生
抓个正着，
可怎么办？

马：别怕；还没到他来的
时候呢。尽管击出剑来吧，
要怎么样刺过来或者顶过来，
都随你的便。

沃：你听，有人敲门，不正是
我刚刚所说的吗。快进来！

nus，humanius isto.

M. Age dum，sume，prae-
ceptore adhuc absente，
hunc baculum.

W. Quid igitur vis，ut cum
illo faciam.

M. Exspecta，mox scies：ego
interim apprehendam istam
regulam，et ita muniti，una
mascule pugnabimus.

W. Non minus hoc est per-
iculosum：quod si vero
praeceptor nos ita conveni-
ret.

M. Noli timere：hora illius
nondum venit. Proeliare
fortiter，caesim et punctim，
prout lubet.

W. Ausculta，nonne fores
pulsantur？ingredimini.

马：我真不幸：
我的书在哪。
你快将门上闩。

沃：门就这样开着吧。
将先生锁在外面
不太合适。
进来。

马：他随时会来。
我井井有条，
什么都不怕。

沃：肯定是位
好神灵暗示我们
先生要到来。
看哪，他正朝着这边来！

马：是的。刚刚真是
一场盲目的、但对我们有益的
喧闹：现在让我们肃静。

M. Vae mihi: ubi sunt libri
mei. Claude interea ianuam.

W. Manum de ianua. Non
decet praeceptorem exclu-
dere. Introite.

M. Adveniat modo, paratus
sum, nihil quicquam timeo.

W. Bonus certe fuit genius,
praeceptoris adventum no-
bis paulo ante indicans: istic
enim primum adproperat.

M. Sic est: terror quidem
fuit panicus, attamen salu-
taris. Taceamus.

对话练习
COLLOQUIUM

父子
Pater. Filius

父：我的儿子，你
在那做什么？

P. Quid agis mi fili istic?

子：我正在玩蜡。

F. Fingo e cera.

父：这我料到了：
哦，要是你能脱离玩玩具的
幼年阶段就好了。①

P. Id opinabar：O Quando
linques istas nuces.

子：我玩的并不是坚果，
而是蜡。

F. Bona venia，cera nunc
ludo，non nucibus.

父：无知的人，难道你
不知道这里的坚果
指的是什么吗？

P. Inepte：tene fugit，quid
hic nuces sibi velint.

子：现在我懂了，

F. Memini iam：ast vide，

---

① 一语双关。歌德译为 die Nüsse verlassen，字面意思为"离开坚果"，其实指的
是脱离玩耍的幼年阶段，所以儿子的回答是"我玩的并不是坚果"。

但您看，
我在短短的时间内
捣鼓出了什么。

父：是的。一位
蜡像破坏者。

子：为此我感到抱歉。
我做事并不总是
那么乖巧。

父：好吧，让我瞧瞧
你做出来的怪胎
都在哪。

子：我已经按照
城中鼠和乡下鼠的故事
很好地做出了一只
长着长须的猫，
根据贺拉斯
写在他的惩戒信①
的指示，这个故事

qualis et quantus factus sim
brevi tempore Ceroplastes.

P. Immo potius cerae cor-
ruptor.

F. Deprecor：parione res ad-
modum pulchras.

P. Scilicet：ostende igitur
quaenam hactenus peperis
monstra.

F. Inter alia praesertim con-
feci：felem longo mystace，
tum murem urbanum et ru-
sticum，ductu Horatii，in
una suarum satyrarum，
quam fabulam beatus Drol-
lingerus oratione poetica

① 指古罗马诗人贺拉斯《讽刺诗集》中的城中鼠和乡下鼠的故事。

曾被德罗林厄①用纯粹的
双行押韵诗译成德语。

父：这种联想比这些动物
本身更合我心意。
但你除此之外就
没有做成什么
让你所谓的艺术
更出众的事来。

子：是的。这儿
还有一只张开
血盆大口的
鲸鱼，似要吞噬
我们。这还有
两只羚羊，皇帝
马克西米利安如此醉心于
追捕它们，以至于
他在陡峭的山崖之间
找不着出路，直到
一个天使化身为老人给他
指明了道路。

agresti donavit.

P. Haec recordatio magis
mihi arridet quam animal-
cula ipsa: Verum nihilne
amplius fecisti, ex quo prae-
tensa ars tua clarius eluceat.

F. Utique: adhuc balena hic
est fauces suas diducens
quasi devorare nos vellet et
rupicaprae duae, quarum
venatio imperatori Maximi-
liano I in amore atque deli-
ciis adeo fuit, ut e rupibus
abruptis itterum extricari se
alio modo non potuerit us-
que dum angelus sub specie
seniculi viam ut ferunt com-
modam demonstraverit.

① 指卡尔·弗里德里希·德罗林厄（Karl Friedrich Drollinger，1644—1742），瑞
士著名作家、翻译家。

父：你如此巧妙地
搬出历史小事，人们
甚至因此不得不
原谅这些怪物。
就这些了吗？

子：当然不是。
在这些我用双手
创造的动物中，特别
值得欣赏的有：
假惺惺地流着
泪水的鳄鱼，
身形庞大、
久经百战的、
英勇的大象，
对人友好的壁虎，
以及呱呱叫着、
预示春天到来的青蛙，
它们缺的正是生命。

父：啊，饶舌鬼！
如果没有附注，谁能
猜得出来它们的名字。

子：我真伤心，难道每个人

P. Minutias tuas historicas
satis bene applicas，
quapropter figurarum ipsa-
rum deformitas tibi condo-
nanda est：Et haec sunt om-
nia.

F. Nequaquam：etenim om-
nium quae edidi animalium
vel illa imprimis comme-
moranda veniunt：invitis
oculis lacrymas fundens
Crocodillus, denique im-
mensus et in proeliis vete-
rum bellicosus Elephas，
porro Lacerta hominibus
amica，et rana coaxans ver-
numque tempus indicans，
quibus nil nisi vita deesse
videtur.

P. Garrule！quisnam horum
omnium nomina sine in-
scriptione assequi poterit.

F. Vah，nonne quivis ope-

不是自己作品的最理想的
解释者吗?

父:这句话本身
是正确的,
但用错地方了。

子:请您原谅我
在这一点上的
无知。请您
再赏脸看一眼。
这儿恰好有
几十只形态各异,
或在战斗,或在
飞翔的动物。
我觉得天鹅、鹿、
海马、龙形怪物是
这众多动物中做得
最成功的。

父:你总是这么
觉得,但人们
看得出来,
你还没能真正
分清美丑。

rum suorum optimus est in-
terpres.

P. Pulchrum alias dictum at
in exiguo opere adhibita.

F. Ignoscas hac in re meae
ignorantiae. Dignare modo
hunc traharum cursum be-
nevolo aspectu. Numerum
duodenarium conficiunt,
partim volantia partim re-
pentia animalia reprae-
sentantes, ex quibus Cignus,
Cervus Hypopotamus, et
Draco ⟨prae⟩ caeteris ma-
nus meas effectrices exper-
tac sunt.

P. Placeant tibi semper; fa-
cile inde patet, te nullam ad-
huc inter pulchrum ac turpe
nosse differentiam.

子：亲爱的父亲，您
行行好，教教我吧。

F. Si volupe est. charissime
genitor hanc me doceas ve-
lim.

父：为什么不教呢，所有
的事情都需要等待合适的
机缘。先让你的眼力
变得老练一些。

P. Quidni omnia suo fiunt
tempore. Oculorum
mensura fac primum ad
maiorem adolescat aetatem.

子：唉，亲爱的父亲，
为何您要迟点再教
我呢。请您今天教我
这些吧。我会在玩
的时候竖起耳朵
用心听的。

F. Amabo，cur vis differre
hanc institutionem in cra-
stinum. loquere potius nunc
quam tunc，ego interim au-
res tibi dabo inter luden-
dum attentissimas.

父：正如前面所说，
现在还不可以，等下次吧。
把你的垃圾收拾
一下，去做你的
日常事情。

P. Id，ut dixi alio fiet tem-
pore. Iam quisquilias de-
pone，et ad meliora facienda
progredere.

子：遵命。
再见。

F. Faciam illico. Vale.

个人练习十七与十八
EXERCITIA PRIVATA XVII, XVIII

个人练习十七,3 月 22 日
Exercitium privatum XVII. d. 22. Martii.

恐惧如同危险,
它有损健康。
面对危险,畏惧徒生,
使人害病。
如果预见了不幸,
但不能避免,
那么人们也无须
过分害怕,而更
应该勇敢地面对,
用英雄般的
心灵来承受。

Timor prodest contra peri-
culum, sed nocet in morbis.
Si malum praevideamus
quod evitari nequit, nequa-
quam nobis ab illo timea-
mus sed illud potius con-
stanti animo exspectemus
fortique feramus necesse
est.

个人练习十八
Exercitium privatum XVIII.

单纯的勤奋是
一笔可观的财富。
勤勉是一种良好的
能力。相对而言,
懒惰可无形之中

Diligentia sola est splendida
opulentia et sedulitas bo-
num patrimonium. Desidia
autem corrumpit hominem
inopinate ubi diligentia il-

毁掉一个人，
正如勤奋改善人。
许多人虽然非常灵活，
但他们只听任
自己的理解力，
耽误了运用
井然有序方法的时机，
不得不痛苦地看见，
其他人虽然没有
那么的灵敏，
但他们不气馁，勤奋有加，
所以更胜一筹。

lum reddit meliorem.

Multi enim, qui magna qui-
dem doctrina praediti sunt,
ingenio tamen suo nimium
fidentes usumque ordina-
riorum mediorum negli-
gentes, debent pati ut alii,
non quidem adeo habiles,
sed impigriores tamen et di-
ligentiores, illis (illos) longe
antecellant.

（出自）
竞赛练习
〈Aus den〉
STECH-SCHRIFTEN

（……）
母亲要求父亲
给她一些钱，
就在父亲要
出门之时。

Mater vult sibi dari nonnihil
paecuniae priusquam pe-
dem domo efferas, Pater.

那些至今
并未享有公民权、

Quod Caja, quae hactenus
iure incolarum usa est, una-

但有市民地位的妻子①
与其外来的丈夫一起
受赠法兰克福公民权，
这不仅归功于后者的
独特的艺术，
更确切地说
是在其中寻找
被赐予的恩典，
她们②逗留在其兄弟旁，
贫穷的儿童还要
供养更贫穷的父母，
以此为他们
难忘的平静生活
树立一座
罕见的、代表孩童时期
乖巧的纪念碑。
……

cum suo peregrino sponso
civitate donata fuerit fran-
cofurtensi, non quidem hu-
jus posterioris artificio sin-
gulari tribuendum, sed po-
tius gratia impertita in eo
quaerenda, quia liberi pau-
peres suos pauperiores par-
entes nutrivêre et hoc modo
tam rarum pietatis monu-
mentum, nunquam interi-
turum, posuêre.
　　Mens. Majo I757.

　　根据哈特曼先生③的评价，在 1757 年的 5 月份，我获得第十
一名。
……

---

① 歌德译为 Caja，源自新拉丁语，表示"妻子"。
② 此处疑为歌德误译，歌德使用首字母大写的 Sie(您)，而非 sie(她们)，本译文
　　根据上下文情况译为"她们"。
③ 哈特曼先生(Gottlob Daniel Hartmann，1752—1775)，法兰克福人。

自杀案例一则
EXEMPLUM AVTOCHEIRIAE

后世将读到
一则自作孽
不可活的实例。
奎里努斯·容克鲁斯①，
一名不体面的
法兰克福公民，
其一生就是
无用人的生涯，
将因为他自己
犯下的许多
卑劣行径
成为自己的
刽子手。

他心怀愧疚和绝望，
被魔鬼迷了心窍，
于 1757 年 6 月 4 日
在警察署用
长袜松紧带

Legite posteri, malitiae se
ipsam vindicantis atque per-
fidiae in suum auctorem re-
cidentis, insigne exemplum.
Quir: Junc: indignus fran-
cofrancoforten. civis, et per
omnem vitam homo nauci,
tantorum scelerum a se per-
petratorum ergo, justitia
humana nimium quantum
cunctante sui ipsius tandem
carnifex extitit.

Iste, cum pessima conscien-
tia, tum summa desp⟨e⟩ra-
tione impulsus, satana in-
stigante, fauces sibi sua
sponte, genualibus

---

① 这里说的是曾经轰动一时的法兰克福自杀案。案件的主人公名为约翰·格奥
尔格·容克(Johann Georg Junker)，他借钱给他人，借钱者以一小箱珠宝作为
抵押。在还钱后，借钱者发现箱子里的珠宝少了一些，故将容克告上法庭，在
正式开庭审理前夜，容克自缢了结生命。

勒紧了自己
可耻的咽喉。
在市政厅,他由于
被定为有罪的无耻
行为受到
猛烈的斥责,
一走出市政厅,
他便被带到警署那儿
接受该有的惩罚。

这些人
抵挡不住诱惑,
不惜践踏
神的禁令和
人类的法则。

因为这样的人
无视对上帝及他人
应有的爱与尊重,
他同样会失去
别人对他的
这两种情感。

那个自杀者
因为他的卑鄙
遭受了比由人类

pra⟨e⟩clusit infames,idque
in custodia explosorum tor-
mentorum 72 Annos natus
perfecit,quorsum vix e Cu-
ria,ubi improbitatum sua-
rum convictus et repre-
hensus, poenae benemeritae
loco, deducebatur.

Hoc modo in graves illi in-
cidere solent tentationes,
qui divina quaevls ac hu-
mana jura transgredi non
verentur.

Hi enim, dum amorem om-
nem officiaque omnia pro-
ximo debita exuere stu-
deant,utriusque ispi erga se
jacturam faciunt.

Propricida ille,impietatum
suarum causa longe durio-
rem de se concepit senten-

的法官所作出的
判罚更为严厉的判决，
人在处理事情时，
常因人性的弱点，
不会铁石心肠，
而更温柔以待。

不管怎样，
所有人都认为，
可以说，他
该上十次绞刑架，
虽然他自己只能
自我了结一次。

呵！虽然这是
他所承受的最为艰难、
最后的惩罚，但
我们疏忽内心潜藏
的东西。人们完全
可以肯定地说：如果
人们还残留着对他的
些许记忆，那么他在所有
热爱名誉者那里，
让自己的名字
蒙上奇耻大辱。

tiam，quam in foro humano
forsan ipso expertus fuisset，
ubi saepenumero mitius ae-
quo，imbecillitate ita vo-
lente procedi solet.

Quicquid sit，ab omnibus
prudentioribus decies，ut
dicitur suspendio dingus
habitus fuit，quamvis semel
modo se ipsum suspendere
potuerit.

O si haec ultima et gravior，
illi subeunda esset poena.
Sed taceamus quae nos la-
tet. Id tamen certo scimus
eum nominis sui memoriam
si qua superest apud bonos
omnes，et summa jnfamia，
et summo dedecore prorsus
omnino adoperuisse.

若干练习
ETLICHE ÜBUNGEN

昔日,中学副校长赖因哈德先生①
曾令高年级学生私底下用德语
模仿查士丁②。
现在,由我,约翰·沃尔夫冈·歌德,
于 1758 年 3 月重新
誊写并翻译。

Exercitationes quaedam
a Domino Conrectore Reinhard olim
ad imitationem Justini primanis
quibusdam privatim germa-
nice dictatae in
latinum convertendae, nunc a me
Joanne Wolfgang Goethe
denuo descriptae et proprio
Marte, quoad fieri potuit e verna-
culo in romanum serm. traditae.

---

① 指法兰克福高级中学副校长彼得·赖因哈德(Peter Reinhard, 1685—1762)。
② 查士丁(Marcus Junianus Justinus),罗马史学家,生卒年不详,著有《〈腓利史〉概要》(Epitoma Historiarum Philippicarum)。《腓利史》原本为罗马历史学家特罗古斯(Pompeius Trogus)的作品,在成书两个世纪之后,由查士丁在原书的基础上进行摘录、压缩和提炼。《腓利史》现已散佚,但流传至今的《概要》很有研究价值。

查士丁第 2 章第 28 卷
Just. Cap. 2 lib. 28.

这虽是傲慢的回答， 那个李维①所写： 埃托利亚人居住 在希腊的中心， 这是由罗马人造就的。 但这一回答并没有错， 只是，那些人将他们 向外驱逐，这一点 完全不违背事实。 但罗马人究竟 是怎样的人？ 当然，他们的创立者 是牧羊人， 他们依靠打家劫舍 为生，将这片国土 从它的合法主人 那里抢来并据为己有， 因此，某位哲学家 曾不无理由地 判定，假如罗马人	Erat quidem superba re- sponsio，quam Aetoli de quibus Livius narrat quod umbilicum Graeciae incole- rent，Romanis dederunt； Attamen non erat falsa， dum id quod illis expropra- bant a veritate non alienum fuit. Quinam fuerunt quaeso romani homines？ Certe primi eorum funda- tores pastores fuere qui ra pina vixerunt regionemque suo legitimo Domino ademptam occupaverunt ita ut quidam Philosophus non male iudicaverit，si Romani esse vellent iusti illis ad suas casas redeundum esset. Et quis est tam hospes inter

---

① 李维(Titus Livius)，曾撰写《建城以来史》(Ab urbe condita)，是唯一一部保留至今的由罗马人写的记载古罗马早期历史的著作。

想要公正的话，
他们必须回他们
之前的茅舍。
如果我们之中的谁
并不了解罗马历史，
那么他或许不知道
罗慕路斯①通过杀弟
建立了这座城市，
城墙的基石撒上了
他弟弟的鲜血。
我们当中无人
不知古代，
无人未读过，
罗马人由于他们
差劲的出身不能
获得配偶，因此
抢夺萨宾族姑娘。
如果说埃特利亚人
被罗马人驱赶至
远处，那么罗马曾被
克尔特人占领，
后来用金钱赎回，
如果罗马那些
拙劣的作家否认，

nos in historia romana qui
nesciret quod Romulus cum
fratricidio Romam exstru-
xerit et fundamentum moe-
nium sanguine fratris ad-
sperserit. Nemo etiam apud
nos tam rudis est antiquita-
tum, qui non legerit, quod
Romani, cum propter eo-
rum vilem originem nullas
fo⟨e⟩minas invenirent, vir-
gines sabinicas rapuerint.
Quod autem Aetoli porro
Romanis obiiciebant, quod
Roma a Gallis occupata pe-
cuniaque redemta fuisset,
ipsi romani historici, qui ta-
men ipsi sua magni aesti-
mant inficias ire non conan-
tur.

① 罗慕路斯(Romulus)，与弟弟雷穆斯共同建立了古罗马，据说他杀了雷穆斯。

那么他们不该如此
高度颂扬自家历史。

查士丁第 1 章第 29 卷
Just. Cap. I. L. 29

基督降生之后的
第十六个世纪
非常不寻常。
不仅因为在这一世纪
教堂开始宗教改革，
而且在这一时期，
几乎在所有王国里
都有新国王继位。
在德意志民族神圣
罗马帝国，
马克西米利安一世
去世之后，
他的孙子卡尔五世，
一位十九岁的男子，
被选为皇帝。
在土耳其帝国里，
塞里姆①成为皇帝，
在他杀死自己父亲

Seculum decimum sextum a
reparata salute praesertim
notandum non tantum quia
in eo ecclesiae repurgatio
suscepta est, sed etiam quia
hoc tempore fere in omni-
bus regionibus novi‐reges
orti sunt. Nam in romano
germanico regno post mor-
tem Maximiliani Imi Caro-
lus V^{tus} eius nepos, iuvenis
novendecim annorum, im-
perator electus est. In regno
turcico Selimus imperator
creatus est, postquam
patrem suum Baiazet occi-
derat fratremque suum Zi-
zimum in fugam coniecerat.

① 塞里姆（Selimus），奥斯曼苏丹。

巴耶济德以及
被流放的兄弟
齐齐慕斯之后。
天主教徒费迪南德
在遗嘱中将西班牙托给
年轻的卡洛斯，
即他的孙子。
在法国，无男性继承人的
路易十七①驾崩后，
弗朗索瓦一世继位，
他大力地推进了
科学发展和
实行有利于学者的措施。
在英格兰，亨利七世
逝世之后，
亨利八世即位，
众所周知，
他撰文攻击路德教，
并因此从教皇那儿获得
"信仰的守护者"头衔。
这一时期
到处变幻莫测，
波兰和俄国也

Hispaniam Ferdinandus Ca-
tholicus iuveni Carolo，suo
nepoti in testamento reli-
quit. Gallia suscipiebat post
mortem Ludovici VII^{timi}
qui sine herede masculo
mortuus est，Franciscum
primum regem，studiis et
doctis presertim faventem.
In Anglia quoque sequeba-
tur in locum Henrici sep-
timi Henricus octavus qui
ob zelum contra Lutherum
quam in suis scriptis osten-
dit notissimus est，et ob
hanc causam，cognomen
defensoris fidei accepit
a pontifice. Et ne qua his
temporibus mutatio deesset
etiam in Polonia et Mosco-
via novi reges electi sunt. In
Polonia enim Sigismundus
rex et in Moscovia Basilius

---

① 歌德译为 Ludovici des 17ten，拉丁原文为 Ludovici VII ^{timi}，根据上下文，应该
是路易十二。

选出新国王。
齐格蒙特成为
波兰新国王，
在俄国,巴西利乌斯①
被任命为莫斯科大公,
他将俄国人
从鞑靼人的
统治下解放出来。

imperator denominatus est
qui Russos de Tartarorum
iugo liberavit.

查士丁第31卷第6章
Just. lib. 31. cap. 6.

神圣的路德,
通过他伟大的
努力,宗教改革这件
无论怎么赞美
都不为过的事情
在两个世纪前开始。
每个人都承认
他是一个
非常勇敢和聪明的人;
他不会被阿谀奉承
迷惑,他所做的
一切都是以理智

Beatus Lutherus cuius prae-
clari studio, illud nunquam
satis laudandum opus refor-
mationis ecclesiae ante du-
centos annos inceptum est,
omnium confessione, vir
fuit fortissimus atque pru-
dentissimus quippequi nul-
lis blanditiis corrumpi po-
tuit sed omnia quae agebat
ratione et meditatione aus-
picatus est. Contra pericula

---

① 歌德译为 Basilius,指伊万三世(Иван III Васильевич, 1440—1505)。

和深思熟虑为出发点。
他很快预知了危险，
并准备对抗这种危险，
因为他懂得
祸福相依的道理，
因此，他不以物喜，
不以己悲。
出于对上帝的真理的爱，
每个正直的人
即便为此付出性命，
也在所不辞，
不惧危险，深入虎穴。
因为他并不囿于
个人私利，
而是看重
普罗大众的福祉。
虽然他的那些敌人
说他没有坚守
僧侣的生活戒律，
谴责他
为了逃离平淡生活，
追求无节制的自由，
才承担了这样的工作。
虽然这是捏造的指控，
但许多轻信的人
仍信以为真。

praevisa, armabat se, nec
minus in fortuna de adver-
sis, sed et in adversis de fort-
tuna cogitans. Igitur, neque
animum abiecit si infelix fuit
neque superbus factus, si illi
fortuna affulserit. Ex amore
divinae veritatis, pro qua
quivis honestus vitam tra-
dere debet nunquam metuit
pericula subire, etenim non
suam privatam sed publi-
cam utilitatem quaesivit.
Hostes quidem eius dicen-
tes, eum non bene posse
pati leges, vitae monasticae
arguebant eum, quod fasti-
dio quietis et amore immo-
deratae libertatis hoc opus
susceperit. Quamvis hoc
falsum esset tamen a multis
credulis pro vero vendita-
batur. Ast melius instructi
eum merito tanquam do-
num divinum exceperunt
et ex adventu eius summus

可是，受过更好教育的人 当然会选择 如同接受 上帝所赠的礼物 一样对待他， 在他到来之际， 每个人心中 都会激起对他的向往。	ardor apud omnes ortus est.

查士丁第 31 卷第 2 章
Just. Lib. 31. cap. 2.

大多数人在幸福之时 比在不幸之时轻率， 这早就由 Cor. Nep①， 一位出色的作家， 在描述最高贵的 希腊统帅的生平时 察觉出来。 若是问原因， 那么我相信别无其他， 正是因他们 缺乏真正的聪明，	Plurimos homines incautio- res esse in secundis quam in adversis, quod iam Corne. Nep: elegans auctor, in suis vitis excellentium impera- torum graecorum annota- vit. Si quaerimus causam, credo nullam esse aliam, quam quod illis absit vera prudentia, quae in secundis adversa et in adversis se-

① 根据上下文，指的应该是奈波斯(Cornelius Nepos，约公元前 100—前 28)，古
　罗马传记作家、历史学家，著有《外族名将传》等。

不晓得祸福相依，
所以会发生这样的事情：
当他们幸福之时，
他们不可一世；
而当遇到不幸，
他们变得一蹶不振。
幸福让大多数人
忘乎所以，
当所有事情
进展顺利，
他们有时会
忘记自己是人类。
亚历山大大帝的
克制、友好和慈爱
是多么伟大，
因为幸福并没有
控制他的情绪。
此时他举止得当，
在克制和敦厚方面
都超过之前
的国王们。但当
他非常幸福之时，
他的变化那么大，
正如库提乌斯
对此说道，
非永生的人类

cunda cogitat. Inde fit quod
arrogantes fiant si felices, et
econtra animum dimittunt
si illis adversa eveniunt.
Fortuna plurimos homines
reddit superbos, et si illis
omnia fortunate accidunt,
interdum obliviscuntur, se
esse homines. Quanta fuit
temperantia humanitas ac
gratia Alexandri, cum for-
tuna animum suum nondum
possederit. Tunc temporis,
ita se gerebat ut omnes re-
ges ante eum temperantia et
bonitate supperaret. Sed
quantum degeneratus a ni-
mia qua donabatur fortuna,
contra quam ut Curtius do-
cet, homines mortales non
satis providi sunt.
Quapropter prudentissimi
viri iam diu observarunt
quod multo gravius sit fort-
tunam secundam quam ad-
versam perperti.

不够谨慎。
所以，最有智慧的人
早就注意到，
承受幸福
远比承受不幸
困难。

查士丁第 2 章第 32 卷
Just. cap. 2. lib. 32.

正如诗人
所吟唱的那样，
即使兄弟间
也罕有和睦，
这不仅可以
从《圣经》中，
也可以从拙劣的
世俗作者所写的
作品中找出例子来。
我们的作者
在第 37 卷第 2 章
所描述的例子值得思考。
马其顿国王腓力①的
两个儿子珀修斯和

Quod inter fratres concor-
dia ut Poeta cantillat rara sit,
multis exemplis sacrae
scripturae, scriptoribusque
profanis demonstrari po-
test. Dignum est exem-
plum, quod ab auctore no-
stro capite secundo, libri tri-
gesimi septimi proponitur.
Perseus et Demetrius regis
Philippi in Macedonia filii
fratres quidem erant, sed
apud illum magis valebat
cupido reg⟨n⟩andi quam

① 腓力（Philippi），指腓力五世（公元前 238—前 179），马其顿国王。

德米特里虽然是兄弟，
但其中一位的
统治欲望重于
血脉亲缘。因此，
他每天诋毁德米特里，
先是将之弄得可憎，
然后可疑，
最终收买
变节者和证人，
促使父亲杀死儿子。
权力欲望居然
能驱使人到这种地步。
薛西斯①与阿尔塔墨讷斯
兄弟之间则团结得多，
我们的作者在
第2卷第10章
曾提及。
当他们因王位
起争执时，
他们同意将争端
交由叔叔
阿尔塔费讷斯
裁决。

cognatio sanguinis.
Quapropter quotidie De-
metrium apud patrem ca-
lumpiabatur et primo odio-
sum，deinde etiam suspec-
tum fecit tandem proditori-
bus conspiratis testibusque
subornatis，patrem ad inter-
sectionem filii allexit. Tan-
tum potest insaturabilis reg-
nandi cupido. Multo major
erat concordia fratruum
Xerxis et Artamenis de qui-
bus Auctor noster capite
decimo libri secundi consu-
lendus. Nam cum hi de
principatu contenderent，li-
tem suam unanimi consensu
patruo suo Arthapherni tra-
diderunt atque tamdiu in-
quisitio durabat sibi invi-
cem dona mittebant nec non
una amicabiliter conversati

---

① 薛西斯(Xerxes)，指薛西斯一世(约公元前519—前465)，又称薛西斯大帝。
波斯国王大流士一世之子。

在此期间，
他们互相赠礼，
也信任对方。
在阿尔塔费讷斯
说出那句名言之后，
获得皇位的那位
没有欢呼雀跃，
而失去皇位的那位
也并未郁郁寡欢。
因此，我们的作者
有理有据地指出，
昔日兄弟划分
最大帝国
所持的谦卑态度
远胜于现今兄弟分割
微薄遗产的态度。

sunt. Postquam Arthapher-
nes iudicium tulit neque is
qui vicit gaudio exultavit
nec ille qui perdidit tristitia
affectus est. Quamobrem
auctor noster non male ad-
dit ea maiori modestia tunc
temporis fratres maxima di-
vidisseimperia quamnuncfa-
cultates privatorum vel mi-
nimas partirentur.

查士丁第 33 卷
Just. lib. 33.

马其顿曾在贵族统治方面
胜过其他国家，
因为其王权统治
长达两百年。

Macedonia quondam nobi-
litate omnes populos ante-
celluit dum per ducentos
annos imperium tenebat.

珀修斯溃败后，

Victo autem Perseo sub po-

马其顿臣服罗马人，
变成罗马的一个省。
珀修斯是腓力国王之子，
由于他的权势以及
对马其顿昔日辉煌的缅怀，
他一时气盛，
并没有以父亲
的不幸为警示，
挑起战争，
被埃米利乌斯·保卢斯①
击溃。罗马人因
害怕这场战争
任命埃米利乌斯·保卢斯
为执政官，
在第一次兵戎相见时，
珀修斯即遭击溃、被俘。
战争结束之后，
埃米利乌斯·保卢斯
在罗马举行了
盛大的凯旋仪式，
在仪式开始前，
珀修斯及其

testatem pervenit Romano-
rum, in formamque provin-
ciae redacta fuit. Perseus re-
gis Philippi filius sua pote-,
state ac veteris macedonicae
gloriae tumore inflatus me-
moria. Hic de patris sui for-
tuna adversa non cogitans
bellum comparabat, et ab
Aemilio Paulo quem ro-
mani timore hujus belli
consulem elegerant, prima
conflictione victus et captus
est. Hoc bello finito Aeme-
lius Paulus Romae trium-
phavit et Perseum ipsum
unacum tribus suis fillis ante
triumphalem currum duxit.
Nunquam Romae tam in-
signis atque magnificus
triumphus fuit habitus
quippe cujus spectaculum

① 埃米利乌斯·保卢斯(Aemilio Paulo)，指卢基乌斯·埃米利乌斯·保卢斯·马其顿尼库斯(Lucius Aemilius Paullus Macedonicus)，公元前168年当选为罗马执政官，率领罗马军队击溃珀修斯军队，使马其顿最终成为罗马的附属。

三个儿子被示众。
庆祝会持续了三天三夜，
罗马此后再也没有举行过
更漂亮、更盛大的
凯旋仪式。
埃米利乌斯
自己也为
珀修斯的不幸而痛哭，
警告自己的儿子们，
他们应该惧怕曾获得如此
巨大的幸福。
这并不无道理。
他的幸福并不完满，
他的幸福被两个儿子之死搅乱。
一个死于凯旋仪式前，
另一个在凯旋仪式后。
这个埃米利乌斯
以节制和贫穷
闻名史册。
因为在他死后，
他的妻子
不能再保留
埃米利乌斯
赠予她的晨礼①，

triduum implevit. Aemilius ipse infortunium lacrimis prosecutus est, filiosque suos admonuit ut fortunam, cui tantum liceret, abhorrerent. Non male. Ne vero eius felicitas solida fieret, morte duorum filiorum suorum perturbata est, quorum alter ante, alter post triumphum mortuus. Hic Aemilius olim propter suam temperantiam et paupertatem celeberrimus fuit in historia. Nam post mortem eius, uxori dos sua exsolvi non potuit, nisi bonis eius distractis

---

① 歌德译为 Morgen Gabe，表示"晨礼"，即结婚第二天早晨丈夫送给妻子的礼物。

人们已将
其全部财产变卖。

查士丁第 36 卷第 2 章
Just. lib. 36. cap. 2.

如果在查士丁之书中
有一卷
值得我们
注意的话，
那么肯定
是第 36 卷。
在这一卷，他描绘了
犹太民族兴起的
开端及其各种作为。
因为他关于这个民族
所引证之事
充满谎言和虚构，
并且与《圣经》和
约瑟夫斯①的
作品鲜有相符。
这在信奉异教的
三流作家中常见，

Si quis inter Justini libros no-
stram attentionem meretur
certe est liber trigesimus
sextus in quo initium et in-
crementum factaque iudaici
populi describit. Plurima
enim quae de illo affert
plena sunt mendaciis ac fa-
bulis, et vix pauca reperiun-
tur, quae cum veritate enar-
rationis ut in sacra scriptura
et ab Josepho exhibita con-
spirant. Hoc auctoribus Et-
nicis consuetum est ut par-
tim negligentia partim ig-
norantia iudeorum gesta
mendaciis turpibus, malitia

① 指弗拉维奥·约瑟夫斯(Flavius Jesephus,37—100)，犹太历史学家，代表作有
《犹太古史》和《犹太战争》。

部分由于疏忽，
部分由于无知，
以至于他们
用恶意撰写的谎言
亵渎犹太人的历史。
但当我们将
我们的查士丁
与特奥多鲁斯、
西库鲁斯、塔西佗、
普卢塔克等
其他描写犹太历史
的异教蹩脚作家相较，
我们会发现，
与其他那些人相比
他更加接近事实。
在那些我们不能从
《圣经》和
弗拉维奥·约瑟夫斯
的记载中
得知事实的地方，
我们会因为
他们的声望
轻信他们的记述，
从而被蒙骗。
他们的作品
可靠程度并不高，

consu⟨e⟩tis inquinent. Attamen si Justinus noster cum Theodoro Sicculo Tacito Plutarcho aliisque etnicis Scriptoribus acta judeorum attingentibus comparatur, reperiemus eum in plurimis veritati propius accedere illis. Interea nisi ex sacra scriptura melius instructi essemus enarrationisbus eorum propter auctoritatem facilius crederemus atque nos ita turpissime deceperimus. Quam parum eis fides habenda sit beatus Dom. Rec. Schudius in compendio suo historiae iudaicae in quo praesertim tractat, ut historiam iudeorum ab erroribus mendaciis et calumniis gentilium liberare studet.

已故的舒特校长①
在他的《犹太历史纲要》
尤其注意
从异教徒的误解、
谎言和诽谤中澄清
犹太人的历史。

查士丁第 37 卷第 2 章
Just. lib. 37. cap. 2.

当我们的作者描绘
犹太民族的来源时，
他说，他们由大马士革，
即叙利亚的一个著名
的城市而来。
但他与认为犹太人
源于埃及的
斯特拉博②以及认为
犹太人源于
克里特岛的塔西佗
一样大错特错。
根据《圣经》，

Auctor noster Originem iu-
daici populi descripturus di-
cit eos originem debere Da-
masco urbi Syriae celeber-
rimae sed non secus ipse er-
rat atque Strabo qui illius
ortum, ex Egypto arcessit,
et Tacitus qui natales iu-
daeorum ex insula Creta de-
ducit. Ex sacra enim scrip-
tura relatum scimus origi-
nem iudaeorum ex Chaldaea

① 舒特(Johann Jacob Schudt, 1664—1722)，路德教派神学家、教育家和东方学学者，曾发表多部有关犹太人的著作。
② 斯特拉博(Strabon，拉丁文为 Strabo，约公元前 63 年—公元 23 年)，古希腊历史学家、地理学家，著有 17 卷著作《地理学》。

我们知道犹太人
应该源于
迦勒底①地区，
在远古时代，埃伯里的
后代已在那居住。
然而我们不可否认，
犹太人的祖辈
曾一度以外乡人身份
居住在叙利亚
以及大马士革周围。
此外，他估计犹太人的祖辈
还包括亚策塔人和亚杜兰②人，
他们是否源自同一族，
那就不得而知。
有可能经受亚杜兰人的影响，
他拉被认为是
亚伯拉罕父亲。
亚杜兰人所叙述的关于
亚伯拉罕和以色列之事，
说依据众所周知的
圣书，他们曾是国王。
但他们从未当过国王，

derivandam esse ubi tem-
poribus antiquissimis Eberi
posteri habitarunt，quamvis
non negemus，quod maio-
res iudaeorum aliquamdiu
in Syria circa Damascum
ceu alienigenae considerint.
Porro in numero maiorum
iudaeorum Azetam Ado-
remque ponit qui veto isti
fuerint vix divinando asse-
qui licet. Potest per Adorem
Thara quoque Abrahami
pater subintelligi. Abraha-
mus et Israel de quibus dicit
eos fuisse reges ex sacra
scriptura satis abunde ap-
paret. Ast nunquam reges
erant neque enim habebant
domicilium certum stabili-
tum neque subditos. Fortas-
sis error iste genti⟨li⟩um

---

① 歌德译为 Caldea，拉丁原文为 Chaldaea，应该指的是 Chaldäa，迦勒底人所居
　 住的地区。
② 亚杜兰（Adore），地名，意为"人民正义"，位于伯利恒西南约 40 公里。

因为他们未曾
拥有过属地,也未曾
有过臣属。
这或许是异教徒的
误解,因为他们
听说亚伯拉罕
曾率兵打仗。

inde ortus, quia fama Ab-
rahamum bellum gessisse
experti sunt.

查士丁第 36 卷第 2 章
Just. lib. 36. cap. 2.

我们的作者
更进一步地
将希伯来民族的名字
描述为在他那时代
使用最频繁的名字。
他是这样说的,
以色列①将整个民族
划分为十个王国,
交给他的儿子们,
以犹大命名,
犹大指的是分国后
死去的犹太人,
并且命令,

Auctor noster porro nomen
hebbraici populi, quod suo
tempore notissimum fuit
explicaturus ait Israelem,
populum in decem regiones
dividisse filiisque suis tra-
didisse eosque omnes no-
mine Judae post divisionem
mortui Judaeos apellasse at-
que imperavisse memoriam
eius ab omnibus esse ce-
lebrandam. Quot verba hic
reperimus, tot invenimus

---

① 根据《圣经》,上帝把雅各(Jacob)的名字改为以色列(Israel)。

他们都得纪念他。
我们在此读到
这么多,我们找到
如此之多的谬误,
希伯来人确实也被
叫做犹太人,
但并不是因
雅各之子犹大,
更确切的是
由整个犹大族而来。
且这个赐名的人
并不是雅各,
人们不能说
他赐名给一个
尚未形成的民族。
这个名字是在雅各
死后许多世纪才出现的。
塔西佗离事实更远。
除此之外,他是一位
闻名于世的历史编纂家,
根据塞尔登努斯的判断,
他在描绘犹太习俗时
谬之千里。
一如此人,
他同样宣称犹太人
源自克里特岛,

errores. Verum quidem est
Hebraeos etiam Judaeos ap-
pellatos fuisse sed non tam
ab Juda filio Jacobi quam
potius a tota stirpe iudaica.
Neque autor huius deno-
minationis fuit Jacobus de
quo non dici potest, quod
populo nondum existenti
nomen apposuerit. Sed hoc
nomen multa ante secula
post Jacobum ortum est.
Longius adhuc a veritate
abest Tacitus celeberi-
mu⟨s⟩ alias olim historicus
qui vero secundum iudi-
cium Seldeni in describen-
dis Ebreorum ritibus valde
errat. Nam quemadmodum
ille originem Judaeorum ex
Creta accersit isstos inquit
de monte Ida in hac Insula
sito primum Idaeos voca-
tos, postea vero nomen bar-
barum Judaeorum nactos
fuisse. Fides Dionis Cassii

他说,这些人出自伊达山,
他们居住在这座岛上,
先被称为伊达族,
但后来逐渐获得
带有野蛮色彩的
犹大族名字。
狄奥尼西奥斯①的正直
更值得赞扬,
他诚实地承认
他并不知道
犹太人之名
从何而来。

plus laudis meretur ingenue
fatentis se nescire unde no-
men Judaeorum ortum sit.

查士丁第 37 卷第 2 章
Just. lib. 37. cap. 2.

正如我们的作者错误地
将摩西称为
约瑟夫的一个儿子那样,
他也错误地写道,
在摩西之后,
他的儿子亚瓦斯
被选为埃及诸神的祭司,
并很快被选为国王。

Quemadmodum auctor no-
ster perperam Mosen Jose-
phi filium nominavit ita
quoque hallucinatur scri-
bens, post Mosen filium
suum Arvam sacerdotem
Deorum aegyptiacorum et
mox regem electum fuisse.

---

① 狄奥尼西奥斯,古希腊历史学家、修辞学家。

我们知道，
摩西有两子，
但其中并没有亚瓦斯，
一位被命名为革舜①，
另一位被称为以利以谢。
他们既没有
担任过祭司一职，
也未曾身为帝王，
他们两人
与他们的后代
一起被归为
普通的利未人，
正如库尔蒂斯
注意到
并证明摩西的正直，
摩西既未谋求盛名，
也未曾为自己的
家人谋私利；
他将国王之尊
以及祭司一职
禅让给他人，
将自己的子孙后代
归入普通的利未人。
可能亚瓦斯这个名字，

Novimus quod Moses duos
filios habuerit, quorum
vero neuter Arvas, sed unus
Gergas, alter vero Elieser
nominatur. Neque etiam
functi sunt officio sacerdo-
tali, neque profuere regno,
at ambo una cum suis po-
steris in numero com-
munium Levitarum positi
sunt ut Grotius bene notat
probitatem Mosis praeclare
demonstrans qui neque ad
suam gloriam neque ad uti-
litatem suorum respexit
dum dignitatem imperii et
sacerdotii aliis tradiderit,
suosque posteros in numero
vulgarium Levitarum ha-
buerit. Verisimile enim est
Arvae nomine Aronem si-
gnificari Mosis fratrem qui
tribus annis illo maior fuit,
ast nunquam imperium ad-

① 歌德译为 Gergas，意为"客居异乡的陌生人"。

指的是亚伦，
即大摩西三岁的哥哥，
但他并没有
统治过国家，
而是听从上帝指示
成为最高祭司。
作者说，
犹太人的国王
同时也是祭司，
这也是错误的，
无人能够在他们中
以祭司自居，
因为我们读到，
即使国王
也隶从于祭司，
会受其重罚。

ministravit Deo autem
praecipiente primarius sa-
cerdos constit⟨ut⟩us est.
Falsum etiam est id quod
auctor dicit apud Iudaeos
Reges eorum et sacerdotes
fuisse dum apud eos nemini
liceret arrogare sibi sa-
cerdotium nam relatum ha-
bemus quod reges ipsi toties
illud audebant durissime
puniti fuerint.

查士丁第 38 卷第 6 章
Just. lib. 38. cap. 6.

迄今，我们已经
列举了我们的作者
在讲述犹太人历史
所犯的一些
错误。但我们需要
列出的错误仍有许多。

Hactenus aliquot sphalmata
ab auctore nostro in enar-
ratione iudaicae historiae
commissa retulimus. Sed ta-
men adhuc multa su-
persunt, quorum quaedam

当他讲述
约瑟夫的命运之时，
一束明亮的
真理之光
照耀了他。
尽管如此，
对于摩西的故事，
他陷入错误的泥沼。
他错误地把摩西
称为约瑟夫之子，
但摩西出身于完全
不同的宗族，
并且在约瑟夫
仙逝许久
才来到人世。
当他宣称犹太人
源自埃及人，
因为他们生疥疮
并患麻风病，
为了不传染他人，
他们被逐出埃及边境，
他传述的是由来已久
由异教散布的谎言，
他们似乎源自犹太人，
他们嫉妒那些
以色列人的名字，

nobis enumeranda sunt.
Cum fatum Josephi descri-
bit clarius ei veritatis lumen
alluxisse videtur. Sed in hi-
storia mosaica graviter hal-
lucinatur Mosen enim falso
vocat filium Josephi qui ta-
men ex alia stirpe prognatus
diuque post iosephi mortem
in lucem editus est. Sin vero
dicit Iudaeos ab Aegyptiis
quod scabiosi atque leprosi
fuerint ne morbus pestilens
plures comprehenderet ex
finibus Aegypti expulsos
esse，narrat ille mendacium
vetus Ethnicorum quod ab
Aegyptiis ipsis，ut apparet，
provenit qui gloriam suam
invidebant et quos Deus ex
aegypto manu sua omni po-
tenti eduxerat，idque eis no-
lentibus multifariisque pla-
gis cruciatis. Porro scribit
falso Mosen factum fuisse
exulum ducem Deosque

上帝用他强有力的手
引领他们出埃及，
此举违背他们的意愿，
他们一路上饱受折磨。
此外，他还错误地记述
摩西是被驱人群的首领，
他偷走埃及人的神像。
之所以是谬误，
是因为人们可以读到，
犹太人并没有偷走神像，
因为他们并不
信奉这些神，
犹太人带走了许多容器，
是在听从上帝之命
并由于埃及人的
好意带走的，
那些埃及人喝光了
容器里的液体，
将它们作为
工作报酬
让他们带走。

Aegyptiorum surripuisse et
secum sumsisse, cum tamen
relatum legamus, iudaeos
non tam falsa numina a qui-
bus alienati fuerunt, quam
pretiosa potius vasa jussu
divino, Aegyptiisque vo-
lentibus, ipsa, qui eas his
obtruderunt, tanquam mer-
cedem bene meritam labo-
rum suorum abstulisse.

查士丁第 38 卷第 8 章
Just. lib. 38. cap. 8.

我们来自特洛古的作者

In libro quadragesimo ter-

在第 44 卷简要讲述了
罗马帝国的起源。
因为他相信，
如果他描述了
所有民族的作为，
但却对自己的祖国之城，
即世界之首的源起
保持缄默并略过，
那他是个忘恩负义的人。
正如各城市以及
民族的发端和
来源大部分
为虚构的故事一样，
许多人并非
毫无根据地
轻信那些
近乎荒诞的故事，
他们努力地将
关于罗马城起源
的故事归为
虚构之事
而非一段真实历史。
那些古代
历史书写者
一致认为，
埃涅阿斯来到

tio auctor noster narrat ex
Trogo brevissime，originem
romani imperii，quia crede-
bat se esse civem ingratum
si facta omnium populorum
describeret originem vero
urbis patriae quae caput to-
tius mundi facta sit omitte-
ret. Sicut ergo initium et
origo urbium atque gen-
tium plerumque fabulae
sunt，ita etiam multi non
sine caussa credunt impri-
mis ii qui enarrationes fa-
bulosas in historiis atro car-
bone notant et ex iis eas ex-
stirpare student，omnia illa
quae vulgo de origine urbis
Romae enarra⟨n⟩tur fabu-
lam milesiam plus redolere
quam veram historiam.
Quod Aenaeas in Italiam
pervenerit et populum ro-
manum fundaverit veteres
historici unanimi referunt
consensu. Sed alii de-

意大利并开创了
罗马民族，
但其他人
表示，埃涅阿斯
来到意大利
只是个传说。
这一点已经
被克吕弗①
在其《古意大利》
一书中得到证实。
此外，博沙尔②
在一次特别的争论
中将同样的观点
由法语译成
德语和拉丁语，
并提出全面的论据。
整个叙述
基于特洛伊战争
和特洛伊城的毁灭，
对此，学者们已有定论，

monstrant Aenaeae adven-
tum in Italiam inter fabulas
esse numerandam. Hoc iam
Philippus Cluverius in Italia
eius antiqua ostendit Sa-
muelque Bochardus idem in
singulari Disputatione ex
gallica lingua in latinam
versa solide demonstravit.
Nam tota enarratio nititur
bello troiano destructione-
que rubis Troiae de qua iam
diu eruditi iudicaverunt
quod haec historia multis
fabulis corrupta sit.

---

① 克吕弗(Philipp Clüver, 1580—1622)，拉丁语化名字为 Philippus Cluverius，德国地理学家，历史地理学的创始人。他的代表作为《普通地理学概论》(Introductio in Universam Geographiam, 1624)，同年出版的还有译文中所提及的《古意大利》(Italia antiqua)。
② 博沙尔(Samuel Bochart, 1599—1667)，法国东方学者、地理学家和自然研究者。

这段历史
被许多虚构
故事糟蹋了。

论基督教节日的优先次序　残篇
ÜBER DIE RANGORDNUNG DER
CHRISTLICHEN FEIERTAGE. FRAGMENT

即使人们可在任何时侯
惦念上帝及圣子，
即想念我们救世主的善举，
并感谢上帝：
教会已经做了
并非不合理的
次序安排，
以至于一定的日期
和一定的时间用于
特定的善行
以及特定的思考，
好让基督徒们学习，
他们因为这样或
那样的善举亏欠了
上帝什么以及亏欠了多少，
但节日庆祝时间
长短并非一致，
有些节日庆祝时间长些，

Quamvis omnibus tempo-
ribus cun⟨c⟩ta benefi⟨ci⟩a
⟨Dei⟩ et filii sui salvatoris
nostri in memoriam revo-
canda ac Deo gratiae agen-
dae sint: tamen ab ecclesia
non male constitutum est ut
certi dies et certa tempora
ad certa beneficia eorumque
contemplationem impendi
debeant, quo coetus chri-
stianus discat quid et quan-
tum pro hoc vel illo Deo
persolvendum sit, non ubi-
que vero idem est festorum
numerus dum nonnulli plu-
res dies alii paucos ferian-
tur, quales nos habeamus

有些节日庆祝时间短些，
这取决于我们庆祝什么节日，
这众所周知。
至于这些节日，
若干人便会
提出这样的问题：
哪个是所有节日中
最重要的节日，
哪个该用最虔诚的
态度欢庆：
若干人为圣诞节争论，
并推导出：
耶稣若不升天，
那么他就不会将
圣灵发送给各门徒：
若他不复活，
那么他就不会升天；
若他没有出生，
那么他就既不会受苦
也不会死去，
更不会复活，因此，
耶稣的诞生日应该
优先于其他所有节日。

那些人也以
同样的理由，

ferias nobis omnibus con-
stat. Quod ad has ferias per-
tinet a quibusdam in me-
dium profertur quaestio
quodnam maximum festum
sit omnium maximaque ve-
neratione feriandum：qui-
dam pugnant pro festo na-
tivitatis Christi atque ita ra-
tiocinantur：Christus Spiri-
tum sanctum haud misisset
supra suos discipulos, nisi
ascendisset in coelom，non
ascendisset nisi surexisset，
nec autem pati neque mori
nec resurgere potuisset nisi
natus fuisset；ergo festum na-
tivitatis Christi omnibus
aliis praeferendum.

Eodem argumento utuntur
quoque isti qui festum an-

认为圣母领报节
是最重要的节日。
他们争辩：在这一天，
玛利亚受孕，
怀上世界的救世主，
这是所有善举的基础。
其他人调转了论辩的理由，
推导说：耶稣诞生有何用，
若非他为我们而死，为我们
而复活；我们所有的希望
和慰藉都寄托于他的重生。
因此，这个节日
该有优先权。
其他人认为
耶稣升天节是
最高贵的节日，
因为他在这一天
升向荣耀，
有朝一日
可为我们代求。
其他人想宣称
圣灵降临节
该由人们特别
隆重地庆祝，
因为所有通过基督教
获得的善举

nunciationis Mariae maxi-
mum esse putant: Illo enim
aiunt die salvator mundi
conceptus est, quod funda-
mentum omnium beneficio-
rum; Alii contorquent ar-
gumentum atque ita colli-
gunt: quidnam nativitas
Christi profuisset, nisi pro
nobis mortuus esset et re-
surrexisset; in hac resurrec-
tione omnis spes nostra est
posita, omneque solatium
ideoque huic festo praero-
gativam tribuunt. Alii fe-
stum ascensionis Christi
palmarium esse censent,
quia in eo in gloriam suam
introivit quo nos etiam ali-
quando illius participes fa-
ceret. Alii volunt statuere
diem pentecostes esse prae-
cipua solennitate feriandum
quia omnia per Christum
accquisita beneficia nobis
nulli usui esent nisi supra

都百无一用，
如果不是降临到
我们身上的圣灵
为我们奉献这些，
如果圣灵（不）①
使我们顿悟，
为我们辩护，
在真正的信仰
中获得永生。
还有其他人抵制
所有这些认为
三位一体节是
最重要节日的观点，
因为三位一体的上帝是
所有善的源泉和起源，
通过耶稣的诞生、
死亡、复活、升天
和圣灵的降临大量地
流淌到我们身上。
我们接下来
简述一下
对这个问题的看法。
如果我们喜爱罗马宗教，
那么我们可以很快地

nos effusus sanctus spiritus
nobis ea tribueret, nisi nos
illuminaret sanctificaret at-
que in vera fide ad vitam us-
que aeternam servaret. Ad-
huc alii reiiciunt omnes has
opiniones dantque praero-
gativam festo sacrosanctae
trinitatis quia Deus triunus
fons et origo est omnium
eorum bonorum, quae ex
conceptione, nativitate,
morte, resurrectione, as-
censione, Christi et effu-
sione sancti spititus, ab-
undanter in nos fluunt.
Quae nostra sit sententia de
hac questione proxime dic-
turi sumus.

Si religioni romanocatholi-
cae addicti essemus quae-
stionis huius de excellentia

---

① 此处疑歌德漏译了否定词 nicht。

回答众多节日
孰轻孰重的问题，
在他们那儿，
这事没有争议：
他们从前所庆祝的
基督圣体节是
最重要的节日，
远比其他节日重要：
因为我们
与这些迷信
以及偶像崇拜
的人们没有多大关系，
我们转向面前的问题，
那些人都搞错了……①

dies festi prae alio decisio
facillima esset dum apud eos
res plane confecta sit，diem
festum corporis dominici
quem hodie feriantur prae-
stantissimum esse，aliosque
omnes longe antecellere：
Quia vero cum eorum ho-
minum superstitione atque
idololatria nobis nihil est fa-
ciendum convertimus nos
ad quaestionem praeposi-
tam atque respondemus
omnes eos errare ac …

论三位一体　第一残篇
ÜBER DIE TRINITÄT. I. FRAGMENT

耶稣为我们而死，
为我们而复活，与之
相反，他作为人而生。
主最仁慈的意愿
在于让上帝之子
解救我们这些

econtra，quod Christus pro
nobis mortuus sit et resur-
rexerit quam ut homo natus
fuerit. Erat benigna
co⟨e⟩lestis patris voluntas
ut filius Dei nos perditos et

① 歌德译文为残句。

贫穷与无望的
人们，这独一
无二的解救工作
是逐步完成的：
他必须成为人，
他必须经历
死亡和复活，
然后在完成
救赎工作之后，
再回到派遣
他的主身边：
将这与其他割裂
是不理智的，
依据上帝的安排
将他们融合为一体，
正如同一条链子上的
所有链节
只组成一条链子，
所有信仰的教义
只构成一种信仰。
我们想作另外一个
比方：馈赠耶稣之
正义是上帝格外的
仁慈；谁会这么
单纯，并问我们
是否为了洗刷

pauperes homines redime-
ret, et hoc unicum re-
demtionis opus quasi gra-
datim ad finem perductum
fuit: quare hic salvator
homo fieri, mori atque re-
surgere et confecto opera
redemtionis iterum ad eum
adire debuit qui eum mise-
rat: itaque stultum est id di-
secare quod iuxta divinum
⟨ordinem⟩ coniunctum est
et tantummodo unum com-
prehendit, sicut omnes arti-
culi cataenae connexi unam
tantummodo catenam et
omnes articuli fidei unam fi-
dem faciunt. Aliam dabi-
mus similitudinem: remis-
sio peccatorum ac donatio
iustitiae Christi praeclara
sunt Dei beneficia, quis quis
autem tam stultus esse ac in-
terrogare vellet an Deo plus
debeamus pro remissione
peccatorum vel pro dona-

罪过或者馈赠
耶稣之公正更亏欠
上帝,如果没有
耶稣之公正,
人们难以想象
罪过的宽恕,
如果罪过未被宽恕,
人们难以想象
公正的馈赠。
其实这两者并无多大区别,
即上帝在某一刻将他的儿子的公正
赠予我们,
而在另一刻宽恕罪过;
而在那一刻,
就在上帝将他儿子的
公正归于我们,
也就在这一刻,
我们的罪过
被覆盖、被宽恕。
让我们感谢上帝,
感谢圣父赐予
我们救世主;
让我们感谢上帝之子,
在不同的阶段,
通过各种行为拯救我们;
让我们感谢圣灵,

tione iustitiae Christi dum
nulla remissio peccatorum
sine donatione iustitiae
Christi,neque donatio iu-
stitiae sine remissione pec-
catorum concipi potest. Ne-
que haec duo tam distincta
sunt,quasi nobis Deus iam
iustitiam filii sui donet et
alio tempore peccata remit-
tat; Sed eo momento quo
Deus iustitiam filii sui nobis
attribuit eodem et nostra
peccata obtecta et remissa
sunt. Agamus ergo Deo
gratias: qui filium suum no-
bis dedit. Agamus et gratias
filio Dei qui per varios gra-
dus et actiones redemtio-
nem accquisivit. Agamus
gratias sancto spiritui qui
nobis per Christum accqui-
sita bona tribuit ac triunum
Deum rogemus ut nos in
vera et viva fide ad vitam
aeternam servet.

它在我们心中
将耶稣的行为
产生的愉悦
献给我们，
让我们恳求
三位一体的上帝
使我们在真正的、
灵验的信仰中
获得永生。

哦，上帝，你是我们的主——基督耶稣——之父，我们向你祈求，请你将我们的工作和等级安排好，让你的声望和荣耀更值得颂赞，让我们成为盛满你的仁心的容器，好让我们做让你称心如意之事，让我们成为对自己和他人有用的人，让我们远离恶人，别让我们被诱惑，堕入迷途，离你而去，最后陷入罪恶、羞愧和恶行中。与之相反，

O! Pater domini nostri Jesu Christi rogamus te dirigas omnia quae in nostra voca-tione et conditione agimus quo honor tuus et gloria eo promoveatur，fac ex nobis vasa tuae misericordiae ita comparata ut tibi placeamus nobisque ipsis ac proximo utiles simus. Custodi nos a malo consortio，ne seduca-mus abs te，ac in peccata probra et flagitia incidamus. Sanctifica econtra nostras mentes，magis magisque，et incende in nobis amorem

圣洁我们的心灵吧，
在我们心中逐渐
燃起对你、对你的言语
热切的爱，
并点燃学习有用之事的热情。
让我们保持诚挚的信念
和对你的认识，
好让我们
直到生命的尽头
也忠实地这般坚守，
有朝一日，
与所有的天使和被选中的
子民一起在永恒的快乐中赞颂你。

ardentem erga Te，καί πρός
τόν λόγον σοῦ，ut et desi-
derium varias utiles res dis-
cendi. Serva nos in recta
fide et in cognititone tua quo
in ea, finem usque vitae no-
strae constanter persevere-
mus ac aliquando cum om-
nibus angelis et electis in ae-
terna laetitia te glorifcemus
et laudemus.

论美德与博学
ÜBER TUGEND UND GELEHRSAMKEIT

虽然贺拉斯与
西塞罗①是异教徒，
但他们比许多
天主教徒聪慧得多。
因为前者说：银子逊色于金子，

Horatius et Cicero Ethnici
quidem fuerunt，sed pru-
dentiores multis Christia-
nis；ille enim inquit：argen-
tum auro vilius est，aurum

---

① 指马库斯·图留斯·西塞罗（Marcus Tullius Cicero，公元前 106 年—前 43），古
罗马著名政治家、演说家、雄辩家、法学家和哲学家。出身于古罗马的奴隶主
骑士家庭，以善于雄辩而成为罗马政治舞台的显要人物。

金子逊色于美德。
后者强调没什么比得上美德。
许多异教徒在美德方面
都胜过天主教徒。
谁比达蒙更忠于友谊，
谁比亚历山大·M
更宽宏大量，
谁比阿里斯提德更正直，
谁比第欧根尼更有节制，
谁比苏格拉底更有耐心，
谁比韦斯巴芗
更和蔼可亲，
谁又比阿佩莱斯和
德摩斯梯尼更勤奋。

虽然通往博学之路艰辛，
但它的果实却甘甜。
因为博学使思维敏捷
使我们胜任所有事：
无它，我们将
行愚蠢之事；
无它，我们不能
胜任光荣的职责：
我们亦不能
轻易获得
渊博的学识。

virtute; hic autem ait: nihil
est pulchrius virtute. Multi
vero ethnici Christianos vir-
tute superaverunt: Quis in
servanda amicitia fidelior
erat Damone, liberalior
Alexandro M. magis iustus
Aristide continentior Dio-
gene, patientior Socrate,
humanior Vespasiano et la-
boriosior Apelle et Demos-
thene.

Quanquam eruditio diffici-
lem aditum habet fructus ta-
men dulces sunt. Nam acu-
tum reddit ingenium, nos-
que facit ad omnes res ap-
tos: sine ea nugabimur et in-
nepti erimus honoribus fun-
gendis: quos etiam haud fa-
cile impetrabimus. Ideo
parentes melius consulunt
liberis si informari curant

因此，比起
为子女积累财富，
父母请人
教授子女知识
才是为子女作更好的
打算。因为一堆
钱财易被夺走。
银器、金器经常被偷，
但博学，正如
那位喜剧作家
所言，不会
从它主人那被人夺去。

quam si illis maximas divi-
tias colligunt. Nam acervus
pecuniae facile rapi potest.
Argentea et aurea vasa sae-
pissime ablata sunt，sed
doctrina ut Comicus qui-
dam dicit possessori suo
eripi haud potest.

论三位一体　第二残篇
ÜBER DIE TRINITÄT. 2. FRAGMENT

当耶稣，即上帝所造的
万物中最无辜之人，
被钉在十字架上，
人群中无人同情，
每位士兵
都嘲笑讽刺他。
若我们中的某人看见
这一幕却没有落泪，
那他则是用
两条腿走路的

Cum Christus innocentissi-
mus omnium creaturarum
cruci affixus penderet，
nemo fuit hominum qui
eius miseraretur, sed quili-
bet militum deridebat eum.
Quotusquisque nostruum
hoc vidisset et non ploravis-
set pessimus fuisset bipe-
dum omnium. Quod vero

最邪恶的家伙。
但大部分基督徒，
亦即不少信徒有时
忘恩负义，
日常经历可证实这一点，
上帝赐予了
每个人许多才能，
人该对此心存感激。

圣灵，在未来
每个礼拜天
人们涉猎之物，
是神性中的第三人，
由圣父和圣子而起，
他不仅能被称为神圣，
他自身便是神圣，
尤其因为他
圣洁我们，
好让我们
令上帝喜悦。
他圣洁人，一部分
通过上帝之言，
一部分通过圣餐。
若谁反驳上帝之言，
并蔑视圣餐，
他便是不圣洁，

multi Christianorum, imo
quidem fidelium interdum
ingrati sint, quotidiana te-
statur experientia quum ta-
men Deus unicuique multa
dona dederit pro quibus de-
beret esse gratus.

Sanctus spiritus de quo fu-
turo die dominico in eccle-
sia agetur est tertia persona
Deitatis, exiens a patre et fi-
lio. Neque solum dicitur
sanctus, quia ipse sanctus
est, sed etiam praesertim
eapropter quia nos sanctifi-
cat ut Deo placeamus. Sanc-
tificat homines partim
verbo divino, partim vero
Sacramentis. Verbum Dei
ergo negligens ac sancta Sa-
cramenta contemnens, ma-
net profanus et impurus,
mancipiumque est mortis et
gehennae ac incidit tandem

是死亡和地狱的奴仆，
最终坠入
魔鬼之网，
他在那永远
不能获得救赎。

in rete Diaboli ex quo nun-
quam liberari poterit.

法厄同故事
PHAETONERZÄHLUNG

阿利雅
Alia.

据诗人们的
诗歌，法厄同
是阿波罗之子。
一些人指责他
假称自己是
阿波罗之子。
因此，他到父亲
面前，请求父亲
满足他一个
请求，父亲
起誓允诺
满足他的愿望。
法厄同随即
请求让他驾驶

Phaeton iuxta figmentum
poetarum filius fuit Apol-
linis. Hic cum ei quidam
obiicerent se perperam fi-
lium Apollinis venditare
quondam patrem suum
adiit eumque rogavit ut sibi
daret quicquid petiisset pa-
ter ei id iure iurando pro-
misit: Quo facto Phaeton
oravit ut sibi currum solis ac
equos diem unicum regen-
dos permitteret，(hoc autem
eum in finem fecit quo de-

太阳马车一天
（到生命尽头
他一直在做
此事，好让他
证明他说了
实话，他真是
阿波罗之子）。

福玻斯①，即阿波罗，
对这个请求格外吃惊，
他深知，此举会
将儿子引入万劫不复的
深渊。他试图劝阻
法厄同去做这鲁莽
且危险的事情。
但他已许下诺言，
且儿子执意如此，
他也无法逆转
法厄同的心意。
他只能将太阳马车
交给儿子，当然
在他事先的教导
以及充满父爱和
慈祥的劝诫后：

monstraret eum dixisse
verum et esse veracem fi-
lium Apollinis) Phoebus
qui Apollo est valde hac pe-
titione perterritus，non ig-
norans quod filio suo per-
niciosum esset si fieret，

quapropter cum de suo per-
nitioso proposito deterrere
studebat，attamen propter
iuramentum praestitum et
quia filius a precibus suis
non desistebat ei interdicere，
non potuit valdeque invitus
currum tradidit verum ta-
men praemissa fideli ac pa-
terna admonitione nimium
ascenderet nec
Discite o posteri
　　meo nunc sapere dumno
Eheu qui hoc scripsi
Eheu qui hoc scripsi
　　fune dolatus fui.

---

① 福玻斯（Phöbus）是古罗马神话中的太阳神，主神朱庇特之子。

法厄同不能驾驶
过高或过低,必须
行驶在中间的路上,
其余的事情
便会水到渠成。

我们方才说过,
阿波罗苦口婆心地
劝告过儿子法厄同:
他驾驶马车时
不能过高或过低,
不然他会坠入毁灭。
但他是血气方刚的
青年,父亲的
劝告被他当作
耳边风,他也
将因为自己的
轻率受到惩罚。
此时,他已登上
父亲的马车,既不
知道路线,
也不懂得如何驾驶。
很快,马儿们
发觉异常,
它们开始调皮,

+ oblique
d. 28. Apr. 1758.

nimium descenderet sed
medium potius teneret ce-
tera proxime.

Nuper diximus quam fi-
deliter Apollo filium suum
Phaethontem admonuerit
ne nimio ascensu nec des-
censo nimio se ipsum cor-
rumperet: is vero ex magno
ardore iuvenili paternas ad-
monitiones contemsit sed
etiam simul audaciae suae
poenam sustinuit. Nam
cum currum patris sui as-
cendit neque viae gnarus
neque artis peritus equos re-
gendi, statim equi senserunt
superioresque facti sunt et
cum extra orbitam vagaren-
tur atque coelum ac terram
incenderent, Jupiter auri-
gam miserum fulmine de

离开马车平日的
轨道，马车将天空和
地面点燃。天神朱庇特
用一道闪电
将这可怜的马车夫
劈下车，他痛苦地
溺亡。

类似的事情亦发生在
代达罗斯之子
伊卡罗斯身上。
他本该戴上
用蜡粘合的翅膀
跟随父亲飞行，
但他飞得过高，
跌落水中殒命。

curru deiecit ita ut miserime
sit submersus.
   Versus de Phaethonte
Vitaret coelum Phaethon si
   viveret et quos
Optavit stulte tangere
   nollet equos.

Simile Icaro accidit filio
Daedali qui cum patrem
suum, cereis suis pennis se-
qui debuerit et nimium alte
volaverit delapsus est ac in
aqua periit.

     De Icaro
Dum petit infirmis nimium
   sublimia pennis
Icarus, Icarias nomine fecit
      aquas.
     Ovid trist.

FELICITATIONES MATUTINAE SINGULIS DIEBUS PER TOTUM AUGUSTUM 1758 EXCOGITATAE ET PATRI CHARISSIMO APPRECATAE①

Ex sententia succedat quicquid coneris.

Deus hunc diem fortunare velit.

Deus ter optimus maximus hodie omnia bene evenire iubeat.

Quod bonum, felix, faustum fortunatumque sit

Ἀγαθὴ καὶ καλὴ ἡ ἥμερα ἡ

Ut hic dies feliciter transeat, ex animo precor.

Fruere et hodie omni bono in absentia omnis mali.

Hunc diem vel, Tibi Deum fortunare volo.

Supremum Numen Tibi hunc diem fortunet.

Sol hodiernus tibi feliciter splendeat.

Prospere eveniat dies atque praetereat.

Ave et fave.

Felicem tibi apprecor diem.

Hoc die adspiret fortuna labori

Hoc tempore prospera fortuna utaris.

Hunc diem feliciter transigas.

Vultum Tibi et hodie servet fortuna benignum.

Αὐτὴ ἡ ἥμερα ευτυχῶς διερχεται.

Χαῖρε και ευνοϊκῶς εχε.

---

① 汉译：每日清晨祝福语，于 1758 年 8 月构思，并呈献于天父。

Αυτον τον κρονον σοι ὁ Θεος
Summum Numen tibi omnia tua opera hodie bene fortunet.
Prospere et hodierno die vivas.
Det tibi Deus clarum mane atque serenum.
Ex voluntate tibi ut omnia hodie fluant, opto.
Deum tibi hodie propitium esse volo.
Auspicare hunc diem bono cum Deo
Deum tibi hodie benignum esse praecor.
Deus tibi hodie sit propitius
Hodiernum bonum Deus perpetuum esse velit.
Summum Numen tibi et hodie faveat.
Benignus Jehova tuam conservet hodie sanitatem incorruptam.

NOVAE SALUTATIONES MATUTINAE

Opto ut sit, hic dies benedic-
tionis ac pacis.

Ἐυχομαι ἵνα ἀυτη ἤ ἡμέρα
τῆς ἐυἐργεςίας καὶ τῆς
εἰρήνης ἦ.

Opto, ut transigas hunc diem
sanitate optima in pace et sa-
lute.

Δέομαι, ἵνα διάγη ἀυτὴν
ἡμέραν ἐν ὑγεια κρατηςῃ
εἰρήνη και σοτηρὶα.

Precoruthuncdiem transmit-
tas in spe et potentia Spiritus
Santi.

Ἔυχομαι, ἵνα διάγη ἀυτην
ἡμεραν ἐν ἐλπίδα καὶ δυ-
νάμει τοῦ πνεύματος ἁγίου.

Voveo ut hunc diem conficias
sine adversa fortuna.

Ἔυχομαι, ἵνα διάγη ἀυτην
τὴν ημεραν ατερ ἀτυχήας.

Hodie omnia iuxta fatum
fient. Deus te custodiat et to-
tam familiam.

Σήμερον πάντα ἐπὶ Θεον
γηνοιτο. Θεὸς ςε φυλλάσση
μετὰ πὰςης οἰκίας.

Deus omnipotens animan
cum corpore servet ut possis
curis semper adesse tuis.

Θεὸς ὁ παντοκράτωρ τὴν
ψυχὴν μὲτα ςόματι σώςεη
ἵνα δύνη ταῖς μερίμναις
σου παρ΄; εςναι.

《何西阿书》第六章第一节
HOSEA VI. I

来吧，我们
想再
去主那儿；
因为他已
撕碎我们，
他也将
治愈我们；
他打倒
我们，
他也会
包扎我们的
伤口。

Vennez, et
retournerons
a l'Eternel
car c'est lui
qui nous à
dechiré: il
nous guerira,
il a frappé
mais il nous
bandera; les
plaies.

Venite rever-
tamur ad Do-
minum, nam
ille dilacera-
vit nos; et
sanabit nos;
Ipse percussit
nos, at nos
quoque alli-
gabit.

Ἐπαν-
ερχώμεθα
πρὸς τὸν Κύ-
ριον; Ὅυτος
δὲ ἥσπάκε
καὶ καὶ ἴασα-
τει ἡμᾶς;
Ὅυτος τετυ-
φεν ἡμᾶς,
καὶ μοτωσει
ἡμᾶς.

弗里德里希二世的书信①
BRIEFE FRIEDRICHS II

卓越的、国王的
　博爱
　丰碑

Praeclarum
humanitatis
regiae monumentum.

迈利伯爵，
中将衔，
于 1757 年 11 月 5 日
在激烈的
罗斯巴赫之战中
被俘，后来获得
普鲁士国王的准许
得以在巴黎
逗留一段时日，
获得国王如下信件，
受其怜悯，
得以延长
逗留时间。

Comes de Mailly locumte-
nens generalis copiarum
gallicarum, in pugna ludicra
Rosbacensi die V^{to} Nov.
1757 captus, postquam â
Borussorum Rege faculta-
tem limitatam Parisios
contendendi obtinuit pro-
rogationem illus litteris re-
giis consecutus est hujus te-
noris.

---

① 普鲁士国王签发信件之后，信件副本便流传开来。这里所见的是两封弗里德
里希二世的信件，在间隔若干月之后被用于教学。

迈利伯爵 Domine Comes

我非常乐意允许您
推迟您的告别，
出于下面的原因，
我愈加情愿。
因为我很高兴
能与一位
功绩卓越的人
建立联系，也因为
我一直持这样的看法：
国王之间无休止的、
不幸的争吵只会
成为个人的负担。
请您别着急，按照您所需
处理事务的时间来安排，
若是帝国顺从我意，
正如我将此
视为原因，我也
会刚正不阿地
遵守引渡条约，
如此，您便可以
免于这段
期间的奔波，
人们可以如此安排，
好让您不必

Quam petivisti ulteriorem
emanendi veniam, eo luben-
tius concedo, quo certius
virum benemeritum
obstrictum teneo, quippe
qui ea semper fui sententia,
ut infaustae regum contro-
versiae privatis minus
quoad ejus fieri potest, de-
beant esse funestae. Carpe
igitur tempus rebus dome-
sticis in ordinem redigendis
sufficiens: et posito quod
aula imperialis fiat, ut cre-
dere fas est, tractabilior, fi-
deque majori ac sanctitate
mutuam illam captivorum
utrinque extraditionem
observet, vel ipso reditu
hoc tempore molesto su-
persedere, atque ita negotio
illo probe instituto loci mu-
tatione prorsus carere po-
teris. Desuper Deum orans,

离开您的所在。
伯爵先生，
我谨请求
上帝护佑您。
　　　　弗里德里希

被封为侯爵的
布雷斯劳教区主教
于 1758 年 1 月 30 日
从尼克劳斯贝格
致信普鲁士
国王。在信中，
他向国王
陛下倾诉，
他已经发觉，
陛下对他恩宠不再，
他在王宫已然失去
宠信，因此他
别无他法，
只能决定去罗马，
这是他
在困惑中留有的
唯一机会：
国王陛下给予
如下答复。

Domine Comes，ut sub
sancta sua Te servet tutela.
　　　　　Friedericus.

Episcopus princeps wratis-
laviensis Comes de Schaf-
gotsch pridie ante Calendas
Februarii Regi Borussiae
perscripsit litteras Nicolai-
burgi datas, quibus suae
Maiestati significabat se
haud obscure animadver-
tisse clementiam regiam
plane sibi esse ademtam se-
que parimodo in offensu-
ram aulae imperialis in-
cidisse atque ita nihil esse
reliqui, quam Romam pro-
ficiscendi consilium，ceu
unicum quod his in diffi-
cultatibus sibi restet. Cui
Rex responsorias dedit se-
quentes.

布雷斯劳教区主教先生

我已收到您
1 月 30 日的
来信，如果我
未曾领教过
您往日忘恩负义
之举，我还会
差点因为
此信受了蒙蔽。
您背信弃义之事
败露，否则您
大可将之隐瞒。
曾几何时，
我率军逼近
敌营，意欲阻止
敌军溃逃，
以解放西里西亚。
您却离开这一地区，
您该好好回想
我对您的恩惠。
在我逼近布雷斯劳的
那一刻，
您却选择撤离，
我说的正是
那次逼近，

Domine Comes

Accepi tuas litteras, d. d.
3o. Jan. quarum summa me
potuisset decipere nisi iam
ingrata tua vivendi quon-
dam ratio me reddidisset pa-
ratum. Haec concomitata
fuit circumstantiis tam ma-
nifestis, quam quod tibimet
ipsi eas dissimulare potuis-
ses. Eo enim ipso tempore
quo una cum meo exercitu
accessi ad sistendos inimi-
corum meorum progressus
adque liberandam Silesiam,
propositum provinciam
hanc deserendi iniisti, quae
tamen benefactorum meo-
rum memoriam renovare
debuisset. Elegisti ad eva-
dendum ipsum appropin-
quationis mea versus Ura-
tislaviam momentum,
istud dico momentum ubi
summus rerum gubernator

因为我高举
所有最高公义
武器，促成了
最精彩的进展。
请您拷问良心，
您是否觉得
自己有过失，
您躲到一个
强权之下
寻求庇护，
而我正与这个强权
公开宣战，
您本该与我
并肩作战，
您本可宣布
这一立场，
但您用许多
错漏百出的借口欺瞒
诸如此类之事，
并假惺惺地
宣誓您的忠诚，
念及此，您身上
有许多未履行的条款。
在您做了这些品行
有失的举动之后，
我只能将您

vexillis meis iustitia ac ae-
quitate nixis eventum largi-
tus est, perquam illustrem.
Motibus conscientiae ergo
compulsus, criminisque tu-
apte sententia reus, ad illius
Potentiae tutelam te con-
ferre non dubitas qua cum
bello irretitus sum aperto
atque publico indicato, tu-
que adeo castra ipsa ad quae
transiisti, mihi notihcare
ipse conaris, praetextibus
variis iisque frivolis hocce
palliare allaborans, nec mi-
nus his porro severationes
fidei licet commentitias,
adiungens in quam tame⟨n⟩
quoad essentialia peccavisti.
Ratione hac vivendi tam se-
ditiose instituta, quin te
proditorem agnoscam me
continere non possum
quippe qui ad inimicorum
meorum partes te conferre
ausus es, stationem eam vo-

视作叛徒，
一位投向
敌营的叛徒。
您擅离职守，
您本该牢牢守住
您的职责本分。
在我看来，
现在别无他法
只能遵守规则，
这也是最恰当的
措施，即让您
听天由命，
当然我保证这种
徒劳无益的举止
肯定会得到
应得的惩罚。
您既不能逃脱神的
复仇，也不能避免
遭受世人的唾弃，
这些惩罚
将极度恶毒，
然而还远未达到
使他们不再厌恶
忘恩负义
之叛徒的程度。

弗里德里希

luntario deserens，cui officii
tui sola consideratione ma-
gis magisque adstringen-
dus fuisses，nihilque mea ex
parte superest，quam de hoc
constituere，quid commode
facturum sit，tuaeque te
sorti commitens，persuasus，
quod huius modi vitae ratio
minus excusabilis，poenas
sine dubio sentiet，se di-
gnas，qui nullo prorsus modo
neque vindictae divinae
effugies neque hominum
contumeliis，utpote qui
quanto depravati sint ad
eum minime gentium id
esse possunt gradum，ut
non reformident proditores
atque ingratos.

Friedericus
Wratislaviae d.
d. 15 Febr. 1758.

书籍
LIBER

Exercitiorum Germanico
Graecorum atque Latinorum
quae a Domino
Scherbio Praeceptore meo
aestimatissimo
dictata et a me
Jo: Wolfg. Goethe
versa sunt
Anno Christi Mens Jan.
1759.

希腊语练习
Exercitium graecum.

Ἐν πολλοὶ πρὸς τὸ δεῖπνον μέγας καλέω

In compluribus ad coenam magnam invitatis，et nos su-
mus.

Ἐν πολλοῖς πρὸς τὸ δεῖπνον μέγα κέλιμένοις, καὶ ἡμεῖς

εσμεν.

ὁ βασιλεὺς ὅς μετα   δουλος τὸν λογον συν-

αραι

那位信赖自己仆人的国王是

上帝

κυριευω

国王中的国王，所有主之中的主。仆人们

和

ὁ ὀφειλετις　　　πας

我们和所有人都是负债人。

Ὁ βασιλεὺς ἐκεῖνος ὁς μετὰ τῶν δουλων ἀυτοῦ τὸν λόγον συναιρει ἔστιν ὁ Θεὸς ὁ βασιλεὺς τῶν βαςιλευοντςν καὶ κύιος τὸν κυριευοντων. Ὁι δοῦλοὶ καὶ ὀφειλέται ἡμεῖς ἐσμεν και παντες ἄνθρωποι.

所谓债务即我们的罪过。但谁可以原谅数量如此之多和如此巨大的罪过。然而，当我们在这位国王面前跪下，脸贴地，全身心地、真正地朝拜他，我们所有的每种罪过会同时被免除。

Versio.

Τὰ ὀφειλήματά εἰςὶ τὰ ἁμαρτήματα ἡμῶν. Τίς δε εχει ἀποδιδόναι τὰ μεγαλα καὶ μεγα αμαρτίματα. Πλὴν ταν πιπτῶμεν ἐπὶ προσωπον ημῶν, ἔμπροςθεν τοῦ βασιλέως καὶ ἀυτὸν πρόσκυνώμεν ἐν πνευματὶ και ἐν τῆ ἀλιθειὰ τοτε ἥμεῖς καὶ ἅμα πάντα καὶ ἔκαστὰ τὰ παραπτόματα ἀφήσει.

练习

谁爱上帝，勤勉劳作不懒惰，且是那些通过信仰和耐心继承预告的人的继任者，那么他将受到上帝的祝福。因为在世界末日，他将虔诚的人们、那些淳朴和诚实的人称为绵羊，让他们站在他的右手边，对他们说,来我这,你们这些被天父祝福过的人,继承为你们准备好的、已奠定基础的世界吧。

Versio.

Ὅστις τὸν Θεὸν φιλεῖ καὶ τὸν λόγον τοῦ Θεοῦ ἡδέως ἀκούει καὶ τὰ ἔργα τῆς κλησεώς ἀυτοῦ σπουδείος ποιεῖ καὶ οὐ νωθρὸς γινετεὶ ἀλλὰ μιμητὴς τῶν διὰ τὴς πίοτεως καὶ μακροθυμάν κληρονομούντων τὴν επαγγελίαν οὗτὸς λαμβάνει ἀπὸ τοῦ Θεῦ τὴν εὐλογίν. Γᾶρ ἕν τῆ ἐσχατῆ ἡμέρα τοὺς ἀγαθοὺς ὁι κ̇αθαροὶ καὶ ἀληθινοὶ ἐπικαλοῦνται τὰ πρόβατα, στήσει ἐκ δεξιὸν αὐτοῖς καὶ ἐρεῖ δεῦτε οἱ ευλογημένοι τοῦ πατρός κληρονομήσατε τὴν βασιλείαν ἡτοιμασμένην, ἀπὸ καταβολῆς του κόσμου:

其他

　在我之后,我的兄弟成为国王:但他没有什么声望,除了沙场战绩,他避免所有的邪恶表现,对别人而言,他与我一样施惠于社稷,他颁布法律,他整顿风气,他建造庙宇,在他统治的第四十三年,他向敌人宣战。

Versio.

Μετὰ μὲ ὁ αδελφὸς μου ἐβασιλευςεν εἶχεν δὲ οὗτος οὗδεμιαν δοξαν ἀπὸ τῶν ἔργον πολεμικῶν. Ὄυτος απεχων παντὸς εἶδους πονιρούς οὐ ἥττον ̓γαγένετο κρήσιμος καθὼς ἐγὸ, ἔθηκὲν αὐτοῖς νόμους τασσεὶ τὰ ἔθη καταςκέψαςε ναοὺς καὶ τῷ τεσσαρακος̄τῷ καὶ τρίτῷ εἶει τῆς βασιλέιας ἀίρον πόλεμον πρὸς πολεμίους:

其他

当耶稣快到耶路撒冷之时，他想进城。他坐在一头母驴上，等待通过预言家所诉的上帝关于锡安城国王女儿的话应验。因此，他挑选了两个门徒，他们应该去村里解开一匹与幼马挨着的、拴好的母驴，将它带到他面前，门徒们该做好了这些事情。当耶稣入城之时，许多民众走在他前面，许多跟在他后面，所有人高呼：此人该获颂赞！他以主的名义到来。

Versio.

Καὶ ὅτε ἤγγιϲε ὁ Ἰηϲοῦϲ εἰϲ Ἱεροϲόλυμα ἔθελε εἰϲ τὴν πόλιν εἰϲελθεῖν καὶ ἐπιβεπηκὼϲ ἐπὶ ὄνον ἵνα πληρωθῇ τὸ ῥηθὲν ᾽απο τοῦ Θεοῦ διὰ τοῦ προφήτου περὶ τοῦ βαϲιλέωϲ τῆϲ θυγατρὸϲ Ϲίων. Τοῦ δὲ χριϲτοῦ εἰϲελθόντοϲ ἐκ τῶν μαδιτῶν δύο ἀπέϲϲτειλεν ἵνα πορευομενοι ἐν τῇ κώμῃ δεδομένην ὄνον καὶ πῶλον λύοντεϲ αὐτῶ ἄγωϲι τοῦτο καὶ οἱ μαθιταὶ εποίηϲαι. Οἵε δὲ ἑ Ἰηϲοῦϲ εἰϲηλθεν ὁ πλειϲτοϲ οχλοϲ ὁ προάγων καὶ ἀκολουθῶν ἔκραζον παϲ εὐλογιμένοϲ ὁ ἐρχόμενοϲ ἐν ὀνόματι Κυρίου:

Versio.

Cum Iesus appropinquasset Hierosolyma voluit introire in urbem et sedebat super asina ut impleatur quod dictum est a Deo per prop ⟨h⟩etham de rege filiae Sionis ideo eligebat duos discipulos qui abirent et cum ea pullum solverent eumque adducerent id quod etiam discipuli facerent. Cum autem Iesus introiret multa turba a

⟨n⟩tecedens et consequens exclamabat be⟨ne⟩dictus in nomine Domini veniens.

其他

不信神之人终将受到惩罚,正如他们所畏惧的那样,因为他们不重正道,避开主。就此,耶稣在昔日关于世界末日的福音书中向我们保证过。

Versio Graeca.

Οἱ ἀσσεβεῖς ἐπιτιμίαν ἐξούσι καθὰ ἐλογίσαντο αμελησαντες τοῦ δίκαίου τοῦ Κυρίου περι αὐτῶν ὁ Ἰησοῦς ἐν τῶ ἐπαγγελιω, τῆς χθὲς ἡμέρας, περὶ ἡμέρας εσχάτῆς διηγήσατο:

Versio Latina.

Impii punientur ut timent: neque enim curant iustos, et recedunt a Domino. De his Christus nos certiores facit in Evangelio hesterno quod de extremo Die tractat.

续

就在这一天,不信神之人将恐惧不安,太阳落下,月亮和星星升起,他们将饱受折磨,对尘世即将发生之事既期待又感到害怕。

Versio.

Ἐν αὐτῷ συνοχὴ ἔσεται τῶν ἀσσεβῶν ὅταν τᾶ σημεῖα ἐν ηλίω σελήνη καὶ ἄστροις ἀποψύξουσι ἀπὸ φόβου καὶ προςδοκιάς τῶν ἐρχομένων ἐν τῇ οἰκουμενη.

其他

正如顺应父母之命,耶稣应上帝之命每年赴耶路撒冷,并带上他们十二岁的儿子,好让他亲临天父之地。因此,现在所有虔诚的父母都乐意来此,进入上帝之房,并带上自己的孩子。

Versio.

Καθὼς οἱ γονεῖς τοῦ Ἰησοῦ κατ' ἔτος εἰς Ἰερουσαλημ κατὰ τὴν εντολὴν τοῦ Θεοῦ ἐπορέυοντο καὶ ελαβον μετ ἐτῶν δωδεκα ἱνα ᾖ ἐν τοῖς τοῦ πατρὸς. Οὗτω καὶ νῦν πάντες εὐσεβεις γονεῖς ηδέως καὶ πολάκις εἰς τὴν οἰκίαν τοῦ Θεοῦ καὶ λαμβάνουσι τὰ τεκνα μὲτ ἑαυτῶν.

其他

主心善,善待追随他的人以及那些探寻他的灵魂。耐心和一颗期望得到主的帮助的心对人有利。这在我们的福音书里也已被证明。耶稣和他的门徒受邀参加婚礼。耶稣之母也受到邀请。至于酒之事,她没有放弃自己的信任,这值得赞扬。

Versio.

Κύριός ἐστιν ἀγατὸς, τοῖς αὐτὸν ὑπομενουσι, καὶ ψυχαῖ[ς] αὐτὸν ζητοὺςαις. Ἔστι τῷ ἀνθροπο αγατον ὁς υπομενει καὶ ὁς ησυλάζει εἰς τὸ σωτήρηον τοῦ Κυρίου. Τοῦτο φανερὸν εστὶν ἐν τουτω ευανγελίω ημῶν. Ὁ Ἰηςοῦς καὶ ὁι μαθηται εκληθην, εἰς τον γάμον. Ἡ μητὴρ τοῦ Ἰηςοῦς ἦν καὶ ἐκεῖ. Καὶ ὑστερήσαντος οἴνου οὐκ ἀποβάλει τὴν παραςιαν ἥτης ἔκείμι Θαποδοςὶαν μεγαλην.

其他

悲伤是通往天堂的狭小入口。

因此，耶稣使徒保卢斯曾说，我们必须要经历许多磨难才能进入上帝之国。

Versio.

Θλίψις ἐστιν ἡ πύλη στενὴ ἡ ἀγὰπουσα προς τὸν οὐρανὸν. Ὁ Αποστολος Παῦλος διὰ τοῦτο λέγει ὅτι ἡμεῖς, δεῖ εἰςελτεῖν διὰ πύλην εἰς τὴν βασιλειαν τῶν οὐρανῶν.

其他

上帝告知人类的话语是真实的，值得所有人接受。曾爱过我们的基督耶稣来到这个世上，为的是使有罪之人死后能升上天堂。基督也愿让我死后升天堂。

Versio.

Ὁ λόγος ὅν ὁ θεὼς τοῖς ἀνθρώποις ἐδοκέν ἐστι πιστὸς καὶ ἄξιος πάσης
αποδοχης. Χριστὸς Ἰησοῦς, ὁ φιλεῖ ἡμᾶς ἦλτεν ἐις τὸν κόσμον ἱνα τοὺς
ἁμαρτολοὺς ϛοϛὴ. Χριστὸς καὶ ϛόϛεὶ ἐμὲ.

Versio.

Verbum，quod Deus hominibus dedit，verum est ac dignum omni
susceptione. Christus Iesus qui nos dilexit，venit in mundum ut nos
beet peccatores. Christus me etiam beabit.

Variatio verbi Ingredior.
per tempora

Indic. Praesens.

Ἐγὼ ἐισέρχομαι διὰ τῆς στενῆς πύλης.
Σὺ ἐισέρχη − − − − − − − −①
Ἀυτὸς ἐισερχεταὶ − − − − − −

Plur.

Ἡμεῖς ἐισέρχομεθα − − − − −

---

① 原文如此。

Ὑμεῖς εἰσέρχεοθαι — — — — —
Ἐκεῖνοὶ εἰσέρχονθαὶ — — — —

Imp. singularis.

Ἐγὼ εἰσέρχόμην διὰ τῆς στενῆς πύης.
Σὺ εἰσήρχου — — — — — — — —
Ὀυτος εἰσέρχετο — — — — — — — —

Pluralis.

Ἡμεῖς εἰσέρχόμεθα — — — — — — —
Ὑμεῖς εἰσέρχεσθε — — — — — — — —
Ἐκεῖνοι εἰσέρχοντο — — — — — — —

新练习
Exercitium novum.

上帝是家长,山上的葡萄种植园是教堂,人是劳作之人。上帝走出家门,雇佣劳工,并不是因为他们闲散,而是要他们工作。若谁被家长雇佣,被派去葡萄园,承受时日的劳作与太阳的炙烤,他日后会收到报酬。

Versio.

Ὁ Θεὼς ἐστιν ὁ ὁικόδεσπότης το αμπελον ἐστιν ἡ ἐκληςία, καὶ ὁι ἀνθρωποὶ ἐιςιν ὁι ἐρχάται. Θεως ἐξὲρχετα μιστὼι μισθοςάςθα ἐρχάτας μὴ ἀρνοὶ ὦσὶν αλλ ίνα ἐρχάζονται. Ὅστις γάρ απὸ τὄυ ὀικοδεσπότου μισθωθεὶς καὶ τὴν ἀμπελὄν απεμφαὶς ὁ βαστατη το βαρος τὴς ἡμερας καὶ τὸν καύζωνα τοτε λήψεται τὸν μισθον.

Versio.

Deus est paterfamilias, vinea est ecclesia et homines sunt operatores. Deus exit et conducit operatores non ut otientur, sed ut negotia tractent. Qui igitur ab hoc patrefamilias conductus in vineamque missus est ille ferat onus diei et aestum tum accipiet mercedem.

[……]

寓言①
FABELN

伊索寓言②
Aesopus

189. 宙斯与蛇

朱庇特结婚时，所有动物都量力送礼。蛇也不例外，它嘴里衔着

---

① 此处的寓言译文约产生于 1758 年。
② 原为希腊语的伊索寓言应该是从拉丁语版本译出。歌德父亲的藏书之中有一本希腊语拉丁语双语版《伊索寓言》。译文原文出处请参考 Mython Aisoperion synagoge. Fabularum Aesopicarum Collectio. Quotquot graece reperiunt. Accedit interpretation latina，Leipzig 1741.

一支玫瑰爬行前来。宙斯看到它,说:所有其他动物的赠礼我都收下,唯独从你嘴里来的礼物,我万万不能接受。因为恶人馈赠之物也是可怕的。

8. 狐狸

一只狐狸落入一个陷阱,他以自己的尾巴为代价得以脱身。但这个耻辱使他厌恶生活。他突然想到,劝说其他狐狸也这么做,这样大家都一样了,他的耻辱也可被遮盖过去。因此,他在一次聚会上劝说其他狐狸割去尾巴,他说,尾巴不仅有伤风化,而且在行动时是沉重的负担。但有一只狐狸插话:如果这事于你没什么好处,你是不会建议大家这么做的。

这则寓言教育我们,有些人对邻居的劝告,不是出于好意,而是为了私利。

230. 狼与羔羊

狼看见一只羊在河里喝水。他想着怎么用光明正大的借口把羊吃掉。虽然他站在上游,但他责怪小羊把河水弄浑浊了,妨碍他喝水。但小羊说,他只用最外边的嘴唇碰水,而且他站在下游,不可能把上游的水搅浑。狼放弃这个理由,又说,但一年前你诽谤过我的父亲。小羊惊呼,一年前我还没出生呢。狼说,你巧言善辩,不过这并不能阻止我吃掉你。

这则寓言告诉我们,面对不公,没有正义可以起到保护作用。

167. 青蛙

　　青蛙们对自己的无政府状态并不满意,派代表去请求宙斯赐一个国王。宙斯看出青蛙们头脑简单,将一个大木块丢进池塘。此时,青蛙们被木块落下来的声音吓坏了,潜入水底。但木块始终一动不动地浮在水上,他们鄙视木块并坐在木块上面。居然来了这样一个国王,他们心有不甘。他们第二次来到朱庇特前请求得到另一位侯爵,因为第一个实在无能且无用。朱庇特心生愤怒,派去一条水蛇,水蛇抓住青蛙们,把他们吃掉。

　　这则寓言告诉我们,宁愿要一个亲切善良的统治者,也不要一个急躁邪恶的统治者。

菲得鲁斯寓言①
Phaedrus

第一篇　狼与羔羊

　　因为口渴,一只狼和一只羊来到河边:狼站在上游,羊远在下游。狼这个贪婪的强盗开始用谎言挑起争吵。"你怎么搅浑了水,"他说,"我正在喝河里的水呢!"羊吃惊,颤抖着:"我求你了,狼。你在抱怨,但我又能做什么呢,水从你那流到我的嘴里。"事实的力量回击了狼。但狼又说:"六个月前,你咒骂过我"。羊说:"那时我还没出生呢。""那肯定是你父亲骂过我。"说完,他抓住并撕碎了可怜的羊。

---

　　① 歌德应该参考了父亲藏书 *Phaedri fabularum aesopicarum libri 5*。

这则寓言暗讽用虚构之事压制那些无辜的人。

第二篇 青蛙

在雅典,律治温和,自由之风盛行,以致国家紊乱,旧藩篱被劈成两半。官员纷纷结党营私,国王庇西特拉图占领宫殿。雅典为遭受奴役的不幸恸哭,不是因为他残暴,而是因为每种负担都超乎寻常地沉重。伊索讲述了这则寓言,为此悲叹。

青蛙们在开阔的池塘里寻欢作乐,他们聒噪着请求朱庇特派来一位国王,希望这位国王能用威望来约束放荡的生活。天神之父笑了,给了他们一根小小的木头。它落下时发出声音,在湖面击起水花。胆小的青蛙们大吃一惊。他们待在淤泥里许久不敢出来。

德语—希伯来语说明①,1761(?)
ANWEISUNG ZUR TEUTSCH-HEBRÄISCHEN SPRACHE 1761〈?〉
参见 图片部分的摹真本②

---

① 1761 年 6 月 6 日,歌德之父约翰·卡斯帕·歌德的记账本显示,当年歌德上了
意第绪语课程。
② 参见本卷附录。

出自约翰·克里斯托夫·克拉鲁斯的宾客题词留念册①
IN DAS STAMMBUCH VON JOHANN CHRISTOPH CLARUS

Ces lignes mon ami, que je vais Vous ecrire,
Vous marquent mon amour, quand Vous irez les lire.
Le seul de mes souhaits c'est: jusqu'a mon trepas
Ami m'aimez toujours, et ne m'oubliez pas.

ce 18 Avrill.　　　　　　　　　　　　　　JWGoethe
　　1764

（汉译：
我的朋友，我用写给您的这几行话，
向您证明我的爱，当您读它们之时。
我唯一的愿望是：直到我去世，我的朋友，
您要一直爱我，勿忘我。

　　　　　　　　约翰·沃尔夫冈·歌德，1764 年 4 月 18 日）

---

① 克里斯托夫·克拉鲁斯(Christoph Clarus, 1741—1811)是法兰克福一位商人之子。本文首次发表及参考底本为 JbFDH 1926, S. 384(之后也见于 FL I, S. 75)。

歌德青年时期信件中的外语(1765—1769)①

FREMDSPRACHEN IN JUGENDBRIEFEN GOETHES(1765-1769)

致科尔内利娅·歌德

(1765 年)10 月 13 日

[⋯⋯]

附言,致父亲。

朗格参事先生②我只见过唯一的一次。他看起来像个顽固的怪人,却并不粗鲁。她则是天底下最温文尔雅的夫人。

我与弗兰克博士③谈过了。他的表情,他的面容,他的行为,他的思想,全都是正直磊落的。世上最好的男子。我在此地获得了许多知识。他讲的不少东西,我真希望不是从这么一张纯净的嘴巴里听来的。对许多东西的真实性,倘若我可以,我很想质疑一番。④ 大学!——宫廷!——最好对此一无了解。⑤ ——给屈斯特纳⑥的信已收到并已转交。我得到了殷勤的接待。您若见到舍夫·奥伦施拉格尔⑦,请务必向他表示感谢,是他让我去见伯梅教授⑧的。对此,我

---

① 本文首次发表见于 Nachweise FL I, S. 452. 本部分参考底本为 FL I。本部分也见于《歌德全集》第 28 卷。

② 指约翰·戈特利布·朗格。

③ 指海因里希·戈特洛布·弗兰克。

④ "我在此地获得了许多知识⋯⋯我很想质疑一番。"这一段文字的原文为拉丁语。

⑤ "最好对此一无了解"一句的原文为拉丁语。

⑥ 指约翰·海因里希·屈斯特纳。

⑦ 指约翰·丹尼尔·封·奥伦施拉格尔。

⑧ 指约翰·戈特洛布·伯梅。

无以为报。^① 我好像在信里写到过那场飓风^②，那是一场闻所未闻的风暴。

此地，飓风掀掉了棚屋的顶。伯梅教授的夫人^③也关心着我的生活起居。施莱费尔^④，真是太可怕了。这上乘的好纸，我得省着点儿用，数量不多，我就用差一些的。

我会给老校长^⑤写信的。对我来说，这不是难事。现在，我除了用功学习拉丁语，别的什么都不干。——还有一桩事！您没法相信，出入于一位教授身边是何等美事。当我看到他们中的一些人物是那么光彩熠熠时，我感到无比神往。没有什么比他们更富光芒、更具尊严、更为荣耀的了。他们的声望和他们的名誉令我目眩神迷，以致我一心渴求拥有一位教授的荣誉。再见。保重。^⑥

[……]

（郑霞译）

致科尔内利娅·歌德

妹妹，我亲爱的妹妹：

我正在回复你 10 月 15 日的来信。请你相信，我的天使，我在这里过得很好，我很满足，别无所求。我还从来没有像住到此地后的这段时间以来吃得这么好过，我吃了很多野鸡、山鹑、田鹨、云雀、鱼，德

---

① "对此，我无以为报"一句原文为拉丁语。
② 发生于 1765 年 10 月 5 日。
③ 指玛丽·罗西娜·伯梅。歌德在莱比锡求学期间是伯梅教授家的座上客。
④ 可能指约翰·G. 施莱费尔。
⑤ 指约翰·格奥尔格·阿尔布雷希特。
⑥ "没有什么比他们……保重"这一段文字的原文为拉丁语。

语叫"鳟鱼"。比如说在路德维希教授①家的餐桌上。有时还会上葡萄。六十只云雀卖两个塔勒②。梅泽堡牌啤酒我不爱喝，苦得就像死神掉进了酒坛子。③ 我在这里还没尝过葡萄酒哩。那些惨淡的戏剧演出④令人叹惜。穆尔斯⑤！晚上好，兄弟⑥，穿着丝绒上装，佩着你的勋章！哦，好一个风流倜傥的人物。再见，亲爱的。我的天使，请代我问候所有的女友。再见。

(1765 年)10 月 18 日
G.

又及：

赖希⑦跟福施塔特⑧推荐的那个书商是亲戚。我给霍恩⑨或其他人写信讲这座城里的高物价时，我知道该怎么把话说得委婉些，同时，我也不会隐瞒实情，当然，只有他们要我说时，我才会说出真相。至于那个 d，你说得没错。我是按着拉丁语 Francorum Vadum 写成了 d。⑩

---

① 指克里斯蒂安•戈特利布•路德维希；他是宫廷参事、医学教授，歌德曾在他家用过午餐。
② Reichstaler(帝国塔勒)为旧时在德国流通的一种银币。
③ 参见 1770 年 8 月 26 日歌德致苏珊娜•卡塔琳娜•封•克莱滕贝格的信。
④ 指上一封信中提及的在法兰克福由一群业余爱好者进行的戏剧演出。
⑤ 指卡尔•路德维希•穆尔斯；他是歌德青年时代在法兰克福的友人，与其兄弟弗里德里希•马克西米利安•穆尔斯、里泽以及霍恩同属一个朋友圈。
⑥ 可能指约翰•卡斯帕•施奈德。
⑦ 莱比锡书商菲利普•伊拉斯谟•赖希的一位亲戚。
⑧ 法兰克福的一位商人。
⑨ 指约翰•亚当•霍恩；他是歌德在法兰克福青年时代的友人，也打算去莱比锡读大学。
⑩ 歌德可能在地址里把法兰克福写成了 Franckfurd(而非 Franckfurt)，其中 furd 受拉丁语 vadum 的影响。

你明白了吧。我的女房东①要我问候你和咱们的父母。

（郑霞译）

致科尔内利娅·歌德

（莱比锡）(1765年)12月12日晚上8点

亲爱的妹妹：

　　今天是外祖父②的生日，你想必正坐着大快朵颐，而此时我这个可怜的人却只能满足于一个小鹅翅和一个小面包。不过，我打算给你写信，好让自己开心。

　　各种各样的问题：施特尔瓦格③怎么样？乡代表大人还没有帮他忙，让他当上村里的牧师吗？这是个美差，适合他。

　　　　谁得了这份差事，就可以打发日子，
　　　　能和地主喝酒，还能亲吻妻子；
　　　　星期天布道，吃个酒足饭饱，
　　　　而星期五斋戒——如果他想要；
　　　　为教会和女王干杯，解说各种消息，
　　　　和教堂司事谈论教堂里的长椅，
　　　　衷心将新的馈赠祈求，
　　　　对于斯威夫特博士，不住摇头。④

---

① 指约翰娜·伊丽莎白·施特劳贝。
② 指约翰·沃尔夫冈·特克斯托尔。
③ 指约翰·康拉德·施特尔瓦格。
④ 这几行诗原文为英语，系歌德由英国诗人亚历山大·蒲柏的诗歌《一个乡村牧师的幸福生活》及《芙丽涅》中摘录而来。歌德父亲的藏书里有英语版《蒲柏全集》。

另外，莫尔特先生①是否又去了法兰克福，在施泰茨②家？如果是的话，就请人告诉他，我们之前在夜里 12 点途经爱森纳赫，很遗憾我没能去看他。因此，我现在向他问安。他是个非常拘守礼节的人，这么做会让他高兴的。米勒先生③怎么样？宫廷参事莫里茨④怎么样？他还是那么疙疙瘩瘩难伺候吗？你已很久没有那位可爱的姑娘⑤的音讯了吗？

现在我要委托你一桩事。附信里有一首写给外祖父的贺岁诗。⑥ 元旦那天把信揣在身边，等到晚上大家聚在一起的时候就把信拿出来，但是不要过早拿出来。而且，如果你办得到的话，要让奥默·特克斯托尔先生⑦把信大声念出来。到时候，你得留意所有人的情绪变化，并把这一切如实地写信告诉我。不过，要是事先把信拆开了，就肯定没有人会感兴趣了。

再说说莱比锡的各种事情。现在的莱比锡可被称作"桑树之城"，到处都种着这样的树和灌木丛，尽管曾经遭到普鲁士人的大肆破坏，⑧现在又重新栽种，不计其数。这儿有一个美术学院，位于普莱森堡，有三个房间，布置得相当精美。厄泽尔先生⑨精于绘画和蚀

---

① 指约翰·克里斯蒂安·莫尔特。
② 指卡尔·丹尼尔·施泰茨，法兰克福商人。
③ 关于此人的确切身份，研究者说法不一。有人猜测这是歌德在法兰克福青少年时代的一位友人，此人也在科尔内利娅的日记里被提及；有人认为此人是沙里塔斯·迈克斯纳的一位亲戚或朋友；还有人则认为此人即是发生了格蕾琴风波后被聘用的监管者及家庭教师。
④ 指约翰·弗里德里希·莫里茨。
⑤ 可能指沙里塔斯·迈克斯纳。
⑥ 此诗未得留存。
⑦ 指约翰·约斯特·特克斯托尔。
⑧ "七年战争"时期，普鲁士人对莱比锡城多有毁损。
⑨ 指亚当·弗里德里希·厄泽尔。

刻,他是学院的监事,封•哈格多恩先生①是学院的总监。我再说得详细些。那些园林真是壮观,我从未见过与此相仿的。我说不定会给你寄一张阿佩尔园林②入口的景观图,很有一番皇家林苑的气派。我初次去那里时,仿佛置身于极乐之地。你可以告诉爸爸,我还剩多少金路易。不过,你得先把数目算出来。你好好听着。假如我手头的金路易数目翻一倍,再加上我现有数目一半的三分之一,再加上我现有数目的六分之三,那么我就有一百个金路易了。结果很容易算出来的。我要到新年博览会时才能拿到裤子。我的假期很少。博览会期间,大部分课程继续进行。我常常去看望伯梅教授的夫人,她对我非常好,我在他们家吃过不下六顿饭了。从她和她丈夫那儿我了解到许多有关格勒特③的详细情况。星期天我在宫廷参事朗格家,在那里用了晚餐。他是个令人难以忍受的蠢蛋。用餐时,我的女伴是林克夫人④。她是朗格参事的亲戚,十分美貌,嫁了头蠢驴。其言谈举止十分优雅。恶毒的世人在背后议论她:

> 她举止优雅,满腹经纶,
>
> 无论是意大利人还是荷兰人,
>
> 是西班牙人还是法国人,都来到她这里,
>
> 她对所有人都表现得彬彬有礼,
>
> 一会儿说意大利语"是,先生",
>
> 一会儿说德语"是,我的先生",

---

① 指克里斯蒂安•路德维希•封•哈格多恩。

② 此为莱比锡商人海因里希•弗里德里希•英诺森•阿佩尔的私家园林,坐落在城西,邻近普莱森堡,是一座扇形的法式风格园林。歌德对这座园林多有赞誉。

③ 指克里斯蒂安•费希特戈特•格勒特。

④ 指莱比锡"狮子药铺"老板之子约翰•海因里希•林克的妻子。

一会儿又说法语"请，先生"。

可是，我不相信这些话。

……

（郑霞译）

致科尔内利娅·歌德

（1766 年 1 月 17/18 日）

我收到了你的来信。伟大的英格兰女子，这个你不懂，意思是：

为女王和教会干杯，讲解报纸上的新闻，和教堂司事谈论教堂里的长椅。①

顺便插一句，博什②是个傻瓜。插入语结束。

我的讽刺③能击中原型，我感到非常高兴，尤其因为我确信，我在描绘这些肖像时，眼前所见就是人的天性及普遍的过失，而绝非像他人可能猜想的那样，有什么特定的人物。

对喜爱滑雪这类娱乐的人来说，此地的雪橇太昂贵了。在这个冬天，有过几次大型的交游，大家一起出游，和咱们那儿的情况差不多，唯一不同的是，大家从来不待在城里，而是坐车去一些村庄，这周围有许许多多那样的村落。你是个好孩子，我看见了，你正在学习怎么表达，不过，此外我还想了解你是否也会阅读严肃的书籍。关于那些我推荐你阅读的书，我压根儿没听你提起，我很想听听这方面的情况。读着爸爸那封信的结尾，我从头到脚浑身战栗。老天有眼，谁会

---

① 参见 1765 年 12 月 12 日歌德写给科尔内利娅的信，其中歌德摘录了英国诗人亚历山大·蒲柏的诗《芙丽涅》。
② 指大卫·封·博什。
③ 可能指那首 1765 年 12 月 12 日歌德致科尔内利娅信中所附的、赠与外祖父的贺岁诗。此诗未得留存。

相信民众的声音就是真理的声音啊！尽管如此，对于这场婚姻①，我却不能说出我的观点，既不说坏话，也不说好话。我迫不及待地想要了解这起风波的哪怕是最微小的细节，并准备借此良机充分展现我诗人的禀赋。

那道算术题你解对了，不过，你说可以运用比例法求解，你这就露出了马脚。我由此看得一清二楚，蒂姆先生②为此尽了力。就这样吧，时间不早了。你听，市政厅的钟敲了两下，11 点半了。猫儿们发疯似的吼叫着，它们是除了我以外附近这一带唯一还醒着的生物，为什么还要继续像它们一样呢？再见，我要上床了。咱们明天见。③

1 月 18 日

我给爸爸的信里忘了写一些事，你可以把这些事讲给他听。此地有一位叫韦尔克的参事④，我拜访了他。查理七世加冕礼⑤举行期间，他在法兰克福，时任神圣罗马帝国的军需官。他对爸爸有印象，但很粗略，不清晰。如果爸爸能写信告知一些细节的话，会让我感到高兴。简短说一说你的书信风格。你的书信风格一点儿也不令我讨厌，除了一些小错误外。比如，开头那一段要是这么写就更好了："我们当然大快朵颐了，不过席间我们也想到了你，并且为你的健康干了杯。"要知道，dabey 和 indem 这两个词不是十分自然。重复使用bekommen 这个动词不是很恰当。在 gar schön zu lehren 这几个词

---

① 指约翰·约斯特·特克斯托尔与 15 岁的玛丽亚·玛格达莱娜·默勒成婚，二人于 1766 年 2 月 17 日举办婚礼。
② 指约翰·海因里希·蒂姆。
③ 原文段落"我的讽刺能击中原型，……咱们明天见。"为法语。
④ 指沃尔夫冈·格奥尔格·韦尔克。
⑤ 1742 年，查理七世在法兰克福加冕神圣罗马帝国皇帝。

后面你写一个逗号就可以了，随后再这么往下写：dafür sie ihm nicht genug dancken können。daher 一词听起来太过明确了。关于博什那一段写得又太娇揉造作了。注意别再把德语词拼写成法语，也不要使用外来词。不要说 Figure、Charge，而要说 Aufsehen①、Amt。其他错误，比如名词小写而形容词开头字母却大写的情况，我就略过不谈了。再见，早日给我回信，多写一点儿。你也瞧见了，我是很乐意给你回信的。

　　　　1766 年 1 月 18 日　　　　　　　　　　　　　　G.

　　　　　　　　　　　　　　　　　　　　　　　　　（郑霞译）

致科尔内利娅·歌德

亲爱的妹妹：

　　你们，你们姑娘家似乎具有某种神秘的魅力，凭着它，你们随心所欲地将我们俘获。至于这一魅力是来自我们对你们性别的兴趣，还是源于你们在觉得必要时惯会伪装的媚态，于我而言是无关紧要的。总之，有好多回我都感觉到这一魅力，就在我给你写下这几行信文时，我依然能感觉得到。我原本打算在这封信里用一种可能会令你惧怕的方式进行责备。对此，我口袋里揣着充分的理由，两个，三个，四个，都是正当的理由，只消其中的一个就足以把你骂得够呛。不过，你在信中写道，要请求我的原谅，这下好了，我所有的理由全都烟消云散了。我坐了下来，不写"我很生气"，而是写"我爱你，我原谅你"。

　　你写的婚宴报道很成功，不过，你还没领会如何以我所希望的、

---

　　① 书信手稿此处字迹模糊。据上下文推断，此处当为 Aussehen（意为"外貌"）。

同时也是我相信凭你的机灵你能够做到的,一种既生动又精确的方式来描述所有的情状。尽管如此,我必须对你写信的速度表示赞赏。赞赏之余,我还要请求你把报道继续写下去。我的请求会让你相信,我一点儿也不讨厌你的书写方式。换个话题吧!我真是可怜,只因我的那些关乎你的阅读的请求对你全然无效。不过,你倒不必害怕今后会听到我对你的指责,因为我将来写信时,会把这桩毫无用处的事排除在外。只是这一次我还必须再说几句,作为对你信中一处文字的答复。你写道,是那场宴席以及相关的各种琐事妨碍了你的阅读。要是你这么说的话,我的妹妹,你就给自己造成了某种假象,而具有这种假象的人是没有权利请求原谅的。也许你的良心会对你作出你理应遭受的谴责。我们还是不说这个话题了。我会把我的一些想法告诉你,这些想法有时真令我感到高兴。

虚荣几乎是少女之心的永恒主宰。它令外在华丽的虚伪光泽赏心悦目,却令精神修养的真实光辉黯然失色,并由此腐蚀她们。

这些姑娘,岂不是些奇特的生灵?别人对她们说:“咱们去参加聚会吧,我的小姐!”——“参加聚会?”——“是的!”——“去那儿我会碰到好多熟人吧?”——“毫无疑问!”——“也会碰到陌生人吧?”——“那是再自然不过的啦!”……她先是一脸严肃。——她在想什么呢?在想和人家说些什么来消遣?——不是!——在想她要说些什么以博得他人的赏识?——根本不是!——那她究竟在想什么呢?——要知道这个是再容易不过的了。只需留意她接下来会做些什么。看,她立刻就扑向了衣橱!你们瞧见她的目光飞快地掠过那些衣物了吗?你们听到她在喃喃自语了吗?她在说什么?——“我不要穿这条裙子,S小姐有一条漂亮得多的。那这条怎样?不行,很丑。那条呢?对了,这将是最漂亮的裙子。不过,我还得先把它改一改。”——只管等着吧,一直等到下午2点!她梳好了头发,虽说到5

点还有很多时间，可是，整个下午却不得不在梳妆打扮中荒废了。瞧瞧那几百个小盒子，看那里面会冒出些什么来。花束、轮状皱领、头巾、扇子、首饰以及许许多多此类玩意儿。她挑了又扔，缝了又拆，扎了又扯。最终，只见她顶着一个哥特式的脑袋，头上的饰物五花八门，叫人疑心她缠了一块穆斯林的包头巾。至于她为别的芝麻绿豆大的事操的心，我就不说了。终于，她认为收拾好了，因为镜子里她的妆容再也看不出有任何瑕疵。她毫无准备地来到社交场，因为她直到踏进了沙龙才考虑该说怎样的一番开场白。于是，你们将会看到，她不仅笨拙地作出恭敬的姿态，还流露出更为愚钝的神情，说着更为蠢笨的客套言辞。你们将会听见，她战战兢兢、含糊不清地说道："谨遵君命而来，深表崇敬。"她这么说着，却没发觉，她说的是天底下最愚蠢的话。宾客纷纷落座，大家开始谈天说地。这时，她面临着两种完全不同的尴尬。她不是像一尊雕塑那样粘在座位上纹丝不动，一言不发，就是扯些蠢话令人不悦。造成这两种错误的原因不外乎是她对自己的精神修养毫不费心，在准备参加社交的时候她没想到这一点，在独处闺房的时候她也没想到这一点。就此，我会在下文将我的观点略作阐发。——"难道她所做的还不够吗？"兴许有人会对我这么说，"她掌握多种语言，能读会写，还要她怎样？"——"是的，没错"，我会这么回答，"可是，这么多的知识于她何益？哪怕她拥有比现有的更渊博的知识，只要这始终是僵死的知识，没有内在见解，没有任何体悟，这于她又何益之有？如果她读书时不作思考，该如何读以致用，那么她读的所有那些书又有何用？如果她写文章时不能把读过的书与自己的思想趣味高雅地结合在一起，那么她写文章又有何用？"——"可是，她缺乏这些能力，是什么原因呢？"也许有人会问。——"这是再容易理解不过的了。她没有凭借她所掌握的语言去读那些外国人写的有品位的书籍，她力图拓展却并非力图学以致

用的,纯粹是掌握死板的机械知识而已。""无论如何,她读的可都是
德语和法语书籍。""很好! 可是,她读书为的是什么? 她手里拿的又
是些什么书?"——我敢断言,对她来说,读书是一种舒服的打发时间
的方式,这样的消遣一无成效,转瞬即逝,一如为此而花费的时光一
去不返。这一点从她爱读的那些书上也能看出来。尽是些小故事、
小说、小册子,轻松的笔调。她是出于好奇而读书,而当好奇成了阅
读的因由,这不是什么好兆头。好奇心要得到满足,而一当好奇心得
到了满足,就不会再有为心灵和精神寻找养料的迫切需求了。这么
一个姑娘,尽管天资聪颖,却虚掷大好光阴以消遣,而将自己的心灵
与精神遗落在本可被她驱逐的黑暗之中,对她难道不该感到恼怒吗?
对此你有什么想法,我的妹妹? 在你的女伴中肯定也有这样的姑娘。
倘若有人问你,如何能使她们改变,你会怎样作答? 我倒是可以告诉
你我的看法,不过,我已经唠叨太多了,把别的事都给忘了,也忘了这
封信马上该结尾了。我们来说说布雷维利尔小姐吧! 我发现,她信
守承诺,我也因此比以往还要更高看她一眼。你知道她一直以来都
是我的朋友,你也知道我很欣赏她,当她说她和我的感受十分相近
时,我将此视为一种荣幸。在我们相识期间,她展现出了非常讨人喜
欢的性格,还有其他一切美好的品性,并且在我离家时她答应我会始
终爱你,会引荐你出入大的社交场所——这所有的一切都叫我无法
相信,你的抱怨、你对她对待你的态度的指责,是有理有据的。很高
兴,我原先对她的好印象并没有欺骗我。从她现在的言谈举止中你
会发现,她依然是那个我们曾经那么欣赏的布雷维利尔小姐。你瞧,
我的妹妹,仓促评判是有危险的,会使人成为一个不公正的法官。借
此机会,我请你向布雷维利尔小姐和那个大交际圈的朋友们以及所
有相熟的人转达我的问候。——我恰好在谈论女性这一话题,因此,
我还打算说上几句,关于我们那位可爱的、我十分喜欢的小女友。我

希望,我的妹妹能在更有益于心灵和精神的书籍上倾注比以往更多的热情,与此同时,我的这一愿望也是为了亲爱的伦克尔①考虑。倘若能得人精心栽培,以最优秀的、格调高雅的宗教和道德书籍引导其卓荦的思想和高贵的情感不断升华,她那令人着迷的天分将使人充满期待。你在最近的某封信里告诉我,你和她一起在读戈麦斯夫人的信札,这给了我一线希望。我表扬你,如果你能继续实现我的心愿,我将感到无与伦比的高兴。望来信时能经常写一写我的那个小女孩以及你自己就某些事物所作的思考,我也会及时补充我自己的想法。相信我吧,亲爱的,我牢牢地牵挂着你们。女孩子实在是美妙的造物,我无法坐视她们中的任何一个堕落,因此,我希望,她们能因我而从善。如今,人们为改进学校而煞费苦心,为什么就没有人想到女子学校呢?对此,你有什么想法?我曾想过,待我回到家乡之后,就去当一所女子学校的负责人。这并没有人们猜想的那么糟。无论如何,对于我的家乡而言,这要比我做个律师更有好处。不过,得要当心,可别把像我那亲爱的伦克尔那么漂亮的女孩子送到我的学校来,否则我这个教育者就会落入扮演阿莫尔②的险境了。

看着这么多已经被我涂写得满满的信纸,我忍不住要对你略加责备,而你理当承受。你写的信总是那么短,我能看出来,你始终还是把写信当作一桩任务。我很忙,可我的信却写得很长。我这么做是为了叫自己开心。也请你这么做,假如你不能每次都是亲笔写信,我能谅解。是什么阻挠你让那位字写得又快又漂亮的文书③把你的

① 指莉塞特·伦克尔。
② 此处原文为法语 l'amour Precepteur,影射了迪沃尔(Duvaure)的《伪学者》(又名《家庭教师》)(Le faux savant, ou l'amour précepteur)(巴黎,1749)一作。在这部作品里,那位情人卢西多尔伪装成家庭教师,由此得以接近露西尔。
③ 指 J. A. 沃尔夫,歌德父亲手下的文书。

想法听写下来？我期盼着一封理想的信，长长的，措辞准确的，写满了各种芝麻绿豆的事儿。下一次博览会期间，可以让霍恩①把信捎来。这会儿，我已不知不觉写到结尾了。要不是这一页已写满的话，我还会再多写一点。再见。请向亲爱的双亲转达我最崇敬的问候。再见。

　　　　莱比锡
　　　　1766 年 3 月 14 日
　　　　　　　　　　　　　　　　　　　　　　歌德
　　　　　　　　　　　　　　　　　　　　　　（郑霞译）

致科尔内利娅·歌德

　　　　　　　　　复活节第一日晚上，1766 年（3 月 30 日）
　　　　我亲爱的妹妹，
　　　　10 点钟了，
　　　　此刻我们似乎看见世界在摇摆。
　　　　一小时前是 9 点；
　　　　一小时后是 11 点。
　　　　我们正是这样一小时、一小时地成熟，成熟，
　　　　也在一小时、一小时地朽腐，朽腐。②

　　我是不是个古怪的人？我本想告诉你现在是 10 点钟，却不由想起了莎士比亚的这几句诗，我就把它们写到了纸上。时间虽然有点儿晚了，我却打算再和你聊一会儿。

　　想必这复活节的第一天你们大家相聚在外祖父家中，过得非常悠闲自在吧。你们想必也感受到那种与相识相知的人共处时的欢愉了吧。我呢，我也没有错失消遣的良机，只是，我的娱乐方式与你们

_____

① 1766 年复活节期间，歌德青年时代的友人霍恩也进了莱比锡大学。
② 这段引文出自莎士比亚的喜剧《皆大欢喜》的第二幕第七场。

的迥然相异。我独自一人，置身于美轮美奂的园林①。时而漫步于宽阔、幽暗的林荫道，尽管树木在冬天掉了叶子，阳光却仍无法穿透；时而坐在一尊用以装点一道常绿游廊的雕像脚下；时而驻足而立，在那一瞬间眼前同时出现六条林荫大道的入口，却望不见任何一条的尽头。就在这样的情形中，我度过了我的下午。我说不清是何缘故，独自信步游走让我觉得无比舒心。我的精神在梦幻中陶醉，

　　　　发现树木能说话，溪流蕴文章，
　　　　石头会讲道，万物皆有美好。②

　　可是，我的妹妹，虽说我喜欢这样沉郁、寂寥的消遣，可若是置身于音乐会上常见的那些装扮考究、卷着发、挂满饰带的聒噪的人群中，我也丝毫不会觉得不舒服。当然，这种情况下，我会进行思考。我的妹妹，这些萨克森姑娘都是什么样的人物啊！在她们当中，有些人傻乎乎的，大多数都不怎么聪明，却个个都会卖弄风情。也许，我冤枉了她们中的一些人。不过，也没关系，我认为我的判断总体上是对的。有无例外？哦，那就得像第欧根尼一样打着灯笼去找了！③——我们的那些女士所犯的最大的错误之一是，她们说的太多，知道的却不多。

　　　　——可以因沉默被非难，
　　　　绝不因谈论被责罚——④

一位伟大的作家⑤如此说道。"可是，姑娘们，"或许某位先生会对我

---

① 指前文提及的阿佩尔园林。
② 这段引文出自莎士比亚的喜剧《皆大欢喜》的第二幕第一场。
③ 第欧根尼(Diogenes)，古希腊哲学家，犬儒学派代表人物。传说他整天提着一盏灯笼在雅典街头寻找诚实的人。
④ 这段引文出自莎士比亚的喜剧《终成眷属》的第一幕第一场。
⑤ 指莎士比亚。

说,"生来就不是为了谈论什么重要的事情,她们所说的一切都没有意义;不过,比起一个一言不发的姑娘,我倒更喜欢一个说废话的姑娘。"对这么一位彬彬有礼、对你们女同胞的态度如此和善,且敢于在二十名女士的圈子里掷地有声地说出其观点的男士,你有何看法?来吧,又轮到你们了,我的萨克森女士们。你们精心呵护自己的外表,却并未由此变得更美。夸张的举止,夸张的姿态,以及夸张的打扮方式,这一切都与一种自然的着装和举手投足的方式相去甚远,反倒更得不到良好品位的赞赏。我倒是乐意原谅她们的全部错误,倘若这一切没有因卖弄风情,因这一在女子身上所能发现的最大、最可悲的愚蠢而变得忍无可忍的话。在此地,这种凭借对一个有思想、有尊严的女子而言有失体面的手段以博取欢心的愿望十分盛行,叫人感觉好像身处巴黎似的。女性普遍都喜爱那些诉诸感官的事物,她们视美貌及其他所有外在形象为其所能达致的最大收获,因此,当她们竭尽可能谋求这样的收获时,又有谁会感到奇怪呢?我们意志薄弱的男性欣赏她们,更显意志薄弱的是,还因此而追随她们。——再见。

(郑霞译)

5 月 11 日,星期日

　　我用法语写的长篇大论①被一桩紧急的事务打断了,看来要等到下一回再写完了。我想,这正合你意吧。让我把这么做的原因告诉你:父亲在勒普顿②的来信里附言说,他想看看我写英语是不是像勒普顿写德语那样好。这我说不清,不过,要是勒普顿写得比我好,也不足为奇。如果我在英国也像他在德国待那么长时间的话,我会

---

① 指上文用法语所写的信文,此处以下原文为英语。
② 指哈里·勒普顿。

对成千上万的教书先生嗤之以鼻的。我们聊一会儿吧,妹妹,这样父亲或许可以就此作出判断。勒普顿是个好小伙,从他的信中可以看出他是个开朗、聪明的伙伴。他的信写得既风趣又有分寸,体现了对其先生的尊敬,值得称赞。不过,我们可以看到,他对我们的语言的精美之处还不是十分熟悉。撇开这点不谈,他写得不错。至于眼下我的英语口语取得了什么进步,可以说,情况很理想。我的朋友博恩①,还有他的老师和我见面时总是只说英语。通过那样的交谈,我能学到许多东西。不过,这位亲爱的朋友到福格特兰山区②的格赖茨③接种疫苗去了。愿上帝保佑他病愈,健康归来。

　　再说几句关于我自己的话。妹妹,我是个傻男孩。你是知道的,我又何必重提? 我的灵魂有了些许转变。我不再是法兰克福的那个爱嚷嚷的大嗓门了,我不再喊叫、暴怒! 我现在很温顺,很温顺。哈,你不相信! 我常常会忧郁满怀。我不知道是什么原因。每当这样的时候,我会盯着每一个人看,神情俨然是只猫头鹰;我会去林子里、河边上走一走,看缤纷的雏菊、蓝色的紫罗兰,倾听夜莺、云雀、乌鸦、寒鸦和布谷的歌唱。随后,就有一片黑暗袭来,将我的灵魂笼罩,那黑暗就像十月的浓雾一般难以穿透。霍恩常常享有陪伴我的"殊荣",我和他肩并肩同游林园。男人间的亲密无间! 好可怕! 不过,你好好听我说! 在这样的心境中,我会作英语诗——比勒普顿多了一门技艺,能叫石头也动容流泪的英语诗。马上就让你读上几句。妹妹,你想一想,你是个多么幸运的姑娘啊,你有一个会作英语诗的哥哥。但愿你不要因此而自傲。

----

① 指雅各布·海因里希·博恩。
② 介于法兰肯森林、菲希特尔山脉与埃尔茨山脉之间的山地。
③ 位于图林根,是当时一个热门的天花疫苗接种站。

　　　　　　诗一首

　　论我之不自信
　　　为施洛瑟博士①而作

你知道，你的朋友幸福地走在
　　鲜花盛开的路上；
你知道，上天的手仁慈慷慨，
　　领着他迎向金色时光。
可是，啊！一个残酷的敌人
　　摧毁了这所有的赐福；

---

① 指约翰·格奥尔格·施洛瑟。《诗与真》中有这么一段关于此人的文字："我的同乡约翰·格奥尔格·施洛瑟在勤奋、努力地完成了大学学业之后，在美因河畔的法兰克福开始了普通的律师生涯。但是，出于某些原因，仅仅是他那孜孜以求的上进心和探索普遍真理的精神就令其无法安于现状。后来，他毫不犹豫地接受了驻守特雷普托的路德维希·封·符腾堡公爵的机要秘书一职，因为这位侯爷是一位志向远大的人物，志在以一种高贵、独立的方式使自身、他周遭的人以及全体获得启蒙、改善，并为追求更为崇高的目标而将其团结起来。……这个高贵的、志趣高尚的年轻人（施洛瑟），追求道德的至纯，他原本很可能会因为某种枯燥的严厉而使人敬而远之，若不是一种美好的、罕见的文学修养，若不是他所拥有的语言知识以及他那擅长以作诗为文来表达思想情感的才能吸引了众人并使得与他的相处变得容易的话。……在一定程度上，他是我的反面，也许这正是维系我们之间长久友谊的原因。……他勤勉地研究那些英国人，蒲柏虽不是他的榜样，却是他关注的对象。为了反驳这位诗人的《人论》一作，施洛瑟以同样的形式和节律创作了一首诗，旨在赋予基督教以凌驾于那种自然神论的胜利。此外，他还从身边保存的大量的文稿中拿出用各种语言写成的诗歌或散文给我看，这些文字在召唤我去模仿的同时，却也一再令我深感不安。不过，我很快就知道该干点什么以摆脱困扰。我写德语、法语、英语和意大利语的诗歌给他，从我们之间那些意义非凡、极富教益的谈话中汲取诗歌创作的素材。"

当我忧伤愁闷，
　　幸福便飞逝全无。

此时怀疑的浓雾弥漫我心间，
　　幽暗深重；
我省视自身，却找不见
　　丝毫价值的影踪。

当友人温柔地伸出双臂，
　　热切地跑来要把我亲吻；
我想，我不配享有这份欣喜，
　　这欣喜像吻温暖我身。

啊！若我的姑娘吻了我，如我所渴慕，
　　且对我说"我爱你"，
我会想——温柔的姑娘，请把我宽恕——
　　她是虚情假意。

她美貌如仙女下凡，
　　不会爱上坏脾气的男孩。
哦，朋友，若我能将此念头驱散，
　　金色的日子便会到来。

还有个想法令我深感不幸，
　　就像死亡和黑夜：
我哼唱的旋律太难听，

当诗人的梦想要破灭。

九缪斯祭坛前，
　　　我敬献悲伤的香；
把写诗的心愿祈念，
　　　哦，姐妹们，请让我歌唱。

若我的祈祷她们听不见，
　　　我就断了低诉的琴弦喋喋；
此时一颗泪滚落自我的眼，
　　　将祭拜的香火滴灭。

于是，朋友，我将主宰命运的上天诅咒，
　　　我飞身离开祭坛；
高声呼喊，朝着我的朋友，
　　　愿你们比我幸福美满。①

这些诗句难道不美吗，妹妹？哦，美！毫无疑问。②

（郑霞译）

---

① 这首诗是歌德与施洛瑟所通信函的一部分，但相关书信遗失不存。1826 年 2
月 16 日，歌德也许想起了此诗，对爱克曼说："就在最近，我得到了一首早年
间写下的英语诗，我在诗里抱怨缺乏诗歌题材。"
② 此句原文为意大利语。

5 月 14 日①

　　妹妹,我时常感到心情愉快。非常愉快!这样的时候,我就去拜访漂亮的妇人和姑娘。嘘!别跟父亲提起这些。——可父亲为什么就不该知道这些呢?对一名青年男子而言,与规矩、正派的年轻女士们交往与相处是大有教益的。由于害怕令她们讨厌,我们会远离诸多无节制的行为。也正因此,外表的种种诱惑,对年轻人而言是危险的。你瞧,妹妹,眼下我的生活就是这样:所有那些我无法在我的上级——上帝和我的父母——面前作出辩解的事,我都尽量不去做;我会继续努力使自己博得大多数人的喜爱,智者也好,愚人也罢,大人物也好,小人物也罢,我勤奋,我快乐,我感到幸运。再见。

5 月 28 日②

　　在我洋洋洒洒地用法语又用英语说了一通之后,还剩下两页纸,我要用它们来答复你的来信。看到这么一封长长的、字斟句酌的漂亮的来信,我感到非常高兴。写这么一封信对你这个年龄的姑娘来说是很高的要求,可是,这对我的妹妹来说却还不够。我原本期待收到一封写得更天真、更活泼的信。你的来信——我并非什么语言鉴定行家——写得合乎语法规范,这是我对此所能说的全部。信中只有少数几处错误,不过,其中的亮点也屈指可数。信里有一些美妙的灵感,这是真的,不过你往往太刻意,使得一切看起来都像是事先考虑好了似的。——讲正题。——尽管我对信中讲阅读情况的那一段总体上并没有什么要说的,我还是要就这句话——**我无法改变**——

_____

① 原信由英语写成。
② 原信大部分由法语写成,间或插入英语。

作一评论。之所以这么说，是因为错误地表达了自己的想法。每一个有能力思考、能区分好坏的人，都能做到有所取舍，因为他是个拥有自由意志的生命。倘若一个人作恶成性，不是因为他不能，而是因为他不愿转而向善；否则，他就是一架机器。因此，我希望你能把那句话改成下面这样的说法：我不愿意改变自己。——皮塔瓦尔①不适合你阅读，仅仅是些详细的报道，没有道德评价，不带任何情感。他肯定会让你感到无聊的。——我不想评价塔索②和他的功绩。说起塔索的诗歌，布瓦洛③这位优秀的批评家称之为"塔索的浮华"④。

　　不过，我们不妨认为，他其实要好于现在这个样子，所有那些美妙之处在仔细、审慎、精准，但同时又是乏力、贫瘠且终究是糟糕的翻译⑤中丧失殆尽。

　　你不如读读布瓦洛，读他的《读经台》⑥，布瓦洛的所有作品都可以，这个人可以培养我们的品位，这是我们绝对没法指望从一个塔索那里能得到的东西。

---

① 法国法学家兼作家弗朗索瓦·加约·德·皮塔瓦尔出版过一部刑事案件集，题名为《有名的和引人关注的诉讼案件》（Causes celebres et interessantes）。歌德父亲的藏书里有一版，题为《有名的案件或离奇的诉讼》（Causes celebres oder Erzählungen sonderbarer Rechtshändel）（第1—9部分，莱比锡，1747—1767）。
② 指托尔夸托·塔索。
③ 法国文艺理论家尼古拉·布瓦洛的古典主义诗学著作《诗艺》在当时对歌德深有影响。
④ 语出布瓦洛的《讽刺诗》第9卷（1668）。歌德接受了布瓦洛的这一评价，与戈特舍德及格勒特的观点一致。
⑤ 歌德父亲的藏书中有一册《约翰·弗里德里希·科普：诗意的翻译尝试——塔索的英雄史诗〈戈特弗里德或耶路撒冷的解放〉》（莱比锡，1744）。
⑥ 布瓦洛的仿英雄诗体作品，问世于1674年。

　　不过我在想,我这是白费唇舌。你反正只想读你的小说。好吧,你就读吧。我不负责任。我对《克拉丽莎》没什么反对意见。

　　如今,你交际应酬已自在些了,这令我感到放心。

　　请代我问候布雷维利尔小姐①,告诉她,我已读了她向我极力推荐的《罗塞尔侯爵信札》②。告诉她,这些书信甚是合我的口味,写得相当漂亮。你可以读一读这部小说,并把它讲给我亲爱的伦克尔听。这是博蒙夫人写的。请问候什托库姆家的小姐们,你若给沙里塔斯写信,也请代我问候她。千万遍地问候亲爱的伦克尔,来信常给我写写她的情况。你的信里凡是写到这个奇妙的女孩的地方,总是最令人愉快的。我真希望能够亲吻她,哪怕只吻一次也好。——请代我吻她。——沙里塔斯,亲爱的沙里塔斯! 我为她感到难过。她在法兰克福的时候,始终身处炼狱。那个参赞③,让他上绞架! 他是个傻瓜。要是他有个漂亮的老婆,也和他一起升天吧! 哈哈,到那时我便会大笑,就像鹦鹉见了吹风笛的人那样。④ 我真羡慕米勒⑤。哦,我是多么爱你们啊,你们这些可爱的人儿。哎,要是你们再优秀一点就好了。可话又说回来,我们男子也不是什么天使。咱们就这么相安无事吧。

---

① 指玛丽亚·玛格达莱娜·布雷维利尔。
② 一部1764年匿名出版于巴黎的书信体小说,作者为安妮-露易丝·德利·德·博蒙。
③ 公使馆参赞约翰·弗里德里希·莫里茨,沙里塔斯在法兰克福逗留期间住在他家。
④ 原文中"让他上绞架! ……到那时我便会大笑,就像鹦鹉见了吹风笛的人那样。"这几句是英语;其中"像鹦鹉笑话吹风笛的人"一句出自莎士比亚喜剧《威尼斯商人》第一幕第一场。
⑤ 可能指当时歌德家聘请的家庭教师;参见1765年12月12日歌德致科尔内利娅信及相关注释。

　　贝特曼小姐①在此地给人的印象平平。下一次再详细说她。——关于施洛瑟博士和咱们阿姨②的事,我不置评论。

　　　　滴啦哩啦哩!

　　　　我们歌唱,歌唱爱情不专一!

　　　　滴啦哩啦哩!

　　请将所附的短信转交普法伊尔先生③,我问候他并感谢他热心修改我的那些胡言乱语。再见。这会儿,我刚收到施洛瑟博士的一封信。他在信中描述特雷普托的语气并不十分客气,而他素来对他的那位爵爷④以及他现在的职位还是非常满意的。

　　　莱比锡　　　　　　　　　　　　　　　　　　　歌德
　　　1766 年 5 月 31 日

　　　　　　　　　　　　　　　　　　　　　　　　(郑霞译)

致 A. 特拉普⑤

我亲爱的特拉普:

　　您很善于引导人们回归他们曾一度远离的义务,您迫使他们这么做,以一种叫他们无从察觉您是在迫使他们的方式。

---

　① 指卡塔琳娜·伊丽莎白·贝特曼。
　② 指安娜·克里斯蒂娜·特克斯托尔,她与施洛瑟之间似乎存在过友谊。
　③ 指利奥波德·海因里希·普法伊尔,歌德父亲的秘书。老歌德请他修改儿子从
　　莱比锡写给科尔内利娅的法语书信。
　④ 指弗里德里希·欧根·封·维滕贝格亲王,镇守在特雷普托(波莫瑞)的普鲁士
　　将军;施洛瑟任其秘书。参见《诗与真》。
　⑤ 沃尔姆斯的奥古斯丁·特拉普是歌德青年时代的友人,此人是沙里塔斯·迈克
　　斯纳的亲戚。歌德前往莱比锡之前,沙里塔斯正在法兰克福。

　　您懂我的意思吗,亲爱的朋友? 您笑了,因为我洞察了您的意图,而正是您的微笑允许我心存希望,希望您能原谅我所犯下的过错,原谅我来到莱比锡之后这么长的时间里还没有给您写过信。究其原因,在于懒惰,而非健忘。我怎么可能忘了沃尔姆斯这座如此可爱的城市和那亲切的居民呢? 哦,您深知沃尔姆斯令我倾心。您了解我对美丽的沙里塔斯的满腔热情,以致您认为这正是我给您写信的最强烈的动因,因为您通过霍恩给了我甜美的希冀,我可以获悉与您那可爱的侄女有关的消息。您的提议对我还有更多的意义,要知道由于那个可恶的米勒①我被全然抛弃了。

　　米勒! 这个流氓令我愤恨。
　　他不再是那个与我依依惜别的友人,
　　不再是曾经爱我、给软弱的我以鼓舞的朋友,
　　与我分享快乐,又为我驱赶忧愁。
　　如今一切全都变了,他嘲笑我的叹息,
　　把我的欢乐变成阴郁的忧戚。
　　每一次他来信告诉我好消息,
　　却总要附加一条令我痛苦的信息;
　　每一次他都狡猾地捉弄我,
　　把他给予我的快乐重又剥夺。
　　这个残忍的家伙! 他了解我那敏感、柔弱的心灵,
　　他明白如何才能使我的内心充满安宁;

---

① 此处也许还是指那个"监管者"(见 1765 年 12 月 12 日歌德致科尔内利娅信),即歌德在法兰克福时的家庭教师;也有可能指沙里塔斯·迈克斯纳的一位来自劳特布伦(黑森)的乐师朋友约翰·卡斯帕·米勒。

他清楚地知道，一个朋友就算帮不上忙，
也能给予我们宽慰，假如他对我们寄予同情。
他这么做了吗？哦，没有！我的痛苦无法衡量。
我很软弱，这是事实。恋爱的人又如何坚强？
可他却一心想要我不幸至极，
还笑着对我说：哈，你有了情敌。
即便他没有再次声明，对此我是一清二楚，
每个见过她的人都为她着迷，每个认识她的人都心生爱慕。
可是，非得要唤起这种可怕的想法，
认为一个情敌比我更配得上这个女孩吗？
好吧！如果我配不上她，我会努力使自己与她相称。
让卑劣的名誉见鬼去吧！爱情是我的女主人。
从今我只听命于她，唯有她才能将我引领，
通过她我将到达幸福的峰顶。
待我孜孜不懈攀上科学的高地，
我会回去，亲爱的朋友，重见故里，
若故乡有意成全我的幸福，
任由那些批评者傲慢，我不会却步。

然而，到那时还需您出手相援。
请您让这个迂腐的道德家畅所欲言。
请给我来信！我深爱的那个女孩怎样？
她还记得我吗？还是已将我遗忘？
啊，不管什么事，令我欢欣也好，叫我颓丧也罢，请别隐瞒。
哪怕是她亲手刺来匕首，我也心甘情愿。
请给我来信，您将成为我温柔之心的知音，

而她则是我所爱之人。①

我亲爱的特拉普
我是倾心仰慕您的
歌德

莱比锡
1766 年 6 月 2 日

（郑霞译）

致 A.特拉普②

先生，我亲爱的朋友：

您把我搞糊涂了！莫非您本人就是先前羡慕我得到了所爱之人③关注的那个竞争对手？您就是那个因为我与您追求着同样的幸福而时常感到痛苦万分的人吗？是您在今天向我和盘托出了这件最令我渴望，也最令我始料未及，令我喜出望外的事吗？

这么说来，她看到了我的信，她没有恼怒于这颗狂放不羁的心和

---

① 沙里塔斯·迈克斯纳也许将此诗解读为歌德愿与其缔结婚约的承诺，而歌德则在此后（10 月 1 日）致特拉普的另一封信中回避了这样的许诺。

② 此信以法语写成。写此信时，歌德已结识了小凯特·舍恩科普夫。在这封信中，歌德婉转地表明自己已断了追求沙里塔斯·迈克斯纳的念头。特拉普，沙里塔斯的远亲，同样也打消了追求沙里塔斯的念头，如附于信 16 之上留存下来的一封草稿所表明的那样："不，不，我温柔的朋友，不是别人蒙骗了您就是您自己蒙骗了自己。我怎么可能是您的竞争对手？您让我深受委屈，莫非您忘记了当初我说过的话，在一个周日晚上，10 点钟，在一条林荫大道的路口？我要让您回想起来。当时我对您说，她应该得到比我所能给予她的更大的幸福。我要回去待一段时间。我会把您的信给她，并告诉她让她保存此信的目的是什么。我在此地大概待到月底，请让我知晓您的近况以表明您的友谊。……法兰克福，10 月 4 日。"

③ 指沙里塔斯·迈克斯纳。

这份灼热的爱,还有我那强烈的情感,她甚至希望能拥有那一行行痛苦的文字。哎呀,您为什么不把信给她呢? 您不用征求我的意见。您怎么会认为我不会深深着迷于我那封信的好运,不会因为它由我所爱之人的双手保存而欣喜万分? 您又怎么会认为我会拒绝这一使我的诗行如此贴近她的幸福,就像我热切地希望自己也能在她近旁一样? 您把信给她吧,不过请您告诉她,我希望她能把信留在身边是何用意。我是希望她在读那一行行信文时,能不时想起那位不幸的朋友,他爱她,却未曾收获他那爱情的果实,他祝愿她过上最幸福的生活,却从未奢望能有幸为她的幸福做出哪怕是微乎其微的贡献。倘若不是她如此大度地接纳了我的情感,我是断然没有胆量如此热烈地表白内心的。您告诉了我这么多她的友善之举! 她真的经常想起我吗? 请您告诉她——可是,您又能对她说些什么呢? 什么是她还不知道的呢? 她懂我的心。请让我继续做她的以及您的朋友。再见啦。

莱比锡
1766 年 10 月 1 日　　　　　　　　　　　　歌德
　　　　　　　　　　　　　　　　　　　　　（郑霞译）

致贝里施①

莱比锡,1766 年 10 月 8 日(?)②
写自我的小姑娘③的书桌

---

① 指恩斯特·沃尔夫冈·贝里施。歌德于莱比锡读书期间,此人是年轻的林德瑙伯爵的家庭教师。歌德在舍恩科普夫家结识了他。1818 年,歌德从贝里施的遗物中得到了他写给后者的若干书信(参见 1818 年 1 月 12 日的歌德日记)。此信以法语写成。
② 有研究者认为,此信写于 1766 年 10 月 5 日。
③ 指小凯特·舍恩科普夫。

　　她离开了,我亲爱的、好心的贝里施,她和她的母亲,还有她将来的未婚夫一起去了剧院,此人千方百计献殷勤,想讨她的欢心。可以看到一些很有意思的事,值得一个行家进行仔细观察:(在这一边)我们看到一个人,他想方设法讨人欢心,点子很多,诸事周到,始终费心费力,却毫无所获,为了得到一个吻,他愿意给穷人两个金路易,却一个吻也别想得到;(而另一边)可以看到,我不动声色地坐在角落里,不向她献任何殷勤,不对她说一句恭维话,被另一人视为不懂得生活的傻瓜,而最终我们看到,礼物又如何被送给了傻瓜,为了这些礼物另一个人甚至不惜前往罗马。——她走的时候,我原本想同时离开,而她为了阻止我这么做,就把她的书桌钥匙给了我,并准许我在那里随心所欲地做些什么或写些什么。她边走边对我说:“您留在这里,等我回来,您总有些古怪的念头,把它们写下来吧,写成诗也好,散文也罢,随您的便。爸爸那儿我会应付的,我会跟他说您为什么会待在楼上,如果他想知道实情的话,就该让他知道。”她还给我留下了两个苹果,正是我的情敌赠送的礼物。我把苹果吃了,味道好极了。

　　我不知道还有什么比给你写信并亲自把信给你送去更好的办法来利用这段时间。愿上帝让你的伯爵①赶快离开,要知道,我很想念你,你将使我的幸福与喜悦变得完满。可是,那些该死的课又开始了。好吧,不管怎样,我们会见面的,我要把冬天的时间平均分成三份,你、我的小姑娘,还有我的学业,各占其一。我是多么幸福啊!但愿你也幸福!德累斯顿②情况怎样?爱情和友谊都被博览会③打断

---

① 指卡尔·海因里希·奥古斯特·封·林德瑙伯爵。
② 贝里施在莱比锡秋季博览会期间去了德累斯顿,看望生活在那里的兄弟们。
③ 指莱比锡秋季博览会。在此期间,小凯特·舍恩科普夫要帮助父亲料理生意。

了。再见。我写得太潦草了。我要停笔了。我要把信送到你那里去,我的小姑娘从剧院回来时我要回到写字台旁。

(郑霞译)

致贝里施①

(莱比锡,1766 年 10 月 10 日或 11 日)

要是能在你启程②前再与你说上一回话,我会感到非常愉快。我会一直待到 3 点,——在老地方,要是你能去那里,将会给我们带来极大的快乐;3 点到 4 点之间,你能在我家找到我。见面时,我就能把我的维吉尔给你了,这是我的一个同伴③装订的。再见,我的朋友,我有很多事情要告诉你。新近发生的一桩事与我写的小说有关,真叫个错综复杂;假如我不告诉你,你是绝不可能猜到的,不过,你懂的,关于谈情说爱的事。

(郑霞译)

致贝里施④

你好,我亲爱的!

我的小姑娘叫我食言了,她使出了驾驭我的全部力量,阻挠我去享用你为我准备的晚餐。对此,我完全无计可施。不过,她已为此酬

---

① 此信以法语写成。
② 指贝里施动身前往德累斯顿。
③ 可能指霍恩,也可能是歌德在莱比锡"火球"旅店(Feuerkugel)居住时的邻居利姆普赖希特。
④ 此信以法语写成,信中诗歌原文为英语。

谢了我,并且她还将为此向我支付报酬。我知道,要是我将那天晚上的情形向你稍作解释,你会很快宽宏大量地原谅我的。那天,我从你那里径直返回住所,以便赶快把一些小事处理完。出乎我的意料,我发现了一则我们秘密联络的消息,要我尽快去她那里。我急忙赶去,发现她一个人在家,家人全都被新上演的剧目吸引到剧院去了。真是老天有眼啊,能与心爱之人独处四个小时,真是令人喜出望外! 四个小时过去了,我俩谁也没有察觉。我得知,她的母亲已经原谅了我,这位好心的夫人终于厌倦了另一个人没完没了地向她的女儿献媚,转而将愤怒的矛头朝向了他。这四个小时令我感到多么幸福啊!

　　　多么欢乐啊! 上帝啊! 好似燃烧的火,
　　　高洁的火,永不会堕落。
　　　多么快活! 我搂着我的姑娘,
　　　她那起伏的胸脯温暖着我的胸膛!
　　　绵绵不绝的吻自她唇间流涌,
　　　坚定的品德显现于虔诚相拥。
　　　从未感受过的陶醉使我入了神,
　　　我唤道:我的姑娘,她应道:我最爱的人!
　　　爱情和美德使我心炽灼,
　　　它喊道:快来,天使们! 快来看,请别妒忌我。

　　我如此心醉神迷,你会感到有点儿好笑。你爱怎么笑就怎么笑吧。还有让你笑话的呢,这不,整封信除了写爱情,别的什么都没写。你就原谅我吧,你想想,我还从来没有这么喋喋不休过,心潮就像泛滥了似的。再见。我会抓紧时间在这八天里给你写几封信的,倘若我这蹩脚的字迹还能叫你满意的话。

　　　　1766 年 10 月 12 日　　　　　　　　　　　　歌德

　　　　　　　　　　　　　　　　　　　　　　　　　(郑霞译)

致贝里施①

（莱比锡，1766 年 10 月 12 日）5 点

真令人愉快，马拉邮车②恪尽职守，叫人毫无抱怨的理由。你才刚把一封信寄走，嗖的一下，回信就来了。为了让马儿整天都好好地跑着，我又一次坐下来写上几笔，向你致以问候。——还有，我在你的来信中看到一句话，说诉讼以一切形式展开。我！承受得了任何非法的火焰③。呸！你还不快来乞求我的原谅，必须极恭顺的！极恭顺的！该死的！——不过，这也许根本就不是你的错？肯定是这么回事，这是我的错！我下次与你见面时，你得把那张便笺拿给我看。比起伏尔泰，恋爱中的男子并非一个更为忠实的历史书写者。我们要销毁那张便笺。

你尽管拿那位可怜的英语诗人取乐吧，随你的便。我不知道当时是什么奇怪的念头促使我写的诗，令我深陷其中，难以自拔。可是，既然你愿意原谅正派之人犯下的错误，为何就不该原谅我写了几句拙劣的诗呢？

也许，把我的趣闻轶事穿插到你那本册子④的头几页里去倒也不赖。倘若你哪天来了兴致，想凭借这么一部作品永垂不朽，我请求你别忘了我。你这么做，我会很开心，因为你很难找到一个像我这样爱笑话自己的错误并以此自娱自乐的人。

歌德

（郑霞译）

① 此信以法语写成。
② "马拉邮车"实为玩笑之言，因为歌德是亲自或差人把信给贝里施送去的。
③ 可能与前一封信中的诗歌相关，参见其中的诗句"好似燃烧的火"云云。
④ 歌德建议贝里施把他与小凯特·舍恩科普夫之间的一些爱情故事纳入贝氏打算创作的一部作品。由此可见，歌德似乎从一开始就把自己与小凯特的恋爱当作一部"爱情小说"来加以体验。

致科尔内利娅·歌德

莱比锡，1766 年 9 月 27 日

你好，我的小学者！

　　你的确担得起这个称号，因为你的来信令人惊异。我不知道该说些什么。一封信写了半打纸，充满了美好的感情、丰富的思想、聪慧的灵感，若不是我知道你是个非常正派的基督徒，知道你是不可能剽窃的话，我差点就以为这是吕桑小姐①写的。我希望，我这般真心诚意作出的这份肯定你学识与天分的鉴定②，能平息你那由我的草率评价②激起的怒火。其实，我并非全然无理，只是你误会了我，这可不是我的过错。我只是想说，你的来信里有许多地方叫人读起来感觉很自然，很舒服，受了一个你肯定认识的"某人"的启发。我猜想的大抵就是这样。你竟然冷嘲热讽！我受得了，因为我确信，眼下我没有高傲的毛病。自从来了莱比锡，我明白了一个道理，一个人必须具备很多能耐，才能真正成为一个有能耐的人。同样，我也已摆脱了自以为是个诗人的愚蠢想法，我几乎不再写诗了，除了有时候会用诗句来装饰一下给朋友们写的信，而我的那些朋友出于其一贯的善意对我的诗作欣赏有加。倘使我有个美人的话，丘比特也许就会让我唱得更多、更好了吧。你随后就男女两性不同的任务分工开始了长篇大论。对此，我不置可否，因为我没有给你由头进行这番说教。你知道我是什么观点。我不是要求你脱离你的领域，而是希望你在讲述你的那些小小的故事时能自在、开心、欢快一些。——我们就此打住吧。还有一句话！如果你想读那种很轻松的探讨女孩教育的文章，

---

① 指玛格丽特·德·吕桑，长篇小说及历史著作作者。
② 参见前文歌德于 1766 年 5 月 28 日致科尔内利娅的信；歌德在这封信中对妹妹的来信进行了评价。

可以到《德·罗塞尔侯爵信札》里去找。第 2 卷，信 103。

　　来吧，我们来说说意大利语的问题。

　　你还记得，有一天，国王，我的父亲——

　　我隐约记得——我记不得了。①

好吧，要是你想不起来了，我来告诉你。

　　有段时间，我曾专注于学习意大利语的读写。这门语言我略懂一二，我学过一些词汇和一丁点儿句法，就这些。尽管如此，我很快就能拼拼凑凑地写出一封信或者一首诗。我构思了喜歌剧《被绑架的新娘》②，还有一些其他的。不过，由于我读了太多的诗歌，我没怎么好好写过散文，于是，那些我不得不为父亲写的信，自然就很难合他的口味了。经常他刚打算为了几个词而取笑我，我就忍不住发起脾气来，把写的纸全烧了。就是从那时候起，我就再也下不了决心以 Signor③ 一词开头来写信了。我在此地几次试图重新学习意大利语。可是，我会的太少了，没法自学。我没有词典，既不懂表达法，也不懂语法。于是，我索性就把意大利语放下了，以便一心学习法语和英语。除非有一位有能耐的老师进行指导，否则我不会再学意大利语了。

　　至于我那伤感的情绪，其实并没有我所描写的那么强烈。我的描写中时常会有些相当诗意的、夸大其词的表述。至于我的这张脸，想必不至于那么骇人，因为——这话只能咱俩私底下说——这儿还是有几个漂亮的姑娘乐于见到我的。

　　你为莱比锡的女士们辩护，你要是对着一个对她们持全盘鄙视

---

① 也许是一段引文，但出处不明。

② La sposa rapita，这一歌剧脚本未得留存。歌德有可能是受到 1764 年在法兰克福演出的一个意大利轻歌剧团的启发而萌生了创作念头。

③ 意大利语"先生"一词。

态度的人,这么做是有道理的,可你的哥哥不是这样一个人。的确,此地的教育不管用,培养不了端淑的品行,这里的绝大多数年轻女士既没有原则又没有品位。不过,此地还是有姑娘值得尊重与爱慕的。你也许乐意与这些姑娘交谈,我的小学者,尽管就学识而言她们比不上你,但她们的善良与美德却丝毫不逊色。

老天啊,你现在多有学问呀!我将来不再指点你该如何读书了,你懂的比我多。你称我为一个博卡利尼①,此人我迄今闻所未闻,而且你评价其他人的语气真的很严厉。尽管如此,我还得评论几句。你想说皮塔瓦尔的书富有教益。好吧,我承认这一点,可是,你并不是一个他所能教导的人,他能施以教导的是一个对所读的材料、所讲述的事情进行思考,并由此使自己获益的人。讲讲塔索。从来就没有人想要否认他的功绩,他是个非常伟大的天才。可是,这个人却要把荷马笔下的英雄与阿马迪斯②的巫师和魔法联系起来,由此写下了一首十分蒙昧、怪诞的诗,我们只有以万分的谨慎,以极其犀利的洞察来读这首诗,才不至于染上一种恶劣的趣味。这个人,人们甚至对他的错误也很是欣赏。此处,我们不妨摘录一段布瓦洛《诗艺》里的文字!

“在此,我绝对无意对他提起诉讼。
然而,无论我们这个世纪如何评说他的声名,
倘若他那智慧的主人公,热衷于祈祷,
除了使魔鬼恢复理智而别无所事;
倘若雷诺、阿尔冈、唐克雷德和他的情妇③

① 指特拉扬诺·博卡利尼(Traiano Boccalini,1556—1613),意大利讽刺作家。
② 16世纪一系列骑士冒险小说的主人公。
③ 这些都是塔索的史诗《耶路撒冷的解放》里的人物。

没有使那悲伤的主题变得欢快、轻松，

意大利就不会因他的书而驰名。"

　　抱歉，妹妹，我对布瓦洛是如此倾心，关于法国文学我所拥有的一丁点儿知识正要归功于他。此人可忠诚地全程陪伴你阅读法语文学。

　　恰好说到书，我就说一说读忒勒玛科斯①这本书吧。假如我能拥有这么一本书的话，我会感到非常高兴。不过，我得当心，不能根据这本书来形成我的法语文风。我很清楚，这是人们给那些法语学习者的第一本书；我也知道，这几乎是个普遍的习俗；尽管如此，我还是敢说这么做是错的。我会把理由讲给你听。不过，我完全无意由此而否认忒勒玛科斯的任何功绩，相反，我的观点会抬高他，而非贬低他。我称他是无与伦比的，但却过于伟大，学生们真该把书撕了。这个忒勒玛科斯是怎么回事呢？这是一首叙事诗，其风格即便写成了散文体也绝对是诗意的，充斥着隐喻、转喻、诗画之意。比如你是否会建议别人去学弥尔顿和扬的英语、塔索和阿里奥斯托②的意大利语、格斯纳③和克洛卜施托克的德语呢？假如我们凭借一本通篇皆为壮美、高雅文风的书籍来培养自己的品位的话，我们又能指望形成哪种自然、寻常的文风呢？我对由此而产生的错误十分了解。这本书的美令人眼花缭乱，于是我们便会想要模仿，可我们不是费奈隆，不可能准确地、恰到好处地去模仿。我们养成了一种矫饰的语言习惯，有时会变得十分可笑。我不妨来举个例子。一个年轻人要是爱上了这样一种语言，就会不屑于任何一种自然的说话方式，他的脑

---

① 指《忒勒玛科斯的冒险》(1699)，弗朗索瓦•德•费奈隆所著。

② 意大利诗人，史诗《疯狂的罗兰》(1516)的作者。

③ 指萨洛蒙•格斯纳。

袋会因浮华而膨胀,他会在草地上——哪怕只是在博恩海姆①的草地上——撒满苋莱花、紫罗兰,并把草地比作——因为他总是少不了比喻——一块绿色的地毯,上面编织着缤纷的色彩;他会让小溪潺潺低语流过卵石,并赋予溪水以水晶般明澈的荣耀,他还要用芦苇给溪岸镶边,并且那芦苇不住地为那因遭受长着羊蹄的神胁迫而逃亡丛林的水泽仙女哀叹;他会感到,当他开始描绘一片森林时,那永恒的橡树和温柔的榆树洒下的阴影仿佛一片神圣的夜色笼罩四周,这夜色令凡人战栗,也令柔情脉脉的牧羊人和多愁善感的牧羊女感到了阳光下所感受不到的欢愉。啊,多么令人愉悦的语言!你瞧,我的妹妹,根据忒勒玛科斯而形成的风格,无论是什么样子,都是多么糟糕呀!倘使有人说,不该以这种方式去模仿他,我就会问,那又该以何种方式呢?当我开始由一本书来学习一种语言,我希望这本书能教我这种语言中的惯用语、成语,我可以以此为范。我怎么可能以一本语言完全诗化的书为依据,与此同时却不沾染上矫揉造作的语言习气呢?我觉得,我在这样的一种阅读中看到了致使年轻人不善于写信这一普遍问题的原因是没错的,因为当他们的脑袋里充斥着稀奇古怪的词句与表达时,他们就没有能力谈说那些日复一日发生的、极为寻常的事物。

　　语言教师的另一个错误是,他们还会给他们的学生读达西埃夫人的泰伦提乌斯②。这本书会培养出与前一种截然相反却同样值得指摘的文风。一切看上去都很滑稽,而且似乎不作一番插科打诨的长篇大论就根本没法乞求一位大人物的恩典似的。关于这个话题,我已经说了很多了,但我并不认为把该说的全都说完了,因为这实在

———————————
① 邻近法兰克福。
② 指安妮·勒费弗尔·达西埃所著《泰伦提乌斯喜剧》(1688)。

是个过于根深蒂固的偏见,仅凭轻微的力量是没法将其根除的。

10 月 12 日(星期天)①

法语写得够多了。我们来写写英语吧! 要是你这般夸赞我,妹妹,我会骄傲的。的确,我的英语水平十分有限,不过我会竭尽全力去提高的。你要是仔细读我写的信,可能会发现许多的错误,但愿你能原谅。你标明的为数不多的那几处错误,是粗心大意造成的。我以前在许多英语书信里都看到过 *Adieu*(再见)这个词,所以我也采用了这个词。

接下来,我要讲一个很有吸引力的话题。讲讲姑娘们! 是的,妹妹,讲讲女孩子的事。先给你讲一讲那些讲起来并不让我觉得怎么高兴的姑娘,然后再说说那些我很喜欢的女孩。荣列首位的是贝特曼小姐。你们,我亲爱的父亲和你,正等着我将她在此地逗留的情况详加描述,对此,我却没法向你详细报道。我见过她四到五次,每一次她都像只蠢鹅。你不妨想象她在巴黎的情景,在那里她照样还是一只蠢鹅。要是在音乐会上遇见她,就好比看到一台戏。啊哈! 那个皮埃罗,被一群小丑和花蝴蝶簇拥着。真是愚蠢透顶的一幕,即便拿最滑稽的喜剧来与此交换,我也不愿意。我大笑。我的胸口就像雄鸡在打鸣。② 音乐会结束后,夫人和小姐去了阿佩尔园林,被我碰见了。我深深地鞠了一躬,她们点头致意。就这些。她们那由伯爵、男爵、贵胄、博士等等组成的气派的随从阵容令那些没有见惯这等华丽的女士们扭歪了头。不过,有一回我去见贝特曼夫人时,她显得很有教养。这就是我所知道的全部。贝特曼小姐的那些女伴们都是中

---

① 此信前半部分以英语写成,末段信文中使用了德语及法语。
② 这句引文出自莎士比亚喜剧《皆大欢喜》第二幕第七场。

等姿色,而至于她的风趣,我从未见识过。

　　阿姨小姐①——我正好在写姑娘嘛——有幸紧挨着贝特曼小姐获得一席。愿上天保佑我们!自从我离家以来,咱们家出了多少荒唐事啊!妹妹,你得留神,下一个就轮到你了!那一位②娶了个傻女人当老婆,一个明智的人,就像拉贝纳所说的那样;而这一位③则爱上了那个黑黑的、可怕的马尔斯④。哦,她早晚会请求维纳斯原谅的!我原先把他当作抵御爱情的一剂解药,而她竟然爱上了他!去他的!——那个丑鬼!啊哈!这对我倒是个安慰,即便我不是阿多尼斯⑤,也总有个姑娘会爱上我的。如果她爱的是施洛瑟博士,我倒也原谅她了,可事实竟是如此!真叫我大跌眼镜。——荷兰国王会怎么说呢?⑥——不过,妹妹,咱们还是别谴责他人了。我有足够的胆量去袒护她。想一想她所受的教育,妹妹,然后再去谴责她,倘若你有胆量的话。一个缺乏天资的女孩子,在父母与姐妹们的身边度过了年少时光。他们全都是值得尊敬的人,却不懂得该如何为了一个女子的幸福来塑造她的心灵。为了使她聪明,他们聘请了作文老师和算术老师,另有人负责教理问答,以培养其良好品行。这都是些人生道路上一般的引路人。至于读好书的机会,她是没有的,她也没有兴趣去寻找好的书籍。她所享受的并非精神的愉悦,她的乐园存在于肉体的粗俗的享乐之中,跳舞啊,聚会啊,诸如此类。她也从来

---

① 指歌德的阿姨安娜·克里斯蒂娜·特克斯托尔。她于1767年5月5日嫁给了 G. H. 舒勒。此人后来晋升为上校,并担任法兰克福警备区司令官。
② 指歌德的舅舅约翰·约斯特·特克斯托尔。
③ 指安娜·克里斯蒂娜·特克斯托尔。
④ 此处“马尔斯”(罗马神话中的战神)与其后的“维纳斯”(罗马神话中的美神和爱神)两词为文字游戏。
⑤ 希腊神话中的美少年,深受阿芙洛狄忒女神的宠爱。
⑥ 参见前文信5中的类似语句及相应注释。

没有学会如何使自己成为自己的伙伴,不懂得如何使自己获得精神上的享受。最后,她也不是一个品行端庄的姑娘,她也不可能是这么一个姑娘。

她爱上了那个她每天都见得到的男人,一个——这倒也与她自身的愚蠢相符——能花上半天工夫胡扯各种鸡毛蒜皮和城里的流言蜚语之类的男人,我们是否可以归咎于她?那男人就凭着这些手段令她满心欢喜,这可是一个聪明的男人办不到的事情。而一个男人既已博得了一位姑娘的欢心,并有机会常常见到她,倘若他还没法赢得她的爱情的话,那么这个男人就是全世界最大的傻瓜了。我非常期待听到这个离奇故事的结局。顺便写一笔,施洛瑟博士已不再惦念她,他在他那荒凉的特雷普托过着一种——按他信中的说法——麻木不仁的生活。我与他保持着英语通信。

接下来,我的先生们,请允许我们进入第二章节,再来简短地讲一讲好姑娘。① 听你这么说来,小伦克尔②也犯了大多数女孩子的错误。好吧,我们得有耐心,并希望她很快就能悔悟过来,就像我的妹妹一样幡然醒悟。代我问候她。向布雷维利尔小姐转达我恭敬的问候,并告诉她,倘若她继续将我视为朋友,这将令我无比高兴。告诉其他所有我以前认识的姑娘们,我永远甘当她们的仆人。特别要请你代我亲吻小施米德尔③。请来信告知萨拉赞小姐④的情况。霍恩始终还爱着她,他甚至觉得在此地爱上了一个与她十分相似的姑

---

① 此句滑稽地模仿了讲台授课风格。
② 指莉塞特·伦克尔。
③ 指亨丽埃特·施米德尔。
④ 指约翰娜·菲利皮娜·萨拉赞,此人是霍恩在法兰克福少年时代的友人。

娘①。不过，由于时间关系，接下去的内容我得在明天的课上继续了。②

10 月 13 日（星期一）③

讽刺小调
为普法伊尔先生④而作

叫语法给我滚开！
蠢蛋先生曾这么说过。
勒普瓦特万和他的兄弟勒佩普里耶尔⑤
假如愿意为我效劳，
他们就该让我清静。

这些傻瓜们的规则，
他们乱写的愚蠢规则，
充其量对学校有利，
可以用来训练
可怜的学生们的肩膀和脑袋。

---

① 指苔奥多拉·苏菲·康斯坦斯·布赖特科普夫。
② 此句显然又一次滑稽地模仿了讲台授课风格。
③ 此信以法语写成。
④ 歌德的父亲让普法伊尔修改歌德用法语写给他妹妹的信。普法伊尔仔细修改了信 12，列出了一份错误目录，并用法语写了如下的评论："倘若这番修改意见令作者满意，以后不妨再考虑得周密些，以维护语言教师以此见长的语法之严密性。"这首讽刺小调即歌德对此作出的回应。
⑤ 此二人（Le Poitevin 和 Le Peplier）是 18 世纪的两本法语语法书的作者。

当夫人，那位语法女神
听到了这番言论，
她便愤怒地对我作出宣判，
一道极其严厉的宣判，
几乎令我痛哭不止。
说什么你的文章错误百出，
你的诗句毫不动人，
说什么你的文风贫瘠，
你为之献殷勤的美女
会把你耻笑。

女神那高高在上的神甫，
普法伊尔！快，来帮帮我，
免得我那至爱之人，
万一她要为你的女神报仇，
迫使我终了此生。
去，给那位女士
送去我欠她的甜言蜜语，
还有我忏悔的灵魂。
告诉她，我感到羞愧，
因为我曾憎恨她。

要是她宽恕了我，
就请问问她，以我的名义，
我最好该怎么做，
才能与她建立起

最牢固的联系。

　　我把这首疯狂的小诗又读了一遍之后发现，我的请求有些含糊不清，难以理解，叫人没法一下子就明白我其实是想问问他我该如何尽快提高我的法语水平。我亲爱的父亲对这样的韵律是不会满意的，不过，他应该考虑到讽刺小调就是这个样子的。

致封·霍夫曼少将先生

悼其亡妻①

死神，自冥府升起，

要让天地

感到他盛怒的威力，

他灭绝凡尘众生，挥起战争之鞭；

他兴奋狂喜，

看田地尽被血淹，

血海里，

那不幸之人，

被雷霆击倒，

碾成尘。

终了，

当谋杀与屠戮的火焰

不再燃烧，

---

① 弗里德里希·克里斯蒂安·封·霍夫曼的妻子安娜·玛丽亚，娘家姓特克斯托尔，于 1766 年 9 月 14 日亡故。霍夫曼及其妻是科尔内利娅的教父母。

死神颤抖气恼，
他看见
人安居泰然，
不再似原先那般
遭杀戮，千千万万。
我们要，
死神说道，
把他们的幸福夺走。
我曾对成千上万的人下手，
现在要对那堪比万千之众的一人出击。
死神说罢，
便看见一户户人家，
围着墓穴而立，
悲恸哀泣，
哀悼一位父亲，品德高尚，
哀悼一个儿子，他是国家的希望，
哀悼另一些人，
他们本可以活得更长。
满眼都是不幸的人！
这恶魔可恨，
战利品令他心满意足，
他下了冥府，
给宇宙的敌人们
带去他的狂喜。
你的妻子遭此厄运的打击，
她的故去，

令家人悲郁。

好在这于她并不可惧，

因为她虽在此失去了世界和你，

却在那上天找到了天国和爱女。

　　我迫不及待地希望听到这首小诗大获成功的消息，并期待获悉亲爱的父亲命我完成此诗的原因。普法伊尔先生想必很想知道我在这些小小的作品里模仿了哪位诗人，可我却说不出来，因为尽管我很乐意相信有一些这样的法语诗人，我却回想不起来曾经读过他们的作品。

　　我已动笔将因克尔和雅里科的素材①创作成戏剧，不过，在此过程中我遭遇的困难超乎预料，我不指望能把这部作品完成。

　　我计划创作一部悲剧《法老的继位者》②，为此而大获赞赏。人家催我赶紧着手去写，我却下不了决心。

　　我希望，给封·霍夫曼先生的那首诗能先誊写在一张朴朴素素的纸上，不要有其他什么标题，然后再给他寄去。

　　……

（郑霞译）

---

① 这是18世纪为人所热衷的异域素材，格勒特、格斯纳、普费弗尔及博德默尔等人都采用过这一素材。这个故事最早在《观众》(1711)杂志里被提及，讲的是一个名叫因克尔(Ynkle)的心肠冷酷的欧洲人把他的救命恩人，一个名叫雅里科(Jariko)的印第安姑娘卖给奴隶贩子的故事。歌德处理这一素材的文字没有留存下来。

② 关于这部歌德计划创作的悲剧也未有任何资料留存。

致科尔内利娅·歌德

莱比锡,1767 年 5 月 11 日

最亲爱的妹妹:

　　我很惭愧地给你写信,从方方面面来讲都很惭愧,就在弗莱舍尔①到达此地的一小时之后,我打算在没有把我原本早就该给你写的一切写下来之前绝不停笔。你或许以为我没有借口可以申辩。妹妹,我有理由,倘若你把你的善良也作为砝码加到天平上去的话,我的理由就足以抵消你可能施加于我的全部指责。不过,妹妹,请不要指责,一个温柔的女孩子不应该责骂,况且你写来的每一行字都证明你有一颗温柔的心。现在你就听一听我的辩解之词吧。你不妨想象一下,有这么一个人,他恰巧在太阳给我们带来晚春的温热的时节摆脱了一场讨厌的疾病,也摆脱了他的工作。我当时的喜悦之情你只能感受到一半,要知道,我是躺在病榻上看着大自然和我自己一起振作起来的,我忘记了周遭的一切,直到喉咙沙哑、脸颊肿胀迫使我不得不待在家里为止。还没等我解脱出来,我就受人委托去担当一名无足轻重的辩论对手。② 不过,这个任务对我而言却很关键,我必须极为慎重地做好准备,以免在初入学界公开亮相时失足。这事已经结束了。你的来信将那不时潜伏于我手中的小小的懒惰消除殆尽,我愿意如你所愿地答复你所有的提问。我希望,你读完这封信后能与我彻底言归于好。

---

① 指法兰克福的书商及出版商约翰·格奥尔格·弗莱舍尔,歌德于 1765 年与此人一同前往莱比锡。此次,弗莱舍尔从法兰克福捎来了一封信,信中要求歌德勤与家人通信。

② 歌德的朋友克里斯蒂安·戈特弗里德·赫尔曼于 1767 年在莱比锡获得博士学位,歌德在其法学辩论会上担当辩论对手。赫尔曼日后出任过莱比锡市长。

　　我完全被你的信、你的字迹和你的思考方式征服了。① 从中我看到的不再是一个小女孩，那只乌鸦②，我的妹妹，我的学生，从中我看到了一个成熟的头脑，一个里科博尼③，一个我不熟悉的人，一位能令我自己有所受益的作家。哦，我的妹妹，以后别再写这样的信了，否则我会无言以对。别以为我是在奉承；在我读完这一书信形式的交谈后，我情不自禁流露出的这种热情洋溢的语调是源自我内心的真情实感。看见妹妹这般大有长进，我的心感到了许久不曾感到的喜悦，充盈而真实。

　　倘若我对你的才能有充分的了解，我就绝不会拿吕桑小姐④来与你作比较。她是个写故事的好手，一个吸引人的谈天者，可是她缺少你所拥有的那种令我欣赏的情感。保持下去，继续，我的妹妹，你那单纯的心灵、那无比的正直，还有你的天真，将胜过你的兄长对世事的探究，胜过他的学识和他的褒贬。实话对你说，我便是使出全部的技艺，也不能像你一样浑然天成地描写一个类似的场景。感谢上帝，我的妹妹，莱比锡没能给我任何一个堪与你相比的姑娘。听听那些我多少对其有所了解的姑娘们的品性，由你自己来作评判吧。

　　布赖特科普夫小姐⑤自幼在书堆里长大，读了很多书，却很少因此而沾沾自喜。她天性伶俐，加上那些书籍的引导，写出来的东西相当漂亮，不过却叫人觉得有明显的死记硬背的痕迹，因为她缺少你所

① 原信从此段开始以法语写成。
② 此处歌德有意将妹妹科尔内利娅（Cornelia）的名字写成了法语的 Corneille 一词；Corneille 有"乌鸦"之义，同时也是法国作家皮埃尔·高乃依（Pierre Corneille）的姓。
③ 指玛丽·让娜·德·里科博尼。
④ 参见 1766 年 9 月 27 日歌德致科尔内利娅的信。
⑤ 指苔奥多拉·苏菲·康斯坦斯·布赖特科普夫。

拥有的那种令我欣赏的朴质的风格。我很喜欢她的自然不拘。她对我很友善,虽然我难得与她见面,但是,在她身边我感到无尽的惬意。她的女伴塔厄内特小姐是个大美人,头脑敏锐、犀利,品性也很出色。其言谈极具淑女风范,谈吐很有魅力。可是,无论她怎么博人好感,别人总有些怕她,并不爱她。

　　比起所有这些在世的美人,我更欣赏伯梅参事夫人,虽然她已去世①,她真是个可亲的人。我来给你描述一下她的品性,尽管不尽详细。她心胸宽广,为人正直,待人极为温和,本性柔润,即便是面对那些该对她恭敬顺从的人也是如此。尽管长期抱恙在身,她也极少发脾气。她像母亲一般热切地关注着我身上的问题,不时督促我改正不当之处。起初,她这么做时还是很含蓄的,不过,当她发现我视此为理所当然,乐于接受她的指正后,就对我直言不讳了。她看到我毫不迟疑地改正了她所指摘出的毛病就非常开心,她还亲切地唤我为她听话的乖儿子。的确,对她的提醒与建议,我总是言听计从。只是我讨厌玩乐这一点,伤了她的心。

　　她的朋友封·普洛托夫人②是一位上了年纪的女士,和我说起话来像个家庭教师,而不像一位朋友。我喜欢她的坦率,她从没学过如何伪装自己。她的口头禅是:"别这么做,你们这样有失体统"或者"别再这样了"等等。伯梅夫人的亡故也使我断了与这位夫人的联系。

　　在与我交往频繁的人当中,小舍恩科普夫是不该被遗忘的。她是一个非常出色的姑娘,心地正直,又单纯可爱,尽管她所受的教育与其说好,毋宁说严格。在衣着方面,她是我的经管人,因为她对此

---

① 玛丽·罗西娜·伯梅于1767年2月17日去世。
② 指威廉敏娜·埃内斯蒂娜·封·普洛托。

很在行,而且乐意在这方面尽力帮助我,我也因此特别喜欢她。我的妹妹,这些姑娘我都很喜欢,我真的很可笑,不是吗? 可是,她们是那么心地善良,谁又能抗拒得了呢? 她们的美貌并不叫我动心;事实上,所有我与其交往的女孩都是善良胜于漂亮。我原本还可以再谈一谈那几位屈斯特纳女士①,不过,她们都是些蠢物,我很不乐意谈论她们。我交往的对象也就到此为止了,尽管人数有限,对我而言却足够了。我觉得,但凡与一个有头脑的姑娘聊天,总是最令人愉快的。我喜欢她们所有人,却并未对其中任何一位心有所属,她们对我都满怀善意,没有哪个爱上我,这正是我想要的结果,对此我很满足。

……

去年,读了克洛迪乌斯②针对我写的婚礼诗作出的尖锐批评后,我完全丧失了勇气。我花了半年的时间才恢复过来,才又得以奉姑娘们之命写了几首诗歌。自 11 月以来,我顶多写了十五首诗,都不是什么特别了得的重要的作品,其中没有哪一首我可以拿去给格勒特看,因为我了解他现在对诗歌的想法。可是,倘若人家让我去,我就会有才思,就能成为诗人;而倘若没人提点我,我就没有才思,所有的批评也就全然无济于事。我的朋友③对格勒特十分了解,每当我给他看一首诗,他常常会说,若是把这诗拿去给格勒特看,不知道格勒特会如何为他大唱赞歌呢。我不知道这是否足以成为人家免除我给格勒特展示作品机会的理由,若果真如此,那我打算借他人之手拿

① 指商人约翰·海因里希·屈斯特纳的几个女儿。
② 克里斯蒂安·奥古斯特·克洛迪乌斯是莱比锡的哲学教授,同时也是位诗人,歌德修过他开设的文体练习课程。克洛迪乌斯曾很不留情面地批评了歌德为他的舅舅约翰·约斯特·特克斯托尔的婚礼(1766 年 2 月 17 日)而作的即兴诗。参见《诗与真》。
③ 指恩斯特·沃尔夫冈·贝里施。

点儿东西给他看看。他若公开发难，我会好好听着，并会写信告知详情。

莎士比亚的《罗密欧与朱丽叶》

爱是烟缕，由悲叹的雾生起，
是纯净的，一簇火，闪烁在恋人的眼里，
是苦恼的，一片海，滋养是恋人的泪滴；
爱还是什么？是幽秘的痴癫，
是讨厌的怨恨，也是持久的甘甜。①

　　阿姨小姐②的故事令我感到惊讶，我说不出对此有什么想法，因为我什么也想不出来。莫非是上帝希望，这种仅仅由爱情促成的婚姻比起另一种因纯粹的志趣而结合的婚姻来得幸福吧。对新婚夫妇的幸福生活，我并不看好。之所以这么认为，是出于一些我现在没法解释，却很少欺骗我的原因。我对善良、年迈的外祖父深感同情。对一位智者而言，被迫同意年轻人的愚蠢胡闹，真是莫大的悲哀。我担心，因为这桩荒唐事，因为这种状况所造成的不可避免的分裂，已经使咱们家陷入了混乱。哦，我痛恨这种分裂！③

　　你渴望了解我写的那些悲剧的情况，对此，我必须告诉你，到目前为止，我还只是处于规划阶段，因为我觉得对我这尚且过于单薄的肩膀而言，实施这些计划是不可能的。我的《伯沙撒》④已经完成，不

---

① 原信中此段英语引文出自莎士比亚的悲剧《罗密欧与朱丽叶》第一幕第一场。
② 指安娜·克里斯蒂娜·特克斯托尔。
③ 原信此段以英语写成。下一段开始以德语写成。
④ 参见 1765 年 10 月 30 日歌德致里泽的信。

过,我对此作的评价和我对其他几部庞大作品的评价一样,它们都是我这个软弱无力的侏儒写出来的。《法老的继位者》包含许多悲剧构思,主题是天使击杀埃及的长子①。要是这个剧本字迹清晰,你辨认得了,或者霍恩能把它誉写下来的话,我倒是愿意给你寄去。我还是给你寄一些其他的作品吧,不过我不希望这些作品被公之于众,你可以拿给好朋友看,只是别让任何人得到副本。那首挽歌哀悼的是贝里施的兄弟②,此人生前是黑森菲利普斯塔尔的行政专员。《缪孔》③的构架不错,不过,还可以演绎得更好。你说,我的妹妹,别人读了我写的诗会不会以为我深陷爱河呀?不管怎么说,那些诗句充满了柔情。没错,那些姑娘我全都爱,尽管我常常可能会这么唱:④

> 被冷静的智者包围,
> 我却歌唱爱情的火热;
> 我歌唱葡萄汁的甜美,
> 一边却常把清水来喝。⑤

　　一个诗人是不可以体会到真正的爱情的,⑥在他的诗歌里他要么刻画理想的、完美的女子,要么如其所是地描绘丑恶的姑娘;若非

---

① 参见《旧约•出埃及记》第 12 章。
② 此人于 1767 年 3 月 25 日去世。
③ 即 Mykon,未得留存。
④ 从前文"你说,我的妹妹……"至此,原信为法语。
⑤ 这几句诗是 C. F. 魏瑟的《打油诗》(Scherzhafte Lieder) 中相应诗句的变体,原诗译文如下:"被武器与仇恨包围,/我将柔情与安宁讴歌;/我歌唱葡萄汁的甜美,/却常把清水来喝。"
⑥ 原信从此段开始以法语写成。

如此,他就会——假如他恋爱了——描绘他的心上人,就像泽卡茨①
在本该画公主的地方却画了他的妻子那样。

> 在爱情里,缪斯的宠儿
> 是一颗星星,人类情感的望远镜
> 徒劳地由这底下搜寻它的身影。
> 它的领域超越任何智识,
> 想象令人深深震撼,一如真实,
> 这感受令我们盈溢幸福,
> 爱情本身才是我们倾心所慕。
> 幻想之物因此有权获得尊崇,
> 我们只愿为想象燃烧烈火熊熊。
>
> 是的,我们热爱幻想乐此不疲,
> 就像平凡之人在现实里碰到好运气。
> 现实若是一成不变的老面目,
> 就令人不甚满足。
> 不过,空中有一日千变的伊丽丝②;
> 我的心上人也会由牧羊女变成水泽仙子,
> 褐发变金发,姑娘变寡妇,卖俏变矜持,

---

① 指约翰·康拉德·泽卡茨,达姆施塔特的宫廷画师。关于此人,《诗与真》中有
  如下文字:"他娶了个矮矮胖胖的、心眼儿挺好却不怎么招人喜欢的人做老
  婆;他老婆除了自己以外大概不允许他另找模特儿,所以,也就画不出什么令
  人满意的东西来。"
② 希腊神话中的彩虹女神。

　　并且,你尽可以相信,她无比忠实。①

　　我会设法让弗莱舍尔先生给你捎一些书去,你夏天可以读。其中有长篇小说,可读来消遣;有道德书籍,可读来修身;还有祷告书,可读以改过从善。由此你也许能看出,我的妹妹,我实在不应该遭到你的讥刺数落——"离开的时间越长,你似乎越想把我们遗忘。"你上一封来信就是以这种语气开头和结尾的。

　　让我的母亲读一读下面的诗句:

致我的母亲②

虽然我没有问候,虽然我没有写信,
你也许觉得时间太久,但请别让怀疑
进入你心,似乎儿子的温情,
我亏欠你的温情,已逃离了我的心。
不,就像那河中深沉的岩石
永远抛锚固守,
不移寸步,尽管浪潮
时而狂暴,时而轻柔,
流过它,淹没它,
对你的温情也丝毫
未从我心中逃走,尽管生活的洪流

_____

① 原信中这两段法语诗化用了法国戏剧家皮隆(1689—1773)的喜剧《诗狂》(Métromanie)里的文字。
② 原信中此诗以德语写成。

时而狂暴地，由痛苦鞭笞着，冲过我心，
时而又安详地，由喜悦爱抚着，
覆盖它，我的心克服阻挠，
昂起头朝向太阳，四周反射的光芒
将它映照，它的每一瞥目光
都向你表明，儿子对你崇敬至深。

　　妹妹，我给你寄一份由我的朋友贝里施热心誊写的诗歌抄本。你会发现其中有一首诗，题目叫《恋爱中的人》①，那首《祖国颂》②由于遭到了非议，就被排除在集子之外了。

　　另外，我把修改过的《睡神赋》③也给你寄去。按照此诗原来的韵律谱曲感觉很别扭，于是我就改动了节拍，但本质上没有丝毫变化。写信告诉我，这两稿中的哪一稿更符合你的趣味。

　　写给沙里塔斯小姐的颂歌④已经完成，只是还没来得及誊写，否则你将会在这本集子里看到。音乐出自洪格尔先生⑤之手，这是一位法学专业的学生，也是一位有才华的音乐家。布赖特科普夫先生⑥写温婉之作欠缺才情。我修改了这首颂歌的歌词，其中有些文思很出彩，我把它们保留了下来，总体上没什么改变。我想悄悄问一句，这歌词是谁写的？如果我没搞错的话，我在其中看到了女性思想

① 即 Die Liebenden；此诗在诗集《安妮特》（Annette）中的题目为《情人们》（Die Liebhaber）。
② 未得留存。
③ 《睡神赋》的第一稿已散佚；收入诗集《安妮特》中的是第三稿。
④ 这首写给沙里塔斯的颂歌出自科尔内利娅的朋友圈，歌德对此诗进行了修改，并请莱比锡的朋友为此诗谱了曲。
⑤ 指戈特利布·戈特瓦尔德·洪格尔。
⑥ 指伯恩哈德·苔奥多·布赖特科普夫。

的痕迹。

我还剩四页信纸可写,可是我快精疲力尽了。不过,咱们还是试着把它们写满吧。

写一写塔索和布瓦洛吧。看到你勇气十足地为前者辩护,我感到很高兴。这么做很好,我的妹妹,他是个伟人。我原先给你写过几行布瓦洛反对塔索的诗,在此,作为回应,写上一些反对布瓦洛同时支持塔索的诗行:

> 他为我们示范,何为真挚的虔诚、
> 质朴的伟大、严厉的智慧
> 以及临危不惧的勇敢,
> 何为与己为敌的盲目愤怒,
> 和那热切渴望纵身投入
> 令其既怕又爱的享乐的青春,
> 还有那使人摆脱纵乐的美德。

> 可是,这个布瓦洛,一名激情洋溢的判官,
> 也是一位高明的立法者。
> 他坚韧不拔、持之以恒,
> 战胜了顽固不化的自然;
> 在荒凉的不毛之地,
> 以后来者的脚步犁出一条肥沃的垄沟;
> 他的诗冷峻,却平滑、娴熟,
> 是人造的,简单且轻巧,
> 像一条又纯又软的金带子,
> 由拉丝模拉制得光滑平整。

持续的练习有什么做不到？
缺少火热，缺少激昂，缺少丰盈，
布瓦洛仿造着，也许有人会说，他在发明，
就像一面镜子，他模仿了一切。
然而，人造之物还从未能描绘热忱，
唯有情感才是灵魂的馈赠，
精湛的技艺从未能将其模仿。
我听见，布瓦洛那温顺的嗓音
迎合着所有声调，一个善于发明的逢迎者，
一个中规中矩的画家，轻松愉快，精巧的嘲讽，

即便强颜欢笑，也显得轻轻松松；
然而，我却看不出布瓦洛敏于感受：
从未有哪句诗源自他的心。

　　我的妹妹，这就是聪明的马蒙泰尔①在写给诗人们的信中对这些伟大人物的观点。我认为他的评价是公允的，实事求是的。我想，就我的观点所作的这一番解释将会使我与塔索，还有你重归于好。

睡神赋

你用你的罂粟
迫使众神合眼，

---

① 歌德摘引了让-弗朗索瓦·马蒙泰尔(1723—1799)所作的《致诗人的信——论研究的魅力》(Épître aux poètes sur les charmes de l'étude)中的诗句。

还常让乞丐做君主，
把羊倌带到姑娘身边，
听我说，今日我不要你
将梦锦编织，
亲爱的，我要你
干一份最重大的差事。

我坐在心上人身边，
她眉眼欢情流露，
艳羡的绸衣难掩
胸脯嫉妒起伏；
多少次近在咫尺，
渴求的唇几可触吻，
怎奈那母亲端坐在此，
哎，我不得不作罢而遗恨。

今晚我又去找她，
哦，你快进屋来。
抖动翅膀，把罂粟撒下，
那母亲便会瞌睡难耐。
灯光将苍白黯然，
姑娘散发着爱的暖意，
恬静沉入我的臂弯，
就像妈妈落进你的怀里。

好了，妹妹，你说说，你更喜欢哪一稿？是这一稿，还是第一稿？

你很快就会收到为这首诗谱的曲子。

　　现在我得结束这封长信了，因为巴赫①马上就要来取包裹了。我希望，这下你总该与我和解了吧，这信写得也确实很可观了，该符合你的要求了吧。要是你近期不会给我来信，那至少得给我寄些你最近写的文章，我非常喜欢读。代我问候小伦克尔，告诉她别读我的《阿米尼》②，我也不希望布雷维利尔小姐拿了这个剧本去演，因为它毫无价值。另外，我在这儿给你寄上一部尚未完成的牧歌剧③，这个你们可以读一读，不过得还给我。再见。

1767 年 5 月 15 日

（郑霞译）

致科尔内利娅·歌德

（莱比锡，1767 年 8 月）④

我的小乖乖⑤：

　　我是不会告诉你，你的来信叫我有多开心；我的沉默将向你表明，我实在是太高兴了，高兴得无法向你表达我的喜悦。

　　我写这封信并不是为了答复你的来信。我给你当早餐的只是些碎块，倘若它们不够你当午餐的话。

---

① 指约翰·塞巴斯蒂安·巴赫·卡尔·菲利普·埃马努埃尔·巴赫之子，是厄泽尔家的一位朋友。

② 指 Amine，歌德当初留在法兰克福的一部牧歌剧，已散佚。

③ 指《恋人的脾气》（Die Laune des Verliebten）一剧。

④ 这一日期是歌德的父亲加上去的；这封写给科尔内利娅的信原本附在歌德写给其父的信之后。

⑤ 原文为"Mon petit bon，bon"。其中 bon、bon 分作两词，意为"好的"；若合作一词成 bonbon，则意为"糖果"。可视作语带双关。

　　在我诗意的想象中,法布里丘斯小姐①比真人更美貌、更聪慧,她将成为我未来的安妮特②或者我的缪斯,这两个词是同样的意思。

　　说起我的诗歌,妹妹——如果你继续对我这般大加夸赞的话,我以后就光说诗,别的什么都不说了——,贝里施新出了一版集子③,是迄今所见最好的一版。你知道的,我以往每年8月份都会将当年所写的作品汇编成一本四开本的五百页篇幅的集子。为了不抛弃这一良好的习惯,大诗歌委员会④坐到了一起,朗读了自从我在迷人的普莱瑟河畔流连忘返以来所有出自我笔下的诗作。

　　委员会作出了决议:除了其中的十二首作品外,其余的全都该打入箱底,永久幽禁。而那十二首,该将它们以世所未见的极致华美书写在五十页八开本的纸上,标题为《安妮特》。希腊人给希罗多德的九本书取了九位缪斯的名字,那又怎样?柏拉图给他那本论灵魂不死的对话录取名为《斐多》,那又怎样?他的这位朋友斐多与这本对话录的关系并不比安妮特与我这本诗集的关系多多少。

　　我会随信寄上一页纸,因上面有个地方写错了就作废了,你看了这页纸就想象得出这本书有多精美了。

　　这本选集里的诗歌你只知道五首,⑤分别为《齐布利斯》《莱德》⑥《皮格马利翁》《睡神赋》及《挽歌》。要是你继续乖乖听话,改天你就

① 指安娜·卡塔琳娜·法布里丘斯,沃尔姆斯人,是科尔内利娅的女友,1767年春夏时节在法兰克福逗留。
② 此处,歌德在家人面前对自己与安娜·卡塔琳娜·舍恩科普夫(与前文提及的安娜·卡塔琳娜·法布里丘斯同名)的交往加以掩饰。
③ 指诗集《安妮特》。
④ 该委员会成员包括歌德、贝里施,或许还有博恩、霍恩及赫尔曼。
⑤ 实为六首,因为歌德已在此前的5月11日至15日的信中把《情人们》一诗寄给了科尔内利娅。
⑥ 此两首诗的原题为 Ziblis 和 Lyde。

会得到其余七首,它们值得一读。顺便说一句,我根本就无意要别人像你爱我一样爱这位诗人,因为我还不至于那么高傲自大地以为人人都对我的诗感兴趣。

一个还算不错的诗人是幸运的,哪怕他一度隐姓埋名,而当他现身时,读者依然会夸赞他。可是,名声虽令人愉快,却也能夺走安宁,而失去了安宁又谈何愉快呢?我必须收尾了,我的妹妹。我涂写得太糟糕了,就算是魔鬼的爪子也不会比我写得更差。不过,我的信虽写得不长,你要读完的话也得读很久,这会令你感到愉快的。再见了,晚安。

我出奇的兴奋,对此,你的来信功劳不小。我的身体状况很好。健康是多么美妙的事!上帝赐予我健康,魔鬼休想把它夺走!再见,我的妹妹!人人都说,我消瘦的脸又渐渐饱满起来了。这令我喜出望外,不过,假如德·伊岑海姆夫人①能立下一份于我有利的遗嘱并尽快一命呜呼的话,我会更开心的。我会因此对她感激不尽。我的小家伙,你看到了吧,你哥哥疯了。就这样吧。

(郑霞译)

致科尔内利娅·歌德

(莱比锡,1767 年 8 月)

写给我的妹妹。

是的,皮皮②,你说得对!我叫你"糖果"③是罪过的。即便我还能为自己略作辩解,我也甘拜下风,以便节约时间。"皮皮"想来该是

---

① 不知其详。
② 原文为 pipi,此处音译,可作"叽叽""啾啾"等鸣叫声解。
③ 参见前信的称谓及相关注释。

个更好、更确切的名字。那好吧，皮皮，没法不叫"皮皮"，现在说正经的。我喜欢你给我的信写的评语，我发现你对语法驾轻就熟，而且你能如此到位地评价荒诞与讽刺的准则，令我感到欣喜。

　　我给你寄一张擦笔画的头像①，我所有的画都是这么画出来的，因为我对如何画阴影还不是很有把握，所以轮廓凸显得过于分明。我画得很勤，希望能在这一艰深的艺术领域有所进步。目前，我正在照着石膏模型练习画头像。

　　父亲向我推荐了一个叫赖因哈德②的，此人写过关于人体比例的文章。我还从来没有花过这等冤枉钱。请父亲不要读这个笨蛋的东西。他的文章和他的版画全都很蹩脚。不妨给你举上一例，这仅仅是此人身上万千分之一的愚蠢：他说，因为男子的比例是世上最完美的比例，由此便可得出结论，即偏离了这一完美比例的女子是世上最丑陋的造物，而人们仅仅是出于错误才将女子称为美。尽管所有人，从亚当一直到我，向来都深信不疑，这世上再没什么比女子的形体更美丽的事物了，这是每一天都能轻而易举加以证实的事。由此可以得出结论，这位认为女子丑陋的博士是个呆瓜，该送他去疯人院。

　　你说你要看一看那本五十页（你说成了五百页）的精美的书③，你的请求已提交委员会④，委员会尚未作出决定，因为有人赞成，有人反对。也许下一次于 20 日（星期天）召开的三人会议上会作出决议。

　　风景写生画你还得再等等，我还没能达到这种程度。我已开始

---

① 此图散佚不存。
② 指克里斯蒂安·托比亚斯·埃弗拉伊姆·赖因哈德，著有《人体及人体各部位的尺寸》(Ausmessung des menschlichen Körpers und der Teile desselben)一作。
③ 指《安妮特》。
④ 参见前信。

创作一幅油画,等画完后给你看。

至于赫尔曼博士,他已当上了这里的市议员。这就叫人往高处走。我要就此打住了,没时间了,接下去我只给你再画几幅小型的头像。

（郑霞译）

致贝里施

（莱比锡,1767 年 10 月初）

2 点

[……]

我刚吃了饭回来,从我的小女主人①那里带回了她对你的问候和感谢,还有给你的那些绣花图案,她是最后一个保管这些图案、同时也是保管时间最长的人,可把它们派了大用场。我曾暗示过她,总可以出于感激而为我缝制几个硬袖口吧。咱们就拭目以待,看看她会怎么做吧。她是个相当好的姑娘,我很爱她。她最大的优点在于有一颗善良的心,一颗没有因为读书过多而迷惘的心,是个可塑之才。我会因她而脸上生光。她已学会写一些大体过得去的信了,有时写得还挺漂亮,但是书写规范方面却不见长进。话又说回来,要一个萨克森女子注意书写规范实在是大可不必的。在这一点上,我要夸赞我的妹妹。那么,我就把绣花图案给你寄回去,并向你表达最诚挚的谢意,感谢你给了我为姑娘们效劳的机会。她们大家都很欣赏你的那些有板有眼的图案。

现在来谈谈我此前完成的作品吧。看来,你对那部牧歌剧②挺

① 指小凯特·舍恩科普夫。
② 指《恋人的脾气》。

感兴趣。令我十分高兴的是,不仅是你,还有我的批评者们都喜欢这个剧本,尽管你们大家都发现了其中遍布的错误。你在6月26日的来信中写了你对这部剧的看法,你的观点表明你的感受力非常值得称道。你给我的褒奖包含了——你自己并没有意识到这一点——对我当初寄给你的那部作品里存在的主要错误的批评。你在提到阿米尼的时候说:"说实话,我的哥哥,你把她塑造得过于温柔了。"好极了!正是阿米尼性格中的这一主要问题破坏了整部作品。她过于温柔,过于善良,或者更确切地说,过于单纯,过于宽厚,使得作品读来令人昏昏欲睡。我已纠正了这个错误,在温柔之余,我又赋予了她一丝火热的激情,一种对欢愉的向往,这就使她变得更吸引人了,不过她与艾格伦①的形象并不混淆,因为这两个人物之间的细微差别还是觉察得出的。

　　这个剧已花费了我八个月的时间,却还不打算完工。我不会将所有的情境作两遍、三遍的反复加工,因为我可以期待,随着时间的推移,这将成为一部小小的佳作,因为这是对自然的精细模仿,②而一个剧作家必须认识到这正是其首要职责。这部剧总共有九到十场,现在的篇幅已是你当初得到的那个版本的两倍。当我以为要结束的时候,其实才刚刚开始——除此之外,这半年来我根本就没写过别的东西,处于一种休息状态。应当向所有年轻的作家建议这样一种状态。我所能展示的无非是些小玩意儿,几首颂歌,我不愿拿它们来烦扰你。我偶尔会写写牧歌③,大多是写我的姑娘和朋友们的天真纯朴。比如这首:

---

① "阿米尼"(Amine)与"艾格伦"(Eglens)均为上文牧歌剧中的人物。
② 与布瓦洛、戈特舍德所主张的对理想化的大自然进行模仿的观念相通。
③ 仿希腊诗人阿那克里翁风格的抒情诗。

真朋友①

你得走开，今后逃避你那美人的亲吻，
有一天朋友对我说道。她有诱人的形貌，
明丽的容颜，还有怡人的谈笑，
她眼眸深邃，腰肢曼妙，
会轻易迷惑了你的神魂；
快逃离这位美人的危险的爱！
不过，为了向你表明我爱你爱得深沉，
我要叫你彻底死心不再回来，
而让我自己去做她的情人。
……

50. 歌德致朗格尔②

法兰克福，1768 年 11 月 9 日

　　这一次，我的挚友，应该是拜见教授③的理想时机，请您转交此信，并表达我和您对他的仰慕之情。您会知道该对他说些什么。另一封信是写给其长女④的，容我一并交给您。是的，当您复活节来时，⑤我索性一股脑儿把自己的公文包放在您面前，因为在我看来，这么做恰好可以证明什么样的人才是诗人的朋友：他绝不会因为一

---

① 此诗原文为法语。
② 此信原文为法语。
③ 指亚当·弗里德里希·厄泽尔。
④ 指弗里德里克·厄泽尔。
⑤ 直到 1769 年 9 月，朗格尔才前去拜访歌德。当时，朗格尔在学生——林德瑙伯爵的陪同下取道法兰克福前往洛桑。

些值得称赞的诗句或者散文而心绪烦乱。我现在全靠此打发时间。我给为数不多的几位朋友写信，并收到了您的来信，它们给我带来了欢乐，偶尔也让我担心：但是，当您爱着一个人的时候，难道不是既高兴又苦恼吗？

大病一场之后，我的孩子，您肯定觉得自己不幸至极。对此，我感同身受。请您好好休养，摆脱病恹恹的状态，恢复您的本性，驱赶您的苦闷，逃离那只会给文人雅士带来不愉快的地方。把您的心留在那儿吧，在我的陪伴下，您不再需要用心思考，而我也不再需要。复活节的时候来吧，如果您一如既往还是那个亲切的朗格尔①，那么我将尽我所能地和您一起动身去哥廷根①，而且您打算住多久，我就住多久。这条建议值得您考虑。不过，您在萨克森逗留期间，我将动身前往斯特拉斯堡，在那儿小住些时日之后，我打算完成博士论文并周游全世界。

我向您——朗格尔——保证，我时不时地需要散散心，不然我会觉得头晕。有时候，我内心平静，痛苦仿佛一去不复返了，我是多么享受这幸福的间歇啊。但是它又回来了，就像发烧一样，因此我再度感觉事情变糟了。我越来越讨厌住在城里，并在权衡一个大计划：搬到乡下去住，就在这个月底。我将在那儿发现最完美的缪斯，用自己的方式消遣散心而不受诸多烦心事的叨扰，它们可憎的存在无法让我得到一丝放松。我将阅读、思考和写作。笔杆万岁！多少信件和诗文将如春雨般飘落！我就是用这些期盼来安慰自己。

值此机会，请您每隔数日顺路前往布赖特科普夫一家探望，请万勿疏忽此事。您信中提及的两姐妹②——她们在我的心目中也非位

---

① 在前往莱比锡求学之前，歌德曾计划到哥廷根学习。
② 指苔奥多拉·苏菲·康斯坦斯·布赖特科普夫和露易丝·玛丽·威廉敏娜·布赖特科普夫。

居最后——值得一位品行端正的君子去结交。哦,朗格尔! 这两位姑娘,她们对待我的态度是坦诚的,而我也将如此对待她们。这两位姑娘,是的,请您与她们结交,写信告诉我您的看法,您有责任向一位理性的仰慕者说明情况。您猜得没错! 我愿意请您成为我情感历程的知情人。

　　亲爱的朋友,我非常愿意向您吐露更多的秘密,但似乎除此之外也无其他秘密可言了。我亏欠您的要远远多于您给予我的。您在来信中写到,您愿意做任何事来换取我的友谊。哦,请您不要再做任何事,这样我才不会觉得要偿还您更多。您是这世上第一个向我传播真正福音的人,如果上帝赐恩予我,让我成为一名信徒,那么您就是我要感谢的人,感谢您让这一切开始。愿上帝赐福于您。我的朋友,即使您没有时间立即回复这封用法语写就的信件,它也无法阻挡您在不久之后又从我这里收到新的信息。

G.

(陈虹嫣译)

63. 歌德致朗格尔①

法兰克福,1769 年 11 月 30 日

亲爱的先生:

　　也就是说,您现在已经在瑞士②了! 多大的变化啊! 我不知道,您是否会喜欢那里的生活。谢谢您的来信,让我对您的行程路线有

---

① 此信原文为法语。本信被标为书信编号 63,其实在第 28 卷书信卷中为编号 64。

② 1769 年 9 月,朗格尔曾在法兰克福短暂逗留,然后经斯特拉斯堡、巴塞尔和伯尔尼前往洛桑,并在那里居住了两年。

所了解,也了解了一些您在旅途期间碰到的所有引人关注的事情。在我看来,您将在当代文化人的圈子内扮演一个老好人的角色,①因为您见过并且多少认识这些对当代主流产生决定性影响的先生们,您比其他任何人都更加了解他们的性格,人们向您提问,请求您描述他们,还会恳求您发表意见,关于他们的长相、他们的行为举止、他们的假发,人们将刨根问底地追问您,您不自觉地成了一名传记作家。

那幅图画得并没有真实的斯特拉斯堡好看。我如果不清楚那些萨克森先生们的品位——如此讲究,或者说是如此严苛,他们可能会说服我放弃明年年初在斯特拉斯堡迎接太子妃②的决定。但是不管怎样,我必须逐步靠近法兰西。在斯特拉斯堡,法语中混杂着德语,人们这么和我交谈,即使它们不能逗人发笑,也总是能提供丰富的供人遐想的素材。无论如何,一个毫无魅力可言的学院的最大优势是可以在那里顺利完成学业。

根据您的描述,我觉得洛桑是一个索然无趣的地方。毫无学术氛围!过时了!难道这儿就更强些吗?但是至少可以离群索居,像蚕儿一样将自己裹起来,却不会令人觉得可笑。但是在洛桑就不一样了,一个偶尔在协会露面的人被视作恶劣的会员,就像在哥廷根或者其他学会里,人们如果不是经常去参加协会活动,就会觉得无聊透顶。

一天又一天,我的身体状况在持续好转。我的精神状况对身体

---

① 朗格尔在莱比锡期间就结识了格勒特、戈特舍德、魏瑟、克洛迪乌斯和希布勒,或许还结识了察哈里埃和莱辛。在前往洛桑的途中,朗格尔还陆续结识了其他重要的当代作家。

② 指玛丽·安托瓦内特。1770 年,她离开维也纳前往巴黎;5 月 7 日,抵达斯特拉斯堡。

康复并没有什么帮助。心满意足,精神愉悦,做一名德谟克利特①,我一直都乐意从事我的研究工作,②除非我午间吃得太多或者喝了太多酒,但有时的确会这样。我们这里无甚变化,还和您走时一个样,即朋友们惺惺相惜,知足释怀。我的父亲、我的母亲、我的妹妹以及克莱滕贝格小姐③都让我问您好。梅林先生④和霍恩还是老样子——疲顿、倦怠,毫无好转的迹象。

　　上个月月底,我进行了一次非常愉快的旅行,目的地是曼海姆。⑤ 在我所看到的许多新奇好玩的东西之中,在那许多令人印象深刻并仿佛给我的双眼施了魔法的展品之中,最令我印象深刻的还是根据罗马原型重新浇注的拉奥孔石膏像⑥。我是如此专注着迷,差点忘记了馆内⑦还有其他和它同时复制的石膏像。我把关于拉奥孔的一些想法⑧写了下来,它们将为目前这场由众多知名人士参与

---

① 指笑对人生的哲学家。希腊哲学家德谟克利特在其伦理体系中提出,约束人的欲望,生活有规律,就可以使灵魂保持愉悦。

② 歌德当时正在研究自然神秘主义。

③ 朗格尔在其逗留法兰克福期间,于 9 月 16 日结识了克莱滕贝格小姐。

④ 指约翰·克里斯蒂安·梅林,朗格尔的朋友,1768 年至 1773 年居住在法兰克福。

⑤ 在《诗与真》中,歌德将去曼海姆参观古希腊罗马珍品馆一节放在了斯特拉斯堡旅行结束之后,但是根据这封信,歌德应该是在 1769 年 10 月就前往曼海姆参观了该博物馆,馆内收藏的古希腊罗马雕像的石膏仿制品在当时首屈一指。

⑥ 1506 年,在罗马考古发现了大约完成于公元前 1 世纪下半叶的拉奥孔雕像,温克尔曼用该艺术品论证了自己对希腊美学原则的理解。

⑦ 普法尔茨选帝侯卡尔·苔奥多自 1753 年开始收集古希腊罗马雕像的石膏复制品,并任命王室雕刻家彼得·安东·费斯哈费尔特负责此项工作。在古希腊罗马珍品馆内收藏有"观景台的阿波罗神像""垂死的击剑士""卡斯托与波罗克斯"等艺术品。

⑧ 这篇关于拉奥孔的论文下落不明。写给朗格尔的那些想法也没有保留下来,因为原信也遗失不见了。

的、尽人皆知的争论注入新的内容。但是正如我们每日所见,没有一个天才是全才,卓越的诗人远非优秀的建筑师,这点也适用于莱辛、赫尔德和克洛茨①。要谈论艺术,只具备批判精神并会提出一些漂亮的假设还远远不够。我给厄泽尔写了信,告诉他我的一些发现;我将争取在今年冬天把它们整理完毕,这样我才能在明年经曼海姆去斯特拉斯堡的路上对这篇小文章做最后的加工润色,使其尽可能变得丰满。如果我接下来还准备去罗马,事情会怎样发展呢?凭您对我的了解,您一定相信我会勤奋工作以弄懂那些深奥的知识,而且我极力避免在仓促之中完成手稿,正如珂雪神父②在完成手稿四十年之后才批评其写得过于仓促,而这也不免有些太迟了。

　　除了罗马著名雕像的复制品之外,我在曼海姆还见到了许多珍品,它们给我留下了深刻印象。那些绘画作品③、自然历史博物馆④和歌剧院,所有这些加在一起,就连我这个对钱并不在行的人都觉得选帝侯的支出超过了他的收入。确实,当人们批评造型艺术和实用

① 具体指莱辛的《拉奥孔:论绘画与诗的界限》(1766),赫尔德的《批评之林——献给莱辛的〈拉奥孔〉》(1769)以及克里斯蒂安·阿道夫·克洛茨的《关于切割宝石的用处及使用》(1768)。
② 指在罗马学院担任哲学和数学教授的耶稣会成员阿塔纳斯·珂雪,他研究领域广泛,特别是对于古埃及历史和圣书的研究使他在17世纪成为这一领域的权威。珂雪之所以进入歌德的视野,与歌德本人对神秘主义的兴趣不无关系,但是歌德信中对应的原文迄今无从考证。在《法兰克福学者通讯》上,歌德在一篇评论中再次提及了珂雪及其研究成果。
③ 普法尔茨选帝侯的画廊共有9间展厅,展出了600幅画作;在收藏铜版画的小陈列室中约收藏有50,000幅作品,其中7,000幅是原稿,出自拉斐尔、米开朗琪罗、丢勒、鲁本斯和伦勃朗等大师。
④ 自然历史博物馆位于王宫东楼的底层,并由馆长科斯莫·亚历山德罗·柯林尼重新安排布置。它的三个展厅分别为矿物学展厅、化石展厅以及脊椎动物展厅。

科学总是使富裕人家倾家荡产时，这真是令其自惭形秽。对于美的热爱和感受让我们远远超越了普通人，甚至于忘记了凡夫俗子的困顿之境。但是，我们觉得没有用处的东西往往就是美的。

　　我结识了克勒先生①以及学院的拉迈先生②，特别是后者，他是一个殷勤好客之人，没有那么客套，尽管有时较阴郁，在我看来，可恶的中世纪研究是其罪魁祸首。

　　祝您身体安康，亲爱的先生。您上一封信写于 10 月 28 日，我的回信为 11 月 30 日。也就是说新年之后，我将从您那里获悉一些新消息，依此类推，我将在明年 2 月写回信。直到那时，请您保重。

歌德
（陈虹嫣译）

---

① 无从考证。
② 指安德烈亚斯·拉迈，时任曼海姆宫廷图书馆馆长以及普法尔茨科学院的秘书。

从世界的文学到"世界文学"

VON DEN LITERATUREN DER
WELT ZUR ›WELTLITERATUR‹

希腊文学
GRIECHISCHE LITERATUR

品达
奥林匹亚第五颂歌
PINDAR
FÜNFTE OLYMPISCHE ODE

第五颂歌

拥有崇高的美德，
戴着奥林匹亚的花环，
海的女儿
带着喜悦心情
接受甜美的花儿，
不知疲倦的马骡驮来的
普骚米斯①相赠的礼物，
他给你的城市带来荣耀
养育民众的卡马里纳，
在六个双圣台②上
欢庆众神之节日，
摆上可观的牛祭品，
举行五天的竞赛，
在马背上、马骡上和骏马上。
用胜利，

---

① 即 Psaumis，公元前 452 年奥林匹亚的获胜者，为了庆祝自己返乡居住而委托品达作诗。
② 指奥林匹亚十二主神的双圣台。

给你带来赫赫声名。
此时，他父亲阿克隆
以及你新居住的城市之名
被高声喊出。

反舞咏唱①

现在，他从俄诺玛俄斯
和佩洛普斯②之地
款款而来，
庇佑民众的帕拉斯呵，
他歌颂你的圣林，
欧阿努斯河和家乡的湖泊
以及宜人的水道
藉此，西帕里斯河
哺育了人民，
它迅速地将建造着
坚实房子的高山
连为一体，
将它的普通民众由
卑贱带至光明，
一直为美德奋斗不畏艰辛，

---

① 古希腊歌队吟唱的三段式，由首节（Strophe）、反舞咏唱（Antistrophe）和后部诗节（Epode）组成。
② 即 Pelops，厄利斯国王之名。厄利斯位于伯罗奔尼撒半岛，系奥林匹斯山所在地。

为这充满危险的事业
赴汤蹈火，在所不惜。
对于人们而言，
这些幸福之人
亦为智慧之人。

后部诗节

恩主，在云层上端坐的宙斯，
你住在克洛诺斯山上，
赞美流域宽广的阿尔菲奥斯河
以及神圣的伊达山洞。
我带着恳求走到你面前，
在吕底亚笛声中
请求你用值得男人追求的声誉
为城市增色。
你是奥林匹亚胜者，
会喜欢尼普顿的骏马，
尽情享受生活。
呵，普骚米斯，
身边围着儿子们，
如果人有锦衣玉食、
家财万贯，
外加盛名，
他怎会想做神仙呢。

格言短诗①
GNOMISCHE VERSE

当你完成之时，
你将会认识神与人不变的本质，
其中所有一切都在变动，所有一切都被限定，
自然平静地在所有和一切中感知，
不希冀所有不可能，但对生活而言早已足够。

致蝉
AN DIE ZIKADE
根据阿那克里翁②
nach dem Anakreon

你多么幸福，你这小东西，
你就在树枝之间，
甘饮少许便欢欣鼓舞，
歌唱着，如同国王！

---

① 1780 年 9 月 8 日，歌德在写给夏洛特·封·施泰因夫人（Charlotte von Stein）
的信中提及他正在读几首希腊诗，其中便包括这一首。原文首次发表于
Göthe's Briefe an Frau von Stein aus den Jahren 1776 bis 1826, hg. von
Adolf Schöll, 3 Bde., Weimar 1848–1851; hier Bd. I, S. 335。此处参考
原文出处：Goethes Briefe an Charlotte von Stein, hg. von Jonas Fränkel, 3
Bde., Berlin 1960–1962。
② 原文创作于 1781 年与 1790 年之间。第一版以及底本见于 Goethe's
Schriften Bd. 8, S. 340。在此之前，此诗原标题为 An die Heuschrecke, aus
dem Griechischen，刊登于 Tiefurter Journal Nr. 9, Herbst 1781。

所有一切都属于你，
所有你在田野中所见的，
所有时光所带来的。
你在农夫之中生活，
是他们的朋友，不被伤害，
受这些凡夫俗子的崇拜，
是可爱春天的萌使！
呵，所有缪斯喜爱你
福玻斯应该也爱你，
赋予你银嗓子，
岁月在你身上从不留下痕迹，①
你这智慧的、温柔的诗人之友，
非血肉之躯，
无忧无虑的大地之女②
几乎与神相比肩。

① 民间传说，每年蝉会蜕皮，藉此永葆青春。
② 蝉曾被认为是非繁殖生物，由大地中来。这是民族自豪感的自然象征，它们的祖先不是从外国迁移而来，而是当地产物。

甜蜜的渴望①
SÜSSER DRANG

品尝酒杯的甜蜜渴望
慰藉心灵。库普里斯②的希望
夹带着巴克科斯的赠礼，
使感官快乐起来，
因为他从上面
派来忧愁。
是啊，摧毁了美好的城市，
但金子和象牙
装饰房子，
紫色的船
从埃及带来
丰富果实，
安抚饮酒之人
的心。

---

① 第一版以及底本见于 WA I 53（1914），S. 358。译文产生时间不明。诗歌翻译的是凯奥斯的巴克西里德斯（Bakchylides von Keos）的诗歌残篇，原诗是首饮酒诗。巴克西里德斯是品达的同辈人和竞争对手。歌德参考的原文大概出自 Anthologia Graeca sive poetarum graecorum lusus. Ex recensione Brunchii（Griechische Anthologie oder Spiele griechischer Dichter. In der kritischen Ausgabe durch Brunchius），Bd. I, Leipzig 1794, S. 84, Nr. XI. 根据当年译文的流传情况，歌德的译文缺前五句诗句。
② 即 Kypris，爱神阿弗洛狄忒的别称。

试解荷马作品不明之处
VERSUCH EINE HOMERISCHE, DUNKLE STELLE ZU ERKLÄREN

Οδυσσειας Κ. σ. 81.

81 Ἑβδοματη δ ἱκομεσθα Λαμου αιπυ πτολιεθρον,
Τηλεπλον Λαισ<τ>ρυγονιην, οθι ποιμενα ποιμην
Ηπυει εισελαων, ό δε τ᾽εξελαων ύπακουει.
Ενθα κ᾽αὐπνος ανηρ δοιους εξηρατο μισθους,
85 Τον μεν βουκολεων, τον δ᾽αργυφα μηλα νομευων.
Εγγυ<ς> γαρ νυκτος τε και ημᾱτος εισι κελευθοι.

博德默译文
Bodmerische Ubersetzung.

so kamen
Wir am siebenten Tag nach Lamos; der Lästrügonen
Türmende Stadt und Pforten erschienen. Allda ist es üblich
Daß ein Hirte das Vieh in die Fluren treibet, der andre
Sie in die Hürden sammlet; der muntre Hirte verdiente
Zweifachen Lohn, der des Nachts die Stiere, die Schafe
des Tages
Hütete. Kurz ist der Weg von der Stadt und nahe die Triften.

（汉译：　　　　　　　就这样
　　我们在第七天来到拉摩斯；
　　莱斯特鲁尔奈斯人层叠的城市和入口毕现，

在那里普遍的情况是：一位牧人将牲畜赶到草地，
另一位将它们汇集于羊圈；有干劲的牧人可挣双份报酬，
一份是夜晚看守牛，一份是白天看护羊，
由城而来的路程短，离牧场很近。)

福斯译文
Voßische Ubersetzung.

Landeten wir bei der Veste der Laistrügonen，bei Lamos
Stadt Tälepülos an. Hier wechseln Hirten mit Hirten；
Welcher heraustreibt，hört das Rufen des der hereintreibt.
Und ein Mann ohne Schlaf erfreute sich doppelten Lohnes
Eines als Rinderhirte，des andern als Hirte der Schafe；
Denn nicht weit sind die Triften der Nacht und des Tages
entfernet.

（汉译：
我们停靠在莱斯特鲁尔奈斯人的港湾，
在拉摩之城忒勒普洛斯。在此，牧人轮岗。
当听到赶入牲畜的牧人的叫喊声，另一个牧人将牲畜赶出。
不眠不休的人将欣喜地获得双份酬劳，
一份是放牛的，一份是牧羊的；
因为夜晚和白天的牧场相近。)

福斯更接近原文，仍有一丝真意在译文中。与之相反，博德默令
人费解地脱离原文，完全译错。

而今我将写出我的解释和意译以兹评判：

第 81 诗行 *Und am siebenten Tage erreichten wir Lamos die hohe wohlbefestigte Stadt*（汉译：在第七天，我们抵达拉摩斯，高耸坚固之城）。Lamos 在此是城市之名①，博德默也是这么理解的；第二格正如：Agamemnons Kraft 指的是 Agamemnon der starke。

第 82、83 诗行 *Der Stadt mit doppelten Toren von Laistrügonen bewohnet*（汉译：这拥有双城门的城市由莱斯特鲁尔奈斯人居住）。Tälepülos② 只是修饰词，指的是一座拥有双重城门的城市，这两座城门之间有间隔，由一条狭隘的道路连接。因此，拉摩斯有外城门和内城门，两者之间的道路可能是一道山隘，就像通往有坚固构筑的城堡的入口，加固田地和城市。荷马用这个词向我们描绘了一座固若金汤的城市，然后在接下来的诗行中解释和扩展相同的画面和介绍。

第 83 诗行 *Wo der Schäfer der eintreibt ruft oder pfeift*（汉译：此时，将牲畜赶入的牧羊人叫喊或吹口哨）。他为什么叫喊？他给出信号，好让赶出牲畜的牧羊人暂停，好让牧群别在这长通道里产生混乱，避免逗留和不幸。况且 ηπυει 看起来是在表达：他开始唱歌，在赶牧群过程中一直唱着，这样另一个可以根据这个调整方向。正如山隘的车夫拍手掌。

Der heraustreiben will hört（汉译：打算赶出牧群的牧人听着）。

---

① 根据卡佩尔马赫（Kappelmacher）基于西塞罗、奥维德以及贺拉斯的研究，这里的 Lamos 指的更可能是这个城市的始建者拉摩斯。参见 A. Kappelmacher, Goethe als Homerübersetzer und Homerinterpret, in: Zeitschrift für die österr. Gymnasien 1901, S. 1057 - 1062.

② 根据卡佩尔马赫的论证：词源上看，Tälepülos 不是有双重门的城市，而是一个城市有一个城门，门扇特别宽。参见 A. Kappelmacher, Goethe als Homerübersetzer und Homerinterpret, in: Zeitschrift für die österr. Gymnasien 1901, S. 1060.

他不单单听，他还听从，υπακουει。他停止赶出牧群，直到另一个牧人赶完牲畜。

接下来是最后三行诗，我将简单明了地做一过渡，如下：

这（诗人想说的）不是一件偶然发生的事件，不，这是约定的秩序，因为他们必须每天碰两次头。

第 86 诗行 *Denn nahe folgt das Treiben der Nacht und des Tags aufeinander*（汉译：因为夜晚和白天的放牧相互交替）。两组牧群在日出和日落之时有规律地交班，如此：

第 84、85 诗行 *Ein Mann der niemals schliefe doppelten Hirtenlohn verdienen könnte, wenn er sowohl die Rinder als die Schafe auf die Weide brächte*（汉译：不眠之人可以挣得双份放牧酬劳，当他不仅将牛，而且将羊赶到草地上）。这是荷马式的词语重复，好让我们从所有方面看清所展现的对象，这种修辞手法在《奥德赛》中尤为常见。

现在，我将重复全部解释，将我对此处的意译在这儿展现。

意译

第七天，我们抵达拉摩斯，这是高耸坚固的、莱斯特鲁尔奈斯人居住的城市。这座城市拥有双重城门，且这两座城门之间有间隔，由一条狭隘的道路连接彼此。这里有牧羊人，他将牲畜赶回，通过叫喊或吹口哨给出信号。打算赶出牧群的牧人听见之后可见机行事。这是约定的秩序，通过这种方式，牧群们才不会在两座城门之间的狭长通道上陷入混乱。因为他们必须每天碰两次头，日出与日落之时，牧人要在共同的牧场交接牧群。一位牧人赶回牧群，与此同时，另一位牧人赶出牧群。这样一来，一位不眠之人可以挣得双份酬劳，他可将一群牲畜赶回，将另一群牲畜赶出。

　　重读原文,我们可看到荷马很美妙地、用简短的语言首先在我们眼前展现了一座坚固的城市,然后描绘独特的习俗,用他自己的吟咏使我们感受到这一复杂的画卷。

　　我还要指出一点:人们无须按照博德默的方式如 türmend(层叠的)以及在远处的 Pforten(门)来想象这座老城,只需简单理解,正如我从吉尔根蒂①与帕埃斯图姆②的城市外观所了解的那样。

G.

出自荷马史诗《奥德赛》和《伊利亚特》
AUS HOMERS ODYSSEE UND ILIAS

《奥德赛》
Odyssee.

第 7 卷第 78(—131)诗行

　　言毕,帕拉斯·雅典娜离去。

　　她徐徐跨越海洋,离开美丽的岛屿,

　　来到马拉松,来到雅典,那庄严的街巷

　　将她引至厄瑞克修斯的坚固高耸的楼房。

　　但奥德修斯抵达国王的王宫,他站在那儿,

---

① 即 Girgent,意大利地名,意大利语原名为 Girgenti。1787 年 4 月 23 日至 27 日,歌德曾在该城逗留。该地名也出现在本卷《菲利普·哈克特》一文。

② 即 Pestum,指 Paestum,1787 年 3 月,歌德首次在该城游玩。1787 年 5 月,故地重游。

当他触摸门槛,思绪飞扬。
正如太阳和月亮使我们目眩那样,阿尔喀诺俄斯
高耸的房子是那么的夺目,
铁制的墙面从这里延伸到那里,从前庭指向里面,
天空蓝的横脚线在四周围绕。
金制的宫门从里面关上,在铁制的门槛上立着银制门柱,
银制眉梁盖住门,门上有个可动的金制手环。
金制和银制的犬狗,在门的两旁,
守在阿尔喀诺俄斯的门口,它们是赫菲斯托斯①打造的不朽守
家器具。

在宫内,这边和那边都有固定的长凳,
从前往后围绕成一圈,在上面铺着
精美闪亮的、精工织就的毛毯,出自女人之手的艺术品。
第一批法埃肯人坐在这儿,
吃吃喝喝,库存富足。在厅堂,
到处有金制的小男孩站在精美的托架上,
手持熊熊燃烧的火把,为客人照亮大堂。
宫内有五十名女仆,一些人在磨麦,
其他人坐着织布,灵巧地摇动线杆。
手里工作不停,就像杨树叶子在摇动,
已打好的织布上滴下油滴。

正如法伊阿基亚的男子比其他地方的男子

---

① Hyphaistos,希腊神话的火神、雕刻艺术之神以及手艺异常高超的铁匠之神。

更精通驾船，在海上乘风破浪，岛屿上的
女子精于纺织，绣工精巧，这是雅典娜
教她们用智慧完成的精美作品。

庭院的四周是一片大花园，
占地面积约四阿克尔①，四周围着篱笆。
里面的果树枝繁叶茂，
梨、石榴和苹果沉甸甸地压弯了树枝，
那里有甜美的无花果和橄榄树的浆果。
这里果实四季不断。在夏天和冬天，
泽费罗斯产出一批果实，同时催熟另一批。
苹果紧接着苹果，甜美可口，
梨紧接着梨，无花果紧接着无花果，葡萄紧接着葡萄。
在阳光充足、宽阔的地方种植葡萄，
在那儿，一部分位于山岭上的葡萄正被晒干，
有的被采集起，还有的被榨汁，
有的慢慢成熟，有的即将繁花似锦。
狭小的苗床上是一年四季不败的蔬菜，
排列整齐，装饰了花园的尽头。
还有两道泉水涌出，一道横穿整座花园，
另一道流向房子，
在庭院的门槛下流淌着，供居民们汲水。
人们在国王的宫殿里见到神赐的礼物。

---

① 阿克尔（Acker），田亩单位。

（第 8 卷第 267—326 诗行）

缪斯饶有兴趣地歌唱阿瑞斯的桃色绯闻，
因为他曾色胆包天地与阿弗洛狄忒做不当之事。
他们曾在老赫菲斯托斯的房子里结合，
偷偷地，阿瑞斯用许多礼物赢得了
不在场的国王的床铺，但国王究竟获悉了这个秘密，

因太阳目睹了他们的好戏，并泄露出去。
现在，这老者听到令人难受的讯息，
他走向作坊，心里作阴险的谋划。
他把一块大铁砧放在托台上，
打造出永久不断的铁链。
现在他怒发冲冠，要将那对男女一网打尽，
他来到厢房，走到心爱的床铺前，
链带缠绕床柱
悬置许多链条，如同一个轻巧的蜘蛛网，
无人能察觉，即便他们是神，也无从觉察，
因为它们巧夺天工。当一切准备妥当，
他起身去利姆诺斯，一座美丽的爱人之城。

阿瑞斯一见到他离去
便迫不及待地走进他的房子，向甜美的西特蕾①求欢，

---

① 即 Cithere，阿弗洛狄忒的别称。

她刚从父亲，即强大的克洛尼翁①处回来，
刚坐下，情郎便迎面而来，
握住她的手，说着撩人的话语：
来吧，亲爱的，让我们一起去床上睡吧，
你的丈夫走了，我看见他去利姆诺斯了。
他就这样说着话，她也同意被如此甜蜜地拥抱。
两人登上床，满心欢喜，但链带
从天而降绑住他们，这大师的杰作
令他们四肢不得动弹，不能挪动，
他们马上意识到逃脱不开，
瘸腿之神来到他们面前，
他未到达利姆诺斯便折回，
因为太阳一直在监视，并发出讯号。
他摇摇晃晃地走回家，心情沉重，
他站在门口，怒发冲冠，
发出可怕的叫喊，众神皆听得一清二楚：
宙斯，我的父亲，你们，其他幸福的神明们，
一起来这看吧，看这可笑、不能忍受的事情吧！
宙斯之女阿弗洛狄忒从不愿与我这
瘸子亲热，却与害人精阿瑞斯打得火热。
因为他貌美，而我却正好相反。
我出生便身体残疾，但这不是我，也不是任何人的责任，
但愿我的父母没有生我出来。
但你们看吧，他们是怎么紧紧地拥抱着

---

① 即 Chronion，宙斯的别称。

爬上我的床,我可是伤心地看着他们,
但我希望他们不该躺这么久,
就算他们如此相爱,我不希望他们再睡在一起。
这次,我用计谋和罗网将他们束缚住,
他们保持这种状态直到父亲退还全部结婚聘礼,
这些聘礼是我因为他女儿呈献给他,
但他女儿不知羞耻,虽然美丽,但不会控制自己的意识。

他说着话,众神到达这铁制的房子
可怕的波塞冬,机智敏捷的
赫尔墨斯,还有中肯的国王阿波罗,
女神们因为羞涩,待在家里。
在房前,齐聚着神明们,
他们之间响起止不住的笑声。

(第 339—346 诗行)

哦！阿波罗,若此事属实,
哪怕三倍的罗网绑紧我们,
你们所有的神明都来观看,连同女神们,
即使如此,我愿意躺在这,抱着美丽的维纳斯。

他说完之后,神明之中响起笑声。
只有波塞冬保持严肃,恳求这位工匠
放开阿瑞斯,用长了翅膀的话对他说①

---

① 歌德原文为残句,未完。

《奥德赛》
Odyss.

第 8 卷第 350 行（第 351—353 诗行，第 347—350 诗行）

给弱者的保证总是薄弱。
如果阿瑞斯逃避对我的补偿，逃出网，
强大的神，我又怎么能转而强迫你呢？

放了他吧！我保证，当着这么多神的面，
他会按照你的要求付清赔偿。
瘸腿的能工巧匠却回答他说：
能摇晃大地的尼普顿，你怎能要求我做这样的事呢？

《伊利亚特》
Ilias.

（第 6 卷第 1—6 诗行）

但现在，两支军队的对阵被冲破，
他们在战场上激烈地来回厮杀
举起长矛，掷向敌方，
分散在桑瑟斯河和西摩伊斯河之间。
埃阿斯
冲破特洛伊人的阵型。

（第 12 卷第 243 诗行）

他相信一种奇思，保卫你，祖国。

（第 442—452 诗行）

他说完话，催促将士们前进，所有人听从，
冲向护城墙，想登上墙，
握着锋利的矛。赫克托抓住
墙门外的一块石头，巨石底部宽，顶部形成尖角。
按照凡人的力量，即使两个最健硕的男子
也未必能轻易地将巨石从地上抬到车上。
他独自摆动这石头，因为宙斯为他减轻了石头的重量。
他正如一位牧羊人轻松地将公羊的毛发
抓在手里拎着。

（第 13 卷第 95—110 诗行）

可耻！你们这些阿耳吉维人，你们只是幼童。
我总将整个船队的安全托付给你们，因为你们争强好胜。
现在你们如果躲避艰险的鏖战
那么，也终会有这么一天，你们被特洛伊人战胜。
呵！我目睹这非同寻常的奇事，
一件可怕之事，我从未想过会在我眼前发生，
特洛伊人居然闯到你们船上。
他们曾经如同一群逃亡的母狗，在森林里逃命，

很容易成为猞猁、猎豹和豺狼的口中食，

越趄而行，晕头转向，吵吵嚷嚷。

倘若特洛伊人还有力量，能抵挡希腊人的干涉，

也是微不足道。

可现在远离城市，他们却来侵犯我们的战船。

由于统帅疏忽，也由于勇士们忘了对他发怒，

以及没想到勇敢地挺身而出

解救战船，解救自己，而宁愿自己被杀。

（第 14 卷第 329—351 诗行）

但强大的朱诺狡猾地说：

"萨杜恩①高贵之子，我听见你说了些什么。

现在，你欲火中烧，索要鱼水之欢。

身处敞开的山峰峰顶，

眼下或有某个神明看见我们的拥抱，

他跑去将这事告知所有神明。这样的话，

我再也不能在你官房的睡床上醒来，

不，这将让我颜面尽失。但如果你实在想求我欢爱，

若你的心儿渴望，那么让你的儿子

火神巧妙地布置你的房间，

然后将门窗关紧，我们可以在那尽享欢愉。"

---

① 即 Saturns，古罗马神话中的农业之神，朱庇特的父亲，对应希腊神话中的克洛诺斯。

汇聚云朵的克洛尼农回答她说：
"朱诺，没有一位神，没有任何凡人
能看见我们，不要担心，我会
用金色的雾气罩住你的床，连变幻莫测的太阳也无法瞧见。
虽然他的眼睛可以看穿任何事物，但他的目光也无法穿透雾罩。"

言毕，他强势地用双臂抱住妻子
在他们身下，大地长出翠绿的鲜草，
长出湿润的莲花、藏红花和风信子，
有力又柔软，膨胀起来的床托着神们，
金色的雾在四周扩散，滴下闪闪发亮的露珠。

（第 15 卷第 6 诗行，第 9—10 诗行）

迅速地起身，看见特洛伊人和希腊人，
他也看见赫克托正躺在田野上，周围坐着朋友们。

阿波罗诞生之赞歌①
AUF DIE GEBURT DES APOLLO

根据希腊语原文
Nach dem Griechischen.

我想起你,阿波罗,你这远射之人②,
我永不会忘记向世人宣告对你的赞扬。在朱庇特③之宫,
所有神畏惧你。当你进来时,他们
从椅子上站起身,以表示对登场的胜者的敬意。
勒托④自己却继续独自坐在雷神旁边,
卸下你的弓,合上箭筒,
她从你闪闪发亮的肩上松开武器,
高高挂在父亲的柱子的金挂钩之上,
将你引至神祇之座。父亲递给儿子
盛满琼浆玉液的金杯,
慈祥地问候,其他神也坐了下来,
勒托见到她高大、俊朗的儿子满心欢喜。
我们欢迎有福的勒托安,勇敢孩子们的母亲!

---

① 首次出版见于: Die Horen, 9. Stück, September 1795, S. 30-38。"阿波罗赞歌"出自《神与英雄赞歌集》,包括六首长赞歌以及二十八首较短小赞歌,后人将它们归为荷马作品,但其实这一点并非完全无争议。1795 年 8 月 18 日,歌德曾将译文寄给席勒。
② 即 Fernetreffer,阿波罗射出的箭附带疾病和死亡。
③ 在歌德译文中,此处为 Jupiters。这意味着,这是一首希腊译诗,而歌德用罗马神话中的朱庇特取代希腊之神宙斯。
④ 即 Läto,阿波罗与阿尔忒弥斯之母。

你诞下了国王阿波罗和阿尔忒弥斯,箭矢之友①。
你在奥提伽上生了她,在荒凉的提洛岛生下他;
你在高山中,在基恩提舍山,生产,
靠在棕榈树下,伊诺普斯在旁边潺潺流过。

我该怎样歌颂你,福玻斯,你这歌富五车之人②?
所有歌曲出自你口,它们在哺育人的大地之上,
在海洋里的岛屿之上欢乐地唱亮人们的心。
高耸的山脉、宽敞的巅峰让你心旷神怡,
还有那奔流入海的河流,开阔的、
弯曲的、延伸的海岸线,以及海湾和港口。

我歌颂勒托如何诞下你,人们心怀喜悦
在基恩提舍山之旁,在荒凉的、四周皆海的
提洛岛之上;风吹拂着流动的河流
从四面八方拍向海岸。
你源自那里,现在掌握着所有尘世之人的命运。
雅典区域哺育了克里特岛,
还有艾伊娜岛,多船的埃维亚岛③,艾盖
埃亥希埃,海边的伯巴瑞斯,阿托斯山,
皮利翁高山,萨摩斯山,伊达山

---

① 阿尔忒弥斯是狩猎女神,谁要是被她的箭射中,正如被阿波罗的箭射中,谁就
会死亡。
② 阿波罗被认为是歌曲之神,他的乐器将在下文出现。
③ 埃维亚岛(Euboea),又译作"优卑亚岛",是仅次于克里特岛的希腊第二大
岛,位于爱琴海中部。

幽暗的山脊，斯基罗斯岛，福卡城，还有那崇高的山脉

奥托卡纳斯以及人口众多的伊姆布鲁斯岛，

还有利姆诺斯岛，贫瘠的海滨，神圣的莱斯沃斯岛，

即埃俄罗斯①宝座所在，希乌斯，众多海岛中最美丽的岛，

遍布岩石的弥玛斯山，居高临下的科里克斯，壮美的克拉霍斯，

还有艾萨基的高山，流水潺潺的萨摩斯山，

米克利陡峭的山峰，米利都，科斯岛，

高高的克尼多斯，风暴频发的卡尔帕索斯，纳克索斯岛和帕罗

斯岛，

多石的里尼亚岛；这位女神忍住疼痛，

穿过这些地区和岛屿，即将临盆，

为儿子寻找居所，但这些地区颤动起来，

它们不敢，即使最险恶的地区也不敢承载阿波罗。

你，尊贵的勒托，最终爬上提洛岛，说：

提洛岛，你愿意成为我儿，我即将诞下的孩儿之座吗？

他将成为太阳神阿波罗，你是否也愿意成为供奉他的神庙所

在地？

——确实，其他地方不愿意主动收留，

你既不养公牛，也不养羊或种植林木，

岛上也没有茂盛的葡萄藤，

也没有无尽生长的植物。

但若阿波罗将神庙置于此地，

这儿将会有百牲人祭；烟雾升腾的

---

① 即 Aiolions，指风神 Aiolos。

祭祀将会带来熏香，保佑你，
你是神的居所，神祇们眼中的恶手，
现在想想，你除此之外并未产出果实，因此籍籍无名。

她言毕，提洛岛满心欢喜，嘴上却说：
勒托，伟大克洛诺斯①之女，
我多么想在射箭之神出生时接纳他！
人们说我坏话，我都知道，但我将会因此
获得最高的称颂。预言
使我害怕，勒托，你不要隐瞒。
他们说，从你腹中将会诞生一个恶魔，
在众神之上，统率所有人；
还有一事令我担心，当他睁开眼看见光明，
他将会嫌弃我和我荒芜的海岸，
一脚踹开我，跃进海洋深处，以致海水漫过我的头顶，
然后离开，随后找到一个称心如意的居所，
在那建立庙宇，种植茂密的树林。
我身上到处爬满珊瑚虫，海洋黑色之牛犊②
在我身上钻满洞穴，人们将我遗忘。
为此，尊贵的女神，请许下神圣的誓言：
他将在此建立庙宇，向所有
用许多名字称呼他的凡人宣布预言。

---

① 歌德译文此处为 Kronions，宙斯别名，应该是歌德笔误，原文为 Koioioo，指提
  坦巨神之一，勒托之父。
② 指海豹。

勒托听后，马上发誓，那神圣的誓言如下：
大地听见，头顶苍天俱知，还有那
在地底下涌动的冥河（这神圣的誓言
将福神们联系在一起），此地将为
阿波罗永恒的圣坛，
他将在所有地区和海洋岛屿面前崇敬你。
听完誓言，提洛岛满心欢喜地迎接它的神。
女神受尽九天九夜撕心裂肺的阵痛。
其他女神们来到她身边，
所有最美丽的都前来。
瑞亚①，此外还有狄俄涅，
还有喜好研究的忒弥斯，
她们之中还有安菲特里特，女神叹息声连连，如滔滔波浪。
还有其他不朽女神。赫拉
坐在克洛诺斯房内，故意拖住
你及其他生产的女性期盼的厄勒梯亚，
她隐瞒忍受疼痛的女神的痛苦，
妒忌卷发勒托与朱庇特的伟大儿子。
但女神们派伊里斯去提洛岛
请来厄勒梯亚，帮助生产，
她们用一条珍贵的绳子围住她脖子，
用向她许诺的珍贵金线为她编织，足有九尺臂长。
让她偷偷召来伊里斯，好让赫拉
不能识破意图，否则女神离去受阻。

---

① 即 Rhea，大地之神，克洛诺斯之妻，宙斯之母。

伊里斯旋即离开,迈着轻快的脚步,
在天与地之间的空间很快来回,来到众神之地奥林匹斯山,
挥手招呼厄勒梯亚到众神之宫殿的门口,
三言两语告知所有事情,崇高的女人们
所需紧急处理之事;她说动了她的心。
两人如同胆怯的鸽子般离开,来到提洛岛。

当助产的厄勒梯亚踏上提洛岛,
勒托阵痛加剧,即将分娩。
女神用臂膀紧抱住棕榈树,
脚跺着草,大地微笑。
神之子强健有力地蹦出,众女神欢呼,
在清水里神圣地洁净阿波罗的四肢,
用闪闪发亮的、柔软的、新的、白色的衣服将他包裹,
在此之上还有金色的带子。
并非生母给新生的神之子饮水,
忒弥斯用神之手递给他众神之饮
以及长生不老的神仙食物,这使
勒托很高兴,她经历许多磨难终于产下伟大的儿子。
但他还没好好享用不朽之神的食物,
金色带子就已绑不住这活泼的孩子。

凡人青春之带,所有的结松开。
女神们听见孩童的话语:
我将热爱齐特琴和弓箭,
我将忠实地向人们宣告

克洛诺斯的决定。他言毕，沿着大道走下，
福玻斯，这卷发之神，射箭之神。
这使众不朽之女子们惊讶，提洛岛就如同
装满了黄金一般闪闪发亮，它欣喜地看到宙斯
和勒托之子，这位神，他在众多地区和岛屿之中选中了它，
建造了一座庙宇。
它充满了强烈的爱意，散发友好的光芒，
山脊如沐春风，布满茂盛的森林。

出自索福克勒斯《俄狄浦斯王》①
Aus Sophokles, ›König Ödipus‹

就在那狭窄的山谷，一个男人
将那辆车驱向我，正如你向我描述，
带了四位侍从，我被逼到了路边。

米隆的母牛②
MYRONS KUH

大约在我们开始纪年的四百年前，米隆——古希腊雕塑家，用青

---

① 首次出版见于：Goethes Werke, Berlin（Hempel）, Bd. 5.（Hrsg. von Gustav v. Loeper）, 1873, S. 236。译文参考底本为：WA I 11（1892）, S. 392。在内容上，这几行诗文出自第二场，讲的是俄狄浦斯与伊俄卡斯忒（Jokaste）谈论拉伊俄斯（Laos）被人打死的经过。
② 首次出版见于：KuA II I（1818）, S. 9‐26（Paralipomena：WA 49/2 [1900]）, S. 322）。

铜制作完成一头母牛。这部作品,西塞罗①在雅典,普罗科皮乌斯②于公元 7 世纪在罗马都曾见过,也就是说,它千年来一直吸引着人们的关注。虽然有众多相关信息遗留下来,但我们始终对原作品没有一个清晰的印象;尤为不寻常的是,数量达三十六首之多的箴言诗,至今都对此帮助甚微,恰恰是那些艺术观赏者的谬误才让这些诗作引起注意。人们发现这些诗单调乏味,它们既非表现事物,也非寓教其中,非但没有廓清,反而愈发模糊了人们对这幅已遗失形象的概念。

　　这些带有韵律的笑话里,知名的或无名的诗人们③似乎更多的是一较高下,而与艺术品无关。他们懂得说的,无非是全体殷勤地大肆褒扬作品如何逼真。但如此外行的赞美反而十分值得怀疑。

　　因为,展现足以以假乱真的真实性绝非米隆之追求。作为菲迪亚斯和波留克列特④的直接继承者,米隆从事着更高级的事业,他致力于塑造运动员,甚至赫拉克勒斯,他懂得如何赋予自己的作品一种有别于自然的风格。

　　可以确信的是,在古代,一幅作品若无精妙的巧思绝不会闻名于世:因为只有巧思才能最终令行家和大众为之着迷。但米隆的母牛如何能如此重要,如此意义非凡,并数千年来一直吸引众人的关注呢?

　　所有的箴言诗都对其真实和自然大加吹捧,似乎不知该如何强调其以假乱真的特点。一只狮子意欲撕碎这头母牛,一头公牛想和

---

① 西塞罗曾在第四篇反费雷思(Verres)的演讲中提及米隆的母牛。
② 即 Procopius,拜占庭历史学家。
③《希腊诗选》(Anthologia graeca)中只记录了其中一些诗人的名字,如 Anakreon von Teos 等。
④ 此两人均为希腊雕塑家。

它交配，一头小牛想吮吸它的乳汁，其他的牛群也纷纷向它靠拢，一位放牛人为了驱赶它向其投掷石头，牧人对它又打又抽，农夫拿来轭和犁要给它套上，还有盗贼要偷走它，用夹鼻器套在它鼻子上，甚至连米隆自己也无法将它与其他真牛区别开。

显然，这是一位诗人在试图用华丽而空洞的辞藻战胜其他诗人，而母牛原本的形态和动作却仍不为人知。最后，它还应该哞叫；这里，自然是缺失了的。但即使能够想象出一头哞叫母牛的雕塑形象，它仍然是一个粗鄙而不确定的主题，是高雅的古希腊人所不需要的。

任何人都能看出如此雕塑的粗鄙，但此外，它还是不确定的，而且无足轻重。母牛或许是在对草原哞叫，也或许是对牛群，对公牛，对小牛，对牛圈，对挤奶女工或者天晓得什么别的东西。而且箴言诗里也没有说过它叫，不过是说，如若它有内脏，则会叫；正如它若不是被浇铸在基座上，则会往前行走一样。

尽管有许多的阻碍，但我们如果能剔除箴言诗里所包含的错误，在诗中寻找真实，这样，我们不是仍能够成功还原这一艺术品吗？

作为母牛旁边相对或相伴的塑像，没有人会想象有一头狮子，或者公牛、牛群、牧人、小偷或者夹鼻器。但艺术家却为之增添了一处生机，而且是唯一恰当的可能：一头小牛。**这是一头哺乳的母牛**：因为只有如此，她才是一头母牛，对我们牧人而言，只有通过产奶和养育小牛，这头母牛才有了繁殖和哺育的重要意义。

即使排除那些野花不看——诗人或者一些与之类似的人，无非是毫无主见地借此来点缀这件艺术品——许多箴言诗仍明确地指出，有一头小牛与母牛同在，因此，这是一头哺乳的母牛。

　　　　漫游者们！米隆塑造了母牛雕像，
　　　　小牛望向它一眼，渴望着靠近，认为见到了母亲。

　　可怜的小牛！你为何要苦苦哀求，接近于我？
　　那乳汁，艺术无法将其创造。

　　面对这两首诗歌坚定的立场，如若想提出某些质疑，或者表达相反的观点，即同其他诗歌增添的色泽一样，小牛无非也是一个诗意的形象，那么，下文中的这首诗将提供不可反驳的佐证：

　　牧人走开，请停下你的笛声！
　　母牛不可被惊扰，它在哺育牛犊。

　　笛子在这里显然是牧人驱赶牛群的号角。为了不惊扰母牛，在其近旁，牧人不应吹响号角。小牛也并非臆想而来，而是真正在母牛身侧，而且同母牛一样生动鲜活。

　　若对此不再有疑虑，我们便已经踏上正确的道路开始探索。将真正的形容词同虚构的形容词区分开，将雕塑作品同诗学艺术区分开，那么，为了完全实现我们的目标，为了使辛劳有所回报，我们就应该为这样一件作品能从古代流传下来而感到高兴，它在都拉基乌姆①的硬币上一再出现，而且其主要部分一直是相同的。我们附上一幅草图，乐意看到能有高明的艺术家将平面上略微突起的雕刻转变为立体塑像。

　　这件绝妙的艺术品——即使是它最拙劣的仿制品——当时已经得到了行家的品鉴，如今便已无须我来赘述其构图的精湛。母牛四肢健壮如柱，用伟岸的身躯为年幼的小牛支起了一方屋宇；这里如同一个壁龛，一间小室，或一处圣地，将嗷嗷待哺的幼子包裹在内，使得

---

① 即 Dyrrhachium，亚德里亚海滨的古城。

这一用血肉之躯筑起的空间充满了最极致的柔美。小牛半跪的姿态
如同在请求着什么，头颅扬起则像在感恩地接受，虽稍显辛苦，但温
柔而浓烈，从最佳的仿制品中便可以对原作的精妙绝伦窥豹一斑。
母亲把头向内转，使得这一组雕像完美地自成一体。它将观察者的
目光、感官和注意力都集中了起来，使其思想无法偏向外界、旁侧或
者任何其他方向，一件杰出的艺术品，恰恰是能将一切他物都排除在
外或者令其暂时消失于视线之外。

这组群像技法精妙，于不同之中得平衡，于相似之中得相异，于
差别之中得和谐，乃话语所无法言表，应该得到造型艺术家的推崇。
但我们却不假思索地断言，是构图的质朴，而非塑造的自然，使得这
整个古代艺术品欣欣向荣。

哺乳是动物性的基本能力，四足动物将之表现得十分优雅。哺
乳的母亲无意识地呆滞而惊诧，被它哺育的幼崽则动作灵活、主动，
两者形成了强烈的反差。小牛犊已经成长到了一定的高度，它俯身
跪地，才能从母亲的乳房中断断续续地吸取自己渴望的食物。母亲
半觉疼痛，半觉轻松，转头回望，这一举动构成了我们最熟悉的图像。
作为城市居民，我们很少能看到母牛哺育牛犊或母马哺育马驹；但春
季散步，总能在羊群中看到这令人赏心悦目的一幕，每每此时，我都
会要求所有热爱自然和艺术的朋友，给予这草地上星星点点的群组
更多的关注。

再次谈回艺术品的话题，我们会得出普遍性的结论：动物形象，
无论是个体还是群像，主要适宜单侧观看和展示，因为所有有趣的点
都位于动物头部所转向的一侧；所以它们十分适合作为壁龛画、壁画
以及浅浮雕。也恰恰是借由浅浮雕的形式，米隆的母牛才得以完好
无缺地流传了下来。

通过这一理应备受推崇的动物形象，我们转而来探讨更值得赞

赏的神像。对一名古希腊的雕塑艺术家而言,展现一位女神哺乳是绝无可能的。一名古希腊诗人曾描写朱诺哺育赫拉克勒斯,但这位诗人应该求得朱诺的谅解,因为他让女神的乳汁喷涌形成了光辉灿烂的银河,①极为壮美。但无论是大理石像,还是铜像或象牙雕,给朱诺或帕拉斯添加一个儿子,都是对高贵女神的莫大羞辱。在远古时期,维纳斯由于那根神力腰带而永葆处子之身,也未曾育有子嗣。厄洛斯、埃莫,甚至丘比特,都是创世之时便诞生的形象,虽然和阿芙洛狄忒相近,却没有紧密的亲缘关系。

　　相对低等的一些人物——如女英雄、仙女或林神——则担任乳母和养育者的职务,她们可以以抚育男童的姿态出现,朱庇特也是由一位林神养大的——即便抚养他的不是一头山羊;其他诸神和英雄也同样暗中接受过类似的野性教育。至此,还有谁能不想到阿玛尔忒亚②、喀戎③和其他一些人呢?

　　造型艺术家们的思想和品位高雅,其最佳表现之一就在于他们乐于借半人形象展现动物的哺乳行为。我们举一个著名的例子:宙克西斯④描绘的一个肯陶洛斯⑤家庭。画中,一位肯陶洛斯女性躺在草地上,给她半人半马的幼子哺乳,同时,另一个小崽子则玩弄着这

① 据神话所言,宙斯与朱诺散步时,劝说其喂养刚刚出生的赫拉克勒斯(亦有传说是趁其熟睡)。但赫拉克勒斯的吮吸令朱诺极为疼痛,她赶忙推开赫拉克勒斯,奶水喷涌而出,化作了天空中的银河(德语为 Milchstraße,Milch 有乳汁之意)。
② 即 Amalthea,宙斯年幼时,为躲避父亲,在克里特岛上由山羊神阿玛尔忒亚和蜜蜂之神的两个女儿用羊奶和蜂蜜喂养长大。
③ 半人半马者,乃赫拉克勒斯的益友、珀琉斯的守护者,教授阿喀琉斯以及许多希腊英雄骑射、音乐和医术。
④ 即 Zeuxis,古希腊画家,约公元前 435—390 年。
⑤ 即 Centaurus,希腊神话中半人半马的形象。

位女半马人的乳头,父亲在后面,展示着他刚刚猎来的幼狮。此外,还有一座展现水神家族的石像,或许是斯科帕斯①著名人物群像的仿制品。

特里同②夫妇悠然在波涛中穿游,一个长着鱼尾的小男孩欢快地游在他们前面,另一个或许不喜欢母亲的乳汁里有盐的味道,吃劲地在后面追赶。母亲帮着他,同时还把最小的孩子紧紧抱在胸前。这一组群像在构思和最终的呈现上都极为雅致。

同许多类似的事情一样,我们也会忽略伟大古人们对我们的教育,他们教育我们,自然在任何阶段都无比珍贵,因为它头顶诸神的苍天,脚踏动物的土地。

我们不能避而不谈的还有另一幅作品:《罗马城的母狼》。它们的形象随处可见,但即使再微小的仿制品,都能令我们叹为观止。野兽的身体上有多个乳头,两个英雄的孩子在此处欣喜地寻得了食物,森林中可怕的野兽此刻充满母爱地望着两个陌生的孩童,人与兽之间形成了最温柔的接触,嗜血的怪兽变成了母亲和养育者;人们还可以期待这样神奇的效果能为世界带来同样神奇的影响。难道罗马城的传说不正是源自那位造型艺术家吗?他最擅长用形象来表达思想。

与如此伟大的构思相比,奥古斯塔·普尔艾佩拉③是多么的相形见绌。

古希腊人的思想和追求,是将人神化,而非将神人性化。这是神本主义,而非人本主义。此外,并非要把人的动物性高贵化,而是要

①　即 Scopas,帕罗斯的斯科帕斯,公元前 4 世纪的著名雕塑家和建筑家。
②　即 Tritoen,希腊神话中人身鱼尾的形象。
③　即 Augusta Puerpera,拉丁语,意为"值得尊敬的产妇",指圣母玛利亚。

突出动物身上的人性。由此，我们可以得到更高思想层次上的艺术享受，正如在不可抗拒的自然冲动的驱使下，我们在那些被选为同伴和仆从的动物形象上所享受到的一样。

我们若再次观察米隆的母牛，还能得出另一些猜测，即米隆所展现的是一头首次产崽的小母牛；还有，雕像或许比实物要小一些。

再次重复前文所说的，像米隆这样的艺术家不会去寻求所谓以假乱真的效果，他懂得去理解和表达自然的含义。图像中最高的艺术意图乃其和谐的效果，即将观赏者的心灵和思想都集中于一点，如果大众、半吊子、演说家和诗人把这些都理解为自然的，因为它们都得到了最逼真的表达，这尚可得到原谅。但哪怕只有一个瞬间宣称伟大的米隆——菲迪亚斯的继承者和普拉克西特列斯①的前辈，在完成作品时忽略了饱满的灵魂和优雅的表达，都绝不可原谅。

最后，请允许我们引用几首现代箴言诗，就是**梅纳热**②所作的第一首。作者在其中令朱诺对这头母牛大发醋意，因为它看起来像是第二个伊娥③。这首优美的现代诗开篇先点出，古代有如此多理想的动物形象，它们在情爱纠葛之中，形象又变幻莫测，十分适宜于促成诸神与人类相遇。这是一个人们在评价古代作品时应该留意的高超的艺术概念。

> 当她看到你的小母牛，
> 你的铜像，米隆！
> 朱诺妒火中烧，

① 古希腊著名雕塑家。
② Gilles Ménage(1613—1692)，法国诗人、学者。
③ 希腊神话人物，由于被宙斯所喜爱而被他变成了一头母牛，赫拉出于妒忌让一百只眼睛的阿尔戈斯看守她，最终被赫尔墨斯所救，变回人形。

她或许看到了伊那科斯的女儿。

结尾还应该有几行能扼要表明我们观点的押韵诗。

你这最美妙的牛！
是阿德梅托斯①牧群中的瑰宝，
唯有你，好似源自太阳神的牛群；
这一切都令我惊叹沉醉！
我要去赞美那艺术家，
你还洋溢着母性的情感，
将我吸引。

耶拿，1812 年 11 月 20 日 　　　　　　　　　　　G.

（黄河清译）

《法厄同》，
欧里庇得斯的悲剧
PHAETON,
TRAGÖDIE DES EURIPIDES

复原残篇的尝试
Versuch einer Wiederherstellung aus Bruchstücken.

当我们敬畏地走近这一类珍贵的"遗骨"时，必须首先清除所有
源于想象力的念头，完全忘却其后附着在这一简单而伟大情节上的

---

① 即 Admetos，斐赖国王，阿波罗受惩罚时曾为其放牧一年。

深意,正如奥维德①和农诺斯②将同样的舞台向无限宇宙延扩时却感到迷失那般。我们将自己限制在一个有限的、集中的地方,它或许与希腊舞台相称;将我们传唤到那儿的是——

序幕

　　克吕墨涅,俄刻阿诺斯与忒提斯③的女儿,
　　拥抱丈夫莫罗珀,这片土地的主人。
　　每天清晨,这片土地先被驾着马车的
　　福玻斯用轻柔的阳光问候;
5　　王之火焰,当它上升之时,
　　燃烧远方,近处反而缓和。
　　邻近的黑皮肤民族将这片土地称作
　　闪闪发亮的厄俄斯④,赫利俄斯骏马伫立之所。
　　这确实不假,因为厄俄斯用玫瑰般的手指摆弄
10　　轻柔的云朵,幻化出多彩变换的游戏。
　　此时,神的全部力量迸发,
　　他制定白天和时间的秩序,主宰所有民族,
　　他决定白天与时日,从这些悬崖海岸陡峭的开端

---

① 奥维德(Publius Ovidius Naso,公元前43—约公元17年),古罗马著名诗人,代表作有《变形记》(Metamorphosen)、《爱经》等。在《变形记》中,奥维德讲述了法厄同的故事。
② 帕诺波利斯的农诺斯(Nonnos von Panopolis,约5世纪),罗马时期作家,代表作为《狄奥尼索斯纪》(Dionysiaka),农诺斯在文中提及法厄同故事。
③ 歌德原文 Thetis,实际上,这里指的并不是海洋女神忒提斯,而是忒赫提斯(Thētys),俄刻阿诺斯之妻。
④ 即 Eos,古希腊神话中的黎明女神。

直到广阔无边的世界。

15　向他表示崇敬！赞美他！我们国王城堡的守护之神，
　　愿他每天清晨精神焕发。
　　我，守护者，也在此准备欢迎他，
　　那些不愿入夜的夏夜已过去，
　　在清晨到来前，我为即将拥有白昼而高兴，
20　满心欢喜地，却又迫不及待地等待炽热白日，
　　它重塑被黑夜歪曲的一切。
　　但在今日，白日的光辉比任何时候
　　都更受欢迎！（今日普天同庆）
　　统治者莫罗珀那健壮的儿子
25　与神诞下的俊俏女神的结合庆典；
　　因此宫殿里喜气洋洋、热闹非凡。
　　但有人说——民间总有人嫉妒——
　　他心满意足、满心喜悦，
　　他今日步入婚姻殿堂的儿子，法厄同，
30　并非他的亲生骨肉。这又是怎么回事呢？
　　但人人缄口不语，如此与神相关的敏感事，
　　并非人人能触碰。

第5、6诗行。诗人看起来想用一个矛盾去消解另一个现象的矛盾；他说出了这样的经验：太阳不会把东方的土地烤焦，虽然太阳那么近而且直接贴着这片土地升起；与之相反，南方的土地虽然远离太阳，却被晒得炙热。

第7、8诗行。我们不是在大洋上空，而是在大地的这一边缘寻找天空之马的栖息地；我们没有找到奥维德描绘得富丽堂皇的城堡，

所有的一切都简单和自然。在东方的终极地,亦即世界的边界,在那海洋围绕大陆的水天一色之处,忒提斯生了一个秀气的女儿克吕墨涅。最靠近的邻居赫利俄斯看在眼里,对她迸发了不可遏制的爱情;她屈服了,但提出了一个条件,他不能拒绝他们所出之子的唯一请求。同时,她向世界尽头土地的主宰者莫罗珀吐露真情,这位年纪稍长的人高兴地接受了悄悄降临的儿子。

法厄同长大成人后,父亲想着给他牵成一桩门当户对的姻缘,给他找个仙女或半女神。但这个小伙子勇猛,渴望建功树业,在这重要时刻,他得知赫利俄斯是他父亲,他想让母亲确认此事,并且亲自去求证。

克吕墨涅,法厄同

克吕墨涅
如此说来,你并不喜欢这张婚床?
法厄同
这并非我本意,但我要作为丈夫
35 靠近一位女神,这使我心神不安。
自由的人要将自己变成妻子的奴仆,
售卖似的将自己的身体作为晨礼。
克吕墨涅
哦,儿子! 我该说什么? 这完全不用你担心。
法厄同
要说些使我幸福的话,你为何踌躇起来?
克吕墨涅
40 那么你要知道,你也是神的儿子。

法厄同

是哪一位的？

克吕墨涅

你是住在邻近的神赫利俄斯的儿子，

他清晨被厄俄斯唤醒，备好马，

开始已规定好的一天行程；

他也俘获了我。你便是爱情的结晶。

法厄同

45　什么？母亲，我难道要乐意相信这骇人之事。

我大吃一惊，我的出身竟然这么高贵，

这意味着我内心永恒的、火焰般的呼喊，

促使我追求至高无上之物。

克吕墨涅

你自己问他吧，儿子有权

50　在追求人生时向父亲提出迫切的请求。

记得提醒他，他曾拥抱着我允诺：

满足你一个愿望，但只一个。

他若照办，你就可坚信赫利俄斯

是你亲生父亲；若没有，那么便是母亲欺骗你。

法厄同

55　我怎么能在赫利俄斯炙烤的住所里待得住？

克吕墨涅

你是他心爱之人，他会照管好你的身体。

法厄同

他若真是我的父亲，那你说的便是真话。

克吕墨涅

哦，坚信这一点吧！你会信服的。

法厄同

好的！我相信你说的都是真话。

60　但现在赶快离开这儿！因为从官殿

　　走来仆人们；他们为尚在打盹的

　　父亲打扫寝殿，日复一日地维护

　　这些房间的奢华，让官殿的大门

　　充满家乡之味。

65　当满头白发的父亲从沉睡中醒来，

　　会与我在此大谈婚礼庆典之事，

　　那我只能急匆匆地离开，

　　去证实，哦，母亲，你所说之事是否属实。

（两人下）

　　这里得指出，戏很早便开始，人们必须料到在日出之前，而且允许诗人将大量的事情压缩在一个短的时间段里。这里可以举出新旧例子，说明所描述之事在一定的时间内不可能发生，然而的的确确地发生了。戏剧的时间与地点的一致，建立在作家的虚构以及听众和观众的认可上。这种一致性经常遭人诟病，但在古代和近代不断出现。

　　即将登场的合唱谈论地点，里面都是早晨发生的事情。人们仍然能听见夜莺的歌唱，同样特别重要的是，婚礼歌曲响起，混杂着一位母亲惋惜儿子的哀泣声。

女仆人的合唱

手脚轻一点，轻一点，别吵醒了国王！

70　我想让每一人享受晨睡，

首要的是让这老人睡足。

天还没完全亮，

但早已准备好，活已经干完。

菲洛梅勒①仍在树林里哀歌，

75　唱她那温柔和谐的歌曲；

在一开始的悲鸣中响起

她的叫喊："伊提斯，哦，伊提斯！"

古牧笛声响彻山谷，

那是攀岩的牧人的音乐：

80　一群群褐色羊群勇敢地

在远处牧场奔走；

猎人们早已动身

去狩猎那野生动物；

在大海的岸边，

85　响起天鹅那旋律优美的歌声。

---

① 即 Philomele，希腊神话人物，阿提刻国王潘狄翁之女，是普罗克涅的妹妹。菲洛梅勒的姐夫色雷斯国王忒柔斯，即普罗克涅之夫，凶暴好色，企图霸占菲洛梅勒，遂将普罗克涅藏于密林，谎称她已死，要潘狄翁把另一个女儿送来。菲洛梅勒到达后即遭其强奸，又被割掉舌头。她将自己的遭遇缝在衣服上，普罗克涅得知后打算报复，她杀死与忒柔斯的儿子伊提斯，并将其肉做成菜肴给丈夫吃。忒柔斯发觉后暴怒，拼命追赶两姐妹。两姐妹在绝望中向神祈祷，天神把他们三人都变成了鸟：普罗克涅变成夜莺，菲洛梅勒变成燕子，忒柔斯变成戴胜。后世作家改动了神话，将普罗克涅说成燕子，将菲洛梅勒说成夜莺。

海风吹,船桨咚咚地向前划,
轻舟冲入起伏的波涛中,
他们升起帆,
帆鼓起,直至用到中等程度的粗绳。
90　现在每个人去忙自己的事情;
但主人欢乐的婚宴
使我内心充满爱与崇敬。
歌曲声响起:
与主人家相适的盛宴
95　使得仆人们满心欢喜——
但命运酝酿着不幸,
它马上会重重地打击宫殿内每位忠心之人的心。
这一天注定落在这喜庆的婚礼之日,
通常我会祈祷并企盼这样的日子,
100　祈求有那么一天,在国王喜庆的早晨,
有人唱新娘之歌。
天神曾保佑,时光曾
为我的主人带来美好日子。
喜庆的婚礼之曲响起!
105　看呐,国王从大门走来
后面跟着传令官和法厄同,
这三位一起到来! 噢,
我该保持肃静!
灵魂中有种伟大的东西在激荡他的心灵:
110　国王向儿子传授婚姻的法则,
引领他与新娘缔结甜蜜的誓盟。

传令官

你们，住在俄刻阿诺斯海边的居民们，

　　请保持安静并认真倾听！

从官殿退出去

115　　站得远一些，各位！

　　请对前来的国王肃然起敬！——

　　　祝愿这对共偕连理的新人

　　幸福、美满和快乐，

　　　无论谁在他们近旁，

120　　在这对父亲和儿子的身旁，都将在今天早上

　　见证这一婚礼。因此，大家要保持安静！

遗憾的是，接下来的一场几近佚失；从现有情况来看，这一场的内容应该精彩极了。父亲在为儿子准备一场欢庆的婚礼，儿子却跟母亲讲，他准备悄悄溜走，投身一场危险的冒险活动。这些构成绝妙的对比，如无欧里庇得斯以辩证的对比加以展现，我们或许会陷入迷惘。

可以揣测的是，当父亲说着有利于这门婚事的话时，儿子却可能说出相左的话，这些话紧跟在上文的合唱之后。

莫罗珀

——当我说祝福语时——

这话让我们的揣测增加了分量；但现在，明显的线索就此结束。假设父亲强调继续在出生地生活的好处，那么儿子拒绝是再恰当不过了。

法厄同

祖国处处绿意盎然。

这富有的老人当然会强调自己的财富,并期盼子承父业;然后我们或许可以为他书写下述残篇:

法厄同

说的正是！富人天生胆怯；
125 其根源究竟是什么？
或许是财富,因为它自身盲目,
致使富人失去意识和幸福。

无论它原本是怎么进行的,这一场结束后,歌队还必须再出场一次。我们猜测,人们在此组成节日游行队伍前行,如此安排之下,从中会产生比队伍更妙的素材。或许作者在此根据他的方式将熟悉的、相近的和传统的东西安插进情节的戏装中。

此时,观众的眼睛和耳朵里充满喜悦,法厄同趁人不注意时溜走,去寻找天神生父。路途并不遥远,他只消从陡峭的岩石爬下,太阳马车每日从岩石旁飞驰而过,岩石下面不远处便是马儿的休憩地;我们毫无困难地直接来到福玻斯的马厩。

紧接着的一场可惜已与上下文失去内在联系,这一场本身非常有趣,与之前的一场形成构思精妙的对比。凡间的父亲想儿子与自己一样奠定基础,而天神之父必须阻止他成为与自己一样的人。

那么我们还会关注到如下事情;我们发现,法厄同在往下爬的同时内心在争斗：他该向父亲恳求得到什么适合他出身的标志;当他看见已套上马鞍的马在打响鼻时,他那从父亲身上遗传的天神般的勇气被激发,他提出了远远超过自身力量的过分请求。

　　从残篇,我们或许可以推断出如下结论：父子已相认,儿子请求
驾车,但父亲拒绝了。

福玻斯

　　我觉得那些凡夫俗子真是傻子,
　　包括那位父亲,他将治理国家的控制权
　　交给儿子们和粗野的市民。

　　从这里可以推测,欧里庇得斯用自己的方式将对话上升到政治
高度,而奥维德只谈论人性、父爱这些动人的东西。

法厄同

　　一个锚不能拯救风暴中的船,
　　三个或许可以。一位大人管理城市
　　力量寡薄,再来一位,困境会化为共同的福气。

　　我们猜测,一人统治和多人统治的争论拖拖拉拉地进行。最后,
儿子可能不耐烦地走近太阳马车。

福玻斯

　　别碰缰绳
135　噢,我的儿子！你还没有经验
　　别爬上车,你还不会控制。

　　赫利俄斯提醒他,要做崇高的事情,先要经受英雄的战斗训练,

要做许多准备。儿子拒绝了,并说:

法厄同

我讨厌长弓、枪矛和训练场地。

然后,父亲可能会向他指明与此相反的田园风光式生活。

福玻斯

带来凉爽的、
投下树荫的林子,它们拥抱他。

最终赫利俄斯让步。所有上文所述的事情都发生在日出前;奥维德也极巧妙地用奥罗拉①的出现来催促天神作出决定。忐忑担忧的父亲仓促地教导已经站在马车上的儿子怎么驾车。

福玻斯

140　你在上面看到无边无际的苍穹,
　　　这里的土地躺在大洋湿润的臂弯里。
　　　那么启程吧! 要避开利比亚的雾气地带,
　　　那里没有一点湿度,你会把车轮烤焦。

马车启动了。幸运的是,我们将通过一个留存的残篇得知当时的经过。但需要点明的是,下面的片段是一段叙述,由一位信使说出。

---

① 即 Aurora,罗马神话中的曙光女神。

天使

现在出发吧！朝着普勒阿得斯①驶去！——
145　听着这样的话，法厄同拿起缰绳，
用腿敲打长着翅膀的马的腹部。
果然奏效，它们飞向天空的高处。
但父亲跟在太阳车旁，
警告说：别去那儿！
150　往这边！应该把车往这边开！

谁是那位信使，那可说不准。根据地点，甚至可能是早起的牧人从山岩上看到父子之间的商讨，当马车以迅雷不及掩耳之势从身旁疾驰而过时，他们听到了这些话。他在何时以及在哪儿叙述这番话，或许在结尾才会告知读者。

歌队再一次出场，以神圣婚礼进行的秩序登场。突然，晴天一声霹雳，吓得众人灵魂出窍，但紧接着又恢复风平浪静。众人缓过神来，隐隐有不祥预感，这些预感必然可以让人有机会写出珍贵的诗歌。

不幸还是发生了，法厄同被宙斯的闪电击中，倒在母亲的房子旁，但结婚庆典并未因此受到干扰，再次说明，事件的经过描绘得紧凑且简洁，丝毫没有混乱，不像奥维德和农诺斯所描述的那样地动山摇。我们可以想象这场景正如一颗流星坠落大地，然后一切旋即恢复常态。现在让我们尽快来看结尾吧，幸运的是，大多数片段仍留存至今。

---

① 即 Plejaden，希腊神话中阿特拉斯（Atlas）和海洋女神普勒俄涅（Pleione）的第七个女儿，最后成为天上的昴星团。

克吕墨涅

（女仆们抬上死去的法厄同）

这是厄里倪厄斯①，她手持火把站在尸体旁，
天神在发怒；雾气升起！
我被毁了！——把死去的儿子抬进去！——
哦，快点！你们听，婚礼曲
155　已经响起，我丈夫与姑娘们就快到来。
快走，快走！快点擦干净
从尸身上滴下来的血！
哦，快点，女仆们！我要
把他藏到房间里，丈夫的黄金堆积在那里，
160　钥匙只由我掌管。
呵，光芒四射的赫利俄斯！你是怎么将我和
我的儿子毁掉的！将你称为阿波罗②
是半分错也没有，若是人人知道天神名字的暗黑含义。

合唱

婚礼之歌，婚礼之歌！
165　天神宙斯之女，我们歌唱你，
阿弗洛狄忒！你，爱情女神，
带来少女们甜蜜的结伴，
美好的阿弗洛狄忒，妩媚的女神，

---

① 即 Erinnys,希腊神话中的复仇女神。
② 这里暗指阿波罗名字的另一层含义"远射者"（Fernetreffer），阿波罗射出的
　箭附带疾病和死亡。

我要为今日的盛典感谢你；
170　我也感谢那位少年，
你用芬芳的面纱将他包裹，
他悄然成长。
你们两位引领
我们城里位高权重的国王，
175　你们将金光闪闪的宫殿里的国王
带到充满欢乐与爱情之地去。
你这更欢乐之人，比国王们更有福，
将女神领回家，
在无边无际的大地上
180　唯有结为永恒的姻亲
才能得到人们的赞美。

莫罗珀

你走到我们前面！把这群少女
带进殿内，让我的妻子现在
开始进行婚礼仪式，让喜歌响起，赞美所有的神。
185　让宫殿和赫斯提亚①祭坛的四周
都响起赞美歌，每场虔诚的圣事
都得这么开始……

〈……〉②

---

① 即 Hestia，希腊神话中的女灶神，宙斯的姐姐，立誓终身不嫁，保持少女的纯
　洁，因此也被视为处女之神。
② 歌德原文如此。

……从我的宫殿里，
190　喜庆歌队可能到女神庙里去。

仆人

呵,国王!我急匆匆地从王官里来
十万火急;因为你保管黄金的地方,
你保存美好之物的地方,那里——
一股黑黑的浓烟从门底往外冲,
195　我急切地往门缝里张望;但并未看见什么火焰,
房间里头黑漆漆一片,雾气腾腾。
哦,你自己快去看看吧,切莫是赫菲斯托斯的怒气
闯进你的宫殿,在法厄同的结婚庆典上
用一把熊熊火焰烧了宫殿!

莫罗珀

200　你说什么?去看看,这难道
不是祭坛的熏香之气飘进宫殿!

仆人

从那而来的整条路都很干净,没有烟雾。

莫罗珀

我的妻子是否得知此事,或者她还不知?

仆人

眼下她正全身心忙于祭祀。

莫罗珀

那我去吧；一件不起眼的
小事也足以酿成大祸。
但你，佩耳塞福涅①，掌管火的女神，
还有你，赫菲斯托斯，请发慈悲，保佑我的宫殿吧。

合唱

哦，天哪，可怜的人呐！
210　我加快脚步，走向何方？
前去天上？难道我要在
大地昏暗的矿井中将自己埋葬？
哦，天哪！王后会被发现，
这一无所有的人！里面悄悄地
215　放着儿子的尸身。
宙斯的闪电再也不能隐瞒。
火焰也不能，与阿波罗的结合再也不能隐瞒。
哦，在神面前屈膝跪下的人！何等的悲恸淹没了你。
俄刻阿诺斯之女
220　赶紧到父亲那边厢去，
抱住他的膝盖
避开近在咫尺的死亡打击。

---

① 即 Persephone，希腊神话女神，据说是得墨忒耳和宙斯之女，她被冥神哈得斯
（Hades）诱拐，成为冥界之后。后被得墨忒耳所救，从此以后每年在人间过
六个月，然后在地狱过六个月。

莫罗珀

225 哦,天啊! ——天啊!

合唱

哦,现在你们听到了吗,那白发老人悲痛的喊声?

莫罗珀

哦,天啊! ——我的孩子!

合唱

他叫唤着儿子,儿子却再不能听到他的悲叹,
再也看不见他眼里流出的泪水。

　　悲叹过后,人们平复心情,将尸体从王宫里移出,加以埋葬。或许信使此时登场,并复述观众还必须知道的事情;约第 143—149 诗行开启的片段描绘的正是这个场景。

克吕墨涅

······①我最心爱之人
在地下坟墓里,未涂抹膏油,就这样腐烂。

---

① 歌德原文如此。

古希腊谜语①
ALTGRIECHISCHE RÄTSEL

非人，非神，但由自然所造，
亦即其存在既不像人，
也不像神一样，不断
交替寄于生死；
从未有人看见，却无人不知，
尤闻于孩童，亦尤挚爱孩童。

有一阴柔之物，
胸脯挂满幼子，
生来沉默却又喧嚣，
他们越过大地海洋
随心所娱
洞悉世事，
唯不为近听者
所闻分毫。

（史节译）

---

① 这两首谜语诗源自《希腊诗集》，歌德译文产生于 1825 年 4 月。第一首诗的
谜底是"睡眠"，第二首诗的谜底是"信"（希腊语ἐπιστολή为阴性）。首次发表
以及原文参考见于：KuA V 3 (1826)，S. 192。

欧里庇得斯《酒神的伴侣》①
DIE BACCHANTINNEN DES EURIPIDES

塞梅勒是忒拜城的创建者卡德摩斯之女,遂天父宙斯之愿生下儿子,自己却被圣火烧死,香消玉殒。孩子得救了,被偷偷养育长大,也配得上立足奥林匹斯,作为神灵存在。在陆地跋涉和远征途中,他很快得知雷亚职责的秘密,笃信这些秘密并四处宣扬,暗地里阿谀奉承,表面上在民众中履行光鲜的职责。

悲剧的一开始,他就在吕底亚热心妇女们的陪同下到达了他的家乡忒拜城,他想在那里成为公认的神,成就一番神圣事业。他年迈的祖父卡德摩斯还活着;他和长者特伊西亚斯能够进行圣职授予的仪式,两人结交成朋友。卡德摩斯的孙子,阿高厄的儿子彭透斯是忒拜城的现任国王,他却反对这次宗教改革,希望忒拜城的所有百姓都不要认可这位酒神巴克科斯的神的出身。虽然人们承认他是塞梅勒之子,但她却正因如此才遭遇了雷劈火焚,由于她错爱了朱庇特。

因此,彭透斯认为,那些被巴克科斯引导合唱的吕底亚妇女们是最卑鄙无耻的;而巴克科斯却懂得逃脱和复仇,他懂得迷惑和蒙蔽阿高厄和她的姐妹们以及其他无信仰的忒拜城妇女们,使得她们狂热至极,并把她们驱逐到不祥之地基太隆山,她们的族人阿克塔隆就是在那儿丧生的。她们自认为是猎人,不仅能追捕温顺的珍稀猎物,还能追捕狮子和豹子。荒诞的是,彭透斯竟也被迷惑,陷入同样的疯狂中,循着她们的足迹而去,在偷看她们时,被他的母亲和其他同伴发

---

① 语文学家赫尔曼(Johann Gottfried Jakob Hermann,1772—1848 年)对欧里庇得斯作品进行的语文学和版本学的成果促使歌德研究欧里庇得斯。译文首次发表以及参考原文见于: KuA VI 1 (1827), S. 71-78。

现后吓跑。她们把他当成了狮子，杀死了他，把他撕成了碎片。

彭透斯的头颅从身体上被撕扯下来，被当成战利品插在酒神手杖上，阿高厄握着手杖，为胜利狂欢，向着忒拜城奔去。途中她遇到了她的父亲卡德摩斯，卡德摩斯也刚从峡谷中收好她儿子的四肢，忧伤地返回。阿高厄夸耀着自己的行为，展示着她手上拿着的误以为是狮子头的东西，忘乎所以，盼望着举办一场盛宴；她的父亲悲痛地说道：

卡德摩斯

多么痛啊！无法无天，看都不看一眼，
就完成了错杀，真是一桩悲惨的手艺。
神灵们大概极其欢迎这种牺牲品吧；
你却要召唤所有忒拜城的百姓，还有我，去参加盛宴。
哦，我为你的，也为我的不幸，感到痛惜：
这位神虽说是我们的亲戚
却用这种虽公平但过分的方式让我们面临毁灭。

阿高厄

眼睛混浊的年岁变得如此
黯然而乏味。而我的儿子
大概是有狩猎好运的，正如他母亲一样，
如果他让忒拜城的年轻人
去捕猎动物的话。他却单单
爱和诸神较量。父亲，我们还是警告他吧！
他决不能陷入忧郁之中。
他究竟在哪？谁去把他带来我面前？

叫他来,让他看看我高兴的样子!

卡德摩斯

不幸,不幸啊!你们自作自受;
痛苦会折磨你们,让你们痛不欲生!从今往后
你们就会一直面临这样的处境,和从前一样,
尽管如此不幸,你们也不会觉得
不愉快。

阿高厄

可这儿有什么不公正的伤心事呢?

卡德摩斯

那你先给我抬头往上看。

阿高厄

好吧!你为什么命令我向上看?

卡德摩斯

他和往常一样吗?还是你看出什么变化了?

阿高厄

比平常更耀眼,光芒万丈。

卡德摩斯

那你的内心是激动的。

阿高厄

我不明白你想说什么，但这跟我
以前想的不一样。

卡德摩斯

你听清楚我的话了吗？你明白自己在说什么吗？

阿高厄

我已经忘了，父亲，我忘了我说过的话了。

卡德摩斯

那你新婚后被带进哪间屋子了？

阿高厄

龙牙的产物，厄喀翁的屋子。

卡德摩斯

你为丈夫生下的孩子是谁？

阿高厄

彭透斯就是我们爱情的结晶。

卡德摩斯

那你肩上扛着谁的头颅来这儿了？

阿高厄

狮子的,女猎人们递给我的。

卡德摩斯

抬头看看吧,也不费什么力气。

阿高厄

啊,我看到什么了? 我手里拿的什么?

卡德摩斯

好好看看,看清楚到底是什么!

阿高厄

我这苦命的人经受着人间最痛苦之事。

卡德摩斯

你不觉得这像狮子了?

阿高厄

不,不是的! 我痛苦地扛着彭透斯的头。

卡德摩斯

在你承认这点之前,深深地痛惜吧。

阿高厄

谁杀了他? 他怎么会落到我的手里?

卡德摩斯
不幸的真相！多希望你现在不出现啊。

阿高厄
说呀，我不会被吓破胆。

卡德摩斯
是你，你杀了他，你的姐妹们也是帮凶。

阿高厄
可他在哪儿死的？家里还是外面，在哪儿啊？

卡德摩斯
在阿克塔隆丧命的地方，被他的狗撕碎的。

阿高厄
这苦命人又是怎么去了基太隆山呢？

卡德摩斯
他不顾神灵，还有你，以及拥护者。

阿高厄
那我们是怎么做到的呢？

卡德摩斯
你们狂奔着，拥护着巴克科斯在整座城狂奔着。

阿高厄

狄奥尼索斯，是他毁了我们，我现在明白了。

卡德摩斯

你们轻视了他，不认同他是神灵。

阿高厄

只是我亲爱的儿子的身体在哪儿呢，父亲？

（陈高雅译）

威廉·迈斯特的漫游年代
WILHELM MEISTERS WANDERJAHRE
出自《马卡里亚笔录选》：
Aus ›Makariens Archiv‹:

希波克拉底和普洛丁的格言
Maximen nach Hippokrates und Plotin.

〈621〉但人不能轻易地从已知推导出未知；因为他们不知道，自己的智力如同自然那样从事这些艺术。

〈622〉神明教导我们模仿他们的所作所为；但我们只知道，我们做什么，却没有认识到，我们在模仿什么。

〈623〉一切皆相同，一切皆有异，一切有益又有害，善言又沉默，理性又愚蠢。人们对个别事物的认识，常常自相矛盾。

〈624〉因为人给自己制定法则，却不知这项法则关涉什么；神明早已确立自然的秩序。

〈625〉人已经确立的规则，未必一直合适，它可能正确或不正确；但神明确立之事，总是适用，无论正确与否。

〈626〉但我想指出，人所熟悉的艺术与公开或隐匿地发生的自然事件无甚差别。

〈627〉占卜术就属这类艺术。它从显明看出隐秘，从当下预知未来，从逝者推测生者以及无意义者的意义。

〈628〉因此，知情者总能正确地认识人的天性，而不知情者的看法左右摇摆，每个人都按照自己的方式模仿他们。

〈629〉当一个男人与一个女人结合，诞下一个男孩，那么就是从已知者中造就未知者。与之相反，当男孩昏暗的灵智接受了清晰的事物，那么他会变成男人，学会从当下认识未来。

〈630〉不朽者不能被与终将逝去的生者相提并论。只不过生者也有智性。譬如，胃就很清楚地晓得何时饿、何时渴。

〈631〉占卜术与人的天性之间的关系便是如此。对于洞察能力强的人而言，两者始终合情合理；对于目光短浅者来说，它们显得飘忽不定。

〈632〉在铁匠铺,铁遭到软化,过程是:鼓风吹火,去除铁棒上多余的成分;当它纯净之时,人们敲打它,使之成型,经过淬火,它又变硬。人经由教师指点的过程也是如此。

〈633〉因为我们确信,那个观察知性世界并感受到知性之美的人,或许也能看到超越一切感觉的圣父,那么让我们尽力尝试去领会这点并为自身表达——只要能够清楚地表达出来——,我们能够通过何种方式欣赏精神与世界之美。

〈634〉所以,你们不妨设想一下:两块大石头并列放在一起,其中一块粗糙、未经雕琢,另一块却通过艺术加工成为一座雕像,一座人像或者神像。倘若是尊神像,那么它可能是美惠女神或缪斯;如果是尊人像,那么它或许不是特殊人物,更多的是一个由艺术将各种美集合于一身的人像罢了。

〈635〉但这块通过艺术手段获得美好形态的石头马上会显得美;但并不因为它是石头——否则其他石块同样会被视为美——而是因为它拥有艺术赋予它的形象。

〈636〉但是物料不具备这样的形态。形态在进入石头之前,先出现在构思者的思维中。形态出现在艺术家脑海中,并非因为他有眼睛和双手,而是因为他有艺术才能。

〈637〉所以,艺术中还存在一种更为伟大的美;并非是存在于艺术中的形态转移到石头上,而是它本来就存在。同时另一种没有那么美的形态产生了,但它并不纯粹地局囿于自身,也不是艺术家所期盼的那样,只是材料服从艺术而已。

〈638〉然而,倘若艺术也将本质及其所拥有的东西创作出来,按照它一直遵从的理性创造出美,那么它正是那种艺术,更多地、更真地拥有艺术的更伟大、更卓越的美,比所有外露的事物更完善。

〈639〉因为,进入物料中的形式已经延展开来,所以它比坚守于一的形式更弱。因为,在内部容许一种移除的事物,会脱离自身:强度从强度中脱离,热量从热量中脱离,力量从力量中脱离,正如美从美中脱离。因此,作用必定比被作用更卓越。因为,不是非音乐、而是音乐造就了音乐家,超越感性的音乐赋予音乐感性的音色。

〈640〉若有人因为艺术摹仿自然而鄙视艺术,那么可以回答他:自然也会摹仿某些其他,此外,艺术并不是直接摹仿眼见之事,而是复归于自然所依存和所遵循的理性者。

〈641〉艺术本身拥有美,并从自身中创造出许多,此外也会添加一些有失完美的东西。所以菲迪亚斯①能够雕塑神像,即使他并不是摹仿感官所见之物,而是在意识中领会神明形象。倘若我们双眼见到其神像,就像宙斯真身出现一般。

---

① 菲迪亚斯(Phidias,约公元前 490—前 430),古希腊雕刻家。

遗稿中的残篇①
FRAGMENTE AUS DEM NACHLASS

新！万事要合时宜才如意！②

软弱无力的治理值得追求吗？
我认为充满力量的效劳是一种光荣。

然后，当弓箭卸下，伤口开始疼痛。③

你愿意认清朋友的过错，但不愿憎恨。④

武士唯有战斗之时才会避让，正在表达意见者如是说。

年岁催人老。⑤

没有人是自由的：

---

① 首次印刷以及文本底本见于：WA I 53（1914），S. 359。除了第 8、9 句
（Nur keinen aller Menschen … Götter Knecht），其余译文见于歌德亲笔
写于放入一个信封的名片和纸条中，标题为"希腊名言"（Gnomen
Griechisch）。
② 出自索福克勒斯的《俄狄浦斯王》第 1516 诗行。
③ 译文落款日期为 1811 年 8 月 20 日（20. Aug. 1811）。
④ 译文出自古希腊喜剧诗人米南德（Menandros）的《箴言》（Monostichen）。
⑤ 歌德译文为：Das Alter führet Alterndes gar viel herbei。出自埃斯库罗斯的
《善福女神》（Die Eumeniden）第 286 诗行。

他要么是苦难的仆役，要么是神的奴仆。①

焦躁用千百倍的焦躁来惩罚自己；
它想尽快达到目的，却愈加远离。②

---

① 出自欧里庇得斯的《赫卡帕》(Hekabe)第 864—865 诗行。
② 这两句译诗的希腊原文至今未寻得（参见 Grumach，Antike，2，S. 968）。
　　类似的诗句见于《箴言与反思》(Maximen und Reflexionen)第 1412 号：Mit
　　Ungeduld bestraft sich zehnfach Ungeduld；man will das Ziel heranziehn
　　und entfernt es nur。

拉丁语文学
LATEINISCHE LITERATUR

你藐视穷人,他到处席地而坐,
　美丽的王后,我或许这躺那卧;
但你或许曾在臂弯里看着他醒来:
　你有充分的理由召他前来:但他到处倚靠。

《普里阿普斯颂诗》评注
BEMERKUNGEN ZU DEN ›PRIAPEIA‹①

第 85 页
C. LXXXIV.

Ex quo natus es, et potes renasci. Male colligit Scioppius ex verbis potes renasci figuram Priapi ex trunco non extirpato effictam fuisse. Mihi videtur nihil aliud dicere hic versus quam Simulacrum tuum et ligno huius Sylvae factum est et alius truncus qui crescet Deum tibi similem nobis largietur igitur te interim si cura tua inopiam ligni non effugimus comburere non dubitabimus. Malumus enim interim Deo carere quam frigere

汉译:
第 84 首诗

Ex quo natus es, et potes renasci(在出生之处,你可重生)。

朔佩从词组 potes renasci(你可重生)错误地推导出,普里阿普斯的雕像是从一个并未被连根拔起的树墩子雕刻出来的。在我看来,该诗行无非表达以下意思:你的雕像源自这片森林中的木头,另

---

① 译者对德语版内容进行了取舍。

外一棵在那生长的树干将给我们带来如你一般的神,若是我们想避
免柴禾短缺而不再顾及你,我们将毫不犹豫烧掉你。比起忍受寒冷,
我们宁愿缺少神。

第 88 页　　　　　　　　　　Car. LXXXVI.

　　Versum penultimum sic emendo

　　　　Vicinus prope dives est negligensque

Priapum.

Atque ita decus huic Carmini restituere credo quo
hucusque Caruit.

Priapus enim toto carmine possessorum Villulae
palustris pauperum in se religionem laudat pro
quibus honoribus necesse sit pra⟨s⟩stare ut do-
mini hortulum et vineam tueatur, rogat itaque ut
pueri a rapinis abstinea⟨n⟩t atque hortum divitis
vicini et negligentis Priapum petant. Quem incu-
stoditum inventuros asserit. pauperis ergo cultus
et divitis negligentia juxta se positi elucescunt at-
que negligentiam proprio numini objiciens et se-
met ipsum hoc modo caedens contra omnem ra-
tionem mythologicam ut poeticam non introducit-
⟨ur.⟩

Homini non datum est ut passeribus continua ve-
nere gaudere id quod cum Scioppio plurimi do-
lent. Tali autem princeps optime semper animo fui
ut quae fors denegaret non anxie appeterem, in-

tervalla igitur quibus voluptates separavit natura
utili quodam vel jucundo negotio explere mihi
semper cordi fuit. Atque hac ratione et hyemis iam
jam secedentis longas noctes fefelli ut ipsas cum
Venere et Musis indulgentiorib⟨us⟩alternatim
transigerem.
Habes hic princeps optime plagulas quasdam lu-
cubrationum jucu⟨n⟩diorum testes，quae etiam te-
stimonium

汉译：   第 86 首诗
我将下面诗行改为：
Vicinus prope dives est negligensque Priapum.
（在这附近，有人冷落了普里阿普斯）。
我觉得，如此改动可以让这首诗重获至今仍缺乏的美感。在
整首诗中，普里阿普斯赞赏了住在又潮又小的农舍里的较低级的
垦殖者对他的恭敬。作为回报，他必须保证保护这位先生的花园
和葡萄园。故他要求这两位孩童不掠夺这花园和葡萄园，而去那
位富裕邻居的花园里捣蛋。他向他们保证，那花园无人看守。通
过并置，贫农的敬神和富农的疏忽一目了然，神不再被描绘成哀怨
自己的神格不被重视而自我折磨的神，这与神话和诗歌的逻辑背
道而驰。

出自泰伦提乌斯《阉奴》
Aus Terenz，›Eunuchus‹

（第五幕第八场）

费德里亚：

什么？那厮在我们的房子里！

格纳托：

想想吧！没有人孤立地存在,他必须接触许多别的人,

这其中有许多蠢人。

人要学会容忍别人,如果他们有可用之处。

此人正是如此。因为你们无聊,

所以他作践自己使你们发笑。

当你们想要一场庆典,他便将它做出来,

为他的庙宇女神

供奉最新之物并感谢上天,

当她只用他的羽毛装饰。

所有的这些都是有代价的。

他并不足以成为令你生惧的情敌。

正如我们亲眼所见,一位

如泰伊斯般的女子,懂得识别花花公子。

最终,他会令所有人生厌,

现在,你们快点下定决心将他赶走。

求造物主圣灵降临!①
VENI CREATOR SPIRITUS!

来吧,圣灵,你这造物者,
来吧,拜访你的魂灵们;
用满满的慈爱祝福
充满你所创造的胸膛。

你被称为慰藉者,圣灵,
带来至高无上之神的崇高馈赠,
充满活力的源泉、爱之烈焰和
给人神圣精神力量的涂圣油仪式。

你是七重的天才至宝,
上帝的右手之指,
它许诺和派遣,
赐予喉咙声音和话语。

感官被点亮,
内心充满愉悦的勇气,
如此,我们的身体获得改变,

---

① 1820 年 4 月 8 日,歌德通过私人秘书克劳伊特从魏玛的天主教神父处获得
拉丁语原文,在第二天翻译为德语。1820 年 11 月 4 日,歌德的一位秘书将
译稿誊清。译作首次印刷见于: Goethe's Werke, (…), hg. von Wolfgang
Freiherr von Biedermann u. a. , 23 Bde. , Berlin (Hempel); Bd. 3 (1869),
S. 64。

敢于付诸行动，去战斗。①

你将仇敌驱赶，
好让我们安享宁静，
在你的领导之下
各种危难避退。

从天父那儿，你给我们认知，
同时从圣子处亦获认知，
我们时刻
向两处的圣神虔诚祈祷。

因此，圣父值得赞扬，
圣子亦如此，他从死亡中复活，
圣灵，这显灵之力，亦应得赞颂，
永永远远！

多恩堡题词①
DORNBURGER INSCHRIFT

兴高采烈地进来，又满怀欣喜地离去！
　你如同漫游者般消逝，上帝祝福你经过的道路！

---

① 1828 年 6 月 14 日，大公爵卡尔·奥古斯特去世之后，歌德于同年 7 月 7 日至
9 月 11 日在多恩堡度过了几周深居简出的生活。首次印刷见于：Carl
Vogel, Goethe in amtlichen Verhältnissen, Jena 1834，S. 248。此处文本依
据：WA I, 4, S. 338。

法语文学
FRANZÖSISCHE LITERATUR

牧歌(其一)①
MADRIGAL
出自法语
Aus dem Französischen

克莉蒙总是万分担忧，
今日那婚礼之神，将强行夺走，
她在爱情面前镇守的宝藏。
唉，如果她早点听取我的意见，
今日又怎会如此忧伤。

（丁君君译）

牧歌(其二)②
MADRIGAL
出自伏尔泰先生的法语诗歌
Aus dem Französischen
Des Herrn v. Voltaire

即便是那最拙劣的谎言，
也常有一丝真理的残片。
梦中的我大权在握，扶摇直上，

---

① 本诗见于《歌德全集》第 1 卷第 74 页（原文页码）。首次发表于 WA I 37
（1896），S. 47。参考底本见于：Annette, Leipzig 1767. Von Ernst
Wolfgang Behrisch geschriebene Liedersammlung des Leipziger Studenten
Goethe（Faksimile），Leipzig 1923。
② 出处同上。

且把你深爱，
勇敢地跪在你的玉足前，宣告我的爱。
梦境消散后，一切却意犹未尽，萦绕我心；
梦醒后我被夺去了自己的国度，无他。

（丁君君译）

说谎者
DER LÜGNER

第一幕
第一场
（多朗特、克力东）

多朗特：

哦，法学，祝你顺利！从现在开始，我们分道扬镳；
感谢苍天，我父亲对此表示满意。
这转变可真快，对我来说，难以置信。
昨天还是个学生，今天已成为骑士。
但我害怕会暴露自己。
看看我，我看起来是学生模样吗？
克力东，因为我现在身处杜勒伊宫①，
一个大世界，一个风流之地。
要是有点学生气，我就侮辱了时尚，
若有一处不妥，我会伤心至死，

---

① 即 Tuillerie，旧时巴黎王宫，现为公园。

　　　　为此,我怕——

克力东:

　　　　怕什么? 我的老爷? 我不这么看。

　　　　您这样的人,长着一张坦率的脸,

　　　　步履坚定,举止优雅,

　　　　可无所畏惧地来到我们的阵地,

　　　　他对每个男人来说都是个非比寻常的人,

　　　　女人们也会保护他。难道巴黎不美吗?

多朗特:

　　　　美极了。我不能原谅父亲,

　　　　他逼我在普瓦捷①生活至今。

　　　　你真幸运,经常到这来。

　　　　所以,告诉我吧,怎么入乡随俗?

　　　　人们可以在这座城市轻易地成为高手?

克力东:

　　　　哦! 时间消磨得如此美妙,为了所有美好的人!

　　　　我发誓! 这可早早激起他们的食欲。

　　　　您昨日抵达,今日还未

　　　　走出您父亲的房门一步,到户外走走;

　　　　您开始抽烟,充分利用这宝贵时间。

　　　　这不会带来奇遇,时间对您来说会变得漫长。

　　　　很好! 勤奋之人憎恨游手好闲。

　　　　好吧,我们想适应环境。

　　　　我懂得这和那,知道这样那样的故事。

---

① 即 Poitiers,法国西部城市。

　　　　我的老爷,您很快可学会怎么与一位女孩打交道。

　　　　白天,她们严肃,晚上她们轻佻。

　　　　这时,您就可以轻易地——

多朗特:

　　　　你搞错了,

　　　　我只想结交朋友,让我时不时身心愉悦。

　　　　如果有人喜欢,那么身侧有伴,

　　　　对他人也是乐事,他也正好消遣。

　　　　克力东,这其他的,并不是我的嗜好。

克力东:

　　　　我觉察出了。您跟我们这里的年轻人不一样。

　　　　您讨厌那种做法,钱袋响起,

　　　　他们给天主教徒的东西也能给犹太人。

　　　　这种厌恶让人赞赏。在那种情妇身边,

　　　　每个人都可以来并爱,这并不能带来什么。

　　　　一种世故的眼神,一种斟酌的话语,

　　　　她们这样接受他,也这样打发他走。

　　　　这,我想,对您来说也不是什么舒服的差事,

　　　　不仅费事,而且费钱。

　　　　说句玩笑话,您最好

　　　　找一位声誉好的人,有一颗温柔的心,

　　　　一位崇尚道德的女士

　　　　不会拼死反对爱人做愉快的事。

　　　　老爷,您可意在如此,很快便会有相逢。

　　　　当然,您不需要我来教,

　　　　您的眼睛告诉我,您早已知晓,

人们怎么在捕猎之前布置网。
您虽然刚从高等学校出来不久，
但人们在那也学习同样的知识。

多朗特：

在这一领域，我并无特别的钻研。
我在普瓦捷的生活跟其他年轻人的时日并无二致。
我曾喜欢那儿，我总能获得成功，
但普瓦捷，好朋友，离这儿远着呢。
这里和那里的人们并不按照唯一的方法生活，
在那是崇高的事物，可能在这已经过时，
人们在这儿所想所做所说可能跟在那儿不同，
一句不谨慎的话语会毁掉一个新手。
在乡下，人们惯于要，而不是挑。
要是没有聪明之人，人们也会要蠢货。
在巴黎，人们更要有所不同。
虚假的表象并不能轻易地欺骗这里的人。
每个人都风度翩翩，在这些人当中，
如果跟他们有异，便不会受到重视。

克力东：

看来您认识巴黎的时间还不长。
这儿什么都有
这儿的人跟其他地方的人一样也骗人，
在这儿有形形色色的人。
整个法兰西的人都来这儿。每个城市
不仅送来它们的蠢货，也送它们的聪明人来这儿。
要获得名声，只需大胆，

要获得尊重,只需尊重自己。
有一些人,他们胆子大,和您不同,
但顺口问一句,就您刚刚所问,
您慷慨大方吗?

多朗特:

我有我就给。

克力东:

仁慈的老爷,爱是最伟大的馈赠。
当然,如果谁在赠予之时,没有掌握好足够的技巧,
那么送一份礼物没有什么益处,反而会带来害处。
他慷慨送出礼物,却没得到感激。
送礼的方式要比送的东西更重要。
人们在游戏中暗中输掉一份礼物,
一份恰当的交换,反使人倾心。
粗糙的温柔,自鸣得意的情人,
常常如同一个囊空如洗之人送礼给爱人,
不懂他人示意,忽视恰当的时间,
一份好意变成冒犯。

多朗特:

我知道这样的人,我无意效仿他们。
听着! 你认识那些女士。

克力东:

这种货色不会出现在我这种人面前,
但显然是有适合您的。
老爷,要趁早下手,这样还有些新鲜货,
我可以从仆人那儿打听一二。

多朗特:

　　你认为他会告诉你?

克力东:

　　我向他请教家务,

　　仆人不会拒绝这种谈话。

爱神之墓①
AMORS GRAB

　　女孩哭泣,在此地,在爱神之墓旁,

　　他无端地、无意地倒下。

　　但,他确死无疑? 我不为此起誓,

　　他无端地、无意地多次醒来。

拉辛《阿达莉》中的合唱
CHÖRE AUS RACINES ›ATHALIE‹

〈1〉　　庄严的耶和华

　　　　触及普天大地。

　　　　向我们的神朝拜吧,

　　　　呼唤他的力量!

　　　　他的国度在大地

---

① 首次印刷和参考文本见于: Neue Lieder in Melodien gesetzt von Bernhard
　 Theodor Breitkopf, Leipzig 1770〈1769〉;后来,在新的标题"假死"
　（Scheintod)之下,该诗被歌德作品(Werke,1815)B版本的诗歌部分收录。
　 法语原诗并未找到,或许只是虚构的译文(参见 FL, Bd.Ⅰ, S.500)。

和在天堂固若金汤。
歌唱！歌唱！
赞美他，感谢他！

〈2〉　哦，神的规则，我们遵守！
这是何等的智慧！何等崇高的善！
你们的理智，你们的感情，
向你们呐喊，
将你们的心和情感
交付给
这位主。

〈3〉　幸福！一千倍
这孩童被上帝选中
为主效劳。

〈4〉　眼含泪水，
我的上帝！
带着震怒，
惩罚犯下罪行之人。
他不会心怀敬意，
走近神圣的庙宇，
每天崇敬你。
歌唱，只为我们，
只为我们，你所选定的
作为你的王国的继承者。

　　　　歌唱,只为我们
　　　　去增强
　　　　你的力量,你的国度和庄严。

〈5〉　　哦,当主的声音令人安慰地响起,
　　　　我们的心
　　　　听见他的言语,
　　　　就如同温柔的花朵
　　　　在早春
　　　　被清晨凉爽的露水激起精神。

〈6〉　　哦,诺言! 哦,威胁!
　　　　呵,黑暗的秘密。
　　　　多少痛苦,
　　　　多么幸福!

　　　　宣告
　　　　这一词语。
　　　　你期盼在这一怒火之后
　　　　得到父亲对孩子的爱?

〈7〉　　冲啊,被选拔出来的人
　　　　……
　　　　……
　　　　……①

---

① 歌德原文如此。

是你们的主宰者。你们

应为上帝战斗。

出自《德意志流亡者闲谈录》
AUS DEN ›UNTERHALTUNGEN DEUTSCHER AUSGEWANDERTEN‹

巴松皮埃侯爵的故事①
Die Geschichte des Marschalls von Bassompierre

······

　　虽然夜已经很深，但是没有人有就寝的意思。卡尔主动请缨，也要讲一个故事，他说，即便比之前两个故事更能得到解释或者被理解，它也丝毫不会乏味。

　　卡尔讲道："巴松皮埃侯爵曾在他的回忆录中讲过这个故事，②请大家允许我以他之名来讲一下。"

　　五到六个月以来我注意到，每当我经过那座小桥时（因为当时还没有建成新桥③），一位美貌的杂货店老板总会在我面前深鞠一躬，

---

① 歌德译文于 1795 年连载于席勒主编《时序女神》(Die Horen)。译文首印及底本参考见于：Die Horen, 2. Stück, Februar 1795, 译文也收录于《歌德全集》第 9 卷第 1032—1035 页（原文页码）。

② 指"美艳女商贩的故事"，来自巴松皮埃侯爵的回忆录。将此故事作为样本使用在《闲谈录》之前，歌德已经忠实地翻译过该故事。

③ 新桥(Pont neuf)如今是巴黎塞纳河上最为古老的桥，建造之时（1578—1606)得名。根据国王敕令，新桥上不允许建造房屋，以便保持城市岛屿和塞纳河的视野开阔。商贩在过道两旁搭建起五颜六色的小摊位，而民众则以叫卖的小贩、木偶戏以及街边戏剧演出为乐。巴松皮埃的故事发生在国王亨利四世治下桥梁竣工之时。

然后尽可能远地以目光相送。她那家店铺的标志是成对儿的天使。她的行为十分显眼，于是，我也以同样的方式注视她，并且小心翼翼地回礼。有一次，我骑马从枫丹白露前往巴黎，当我再次骑行经过那座小桥时，她来到小店门口对我说道：先生，愿意为您效劳！我回应了她的问候。当我不停地回望她时，她也不断把身子探出门外，尽可能远地目送我。

我的随从除了一名仆人之外还有一位信使，我想命他们当晚将几封书信带回枫丹白露的几位妇人那里。仆人听了我的吩咐之后便上马动身，以我的名义告知那位妙龄少妇，我已经注意到她想见我并向我表露的好感，如果她期待进一步认识我，我很乐意去拜访她，无论在任何地方。

她这样回复我的仆人：没有比这更美好的消息了，并且，无论我要求在任何地方相见，她都乐意前来。只有一个条件：允许她同我在一隅共度良宵。

我答应了这个建议，问我的仆人是否知晓一处我们可以私会的地方。他回答说，他想将她带到某位王婆那里，不过由于瘟疫正在蔓延，他建议我用自家的床垫、被褥以及床单。我欣然接受，他答应为我准备一张舒适的床铺。

那天晚上我如约而至。我眼前是一位二十岁上下的美艳少妇，头戴玲珑的睡帽，上身是一件精致的衬衣，下身是青色毛料做成的短睡裤，金莲下踏着的是一双露趾的拖鞋，最后，上身还披了一件隔粉的氅衣①。这位妇人令我格外欢喜，当我意欲不轨时，她以十分优雅的方式拒绝了我的爱抚，并且要求与我隔着两条床单对坐。我同意了她的要

---

① 一种披肩，在头发或者假发施过粉之后披上以避免弄脏衣物。17、18世纪，人们多以精面粉（所谓发粉）来施粉。参见 Adelung, Bd. 3, Sp. 858。

求。可以说，我从未遇见过比她更为秀美的妇人，而且从未在任何人那里感受过如此的欢愉。翌日清晨，我问她是否可以再次与她约会，因为我星期日才动身离开，而我们刚刚共度了星期四到星期五的一夜。

她回答说，她比我更加热切地希望，不过倘若我不是星期日一整天都留在这里的话，她就恕难从命，原因是，她只能在星期天至星期一的夜里与我相会。当我面露难色时，她说道："您现在肯定已经对我感到厌烦，所以想在星期天便动身。不过您很快又会对我魂牵梦绕，并且一定会腾出一天时间，只为能与我共度一个良宵。"

我很快便被说服，答应她星期天留下来，并且在老地方一直待到星期一。说到这里，她回答道："亲爱的先生，我非常清楚，我因为您的缘故踏入这不洁的房屋，不过这是我心甘情愿的，我渴望与您在一起的念头难以抑制，便不顾一切地答应了。我充满激情地来到这个地方，不过，倘若我第二次还来到这里的话，那么，我一定会把自己视为下流的妓女。倘若除了我的丈夫还有您之外，我还顺从于第三人，或者渴望另外的人，那么，但愿我不得好死。但是，为了自己喜欢的人，为了巴松皮埃，人们还有什么事情做不出来呢？为了他的缘故，为了那位因其来临而使茅屋熠熠生辉的先生之故，我踏入了这间房屋。如果您还愿意再见我一次，我希望您来我的姑母家里。"

她详细地给我描绘了那间房屋，接着说道："我会在 10 点到深夜，甚或更晚的时候等着您，家门会一直敞开。您首先可以看见一个小过道，请不要在那里停留，因为，我姑母的房门会在那里打开。然后您很快会看到一个楼梯间，顺着它您可以来到楼上，我就在那里以敞开的胸怀欢迎您。"

我做好安排，打发我的人带着行李先行离开，急切地等待星期六夜晚的到来。10 点钟，我已经来到约定的地方，很快便看到她给我描述的门，不过门是锁着的，而且整个屋子灯火通明，甚至有时看起来像要熊熊燃烧起来。我焦急地开始敲门，说明我已经到来，但是我听到一个男人的声音，他问外边的人是谁。

我退了回来，在几条街上来来回回走着，最后心中的渴望又把我带回到那个门前。门这时敞开了，我通过走廊顺着楼梯间急急忙忙上了楼。但是，当我看到几个人正在房中燃烧席子，借着使房屋通明的火光，我看到桌子上陈列着两具裸露的尸体，我慌忙抽身出来，在离开的时候碰到几位掘墓人，他们问我在找什么。我抽出宝剑，让他们无法接触我的身体，这个奇异场面颇让我震惊。返回住所后，我立即饮下三四杯葡萄酒以及治愈瘟疫的药剂，当时德意志的人们认为它非常有效。休息过后，我第二天便踏上返回洛林的旅途。

返回之后，我尽了一切努力去探寻这位妇人的任何信息，结果都是白费力气。我甚至去了那间有一对天使的店铺，不过那些租客都不晓得他们之前的住户是谁。

这件奇事是一位出身低下的人同我讲的，不过我保证，倘若结局不那么令人不适的话，这是我所能够想象的最有魅力的故事之一，而且总是满怀渴望地惦记着那位美艳妇人。

弗里茨回答说，要解密并不那么容易。因为，那位少妇是否就在这房屋中死于瘟疫，或者，她是否因为这一状况而恰好避免了死亡，都是存疑的。

卡尔答道，倘若她活着，那么，她一定会在小巷中等待她的情郎，没有任何危险会令她却步与之再次约会。我总是担心，她也躺在那张桌子上。

闭嘴，露易丝说："这个故事简直太让人毛骨悚然了！如果我们满脑子都是这样的画面去床上休息，这将会是怎样的一个夜晚啊！"

……

（温玉伟译）

诉讼代理人的故事①

Die Geschichte des Procurators

很久以前,在意大利的一座海滨城市住着一位商人,他自小就以积极有为和明智著称。此外,他还是一名优秀的水手。他常常自己驾船前往亚历山大换取贵重商品,然后在家乡销售或者销往欧洲北部地区,他以这种方式挣得了万贯家财。他的财富年复一年地不断增加,以至于他将自己的生意看作最大的乐趣,而不再能够找到宝贵的消遣时间。

就这样,直到知天命之年,他仍然孜孜不倦地做着生意。闲适的市民们常用来调剂生活的社交娱乐,对他而言已经显得陌生;同样,尽管他的女同胞有着种种优点,却无法再引起他的注意。除了深谙这些女子对首饰和珍宝有着热切的渴望,他有时也懂得去利用这些物品。

他几乎从未注意到自己心性的变化,直到有一天,当他满载货物的船只回到家乡的港口时,正值一年一度专门为了儿童而庆祝的节日。在祈祷过后,男孩和女孩们一般都会乔装打扮,一会儿行进在游行队伍之中,一会儿成群结队地在城市里面嬉闹,旋即又在田野里宽阔的广场上做着各种各样的游戏,表演许多节目和杂耍,赢取优雅竞赛中提供的小额奖金。

一开始,我们的水手津津有味地参加了这样的庆典,但当他久久地注视着孩子们的乐趣、父母们的喜悦以及如此多的人们享受着此

---

① 这篇译文出自《德意志流亡者闲谈录》,原计划放在这部中篇小说集的前面,后来因为译文内容的框架情节形式,被置于第四篇译文之后。歌德于 1795 年 3 月完成翻译。译文首印及底本参考见于: Die Horen, 4. Stück, April 1795,译文也收录于《歌德全集》第 9 卷第 1038—1057 页(原文页码)。

时的欢欣和最为可爱的憧憬时,他不得不在自我反思之中深刻地意识到自己还是孑然一身。空荡荡的房屋第一次令他感到不安,他在思想中自怨自艾。

噢,我这个不幸的人啊!我为何如此地后知后觉?为何直到晚年,我才意识到唯一使人幸福的财富?我这一生何其辛劳,危险重重!可它们给我带来了什么?即便我的货栈装满货物、货箱满载贵重金属、柜子充盈首饰珠宝,但这些财富也无法给我乐趣,使我满足。我愈积攒财富,同伴们便愈发渴求,珠宝一件接着另一件,金器一尊随着另一尊。他们并不将我视为一家之主,而是狂热地对我呼喊:快去再搞些这样的!黄金以类聚,珠宝以群分,他们就这样占据着我生命的全部岁月,直到很晚我才认识到,我在这里找不到丝毫乐趣。很遗憾,现在,到了年龄,我才开始思考,我告诉自己:你将无法享受这些宝物,而且在你百年之后也没人会去享受它们!你几时用它们装扮过任何可亲的妇人?你何曾以此打扮过任何女儿?你是否因此使任何儿郎成功地博取并牢牢抓住某位善良姑娘的芳心?从未!你自己以及你的亲人从未占有过任何财富,你曾费尽心力聚积起来的,在你身后会被某个陌生人草草地挥霍一空。

噢,今天晚上,那些幸福的父母会以多么不同的方式,把孩子们聚在桌边,夸赞他们的灵巧,并鼓励他们做出更多的善举!他们眼中会散发出何样的喜悦、迸发出何样的希望啊!你难道已经毫无希望了吗?你难道已经老朽?如今,当人生的暮年还未完全来临之际,认识到这疏忽难道还不够吗?不,在你这个年龄去考虑求婚并不是一桩蠢事,凭借你的财产,你会赢得一位娴静的女人并让她幸福。如果你还能在堂上看到儿女成群,那么,这迟来的硕果也会给你带来最大的享乐,那些很早便从上天得到如此硕果的人,却常常感到它们是负担并且给他们造成了困扰。

　　一番自言自语之后，他便坚定了自己的决心。于是，他唤来两位船上的伙计，向他们倾吐了自己的想法。早已习惯在所有事务上尽心尽力的他们，这次也不例外。他们赶快来到城里打听年值芳龄和如花似玉的姑娘，因为，他们那位对货物品位甚高的船主，理应寻得最佳的女子。

　　与他的伙计一样，他自己也没有闲着，他到处走访、四处打探、观察、打听着，功夫不负有心人，他觅得了一位女子：此时的她堪称整个城市首屈一指的美人，二八年华，身姿曼妙，知书达理，她的外形与心灵都表现出最为宜人的气质，并且预示着至佳至善。

　　根据所商定的，无论在他生前还是身后，都要保证这位佳人享有最有利的生活条件。经过短暂的商议之后，双方大张旗鼓、铺张奢华地完成了婚礼。从大婚之日起，我们的商人先生第一次感受到自己真真正正地占有并享受着自己的财富。于是，他满怀喜悦地用最美、最足料的布料为美好的躯体做新衣，珠宝首饰在可人儿的胸前和发梢也散发着珠光宝气，完全不同于往日躺在珠宝匣中的时候，那些指环在戴着它们的手上也获得了无限的价值。

　　因此，他不仅感到和以前同样富有，甚或比以前更加富有，而他的财富通过使用和分享似乎在日益增多。一对新人就这样心满意足地度过了一个春秋。我们的商人似乎完全用床第之欢代替了他积极有为和四处游荡的生活。不过，积习难除，我们早年踏上的方向，或许可以被引开一段时间，但绝不会被完全改变。

　　每当我们的商人先生看着其他人装船起锚或者幸福地返港时，他常常再次感到往日的激情蠢蠢欲动，可以说，即便在自己的厅堂，在伴侣的身旁，时而也会心有不安和不满。这种渴望与日俱增，最终转变为一种热望，以至于他感到自己极度不幸。有一天，他真的病了。

　　他自言自语道：你究竟想要如何？你现在认识到，想要在暮年用一种新的生活方式替代旧的，是多么愚蠢。我们怎能从思想，或者说从四肢再次清除我们一直寻觅和从事的事情？我现在过得如何呢？曾经的那个我，如同鱼儿爱着水、鸟儿爱着自由自在的空气，而如今的我，却被禁锢在万贯家财中，禁锢在开遍财富花朵以及美艳娇妻相伴的庭院之中。我因此未能如愿获得满足并享受我的财富，相反，若我不再获得什么，我就像失去了一切。将那些劳碌着不断积攒财富的人视为笨伯，这样之所以不公正，是因为劳作才是幸福，对于一个能从不断追求中感知到喜悦的人而言，已经获致的财富并无意义。倘若无所事事，我会闷闷不乐，若不活动筋骨，我会病痛缠身，要是再不做出其他决断，不久之后我便行将就木。

远离这么一位可人的娇妻，无疑是个冒险之举。向这么一位魅力十足但也极其敏感的姑娘求婚，但不久之后又将之置于乏味、伤感以及欲望中不管不顾，这样公平吗？那些纨绔子弟不是早就在我们的窗前虎视眈眈了吗？他们不早就在教堂和苑囿试图吸引我的妻子了吗？一旦我动身离开，最先会发生什么呢？难道要我相信我的少妻会被奇迹来拯救？不，以她的年龄和气质，让我寄希望于她能克制爱的喜悦，岂非愚蠢？一俟你离家而去，当你返回时，妻子的好感、忠诚连并家室的名声，将悉数尽失。

一段时间以来他受到自己的思虑和狐疑的折磨，这种状况最严重地败坏了他的身体。妻子、周围的亲人和朋友皆替他难过，却无法找出他的病因。最终，他再次自我寻思，稍作思量后仰天长叹：愚蠢的人啊！为了保住妻子，你自讨苦吃。一旦你的厄运延续，你便不得不在将死之时把她遗留下来，托付他人。倘若你马上面临危险，要失去被视为最珍贵的女人的财富，那么你自己试着去保住性命，难道不是至少更为明智和善好？就像有些男人，即便在世时，仍无法阻止失去这一财富，无奈地艳羡自己无法获得的东西。你为何不勇敢些，去放弃这样的财富，因为，这个决断关乎你的生死。

　　说完这席话，他振作精神，集结起他船上的伙计。按照以往的惯例，他委托他们去装满船只，准备好一切，以便在吹起第一阵顺风时，大家就可以出港。于是，我们的商人先生向他的娇妻这样解释道：

　　当你在家中看到一个让你可以推断出我即将外出的行为，请不要惊讶。当我向你倾吐我一再想要出海的打算，请不要难过。我对你的爱意未曾改变，而且无疑会此生不渝。我深知自己此前在你身边所享受到的幸福是何其珍贵，并且，倘若我不那么经常地在私下责备自己无所事事和漫不经心，那么，我会更为纯粹地感受到这份幸福的价值。我旧日的兴趣苏醒了，不泯的习性再次召唤着我。请允许我，让我再次看到亚历山大的集市，我现在之所以迫不及待地想去那里，是因为我一心想着在那里给你置办最精致的布料和最名贵的珍宝。请你享用我所有的财产和全部财富，它们全由你来支配，与你的父母、亲人欣然接受它吧。分别的时日很快就会过去，我们会怀着更大的喜悦再次相见。

　　可人的妻子泪眼婆娑，满面娇嗔，信誓旦旦地对他说，如果没有他，她也不会快乐；既然自己无法阻止也不愿限制他，那只求他在分别的日子里也要将她常常在心头牵挂。

　　之后，他给妻子交代了一些生意和家务上的细节，稍作停顿后，他接着说道：我心里面还有一些事情，请你务必允许我畅所欲言，不过我衷心地请你不要误解我的话，而是在这担忧中看到我的爱意。

　　我能猜出几分，美人儿回答道，你是因为我而忧心忡忡，因为你像所有男人那样，将我们女人一视同仁地看作是不忠贞的。你眼中的我是那么年轻和乐天，而现在你会觉得，我在你离开的时候会变得轻浮，易受蛊惑。我之所以不愿谴责这种本性，是因为它在你们男人那里司空见惯。不过，请允许我对你保证，就我对自己心灵的了解，没有什么能够轻易地影响我,没有什么可能的影响会深刻地打动我,从而使我偏离先前与爱情和义务相伴的道路。请勿担心,当你返回时,你的妻子还会那么柔情似水和忠贞不渝,就如同你短暂离开后,夜里归来回到她的怀抱时所看到的那样。

我相信你有这样的品质,她的丈夫回答道,而且我也愿你继续坚持。不过,请我们想想最为极端的情形,因为,如何能不未雨绸缪呢?你知道,你美丽诱人的外貌是多么地吸引这帮年轻人的眼球,在我离家的时候,他们会比以往更加讨好你,他们会试图玩尽花样地接近你——或者说,讨你欢喜。与如今我在家的时候不同,夫君的形象无法时时刻刻将他们拒之门外和你的心房之外。你是个高尚善良的姑娘,但是自然的需求是那么正当和难以抵抗,它们不断与我们的理性交战,常常高奏凯歌。请不要打断我的话。在我离家的时候,你自己一定会在本应对我的思念中感受到这一渴望,这也是女性与男性相互吸引的所在。在某一段时间内,我还会是你渴望的对象,然而谁能料知会出现什么样的状况,会出现什么样的机缘。某个人在现实中会收获你在想象力中赋予我的东西。请耐心些,我希望你听我讲完。

倘若你现在否认的可能情形发生了——当然我也不希望加快它的步伐,也就是说,没有男子的陪伴,你便无法生活或者无法抵挡爱情的欢愉,那么,请只答应我一件事,站在我的角度,勿择取轻浮的男子,他们即便相貌堂堂,但与其说有害女人的德性,不如说有损其名声。他们的心中与其说充满欲望,不如说充满虚荣。拈花惹草、见异思迁对他们来说再自然不过。倘若你有心择取朋友,那么,要去找配享有这个称谓的人,他懂得谦逊,能默默地以保密的善举来颂扬爱之欢愉。

说到这里,美人儿再也无法掩饰痛苦,已经克制了许久的泪水从眼眶簌簌地落下。无论你将我看作什么,她在紧紧地拥抱之后哭喊着,倒不如说是,我稍行一步便会行差踏错,你也许认为它会无可避免地发生。这样的想法只消在我脑海中稍稍出现,就会天崩地裂般将我吞噬;就会让承载了我们永恒信念的幸福希望离我而去。请从你的胸中除去猜疑,只为我留下很快便可拥你入怀的纯粹希望。

在想尽一切办法安慰过妻子之后,他翌日清晨便扬帆出海,顺风启航,很快便到达了亚历山大。

在这期间,他的妻子恬然地坐拥大笔家财,极尽欢乐和舒适地生活着,不过,与世隔绝,除了父母亲戚之外,不见任何人。忠实的仆人操持着丈夫的生意,而她则独守空房,在富丽堂皇的屋舍下,日复一日心满意足地温习着对夫君的思念。

即便她幽居独处、深居简出,城中的年轻人们也没有消停。他们总是不失时机地时常经过她的窗前,并试图在晚上用音乐和歌声吸引她的注意。一开始,这些追求让幽独的佳人只觉得不舒服并且不堪其扰,但是,她竟渐渐地习惯于此,并不关心这些声音来自何方,只是在漫漫长夜里把窗下情歌当作宜人的消遣,引以为乐。这时候,她便无法抑制因离别而起的长吁短叹。

与她所希望的正好相反,那些无名的崇拜者并未慢慢懈怠,他们的追求反而日渐增多,继而不绝如缕。于是,她已经可以分清重复着的乐器和歌喉以及反复的曲调,很快,她已无法克制自己的好奇心,究竟谁是那些无名者,尤其谁是那些坚持不懈者。为了消遣,她允许自己做出这样的关注。

于是,她开始时不时地透过窗帘和假百叶窗望向街道,注意着街上的行人,尤其是那些盯着她的窗子最为长久的男子。不过,他们多是一些着俊俏美服的少年郎,举手投足和相貌仪表中都透着轻浮,散发着虚荣。似乎他们想要引人注目的更多的是他们对美人屋舍的专注,而非向她展示某种崇拜。

　　的确,这女子有时开玩笑地自言自语:夫君的想法可真明智!凭借允许我选择爱慕者的条件,便排除掉所有追求我而且无论如何都会令我开心的人。他也许知道,明智、谦逊、缄默是安详的老人所具有的品质,虽然我们的理智看重它们,但是它们既不能够激起我们的想象力,也无法引发我们的好感。对于这些抱着殷勤簇拥在房屋周围的人,我很肯定,他们无法唤起我的信任,而那些可以博得我信任的人我又丝毫不觉可爱。

　　在这些想法的掩饰下,她越发地允许自己沉醉于享受过路年轻人的音乐和容貌,但未察觉自己胸中正缓缓地形成一股不安的渴望,再去抵抗时却为时已晚。孤独与闲适以及养尊处优、美好、富足的生活,为一种无定的欲望提供了温床,不过,它比这善良的孩子所想象的来得更早。

　　在承认丈夫诸多优点之余,现在她也开始——伴着静静的叹息——惊叹他对人和俗世的认知,尤其是他对女人心灵的了解。当时我激烈反驳的倒也确是可能发生的,她自言自语道,在那样的情形下劝我要谨慎和明智,倒也的确是必要的。但是,无情的偶然似乎只在与不定的渴望游戏,在这样的情况下,谨慎与明智又能何为?我要如何选择我并不熟悉但是又值得进一步认识的人呢?

　　她的心里揣着千头万绪,烦忧日胜一日。她想消遣解闷的尝试归于徒劳,任何宜人的景象都使她颇为感伤;在最幽深的孤寂中,感伤也从她的想象中激起惬意的画面。

　　她就在这样的心境中度日。直到有一天,她从亲戚那里听得市里面的新鲜事,说有一位年轻的法学家,刚从博洛尼亚学成归来。对于他,人们已经穷尽了溢美之词。除了博学之外,他还具有其他年轻人所欠缺的明智和精明,除了极富魅力的身材之外,他还有着最大的谦逊之德。作为诉讼代理人①，他不仅很快就赢得了公民的信任，而且也获得了法官们的尊敬。每天他都前往市政厅，在那里处理并推进自己的事务。

　　佳人听着人们对如此完美之人的描述，心中产生进一步结识他的渴望，而且也怀有默默的念想：在他身上，她可以找到即便按照丈夫的叮嘱来看，也可以托付真心的人。因而，当她听闻这位法学家每天都会从她的房前经过时，她是那么聚精会神，在人们通常在市政厅集会的时刻，她又那么仔细地关注。一天，搔首踟蹰的她终于看到他经过自己窗前，如果说他那俊朗的外貌和青春年华在她看来魅力无限，那么，他的谦逊从另一方面来看却令她忧心忡忡。

　　就这样，她悄悄地注视了好几天，再也无法抑制吸引他注意的愿望。她小心谨慎地穿衣打扮好来到阳台，当她看到他在街道上由远及近地走来时，心儿便跳个不停。而当他与往常一样，迈着舒缓的脚步，若有所思，低垂着双眸，对她视若无睹，优雅万分地走过时，她是多么沮丧，或者说，多么羞愧难当。

　　一连几天，她以这样的方式吸引他的注意，都是白费气力。他总是迈着平常的步伐，不会抬起双眸左顾右盼。她越是频繁地注视他，便越是觉得他就是自己的梦中人。她对他的好感日渐强烈，而且由于未加克制而最终变得一发不可收拾。唉！她自言自语道，你高贵理智的夫君预言你在他离开时将要面临的这个状况，他说你没有朋友和宠爱便无法生活，他的预言应验了，你如今备受煎熬、日益憔悴。这时候，幸运之神为你送来的青年不仅完全合你的意，而且也合你夫君的意，你可以与这样一位青年，在不可说破的隐秘中享受爱之欢

---

　　① 诉讼代理人（Prokurator），即委托人、律师、代办。在个别意大利城市如威尼斯行职，也指高级地方官员。

愉。谁若是错过了这个机会，那就太愚蠢了，谁若是想要压制激烈的爱情，那就太愚蠢了！

怀揣着这样那样的思绪，佳人试图增强自己的决心，只是偶尔会因为拿不定主意而摇摆不定。终于，一如人们常常遇到的那样，我们长久以来抑制的激情，最终将我们一下子攫住，汹涌而起，以至于我们罔顾担忧和害怕、矜持和羞耻、男女关系和种种义务，将其统统视为微不足道的阻碍。她突然做出了决定：派身边的一个小女仆去拜访她思慕的男子，无论付出任何代价都得前往他的府邸。

女仆不敢怠慢。见到他时，他正同一群友人围坐在一起聚会，她及时地向他转达了主人教给她说的问候。对于这一消息，年轻的诉讼代理人并不吃惊。早在少年时期，他便认识那位商人，而且他知道，如今商人离家在外。虽然他在远方就听闻了商人的婚事，不过他猜测，那独居在家的夫人没有丈夫陪伴，或许亟须他在法律上就某件重要事宜伸手援助。因此，他极尽和蔼地答复了女仆，并且应承，一俟众人离开宴席，他就会毫不迟疑地前去拜访她的主人。获知很快就要见到并与所爱慕的人谈话，佳人喜不自禁。她赶忙换上最漂亮的衣服，让仆人飞快地洒扫了庭院和房间，打扫得一尘不染。继而以花瓣和香橙叶铺地，沙发也铺上最名贵的毛毯。在他还未到来的短暂时刻，一家人忙上忙下，而这片刻的时间对于她而言却长得令人难以忍受。

当他终于到来时，她何其激动地前去逢迎；她自己在沙发床落座时，又是多么慌乱地让他坐在旁边的矮脚凳上。心上人近在咫尺，她却沉默不语，还没有想好要对他说的话。而他也一言不发，谦逊地坐在她面前。最后，她鼓起勇气，但不无担忧和不安地说道：

先生，听说您刚刚回到家乡不久，但是天资聪颖和值得信赖的美名早已众人皆知。我也要在一件重要和特殊的事情上委信于您，但这件事——就我细细思量来看——与其说是诉讼代理人的,毋宁说是告解神父的职分。我同一位可敬的富有的男子成婚已有一年,只要我们在一起的时候,他总是给我无微不至的关怀,倘若不是不久前,旅行和经商的不安渴望将他从我的怀抱夺走,我也不会对他有任何怨言。

作为一个理性和正直的男子,他也许感觉到了由于他的远行将对我造成的不义。他知晓,不能像保管珠宝和珍珠那样安顿一位年轻的女子。他清楚,她就像一座结满美丽果实的花园,如果他执意将其园门紧锁几年,那些果实无论对于其他人还是主人来说,都会是损失。因而,在动身之前,他非常严肃地与我谈话,向我肯定地说,我的生活没有朋友便无以为继。对此,他不仅允许我,而且坚决要求我,同时也迫使我承诺,倘若我心中产生了好感,便应该无拘无束、不必反感地遵循它。

她稍稍停顿了一会儿,但很快,青年充满希望的眼神又给了她足够的勇气继续刚才的表白。

此外,我的夫君为他那宽宏大量的许可添加了唯一一个条件。他建议我要慎之又慎,明确要求我,应该选取一个稳重、可靠、明智、守口如瓶的朋友。先生,请您让我免除剩余的内容,请您让我免除因对您表白而表现出的慌乱,我对您的好感太过强烈,请您从这份信赖中猜测我的愿望和期待吧。

友好的青年稍作迟疑,不无谨慎地回答道:对于您的信任,在下十分感激,您的这份信任使我感到无上自豪和愉悦。我只是热切地希望可以说服您,您所寻求的并不是一位不值得的人。请允许我先以法学家的身份回答您,作为法学家,我得承认我对您丈夫的钦佩,他是那么清晰地感受并认识到自己的不义,毫无疑问,一个将其正当青春的夫人留下,自己去周游世界各个角落的人,理当被视为这样一个人：他完全放弃了其他任何财产，并通过最明确的行为放弃了所有权利。如您前面所说的那样，一件全然无人问津的事物就应该再次得到利用。因此，一位处于如此情形之下的少妇再次馈赠自己的好感，毫无顾虑地把自己交托给一位在她看来可爱可靠的友人，在我看来再自然和公正不过。

不过，倘若如这里的情况那样，意识到自己不义的丈夫，明确允许自己留守的夫人去做他所不能禁止的事，那么，毫无疑问——而且更为重要的是，那位自愿表明承受一切的人就没有什么不义了。①

如果您现在，青年握住美丽佳人的手，以完全异样的眼神和更为热切的表情接着说道，如果您拣选我为您的奴仆，那么，就请您让我见识我此前未曾想象过的欢乐。请您相信，在亲吻她的手时，他感叹道，您不会找到更为谦卑、柔情、忠诚、守口如瓶的仆人了！

一番表白之后，佳人心情多么平静呵。她毫无顾忌、热烈地向他展示了自己的温柔，她紧握住他的手，与他坐得更近些，把头轻轻放在他的肩膀。他们两人如此亲昵的时间并不很长，青年突然温柔地与她分开，略显苦恼地说道：这难道不是最令人扼腕的吗？当我沉醉在可能是最为甜蜜的情感之中时，我不得不与您分开，这是我对自己施以的酷刑。当下，我无法拥有从您的怀抱获取的幸福。唉！倘若这一推脱不会骗走我最美好的希望！

佳人不安地询问他为何说出这样奇怪的话。

---

① 从"以法学家的身份回答您"到此处，歌德扩充了原本的故事，让代理人以法学家的角色说话，他使用了法学术语和十分著名的论辩。歌德应该十分熟稔他在法学学习以及魏玛管理实践中的措辞。诉讼代理人首先引用的是罗马法条文："哪些事物可以被视为属于遗留者的？是那些本来对其有权利和意图的人所放弃的"，接下来他还引用了"那个执意如此的人所遭受的事情，并非不正当"。

　　当我在博洛尼亚，他回答道，学业结束之际，在我极力着手使自己熟练地应对未来的使命时，突然得了一场大病，它即便没有毁掉我的生命，也大大损害了我的体力和精力。在最为危急的困境和最为强烈的痛苦中，我曾向圣母发誓，如若她使我痊愈，我将严格地斋戒一整年，并克制一切形式的享乐。我已经至为忠信地恪守了这个誓言十个月，考虑到自己所获得的大恩，这段时间丝毫不长，因为，抛弃某些常见和为人熟知的享乐，对于我来说并不难做到。然而，剩余的两个月对我来说将会是怎样的度日如年，因为，只有在这段时间结束之后，我才能享受这超越一切想象的幸福。请您不要觉得乏味，也请不要收回您如此自愿地赋予我的恩宠。

　　佳人对这一通剖白并不是很满意。当青年稍稍思量继续解释之后，她又重新振作起来。他说：尽管我很难向您说出口，通过何种方式我才能摆脱我的誓言，但倘若我可以找到一位与我一样，可以严格、可靠地信守誓言的人，并与我一起承担所剩时间的一半，这样的话，我便可以更早得到解放，就再没有任何事可以阻碍我们的愿望了。亲爱的朋友，为了使我们的幸福快快到来，您是否甘愿和我一起扫除挡在我们面前的障碍呢？我只能将誓言的一部分托付给最为信赖的那个人。它太为严格，白天我只允许享用两次面包和水，晚上我只允许在坚硬的卧榻休息几个小时，即便公事繁忙，我仍必须做大量的祷告。就像今天，如果我无可避免要参加飨宴，我也决不能因此而疏忽我的义务，此外，我还得竭力克制在我面前经过的一切珍馐的诱惑。倘若您能下决心在一个月内同样遵守这些规则，那么，与几乎通过一种可嘉行为获得朋友相比，此后拥有这位朋友时，您将会更为欣喜。

　　佳人极不情愿地听到横亘在她的好感前的重重障碍，不过，因为青年就在眼前，她对他的爱意愈发强烈，一切考验在她看来都不再严酷，只要她由此能确定无疑地占有如此宝贵的财富。于是，她以最为殷切的言辞回答他：亲爱的朋友！您将因此而重获健康的奇迹，对我而言，是那么珍贵和值得钦佩，我把分担您本应践行的誓言当作自己的喜悦和责任。我很高兴可以给您一个准确无疑地表明我的好感的证明，我会格外细心地遵照您的规定，在您宣布结束之前，我绝不会偏离您引领我走上的这条道路。

青年和佳人细致地约定好各种条件，她能够以此减免他所承诺的一半期限。之后他便要离开，但他保证会很快再次拜访，并打听她的决心是否依然坚定。就这样，她不得不让他离开，分别时他没有握手，没有亲吻，甚至没有一个含情脉脉的眼神。对她来说，不寻常的决心给她带来的忙碌真是种幸福，因为，为了完全改变自己的生活方式，她有事可做了。首先，娇艳的花朵和枝叶需要打扫出去，这是她在迎接客人时让人撒上去的，然后还要移走细软的沙发床，取而代之的是一张坚硬的卧榻，她生平首次啖饼饮水，但不足以果腹。夜里，她在榻上休息。第二天，她便忙着裁剪缝制衬衣，其中有许多是她先前许诺做给救济院和医院的。在做这些令人不适的新活计时，她总是以亲密男友的形象和对未来幸福的期待为自己解闷。一想到这些，那微不足道的膳食似乎给她补足了一剂强心的营养。

就这样，一周过去了。到了周末，她双颊上的玫瑰红晕已经开始慢慢凋谢。那些十分合身的衣服变得过于宽松，她那先前迅捷和灵活的四肢也变得疲软和虚弱。这时候，男友再次出现，他的拜访赋予她新的力量和活力。他鼓励她要坚定自己的决心，他的榜样使她振奋，让她远远地窥探到宁静幸福的希望。他只待了很短的时间便离开了，并许诺不久后再次拜访。

她重新充满活力地继续着善事，也丝毫没有放松严格的饮食。不过，多么遗憾！要是一场大病没有让她精疲力竭该多好。她的男友周末再次拜访，抱着无限的同情望着她，告诉她如今考验已经过去了一半，因此前来为她鼓劲。

超负荷的斋戒、祷告、劳作，对她而言一天比一天难熬，而近乎夸张的节欲似乎要完全毁坏已经习惯于安静和富含营养的身体的健康。最后，佳人再也无法站立起来，即便在艳阳天，她也不得不裹得严严实实，以便稍微保持住几乎要完全消散的体温。她无法再端坐起来，在最后的那段时间，她甚至不得不卧床休息。

这时，她应对自己的状况作何反思呢？十天过去了，她为之付出极端牺牲的男友却不见身影，这件事常在她心头萦绕，让她悲痛欲绝。不过，在这黯淡的时刻，她的健康已经开始恢复，是的，她变得坚定了。因为在不久前，她的男友出现了，坐在她床前的矮脚凳上，就是在这张凳子上他听到她的初次告白，他友好地、几近于温柔地，鼓励她坚定地忍耐短暂的时日。这时，她微笑着打断了他，说道：尊贵的朋友，您不用继续鼓励我了，接下来的几天，我会耐心、坚定地持守我的誓言，它是您因为我的至善而托付于我的。我现在过于虚弱，无法表达我心中对您的感激之情。您让我守住了自己，您将我赋予了我自己，我认识到，从现在开始，我的整个生命对您都有亏欠。

不错，我的丈夫是理智和明智的，他懂得女人的心，也足够公正，不去责备女人对他人产生的好感，因为他的包容，这好感方可在她的胸怀萌发。是的，他也足够宽厚大度①，将他自然的需求之权利弃之不顾。但是您，我的先生，您却是理性和善良的，您让我感觉到，除了

---

① 宽厚大度（großmütig）作为《关于悲剧的通信》中的一个关键词首先由门德尔松提出，"若没有在剧中混入同情的话，宽厚大度会让我们挤出眼泪吗？"（1756 年 12 月 26 日）。在亚里士多德《尼各马可伦理学》（1123b—1125b）中，宽厚大度（希腊语：megalopsuchos；拉丁语：magnanimitas）是一种崇高但却含混的德性，不能够称呼苏格拉底这样的人。参见刘小枫"中译本前言"，载于莱辛等《关于悲剧的通信》，朱雁冰译，北京：华夏出版社，2010 年，第 1—14 页。

好感之外,我们内心还有其他能使之保持平衡的东西,而且,我们能够放弃①业已习惯的享乐,并使自己远离最为热切的渴望。您借助谬误和希冀教育了我,不过,倘若我们都已经认识到善良和强大的自我,这二者便已不再必要,这个自我是那么沉默和平静地寓于我们的心中,直到它取得主宰,或者至少以细微的回忆,不断提醒人们它的存在。再见吧。以后,您的女友将会愉快地与您相见。请您像对我那样对待您的邦民,不要只去解释他们就财产问题轻易产生的迷惑,相反,请您也通过温和的指导和示范告诉他们,德性之力量会在每个人心中隐匿地萌发。众人的敬重将会是您的酬劳,与开国元勋和最伟大的英雄相比,您更配享祖国之父的威名。②

（温玉伟译）

浪迹天涯的痴女
DIE PILGERNDE TÖRIN

　　赫万南先生,一位无官无职的富豪,拥有这一地区景色最美的地

---

① 断念(Entsagung)的主题在歌德思想和创作中举足轻重,在《漫游年代》中成为重中之重的主题,而在《闲谈录》中已经具有了重要意义,无论是这里的诉讼代理人故事,还是接下来有关费迪南的罪责和转变的故事,而尤其在"童话"中也具有重要作用。

② "祖国之父"(Vater des Vaterlands)为古罗马时期的头衔,是拉丁语 pater patriae 的德译,该用法多见于塞内加、奥维德等人的作品,参见 Konrat Ziegler / Walter Sontheimer（Hrsg.）: Der kleine Pauly. Lexkion der Antike. Bd. 4, 1972, Sp. 547f. 通过提及政治活动,可以清楚的是,这里引入的道德活动纲领不应只限于私人道德和个体性的内省。《闲谈录》第三部分在此结束(《时序女神》1795 年 4 月刊),第四部分发表在 7 月刊(1795 年,《时序女神》第七部分)。

产。他与儿子、姐妹住在一座不比大公府逊色的城堡里。事实上,其公园、水域、出租的土地、手工作坊及家政养活了周围六英里的一半居民,那么可以说,他的声望与善举让他可以称得上是位公爵。

数年前,他沿着自家公园围墙在大道上散步。他喜欢在一片小树林里歇息,不少旅者喜欢在那小憩。高大的树木耸立在茂密的小灌木丛之上,为人们挡风遮阴;一眼清泉透过根茎、石头和草地送来清水。这位散步者一如往常随身携带一书一步枪。这时,他尝试阅读,但常被鸟鸣声打断,有时被行人的脚步声吸引,分散了注意力。

一个美好的早晨来临,一位年轻可爱的女子向他走来。她离开大路,好似想到他待着的地方休息乘凉。他感到很吃惊,手中的书滑落。这位女子有着世上最美的双眸,长着一副因生动而活泼可爱的脸庞,她的身段、步态和举止如此出众,以至于他不由自主地站起身来,向街那边望去,想看看她的随从,他猜想她身后可能跟着一干人等。然后,这位女子神态高贵地向他鞠了个躬,再次引起了他的注意,他恭恭敬敬地回了一个礼。这位美丽的旅者坐在泉边,一言不发,叹了口气。

同情有着奇异的效果!当赫万南先生向我讲述这一故事时,他高声说:我心里默默地回应这声哀叹。我站在那里,无言以对,手足无措。我的双眼完全看不够这完美无瑕的人儿。她的四肢伸展,撑着一个手肘,这是凡夫俗子所能想象得出的最美的女子形象!她的鞋子尤其引起我的注意,它们沾染尘土,表明已走了很长一段路,但她丝绸般的长袜尤为光滑,仿佛刚从抛光机上拿出来一样。她那拉起来的长裙没有丝毫褶皱;她的头发好像今早刚卷过;精致的白色织物,精美的花边;她的穿着给人一种要去参加舞会的感觉。她身上丝毫没有让人觉得她是乡村流浪女的地方,然而她是;令人惋惜,但又值得尊敬。

　　她朝我看了几眼，我终于趁机问她是否孤身旅行。是的，先生，她说：我在世上孤身一人。——怎的？女士。您无父无母，没有熟人吗？——我本不想这么说，先生。父母，我有，熟人，也不少；但没有朋友。——我继续说：这不可能是您的过错。您有美貌，肯定也有好心肠，看在这两者份上，很多事都可一笔勾销。

　　她觉察出我的赞美中有一丝责备，我估量她受过良好教育。她向我睁开美丽无瑕的双眼，纯净的蓝色，清澈见底，闪闪发亮；接着，她庄重地说，我看起来像位绅士，在大街上遇见一位独自旅行的年轻姑娘，觉得有点可疑，但她对此是不会怪罪的：她常碰到这样的情况；然而，虽然她是陌生人，虽然没人有权盘问她，但她仍然请我相信她远行的目的是光明正大的。一些无须为外人道的原因迫使她怀着痛苦浪迹天涯。她发现，那些认为女子会遇到的危险只是臆想出来的，即便落入草寇手中，只有在心志脆弱和立场软化时，女子的清誉才会陷入危险。此外，她只会在认为安全无虞的时刻和道路上行走；她不与任何人交谈，有时会在合适的地方逗留上一段时间，用受教育时学过的手艺维持生计。说到这，她声音沉了下来，眼帘垂下，我看见几滴眼泪顺着她的脸颊滴了下来。

　　我赶忙说，我丝毫没有怀疑她不是良家妇女，也不怀疑她令人敬重的举止。我只是同情她不得不受人差遣，因为她看起来更像是由仆人伺候的人；而我，尽管极其好奇，但也不愿再逼问她，我只希望能进一步认识她，从而确信她处处都在维护自己的名声和美德。但这些话似乎伤害了她，她答道：她隐姓埋名，不谈来历，正是为了这名声的缘故，这名声终究是假想大于实际。若她要受雇于人，她大可拿出最后几家雇主的证明来，全然不隐瞒，她不愿被问及来历与家庭。人们自行决定，由上苍或她的话语来判断她一生的清白和可靠。

　　这种话丝毫不让人疑心这位美丽的女冒险家心绪的条理。赫万南先生并不能完全理解这种走南闯北的决心,现下猜想或许有人要违背她的意愿逼迫她结婚。他转念一想,她莫不是有段绝望的感情吧;说也奇怪,在他认为她爱着他人之时,他居然爱上了她,担忧她想继续前行。他不能从她美丽的脸庞上移开双眼,在半明半暗的绿色光线中,她的脸庞格外动人。就算这里曾出现仙女,也没出现过如此美妙的四肢舒展的仙女;这次相遇还真如小说写的那般,产生了让他无法抵抗的吸引力。

　　未加思索,赫万南先生便劝说这陌生女子去城堡。她未加推辞便随他同去,表现得见惯世面的样子。有人端来点心,她得体地衷心道谢后便吃了起来。在等候午饭之时,又有人带她参观了房子。她只注意那些值得称赞的东西,或是家具、绘画,或是房间的分布。到了藏书室,她知道那些好书,并颇有品位、谦逊地发表评论。没有废话,并不尴尬。用餐时,她举止高贵自然,亲切动人地侃侃而谈。至此,她的谈话都显得她知书达理,她的性格如她本人般可爱迷人。

　　餐后,一个不经意的插曲显得她更美。她微笑着转向赫万南小姐,解释说,这是她的习惯,她常缺钱,所以请求女主人给她绣花针,好让她做一些活来酬谢午饭。请您允许我,她补充道,在您的绣花绷子上绣一朵花吧,这样您日后看见这朵花就会想起我这可怜的陌生女人。赫万南小姐回答说,她很抱歉没有撑好的绷子,因此无法欣赏她精湛的绣工。紧接着,流浪女将目光转移到钢琴上。那么就让我,她说,就跟以前的流浪歌手那样,用没有价值的东西来偿还欠款吧。她试着弹了两三首前奏曲,手法娴熟。人们不再怀疑她是一位多才多艺、出身高贵的女子。一开始,琴声明快、华丽,然后过渡为严肃的曲调,再之后便是深沉的忧伤,人们同时可以从她的眼中看出这忧伤。她眼眶湿润,脸色大变,手指停止弹奏;但她突然让众人吃了一惊,她用世上最美妙的嗓音,随意地唱起了有趣滑稽的歌曲。你们将会明白这首滑稽的叙事谣曲有助于更进一步了解她，因此应该会原谅我在此加以引述。

> 东方曙光初现，
> 身着大衣自何处来，这般行色匆匆？
> 难道朋友在劲风中，
> 在朝圣路上深受振奋？
> 谁拿走了他的帽子？
> 他竟自愿光着脚赶路？
> 他如何进入这树林？
> 爬上被雪覆盖的荒山。
>
> 莫名其妙地离开温暖居所，
> 他本期望在那得到更多欢愉，
> 若无这件大衣蔽体，
> 他定会羞愧难当！
> 恶棍们将他好生欺骗。
> 将他那堆衣服藏了起来；
> 可怜的朋友早已脱光，
> 几近赤身裸体如亚当。
>
> 他为何走上这样的道路，
> 经历危险重重，寻找那苹果？
> 它在磨坊里当然妙不可言，
> 正如它通常在天堂中那般。
> 他不愿再被捉弄。

他迅速地从屋里溜出。
在这空旷的田地里，
突然爆发出苦涩的抱怨：

我在她热情似火的目光中
看不出丁点背叛！
她看似与我一起陶醉不已。
竟会想出这样狡诈的招数！
我躺在她怀里岂能料到
这胸脯里全是阴谋诡计！
她让心意的爱神缓慢前行，
他本足以让我们顺理成章。

尽享我的爱情，
漫漫长夜无尽头，
当母亲叫喊
现在天将拂晓！
数十个亲戚一拥而入，
真是滚滚人流呐！
兄弟来，婆姨观，
旁边还站着一堂兄一伯父！

一阵怒吼，一阵痛骂！
个个好似不同种类的野兽。
他们歇斯底里地要我
拿出花环与花朵。

你们为何都蛮横地
攻击着无辜的年轻人！
要得到这样的珍宝，
人们得更灵巧才行。

爱神总是懂得
及时展开它美好的游戏：
他不会让这花朵
在磨坊里盛开二十年。
他们抢走了我的衣服，
甚至还想抢这件大衣。
就像一群无耻混蛋
藏匿在狭窄的屋里！
这时，我一跃而起破口大骂，
坦然走出人群。
我再看一眼那卑鄙婆娘。
啊！她仍是那么美艳，
我怒气冲冲，他们纷纷退让；
但耳旁仍有些粗野话语，
于是我发出雷鸣大吼，
终于冲出这巢穴。

人们应该避让你们这些乡村姑娘
正像避让城里女子那般！
你们让有身份的女子
与仆人纵情欢乐，

但你们训练有素，
不懂温柔的义务；
因此常换情人，
这样你们也无须出卖他们。

他就这样在冬日里咏唱着歌，
那里没有一处绿色小禾轩。
我嘲笑他爱的重创，
因为活该如此。
那样的人下场都是如此。
白天对高贵的爱人大胆欺骗，
夜晚却恣意地
溜到狡诈的磨坊偷欢。

　　人们或许会怀疑，她会这么忘我地继续下去，但这种结局可被视作一个并不总是那么清醒的头脑的征兆。但是，赫万南先生对我说：我们忘了细致观察，虽然我们本可以这么做，我不知道这是怎么回事。我们大概被她弹唱完这滑稽歌曲之后的妩媚吸引住了。她弹奏得顽皮，但带着理智。她的手指完全听命于她，她的声音实在令人着迷。一曲终毕，她看起来跟之前一样泰然自若，我们相信，她只是想在饭后消食之时助兴罢了。

　　紧接着，她请求我们让她继续她的旅程。我使了个眼色，妹妹见后说，如果她并不那么着急，且这个房舍并不让她反感的话，如果她能在我们这多待几天，对我们来说是件高兴的事。我想着给她点活干，好让她愿意留下来。当然第一天和接下来的一天我们只是带她到处转了转。她时时刻刻保持自己的本性：理智与妩媚同在。她的思想细腻、敏锐,她的记忆力如此出色,她的性情那么迷人,常常引起我们的惊叹,吸引住我们的注意力。同时,她懂得良好行为的准则,完全遵循这些原则对待我们每一个人,对拜访我们的客人也一视同仁,我们简直不知道该怎样把那些离奇的特性与这样的教养结合起来。

我简直不敢再提议让她为我们干活。我的姐妹觉得与她相处愉快,同样觉得应当保护这位陌生女子的温柔情感。她们一起主持家务,在这儿,这善良的孩子经常得屈尊去做手工活,然后随即得体地去完成要求更高的和需要更多思虑的事情。

在很短的时间内,她建立起我们在城堡内迄今未有的秩序。她是非常明慧的管家,因为她已经开始与我们同坐在餐桌边进餐;因此她也不再故作谦卑,而是大大方方地与我们一起进餐;但她不碰牌,也不摸琴,直到她把接手的活儿干完。

现在我得承认,我已被这姑娘的命运深深地打动了。我为她父母觉得遗憾,他们可能很想念这样的女儿;我惋惜,如此温良的美德、如此出众的个性会消失。她已经与我们生活了好几个月,我希望,我们刻意赋予她的信任最终能让她吐露秘密。若是不幸,我们能够帮她;若是犯了错误,那么希望我们能从中调解,我们可以提供证明,为她的一个暂时的错误带来宽恕;然而无论我们如何示好,我们的请求都碰了钉子。一旦她发现有人意图从她那探得解释,她就拿普遍的道德格言作挡箭牌,给自己辩解,但不说教。例如,当我们谈及她的不幸,她会说,不幸会降临到好人和坏人头上。这是有效的药物,可它同时攻击人体的好元气和坏元气。若我们探究她究竟为何逃离父宅,她便微笑着说:倘若小鹿逃命,那么它对此并无过错。若我们问及,她是否遭受迫害,她便说:遭受和忍受迫害,这是某些出身良好的姑娘的命运。谁因一次侮辱而哭泣,将遭受更多的侮辱。但她怎么能下定决心让自己的生活遭受粗鲁的对待，或者有时至少认为她的生活要感谢那些野蛮人的怜悯呢？对此，她一笑置之：在筵席上问候富人的穷人并不缺乏理智。有一次，当谈话氛围轻松而显得戏谑时，我们与她谈到恋人，问她是否认识那叙事谣曲中冻冰了的主角？我仍记得很清楚，这句话仿佛刺穿了她的心。她几次对着我睁大了眼睛，那么认真严肃，以至于我的双眼没办法面对这样的眼神；虽然人们后来也谈及爱情，但可以想见，她妩媚的性情和灵动的精神突然变得迟钝起来。她立刻陷入深思，我们觉得她在苦思冥想，这大概都是苦楚。尽管如此，她总体上还算愉快，只是不那么活泼，高贵而不做作，谦逊但不敞开心扉，退避而不噤若寒蝉，与其说温柔，更多的是容忍，在爱抚与礼节上与其说衷心不如说是感激。显然，这是一位可塑造为管理大户人家的女子，但她看起来不过二十一岁。

就这样，这位神秘的年轻人在两年内让我倾心，这些时日她也喜欢与我们相处，直至她做了一件蠢事，这使得她值得尊敬的、卓越的性格更加离奇。我的儿子比我年轻，可找到慰藉；但于我而言，我担心会脆弱地不能承受失去她的痛苦。

现在我来讲讲这位聪慧女子的蠢事，只是为了说明，愚蠢只不过是理智换种形式的表达而已。的确，人们会觉得这流浪女高贵的性格与她施展的奇怪诡计之间存在一种奇特的矛盾，但人们也已经知道她身上的两处矛盾：她的流浪和那首歌曲。

很明显，赫万南先生爱上了陌生女子。眼下，他当然不寄希望于他那张五十多岁的面容，虽然他看起来像三十多岁的人那么强健；但他或许希望通过他孩童般的健康，通过性格上的善良、开朗、温柔和大方来讨她欢心；或许也可以通过他的财富，尽管他也考虑和感受到，无价之宝并不能用金钱购买。

但另一边，他儿子亲切、深情、热情似火，思虑不如父亲那么周全,脑子一热便扎进这个冒险事件。他先是小心翼翼地赢得美人心,父亲和姑母的赞扬和友谊让他重视起这位女子。他真诚地追求一位值得爱敬的女子,她燃起了他一片热情。比起她的功劳和美丽,她的冷峻更能撩拨他;他言行大胆,并向她许下诺言。

父亲呢,虽非本意,但他的追求总是带上些许父亲的威严。他了解自己,当他发现情敌之后,倘若不采取一些不够光明正大的手段,他并没有希望胜过他。尽管如此,还是继续追求她,虽然他并不是不知道,善良和财富本身虽有诱惑力,但女人只有在慎重考虑这些因素后才会奉献自己,而在互相吸引的爱情和青春面前,这些根本不奏效。当然,赫万南先生也犯了其他错误,后来他后悔不已。在一位值得敬重的朋友面前,他谈起了一种持久的、秘密的与合乎法律的结合。他大概有所抱怨,甚至说出"忘恩负义"的字眼。显然他并不了解自己所爱之人,一天他对她说:许多行善者做了好事却得到恶报。陌生女子耿直地回答他:许多行善者希望用一颗豆子的压价购买受惠者的全部权利。

这位神秘女人陷入两位追求者同时求爱的境地,受不可言说的动机驱使,她似乎没有别的企图,只想让自己和其他人避免难堪,她在这危险重重的境况中找到了一条独特的出路。儿子血气方刚,如惯常见到的那样,威胁要为这铁石心肠的女人奉献生命。父亲,虽稍理智些,但也步步紧逼。两人都很坦诚。这位可爱的女子本可以在这种情况下稳获应得的地位:因为两位赫万南先生都发誓,他们的目的是娶她为妻。

但在这位姑娘的身上,女士们不妨学习一下:一个正直的人,即使精神受到虚荣或真正的疯癫的迷惑,也不会蒙受那不会痊愈的心灵创伤。流浪女觉得,自己处于极其危险的境地,对她来说长久地捍卫自己并不容易。她受到两个求爱者的纠缠,他们都可用纯洁的意图来为自己的纠缠开脱,他们都想用庄严的结合来为自己的鲁莽辩解。事情就是这样,况且他们也是这么理解的。

　　她可以寻求赫万南小姐的庇护,但她却没有这样做,这毫无疑问是出于保护恩人和对恩人的尊敬。她没有乱了阵脚,她想出了一个法子好让每个人都维护自己的德行,方法是她让人怀疑她自己的品行。她坚守忠贞,使自己癫狂,显然她的恋人并不值得她这样做,如果他没有感受到她所有的牺牲的话,他也不该得知这些奉献。

　　一天,她向赫万南先生友好地表示了感激之情。当他有点过于热烈地进行回应时,她突然表现出天真的一面,而这引起了他的注意。您的善意,我的先生,她说:让我害怕,请您让我坦率地揭开原因。我感觉,我全部的谢意只是欠您一个人的,当然啊——残忍的姑娘! 赫万南先生说:我理解您。我的儿子感动了您的心——啊! 先生,事情并不停留于此。我脑子有点乱,话也说不好——什么? 您是已经……我想是的,她说着深深地鞠了一个躬,掉下一滴眼泪:因为女人从不缺眼泪,在耍心眼的时候,在为自己的过错道歉的时候。

　　赫万南先生热切地爱上了她,但也打心眼里欣赏女子这种新奇的无辜坦诚,他觉得这一鞠躬非常得体。——但是小姐,我完全不能理解——我也是,她说着,眼泪像掉了线的珍珠一样落下来。她泪流不止,直到赫万南先生郁闷地思索了一番之后,神态镇定地再次开口:这下我懂了! 我发现我的要求那么的可笑。我不会责备您,作为对您引起我痛苦的唯一惩罚,我许诺从他的遗产中拨一个必要的大份额给您,为的是看看,他是否如我一般爱您。——啊! 先生,您就垂怜一下我的无辜吧,可千万别对他说。

　　要求保持缄默并不是获得它的手段。经过这几个步骤之后,这位陌生的美女便会看到那有情人万般苦恼,怒气冲冲地来到她面前。他的目光很快显示要说出沮丧之语。但他却一时语塞,只能说出:

怎么？小姐,这可能吗？怎么了？先生？她一边说着一边露出一丝在这种情况下让人绝望的笑容——怎么？究竟怎么回事？您走吧,小姐,您对我来说是个美丽的人。但是人们至少不能剥夺合法后代的继承权。指责他们已经足够。对,小姐,我看穿了您与我父亲的阴谋。你们俩给我生个儿子,而他是我的弟弟,这一点我很肯定。

这位不明智的美人用同样那么平静和欢快的神色回答他:您什么都不清楚;这既不是您的儿子,也不是您的弟弟。男孩顽劣,我并不想要;这是一个可怜的女孩,我会带她远走,走得远远的,远离恶人、蠢人和不忠实的人。

紧接着是她掏心窝的话:永别了! 她接着说:永别了! 亲爱的赫万南先生! 您天生有一颗真诚的心;但愿您保持坦诚的原则。它们对您坐拥的财富毫无害处。愿您善待穷人。谁蔑视生活在忧虑之中无辜人的请求,将来自己会去求助但得不到满足。谁如果毫无顾忌地轻视一位毫无防备的姑娘的顾虑,谁就会成为无所顾忌的女子的牺牲品。谁感觉不到一位正派姑娘被人求婚时应有的感受,谁就不配得到她。谁违背一切理性,违逆别人的意愿,违抗家庭的计划,为了一己的激情策划方案,理当失去他情感的果实,得不到家庭的尊重。我相信,您是真心爱我的;但是,亲爱的赫万南先生,猫儿心里清楚,它在舔谁的胡子。若您日后成为一个可敬的女人的恋人,请记住磨坊里的不忠者。① 请您吸取我的教训吧,信任深爱之人的坚贞和缄默。您心里清楚我是否不忠,您的父亲也清楚得很。我打算漂泊四海,面对所有危险。诚然,最大的危险是我在这座宅子里面对的威

---

① 此处为歌德误译,歌德译文为 Mühe des Ungetreuen(不忠者的努力),但上下文看来有点突兀甚至奇怪,法语原文为 à l'ami du moulin,Mühe 该是 Mühle(磨坊)之误,为使上下文通顺,故译作"磨坊"。

胁。但您还年轻,所以我私下跟您说:男女都只是有意不忠——这正是我想向磨坊里的朋友所证明的,当他的心变得足够纯净,开始怀念他所失去的东西时,他可能会再见到我。

小赫万南先生仍在倾听,她已言毕。他呆站在那,像被闪电击中一般。眼泪从他双眼中涌出,深受触动,他跑到姑母和父亲处,告诉他们:小姐走了!小姐是天使,或者更像是恶魔,在世界游荡,去折磨所有的心灵。但这个流浪女留心防范,人们再也找不到她。当父与子互相说明情况之后,人们再也不怀疑她的清白、才华和疯狂。从那时起,不管赫万南先生花了多少心思,也丝毫没弄清这个美丽女子的情况。她就像天使一般匆匆而过,亲切美好。

《塔索》,由亚历山大·杜瓦尔先生所作的五幕历史剧
LE TASSE, DRAME HISTORIQUE EN CINQ ACTES,
PAR M. ALEXANDER DUVAL

一部在法兰西剧院上演的、在声称拥有明确领导权的第一舞台上演出的、赢得掌声的新剧引起了整个民族的关注,所有记者都不愿错过这场盛事,每个人用自己的方式报道。人们承认,这部舞台剧是歌德《塔索》的仿作;只是人们对这两部剧作的评价以及它们之间关系的解释上意见并不统一。《商业报》①报道如下:

"德国剧作冷酷且无味,充满一系列有见解的对话。其中,最为传奇的思想得到发展,用艺术手段得以展开,但它们的单调于我们而

---

① 1826 年底,《商业报》(Journal du commerce)刊登了文章 Première représentation du Tasse,drame historique en cinq actes et en prose,par M. A. Duval。

言难以忍受。这是一种道德的、爱哭的空谈。尽管如此,这其中的确有些刻画得不错的人物,当然人们要将塔索排除在外,作者将他塑造为一种疯魔式人物。塔索向一位嫉妒的廷臣挑战的那一幕很不错,但稍嫌冗长。爱的宣告亦因为炽热的情感和诗意的表白引人注目。但我们重复一遍:塔索,作为这部剧作的主角,完全走样了,我们不再看见激情四溢的诗人,他的想象力曾创造出特朗克勒和里纳尔,看不见那位因自己天才的勇气和美闻名的诗人。这里呈现的是个令人厌烦的、病态的英才,他到处只看见敌人,举止无能,是一位廷臣的玩物。而这位廷臣懂得如何让他失去侯爵的宠爱以及列奥诺拉的同情,最后他居然还祈求这位廷臣的保护和友谊。当然,塔索只是在片刻的疯癫中贬低自己。但此刻这位德意志人结束了自己的戏剧。对我们来说,剧作过于简短,我们承认不能理解他的思想,更无法在这里发现一种拓展。

“杜瓦尔先生更富有激情,更加勇敢。塔索被列奥诺拉所爱,他有两位情敌:一位曼图亚的公爵,并未出场,但与公主订了婚;一位贝尔蒙王子,作为爱人且作为廷臣加倍地嫉妒塔索,他使塔索在那一刻尤为意外,在那动人的一幕之后,塔索吻了公主的玉手。公爵立刻得知了诗人的鲁莽,他深感无望,但列奥诺拉制止他大发雷霆。两位情敌很快相遇。被贝尔蒙侮辱的塔索拔剑复仇,正当此时,宫殿司令官进门,想解除他的武器。塔索拒绝,承认在宫殿里拔剑是个错误,但他只愿意将剑交给列奥诺拉。

“人们把他关进监狱,他所犯下的错误并不严重,但接下来一件轻率之事酿成了更大的过错。列奥诺拉闯入监狱,她的激情将她引至歧途,她许诺与爱人远走高飞,并接受他送上的象征忠诚的戒指。贝尔蒙再次让她大吃一惊;公爵亲临现场,勃然大怒,正如人们能想象的那样,如果列奥诺拉不起誓忘记他,并嫁给曼图亚的公爵,他发

誓要让诗人在监禁中度过余生。塔索的理智被最终的不幸战胜,他
的心智被疯癫慑制,他误入宫殿,所有人正在为公主的订婚仪式做准
备。他旋即陷入绝望,他臆想,这些都是为他自己的婚礼准备的,他
沉浸于极度的喜悦中。此刻,人们告诉他,教皇已赐他殊荣,要在古
罗马元老院所在地为他加冕诗人桂冠。这不幸之人远不能承受如此
之多激动之事;他身亡,咽气之前嘴里仍念着列奥诺拉的名字。

　　"这部剧作有几处明显出色地模仿了德国戏剧,获得了观众不息
的掌声等等。"

　　《环球报》①的记者非常详细地介绍了这部戏剧,他拖泥带水地
详述了报道对象的主题,他认为,既然作者将自己的剧作称为历史
剧,那么他本该把第四幕设置在萨莱诺②,第五幕设置在罗马。在反
对这两处无用细节之后,他继续写道:

　　"但人们不得不承认,我们的包厢观众并不乐意看到更多的演出
变化,也不得不承认,戏剧不能呈现一个人完整的一生,正如波拿巴
所言,戏剧只需要一个危机,好吧! 因此,作者也会挑选这样一种危
机,去发展和勾勒它的进程,尤其懂得如何将你们控制在危机的界限
内。这样,不用将情节掺和其中,你们就会在危机所提供的母题里,
充分地找到中心。例如,当你们想刻画塔索对列奥诺拉的爱以及他
在费拉拉③的日子,那么你们将受限于这个框架。这个任务远远足

———————————

① 即 Le Globe,歌德常阅读的法国报纸。
② Salerno,意大利一城市名,位于那不勒斯以南。托尔夸托·塔索的父亲,即诗
　 人和外交官贝尔纳多·塔索(Bernardo Tasso, 1496—1569),一直为萨莱诺的
　 亲王效劳。这里大抵是在暗示塔索 1777 年至 1778 年间逃至索伦(Sorrent),
　 到其妹科尔内利娅那去。
③ 1565 年,塔索曾在费拉拉红衣主教的邀请下在当地宫廷待过一段时间。

够，有充足的场景和转变。那场诀别和启程赴罗马的场景已经够得上一场戏剧性的灾难。

"德意志的诗人感受到了这一点，即使他没有利用一切我们曾尝试理解的有利条件，即使他仿佛随意地放弃描述一切外在的习俗、亦即一切次要的场景；即便如此，思虑沉重的猜疑——这是诗之想象力和宫殿精神的唯一反差——将他导向五幕剧：五幕剧仅对哲学家或者一帮挑选出来的观众而言才足够充实。在此我们发现一项细致和深入的研究，或许它未受大众瞩目，但我们的法兰西诗人可以轻易地用卓越的、大众化的精细手法，对这项研究修饰润色，而绝不需要对历史施以最微末的强力。

"或许人们并未对歌德戏剧中的诗与真给予足够的重视；人们通过整体体会塔索的精神，渐渐的，意大利的芬芳弥散开来，令人陶醉。在第一幕，公主及其女友在贝里瓜多离宫的谈话充满忧郁气质，正如花朵在春天第一缕阳光下散发的香膏气。那些小树林，那些花冠是为维吉尔和阿廖斯特所编织。两位年轻女士亲密无间地谈及各种学习、品位和爱好，这是在看到自然之时的诗兴盎然！到处都是塔索之名及其纪念品，其中一个尝试在女友的心中进行那好奇但温柔的研究，这难道不是自然的一幕？它是多么妙地引发接下来的事情，引领我们进入思想世界，那里是了不起之人的居所，他也该成为戏剧的主角。"

我从法国报纸上摘引的这些报道并不旨在提醒大家记住我和我的作品，我有一个更高的目标，这正是目前我想指向的地方。随处都能听见和读到人类的进步、世界关系和人类关系的广阔前景。不管这些事情在整体上有什么特性，对此进行研究和进行更进一步的辨明并不是我的职责，但我仍然愿意从我的立场出发使我的朋友们注意：我确信，一种普遍的世界文学正在形成，这其中为我们德国人预留了一个光荣的角色。所有的民族都在打量着我们，他们赞扬我们，他们责备我们，他们吸收和拒绝我们，模仿、歪曲我们，理解或误解我们，打开或关上他们的心灵：我们对一切都必须沉着地接纳，当这整体对我们来说有极大的价值。

我们从我们自己的同胞身上也能有相同经历，倘若本国人不懂得尽力配合，又怎么谈得上各民族之间的齐心协力呢？从文学意义上来说，我们远远领先于其他民族，他们将会越来越尊敬我们，即使他们借用我们的东西而并未表示感谢，利用我们却并未示以赞赏。

正如一个民族的军事和自然科学的力量是从他们内部的统一中发展而来，它的道德和美学的力量必须逐渐地由类似的一致性产生。但其实这只能通过时间产生效果。作为参与其中的一员，我回首多年往事，曾观察到德国文学如何组成，它的组成要素即便不是相互冲突的，也至少是相异的，它原本可通过用一种语言写作成为一个统一体，德国文学正是从完全不同的气质和天赋、思想和行为、评判和实干渐渐地将一个民族的内在表现出来。

意大利文学
ITALIENISCHE LITERATUR

呼喊①(其一)
DAS SCHREIEN
根据意大利语
Nach dem Italienischen

那日，我悄悄尾随喜欢的姑娘，
一切如此顺利
在林中我搂住了她；她说：
放开我，我要呼喊。
我却理直气壮地喊道：哈，
谁打搅我们，我就打死他。
嘘，她悄声婉转，亲爱的，嘘，
莫要叫人听到呀。

（丁君君译）

---

① 本诗也见于《歌德全集》第 1 卷第 73 页(原文页码)。首次发表于 WA I 37
(1896)，S. 47。参考底本：Annette，Leipzig 1767. Von Ernst Wolfgang
Behrisch geschriebene Liedersammlung des Leipziger Studenten Goethe
(Faksimile)，Leipzig 1923。意大利原文至今未明。

呼喊①（其二）
DAS SCHREIEN
根据意大利语
Nach dem Italienischen

曾经，我跟随着喜欢的姑娘
走进森林的深荫，
挽住佳人的肩膀，啊！
她娇声恨道，我要呼叫。

而我理直气壮地喊，哈！
谁打搅我们，我就打死他！
嘘，她娇声婉转，亲爱的，嘘！
莫要叫人听到呀！

（丁君君译）

罗马短歌②
CANZONETTA ROMANA

这些羽毛，白的和黑的，
你们戴在头上，

---

① 本诗也见于《歌德全集》第 1 卷第 85 页（原文页码）。首次发表及参考底本见于：Neue Lieder in Melodien gesetzt von Bernhard Theodor Breitkopf，Leipzig 1770(1769)。
② 首次发表及参考底本见于：Teuscher Merkur，Dezember 1780，S. 276。

妩媚的心灵王后们，
　　它们为你们的美貌锦上添花：
你们在我们眼里
如同梳妆打扮好的百灵，
如同孔雀，骄傲地
　　自由地在草地上走动。

嘉年华那么富丽豪华，
在歌剧院看见你们，
如同崇高的苏丹王后，
　　如同蒙古女王们；
若谁坐在后面的椅上
那他根本无法赏剧，
狠狠的嘀咕声
　　穿过那些张扬的羽毛。

这一美丽的外来礼俗
并非从英国漂洋而来，
也非来自法兰西，也非来自西班牙，
　　非是来自波斯，也非来自加泰①：
长着翅膀的墨丘利，
这神的使者，
从奥林匹斯山闪电般落在
　　罗马女人中。

_____

① 即 Catay，此处疑为歌德误译，意大利语原文意为"秘鲁"。

他讲述,在天上,
每位女神高高地
拢起鬈发,插上羽毛,
　　当她想装饰自己;
密涅瓦,日常素净,
行事拘谨,双眸湛蓝,
也这般时尚打扮,
　　揪起她那稀薄的发髻;

爱神美丽的母亲
拔下她那对鸽子的羽毛,
是的,从战神头盔上
　　盗来羽毛。
那高高在上的
骄傲的朱诺,朱庇特的妻子,
用其孔雀的尾巴
　　做了一把羽毛装束。

显然这激励了你们
我们台伯河的妩媚女儿们,
卷发插羽毛
　　可与女神别无二致。
但在每棵榆树后,
我瞧见一位半人兽在偷听,
他当面嘲笑你们
　　在山羊胡子下咕哝。

向你们喊:"亲爱的女士们!
你们所戴的羽毛,
自然会飞舞;但你们
　带着脑袋到处飘:
不是彩色孔雀羽毛,
不是白鸽羽毛,
而是仰慕者的笔,
　每日吹捧你们。"

无耻半人兽,闭上
你说风凉话的阴险嘴巴!
我们漂亮的罗马女人
　既道德高尚又俊俏。
现在卢克雷齐娅的胸中
燃起熊熊怒火,
但她的心和灵魂
充满温柔和真心实意。

别哭,亲爱的孩子们,①
你们没能出生,
你们的痛苦,你们的眼泪,
令好父亲心痛。

---

① 这是一首无标题诗歌。这篇译文大约产生于 1787 年,当时歌德还在罗马。
意大利语原文被歌德记在记事本上。歌德译文首次印刷及参考底本见于:
Goethe's Werke. Vollständige Ausgabe letzter Hand,Bd. 47,Stuttgart und
Tübingen 1833,S. 97,unter dem Titel Paulo post futuri。

你们应该还只是
再悄然歇息一会，
亲爱的父亲成不了这事，
你们的母亲会把事儿做完。

一位犹太人的回答①
ANTWORT EINES JUDEN
由科尔托纳(?)写给克利拉,她曾经
即兴提醒他,去理解基督教
VON CORTONA⟨?⟩ AN CORILLAN, DIE IHN
EINST IMPROVISIEREND ERMAHNT HATTE,
DIE CHRISTLICHE RELIGION
ZU ERGREIFEN

他是所有生命的生命，
是每种意义的意义，
但他向我们隐瞒,从何而来，
如何以及为何,为何我们
会为未来忧心，
若当下已经超越
一个人的认识。
仅用面纱

---

① 1808 年 5 月 14 日,歌德在日记里记载读了两首意大利语十四行诗,其中一
首便是歌德翻译的"一位犹太人的回答"。克利拉指的是即兴女诗人玛丽亚·
玛格达雷纳·莫雷利(Maria Maddalena Morelli, 1740—1800)。歌德译文首
次印刷及参考底本见于: WA I 5/2 (1910), S. 407f. (Nr. 107 und 108)。

遮盖许多本质、许多命运，
看呐，镶边上写着：
朝拜并沉默。

你，闻名的女子，你那美丽的名字
从名望女神的嘴里悦耳地说出，
让你勇敢的精神在歌声中
从自由的胸膛由你的双唇涌出，
一首动听的歌曲为我们
用全新的颜色涂画整个世界。

智者应该了然，
善与上帝所喜爱的人与事总存在，

自从他说出"会有光"，
因此即使羊皮纸文献也不会受损，
它们向我们宣告，精神如何飘荡
在深渊，赋予它生气，
现存足够的文字，
睿智的、善良的人们努力
遵从造物主的意思继续劳作，
振奋精神活动
在道德上规范尘世之事，
尽管本源的、不断承袭的
野蛮对他们横加阻拦，
使之忙碌不已。

西西里民歌①
SICILIANISCHES LIED

你们这黑色的小眼睛。
你们只是顾盼流连，
房屋坍塌，
城市倾颓；
还有我心前的
这堵胶糊的墙——
但好好想吧——
它可不能倒塌！

娇媚金发女子②
LA BIONDINA

夜色朦胧，我轻摇着小舟，
我的金发爱人身姿婀娜；
虽然愿意一同醒来，
但她妩媚的双眼闭上：
我间或吵醒她，

① 歌德译文首次印刷及参考底本见于：Goethe's Werke (Ausgabe B)，Bd. 1 (1815)，S. 154。
② 这首源自威尼斯的贡多拉诗歌为兰贝蒂(Lamberti)所作，原文第一诗节曾于1804年被收入在斯图加特出版的《歌集》(Gesänge mit Begleitung der Chitarra eingerichtet von Wilhelm Ehlers)。歌德译文首次印刷及参考底本见于：Orient oder Hamburgisches Morgenblatt, Nr. 168 vom 30. 7. 1812。

但她仍躺在那儿微睡；
小舟轻轻摇，
很快又将她摇入梦乡。

明亮的月亮
穿过云层露出脸。
周围波光粼粼，
我们的贡多拉悄然前行。
一阵微风搅动
一束金色卷发，
轻轻地吹起
姑娘胸前的罩衫。

我就这样陶醉于
她的妩媚，不能自拔，
她的双颊晕红似玫瑰，
还有她的双唇，还有她的双峰。
此刻我胸膛里萌发出
一千种交替的情感，
一种激动，一种愉悦，
我甚至难以用语言形容。

心中熊熊燃烧着幸福和爱，
我不由自主地看了又看，
呵！爱神驱使的欲望，
我完全不能抵挡。

我闭上眼帘，
想微微睡着，
但又那么靠近火源，
我既不能寐又不能静心。

独唱曲①
ARIE.
根据意大利语
Nach dem Italienischen

心里想着那俊美的少年，
我温柔地爱着他。
夜晚我悄然穿过小树林，
出人意料地在那见到他。

呵，他飞快地走到我面前，
真挚地将我拥进怀里，
灌木丛中有些声响，
是什么在簌簌作响？我惊叫。

林中常有野生动物出没，

---

① 1813 年 1 月 4 日，歌德在日记里记录了这篇译文的产生。这首独唱曲源于意大利歌剧作曲家弗朗切斯科·比安奇（Francesco Bianchi，1751—1810）的一部歌剧。首印见于：Einzelblatt, Berlin 1858，参考底本见于：Handschrift（WA I 5/2, S. 204；H[689]）Kestner—Museum（jetzt：Stadtarchiv）Hannover（Fotokopie）。

一会儿野兔一会儿野鸡。
别怕,甜蜜的心上人,
让我们在晚霞中漫步。

只有我看见一些白色的东西在闪着光,
它闪耀如白鸽,又像白兔。
我拨开树枝靠近它,
我向前,继续向前,现在到达
一片绿地。

噢,天啊,我看见的不是兔子,
一个小东西跑向灌木林。
这难道是小鹿! 这难道是小鸡!
我要抓住它! 我要拔它的毛!
它很快挪动了一下! 在我眼前跳跃开去。
它在下面跑! 现在不见了。

亲爱的丈夫,甜蜜的少年,
这指的并不是你们;
我唱的只是这些小东西
它们胆敢嘲笑我们。

出自莱奥纳多·达·芬奇的一首十四行诗①(?)
AUS EINEM SONETT VON LEONARDO DA VINCI (?)

谁有愿望,却无能力,会与成功擦肩而过,

只要有能力,他会在内心审视,
尤其会研究,他该做的事。

亚历山德罗·曼佐尼创作的悲剧《卡尔马尼奥拉伯爵》(米兰,1820)
IL CONTE DI CARMAGNOLA TRAGEDIA DI
›ALESSANDRO MANZONI‹ MILANO 1820.

　　无论如何,这部我们早已预告②过的悲剧值得我们更进一步地
观察并将它放在心上。在其序言的开端,作家希望去除任何异质标
准。这点我们完全赞同。一部真正的艺术作品,正如一件健康的自
然产品,应该获得从它自身出发的评判。此外,他说明人们该如何评
估价值。首先,人们应该探究和看清诗人面对什么,然后敏锐地判
断,这个打算是否理智并可以赞同,以便最终判定,他是否应该真正
下定决心实行这一打算。按照这样的要求,我们尝试最清晰地理解

---

① 1817 年 12 月 20 日,歌德在日记里写下:"洛马佐论绘画"。人们可以推断,
　歌德这段时间开始阅读意大利艺术家兼艺术理论家乔瓦尼·保罗·洛马佐
　(Giovanni Paolo Lomazzo, 1538—1600)的《论绘画艺术》(Trattato dell'arte
　della pittura, 1635)。洛马佐一文曾提及达·芬奇的一首十四行诗。歌德译文
　首次发表以及底本参考见于:WA I 5/2 (1910), S. 394。
② 在歌德 1820 年的文章《意大利的古典主义和浪漫主义作家》(Klassiker und
　Romantiker in Italien, sich heftig bekämpfend, KuA II 2, 1820)中,歌德称
　呼曼佐尼为"一部待出版的悲剧的作家",其中的"悲剧"指的就是这部作品。

曼佐尼的意图；我们认为其意图值得赞扬，合乎自然和艺术，在仔细检视之后，确信他卓越地实施了自己的打算。在作了上述解释之后，我们现在原本可以退下，祈盼所有意大利文学的朋友仔细阅读这样一部作品，并正如我们所做的那样，自由、友好地评价它。

然而，在意大利有人反对这种写作方式，它也并不会取悦所有德国人。因此，我们的责任应该是，说明我们无条件赞扬的理由并且展现：我们如何根据作家的愿望和意志，在其作品中突出这点。

此外，在深思熟虑的前言中，他断然宣告，放弃时间和地点的严格限制，并引用了奥古斯特·威廉·施莱格尔①的表达作为决定性的话语，展现了情节至今过分受限所带来的缺点。当然，德国人在此只找到自己所熟知的东西，他没碰到任何打算去反驳的东西；仅曼佐尼先生的评论也同样值得我们关注。虽然这件事在德国讨论的时间足够长久和彻底；但一位睿智之人受到激励，一再在其他情况下捍卫一件好事，不断发现新的特点，并且由此出发去关注和赞同这件好事，尝试用新的理由去驳斥对手的论据；而这位作者提出的某些观点，对普遍的人类理智微笑示意，也让已被说服者感到愉快。

然后，他在一篇特别的文章中给出历史记录。为了更进一步了解那个时代以及那些行为举止具有时代性的人，这些历史记录是必要的。

卡尔马尼奥拉伯爵，约1390年出生，告别牧羊人生活，投身极为冒险的军旅生涯，逐渐历经各种等级达到飞跃，最后作为最高统帅屡建战功，巩固并扩大了米兰维斯孔蒂公爵的领地，终因此获得极大荣誉，甚至亲王的一位女性亲戚被托付于他。但正是此人好战的性格、激烈且不容抗拒的做事风格、咄咄逼人的鲁莽行为，使得他与自己的主人及支持者渐生嫌隙；关系的破裂无可挽回，1425年，他转而受雇

---

① 即 August Wilhelm Schlegels，德国浪漫派作家。

于威尼斯。

在那个战火纷飞的年代，每个人强烈地在身体和灵魂上感受到自我，在外力驱使下倾向于暴力行为，时而与不多的几个人一起为自己打仗，时而为另一个人服务。总是以某个正当的要求作为幌子，满足自己的战争欲望。士兵阶层相当于一种手工业。这些人不断将自己随意地、根据利益原则出租给别人，与其他手工业者一样酌情收费。他们隶属不同帮派和社会等级，达成协议后将自己托付给那个通过勇敢、聪明、经验和成见获得极大信赖的人。此人带着自己的雇佣兵再次将自己出租给诸侯、城市以及那些需要他们的人。

所有一切取决于名人，更确切地说，取决于那种强大的、暴力的、不与任何条件和阻碍妥协的名人；谁拥有自己的士兵，在为别人做事的同时自然不会忘记自己的利益。这种关系中最令人惊讶，当然也完全自然的情况是，这样的士兵，从最高级别到最低级别，在两军对垒中面对面站着，彼此间原本没有仇恨，因为他们曾时常一起或者相对抗地为他人服务，并希望未来再多次踏上相同的沙场；所以，不会立刻发生致命的攻击，问题只是，谁会让谁退却或逃跑，谁会抓捕谁。由此，历史上还曾多次明确地留给我们这样的故事，即战场上出现佯战，其不良影响波及某些重要的、开始时被幸运眷顾的队伍。如此轻率地对待一项重要业务，从中滋生出可怕的腐败，而这有违主要目的。人们善待俘虏，每位指挥官都拥有释放投诚者的权力。或许一开始人们只优待老战友，他只是偶然站到敌方阵营，而这逐渐成为一种不可或缺的习惯；但是，下属在并未过问总统帅的情况下释放俘虏，他在诸侯不知情时违抗其意志释放俘虏，这种方式，以及其他违抗行为都会异常危及核心业务。

除此之外，每位雇佣兵首领在其主人的意图之外还有自己的小算盘，为了逐渐获得大量财富和权力、良好的声誉和信任，或许他可以由此将自己从一位居无定所的军阀抬高为受人认可的救世主和亲王,正如他之前以及同辈的许多人已经成功完成这样的转变;但在主仆之间必然出现猜忌、分裂、仇视和怨恨。

如果人们将卡尔马尼奥拉伯爵当成这样一位雇佣兵英雄,便会发现,他本想拥有高尚的计划,但他缺乏应对这些情况所必需的伪装术、佯装的让步、适时引起好感的品行以及其他必要的条件,他更多的是无时无刻都不在显示自己刚烈、执拗、固执的性格;人们很快预感到他的随意与威尼斯元老院的最高实用性之间将会产生矛盾。在此,一位富有洞察力的人将会认识这种十分精辟的、富有悲剧性的、无法比拟的素材,而它在眼下的剧作中形成和发展。两个互不相容、相互排斥的群体认为可以统一为一体,可以共同致力于一个目标。两种对立的思维方式,它们就像铠甲和宽长袍恰如其分,我们在许多个体身上可以看到。而这种典型的对立,正如它们独自在假定的形式中所展现的那样,由此完全合法化,并能确保不受任一种对立的危害。我们用得当的顺序带领读者阅读进一步的情节发展,因此,这里按照悲剧的过程介绍每一幕。

第一幕

总督向元老院介绍事务,原委如下:佛罗伦萨人乞求共和国与之建立联盟以对抗米兰公爵,使臣还在威尼斯逗留,以便就达成良好关系进行协商。卡尔马尼奥拉作为个人住在同一地方,颇有希望成为军队领袖。他遭遇暗杀,后被证实是由米兰人策划,可以肯定,从此双方永远不再为友。

受元老院传唤的伯爵展现了他的性格及思想。

在他退下后,总督提出问题:人们是否应该任命他为共和国统帅?马里诺元老出于理智和睿智投票否决伯爵,马可元老出于对他的信任和好感投了赞成票。人们投票时,这一场结束。

伯爵独自在自己的房子里,马可到来,向他宣告战争爆发,他被选为统帅;但他尝试友好地、迫切地劝说伯爵克制刚烈、傲慢和固执的性格,这是他最危险的敌人,将导致他与众多重要人物树敌。

眼下,大概的情况清楚地展现在观众的眼前,开场完全结束,我们可以将它称为典范。

第二幕

我们置身于米兰公爵的营地。我们看见一些雇佣兵首领在一位马拉泰斯蒂贵族的带领下聚集在一起。他们位于沼泽和灌木林的后面,身处的位置特别有优势,人们只能通过一道水堤才能到达他们的营地。卡尔马尼奥拉无法直接攻击他们,便尝试着通过少量伤亡,对他们进行侮辱挑衅,年轻激进的士兵赞成攻击。只有年长的军人佩格拉反对,一些人持怀疑态度,觉得统帅不能胜任其位。一场激烈的辩论向我们展示了局势;我们认识了这些人,最终看见最睿智的意见被激愤的轻率否决了。这肯定是舞台上最为出彩、有影响的一幕。

我们现在从这喧哗的多人谈话转至伯爵独处的帐篷。我们刚从他简短的独白了解他的处境,探子便来报,敌人离开有利地势,展开进攻。部下迅速集合,他快言快语口授命令,所有人听从命令,没有犹疑,愉快且热情似火。

这一幕很简短，人们在酝酿行动，与之前漫长、冗杂的那一幕构成鲜明的对比。在此，作家有力地证明了自己是位有才智的诗人。

歌队登场，唱着十六节八行诗节，唱出对壮烈战斗的描述，但最后以哀叹及对战争不幸的悲伤收场，这场不幸尤为笼罩在民族内部。

第三幕

我们看见伯爵在营帐里与共和国的特派员在一起；这位专员祝福胜利者，要求得到巨大好处并跟随伯爵处事，但伯爵对此毫无兴趣；特派员的一意孤行反而增强了他固执的抵抗。

现下，两人情绪越来越激昂，此时另一位专员登场，抱怨雇佣兵首领释放了俘虏，于是，伯爵命其前来，以于战事有用为由不忍多加责备，只是说，那些俘虏还不能被释放，命其来到跟前，当着特派员的面，违拗其意，放了这些俘虏。事情远未就此打住，他在俘虏队伍中认出年长的士兵领袖佩格拉之子，尤为礼待他，向他父亲传达相同委托。难道这样还会不引起不满和怀疑吗？

特派员们留下了，他们深思熟虑后决定伪装自己，无论伯爵做什么都表示赞同、充满敬意地赞扬，却默默地观察并秘密地汇报。

第四幕

在威尼斯十人会议厅里，我们发现伯爵的朋友马可站在伯爵的敌人马里诺面前，正如面对一个秘密法庭；他与卡尔马尼奥拉的友谊被视为一种罪恶,统帅的行为被政治冷漠地描述为铤而走险,这位朋友义正词严的辩护不足以与之对抗。马可获得仁慈的减半惩罚,立刻启程去塞萨洛尼基对付土耳其人;他听闻,伯爵已注定会被毁,任何人、任何计谋都无法挽救他。据称,如果马可试图用任何暗示,哪怕是走漏一丝风声,让伯爵得到警告,那么两个人立刻将被摧毁。

在如此困境中,马可的独白充满了最纯净、感情丰富且无休止的自我折磨。

伯爵在营帐里,他在与贡萨加的交谈中讲述了营地的情况。对自己完全的信任以及自认为无法取代,他完全没有感觉到隐藏的杀机,不顾朋友的疑虑,接受书面邀请去了威尼斯。

第五幕

伯爵站在总督和十位委员面前。人们表面上向他询问公爵提议的和平条件,很快便透露出元老院的不满和怀疑。面具脱落,伯爵被抓住。

伯爵的房子里。夫人和女儿在等待他。贡萨加带来噩耗。

我们看见伯爵在监狱里,夫人、女儿和贡萨加来探望他。短暂告别之后,他被押去受刑。

对于将这些场景以此方式排列一处的做法,可能有不同意见。而它作为一种独特的方式却合我们的心意。诗人可以简单扼要地行进,让人物接着人物、图画接着图画、事件接着事件,没有准备和交叠。个人如同群体,登场时即刻显示自己,不停地行动和产生影响,直到故事线索完毕。

我们的诗人以此方法,既在处理中也在完成中做到言简意赅,没有拖泥带水。他杰出的天赋获得一种道德世界之天然自由的景象,而它又马上传达给读者和观众。他的语言自由、高贵、饱满和丰富,并非警句式的,但是通过伟大、高贵和从情状中流露出来的思想,又是升华和使人愉悦的;这一切给人留下一个真实的世界史的印象。

如果我们现在善意地展开剧情,那么人们同样会期盼人物的发展。在扼要的人物列举中,人们马上会看到,作家面对的是吹毛求疵的观众,他必须逐渐让自己超越观众。显然他并非出于自己的情感和信念,将人物分为历史的与想象的人物。因为我们对他的作品表达出无条件的满意,那么他会允许我们在此请求他,别突显这种区别。对作家而言,没有人物是历史的,他愿意展现其道德世界,出于这个目的,他借用历史人物的名字向他的笔下产物表示敬意。我们允许自己在曼佐尼先生背后褒扬地说,他的所有人物都是从一个模子里浇铸出来的,一个如同另一个,都是观念的产物。他们都属于某个特定的政治道德圈,虽然他们没有个体的特性,但我们必须要赞叹的是,每个人,虽然他表达某个确定的概念,但他还是拥有完全的、独特的、与众不同的生活。倘若舞台上的演员在形体、精神和声音上被发现适合这些创作形象,人们将会而且必须会完全把他们当成个体。

那么现在转入细节。对于**伯爵**自身,人们已经这般了解他,已无过多可说。理论家的古老要求是,一位悲剧的主角必然不完美,不是毫无瑕疵,这点在此得到满足。卡尔马尼奥拉从一个粗野的牧羊人等级,努力战斗、成长,听从他那野性的、不受限制的意志;道德教育的痕迹无从可见；即使这利于自身，人也不需要它。他或许不缺乏战争谋略，但是，如果他也有别人并未看清的政治目的，他不懂得通过表面的顺从来达到和保证目的；我们必须在此高度表扬诗人，他让这个作为统帅无可比拟的男人，在政治关系中陨落；正如最勇敢的船夫，蔑视罗盘和探针，甚至在风暴中不想降下船帆，失败最终不可避免。

这样一个身披甲胄和长袍的男人费力地证明自己，而诗人也为他创造了一个紧密相关的环境。

贡萨加，安静、淳朴，习惯直接站在英雄旁战斗，爽直，为朋友的幸福着想，意识到逐渐逼近的危险。尤为出色的是第四幕第三场，作为英雄的卡尔马尼奥拉感到精力充沛，觉得自己或许也比理智的朋友更聪明。贡萨加一直陪伴他身边，甚至走上开始危险、后来致命的一步，最后为他照料夫人和女儿。两位跟随伯爵的雇佣兵首领奥尔西尼和托伦蒂诺简要地解释了他们的行动；几句话便解决了一切。

现在我们的目光转到敌军，正好看到相反的场景。马拉泰斯蒂，一位能力不足的统帅，起先迟疑不决，最后被态度更激烈的那派人，即斯福尔扎和福尔泰布拉奇奥说服，而他们以士兵的焦躁不安作为出战的理由。佩格拉，一位有经验的老战士，还有托雷诺，一个拥有敏锐洞察力的中年男子，遭到否决。争论气氛如沸，甚至发展至人身攻击的言语，直到战斗前才出现英雄般的和解。此后我们在俘虏中并未发现任何头目，只有在人群中被发现的佩格拉之子，给了伯爵一个机会，向一位老战斗英雄表达诚挚的敬意。

现在，我们被引至威尼斯共和国的元老院。总督主持会议。他介绍了最高的、纯粹的、不可分割的国家原则，这犹如磅秤上的指针，监视着自我和秤盘；犹如一位半神，从容不迫，无忧无虑，谨慎小心却不多疑；倘若应该行动，他倾向于善意的决定。马里诺，犹如对于这个世界必不可少的、苛刻的、自私自利的原则，在此显得无可非议，因为这里并不事关个人利益,而对庞大的、无法估量的整体产生作用;他警觉,嫉妒权力,将现状视为至高无上和最为理想。卡尔马尼奥拉对他来说不过只是实现共和国目的的工具,当变得无用和危险,得立刻被抛弃。

马可,犹如值得称赞的人性原则。他感受和承认道德上的善,崇尚能干、伟大和强大,但对这些品格含有的缺点表示遗憾,希望得到改善,相信这会帮助一个重要的男人,但没预感到,这会与他的责任产生矛盾。

那两位**特派员**,两位杰出的人,完全值得派遣。他们登场,意识到自己的地位和责任;他们知道谁派他们来。但很快卡尔马尼奥拉教训了他们一时的软弱无能。两位委员的性格有了出色的变化。一位刚烈,倾向于对抗,对伯爵的鲁莽感到惊讶;盛怒之下,他完全不能自持。两人独处时,第二位预感到不幸。他懂得怎么让别人接受自己的观点。因为他们没有权力罢免或者逮捕伯爵,就必须伪装自己并争取时间;两人最终在这一点上达成一致,尽管第一位有些勉强。

我们在此按场幕充分地介绍了主要人物。现在,我们还得谈谈前面已稍微提及的歌队。

它绝不能参与行动,是一个单独的群体,一群发声的观众。在演出时,人们必须为它安排一个特殊的位置,它会预告剧情,我们的乐队则会配合舞台上的演出;在歌剧和芭蕾舞剧中,它也是融入的一部分,但却不属于其中有人亲自出现、说话、唱歌和行动的歌剧或芭蕾舞剧。

尽管我们对这部值得赞扬的悲剧说了那么多赞许的话,但还是有一些可说可展开的地方。但当我们考虑到,一部真正的艺术作品应能预告、解释和传达自身,但一篇明智的散文无法效仿这一点;我们只是祝福这位作家,他告别老规则,在新的轨道上那么严肃和平静地前行,就此而言,人们甚至可以根据他的作品创立新规则。我们也能证实,他费尽精神、精挑细选以及细致地处理各种细节。通过严肃、聚精会神的阅读,但愿允许一个外国人这么说,我们既不觉得多了一个字,也不认为少了什么。男性的严肃和清晰通常共同起作用,因此我们愿意将他的作品称为一流作品。他值得继续拥有以一种有教养和悦耳的语言,对一群思想丰富的民众发言和被要求发言的幸运。此外,他鄙弃低俗的感动,只为那些在欣赏崇高之时让我们感到意外的人写作。

　　韵律是十一个音节的抑扬格,交替出现的停顿完全与自由的宣叙调相仿,以至于充满感情的、才智丰富的朗诵好似旋即由音乐相伴。

　　探讨著名的和现代的悲剧,特别是探讨德国的悲剧,尤为合适的韵律将通过一种独特的意义的跨越(跨行)变得重要;诗行以副词结束,思想跨越而去,名词出现在下一诗行的开端,支配词将被受支配的词预示,主语被谓语预告;一段伟大的、强有力的吟诵被引导而出,而短促刺耳的尾音得到避免。

　　我们尝试认真地翻译剧本的多个段落,但并未获得如此成功,以至于大家能认识原文出彩之处,出于这个原因,我们让诗人用自己的民族语言讲述。

Atto primo. Scena seconda, il Conte.

Serenissimo Doge，Senatori；
Io sono al punto in cui non posso a voi
Esser grato e fedel，s'io non divengo
Nemico all'uom che mio Signor fu un tempo.
S'io credessi che ad esso il più sottile

Vincolo di dover mi leghi ancora,
L'ombra onorata delle vostre insegne
Fuggir vorrei, viver nell'ozio oscuro
Vorrei, prima che romperlo e me stesso
Far vile agli occhi miei. Dubbio veruno
Sul partito che scelsi in cor non sento,
Perch'egli è giusto ed onorato: il solo
Timor mi pesa del giudizio altrui.
Oh! beato colui cui la fortuna
Cosi distinte in suo cammin presenta
Le vie del biasmo e dell'onor ch'ei puote
Correr certo del plauso, e non dar mai
Passo ove trovi a malignar l'intento
Sguardo del suo nemico. Un altro campo
Correr degg'io, dove in periglio sono
Di riportar — forza è pur dirlo — il brutto
Nome d'ingrato, l'insoffribil nome
Di traditor. So che dei Grandi è l'uso
Valersi d'opra ch'essi stiman rea,
E profondere a quei che l'ha compita
Premj e disprezzo, il so; ma io non sono
Nato a questo; e il maggior premio ch'io bramo,

Il solo, egli è la vostra stima, e quella
D'ogni cortese; e — arditamente il dico —
Sento di meritarla. Attesto il vostro

Sapiente giudicio, o Senatori,
Che d'ogni obbligo sciotto inverso il Duca
Mi tengo, e il sono. Se volesse alcuno
Dei beneficj che fra noi son corsi
Pareggiar le ragioni, è noto al mondo
Qual rimarrebbe il debitor dei due. —
Ma di ciò nulla: io fui fedele al Duca
Fin ch'io fui seco, e nol lasciai che quando
Ei mi v'astrinse. Ei mi cacciò del grado
Col mio sangue acquistato: invan tentai
Al mio Signor lagnarmi. I miei nemici
Fatto avean siepe intorno al trono: allora
M'accorsi alfin che la mia vita anch'essa
Stava in periglio: — a ciò non gli diei tempo.
Chè la mia vita io voglio dar, ma in campo,
Per nobil causa, e con onor, non preso
Nella rete dei vili. Io lo lasciai,
E a voi chiesi un asilo; e in questo ancora
Ei mi tese un agguato. Ora a costui
Più nulla io deggio; di nemico aperto
Nemico aperto io sono. All'util vostro
Io servirò, ma franco e in mio proposto
Deliberato, come quei ch'è certo
Che giusta cosa imprende.

（译者按：在歌德遗稿中，人们发现歌德对这段文字的两处翻译，分

别对应歌德所引用诗歌的第 1 至 20 行，第 45 至 54 行。歌德译文汉
译如下：

> 尊贵的亲王与总督、元老们，
> 在这点上，我不能对你们
> 表示感谢和忠诚，如果我不相反
> 成为曾是我的主人的那个人的敌人。
> 我相信，一根最精巧的连接线
> 将我与他连在一起，因此我有义务
> 立刻躲避你们大旗下的荣誉投影。
> 我宁愿活在最暗之处，
> 也不愿在眼前看到此线，
> 被可鄙地撕裂断。我心中毫无疑问，
> 不管这是不是动人的结局。
> 他是公正的、光荣的。只是
> 因为别人的判决，恐惧把我折磨。
> 哦！赐福给那人，他在生命道路上
> 坚定地称此极度有利的幸福为
> 耻辱之路——和可敬之路，他会
> 面对掌声离去，永远不向
> 有着错误意义和目标的地方
> 以及迎着敌人的目光迈开一步。　这是另话；
> 请对我明示，我在哪里身处危险之中
>
> 忘恩负义的家伙，不能容忍的
> 叛徒！我知道，伟大的人知道

何为罪行。您利用他们自己也摒弃的罪行
去压倒那个创造了他们的人
xxxxchtxx.①但我是

我献出生命，我将它献给沙场，
为了高贵的目的，但并不与荣誉相遇
而归属不祥之网。我们就此分手。
你们收留我，可也在这里
他对我紧追不舍。面对他
我没有更多的亏欠。我是公开的敌人的
公开的敌人。对你们有用的事，
我会在我自由自主和
果断的意识中将它推进，正如规矩的男人
典当合法之物。　　　好吧
一切翻译是摸索着的尝试。）

意大利 1819 年文学、科学、艺术大事记②
INDICAZIONE
DI CIO CHE NEL 1819 SI È FATTO IN ITALIA
INTORNO ALLE LETTERE, ALLE SCIENZE ED ALLE ARTI.

在前册付梓之际，我们才得以一阅这份大事记。尽管我们早已

---

① 歌德原文如此。
② 本篇亦见于《歌德全集》第 21 卷第 43—45 页（原文页码）。此文发表于《论艺术与古代》，首次发表参考底本见于：KuA III 1 (1821)，S. 59-66。

懂得赏识作者的文学功绩,但这一次我们的观点却与他的相左;因此我们决定在此摘译一段,并加以辩驳。

上个世纪,凭借哥尔多尼和阿尔菲里的作品,意大利戏剧得以逃离先前的低谷,达到较高的水平,获得新生。不幸的是,相较于前者,模仿后者的人更多,而我们的半岛上真的处处升起了无所畏惧、激情炽热的诗魂,追随着阿尔菲里的足迹。一年之内,人们就能从报纸上得知二三十部新剧,尽管其艺术价值都是半斤八两,差不太多。

这一年亦是如此。甘巴雷伯爵创作了《布雷西亚的安德烈亚·彭卡拉雷》,马基利创作了《列奥尼达》,马尔基西奥创作了《米莱托》,科瓦克瓦莱利和加斯帕尼内蒂各自创作了一部《圣经故事》;凡蒂尼亚诺公爵创作了《依波利托》和《伊菲格尼娅在奥利斯》,鲁法创作了《温泉关》《阿加夫》和《拜林德人》,而曼佐尼则写出了《卡尔马尼奥拉伯爵》。

(注:《卡尔马尼奥拉伯爵》,悲剧,亚·曼佐尼著;这出悲剧尽管免不了有若干大的毛病,但亦有诸多优雅动人之处,值得我们特别关注。但我们并不希望现在就将观点和盘托出。)

没有几座城市举不出一两位在阿尔菲里的保护伞下创造的悲剧作家。可是有些自作聪明的人嫉妒我们的名望,觉得作者本人的担保并不足信,反而坚信:倘若缺乏阿尔菲里的整个灵魂,那么以他的悲剧形式去刻画不属于他自己的情感,就属于生搬硬套。这些聪明人甚至觉得,此类悲剧素材选择不得当,情节发展又无规矩,连戏服也与真实相去甚远,若是在其中发现几句阿尔菲里的名言、甚至是最具阿氏特色的诗句,那就不是大吃一惊,而是叫人气不打一处来了。

(注:绝不应拿"奴仆式的摹仿"去批评曼佐尼,他已从中完全解放出来了。)

　　这一位我们极为尊敬的饱学之士对我们的朋友曼佐尼所作之评价，我们将其翻译出来，以飨同胞读者；意大利语散文文风独特，很难具体描述，我们只能在力所能及的范围内将其译成德语。既然我们在前册已对此剧发表了如此多的观点，那么即便阿尔卑斯山对面什么也听不见，我们在此也不能一言不发。可以确定的是，我们这些搞批评的德国文人肯定不会写成这样。因为作者先是说：阿尔菲里比哥尔多尼有更多的模仿者，真是可惜；然后又列举了半打这样的模仿者和他们的作品，最后才提到曼佐尼和他的《卡尔马尼奥拉伯爵》。然而在注释中，作者又承认，撇开那些大的毛病不谈，这部剧中仍有许多优雅动人之处，因此在这个瞬间回避了先前任何一个判断。之后，文章通篇都在谈论此类作品的不足之处，而曼佐尼又是仅在一条注释中成了例外。

　　但愿我们德国人和这类批评永远形同陌路！要是在阿尔卑斯山的另一边，品位出众的文人得先列上一堆他看不上的作家，才在最后补上曼佐尼的大名以示优待；那么我们会把先前这批诗人单个列举、总体评价，然后会特别称赞曼佐尼这位最为成功的作家，同时肯定不会给正文附上自相矛盾的注释。现在我们特别好奇：这位值得尊敬的批评家究竟在曼佐尼身上发现了什么毛病——毕竟在他看来，阿尔菲里心仪的那种老旧文体不幸为其带来了不小的伤害；而曼佐尼从中完全解放了出来，倒能算是一种美德哩。

　　既然我们已经围绕着阿尔菲里折腾了这么久，也应该对他稍加评论。我们的好友忠实地翻译了他的作品，我们也竭尽全力将其搬上舞台；然而，剧中英雄人物的奋力拼搏蕴含着矛盾，深沉炽热的情感伴随着想象力的匮乏，无论是大纲框架还是具体的创作语言都过于直白简短——这些都无法让观众感到愉悦。

我们绝不是想借此贬低阿尔菲里不朽的功绩；但举个例子说，他的许多剧本难道不正是因为仅仅安排了寥寥数人出场，而变成了彻头彻尾的荒漠吗？古人在公共空间中生活，身边即有歌队，现代人好歹在内心世界有几位密友；究竟还有谁活得那么孤单，以至于一位才思敏捷的诗人竟无法从其必要的和可能的周遭中塑造出一位可以同他对谈的人，好把主角和观众都从一段又一段可怕的独白中解救出来？

每位紧跟我们论述的读者都会发现，曼佐尼在这方面的确可称典范。又有多少戏剧场景能与《卡尔马尼奥拉伯爵》第二幕第一场"在马拉泰斯蒂帐中"相提并论？

倘若我现在的工作依旧是剧院总监，《卡尔马尼奥拉伯爵》在我国必会大受欢迎；即便不是作为观众的最爱常常上演，也必定是保留节目之一，作为一出以男子汉大丈夫为主题的戏受人尊敬。甚至于，最新那些不温不火的戏剧，我也有信心立即提点一二；剧作家按照曼佐尼的榜样进行加工，定能赢得观众持久的掌声。

（毛明超译）

鲁法的悲剧①
TRAGÖDIEN VON RUFFA

前文提及的这位意大利批评家，当他评论那些模仿阿尔菲里的剧作时曾说过：这些模仿之作的艺术价值都是半斤八两，差不太多；话虽如此，但如果我们不是假定他已按照某种顺序对所提及的作品

---

① 本篇亦见于《歌德全集》第21卷第47—48页（原文页码）。首次发表及参考底本见于：KuA III 1（1821），S. 66‑69。

加以排列,先提差一些的,再提更优秀一些的,那我们肯定忽视了他的眼光和逻辑。

我们对宠儿曼佐尼先生的偏爱使我们得出了上述结论。因为曼佐尼位居最末,所以我们认为排他前面的鲁法先生也是一位重量级的作家;倘若我们有幸读到他的作品,我们一定会以德国人的友善加以评价。因为要是在其中没有半点阿尔菲里作品中找不到的东西,也没有我们德国人读来颇为受用东西的话,一定是我们完全搞错了。

据我们听闻,这位诗人是这样自我评价的:

"有一种无法抗拒的力量促使我写下这些悲剧。我的祖辈都是卡拉布雷人,这个民族半是森民,性格勇武近乎野蛮,认定目标就绝不动摇,情绪激动时毫无限制。所以我从小就只见过大智大勇与大奸大恶之人。强烈的欲望相互冲撞,流血、谋杀、灼热的仇恨、可怕的复仇、手足相残、父子相杀、自杀,以及其他种种恶行;但反过来又不乏范例,如在最可怕的死亡面前亦毫不动摇、甚至更为振奋的勇气,无可比拟的忠诚、高贵的无私以及无法想象的坚韧、正直的友谊,以及敌人之间的宽容。所有这一切都震撼了我尚还年轻的想象力。从我们这儿出去的人都成了周围人议论的对象;我们人数虽少,却像英雄时代的希腊人一样,既出了不少辛尼斯、斯喀戎和普罗科鲁斯特斯一样的恶棍,又涌现出许多我们自己的阿尔喀得斯与忒修斯。人们迷信神女巫婆、魔法幻术,迷信死人的魂灵,甚至用 Spirdi 这个独特的词来称呼它们。这一切以一种如此神秘而诗意的芬芳环绕着每一段故事和传说,以至于完全不信鬼神的人都为之所吸引。我在孩提时代最开心的事,就是去听这些故事,把它们记在心里,再重新复述出来;和我同龄的孩子们都听得津津有味。自然,我天生的忧郁气质也发挥了作用:无论是从前还是现在,不管一件事有多么明快,笼罩我心底的阴云都会为他蒙上一层阴影。"

　　这位诗人为我们展现出的是怎样一幅景象！这个民族与我们天壤相隔,但眼下所有那些可怕的因素,正以最变化无常的形式交织在一起。何人最先有机会进一步了解鲁法的作品,烦请给我们可爱的同胞以详尽的介绍。

(毛明超译)

藉即将上演之悲剧的契机论戏剧三一律①
THEATER-EINHEIT, IN BEZUG AUF VORSTEHENDES
TRAUERSPIEL AUSGESPROCHEN

　　在悲剧《卡尔马尼奥拉伯爵》的前言中,曼佐尼先生才思敏捷,提出了如下观点:三一律中,要求时间与地点统一的两律现已宣告无效;此二律之所以自认为不可或缺,主要是因为错误地考虑到观众们对舞台故事的全情投入;尽管入戏本身值得称赞,但观众的问题在于,他本来安安静静地坐在台下,现在却自以为台上发生的事也归他管,因此就要求台上的演员和他一样不能离场,说话做事的时间也不能多过他耳闻眼见的时间。时间与地点的统一不过是吹毛求疵的要求;若要让戏剧从中解放出来,愉悦众人,就得纠正观众的谬误。

　　我们亲爱的观众朋友应该想想,台上那些可爱的人儿们有时得挨一顿毒打,他可什么也感受不到;应该想想当台上的人互相杀个你死我活,他却在家里心安理得地吃着晚饭;所以观众应该明白他完全可以允许台上的角色从这儿跑到那儿,并且像穿着七里靴似的让时

---

① 本篇亦见于《歌德全集》第21卷第43页(原文页码)。首次发表及参考底本见于:KuA Ⅲ 1 (1821), S. 57f。

间飞也似的过去。若是观众在大幕拉起时,能毫无困难地想象自己置身于罗马,他又为何不能善心大发,先陪着有趣的角色去一趟迦太基?

（毛明超译）

再论《卡尔马尼奥拉伯爵》[①]
GRAF CARMAGNOLA NOCH EINMAL

我们乐意再次转回我们的朋友,也希望能得到读者们的肯定;因为人们对一首诗和对十首诗的赏析可以同样得多,而且前者还能编排得更好。我们的第一份评论对作者本人产生了多么正面而有益的影响,他已亲自向我们表达;而能与这样一位可亲的男儿建立起紧密联系,着实让我们高兴不已。通过他的词句,我们能够清晰地看到他正在不断进步。希望如此真诚的努力能获得他的祖国及其他民族的认可。

在前册中,我们为他辩护,反对他的同胞;而现在我们发现,还需要保护他免遭一个外国人的侵扰。

英国的批评家们,正如我们从他们数目繁多的报纸杂志中所了解到的那样,的确值得所有人尊敬;他们对于外国文学的了解让人非常欣喜。他们工作时的严谨与细致令我们钦佩,而我们也乐意承认,能从他们身上学到不少东西。因此,他们若能尊重自己和读者,便可留下一个好印象。不过,读者毕竟咬文嚼字,自然很难满足,而总是喜欢激起反对与矛盾。

[①] 本篇亦见于《歌德全集》第 21 卷第 140—146 页（原文页码）。首次发表及参考底本见于：KuA III 2 (1821), S. 60 - 73。

　　但是，一位代理人在法官面前的长篇大论，或者是一位演说家在市政议会前的讲话，无论其如何深入浅出、缜密周全，还是会有一位反对者立刻站出，并举出若干重要的理由。这样一来，认真权衡着利弊的听众们就自然而然地分成两派，而任何一件重要的事项常常仅以微弱的多数获得通过。

　　尽管动静不大，但我们的确时不时地身处于这样一场论战之中，而对手则是本国和外国的批评家；我们不否认他们对事情的切实了解，常常也承认他们的大前提，但却从中得出不同的结论。

　　但如果英国人对待外国文学时表现得严苛而不公，我们倒要特别加以原谅：因为谁要是有莎士比亚这样的先辈，大概就可以因为先人而骄傲得飘飘然吧。

　　不过，我们首先要在这里插入原文，让所有人都能判断，我们反对的究竟是什么。

　　《季刊评论》第 47 期，1820 年 12 月刊，第 86 页。

　　《卡尔马尼奥拉伯爵》的作者亚历山德罗·曼佐尼在其前言中大胆地向"三一论"宣了战。我们凭着莎士比亚之榜样和约翰逊之论断的权威，而自视为"**特许的自由意志者**"；但从这份改宗宣言书中，却得不到对我们那种野蛮的戏剧自由观念之确信。不过，我们还是担心意大利人恐怕需要一部更为杰出而又违背既定法则的作品，才能在其引领下将三一律完全抛弃。《卡尔马尼奥拉》需要诗歌；这位不幸的伯爵与其家庭的别离之景的确打动人心；但称赞完这一点，再褒奖一下那些偶尔出现的简短的豪言壮语，就可以将这部戏剧本身搁在一边了。然而，我们却不能不向我们的读者介绍现代意大利诗歌中最精美的作品，即该剧第二幕末尾的合唱；我们也承认自己的愿望，希望作者将来能更倾向于以他杰出的颂歌让我们欣喜，而不是以他无力的悲剧来冒犯我们。①

　　我们之所以要特别将原文放在这里,是因为我们希望,首先将这段批评的整体思路不受任何干扰地展现在读者面前,让他自行判断。而为了便于论战,我们认为将其翻译出来再加以切割,分段反驳,实更为可取。

　　《卡尔马尼奥拉伯爵》的作者亚历山德罗·曼佐尼在其前言中大胆地向'三一论'宣了战。我们凭着莎士比亚之榜样和约翰逊之论断的权威,而自视为'特许的自由意志者';

　　"但从这份改宗宣言书中,却得不到对我们那种野蛮的戏剧自由观念之确信。"

　　这里我们便要反问:一个英国人,两个世纪以来已经习惯了戏剧舞台上毫无限制的自由,他还想从一位外国作家那里得到什么确信?毕竟,后者是在完全不同的地区、以完全不同的思想走着自己的路。

　　"不过,我们还是担心意大利人恐怕需要一部更为杰出而又违背既定法则的作品,才能在其引领下将三一律完全抛弃。"

　　绝非如此!恰恰相反:如果一位作者面前的读者十分严苛、若是考虑到激烈的论战甚至有些不近人情,但他仍凭借聪敏的头脑、才华甚至天赋,试着通过对规则的微妙偏离来实现一种值得称赞的自由,那么我们便要好好地褒奖他一番。这种时候,作者甚至不能向他自己的民族请教,更别提其他民族了;他自然也无从询问那些相隔甚远而教育背景又完全不同的人,能从他的作品中收获些什么。

　　现在,随着我们将这篇批判文章进一步地拆分调整,就能发现这

---

①《季刊评论》一文原为英文。

位并不特别亲切的批评家到底还是感到必须给一些褒奖以表达对我们这位诗人的敬意。

"诗人理应为他合乎场合的雄辩而受到赞美。"①

人们还能向一位剧作家要求更多吗？还能给予他更多的赞美吗？倘若雄辩不分场合，还称得上是雄辩吗？英国人的演讲才华之所以受到全世界的钦佩，正是因为有如此多经验丰富、知识全面的人在每一个时机出现时，都能够恰好讲出正确、得体、巧妙、而在党派之争中又是极富影响力的话语。因此，批评家的这番坦诚虽然只是匆匆一笔带过，我们却觉得十分有益，从而更要赋予它本来的意义。

"这位不幸的伯爵与其家庭的别离之景真正打动人心。"②

也就是说，批评家承认：那真正有男子汉气概的豪言壮语，以及触动心弦、情感丰沛的处理方式，二者都出现在正确的时间和恰当的地点。我们不再要求更多，而作者本人也会充满感激地认同这一点。而接下来的这段话又让我们感到多么高兴：

"然而，我们却不能不向我们的读者介绍现代意大利诗歌中最精美的作品，即该剧第二幕末尾的合唱。这里附上一段翻译。③"

也就是说，批评家进一步承认，诗人在雄辩和悲剧方面之外，还在诗歌上实现了最高的艺术成就！不过，这位批评家还是将这样一句严厉的话语放在他文章的开头：

"《卡尔马尼奥拉伯爵》缺乏诗意。"④

这一句如此随随便便就抛出来的不公正评价，后文根本不能支

---

① 此处疑为歌德误译，原文为 occasional simple and manly eloquence。
② 歌德将 indeed（含有让步之意）翻译为 wahrhaft 而非 allerdings，似有私心褒扬之意。
③ "翻译"一句为歌德后加。
④ 此处疑为 Carmagnola wants poetry 之误。

持或论证。不如说，后面论述的恰恰是相反的意见。在我们看来，批评家最后写如下结尾时，其实根本没能自圆其说：

"我们也承认自己的愿望，希望作者将来能更倾向于以他杰出的颂歌让我们欣喜，而不是以他无力的悲剧来冒犯我们。"

在继续论述之前，我们先自作主张，加入以下观察。文坛中既有毁灭性的批评，亦有建设性的批评。前者非常容易，因为人们只要随便确立一个标准，随便找到一个模板，不管它们再怎么僵化，只要将其树立于脑海，再大言不惭地论断：眼前这部艺术作品根本不符合标准，因此一无是处，事情就算完成，人们也可以径直宣称自己的要求完全没有得到满足。人们就这样将自己从对艺术家的感恩之情中解放了出来。

而建设性的批评则要困难得多。这种批评会问：作者有什么目标？这个目标是理性而明智的吗？而它又在何种程度上得到了成功的实现？若是这些问题得到了睿智而友善的回答，我们实际上就帮到了作者。因为作者在早期的作品中肯定已经有所进步，而在我们的批评下就能更上一层楼。

现在让我们关注一个尚未得到足够重视的问题，即：人们评判时应更多地考虑作者而非读者。我们每天都能看到，男女读者们在完全不考虑文学评论的情况下，按照各人最独特的方式去接受一部戏剧或一本小说，或是称赞，或是批评，或是珍藏于内心，或是被拒在心门之外；而这一切全看这部艺术作品与某种性格是否恰好相契合。

但我们现在要再次转回我们的悲剧，特别是结尾的那一幕，即伯爵与他的家人分别的场景。正由于我们在之前的论述中对这一幕保持沉默，因此在这里更要大书特书。那位英国的批评家称其为"真正打动人心"，而我们也同样如此认为，而考虑到全剧之前几无任何侠骨柔情、催人泪下的场景作铺垫，就更突显这一幕成功的价值。根据曼佐尼先生平铺直叙、没有过多纠缠、想到哪儿写到哪儿的文风，人们虽然在剧情发展中得知卡尔马尼奥拉伯爵有妻子和女儿，但她们并未亲自出现，而是直到最后突然得知伯爵的不幸时才登场。在这里，以及之后紧接着的卡尔马尼奥拉的独白，包括在别离的场景中，诗人证明自己的确可称典范；而我们则胜利地欢庆诗人成功地从英国人嘴里赢得一句"的确打动人心"①的赞誉。

虽然我们根据自己的经验也知道，在大幕拉开之后，人们可以像是即兴演出一般，仅凭几行台词就打动众多观众。但若是细致地观察，就能发现在此之前始终有一些事情必须先行发生。总有一种铺垫性的同情已存在于人群之中，而只要人们懂得捕捉这种同情、懂得运用时机，就可以确保自己的效果。

同样地，如果说曼佐尼先生成功地用一曲合唱诗意地振奋、鼓舞了精神，那么他也只能在头两幕结束之后才能做到；而剧末的感动也同理出自后三幕的铺垫。正如诗人若不把握美妙的时机，让总督、参议、将军、警官和士兵们先各自发言，就无法展现他的雄辩之术一样：若没有他可以信赖的高贵前提，他也就无法诗意地让我们兴奋，或哀婉地让我们感动。

一首颂歌并非自然自在，而是必须从一种已被激发的元素中升华出来。品达颂歌何以影响如此深远，若非因为有着城邦、国家及众多氏族的兴盛繁华作为其基础，而个人的卓越人格正是在这一基础上脱颖而出。

人们应想一想希腊悲剧歌队的那种不可抗拒的力量。若不是幕

---

① 原文为英语。

间过渡时观众对戏剧的兴趣有了提升,歌队合唱的影响又如何能愈来愈强?

曼佐尼先生早已凭借其《圣咏》证明自己是一位出色的诗人,让我们十分欣喜。而若非在罗马天主教的富饶土地上,《圣咏》还能在哪里茁壮成长?然而,他仅仅作了五首圣歌,就离开了这片广阔的领域。我们之后发现,神秘而虔敬的内容得到了非常平实的处理,没有一个词、一个表达不是每个意大利人从小就熟悉的话语;但每一首圣歌又是那么独特,让人耳目一新、倍感惊奇。从圣母玛利亚之名的温柔回响,到严肃地尝试使犹太人皈依,所有的一切都是那么可爱,那么有力,那么精致。

通过这些观察,我们大概可以请求我们的诗人不要离开戏剧创作,也不要放弃自己独到的文风,但应该确保所选的题材本身能感人至深。这是因为细究之下,触动人心的东西更多地存于题材之中,而非对题材的处理之内。

并非作为建议,而仅仅是为了让人更好地理解,我们就在这里提一提逃离帕尔马事件。虽然这一主题眼下处理起来有些危险,但我们的后人肯定不会平白错过。但若是曼佐尼先生可以抓住这个主题,就以他平静而清晰的风格加以铺陈,将他颇具说服力的演讲才华,以及他那以哀歌打动人心、以诗歌振奋精神的才能付诸笔端,那么读者观众的泪水将会止不住地从第一页一直流到最后一页。虽然一位英国人可能因为自己国人在此事件中所扮演的不光彩角色而感到受了冒犯,但即便是他,也必定不会将其称为一部无力的悲剧。

(毛明超译)

5月5日①
DER FÜNFTE MAI.
亚历山德罗·曼佐尼的颂歌
Ode von Alexander Manzoni

他②走了——一动不动，
吐出最后一声叹息。
躯壳躺在那里，无人铭记，
强大的精神已弃之而去：
惊闻此讯，
世界愕然呆立。

无声回想
恐怖者的最后时刻，
这世界似乎不知
人类的脚
是否敢再次
踏上血染的尘迹。

缪斯沉默无言
看他宝座上威光四射，
看他更迭中
沉浮，倒下；

---

① 本诗见于《歌德全集》第 2 卷第 558—561 页（原文页码）。
② 指拿破仑，1821 年 5 月 5 日病逝于圣赫勒拿岛。

万千语声、言说呼唤，
她只一语不发。

贞洁的她，厌弃诽谤、
奉承和放肆。
突然她激动地站起，
那光线已经隐去，
她用歌声为骨灰盒
加披华冠，无止无息。

从阿尔卑斯到金字塔，
从莱茵河到曼扎那①，
雷云闪亮，必有闪电巨响，
从斯库拉②到塔内斯③，
他驶入片片海洋。

带着真正的荣誉？——未来
自有定论！我们垂首鞠躬，
向最有力量的人，
这个创造者，他万能
强大的精神
留下无垠印痕。

---

① 即 Manzanar，西班牙地名。
② 即 Scylla，墨西拿海峡东岸的一处岬角。
③ 塔内斯河就是现在的顿河，注入亚速（Azov）海。

宏伟计划
令他颤抖、狂喜，

狂野之心一丝恐惧，
臣服①中把王国觊觎，
终获最高酬报，
存此希冀，曾是愚不可及。

而他终获一切：荣誉
因危险而更增高度，
继以逃亡，再次胜利，
皇宫与放逐；
两次险成祭礼，
两次被踏入尘土。

他走出人群：
分裂的世界，相抗的士兵，
顺从地向他转身，
仿佛在把命运倾听；
四方肃静，仲裁人
他在中央坐定；

不见了！——闲情的日子
闭锁于狭小空间，

---

① 原文是 ferve，意为"狂热"；歌德误以为是 serve，意为"服务"。

那是无尽的妒忌，
是深深的虔诚情感，
是无法消除的恨意，
也是爱，狂热无边。

就像波涛翻滚，压在
海难者头上，
波浪把可怜的人
抬起，卷向前方，
让他无谓地向
远去的地方最后一望；

精神就是如此，波浪般
在回忆中升起。
啊！他常常都是这样
想向未来的人讲述自己。

疲惫的手无力地
落在永恒的纸页之上。

噢，无声终结
空虚的日子，他常常
垂下闪亮的目光，
双臂环抱而立，
昔日回忆
涌上心房。

他看着可移的帐篷，
山谷中人头攒动①，
步兵的武器闪电般亮起，
波涛般涌动，骑马的男人，
最为激动的统治，
最为迅疾的驯顺。

啊，他在可怕的痛苦中
倒下，没有了呼吸的胸膛，
他已绝望！——
不，上方永恒的手
正慈爱地把他抬向
空中，那里呼吸更为顺畅。

带他到开满鲜花的小路，
那里充满希望，
到永恒的田野，作为最高报偿。
羞涩了所有欲望。
回视曾经的荣誉，
如对黑暗与沉寂。

恒久慈善的信仰之力
无上至美，无往不利！
说吧！你为之心喜：

---

① 原文为 valli percossi，意为"断壁残垣"，歌德误以为是 valle percorsi。

更骄傲、更高贵的生命
从未向臭名昭著的各个他
露出屈服之意。

任何讨厌的话语
都从疲惫的灰烬旁逐去，
压制和抬举的神，
施痛与安慰的神，
在孤寂的床上
顺从地躺在他的身旁。

（姜丽译）

亚历山德罗·曼佐尼致歌德[1]
ALEXANDER MANZONI AN GOETHE

即使文字的鞠躬致谢业已失信，但我仍然希望，您别鄙弃感激之心所作的坦率表达；在我写悲剧《卡尔马尼奥拉伯爵》的时候，倘若有人向我预告，歌德会阅读这部作品，这对我会是极大的鼓舞，会给我对一种意外奖赏的希望。因此，您可以想象我的感受，当我看到您亲切地赞赏鄙人作品，能在观众面前给予这部作品如此善意的鉴定。

这样一份赞许，蕴含对每个人都弥为珍贵的价值。除此之外，一些特别的情况使得这份赞许于我而言异常珍贵。上天赐予我机会，我得加倍表达我的谢意。

---

[1] 首次发表及参考底本见于：KuA IV 1(1823)，S. 98 - 101，也见于《歌德全集》第 21 卷第 357—358 页（原文页码）。

　　先不谈那些公开讽刺拙作的人,还有这样一些评论家,他们虽然给出较好的评论,但他们所有的评判几乎都与我的设想有所出入;他们赞扬那些我认为并不重要的地方,责备我,好似我忽略或者遗忘了戏剧创作最为人熟悉的条件,恰恰在一点,我认为人们可看出我的思考中最纯粹和最执拗之处。因此,观众更偏向喜欢合唱和第五幕,看起来,似乎无人能发觉我在这部悲剧中有意放置进去的那些东西,以至于我怀疑,我的意图本身是否只是一个妄想,或者至少我是否本可以让它起效。就算一些朋友也不能让我平复心情,尽管我必须尤为珍视他们的评价,因为每日的报道、许多观点的一致,使他们的话语失去任何权威,而这个权威必须是外来的、全新的,既非被引发、也非经详细讨论之鉴定所拥有的。

　　在这种尴尬的、乏力的不确定性中,没有什么比听到大师的意见更能让我感到惊喜和受到鼓励。我获悉,这位大师并不认为我的目的不配被他看透,并用他纯粹和清楚的语言找到我的意图的原本之意。这个声音使我振奋,愉快地继续作出这些努力,并使我坚信,最好的方法就是最稳当地完成一部精神作品,无须忧虑传统规则,不为多数读者大多转瞬即逝的要求操心,心无旁骛地、头脑清楚地、安静地观察正在处理的对象。

　　然后,我必须承认,将人物分为历史的和思想的两类完全是我的错误,由于我过分依赖准确的历史性,这促使我将现实的人物,与为了展现一个阶级、一种意见和一份利益而虚构的人物区分开来。在最近的作品中,我已经消解这种区别,我很高兴在您作出这个提醒之前已纠正过来。

论但丁《神曲》①
ZU DANTES ›GÖTTLICHER KOMÖDIE‹

1

　　在认可但丁伟大的精神与性情的特质之余,我们欣赏他的作品,将获得极大的帮助。当我们看到,在他生活的年代,也是乔托②活着的年代,造型艺术再次呈现它们的自然之力。乔托这位在感性造型上产生重要影响的天才也令但丁敬佩不已。他将物体清晰地收入想象力的眼底,以至于他能够清楚无误地再现它们;因此,我们看到最深奥与最独特的事物,又根据自然画了出来。正如第三韵从未困扰他,它反而以这种或那种方式帮助他达到目的并勾勒他的人物形象的轮廓。现在,译者③在此尽可能地遵照他的原文,想象原有之物以及他所描述的必需之物,尝试达到他的语言和韵律。若此间我仍有什么所愿,那么唯此一点。

---

① 1824 年,施特雷克富斯的译文《但丁之地狱》(Die Hölle des Dante Alighieri, übersetzt von Streckfuß)在哈勒出版。歌德曾读施氏译文,后受此激励,曾尝试翻译和评论但丁。本文约产生于 1826 年 9 月 2 日至 9 日,于 1833 年首印。歌德初接触但丁之时,觉得但丁难以接近和理解。随年龄渐长,歌德对但丁的赞赏也渐增加。1824 年 12 月 9 日,爱克曼曾辑录:“歌德谈论但丁之时充满崇敬,让我讶异的是,‘天才’一词已难以满足他的表达,他将但丁称为‘天性’(Natur)。”首次印刷见于:Ausgabe letzter Hand（C¹）, Bd. 46（1833）, S. 279 - 283。参考底本：Handschrift H, nach SzL I, S. 243 - 245。
② 指乔托(Giotto di Bondone, 1266/76—1337),意大利画家、雕刻家与建筑师,创作了意大利帕多瓦的史格罗维尼礼拜堂(Cappella degli Scrovegni)的三面壁画,但丁在《神曲》“炼狱篇”第十一歌中也曾提及乔托。
③ 指施特雷克富斯。

2

但丁地狱的总体构造有着一些"小与大"（Mikromegisches①）的特征，因此令人迷惘。从上进入直至最深的深渊，人们应想象圈中有圈；同时，这也类似"圆形露天剧场"的概念，这看起来似乎非常巨大，总是让我们在想象力上成为艺术上受限之物，人们从上往下看到舞台，观察所有事物，进行鸟瞰。人们观看"奥尔卡尼亚的绘画"②，会以为见到颠倒的"赛贝斯之画"；这个创作修辞性大于诗意，想象力被激发，但并未被满足。

但我们并不想只赞美这一整体，每一处所呈现出来的罕见的丰富让我们倍感惊讶、震惊、迷惑，令人不得不五体投地。在此，最严格、最清楚的舞台布景，逐步消解我们远眺的可能，有效的是颂扬一切感性条件和关系，还有个人及其所受的惩罚和痛苦。我们以第十二歌③为例：

> 我们走下来，一路多岩崎岖，
> 双眼望不完那岩石群；
> 正如这些天来它们所感知的那样，
> 在特伦托④的那一边有过山崩，
> 曾弄窄了埃驰河的岸侧，无人知晓

① Mikromegisches 出自希腊语，表示"小—大"，即小的与大的事物有着亲缘关系，这一表达亦见于三年前发表的《箴言与反思》（Maximen und Reflexionen）第438条。
② "至于哪里能找到这里所提及的铜版的绘画，并不在此指明。"——歌德原注。
③ 指"地狱篇"第十二歌第 1—10 诗行以及第 28—45 诗行。
④ 指 Trento，意大利北部城市。

是河水冲蚀抑或地震生成？——
岩石群崩裂
山坡身着覆盖物，一目了然，
岩石叠着岩石，尖削、陡峭，
我每走一步，心惊胆战。

我们就这样被大块岩石包围，
小心翼翼地踩在石头上，
它们在我的脚下摇摇晃晃，因异常的重量。
他①说道：你闷闷不乐地
看着这岩崖，它被暴怒的野兽②看守，
我将它制伏；
你要知道：在地狱之夜
我第一次走到如此幽深之处，
这块山岩还未坠落；
但不久前，在他从至高无上的天堂③
跳下，从第一个圈的狄斯④
手里夺取伟大的战利品，
那幽暗的深渊震动得如此厉害，
以至于我在想：爱居然震颤了
整个宇宙，跌回强大的裂痕，
重新回到世界古老的混沌中去。

---

① 指维吉尔。
② 指由弥诺陶罗斯（半人半牛的怪兽）看守。
③ 指耶稣的地狱之旅。
④ 指狄斯帕特（Dis Pater），古罗马神话中掌管冥府之神。

那自远古以来休憩在那山谷，
在那时在此处在他处崩塌。

　　首先，我需作如下解释：虽然在我的但丁原始版本（威尼斯，1739）中，e quel 直到 schivo 的这一处也暗指弥诺陶罗斯，但它对我而言仅涉及这一场所；这个地方多山，多岩石（alpestro），但诗人并未细说；特别之处在于（per auel ch'iv'er' anco）这里如此令人毛骨悚然，令眼睛和感官迷惘。因此，为了让自己和他人感到满足，但丁提到一个虽不能与之相提并论但很感性的例子，一场山崩，或许发生在他的时代，特伦托通往维罗纳之路被封闭；或许原始山脉的大岩块和岩料还尖兀地刚叠在一起，还未被风雨剥蚀，还未长出植被将它们连接在一起并变平整，这样一来，每块大岩石就像一根杠杆一样坐落在那，人只要一脚踏在上面，石块便会动起来。当但丁往下爬时，情况也是如此。

　　现在，但丁却要无限超越那自然现象，他运用耶稣的地狱之旅，为的是不仅为这一山崩，也为地狱之国的其他一些周遭事情查找充分的原因。

　　漫游者们现在走近弧形的血沟，被同样是弧形的沟岸包围。在那儿，几千个半人半马怪四处飞奔，恣意妄为地行使着他们的看守职责。维吉尔走得很近，足以踢到喀戎，但但丁仍在岩石中步履蹒跚；我们必须再一次往里看，因为半人半马怪跟他的伙伴们说：

你们看到后面那人
碰到的东西会移动么？正如我所注意到那样，
已逝者的脚做不到这样。①

_____
① "地狱篇"第十二歌第 80—82 行。

人们现在质问自己的想象力,这种可怕的精神上的山岩崩裂难道不正是当下正在发生的事情吗?

在其他歌篇中,在变化了的场景中,我们也反复找到这种记录和生动形象的刻画。这些并行不悖的段落使我们最高程度地了解但丁最根本的诗人精神。

但丁与已逝者的差别也在其他地方引人注意,例如涤罪所(Purgatorio)的魂灵受到但丁的惊吓,因为他有影子,这让他们认识到他肉身仍在。

歌德对曼佐尼的关注
TEILNAHME GOETHE'S AN MANZONI

(……)
《阿德尔齐》(悲剧,米兰,1822)

这部悲剧,正如我们将它原汁原味地呈现在德国观众面前,将会被意大利语文学之友仔细审视并进行评价。现在,我们因此搁置了开展类似几年前在介绍《卡尔马尼奥拉伯爵》①时认为必要的工作计划,②援引福里埃尔先生③在其法译本附加的分析。我们欢迎所有朋友用任何方式提出深思熟虑的、发展的和有帮助的批评。我们当然

---

① 指曼佐尼的悲剧《卡尔马尼奥拉伯爵》,详见前文。
② 指在引介曼佐尼的《卡尔马尼奥拉伯爵》时,歌德曾对每一幕进行扼要的内容简介。
③ 指福里埃尔(Claude Charles Fauriel,1772—1844),历史学家与翻译家,与曼佐尼交好。他也是曼佐尼作品《卡尔马尼奥拉伯爵》与《阿德尔齐》的法语首译者。

也利用这一机会说明：这部悲剧如何促使我们更深入地阐明曼佐尼先生以前所写的良好观点以及在更宽广的范围内纵览其成就。

在近代作家中，亚历山德罗·曼佐尼获得了一个光荣的位置。他那充满魅力和真实诗意的天赋源于纯粹的人文意识和感受。至于他所塑造的人物的内心，正如他现在完全真实并与自己保持和谐一致。那么他觉得，他用诗歌形式创造和表现出的历史元素同样包含无可指摘的、通过档案确认且前后不会矛盾的真实事件，这绝对有必要。他努力使道德与美学方面的要求与真实的、不可避免的已存在之事相一致。

在我们看来，他完全达到了上述要求，同时我们承认，人们找到可以诟病的地方：他塑造的来自半野蛮时代的人物竟拥有如此温柔的思想和感情，这原本只能通过我们时代更高的宗教和道德教育才能实现。

为了给他正名，我们说出可能看起来矛盾的话语：所有诗歌原本就是将现代移用到古代；所有我们唤起的过去必须拥有比古代更高的教育，为了用我们的方式将它们展示给同辈人；诗人可在这一点与自己的良心达成一致，但读者必须对此睁一只眼闭一只眼。《伊利亚特》与《奥德赛》，所有悲剧家以及真实诗学的残留物，它们活在并在这种移用中呼吸。所有境况均借用今日情景，为的是变得直观，甚至只是为了可被承受，正如我们最近处理中世纪，其面具直至艺术和生活方面太过被我们当真。

如若曼佐尼之前就相信诗人拥有不可转让的权利，即可随意改变神话，将历史变成神话，那么他就不会花费那么多的劳力力求给自己的作品铺垫细微且极致的、顺理成章的历史古迹。

但因为他自身的精神及其特定的秉性指引他这样去做，并不得不这样去做，所以从中产生的写作方式使他成为独一无二的诗人；无人能模仿他。

因为他投入时间坚持学习，通过努力，他清晰地梳理了教皇、那些说拉丁语的人、伦巴第人及其国王、卡尔大帝及其法兰克人的境况和那些非常相异的、原本矛盾的、因世界史乱作一团的因素，在确认后再行判断，通过这些方式，他的想象力获得极其丰富的素材，并异常坚定地持续，人们可以说，没有一行是空洞的，没有一着是不确定的，没有一步是意外的或由任一次要的必要性决定。这些已表达充分，他用这种方式实现一些令人愉快的、少见的东西，人们必须要感谢他所做的一切以及他的方式，因为人们本不能要求得到这样的内容与形式。

我们本可以用各种各样的方式继续展开之前所述，但这已足以引起思考的读者的注意。只是我们还注意到一点：这精确的历史重现对他，特别在诗歌方面，对他本身的禀性有很大的好处。

最高的诗断然是历史的；人们尝试将神话的、历史的元素从品达的颂歌中剥离开来，人们会发现这完全切断了它们的内在生命。

新近的诗歌倾向于哀婉，人们抱怨缺失，同时感觉不到缺失。为何贺拉斯要拼尽全力模仿品达？当然他没有模仿，但一个真正的诗人，一个如他般受到这么高的赞誉和赞颂的人能愉快地在谱系上耽误时间，为如此之多的相互竞争的城市书写赞歌，毫无疑问能够写出如此优美的诗歌。

在《卡尔马尼奥拉伯爵》中，歌队描述正在进行的战役，陷入无限的细节描绘，但并不紊乱，在一种难以描述的无秩序中找到清楚地渲染人声鼎沸的词语和表达，能够使人领会这猛烈的进攻。两处合唱正是如此，它们使悲剧《阿德尔齐》生动起来，同时又能够让思想考量面前所展现的过去及目前状况的无可估量之处。第一处开端的风格如此独特，如抒情诗般，以至于一开始似乎高深莫测。我们必须要想象伦巴第军队溃不成军;四下逃窜,平日寂静的山区现下人声嘈杂,过去那里只有被征服的说拉丁语的人,相当于奴隶,在耕田和做着艰辛的手艺。他们匆匆地瞥见他们高傲的主人——他们是那些迄今所有位高权重的家族的成员——心里在暗暗怀疑他们是否应该高兴;诗人却剥夺了他们的所有希望:即便在新的主人之下,他们亦难以享有更好的生活。

但现在,在我们转向第二处合唱之前,让我们回想一下一种思考,在附注和文章中,为了更好地理解请参阅《西东合集》第一版第259页,会有些简述:作诗与创作叙事作品和戏剧完全不同。因为这些必须通过叙述或表演的方式将某个重要的情节过程展现在听众和观众面前,他在其中起的作用很小甚至可以忽略不计,只需生动地接纳即可。与此相反,诗歌作者应该要朗诵任一物件、状态或者任一重要事件的过程,好让听众完全关注,这种吟咏让听者感觉被缠绕进一张网内并身临其境。在这个意义上,我们大可将诗歌称为最高的修辞学,但因为在一个诗人身上难以集齐所有的品质,因此很难出现在美学领域。我们面前没有一个现代人能像曼佐尼那样高度掌握这些品质。这种处理方式出自他的天性,正如他成为戏剧家的同时又成了历史学家。在此顺便提及的思想当然只能配合美学真正的低级和初级殿堂的与之相联系的吟诵才能完全展示它们完全的价值,这使我们心满意足但他人却获益不多。

在第三幕尾声的合唱迫使我们卷入伦巴第王国的衰落之后,我们在第四幕开始看到的是一位被可怕政治事件伤透心的女性受害者埃芒加达逝世,她,不该成为国王之女、姊妹、爱人、一个国王的母后;她,身边围着一群修女,告别无望生活最痛苦之事。合唱开始,为了便于严谨读者们的理解,我们保留诗节数:

1) 对一个虔诚的、气息奄奄之人的优雅描述;2) 哀叹渐息,在祈祷中无力的眼睛充满爱意地闭上;3) 最后一次叫喊名字,忘记尘世,赶赴生命终点;4) 描绘了悲伤情景,那不幸的人情愿忘记,但却不能;5) 在无眠的黑暗和修道院的环境中,她回首往日幸福时光;6) 当她仍如此欢乐,未做预先计划,进入法国;7) 在和风习习的山上看见亲爱的丈夫在宽阔的平原上飞驰,享受狩猎的快乐;8) 在随从们陪同下,一片喧嚣声中遇到野公猪;9) 野公猪。被国王箭射中,倒在血泊中,她欣喜地吃了一惊;10) 提到马斯河,在亚琛热水浴,强大的勇士在英勇战事之后,在那脱卸武器,沐浴恢复精神。11)12)13) 打一个交织得很妙的比喻:正如久旱逢甘露,一个被激情折磨的灵魂被友好语言慰藉,但温柔的茎秆旋即再次被毒辣的太阳烤干枯萎;14) 正如在她心里,在短暂的忘却之后,旧日伤痛重又涌上心头;15) 再次提醒解除世事纷扰;16) 提到其他不幸离世之人;17) 轻微责备她来自黩武家族;18) 现在与被镇压的人压抑地死去,她的骨灰将被许以和平;19) 她的面容自然,从容贞洁;20) 正如下山的太阳冲破残云,天空紫红色,为山脉预告了一个晴朗的明天。

最终,歌队的作用也得到增强,就算她马上要仙逝,歌队还像对着一个活生生的、倾听着的、对话的人讲话。

在历数这些情节之后,我们仍补充一些有益的话语,福里埃尔先生也正是用这些话给他的分析画上句号,尽管他没有给予歌队同等价值,但他说了下面的话:"总体来看,值得一提的是所有三部在新诗歌诗艺中非常重要的、独树一帜的作品。人们不知该更欣赏哪一点,真理、感知的温暖、思想的高尚及力,或一种既充满活力又爽直的表达,它同时看起来又是自然的灵感,那么的愉人身心,那么的和谐,以至于艺术不能再作任何添加。"

我们祝爱思考的读者好运,好好享受合唱,正如欣赏其余;因为这是罕见的作品,它集道德和美学教育于一体,并达到同等高度。这发生得更快、更轻易,这得归功于施特雷克富斯先生优秀的译文。他之前所做的种种努力,例如眼前看到作品的试译①,这些对我们而言是最可靠的保证。

我们之前按照我们的方式尝试翻译曼佐尼纪念拿破仑的颂歌,想必他也不会置之不理,会根据他的方式用德语朗诵,可证明我们之前胆敢宣称的诗歌艺术的必要条件。

因此,在这末尾处,我们决定出于喜爱,以便自己学习,在第一次阅读《阿德尔齐》时便决意翻译。我们之前仔细观察《卡尔马尼奥拉伯爵》中有韵律的吟诵,发现作品听起来完全像宣叙调,特别是主要词语总是位于诗行首位,这种方式导致了连续的跨越弹奏,有利于那种朗诵方式,有力的朗诵完全使人振奋。因为德意志人的耳朵和本性抗拒任何紧张,要是当时我们没有成功适应这种方式,那么我便不能克制自己,进行这种尝试,学习悲剧《阿德尔齐》;在此,我也将包括这里的导言的全部介绍衷心地推荐给友好的读者们。

经过

德西德里乌斯和阿德尔齐,父与子,两位共同统治伦巴第的国王,逼迫教皇。应教皇的恳求,卡尔大帝率兵直下意大利,但意外地在埃驰河的关隘被墙和堡垒阻拦。

伦巴第诸侯在此期间对国王心生不悦,妄图背叛和寻求方式,向紧逼而来的卡尔大帝透露自己的意图,为了稳获事先的宽宥与恩赐,想暗中向他投诚。因此,他们在一个不起眼的武士家里举行密谈,他

---

① 施特雷克富斯曾试译《阿德尔齐》部分文字,发表在两份柏林期刊上,并于1827年1月20日寄给歌德。

们深信已经通过丰富的馈赠买通他。他在等待他们的到来,登场并
在独白中流露心声。

斯瓦托

一位来自法兰克的使者! 一件大事
不管什么即将发生——在骨灰缸的底部
被千个名字压覆之下
是我的名字;若它不摇晃,那么
我的名一直待在底层。我就这么
在阴暗的心情中死去,无须别人
带领,那些追求把我照得通红。
——我什么都不是。这低屋顶下马上
齐聚大人物,他们意图
与国王作对;他们的秘密
仅仅因为我不足挂齿,向我透露。
谁想到斯瓦托? 谁会关心
怎样的脚会踏进这门槛?
谁恨? 谁畏惧我? ——哦! 如果胆大妄为
能赐予高的地位,出生便
仓促分配得到,如果人们
可以通过剑追求统治权力,你们该看看,
高贵的亲王,我们之中谁才能得到——
最聪明的人可会达到。我用心
窥察你们;却闭锁我的心。你们
将会如何震惊,如何愤怒,

你们发觉，唯一的追求
将你们所有人与我联系在一起，是一种希望……
终于有一次平等对待我与你们！——现在用黄金
你们以为可以慰藉我。金子！
将这次要之物扔到脚下，已扔，
但脆弱的、恭顺的手伸出去
如乞丐般抓住它——

　　　　　　亲王伊德尔齐

　　　　　　　　　你好，斯瓦托。

……

英国爱尔兰文学
ANGLO-IRISCHE LITERATUR

出自詹姆斯·麦克弗森《芬戈尔之子莪相的作品》
AUS: JAMES MACPHERSON, ›WORKS OF OSSIAN, THE SON OF FINGAL‹

帖莫拉: 第 7 卷①
〈 Temora: 7. Buch 〉

Puail teud，a mhic Alpin na mfón，	阿尔品之子抚琴 奏曲
Ambail solas a nclarsich na nieöl	竖琴自有慰藉乎 微风
Taom air Ossian，agus Ossun go tróm	将它倾倒到莪相之上 莪相,悲伤之人。
Ta anam a snamh a nceö.	他的魂灵被雾包裹。

Son of Alpin strike the string. Is there ought of joy in the Harp?
Pour it then，on the Soul of Ossian：it is folded in mist

Vllin，a Charril，a Raono，	乌林、卡里尔与劳诺
Guith amsair a dh'aom o-shean，	往日时光的 声音
Cluinim Siobh an dorchadas Shelma	我听见你们在塞尔玛的 黑夜中，

---

① 首次发表见于：Otto Heuer，Eine unbekannte Ossian-Übersetzung Goethes，in：JbFDH 1908，S. 261‑273。参考底本：AA(Jugendwerke 3：Prosaschriften，S. 68‑71)。本部分也见于《歌德全集》第 28 卷。

Agus mosglibhse anam nan
dan.

旋即振奋咏歌谣之
灵。

Ullin，Caril and Ryno，voices of the days of old，let me hear you，in the darkness of Selma，and awake the soul of songs.

Ni ncluinim siobh Shiol na
　　mfón.
Cia an talla do neoil，m'bail
　　ar suain
Na tribuail siobh，clarsach
　　nach trom,
An truscan ceo-madin's
　　cruaim
Far an erich，gu fuaimar a
　　ghrian
O Stuaigh na ocean glas.

我听不见你们，歌曲
　　之子。
在云端何处房屋
　　你们栖息
你们不拨动那幽暗的
　　竖琴，
一片朦胧的雾，
　　如在晨曦般低沉。
在那升起，带着鸣声
　　太阳，
越过波浪
　　　　　　蓝色
　　　浪端
　　　　　　绿色

I hear You not，ye children of music，in what hall of clouds is your rest? Do you touch the shadowy harp，robed with morning mist，where the sun comes sounding forth from his greenheaded wawes.

O linna doir-choille na
　　Leigo，

在布满灌木林的莱戈湖的
　　水域上，

Air uair，eri' ceo
　　taobh-ghórm nan tón

升腾起
　　雾霭

Nuair dhunas dorsa na
　　hoicha

当夜之门
　　关闭

Air iulluir shuil greina nan
　　speur.

透过天空中日之
　　鹰眼

Tomhail，mo Lara nan sruth

越过远处的拉兰河，

Thaomas du'-nial as doricha
　　cruaim

幽暗的雾倾泻而下
　　那么黑暗，那么低深

Mar ghlas-Scia'，roi taoma
　　nan nial，

正如模糊的盾牌在雾中
　　翻滚。

Snamh seachad，ta Gellach
　　na hoicha，

七层覆盖，
　　夜之月。

From the wood-skirted waters of Lego，ascend，at times，grey
bosomed mists，when the gates of the west are closed on the suns
eagleeye. Wide，over Lara's Stream，is poured the vapour dark
and deep: the moon like a dim shield is swimming thro' its folds.

Le so edi taisin oshean

　……

An dlu'-gleus, a measc na

　……①

① 歌德原文如此。

gaoith
'S iad leamnach, o osna gu
    osna,
Air du aghai oicha nan sian

An taobh oitaig, pu palin
    nan seoid
Taomas iad ceäch nan speur

Gorm-thalla do thannais
    nach beo,

Gu am eri fon marbh-ran
    nan teud.

当它们被风吹起而
        飞舞，
透过风暴之夜的
        黯面，
在黛黑的风中，到达
        武士之墓前
它们倾倒天上的
        雾霭
至昏暗的居所

灵魂并不 { 勇敢 强健 生气勃勃

直到琴弦传出

歌唱死者 { 之誉 之忆

的曲子。

With this clothe the spirits of old their sudden gestures on the Wind,
when they stride, from blast to blast, along the dusky face ofthe night.
Often blended with the gale, to some warriors grave, they roll the
mist, a grey dwelling to his ghost, until the songs arise.

An codal so don' fhear-   克拉托①高贵的丈夫

① 莪相之母。

phosda aig Clatho，

Am bail coni do m'athair，an
swain?

Am bail cuina，'s mi ntrus-
can nan nial，

'S mi m 'aonar an ám na
hoicha

正在酣睡

我那强壮的父亲①

在休憩？

难道我忘记，

我是如何

被雾包围

……②

Sleeps the husband of Clatho? Dwells the father of the fallen in
the rest? Am I forgot in the folds of darkness; lonely in the season
of dreams.

Lumon na sruth!

'Ta u dealra，air m'anam
fein，

'Ta do ghrian，air do
thaobh

Air carrie nan cran，bu trom

河！

河流之洛蒙！

你闪着光辉照进我的
灵魂，

它是你的太阳，在
你那边，

越过长着发出声音的树的
岩峰。

Lumon of foamy streams，thou risest on Fonars Soul! Thy sun is

---

① 指芬戈尔。
② 歌德原文如此。

on thy side，on the rock of thy bending trees.

塞尔玛之歌①
Songs of Selma

塞尔玛歌谣

　　下沉夜的星星！你在西方闪烁着美丽的光芒！你从你的云中抬起满头卷发的头：你悄悄地在你的山峰上变化。你在平原处望何物？猛烈的风暴已停歇。河水潺潺流自远方。呼啸的波涛爬上遥远的岩石。夜蝇用它们柔弱的翅膀飘着，它们的嗡嗡声传遍田野。美丽的光，你在瞧什么？但你微笑，离开。再见，你这沉默的光束。让我相灵魂之光闪耀。

　　光芒强烈地闪耀着。我看见好些朋友们。他们齐聚在罗拉平原②上，正如往日一样。芬戈尔从雾中如同水柱般出现；他的英雄们簇拥着他。看呐！那歌者，白发苍苍的乌林！庄严的利诺！拥有悦耳嗓音的阿尔品！还有哀婉悲叹的弥诺娜！哦，我的朋友们！你们的变化真大！我们曾在塞尔玛山上的盛会中相互竞赛，塞尔玛快乐的日子如同春天的风，它们吹过山峰，来回吹折温柔低语的草儿。

　　俊俏的弥诺娜站了出来，目光低垂，眼中含泪。她的卷发被风缓缓吹落，那风只是有时从山峰上吹下来。当她放开动人的歌喉，英雄们的心情忧郁，他们一次次地看过萨尔加③的坟和白皙皮肤的可尔

---

① 首次发表见于：Adolf Stöber，Lenz und Friederike，Basel 1842，S. 97 - 107。参考底本见于：FL III S. 76 - 89。
② 塞尔玛山下的一处平原。
③ 可尔玛死去的爱人。

玛的幽暗居所。声音优美的可尔玛独自居住在山上。萨尔加许诺要
来,但周遭的夜落下。——你们听可尔玛的歌声,她正独自坐在
山上。

可尔玛

　　已是夜;——我凄凉地独坐在刮着暴风的山上。风在山峰之间
呼啸而过。瀑布从山顶扑腾而下。没有一间茅屋在下雨之时收留
我。我凄凉地在刮着暴风的山上。

　　哦,月亮! 从你云层后钻出来吧,夜之星闪现吧。难道没有光引
我去狩猎归来的爱人所在处! 他的弓在他身旁,并未绷紧。他的狗
在他身边呼着气。可我必须孤独地坐着,坐在长满苔藓的河道的岩
石旁。河流和风在呼啸,我听不见爱人的声音。

　　那么,为何,我的萨尔加,为何,山之子,不遵守他的承诺? 这里
是岩石和树木,这里是奔腾轰鸣的大河。你许诺天一黑便来。呵!
我的萨尔加去了哪? 我想与你逃离我父亲,与你逃离我傲慢的兄弟。
我们的族人世代为仇,但我们不是仇敌,哦,萨尔加!

　　风,停一会! 河流,稍作停歇! 我的声音在原野上回响,漫游者
听见了我。萨尔加! 我呼唤你。这里是树木和岩石。萨尔加,我的
爱人! 我在这。为何你犹豫不至?

　　看呐! 月亮露出来了。河水在山谷里闪耀着。山坡上的岩石呈
灰色。但我并未在山道上看见他的身影。没有狗预告他的到来。在
这,我必须孤苦伶仃地坐着。

　　可是,他们是谁? 在我面前躺在原野上的,难道不是我的最爱和
我的兄弟? 说话,哦,我的朋友们! 他们不回答。啊,我害怕。啊!
他们死了。他们的剑因交战而被染红。哦,我的兄弟,我的兄弟! 你

为何杀死了我的萨尔加。哦,萨尔加,你击毙了我的兄弟?你们两人都是我亲爱之人!我该对你们的荣誉说些什么?你是山边千里挑一的豪杰,他在战斗中令人生惧。说吧;我的爱之子,听我的声音!然而,呵!他们沉默,永远沉默,他们的胸膛冷如坟墓。

啊!你们死者的灵魂谈论山之岩,谈论多风的山之峰顶!说话吧,我不想害怕!——你们去哪安息?我可在哪个山洞找到你们?在风中,我听不见任何微弱的声音,在山的狂风中,我得不到任何快要烟消云散的回答。

我坐着哀叹。我以泪洗面迎接黎明。你们死者,朋友们,坟墓耸起,但别在可尔玛到来之前关闭。我的生命流逝如同梦幻:我怎能活下去?我愿在此与我的朋友们共安息,在靠着轰鸣的岩石的河畔。当夜幕降临山岗,当风吹过原野,我的灵魂应该站立在风中,悼念朋友之死。猎人在他的围猎区小屋里听见我的声音,既害怕又喜爱。我的声音因我的朋友们而甜美,我喜欢他们两个。

这就是你的歌吗?弥诺娜,托尔曼家娇媚羞怯的姑娘。我们为可尔玛流下眼泪,我们变得忧郁。乌林带着竖琴来到我们身边,唱起阿尔品之歌。阿尔品的声音动人,利诺之灵像一束火光。但他们已在狭小的房子里休息,人们在塞尔玛听不见他们的声音。乌林狩猎回来,当时英雄们尚未阵亡。他听见他们在山边竞相歌唱,他们的歌温柔但悲伤。他们哀悼英雄领袖莫拉尔的死亡。他的灵魂正如芬戈尔的灵魂;他的剑正如奥斯卡的剑。但他倒下,他的父亲悲痛不已:他的姐姐双眼饱含着泪水。

弥诺娜的眼睛噙满泪水,她是出生高贵的莫拉尔的姐姐。她在乌林的歌声前先行退下,正如西边的月亮,当它预见下雨,将自己美丽的脸蛋藏在一朵云里。我和乌林一起拨动琴弦,哀歌开始响起。

利诺

风与雨已停,中午时分天气晴朗。天空拨云见日。变化多端的太阳在绿色的山上飞着。红色的河流从山上通过多石的山谷流下来。哦,河流,你的轰鸣声真悦耳,但我听见的声音更甜美。这是阿尔品之声,歌之子为死者哀悼。因为年龄,他低垂着头,他泪水盈眶的眼睛通红。阿尔品,你这歌之子,为何独自在这缄默的山上?为什么你如一阵微风般在森林里哀怨,如远处海岸边的一道波浪?

阿尔品

我的泪,哦,利诺!是为逝去的人而流;我的歌声为住在坟墓里的人响起。在山岗上,你多么魁梧;在众平原之子中显得那么俊俏。可是你会像莫拉尔那样倒下;你的坟墓之上将坐着哀悼之人。那些山岭会将你遗忘,你的弓会松去弦,挂在你的厅堂。你曾那么轻盈,莫拉尔!像山上的小鹿,像燃烧着的彗星令人生畏。你生猛起来像风暴。你的剑在战斗中像田野里的闪电。你的嗓音如同雨后咆哮的河水;如同远处山上的响雷。许多人被你的胳膊击倒;他们被你的怒火吞噬。

但当你从战争中归来,额头上洋溢着多少平静。你的脸如同雨后太阳;如同缄默之夜的月亮;就像暴风平息之后的湖中央那么宁静。

可现在,你的房子多么窄小;你的停留之地那么阴暗。我用三步便测量出你的坟,哦,你平时是那么高大。顶端长了苔藓的四块石头是你唯一的纪念碑。一棵半枯萎的树,在风中低语的长草,为猎人的眼睛指明了伟大的莫拉尔的坟墓。莫拉尔,你确确实实地倒下了。

你没有母亲为你恸哭；没有姑娘为你流下爱之泪。将你生下的母亲已死去，莫格兰的女儿已逝去。

谁在这一班子人中？那位头发花白的人是谁？他的眼睛哭得通红，步履蹒跚。——莫拉尔！这是你的父亲！这位除你之外没有别的儿子的父亲。他听说你在战役中的丰功伟绩；他听说流散的仇敌；他听说莫拉尔的荣耀；怎么？难道他没听说你受了伤？

莫拉尔之父，你在哭泣！哭吧！只是你的儿子已听不见。死者的睡眠深沉，你们沾满灰尘的枕头①深沉。他不会再感知你的声音，如果你喊他，他不会再醒来。何时会是坟墓里的晨曦，它唤醒酣睡者。

再会，你这最为尊贵的人，你这田野里的胜者！但战场不会再见到你；森林不再被你的光辉照亮。你没留下儿子；但歌曲将永存你的名字。未来的时代将听说你的故事；它们该听听死去的莫拉尔的故事。

此时，英雄的悲伤渐生，但响声最大的是阿明突然发出的哀叹。他想起自己儿子的死；他正值壮年，命归黄泉。加马尔的领袖卡莫尔挨着这位英雄坐着。他问，阿明为何突然叹气？什么原因导致你悲叹？歌曲及其伴乐，使心伤，使心欢。它如同温柔的雾霭，从湖面升起，经过缄默的山谷，绿色的花朵被洒满露水，但太阳强势归来，雾霭消失。哦，阿明，你为何如此忧伤，你这位被海包围的戈玛岛②领袖。

忧伤！我的确如此：我哀叹的原因并非微不足道。卡莫尔，你没有失去儿子；你没有逝去如花似玉的女儿。勇敢的科尔加③还在，

① 英语原文为 Low their pillow of dust，歌德译文为 tief ihr Küssen von Staub。Küssen 应该为 pillow(Kissen) 的笔误。
② 指 Gorma，阿明为戈玛岛统治者。
③ 指 Colgar，卡莫尔的儿子。

安妮拉①,姑娘中最美的,也还在。你的家族枝繁叶茂,哦,卡莫尔!
但阿明是他家族的最后一人。哦,岛拉②,你的床那么黑暗! 你在墓
里的睡眠那么深。你何时能醒来,放开你的歌喉唱歌? 秋风起,秋风
起;猛烈地吹向幽暗的原野! 山之河流,怒吼吧! 呼啸吧! 在橡树树
冠之上的暴风。哦,月亮在残云中间穿行! 时不时露出你惨白的脸!
又让我想起那个可怕的夜,一夜之间我的孩子们都死去;强壮的阿林
达尔倒下,可爱的岛拉倒下。岛拉,我的女儿,你是那么美丽;如同弗
拉③山上的月亮那么美;雪白肌肤如同落下的雪;甜美如同呼吸的
空气。阿林达尔,你的弓厉害,你的矛飞速地投入战场。你的眼神
犹如波浪端的雾,你的盾是风暴中的红云。阿玛尔④在战争中名闻
遐迩,来寻求岛拉的爱情;她很快对他倾心,朋友们怀着多么美好的
期望。

　　埃拉特⑤,奥德戈之子,怒气冲冲;他的兄弟被阿玛尔杀死。他
乔装成海之子;他的小船在波涛之上很轻巧;他的卷发被岁月染上
银霜;他严肃的额头平静,美丽的姑娘,他说;阿明的可爱的女儿!
不远处的海中有块岩石,在它那边长了一棵树,从远处看,果实呈
红色。在那,阿玛尔等着岛拉。我来接他的爱人,到翻滚的海那
边去。

　　她去了,并呼喊阿玛尔的名字。无人回应,除了岩石之子⑥。阿
玛尔,我的爱人! 我的爱人! 你还要让我担心多久? 听着,阿纳特的

---

① 指 Annira,卡莫尔的女儿。
② 指 Daura,阿明的女儿。
③ 指 Fura,某地名。
④ 指 Armar,岛拉的爱人。
⑤ 指 Erath,因兄弟被阿玛尔杀害,为复仇,埃拉特向阿玛尔的爱人岛拉下手。
⑥ 指回声。——歌德原注。

儿子听啊；这是岛拉在呼唤你。埃拉特，那奸人笑着逃回陆地。她提高她的嗓门，呼喊兄弟和父亲。阿林达尔，阿明！无人来救他的岛拉。她的声音穿过海，阿林达尔，我的儿子，从山上爬下来，疯狂地追捕猎物。他的箭在腰间呼呼作响，他手持着弓：五只暗黑色的猎犬紧跟他的步伐。他看见大胆的埃拉特在岸边，明白他的诡计并将他绑在橡树上。阿林达尔紧紧地用皮带在他腰部捆了一圈圈，风中充斥着号啕哭声。阿林达尔驾着轻舟，将岛拉带回陆地。阿玛尔怒火冲天地来到，射出灰色翎毛的箭。弓响；他倒在你的心上，哦，阿林达尔，我的儿；你因埃拉特这叛徒而死。舵在他手上僵住，他从悬崖上摔下去，死去。岛拉多么的悲伤，脚边流淌着兄弟的鲜血。

小舟被波涛劈成两半。阿玛尔掉进海里，为了救他的岛拉，或为她殉葬。一阵风从山峰上迅疾地刮向波浪。他沉下去，我再也没有看见他。

从被海包围的悬崖上，传来我女儿孤独的哀泣。她的叫声不断，哭声震天，父亲也不能解救她。一整夜，我站在岸边。借着微弱的月光，我看见了她。一整宿，我听见她叫喊。风声呼啸，雨啪啪地拍打悬崖的这一边。在破晓之前，她声音微弱。她就像一阵微风在悬崖的草间死去。她悲痛过度而死，留下阿明孤身一人：我在战事中的勇气一去不复返，我的尊严低如妇女。

当山的风暴来临，当北部的波涛涨起，我坐在沙沙作响的河畔，看着令人生惧的岩石。在月亮下沉，我看见我的孩子们的鬼魂。他们若隐若现地互相攀谈漫步。你们没有人可怜我，跟我说话？他们不看他们的老父。哦，卡莫尔，我忧伤！但我哀叹的原因并非微不足道。

这就是在歌唱的日子里吟唱者的话语，在这时候，国王听见竖琴的响声以及过去时光的故事。诸侯们在他们的山峰上出现，听着悦耳的曲调。他们称颂柯纳①的声音是上千吟唱者中最优美的。但现在,岁月在我的舌上,我的灵魂衰弱。有时,我听见吟唱者的灵魂,学习他们动人的歌声。但脑海的记忆在衰退。我听见年月的呼声。他们说,在他们从我身边经过时:什么? 莪相唱歌? 很快他会躺在狭小的房子里,没有一位吟唱者提起他的声望。滚吧,你们这些暗棕色的岁月,在你们奔跑之时,你们并未给我带来欢乐。为莪相打开他的坟墓,因为他已身衰力竭。歌唱之子们去休憩,我的声音犹在,当风暴停歇时,正如一阵微风在四周是海的岩石上低语。黝黑的苔藓嗡嗡响,从远处,船夫看见飘摆的树。

出自《贝拉松》②
Aus: ›*Berrathon*‹

　　你为何将我唤醒,春风? 你抚爱着我说道:"我以天上的甘霖把你滋润!"可我凋谢的日子临近,把我枝叶吹落的风暴已经来临! 明天一位漫游者将要到来,他曾见过我的美丽年华。他会在旷野中把我四处寻找,但不会再找到我的身影。

(卫茂平译)

---

① 指莪相们。——歌德原注。

② 首次发表以及底本见于: Die Leiden des jungen Werthers. Leipzig 1774。译文原出处是《贝拉松》(Berrathon),该诗是《莪相诗集》的最后一篇颂歌。语言优美,感情真实。后被歌德运用于《少年维特之烦恼》。原文如下:"Why dost thou awake me, O gale!" it seems to say, "I am covered with the drops of heaven! The time of my fading is near, and the blast that shall scatter my leaves. Tomorrow shall the traveller come; he that saw me in my beauty shall come. His eyes will search the field, but they will not find me."

出自莎士比亚《哈姆雷特》
AUS SHAKESPEARES ›HAMLET‹

第一幕第五景①

我来了,亲爱的,去吧,去吧
谁抓住了它或者谁能够调解。
这时代分崩离析,可怜的我
竟要我来纠正。

对查尔斯·罗伯特·马图林
《伯特伦或圣·阿尔多布兰德的城堡》的研究与节选
ZU UND AUS CHARLES ROBERT MATURINS ›BERTRAM;
OR THE CASTLE OF ST. ALDOBRAND‹

悲剧《伯特伦》,英国文学近来的成果难成,难译,甚至几乎不可译,即使我们在剧中能马上找到已知的德国原创元素,如席勒的莫尔一家②和科策比③的孩子④,他们甚至友好地伸出手,僧侣、骑士、水

---

① 首次发表以及底本见于：WA I 53 (1914), S. 360 (Nr. 38)。歌德译文与莎士比亚原文稍有出入。莎士比亚原文为：
Hamlet：... The time ist out of joint；– o coursed spite，
　　　　　That ever I was born to set it right! –
　　　　　Nay，come，let's go together.
② 指席勒《强盗》(Die Räuber)一剧中的老莫尔及其两个儿子:卡尔·莫尔和弗兰茨·莫尔。剧本于1781年出版,1782年首演。
③ 指August von Kotzebue(1761—1819),德国剧作家、小说家,是18世纪末至19世纪初德国广受欢迎的剧作家。
④ 科策比至少在《恨与悔》(Menschenhaß und Reue)和《瑙姆堡前的胡斯派》(Die Hussiten vor Naumburg)两部戏剧中塑造了"孩子"角色。

流和暴风雨,我们甚至能在其中的元素中碰到这些老朋友。

若想理解这部戏剧,人们必须回溯至莎士比亚,他清晰地展现了人本性中最为可怕的深处,此后一系列优秀的天才前赴后继、年复一年、缺乏明确性地转向内部写作,将混乱复加在混乱之上。被引诱至此的观众开始将强烈的不满视为诗歌最有价值的对象,并对精力充沛的精神呈献无条件的尊重,丝毫不考虑:这恰恰最有能力摧毁所有艺术。

最近,英国观众爱恨交加地鉴赏拜伦爵士的作品。伯特伦也可扎下根来,它将仇恨和复仇精神、义务和软弱、深谋远虑、计划、偶然性以及毁灭与复仇女神一起杂乱无章地鞭打开,将一篇仔细看来明显是散文的作品提升为值得尊敬的悲剧性诗歌。

对英国舞台而言,夸张不容或缺,夸张热情地贯穿整部戏剧。女主角随时会躺到地板上,这该是一条规则,但情况变得如此癫狂,将平静的、理智的、虔诚的修道院院长,即歌队长,堕入昏厥,这似乎有一些过于强烈,所有归于戏剧中沙沙作响的森林河流,演员基恩的伟大天赋、萨默维尔小姐前途无量的妩媚增强了该剧的魅力,实实在在地征服了观众。

德译并非不可能,但难度高,语言混乱的简洁并非我们本土有之,人们必须创造一种风格,人们允许它容纳许多。这是一次尝试,但读者自己对此必须有所准备。

1
第二幕第三场 a 部分
第三场

宫殿围墙露台,部分可见,其余部分被高大树木遮挡。

伊莫金独自一人,她抬头望了好一会儿月亮,然后慢慢向前走。

伊莫金：① 　　我所爱的月光！
　　　被每个温柔深沉的精神喜爱
　　　被沉浸在爱河中的人所爱。
　　　你是多么妩媚和欢乐地对在深处活动的
　　　灵魂之潮起潮落施加影响。
　　　你将光辉洒在欣喜和绝望之上
　　　马上从玫瑰面颊的希望，
　　　从苍白忧伤面容反射回去。

2
第二幕第三场 b 部分

（伯特伦②慢慢从地面走上来，手臂交叉，双眼望地。她没有认出他。）

伊：
　　　这样的身影常闯入我的梦中
　　　那么黑暗狂野，那么严肃镇静且骄傲！
　　　难道在清醒时，它向我走来？
　　　（伯特伦完全走上舞台，站在那里，不看她）

伊：
　　　陌生人，请你开口说话，因为你的伤口
　　　只会使民众，外面的民众，激动。
　　　你受伤了——你的金子没有起到作用，

---

① 下简称伊。
② 下简称伯。

你世俗的幸福碰到了我们岩石般的粗野；
我可以治愈这个——就如同我的宝藏守卫者。

伯：

在我身上堆积世俗财富都是枉然。

伊：

我读出了你的失败——你的心
沉没在冷酷无情的黑水中。
一位忠诚的友人、兄弟、挚爱的人
沉没。这让我可怜，但此外，我别无其他——
我可以赠予黄金，但给不了慰藉，
我自己前景黯淡！——
如果我还能规律地喘气，
我还是可以熟练地完成这一悲伤的仪式：
但悲伤已让我发不出其他声音。

伯：   （拍打自己的胸膛）

露水并不能恢复已被烧焦的土地。

伊：

你的形象陌生，你的话语更是陌生。
这一话锋的转变更让我惊恐。
请说出你的家族和家乡！

伯：

这究竟有什么用！
苦命之人无家乡，家乡之名
意味着房屋、爱、亲戚、忠诚的友人、
法律和保护；这些将人与人联系起来。
但这些都不属于我，我没有家乡。

我的家族——最近的长号
更多的是唤醒、收集我先人的
遗骸，当喇叭的号角
向高贵的武器行列和光洁的盾牌
呼唤失去的子孙。

伊：

他的话瘆人，
他的声音刺耳可怕！
昔时的灵魂发出尖锐声音——
我的善有助，我的泪不会流。
陌生人，再见。身陷不幸的你
一个未知的大不幸会接踵而来。

（她惊恐万分地离开，他拦住她）

伯：

你不该离开。

伊：

不该？快说，你是谁？

伯：

我该说吗？——这个声音曾是
世上所有人可以忘却，但你不可以忘却的声音。

第四幕第二场

（伯特伦出场）

伊：

看着你，我心生罪恶；

但我开始之事已是罪恶——

对你的获救,内心犹豫着不幸的念头——

快逃! 我的嘴唇还能无罪地发出警告。

哦! 我会装作你没来过那样,快离开!

上帝! 他竟没有察觉到我? 难道他竟对我如此不屑?

你带来什么? 那么可怕的打算。

我知道你盘算着邪恶之事;关于具体内容

我问我的心也只是枉然。

伯:你猜吧,并保护我!

(长时间停顿,在此期间,她仔细地打量他)

从我的脸上你可读出什么吗?

伊:我不能!

在那,黑暗之恶混杂着思想的阴暗。

但我带着恐惧不明确地猜测,

我看到这都快要被毁灭。

(转身,停顿)

伯:

你难道没有从我深沉的沉默中听出来吗?

没有言语可诉说的,会自己诉说。

伊:

我焦虑不安。可怕呀,

就他一人不能知道。

伯:(将匕首扔到地上)

你来为我说话! ——

告诉我你丈夫休息的房间,

我们不会再活着见到明天。

伊：（叫喊起来，与他搏斗）

噢！可怕！可怕！走开——别拦着我。

我会吵醒整个城堡，吵醒亡者

来救我的丈夫。

伯：那就去吧！

你救了他，给自己带来新的不幸。

伊：（倒在他的脚边）

我这可怜的女人！谁造成的？谁带来的？——

受到这样的讥讽，就像虫一样蜷曲在此。

发发慈悲吧！我罪孽深重。

伯：（将匕首从地上抢夺到手）

我的心如手上的钢刀。

伊：（仍然保持跪状）

你将我从光明之处拖下，

从和平和纯净的高处，

我曾在那坦然、幸福地走着；

别把我拖向最后的黑暗。

伯：（同情地看了她一小会儿）

你这最美的花！——花？确实美！

为何你将自己恣意地扔在我的恐怖道路上，

我的虎步在行进之时将你踩碎。

它不会因你而胆怯。

伊：不！你必须！

我在悲泣中变坚强，我未曾责备你，

我通过死亡斗争和眼泪来寻找权利。

好心的伯特伦！我曾爱过的伯特伦，

你曾那么友好，曾经——且我心爱的，

发发慈悲吧——你不能想象这个。

（她往上看，当她在他脸上看不到同情，她疯狂地跳起身来）

苍天啊！众神啊！他命不该绝！

伯：

苍天啊！众神啊！他不该活下去！

出自一本 1604 年的宾客题词留念册
AUS EINEM STAMMBUCH, VON 1604.

思想乘上希望的翅膀，爱之希望；

在晴朗的夜空将爱递送至辛西娅①。

然后说：她在上空改变容貌，

在凡间，时间流逝，我的幸福渐长。

将这些话温柔地、轻声地在她耳旁私语，

疑虑时常萦绕在头上，忠诚落泪。

她疑信参半，

为此责怪你们这些坠入爱河的人，

说：你们只是心意转移，你们从不改变。

怀疑踏进心灵，但并不毒害它，

因为猜测使爱徒增甜蜜。

当她闷闷不乐，乌云遮蔽双眼，

使晴朗的天空乌黑一片，

---

① 即 Cynthien，希腊神话女神，实际上是指月亮和狩猎女神阿耳忒弥斯，阿波罗的孪生姐妹。阿耳忒弥斯掌管月亮。

然后叹息的风驱走云朵，

她泪如雨下。

只留下思想、希望和爱，

直到辛西娅恢复常态。

——莎士比亚

《曼弗雷德》，一首拜伦勋爵的戏剧诗（伦敦，1817）
MANFRED, A DRAMATIC POEM BY LORD BYRON.
LONDON 1817.

一份奇妙的、打动我的出版物是拜伦的悲剧《曼弗雷德》。这位罕见的、有才智的作家吸收了我的《浮士德》，而且，忧郁地，从中汲取了异常稀罕的营养。他用自己的方式使用适合其目的的母题，以至于没什么与原貌相同，正出于这个原因，我远不能令人满足地欣赏他的精神。这种转变出自一个整体，人们甚至可以就此以及针对与原型的异同作特别有趣的演讲；在这件事情上，我当然不能否认，剧末无边无际、丰富的绝望衍生出的、炽热的阴郁会使我们生厌。尽管如此，人们感受到的这种厌烦总与钦佩和尊重紧紧联系在一起。

我们在这一出悲剧中原原本本地找到思想和激情的精华，来自这最不可思议、为了自我折磨而生的天才。拜伦勋爵的生活方式和写作方式并不能让人公正地评价。他自己也常常坦白受何事煎熬，刚有人对其难以忍受的痛苦，对他反复咀嚼的伤悲，对屡屡缠绕着他的苦楚表示同情，他就不断展现这些折磨。

原本是两个女鬼一直追踪他，她们也在刚刚提到的剧作中扮演了重要角色，一位名为阿丝塔特，另一位，没有形状和出场，只是一个声音。

　　他与第一位女子的可怕奇遇如下：作为一名年轻、勇敢、特别吸引人的男子，他赢得了佛罗伦萨女士的好感，其夫发现了奸情，谋杀了妻子。凶手在同一天的夜里暴毙街头，但人们未能找到任何有嫌疑的人。拜伦勋爵离开佛罗伦萨，将这些鬼魂拖进自己的人生并相伴一生。

　　诗歌中已有无数暗示，因而这个奇妙的事件完全有可能，一如他盛怒之下怒火燃烧五脏六腑，残忍地在自己身上再现斯巴达国王不幸的故事。这个故事如下：帕夫萨尼亚斯，一位拉西第孟尼亚的将军，因在普拉提亚取得重要战事的胜利获得加冕，但后来因狂妄自大、顽固、粗鲁和冷酷无情失去了希腊人的爱戴，又因为与敌人秘密达成谅解失却了祖国人民的信任；他背负的沉重的血海深仇，一直跟随他直至可耻生命的终点。当他在黑海指挥希腊盟军的船只，他对一位拜占庭的年轻女子产生了疯狂的激情。遭受长期的抗拒后，这位权贵显要最终从她父母身边赢得了她；她应该在夜晚被带到他那儿去。因害羞，她请求仆人熄灯，事情就这样发生了，她在房里到处触摸，碰倒灯柱。帕夫萨尼亚斯从睡梦中惊醒，他怀疑有刺客，抓住剑，砍倒心爱之人。他再也无法忘却那可怕的场景，鬼魂无止境地跟随他，他呼唤神灵和驱鬼的神甫也只是徒劳。

　　诗人该有着一颗严重受伤的心灵，他从史前时代找到这样一个事件，进行转化，给他的悲剧加上重负。下列独白饱含对生活的不快与烦闷，通过这些评语得到解释；我们推荐所有喜爱朗诵的朋友以此进行重要的练习。哈姆雷特的独白看起来在这儿得到升华。艺术尤其要突出已开始之事，保持相互之间丰富与流畅的联系。此外，人们将不费吹灰之力地认识到，一种一定程度上强烈的，甚至古怪的表达对于展现诗人的意图是必要的。

曼弗雷德 一个人①
(Manfred allein.)

我们是时间的小丑,恐惧的小丑!
它们偷走了一个个日子,悄悄溜走。
我们厌倦生命,害怕死亡。
在所有被诅咒的闹剧的日子——
活生生的负累压在反抗的心上,
忧郁让它停滞,痛苦让它躁狂,
快乐的终结是垂死和昏迷——
在所有的日子里,无论未来,还是过去——
生活中什么都不是现在——你数一数
在多少:——比少还要少的日子里,

灵魂不曾渴望死亡,却又被死亡吓退,
就好像那是一条冬日的长河。
冰冻或许只是一瞬。——凭借知识,
我想出一策:我唤来死者
问他们:我们所惧为何?
最严肃的回答便是坟墓。
而这毫无用处,他们不予回复——

已被埋葬的牧师回答了

① 这是拜伦《曼弗雷德》的独白。

隐多珥的女人①!
斯巴达国王从希腊少女不眠的精神中
获取答案,知晓命运。
他杀死至爱,却不知所害是谁;
死去,却未容赎罪。
即便求得温和的宙斯相助,
在费加里亚
他呼唤阿卡迪亚的女巫,
让愤怒的幽灵给予宽恕,
也只得复仇时限。其言
意义模糊;却终得实现。②

但愿我从未活过! 我的爱
或许还活着;但愿我从未爱过!
我的爱或许依然美丽,快乐,
令人心怡,可现在她是什么?
她在受罪,为我的错误——
一个生命? 别去想——也许就是个虚无。
短短几时之后,我就不再无谓请求,

---

① Endor,圣经中的一个地名;"隐多珥的女人"指隐多珥的女巫,以色列的第一
个国王扫罗(Saul)因为听不到上帝的声音,便在隐多珥通过一个女巫让以色
列最后一位祭司撒母耳(Samuel)复活,撒母耳预言扫罗的毁灭。
② 统帅保萨尼阿斯(Pausanias,公元前5世纪)意外杀死了自己的情人克列奥
尼克(Kleonike)。她以幽灵的形象在他面前出现。他让来自阿卡迪亚地区
的费加里亚唤灵者把她招来。她向他预言说他就要从虚相中解脱。很快,保
萨尼阿斯就因为叛国罪被杀。

然而我一向蔑视的，这一刻却怕了，
幽灵，我从未怕过，
无论是善是恶。现在我在哆嗦？
心披露水，陌生而又冰冷！
虽是厌恶，却决心已下，
我召唤大地的恐怖——夜，来了！

（卢铭君、姜丽译）

出自拜伦《曼弗雷德》①
AUS BYRONS MANFRED

第一幕第一场
诅咒

（一个声音）

当明月低悬波上，
当萤火虫草中隐藏，
一道虚光罩落坟墓，
泥潭之上鬼火闪亮，
当星星坠落，
猫头鹰尖声呼应，
树叶无声，纹丝不动，
傍依昏暗的坟茔，

---

① 本篇亦见于《歌德全集》第 2 卷第 555—557 页（原文页码）。首次发表及参考
底本见于：KuA II 2 (1823)，S. 135 - 138。

我的灵魂会伏你魂之上，
载满暗示和力量！

你纵使深沉梦乡，
精神却总是清醒。
那里的幽灵永不遁形，
那里有你未曾驱逐的思想。
你不曾知晓的力量
从不让你独处。
柩衣将你包裹，
团云将你围住，
你将永远，永远在这句
咒语的魔力里停驻。

即使你未见我走过，
也能用双眼把我感受，
就像一种从未亲见
却近在身边的东西，
如果你，暗自恐惧，
就转过头去，
你一定奇怪，
我并没有像幽灵一样存在；
不！你所感受的力量，
就在你体内隐藏。

一个咒语，一首歌曲，

用一道诅咒为你洗礼，
一个空气精灵
用套索将你迷惑。
风中有一个声音，
强迫你要快乐。
如果夜未能给你
清空的静谧，
当白昼带来阳光，
日落便是你心所望。

在你虚伪的泪中我提取
最为致命的精华，
在你的心里我吮吸
鲜血，那最黑的源发，
从你的微笑中我诱出
盘曲的蛇，
从你的唇间我吸出
最可怕的毒液。
你自身的毒
比我尝过的每种都更烈。

你蛇笑微微，冰寒胸口，
深不可测是你狡诈咽喉，
道德的光在你双眼流转，
封闭的灵魂只识欺骗，
你的伎俩完美超群，

妄想你有一颗人心，
你欢喜别人苦忧，
你只与该隐同流，
所以我用魔法唤你，
让你成为你的地狱！

在你头上我洒洒一碗
让你接受这一判决：
不死不眠
是你的不幸，无止无歇；
看似要如你心愿，
死亡却只是恐怖相胁。
看啊！魔法在你周围作用，
链条无声地将你扎牢；
咒语已走过你的
心和大脑——去吧！

第一幕第一场

（曼弗雷德独自一人）
　　灯会被注满油，但即便如此
　　它也不能在我醒着的时候亮着。
　　我寐——但当我打瞌睡时，我并未安睡，
　　只是一种连绵思绪的纠缠
　　我完全无法抗拒它们。我的心
　　总是醒着。我闭上双眼，

它们向内心张望。我活着并
有着凡人的样貌形体，
哀思是智者的师傅
忧思是知识：懂得最多的人，
深深地为受了诅咒的真理痛惜，
知识之树不是生命之树。

第一幕第四场

曼弗雷德： 听我说，听我说。
阿丝塔特，我的最爱，和我说话。
我忍受了那么多，仍然在忍受
朝我这边看过来！坟墓[改变]①
如同我这般为你改变。
我们相爱，最致命的罪孽。

回答我——我得到一些回答
鬼魂和人给我的回答。但你却沉默。

尽管如此，跟我说吧。我看守星星
我从天空俯视，寻找你。
跟我说话！我穿过整个世界
从未找到与你相似的人。说吧！
看这些恶魔——他们同情我

---

① 此处疑歌德漏译动词 veränderte。

　　　　我不怕它们，我只为你感知
　　　　跟我说话，就算你有怒火，呵，说话吧，

　　　　我不知道你曾说的是什么
　　　　只是请再一次、再一次让我听听。

阿丝塔特：
　　　　曼弗雷德。

曼弗雷德：
　　　　请继续！请继续！
　　　　这是我赖以生存的声音——你的声音。

阿丝①：
　　　　曼弗雷德明天将结束尘世的痛苦。
　　　　再见。

曼弗雷德：
　　　　请说我们会再见面。

阿丝塔特：
　　　　再见。

曼弗雷德：
　　　　请慈悲！就一句话！你爱我。

阿丝塔特：
　　　　曼弗雷德。

---

① 指阿丝塔特的鬼魂。

第三幕第四场

（曼弗雷德独自一人）
因为夜
比起人类，给我
一张更友好的脸。

（姜丽、卢铭君译）

拜伦《唐璜》①
BYRONS DON JUAN

我需要一位英雄！——"他居然缺一位英雄？
因年年月月，英雄辈出。"——
报刊作者疲于不断奉承，
时代却说：他算不得真英雄；
对这些人我不会说些什么，
而想好好说说我的朋友唐璜；
我们看过他的歌剧，
他未及天年便去见了魔鬼。

弗农、屠夫坎伯兰、沃尔夫以及
霍克、费尔迪南王子、伯戈因
凯佩尔和霍，他们曾像

---

① 本篇亦见于《歌德全集》第 21 卷第 51—54 页（原文页码）。首次发表及参考
底本见于：KuA III 1 (1821)，S. 75‑82。

今日的韦尔斯利一样，有过自己的庆典，
班柯一族的帝王之影——一窝出来的乌鸦！
统治的荣耀和兴趣吸引了他们。
杜莫埃、波拿巴驰骋疆场，
报刊旋即吹捧奉承。

巴纳夫、布里索名垂千史，
孔多塞、米拉博和佩蒂翁亦是如此；
克洛茨、丹东、马拉臭名昭彰，
拉斐特之名几近烟消云散。
然后还有儒贝尔、霍赫，一些军界政要，
拉纳、德塞、莫罗！在他们的时代，
高度讴歌他们是一种习俗；
然而，对我的诗却不合适。

纳尔逊毫无疑问曾是我们的战神，
这仍然是最衷心的信条；
但特拉法尔加已不再被人提起，
潮起潮涌反复无常。
因陆军日渐受人欢迎，
与海军人士步调却不一致；
王子倾向陆军，
将邓肯、纳尔逊和霍抛诸脑后。

在阿伽门农之前曾有多少英雄好汉，
在他之后也出过不少文武双全的豪杰；

他们有过许多壮举,却默默无闻地长眠,
因不曾有诗人延续他们的生命。
我不想惩罚任一位我们的英雄,
因每个人在白天踌躇满志;
但我实在找不出适合我的诗的人选,
那么,我提议唐璜为我的英雄。

————————————

如果说,我们之前对于插入一段尚可翻译的《卡尔马尼奥拉伯爵》心存顾虑,现在却大胆翻译引用了本不可译的《唐璜》,大概可被当作自相矛盾;但我们因此也少不了要来阐明其中的区别。曼佐尼先生在我们当中仍不很出名,因此人们首先应从整体上地欣赏他全部的优点,而这只有阅读作品原文才能实现;在此之后,我们青年朋友所作的翻译才有用武之地。而对于拜伦勋爵的才华,我们已经深有体悟,因此一段翻译对他而言既无好处亦无坏处;毕竟所有受过教育的人手中都有拜伦的原文。

这种尝试或许是一种"知其不可为而为之",但对我们自身却总有一定的用处:这是因为,即便一种错误的镜像无法正确地向我们再现原著的本相,它毕竟让我们开始关注镜面本身以及其多少可被察觉的缺陷。

《唐璜》是一部不拘一格、才气逼人的作品:与人为敌时不惜最冷冰冰的残酷,与人为友时在最甜蜜的倾慕深处沉醉。此外,正因为我们到底熟识并且欣赏这位作者,希望他不做另外人,只做他自己,所以他以过度的自由,甚至是傲慢张狂的笔法向我们呈现的一切,我们才会充满感激地去享受。书中光怪陆离、狂放不羁、毫无忌惮的内容和对诗行的技术处理相得益彰,诗人既不体谅语言,对众生也毫不客气。不过,倘若我们再加以细读,便会自然发现,英语诗歌已发展出一种成熟的喜剧语言,这是我们德国人完全缺少的。

德语的喜剧效果首先体现在意义上,而不是在处理方式上。利希滕贝格的博学受人钦佩,整个世界的知识和情状听他调遣,像纸牌一样任由他混合,恶作剧式地随意出牌。布卢毛尔的诗行和音韵组合可以很轻松地传达喜剧内容,但即便在他的文中,取悦我们的实际上还是新与旧、尊贵与低俗、崇高与下贱之间的极端对立。我们环顾四周,就会发现德国人为了变得诙谐幽默,就得倒退好几个世纪,幸好还有四音步的双行押韵诗,可以让他们变得真正质朴而优雅。

翻译《唐璜》,或许可让我们从英国人身上学到些优点;但英语中有些词,发音颇为可疑罕见,写到纸上却是完全另一个样子,而由此生发的幽默是我们唯一不能照搬照抄的东西。还是请英语语言的行家来判断,诗人在此又是狂放不羁到什么程度。

此处选段的翻译仅仅是偶然完成的,我们将其刊印于此,并非将其作为范本,而是为了抛砖引玉。我们所有才华横溢的译者都应该选译一段试试身手,人们得允许半谐音、半押韵,天知道还得允许写别的什么;这就会要求某种简洁的处理方式,才能表达肆意张扬的内容和分量。只有当出了些成果之后,我们才能进一步讨论这部作品。

人们若是指责我们办事毫无责任感,竟然通过翻译在德国传播这样一部作品,将诗歌艺术从古至今最不讲道德的产物介绍给一个如此忠诚、安宁而富庶的民族,那我们便要回应:照我们看来,这些翻译尝试并不是非出版不可,不过倒是可以作为天资聪颖的才俊的练习。他们由此获得的东西,可以谦逊地加以运用、发扬光大,为同说一种语言的同胞带去兴趣与欢乐。只是细看起来,这些诗行若是刊印,也不必担心道德受什么特别的损害;毕竟诗人和作家只有举止特别古怪奇异,才会比如今的报纸更败坏道德。

(卢铭君、毛明超译)

出自拜伦《英国诗人和苏格兰评论家》
AUS BYRONS ›ENGLISH BARDS AND SCOTCH REVIEWERS‹

这些是审查官们,为何我踌躇?
世上有这样的评论家,谁能继续忍受?
且那么近

当人们结伴,谁背弃谁,
人们该在何处关心,到哪碰头?
审判官和诗人对彼此都重要。

出自莎士比亚《约翰王》
AUS SHAKESPEARES ›KING JOHN‹

被吊、被拖行、被肢解,现在
这样一个无赖躺在这样的臂弯里!

在她媚眼里被拖至木板上
在她额上的皱纹里吊死
在她心里被肢解! 他承认
他是爱情的背叛者,且有理由①

---

① 歌德原译文不完整。

哀歌①
KLAGGESANG.
（爱尔兰语）
Irisch.

大声唱起皮拉鲁②，
当你们泪流不止，痛苦忧伤：
哦嗬 哦吼 哦吼 哦拉噜，
噢，主人的孩子已不在世上！

就在天要亮的时候，
猫头鹰振翅飞过，
池鹭在夜的芦苇中鸣叫。
你们唱起了哭丧的歌：
哦嗬 哦吼 哦吼 哦拉噜，

你死了？ 为什么，为什么
离开爱你的父母？
离开亲戚众多的大家族？
你无法听到这里的啼哭：
哦嗬 哦吼 哦吼 哦拉噜，

---

① 首次印刷和底本见于：KuA IV 1（1823），S. 108f。本篇亦见于《歌德全集》
第 2 卷第 562—563 页（原文页码）。
② 原文为 pillalu，爱尔兰语中"哀歌"的意思。

母亲要告别她的宝贝,
美丽又甜蜜,可是如何?
难道你不是她心的心脏,
是给它生命的脉搏?
哦嗬 哦吼 哦吼 哦拉噜,

她让男孩离去,
他的存在将只为自己,
那快乐的面庞永远别去,
青春气息她再也无法吮吸。
哦嗬 哦吼 哦吼 哦拉噜,

你们看那小路和高山,
清澈湖水环围的岸,
森林的一角,播种的土地,
还有眼前的围墙和宫殿。
哦嗬 哦吼 哦吼 哦拉噜。

痛苦的邻居挤身过来,
目光空空,沉重呼吸,
停下脚步,随队而去
用死者的话把死亡唱起:
哦嗬 哦吼 哦吼 哦拉噜。

大声唱起皮拉鲁,
诉出你所有哀苦!

哦嗬 哦吼 哦吼 哦拉噜，

主人唯一的儿子，踏上归途。

（姜丽译）

《该隐》，拜伦爵士的一则神话[1]
CAIN. A MYSTERY BY LORD BYRON.

　　在暗自默默念叨前面提到的这部作品差不多一年之后，我终于拿起了它，因为它终究已经激起我的惊讶和赞叹；一种效果，能将一切的善良、美好及伟大施加于纯粹接受性的心灵之上。我很乐于在朋友间谈论它，同时我也在某种公开的场合谈论它。单单只是愈加深入这样一种精神的作品，人们就能愈加感受到它自身的分量，无须怀疑在他人身上复制出的效果，并且如果不是某种外部刺激将我带入其中，可能我本来会——如同对待其他众多杰出的事物一般保持沉默。

　　法国人**法布勒·德·奥利维**[2]将前文所言的戏剧译成了无韵诗行，并且确信自己已经在一系列哲学批判式的注释中对它进行了批驳。他的这部作品目前我尚未看到，只有 1823 年 10 月 23 日的《箴

---

① 首次印刷和底本见于：KuA IV 1 (1824)，S. 93‑101。本篇亦见于《歌德全集》第 22 卷第 52—56 页（原文页码）。

② 法布勒·德·奥利维（Fabre d'Olivet, 1768—1825），法国作家、历史学家，他翻译拜伦的《该隐》，1823 年在巴黎出版，法语标题为 *Cain, Mystère dramatique de Lord Byron, traduit en vers français et réfuté dans une suite de remarques philosophiques et critiques*。

言报》）①关注了这位作者,他完全以我们的想法对各个部分和细处发表看法,这样便重新唤醒了我们自身的思考,如同经常发生的那样,当我们在一众无关紧要和混乱的杂音中终于听到一丝美妙的声音,那时我们当然乐意于报以赞许的掌声。我们来听一下评论员本人的如下表述:

"那种最终激化为该隐受到夏娃诅咒的场景,依我们的想法,证明了拜伦思想活力的深度。它让我们在该隐身上看到那样一个母亲的可敬的儿子。

"译者在此发问道,诗人大概是从哪儿得到了他的原型?拜伦爵士应该可以这样回答他,从自然和他的思考中得来,就像高乃伊在其中发现他的克里奥佩特拉,就像古人在其中发现他们的美狄亚一样,就像历史呈现给我们如此众多充满无穷热情的角色一样。

"谁若曾犀利地审视人类的心灵,并了解其丰富的激荡可迷乱至何种程度,特别是就无论好坏都表现得同样毫无节制的女性而言,他一定不会责备拜伦爵士对真理犯下了罪愆,或者随心所欲耸人听闻——即便那是最初的世界和最原初的家庭。他给我们塑造了一个堕落的大自然,与弥尔顿以令人着迷的色调描绘了它的美好和最初的纯净恰好相反。

"在那些可怕的诅咒——即人们对诗人所指责的片刻,夏娃已不再是完美和纯洁的杰作。她已经从诱惑者那儿接过有毒的发酵材料,并用这有毒的材料使得那些美好的天性和情感——生命的创造者已经为之规定了那么多更好的目标——永远地丧失了高贵。那些纯洁、甜美的知足已经转变成为虚荣,一种被人类的敌人所激起的好

---

① 指巴黎报纸 *Le Moniteur universel*,1789 年创刊,1800 至 1869 年为政府官报。

奇,为不祥的叛逆所驱使,欺瞒着造物主的意旨并扭曲了他所创造的杰作。

"夏娃在对亚伯的偏爱中,在对谋杀者该隐的盛怒的诅咒中,看起来与其自我保持了高度一致,就像她现在的样子。而柔弱却无辜的亚伯——在他身上只表现出一个退化的亚当——只能在母亲面前表现得更加乖巧,以避免她哪怕最无痛地唤起对自己失足耻辱情形的回忆。该隐则相反,他非常多地继承了她自身的骄傲,并保存了亚当已经丢失的强大,一下子激活了她身上有关自恋的所有回忆、所有印象;母爱偏好对象的致命伤使得她心痛无边,尽管凶手是她的亲生儿子。对于像拜伦爵士这样强有力的天才而言,要刻画这样一幅可怕真相的场景,要么做到最好,否则干脆别做。"

而我们也可以这样不假思索地重新拾起这个词,并且特别要说的是,一般说来:如果拜伦爵士打算写该隐,那么他一定会这样写,否则他宁可不写。

这部作品本身已经超过原作和各种翻译版本,从我们的角度而言,它既不需要任何宣告,也不需要任何夸耀,但我们相信,有些东西必须引起我们的注意。

这位以炯炯神眼望穿一切概念——过去和现在,并由此推及将来——的诗人为其不受限制的天才占领了各个新领域。但他在这些领域将发挥的影响,却是任何人所难以预见的。然而他的技巧,我们却可以在某种程度略加分辨。

他恪守着《圣经》的原旨。通过让人类的第一对夫妇将其最初的纯净和无辜替换成一种神秘原因所致的罪愆,并将由此引起的惩罚传递给所有后世子孙,他将这样一种重大事件的可怕负担加载在该隐的肩头——仅作为一名恶劣情绪的人类的代表,但并无深陷渊薮的恶行。特别是死亡——该隐对它甚至都还毫无概念——为这位屈身的、负重的最初的儿子准备了众多的任务,就算他也许会期待着当下苦难的结束,那么其实更换成别的未知状态对他而言可能更加反感。从这儿人们已经可以看出,这样一种解释性的、传递性的并且自身总是陷于争议的教条——就像它一直在折腾着我们一样——的全部重量都压在了这位局促不安的最初的人类的儿子身上。

这种对于人的天性而言并不陌生的反感在他的心灵中翻腾着,无法藉由父亲和兄弟神圣的温和和姐妹兼妻子充满爱意的抚慰得以减轻。为了将这种反感加剧到难以忍受,撒旦开始靠近,一个强力诱惑的妖怪,它首先在伦理上让他感到不安,然后带着他梦幻般地周游整个世界,让他看到过去的过分伟大,看到当下的渺小和无足轻重,以及看到未来的莫测和绝望。

这样,他又回到自己的家,内心涌动着,尽管并不比此前更糟糕,而由于他在家庭中看到的一切依然是他离开时的样子,所以**亚伯**的纠缠不休——他①想让他②成为牺牲者——于他而言便变得完全无法忍受。**亚伯**遇难的场景已是描绘得精彩至极,我们已经无须赘述;而后续场景也同样伟大而不可估量。于是亚伯倒下了! 现在是死亡! 关于死亡,要说的太多,而人类对它知道得依然如同从前一样稀少。

但我们不应该忘记,整部戏剧贯穿着某种对拯救者的预感,而作者在这一点上——如同其他所有的情况下一样——也是有意识地在贴近我们的讲经概念或教学方式。

关于那两位父母的场景,其中**夏娃**最后诅咒哑口无言的该

---

① 原文如此,此处指亚伯。
② 原文如此,此处指该隐。

隐——我们西边的邻居对夏娃进行了如此巧妙善意的强调——我们无法再添加赘述,唯有带着钦佩和崇敬逐渐接近尾声。

　　在此有一位机智的、在推崇拜伦上与我们接近的女性友人说:世上关于宗教和伦理可能谈到的所有内容,都包含在了这部戏剧的最后三个词中。

(史节译)

苏格兰高地文学①
HOCHLÄNDISCH.

他屡弱地、艰难地、
疲惫地行走,
从不满足,
危险地攀登;
他登上山崖,
竭力前行,
最终到达了
顶峰和主峰。

他非常辛苦地
完成了这一天的任务,
他现在着迷于此,
如果他注意到了

---

① 首次印刷和底本见于: KuA IV 2 (1827), S. 285。本篇亦见于《歌德全集》第 22 卷第 435 页(原文页码)。

坐在这里的人该多好。
愉悦是无以言表的。
坐在盖斯牧师的门边
舒适地呼吸。

我吃现有的东西，
进食饮水，
太阳西沉，
渐渐没入地平线；
今晚的食物很美味，
没有人像我一样，
精力充沛地坐在
盖斯牧师的门边。

（于月译）

古苏格兰文学①
ALTSCHOTTISCH.

明天圣马丁节即将来临，
贤惠的妻子爱着她的丈夫；
她把爱意糅进布丁里
放在锅中精心烹饪。

① 首次印刷和底本见于：KuA Ⅳ 2（1827），S. 318－320。本篇亦见于《歌德全集》第 22 卷第 450—451 页（原文页码）。

两人正躺在床上，
狂野的西风呼啸而过；
丈夫对贤淑的妻子说：
"你把门闩好。"

"我还没缓过来，身子刚刚半暖，
如何安然入眠；"
妻子笑了一会儿说，
"我从没把门闩起来过。"

为此他们订下一个赌约，
轻轻耳语：
谁先说话，
谁就推上门闩。

午夜时分来了两个旅人，
他们迷了路，
灯熄灭了，炉灶的火也渐渐熄灭，
什么也听不见，什么也看不见。

"这到底是一个怎样被施了巫术的地方，
耗尽了我们的耐心！"
他们听不见一句话语，
这都是门的错。

他们吃白色的布丁，

熟悉于黑暗；
贤惠的妻子说了很多，
但声音很轻。

一个人对另一个人说：
"我的喉咙很干涩，
橱柜裂开，感觉散发着气味，
这里也许能找到些东西。"

"在那儿我找到一小瓶烧酒，
事情巧妙地发展着，
我和你推杯换盏，
很快我们就神清气爽了。"

然而好丈夫猛烈地跳起，
带有威胁呵斥道：
"谁喝了我的酒
谁就得付高昂的代价。"

贤淑的妻子高兴地跳起来，
她跳了几下，宛如胜利者：
"你说了第一句话，
现在你应当去关门。"

(于月译)

出自古苏格兰民谣《梅·科尔文,或假的约翰爵士》①
AUS DER ALTSCHOTTISCHEN BALLADE ›MAY COLVIN, OR FALSE SIR JOHN‹

急急抓住树
扑向你这傲娇的姑娘
她抓住马的辔头

我在这儿溺死七位姑娘
第八位该是你。

出自卡莱尔《席勒传》
AUS: ›CARLYLES LEBEN SCHILLERS‹

托马斯·卡莱尔致歌德
Thomas Carlyle an Goethe

克雷根普托克②,1828 年 9 月 25 日

您这么热心地询问我们现在的居所和生活,既然仍余有空间,那我觉得我必须就此写一些话。邓弗里斯拥有一万五千居民,是个中

---

① 首次印刷和底本见于:WA I 53 (1914),S. 357。译文产生于 1828 年 10 月 6 日,写于魏玛宫廷剧院的剧院字条反面。歌德参考的原诗或出自:William Motherwell, Ministrelsy: ancient and modern,Glasgow 1827,S. 67。
② Craigenputtoch,苏格兰一地名。1828 至 1834 年间,卡莱尔与妻子居住在此处一偏远农庄。

规中矩的城市,被视为苏格兰商业圈中贸易和重要行政区的管辖中心。我们不住在那儿,而是住在距离此城西北方向十五英里(骑马两小时)的地方,在花岗石山脉与黑色沼泽原野之间,向西经过加洛韦地区抵达爱尔兰海。在这一片由荒原和岩石组成的沙漠中,我们的地产如同一片绿洲,这是一片耕种出来的空间,部分土地围着篱笆,且被装点过。这儿,庄稼日渐成熟,树木提供荫凉,尽管被海鸥和硬质毛的绵羊包围。我们费了不少心思,为自己建造和布置了一座适宜久居的房子;在此,我们缺少一块实习地或公共场合来投身文学,我们量力研究文学。我们希望,我们的玫瑰花和花园里的灌木丛蓬勃生长,希望健康与平静的心绪伴随我们左右。当然,部分玫瑰花还得种植,但它们有望盛放。

两匹快马将我们带到各处,山里的空气是对抗敏感神经的良药。我每天积极运动,这是我唯一的消遣;因为这一角落是不列颠最孤寂处,与每位我想拜访的人距离六英里。卢梭会喜爱这块地方,正如他喜欢圣皮埃尔岛①那般。

城里的朋友们的确认为我来这儿有着相似意味,向我预言这不会有什么好处;但我搬来这儿纯粹是为了简化我的生活方式,获得独立,好让我自己忠实于我自己。这个空间属于我们,我们可以在这儿按照我们认为最好的方式生活、写作和思考,即便佐伊洛也会成为文学国王。

寂寞也并非那么重要,我们可以方便地雇一辆马车去爱丁堡,

---

① 卢梭的《社会契约论》(Du contrat social,1762)和《爱弥儿》(Émile,ou de l'éducation,1762)出版后,由于其中的思想,法国政府对《爱弥儿》发出禁令,传出消息要逮捕作者,卢梭闻风从巴黎逃往比尔湖(Bieler See)里的圣皮埃尔岛(Insel St. Pierre)。

那是我们不列颠的魏玛。若我现在不是将一批法国、德国、美国和英国期刊和杂志——不管它们有多少价值——堆在我小图书馆的桌上！

当然，这里也不会缺乏古代研究。站在我们这儿的高山上，我发现，向西一天的路程，可到达一座山丘，阿格里科拉①和他的罗马人留下了一处营地；我出生于同一座山的山脚下，那时，我父母还活着并爱着我。人们得知晓时间的效力。瞧我都扯到哪儿去了！请您容许我承认，我并不是那么确定我未来的文学作为，对此，我很愿意听听您的意见；您当然会很快再写信给我，如此我便与您同在。

……

托马斯·卡莱尔先生已经翻译了《威廉·迈斯特》，且已于1825年出版了这部《席勒传》。

1827年，四卷本的《德国浪漫派》问世。其中，他将诸如穆索伊斯、富凯、蒂克、霍夫曼、让·保尔与歌德等写小说和童话的德语作家抬高为可与自己民族的作家相提并论的作家。

在每一部分前面所述诗人与作家的生平、作品和风格证明了良好意愿，也说明了这位朋友是如何尝试尽可能地了解每个人的个性与情况，是如何通过这种方式找到正确的道路逐渐补充、完善他的知识。

在众多爱丁堡杂志中，尤其在那些主要致力于介绍异域文学的期刊中，除了上述已提及的作家，还有恩斯特·舒尔茨、克林格曼、弗兰茨·霍恩、扎哈里亚斯·维尔纳、普拉滕伯爵及其他作家，由不同的

---

① 指格内乌斯·尤里乌斯·阿格里科拉(Gnaeus Julius Agricola,40—93)，古罗马将领，历史学家塔西佗的岳父，受命出征英国。

报告人,但主要还是由我们这位朋友评论和介绍。

　　趁此机会,我要尤其说明,他们实实在在地分析每一部作品的文本,抓住机会,为了通过原本的领域和专业以及通过特别的个体,表达他们的观点,出色地完成了鉴定。

　　这份致力于本国和普遍文学或者说外国文学的《爱丁堡评论》已经引起科学研究朋友们的注意;因为这非常奇特,最彻底的严肃是怎么与最自由的概览相结合,一种严格的爱国主义是怎么与简单纯粹的自由思想相配。

　　当我们现在从那些与我们相近之处享受对我们伦理美学的努力抱有纯粹的、简单的同情,而这些努力可被视为德国人独特的性格特质,那么我们同样可以寻找那些以同样方式受他们重视的东西。我们在此立马提及彭斯这一名字,卡莱尔先生一封曾论及他的信①包含以下文字:

　　"我自从到这里后写的在一定程度上唯一重要的东西便是尝试分析彭斯。或许你们从未听说过这个人,但他的的确确是伟大的天才之一;他出身于最底层的农民阶级,受离奇状况的连累,最后走向毁灭,结局令人扼腕;他死时正值壮年(1796年)。

　　"我们英国人,尤其我们苏格兰人,爱彭斯胜过数世纪以来的任一诗人。我常读到这样的话,声称他比1759年出生的席勒早几个月来到这人世,这两位中没有一位获悉另一人的名字。他们就像星星一般闪耀在两个相反的半球,或者,如果人们愿意接受下面的说法的话,那么一层模糊的地球大气层截获了他们彼此之间的光。"

----

① 指1828年9月25日卡莱尔给歌德的信。

　　但我们比我们的朋友所猜测的更进一步,我们知道罗伯特·彭斯①;那首极为讨人喜爱的《约翰·巴利科恩》匿名来到我们这儿,获得相应的欣赏,并激励某些人用我们的语言进行相应的转化。**汉斯·格斯滕科恩**,一位勇敢的男人,有许多敌人,他们不断跟踪和伤害他,甚至最后差点毁灭了他。尽管困境重重,他最后胜利地站了出来,尤其是成为热情的喝啤酒者的拯救者并带来快乐。正是在这种天才般的人神同形同性中,彭斯向世人展示了自己是真正的诗人。

　　在继续探寻后,我们可在他 1822 年的诗集中找到这首诗歌,诗集前有简短的生平介绍,这至少让我们在一定程度上了解其处境的外部因素。我们能从他的诗歌中获取的东西让我们对他杰出的天赋深信不疑。我们感到遗憾,正是苏格兰的语言构成了障碍,在这种语言中,他自如地驾驭最纯粹、最自然的表达。总体而言,我们的研究已到了如下境地:我们能够自信地写下如下值得夸奖的阐述。

　　此外,我们的彭斯在德国的知名度到了何种程度,除了流传过去的对话词典,我不知晓德国近来的文学动态,因此我不会说:无论如何我想为我们外国文学的朋友指一条最短捷的道路,即"J. G. 洛克哈特的《罗伯特·彭斯传》,爱丁堡 1828 年②",于 1828 年 12 月由我们的朋友在《爱丁堡评论》上评论。

　　以下段落③由此译出,但愿它们唤起读者的愿望,用任一方式去

---

① 早在1827 年 4 月 25 日,爱克曼曾辑录与歌德的谈话,歌德说,苏格兰农民诗人罗伯特·彭斯因为古老歌曲的陶冶,吸收了其中的优点,他才得以成为伟大的诗人;因为他的诗歌继而受到民众的喜爱,才得以广为流传,才使他成为伟大的诗人。

② *The Life of Robert Burns*. By J. G. Lockhart. Edinburgh 1828.

③ 并非出自洛克哈特的文字,而是出自卡莱尔的评论;原文参见 Carlyle's Essay on Burns. Glasgow o. J. , S. 41 - 46。

了解所有和上面所提到的人。

　　"彭斯出生于一个诗意全无的时代——一个英国人曾经历过的最为乏味的时代,尽管他浸淫于最恶劣的环境中,尽管他承受艰辛的、日复一日的体力劳动,尽管未来希望渺茫,但他的精神仍竭力争取更高的教育;没有别人的鼓励,只知道他们生活在破茅舍里,顶多熟识弗格森与拉姆齐的韵文,并把它们当作美的旗帜竖立起来。但在这些重负之下他并未堕落;透过这昏暗地区的雾与黑暗,他那鹰一般的眼睛发现世界与人类生活真正的关系。他的精神力量在增长,急切地渴求聪明才智的经验。受内在精神不可遏制的动力的驱使,他跌跌撞撞前行来到普遍的视野中,带着骄傲的谦逊,他向我们呈现他努力的成果,一种天资,现在经过时间的洗涤被证明为不朽之作。

　　"一位真正的诗人,纯粹知识的资质在其心中萌芽,让天籁之音胜出其他声音响起,这是能赋予一个时代最宝贵的礼物。在他身上,我们看见能列举出来的最高贵的东西更自由、更纯净地成长;他的一生对我们而言具有丰富教义,我们哀叹他的死亡,就如同逝去的是我们的恩人,他曾爱我们、教导我们。

　　"自然在罗伯特·彭斯身上善意地将这样的天赋赐予了我们;但它用过分狂妄的冷漠将他抛弃,好似抛弃一个毫无意义的生物体。在我们认识它的价值之前,它变形,被摧毁,一颗不利的星星给予这位年轻人力量,他使得人类的存在令人敬佩,但他没有成为自身存在的理智的指导。命运——因为我们必须因自己的局限性这样表达——将他的错误、他人的错误沉重地压在他身上,这精神本可振作,但只成功地缓步前行,跌入尘埃,他极强的能力在盛放之时便被践踏。他死去,我们甚至可以这么说,他从未活过。这么一颗友好温暖的心灵,充满与生俱来的财富与对所有有生命力和无生命力之物的爱!迟放的小雏菊不会不被察觉地颓倒在他的犁头之下,他挖出的胆怯田鼠的窝也会得到妥善照料。冬天荒凉的景象使他快乐;他在荒芜的、艰苦的场所中逗留,带着一种阴郁的、常存的温柔;但风的声音落进他耳中成了一首首圣歌;他是多么愿意到那沙沙作响的森林里漫游:因为他感到自己的思想升华为随风飘荡而来的思想。一个真正的诗人灵魂!它只允许被感动,它的声音是音乐。

　　"这是多么温暖的、包罗万象的平等感!这是充满信任、无界限的爱!将所爱之物慷慨地视若瑰宝!那位农民,他的朋友,他栗色的女孩不再卑微和土气,更像是英雄和王后,他将他们视为这世上最高尚之人。在阿卡迪亚的光芒中,他看不见苏格兰粗粝的生活,但他在炊烟中,在这种粗糙的、殷勤好客的打谷场不平的地面上总能找到足够的可爱之物。的确,贫穷常伴他左右,但还有爱和勇气随行;茅草屋顶下存在的单纯的感情、价值和高贵感对他的心灵而言可爱又崇高。他在人类存在的最低地区之上倾注了自己情感的灵光,它们上升,被黑影和太阳光舒缓和歌颂,成为一种人们在最高处难以得见的美。

　　"他也有自信,它常常发展为一种自负,这是一种高贵的骄傲,为了自卫,不是为了进攻,不是一种冷漠的、坏心情的感觉,而是一种自由、合群的感受。这个富有诗意的农民,我们想说的是,举止如同一位流亡途中的国王;他被迫混迹于最底层,感觉却身处最高层;他不要求任何等级,这样人们不能宣称他无权占有。他可以摆脱纠缠不休之事,贬低骄傲自大,对于财富和古老血统的偏见在他那里毫无价值。在其幽暗的目光里跳跃着一团火,让贬低与侮辱对他不敢冒犯;在被贬抑之时,在最极端的困境中,他未曾片刻忘记诗的庄严和男子

汉的高贵。他虽然觉得与普通人相比自己有优越感,他并不将自己
与他们隔绝,而是热情分享他们的兴趣,是的,他投其所好,不管他们
态度如何,他请求得到他们的爱。令人动容的是,在最最不利的境地
中,这骄傲之人如何寻求友人的帮助,经常向不值得尊敬的人敞开心
扉;屡屡泪流满面地将把友情仅视为名称的心贴在自己炽热的心上。
当然,他敏锐、眼明,有着看透人和世事的目光,在这目光之下,卑劣
的伪装现出原形。他的理智透过最完美说谎者的深处,同时,他心中
还有着大度的轻信。就这样,这位农民出现在我们当中:一缕如同
风弦琴的灵魂,其弦线受到最平常的风儿触动,也会奏出合乎规则的
旋律。他就是这样一位男人,可是这个世界为他找不到更合适的工
作。他只能与走私犯和酒保争论不休,用油脂计算消费,用酒桶测量
啤酒。可惜在这样的日夜操劳中,这位强大的英才被浪费殆尽。也
许再过百年,我们才会再次得到这样的天才,用来糟蹋。"

　　正如我们对德国人祝福他们的**席勒**,我们也想对苏格兰人报以
同样的祝福。他们那么关注和同情我们的朋友,那么我们投桃报李,
以同等方式在这里介绍彭斯。我们已经推荐过的协会①中的一位受
人尊重的年轻成员②将会看见花费的时间和努力会得到高度回报。
他决定回报一个如此可敬的民族并且愿意忠诚地完成这项工作。而
我们也将罗伯特·彭斯视为过去一个世纪产生的一流诗人之一。

---

① 1824 年 10 月,"国内外文学协会"(Gesellschaft für in- und ausländische
　schöne Literatur)在柏林成立。1825 年起,该协会每年会庆祝歌德生日。协
　会成员有:沃尔夫(Pius Alexander Wolff)与沙米索(Adelbert von
　Chamisso)等。歌德也将德译卡莱尔的《席勒传》献给了这个协会。
② 指菲利普·考夫曼(Philipp Kauffmann)。

　　1829年，一份印刷得非常干净、引人注目的小八开本书来到我们面前：《德国出版物手册》(Catalogue of German Publications, Selected and Systematically Arranged for W. H. Koller and Jul. Cahlmann. London)。

　　这本小书以独特的视角看德语文学，以一种便于了解概貌的方法写成，给那些精心制作的人以及书商带来声望，他们接受了这份重要的工作，将异国文学引入自己的祖国，虽然人们可能在所有领域忽略了他们的贡献，没能使得它吸引并满足学者、爱思考的读者以及感性的、寻找消遣的人。每位在某个专业出类拔萃的德国作家和文人，将会好奇地打开这本手册，想知道自己的作品及其他相关的作品是否被收录其中。所有德国书商将会关心，人们如何通过这个渠道看待自己的出版社，怎么评价每部具体作品，他们将不会错失良机，与这些认真从事这些工作的男人们取得联系，并让这种联系持续不断地保持下去。

　　眼下我在此为我们的苏格兰朋友多年前写的《席勒传记》——他是多么谦虚地回过头来看这本书——写前言并公之于众，他允许我加入一些他最新的看法，而它们最能清楚展示迄今为止共同的进步。

托马斯·卡莱尔致歌德

1829 年 12 月 22 日

　　"我不胜愉悦地第二次阅读了来往信件，今日我向《外国评论》寄出一篇基于这些信件的关于席勒的文章。您将会愉快地获悉，对外国文学，特别是对德国文学的认识以及赏识，会在英语区域飞速传播开来；在立场对立的人当中，即使在新荷兰，贵国的智者在传播他们的智慧。最近我听说，甚至在牛津和剑桥，我们两所大学，它们迄今被视为海岛独特的、顽固的阵地，也开始从事这样的事情。您的尼布尔在剑桥找到了一位机敏的译者，在牛津，两至三位德国人作为语言教师已经能找到足够多的工作。新的光芒对于某些眼睛来说过于璀璨；但没有人会质疑这最终会带来好结果。让民族及个人相互认识，他们之间的仇恨将会变成相互的帮助，我们，天敌也好，间或耳闻的邻国也好，终将化所有干戈为玉帛。"

当所有这些希望让我们觉得得意之时，民族之间的协调、一种普遍的友善将会逐渐增进不同语言和思维之间的认识；因此我斗胆认为德国文学有着重要影响，它会在一种特别的情况下证实自己特殊的作用。

家喻户晓的是，大不列颠的三个王国并未充分和谐地共存，相反它们经常指责邻国，为的是替自己隐秘的敌视态度辩解。

现在我确信，随着德国伦理美学的文献在大不列颠的三个区域传播开来，同时会形成一个隐蔽的、喜爱日耳曼文化人的共同体，而它们将倾向于成为第四个关系紧密的部族，乃至于彼此间会感到统一与交融。

其他欧洲文学
WEITERE EUROPÄISCHE LITERATUREN

出自《尼伯龙根之歌》①
AUS DEM ›NIBELUNGENLIED‹

这样，异乡人在早上好好地坚守，
但吕迪格来到宫廷，看见架构的
两部分都被摧毁，内心流下泪水。

出自《埃达》
AUS DER ›EDDA‹
（鲁内文章节）
Runa Capitule

Weit eg ad eg heck	我知道，我已经
Windga Meyde ä	在这被暴风摧残的树旁
Naetur allar Nyu	待了九天九夜；
Geire Vandadur.	剑系在我身上，
Og gefenn Odne	奥丁的礼物，

---

① 首次发表见于：WA I 5/2（1910），S. 393。参考底本：AA，Bd. I，S. 318
（Kommentar ebd.，Bd. 2，S. 499f.）。1806 至 1831 年间，歌德一再研究
《尼伯龙根之歌》。1829 年 4 月 2 日，歌德对爱克曼说："我把'古典的'叫作
'健康的'，把'浪漫的'叫作'病态的'。这样看，《尼伯龙根之歌》就和《荷马史
诗》一样是古典的，因为这两部诗剧都是健康的、有生命力的。最近一些作品
之所以是浪漫的，并不是因为新，而是因为病态、软弱；古代作品之所以是古
典的，也并不是因为古老，而是因为强壮、新鲜、愉快、健康。如果我们按照这
些品质区分古典的和浪漫的，就会有所适从了。"参见爱克曼辑录：《歌德谈
话录》，朱光潜译，北京：人民文学出版社，1978 年，第 185 页。

⎧ Fial fur	他自己
⎨ Sialfum mier.	将它赠我。
⎩ A theim meide	在那树旁——
er mange veit	无人得知
huers honum	其根
aff rötumm renn	源自何处——
Wid hleife mig sell	他们不以面包、
du nie vid hornige	饮水相助。

Nysta eg nidur	我俯身写字,
nam eg upp Runar	写下鲁内文,
Apande nam eg	泪如雨下,
of øll thadann	当我离去。
Fimbul iod 9	我从此学会
nam eg of hinnum.	九首歌曲,

Aurega Syne	关于高贵之子
Bolthorne	博尔颂①,
Bestlu Faudur.	贝斯特鲁之父。

Og eg dryck	我舀水喝下
Vmm gat hins	从那尊贵的
Dyra Miadur	梅特,

---

① 博尔颂(Bolthorn、Bölthorn 或 Bölthor)。据称他是尤弥尔(Ymir)之子,贝斯特鲁之父,奥丁(Odin)的外祖父。

Ausenn Odraere.　　　　　　　获得歌唱能力。

Thä nam eg frevast　　　　　就此,我变得闻名,
og fredur vera　　　　　　　就此,我变得聪慧,
og vaxa　　　　　　　　　　就此,我开始生长,
og vel hafast.　　　　　　　茁壮成长。

Ord mier off orde　　　　　话语使我从话语中
Ords leitade　　　　　　　获得话语,
Verk mier aff verke　　　　创作使我从创作中
Verks leitade　　　　　　　得到创作。

芬兰之歌
FINNISCHES LIED

那亲爱的友人似走来,
与他离去时毫无变化;
亲吻在他唇上作响,
好似被狼血染红;
我与他握手,
他指尖似蛇般缠绕。

风!哦,你难道不懂,
你交替地带来一词一句,
也该逐渐减弱,
在两位相隔甚远的小爱人之间。

我愿意放弃美味餐食，

忘记神父圣餐之肉，

当这位友人被弃，

在夏日，我迅速地征服了他，

在冬日，我逐渐地克制了他。

出自卡尔德隆《人生如梦》①
Aus Calderon, ›Das Leben ein Traum‹

此外，我指给他一位

最聪明的高贵仆人，

他会办理

合理、正当事宜，

他会违抗

不当事宜。

人们很快会发觉，

对这野蛮精神，

该希望什么，该畏惧什么。

给我吗？一位高贵仆人，

如同国王那么尊贵！

① 首次印刷和底本见于：WA I 5/2（1910），S. 411。《人生如梦》(Das Leben ein Traum，出版于 1634 年或 1635 年) 系西班牙剧作家卡尔德隆 (Pedro Calderón de la Barca，1600—1681) 最著名的剧作之一，歌德曾读奥古斯特·施莱格尔的译本，进一步了解了这部剧作。1812 年 4 月 8 日，歌德曾在致策尔特的信中对《人生如梦》作了评价。

不,这不会在我身上发生!

阿拉马①
ALHAMA
摩尔抒情叙事诗
Maurische Romanze

摩尔国王骑行
穿过自己的城市格拉纳达,
自埃尔维拉门
直至比瓦拉姆布拉②,

信件送达:
阿拉马被占,
他将信扔进火里,
杀死了信使。
　　　　阿拉马让我心痛。

他从骡背上下来,
骑上马。
经过萨卡庭③,他

---

① 系摩尔人在格拉纳达(Granada)的要塞。
② 地名,歌德译为 Bivarambla,位于格拉纳达的广场,现今名字为 Bibrambla。
③ Zacatin,比瓦拉姆布拉广场不远处的城区。

疾驰至阿尔罕布拉①。

刚抵阿尔罕布拉，
他马上命
喇叭吹响，
银制铙钹和铜鼓奏响。

战鼓响彻天空
直至远方，嘈杂声一片(?)②
好让格拉纳达整区
摩尔人知悉。

摩尔人听见召唤，
投入流血战役的号声，
一个接一个，两个接两个，
他们聚集成雄狮战队。

此时，一位老摩尔人
说
　　我王，何故召唤，
　　为何集兵？

---

① Alhambra，阿尔罕布拉，位于格拉纳达的著名宫殿（建于约 13—14 世纪）。
② 歌德原文为 Lärm〈?〉。

10

你杀死本泽尔人，
他们是格拉纳达的血亲。

11

因此，国王
应受到双重惩罚(?)①
你的王国沦丧，
格拉纳达沦陷，

* * *

摩尔国王徘徊不安，
骑行穿过格拉纳达，
自埃尔维拉门
直至比瓦拉姆布拉。
　　　阿拉马让我心痛。

信件送达他面前，
阿拉马被占，
将信扔进火里，
杀死信使。
　　W.②

---

① 歌德原文为 verdoppelt〈?〉。
② 歌德原文如此。

他从骡背上下来，
骑上马
经过萨卡庭的街道，
他疾驰至阿尔罕布拉。
　　　W.①

＊ ＊ ＊

其他人瑟瑟发抖不敢看，

一个接一个，两个接两个，
他们聚集成骑兵中队。

他们夺走了我们的阿拉马。

从科尔多瓦②
被流放③

---

① 歌德原文如此。
② 即 Cordova，位于格拉纳达西北方向的城市。
③ 歌德原文句子不完整。

一束小花①
DAS STRÄUSSCHEN.
古波希米亚
Alt böhmisch.

侯爵的森林里
一阵微风飘起；
一个汲水的少女
正向溪边跑去，
一只铁箍的水桶
在她手中轻提。

小心翼翼，不慌不忙，
她可是打水有方。
河边，一束小花
漂向小小姑娘，
紫罗兰和玫瑰扎成，
小小花儿那般清香。

娇美可爱的小花啊，
我若能知

---

① 1822 年 7 月 28 日，歌德在日记中记录已译波希米亚诗歌，其中也提及本诗标题。本篇亦见于《歌德全集》第 2 卷第 561—562 页（原文页码）。本篇原发表于《论艺术与古代》。首次发表及参考底本见于：KuA IV 1 (1823)，S. 73‑75. 德语标题中的 Sträußchen 而非 Sträusschen，这个写法主要依据《论艺术与古代》的目录。1819 年，斯沃博达（Alois Swoboda）也将本诗译成德语。

是谁把你种在
松软的土里，
真的！我会给他
小金戒指一只。

可爱的小花啊，
我若能知
是谁用柔软的
韧皮把你扎起；
真的！我会给他
发上的针饰。

可爱的小花啊，
我若能知
是谁把你抛入
清凉的小溪，
真的！我会把
头上的花环送去。

于是追着花儿，
她匆匆疾去，
赶到小花前面，
想把它抓起：
啊！她竟掉进
清凉的小溪。

（姜丽译）

姑娘拔大麻①
GÄTET MÄDCHEN HANF
（古波希米亚）
〈Altböhmisch〉

姑娘拔大麻
在主人花园旁，
小云雀与她言：
"何故忧伤？"
"我怎能快乐，
亲爱的小云雀，
他们将我的爱人
带去岩石边的宫殿。"

阿桑·阿伽贵族妻子的怨歌
KLAGGESANG VON DER EDELN FRAUEN DES ASAN AGA

那片绿林中白色是何物？
是皑皑白雪抑或白天鹅？
若是白雪，恐早已融化；
若是天鹅，恐早已飞走。
它既不是雪也不是天鹅，

---

① 首次印刷及参考底本见于 WA I 5/2,（1910），S. 390（Nr. 68）。毫无疑问，
这篇产生于 1822 年 7 月底的译文与之前翻译的那首波希米亚诗歌《一束小
花》有关。1819 年，斯沃博达也将本诗译成德语。

是阿桑·阿伽帐篷的光辉。
他身受重伤卧病在床上；
母亲、姐姐赶忙来看望；
妻子却羞赧迟迟不露面。

现如今，他伤势渐转好，
遣人转告他忠实的妻子：
"别再在我的府里等我，
在府里任何我的东西旁。"

当妻子得知这严厉的话，
这忠妻呆立，心痛如绞，
听见马儿在门前跺着蹄，
误以为，夫君阿桑来到，
跳起来跑去塔楼，却摔倒。
两位心爱女儿不安地跟随，
在她身后喊，愁泪挂满脸：
"那不是父亲阿桑的马，
是你哥哥平托罗维奇来了！"

就这样，阿桑妻子折回，
双臂环抱哥哥泣不成声：
"哥哥啊，妹妹遭遇奇耻大辱！
我被抛弃！ 生养五孩儿的娘！"

哥哥默不作声，从口袋掏出

用鲜红颜色丝绸细细包好的
那已经写好的休妻书，
信中说，她得立马回娘家，
另嫁他人是她的自由。

当妇人看见可悲的休妻书，
亲吻她两个男孩的额头，
亲吻她两个女孩的脸颊，
但，啊！摇篮里的婴孩
令她痛苦万分，难以割舍！

急躁的哥哥将她扯开，
将她扶上正待出发的马，
他带着愁思满面的妇人，
径直骑回他父亲的高房。

短短时间后，还未达七天；
短短时间已足够；我们妇人
身着寡妇衣，被众多大老爷
上门提亲商议婚嫁之事。

地位最高的是伊莫斯基审判官；
妇人泪流满面地恳求哥哥：
"我哀求你，
别再将我嫁与他人，
再见到我亲爱的、可怜的

孩子,我会心碎肠断。"

哥哥怎会理会她的苦求,
主意已定,嫁与审判官。
但那柔肠之人不断请求:
"哥哥呀,至少送一封信
告诉伊莫斯基的审判官:
年轻的寡妇向你致以友好问候,
这封信传递一个殷切的请求,
当迎亲宾客随你前来,
请你为我带来一条长面纱,
我经过阿桑府邸可用此遮面,
免得我亲爱的孤儿们见到我。"

审判官一读完这封信,
就召集他的迎亲队伍,
准备齐全前去新娘家,
带上她所请求的面纱。

欢天喜地到达侯爵夫人家,
欢天喜地将她再次迎出门,
但当他们接近阿桑的府邸,
孩子们从高处仍认出亲娘,
高喊:"再回到你的厅堂来!
和你的孩子们一起吃晚饭。"
阿桑妻子听此话悲痛不已,

转身跟侯爵的婚宴队伍说：
"请让婚宴宾客们和马儿
在那门口逗留那么一会儿，
让我给我的孩子送点礼物。"

他们停在她熟悉的门前，
她给了可怜的孩子礼物；
赠予男孩们金线织的靴子，
赠予女孩们漂亮长裙子，
那婴儿，无助地在摇篮里，
她赠一件小上衣，留待日后穿，

父亲阿桑•阿伽一旁看，
悲痛喊向他的孩子们：
"回我这儿，你们这些可怜娃！
你们母亲胸膛已成铁，
紧闭不开，没有同情心。"

听此话，阿桑妻子
脸色发白，摔倒在地，
眼见孩子从身边逃走，
灵魂离开她受惊的心。

现代希腊—伊庇鲁斯①的英雄诗歌②
NEUGRIECHISCH-EPIROTISCHE HELDENLIEDER

一

这片土地已归属土耳其，
它曾是阿尔巴尼亚领地；
斯特吉奥斯③还活着，
他不把帕夏④放在眼里。
只要山上下雪，
我们绝不屈服土耳其。
把你们的尖兵排到
狼群盘踞之地！
城里人啊就是奴隶；
对勇士来说，城区
就是荒芜的巨岩缝隙。
宁与野兽为伴，
也不与土耳其人共立天地。

---

① 伊庇鲁斯王国(Epirus)，位于爱奥尼亚海东海岸，在今阿尔巴尼亚南部和希腊西北部。
② 本篇亦见于《歌德全集》第 2 卷第 564—568 页(原文页码)。此文发表于《论艺术与古代》，首次发表及本文参考底本见于：KuA IV 1 (1823)，S. 54 - 64。
③ 即 Stergios，希腊人民英雄。
④ 1788 年，阿里·帕夏(Ali Pascha)被苏丹派驻守隘口，用阿尔巴尼亚人替下希腊警察。歌德此诗的前两句基于一个误解。

二

卡桑德拉海岸
驶出黑色战船，①
蓝天下
扬起黑帆。
迎面驶来土耳其的船只，
猩红的信号旗闪亮飘扬。
"马上把帆收起，
落帆！"——
不，我不收帆，
也永不投降，
尽管恐吓，当我是个新娘，
小女人，一吓就慌。
我是扬尼斯，斯塔达的儿子，
布科瓦拉斯的女婿。
小伙子们，精神抖起！
都向船头聚集；
土耳其人定要流血，
不信上帝，不可姑息。
土耳其人巧妙地
把船头调转；

---

① 这首诗的背景是 1806 年至 1812 年的俄土战争。1807 年俄国和土耳其停战，俄国撤回舰队，希腊人要自守国土。诗中，曾在俄国舰队服役的扬尼斯·斯塔达斯(Jannis Stathas)拉起船队，继续与土耳其的海战。

扬尼斯却一跃上船，
手中军刀牢握，
船中滴落的鲜血，
把波涛染成红色。
安拉！安拉！不信上帝的人
跪下哀唤悲悯。
悲哀的人生！胜利者大喊，
已属战败的人。

三

莱寇斯，向帕夏，
向维齐①屈服吧！
从前你是自由斗士②，
现在陆军统帅是你。
"只要一息尚存，
莱寇斯就不会投降。
只有他的剑是他的帕夏，
他的维齐便是他的枪。"
阿里·帕夏闻听，
对他怒目相向，
写信，下令，
该做什么他已决定。

① 土耳其语，指土耳其最高行政长官。
② 歌德译文为 Armatole，指希腊反奥斯曼帝国的自由斗士。

维利·盖卡斯，
快去乡村、城市，
带回莱寇斯，
无论是死是活！
盖卡斯在这一地带巡逻，
对斗士进行捕捉，
四处探听，发起突袭，
他已是先锋一个。
康托吉亚库皮斯，
从高垒向下呼喊：
孩子们！ 勇敢战斗吧！
孩子们，冲锋向前！
莱寇斯敏捷闪现，
宝剑牢噙齿间。
日夜作战，
三夜三天，
痛哭的阿尔巴尼亚女人，
个个一身丧服；
当维利·盖卡斯归来，
已是血哽咽喉，一命呜呼。

四①

轰轰隆隆，何方响动？
何来这般剧烈的颤抖？
是面对屠刀的公牛，
还是愤怒而战的野兽？
不，那是布科瓦拉斯
带领一千五百名士兵，
在克拉索翁
和巨大的城区之间抗争。
火枪飞弹如雨
宛若冰雹粒粒！——
山口上，金发少女
隔窗向下呼喊：
别再射击，别再壮胆，
扬尼请求停战：
让尘埃落地，
让弹雾飘散，
清点你们的战士，
看看谁已魂断。
土耳其人点数三番，
伏尸四百在地。

---

① 大约 1750 年，扬尼斯·布科瓦拉斯（Jannis Bukowallas）在克拉索沃
（Keressowo，希腊西部伊庇鲁斯地名）和大霍里奥（Megali Chori，希腊中部
的山村，歌德误以为是"大城区"）战胜了土耳其人。

斗士一方，
只有三人死去。

五

太阳结束了统治，
众人来到统帅面前：
小伙子们，去打水，
一起分享晚餐！
兰布拉基斯，我的外甥，
过来坐在我身边；
这是你要扛起的武器，
现在，领导者是你；
你们，勇敢的战士，
用那把孤独的战刀
砍下杉树绿枝，
为我把卧榻编好；
再把神父带来，
我要向他告解，
一生所为
我尽言无缺：
我做了三十年警察，
二十年民兵；
现在死亡要骗我过去，
此生我已知足满意。
请为我备好新坟，

里面又高又宽，
可以站立作战，
为手枪装上子弹。
右侧我要开窗一扇，
让燕子报告春天，
听夜莺把五月
最可爱的事儿啼啭。

六

奥林普斯与奥萨山，
面面相对，两相争执；
奥林普斯
径对奥萨回言：
"奥萨，虽遭践踏，
你可别出击土耳其。
我是奥林普斯老人，
全世界都曾听我声音。
六十二座山峰为我所管，
更有两千眼清泉，
水井旁都有信号旗亮起，
树枝边都有战士护立。
在最高的山峰之巅
雄鹰停落在我面前，
它的利爪强而有力，
英雄的头颅鲜血直滴。"

"说吧，头！事情是怎样发生？
你可是罪恶地丧命？"——
鹰啊，你吃吧！我的青春，
我的生殖力，你尽可吃掉！
你有长长的翅膀，
一双巨大的利爪。
在卢龙，科赛洛梅隆，
我是战士一名，
在哈西亚，在奥林普斯山
我战斗了十二年。
杀死六十官吏，
将其领地付诸一炬；
土耳其人，阿尔巴尼亚人，
也曾在我手下倒去，
数量太多，实在太多，
我无法点计；
现在轮到我
在战斗中勇敢死去。

（姜丽译）

喀戎①
CHARON
（现代希腊语）
〈Neugriechisch.〉

为何山之巅如此暗黑？
何处生云海？
难不成是那上空的风暴
在战斗，那雨，鞭打山峰？
非也，非也，不是上空的风暴
在战斗，也不是雨鞭打山峰；
不，是喀戎，疾驰而来，
诱来亡故者；
年轻的人被他赶到前面，
在后面拖行的是年长者；
然而，最年幼的，那些婴儿，
排成队挂在马鞍旁。
老人向他喊，
年轻人跪下：

---

① 喀戎(希腊语：Χάρων)是古希腊神话人物，是渡亡灵过冥河去阴间的神。译文于1822年12月2日完成。次日，根据爱克曼的辑录，歌德曾为家中晚会的客人朗诵了译文，爱克曼也在场，并叙述说他从未听过如此优美的朗诵，时而激昂，时而温柔。本篇发表于《论艺术与古代》，首次发表及本文参考底本见于：KuA IV 2 (1823)，S. 49f. 1897年，吕布克(Hermann Lübke)也曾重译此诗。本篇亦见于《歌德全集》第2卷第568—569页(原文页码)，在第2卷，《喀戎》一诗被列入《现代希腊——伊庇鲁斯的英雄诗歌》第4段，本卷单列《喀戎》，与接下来的《喀洛斯》一诗比较。

"哦,喀戎,停一下! 在花苑①停一下,
在清凉的水井旁歇一下!
老人在那儿消除疲劳,
年轻人推玩石头,
稚童灵遍地四处走动
采些彩色小花。"

我不在花苑停歇,
我不在井旁逗留;
女人们②来汲水,
认出自己的孩子,
她们也会认出男人们,③
分离将不再可能。

喀洛斯④
CHAROS

为何山之巅如此暗黑?

---

① 歌德译文此处为 Geheg',指养花草和动物的场所。按照原文,此处应为歌德
误译,应译作 Dorf(村庄)。
② 歌德译文此处为 Weiber。按照原文,此处应为歌德误译,应译作 Mütter(母
亲们)。
③ 歌德译文此处为 Männer。按照原文,此处应为歌德误译,应译作 Gatten(丈
夫们)。
④ 里默尔曾释:"现代希腊语中,死亡应称作喀洛斯(Charos)而非喀戎(Charon)"。
这篇译作其实在《喀戎》基础上进行了些许语词的改动。本篇发表于《论艺术
与古代》,首次发表及本文参考底本见于: KuA V 3 (1826), S. 5f.。

何处生云海?
难不成是那上空的风暴
在战斗,那雨,鞭打山峰?
非也,非也,不是上空的风暴
在战斗,也不是雨鞭打山峰;
不,是卡洛斯,疾驰而来,
诱来亡故者;
年轻的人被他赶在前面,
在后面拖行的是年长者;
然而,最年幼的,那些婴儿,
排成队挂在马鞍旁。①
老人向他喊,
年轻人跪下:

"哦,卡洛斯,停一下! 在花苑停一下,
在清凉的水井旁歇一下!
老人在那消除疲劳,
年轻人推玩石头,
稚童灵遍地四处走动
采些彩色小花。"

我不在花苑停歇,
我不在井旁逗留;

① 歌德译文为 In Reih' gehängt am Sattel;《喀戎》这一诗行的原文为 In Reih'
gehenkt am Sattel。

女人们来汲水，
认出自己的孩子，
她们也会认出男人们，
分离将不再可能。

现代希腊爱情—酒歌①
NEUGRIECHISCHE LIEBE-SKOLIEN

1

确定无疑，朝此方向，
永远向前，向着前方！
黑暗和障碍
不会让我偏航。

小路之上终见月亮，
清朗的金色面庞，
一直向前，笔直前行
终点就在可爱的她的身旁。

河水把路阻断，
我大步走向小船，

---

① 首次发表和参考底本见于：›Ausgabe letzter Hand‹（C：Bd. 3，1827，
S. 233－237）。本篇亦见于《歌德全集》第 2 卷 569—572 页（原文页码）。《现
代希腊爱情—酒歌》包括 1、2 以及"零散小诗"，主要歌咏爱情。

可爱的天光，
引我驶向对岸！

我已看到那盏小灯
从小屋中透出微光，
让所有的星星
绕着你的宝辇闪亮。

2

至少她还处处，
始终将我跟随，
看起来也是太美。
我不住地流泪。

穿越原野田间，
徒劳地四处问遍，
你无法把她遗忘，
岩石和山峰坦言。

草地说：回家吧，
让家人给你怜惜；
你如此难过，
令我也觉哀戚。

鼓起你的勇气，

快快看清此理：
笑与哭，乐与苦，
原是姐妹兄弟。

零散小诗
Einzelne

战胜障碍，
柏树，俯下身来！
让我亲吻你的树梢，
把生活抛向云外。

学习你们的园艺，
或许我永不再渴望；
我的茉莉走了，
我的玫瑰流连远方。

远去的夜莺，
春风引归故地；
不见所学新增，
犹是可爱老曲。

月亮啊，我羡慕你
高高在上，视野辽阔，
请你照耀远去的人儿，
却别对她暗送秋波。

你温柔率真
唤我到你身边；
我现慢慢走来，
你可在把我细看？

快来买戒指吧，女人！
我已不想再去漫游，
且用戒指
把一双眉眼换入我手。

啊，令人仰望的柏树，
请你俯耳向我；
听我把心里的话儿诉说，
然后我便永远沉默。

金发女孩，你妩媚地等待，
戴着矢车菊花冠，他便会安然，
即便月亮在猎户座的光中
愉快地将清辉变换。①

不知是何等幸运，
女孩向我仰起笑脸，

① 希腊神话中猎人奥里翁与月亮神阿尔忒弥斯的恋情遭到阿波罗的破坏。月
亮神误射海边的奥里翁，亲眼看着恋人死去。出于同情，宙斯让奥里翁变成
了天上的猎户座。

火热的黑眸，
乳白中向外探看。

我心的玫瑰
你一瓣瓣夺取，
灼热的离痛，
令余下的也都落去。

爱你之初，你还年小，
少女之爱我无缘得到；
现在，你终于可做我妻？
朋友在问丧夫的你。

（姜丽译）

远东与近东文学
LITERATUR DES NAHEN UND FERNEN OSTENS

出自《古兰经》
AUS DEM KORAN

第二章①
Sura Ⅱ.

106．当然！谁完全将自己的脸转向真主，同时行善事，他将会在自己的主那儿得到回报，没有恐惧，也没有悲伤。

109．日出与日落属于真主，无论你们转向何处，真主容颜皆能得见。

159．在创造天与地，使黑暗与白天更替等之时，他给了足够的预兆，向各民族预示他的同一与慈悲，好让他们专心观察。

166．那些不信教的人如同牲畜，人们召唤它，它听不见，但远方的一个呼唤或声响使它害怕，它遂跑远。

172．得当之事并不在于你们的脸朝着早晨或黄昏朝觐，而在于谁真正信仰神，相信会有最终的审判日，相信天使，相信经文与先知；此外，为了爱真主，谁献出自己财富，解救亲戚、孤儿、穷人、朝圣者、乞丐与被囚的奴隶，谁持续不断地祈祷，维持他的婚姻，他曾许诺忠诚，在厌恶之事、不幸之事以及战争的暴力之事上给予耐心，那么这些人是真正的人，是敬畏真主的人。

---

① 第二章即黄牛章。

第三章①
Sura III.

138. 你们当中的穆罕默德只是一位使者,在他之前,已有许多使者去世。要是他现在死了,你们难道因此退回原路?

174. 真主也不愿意让你们暴露在世人面前,这是秘密,他愿意从使者中挑选想要的那些人出来:他们信神以及他的使者们。

第四章②
Sur. IV

142. 那些伪信者们,总是摇摆不定,既不笃信这些人,也不真正地追随那些人。若真主让他走上歧途,那么你肯定不能为他找到正道。③

第五章　筵席
V. Sura. Der Tisch.

v. 70. 如果信经者们相信并敬畏真主,那么我们愿意原谅他们

---

① 第三章即仪姆兰家属章。
② 第四章即妇女章。
③ 这一小节的译文应该结合"妇女章"的142与143节进行理解:"[142]的确,伪信者们欺骗安拉,而安拉是处罚他们的。如果他们做礼拜,却是懒洋洋地去礼,并让人们都看到。他们只是很少地提念安拉。[143][他们]移动与那个之间,不偏向于这些人,也不偏向于那些人,安拉凡使他迷歧者,你绝不会为他找到一条道路。"参见伊斯梅尔:《〈古兰经〉译注》,马金鹏译注,银川:宁夏人民出版社,2005年,第123页。

的罪过,将他们引至美妙至极的花园。倘若他们遵循规则和福音书以及主派给他们的工作,那么他们可以在他们头上和脚下食用食物。他们中的一些人虽然是正直的民众,但他们中的许多人都做坏事。

101. 哦,信徒们! 你们莫要询问一些事情,就算它们已经显现,这会给你们带来不安——你们当中曾有人探寻,但后来他们因此变得不信教。

第六章　牲畜
VI. Sura. Das Vieh.
从马拉奇的拉丁文译出

v. 75. 亚伯拉罕对父亲亚瑟说:你将偶像当神膜拜么? 我的确见到你和你的族人在歧途中。我们向亚伯拉罕展现天与地的国度,好让他成为笃信主的人。当他头顶上的夜空变暗时,他看到星辰,说:这是我的主;当它落下时,他说:我不喜欢下落之物;然后他看见月亮升起,他说:这是我的主! 当它落时,他说:倘若我的主不引导我,我就会与我的人民步上迷途。当太阳升起,他说:这是我的主,它更大。当它下落,他说:哦,我的民众,现在我与你们的错误脱离开来,我现在面向创造天与地的那位主。

v. 73. 承诺了——在伊甸园里的好房子。他们身边心满意足的主是他们最为出色的恩酬。

第十章　优努斯
X. Sura. Jonas.

v. 10. 他们的祷词是:赞美主! 他们彼此之间的问候是:和平!

他们的祈祷将这样结束：赞美主，永恒的主！

第十三章　雷霆
XIII Sura. Der Donner.

8. 接着，一些不信教的人谈论你说：为何他的主不让一个神迹到他头上？你只是一位布道者，每个民族都有一位引路人。

第十七章　夜行
XVII. Sura. Die Nachtreise.

80. 你应当在日落时祷告，在夜晚降临时、在破晓之时读《古兰经》，在夜晚醒来之时，也要拿出一段时间祷告。你要祈祷：哦，我的主！请让我进入真理，请让我从真理中出来，请助我一臂之力。

第二十章　塔哈
XX. Sura. Tah.

26. 他（摩西）说：哦，我的主！请在我狭小的胸腔里创造点空间。让我轻松地做我的事情。也请松开我舌头上的束缚。

第二十九章　蜘蛛
XXIX. Sura Die Spinne

参见 v. 43 接下来的诗句"卓越"。

47. 你以前不会读书，也不用你的右手在书上写字。

49. 预兆由神赐予,我只是一位公开的布道者。

雅歌
DAS HOHELIED SALOMONS

他吻我！用他温润的唇！你的爱比酒更美妙。你搽的膏散发那么甜美的芬芳,倾倒出来的香膏是你之名。正因如此,姑娘们爱你。拉我一把吧！我们早已追赶在你的后面！倘若国王将我带进他的内室,那我们会在你怀抱里跳跃和欢愉。用酒赞美你的爱。

所有高贵之人都爱你！

*

我皮肤黝黑,但美丽,耶路撒冷的女儿们！正如凯达一家的帐篷,正如所罗门的地毯。

别这样看着我,我皮肤棕红,被太阳灼烧。我母亲的儿子们仇视我,他们让我去看守山坡上的葡萄园。这葡萄园原本是我的,我不去看守。

*

告诉我吧,你呀,你是我的灵魂所爱,你在哪享乐? 中午你在哪歇息? 为什么我该绕开你那群伙伴?

你难道不知道吗,最美丽的女人只跟着那群人的脚印走,避开你那些在放羊人房子周围吃草的羊群。

*

你,我亲爱的,我将你比作法老马车的硕大骏马。屁股被扼住,脖子上绕着锁链,煞是好看。你该拥有上面有银纹的金制轭。

*

国王与我亲热之处会留下甘松茅的香味。

*

一束花！没药是我的朋友，在我的双乳之间过夜。我的朋友，你是一群恩戈地①葡萄园里的棕榈树蓓蕾。

*

看呐，我的女友，你多美啊！看呐，你多漂亮！你的双眼如鸽子眼那般。

我们的床由绿色植物铺成，还有我们的小屋，雪松是屋梁，柏树是屋顶。

*

我是山谷里的蔷薇！我是五月一枝花！我的爱郎被姑娘们围着，如同带刺的玫瑰。我的爱人在男人中间，如同森林中的苹果树。我渴求他的树荫，我坐在树下，吃着果子，唇齿生香。他带我到榨汁器那边，他的爱如轻风般吹着我。他用瓶子把我打倒，②拿苹果供我食用，因为我因爱而病。他左边供我的头依靠，他右边拥抱着我。我恳求你们，耶路撒冷的女儿们，原野上跑着的那些小鹿、雌鹿，别去碰它们，别去挑逗它们，除非它们愿意。

*

这是我朋友的声音。他走过来了！蹦蹦跳跳地过了山！跳舞般过了丘陵！我的朋友就像一头鹿，像一头牡狍。他已经站在墙边，透过窗户在看，穿过栅栏在瞧！然后他开口说：我的女友，起身吧，我的美人，来吧。冬天已过去，雨也停了。它离开了！花朵破土而出，

---

① 即 Engedi，死海岸边的城市和城堡，以葡萄酒闻名。
② 此处疑为歌德误译，古典拉丁语《圣经》译本译作 Fulcite me floribus，路德译作"他用鲜花为我提神"。

阳春已降临大地,你们听见斑鸠的歌声。无花果长出结节。葡萄枝散发香味。我的女友,起身吧,我的美人,来吧。我的鸽子在岩坡安全之地的石头缝里。给我看看你的脸,让我听听你的声音。我们去抓狐狸,那些小狐狸捣坏葡萄园,那多产的葡萄园。

*

我的朋友是我的,我是他的,他在百合花下欣赏。直到天尽,影子不再,你转身,我的朋友就像一头鹿,像一头牡狍,在贝瑟①的山上。

*

在我那置于崇山峻岭的睡床上,我找那个爱我灵魂的人,寻寻觅觅,但终究没找到。我想起身立刻到城里去,走在市场和街道上。找那个爱我灵魂的人,寻寻觅觅,但终究没找到。我碰到城市的守卫者:那个爱我灵魂的人,你们没看见他吗?我还没完全从他们身边走过,我就找到那个爱我灵魂的人,我抓住他,我不让他走。他应该跟我到我母亲房子里去,到我母亲的内室里去。

*

谁走来了,从沙漠中来,如同烟柱,如同没药香和香火的熏香,珍贵的香料。

*

我的女友,你多美啊!你多漂亮!你发束之间的双眼如鸽子眼那般。

你的头发如同基列山上闪闪发亮的羊群。你的牙齿就像剃了毛的羊群,刚从水塘里起来,所有羊都能孕育生命,没有一只羊小产。

---

① 即 Bether,地名,位于耶路撒冷西南部。

你的嘴唇是玫红色的绳子,你的话多么动人! 你发束之间的发缝如同石榴上的裂缝。正如大卫的塔楼,你的脖子,为了防御,那上面挂了一千块牌子,所有英雄之牌。你那双峰,就像双胞胎小鹿,在百合花下休憩。我的女友,你真美,你身上没有一处斑点。

*

从黎巴嫩来,我的姑娘,从黎巴嫩来。从阿玛那山峰、舍尼尔和赫尔孟山峰,从猎豹山上的狮子巢穴望过来。

*

亲爱的姑娘,你已经俘获了我,用你的双眸,用你的项链。你的爱充满魅力,亲爱的姑娘! 你的爱比酒更美妙,你搽的膏发出的香味胜过所有香料。我的姑娘,你的双唇如蜜,你舌下生出蜂蜜和牛奶,你衣服散发出黎巴嫩的芳香。亲爱的姑娘,你是一座紧闭的花园,一眼闭锁的泉,一口密封的井。你那大花园里种着结出香果的石榴树、带松针的雪松、柏树和藏红花、菖蒲和肉桂,各种各样散发香味的树,没药和芦荟以及所有最妙不可言的香料。如同花园里的泉,一口活水,源自黎巴嫩的小溪。北风起,南风来,吹遍我的花园,芳香四溢。

*

我的朋友来到他的花园,食用香料的果实!

亲爱的姑娘,我曾来到我的花园,呈上没药香及其他香料。吃蜂蜜制成的蜜汁,喝我的葡萄酒、我的牛奶。

伙伴们吃起来! 喝起来,在爱中沉醉。

*

我睡着了,但我的心醒着。听! 敲门的朋友在说:我的姐妹,我的女友,我的鸽子,我虔诚的姑娘,为我开门,我的头上沾满露水,我的鬈发上都是夜露。我已脱去衣服,我该如何穿上? 我已经洗干净双脚,难道我该再把它们弄脏? 这时,我的朋友的手穿过窗口,伸向我。我起身为我朋友开门，我的双手触碰到没药，没药经过我的手落在了锁着的门闩上。我为我的朋友开了门，但他已经溜走。我听到他的声音才起身，我找他，却没找到；喊他，却没有回音。我碰到城里的守卫官。城墙的守卫者打我，伤我，把我的面纱夺走。

*

我恳求你们，耶路撒冷的女儿们。帮我找到我的朋友，跟他说，我因爱生病。你，最美的姑娘，你的朋友和其他朋友有什么不同，你为何向我们恳求，你的朋友和其他朋友有什么不同？在上千人中，我的朋友与众不同，皮肤又白又红。他头顶最纯的金冠，露出的鬈发黑如乌鸦。他的眼睛如同小溪旁的鸽子眼睛，在牛奶中清洗过一般。他的双颊如同香料小花园，充满熏香的灌木丛，他的双唇如玫瑰汁滴入珍贵的没药那般。他手上戴着镶上绿松石的金戒指，他的身体闪闪发亮，像装饰了蓝宝石的象牙。他的双腿像饰以金色基座的大理石柱。他的形体就是黎巴嫩人，挺拔如香柏。他的咽喉满是甜美，他完全就是我的渴求。这样一位男子是我的爱人，我的朋友正是这样一位男子，呵，耶路撒冷的女儿们。

*

你的朋友往哪儿去了，最美的姑娘。你的朋友去哪儿了，我们想与你一起寻找。我的朋友进了他的花园，去了香料苗树那儿，在花园里欣赏，采摘百合花。我的朋友是我的，我是他的，他在百合树下休憩。

*

我的女友，你美如提尔扎①！妩媚如耶路撒冷！可怕如军队首领。把你的视线从我身上挪开，它们使我情不自禁。

*

---

① Thirza，地名，旧约中曾提及。

　　六十位王后，八十位妃子，数不清的少女。但一位是我的鸽子，一位是我虔诚的人。她们母亲的唯一，她们母亲的珍宝。她们看着这些姑娘，她们赞美这些王后和妃子，称赞她们。

*

　　谁是那位正在抬头看的人，脸颊红晕似晨霞？妩媚如月亮，纯洁如太阳，可怕如军队首领。

*

　　我来到坚果花园，来看绿色的山谷。来查看葡萄藤是否发芽，石榴树是否开花。

*

　　归来吧！归来吧！苏拉米！归来吧！归来吧！让我们看看你。你们没看见苏拉米正如天使般跳舞。你脚穿亲王女儿的鞋子，舞步优美；你的腰肢舒展如同两个链夹，出自名家之手的链夹。你的肚脐如同盛满水的圆形贝子，你的身体如同被蔷薇包围的小麦堆。你的脖子如同象牙制成的塔楼，你的双眼如同巴特拉宾门口的赫斯本水塘，你的鼻子如同朝向大马士革的黎巴嫩塔。你的头如同卡尔迈勒，你的发束如同国王那编好的紫红色发带。你多么美丽，多么妩媚！哦！爱在欲海里翻滚。你的身姿挺拔如棕榈，你的双乳如葡萄。我说，我愿攀爬到棕榈树上，抓住它的枝干。就让你的双乳好似葡萄藤上的葡萄，你的鼻子散发苹果香味。你的腭香如美酒，它顺滑地进入我的身体，它让沉睡之人惊醒并喋喋不休。

*

　　我属于我的朋友，我也是他所有的渴求！

*

　　我的朋友，来吧，让我们到田野上去，在民居里安眠。我们晨早起床，走到葡萄山上，去查看葡萄藤是否开花，浆果是否发芽，石榴树是否有花朵。我想在那随意地拥抱你，与你亲热。

*

　　我们门前的百合花散发各种各样的香味，今年的，远方的。我为你坚守我的爱。

*

　　倘若我如同我的母亲给我弟弟喂奶那样对待你，我在外头找到你，我便吻你，没人会讥笑我。我要将你带到我母亲的房子里，好让你教我！喂你喝石榴汁液调配的香酒。

*

　　谁从沙漠里走来，走到她朋友那儿去？

*

　　在苹果树下，我把你唤醒，你的母亲在那儿生下你，生你的人在那儿养育你。

*

　　请将我像一道封印那样放在你心上，如同一道封条在你手臂上。与死亡同样强烈的便是爱情，如同地狱般有力量。它的烈焰是火焰，吞噬人的烈火。再多的水也不能浇灭爱情，再大的河也不能淹死爱情。倾家荡产换取爱情，人们只会取笑这种作为。

出自阿拉伯《悬诗》
〈AUS DEN ARABISCHEN ›MOALLAKAT‹〉

　　　　请站住！在此，让我们一边回忆一边哭泣。
　　　　弧形沙丘边，曾经是，
　　　　时光荏苒，营房周围，
　　　　痕迹未全被掩埋，

北风南风吹来去，
黄沙飘舞在编织。
同伴默默将我拉一旁，
劝慰："切莫遁入绝望，耐心再耐心。"
我喊道："眼泪是我唯一的慰藉。"
但他们答曰："这都是徒劳，
它们浇灌在荒弃的住所。
难道你的情况比之前还糟吗？
你与侯娃莱分开，
与她女邻居丽芭芭分开，
现在你可以为她尽情地哭泣。"
是的，我说，"当年她们都是标致的美人，
她们骑上牲畜离开我。
当西风吹来，
从她们长裙飘来麝香阵阵。"
此时，我的泪如泉涌，
流淌在我胸前，
滴落在我的剑带上。
我痛苦地不能自已。
独处不永恒。多少天了，
你都没与美人
度过甜蜜的时光。时光再美
也美不过达哈德褚德舒尔池塘边的光景。
我总会回想起那美好的图画。
我瞧见群芳沐浴。
她们恼怒于我的放肆，

为达成和解,她们宰了我的
壮骆驼,做成吃的,
从我的驮鞍里取来酒。
女孩们勤奋劳作,
相互帮忙至天黑。她们烹煮肉,
美味的肥肉好似白色
流苏织出来的丝绸。
她们兴高采烈,丝毫不考虑
她们该一起分担这个牲畜的负重。
在那幸福的一天,妩媚的
欧奈扎骑的骆驼背上又担了一个我,
她喊道:天啊! 你要
把我挤下去走路了。
驮鞍在重压之下弯曲。
啊! 她喊,安里欧凯斯,快下去,
我的骆驼快死了。
我说:放松缰绳,
任它走吧! 不要对我
保留你爱情的果实,
让我心醉神迷地品尝一下。

一些女子不如你貌美,
但一样纯洁,我曾夜晚与之幽会。

那天多么的刺激,
法蒂玛在沙丘峰上先拒绝了我,

她发誓,且发誓守住诺言。
我说:法蒂玛,别那么严肃!
你是不是打算马上离开,
你好好想想,
是不是我的本性和方式不合你意,
请即刻将我心之外套撕碎,
将它从我对你的爱分隔。

出自波斯语
〈AUS DEM PERSISCHEN〉

多鲁花
Dou-Rouy

你们像绣球花那般
时而绿,时而红,时而蓝,
最后甚至呈现混合颜色——
我太了解你们了。

哈勒哈
Khalkhal
(脚踝摇铃)

你们脚踝上的铃铛,
你们的小歌曲,它引诱不了我。

汉语作品
CHINESISCHES

下列出自传记选文集《百美新咏》的笔记和小诗使我们确信,尽管在这个独特的、奇特的国度存在种种禁锢,但人们依旧生活、爱恋和作诗。

薛瑶英小姐
Fräulein See-Yaou-Hing.

她美丽,拥有诗歌天赋。人们惊艳于她异常轻盈的舞姿。一位崇拜者为此作诗一首:

> 汝轻舞桃花锦簇中,
> 春意盎然,清风徐徐:
> 若不撑起罗伞遮阑,
> 汝等皆被春风卷去。

> 翩然起舞睡莲上,
> 身姿婀娜入斓池,
> 纤纤玉足着柔履,
> 宛然亭亭出水莲。

> 他人纷纷裹足忙,
> 倘若伫立仍盈盈,
> 尚能大方行雅礼,
> 然步履如此蹒跚。

诗人们干脆将小巧玲珑的脚称为"金莲",这个词便源自她穿着金鞋的小脚,也该是因为她的这一长处,后宫女子纷纷把脚裹得紧紧的,就算不能与她一样,至少要与她相仿。据称,这种方法后来传遍了全国。

梅妃小姐
Fräulein Mei-Fe.

明皇的妃子,倾国倾城,聪明过人,自幼便引人注意。她受到新宠妃排挤,后被迁居至后宫一处特别的居所。当附属国王侯给皇帝进贡琳琅满目的礼物之时,他想起梅妃,将所有贡品转赠于她。她将赏品悉数归还,附诗一首:

> 蒙君惠赐以修容,
> 妾久未照镜弄妆。
> 自妾不得见君颜,
> 不知何物能添色。

冯小怜小姐
Fräulein Fung-Sean-Ling.

她伴君出征,国君出师不利,她被俘后,被纳入新王后宫。在如下诗歌,人们保存着她的念想:

> 在一个愉快的傍晚,
> 人们唱歌,寻求欢乐,

小怜多么让我忧伤！
她自己一边弹奏一边唱，
一根琴弦崩断，
她继续唱，表情高贵：
别以为我欢乐自在；
要知我心是否依旧跳动——
只消看那曼陀铃。

开元
Kae-Yven.

皇宫的一位宫女。当皇帝军队在严冬驻守边境与叛军作战，皇帝给前线将士们送去一大批暖和的军装，其中大部分由后宫众人缝制。一位士兵在其上衣口袋找到如下诗句：

奔赴前线惩敌，
无畏骁勇善战，
难寐今夜严寒。
奴细缝此戎装，
虽未知何人穿，
意欲添君絮棉，
勤谨密密缝制，
只为护君颜面，
此生若不相逢，
来世愿结良缘。

　　士兵觉得应该将这张纸上交给军官，这引起轰动甚至惊动了天子。皇帝即刻下令在后宫严查：不论何人写此诗，不得隐瞒。此时一位宫女前来禀报："乃奴婢所写，奴婢罪该万死。"皇帝赦免了她的罪过，将她嫁于得诗者。皇帝陛下对此打趣道："此生到底还是结了良缘！"

　　宫女答曰：

"陛下圣明，万事可成，
造福子民，美梦成真。"

　　自此，开元之名便跻身中国女诗人之列。

中德四季晨昏杂咏①
CHINESISCH-DEUTSCHE
JAHRES- UND TAGESZEITEN

一

疲于效命理政，
为官日日辛忙，
当此熙和春景，你说
怎能不出离北方？
绿野、水边畅饮，
文思涌落笔端，

---

① 本篇亦见于《歌德全集》第 2 卷第 695—699 页（原文页码）。首次发表及参考底本见于：Berliner Musenalmanach für das Jahr 1830（erschienen 1829），S. 1-16。

盏连盏,兴正酣。

二

白若百合、清烛,
形似远星,谦立,
爱慕之光中心燃起,
点点灼红环依。

早放的水仙
花园中排排盛开。
许是美好的花儿明白,
列队将谁等待。

三

羊群离去,
只余一片清绿,
不日便成天堂,
鲜花开遍四方。

希望将明亮的轻纱
雾一般向我们展开:
愿望实现,骄阳异彩,
层云尽去,幸福到来。

四

孔雀啁哳鸣叫，
念其美妙的羽毛，
我心厌烦顿消。
印度之鹅岂可相比，
容忍又从何谈起，
叫声可怕，相貌庸鄙。

五

让你①的爱欲之光
现于金色的夕阳，
让你的如冠美羽，
迎它而炫，勇敢相望。
而它却看向花开的绿野，
向碧空下的花园寻觅；
一对情侣相傍相依，
那是它眼中无比的美丽。

六

夜莺和杜鹃
真想缚住春天，

---

① 指孔雀。

但夏已处处挤入，
用荨麻和飞廉；
也浓密了我
那稀疏的树冠，
就在那里，我爱的目光
将最美的猎物偷看；
彩顶、廊柱和栅栏
枝叶遮蔽不见，
目光却依然窥探，
我的东方①，永在那边。

七

她羞黯最美的白昼，
所以你们休怪
我无法把她忘怀，
至少是在户外。
花园中，她翩翩而来，
让我看到她的厚爱；
念念难忘，此情依旧，
心系于她，爱无休。

---

① 对歌德来说，东方象征着希望。

八

夜幕垂落，
近旁尽成远方；
金星点亮
第一束美丽辉光！
万物隐约，
雾气悄漫山岗；
暗色愈浓
倒映平湖之上。

此时，就在东方
应有明月晕红辉光，
婀娜垂柳，如发纤枝
漫将水面轻戏，
树影摇移，
月光颤洒神奇，
悄悄地，一缕清凉
由双眼流入心房。

九

玫瑰花期已过，
方识花蕾一朵；
但见枝头独艳，
花界因之圆满。

十

世人眼中最美，
人称花之女王；
四方共赏，争论尽息，
竟有如此神奇！
绝非徒有表象，
你将观与信汇聚；
却有求索戮力，乐此不疲，
追究法则、缘由，如何与何以。

十一

让我畏惧的
是窘于讨厌的废话之中，
万事流散，无一坚守，
刚刚瞥见，便失影踪；
让我惊恐的
是困于环织的灰网①。——
"幸甚！不朽不亡
那是永恒法则，
玫瑰与百合皆依其绽放。"

---

① 指理论之网。

十二

沉入久远的梦，
你抚爱玫瑰，对树闲说，
不近佳人，不求智者；
对此无法称颂，
同伴争相到来，
与你相伴郊外，
笔墨与酒
听遣备就。

十三

这静谧你们想要打破？
且让我尽享把酒之乐；
与人共处可相互教导，
心生激情却只能独酌。

十四

"来吧！我们即将别过，
你还有何高见要说？"

平息对远方与未来的渴望，
今天，在此为生活辛忙。

（姜丽译）

南美洲文学
LITERATUR SÜDAMERIKAS

囚徒的死亡之歌
TODESLIED EINES GEFANGENEN
（出自《巴西作品》）
〈Aus dem »Brasilianischen«〉

来吧！只消大胆前来！所有人来吧！
你们齐聚享盛宴。
你们再也不能威胁我，
不能期望屈服我。
看呐，我在这，被囚禁，
但仍未被击败。
来吃我的四肢，
同时与他们吃食
你们的先辈们，你们的父辈们
曾是我的食物。
我款待你们的肉，
你们这些蠢货！是你们自己的。
在我最深处的骨头里，
藏着你们先辈们的骨髓。
来吧！只需前来！咬吧！
它会很合你们的口味。

美洲野人的爱情之歌①
LIEBES LIED EINES AMERIKANISCHEN WILDEN.
（出自《巴西作品》）
⟨Aus dem »Brasilianischen«⟩

蛇啊，等等，等等，蛇啊，
根据你美丽的颜色，
按照你环圈的花纹，
我小妹替我为我的心上人
编织发箍和腰带。
你的美丽，你的斑纹
胜过其他长虫，
该被好好赞美一番。

巴西作品②
BRASILIANISCH.

蛇，莫要动！

---

① 正如"囚徒的死亡之歌"，这首爱情歌曲译文也受到提丢斯所译蒙田《随笔集》的启
　发。歌德曾讲述，除了一首战争歌曲，他还接触了一首爱情歌曲，它以"蛇啊，等
　等，等等，蛇啊"的诗句开始（参见《歌德全集》第 1 卷原文第 385 页）。译文首次出
　版见于：Zeitschrift für deutsche Philologie 3 (1871)，S. 478。参考底本见于：Das
　Journal von Tiefurt, hg. von Eduard von der Hellen, Weimar 1892，S. 303。
② 1791 年和 1812 年，歌德再次读了蒙田《随笔集》。1826 年夏，歌德重作 1783
　年的"爱情诗"。1826 年 6 月 12 日，歌德在日记里写道："关于蛇的巴西歌
　曲……继续读蒙田。"在同年同月 14 日、16 日、17 日与 19 日，歌德都阅读了
　蒙田作品。译文首次出版以及参考底本见于：KuA V 3 (1826)，S. 130。

莫要动,蛇!
我妹儿欲临摹
你身上图案;
她会为我织条带子,
颜色丰富鲜艳如你,
我将它送给心上人。
她戴上它,你将
永远胜过其他长虫,
被好好赞美一番。

出自遗留手稿的未能鉴定的翻译(?)残篇
NICHT IDENTIFIZIERTE
ÜBERSETZUNGS⟨?⟩—FRAGMENTE
AUS DEM NACHLASS

被打上烙印，我又来了，正如你那样。

我不认为，我会再遇上什么事，
但为何神殿让我冰冷颤抖，
你鲁莽的冒险行为让危难状况雪上加霜，
你是怎么完成，你将我们奉献给死亡。①

阿斯拉
夜幕降临我头上，
这可怕的夜将我心中
对父母神圣的爱撕碎，
如同一件法衣，将我局限在游戏，
袍带将我的脚缠绕，
一种从未有过的兴趣产生的报复感
快速地深入我内心，将之撕裂。
第三种人格活在我的胸膛，
因为这个，我恨你们——你和父亲

---

① 学界尚不能确定第1—5行是否为译文。首次出版以及参考底本见于：WA
I 53 (1914)，S. 30 (Nr. 20)。

诅咒你们，与你们生死相离。①

好好睡吧，我的父亲。
说着："睡吧，睡吧"，仿佛
能瞬间让我们睡意朦胧打呵欠。
但我想守夜，
对的，守夜，守夜，当我的好老爷
辛苦一天后躺倒在床上，
他立马睡着，嘴里说着：你也
睡吧，我的小伙，睡吧。他现在
有更好的理由对我这个劳累的人说这般。②

　　　　　　　　　　　我也是——
你说着并不新鲜的话，但吓人的是
听见死亡判决，他自己的。
我当然听见了。
　　　　　　我不该说出。
但已经说了。

　　　这是国王？
啊，他让我毛骨悚然；
我父亲对我来说也是这样，是国王，

---

① 这一残篇出处至今未明，首次出版以及参考底本见于：WA I 53 (1914)，
S. 29 (Nr. 18)。
② 这一残篇出处至今未明，首次出版以及参考底本见于：WA I 53 (1914)，
S. 430f. (Nr. 160)。

他人温和，也有帝王威严，
但这位有着这般气质，吸引我，拒我于千里之外，
我想靠近他，却又不敢。

服务于文化与自然交流的翻译

ÜBERSETZUNG IM DIENST DES AUSTAUSCHS ÜBER KULTUR UND NATUR

源自歌德信夹
AUS GOETHES BRIEFTASCHE

一、
论法尔科内的艺术创作
Nach Falkonet und über Falkonet.

　　但有人会说,这种悬而未决的关联,亦即这种大理石的光泽所带来的和谐,难道它自身不会以其柔和与优雅让艺术家心生喜爱,尔后将它融入自己的作品? 石膏则相反,难道它不会剥夺艺术家赖以提高其绘画和雕塑艺术的愉悦的源泉? 这只是粗浅的评论。与呈现协调的一件大理石制品相比,艺术家在众多的自然物中更能找到协调。自然是他创作的永不衰竭的源泉,此时他不必像加工完大理石后那样,担心自己成为一位无能的调色师。涉及这部分,人们需要比较伦勃朗、鲁本斯与普桑①,然后进行判断:艺术家凭借大理石一切所谓的长处赢得什么。即使雕塑家也不在所用材料中寻找情调,他既会在自然中看见它,也能在石膏和大理石中找到它②;认为一块协调的大理石做成的雕像不会是协调的,这是错误的看法。否则人们可以在浇铸时不倾注任何情感。情感即和谐,反之

---

① 指法国巴洛克时期的重要画家尼古拉·普桑(Nicola Poußin, 1594—1665)。
② 为什么大自然总是美的? 到处那么美? 到处那么重要? 会说话! 而大理石和石膏,为什么它们需要,特别是需要灯光? 难道不是因为,大自然永恒地在自身内部不停运动,永远创造出新的东西,而即使最有活力的大理石,也呆立在那儿,死气沉沉。只有灯光的魔棒,才能将它从无生命的状态中解救出来。——歌德原注。

亦然。① 那些艺术爱好者,如此着迷于这些声音与细微振动的人,并非没有道理,因为这些细微震动在大理石上表现得犹如在大自然中一样好,由于简单和强烈的效果还更容易地被认出。一位艺术爱好者因为在这里首次发现这点,就会以为这种效果除此以外无处可寻,或者至少在别处没有如此明显。但一位艺术家的眼睛能在各处找到这种效果。他可能走近一位鞋匠的作坊,或者来到一个马厩,他或许端详爱人的脸庞、自己的靴子或者古代文物,会到处感受到神圣的振动和喃喃细语。是大自然将万事万物联系起来。每走一步,魔力世界就会向他打开,并且真挚、长久地拥抱那些伟大艺术家,而他们的作品永恒地使竞争者们纷纷肃然起敬,让所有蔑视者——无论国外的抑或国内的,无论是否受过高等教育——保持缄默,还让富有的收藏家纷纷慷慨解囊。

每个人在一生中都会感受到这种魔力,它无处不在地摄住艺术家的心,对他来说,周围世界充满活力。谁未曾在进入神圣森林之时遭受阵雨?谁没有在吞没人的黑夜里因莫大的恐惧瑟瑟发抖?谁在面对自己心爱的姑娘时不觉得整个世界闪闪发光?谁没有在她的手臂上感到天与地在欢乐的和谐中交汇?

艺术家因此并不单纯地感受作用,他还深入了解产生这些作用的原因。我想说的是,世界在他面前,就如同在其造物主面前那样,而他此时此刻对所创造之物感到高兴。他尽享各种和谐,由此创作作品,而这一切又存在于这些和谐中。这可能不是那么容易理解,所谓:情感即和谐,反之亦然。

这就是始终由艺术家的灵魂编织的东西。它在没有经过认识力作用的情况下,在艺术家身上逐渐地获得最可理解的表达。

---

① 以上为法尔科内部分原文的翻译。

　　这正是那种魔力，它从伟大人物的厅堂及花园溜出，而这些地方只是为了漫游、为了成为虚荣之相互攀比的活动场所而得到布置和修剪。只有在那些存有亲密、需求和热忱的地方，才存有全部的文学创作力。可怜那个艺术家！他为了在学术的宏伟建筑里来回游荡，离开自己的茅屋！正如有人所写的那样：一位富人进入上帝之国是困难的，而一个完全适应变化多端、时尚方式和欣赏新世界之华丽事物的人，也不会成为一位充满感情的艺术家。所有自然感受的源泉曾向我们的祖祖辈辈们敞开怀抱，却对他闭紧大门。一张贴在他房屋墙上的裱糊纸，几年内就会褪色，这是对他感官的鉴定以及对他作品的比喻。

　　为了论述习以为常的事情，我们已浪费许多纸张，但愿也能将这些写进去。在我看来，"合适的"在五湖四海皆是"普遍的"，在这世上，还有什么比所感受到的更合适呢？在宗教故事中，伦勃朗、拉斐尔、鲁本斯对我来说是真正的圣人，他们在各处，在小房间内，在田野里，感受到神的存在，不需要繁冗、壮丽的寺庙和祭品将神生拉硬扯到心上。我将三位大师放在一起，而人们总是用山与海将他们区分开来，但我允许自己斗胆将一些伟大名字放在一起，用来证明，他们所有人本质上是一样的。

　　一位伟大的画家与其他画家一样，通过感受到的大大小小的自然特点来吸引观众。他相信，他已然投身到所介绍的历史的时代中，只沉浸在那种想象方式和画家的感情中。难道他其实可以要求的，无非是人类历史借助人的真实参与、变戏法似的给他弄出来的东西？

　　伦勃朗将其带着孩子的圣母像表现为一名荷兰女农民，每个纨绔子弟看到后，自然会觉得似乎受到历史的迎头一击。这个女农宣告：基督本是在伯利恒，在犹太国家诞生。可他说：意大利人可以做得更好！什么？——除了诸如慈爱的母亲带着她第一个、唯一的孩子的场景，拉斐尔还画过其他的、更多的画？除了这个题材之外，还有其他可画？对于不同时代的诗人和画家来说，用不同的色调表现母爱难道不是一个丰富的源泉？但《圣经》的篇章用冷漠的高贵和僵硬的教堂，将所有事物从它们的单纯和真实中抽离出来，从同情的心灵中攫取出来，让榆木脑袋上目瞪口呆的眼睛感到迷惑。难道玛利亚不是坐在所有祭台镶框的涡卷形花饰之间，在牧羊人面前，带着小孩在那，似乎让孩子看着财物，或者她在四周的休憩时间之后，用童床边的所有悠闲时光和女性虚荣心来准备接待这次来访？这就是得体！这就是恰如其分！这并不与历史冲突。

伦勃朗怎么处理这一题材？他将我们置于昏暗的马厩，境遇的窘迫使得这位产妇带着正在吃奶的孩子与牲畜共享居所，稻草和衣物从脚一直盖到两人的脖颈处，一片昏暗，除了一盏小灯，它照着父亲，他坐在那里，手捧一本小书，看起来是在为玛利亚读一些祷告。在这一刻，牧羊人走了进来。最前面的那位，手持一盏马厩灯笼走上前来，同时他摘下帽子，向稻草堆里瞧着。在这个位置上，问题被更清楚地表达出来：这位难道不是刚出生的犹太人国王？

这样说来，所有的装饰都是可笑的！因为即使这个对你们来说最有能力观察装饰的画家，似乎对此也片刻不顾。将廉价饮水杯放在富人餐桌上的画家，该会被人瞧不起，因此，他用某些离奇的形状来解救自己，用不知名的罐子欺骗你们，可能是从哪个古老的破烂柜子里掏出来的，通过超凡脱俗的、毫无精髓的高贵，用壮观的、折叠的拖地长袍迫使我发出赞叹和心生敬畏。

艺术家不该刻画，也不能刻画他不曾爱过的、并不喜爱的东西。你们觉得鲁本斯画的女人肉体裸露过多！我告诉你们，她们是他的女人，倘若他让天堂和地狱、空气、大地和海洋充满完美的人，那么他会是个糟糕的已婚男人，那么他画的肉身不会变成健壮的肉身，他画的腿也不会成为腿。①

　　要求一位艺术家运用大量的，甚至所有的形式是愚蠢的。自然本身不是经常赋予整个区域仅仅一种面貌。谁想将事物普遍化，会一事无成。限制对于艺术家而言是必要的，正如对每个想从自身出发塑造要人要事的艺术家那样。坚守同一类型的对象，坚持画装满古旧家庭器具的柜子和奇妙的浪荡子，这使得伦勃朗独一无二。我在此只想谈论光与影，不管这点是否可以即刻运用在绘画上。在使用一种光之类型的情况下，坚持画一种形象是必要的，有眼光的人，将最终被引至所有的秘密，通过这些秘密，事物向他展示它的样子。若在所有的光线下坚持一种形式，那么这个事物会对你显得更有生命力、更真实、更丰满，最终会成为你自己。但好好想一想，每个人的力量是有限的。你能把握多少对象，好让它们从你心中总是全新地创造出来？这得问你自己。请从家庭生活出发，扩展自己，尽己所能，走向全世界。

---

① 在古德（Gout）根据埃尔斯海默（Elsheimer）创作的"菲力门和巴乌希斯"（Philemon und Baucis）中，朱庇特坐在一把安乐椅上，墨丘利在低一点的位子上休息，男主人和女主人用自己的方式款待客人。朱庇特在房间里四处张望，他的目光落在墙上的木版画上，他清楚地看见版画上刻画了自己一件在墨丘利的帮助之下达成的爱情趣事。如果这样的刻画不比满仓库的真正古希腊罗马夜壶更有价值的话，我将放弃所有的思考、吟诗、奋斗和写作。——歌德原注。

出自一份佛罗伦萨的报纸，1796
AUS EINER FLORENTINISCHEN ZEITUNG, 1796

罗马，7 月 16 日

　　我们在这座城市见证了奇迹。过去，人们知道，在安科纳以及马卡的其他城市，基督之母的一些神圣画像中的眼睛曾打开、闭上和转动。我们察觉这异象也在这儿发生，在过去的周六，即 9 日，一些信徒，其中有几个神职人员，在陇拱圣母像处祷告，在此期间他们发现，神迹画像中人物的眼睛在转动和抬起。大量民众争相前来观摩神迹，以至于上头觉得为了维持良好秩序该请一支警卫队。这种奇迹不仅仅发生在所谓的圣像上，也发生在其他放置在街上的大量图像上。在周日和周一，这种奇迹同样发生在几个教堂的画像上，特别是在人民圣母教堂、小谷圣母堂、圣马切罗教堂、垂死之人圣母堂，兄弟修道院等等。此外，在上周六，人们也目睹两支干了的百合茎发出四个变绿的嫩芽，且仍在生长变多，它们本已在墙上固定住，在那儿有一副圣母像，由潘塔尼拱门而得名。在此期间，教宗见到神迹在如此大的范围内发生，意欲激励民众与神虔诚地和解，通过红衣主教宣布邀请民众到六个主教堂进行神圣的接触。这些活动将在未来的周日开始，周三结束。因此，数以万计的民众列队游行，进行忏悔，从一个神像到另一个神像面前虔诚地念珠祷告和连祷；连上流人士也加入这虔诚的队伍，在不同夜晚，城市被照亮，犹如白昼，想必所有这一切会引发人的最温柔、最虔诚的满足感。

出自佛罗伦萨的报纸
Aus der florentinischen Zeitung

罗马,7 月 16 日

周三(即 13 日)早晨,骑士德阿萨拉①归来之后,晋谒教皇,受到非常友好的接待,两人相谈良久。

因为法国专员快要抵达首都,先获接待,因此,同样在周三颁布的下列诏书由国务秘书,即红衣主教塞拉达②公布:

根据与法国军队达成的共同决定,以消除敌方势力渗入这座崇高城市的危险,期盼能在两个民族之间达成坚固及稳定的和平,我们的教宗,即我们的主,带着热烈的掌声允许一些法国特派员不久进入罗马,协商各种情况,商讨并通过达成特定条款以及一些相关条件的协定,以促成合约的缔结。

我们神圣宗教的准则、友好待客的神圣权利、信守不渝的国际法、公开并起源于最高规定的忠诚和信仰、两个国家之间按照规定协调的重要性、基督教陛下作出的令人崇敬的担保和调解、国家的利益、每位想保持良好秩序、每人想获得平静和共同和平的愿望都要求所有人必须尊重和礼貌对待那些法国特派员。圣父坚信:他的子民深知这种责任的力量;同时子民们深信,无论哪位专员前来,一旦自己的君主下令,每一位都将毫不犹豫地为此献身,因为这以普遍利益为目标,即使一方的损失会带来好处,也可避免整体的颠覆和解体。

---

① 指 José Nicolás de Azara(1731—1804),西班牙外交官,曾在拿破仑与教皇之间斡旋。

② 指 Francesco Saverio Zelada(约 1717—1801),罗马天主教红衣主教。

　　尽管如此，为了避免莽撞之人的暴力，更为了防止不怀好意之人施展恶毒诡计，这些人披着热心的外衣，或许不愿放弃针对特派员的过激的、不满的想法，对此，我们的教宗下令刊印当前的诏书，以教宗之名颁布命令并广而告之：所提到的专员队伍无论如何应该受到尊敬和礼貌的对待，作为公众个人得到最高的保护，他们属于一个民族，我们与之达成一致协议，并意欲与之缔结彼此间的和平。因此，每个人，无论其年龄、阶层、性别或者任一人能特别或原本能想出的方式，若他胆敢在任何时间，用言语、行为和书信方式进行哪怕是最微弱的侮辱或者最轻微的武力冒犯，或者敢于对所说的专员或者法国其他个体或者其仆人和随从进行最轻程度的嘲讽，或者损坏他们的任一物品，这些人将会被视为并判为祖国和国家的敌人，被认定为造反，必被判处死刑，至少家产充公，剥夺永恒的尊重。因此，教宗已下令这座崇高城市的所有正式法庭，格外细致地执行这一命令。一旦行为被证实，针对违抗者的处罚就应立刻执行，关于证据的有效性以及下达判决的速度，都应当与这些罪行的严重性相称，不让有人利用"受到刺激或者侮辱"这等理由或借口来开脱，若有这种情况，他必须向其司法上级求教。

　　若有人用建议、帮助或者好处协助这些罪犯，或他们通过某种方式被认为是共犯或参与者，那么他也将面临惩处，即使他只是公开或私底下说过一些话，会致使这些违反行为得到教唆、支持或者煽动，即使这些行为没有得到实践，亦同等罪。此外，人们解释：每个人，即便非共犯或参与者，若知情，应当立即到正式法庭告发，如果他没有这么做，那么将处于十年以下橹舰苦役刑罚。在这种情况下，告密者不仅会被隐瞒身份，如果他提出要求，只要他提出足够的法律上的告发好让罪犯受到法律的起诉，他将会得到五百斯库多①的奖赏。

那么，每个人要谨记遵守，因为已颁布的惩罚将会以最严格的力度执行，且无望得到赦免。

1796 年 7 月 17 日于奎利那雷

施塔埃尔夫人
《试论文学作品》
GERMAINE DE STAËL-HOLSTEIN
VERSUCH ÜBER DIE DICHTUNGEN

在人的各种能力中，没什么比幻想力对人更有价值了。人类生活似乎很少以幸福为出发点，以至于人们只能借助一些创造物和某些比喻，只能通过恰当地挑选回忆，来收集分散于尘世的快乐，并且，不是通过哲学的力量，而是通过消遣那更强大的作用，才能与命运施予我们的痛苦抗争。

人们对幻想力的危害讨论良多。一种无能的中庸或者一种严格的理性，它们就此一再重复了什么，查询这点恐怕只是徒劳无益。人不会停止让自己变得兴致勃勃，而那些拥有打动我们的天赋的人，更不会放弃，碰运气般实施这一点。

少量必要和特定的真相从来不能完全满足精神和心灵；谁发现了它们，毫无疑问就拥有最高的荣耀，但是这些作家，借助感动或善意欺骗我们的作品，也为人类做了有益的工作。若人们用形而上的精确性来对待人的激情，那么人们是在对自己的天性施加暴力。在这世界上只存在开端；边界并未被标明，美德确定无疑，但幸福悬在

---

① Scudo，意大利货币，面值为 5 英拉的硬币。

远处；倘若它不能经受检验，便会因此被毁，又如闪光的鬼影，从轻雾中升起，但因有人穿行雾霭而消失。

尽管如此，文学作品带来快乐，这并非文学作品唯一的优点；它们对着眼睛说话，能提供消遣，但它们对于道德具有重大影响，它们能感动人心，而这或许是进行启蒙或者给定方向的最强大的赋能。

人身上只存在两种明显有别的力量：理性与幻想力；所有其他力量，即便是感知，都有依赖性或是复合而成。文学作品的国度因此如同幻想力的国度，得到精心制作；即使激情也不会成为文学作品的绊脚石，而会受到它们的欢迎。哲学应该是那股看不见的力量，为文学作品发生效力指引方向，但它如果过早出现，会摧毁魔力。

我在此谈论文学作品，因此我将观察它们的对象及其魅力；因为在这种作品中，优美可不借助效果存在，但效果决不能离开优美存在。文学作品肩负引诱我们的使命，人们越坚定地为自己设立一个道德或者哲学目标，越要用令人愉快的魅力装备文学作品，为的是实现目标，使人觉察这个目标。在神话作品中，我只观察诗人的天赋，神话文学与宗教的关系不在我观察范畴内；我谈论古代作品，将根据它们在我们年代留下的影响展开论述，我只会论及诗人的天赋，而非其为我助兴的原理。

文学作品可以分为三类：1) 奇妙的和譬喻的文学；2) 历史的文学；3) 其中的一切既是虚构又是模仿、绝非真实但属可能的文学作品。

如果人们想就此细写，那么可以创作一部详尽的著作，而这涉及大部分文学作品；几乎所有一切可被论及，因为**一种思想只有通过与其他一切思想的联系，才能完美地被展开**。但我的意图只偏向于小说，我会尝试展现，一部细致善言、具有深度和道德观念并展现生活的小说,才是所有文学作品中最有益的,而我会把与此无关的其他的一切,排除在我的尝试之外。

一

奇妙的作品引起一种愉悦感,而它会非常迅速地耗尽。人必须先成为孩子,才能喜爱这种不自然的描绘,让自己被不真实的描写激起惊恐与好奇。

哲学家必须首先再次成为普通民众,才能喜爱譬喻之面纱下有用的观念。古老的神话有时只包含简单的情节,正如轻信、时间和在所有崇拜偶像的宗教中神父们传播的一样,但人们也经常将它们视作譬喻的结果;人们看见拟人化的激情、天赋或者美德。

毫无疑问,属于这类文学的选择需要一定的运气,而强大的幻想力为创造者保证了真正的声望。他们创造了一种语言,赋予风格一种形态,而且为了维护诗之观念的尊严,将这种语言同普通语言分离开来。那些仍想将其他东西添入已被接受之虚构中的作品,根本不会有另外的用处。

奇妙的文学作品总会让被人添入这些作品中的感觉冷却下来。如果人们只要求使人愉悦的画面,那么该允许有千百种使人眼花缭乱的方式。人们说过:眼睛总是孩子,起作用的更多的是幻想力,它只要求被娱乐,它的目的在其手段中,它被用以欺骗生活,剥夺时间,它能给白天以黑夜之梦;它用轻松的活动代替休息,其途径是去除所有使人激动和使人忙碌的东西。但如果人们执拗地想利用幻想力的愉悦达到道德目的,那么人们必须在计划中放置更多的场景而非更多的统一。英雄与神灵、激情与命运原则的联系,甚至会损害荷马和维吉尔的诗歌;人们几乎不会宽恕发明者发明的一种类型,尽管这个发明给他带来诸多荣誉。狄多爱埃涅阿斯，因为她将扮成斯卡尼斯①的爱神拥入怀中，但人们会对这种天赋表示遗憾，因为这种激情的产生，本来可以通过描述心灵的悸动得到更好的表现。如果神主宰了阿喀琉斯的愤怒、痛苦和胜利，那么人们既不会欣赏朱庇特，也不会羡慕英雄们；一个是抽象的生灵，一个是被命运奴役的人；性格的绝对权力被他身边的奇妙之事遮蔽。在这种奇妙中时而会出现某种确定之事，时而也会出现意外之事；因此我们不能根据自己的感觉去害怕或者期望，目睹我们最美好的愉悦通过这种方式被剥夺。当普里阿摩斯去阿喀琉斯那要回赫克特的尸体时，他的父爱致使他陷入的种种危机令我心生恐惧；当我看见他踏入阿喀琉斯的可怕的帐篷时，我会发抖；在毫不知情的情况下，倾听这位不幸父亲的所有话语，通过他的巧舌如簧，我既获得由此展现的感觉印象，也获得由此决定的对于事件的预感。但我已知道，墨丘利引领普里阿摩斯穿越希腊人的阵营，我也知道，忒提斯受朱庇特之命勒令自己的儿子归还尸身，我对普里阿摩斯所做之事不再没有把握，我的精神〈不〉②再那么集中，若非神灵般荷马的名字，我或许不会去阅读这篇讲话，而它在这一情景发生后才出现，而非引出这一情景。

我曾说，奇妙中也有一些意料之外之事，它导致与之前被非难的确定性完全相反的效果，而这会剥夺我们对于希望和事先期待之事的欢乐。我指的是那些情况：神明撕裂串联得最妙的准则，为他们的宠儿提供不可抗拒的保护来对抗最强大的力量，废除所有适合人类的事件关系。

我承认，神在此只是扮演命运的角色，他们是拟人化的偶然；但

① Askanius，埃涅阿斯之子。
② 此处歌德漏译了否定词 nicht，法语原文为 n'est plus attentive。

在文学创作中,去除偶然的影响是更好的做法。一切虚构之事应该是或然之事,所有使我们震惊之事必须可以通过道德原因的相互作用得到解释;在这些作品中,人们随后发现一种哲理的结果,而创作这些作品的天才承担了一项更重要的工作;通过命运的一次突袭摆脱那些臆想的或者真实的境况,这不会引起任何惊叹。

我希望,在谈到"人"这个题目时,人们也会让人的性格产生巨大作用。这里有永不枯竭的源泉,天才可以从中创造出深刻和令人震惊的描述。对了,即使但丁也没有过分地描写地狱场景,而我们这个时代的血腥罪恶则愈演愈烈。

我们珍视叙事诗中虚构的奇妙,难道最为崇高的不正是这些地方,而它们的美完全不依赖于奇妙?人们为弥尔顿的撒旦感到惊叹,在于这个人物;阿喀琉斯身上仅剩的便是他的性格;在里纳尔多对阿米达的热情中,人们想忘记的是那种与魅力相伴的魔力,它们一起点燃了他的激情。在《埃涅阿斯纪》中起作用的是感觉,它们在任何时代属于所有心灵,而我们可悲的作家从古代作家中挑选对象,却将它们完全从奇妙的机器上剥离开来,但它们正是人们在伟大杰作上觉得有效的东西,而古代作品恰恰也借此标明自身。

在骑士小说中,人们更能强烈感觉到奇妙的令人厌烦;这不仅损害事件的利害关系,而且也会介入性格和感觉的发展。英雄高如巨人,激情超越真实,比起神话和仙人故事的奇迹,臆造的道德天性有着更多的令人厌烦处。虚假更紧密地与真实联系在一起,幻想力自身作用甚微;因为言语在此不能被编造,而是得言过其实,在现实中非常美的东西,得用漫画的方式表现出来,勇敢与美德可能由此变得可笑,如果历史学家和道德哲学家不再现真相。

但人们不必按照独有的基本原则来衡量世事,因此我懂得尊重创作的天才。他创造出精神在其中憩息良久的诗意的作品,而它们有助于众多成功和出色的比较；但人们可以期盼，未来的天才会选择另一条道路，而我愿意将那些活跃的心爱之人——对他们而言鬼魂常能成为真实的图画——唯独限制在对真实的摹仿上，或者让他们进入摹仿。

在那些欢乐占主导地位的著作中，人们或许不愿意错过迷人的作品，阿廖斯特①曾巧妙地利用此类作品，而在这产生优雅玩笑的幸运的偶然中，真的不存在任何规则和对象。印象无法被分析，思考无法占有任何对象。在现实中，人们很少找到引发快乐的原因，以至在献身于快乐的作品中，奇妙有时必不可少。感觉和思考永远不会枯竭，但玩笑是表达或者感知的一种运气，它的回归不可预计。每个引发笑声的主意，可能是人们曾发现的最后一个主意，不是一个导致这一类型的方法；不存在任何世人可以有把握地从中取水的源泉。人们知道它的存在，因为它总是自我更新，但人们既不了解原因也不了解方法。玩笑的语调需要比被提升的热情本身更多的兴奋。这种文学作品中的喜悦，不产生自一种幸福感，这种读者比作家更能享受到的喜悦，是一种人们忽然获得、会不分层次地减少的天赋，人们或许能给它指出一个方向，但是用最伟大之英才的能力也无法取代它。倘若奇妙经常适合总是欢快的作品，这也许正是原因所在，因为它们从不完整地描画自然；一次激情，一种命运，一个真相，这都不可能是轻松的；只有从这类严肃观念匆匆抛下的一些阴影中，可笑的对比才会凸显。

有那么一种类型，它远远超越我所提到的这些作品之上，虽然它也提供可笑的情景，我指的是诙谐的天才作家所创作出的作品；但正

---

① 指意大利著名诗人 Ludovico Ariost（1474—1533），代表作为《疯狂的罗兰》（*L'Orlando furioso*），歌德青年时期熟读这部作品。

是这种优点、即它的整个重心建立在自然的性格和激情之上,而倘若
人们在此想要的是奇妙,这种优点就会完全被改变和减弱。如果任
何一点奇妙渗透入吉尔·布拉斯①、伪君子②、厌世者③的人物,那么
我们的精神不会被这些作品这般地打动,不会被这般地引诱。

　　比起超自然手段,摹仿真实能产生更大的影响。毫无疑问,高深
的形而上学允许我们假定,在我们理解力之上存在思想、物体、真相
和生灵,它们超出我们所有的理解力;但因为我们对这些抽象的领域
没有丝毫的了解,所以即使借助我们的奇妙,我们也无法靠近它们;
奇妙相反处在我们所认识的真实之下;此外,我们能理解的不外乎与
人和事物的天性相一致的东西。所有被我们称之为"创作"的东西,
无非是一种诸多观念之互不相关的汇集体。我们从自然中得出这些
观念,却又尝试远离之。存在于真实中的是神灵的印记。人们承认,
天才能创作,但天才只有通过发现、整合及表现事物的本来面目,才
配得上"创造者"的尊称。

　　此外还存在另一种文学形式,于我而言,与奇妙文学相较,它的
作用更小,它是譬喻。在我看来,譬喻减弱了思想,正如奇妙歪曲激
情的图像。在寓言的形式之下,譬喻有时有助于将有用的真相普遍
化,但即使这种根由也只是一种证明,即如果人们赋予思想这种形
式,以为这样能让人理解这种思想,其实是在降低思想。谁需要比喻
来帮助理解,恰恰暴露了精神上的弱点;因为即使人们通过这种方式
让思想变得明晰,它会在某种程度上缺乏抽象和细致。抽象远在所
有比喻之上,它拥有几何的精确性,人们只能借助其特定的符号表达

---

① 指勒萨热(Alain-René Lesage,1668—1747)的作品《吉尔·布拉斯》(*Histoire de Gil Blas de Santillane*)。
② 指莫里哀名剧《伪君子》(*Le Tartuffe ou l'Imposteur*)。
③ 指莫里哀名剧《厌世者》(*Le Misanthrope*)。

它。精神之完美的细微处无法通过譬喻被牢牢把握；描述的色调之别从来不能如形而上的观念那么细致，人们在物体上能描写的东西，从来不能成为思想上最有才智和最精致的东西。譬喻损害它想表达的思想，此外这一类型的作品几乎不具备任何一种优雅。目标是双重的，人们意图让道德真相变得直观，并通过比喻和寓言接纳它；一个目标总是因为满足另一个需要而失败。抽象的概念被不确定地表现出来，而图像不具备戏剧性效果；这是虚构中的虚构，而我们不能参与虚构的事件，因为它们的存在是为了表现哲学的结果，而这种结果若是纯粹形而上地被表达，人们的理解会更加费劲；人们必须在譬喻中将抽象的东西从属于比喻的东西中分离出来，在被介绍者的名字之下发现概念，尝试解开谜底，直到理解思想。倘若人们想解释，是什么造成通常令人愉快的诗歌《忒勒玛科斯》①的单调，那么会发现，是由于师父的形象，而这个人物既是奇妙的，又是譬喻式的，在双重方式上令人烦厌。作为奇妙，这个形象消除我们担心忒勒玛科斯命运的所有不安，因为人们确信众神会将他安然无恙地从所有危险中引领出来；作为譬喻式的，它破坏来自其内在争斗的激情的所有作用。道德哲学家们在人心中区分的这两种力量，在费奈隆的作品中分别以两个人出现。师父的性格波澜不惊，忒勒玛科斯没有自控能力；人处于两者之间，现在不知道，该站到哪一边。

　　那些令人注目的譬喻，正如在《泰勒玛与马卡雷》②中，意志为了找到幸福踏上旅途，而在斯潘塞的《仙国女王》③中，每场歌唱将美德展现为骑士与恶习作战，诸如此类被延伸的譬喻其实不能吸引我们，

① 指费奈隆（Fénélon）的小说《忒勒玛科斯之探险》（*Les Aventures de Telemach*）。
② 伏尔泰作品，法语标题为 *Thélème et Macare*。
③ *Fairy Queen*，又译为《仙后》。

尽管点缀这类譬喻的类型也是天赋。人们被譬喻的小说部分弄得精疲力尽,最终到达终点后,无力再去理解哲学的意义。

　　人们在寓言中让动物开口说话,一开始这是一种譬喻,好让民众更容易理解意义,后来人们从中发展了一种独立的写作类型,许多作家趋之若鹜。曾有那么一个男人独自走上这条道路,其秉性堪称完美,而他不可能再次产生或者被人摹仿。一个男人让动物开口说话,仿佛它们是会思考的生灵,生活在一个不受偏见或狂妄主宰的世界中。这个拉封丹般的天才将譬喻的想法从自己的作品中移除,途径是将各种动物的性格拟人化,根据其独特的情状进行生动描写;其寓言的诙谐不来自暗示,而是源自动物道德的真实图像,而这些动物正是由他带上舞台的。这种成功必然是有限的,因为人们用不同语言尝试创作的所有其他寓言,一旦它们回归譬喻,同样会惹人厌烦。

　　充满暗示的作品也是一种文学创作,只有同时代的人才能强烈地感受到它们的功绩;后世评判这些作品,不看它们的时代作用,也不考虑作者不得不克服的困难。只要天才在某个特定的关联中写作,他便会随同自己被卷入其中的种种情状失去光辉。《胡迪布拉斯》①或许是其中一例。而在这些作品中,人们大多会发现笑话,但因为人们总是得在作家所说的话中寻找他想说的话,因为需要无数的注解来理解他的笑话,因为人们在笑或者表示同情之前必须了解情况,所以这部作品的价值不再能被普遍感知。一部哲学著作可要求人们为了理解进行研究,但无论何种类型的文学作品,无法产生决定性的影响力,仿佛它自身包含一切,由此能让所有读者在所有时刻获得一种完整的印象。一个情节越适合当下的情况,它便越有用,因此其声望不朽;而作家的作品只有这样才能获胜,倘若它们摆脱当前

---

① *Hudibras*,塞缪尔・勃特勒(Samuel Butler,1612—1680)的讽刺史诗。

的事件,将自己提升至事物之不变的本质。作家为此刻所做的一切,正如马西隆①所言,是为了永恒的失去的时间。

　　个别的比方在某种程度上也是譬喻,程度较轻地分散注意力,在大多数情况下,先行的思想只会通过它们得到重新的发展;但一种感觉或者思想很少能达到全部的强度,倘若有人想通过一种比喻表达它的话:比如任何比喻都无法承受老贺拉斯说出的"他该死!"②。如果人们读孟德斯鸠书中的一章,他为了描述专制主义,将它比作路易斯安那州③的野人,那么人们希望在这个比喻中能看到塔西佗或作家自己的观点。当然,摒除所有这类华丽的装饰实在过于严厉,它们对于人的精神还是必要的,好让人从新的概念中得到休憩,或者赋予熟知的事情多样性。比喻与描述产生诗的魔力,赋予所有与之相似的东西生命力,但产生自深思熟虑的事物有一种更大的强力,一种更为集中的力量,而思想的表达只能从深思熟虑中取得自己的力量。

　　正如在奇妙文学中,在譬喻之中,我们找到想风趣地表现哲学思想的作品,如《一只桶的故事》《格列佛游记》④和《小巨人》等。就这一类型,我可以重复对其他类型所说的话:如果它们能引发笑,那么目的达到;但在这一类文字中确实存在更高的目的;人们想清晰地表现哲学对象,但这做的并非完美。如果譬喻本身具有消遣性,那么比起结果,人们更能记住情节。若结果能带来教益以及使人提高道德,

---

① 此处歌德译为 Massillion,疑有误,马西隆外文名为 Jean-Baptiste Massillon(1663—1742)。

② 这句话出自高乃依剧作《贺拉斯》(Horace, 1640),当老贺拉斯得知其子在强大敌人面前没有为罗马而战,而是当了逃兵,他说出了这句话。

③ 在孟德斯鸠生活的年代,路易斯安那州属于法国"新法兰西"殖民属地。

④ 指 *Das Märchen von der Tonne* 和 *Gulliver*,这两部作品为英国作家乔纳森·斯威夫特(Jonathan Swift, 1667—1745)代表作。

格列佛比童话魅力更大。譬喻总是在两块危岩之间来回踱步。如果其目的过于直白地表露，那么就会令人生厌；如果被掩盖，那么会被遗忘；如果人们尝试分散注意力，那么人们便会陷入不被激发注意力的危险。

二

我曾许诺在第二部分谈论历史作品，讨论基于真实事件的虚构。

悲剧的对象大多源自历史；但是当人们要在二十四小时的时间段和五幕中囊括如此之多的感受，或者想将主人公维持在叙事之诗的高潮中，那么我们不会见到具备完整样式的人和故事。在此创作是必要的，但它并不接近奇妙。这不是另一种自然，而是从我们面临之事物中做出的一种选择。我们可以屈从创作自身所固有的诗的语言，我们的心是最美的情景和叙事或戏剧人物的最佳判官；这些人物借自历史，但未走样；它们超凡脱俗，在一定程度上被神化，在这类文学作品中，除了自然别无他物；有着自然的关系和自然的进程；当一个人为声望而生，倾听犹如《亨利亚德》那样的杰作，以及成吉思汗、米特里达特或者坦克雷德的故事，他将不会惊讶而是欣赏，他将不会顾及它们的作者而是享受这些作品，不会在此猜忌一位具有天赋异禀的艺术家的创作。

但也存在另一种我希望完全摒弃的历史性的文学作品。它们将小说嫁接到历史上，例如《法国腓力二世宫廷轶事》①等。如果这些

---

① 德语标题为 Anekdoten des Hofs Philipp Augusts，原著由法国作家玛格丽特·德·吕桑（Marguerite de Lussan, 1682—1758）所写，法语标题为 *Anecdotes de la cour de Philippe-Auguste*。

众所周知的名字得到改变,人们或许会觉得这部长篇小说中规中矩,但现在这些小说被置于我们与历史之间,向我们虚构了一些模仿日常生活的细节,如此这般地混淆真实,以至于人们不能细致分辨它们。

这一类型不得不把大量完全不存在的动机强行纳入情节,摧毁了历史的道德性,无法实现小说的价值。因为它们必须遵守真实的组织结构,不能随意地、不考虑后果地开展计划,一如在一部纯粹虚构之作那里被视为必要那样。一个业已出名的人物会引发人们对于小说的兴趣,这属于暗示的长处。我已经尝试说明,如果一部文学作品不借助情节发展,而是借助回忆,那么它自身不会日臻完善。此外,歪曲事实也是危险的;这样的小说只勾勒爱情的纠葛。人们所选择的时代的其他事件,都已被历史学家展现过,现在人们想通过爱情的影响来解释它们,以此放大其小说的对象;人们由此勾画出一幅完全错误的人类生活图像。通过这种创作,人们削弱了历史应该产生的影响。人们从历史中借用最初的念头,犹如一幅蹩脚的画,通过一些特点,会不完整地唤起人们对原型的回忆,损害人们对原型的印象。

三

本次尝试的第三部分,亦即最后部分,应该讨论这类文学作品,即其中的一切既是虚构也是摹仿得来的作品的优点。但内容完全虚构的悲剧,将不被纳入这一部分,因为它们描绘一个被升华的自然、一个更高的等级和一种特别的情况。这些剧作的或然性依赖于非常罕见的、只有少数人能从中认可些许的事件。虽然戏剧和喜剧在剧院中拥有同等级别,正如小说在其他文学类型中享有同等级别那般,它们在剧院中都体现私人生活和自然情况;但戏剧的需求阻碍这类发展,因为人们会由此首先将事例联系自身。人们虽然允许在国王和英雄的范畴之外选择其人物的戏剧存在,但人们只能笔墨浓重地描绘关系,因为人们没有充足的时间来分级表现细微差别。但生活本身并不如此受限于对照和剧场化,不像一个剧本必须是虚构出来的。戏剧艺术拥有其他作用、其他手法、其他优势,人们必须另行讨论;但只有新小说,能通过我们习以为常的感知画面对我们的教育产生有利影响。

　　人们为哲学小说另辟了种类,但并未考虑到,所有作品都必须具有哲学性。一切必须从人的内在天性中创造出来,重又对其内在诉说。如果人们将小说的所有部分指向一个主要概念,所获东西会更少,因为人们随后在事件的联系中,既无法表现为是真实的,也无法表现为是可能的;每章是一种譬喻,其事件无非展现了该遵守的准则的图像。顺便提一下,小说《老实人》①《查第格》②《门农》③如此讨人喜爱,但倘若它们首先不是那么奇妙,如果它们展现范例而非寓言,故事不是强烈地指向一个目的,那么它们本来可以更深刻地影响我们。这些小说如同孩子们不信任的老师,因为发生的一切适用于应该灌输给他们的课本;孩子们或许已经觉察,在事件真实的进程中很少有规律性。

　　理查森与菲尔丁的小说遵循生活,为的是描写人类心灵历史的层次、发展与前后不一,同时展示涉及行为道德及美德好处之所有体验成果的持续回归。这些小说虚构了事件,但是情感来自自然,以至于读者经常认为,有人在和他讲话,只是为了顾惜别人一点,改变了人物的名字。

---

① 指伏尔泰于 1759 年出版的哲学小说《老实人》(*Candide ou l'optimisme*),1776 年德译本出版。
② Zadik,指伏尔泰于 1747 年出版的《查第格》,法语标题为 *Zadig ou la destinée*。
③ 指伏尔泰于 1749 年出版的《门农》(*Memnon ou la sagesse humaine*)。

　　小说的写作艺术并不享有它理应得到的名声,因为大量笨拙的作家用蹩脚的作品使这一体裁负载过重,因为这一体裁的完美性原本要求最伟大的天赋,而一般人在此仅仅处于普通水平。不计其数低级庸俗的小说几乎耗尽其描绘的激情,人们担心在自己的往事中,无法找到与小说所描绘情况的起码的联系。只有大师的权威可再次提升这一体裁,虽然如此众多的作家已经让它降级。非常可惜的是,人们通过掺入对于恶习的丑陋描述,贬低这些作品,而非利用作品的优势,将所有在自然中可教导和可作为典范的东西集聚到人的身旁;人们相信可以并非没有积极作用地展现道德沦丧的丑陋画像,似乎作品排斥的一颗心灵,依旧纯粹如此,就像它从未认识。

　　与之相反,一部小说,正如人们所能想象的,正如我们也有的一些典范,是人类精神最美的产物之一。它们悄无声息地作用于个人的思想中,而公众道德逐渐由此形成。未受重视的是,出于某些原因,世人对创作这类作品之必要的天才普遍不够尊重,因为这些作品通常献身于爱情,这种最强烈、最普遍和最真实的激情。但这类激情只对年轻一代产生影响,不能唤起生命其他阶段中人的同情。

　　但难道不是所有深刻和温柔的情感具有爱情的天性?作为一颗曾认识或宽恕爱情的心灵,谁不具备友谊的狂热?谁会在不幸中缴械投降?谁不会崇拜自己的父母?谁不会为自己的孩子献上激情?但如果人们未曾用心灵的全部力量去爱过,如果人们未曾即刻止步以便完全替别人设身处地别样生活,那么即使对自己的责任心怀敬畏,人们也不可能愉快地献身于履行自己的义务。妇女的命运,男人的幸福,不在于统治王国,对于余下的生命而言,常常取决于他们在爱情之青年时代曾允许对其心灵产生的影响;但在一定的年龄,他们会完全忘记那些印象,他们接受另一种性格,忙碌于其他事情,委身于其他激情。

　　人们也得将这些新的需求选为小说的内容，然后，在我看来，一种全新的生涯会向那些天赋异禀的人开放。他们具有描述的天赋，能通过对一切人类心灵活动之最内在的认识吸引我们。野心、骄傲、贪婪和虚荣皆能成为小说的题材，而小说中新的意外和各种事件，会与那些从爱情中迸涌而出的东西一样丰富多彩。如果人们想说，那些情感的描述在历史中已出现过，人们本该在那儿寻觅，那么可作如下回答：历史从未到达人类的私人生活，未触及情感和性格，从中不会产生公众故事。

　　历史也不通过道德和消遣的兴趣在我们身上起作用，真实在产生作用时通常不完整。此外，人们或许会通过仅仅留下深刻印象的发展，遏制快速和急迫的故事进程，赋予历史的作品某种戏剧的形式，因为它应该具有一种完全不同的贡献。最后，历史的道德从未完整地得到表达，或者因为人无法持续和有把握地展现内心的情感，比如恶何以在其幸福的中心受到惩罚，而品行端正的心灵即使遇到一切不幸也感到获得酬报；或者因为人的命运在此生根本无法到达终点。

　　建立在美德优点之上的实践道德，不会总是在阅读历史后得到增强。虽然伟大的历史学家，特别是塔西佗，尝试展现他所讲述的所有事件的道德观念；人们羡慕濒死的卡里古拉，憎恨位居高位的提比利乌斯，但历史学家只能勾勒那些催生情节的情感。较之温和轻柔地给处在自己亲密环境中的个人带来幸福的一种静谧的道德学说，在历史上留下最生动的印记的，更多的是天赋的优势、声望的光辉以及权力的优势。

　　我绝非想因此过近地靠向历史，或者仅仅更偏爱虚构，因为后者必须从经验中创作出来。小说向我们展现的细腻的层次，它们从哲学结果，即从那些基本观念中流淌出来，同样向我们描绘公共事件的伟大图像。但历史的道德观只能存在于它的巨大体量中。只有通过恢复一定数量的改变，历史才能将重要的结果告诉我们。到那时，不仅个人，甚至整个民族都能掌握它们。

一个民族可以使用历史制定的规则，因为它们不可改变，因为人们总是能将它们运用于普遍的、宏大的关系中，但人们在历史中看不到众多例外的原因，而正是这些例外能诱骗每个个体；因为如果历史能为我们保存重要的情状，那么其中会有巨大缺口，正是在这些缺口中，许多不幸和错误都有自己的形成空间，而大多数个体的命运由它们组成。与之相对，小说可以凭借如此强大的力量，如此精雕细刻地描绘人物及情感，以至于没有任何其他读物能像它一样，带来对不道德行为的一种深恶痛绝和对美德的一种纯粹之爱。比起依赖于人们所讲述的事件，小说的道德观更多地依赖于心灵内在运动的发展；人们所得出的有用的教义，不是出自作家以惩罚恶习为目的而虚构的任意的状况；但生动描绘的真相、错误的累积或互相联结、牺牲时的热情以及对苦难的同情，都留下不可磨灭的印象。一切在这些小说中都如此的可能，以致人们被自己说服，一切都会这样发生；这并不是过去的历史，但人们可以经常说，这会是将来的历史。人们曾声称，小说会给人灌输错误的观念。蹩脚的小说或许如此，正如拙劣摹仿自然的画像；但较之描绘所有平庸的生活和印象之情状的画像，没有什么比小说更能提供了解人类心灵的一种如此深刻的认识；没有什么比小说能进行这样的思考，而它以为，较之于在普遍观念里，在个体身上能发现更多。

那些将个人之值得纪念的事流传给我们的著作，即那些我们一般称为回忆录的作品，或许也可以达到这个终极目标，即使它们没有如同史书那般只涉及名人和公共事件。即使大多数人足够睿智和正直，可以对他们的生活经历作出忠实及个性化的解释；但这种真诚的叙述不能将所有小说的优点集于一体,因为人们会发现它们缺乏某种戏剧性效果,而它不允许歪曲真实,但这种效果会对事实进行压缩,使它更加引人注意;正如画家的艺术不改变物体,而只是使其能令人感知。自然常让我们不分层次地看见物体,并不引人注意地展现反差;如果人们奴颜婢膝地摹仿自然,那么将永远无法展现它;最详细的叙述可能包含了摹仿的某种真实;但对于图像,人们要求一种它自身含有的和谐,要求一个真实的、通过其细微差别和众多感觉以及个性而引人注目的故事;尽管如此,故事也需要一位有能力创作一部作品的天才,来完成其表现。

我们得欣赏这样的天才,因为他让我们看见人类心灵深处。但也正是这类天才,有时用过多的细节让我们觉得费力,而那些最著名的小说因此也仿佛负担过重。作家以为,图像由此会赢得其生动性,却未看到,让人兴趣索然的结果是,摧毁虚构之唯一的真实性,即虚构给人带来的印象。如果有人想在舞台上表现一个房间内发生的一切,那么他会彻底摧毁戏剧表演的幻想。因此,小说也有其戏剧的前提,如在虚构中,必不可少的是能够放大被虚构者之作用的东西,别无其他。如果一个目光、一种运动、一个不被察觉的情况,能够服务于勾画一种性格、发展一种情感,那么人们必须把握这点,方法越简单,成效也越多;但准确细致地描述一个普通事件,不会增强反而会减弱其可能性。当人们通过只属于真实的细节被引回至真实之积极的观念时,那么人们会走出幻想,很快感到疲倦,既找不到历史的教程,又找不到小说的兴趣。

能够感动人的天赋中蕴含着文学作品的巨大力量;几乎所有道德真相都能被感知,如果人们将其置于情节中。美德对人的幸福和不幸有着这般的影响,以至于人们以为生命中的多数境况取决于它。这世上存在严厉的哲学家,他们谴责所有的同情,他们要求伦理学仅通过其义务格言来实施权力，但根本上没什么比这种观点更不适应人的天性；人们必须赋予美德生命力，倘若它在与激情争斗时该占上风；只有一种被提升的感情在奉献时能与喜悦相逢。人们必须粉饰不幸，如果大家宁愿选择堕落的坑蒙拐骗的把戏。对！这就是打动人心的文学作品，它们以高尚的激情训练心灵，并让它习惯于此。心灵会不知不觉地与自己结盟，并会为自己的退缩感到羞愧，倘若它觉得这样一种处境会成为对自己的一种攻击。

但使人感动的天才越是拥有一种真实的强力，就越是有必要对每一个年龄段的激情，以及每一种处境中的义务扩大其影响；爱情常成为小说的对象，不受其影响的人物就如同附属物那般被制作出来。如果人们实行另一种计划，就会发现大量新的对象。在所有这种作品中，《汤姆·琼斯》具有最普遍的道德，其中，爱情只是一种手段，以便哲学的结果能更生动地呈现。显示建立在表象之上的判断是多么的不清晰，显示自然的特性对那些从顾及外部关系中得益匪浅的声望具有多大的优势，这是《汤姆·琼斯》的作者的着眼点，而这部小说实为最有益和最有名的小说之一。新近一部作品问世，人们虽然在这里和那里批评其长度和疏漏，但它正提供了我曾谈及的无穷尽体裁的观念，这是戈德温的《凯勒布·威廉轶事》①。在这部作品中，爱情只起着微弱的作用，作品只显示对于小说主角外表的一种漫无边际的激情和凯勒布身上的一种强烈的好奇心：福克兰是否配享他所获得的尊重，这呈现出小说的兴趣，人们被这种传奇的描述吸引，与此同时，人们被迫作最深入的思索。

---

① 戈德温（William Godwin，1756—1836），英国政治学家、作家，1794年发表《凯勒布·威廉轶事》(Things as They Are；or，The Adventures of Caleb Williams)。歌德此处译文为 Calef William von Goodwin，疑有两处笔误。

马蒙泰尔①道德故事中的部分作品,感伤旅行的一些章节,一些出自《观众》②和其他道德著述的单独的轶事,几部在德国文学中日渐突出的剧作,向我们展现了一小批幸运的作品,为我们描述了有别于爱情的其他激情的境况。但理查逊的新作品仍未致力于通过一部小说描绘人类其他情感,完整地显示它们的进步和结果,而这样一部作品的成功只能产生于性格的真相、反差的强度和情状的能量,而不产生于那种容易描绘、很快攫住我们和让女人喜欢的情感,即使它通过自己的提醒而非通过各类伟大和具有新意的图像来吸引人。人们在野心勃勃的勒夫莱斯身上不会发现什么美吗?人们会进入什么样的发展,如果人们努力探索所有的情感和认识其各自的作用,犹如至今爱情在小说中被处理的那样?

人们不能断言,道德著述足够让我们认识自己的义务;它们不能追踪一颗温柔心灵的细微差别,它们不能展现一种激情的所有。与关于美德的一部说教著作相比,人们可以从优秀的小说中推导出一种更纯粹、更高尚的道德。一部说教著述因为比较枯燥,就必须同时更加宽容;而人们应该可以普遍使用的准则,永远不会获得温柔敏感的英雄气概;人们或许可以为这样的英雄气概树立一个榜样,但永远无法借助理性和公正从中形成一种义务。

那位道德说教者本可以说:如果你的家庭想逼迫你嫁给一个卑鄙的人,而你让自己受到这种迫害的误导,给一个自己喜欢的男人送上几分最纯洁之好感的暗示,那么你将会为自己招致耻辱和死亡!

---

① 指让·弗朗索瓦·马蒙泰尔(Jean François Marmontel,1723—1799)。
② 指艾迪生(Joseph Addison,1672—1719)和斯梯尔(Richard Steele,1672—1729)于 1711 年至 1714 年间主编的道德周报《观众》,英语标题为 *The Spectator*。

这正是《克拉丽莎》①的方案，人们赞赏地读着，没对这位打动和赢得我们的作者表示反对。

那位道德说教者本敢断言，人们更该委身于攻击知性、威胁生命的最深刻的绝望，也不该嫁给与你们宗教信仰不同的最有美德的男人。但克莱门蒂娜的爱情感动了我们，她与内心的犹豫不决作斗争，即使我们不赞同她的迷信观点。战胜激情的责任的思想，无外乎是一种使人变得柔和并易动情的一瞥；而这些人的准则并不严格，会鄙夷地抵制在描述之前想作为准则强行冒出的结果；因为它作为后果和作用会完全自然地从描述中流淌出来。所以在某种并不那么高尚的小说类型中，存在着针对女性举止的最温柔的准则；在众多杰作中，诸如《克莱芙王妃》②《科曼热伯爵》③《塞西尔》④等名作，同样在里科博尼女士⑤的小说中，在《卡洛琳》中，其魅力都能被普遍感受到；而在《卡利斯特》⑥的感人章节中，在《卡梅拉的信件》⑦中，与读者所看见的美德相较，一位女性的错误与她为自己招致的不幸，构成了一幅更富有道德性的和更严格的图像。我可列举出许多法语、英语和德语作品来证实这一见解。我重复：小说有权描述最严格的德

---

① 英国作家理查逊(Samuel Richardson)的作品，英语标题为 *Clarissa*。
② Prinzessin von Cleve，指拉菲德夫人(Marie-Madelaine de Lafayette，1634—1693)的作品，法语标题为 *La Princesse de Clèves*。
③ 指唐森侯爵夫人(Claudine-Alexandrine Guérin Marquise de Tencin，1682—1749)的《科曼热伯爵回忆录》(*Les Mémoires du comte de Comminge*)。
④ 指沙里埃(Isabelle Agnès Elisabeth dè Charrière，1740—1805)的《写自洛桑的信件》(*Lettres écrites de Lausanne*)，后来标题以女主角塞西尔命名。
⑤ 指 Marie Jeanne de Riccoboni，当年多部畅销书的作家。
⑥ 指沙里埃为《写自洛桑的信件》所写的续篇《卡利斯特》(*Caliste, ou Continuation des Lettres écrites de Lausanne*)。
⑦ 指小说 *Camille, ou Lettres de deux Filles*，作家可能是上文提到的里科博尼。

行,且不会导致我们的反抗。它们赢得了我们的感觉,仅此一点便让我们倾向宽容;当道德的著述和它们严格的准则,通过针对灾难的同情或者通过对于激情的分享而被否定时,小说就拥有一种艺术,它可将情感波动拉到自己这边,并为达到最终目的加以运用。

　　人们总是振振有词地反对爱情小说,认为其中的激情是被描绘出来的,是可通过这种方式被创造的,在生命的有些时刻里,这种危险比人们所能期待的好处更大;但是这种危险或许永远不会不发生,倘若人们选择人类的其他激情为对象。通过着意刻画一种危险激情最初的粗略症状,人们也许能够尝试保护自己和他人免受其害;野心、骄傲和贪婪在那些毫不知情的人身上衍生,而他们通常会逐渐屈从于此,只有爱在表现自身感情的过程中逐渐增强,但否定其他激情最好的办法是发现并展现这些激情。一旦其特征、动力、方法和作用被公开,如通过小说被大众化,正如爱情故事所经历的那样,那么人们在社会上,就所有关于生命的审视,会找到更确定的规定和更温和的法则。

　　但即使哲学著述能像小说那样,预见和呈现我们行为所有可能的细微差别,戏剧的道德仍然占有一大优势:它能使我们愤怒,升华我们的心灵,并在上面撒下一种柔和的忧郁,还能借助传奇式情境的不同影响力,同时补充经验。这种印象与我们目睹这种情况时可能获得的印象相仿,但是,因为这种印象总是针对一个目的,思想就不会被分散,犹如一下穿越我们周围那些毫无关系的对象。这也让我们思索一件事,世上有一类人,责任对他们丝毫不起作用,但人们或许还能制止他们染上恶习,如果人们向他们展现,他们还是能被感动的。虽然或许有那样的人物,只有在感动的帮助下才可能有人情味,如果我可以这样表达的话,他们的心灵需要得到身体上的愉悦,来保持善与高贵。这样的人会较少地值得我们尊重,但当感人之作的作用变得普遍和流行的时候,人们或许可以希望,在一个国家中再也找不到这样的生灵,而其性格塑造持留为一件不可捉摸的道德任务。在人们能够理解,是何种情感引导了法兰西的刽子手之前,由熟知到未知的阶道早已断裂。在这些人的心里,一定没有任何精神的灵活性和哪怕一丝对于同情的回忆,能有机会通过文字被发展起来,以至于他们会变得如此持续的反常和残忍,首次给予人类一种彻底和极端的罪行观念。

我们有诸如蒲柏《亚伯拉德信件》①《维特》及《葡萄牙信件》等作品;世上还有那么一部作品:新的《新爱洛伊丝》②,其最大功绩在于激情的善于辞令,虽然描述对象通常符合道德,但我们由此其实只能获得关于心灵之绝对权力的概念。人们无法将这种小说归入任何一个类别。在一个世纪中有一种心灵,一种天才,或许可以不被分门别类,人们在那里看不到终极目的;也许人们想禁止这种语言奇迹,这些深挖得来、满足性情中人所有情绪的强大表现力。满怀激情去接受这样一种天才的读者只是很小一部分,而这样的作品总能让其欣赏者感到舒心。就让火热的、感情充沛的心灵尽情享受吧,他们无法使自己的语言明白易懂;几乎无人能理解那些触动他们的感觉,人们总是诅咒它们。他们以为自己在世上孤独无助,即刻会诅咒将他们与大家分隔的自己的天性;倘若热情的、忧郁的作品不能让他们在生命的荒漠里听到一个声音,无法给孤寂中的他们带来已在世界的中心逃离他们的几缕幸福之光。在这种与世隔绝的欢乐中,他们从落空的希望和徒劳的努力中获得休憩,当世界远离这个不幸的生灵,那么仍有一部动人且充满柔情的作品在他身旁,如同一位他熟知和忠

---

① 指蒲柏的《艾洛伊斯致亚伯拉德》(*Eloisa to Abelard*)。
② 卢梭的作品,法语标题为 *Julie ou la Nouvelle Héloïse*。

诚的朋友。是的，书籍值得我们感谢，哪怕它只在唯一的一天驱散痛苦；它通常为最好的人服务，虽然有的痛苦源自性格的错误，但有许多痛苦不也源自精神的优越，或来自心灵的触感？如果人能减少一些个性，人或能更好地承受生命。认识到这一点，我对承受痛苦的心灵怀有敬意，并为这些作品鼓掌，即使它们只意在减轻人的痛苦。人们对这场生命感知越少，便能越好地度过这一生；人们只需要尝试摆脱自己和他人，制止情感的作用，用独立的享受取而代之。谁能做到这一点，可被视为人类最大的行善者，即使其天赋的影响不会消失殆尽。

狄德罗《画论》
DIDEROTS VERSUCH ÜBER DIE MALEREI
翻译兼评论
Übersetzt und mit Anmerkungen begleitet

译者的自白

究竟是什么促使我们尽管受到外界急切的敦促仍然不情愿地就我们熟悉的材料撰写一篇相关的论文、拟一份讲稿？人们已经考虑周全，回忆了材料并尽力归纳整理，我们已经舍弃所有消遣，人们提笔在手，但仍犹豫不决，不肯下笔。

与此同时，一位朋友，或许是位陌生人，出乎意料地走了进来，我们感到被打扰，从我们的对象身上被引开；但出乎意料的是，谈话却转向我们的对象，来客要么流露出相同的思想，要么表达与我们看法相反的观点，或许他只是表达出一知半解，我们认为不如忽略该观点，或许他的见解以深刻的认识和对事物的热情提升了我们的想法与感觉。谈话中所有的停歇旋即消散,我们热烈地参与进来,倾听,作答。我们的观点时而一致,时而相左,谈话忽左忽右地摇摆,复又回到自身,直到问题讨论透彻才作罢。最终人们彼此告别,心怀此次该说的已言尽的感觉。

但这无益于论文和讲稿的撰写。情绪已耗尽,人们希望有一个速记员将这稍纵即逝的对话记录下来。我们饶有兴趣地回忆对话中奇特的峰回路转,回想如何通过异议与赞同,通过分歧与统一,通过重新讨论以及通过间接的方法最终简明扼要地说明和限定整个问题。每一场片面的演讲,无论它多么完整,多么有章法,仍使我们觉得可悲、僵硬。

原因或许在此!人的本性不在于说教,而在于生活、行动和产生影响。只有在作用与反作用中,我们才感到愉快!也正是在这种美好日子中,这份兼有持续不断的评论的翻译产生了。

正当我打算按照我们的信念起草一篇造型艺术方面的一般性导言时,狄德罗的《画论》偶然地重又落入我手中。我再一次与他交谈,当他偏离我认为的正题时,我责备他;当我们重新相遇时,我满心欢喜,竭力反对他的谬论;我愉悦地享用他那活跃的概述,他的论述吸引着我,讨论激烈。当然,我拥有最终的决定权,因为我面对着一位早已仙逝的对手。

我还是重新谈论自己吧!我觉察到,这部著作于三十年前写就,那些谬论有意针对法国流派中那些拘泥于细节的矫饰派艺术家,其意图已不再存在,与其说这本小书需要一位对手,不如说它更需要一位历史的阐释者。

但我很快觉察到,他用这么多思想和大胆精明的修辞手法提出他的原则,不是为了建造一座艺术高楼,更多的是为了扰乱旧形式的拥有者和拥趸,发起一场革命;我发现,他那呼吁人们从矫揉造作、传统的、程式化的、繁琐的风格过渡至被感知的、被证实的、熟练的和自由的风格的思想近来被奉为基本准则在作祟,并颇受欢迎,它们助长了草率的手法;然后我的热情又被激发,我面对的不再是地狱里的狄德罗,不再是他那在某种意义上已过时的作品,而是那些阻碍他参与发起的艺术革命的真正进程,他们在半瓶醋和马虎潦草的状态中在艺术和自然之间来回逡巡,他们既不愿彻底地了解大自然,也不想在艺术活动上精益求精。

但愿这场在生死边界上进行的对话能够发挥其作用!但愿它有助于我们所信奉的思想和原则在尊重它们的人心中得到巩固。

第一章
我对素描的奇想

大自然的产物没有一样是不正确的。每一种形态,不论是美的抑或丑的,都有其原因。在所有存在着的物体中,没有一样不是长成它所应有的样子。

大自然的产物没有一样是前后不一致的。每一种形态,不论是美的抑或丑的,都有起决定性的原因。在所有我们所知的有机物中,没有一个不是它所能成为的样子。

倘若想让第一段话有点意义,那么人们必须做出改动。狄德罗一开始就混淆了概念,好让他后面说的话成理。人们可以这样说:大自然从来都不正确!正确以规则为前提,更确切地说,是由人根据感觉、经验、信念和喜好制定的规则。据此判断,与其说是造物的内部存在,不如说是外在表象;与之相反,自然作用所依据的规则要求最严格的内在有机关系。此处存在作用与反作用,人们总是将原因视作结果,将结果看成原因。有其一,必有其二。自然致力于生命与存在,竭力保证造物的保存和繁衍,不论其外表的美丑。一个形态问世后便注定美丽,其一部分可能会因任何一个意外受损,其他部分立时连带受苦。因为现在自然需要力量修复受损的部分,这样要从其他部位抽取一些力量,其发展势必因此受到妨害。自然造物就不再能发展成它所应该成为的样子,而是成为它所能够成为的样子。如果人们在这种意味上赏析下面一段文字,那么便不再会有异议。

请看这位在青年时代失去双目的女子。眼眶逐渐生长,眼皮并未扩张,深陷在由于眼球缺失而形成的凹窝中,而且萎缩了。上眼皮将眉毛连带着拉下来,下眼皮将双颊略微扯上去。由于屈从于这种运动,上唇同样向上翘起,面部的所有部分受到影响,根据它们距离损害主要部分的远近受到的影响程度不一。难道你们相信这种变形仅局限于这椭圆形区域上? 你们相信脖子完全不受影响? 肩部和胸部都免受其害? 当然,对于你们和我的眼睛来说是这样的。但,若你们将大自然召唤至此,给它看这脖子、这肩膀、这胸脯,它会说:这是一位年轻时失去双目的女子的躯体。

你们将目光转向这位鸡胸驼背的男子。前颈的软骨错位,后面的脊椎骨被压弯,头部向后倾,双手移至臂关节,两肘向后缩;所有肢体都在寻找适合一个如此错位的机体的共同的重心;脸部呈现出一种受压抑、痛苦的神态。你将这个人物遮盖起来,给自然看他的双脚,自然一定会毫不犹豫地回答你们:这是驼背人的脚。

或许有些人觉得上述话夸张,但从最严格的意义上讲,这是真实的:有机自然的前后一致性无论在健康或是在患病的状态下都超出了我们的理解力。

或许一位符号学的大师能把狄德罗用那半吊子的知识讲解的两种情况讲得更清楚,不过我们不用在这方面与他开战,我们只消看看他为何举这些例子。

如果原因和作用完全直观地展现在我们面前，我们只能按照造物的样子完全将它表现出来；模仿得越周全，越符合因果关系，我们就越满意。

在此，我们要反驳的狄德罗的那些原则已在一定程度上显露出来。他的所有理论表述倾向于调和自然与艺术，将自然与艺术完全融合在一起，我们必须将二者的作用区分并展示。自然组织活生生的、无关紧要的本质，艺术家组织死去的、但重要的本质；自然组织实在的本质，艺术家组织虚幻的本质。观赏自然的杰作时，观看者必须自己加入意义、感觉、思想、效果及对心灵的作用，而在艺术作品中，他想且必须找到所有这一切。完美地摹仿自然全然不可能，艺术家的使命只在于展现现象的表面。艺术家依赖于容器的外表和诉诸我们所有的精神和感性力量、刺激我们欲念、提升我们精神及占有它产生的快乐的生机勃勃的整体，与那充满生气的、有力量的、熟练的以及美的事物。

自然观察者必须走上一条完全不同的道路。他必须化整为零，穿透表面，毁坏美，认识必然。另外，如果他能够的话，他还得用心记录有机结构的复杂结构，正如迷宫的概图，其弯曲处令众多散步者疲惫不堪。

兴致勃勃欣赏的人与艺术家会合情合理地感到恐惧，如果他朝深处望一眼，而在这深处，自然研究者如同在故土般来回游荡；与之相反，一位纯粹的自然研究者却不太尊重艺术家，他只将艺术家视作记述观察并公之于世的工具；他将观赏者视为孩子，这孩子只晓得享用美味的桃肉，毫不在乎果实中的宝贝、自然的目的与可以结果的桃核，并将之丢弃。

自然和艺术、认识和享受就是这样相对，它们没有互相扬弃，却也没有特别的关系。

让我们仔细阅读我们这位作家的话语,他其实在要求艺术家为生理学和病理学创作,这样一份任务大概会让天才难以接受。

下面的章节并未得到改善,甚至更差,因为人们难以在一部艺术作品中忍受这样一个可恶的、有个大而沉脑袋的、短腿的、巨足的体形,尽管它那么有机地前后保持一致。此外,生理学家也用不上它,因为它没有展现普遍的人体形态;病理学家也如此,因为它既不病态,也不畸形,只是糟糕和乏味。

奇异的、卓越的狄德罗,为何你将自己伟大的精神力量用来搅乱,而不是用来调整?那些没有原理,在经验中疲惫不堪的人们,原本对此已叫苦连天。

虽然我们不了解有机结构的作用与原因,正出于这种无知被束缚于传统规则,若确有那么一位艺术家无视这些规则,坚持精确地模仿自然,画出肥大的脚、短腿和肿胀的膝盖、笨重的头,我们常常也能原谅他。

作者在上述段落的开头便设下诡辩的圈套,他想在这之后收紧这圈套。他说:我们不懂得自然在组织过程的工作方式,我们因此就某些规则达成一致,以此自助,使得我们在缺乏更好的认识的情况下有个依据标准。这恰恰是我们不得不加强反驳声音的地方。

我们是否了解进行组织的自然法则?我们是否比三十年前更了解自然?因为我们的对手写道:我们可以更深入地逼近自然的秘密,我们在未来是否更了解它?造型艺术家根本无须提这个问题。他的力量在于直观和理解一个重要的整体,在于发觉部分,在于感觉到一种通过学习获得的知识是必要的,特别是感觉究竟何种通过学习获得的知识是必要的;这样他就不会太过远离他的范围,不会吸收不必要的知识和错过必要的知识。

这样的艺术家,一个民族,历经百年出现这样的艺术家,在艺术长期根据经验自助之后,最终形成艺术规则。从他们的头脑和手中产生比例、形式与形象,自然向他们呈递这些方面的素材;他们并不对模棱两可的事物商定规则,他们不与彼此约定将不相宜的东西宣布为适宜,他们最终从自身创立规则,根据艺术法则,这些法则同样真实地存在于塑造事物之天才的天性中,正如伟大、普遍的自然保持有机法则永恒有效那般。

此处的问题不是在地球的哪块区域、在哪个民族中、在什么时代,人们发现和遵循这些规则。问题不在于人们是否在其他地点、其他时代、其他情况下偏离了这些规则,也不在于人们偶尔用一些约定俗成的事物代替规律。问题甚至不在于真正的规则曾经是否被发现或者受到遵循。人们必须敢于宣称,它们必须被发现,而且,如果我们不能将之强加于天才之上,如果我们必须从天才那儿接受规则,天才自己在其最高的教育中感觉到自身并不会误判自己的作用范围。

然而,我们该对下面的段落说些什么?它蕴含了一种真理,但多余的真理;它似是而非,为的是让我们对谬论有所准备。

在自然中,一个弯曲的鼻子并不冒犯人,因为一切都相互联系,邻近部位的小变化导致了这种结果,这些变化导致鼻子成了这副模样,又使它能让人接受。如果人们把安提诺乌斯的鼻子拧弯,又让其他部位原封不动,那么它必定丑陋不堪。为何?因为安提诺乌斯脸上长的不是弯鼻子,而是烂鼻子。

我们可以再次发问:这话是什么意思?这要证明什么?为什么要提到安提诺乌斯?如果把鼻子扳到一边,每张俊美的脸都会变形,这是为什么?因为对称被破坏,这是人的形体美的基础。即便人们只是戏谑地谈论艺术,但也决不能论及一张完全变形到不再对其各部位提出对称要求的脸。

下面一段更重要,在此,诡辩家勇往直前。

我们说一个路过的人长得难看。是的,是用我们可怜的规则来衡量;但根据自然,那就是另一回事了。我们说一尊雕像:它有着最美的比例。是的,用我们可怜的规则来衡量是这样,然而,自然会说什么?

在这寥寥数语中已包含了多种一知半解的、走样的和错误的见解。有机自然的生命作用再次与完美的艺术对立起来。有机自然的生命作用在所有的紊乱状况中,虽然足够微弱可怜,但也会保持特定的平衡,然后用最强有力的方式证明其活泼的、创造性的现实。而处在其最高峰的完美的艺术,并不要求活泼的、创造性的和再创造的现实,而是抓住处于其形象之最庄严之点上的自然,从它那里学到比例美,然后将之在自然面前示范性地展示出来。

艺术并不打算在宽度和深度上与自然一较高下。它遵循自然现象的表面,但有自己的深度、自己的力量;它将这些表面现象的最高时刻凝结下来,承认其中的规则,承认符合目的的完美比例、美的巅峰、意义的高贵和激情的高度。

大自然似乎是为了自己在运转,艺术家作为人,为了人在活着。我们在生命中从大自然提供给我们的东西中只能勉强提炼出值得追求的、可以享受的东西;艺术家给予人们的一切应当能让感官理解、愉悦,应当刺激、吸引人,应当给人享受并使人心满意足,应当哺养、形成和升华精神。就这样,自然也创作了艺术家,艺术家对自然心怀感激,还给大自然第二个自然,却是一个被感知、被思考、充满人性的完善的自然。

要做到这一点,那么天才,即肩负使命的艺术家,必须按照自然给他订立的规律和规则行事,这些规律和规则不会与自然相矛盾,是天才的最大财富,因为他由此学会掌握和使用自然最大的财富以及心灵的宝藏。

　　请允许我将披在驼背人之上的罩纱移到美第奇的维纳斯①身上，只露出石像的脚尖。如果大自然受命按照脚尖画出整个人物，那么你们也许会惊讶地发现在它的画笔下出现一个丑陋且畸形的怪物；但如果情况相反，我反而会讶异。

　　我们的朋友和对手第一步便踏上了错误的道路，我们一直对此发出提醒。这条路的错误在于方向的偏差。

　　对于我们，我们对大自然怀着无比敬畏之心，我们似乎不会认为人格化的神圣形象这么笨拙，陷入诡辩家的圈套，然后，他为了给这些托词增加一点分量，用它那从未有闪失的手化了张丑陋的脸。更确切地说，正如神谕对待那个棘手的问题：麻雀是死是活？这也会让不相宜的苛求感到羞愧。

　　它走到蒙着纱巾的雕像前，看着脚尖，获悉诡辩家为什么叫他来，它厉声地，但并不愤懑地冲他喊道：你拿伤脑筋的、模棱两可的事情来试探我，这可是徒劳无功的！让纱巾披着或者把它揭开，我知道下面藏着什么。我自己创造了这脚尖，因为是我教会了雕刻它的艺术家；我让他领略了一个形象的特点，从中产生比例和形式；这已足够：只要这脚尖适合这尊雕像，而不适合任何其他雕像，只要这件你以为向我遮蔽了绝大部分的艺术品与它自身协调一致；我对你说，这脚尖属于一个美丽、温柔和羞赧的女子，而且正值青春年华！在别的脚上或许站着最尊贵的女人，即众神王后，在别的脚上或许轻轻走着轻佻的酒神的侍女。但请你记住这一点：这只脚是用大理石制成，它并不要求走动，身体也是如此，它不要求有生命。难道艺术家要提出愚蠢的要求，把它的脚与一只血肉之脚并置在一起？那么他

---

　　① 指一尊古罗马仿造古希腊的维纳斯雕像，当时被美第奇家族收藏，现存于佛罗伦萨。

就活该领受你准备给他的侮辱；但你并不认识他，或者误解了他，没有一位真正的艺术家将自己的作品与自然产品并排放一起或是取代它；谁要是这么做了，那么就跟非驴非马的造物一样，被赶出艺术王国，又不被自然王国收容。

人们或许可以原谅作家，如果他为了想象出一个有趣的情景，让他的雕塑家真正地爱上自己创作的雕像，而且虚构出雕塑家燃起对作品的欲望，他让雕像在怀里温柔似水。那样就产生一个听起来动人的淫色小故事；但对造型艺术家而言，这是有失体面的童话。传统告知我们：野蛮的人对雕塑杰作会燃起欲火；一位高雅的艺术家对他亲手做的杰作的爱却是另一种形式；这种情感类似亲友之间的虔诚的、神圣的爱。如果皮格马利翁①真的对自己的雕像产生欲念，那么他就只是敷衍了事的人，没有能力创造一个值得被人看作艺术品或者自然作品的形象。

亲爱的读者和听众，请原谅，我们的女神说得太多，超过了神谕的篇幅。人们可以轻松地将一团乱糟糟的毛线一下子交到你的手上；但要把它理顺，让人知道它是一条长长的纯粹的线，你需要时间和空间。

人的形象是个复杂地复合在一起的体系，以致一个初现端倪的后果让人觉察不出，但所造成的后果必然会使最完美的艺术品与自然相去甚远。

是的！如果艺术家想将自己的作品与自然产品并排放一起或是取代它，那么他就活该受辱，人们会无尽地贬低他最完美的作品、精

---

① 奥维德在《变形记》(*Metamorphose*)描述了雕塑家皮格马利翁爱上自己创作的女性雕塑，并请求爱神阿弗洛狄忒使雕像变成活生生的女人。1762年，卢梭的剧作《皮格马利翁》(*Pygmalion*)再次将这个典故带上舞台。

神的产物、他的勤奋和辛劳,与自然产品相比而轻视他的作品。

我们勤奋地重复我们假定的女神的话语,因为我们的对手也在自我重复,因为正是这种自然与艺术的混杂是我们时代所患的主要病症。艺术家必须要明白自己的力量范围,他必须在自然之内构建一个王国;倘若他想融于自然,溶解于自然,那么他就不再是艺术家。

我们再一次考察我们的作者,他灵巧地转换了方向,好从他那奇特的岔道逐渐回到真正的、正确的道路上来。

如果我了解艺术的秘密,那么我或许知道艺术家应该在何种程度上遵循假定的比例,而且我也可告诉你们。

如果出现艺术家必须遵循比例的情况,那么这些比例必须有一些强制性的、规律性的东西,它们不能随意被假定,而需要一群艺术家通过观察自然形态且考虑到艺术需求后找到足够的理由来接受这些比例。这就是我们所断言的,我们的作者在某种程度上承认了这一点,这已让我们心满意足。只是他匆匆地越过规律性的东西,将它搁置在一旁,然后将我们引向单个条件和规定,引向例外,好引起我们的注意,因为他继续写道:

但我知道:它们无力对抗大自然的专横;年龄和状态会用上百种方式牺牲规则。

这绝不与我们的论断相冲突。正因为艺术家的精神得到升华,艺术家在人的形体的最佳状态下不附带任何条件进行观察,比例由此产生。无人会否定这些例外,即使人们必须马上先搁置这些例外,谁会认为可以通过病理学的特点来驳倒生理学?

我从未听说过,当一个形象清楚地显示外在组织,当年龄、习惯以及日常活动的轻快得到很好的表现,人们仍认为这个形象画得蹩脚。

倘若一个形象清晰地显示了外在组织并满足了这里提出的其他

条件,那么它必定具有不美但特点鲜明的比例,可以在一件艺术品中找到自己的位置。

这些活动决定了形象的完美大小、每个部位以及整体的比例;因此,我看到这个孩子的形象,看到成年男人和老年人的形象;那个野蛮人以及那个文化人、商人、士兵和搬运夫的形象。

无人会否定,身体的用处对四肢的发育有着重要影响,但根本原因在于是否存在成为这样或那样的人的能力。世上所有的活动不会将一个赢弱的人变成一个搬运夫。自然若想成事,必须做该做的事。

如果一个形象难以被创作出来,那么这必定是一个约莫二十岁的人,很快地,忽然间从地下冒出来的一个人,且根本没干过什么事;但这样的一个人只是一种幻想。

人们不好直接反驳这一论断,但人们必须谨防其中的圈套。当然,人们想象不出一个没有锻炼、处于完全静止状态的成年人的四肢是怎么发育的。但追求理想的艺术家能想象出一个通过适宜的训练达到四肢完全发育的人体;他必须移除所有辛劳以及为了达到某种目的和特征的训练的想象。这样一个基于真实比例的形体完全可以由艺术创造出来,而且绝对不是一种幻想,而是一种理想。

童年近乎一幅漫画,人们可以说,老年亦如此。小孩是一堆未成形的、变化多端的材料,他正在力图成长;老人则是不成型的、干瘪的材料,他正在收缩,逐渐化为乌有。

我们完全同意作者的观点:童年和老年应该被赶出美的艺术的殿堂。只有当艺术家为了创造特质时,他才可以尝试将这些发展得不充分或者发展得过头的造物划归到美的、有价值的艺术范围中去。

只有在这两个年龄段之间的时期,从青春开始到壮年结束,艺术家严格又精确地描绘他的纯粹的人物,在这些人物身上,这里多一点,那里少一点,就会构成往里或者往外的偏差,造成缺陷或者美。

人体只有在非常短暂的时期内才能被称为美。严格地说来,我们可以大大缩短我们的作者限定的时间范围。青春期的瞬间对于两性来说都是形体能够达到最美状态的瞬间;但人们可以说:这只是一瞬间!交媾和繁衍夺去蝴蝶的生命,夺走人的美,这里存在艺术最大的优势:它可以诗意地表现自然不能塑造的东西。正如艺术可以创作出半人半马,它也可以编造出少女般的母亲形象,这甚至是它的义务。尼厄柏①,这位有众多成年子女的德高望重的母亲,被塑造出拥有少女般丰盈的双乳的女子。古人懂得赋予他们的神永恒的青春就在于智慧地统一这些矛盾。

在这一点,我们与我们的作者意见完全一致。在美的比例中,在美的形式中,仅仅这细腻的多一点或者少一点非常重要。美是一个狭窄的圈,人们在内只能谨慎行事。

我们让我们的作者继续引导我们,经过一次轻松的过渡之后,他带我们到达一处重要的地方。

可是,你们说得出年龄和官能在形式改变时的情况吗? 当然它们不毁坏器官——这点我承认——那么人们也必须要了解它们吧? ——这点我并不否认。不错,这正是人们为何必须学习解剖学的原因。

研究肌肉发达的人毫无疑问是有利的;但人们难道不应该担心,这个剥了皮的人一直浮现在想象中吗? 难道不应该担心艺术家在虚荣心的作祟之下总要炫耀博学,而他那被宠坏的眼睛不再可能停留在表面,而他对皮肤和脂肪视而不见,总是只见肌肉,去看它的产生、加强和粘连? 他描绘得不会太强烈? 他的笔法不会太生硬和枯燥

---

① 据称,尼厄柏多子女,但数量与传说的并不一致,有的认为是六子六女。尼厄柏因此向女神勒托炫耀,结果子女被勒托所生的阿波罗和阿尔忒弥斯杀死。

吗？难道我在女性形象中不会再见到这个令人生厌的剥了皮的
人吗？

　　因为我确实只需要展现外部特征，那么我希望，人们教会我好好
观察外形即可，可别让我去学习我该忘却的危险知识。

　　人们倒可让年轻又轻率的艺术家熟记诸如此类的原则。他们会
乐于接受一个完全说出他们心中之话的权威。不，尊贵的狄德罗！
既然你能如此驾驭语言，那么请再清晰地表达出来吧。的确，艺术家
应该表现外形！然而，一个有机体的外表难道与内部永恒变化的现
象有异吗？这些外形，这一外表如此准确地适应一个多样的、复杂
的、精细的内部构造，以至于它自身也成为一个内部结构，两种限定，
一种外部，一种内部，在最平静的存在以及在最激烈的运动状态下都
有最直接的关系。

　　怎么获得内在知识，艺术家应该按照什么样的方法学习解剖，好
让他们不会遭受狄德罗着实描绘的那种损失，这还不是解决问题的
地方；但人们可大体上这样说：你应该使供你学习肌肉的尸体生动
活泼，而非忘记它。作曲家在热血沸腾地创作时不会忘记通奏低音，
正如诗人不会忘记韵律一样。

　　艺术家不会轻易地忘记创作该遵循的规则，正如他不会轻易地
忘记他处理的素材。肌肉人是素材和规则，你必须舒适地遵照后者，
懂得轻松地驾驭后者！如果你真的想善待你的学生，那么就别让他
们触碰无用的知识和错误的准则，因为去除无用的东西以及改变错
误的方向都是困难的。

　　有人说，人们研究尸体的肌肉只是为了学习该如何观察自然，但
是，经验告诉我们，人们经过研究后也费力地不按照自然原本的样子
来观察。

　　这一论断也仅仅基于模棱两可的词语。只是在表面下功夫的艺

术家对于熟练的眼睛而言总是空洞的，虽然有些拥有华丽的天赋，总是显得悦目娱心；那些操心内在的艺术家自然也会看见他所知道的东西，如果人们愿意，他将获悉的知识应用到表面，这里又是那细微的多一点或少一点，这决定了他下手是优或劣。

如果我们的朋友和对手迄今质疑对解剖学的研究，那么他同样也反对学习裸体。他原本在此针对的是巴黎学院①及其学究气，我们不想就此进行维护。他也是通过一个仓促的过渡转到这一点。

我的朋友②，您将独自阅读这篇文章，因此我可以写我所喜爱的。花七年时间在画院里照着模特画画，您觉得花这些时间值得吗？您想知道我作何感想？恰恰是在这艰苦又残忍的七年里，人们在绘画上形成一种矫揉造作；所有这些学院式的姿势都是被迫的、做作的、有意安排的，所有的这些动作，冷漠且走样，由一个可怜虫表现出来的，而且总是同一个可怜虫，他被雇来每周来三趟，脱去衣服，由一位教授像对待肢体木偶般调整姿势，这究竟与自然的姿势和动作有何共同之处？那位在您院子里汲水的人，难道他可以由一个并未搬动过这些重负，举起双臂在学校脚手架上笨拙地模仿这一动作的人正确地表现出来吗？一个在学生面前假装要死的人和那个在床上死去或者在街上被打死的人有什么关系？在学校里斗殴的人和在街头打架的人有什么关系？那个按照要求摆出哀求、乞讨、睡觉、思考和晕倒的人，与一个疲惫不堪倒在地上睡觉的农夫，与在火旁沉思的哲学家，与在人群中被挤得窒息而晕倒的人又有何干？毫无关系！我的朋友，一点关系都没有！

---

① 指法国皇家绘画雕塑学院（Académie royale de peinture et de sculpture），创立于 1648 年。
② 指弗里德里希·格林男爵（Friedrich Melchir Baron von Grimm，1723—1807）。

之前针对肌肉人说的话大体上也适用于模特。模特的研究以及临摹，一方面虽然是艺术家不能越过、但也不能停留太久的阶段，另一方面这是他创作的辅助手段，就算是杰出的艺术家也不能缺了这一手段。活生生的模特对于艺术家来说不仅是粗糙的素材，他不必受限于此，他必须力求加工这些材料。

我们的朋友在画院见到那些没完没了的模特研究的恶劣影响后，感到十分恼火，他继续说：

甚至为了让这种乏味尽善尽美，人们也可以让艺术家离开画院，到瓦斯特里斯或加德尔那儿去，或者打发他们去任何一位舞蹈老师那儿去，好让他们学习优雅。因为自然确实被遗忘，想象力充满行动、姿势，充满人物，它们不能更加虚假、做作、可笑和冷漠了。它们原本待在储藏室，现在出来了，走上了画布。艺术家一拿起他的铅笔或者羽毛笔，这令人厌烦的鬼魂便苏醒，出现在他面前，使他无法摆脱，只有奇迹才能将鬼魂从他脑子里赶出去。我曾认识一个年轻人，他富有品位，每次在画布上落笔之前，他要先跪下来祈祷上帝帮助他摆脱模特儿。眼下很少见到一幅由一定数量的人物的绘画在这儿或那儿没有一些这样的学院式的形象、姿势、动作和运动，这样的画让有品位的人难以忍受，只会让那些不明真相的人肃然起敬。这应该归咎于学院里永远模仿模特的研究方法。

动作的普遍协调，人们看到、感觉到的、从头到脚延伸和传递的这种协调，并不是在学校习得。如果一个女人若有所思地将头垂下，那么所有部位马上会跟随重心的变化而调整；如果她伸直头，那么身体其他部位也会旋即随之调整。

人们必须摆出各种姿势，通过法国画院的处理方式，人们远离模特的原初目的，是认识人体。为了达到多样性的目的，人们也选择表达情绪波动的动作。因为我们的朋友拿这些别扭的、虚假的表演与人们在大街上、在教堂里、在人群中见到的自然表达相比较,他明显占了上风,因此他压抑不住自己的嘲讽。

当然,摆弄模特是一门艺术,一门伟大的艺术。人们只消看看,教授先生对此多么的洋洋得意。你们可别担心,他会对那位雇来的可怜虫说:我的朋友,你就尽管摆吧! 你想怎么摆就怎么摆! 他更情愿叫模特摆出一个奇特的动作,而不会让他做一个简单自然的动作。然而事情就是如此。

我无数次真心想对路上碰到的、夹着画夹前去卢浮宫的年轻艺术家喊道:朋友们,你们在那儿画了多久? 两年。这实在是太久了!放弃这种徒劳的模仿吧,到卡尔特修道院去吧,在那儿你们会见识到真正的虔诚和真挚。今天是大庆典前夕,去教堂吧,悄悄地走到忏悔室旁,在那儿你们会看见人们如何聚精会神,人们如何悔过。明天到乡村小酒馆去,在那儿你们会见到真正的怒不可遏的人;到公共场合去混迹,到街上、花园、市场和房屋去观察,你们将会对生活中的真实动作形成正确的概念。你们看! 就在这儿! 你们两位同学正在争论。他们不知道,这场争吵已在特定的方向支配了他们的四肢。好好观察他们吧,你们会发觉教授的无聊课程与对无趣的模特的临摹是多么的可怜! 这些都毫无用处,如果你们将来想放弃这些学到的所有虚假的东西,转而学习勒叙厄尔①的单纯和真实;但如果你们想有点成就的话,你们必须这么做。

这个建议本身是不错的,艺术家在人群中怎么观察都不够;但按照狄德罗的指示去做的话,也不能带来什么。画者必须首先知道,他需要寻找什么,艺术家可以从自然里使用点什么,他该怎么将它用于艺术目的。如果他对这些预备训练陌生。那么所有的经验对他来说

---

① 即 Le Sueur,法国画家。

都无益,他只会跟许多同辈人一样,描画屡见不鲜、见惯不怪的对象,或是走上多愁善感的歧途,描绘错觉的新颖。

姿态是一回事,动作又是另一回事。所有姿态都是错误和渺小,每个动作都是美且真实。

狄德罗已经在几处使用了"姿态"(Attitude)这个词语。我按照这个词语出现的那些地方的具体内涵进行翻译,但是在这儿已经不可译,因为它带有否定的色彩。在法国学院式的艺术语言中,姿态意味着一种表达动作或者思想的、富有内涵的姿势。但因为画院模特的姿态不能满足人们的要求,而相对于任务和情况的本质而言,通常是自不量力、空洞、夸张和不足的,所以狄德罗在此用否定的意味使用这个词,而我们无法用德语翻译,这样的话,我们必须得大概地说学院式姿态,但这并不能改善什么。

狄德罗从姿态过渡到对比,这是恰当的。因为对比产生于一个人物四肢的各种方向或者由四肢的各种方向组成的多个人物。我们想听作者自己说。

被误解的对比是产生矫揉造作的最可悲可叹的原因。真正的对比正产生于行动的动机,产生于器官或者兴趣的多样性。拉斐尔和勒叙厄尔如何开始创作?他们有时将三个、四个、五个人物逐个并列排成一行,效果很不错。人们在卡尔特修道院、在弥撒或在晚祷场合看见由四十至五十名僧侣排成平行的两列;同样的圣衣、同样的动作、同样的装束,但无人与他人相同。你们找出一种对比给我看,一种把僧侣们区分开来的对比! 这就是真实! 所有其他都是渺小和虚假。

他在这里就跟他阐述姿态的情形一样,虽然他总体上言之成理,但他过于排斥艺术手段,给的建议过于经验化和外行。拉斐尔自然从对称排列的僧侣身上找到了创作的主题,但这么做的是拉斐尔,他是艺术天才，一个不断前进、不断自我作为和不断自我完善的艺术家。人们不能忘记，人们是把一个在艺术领域并没有入门的学生推向自然，也使他远离自然，同时远离艺术。

现在狄德罗故态复萌，从一个不重要的空话过渡到一个陌生的话题。他想让艺术学生，特别是画家，注意：一个人物是完整和多样的，画家必须生动地表现他可以看见的那一面，它同时又将其他方面包含在里面。他所说的更多的是暗示他的意图，而不是想出一个实施的方法。

如果我们年轻的艺术家有点兴趣采纳我的意见，我会接着对他们说：你们只见到临摹对象的一边，难道这时间还不够长吗？我的朋友们，请尝试把人物想成透明的，把目光放在对象的核心上。你们从那将观察到整个肌体的外部运作，你们将会看到，某些部位在扩张，而其他部位在减缩，有些地方在紧缩，而另一些地方在膨胀。你们让我眼前看到的绘画对象的一边，从整体渗透出来，让我感受到我未见到的另一边那么巧妙地协调起来；尽管你们只向我展现了一个视角，但你们迫使我的想象力也看到相反的视角。那么我会说，你们是不可思议的画家。

狄德罗建议艺术家在思想上深入人物的核心，以便从各个方面观察人物的作用与活力。他的意图在于特别提醒画家不应该平淡地、同时只从一个方面取悦人。一幅恰到好处的画即使没有光和影也会显得完整并且有立体感。为何一张剪影那么生动逼真？因为人物的轮廓适宜，人们既可以描画人物的正面，也可以描画人物的反面。如果年轻的艺术家并不十分清楚我们作者的建议的话，可以做一做刚刚描绘的剪影试验。他从两边看同一个轮廓，可以大概地弄清狄德罗以抽象的方式从人物的中心思考出了什么。

如果现在一个人物在总体上画得不错，那么作者更多地让人想到不会损坏整体,而是完善整体的实践方式。我们与他一样确信在此必须唤起艺术家最高的精神力量以及最熟练的技巧。

然而,你们很好地勾勒整体是不够的。现在你们还要创作细节,而且这些细节不会破坏整体。这是一项需要投入热情和感觉、需要投入出色的情感的工作。

那么我希望以下面的方式创办美术学校:如果学生有能力轻松地根据素描和雕塑作品进行创作,那么我让他在画院里的男女模特面前画上个两年。然后,我在他面前展示孩童、成年人,还有发育成熟的男人、老人,不同年龄和性别的人,从所有社会阶层中挑选,总而言之,各式各样的人。如果我愿意出高价钱,我不愁找不到人,他们会成群地来到我的画院门前。如果我生活在一个奴隶制国家,那么我找他们来就是。

教授在不同的模特身上觉察到那些由日常活动、生活方式、地位和年龄造成的偶然性,这些偶然性导致形式的变化。

学生只是每隔十四天见一次画院模特,而且教授让这位模特自己摆姿势。素描课结束之后,一位熟练的解剖学家向我的学生讲解一具剥了皮的尸体,将他的讲解内容应用到活泼的、赤裸的活人身上。他一年内按照这僵死的解剖物作画至多十二次;这已足以让他感觉到附在骨头上的肉和没有依附的肉应该有不同的画法,并觉察到,此处的线条圆润,那里的线条必须起棱角;他将会看到,如果人们忽略这些细微处,那么整体就会像是一个涨起来的气囊,或者像是个羊毛袋。

这个创办美术学院的建议存在缺陷,作者的意图并不清晰,他并没有详细说明教学进度以及相互之间衔接的课程。但这还不是与作者起争执之处。在总体上,他破除了拘囿的教条主义,并推荐了起决定性作用的研究,这也已经充分。但愿我们同时代的艺术家不会把身体当成布料，我们在他们那里既不会看见会吹胀的气囊，也不会看见塞得满满当当的羊毛袋。

如果人们认真仔细地摹仿自然，那么矫揉造作的风格既不会存在于素描中，也不会出现在着色中。矫饰风格源自大师，来自画院，来自学校，甚至来自古代。

好样的狄德罗！诚然，你的开场糟透了，你的终曲亦是如此。我们在本章结束之时不得不在争执中与你道别。那些有那么点天赋的年轻人不是已经够自我膨胀了吗？难道每个人不是喜欢自夸：一条无条件的、适合个体的和自主选择的道路是最佳的道路，并且是能走得最远的道路吗？你会让你的学生觉得学校不可靠！或许三十年前的巴黎学院的教授值得受到这样的斥责且该受到这样的诽谤，这我不能确定，但总体而言，你的结尾没有一个字可信。

艺术家不应该真实地、仔细地对待自然，他应该认真仔细地对待艺术。对自然再逼真的摹仿也产生不了艺术品，但在一件艺术品中，自然可以几乎完全消失，而这种艺术品仍然可以得到赞赏。请原谅我吧，你这已仙逝的人，你的悖论让我也说出荒唐的话！但你也不会否认一件事情：那些大师、那些画院、那些学校和古代，你刚刚抱怨他们带来矫饰风格，但只要方法正确，他们也可激发一种真正的风格。人们甚至可以说：世上哪有一蹴即至的天才，仅凭借观察自然，没有传承的方法就可以决定比例，把握真实的形式，选择真正的风格以及创造一种无所不包的方法？比起你之前说的从地下冒出来的、四肢健全却又从未用过它们的二十岁的年轻人，一个这样的艺术天才只是一个更加空洞的幻影。

那么，再见吧，年高德劭的幽灵，感谢你给了我一个争吵、闲谈、激动并且又重归冷静的机会。精神的最高作用在于创造精神。再道一声再见！我们会在色彩王国再度相遇。

第二章
我对色彩的一些浅见

　　狄德罗,一位拥有伟大精神和理性的人,纯熟地驾驭思维表达的所有措辞,在此向我们展现,他在处理这个题材时意识到自己的长处和短处。他在标题处已经暗示我们对他不要期望太高。

　　他在第一章威胁我们要对素描发表奇谈怪论,那么他深知自己的标题、自己的力量和能力,我们在他身上的确看到一位精明的、精力充沛的敌手,我们有理由不遗余力地对付他。在此,他自己却姿态谦卑地宣告,他只是说一些关于色彩的浅见;然而,我们进一步地观察后发现,他这样说并不公平,这些见解并不粗浅,大多数是正确的、符合主题的,评论是中肯的;但他被局限在一个狭小的范围,他并未彻底了解这个范围,他看得不够远,而一些近旁的东西他也看得并不清楚。

　　两章比较后得出结论:也为了给本章加点评注,我必须采取一种完全不同的处理方式。在前一章节,我不得不将诡辩摊开来讲,去伪存真,我可以援引自然界中受到认可的规律性的东西,我找到一些我可以依靠的科学根据;但我在本章的任务在于:拓展狭窄的范围,界定范畴,填充漏洞,并且自行完成一项真正的艺术家和真正的科学之友盼望已久的工作。

　　假如人们能胜任此事,然而就一篇陌生的、不完整的论文而言,这样的描写会难以让人觉得舒适,因此,我走上另一条道路,为的是我在本章的工作能为艺术之友带来益处。

　　狄德罗在此再次施展他那著名的诡辩伎俩,他将短文的各章节打散,就像带着我们在迷宫里转来转去,以便在一个狭小的空间里幻化出一条林荫道来。因此,我将他的段落分开,再将它们归置到一定的类别和另外的一种顺序中去。他的整个章节没有内在的联系,更多的是用跳跃来掩饰其格言式的不足,所以这种方式更加可行。

既然现在我用一种新的顺序添加评论,那么这也使得我们纵览其成绩和不足成为可能。

一些普遍的事情

色彩的巨大作用。素描赋予事物形态,色彩赋予事物生命,如同神的一口气,吹活了一切。

色彩让眼睛舒适,这是一种我们只有通过面部才能在物质的和非物质的现象中感知得到的特征的结果。人们必定已见过颜色,人们甚至要看着颜色,才能明白这一强大现象的伟大之处。

好的调色师罕见。如果杰出的画家还有那么一些,那么卓越的调色师绝无仅有了。文学的情况也是如此,有一百位冷漠的逻辑家才有一位伟大的演说家,有十位伟大的演说家才有**一位**卓越的诗人。巨大的兴趣能快速地发展一位擅长言辞的人,爱尔维修①可以说他想说的话,人们没有心境的话,写不出十行好诗句,即使人们要了他的脑袋。

为了遮盖他特别领域知识的不足,狄德罗在此根据他的方式将人们想了解的事情普遍化,从雄辩术中举出一个错误的例子来迷惑人。一切总是归功于好的天赋,一切总得让心境来完成。诚然,天赋和心境是创作艺术品不可或缺的两个条件;如果只论及绘画的话,这

---

① 爱尔维修(Claude-Adrien Helvétius, 1715—1771),法国启蒙哲学家。狄德罗在这里批评爱尔维修在引起争议的著作《精神论》(*De l'esprit*)中关于天才的话。

两者对于构思和构图,对于光线,对于着色和表达都是必要的。如果色彩使画面活泼,那么人们会在它的所有部分感受到天才般的活力。

人们也可以将那句话颠倒过来说:好的调色师要比画家多;或者,如果我们要换种方式秉持公允态度的话,可以说:在这种情况和在那种情况下要变得卓越是同等困难的。此外,如果人们提出一个点来衡量画家或调色师是否优秀,随便多高或多低都可以,那么人们至少总会找到相同数目的大师,假如人们没有遇到更多的调色师的话。人们只要想想荷兰画派,尤其是那些被称为自然画派的作家就可以了。

如果这是正确的,并且优秀的调色师与画家一样多,那么我们可由此得出另外一个重要的思考。就绘画而言,即使人们在学校没有学习过完整的理论,但也至少掌握世代相传的某些基本原则、规则和尺度;与之相反,调色师并没有那些理论、基本原则,或者任何可世代相传的知识。学生靠的是自然、实例,靠的是他自己的品位。为何作一幅好画和调好色那么困难?我们想,这是因为绘画要求渊博的知识,这以大量的研究为前提,因为创作的过程错综复杂,要求坚持不懈的思索和一定程度的严谨;与之相反,色彩只是一种对感觉提出要求、同时通过感觉本能地创作出来的现象。

真是运气,情况是这样的!否则在缺乏理论和基本原则的情况下,调色优秀的绘画会更少。这类作品也并不是更多,这有着一些原因。狄德罗随后就此谈及不同的问题。

但我们教科书中关于这一类别的知识看起来却非常可悲。如果人们用艺术家的视角翻看叙尔泽①的《美的艺术之普遍理论》的"色

---

① 叙尔泽(Johann Georg Sulzer, 1720—1779),瑞士哲学家,《美的艺术之普遍理论》(*Allgemeine Theorie der schönen Künste*, 1771—1774)是一部美学百科辞典。

调"词条,想学习一些知识,想阅读指导性知识,想得到指引,那么人们便会对此坚信不疑! 可这哪有理论的痕迹! 作者哪有对至关重要的东西做了哪怕一丁点的提示? 怀抱学习热情的人被推回自然,他会从他信任的学校被赶到山中和平原,赶到广阔的世界,他在那观看太阳、雾气、云朵以及谁知道什么东西,他应该在那儿观察,他应该在那儿学习,如同一位被抛弃的孩子在陌生的世界独立成长。人们翻阅理论家写的书,难道是为了重新回到宽广和冗长的经验中去,为了回到个别的、零散的、不确定的观察中去,回到一个未受训练的思维力的迷途中去吗? 当然,普遍地来说,对艺术的天赋,特别是对艺术特定部分的天赋是不可或缺的;这或许要求眼睛对色彩有一定的敏感性,天生对色彩的和谐有一定的感觉。当然,天才必须看、观察、练习和自立;而天才只需花上一些时间感受需求,然后思考经验,如果人们愿意这样说的话,甚至提升自己。此时,他很愿意接近理论家,希望从理论家那儿找到一条捷径以及从各方面减轻创作的负担。

关于着色的判断。**只有艺术大师才是真正的绘画评判员,整个世界都可以评论颜色。**

我们对此决不能苟同。虽然颜色在双重意义上更容易被感知,即与整体上的和谐和与局部表现的真实有关,只要它直接诉诸健康的感知。但只有大师才能批判作为真正艺术品的色调类别以及所有其他类别的艺术品,一幅多彩的、欢快的、通过某种普遍性达到的或者某种特别的和谐的画可以吸引大众的关注,让爱好者愉悦,但只有大师或者真正的行家才能下评判。完全未经训练的人也可以发现绘画上的错误,孩童会因为画像的相似而诧异,健康的眼睛会正确地认识局部的许多东西,但对于认识整体是不够的,对要点的观察是不可靠的。难道人们没有经历过外行居然认为提香的色调不够自然这样的事吗？或许狄德罗也是这样认为，因为他总是把韦尔内①和夏尔丹②当成调色的榜样。

一个半瓶水的行家或许会在仓促之间忽视一幅素描、表达和组合的杰作；但眼睛从来不会对调色师视若无睹。

这里根本就不应该谈到半瓶水的行家！不错，如果人们严格对待，根本不存在什么半吊子行家。大众或会被一幅艺术品吸引，或排斥这幅作品，他们并不要求成为专家，真正的爱好者每天都会增强其鉴赏力，并且不断保持可塑性。这世上有半音，但它们在整体上也是和谐的；半瓶水的行家是一根调错的弦，从不发出正确的音，可他却坚持弹奏这个错误的音，因为就连真正的大师和行家都不会自认为尽善尽美。

好的调色师世上少有。可是为什么这世上能创作出令人人心领神会的作品的艺术家少之又少？

这里的舛错在于"心领神会"这个词的错误内涵。大众理解色彩的和谐和真实，与理解一个美好组合的调理一样困难。诚然，当这两者越趋向完美，那么它们越容易被理解，而这种可理解性是大自然和艺术中所有完美事物的特性，这种可理解性与习以为常的事物有相通之处；只是后者可能乏味，也就是无趣，引发无聊和厌烦，但前者给人刺激和娱乐，将人升华至其存在的最高阶段，仿佛让他在那飘荡着，骗取了他存在的感觉以及流逝的时光。

几千年来，荷马的诗歌已然被接受，有时也受到理解，谁能创作出类似的作品？比起优秀演员的出场，哪一种更容易被接受、更容易被理解？成千上万的人见过他，赞赏他，谁又能模仿他？

---

① 韦尔内（Charles Vernet，1758—1836），法国画家。
② 夏尔丹（Jean de Chardin，1643—1713），法国画家。

真正的调色师的特征

　　真实与和谐。于我而言,谁是真正的、伟大的调色师? 他是那个掌握了自然或许还有被照亮的物体的色调,同时又可以将他的绘画保持和谐的人。

　　我更愿意说:他就是那个在不同照明和距离情况下以最正确的和最纯粹的方式生动地掌握和表现物体颜色的人,并且他可以将各种颜色置于和谐关系之中。

　　颜色在很少的物体上显示其原本的纯粹,即使在光线充足的情况下,在显示出来的身体上,它会或多或少地受到改变。此外,我们还看到它受到更强或者更弱的光线、阴影、距离,甚至还有上千种幻象的决定和改变。所有这些加在一起被人们称为色彩的真实,这也是健康的、坚定的和训练有素的眼睛看到的真实。但这种真实很少能在自然中和谐地出现。和谐要在人们的眼睛里寻找,它存在于器官的内在作用和反作用,某种颜色根据这种器官要求另一种颜色,人们也可以说,当眼睛看见一种颜色,那么它要求和谐的色彩;人们也可以说,眼睛要求与另一种颜色相匹配的颜色就是和谐色。至今,那些所有和谐以及色调的最重要部分所存在于的颜色被物理学家称为"偶然颜色"。

　　细微的比较。在一幅画中,没什么比真实的颜色更能引起我们的注意,无论是笨人还是内行都能理解色彩的真实。

　　无论在何种意义上,这句话都是真谛;但也有必要勘察这寥寥数语到底讲的是什么? 在一切不是人体的物体上,颜色的意义几乎在形态之上,有赖于颜色,我们才得以识别许多物体或者对物体产生兴趣。单色的、无色的石头不会有什么内涵,森林只因其多彩才获得意义。鸟儿的形状被外衣遮蔽,我们主要被有规律的色彩变化吸引。

所有的身体在某种程度上拥有一种个性化的颜色,至少是一种性别和类别归属的颜色;即使人工材料的颜色因为材料的不同而不同,亚麻布上的胭脂红、羊毛上的胭脂红与丝绸上的胭脂红均不尽相同。塔夫绸、缎子和丝绒,虽然都源自丝绸,但在眼睛看来却各不相同。如果我们在一幅绘画上再次见到一个物体特定的、充满生机的和个性化的东西,而这正是它一直对我们产生影响,为我们所熟悉之处,那还有什么可以给我们更多的刺激,更让我们愉悦,更迷惑我们,更让我们着迷? 所有不借助颜色的形式表现只是象征,唯有颜色令艺术品真实,它接近现实。

物体的颜色

　　肉体的颜色。人们声称,这世上最美的颜色是少女面颊上可爱的红晕,纯洁、青春、健康、谦逊和羞赧藉此装点了少女的双颊。这不仅说出某些细腻的、感人的、温柔的,而且也说出一些真实的东西;因为肉体难以被模仿,这种润泽的白色,是匀净的白色,而不是苍白的白色、黯淡无光的白色;这种红色和蓝色的混合色隐隐约约地(从黄色)透出来,热血和生命让调色师绝望。谁达到肉色感,那么谁就达到相当高的水平,其他的一切与之相比就不足道了。成千的画家至死没有明白肉体色泽的奥妙,将来还有成千的画家至死没能掌握这个奥妙。

　　对于我们在身体上看到的颜色,狄德罗的观点在此不无道理。我们在生理、物理和化学现象中注意到且已经分离开来的基本色,当它们出现在有机体上,那么它们跟其他自然材料一样更显高贵。万物之中构造最复杂的便是人类,既然这些话是写给艺术家的,那么我们可以假设,在人种中存在内在和外在构造得更完美的组织,他们的皮肤是一个完美组织的表面,显示最美的和谐颜色,这超出我们理解。艺术家在观察到这种健康肉体的颜色给人的感觉之后,力争创作出类似的东西,这要求眼睛、精神和手进行多样和细腻的处理,要求得到朝气蓬勃的自然感觉以及一种成熟的思考能力,与之相对的所有事情只是戏谑和游戏,至少看似被这最高的能力囊括。形式的情况亦是如此。谁若将自己提升至有内涵和美丽的人体的形式的理念,谁就可以创作所有其他有内涵和美的东西。如果那些所谓的历史画家肯纡尊降贵画一些风景、动物和无生命的装饰物,那还有什么伟大作品创作不出来!

　　因为我们与我们的作者意见完全相同,那么我们让他自己说。

　　你可以相信,为了增强调色能力,研究一点鸟儿和花儿是没有害处的。不,我的朋友!这种模仿绝对不会让人培养对肉体色泽的感觉。如果巴舍利耶①看不见他的玫瑰花、他的水仙花和他的丁香花,他会画成什么样子?让维安夫人②画一幅肖像,然后拿去给拉图尔③。但,不,别拿去给他!这个不忠实的朋友对同行的尊重还没有到无可讳言的地步。如果鼓动这位掌握肉体感的人画一画外衣、天空、丁香、散发芳香的李子、带纤毛的桃子,你会看见他如何出色地进行创作。还有夏尔丹!为何人们会把他对无生命的自然的模仿当成自然自身?正是只要他愿意,他就能画出人体皮肤的色泽。

---

① 指让-雅克·巴舍利耶(Jean-Jacques Bachelier,1724—1806),法国画家,以花卉画著称。
② 指玛丽-泰蕾兹·维安(Marie-Thérèse Vien,1728—1805),法国画家,擅长画动物、微型画像,法国画家约瑟夫-马里·维安(Joseph-Marie Vien,1716—1809)之妻。
③ 拉图尔(Maurice Quentin de Latour,1704—1788),法国画家,擅长肖像画。

　　人们不能表达得更加欢乐、细腻和优雅了；基本原理也算正确。只是拉图尔并不是一个恰当的、说明伟大色彩艺术家的范例，他是一位里戈画派的、花哨过头的或者更多的是矫揉造作的画家，或者这位大师的模仿者。

　　接下来，狄德罗又过渡到画家会遇到的新问题，不仅身体的色泽本身难以被模仿，而且困难本身还会加剧，如果身体皮肤属于一个会思考、会深思、会感知的生物，它的最内在、最秘密、最轻微的变化都会瞬间通过外在传递。他有点夸大困难，但没有过于远离事实。

　　最让伟大的着色大师头疼的是身体色泽的变化。它由这一刻到下一刻都在活动，颜色都在改变。正当艺术家全神贯注地在画布上创作，当他的画笔在描绘我的时候，我改变了，他再也找不到先前的我。当我想起修道院院长勒布朗①，我会无聊地打呵欠；如果修道院院长特吕布勒特②浮现在我的脑海，我的脸上一定会显露出讥讽的表情；如果我眼前浮现我的朋友格林或者我的苏菲③，那么我心在怦怦地跳，温柔和快乐弥漫在我的脸上，快乐似乎穿透我的肌肤，最细小的血管也受到震动，这一活泼液体的不易察觉的颜色将生命的颜色扩散至我身体的所有部位。在拉图尔和巴舍利耶聚精会神的目光中，甚至鲜花和水果也在改变。人的面部给他们带来何种困扰！这张画布，在移动，在活动，时而伸展，时而收缩，时而着色，时而褪色，随着被人们称为灵魂的那股轻盈和活动的气息的无穷变幻而变化。

---

① 即 Leblanc，曾创作一部剧作，狄德罗在《拉摩的侄儿》中多处批评他。
② 特吕布勒特（L'abbé Trublet，1697—1770），法国文学家，狄德罗在《拉摩的侄儿》中讥讽他。
③ 指露易丝•亨丽埃特•福兰德（Louise Henriette Volland，1726—1784），人称苏菲，狄德罗的情人。

我们曾说，狄德罗在某种程度上夸大了困难。当然，如果画家不具备成为艺术家的能力，如果他只是依赖于在身体和画布之间来回地看，只是看到什么画什么，那么这个困难是不可逾越的。可是，这正是艺术天才，这正是艺术天赋，当他懂得观察、把握、概括、象征和刻画，亦即在艺术的每个部分不论形式还是颜色。这也正是艺术家的天赋，他掌握一种处理对象的方法，这是一种精神上的，也是实践上的技术方法，艺术家通过这种方法掌握和限定最活泼的对象，并赋予它艺术存在的统一和真实。

可是，我差点忘了给你讲激情的颜色，当然我已经非常接近了。难道每种激情没有自己的颜色吗？难道它不是随着激情级别的改变而改变？愤怒的颜色有各种各样的级别。如果怒火上脸，那么双眼喷火，如果达到最高级别，那么它不会使心脏扩张，而会使心脏收缩，眼睛会惘然若失，额头和脸颊泛出苍白，双唇颤抖、发白。爱和渴望，甜美的享受，幸福的满足！难道每个这样的时刻与其他颜色一起会给这被爱的美着色吗？

我们对之前段落的评论也适用于这一段落：狄德罗在此的论断也应该受到表扬，当他提醒艺术家注意自然现象的多样性，当他提防艺术家染上矫揉造作的风格，他向艺术家提出了人们有权提议的高要求。以下他说的话也表达了同样的意图。

我们的编织物和衣物的多样性对于完善色彩作出了不少贡献。

在上文，我们对此已经发表了评论。

色彩的基本色调可以薄弱，但不能出错。

局部颜色既可以在整幅画，又可以通过一幅画的不同的背景得到调节，同时又总是真实，与画中的物体相适，对此，不存在一丁点的怀疑。

论色彩的和谐

现在,我们碰到一个重要的问题,我们已经对此作出一些评论,但这个问题不能在这里,而只能在讨论整个颜色学的过程中阐明和探索。

有人说,颜色分为互为友好和互为仇敌的颜色。如果人们指的是下面的意思,那么人们说得有道理:一些颜色相互之间很难调和,把它们放在一起时,界线分明。即便有光和空气,这两种普遍和谐的因素,也不能令我们忍受它们并置在一起。

既然人们不能深究颜色和谐的原因,但又不得不承认调和的颜色与不调和的颜色的存在。与此同时,人们察觉到强一些或者弱一些的光能够强化或者弱化颜色,并在某种程度上从中调节。人们又察觉到,包围着身体的空气能产生一定的缓和,甚至和谐的变化。因此人们将这二者视作和谐的因素。人们不该将很难同色彩区分开来的明暗与色彩本身混为一谈。人们创造了一堆理论,谈什么空中透视,只是为了绕开色彩的和谐。人们读到叙尔泽著作中关于色彩的章节,发现"什么是色彩的和谐?"这一问题根本没有被提起,而是被掩埋和淹没在陌生又相关的事物中。这项工作还有待完成,或许人们会看到,这样的一种和谐独立而且原本就存在于人的双眼和感觉中,也能外在地通过上了颜色的事物的组合被表现出来。

我怀疑,是否任何一位画家比一位有稍许虚荣心的女子或者一位内行的卖花女更懂得这些颜色组合。

那么,一位有虚荣心的女子、一位活泼的卖花女擅长色彩的和谐!一位大概知道自己穿什么好看,另一位知道怎么让自己的商品叫人满意。那为何哲学家、生理学家不进入这样的课堂呢?为何他不费点神去观察一位可爱的姑娘为了自己怎么搭配基本颜色?为什么他不观察她喜欢什么、厌恶什么？颜色的和谐与不和谐受大家的承认,人们也提醒画家这一点,每个人向他提出这一点要求,但无人告知他这些究竟是什么。在某些情况下,他与生俱来的感觉可以恰当地指引他,而在其他情况下他一筹莫展。他会怎么办呢？他自行回避颜色,他淡化颜色,以为只要去除这种颜色暴露出来的与另一种颜色格格不入的活力便能够和谐颜色。

颜色的普遍色调可以薄弱,而且不会破坏和谐;与之相反,色彩强烈难以和谐。

人们绝不会承认,淡色要比强色更容易产生更加和谐的效果;可是,当色彩强烈,当各种颜色看起来鲜艳,那么自然眼睛感受到的和谐与不和谐更加强烈;但当人们弱化颜色,在绘画中使用一些浅色、另一些混合色和一些乱涂的颜色,那么无人能知道见到的是和谐的还是不和谐的图画;但人们肯定会说这幅画没有感染力,这幅画没有内涵。

画白色和画浅色是两件非常不同的事情。如果两幅画的构思不同,其他相同,那么你们肯定会更喜欢更明亮的画;这就跟白天和黑夜的区别一样。

一幅油画可以满足所有对色彩的要求,然而颜色可以完全浅和明亮。浅色令人赏心悦目,这类浅色如果充分显现出来,处于最深的状态,将会产生一种庄重的、夹带坏兆头的效果。但是,画浅色和用白粉笔作画当然是有区别的。

还有一点！经验告知我们,浅色和欢快的画与强烈、有力量的效果画相比,并不总是获得人们的偏爱。否则,斯巴诺勒托[1]在他的时

---

[1] 斯巴诺勒托,歌德写作 Spagnolett,其实应该是 lo Spagnoletto,意为"小西班牙人",是意大利人给西班牙画家胡塞佩·德·里韦拉(Jusepe de Ribera,1591—1652)起的绰号。

代怎能超越圭多①?

这存在一种难以抵挡的魔力,这就是一位懂得如何赋予画一种特定的情绪的画家所施展的魔力。我不知道我该如何向你清晰地表达我的思想! 在这幅画上有位女子,她穿着白色缎子! 你把其他部分遮住,单看她的裙子,或许你会觉着这条缎子裙黯淡无光,并不特别的真实。然而,如果这个形象重又回到物体当中,周围围绕其他物体,那么缎子及其颜色会再次施展效果。如果每个物体相对地失去什么,整幅画得到调节,那么人们就不会注意到每个个别物体的缺陷。协调拯救了这幅作品。这是在夕阳西下时看到的大自然。

无可非议,这样的一幅画包含真实与和谐,特别是在处理方法上有大的成就。

和谐的基础。我要避免在绘画艺术中根本改变彩虹中颜色的次序。绘画中的彩虹犹如音乐中的基础低音。

狄德罗终于提到和谐的基础。他想在彩虹色中找寻,并且用法国画派对此发表的高见来安慰自己。既然物理学家将整个色彩理论建立在棱镜折射现象之上,也因此在某种程度上建立在彩虹色之上,那么人们有时也同样将绘画艺术中的现象假定为和谐法则的基础,人们在着色时必须考虑到这些法则,当人们不能否定在这种现象中存在引人注目的和谐,那么人们在着色时就越发需要服从这些法则。物理学家所犯的错误也会跟随画家,给他带来有害的影响。彩虹的颜色和棱镜折射现象只是全面得多的、更广泛的、原因更深刻的和谐色彩现象中的个别情况。世上并不存在由彩虹和棱镜向我们展现的和谐,而是这种被提及的现象是和谐的,因为存在一种更高的、普遍的和谐,它也置身于和谐法则之下。

① 指圭多·雷尼(Guido Reni, 1575—1642),意大利画家,擅长宗教、神话题材。

彩虹中的颜色绝不能与音乐中的基础低音相提并论,前者甚至没有包括我们在折射观察到的所有现象。它不能与通奏低音等量齐观,就跟人们不能将大和弦和音乐的通奏低音混为一谈一样。但正是因为音级之间的和谐,大和弦是和谐的。但当我们继续深究,我们会找到一种小三和弦,它绝不落在大和弦的范围之内,但属于整个音乐和谐的范畴。

色彩学还不明白,各种现象的整体不能被迫归入一个受限的现象及其在特定条件下的解释,而是每个个体在一个范围内与其他相关,它们必须按照次序排列,必须从属;这种不明确、这种混乱会在艺术中持续,在实践中,人们会更鲜明地感觉到这种需要,理论家只会悄悄地将问题搁置在一旁并固执地说:所有这些事已经解释过了!

然而,我担心胆怯的画家以此为出发点,可怜地收窄艺术的界限,预备好一种轻松的、受限的和小家子气的风格,这在我们这儿被称为记录式风格①。

狄德罗在此批驳了不同的画家都可能陷入的一种小家子气的风格,当他们太过于接近物理学家的狭隘学说。看起来,他们在调色板上按照它们在彩虹中的顺序排列色彩,这产生了不可否认的、和谐的顺序,他们将之称为记录式风格,因为在此似乎一切可以和应该发生的事情都被记录下来,因为他们只能凭彩虹和棱镜幽灵来识别它们的顺序,那么他们在创作时不敢破坏这种次序,或者也不敢这样处理,使得人们失却那个基本概念,人们在整幅画上再次找到这种记录。跟在调色板上一样,画中的颜色只是材料、物料、元素,并没有经过一种真正的、天才般的处理被有机地交织成为一个和谐的整体。

---

① 这是狄德罗造出来的一个概念,用以指对规则或者技术指导的编排。歌德译为 Protokoll。

狄德罗强烈地批评这些艺术家。我不知道这些艺术家的名字,也没有看过这类绘画,但我相信我可以从狄德罗的话语中揣摩他指的是什么。

绘画界确实有那么一些记录式画家,他们是对彩虹颜色卑躬屈膝的仆从,人们经常能够猜出他们要干什么。倘若一个物体有这样或者那样的颜色,那么人们可以肯定在它旁边会出现这样或那样的颜色。如果一幅画的一个角着了色,那么人们便知道所有其他地方是什么颜色。他们这辈子所做的事情无非是挪动这个角;这是一个可移动的点,它在平面上四处游荡,任意地停留在自己愿意逗留的地方,而随从总是同样的。它如同一个大老爷,总是和仆从们穿着同样的衣服亮相。

真实的色彩。韦尔内不是这样做的,夏尔丹也不是这样做的。他们那无畏的画笔会用最高程度的勇敢结合最丰富的多样性和最完美的和谐,用各种层次展现自然的所有颜色。

狄德罗在此开始将绘画处理与色彩混淆起来。经过这样的处理后,一切材料的、基本的、粗糙的和物质的东西都消失了,艺术家懂得刻画将整体巧妙结合在一起的和谐中隐匿的每个多样的真实。这样,我们又回到我们出发的要点,回到一致的真实上来。

下面的问题非常重要,我们先听听狄德罗的话,然后再展开我们的思想。

话虽如此,但韦尔内和夏尔丹在处理颜色时有着自己的、受限的方式!我对此没有丝毫的怀疑,如果我愿意费点精力,我定会发掘出这些方式。其原因在于,人不是上帝,艺术家的工作室不是自然。

在狄德罗激烈地斥责了矫揉造作的画家,揭露了他们的缺陷,拿他最喜爱的画家,即韦尔内和夏尔丹,与那些画家对抗之后,他面临一个敏感的问题:即便这两位艺术家也用某种特定的处理方式去创作,人们大可归咎为某种自有的、狭隘的方式,以至于他根本看不出应该如何将这二位与矫揉造作的画家区分开来。

那么,走上正确道路的那位艺术家和走上错误道路的艺术家之间的区别是什么? 区别在于他深思熟虑地运用一种方法,而后者轻率地跟随一种格调。

一位总是在观看、感受和思考的艺术家会看到事物的最高尊严、最生动的效果和最纯粹的情况。在模仿时,一种自己琢磨出来的、一种传承的和由己反复斟酌的方法将会减轻他的负担,如果在实施这种方法时,他的个性参与进来,那么他会通过这种个性,以及最纯粹地运用他最巅峰的思考力和精神力,总是再次被提升为普遍的东西,被引领至艺术创作可能的界限。在这条道路上,希腊人上升至一个高度,我们尤其能认识他们的雕塑艺术。为何他们在不同时期创作的、有不同价值的作品能够产生某种相同的印象? 这大概是因为他们在不断向前创作时采用一种真正的方法,他们在后退时也无法完全摆脱这种方法。

一种真正的方法结出的果实被称为风格,与之相反便是格调。风格将个体上升至这一种属能达到的最高峰尖,因此,一切伟大的艺术家都因他们最杰出的作品而相互接近。因此,拉斐尔着色与提香相近,当他处于最顺手的创作时期的时候。与之相反,格调个体化,如果人们可以这么说的话,将个人个体化。一个人如果不断地追随自己的欲念和喜好,那么他就越来越远离整体的统一,甚至离那些与他相似的人越来越远。他对人类不再有任何要求,那么他因此脱离了人类。这适用于道德领域,也适用于艺术领域,因为人类的所有行为出自同一源泉,因此它们在所有支流中也是相像的。

那么,尊贵的狄德罗,我们想以你的话为基础,而且我们还要加强它的意思。

　　人并不追求成为上帝，但他追求成为一个完善的人。艺术家并不追求创作自然的作品，但追求创作完美的艺术品。

错误与缺陷

　　漫画。世上存在彩色漫画和黑白漫画，所有漫画都趣味低劣。

　　这样的漫画如何成为可能？它与原本不和谐的着色有什么区别？只有当我们对于它赖以存在的颜色的和谐及其原因统一意见，才能细致地考察这个问题；因为讨论这个问题的前提在于，眼睛赞同一致，眼睛感受到不和谐，而且人们才会了解这二者从何衍生。然后，人们才能认识到这两者之间存在第三种方式。人们可以理性地、存心地偏离这种和谐，创作出富有特色的作品，但人们继续向前，夸大这种偏差，或者在没有正确的感情和慎重的考虑下大胆尝试这种方式，那么就会出现那种漫画，它最终变成鬼脸和彻底的不和谐。对此，每位艺术家小心谨慎以防出现这种情况。

　　个性的色彩。为何存在这么多调色师，而自然界只有一种色彩混合。

　　人们本不可以说，大自然中只存在一种色彩，因为在说色彩时，我们总是立马想到一个看见颜色、用肉眼感受颜色和将颜色放在一起的人。人们可以且必须假定这一点，才不会陷入不确定的论证，即所有健康的眼睛见到的所有色彩及其关系都大体一致。因为所有经验的传达都基于对这些统觉一致的信仰。

　　但人的感觉器官就颜色来说存在巨大的偏差和区别，这一点可在画家身上看得最明显。他创作的是与他所见的相近的东西。我们可以从他创作的东西推断出所发生的事情，可以用狄德罗的话来说：

　　眼睛的结构对此当然有很大帮助。敏感和迟钝的眼睛不会对活泼、鲜艳的颜色感到愉悦,一位画家不会在画中表现那种在大自然有损于他的效果;他不会喜欢强烈的红色和完全的白色,他将给装饰房间四墙的毯子和画布涂上淡淡的、温柔的和细腻的颜色,通常用某种和谐来替代他抽掉你身上的力量。

这种柔弱的色彩,这种对鲜艳颜色的避讳,正如狄德罗这里说的那样,完全可能由神经衰弱造成。我们发现健康、强大的民族,他们的孩子和年轻人喜欢活泼的颜色;但我们也发现,更有教养的那部分逃避颜色,部分因其器官衰老,部分因他避开出众的、独特的东西。

与之相反,如果艺术家的色彩没有内涵,那么通常是因为理论知识的不扎实与匮乏。最强烈的色彩找到与之势均力敌的颜色,但只能再用一种强烈的色彩,而且只有那些成竹在胸的人才能敢于将他们并置。谁听任感觉、做事不上心,谁就很容易将创作变成漫画,只要他品位得当,就可以避免这种情况;因此,画家弱化、混合甚至消除颜色,那种和谐的表象,并没有在整幅画得到体现,而是被消解殆尽。

为何画家的性格甚至其处境不能对其色彩产生影响? 如果他常有悲伤、黯淡和黑暗的思想,当它在他的忧郁的脑海和阴暗的工作室里总是黑夜,当他将白天从房间里赶出去,当他寻找孤独和黑暗,难道你不应该期望见到一幅强烈,但同时又是黑暗、颜色糟糕又阴森森的画吗? 一个黄疸病人看什么都是黄的,他如何不会将患病的器官加于自然万物的面纱同样地笼罩在他的画上,如果他在其想象力中留下印记的绿树与眼前的黄色树相比的话,他自己也会觉得厌烦。

画家如何,画亦如何,甚至更胜“见文如见人”一筹。他偶尔跨出自己的性格,克服其器官的天性和倾向。他如同一位封闭的、沉默的人,突然也会高声嚷嚷;发泄过后,他重回自己的天性,回到沉默的状态。那位忧伤的艺术家天生一个虚弱的器官,也会突然创作出一幅色彩强烈的画来,但他很快又会回到天然的色彩。

同时,如果艺术家意识到自己身上的这种缺陷,真是一件特别可喜可贺的事情,如果他下苦功夫与之斗争,那么这是值得为之鼓掌的事情。这样的艺术家很罕见,如果出现这么个人,那么他的努力肯定值得嘉奖,我不会如同狄德罗所做的那样,恐吓他会必不可免地倒退,而会向他保证,即便面对完全不能达到的目标,也要不断取得可喜的进步。

当器官患病,无论患何种病,这都会在一切物体之上蒙上一层迷雾,使自然和对自然的模仿遭罪。

在狄德罗使艺术家注意到自己要克服身上的什么缺陷之后,狄德罗还向他展示学校面临的危险。

大师的影响。真正的着色大师罕见的原因在于一位艺术家通常追随一位大师。学生长时间地模仿一位大师的画,而不观察大自然,他习惯于用别人的眼睛去观察,失去自己观察的能力。久而久之,他形成一种艺术技巧,受之束缚,既不能摆脱,又不能敬而远之;这是一条锁住他双眼的链条,正如锁住奴隶双脚的锁链,这也正是这么些错误的色彩广为流传的原因。模仿拉格雷内①的人会习惯于鲜艳的色彩;效仿勒普兰斯②的人会画出红色和砖红色;模仿格勒兹③的人会画出灰色和紫色;追随夏尔丹的人会画得很真实!因此,艺术家们对素描和颜色的评判也不尽相同。这一位说普桑枯燥无味,那一位说

---

① 拉格雷内(Louis Jean François La Grenée d. Ä., 1724—1803)。
② 勒普兰斯(Jean Baptiste Le Prince, 1733—1781),法国画家、雕刻家。
③ 格勒兹(Jean-Baptiste Greuze, 1725—1805),18 世纪下半叶法国著名画家,狄德罗对其格外赞赏。

鲁本斯太夸张，而我这位利立浦特人①轻轻地拍着他们的肩膀，提醒他们这都是狂言。

毫无疑问，一定的谬误和错误的方向容易得到传播，年纪和声望尤其将年轻人引导至舒适和不正当的道路。所有的学校和派别证明人们能学会用其他人的眼睛观看；但错误的教导能轻易地带来恶果，继续培植矫饰风格，年轻人的易感性同样也有助于一种真正方法施展影响。那么，好样的狄德罗，正如在前一章节，我们再次向你呼喊道：当你告诫你的青年人不要效仿末流画派的时候，也不要让他们怀疑真正的流派。

上颜色的不确定性。当艺术家从调色板上取颜色时，他并不总是知道这种颜色在整幅画中将创作出什么。这是必然的！他拿什么与他调色板上的颜色相比？跟其他个别的颜色相比，与原色相比！他做的事情更多，他在调制颜色的地方观察它们，在脑海里设想将它们运用到它们该被使用的地方。在许多时候，他的估计是错误的！当他从调色板上取色到组合的整体时，颜色却被改变，或变淡，或变浓，产生的效果完全不同。于是，画家百般尝试，这样调一下颜色，那样调一下颜色，用各种方式折腾。在这个工作过程中，颜色变成几种不同材料的组合，它们或多或少地相互产生（化学）作用，迟早会不和谐。

这种不确定的原因在于艺术家并不清楚地知晓他应该做什么、该怎么去完成，这两者都是原因，特别是后者在很大程度上可以传承。那些该使用的色体，那些使用它们引发的后果，从一开始的设计到最终的完成，可以由人们科学地，甚至几乎口传心授地传承。当珐

---

① 利立浦特是18世纪英国作家斯威夫特小说《格列佛游记》中小人国的名称，利立浦特人意指小人物。

琅画家必须着上完全错误的颜色,只是在脑海中设想见到的效果,它只能通过火烧制而成,那么我们在这儿主要提及的油画画家更能知道他该准备什么,他该如何一步步地作画。

古怪的天才。狄德罗或许会原谅我们在这一栏目下展现他所赞扬和偏爱的艺术家的举止。

谁拥有强烈的色彩感,他就会盯着画布,他的嘴巴半张,他喘气(唉声叹气、气喘吁吁),他的调色板乱作一团。他将画笔蘸入这一团糟的颜料中,从中创作艺术品。他起身,退后几步,看着自己的作品。他再次坐下,你将会看到自然物生动地出现在他的画板上。

一位规矩的艺术家追在他的对象后面,就跟一条热火朝天地紧追着野兽的猎犬一样,张着嘴喘气,这种场景或许只有让稳重的德国人才感到可笑。我尝试将法语 haleter 一词的全部意思表达出来,但徒劳无功,即便连用好几个词语也无法完全把握其核心意思。但我觉得更可能的是,拉斐尔在创作《博尔塞纳的弥撒》,柯勒乔①在为《神圣的希罗尼穆斯前的圣母》挥洒时,抑或提香画《圣徒彼得之死》、韦罗内塞创作《迦拿的婚宴》时,他们都没有张着嘴坐在那里,也没有喘气、唉声叹气、急不可耐、呻吟或急促地喘粗气。这或许是法国人的滑稽风格,这个活泼的民族在严肃至极的事情上也难以避免这种风格。

下面一段并没有改善什么。

我的朋友!到工作室去看艺术家怎样工作吧。倘若他将深深浅浅的颜色相当对称地挤在调色板四周,或者他在至少创作一刻钟之后还没有把次序完全打乱;那么你可以大胆地评判,艺术家还没有热情,还没有创作出有内涵的东西。他如同一位笨手笨脚的学者,为了

① 柯勒乔(Antonio da Correggio, 1494—1534),意大利画家。

找一段某位作家的话,爬上梯子,抽出书,打开书,走到书桌旁,抄下他需要的那一行字,又爬上梯子,把书放回原处。这绝对不是天才该有的举动。

通过正确调配后的混合消灭单个颜料的物质的色彩现象,根据颜色的对象个性化颜色并同时加以组织,我们在上文已经将之划归为艺术家的责任;但这一操作是否该如此放肆、如此混乱,对此一位谨慎的德国人有理由持怀疑态度。

正确、清楚地处理颜色

画家对自己画笔产生的效果越胸有成竹,着色越大胆、越自由,调和和折腾颜色的次数越少,所用的颜色越少、越奔放,那么这幅画的和谐就越持久。人们看到现代油画在短时间内失去色彩的协调性,而有些古代的画经历时间的洗练之后,却仍然鲜活、有力与和谐。在我看来,这种优点与其说是颜色质料产生的效果,不如说是对良好创作方法的奖赏。

这是一句针对重要而美好的事情优美又真实的话语。老朋友,为何你并不总是与真实以及你自己保持一致?为何你迫使我们在结束时又听一些真真假假、悖论横生的话语呢?

啊!我的朋友,绘画是一门何等伟大的艺术!我用一行字说出的话,画家在一个星期内也难以构思出来。不幸的是,他的所知、所见和所感与我一样,不能通过描绘达到令自己满意的效果。那种驱赶他向前的感受使他对自己的能力产生错觉,他糟蹋了一幅杰作,因为他已经在不知不觉中抵达艺术的极限。

诚然,绘画和雄辩术大相径庭,如果人们可以假定的话,造型艺术家和雄辩家看待对象的方法是一样的,但是前者被唤起的冲动与后者被唤醒的冲动有所不同。雄辩家从这一对象到那一对象，从艺术品到艺术品，为的是思考，为的是理解，为的是有个概览，为的是梳理，为的是说出其特征。与之相反，艺术家立足于对象，他与它在爱中融为一体，他与它分享精神和心灵的精华，他再次将它们创作出来。在创作过程中，时间不予考虑，因为爱倾注进作品中。哪位恋人会在所爱的对象旁边感受到时间的飞逝？哪位真正的艺术家会在工作时感受到时间的流逝？让雄辩家害怕的东西恰使艺术家幸福；在你不耐烦地追逐的地方，他却感到最舒适。

　　你那位不知不觉中到达艺术顶峰的朋友，在向前追赶时糟蹋了他的杰作，尽管如此，这作品还有补救之处。如果他真的到了这种程度，如果他真的如此勤勉，那么让他有技巧意识，让他弄清楚在朦胧之中使用的方法并不困难。这些方法教会我们怎么创作最美好的作品，同时告诫我们不要画蛇添足。

　　那么我们此次闲谈就到此为止吧。我们将在色彩理论以及特别在绘画色调方面所取得的最好成果以合适的形式和顺序告知和传授给读者，到那时，读者或许乐意得知以这种形式传达的东西。

论约翰·约阿希姆·埃申堡译海因里希·菲斯利《绘画讲座》
ÜBER JOHANN JOACHIM ESCHENBURGS ÜBERSETZUNG VON HEINRICH FÜSSLIS ›VORLESUNGEN ÜBER DIE MALEREI‹

　　（……）

　　我们的目的要求我们在此再补充一些说明，阐明原文与译文的关系。

　　如果像埃申堡那样的译者完成一项这样的工作，那么人们不会多加考察便会认为译文质量不错；但即便埃申堡也要与困难作斗争，就算他不能完全将之克服,也情有可原。

　　作者使用的一定是一种隐喻风格,这对作者非常好,一种诗学文体会准确地重新触摸对象,但与之相反,译者却陷入越发不舒适的境地。

　　词语常常在一种语言中与事物有着截然不同的联系,相互之间与另一种主要源自派生的语言不同,当人们使用隐喻,这种语言便会尤其引人注目。

　　隐喻式的词语与简单的描绘或者概念不同,它们总有着模糊之物;谚语性成语和套叠式长句有着更大的危险,它们会歪曲对象;在譬喻式话语中,主语、谓语、动词与小品词或许在一种语言中巧妙地组合在一起,但若要将这样的话语准确地译成另外一种语言,那么人们在许多情况下都会觉得这难以企及。

　　当译者努力用比喻接近原比喻,当然这只是在靠近对象或者思想,那么这种双重的接近通常会演变成一种疏离,只有当译者也如作者那样成为内容的主人,这种情况才得以避免。

　　此处有几例诸如此类译得并不完全得当的比喻,附带简短的、用于改进的建议。这几处位于原文第56、57页,译文第88、89页:

Mantegna, led by the con-	曼特尼亚①坚持
templation of the antique,	学习古代文化,
fragments of which he ambi-	他力求从中
tiously scattered over his	为自己的创作
Works.	吸收只字片语。

――――――――――

① 指安德烈亚·曼特尼亚(Andrea Mantegna,1431—1506),意大利文艺复兴时期画家。代表作有《画之屋》《哀悼基督》《死去的基督》等。

曼特尼亚,通过观察古代,狂妄地将古代片段分散至自己的作品中。

Hence in his figures of dignity or beauty we see not only the meagre forms of common models, but even their defects tacked to ideal Torso's.	因此,我们在他的表现高尚或美丽的人物身上看见的不仅有普遍原型的羸弱形式,而且还有他们与理想躯干相适的缺点。

所以我们看见他的人物,他们本该表现美或者高尚,他们不仅有普遍原型的羸弱形式,而且自身也补缀着理想躯干的缺点。

His triumphs are a copious inventory of classic lumber, swept together with more industry than taste, but full of valuable materials.	其胜利富含古典废料,更多的是用勤奋而非品位扫在一起,但包含丰富的珍贵材料。

其胜利是古典废品堆积起来的贮藏品,更多的是用勤奋而非品位推挤在一起;但充满珍贵的材料。

从这几处,人们可知,作者要将曼特尼亚视作七拼八凑的艺术家(评论公道与否在此并不重要)。与之相反,译者对这位艺术家时而太好,时而太差,仅仅通过靠近和疏远比喻。

我们克制自己,不再继续列举,在那些译文中,人们非常有趣地一会儿与作者,一会儿与译者相争执。我们只再指出一点,正如我们在上文已暗示,译文第 86 页,脚注中有如下表述:画作在木上;其实应该是:(布鲁内莱斯基的)耶稣受难像是用木制成,正如原文也是这样称呼这件老旧的雕刻制品。

如果译者愿意,或者由作者提供建议,在再版之时再次从头到尾审阅译文,好让我们德意志的艺术家和艺术之友排除所有阻碍,享受和使用这样一部珍贵的作品。

弗里德里希的荣耀①
LA GLOIRE DE FRÉDÉRIC

Discours prononcé à la Séance publique de l'Académie des Sciences, à l'occasion de l'anniversaire de Frédéric II le 29 Janvier 1807, par *Jean de Muller*, historiographe. 1807. 16 S. 8. Berlin, b. Sander.②

如果德意志民族中学识渊博的演说家自问,倘若你要在 1807 年

---

① 1807 年,歌德翻译了米勒(Johannes von Müller)致敬弗里德里希二世(Friedrich II, der Große, 1712—1786)的演说,在正式发表译文前几天,歌德以预告的形式在《耶拿文学总汇报》(*Jenaische Allgemeine Literaturzeitung*)发表这篇译文。首次印刷和参考底本见于:*Jenaische Allgemeine Literaturzeitung*, 4. Jg., Nr. 51 vom 28. 2. 1807, Sp. 401-403。弗里德里希二世被奉为弗里德里希大帝,又译作腓特烈二世、腓特烈大帝。
② 法语原文出处。

1月29日在柏林科学院谈论弗里德里希的名望,你会怎么做?当然,他将会马上感受到,精神的全部力量、情感的温柔、天赋的广度以及知识的深邃在这种情况下对他来说非常必要。如果他沉迷于设想将会获得的功绩,会兴奋不已,会自我检查,去尝试,去发明,去布置:那么这一活动会花费他一些时间,但他很快就如同从沉睡中醒来,满意地发现,这样的工作不属于他的职责范围。

如果我们与他感同身受,当我们看到,我们中的一位那么美满地解决了这一任务,那么我们会更愉悦地感到意外。约翰·封·米勒作了一个简短的演说以庆祝这一天,这个演说值得外国人和德国人用原文及译文阅读。他在一个充满疑虑的情况下出色地演说,他的话语会为幸福的人带来敬畏与保护,为受折磨的人带来慰藉与希望。

不仅说的内容,而且说的方式获得一致的掌声;我们因此向我们的读者推荐这篇演说,为了提供给读者部分文字,我们节选了一些段落,它们不仅可以作为单独的、带来慰藉的话语独自存在,而且可以勾勒出演说思想和条例的脉络。"在变化之中,在动荡之中,在倒塌之中,普鲁士人在这一天想得知,我们现在要说什么有关弗里德里希的话,我们纪念其荣耀的感受是否因为近来的事件受损。——当他们辉煌的功绩每年经受检视,当他们辉煌的功绩不因外部变化以及数个世纪的流逝而减弱……那么这个开场已完成;这样一个人,正如不朽的神明,不属于某个国家、某个民族——这些易变的命运——他属于全人类,它需要高贵的榜样,为了维护自己的尊严。——毫无疑问,在每个国家和由它孕育的名人之间存在敏感的、无法估量的联系。——在每个被认为开创了新时代和拥有卓越人物的民族身上,人们乐于识别脸型、性格特质及其在风俗里留存的影响痕迹。——诸如此类系不可磨灭的、特别值得尊重的、先人留给我们的回忆,因为这些,我们原谅他们后代的错误。——那么,普鲁士,在幸运与时代的交替中,这位伟大国王的精神和美德的纪念用任一方式虔诚地保留下来,只要他的生命在你们的灵魂中还有些许印象,你们就不该绝望。每位英雄将同情地看着弗里德里希的人民。——弗里德里希带着炙热的意志抓住的首要之物,亦是他从未放弃之物,便是一种信仰:因为他是一位国王,他必须履行义务成为众国王中的佼佼者——一顶王冠赋予了长达半世纪之久的、拥有无限权力的统治,谁会对巨大的优势加以否定?这种将自己提升为首屈一指的人物的意识可伴随每个人的生涯。伟大的道德起决定作用;手段与机会分配幸运。他总能获得尊重,总是运筹帷幄,秘诀在于他利用时间的方式。——他观察到的秩序是令人钦佩的。每个对象有它的时间和位置;一切经过斟酌,没有什么是不规则的,没有什么是夸张的。——他在了解一个对象的所有方面及其之间的关系后,冷静思考,然后充满干劲地迅速实施。——他从不停止从历史中汲取知识,它们向活跃的头脑敞开国家管理和战争艺术的含义。——征服之地可被夺走,胜利会被攫取……但我们的榜样保证了声望与优势,它们不可被摧毁,不会丢失,这一个保证了始创者的特质,另一个为模仿之人担保。功绩基于那些归属我们的决议,在于行动的勇气以及实施的坚持。——不同的民族、不同的气候必须逐渐使得每个人根据自己的天性达到最完美。——一个人、一个民族从不能臆想,这便是终结。如果我们纪念伟大人物,那么我们会为了熟悉伟大的思想,去除令人后悔之事,使得飞行路线瘫痪。物品损失可以弥补,其他损失可由时间慰藉;但当人自我放弃,那么这种病无药可医。”

弗里德里希的荣耀
FRIEDRICHS RUHM

1807 年 1 月 29 日，约翰·封·米勒的演说"他闪耀着无瑕的荣誉"①
（出自法语）

那位大帝，弗里德里希二世，征服者，立法者，为他的世纪和民族带来荣耀，早已不属于凡胎肉体之列。今日，科学院人士齐聚一堂纪念他。普鲁士的先生们对那段时日记忆犹新，战争的暴风雨、和平法律、天才的光辉交替地从无忧宫弥漫开来，使敌人恐惧，让欧洲各国尊重，使重要人物钦佩，他们今天到来，聆听我们谈论弗里德里希。在变化之中，在动荡之中，在倒塌之中，出色的陌生人们在这一天想得知，我们现在要说什么有关弗里德里希的话语，我们纪念其荣耀的感受是否因近来的事件受损。

现在正在演说的人向来认为每年纪念尊贵的人物是一个睿智的安排。他们勤奋地、辛劳地追求不朽的荣耀，有意远离恣意风流的憩息。当他们辉煌的功绩每年经受检视，当他们辉煌的功绩不因外部变化以及数个世纪的流逝而减弱；每个民族在不同阶段都有属于自己的时代，当他们的名字足以让自己的民族在世界上确立一定名望；当赞词总有新意，从不使人生厌，完全不需技巧，就足以唤起伟大心灵的共鸣，慰藉正打算放弃自己的、脆弱的灵魂，那么这个开场已完成；这样一个人，正如不朽的神明，不属于某个国家、某个民族——这些会有易变的命运——他属于全人类，它需要高贵的榜样，为了维护自己的尊严。

---

① 贺拉斯名言，歌德引文是拉丁语原文 Intaminatis fulget honoribus。

　　上述观察建立在经验之上。除了一些眼光狭隘的人、一些喜好
罕见分歧的人,谁曾拥有神明一般的天赋,谁曾质疑凯撒大帝①大度
的心灵? 谁曾质疑亚历山大大帝极其包容的精神与筹谋的勇敢? 或
图拉真②完美杰出的性格? **君士坦丁**③和**查士丁尼**④拥有更多热情
的致颂词者。但人们继而察觉,前者精神上并未强大到足以制衡不
同的党派,结果,他并未能利用等级制度,而是受其奴役;当人们终于
看清,后者完全没有参与查士丁尼时期最伟大、最美的部分之时,那
些大人物失去了奉承与诡计在世界年鉴中原本为他们预留的光荣位
置。他们中的一位统治整个罗马帝国,另一位统治那最美的几个省
份。**君士坦丁**荣膺战争桂冠,查士丁尼身边是幸运的统帅们和智慧
的法学家;尽管如此,统治和幸运并不是不朽荣耀的可靠典当物。这
要求何其多王国和国家与底比斯的贫民和平民、斜形方阵的发明者、
留克特拉与曼提尼亚的胜利者,以及战胜他自己的人相提并论! 谁
不会在米特里达梯与庞培乌斯之间选择前者?

　　除了与国家资源的关系,这位伟人的荣耀——我们而今齐聚一
堂纪念——正如亚历山大大帝的荣耀与腓力二世的可怜的、有限的
遗产之间的关系;那么这份荣耀不仅是赠予普鲁士而且是赠予全人
类的神圣遗产。毫无疑问,每个国家和由它孕育的名人之间存有一
种敏感的、无法估量的联系;这样一种关系何等重要,当这样的人建
造了他们世纪的建筑,当他们作为家长为之操劳,将之当成主角捍卫
它的存在或者将它提升至最高贵的状态;当他们如同无法比拟的魔

---

① 即 dem ersten der Cäsaren,指盖乌斯·尤利乌斯(Gaius Julius,公元前 100—
　　前 44 年),罗马帝国第一位被冠以"凯撒"称号的皇帝。
② 指古罗马皇帝图拉真(Marcus Ulpius Trajanus,53—117)。
③ 指古罗马皇帝君士坦丁(Flavius Valerius Constantinus Ⅰ.,285—337)。
④ 指古罗马皇帝查士丁尼(Flavius Petrus Sabbatius Justinianus,482—565)。

鬼出现在我们眼前，他们正如最高的峰顶仍光辉四射，当成百上千的人类发出的一瞬间的呐喊声逐渐减弱，最终被世纪之夜吞噬。从那些高处而下余存一种印象，那一类人物将它据为己有，穿透它并变成不可改变的、坚硬的钢铁。在腓力二世之前，马其顿人并无什么杰出之处；他们与伊利里亚人作战，正如我们民族先人与文顿人①战斗那样，勇敢，但没有光辉。腓力二世的精神显露，亚历山大的星辰也显现。在他们之后的第二代，马其顿人目睹自己被击败，他们的王国面临被入侵的高卢人②瓦解的危险。但当他们经过这么多不幸的世纪，丧失了所有，直至我们的时代，他们仍旧拥有他们是所属王国最好的战士的名声。

　　在每个公认开创了新时代和拥有卓越人物的民族身上，人们乐于识别脸型、性格特质及其在风俗里留存的影响痕迹。谁在罗马不寻找罗马人呢？在浪荡子的外衣下是"罗马人，一切的统治者"③！在所有意大利人身上，人们研究这个出色民族的特性，它曾两次战胜世界，比其他民族的统治期都要长。当幸福观念富有成果，良好规则渐趋成熟，那些构思的不可动摇的结果，这种艺术，这种实施的力量，在有生之年被我们所知，我们难道不感到高兴？那么我们从所有法国人那要求能干、自信、他们日耳曼祖先的勇气、那种经过弗朗索瓦一世的魅力变得高贵的优点、伟大的亨利四世的正直以及路易十四的时代。好吧，难道未来的民族将不再添加什么？人们将会徒劳无功地摧毁纪念赫尔维齐勇气的纪念碑；世界将一直心怀着爱努力在瑞士人中寻找退尔式单纯的图像、温克尔里德式牺牲，那支军队的自

① 即 Wenden，指中世纪时期的一个民族，可能是索布人的别称。
② 公元前 279 年，高卢人的军队入侵了马其顿。
③ 出自维吉尔《埃涅阿斯纪》，歌德引文是 Romanos rerum dominos。

尊的痕迹,他们不愿被捕,宁愿全体抗战至死。

　　诸如此类系不可磨灭的、特别值得尊重的、先人留给我们的回忆,因为这些,我们原谅他们后代的错误。当雅典在比雷奥伊斯没有任一船只,在凯克洛普斯城堡没有任何财富,伯里克利再也不在舞台上大声说话,亚西比德不再显赫地征服海洋归来,雅典不明智地(遗憾!)胆敢与世界霸主,即永恒的罗马开战;胜利者做了什么,科尔内利乌斯·苏拉做了什么?他回想起古代荣耀,雅典因他的善感到高兴。伟大的人物——人们在苏拉身上找到他能成为伟人的特性——他们正如其他人在情感和各种关系中并未拥有特别的、单独的和奇特的东西。神仙的儿子们生来具有崇高的意识,胸中燃烧着神明的火焰,这能净化,能创作,而不会毁灭,他们一起构成一个相互赞赏的种族;他们相互之间尊重荣耀的纪念。费姆布里亚粗野的天性可以摧毁伊里乌姆①;亚历山大就在那里进行祭祀②。一族追随一位英雄的人完全有权利得到另一位英雄的心。人群的影响局限于眼光所到之处,一位伟大人物所作所为的范围在与最优秀的人物的亲缘感中得到扩展。在这一点上,人们认出最卓越的人。亚历山大挽救了品达的房子;庇护五世分解塔西佗的遗骸。③ 那么,普鲁士,在幸运与时代的交替中,只要对那种精神的纪念虔诚地保留伟大国王的美德,只要他的生命在你们的灵魂中还存有些许印象,你们就不该绝望。每位英雄将深有同感地旁观弗里德里希的人民。

　　胆怯的灵魂和脆弱的心灵或许会问:我们究竟与一位国王、一位勇士、一位无所不能的亲王有何共同之处? 模仿这么一位人物,难

① 即 Ilium,指特洛伊。
② 根据传说,亚历山大于公元前334年在特洛伊的废墟中进行纪念阿基琉斯的祭祀活动。
③ 庇护五世这一行为并无历史记载。

道不是一件蠢事吗？我们反问这些人：难道他是通过继承成为**弗里德里希**？难道他由于幸运经常在战场上所向披靡所以才成为**弗里德里希**？难道他因为常被引诱至错误与滥权的权力才成为**弗里德里希**？不，他之所以伟大是因为他内在的特质，这也存在于我们身上；唯愿我们感觉之！

　　他带着炙热的意志抓住的首要之物，亦是他从未放弃之物，便是一种信仰：因为他是一位国王，他必须履行义务成为众国王中的佼佼者。他原本热爱和平的艺术，但却率兵打了十二年可怕的战争。他本愿意花时间进行研究、弹奏音乐以及与友人共度好时光；但在管理国家期间，他在四十六年的统治期间没有一件可置之不理的事情。他天性并不格外热情，但谁又在战争中经受了更多？谁又被更少的、需要操心的机构包围？谁更坚定地下定决心，若退却，毋宁死？他对自己有着非凡的力量，这也控制了运气。这位女神对他不忠，他感觉良好，但他不让人察觉并再次战胜了她。他深信，一个君主国的首脑必须是其国家的第一人，不仅在于胸襟、宽广的知识面和理解力的高度；与此同时，他必须去除党派精神，摆脱使神经紧张的激情，挣脱奴役性的观点，消除大量偏见。他想受人爱戴，同时人们也应该敬畏他，同时信任他的公正与高尚。我号召所有与之交往亲近之人来证实：他是否拥有不能抵挡的吸引力，是否能用纯粹赋予个人特性的陛下威严来充满人的灵魂。

　　一顶王冠赋予了长达半世纪之久的、拥有无限权力的统治，谁会对巨大的优势加以否定？这种将自己提升为首屈一指的人物的意识可伴随每个人的生涯。在这种思维方式中存在一种可能性，在各方面一直进步，变得更完美；正如人类与最大不幸的堕落之源在所谓明智的中庸中找寻。人如果将目标设置在近旁的界限处，那么总的来说，他将远离所能够做到的所有一切，那么有朝一日他会成为什么样的人呢？约翰·克里索斯托穆斯用他优美卓越的笔法将所有错误和缺陷放置于"懒惰"这一概念之下进行理解。因为只有意志的努力能决定是否该称颂个人在其处境的表现。

伟大的道德起决定作用；手段与机会分配幸运。人们上千次地将**弗里德里希**与**凯撒**相较，他只征服了西里西亚的一部分。在他的时代，巨大转变的时刻并未发生；但当欧罗巴密谋七年①反对他，这可与**庞培乌斯**的内战相比拟，霍恩弗里德贝格②并不亚于法萨罗③，托尔高④与蒙达⑤并无二致。总而言之，便是如此。这位伟大国王懂得珍视所有一切。他给了莱布尼茨身旁的一个位置。他戏谑大部分统治者，他预见了他们王位的崩塌与衰亡，他努力与伏尔泰缔结友谊，当然会与他一起在后世永生。

他总能获得尊重，总是运筹帷幄，秘诀在于他利用时间的方式。他从无聊的奢华排场中脱离出来，不会因此浪费生命；那么他为思考，为重要的谈话，为每日不断地振奋精神赢得了时间。与欧亚所有华丽的行宫相较，无忧宫中特别简朴的房子有一个独特的优势，主人从不会感觉无聊。在此，人们可以仔细地思考人生。在此，在同一天，在一位男人身上在不同的时刻出现不同的角色：人民的父亲、帝国的保卫者、政治家、艺术家、诗人、学者、人，总是那位伟大的**弗里德里希**，而这一品质不会损害另一品质。如果人们问，他是否更好地度过人生或更幸福地享受人生。因为我们只活在熟悉的生活里。人们

---

① 指 1756 年至 1763 年的七年战争，奥地利、法国与俄国结成同盟对付普鲁士。
② 即 Hohenfriedberg，在此，弗里德里希二世于 1745 年 6 月 4 日战胜奥地利于萨克森。
③ 即 Pharsalus，公元前 47 年，凯撒在此战胜了庞培乌斯。
④ 即 Torgau，在此，1760 年 11 月 3 日，弗里德里希二世战胜了奥地利人。
⑤ 即 Munda，在此，公元前 45 年，凯撒战胜了庞培乌斯之子。

知道其他国王的生活,他们的枢密院和办事处人员;那么人们能轻易地看出一个每天脑力劳动十二个小时的人的优势。当然,多产的精神只需片刻来抓住最大的可行之事;但时间也有自己的权力。工作与寂寞唤出最幸福的时刻;火花跳出,点燃;一个想法出现,它拯救一个国家,这将成为一项法律,可能会在数世纪使人惊叹。在无忧宫中,那孤独之人在治理国家,在这个神圣的圆形建筑物中,在弗里德里希天才的神圣内殿中,大学者们围绕着他;他醒来,他唤起这样的时刻,未曾意料,不可更改。倘若人们无聊,或者人们被混乱的世事麻痹,这些时刻不会到来。倘若人们在存放国家证书的拱形建筑里看见他的工作,回溯他那无尽的精神创造,那么人们看到,直至他逝去,他从未浪费一天时间。

他观察到的秩序令人钦佩。每个对象有它的时间和位置;一切经过斟酌,没有什么是不规则的,没有什么是夸张的。这些习惯需要思想的清晰与准确,反之阻碍他活跃的想象力和热情的灵魂,使他不由自主地匆忙行事。他在了解一个对象的所有方面及其之间的关系后,冷静思考,然后充满干劲地迅速实施。

他从不停止从历史中汲取知识,他极其懂得珍惜获得的经验,它们向生动的精神敞开国家管理和战争艺术的含义。他更喜欢古代的历史学家,因为南方的民族思想更为丰富,感觉更为卓越与热情。这些人与生机勃勃的自然距离更近。他们的作品应该指引人的行动,而不是只满足虚荣的好奇心。弗里德里希也喜爱一些方法论的作品。他想保持条理清晰地思考的习惯。他曾在很长一段时间内喜欢翻阅西塞罗的修辞学准则、波尔·罗瓦雅尔修道院的教学方式①以及

---

① 波尔·罗瓦雅尔修道院建于1204年,这里所说的教学方式指阿尔诺(Antoine Arnauld)与朗斯洛(Claude Lancelot)编写的《波尔·罗瓦雅尔语法》(又译为《普遍唯理语法》)。

罗林①的作品。在最后的日子,当他察觉思维混乱、模糊、变差,他再次拿起充满智性和秩序的昆体良②的指导书,此外还阅读伏尔泰的较为轻快的作品。他想用各种方式保持清醒的头脑;他也用这种方式与最后时期的朦胧状态抗争。

征服之地可被夺走,胜利会被攫取。伟大的庞培乌斯在并不高贵的结局中变得黯淡;伟大的路德维希也目睹自己的光辉变得黯然无光。但我们的榜样保证了声望与优势,它们不可被摧毁,不会丢失。这一个保证了始创者的特质,另一个为模仿之人担保。功绩基于那些归属我们的决议,在于行动的勇气以及实施的坚持。

人们在此并非谈论种种特征。恶劣的意愿通过这些特征遮蔽弗里德里希的声望。历史学家狄奥在谈论对图拉真的指责时察觉,皇帝中的佼佼者无需对丝毫不影响自己的公共生活之事辩解。当弗里德里希误解了宗教的本质及其来源的含义,那么他懂得在一定限度内容忍所有仰慕神的牧师,他保护他们及其财产。倘若人们论及他损害了国际法的一些基本准则,他向我们展示了那种情况:他让步于紧迫的必要性,利用了唯一建立自己权力的机会。他使人注意,一份羊皮纸手稿能保障如此少的安全,又是什么能真正保证国家的安全。他的军队与国家的援助源泉之间的不匹配程度并不高。在一个国家,土地天然的产出、收获和生产受到限制,那么军事精神成为主宰并不是什么不悦之事,但也非短处。这成为一个共同期盼的长处,当稳定对整个欧罗巴扮演着重要角色,当普通的艺术财富受制于上千偶然事件,怎样的状况会比我们已习惯失去所有一切的生活更好?

---

① 指历史学家查尔斯·罗林(Charles Rollin,1661—1741)。
② 指古罗马著名教育家昆体良(Marcus Fabius Quintilianus),著有《雄辩术原理》(*De institutione oratoria*)。

当弗里德里希在他的时代从较高的战争条件等级中排除较低等级，可能因为他为了改善手工行业必须做足够多的事情；不将中等阶层从正在萌芽的市民生活艺术中抽调出来是有益的。难道人们想诟病他拥有无限权力的统治？更高的人通过天性的平衡行使这种权力，一位伟大人物的自由观点使这种权力乐善好施；就这样逐渐形成一种意见，最终成为一项法律。不可避免的不公平使得较大部分的人幸福。统治的天才，弗里德里希或黎塞留是这样自称，它占据了一个位置，战争与国家管理的天赋在旁边获得地位以支持它。

西庇阿家族最伟大者①并不回应嫉妒者的指责，他来到元老院所在的古罗马城堡庆祝扎马②日。难道我们要代弗里德里希回答，不考虑他参与的战争，不顾及他的征服地，他是如何使居民数倍增，留下一支装备齐全的军队，充实所有仓廪、军械库和宝库，他是如何用他声望终了的光明来照亮德意志联盟？或者难道我们应该回忆他的英雄事迹，刚开始的战争，那是他的学习时期，当时他犯了大错误，却没有被战胜？难道我们记不起在恰斯拉夫③附近他那即将建立丰功伟业的骑兵部队？在施特里高附近那斜阵的战争规则？在索尔旁，他是怎么抽身离去？难道我们该在唯一的战争中描画他？几乎总是没有土地，他的军队经常被摧毁，而后零散地再次被组建起来，徒劳无功地浪费英雄意识和艺术的奇迹，与毁灭性的多数进行抗争，带着沉重负担的不幸，他自己独力对抗欧洲，他灵魂勃发的力量对抗命运的强权。但这已足够！——我克制我自己——，虽不情愿——哦，回忆！——这已足够。我们曾拥有弗里德里希，他是我们的！

---

① 指小西庇阿（Publius Cornelius Scipio）。
② 即 Zama，公元前 202 年，小西庇阿率领罗马军队在扎马之战获胜。
③ 即 Czaslau，在波斯米亚的恰斯拉夫，普鲁士于 1742 年 5 月 17 日击败奥地利。

　　不同的民族、不同的地区会逐渐使每个人随天性发展到最完美。古老的波斯人为每个国家献上保护神，它在永恒王座前作代表。同样在世界历史中，每个民族必须有自己的维护人，他展现最卓越之处。一些民族有同类人物，他们会产生于其他民族，他们很少连续不断地出现。侮辱从不能被原谅，这也有先例。在三十年战争的可怕的哀叹声中，我们的先辈们在一位复兴几乎被毁灭殆尽的国家的人身上，在伟大的选帝侯**弗里德里希·威廉**身上，赞叹一个以一己之力使国家足以拥有名望的男人；当然在他之后便是**弗里德里希**。

　　一个人、一个民族从不能臆想，这是终结。如果我们纪念伟大人物，那么我们会为了熟悉伟大的思想，去除令人后悔之事，使得飞行路线瘫痪。物品损失可以弥补，其他损失可由时间慰藉；但当人自我放弃，那么这种病无药可医。

　　但你，不朽的**弗里德里希**，当你在永恒的逗留期间与西庇阿、图拉真以及古斯塔夫一起漫步，你的灵魂现在已从短暂的关系中解脱出来，你或许会向下看一眼，看看我们在这土地上所做的所谓伟大事件；那么你将会看到，胜利、伟大和权力总跟随着与你最为相似的人。你将会看见，对你名字一如既往的崇拜将法国人（而你总是非常喜爱他们）与普鲁士人（你是他们的声望），在庆祝[那么卓越的品德之时，他们聚集在一起纪念你。]

菲利普·哈克特①
(出自理查德·佩恩·奈特《西西里岛探险》)
PHILIPP HACKERT
〈AUS RICHARD PAYNE KNIGHT：
›EXPEDITION INTO SICILY‹〉

......

拉·巴盖里亚②
La Bagaria

从泰尔米尼到巴勒莫共二十四英里。将至半途,我们来到亲王帕拉戈尼亚不久前建成的名为拉·巴盖里亚的避暑行宫。其建筑风格是我迄今所见最为奇异的,无论内外满是所能设想的最为荒诞的雕像。花园同样如是,构想出此地从未见过的庞然大物也许是不易的。最大的部分由粗糙的石材雕刻而成,有些取材自石膏,另一些则是大理石。现下已有数百件,若非亲王的亲人代为管理财产以防他全然投入这荒诞的癖好而渐趋没落,这些石雕想必与日俱增。

---

① 本篇也见于《歌德全集》第 19 卷第 454—470 页以及第 481—485 页(原文页码)。歌德译文首印以及参考底本见于：Philipp Hackert. Biographische Skizze，meist nach dessen eigenen Aufsätzen entworfen von Goethe，Tübingen 1811：›Tagebuch einer Reise nach Sicilien von Henry Knight‹，S. 151‑224。

② 在巴盖里亚可见几幢巴洛克式别墅,其中的帕拉戈尼亚别墅由托马索·纳波利兴建于1705 年,后在 18 世纪装饰以荒诞怪异的雕塑。这安置得杂乱无章的为数众多的雕像大多模糊不清,必想营造独具一格的魅力,以便该别墅留痕于每篇游记报道中。

巴勒莫
Palermo
(5月1日)

巴勒莫的地理环境极佳,位于狭窄却肥沃的山谷中,为峭壁所环绕。街道整洁,此地就整体而言富裕又宜居,但是建筑极令人反感。亲王帕拉戈尼亚的品位似乎充斥着整座城市。我们作短暂停留时发现这儿的人们十分礼貌,他们不影响那位罗马和那不勒斯的贵族所呈现的笨拙的宏伟,而更多地思索生活中真正的快活。外来客定能在此看到周到的礼貌,以最为讨人欢喜的方式。因为居民们的生活方式惬意又有礼。他们之间的交谈与聚会一如意大利人,却并非所有的女士都有仆人骑士①伴随,这令人感觉愉悦得多。这样的社交聚会每晚都在摄政王的宫殿中举行,除却周四和周五他们要关怀邻近的熟人。在参加社交聚会的前夕,他们时而在码头上驶过,如同科尔索的罗马人。夏日的整个夜晚都是如此消磨的。音乐声声,心旷神怡,如是等等。最近,女士们的喜好颇为奇特,习惯在马车进城之前让所有的火把熄灭,大抵为的是防止不雅为人所见吧。据说此处的男子们着实奇异,妻子们对伴侣的忠贞要求甚严,如若传言不虚,这些男子们极可能时常自我欺骗,因为西西里的女人们热情过甚,当不会反感在此地从未绝迹的机会。这些女人们充满生机,令人愉悦,但整体上却欠缺使得英国的女士们颇为宜人的那种完美。她们结婚极早,那些不必忍受阳光灼热之苦的女子已然足够美丽。她们的举止虽不是极致高贵,却落落大方,怡人心境,没有因蠢笨地模仿法国人而败坏,这正是意大利人惹人笑话且我们的同胞无法全然自由的

---

① 已婚女士的"得到授权的爱慕者"是意大利社交生活的固定习俗。

原因所在。

　　五月时节,他们会在景色别致的主教座堂广场举办展览会。广场上灯火通明,随处可见售卖玩具和零星物件的货摊。正中是抽彩处。夕阳西下,市集拉开帷幕,持续至深夜。居民们倾城而出,汇聚于此,极致的平等无处不在。王子与手工业者,公主与商贩一并行走着,毫无分别地混在拥挤的人群中。可以设想,没有人会错失这绝妙的良机,与如同西西里人一般热烈活泼的民族尽其所能地开怀欢乐。

　　巴勒莫无甚引人注目之处。城西的港口也无特别之处。毗邻的是埃里克斯山①,如今称作佩莱格里诺山,因巴勒莫的圣女圣罗萨莉娅教堂而闻名。据说在山顶的洞穴中发现了圣女的遗体,现今正是教堂的所在地。

　　耶稣会会士学院②收藏颇丰,伊特鲁里亚器皿,些许化石,雕刻精湛的柏拉图半身像,另有提比略的半身像。据说曾在此藏有大量的石雕和钱币,教士们在被捕前已将其全部转移。

　　摄政王的宫殿③年代久远,式样不规则,兴建于不同时期。小教堂似乎建于希腊王统治时期,因为内外无不饰有朴拙的马赛克,与王侯们命人描摹的罗马的教堂相似。画廊里挂着西西里历代国王的画

---

① 此处有误:古希腊罗马的埃里克斯山又名圣吉乌利亚诺,位于该岛的西北部。据说圣女圣罗萨莉娅于1166年在佩莱格里诺山隐居时过世。

② 现今的国家图书馆位于耶稣会信徒的马西莫学院。1773年耶稣会遭驱散,财产充公。

③ 兴建于19世纪的皇宫经由最为相异的外来统治者反复改建。帕拉提那礼拜堂建造于12世纪,金色泥浆的马赛克再现了《圣经》中的景象。拜占庭的艺术家与本地人共同参与了设计。

像，自诺曼家族的罗杰①一世始。另有青铜双羊尊②伏地而卧，源自
叙拉古，一人多高，技艺卓绝。如此微不足道的动物经艺术家之手而
富有庄严与宏伟，又不偏离精准的自然模仿，着实令人惊叹。其独特
的非凡技艺正是希腊黄金时代所特有的。羊角的转弯处亦不失优美
与精致，羊毛看似随意，实则满富自然的柔软与流畅。这些青铜像可
与我在罗马、波蒂奇或佛罗伦萨所见的最为精湛的大师之作相提并
论，亦可归入最出色的希腊艺术家遗留于世的少数真品。两尊青铜
像姿态如一，均转向另一边，但两者相较一尊远胜于另一尊。**法泽罗
说，乔治乌斯·马尼亚切斯**③、国王的将军康斯坦丁（单独战斗者），将
这两尊青铜像放在了奥提伽的城门上，人们猜测它们来自君士坦丁
堡，我却更认为它们留有古老的锡拉库萨的品位与这座名城的壮丽。

蒙雷阿莱④
Montreale
（5月5日）

　　我们离开巴勒莫，前往约三十英里之遥的阿尔卡莫。沿途的街

---

① 罗格·德·奥特维尔统治下的诺曼人1061年登陆西西里岛，1091至1194年整
座岛屿置于诺曼人的统治下。
② 这两尊青铜像建自公元前3世纪早期，自1040年始用以装饰叙古拉玛尼阿
瑟城堡的大门，后来转至巴勒莫。其中一尊毁于1848年，另一尊现存于巴勒
莫的国家考古博物馆。
③ 马尼亚切斯是拜占庭的国王君士坦丁九世的统帅（〈？〉—1055），1038年攻占
了墨西拿与叙拉古。
④ 蒙雷阿莱的标志是动工于1174年的诺曼大教堂，该教堂饰以金色泥浆的拜
占庭式的马赛克与带有阿拉伯纹饰的大理石装饰，内有威廉一世（〈？〉—1166
年）的斑岩石棺与其他皇室成员的石棺。

道十分华丽,修建费用一应由上任大主教①承担,他以这种方式花费数额不菲的收入,同城的居民们极力赞誉却鲜少仿效。因为他并未将之付诸奢华,抑或积财留给不配得的亲人,而是以遁世者的纯朴真正地将财产布施济世,并未促成游手好闲与乞求施舍,而是让穷人们勤劳获报,又为公众带来了装饰与利益。

蒙雷阿莱是座小城,却建在掌控山谷与巴勒莫的美丽山崖上。市教堂似源于希腊王统治时期,因为它也饰有朴拙的马赛克。教堂内有不少华丽的半哥特式风格的斑岩柱,另有一副豪华的石棺,材质相同。棺内便是西西里国王威廉一世的遗体。此斑岩的品质与罗马的斑岩并无二致,这似乎证明了罗马人所用的大部分物件均从西西里亚运送而来,虽然人们认为斑岩全部产自非洲。这些柱子的式样与技艺表明,它们是在撒拉逊人夺取罗马帝国部分领地之后完成的,国王威廉驾崩于 1100 年,如此朴拙的时代,彼时所有的对外贸易全部终止。

艾杰斯塔②
Ägesta
(5 月 6 日)

前往阿尔卡莫的途中,我们在城堡停留,明晨去往八英里外的艾杰斯塔或称塞杰斯塔的遗址参观。邻近遗迹时,我们惊叹于这高贵神庙的景象,独自矗立在小小的丘陵上,四周环绕着高耸的群山。立面有六根柱子,深处有十四根,每根均有完整的横脚线。风格是古老

---

① 即蒙雷阿莱的泰斯塔主教,他于 1760 年命人建造了该街道。
② 塞杰斯塔的神庙兴建于公元前 425 年,一如许多其他的神庙从未完工。

的多立斯式,建筑却似从未完工过,因为柱身的雕琢粗糙不平。我也未找到小房间的痕迹,故而推断从未修建过小房间。周边可见许多方石块,极可能是用来筑造小房间的。柱径约六英尺,但因未能完工,尺寸无法精准确定。……

　　塞利努斯六英里之外是采石场或石桥,在那里可找到未完成的柱子、额枋和其他部分的巨大石块,因城市早期的陷落而未投入使用。周围地带干燥又贫瘠,虽然平坦。因水质硬化,此地带很可能自希腊时代以来经历了诸多变迁。维吉尔说,长满棕榈树的瑟厉努斯①如今却不见棕榈树的踪影。这一地带的新名字是"跳蚤之地"②,我们看来不无道理:因为我们所停留的塔楼满是这种动物,几乎将我们吞噬。我们在此逗留了两日,画图和测量,随后前往夏卡,从前的泰尔梅塞利农特。

　　……

吉尔根蒂
Girgenti

　　我们前往吉尔根蒂,圣方济会修士友好地接待了我们。这座城市地势极高,位于小山的斜坡上,吉尔根蒂的城堡③便在这小山上。站在山上,面向西北,风景秀丽,可饱览这座名城,如今城里的橄榄树与其他植物郁郁葱葱,又有西西里岛他处所不及的数量更为可观、保存更加完好的遗迹作为装饰。这是十四座神庙的遗址,无不沿袭了

---

① 此处歌德使用意大利语原文 Palmosa Selinus。
② 此处歌德使用意大利语原文 terra delle Pulci。
③ 或许于古希腊之前已是温泉与洞穴圣地。

古老的多立斯式的规矩,连同为数众多的凿在山崖中的坟墓和粮食储藏室。东边第一座是朱诺·卢奇娜神庙,①剩下基座、小房间的小部分和大约半个柱廊。柱子底部的直径约 4.3 英尺,另一端的直径值最小约 3.5 英尺,从下往上规律性递减,一如塞利努斯的柱子。横脚线似乎与其他神庙中的完全相同,但此处的毁坏过甚以致无法精准测量。吉尔根蒂的石头略微含沙,很快便风化,因此该建筑的精美部分已不可寻。现下,朱诺神庙的风景秀丽如画,尽满人愿。它位于绿树环绕的小山上,林间散乱着碎裂的柱子和废墟,数量甚少,因此无运走的必要。

第二座是康科迪亚的神庙②,正视图和平面图全然相同,仅在无足轻重的装饰上有异。小房间的部分变成了教堂,所有的柱子保留着绝大部分的横脚线,虽然经受着时光与气候的侵蚀,却依然矗立着。

此刻映入眼帘的赫拉克勒斯神庙③比前两座神庙恢宏得多,建筑风格与比例却几近相同。唯有一根柱子矗立着,其余的全部横卧在曾经倒下的地方。直径约 6.6 英尺,高约直径的五倍。横脚线毁坏严重,以致无法辨认。神庙里供奉着著名的赫拉克勒斯雕像,费雷斯曾想将其运走,吉尔根蒂人以勇气和行动阻止了他。稍远处是颇

---

① 这座建于公元前 450 年前后的赫拉神庙自 18 世纪始被误称为朱诺·卢奇娜神庙。
② 这座建于公元前 425 年前后的多立斯式的神庙可谓保存最为完好的希腊神庙之一,吉尔根蒂的主教格雷戈留斯二世 597 年将其作礼拜堂之用。托莱姆扎王子 1748 年再度去除了与此相关的改建。
③ 该神庙为公元前 6 世纪末最古老的神庙。

受颂扬的朱庇特·奥林匹斯神庙①,狄奥多罗斯·西库勒斯对此进行
过描述。现如今仅余少许废墟,却足以呈现其恢宏,已胜过塞利努斯
的遗迹,虽然其制图的精美与建筑的华丽不及后者。立面有八根半
露柱,每边皆有十七根半露柱。柱头直径为 10.2 英尺,基座的尺寸
无法确定,因为柱身由各个组件组成,罗马圣彼得教堂正面的柱身同
样如此,而柱身现已全然剥蚀化为尘埃。神庙的总体尺寸如狄奥多
罗斯所言长 360 英尺,高 120 英尺,宽 60 英尺。长度与高度似乎相
当精准,但论及宽度,狄奥多罗斯弄错了整整 100 英尺,根据地基可
明确地获悉。东面的山墙上是巨人之战②,西面则是特洛伊攻城,两
者雕刻之精美无出其右,乃是彼时最为富丽、最为奢华的希腊城市之
一所创作的杰作,其艺术已臻极致。这座神庙,亦如希腊人某些其他
的雄伟建筑,从未完工。其独特的精神总是指向崇高庄严,却总是没
能持久至宏图得以实现。除此外,这些建筑由多个小国分占,嫉妒和
仿效作为起因相互作用之。它们是幸运的,否则无法彼此突显自身
的优越,无法参与战争,正是借由它们请来了异乡的民族作为援助,
能够在短时间内使得朋友与敌人俱得屈从。

　　所推想的神庙的大部分保存至 1494 年③,突然毫无缘由地倒
塌了。

---

① 该神庙据说是胜利纪念碑,用以区分奥林匹克山的宙斯和以人献祭的腓尼基
　 布匿之神莫洛赫。建筑师欲与塞利农特的神庙建造者一较高下,旨在修建最
　 为宏伟的多立斯式的神庙。没有环绕式的列柱大厅,代之以半露柱划分的封
　 闭式外墙,柱顶盘支柱为高 7.75 米的巨型雕像。神庙尚未完工即于公元前
　 406 年遭迦太基的占领者摧毁。狄奥多罗斯在《历史丛书》第 13 卷描述了该
　 神庙。
② 所述的乃奥林匹克山的众神与巨人之间的战争。
③ 据法泽罗所言,神庙的遗存于 1401 年倒塌。

　　火神神庙①尚存两根残缺的柱子与建筑的底座,由此可见,它曾与朱诺·卢奇娜神庙和康科迪亚神庙别无二致。此外还立着两根半露柱,阿斯科利皮奥斯神庙②的围墙尚余部分可见,位于城外的平地上。那里还有西塞罗所忆起的闻名退迩的阿波罗雕像,余下的神庙除却底座几无幸存。前文所述神庙的名称均是今人对其的称呼,因为能够确凿无疑的仅有朱庇特神庙、火神神庙与阿斯科利皮奥斯神庙的名称,其余的仅能依照颇有疑虑的权威人士以冠名。

　　老城和许普萨河之间是一座小型的凌锥形建筑,人称希伦之墓③。下有底架,每个角落的柱子刻有爱奥尼亚风格的凹槽,横脚线却是多立斯式的。若论建筑年代是在西西里岛建筑艺术最为璀璨的时代之前或之后,我认为是后者,因为该建筑的风格过于可爱动人,与希伦时代的风格不符。此外,还有几处罗马时代的废墟,尤为引人注目的是宽阔的科林斯式的横脚线,由白色的大理石制成,现已凿空以作储水之用,似乎应是极为华丽的圆形建筑④。

　　城墙方圆约 10 英里,有些是由山崖开凿而成,满是壁龛,用于保存亡者的骨灰。我从未在他处见过这样的安葬方式,究其原因,这约莫是对为祖国献身的勇士赋予荣誉的嘉奖,又或者以此恳请亡灵⑤护卫祖国。

---

① 这座建于公元前 430 年左右的神庙远在城外。

② 这座小型的多立斯式的神庙是献给医神阿斯科利皮奥斯的,或可追溯至公元前 5 世纪。阿提卡的雕塑家密戎(公元前 5 世纪)所创作的阿波罗雕像立于火神神庙,后于公元前 407 年遭迦太基掠夺,公元前 143 年由西庇阿夺回。

③ 建于公元前 75 年的希伦之墓位于城墙外。叙拉古的统治者希伦约生活于 540 年至 466 年。

④ 此处所述必是地下神灵区三级台阶的圆形祭坛,中心如深井般幽深,以作献祭之用。

⑤ 亡灵在古罗马宗教中是善意的幽灵。

常见的排水沟在有些地方尚可得见，看似颇费工程与财力，因为它们是在坚硬的岩石中开凿出来的，宽度和高度足够一人舒适地穿行。此外，在新城与旧城交界处的地面可以看到许多凿刻而成的四方形的岩洞，覆以平整的石块，极可能是奴隶和穷困居民的葬身之所。

阿格里根曾是位于锡拉库萨之后西西里岛最大的城市，居民共计二十万。依照城墙内的空间计算，该数值估计过低。极可能并未将奴隶涵盖在内，在古代帝国奴隶的数量至少是自由人的两倍。阿格里根人以舒适的生活、奢华、富丽和好客而闻名，他们中的恩培多克勒[1]如此说道：他们吃吃喝喝好似明日便会死去，大兴土木仿若永远生活于此。可是，奢侈与精致致其灭亡，因为约在公元前400年西米尔孔围攻并占领了该城，将所有富丽堂皇的装饰带去了迦太基。虽然该城后来重获自由，但辉煌再未重现。在第二次布匿战争中，罗马人夺取了这座城市，严苛以待，因为它曾利于迦太基。迦太基覆灭后，小西庇阿将西米尔孔将掠走的所有古老的装饰全部归还。其中便有那著名的暴君法拉里斯的铁牛[2]，佩里卢斯制作。小西庇阿此举极富政治意涵，那件艺术作品成为纪念碑，使得西西里人突然意识到统治者的残暴、迦太基人的掠夺欲和罗马人的节制。该节制却持续不久，因为迦太基已亡，罗马再无对手可惧，如此罗马的执政官和市长将整个帝国洗劫一空。

---

[1] 恩培多克勒（Empedokles，483—423），医生、哲学家及政治家，其格言收录至《断简残篇》。

[2] 该铁牛相传是570至554年在位执政的暴君法拉里斯命希腊雕塑家与青铜铸工打造的，仅见于文学作品中，可从背部打开，活人躺卧其中，生受焚烧，死时的哀号成为公牛的咆哮。首位牺牲者据说是佩里卢斯本人。该传说暗示了为腓尼基布匿之神莫洛赫所举行的祭礼。

Inde Dolabella est，atque hinc Antonius，inde
Sacrilegus Verres：referebant navibus altis
Occulta spolia et plures de pace triumphos.
Nunc sociis juga pauca boûm，grex parvus equarum
Et pater armenti capto eripiatur agello；
Ipsi deinde Lares，si quod spectabile signum，
Si quis in aedicula Deus unicus –   *Juvenal Sat．8．*①

以上是诗人之语，其对于社会风气的描写可以信赖。

狄奥多罗斯②谈及阿格里根时仿似在他所处的时代该城已然没落，这座城市极可能愈加衰颓直至康斯坦策③女王执政，因为彼时在废墟之上建造了新城吉尔根特。新城的居民总计约一万二千人，以粮食贸易闻名。私人房屋无不透出贫穷，建筑糟糕，因为当地的财富归属教堂。大主教一人年均收入达两万分尼，这对于该地区是永久的损失，因为他从未居住于此。他的宫殿④高大宏伟，却品位不佳。内有富丽豪华的图书馆，配有为数众多的古书和神学书籍，少有涉及其

---

① "而后，多拉贝拉在此，安东尼厄斯在彼，还有亵渎神灵的盖乌斯，在满载货物的船只上拿走隐秘的战利品，其他众人战胜了已然平静的同盟者。彼时，胜利者夺走了为数不多的牛群，一小根长形葡萄干甜面包，在抢走牛群主人的小块田地之后，继而又偷走了他的家庭守护神，如若某处有尊巨大的雕像，如若小小的神庙中尚余一尊神像，这对他们而言可谓出色的艺术品，因为这是他们仅存的。"（尤维纳利斯：《讽刺集》第 8 卷第 105—111 行）

② 见《历史丛书》第 13 卷。

③ 罗杰斯二世的女儿康斯坦策（1154—1198）在 1189 年是唯一的皇位继承人，后与海因里希六世缔结婚姻，自此诺曼皇室与施陶芬皇室合而为一。

④ 大主教的宫殿自 1765 年始拥有了安德烈亚·卢凯西·帕利捐献的卢凯西图书馆，馆内藏有许多手稿与古版书。

他学科。此外亦有硬币收藏品,不乏精致的西西里硬币和布匿硬币。

　　在主教座堂①内有一副豪华的大理石石棺,现今用于保存洗礼水。石棺每一面的装饰无不庄严,这在吉尔根特的学者与无事人中引起了众多争议。有些人断言它曾是阿格里根第一任专制君主法拉里斯的墓穴,另有人则认为它是阿格里根最后一任专制君主菲辛提亚斯②的坟墓。双方各执一词,详尽探讨,理由毫无价值又巧妙风趣。该文物的外形和尺寸与罗马的朱莉娅·玛玛埃亚和亚历山大·西弗勒斯③的纪念物相同。雕刻风格一致,甚至不及后者,尽管未曾见过更好作品的吉尔根特人视之为艺术奇观,某些游人据耳听而非眼见做判断从而信以为真。事实上,它是罗马式的,其中应存有皇帝之下的执政官或市长的遗骸。这些雕塑好似介绍了此中某位男子的家庭与生平中特别的情境,现已不为人知,由于对隐秘与吹毛求疵的天然热爱而被赋予谜一般的神话意涵。

　　吉尔根特的居民在我们看来很是礼貌与勤勉。其先祖享有好客和友善对外的声名,他们以此极为自傲,哪怕境况变迁亦竭力模仿,然而,他们的意图或许讨人喜欢和值得称赞,外来客却感觉不适,宁愿他们真实相助。因为关注和殷勤惹人厌烦,他们如此这般既未使我们得享幽默,亦未教我们以知识。如此情境在吉尔根特人和其他西西里人中实在太过常见了。天性中本有的热情使得他们难以宁静、充满好奇,又因为教育的缺失,他们变得粗野缠人。不得不拒绝

----

① 圣尼古拉教堂的小教堂内存有菲德拉的石棺,产生年代始终有争议,或认为源于公元前3世纪的阿卡提,或视之为公元2世纪罗马的模仿之作。浮雕呈现了希波吕托斯神话的四处情境,他拒绝了继母菲德拉的爱而遭放逐致死。
② 公元前280年左右阿克拉加斯的统治者。
③ 位于卡比托利欧博物馆中描述了阿喀琉斯故事的石棺据称乃亚历山大·西弗勒斯之墓。

本为了取悦的殷勤真是令人尴尬，或回答无足轻重的问题或倾听无甚意义的谈话来消磨时光真叫人受不了。

吉尔根特土地肥沃，盛产粮食，橄榄树密布，但所有西西里的橄榄油因为调制不当极其糟糕。此处亦以养马闻名，所饲养的马匹很是出色。

Arduus inde Acragas ostentat maxima longe

Moenia；magnanimûm quondam generator equorum.

〈...〉

（汉译：

在阿克拉加斯的峭壁上可远眺最坚固的堡垒，

日后必定成为烈性骏马的喂养者。）①

......

埃特纳
Ätna
（5 月 27 日）

见识过卡塔尼亚的最奇异之处后，我们启程前往埃特纳火山②之巅。约莫十二英里，直至尼科洛西村庄，我们缓缓穿过为数众多的葡萄园与桑树园，便是这些却也在上次的熔岩流中未能幸免于难并多次损毁。这样的地方西西里人以惹人厌恶的西班牙名称命名为夏拉③。

---

① 出自维吉尔《埃涅阿斯纪》第 3 卷第 703—704 诗行。

② 埃特纳火山是复式火山，高度随着每次爆发而改变，如今圆形底座的直径达 40 千米，陡峭的火山锥在海拔 2,800 到 3,000 米的高原上凸起约 300 米，略有倾斜。

③ 即 Sciarra，源自意大利语，意为"毁灭"。

1669 年的熔岩发生在尼科洛西附近,周遭的地区如今仍覆以干燥的黑色的当初喷涌而出的熔岩灰。曾从火山口喷出熔岩的小山①贫瘠不堪,好似熔岩的喷溅尚在昨日,如此境况极可能长久如是,直至气候变迁令灼烧过的物质得以足够改善以利于植物的生长。我登上山峰,环顾四周,如先前所见者不胜枚举,有些同样贫瘠,有些满是葡萄,有些长满橡树,还有些因为随之而来的熔岩流变得面目全非,土壤因为时间极大的影响力而成为森林与葡萄园的沃土。我们在尼科洛西的修道院小憩片刻后继续旅行,向导是惯常带领村庄游客的村民布拉西奥。从此处开始林木茂密,一直延续至山羊洞,约莫六英里。山间小径陡峭,全程如此,路过 1766 年熔岩所过之地,穿过橡树林的熔岩流足有四英里宽,那场火山熔岩想来必然骇人。我们攀登向上,小径越加陡峭,气候的变化十分明显。卡塔尼亚遍处在收割粮食,尼科洛西随处可见五月的花儿;当我们靠近山羊洞时,第一片落叶方才飘落,寒冷非常,割面如刀。我们在这方狭小的山洞中燃起火堆,歇至午夜,继而向山顶进发,穿过不毛的熔岩灰与熔岩块。骑行约八英里后,山坡陡峭异常,我们不得不舍弃骡子,以步行代之。我们停留片刻,观赏所见之景。黑夜明朗,足可见物体的大概轮廓,细节不可知。万籁俱寂,间或听闻山风呼啸,响亮肃穆,海上风暴卷起。翻滚而出的宽广的蒸汽云折射出红色的暗光,火山口因此得见。景象之骇人实乃我平生仅见,他处定然无处可寻。

　　山的这一面积雪不多,却寒冷如斯,难以忍受。无论是衣物之重,抑或是穿过每步下陷的松散的熔岩灰竭力攀登,均无法使我们暖和起来。温度计不幸折断,精确的数值因此无法给出,寒冷异常以致从近旁火山口狭小的裂缝中渗出的热气瞬间遇石成冰。以无尽的劳

①奈特所指的是位于尼科洛西上方造成 1669 年熔岩流的两座火山口。

累与满腹的抱怨攀登约两小时后，我们终于到达了火山口的边缘。眼前所见实难描述，超乎想象。西西里全岛、马耳他岛、卡拉布里亚岛和利帕里群岛合为一体。单个全然融于清晨的蔚蓝，整体似已沉入静默无声。我感觉已超越人类，傲视着脚下沽名钓誉的强大之物。无数以艺术与武器繁荣强大的城市和众多争夺世界统治权的舰队与陆军所在的舞台仿似暗色的斑点。

太阳升起，所见渐趋明亮，平地与山陵、海洋与湖泊、城市与树林愈加清晰，一会儿再次逐步隐匿至太阳升空所致的云蒸雾绕之中。埃特纳火山便是巨型的日晷，投下的阴影远至目光所及的地平线，如此我相信若配以上好的望远镜①，非洲与伊庇鲁斯②的海岸线可收归眼底，只因过于寒冷而无法尽兴观望。在我们脚下这座山可见大量熔岩流留下的痕迹，与难再区分的痕迹相较，不及万一。山脚的圆周近一百英里，据主教大教堂教士会成员雷库佩罗③观测，整座山的垂直高度达五千码④，全由火山熔岩所造。若是研究山流冲刷而成的深谷，可见整座山由不同的熔岩层构成，交互堆叠，在经历过漫长的岁月后彼此渗透，因为它们的底部厚度不一，从六寸至十英尺，在历时或长或断的熔岩喷溅期相互融合。如今可见，要由最为柔和最易剥蚀的熔岩形成河床肥沃的河流至少不下一千五百年，造就这般自然奇观当是历经了多少不尽的岁月啊。然而，当我们得知往昔这座山的山峰要高出许多，后因倒塌而呈现如今的山貌，我们须得思虑一二。以下极为接近事实：因为进入第三片地区所经路途的近三分之二是广阔的平地，多处可见，尤其靠近阿奇这边，一直延伸至森林。假若这座山最初是锥

---

① 指消色差望远镜，约翰·多隆德(1706—1761年)于1757年发明。
② 位于希腊西北部的山区。
③ 指朱塞佩·雷库佩罗(1720—1778年)，西西里的火山学家。
④ 码(Yard)，英制长度单位，1码合0.91米。

形,一如火山所惯常的必然的那样,所能想到的便是如此,如今这更小座山的底座从前定然通向山顶,以此曾经的埃特纳火山显然要比现在高耸得多。我希望以更多的闲适与专注研究这自然界的奇观,却寒意逼人,难以久留。但是,我决心在返程前望一望火山口内。我们的向导深知其中的危险,内凹悬垂的熔岩底时常塌陷,在我们数次劝说与反复恳求去往圣阿加塔之后,他将我们领到一处,某位勇敢的外来客曾在此处尝试一观。从那儿我看向令人战栗的火焰深渊,触目所及是巨大的向前凸起的岩石,其间升起的滚滚的蒸汽云混杂着模糊不清、来回晃动的火光。不知是何缘由,或许是融化物彼此激荡产生的声响,使我或多或少地领会到此刻正于下方静歇的猛烈火焰的汹涌旋风。在好奇心得到充分的满足后,我们拖着僵冷的身体再次回到洞穴取暖,重振精神,随后返程,傍晚时分方才精疲力竭地回到卡塔尼亚。

······

陶尔米纳[1]
Taormina
（6月2日）

我们前往陶尔米纳,昔日的陶罗米尼乌姆。半途中,我们品尝了阿希讷斯河的河水。这条大河寒冷又清澈,从埃特纳火山流淌而下,如今称作弗雷多河[2]。几英里外是奥诺巴洛斯河,现今的拉坎塔拉,著名的河流,是埃特纳火山北边的分界线。河床的有些位置凹陷很

① 陶尔米纳建于公元前 358 年,古典剧院(公元 1 世纪)耸立在源于希伦二世的年代更久远的建筑物地基之上。
② 意大利语意为"寒冷的河流"。

深,据我观察原因也在熔岩层,虽然在该地区未见火山的痕迹。在陶尔米纳,我们住在嘉布遣会附近。

　　这座城市位于高高的丘陵上。南面以下便是古城纳克索斯岛①,在其遗迹上建了新城。如今,这里既贫穷,建筑又糟糕,遗迹却足以展现过往的富贵与壮丽。其中最能称道的当属剧院,乃我所见保存状况最为良好的剧院。这座砖建筑要宽得多,建筑方式亦与艾杰斯塔的剧院不同。外部走廊已经倒塌,前舞台却相当完好,还可看到舞台和戏台等区域。旁边是不同的顶层楼座和房间,其功用考古学家无法确定,因为它们过于宽阔和华丽,不应只是为了让演员感到舒适。艾杰斯塔的剧院建筑年代更为久远,建筑风格迥然相异,似乎只是为了满足以视听呈现剧本的必需。陶尔米纳的剧院一如所见装饰尤为丰富,极尽奢华壮观之能事,如罗马皇帝统治时代惯常的那般,彼时品位已争相败坏。四周还有残缺不全的花岗石石柱、云母大理石石柱与其他精美的建筑块,柱头和碎裂的横脚线是糟糕的科林斯式样,这些证明了该剧院是在罗马人统治下建造的,极可能是在安东尼娜时代。剧院位于丘陵的斜坡上,景色秀丽,埃特纳火山、西西里所有的海岸线甚至锡拉库萨一览无余。由于这些遗迹远离新兴建筑独立存在,观赏它们的变迁心中敬畏倍增。因为无数受过教育的观众曾在此倾听索福克勒斯和欧里庇得斯的作品,如今却是蛇蝎出没其中。

　　除却剧院,在陶尔米纳还可见到一座神庙的底座、应作模拟海战②之用的建筑以及蓄水池,无甚特别。在此逗留一日后,我们前往早在卡塔尼亚便已租好的马耳他的小型帆船,几小时后已置身墨西拿。

---

① 西西里岛最古老的希腊定居点,建于公元前 735 年或更早前,距离墨西拿约五千米,曾遭狄奥尼修斯一世毁坏,后为了陶尔米纳被放弃。
② 表演海战的剧院,为此数次没入水中。

墨西拿①

Messina

驶入法罗角迎面而来的景色秀美异常,满富浪漫:因为海岸线既高又多岩,饰以逐级排列的城市与村庄。进港时所见之景更加引人注目。美丽的大海在眼前展开,一边是一长列式样同一的房屋,建筑风格虽不佳,却一派和谐壮丽。其后屹立着赫亥伊山脉,满山的森林与葡萄园郁郁葱葱,教堂、别墅和修道院散落其间。在海港的另一边狭长的海角远入海洋,形似镰刀。该城以此得名赞克尔。此处的灯塔、军医院和堡垒似乎并非为了护城而是为了控城之用。我们离城渐近,这迷人之景失却了所有的光华,每件事物无不显得忧郁而萎靡。许多房屋空置着,有些业已倒塌;港口内船舶三两只,世上最宏伟、最宽阔的码头现下仅两三穷困的渔夫在此歇脚。一切好似暗示着这不幸之城不久前所遭逢的悲惨命运,往昔已趋极致的富裕福祉沦落至最下等的贫贱绝望。

我们下船进城,所见之景愈加暗淡。居民穷困潦倒,衣衫褴褛,昔日富豪显贵的宅邸满是脏污,近乎倒塌。在所有的欧洲城市中,或许没有哪座城市的地理位置优于墨西拿。那里空气温和健康,周围的地区美丽富饶。港口宽阔怡人,位于地中海中心,西东往来贸易便利。诺曼、德国和阿拉贡的君主所授予的各样的特权更加提高了该城天然的优势。作为第一个为占领了萨拉森人岛屿的**罗格国王**②打开大门的城市,它似乎从中享受了特别的厚爱与优待。它自然抓住

---

① 古称赞克尔,由希腊移民建于公元前730年,公元前493年更名墨西拿,1743年该城瘟疫盛行,死者达四万人。

② 1061年,墨西拿的所作所为使得诺曼人登上了西西里岛。

了这些有利的时机成就了富贵与辉煌。墨西拿曾有十万居民,是大型的贸易集散地。贸易与财富必然会激发对于自由的热爱;西班牙的束缚成为居民的负担,1672 年在摄政王的唆使下他们群起反抗。他们以无比的勇敢和毅力坚持了很长时间,后投靠彼时正与西班牙作战的路易十四,在忠诚有效地为其效劳后,路易十四于 1678 年可耻地抛弃了他们。自此,西班牙对其展开的政治手腕始终是打压和使其贫困化。严限贸易的诸多命令使得港口几近废弃,每项生活必需品征以重税。1743 年的瘟疫夺走了将近四分之三的居民,将该城的惨况推向极致,如今居民总计不超过三万。

　　游览城市花费了数日,却无特别的观感。所有的建筑都是现代西西里的样式,教堂除外,无不摇摇欲坠。主教堂很平常,教堂的图书馆尚可,其间有一份讲述叛乱史的手稿,标题是:"来自卡拉布里亚的弗朗切斯科·卡西奥的墨西拿内战"①,卡拉布雷斯驻足匆匆,我尽力阅览,多想能够拥有复本;却无处可得。书写手法依我之见可谓上乘,虽然风格上准确地模仿了达维拉。无论何时想要印制该手稿是极为困难的,因为其中表述的思想无法获得官方的认同。诗歌中描述得骇人的卡里布迪斯旋涡正位于墨西拿的海港前。当风向与水流相对时,卡里布迪斯旋涡令人无法察觉,它可能已吞掉了劣质的船只。在荷马的时代航海尚不完善,他定然受过惊吓,在维吉尔的时代航海亦不无风险:因为罗马人相较于新移民是极为可鄙的海客。维吉尔在《埃涅阿斯纪》(第 3 卷第 420 诗行)中对于风暴天气的描述远超现实:

　　　　Laevum implacata Charybdis

---

① 歌德此标题援引意大利语:Guerre civili di Messina di Francesco Cascio, Calabrese。

Obsidet，atquo imo barathri ter gurgite vastos
Sorbet in abruptum fluctus，rursusque sub auras
Erigit alternos，et sidera verberat undâ.
（汉译：

卡律布狄斯在左毫无怜悯地怒吼，
她将峭壁处宽广的洪流吸入深渊旋涡的最深处，
反复交替再次将洪流推向空中，
波涛起伏地拍打着星辰。）

我们亦无理由推测彼时旋涡之猛烈胜于今日。维吉尔毕竟是诗人而非自然科学家，此处描述之夸张较于作品他处不相上下。

（李江凡译）

《环球报》的翻译与节选
LE GLOBE. ÜBERSETZUNG UND AUSZUG

1
《环球报》1825 年
Le Globe 1825

第 519 页（1815 年 5 月 5 日，第 103 篇）
　　指责 P. 女士①的歌德诗歌译本，她只是进行意译，破坏了诗意。

---

① 指庞库克女士（Ernestine Panckoucke）。1825 年，她出版《歌德诗集》（*Poésies de Goethe*，traduites pour la première fois de l'allemand）。她将歌德诗歌体译为散文。

第 525 页(1815 年 5 月 7 日,第 104 篇)

这是《诺曼底,科学院、文学与科学协会》①。

非常引人注目地介绍了这一省份的精神文化。对文学与科学教育概貌的描述如下②:

当我们这样评论旧日学术协会,我们不想说,科学世界的现状绝对拒绝这种形式的所有集合;与之相反,我们相信,它们仍然可以发挥重大作用,只要人们能根据时代精神组织它们,拥有一个积极的、特别的目标,当人们选择与工作时,完全独立于政府机构;但它们在根本上是一种伟大的活动。因为在各地,活动与运动产生生活。我们亦愿意让它们起到蜂巢的作用,而不是扮演狂妄的法庭角色;我们甚至不知道用何种更强有力的手段给研究确定一个幸福的方向,它或许是某个领域对部分人类知识的深入研究,或任一与时代研究、与传播精神相符合的机构。

与之相反,协会只与文献打交道,协会让我们思考,若曾在那么一个时代,它们曾发挥重大作用,这个时代肯定已然逝去。人们当然可以声称,在一个时代,民族与我们的大诗人距离太远,或者他们由于民族的过错觉得自己被隔离,那么,团结受过教育的人,庄严地出席集会,可借助法庭的声望提升被评判的作品的功绩,这或许是有助益的。但我们遗憾地觉察到法国科学院针对《熙德》③所做的事,我们并未看见,法国科学院做过有利于《阿达莉》④的事情。如果人们承认,所有的分支、下属的协会曾有过诸如此类的功劳,那么人们可以反对上述意见列举令人惋惜、但却不容置疑的对文

① 指文章 *La Normandie* 〈...〉*Académies et sociétés littéraires et scientifiques*。
② 以下为译文。
③ 即 Cid,高乃依的悲剧。
④ 即 Atalie,拉辛的悲剧。

学产生的影响,它们全力地将无诗意凌驾于诗意之上,而且当然以九个或十个来对付一个。当时,诗人与散文家、蹩脚诗人之间的比例便是如此。

　　但人们目前并没有讨论这些重要的问题,人们让我们觉察到,如果这些文学的法庭曾做过有利的事情,那么现在就不会变成这个样子。现在这项在我们的刑事司法实施了三十年的改革终于也侵入文学立法中。(不是)由有着一颗枯死的心、拥有适应陌生人的伪装精神的阴郁易怒的法官来进行判决;陪审团应该由团体中所有受教育的阶级组成,判决诗人的生与死。

第531页:(1825年5月10日,第105篇)
　　关于一场喜剧:
　　关于财富不幸、奢靡腐化以及平常的美好的良好教训,比金子还珍贵;咒骂金制的雕刻作品,赞扬茅草屋顶,这历来是宫廷诗人的使命;渴望孤独的叹息声只是为了让伟大主子获得休憩。

第532页:
　　竞技场的对照。
　　在农村生活的品德高尚的朋友,一位可恶的＊＊＊eger①。

第533页:(1825年5月12日,第106篇)
　　本雅明·康斯坦②的基督教。第三部分。

---

① 原文如此,显然歌德放弃翻译这一词的前一半。
② 本雅明·康斯坦(Benjamin Constant),政治家、作家,1824年至1830年出版五卷本《论宗教》(De la religion)。

第 535 页
　　在赤道地区，气压计更为活跃，在 7 月更甚于 11 月与 12 月。

第 536 页：
　　《凯撒之死》①，悲剧，反响差。

第 537 页：（1825 年 5 月 14 日，第 107 篇）
　　瑞士公益机构和慈善机构②。很奇特。

第 538 页：
　　法国大世界的意见。特别奇怪。

第 439 页：（1825 年 3 月 31 日，第 88 篇）
　　贝朗杰③。
　　　　环境诗歌
　　　　即兴诗

　　　　燕子
　　　　该死的春天
　　当我们用德语说"即兴诗"（Gelegenheitsgedicht），法国人则用

---

① 伏尔泰 1731 年的悲剧，法文标题为 *La mort de César*。
② 原文标题为 Suisse. Coup-d'œil sur le mouvement intellectuel et moral qu'on remarque aujourd'hui en Suisse. Établissements d'utilité publique et de bienfaisance.
③ 指皮埃尔-让·德·贝朗杰（Pierre-Jean de Béranger）。1827 年 1 月 27 日，歌德曾与爱克曼谈话中对贝朗杰诗歌表示赞赏。

Poësies de circonstance 表达。这真让我们承认两者之间的区别：前者是诗人抓住一个稍纵即逝的机会，并很好地以此为题材赋诗；后者是诗人懂得很好地利用一种环境。从表面上来看，人们应该更倾向于第一种，因为诗歌应该尤为欢迎易逝的、生动的东西。因为它没有为自己定下规定，所以这只能由它决定，也使一些持久的东西获得立足之地。或许在这一点上，没有人能比贝朗杰先生更成功。

2
遗产
Die Erbschaft

梅内谢先生的一部喜剧
Ein Lustspiel von Herrn von Mennechet

作家的主要目的看来是在喜剧的外衣之下传播良好的教义。人们向我们展现财富的不幸与奢靡的腐化，尝试赞扬比一切财宝更为珍贵的平常的美好——咒骂金制的雕刻作品，赞扬茅草屋顶，这历来是宫廷诗人的使命；渴望孤独的叹息声只是为了让伟大主子获得休憩。我们也找到竞技场的对照。一位在农村生活的品德高尚的朋友，一位可恶的城市居民形成可称赞的对照。

3

《环球报》的编辑们从不写不带政治声彩的句子，换言之，对当下生活不产生影响的句子。他们是一个好的、但危险的群体；人们喜欢与他们协商，但觉得将受到他们的谴责。他们不可以，也不想否认自己的意

图：普遍地传播绝对的自由主义。因此，他们认为所有律法、合乎逻辑之事是一成不变的、敷衍之事，并加以抵制；但他们偶尔也会需要两者的支持，再将它们拿过来使用。当人们最后因纯粹的自由觉得相当拘束时，内心会有一阵颤动，外部会有一顿摇摆，让人非常不自在。

这是彻头彻尾的演说家，如果人们认为他们是这样的人，没有被他们感动，那么他们铁定能够提供许多愉悦与重要的劝导。

1826 年 3 月 6 日

歌德的戏剧作品[①]
ŒUVRES DRAMATIQUES DE GOETHE

Œuvres dramatiques de Goethe, traduites de l'allemand[②]; précédées d'une Notice biographique et littéraire, 4 voll. in 8.[③]

在这一刻，德意志民族面对这样的问题：他们对歌德多年来的文学作品乐意接受到何种程度。他们想必会心情愉快地获悉邻近民族为此付出的辛劳，它向来只是大体上关心德意志的努力，知之甚少，受赞许的又凤毛麟角。

现下，我们不能否认，我们德国人正因为这种顽固的拒绝也明显感受到对他们的反感，以至于我们甚少在乎他们的评价，我们对他们

---

① 本篇也见于《歌德全集》第 22 卷第 340—347 页（原文页码）。歌德译文首次印刷及参考底本见于：KuA V3 (1826)，S. 131 - 145. und KuA VII (1827)，S. 94 - 111。

② 法译本由弗雷德里克·阿尔伯特·亚历山大·施塔普费尔（Frédéric Albert Alexandre Stapfer, 1802—1892 年）翻译，卡瓦尼亚克（Eléonore Louis Godefroy Cavagnac, 1801—1845 年）和马尔格雷（Margueré)也有贡献。

③ 歌德作品法语译本的信息。"4 voll. in 8"指八开本的四卷本。

的评价也非最有利。但近来让我们觉得奇怪的是,那些我们珍视的东西,也开始受到他们的重视,而且跟迄今情况有所不同,以往只是个别作家受到特别关注,而今关注的范围成为一直在扩大的圈。

　　这种效应从何而来值得我们有机会时进一步研究和观察。在此只有一种特别突出的重要情况,即法国人深信不疑:德国人中盛行一种程度极高的严肃态度,德国人竭尽全力创作作品,人们不能否定他能干,同时又拥有毫无怨言承受的毅力;现在一种完全正确的理解自然从这样一个概览中衍生,即人们必须根据他们自身评价每个民族,然后也要从他们中和在他们自身认识每个作家的重要作品,更重要的是,根据它们自身去评判。这样一来,我们可以在世界公民的意味中为此感到高兴,一个经历如此之长考验期和提炼期的民族四处寻找新鲜的源泉,为了振奋自己,为了增强自己,为了确立自己,都将比任何时候更多的目光投向外部,虽然不是投向一个完美的、无可非议的民族,而是投向一个自身仍在努力追求和斗争的邻族。

　　他们不仅将注意力放在德国人身上,而且也放在英国人和意大利人身上;在同一时期,他们在三个戏剧舞台上通过三部仿作和改编于己有益地接受了席勒的《阴谋与爱情》①;当他们翻译穆索伊

---

① 1825 年 4 月 1 日,在法兰西剧院(Théâtre Français)上演了由米尔蒙(Delaville de Mirmont)根据席勒改编的剧作《阴谋与爱情》(*L'Intrigue et l'Amour*, drame en cinq actes et en vers, imité de Schiller par Delaville de Mirmont);1825 年 12 月 10 日,在圣马丁门剧院(Théâtre de la Porte Saint-Martin)上演了由亚历山大·德·费里埃(Alexandre de Ferrière)根据席勒改编的戏剧《音乐师之女》(*La Fille du musicien*, drame en trois aces, imité de Schiller par Crosniner et de Ferrière);1826 年 2 月 21 日,奥德翁剧院(Théâtre de l'Odeon)上演了由瓦伊(Gabriel Gustave de Wailly)根据席勒改编的《爱情与阴谋》(*Amour et Intrigue*, drame en cinq actes et en vers, imité de Schiller par G. de Wailly)。

斯的童话①,那么拜伦爵士、沃尔特·斯科特和库珀同样也变成他们的同乡人,他们也懂得恰如其分地欣赏曼佐尼的成就。

　　的确,当人们仔细地注意到他们的进程,那么他们在完全自由思想的批评方面胜过我们德国人的时代渐渐逼近。但愿每位牵涉其中的人会被告知此事。至少我们仔细地观察他们在他们高高的并非早已达到的立足点对我们以及其他邻族说了什么有利或者不利的话语。这点足以预告针对上文提及的译文的文评,我们只想在此提供简缩的片段。人们可在 1826 年《环球报》第 55 和 64 号读到文评。

　　报道人在文评的开始写道,他勾勒《维特》在法国早期和近期的影响,然后察觉并阐明为何这么多年来我的其他作品并不为人所知的原因。

　　"歌德的声望在我们这传播得缓慢,大部分该归咎于他精神的卓越,即原创性。所有特别原创的东西,换言之强烈地打上一位特别的人或者民族的性格的烙印,会让人很难品鉴,原创性是这位诗人尤为突出的成就;那么人们可以说,他在这种独立性的支配下也会过量地发挥这种特质,即使它不产生天才。然后,它总是需要一定的努力,当美的事物改头换面出现在我们面前,它可把我们带出我们的习惯,并欣赏美。但对于歌德的情况来说,并没有一段助跑阶段,人们必须在鉴赏他的每部作品中重新开始,因为一切是用区别非常大的精神所写。当人们从一部作品转到另一部作品,那么人们每次都会进入一个新世界。这样一种丰富的多样性当然会吓坏懒惰的想象力,给排外的教导方式带来不快。但这种天赋的多样性是一种魔法,让那

---

① 穆索伊斯的《德国民间童话》(*Volksmärchen der Deutschen*,1782—1786)于 1826 年由布尔盖(David Louis Bourguet)译为法语,在巴黎出版。

些将自己提升得足够高的人去得到它；足够有力量去跟随他。

"有这样的人，他们鲜明的性格一开始让我们惊讶，甚至反感；但当人们熟悉了他们的方式，那么人们便会与之亲近，恰恰是特点让我们一开始保持距离。我们诗人的作品也正是如此；当人们认识了它们，它们便会赢得我们，为了认识它们，人们必须努力地研究它们；因为鲜见的形式下潜藏着深邃的思想。好吧，所有其他诗人有单一的进程，容易被人分辨和遵从；但他总是与其他人和自己那么的不一样；人们常常难以猜测他会从哪里出来，他挪动批评的路径甚至欣赏惯常走的道路，以至于人们为了完全地鉴赏他，必须与他一样拥有极少的文学偏见，或许人们也恰恰找不到一位与诗人一样毫无偏见的读者，一位与诗人一样践踏所有持偏见的读者。

"人们不能跟自己过不去，他在法国还未流行起来，人们害怕付出努力，害怕研究，每个人急躁地嘲讽他并不理解的东西，担心其他人因此讥笑他，在公共场合，当人们不再能逃避，人们只能赞叹。但最终我们忽然想起，比起审视为何其他人觉得这部作品美，将之排斥更加容易，因为它不是为我们而写。人们懂得，比起发觉一部异国文学作品的陌生之处，或许人们需要更多的精神去珍视它的价值，它与我们文学的区别会成为一个错误。人们看清，人们自己会消减，当人们蔑视想象力的愉悦，为了享受那可怜的中庸，享有那种无能，不理解那种虚荣以及不想享受那种骄傲。

"当歌德开始他的写作生涯时，德国文学的状况跟现在法国的境况差不多。人们对所拥有的感到厌烦，不知道拿什么来代替。人们交替地模仿法国人、英国人和古代人，人们在理论之上建立理论，期盼创作杰作。这座教育建筑的作者赞扬他们交响乐未来的结果，驳斥阻挠希望的教条，带着一种热情，这让我们想起《一千零一夜》中两个兄弟的怒气，他们有一天因为还未出生的孩子在谈话时交恶。

"歌德在某个时刻被思想之争转移了放在诗歌上的注意力,很快被'专横'的天职召回;同时,他决定尝试在自己内心寻找作品的素材,在情感或者思索呈献给他的东西中寻找;他只想描绘他的所见或所感,就这样,他养成了这个习惯,并且遵循了一辈子:将那些曾让他欢喜、让他痛苦、让他忙碌的事情转变为图画或者戏剧。这样他想起,给观察外部对象的方式一种确定性,平息内心的波动。他向我们证实了这一点,他的整个文学生涯被总结在那些引人注目的字里行间中。人们如果读他的作品,就必须从一种思想出发,即每部他的作品皆与他的心灵或者精神的特定状态相关:人们必须在其中寻找情感的故事,例如那些填充他的存在的事件。那么经观察后,它们给人一种加倍的趣味,并不给人从诗人处感受到的东西。实际上,还有什么比观察一个有天赋的人更有趣呢?他拥有纯粹的感受能力、强大的想象力、深邃的思考,他完全自由地运用这些高度的特质,不局限于所有形式,他凭借思想的优势使用一种接另一种形式,在它们身上留下他灵魂的印记。这是怎样的一场戏!我们看到一个大胆的人,他只用自己来支撑自己,只听从自己的灵感!难道还有什么比他的追求、他的进步和他的误入歧途更有教育意义吗?从这个角度来看,我们的诗人值得被观察,我们将在这些纸张中查看他,遗憾地发现它们的目的将我们对他的研究只局限于他的戏剧作品,期刊的篇幅迫使我们只能肤浅地勾勒他生平的轮廓。"

现在,好心的评论人在此观察一位年轻人的身体和道德的不幸以及由此产生的病态忧郁,这种忧郁气质在共犯身上那么沉重和低贱,在维特身上却更为高贵和自由,在浮士德身上表现得更加深沉、更重要、伸展得更开:

　　"由作家初恋导致的苦闷令他陷入阴郁的萎靡,然后这种萎靡又被病毒式的愁绪加剧,当时在德国青年中受莎士比亚传播的影响被引发。一场重病使这种闷闷不乐的性情雪上加霜,或许这病由这种性情招致。这位年轻人郁郁寡欢数年,早年走过的弯路会给寻找自我的灵魂带来波动,让它经常感受到炽热的想象力,在它为自己的活动找到合适自身的目的之前。时而激动,时而泄气,从神秘主义转到怀疑,在学习中不坚定,自行毁灭爱好,被社会刺激,被寂寞压得喘不过气;活着既没有感受到活力,又不能死:他陷入一种黑色的悲哀,一种痛苦的状态,他塑造维特得以从中解脱自我,并获得有关浮士德的初步设想。

　　"但当真实的生活,即由当代社会决定和安排的生活,用尽全力压迫他,他的想象力却自得其乐,逃进自由自在的日子,生存的目的明确地摆在眼前,生命强大又简单。在这位抑郁又沮丧的年轻人看来,戴着武士的盔甲过日子或许更为惬意,宁愿住在骑士的坚固堡垒中;他梦想着一个古老的德国拥有铁血无情的人和粗糙的、思想自由的和探险式的习俗。当他看见哥特式建筑,特别是斯特拉斯堡的大教堂,他怀念的时代完全复活过来。贝利欣根先生亲手写的故事给了他寻觅的模式,并为他的创作奠定基础。就这样他脑海中浮现出一部让整个德国陶醉地接受的作品,被认为是一幅家庭图画。

　　"《格茨·封·贝利欣根》是一幅画,或者更多的是 16 世纪延展得很开的草图;因为这位作家一打算做成这件事,并打算用诗来完成,就决定拿出那种我们拥有的状态来。每一步都如此正确和坚定,一切都被极其确定地并勇敢地勾画出来,以至于人们相信会看到一幅米开朗琪罗所作的草案,一些凿伤对艺术家来说已足够用以表达他全部的思想。因为谁仔细地看,在《格茨》中找不到并不合适的词语;一切都旨在达到主要效应,一切都展示了逝去的中世纪的伟大形象。

因为人们可以说：中世纪原本是这部古怪剧作的主角，人们看见它活着和行动，人们也对此感兴趣。中世纪在这位铁手格茨身上呼吸；这里存在这个时代的力量、合法性和独立性，它通过个人的喉舌说话，通过他的手臂捍卫自己，失败，最后与之奔赴黄泉。"

在评论员消灭《克拉维戈》，并用尽可能客气的话对《丝莒拉》作了最糟糕的评判之后，他来到一个时代，作家进入世界，踏入业务，在一段时间内不能从事任何创作，在某种中等过渡阶段逗留，在与人的交往中褪去青年的粗野气，然后懵懵懂懂地准备第二种表现方式。这位好心的评论人特别详细地、兴致勃勃地在接下来的文字中研究了这种方式。

意大利之行在诗人的生命中是不能匆匆略过的。一种沉重压抑的气氛可能将小小的德语圈子笼罩在了罗马、那不勒斯、巴勒莫的幸福的天空下，他被这种气氛压迫着，也从中获得了早年时期的所有诗歌灵感。逃离了扰乱他心灵的风暴和试图压抑他灵魂的圈子，他第一次感觉得心应手，自那以后，他获得了前所未有的发展，心情无比愉悦。从那时起，他不只是筹划，世人也不再将他的构思一律视作幸福的，在诗歌及绘画中，人们可能最为确定的用来衡量艺术家的阐述，也总是被认为是全面的。

在所有德国人看来，他最大的功绩是两部作品，即《塔索》和《伊菲革涅亚》，这两部作品与他一生所处的时代产生了直接的联系。这两部作品是对外在美的感受结合而成的产物，这种美一方面体现在正午时的大自然和古代文物，另一方面体现在这位德国诗人思想中可能形成的最细腻敏锐的东西。因此，《塔索》运用了一种妙趣横生的对话，在柏拉图和欧里庇得斯的基础上，表达出一系列可能专属于我们这位诗人的观点和感受。人物的性格,他们在思想上的联系,每个人物展现出的类型,人们觉得他不只是在费拉拉的历史中发现了这些;人们辨识出他来自家乡的回忆,他把这些回忆在中世纪诗意的年代和意大利柔和的苍穹之下美化了。我非常确定,《塔索》的作用在于令人惊叹地模仿了一种想象力的混乱,消耗殆尽,在一句话上激情澎湃、沮丧气馁、心灰意冷,对一段回忆念念不忘,为了一个梦想而心醉神迷,每到紧张之时就有事情发生,每到不安之时就会产生煎熬;一句话,有所忍受和享受,活在一个陌生而虚幻的世界里,有风暴,也有喜乐悲伤。让•雅克在他的遐想作品中就是如此表现的,诗人长期以来也是如此发现自我的,于我而言,他通过《塔索》表达自己,人们从这和谐的诗歌中听出了《青年维特的痛苦》的意味。

《伊菲革涅亚》是《塔索》的姊妹作品;这两部作品有着容易解释的共通之处,如若知道它们是于同一时代创作并且在意大利苍穹的影响之下写就的。他在《伊菲革涅亚》中不得不叙述坦塔洛斯家族庄严的回忆,而非一个小庭院的风暴,不得不描述命运和恐惧,而非想象力的疯狂折磨,因而达到了更高的诗文水平。德国人和作者自己都将这部作品看作他戏剧作品中最完整的一部,在这部作品中,一种完全基督教的柔弱情感和一种完全现代的礼仪下深造的情感,被毫无异议地隐藏了,这一点从古代可以得知;但要将这些不同的元素更加和谐地联系在一起,是不可能的。不仅希腊悲剧的外在形式被艺术化地模仿了,古代图像艺术的精神被赋予了同样的生命,诗人的各种想象也结合了安静的美。这些构思属于他,而不是索福克勒斯,这一点我认同;但我不能严肃地指责他忠于自己。那芬乃伦和拉辛到底做了什么? 也许古代的特点在他们的作品中留下了足够的印记,但后者的作品中是否有费德拉的嫉妒,新教道德是否贯穿了前者的《忒勒马科斯历险记》这一整部作品? 我们这位诗人也和他们一样,采用模仿原型的方式，忘乎所以，这从来不是他的风格；他从古代艺术中学会了恳切的语调，但要让他的颂歌产生基本的意义，两种鲜活的艺术元素必不可少：他的心灵和他所处的时代。

我认为，《哀格蒙特》是我们这位诗人戏剧创作一生中的巅峰之作；它不同于《铁手格茨》这样的历史剧，不同于《伊菲革涅亚》这样的古代悲剧，它是真正的近代悲剧，是一幅展现生活情景的画作，将古代悲剧的绝妙之处与历史戏剧的真实性结合起来。这部作品花费了数年精力，诗人才华毕现，其中展现的人生理想可能比诗人任何一部作品都要多，他也乐于去领会这种理想。哀格蒙特是快乐的、开朗的，没有坚决热情地爱着，高贵地享受着生活的甜蜜，带着对生活的热情迎接死亡：这就是诗人笔下的主人公哀格蒙特。

我们这位诗人还有一部作品，不仅在文坛现有作品中没有能够与之相媲美的，而且他本人的其他作品也不能与之相提并论。这部作品就是《浮士德》，一部特别又深刻的创作，一部奇异的戏剧，让各级神灵都显现出来：从天堂的上帝到黑暗的恶魔，从人类到动物乃至那些原生的生物，正如莎士比亚笔下的卡利班，这些可恶的存在都要归功于诗人的想象力。其实对于这部作品可以说的有很多；它成为各种文风的典范：从最粗俗的滑稽剧到最高雅的抒情诗；它描述了所有人类的情感，从最讨厌的到最温柔的，从最忧郁的到最甜美的。我局限在历史的立场中，不能脱离这个立场，只想寻找诗人作品中的人物；这样我就能满足于将《浮士德》看作诗人出于自我的最完美的表达。是的，这部《浮士德》是他在青年时代开始着手写、到暮年时代完成的，对作品的想法伴随着他一生的兴奋，正如卡蒙斯在波涛汹涌中写诗一般：这部《浮士德》贯穿了他的一生。对知识的热情及受怀疑的折磨，这些没有让年轻时的他害怕吗？他怎么会想到逃入一个超自然的国度运用看不见的力量行事，这力量在好一段时间内

让他陷入光明派的梦想,甚至虚构出一种宗教。梅菲斯特利用人类
的弱点和欲望开展罪恶的游戏,这种讽刺不是诗歌精神藐视和嘲讽
的方面,这是一种不愉快的倾向,直至他早年时期都留下踪迹,这是
一块通过早期的厌恶投入一颗强大内心的生硬的发酵面团。尤其是
浮士德这个人物,这个男人炽烈而不倦的心既不缺乏快乐又能够享
受快乐,他绝对地投入自我,带着猜疑的态度观察事物,将热情的劲
头和绝望的气馁结合起来,这并非意味深长地揭示诗人心灵最隐秘
和最激动的部分。那么,要使内心生活的景象完整起来,他添加了最
可爱的人物玛格丽特,这是对这个少女崇高的纪念,他说她十四岁时
爱上了他,她的形象一直萦绕在他心头,并且她的一些特质也移到了
他的每位女主人公身上。令人惊叹的是,这颗天真、虔诚而温柔的心
天仙般的付出与她的情人好色而阴暗的人物设定形成了鲜明的对
比,在他的爱情梦想中,想象力的错觉和思想的厌恶也追随着他,这
个带着悔恨还未毁灭的灵魂,受尽对幸福抑制不住的渴求和痛苦的
感受的折磨,它的苦难是多么难以承受和赐予。在某种程度上,在人
生的任一篇章中,如果没有契机,诗人从不写作,因此,同时发生的事
情的影响,抑或是回忆,它们的踪迹我们才随处可见。在巴勒莫,卡
廖斯特罗神秘的命运触动了他,他的想象力在强烈好奇心的驱使下,
紧紧抓住这个奇异的男人,直到将他塑造成戏剧中的人物,似乎也为
了自己能写出一部戏剧。《大科夫塔》就这样诞生了,臭名昭著的项
圈历险就是以此为基础的。此外,在阅读这部非常有趣的喜剧时,人
们会想起,诗人有段时间也有相似的疯狂倾向,正如他笔下的人物一
般;我们看到的是一个令人失望的大师,他表现出坚定的学生信徒的
兴奋若狂以及大师巧妙的自我吹嘘,还有一个男人如何分享那兴奋
和近距离观察那自我吹嘘。人们一定相信了,为了确切地嘲讽他们
不再信仰的。

在法国大革命时期的短篇喜剧中,人们不再期待一目了然地赞赏这场大事件,相反只是期待在诗人的视角中,事件当前的影响是如何荒谬可笑而令人生厌地呈现的。他用一种愉快的方式将这种印象写入《平民将军》中。

《杰里和贝特利》,一幅优美的阿尔卑斯山风景速写,被看作瑞士徒步的回忆。而我们把《感伤主义的胜利》这部阿里斯托芬式的滑稽剧看作诗人对他自己形成的诗文风格的否定。这部作品,至少在我看来,属于由封·施塔埃尔女士极度夸张的观点提供的契机而写成的。这位优秀的女士曾写过关于我们这位诗人值得钦佩和才华出众的方面,通过一些免费的翻译让他首先在法国出了名,封·施塔埃尔女士把他看作一个以破坏自己的戏法为乐的魔术师,一句话,一个神奇的诗人在某一天确定了一个体系,在其生效之后,再突然放弃,以迷惑大众的赞赏并检验其是否受人喜爱。但我不相信,这样的作品是由如此轻率而阴险的思想创作的。这类奇特的想法最多只能产生精神游戏和才能草图,或多或少引人注目;但如果从这样的来源中产生一些强烈的感触和深刻的感觉,我会很吃惊。这样的诡计不适合天才。相反我认为事实表明,诗人所有的创作都遵循了内心的冲动,正如他所有的描绘,都是复制他看到或感受到的。天赋异禀的他必须在漫漫人生中经历截然相反的处境,自然会把这些在迥然不同的作品中表达出来。

如果人们需要,我可能也要承认,他在继《维特》之后写《感伤主义的胜利》,继《格茨》之后写《伊菲革涅亚》时可能会会心一笑,如果他想到对专有理论的违背,想到可能让那些在德国比在别处更普通的人们大惊失色,他们总是先完成一套理论,以使之契合一部著作。但我要重申:这样的一种乐趣可能伴随他的作品,但不是由其产生作品的;源泉出于他自身,不同在于处境和时代。

那么要结束我们这位诗人的戏剧生涯,还要说说尤根尼和《私生女》,这部作品的第一章是单独发表的。作品中的人物不属于任何国家、任何年代,他们叫作国王、公爵、女儿、庄园女管家。作品的语言超越了诗人完全以这种方式达成的一切。但似乎,人们在读《私生女》时会发现,诗人不再感觉需要倾诉衷肠,也会感觉,他什么都说出来了,已经放弃描绘他的情感,代之以充分想象。人们可能会说,他对更进一步观察人生感到疲惫,想活在想象的世界里,那里的现实不会限制他,而且他可以依照自己的意愿进行调整。

我们在回顾时发现,诗人以《格茨·封·贝利欣根》对现实的模仿开始他的戏剧生涯,一种错误的诗文风格贯穿下来,持续时间并不长,我们指的是没有用高尚思想展现传统生活的市民戏剧;通过《伊菲革涅亚》和《哀格蒙特》发展出悲剧,这比他最初脚踏实地的尝试更为理想,最终失去与之的联系并进入想象的国度。留意到这种想象力是美妙的,它先生动地蔓延在世界的戏剧中,然后渐渐脱离开。似乎对艺术的乐趣随着时间推移战胜了诗歌模仿的情感,诗人最终对形式的完整性比对生动描述的丰富性更满意。确切地说,《格茨》的形式还不完善,《伊菲革涅亚》以形式为主,而《私生女》完全以形式取胜。

这就是我们这位诗人的戏剧史,如果人们研究一下他尝试的其他诗文风格中的精神,就会很容易发现,在不同的线条上的点与我们自己线条上勾画出的点是相对应的;人们会比较《维特》与《格茨》,把《赫尔曼与窦绿苔》与《伊菲革涅亚》归为一边,而《亲和力》与《私生女》则成为相当匹配的两部作品。

人们要是赞成我们,将歌德文学的一生看作他内心的道德生活的反映,那么就能领悟,要理解他的一生,翻译单个作品就没必要了,要翻译他的全体戏剧作品,这样人们就会感觉到,在他努力书写的部分及其他作品上有怎样的光芒照耀。这就是施塔普费尔先生用一种奇特的方式达成的目的；他充分而有选择地从其回忆录残章和一部分短诗译文中收集素材，将我们这位诗人一生中最杰出的事迹串联起来，整理成一份颇有见地的详细的笔记；这些方法有时得到澄清，有时得到充实。这本文集中还缺少《格茨》《哀格蒙特》和《浮士德》的译本，诗人的这三部作品是最难译成我们的语言的；在这种情况下，施塔普费尔先生还是很有才能地证明了：由于他适应了必要性显得有些陌生与危险变得不准确之间的状况；这样他就勇敢地选择了前者；而这个错误，如果这是一个错误的话，替我们确保了准确性，这种准确性大可使所有那些人放心，那些向译者提出的首要要求是传达作者的外貌与性格的人。翻译的其他部分要遵照同样的原则进行，这部作品在我们藏书室中位于基佐先生的《莎士比亚》与巴朗特先生的《席勒》之间。

（卢铭君、陈高雅译）

出自《环球报》法语文章
AUS DEM FRANZÖSISCHEN DES GLOBE

原文

神话、巫术、仙术，这三个词语的区别何在？难道他们展示的不是同样的东西，只是在不同的外观下的产物？人们为何要摒弃其一，却容许另一个继续存在？所有民族在童年时期喜爱奇妙，在成熟时期仍喜欢使用这种手段去感动、感受喜悦，尽管他们早已不再笃信这些。希腊人曾有他们的地狱、他们的奥林匹斯、他们的复仇女神及他们神明的变形；东方人有他们的天才和吉祥物；德意志人有他们的魔法和巫师。法国——拥有的民间传说较其他民族少——现在是否通过丰富的借鉴和吸收认识到这种需求的普遍性,力求通过那些万事俱备从作家脑海中涌出的蓝色童话取代已感知到的缺失? 人们是否有权利蔑视那些家财万贯并借此忙于放高利贷的人呢? 用魔法对抗魔法,在我们看来,基于古老民族巫术的虚构故事值得转化为此等童话,它们只供儿童与奶妈消遣。但施伦德安女士作出完全不同的决定。一个人会用蔑视产生的重量按下三颗受诅咒的球,为此小矮人的七里靴不会有失体统。我重复:这种我们觉得可笑的巫术究竟是什么,它们曾是中世纪的神话;归根到底,人们是否已经找到这种比另一种可笑的原因?

尽管如此,人们会反驳:我们对神话习以为常,我们对巫术几乎一无所知。事实或许如此,倘若习惯是我们判断的唯一准则,那也不能解答这个问题。自然,当各民族可以自我闭锁,那么人们可以理解:一个民族此前从自己观念中、从自己信仰中移除的所有东西想必毫无规则。每个民族只有属于自己的唯一真实、唯一的好和唯一的美;曾经属于这些范畴的最不重要的东西被视为不可转变。当然,这是那种状态自然发展的结果,无人想因此抱怨;但今天,各民族通过一个自发的、一致认同的运动尝试消除所有障碍并相互接近;今天,各民族趋向于各自受其他民族影响,相互构成相同利益、相同习惯甚至相同文学:那么他们不能再长期相互嘲讽,而是必须从更高的观察点看待对方,出于这个原因从那个小圈子里跨出——他们已经在这个小圈子里打转了许久,并作出决定。

只要是来自大陆的东西,英国人对此会非难所有不与他们完全一致的东西。他们从未认识到,并不是世上所有民族与他们的想法完全一致。在周五享受四旬斋期饮食是令他们生厌的迷信活动;在周日跳舞是闻所未闻的丑事。他们对自己的拳击艺术感到骄傲,但听闻斗牛便出离愤慨。没有英式餐叉,任何美食让他们的舌尖感到索然无味,只要与他们在伦敦的习惯有别,任何盛于大腹玻璃杯的美酒于他们的味蕾淡而无味。我的朋友们,难道这不正是古典作家的故事吗?

对于所涉及的对象而言,这些观察听起来或许有点过于吹毛求疵,当只涉及歌剧,例如谈及《神射手》,那么我们并没有进行类似的长足发展;但我们驳斥的偏见包括更重要的作品,诸如歌德《浮士德》之类的人类精神产物,不能幸免。难道不正是许多人一想到与魔鬼结盟,便对这崇高作品的美无动于衷。恰恰是这些人,他们年轻时看过阿伽门农为了获得助船航行的顺风将亲生女儿带上祭台,还有美狄亚,在做尽人世间最可怕的复仇之事后乘上飞船一走了之。他们难道较其他更相信其一? 或者,习惯作为共同的第二天性完全战胜理性? 因此,奥尔良的姑娘①可能会真正地激荡人心或者在另一方面这种胡思乱想会引发蔑视的微笑,当他们倾听卡珊德拉不吉利的预言,拯救法兰西的圣女会让他们勃然大怒,当人们用同时期历史修饰她的色彩、展现她的故事。

尽管如此,幸运的是,这些思想不再延续;即使已经踏足的道路那么舒适,无须左顾右盼,我们置身于这样一个世纪,我们的目光必须谨慎清楚,为了跨出离开习惯的界限。然后,我们便会强占好的东西,就在我们找到它的地方以及它用何外观显现。

译者评论

无论如何,我们德国人将会饶有兴趣地读到,一位有见解的法国

---

① 指席勒戏剧《奥尔良姑娘》(*Die Jungfrau von Orlean*)一角。

人偶然审视德国文学会作何评论，我们不能对从那时不时获悉的赞扬表现得太过骄傲。我们文学的自由，或者说我们文学的不受控制性也同样受那些活跃的人欢迎，他们仍然正在与古典主义争论，因为我们已大致处在平衡的状态，在大多数情况下，我们知道必须怎么看待所有时代和所有民族的诗歌种类。如果我们聪明地正视已取得的优势，那么我们也可以对我们邻人的热情——他们比我们要求更高，更坦诚——感到愉快和振奋，享受自己的无可争议的优点。此外，我们不由地被前述期刊中的细节吸引，我们发现一群受过良好教育、经验丰富、聪明睿智、有品位的人形成了一个圈子，这会极其有趣，为了从他们的观点中攫取好处，我们不必赞同他们所写的所有篇章：人们仍然可以列出证据以反驳引用之处，可以说希腊神话是最高的发展，是人类最能干、最纯净的化身，比那些丑陋的魔鬼、女巫之流更值得推崇。它们只能在黑暗可怕时代由混乱不清的幻想力孕育而生，在人类天性的酵母里汲取营养。

　　自然，诗人也可以从这些元素中提取素材进行创作，他行使权利时不必心怀顾虑。那些思想自由的人给我们带来好处和欢乐，为那些有才智的人铺垫道路，否则他们完全会被压制，或许会被毁灭。碰巧的是，鄙人《浮士德》之施塔普费尔译本很快会重印，配了一些平版印刷的书页。德拉克鲁瓦先生负责此事，他是一位艺术家，人们不会否认他显然拥有天赋，尽管人们绝不会赞同他运用的狂野方式，其设想的狂热、布局的混乱、工作的粗暴以及色彩的粗糙。正因如此，他沉浸在《浮士德》的世界中，想象出他人无法想出的画面，两份校样呈现在我们面前，使人迫切想知道其他的会是怎样。其中一幅描绘了魔马背上在夜色下疾驰到法场的家伙们，画面很好地展现在可怕的紧急关头浮士德狂热地、好奇地发问，而恶魔平静地拒绝；另一幅画上，在奥尔巴赫地下酒馆里，地狱之酒倾洒在地，熊熊燃烧，令人生惧的火光从下往上照亮了一群非常独特的人的脸。

两幅图虽然仍是草图,处理得还有些粗糙,但充满思想与表达,且产生强大效果。艺术家很有可能同样成功地绘出其余罕见的、狂野的场景,如果他懂得用某种方式添加温柔,那么我们可以期待一件美妙的、和谐介入那首荒谬诗歌的艺术品即将问世。

向外的关系①
BEZÜGE NACH AUSSEN

我充满希望的话语:现在我们处于最动荡的时代,但希望尽早进行完全轻松愉快的世界文学的交流,我们具有强大影响力的西边邻国,赞许地采纳并发表如下意见:

《环球报》第 5 卷第 91 号

"当讲到它的时候,每个国家确实都感到诱惑,如同身体的魅力,一个人被另一个人吸引住并且所有人都有性别之分之后产生了人类,在和谐中人们联合在一起。学者的愿望是,人们可以互相理解并且他们的工作互相串联起来,这种想法不是新的,拉丁语在过去以令人惊叹的方式被用于这些目的。但是地理环境产生了天然的屏障,人们被分隔开了,他们之间的分离也损害了精神交流。他们使用的工具只能满足一定的思想成果,以至于好像只能通过聪明才智才

---

① 本篇约产生于 1828 年初,亦见于《歌德全集》第 22 卷第 427—428 页(原文页码)。歌德译文首印及参考底本见于: KuA VI 2 (1828), S. 267–271。法语原文出处具体为›Le Globe, Recueil Philosophique et Littéraire‹, Tome V., N. 91, Paris, Jeudi, 1ᵉʳ Novembre 1827。

能感受到，而不是像现在通过心灵和诗歌。旅行、语言和当代文学成为世界共通交流的媒介，并且证实了比人们想象的更加密切的关系。在手工业和贸易方面有优势的国家，通常致力于思想的交流。英国，国内运动那么激烈，它的生活那么积极，以至于似乎除了自己没有什么别的可以学习，在此刻展现了向外传播文化并开阔他们眼界的需求；人们现如今已经习惯了谨慎和反思，但是当时对于他们来说还不够；两本致力于外国文学的新杂志，应当通力合作、定期发行。"

其中一本杂志《外国季度回顾》，我们手里有两期，并期待第三期的发行。在翻阅这本杂志的时候，人们经常回溯著名人士的观点，他们目光敏锐，并非常积极地参与外国文学的探讨。

但是首先我们得承认，当我们发现在古典主义末期，三十多部德国书籍已经在一本英国的杂志中被提及并展示，虽然不是现代的，但一些评论非常独特。我们非常开心。

令人高兴的是，我们的艺术展获得了掌声，艺术品打开了销路，我们的艺术品以合适的价钱购置；渐渐地发现，这些往来的平衡向对我们有益的方向发展。

人们必须在做了那些初步的、显然欢快的观察之后毫不延宕地进行严肃的观察。当一部文学作品没有将加入的外来文化进行重新整合的话，最后将使人厌倦。哪个自然科学者不为看见通过反射产生的奇事感到高兴？在道德层面上的反射，一部分是无意识的，受个人经历影响，一部分受自己接受的教育影响。

(于月译)

出自《色彩学》——论辩部分
AUS：›ZUR FARBENLEHRE‹·POLEMISCHER TEIL
（对艾萨克·牛顿《光学(……)》的节选与研究）
〈AUS UND ZU ISAAC NEWTONS ›OPTICKS (…)‹〉

第一部分

第二命题　第二定理
(……)

实验五

99.

　　牛顿也只是透过偏见的迷雾来观察这次实验。他既并未正确地知道他看见了什么,也不清楚实验还得出了什么结论。但对他的论证而言,这个现象尤其合其心意,他也一再回到这一现象。因为光谱,即太阳那延长的彩色图,在第三次试验中通过地平的棱柱产生的图像被垂直竖放的棱柱截获,穿过同一棱柱向两边折射,因为它完全那样显现,只是向前弯曲,那么也就是,紫色部分先显现。

100.

　　现在牛顿从中推导出如下结论:

　　*如果图像扩展的原因在于折射,太阳光线经过折射发散、劈裂和扩展,那么第二次折射会再一次导致这一效果,如果人们放置平行的第二棱镜用其轴截获长图像的长度,再一次地扩展,正如之前分散的那样,这不仅不会发生,而且图像,正如之前那样,拉长射出,只是

有一点倾斜。因此可得出结论,这一现象的原因在于光线的特性。这种特性在这么多彩色光线中显现,现在没有更多的影响,这一现象从现在开始不可改变,只是在第二次折射时有点向下倾斜,但以非常符合自然的方式,也就是折射性更强的光线,紫色光线先显现,也使其特性先于其他被看见。

101.

牛顿在此犯了一个错误。我们早先已批评过这个错误。这一谬误贯穿其作品始终。他将棱镜图像视作完结的、不变的图像,但它本身其实总在不断变化。谁如果意识到这一区别,谁就会了解整场论争的全部,不仅会理解和赞成我们的异议,而且会主动地发展这些异议。我们也已经在我们的草案中设法……,使得人们可以方便地看清目前现象的状况;我们第二张图也将为此作出贡献。人们必须以一定的度数,例如 15 度,转动棱镜;在这期间,人们可以清楚地观察成像过程。如果人们有意地通过一块棱镜挪开图像,让它看起来像往高处上升,那么它会往这个方向着色。现在人们通过另一块棱镜看到,图像右角处往旁边倾斜,那么它会往这一方向着色;人们现在将两块棱镜交叉叠起,那么图像会根据普遍规则呈对角线地推移,往这一方向着色:在一个正如其他的例子中,它是一个变化的、正在生成的形象。因为边线和边棱只是在挪动的线条中生成。牛顿那弯曲的图像绝非所截获的第一图像,在第二次折射后弯曲,而是一个全新的图像,它现在往必要的方向着色。另外,如果人们再次回到我们提到过的段落和图,人们会对我们所说的深信不疑。

准备妥当后,若人们现在审阅牛顿所谓的实验图和描述,人们会发现一个接一个的错误结论,并相信,那个命题完全不能通过这个实验产生任何影响。

……

第五命题 第四定理

单色光有规律地被折射,没有光线的扩展、分裂或分散,人们通过折射方法在不均匀的光线中观察到物体混乱的外观是由各种光线折射性的不同造成的。

248.

*这一论题的第一部分早已通过第五实验得到充分的证实;

249.

我们已繁琐地证实,第五实验证明不了什么。

250.

*事情将通过接下来的实验更加清楚明了。

251.

我们的评论让人更加清楚:这一论断毫无理由、不能得到证实。

实验十二

252.

*一张黑纸

253.

为什么是黑纸？任意一块穿孔的木板、纸板或铁片完全可以达到这一目的；或许为了表现出谨慎，不让干扰的光起作用，所以又用了一张黑纸。

254.

*一张黑纸，在上面有个圆形的孔，直径大约五分之一或六分之一英寸。

255.

为何这个孔如此的小？确实只是为了让观察更艰难，让任一区别更难被察觉。

256.

*若我假设，由单色光形成一个图像，正如我们在之前的命题中所描述的那样，这束光的部分穿过这个孔。然后我用一个放置在纸后的棱镜截获这一穿过孔的部分，在二至三英尺的远处让它垂直地落在白色板上。做好这些准备工作后，我发现，那个通过折射单色光在白板上显现出来的图像并不显现长方形，如同那个我们在第三实验中将复合光折射而成的像。以我能用肉眼判断的那样，在长度和宽度上相等并完全是圆的。从中得出结论，这种光有规律地被折射，但光线并未扩散。

257.

此时作家再次使用了诡计。这个实验与第六实验完全相同，只是情况有少许不同；但在此处，这一实验又作为新实验出现，实验的次数不必要地增加了,不专心的人注意到这一重复时,以为会听到什么新的证明。曾被描述的错误只会加深印象,人们以为会得到新的确认的理由。

因此,我们已经很繁冗地反对第六实验所做的事情,也适用于反对这一实验,我们克制自己不去重复已重复之事。

258.

尽管如此,我们还是作出评论吧。作者说,他让一束单色光透过孔,然后第二次折射;但他并没有说什么颜色。肯定是红色,对他来说特别符合目的的橘红色,因为这种颜色与他同谋,能对他想保密的事情守口如瓶。

实验五

(……)

433.

＊这一物体的颜色经过所使用棱镜的折射并毫不改变。

434.

人们只有一瞬间把握这个绝对的毫不并侧耳倾听。

435.

我在此谈论的是颜色可被察觉的(可感觉到的)变化:

436.

显然必定有些什么,如果人们应该能察觉的话。

437.

＊因为我称之为单色光，

438.

我们在此再次遇上了哥萨克统帅。

439.

＊不是绝对的单色，而且其杂色性还会导致颜色的细小改变。

但如果该杂色性跟在第四命题中那些实验制备出来的那么的小，那么这种改变不被察觉。

440.

人们回到我们对那些实验所说的话，但也要考虑到目前这一点，人们将会相信，所谓牛顿式异质性完全不能被减少，所有的一切都是迷惑人的把戏，他只是用来达到其诡辩的目的。异质性的问题亦是如此。总之，所有他在其命题中以绝对口吻说出的话，后来被当作先决条件，他要么无限地，要么让人觉察不出地躲避；正如他现在做的，他得出结论：

441.

＊因此在实验中，感觉是评判员，

442.

这也是自己的表达。感觉绝不是评判员，而是杰出的证人，当它们外在健康，并且其内在没有被迷惑。

443.

＊那种或许多余的异质性根本应当忽略不计。

444.

在此,蛇咬了自己的尾巴,①我们已经经历了上百次总是相同的处理方式。一开始,那些颜色完全不变,然后,尽管如此,某种程度上的改变还是能被察觉,但这种察觉出的东西长时间处于勉强的程度,直到它自己减弱,又再减弱,但仍然不会摆脱感官的追捕,然而到最后被宣布一切化为乌有。我想知道,如果人们翻阅所有章节都碰到这样的处理过程,物理会变成什么样。

实验六

445.

＊正如这些颜色不会因为折射而改变,它们也不会通过反射而改变。因为所有白色、灰色、红色、黄色、绿色、蓝色和紫色的物体,如纸、灰烬、铅丹、雌黄、靛青颜料、天蓝颜料、金、银、铜、草、蓝花、紫罗兰、呈现不同颜色的水泡、鹦鹉羽毛、俞肾木染料以及诸如此类物体,在红单色光中呈现为红色,在蓝光中完全为蓝色,在绿光中完全为绿色,在其他单色光中也一样。

446.

如果我们还未习惯牛顿说出与经验相矛盾的话语,便完全不能理解他在此可以声称完全不真实的事情。实验如此简单,且如此容

---

① 俗语,指"说不清因果关系"。

易地进行,这一说明的错误可以如此轻易地展示在每个人的眼前。

这次实验原本属于明显混合的章节,在这一章我们也……曾提及该实验。

447.

但牛顿为达到目的究竟为何使用彩色粉、花、小物体? 这些都是并不容易操作的物品。显然,如果在更大的彩色表面进行实验,实验舒服得多,对于那些喜欢纠结正确与否的人来说,这样实验清楚得多,例如在彩色纸上最为清晰。

448.

首先,不言而喻的是,白色平面能最纯粹、最强烈地显示全部图像的色彩。灰色虽然也能纯粹地显示,但没那么强烈。当灰色越接近黑色,强烈度便越弱。但如果人们选择彩色平面,那么便会产生明显的混合。如果颜色与纸上颜色一致,那么便会显现色谱;颜色与纸上颜色不一致,那么会变得没那么明显和清楚;但只要它们与纸上的颜色混合,产生第三种颜色,那么这种颜色会真实地出现。这是真实的、符合自然规律的情况,人人可相信,人们只需在阳光下放一块棱镜,便可以按顺序用白色、灰色或者彩色纸截获色谱。

449.

现在人们发现,作者接下来马上老套地又将刚说出来的事情当作先决条件。

450.

＊在任一颜色的单色光中,所有物体颜色全都呈现为同一种颜

色，只有一个区别：其中有些颜色更强烈地反射光，另一些物体则弱
一些。

451.

只能用**强烈与弱**这样的字眼来表达白色、灰色和黑色产生的现
象；但如前所述，在所有彩色平面上会看到混合，如我们刚刚指出的
那样，这是会发生的事情。

452.

＊我从未发现任一物体，当它反射单色光时，能使颜色发生可感
觉的改变。

453.

我们在此再次读到"可感觉的"这一词，但人们或许可非常感觉
得出，因为当图像橘红色的尾端被投射到一张蓝色或者紫色纸上，大
概马上会产生紫色：所有其他混合也是如此，正如我们所知道的那
样。但我们还是必须指出，牛顿用物体或者物体类对象，诸如粉末之
类的物体开展实验的方式暗藏迷惑；因为随后光并不是由一张完全
的平面反射回眼睛，而是由高高低低、被照亮和被遮住的地方反射，
实验是不可靠和不纯粹的。因此，我们坚持认为，该实验应该使用平
整放置在纸板上的漂亮彩色纸。如果人们用波纹绉丝织品、缎子或
精致的布料进行实验，那么这场实验会或多或少地看起来漂亮而且
清晰。

现在牛顿再一次地用一句"那么让我们喝酒吧！"（ergo
bibamus）结束实验，人们可以期待：因为他非常了不得地补充：

454.

*人们从中可以清楚地看见,如果太阳光只包含一种光线,那么整个世界只有**一种**颜色。无论反射或折射都不可能产生一种新颜色,因此颜色的多样性由太阳光的组成决定。

455.

我们的读者认识到这是怎样依赖于先决条件,那么将会自发地赞赏结论。

定义

456.

*呈红色的或者更确切地说使物体呈红色的单色光和单色光线,我将它们称为呈红或使物体显现为红色的。那些使物体显现为黄色、绿色、蓝色、紫色的光和光线,我将它们称为呈黄、呈绿、呈蓝、呈紫,以此类推。如果我有时说到光和光线,仿佛它们被染色或者被颜色渗透,那么我并不打算在哲学上或真正地这么说,而是用普通的方式,按一般人在观看这些实验形成的概念来说。因为从根本上来说,光线不是彩色的。在它们里面存在的只有某种激起这种或那种颜色的感觉的力量和属性:因为正如在一口钟、一根琴弦或者其他发声物体中存在的无非是一种颤动,在空气中无非是一种从物体中传出来的运动,以声音的形式表现出来;物体的颜色正是如此,它们只是这种或那种光线的反射要比其余光线更频繁的属性,光线的颜色只是光线将这种或那种运动传送到感觉器官的一种属性,在感觉器官中它们是以颜色的形式表现的那些运动的感觉而已。

457.

正如在"定义"这一栏插入这一妙不可言的理论言论那样,我们在此首要的责任便是在某种程度使人理解,因为我们可以仅凭此达到更好地理解这一言论的效果。色彩学史告知我们,正当牛顿凭借解释棱镜现象声名鹊起之时,当时的自然研究者已经清楚地注意到,根据这种方式思考,即颜色或许是实体地包含在光之内,是与他那非常受欢迎的振动论相对。且他们声称,人们可以用这种方式更合适地、更好地解释和想象颜色。牛顿回应道,无论人们想运用任何更高的理论来解释这些现象是完全无所谓的;他只关心一个事实,即光的这些呈色的品质可通过折射表现出来,同样也可以通过反射、衍射等呈现出来。将光比作声音的振动论曾再一次受到马勒伯朗士的鼓吹,在法国,人们也更倾向于此。那么目前的定义或声明在此,为的是消除那个理论差别并将牛顿的原子论式想象方式与其反对者的动态方式中和,好让二者看起来似乎并无差别。读者自行评论此处并感受动态的和原子论的表达的糅合。

　　(……)

第四命题　第三定理

人们可通过复合制出颜色,就外观而言,它们与单色光一样,但其不变性和光的组成却绝非如此。并且人们复合的颜色越多,它们就越不饱和和强烈;如果复合过多,它们可以变淡、变弱,直到颜色消失,变成白色或者灰色。也有通过复合产生的颜色并不与单色光的任何一种颜色相同。

488.

我们必须首先尝试向读者解释,此处的命题应该意味的是:它到底怎么与之前的种种有着内在联系,并打算得到怎样的结果。牛顿在之前的篇章不断地巩固对光谱错误的认识,即光谱原本由固定的颜色系列构成,他意图找到与全音阶类似的刻度表。

489.

但我们现在知道,为了从根本上了解这一现象,必须同时观察一个被移动的浅色图像和一个被移动的深色图像。现在那里有两种颜色,人们可称之为单一色,黄色和蓝色,两种加深,变成橘红色和紫红色;两种混合,变成绿色和紫色。牛顿并不重视它们之间的区别,只观察在浅色图像强烈变化时出现的颜色,加以辨别,进行数数,假定它们 5 或者 7,因为在一个固定系列中能形成无限的截面,那么他便让那些成为无限;而且所有这些,不管数量多少,应该是原始的、基础的、在光中自我存在的原色。

490.

但他在更仔细地观察之后发觉,这些单一原色中的一些看起来与混合制出的颜色一样。但现在复合的与原本的相似,原本的与复合的相似,甚至同样,这诚然在一个符合自然的命题中相当难表现;在牛顿处理之后,这当然是可能的,而且我们不想停留在一般的事情中,而是马上转至作家的命题上,用简短的评论,正如直到现在所做的那样,使我们的读者注意到,这种混合和再混合最后结局如何。

491.

＊因为单一的红色和黄色混合组成一种橙色,它在颜色上与非

混合的棱镜产生的颜色系列中处于红黄之间的那种橙色相同,但就折射性而言,这一种橙色光是单色;另一种橙色光却是复合色:因为如果通过棱镜观看,第一类颜色不变,第二类颜色改变并分解成组合它的颜色,即红色与黄色。

492.

因为作家用各种琐碎的实验折磨我们,为何他也不在这儿详细陈述实验? 为何他不在之前的实验基础之上发展,好让人们继续钻研之前的实验? 或许这实验和那些我们上面……一起说明过的实验相似,在那些实验,两个通过棱镜形成的图像,要么全部要么部分地、客观地投射到另一个之上,然后通过一个棱镜观察,主观地被拉开。牛顿的意图无非是为自己准备托词,如果其单色彩色图像再一次变化显示新的颜色,他可以说,刚刚那些不是单色光;显然无人能够损害这样一个以这种方式教导和争辩的人。

493.

＊按照同样的方法,其他相邻的单一颜色可以产生新的颜色,与单色光相似,处于两者之间的颜色,例如黄色和绿色。

494.

人们发觉,作者多么的狡黠。他在此处使用单色的绿,在那处却将绿色当成完全认可的复合颜色。

495.

＊那么黄色与绿色复合成介于两者之间的颜色。

496.

这意味着大约是鹦鹉绿,根据自然和在我们的语言中通过较多的黄和较少的蓝色复合而成。但人们继续留神观察。

497.

＊这之后如果再加上蓝色便会产生绿色,它是参与复合的三种颜色的中间色。

498.

一开始他将绿色当成单一色,不承认从中复合的黄色和蓝色;然后他给它添加过量的黄色,他通过混入蓝色再次去除这种过量的黄色,或者不如说他只是倍增了他第一种绿色,他只是通过这种方法添加了一份新的绿色。但他知道全然不同地去解释事情。

499.

＊因为黄色和蓝色,如果等量复合,它们便形成介于中间的绿色,与之前那样保持平衡,既不更倾向于一边的黄色,又不更倾向于另一边的蓝色,而是通过混合作用仍然显示为中间色。

500.

如果他尊重自然,只是说出现象的本来面目,这将会多么简洁,即借助棱镜形成的蓝色和黄色,在形成的图像中分开,结果结合在一起形成绿色,人们不必将它想成谱系中的单一绿色。然而,这又有何用! 但比起事实来,他及其学派更喜欢言语。

501.

人们还可以添加一些红色和紫色到这复合的绿色中,绿色不会马上消失,而是变得没那么饱满和强烈。如果人们再加点红色和紫色,那么它将会越来越单薄,直到不断添加的颜色压倒这种过量,转变为白色或者另一种任意的颜色。

502.

在这,牛顿学说的罪大恶极之处再次显露,它误判了颜色的“阴影”($\sigma\chi\iota\epsilon\rho\acute{o}\nu$①)部分,一直以为这与光有关。然而它们绝非光,而是半明半暗,它们在某些条件下显示为不同的颜色。现在如果人们将这些不同的半明与半暗叠加在一起,它们的规格会逐渐消失,它们会停止保持蓝色、黄色或红色;但它们绝不会通过这种方式变淡。如果人们将它投射到白纸上的污点上,它将会更加暗;从那么多其他的半明、半暗中可复合产生一种半明、半暗。

503.

＊如果人们将所有种类的光线复合而成的白色太阳光加至任何一种单色光中,那么这种颜色不会消失或者改变其色种,只会越来越淡。

504.

人们让成像落在一张太阳光下的白板上,它会看起来苍白。另一个黑影也是如此,在这之上,太阳光不需要它也会完全抵消。

---

① 希腊语原文意为“处在阴影下;制造阴影的;阳光未照射到的”。

505.

*最后，如果将红色和紫色混合，那么按照它们的不同比例出现各种紫红色，而且是那些与任何单色光相同的颜色。

506.

在此，紫色终于出现了，这实际上是纯红色，既不倾向黄色也不倾向蓝色。我们在草案中，在生理学、物理学和化学案例中充分证实这种非常高贵的颜色的生成，它还未在牛顿那儿出现。正如他自己承认，在其谱系中完全因为他只是以一个移动了的浅色图像为观察谱系的基础，而并未同时形成一个移动了的深色图像的谱系，并未与第一个平行进行。移动一张浅色图像最终聚到黄色和蓝色的中心，移动一张深色图像最终聚集至橘红色和紫红色的中心。因为牛顿在其颜色刻度表上称为红色的末端其实只是橘红色，那么他在其原初颜色中甚至连完全的红色也没有。但想必所有与自然相左的事情都是如此，末端被推至前端，被推导出来之事上升为原初之事，原初之事被贬为被推导之事，组合被称为简单，简单被称为组合。在他们那儿，所有事被颠倒，因为第一步便被混淆；当然杰出的头脑也欢迎是非颠倒。

507.

*如果人们往这种紫色添加黄色和蓝色，可以获得其他新的颜色。

508.

他原本可以用最杂乱无章的方式达到混合和拌和；观察原本就基于这些方式，这一点接下来显露出来。

通过颜色的混合，他终于尝试将其特有的作用中和，甚至太愿意用它们制成白色;虽然他没有付诸实践,但他总是马上信誓旦旦地说,这可能并可行。

第五命题 第四定理

白色和所有介于白色与黑色之间的灰颜色可由各种颜色复合而成,太阳光的白色由所有按一定比例结合的原色复合而成。

509.

我们已在真实和表面混合的章节中充分展示,第一种的情况是如何;我们的读者也懂得重视命题的第二半部分。然而我们想看看,他是怎样证明所述之事。

实验九

510.

＊太阳光通过护窗板上的一个小圆孔进入一间暗室,在对面的墙上投出一个彩色图像。我把一张白纸放到该像旁,由该像反射回来的光可照亮该纸,而且在其从棱镜到谱系的路上,该光的任一部分都没有被挡住。而我发现,当人们将此纸放在与任何一种颜色距离近于与其他颜色的距离之时,它便呈现它最靠近的那种颜色;如果纸与所有颜色的距离都相等或者几乎相等时,从而使所有颜色的光都可以均等照亮这张纸时,它便显示出白色。

511.

人们思考这次操作过程中发生了什么。这就是一个彩色半明图像的不完全反射,但根据表面报告,这场反射发生了。⋯⋯但我们还是让作者辩解吧,好让他随即说出真实情况。

512.

　　* 如果纸在最后一种位置时,某些颜色被挡住,那么纸就失去其白色,呈现出其余没有被挡住的那些光的颜色。通过这种方式,人们可以用各种颜色的光照亮纸,即红色、黄色、绿色、蓝色和紫色的光,光的每一部分在它射到纸上继而反射到人眼之前一直保持固有的颜色,以至于要么是单独的,光的其余部分已被挡住,要么它占上风,以其颜色呈现于纸上;当它与其他颜色按一定比例复合,那么纸看起来是白色,通过与其他颜色复合产生这一颜色。从谱系反射的彩色光的不同部分,它们通过空气传播的时候,保持其固有颜色:因为不论它如何落入任一观察者的眼睛,它们总是使谱系的各部分以其固有颜色呈现。当它们落在纸上时,它们以同样方式保持其固有颜色;在那儿,它们通过所有颜色的交叠和充分混合产生出白色的光,它从那儿被反射。

513.

　　如前所述,整个现象无非是一次不完整的反射。首先,人们考虑,谱系自身是一个完全由暗光复合而成的暗色图像。人们将它放在一个白色但粗糙的表面旁边,正如那张纸,那么谱系的每一种颜色只是被同样颜色微弱地反射,专心的观察者仍能良好地分辨这些颜色。但因为该纸在其点的每一处之上被所有颜色照亮,那么它们肯定相互中和,产生一种夕阳颜色,人们不能认为它是任一种原初颜色。这种夕阳色逐渐变得明亮,表现得正如光谱自身的破晓,但绝不与白色光一样,在它接受颜色之前并由此受到染色。而且这是牛顿一直避开的要点。因为人们当然可以从非常亮的颜色复合灰色,即使它们是实体的,但这种灰色也已经能够充分地与白色粉笔区分开来。所有这一切在自然中那么简单、那么短促,有人只是通过错误的理论和诡辩不断地、甚至无穷尽地玩弄了事。

514.

如果人们想用彩色纸进行这一实验的话,即让太阳光强烈地落在彩色纸上,从那儿在一个处于黑暗中的平面反射,在这种意义上,正如我们在表面混合和报告章节中所提及的那样;那么人们会对事情的真实情况更加地深信不疑,即所有颜色通过结合虽然消除了其特性,但这是它们所有颜色的共同之处,阴影部分并不能被消除。

实验十五

563.

＊当我现在最终尝试用画家使用的色粉复合出一种白色时,我发现,所有这些彩色粉确实吞噬和消除掉照明它们的光的大部分。

564.

作者在此再一次开始了他忧伤的报告,正如我们已经非常习惯他的事后抱怨那样。他应该认识到了色彩黑暗的自然属性,只是不知该如何正确处理,现在他再次兜售之前不纯粹的实验和错误的结论,导致认识越发模糊并令人不快。

565.

＊彩色粉之所以显示为彩色,原因在于更多地反射自己颜色的

光,较少地反射所有其他颜色的光;然而它们反射自己颜色的光不如白色物体反射的那样多。例如,当人们将铅丹和白纸放在暗室中形成的彩色色谱的红光之中时,那么白纸显得比铅丹更明亮,因此白纸比铅丹更多地反射呈红光线。

566.

按照牛顿的方式,最后的结论又过于草率。因为白色是明亮的基础,它被红色的半明照亮,受到半明的反作用,使得在完全清晰的状态下看见通过棱镜形成的红色;但铅丹却是一个暗色基础,在颜色上虽然与经由棱镜形成的红色相似,但不能归为同类。它只会在被由棱镜形成的红色半光照亮时,同样被之反射回来,但也已是半暗光。那么从中产生一种增强的、加倍的、转暗的光,这是正常的。

567.

＊如果人们将纸和铅丹放在任何其他颜色的光中,那么纸反射的光将以一个大得多的比例超过铅丹反射的光。

568.

这种符合自然,正如我们已经充分探讨的那样。当光通过铅丹,铅丹折射出黄色、绿色、蓝色和紫色,所有颜色显现在白色纸上,每种颜色按自身规则显现,未被混合、扰断和污染。我们的读者早前早已清楚其他颜色产生的反应。下一处将不会让他们惊讶,但同样可笑的事情会引起他们的注意,当他令人厌烦地、但坚决地继续说:

569.

＊因此我们不能期望,当混合了这些色粉后会得到跟白纸一样

纯正又完全的白色,而只能得到某种灰暗的白色,正如光与黑暗混合后所能产生的那种白色,

570.

这时,他也终于吐出克制已久的话;当他想诅咒时,他就像比莱姆①那样在祝福。他的满腔固执都不能帮助他对抗真相之魔,他那么频繁地挡住他及其驴的去路。看呐,从光与黑暗!我们别无他求。我们从光与黑暗之间推导出色彩的产生,那些归属于每一种颜色,每一种特别分类的颜色的主要特征,对所有并存的颜色是普遍特征,它们也可划归为混合,在这种混合中特性消失。我们相当愿意地接受,因为它对我们有用,他继续说:

571.

＊或者白色与黑色的混合,即一种灰色、褐色、赤褐色,诸如人的指甲、老鼠、灰烬、近似石头或者灰泥、灰尘或者大街上的烂泥之类的颜色。我常常通过混合彩色粉得到这样一种暗白色。

572.

当然没有人对此产生怀疑。我只希望,所有牛顿学派人物会穿同样的内衣裤,好让人们能凭借这种标志将他们与其他理智的人们区分开来。

573.

现在他用高超的技巧从色粉中复合出黑白色,对此大概没有人

---

① 即 Bileam,《旧约》人物,其诅咒变成祝福。

怀疑;但我们想看看,为了至少能够得到一种明亮的灰色,他怎么操作。

574.

＊例如我用一份铅丹与五份铜绿复合成老鼠一般的灰色。

575.

粉碎后的铜绿看起来明亮,且是粉末状,因此牛顿马上首先使用它,他要避免使用饱满的颜色。

576.

＊因为这两种颜色都是由所有其他颜色复合,两者混合便构成所有其他颜色的混合。

577.

他想在此避免这种指责,即他不从所有颜色中复合他的无色(Unfarbe)。这种指责在后来的自然研究者中,引起关于颜色混合以及用三种、五种或七种颜色最终复合无色的争论。历史会给予我们相关消息。

578.

＊此外,我用一份铅丹与四份天蓝色复合成一种稍带紫色的灰色,在这种混合中加入合适比例的雌黄与铜绿,这种混合便失去原有的紫色光泽成为纯灰色。但这个实验最好别用铅丹。我一点一点地往雌黄里加入画家所使用的饱满的鲜紫色,直到雌黄不再呈黄色,变成淡红色。然后,我加入一些铜绿和比铜绿稍多一些的天蓝色颜

料来冲淡红色,直到这种混合变成一种灰色或者浅白色,而它与其说偏于其他颜色不如说它不偏于任何一种颜色。这样就形成一种类似于灰烬、或者木材的新剖口、或者人类皮肤的白色。

579.

在这次混合中,天蓝颜料和铜绿也是主要的混合物,两种都有淡白色的粉状外观。牛顿本该还可以再加入粉笔调和,好一直冲淡颜色,制出一种明亮的灰色,而没有通过这种方式至少从中再得出点颜色。

580.

我现在观察到,灰色和深灰色也可以通过混合白色和黑色制成,因此它们与完全白色的区别不在于颜色的种类,而只在于不同的明亮程度:

581.

此处暗藏一种完全自有的狡诈,关涉一种需在其他场合处理的想象方式,对此我们只能说那么多。人们可以想象在完全的光中的一张白纸,人们可以在明亮的太阳光中将它放在阴影下,此外人们可以想象,天色越来越暗,将变成黑夜,最后白纸在我们眼前消失在黑暗中。光的作用将逐渐衰减,纸的反作用亦如此。我们可以用这种方式想象,白色逐渐变成黑色。但人们可以说,该现象的过程是动态、理想的自然所致。

......

出自《色彩学》——历史部分
AUS：›ZUR FARBENLEHRE‹·HISTORISCHER TEIL

托马斯·博德利致罗杰·培根
Thomas Bodley an Roger Bacon

"如果坦率的话,我必须坦诚表明,我属于认为我们的艺术和科学比你所愿意承认的基础更坚固的那一类人。"

"如果我们听从你的建议,放下人类与生俱来的普遍概念,将所有我们取得的成就一笔勾销,在行为和思想上成为孩童,那么我们可进入自然的国度,正如我们在同等条件下按照《圣经》的规约抵达天堂,那么我相信,没什么更加肯定,我们仿佛迷失在一片野蛮世界中,经历数百年后浮现,所掌握的理论资源也不会比现在更多。如果我们又成为白板①,在根除往昔原则的痕迹之后,企图再次诱出一个全新世界的开端,那么或许我们可以再次踏入童年时代。如果我们可以再次从已发生之事与产生感知之事挑选出在理智中足够形成一个普遍概念的事情,根据那一习惯语:在理智中没什么不是事先存在于感知中,那么如果人们在柏拉图时代的变革之后想研究科学,我认为至少可能的是,比起现有的状态,更少的科学会被创造出来。"

"如果你向我们许诺一个更美妙的学说,比现下在我们中间盛行的学说更繁盛,我们应该从经验中推导,研究和开发自然的隐蔽处,为的是确切掌握各种细节;这意味着,你鼓励人们将内在欲望在没有

---

① 即 tabula rasa,哲学术语。

外部的刺激下引导至这件事上来。不言而喻,不计其数的人位于世界的不同部分,他们走上你所指的那条道路,而且孜孜不倦、迫不及待地致力于此。因为求知欲望在人身上与生俱来,人们根本不需要煽动或激励他们的热情,正如人们无须促进浮肿,反正它总会使身体过度肿胀。"

"我不认为,那种人会自我欺骗,他相信所有科学,正如它们在当下公开传授的那样,每时每刻存在,但不是以同等程度在所有地方存在,也不是以同等数量在一个地方存在,而是根据时代的精神,以某些方式改变,时而活跃又繁荣,时而不起波澜又以昏暗而粗野的方式传播。

"如果人类经过世世代代在所有的艺术和科学领域勤奋地探讨和训练自己,那么他们便会获得知识,正如我们的时代虽然是以一种不定的、摇摆的方式进行,正如时间、地点和机会所允许的那样;我们现在怎能为你鼓掌,将我们的科学视为不可靠和不确定之物,然后加以摒弃?如果我们应该轻蔑地将我们从先辈们那里继承来的公理、准则以及普遍的命题搁置在一边,它们曾受到各时代思想敏锐之人的赞同,然后我们寄希望于想出一种方式和方法进行引导——然而我们又重新成为待启蒙的初级学生——获得特别的经验和走过充满教训的弯路,认识完全重新设立的普遍定理,然后重新为艺术和科学奠定新的基础:所有这一切会是怎样的结局。除了我们被夺去所拥有的知识,千辛万苦地从事循环不息的工作,到达我们的出发点,只要我们能恢复到之前的状态,我们便感到万分幸福。我想,过去几个世纪的努力可以让我们确信能拥有更好的世纪,让我们安心,而不是停留在终点,最终原地踏步。

"但人们不认为,我傲慢地抵制那些通过新的经验由于增长遮蔽科学的事物,因为那些付出的努力宝贵,而且应该大加赞赏;它向来也为当代带来成果和好处。世界从来不缺乏那些勤勉地发现和考虑新事物的人;但我们的概念和准则总是不仅被这些人,而且被最博学的人充满感激地接受。"

　　培根和博德利的观点可以这么对立,实属不易。我们不想只站在二者其中的一边。如果说那位带我们到难以估量的广阔天地,那么这位会非常局限我们。因为正如在其中一方经验无边无际,因为总是会有新事物被发现,准则也是如此,它们不会僵化,不必失去为了更包容而扩展的能力,甚至在更高的观景点殚精竭虑并迷失自己。

　　……

出自拉扎尔·努盖特《颜色系统》

Aus: Lazare Nuguet, › Système sur les couleurs ‹

努盖特《颜色系统》

　　"为了让我一下子了解色彩的真实原因以及导致它们差别的东西,我认为唯有请教自然,我细心地观察颜色出现和变化时显示出来的最明显的变化,这样我好事后确定一个基于彻底研究的系统,它能清楚明确地展现真相。通过这种方法,我发现——

　　"第一,所有颜色消失在黑暗中。我有理有据地推导出结论,就颜色而言,光基本是不可或缺的。

　　"第二,颜色不会产生于一个完全透明的介质中,不管它受到多么强烈的照射,恰恰因为这儿只有光没有暗。我必须从中推导出结论:对于颜色而言,暗与光一样重要。

　　"第三,我发现,不同的颜色正好产生于光与暗不时地混合在一起的区域,例如当光线落在任一深色实体或者透过一块三边的棱镜。因此,我立刻得出结论,颜色仅仅源于光与暗的混合,它们的区别源于这二者的差异。

"此外,为了确定每种颜色的特别之处,我做了一些实验。通过这些实验,人们不仅可以认识每种原色与其他原色确切的差别所在,而且这些实验同时也不可辩驳地证明,颜色不是别的,正是暗与光的混合。在此我列举最突出之处。

"一、当我通过一块凸透镜将数条光线聚集在一块黑布上,我发现,光线结合之处显示出可被察觉的白色;与之相反,如果我将一个装满水的瓶子放在一个点燃的光和一张白纸之间,那么在纸上只有少量光线聚集之处显现黑色。从中,我推导出结论,白色由光线组成,包含少量或者根本不包含阴影;与之相反,黑色由纯粹的暗组成或者只夹杂了少量的光;然后,我确信,黑色与白色是所有颜色的第一物质,但从本质上讲,它们自身并不是真正的颜色。

"二、当人们在一张白纸上放一杯红酒,然后用一支正在燃烧的蜡烛对准红酒,它的光穿过红酒,最后落在纸上某一斑点上,那么人们会看见格外亮的红色;但如果人们另一正在燃烧的光靠近这种红色,它就会变成可察觉的黄色。用棱镜形成的颜色图像中的红色也是如此变化,在暗处发亮且颜色深,如果人们让这个图像落在太阳光直接照射的斑点处,便会变成黄色。从中我得出结论,红色比黄色含有更多的暗和更少的光。

"三、如果人们用一个凹面镜汇聚数条太阳光,然后将它投向一个事先在中等明亮的房间通过棱镜产生出的一个非常光亮的彩色图像;那么这些颜色马上消失;显然,这证明,起初的颜色必然包含部分阴影,当它被经常汇聚在这一颜色上的太阳光分散和抵消,它当然也会使这种颜色消失。

　　"四、如果人们拿五种不同颜色的纸,即紫色、蓝色、红色、绿色和黄色的纸,按照不同的顺序将它们上下叠在一起,放在某处,人们可以将通过棱镜生成的颜色图像引至这一处;那么会清楚地看见,紫色纸上的彩图中的红色比蓝色纸上的颜色要更暗和更深一点,在蓝色纸上的比在红色纸上的更暗和更深,在红色纸上的比在绿色纸上的更暗和更深,在绿色纸上的比在黄色纸上的更暗和更深。我曾常成功重复得到这一结果,这是可靠的证明,说明紫色比蓝色、蓝色比红色、红色比绿色、绿色比黄色含有更多的暗。因为一种颜色只是按照与之混合的暗之程度变阴暗。

　　"五、如果人们注意光线透过棱镜的方式和方法,注意光线经受的折射,注意这种折射必然导致的阴影;那么可以发觉,通过棱镜生成的图像中的黄色比其他颜色含有更多的光和更少的暗,绿色比蓝色含有更多的光和更少的暗,蓝色比紫色含有更多的光和更少的暗,紫色比棱镜的所有其他颜色含有更多的暗和更少的光。我从这个结果得知,红色和紫色通过光线由两边产生,它们被阴影直接包围,由折射导致,在经过棱镜时光线经受折射;唯一的区别在于,导致紫色的光线通过折射接近暗,碰上暗,而那些构成红色的光线,通过折射远离直接包围它们的暗。因此,我得出结论:1) 产生紫色的光线比产生红色的光线含有更多的暗,因为这些通过折射的作用距离周围的暗更远,而其他光线接近折射后靠近暗。我推断:2) 黄色比红色、蓝色比紫色含有更少的暗;3) 绿色只是黄色和蓝色混合的结果,比蓝色暗度更低,比黄色暗度更高;4) 最后,紫色不比其他颜色暗度更高,因为它由光线构成,这些光线按照折射趋向于直接碰到的暗。这一简短和自然的对棱镜生成的颜色的解释显然可以通过下面适宜且容易进行的实验得到证实。

　　"六、为了进行这一实验,我选择特定的时间,当太阳照射在房子上,而它们处于我当时所处的一间相当黑暗的屋子的窗的对面,那么,被反射的太阳光将窗户的一边比另一边照得亮得多。然后我在一个离窗口不远的桌上放一张白纸,光经过两次反射后落在纸上。我关上窗之后,我将手放在离纸有一定距离的上方,使两边都产生阴影,马上发现纸上清楚地出现四种颜色:黄色、蓝色、绿色和紫色。每次黄色都出现在最强的光与最弱的暗相结合处,也就是说,在反射最强的那边;与之相反,蓝色只出现在最弱的光与最强的暗的结合处,也就是说,在反射最弱的那边;紫色总是出现在两次反射后的阴影相交处;绿色产生于黄色与蓝色的混合。显而易见,所有这些颜色只产生于光与暗不同程度的混合,在太阳停止照射在这些位于做实验的屋子对面的房子之后,这些颜色马上消失,虽然天色还非常亮。为了现在能够再次展现同样的颜色,为了无须得到必要的同等力量的太阳光的反射,我拿了一只点燃的蜡烛和一本四开本的书,这书能为我在纸上制造阴影,好用烛光及其阴影产生出阳光及其阴影的不同混合:因为我猜测,这样也可以显现颜色;我完全实现了这一点。因为阳光和烛光的阴影通过相遇产生蓝色;阳光的阴影和蜡烛的光产生黄色,然后人们将黄色与非常淡的蓝色结合,这样就会出现特别明显的绿色。

　　"最后三次实验清楚地证明:首先,颜色不是由别的而正是由光与暗的结合组成,它们的差异在于人们所制出的混合差异;然后,紫色与其他原初色的差别在于其暗度高于其他颜色;黄色的暗度低于其他颜色的暗度,绿色的暗度比黄色的高,比其他颜色的低;红色的暗度比黄色和绿色的高,比蓝色和紫色的低;最后蓝色的暗度比紫色及其他原初色的要低。因为在这三次实验中,同一颜色总是产生于暗与光同样的混合,当那两者抵消时,它们马上消失;从中,我们看见对所提议的系统的真实情况所做的可信的尝试。

"因为人们在这个系统里可以特别说明颜色性质以及每一种原初色的确定起因,那么乞灵于未知名的原因是不必要的,例如一件细致物体的最强或最弱的振动,或者球形物体的不同旋转,这些纯属精神虚构,在大自然中没有根基,其存在既没有被第一种理论的发明者马勒伯朗士神父阐明,也没有被另一种理论的发明者笛卡尔①阐述。

"从前文所述可推导出,所有颜色由黄色和蓝色复合而成。绿色只是黄色和蓝色的混合,正如黄色和蓝色玻璃叠放产生绿色一样;红色由黄色与阴影混合而成,正如前面已经证明的那样;紫色只是由强烈的蓝色和淡红色混合而成,正如人们能得知的那样,如果人们将数块蓝色玻璃和一块红色玻璃放在一起。但因为蓝色自身只是暗与少量光的混合,黄色是大量的光与少量的暗混合而成,正如我们上面展示过的那样;很明显,所有颜色原本源自黑色和白色,或者换言之,源自光与暗。

"但人们在不同的意义中使用颜色这一词语,为了避免所有的歧义,我们在四种不同的条件下观察颜色,即在染色的物体中,在透明的介质中,在视觉器官中与在心灵中。

"在染色的物体中,根据刚刚提出的系统,颜色是所有那些提供适宜机会的东西,好让光与暗以必要的方式结合为颜色,实体或许可能达到这些复合,透明或者不透明。

"在颜色透过到达我们这儿的介质中观察颜色,它们也由暗与光的结合组成,或者这正由相互间相关的光线的不同距离。

"器官的颜色正是或多或少神经纤维的震动,它们按照比例与彼

① 笛卡尔(René Descartes,1596—1650),法国著名数学家、哲学家、物理学家,代表作有《方法论》《几何》《哲学原理》等,名言"我思故我在"。

此保持距离,正如光线之间的距离那样,它们刺激视网膜。

"最后,心灵中的颜色在于心灵的不同感知,这可能通过眼睛里或多或少的神经纤维颤动引起。

"设定上述条件后,人们根据我们的系统可以轻松地解释马勒伯朗士神父所提出的经验,为了让他那无非建立在将颜色比拟为声音的说法更有说服力。这一经验在于,当人在阳光下看东西,视神经强烈地颤动,然后眼睛闭上或者到一处阴暗处,人的眼前会进一步显现不同的颜色,首先白色,然后黄色,又再红色、蓝色和黑色。因为视神经在不同纤维被激发起的振动一个接一个逐渐消失,当更长的时间流逝,当人们闭上眼睛,视神经总是在更少部分振动起来;在此出现人们当时所见颜色的结果和交替。我不知道马勒伯朗士神父想如何举出这一例子,通过与声音的类比来解释颜色的差异。因为一个声音总是相同,在同一小提琴琴弦上发出的声音,不管它总是会不被察觉地变弱。

"最后,我想放弃在这说明,博伊尔所述俞肾木的经验,普尔绍先生同样重复收集的经验,都非常不确定,但它们并不如哲学家所相信的那样少见。

"这实验是如此进行,人们在一晚上在一定量的俞肾木上浇上纯净的泉水,泡好后注入一个圆形玻璃容器。这个容器应该——根据上述两位观察者的报告,当它处于观察者的眼睛和外部光之间时——显现黄色;与之相反,当眼睛处于光与瓶子之间时,显现蓝色。我多次尝试这个实验,几乎用遍所有办法,但也没有发觉任何接近蓝色的颜色。当然水显示黄色,但即便稻草也可以使之变黄,当人们利用它输入液体。药物学博士波利涅勒先生向我保证,他用这种方式没有获得任何成功。但即使实验是正确的,那也没有什么特别,因为某些用来装果酱的小玻璃器皿拥有博伊尔和马勒伯朗士认为俞肾木所具有的所有特性。或许他们在浇水时认为见到的不同的颜色,纯粹是瓶子的颜色,它或许是我上面所提及玻璃中的一种;这归根到底是个巨大的错误。"

（……）

丰特奈尔的牛顿颂词
附以摘录和评论
Fontenelles Lobrede auf Newton
Ausgezogen und mit Bemerkungen begleitet

"在牛顿正在撰写其关于原理的鸿篇巨制的同时,他还在从事其他事情,这件事同样独特和标新立异,并不因为标题,而是因为作者如何处理每一个对象的方式,这也应该加以传播。它是《光学》,或者一部关于光与颜色的作品,于 1704 年问世。他在三十年间进行了所需的实验。"

在《光学》一书中没有在光学课本中找不到的重要实验,可能在这些课本中描述的实验在那本课本中被忽略,因为它不适合艺术展示,而牛顿耗费三十年致力于此。

"在某种程度上,实验艺术绝非普遍。我们的眼睛捕捉到的最细小的事实牵扯了如此之多其他的事实,它们复合出这一事实或者以之为前提,人们若无卓越的精明不能发展所有其中蕴含的奥秘,人们若无杰出的洞察力则不能猜测其中奥妙。人们必须将提到的事实分解为如此之多的其他事实,它们再一次被复合,有时人们或许不能很好地选择其道路,就会迷路,再也找不到出路。原初的、基本的事实看起来与原因一起被自然小心翼翼地藏形匿影;当人们终于能达到看见它们的地步,那么它就成为一部全新和令人诧异的戏剧。"

这一段落包含值得为其意义鼓掌的词语,即使表达的方式或许还需要更进一步的限定,在牛顿身上匹配的只是偏见,而绝非功绩。因为恰恰在这一处存在的是被我们证实、由他犯下的主要错误,即他没有将现象分解为简单的组成部分;这直到某种程度还比较轻松,因为他并非不知晓那些复合成谱系的现象。

"《光学》的对象正是光的解剖。这一表达不会太冒失,这正是事情(Sache)本身。"

人们正是这样一步步地坚信不疑!人们用说明代替现象;现在人们将说明命名为事实,事实甚至最终沦为事情。

牛顿还亲自参与论争。在与牛顿论战之时,人们发现,这位对手将他的说明处理为假说;他却相信,它作为一个理论甚至可以被人们称为事实,现在他的颂赞者甚至将说明变成一件事情!

"一道非常小的光线,"

这里是假定的光线:因为在实验中它总是完整的太阳图像。

"人们让这道光线进入一个完全黑暗的屋子,"

在每个明亮的屋子做这个实验,效果是一模一样的。

"但也决不能那么小,以至于它不再包含无尽数量的光线,这道光线被分解、分割,好让人们现在拥有基础光线,"

人们拥有光线!竟然作为东西(Sache)!

"从他之前复合的,现在将被分割。每一种被另一种颜色染色,在分开之后,颜色不再可以被改变。在分割之前,白色是总光线,产生于原初光线所有这些特殊颜色的混合。"

在别的地方,足以显示套话和空话如何得到运用。

"分开光线如此之难,"

实验困难的背后便是整个牛顿学派。现象中的真实和自然可非常容易地被展示。但为了粉饰其理论,被牛顿不自然地揉捏到一起的东西,不仅难以被呈现,而且要展示的话非常棘手(troublesome)。其中一些,恰恰是最主要的,甚至是不可能的。将彩色光线分为七个饱满的、相互之间分离的图像是童话,这只是在纸上臆想出来的形象,在现实中完全显示不出来。

　　"以至于当马里奥特先生在初次听说牛顿先生的经验的谣言之后尝试这些实验,"

　　在马里奥特发表色彩论文前,他已经熟悉了论战往来的文章。

　　"但未能成功,他有着那么高的实验天赋,在其他对象上进行试验取得相当大的成功。"

　　因为优秀的马里奥特并不想承认这一骗术,其他学派的追随者对此却卑躬屈膝,作为诚实的人,他看见了这一情况,在自己的民族面前丧失了亲手树立起来的优秀观察者的好名声。在此,我们也希望能够完全恢复他的名誉。

　　"《光学》这部著作还有另一个用处,用处之大跟人们可以吸收大量新的知识一样,人们觉得它很充实,它为实验哲学的行为艺术提供了优秀范本。"

　　人们所理解的实验哲学在上文已有展示,正如我们在合适之处已有描述,人们从未更加混淆地进行实验,为了建立一套实验的理论,或者,如果人们愿意,将实验与理论连接起来。

　　"如果人们想通过经验和观察探索自然,那么人们如牛顿先生那般进行探索,用一种这么精巧和严苛的方式。"

　　精巧与严苛这两个词语用得实在贴切,足以表达出牛顿做作的处理方式。这位英国颂赞者甚至说出"精细的实验"(nice Experiments)这样的词语,这囊括了所有修饰词,如准确和严格、敏锐、钻牛角尖的、谨慎的、小心的、周到的、认真负责的和及时的直到夸张和吹毛求疵的程度。但我们可以完全大胆地说：实验是片面的，没让观众看见一切，至少没让观众看见那本该起决定性的东西；它们不必要的琐碎，它们分散注意力；它们复杂，避开了判断，完全跟变戏法似的。

"能几乎摆脱研究的事情（Sachen），因为它们过于微妙（déliées），"

这里我们又读到了"事情"，况且是那么细微、仓促、逃避研究的事情！

"如果他懂得屈从计算，它不仅要求人们具备优秀几何学家的知识，而且更多的是特别的机敏。"

现在，研究最终如同被包裹在数学的秘密中，以至于无人轻易地敢于靠近这一圣殿。

"他那么精细地运用了几何学，他的几何学是崇高的。"

对这些修辞学的热情和摇摆，我们只需报以如下回答，这一崇高精致的几何学的主要公式，根据缺乏色素的望远镜的发现，已被视作谬误，并因此受到普遍的认可。那了不起的彩色图像的丈量和计算，被臆造为一种全音阶的方式，这也已被我们用其他的方式全盘否定，在下一篇文章继续讲下去完全多余。

出自路易·贝特朗·卡斯代尔《色彩的光学》
Aus: Louis Bertrand Castel, ›L'optique des Couleurs ⟨...⟩‹

"我很愿意回到我注意的对象上来；我此生的第一步或第二步由一种意外和惊讶的感觉伴随，而我几乎还没回过神来。牛顿先生和整个欧洲手中的棱镜，完全可以且应该成为经验和观察的一种全新手段。以所有可能的方式来回地转动棱镜，从所有的观测点出发被打量,它难道不会因为那么多灵巧的手而耗竭不堪? 谁能够猜测,所有这些迷惑世界的实验可归结为一个或两个实验,可追溯到唯一一个,确切地说是一个千百种其他观点中完全普通的观点;而能以何种方式握住棱镜,同样源自无数的经验和人们也许不该这么做的深奥的观察。"

"牛顿先生研究的对象不是别的,总是他那彩色的幽灵。棱镜首先也向完全非哲学的眼睛展现幽灵。那些在他之后操作棱镜的第一批人,只是模仿他的操作。他们投入全部声望,捕捉他的实验的准确点,用一种迷信的忠诚复制。除了他所发现的,他们怎能得到不同的结论? 他们寻找他找过的东西,倘若他们找到不同的东西,那么他们也不能藉此夸耀;他们或许自己也会对此感到惭愧,因此暗自谴责自己。著名的马里奥特先生正是因此丧失自己的名声。他是聪明人,因为他勇敢,因为他知道要离开已踏上的道路。难道曾经存在一种对艺术和科学更有害的奴役制?"

"如果牛顿发现了真实;真实无穷无尽,人们不能将自己局囿于此。更不幸的是,当不计其数的错误堆积在一个错误之上时,他什么都没有做。因为几何学和尖刻的结论将一个错误变成肥沃的温床和一套系统,由此会变得有害。一个无知之人或愚蠢之人的错误只是一个错误;它甚至不属于他,他只是收养了它。我将会防止自己指责牛顿先生不诚实;其他人或许会说,他自欺欺人并诱骗我们,还为此操碎了心。"

"他先被棱镜幽灵诱骗,当他只委身于它之后,他只是尝试装扮它。如果他确实像个几何学家那样丈量、计算和推理,那么他就无可指责;但他却想作为物理学家作出判断,确定其天性,描述其起源。即使这样做也是他的自由。当然,棱镜是这个幽灵的根源和颜色的直接的起因;但当人们寻找源泉时,会逆流而上。可是牛顿先生完全不理会棱镜，看起来只关心在最远的距离之外理解幽灵，他向其学生传授的再无其他。"

"幽灵离源泉越远，它就更美丽，其颜色有更多的统一、更多的光辉、更多的明确性。但一位哲学家难道应该只跟在有着美丽颜色的百音钟转动装置后面跑吗？——最完美的现象，总是距离它们的秘密起因最远，而自然再也不闪光发亮，倘若它带着十分的小心掩盖其艺术。"

"但牛顿先生想分割、理清和分解颜色。难道几何学没有欺骗了他？一个方程式可以在多个方程式中解开；幽灵向他展示的颜色越多、按数量越是不一样，他越是觉得它们简单和易于分解。但他没有想到，自然在其现象中通常显示为多种多样和不计其数，在其原因中则非常简单，几乎是一位论的，最多和常常是信仰三位一体的。"

"但棱镜，正如我所承认的那样，是产生幽灵直接的、不容置疑的原因；但牛顿先生本该在此注意和看见这一点，在数量上颜色先只以 4 的倍数从棱镜中显现出来，再然后混合，产生 7，然后是 12，如果人们愿意的话，甚至无数。"

"但为了分解它们，必须等待，直到颜色相当混乱，携带一种使之更加混乱的危险，难道这是心灵掩饰一个糟糕的系统的一种诡诈，或是它试图清理这个系统的错误？"

"颜色几乎兵分两路从棱镜出来，被白光的宽条带分开，这两束光不能一起通过这条宽带，在一段可被察觉的、可随意扩大的距离之后，它们结合为一个独一无二的现象。这是真实的见解，有利于那些有诚实思想的人去理清复合的幽灵。自然本身向每个没被危险的幽灵施了过多魔法的人提供这一看法。我们谴责自然，认为它讳莫如深；但我们的精神喜欢钻牛角尖和热爱秘密。

你可以用干草叉把本性叉出去,但它会绕个弯儿再回来的。①"

"牛顿先生曾尝试,在此用把人钉在十字架的折磨②和暴力消灭自然;他曾上千次看到这一原初的现象;颜色没那么漂亮,但它们更加真实,它们让我们感到更加自然。这位伟大的人谈论这一现象,只是顺便似乎有意不再谈及此事,后人将因此在某种程度上受到阻碍,去睁开双眼寻找真相。"

"他做了更多事。即便不符合愿望,人们在使用一个大棱镜时会认识到正确的情况,在操作过程中,人们会发现,分开两种原初颜色边缘的白光非常宽。在一个小棱镜中,两色边缘更接近。它们更快速地接触对方,并欺骗粗心的观察者。牛顿先生更喜欢小棱镜;最有名的棱镜是英国棱镜,恰恰这也是最小的棱镜。"

"牛顿的一位睿智的反对者曾恼怒地说,这些棱镜全在蒙骗人,将一切变成魔法幽灵的戏剧表演。但太多牛顿的——我不想说不诚实,或者仅是——谬误显示,人们不会满足于小棱镜,会极力劝告我们,只让最细微、最轻柔的光线进入,乃至于会对阳光射入暗室所经过的小孔吹毛求疵,并会强烈要求,该用一根细小的针在铅制或者铜制的板上刺出一个洞。一位伟大的人及其仰慕者们并不将此吹毛求疵视为微不足道之事;可以肯定的是,如果人们蓄意向我们掩盖自然和真相,我当然并不这样认为,那么人们就不会一开始不心怀更多的精明。一道那么细微的光线从棱镜出来,另有一道那么细小的白光,两个边缘已经如此相互接近,对幽灵有利,却对观察者不利。"

"真正不幸的是那些情愿被蒙骗的人。观众应该特别感谢那位

---

① Naturam expellas furca, tamen usque recurret,贺拉斯名言。
② 歌德借此形象地称呼牛顿折磨自然的"实验苦刑"(Experimentum crucis)。

发出警告的人：诱骗即将展开，阻碍其前进功德无量。如果无人拯救，物理以及与之相近的科学和有赖于此的艺术，便会由于这个谬误的系统和其他学说丧失殆尽，而服务于这些学说的是这个系统的权威而非证明。但人们将来会看清这些和那些学说中的害处。"

"他的幽灵真的只是一个幽灵，一个幻想的对象，它不附身于任何东西之上，也不在任何真正的物体之上；比起指涉物体、物质和范围，它指的更是无物存在之处。因为物体结束之处，在那儿，正是在那儿，它就形成了；不管它经过光线的发散得到怎样的大小，这些光线确实只是从一个点出来，从这一不再能分割的点出发，它分开两个相邻的物体，其中一道从临近的阴影形成的光或者从其他阴影形成的更弱的光。"

出自迭戈·德卡瓦略与桑帕约的色彩理论论著①
Aus Schriften zur Farbentheorie von Diego de Carvalho e Sampayo

（……）

理论基本准则

"颜色通过光显现和形成。从发光物体中发散出来的光，或者被黑暗物体反射回来的光包含同一种颜色，正好产生同样的现象。光的活跃度恰恰与阴影的深厚一般可摧毁颜色。颜色在存在中介光的情况下出现和形成。

"只存在两种原色：红色和绿色。蓝色和黄色不是原色。黑色

---

① 指1791 年在里斯本出版的《论颜色》（Tratado das cores）。

是一种正色，它由红色和绿色构成。白色是一种正色，它产生于原色，即红色和绿色的极端的分割。"

将作者引导至理论的经验

"将红色与绿色设想为原色源于我于 1788 年 12 月在拉梅古经历的一场意外事件。我来到一个房间，看见墙上的绿色和红色反射。我寻找光源，发现它源于太阳，阳光透过窗户，落在对面的墙和铺在桌上的绿布之上。这中间是一把椅子，其阴影使得红色和绿色的彩色反射相遇。

"我把椅子拉开，使得没有物体横在中间，颜色马上消失。我将手中的西班牙管放在中间，马上出现同样的颜色。我发觉，红色与绿布的反射一致，绿色与太阳光落在墙壁那部分一致。

"我将布从桌上移走，好让太阳就这样落在墙上，颜色也消失了，从那些居间物体中只得到一个深色阴影。我让阳光直接落在布上，而不落在墙上，颜色同样消失，从那些居间物体中只得到一个深色阴影，这个阴影由被墙反射的光产生。

"在进行这一实验时，我观察到，如果房间黑暗且反射比自然光强烈的话，颜色显得更加鲜艳；如果人们让自然光穿过窗户或门，而自然光在强度上超过反射光，那么颜色甚至会消失。

"在重复实验之后，我这样布置：一部分太阳光落在白色墙上，另一部分太阳光落在我那鲜红的马耳他岛制服上。同时，我观察墙的反射，我再次看见它显现红色和绿色，结果绿色与红色反射，红色与墙上的光一致。

"每次观察都得到同样的结果。得出的结论是：太阳光是一种无色的流动体，有着如水般的特性，可以与所有颜色一起染上色，在这种流动体中游动着一些彩色的、细微的粒子，它们不同程度地给光染上色，通过折射、反射和衍射形成所有那种我们在自然物体之上和在染色的光中看到的颜色。

"被视作元素的光不是简单的物体，而是由相互之间不同的原则复合而成。一个无色、至多是细微的透明流动体构成基础，一个彩色、异质的深色物质持续不断地在这流动体中游动。

"如果光中不存在一个无色流动体，那么光之色的强度在所有种类中总是同样的；例如，红色会总是保持同等的鲜艳程度，不能变淡成为淡红色，或者不能浓缩成深红色。但现在，经验显示，光之颜色不必改变本性便可浓缩和变淡；接下来，在同样的光中必然存在一种无色物质，它能够产生同种类型的形态变化。

"那么，光的彩色物质不会单一：不然的话，它唯有一种特性，例如，红色；那么人们在所有物体中看见的无非是这样一种颜色，淡或深，根据强度的程度或者光的淡化。但现在人们在物体中看见不同颜色的、不可思议的多样性，不仅根据强度，而且也根据质量；因此，在无色流动体中游动的彩色物质不是单一的，而是有不同的性质。

"一系列新的、明晰的、由我对光进行的实验已经充分证明，这里存在两种彩色物质：一种能够激发我们的红色感觉，另一种能够激发绿色感觉。所有人们在光中看见的其他颜色由这两种复合而成，应该被视作它们与无色物质相互结合达到更高或更低浓度状态的单纯结果。因为光有着浓缩自身的力量，它对于眼部器官而言获得一种光辉和不能承受的强度；同时它有一种淡化自己的能力，不再被同样的器官觉察，使得对象不再明显。

"最后，光的彩色物质原本是深色，因为在它借助于巧妙的装置相互结合之后，它要么阻止无色光线的自由通道，要么向我们掩盖对象的表面。在这一表面之上，彩色物质扩散。"

······

马韦先生最近一次旅行考察(1817 年 10 月)报告
HERR MAWE.
NACHRICHT VON SEINEN LETZTEN
EXPEDITIONEN IM OKTOBER 1817

　　我受一位德高望重先生的委托，到康沃尔收集在矿物王国对陈列室重要的、适合艺术岩洞的东西。途经德文郡，在离开埃克塞特之时，我考察了巴维独特的地势及当地煤炭的形成。

　　巴维是达特孟①东部的一个村落；周围的土地可能早已被开垦，现在才用篱笆围起来。肥沃的土地之下是花岗岩，在这之上是便帽形状的正长岩。在岩石脚下，人们可见到略高于海平面的、宽几英里的场地。地质非常贫瘠，植被层之下是黏稠细腻的陶土，水不能透过这层陶土，这是这片土地贫瘠的原因。陶土有着不同白色的条纹，平常，点燃后变为浅色。点燃后，它变成纯白色，在做完一些准备工作后形成极好的陶器。在北部，更多是在西部，我们找到花岗岩山，特别是异常物，人们称之为孟石，主要由长石构成，它完全被分解。在北部，陶土山、页岩和正长岩比花岗岩少见。

　　我们刚才提及的场地被陶土覆盖，是在花岗岩石的达特孟山山

---

① 达特孟即 Dart Mon，系地名。许特纳(Johann Christian Hüttner)在 1818 年 2 月 6 日写给歌德的信中指出："由于个别词难以辨认，出现小错误。"Dart Mon 应该为达特穆尔(Dart Moor)，同样下文中的达特孟山(Dart-Mon-Berg)应该为达特穆尔山(Dartmoor-Berg)，孟石(Monstein)应该为穆尔石(Moorstein)，"孟"应该为"穆尔"。

脚下形成。周围是一些森林和树木。孟区经历了这样的气候变化，多山崎岖，不长果子，种植困难，除了诸如杂草、苔藓、松树和芦苇之类的东西，其他几乎不长。

　　现在我们再次将目光转移至巴维地区，西部在表层几英尺下存在一种煤炭独特的变化，延扩至两英里宽，在这之上是一层页岩陶土和地沥青（所谓的沥青页岩），易磨碎、快剥蚀，它大概五至七英尺深。煤在白天获取，从上至深处可达整整四十英尺。在水平面上，人们可见至少二十五英尺煤，填满矿井深处。看起来像一大堆放置已久的肥料，其颜色是不同深浅的褐色与深褐色，无论如何，它往各种方向形成炭木。有几块地方完全形成炭木，不易碎，但也并不耀眼，比较钝，其中夹杂着树脂沥青，易被点燃而散发一种怡人的味道。

　　人们用锋利的铁锹和有棱角的工具获取煤。点燃时，它产生巨大的热量，气味难闻，时而人们只用来烧石灰、烧制陶器以及用于穷人的房子。

　　若小心处理，人们可以从炭板上取任意一段，不超过一英寸的厚度。它们一开始柔软，但晒干后变得坚硬和粗糙。这种物质有别于英格兰人所说的"煤"，特别值得关注。

　　煤中通常没有砂石及其他矿层，没有陶土、铁矿石、植物印痕，既没有黄铁矿也没有其他硫磺类物质，不像在一般的煤物质中普遍能找到的那样，也没有贝类残余，只有已提及的陶土和沥青页岩以及在表面上能找到些许磨掉棱角的石英漂砾。

　　这种煤的形成与其他种类都不一样，值得地质学家注意，它延伸至五十五英尺深的地里。因为工厂位于山脚下，会很快被淹没，所以矿井不能深于刚刚所说的深度。

补充

我还想描述经过德文郡矿坑其他地区的旅程,特别是通过那些属于我的地区。它们产电气石和磷灰石、孟石中的赤铁矿、砷化钴和银矿以及在石英和页岩的南北矿脉。除此之外,在那儿,一处矿坑在花岗岩中发现铀矿,还有新近发现的磷酸铁化合物,土状物,正长岩中银白色的铅。

所有的描述都为你们服务,还有那些发现木锡的肥皂厂的描述,我也可以介绍关于德比郡的蟾蜍石的新发现以及我在伯爵领地最后十天所观察到的所有事情。

评论与愿望

耶拿矿物学协会,特别是主席与会长非常愉快地看到马韦先生愿意参与他们的工作。他最后一次考察旅行的报告马上译为德语,这里提供一份复本。或许马韦先生与一位双语的专家一起审阅,我们将得知,我们的理解是否正确。

我们将在协会的刊物中收录这篇文章以及马韦先生乐意报道的其他事情。

我从自己的陈列室里搜集了我们德国重要矿物的收藏品,将它们作为标本递送。如果我很快可以得知,通过何种途径以最少的花费达成此事,或许年初事情便有眉目。对此致以最好的祝愿和推荐。

对于有争论物品的一些理论思考也将在他的时代一一传播。

1817 年 12 月 21 日于耶拿

卢克·霍华德致信歌德

LUKE HOWARD AN GOETHE

The celebrated Writer whom I thus for the first time and without ceremony address, is desirous, as I learn from his Friend in London, of having, for the information of the German public, some account of the person who wrote the Essay on the Modification of Clouds. As no one is probably so well prepared to furnish what may be suitable, *at present*, for this purpose as myself — and as there are several reasons why I should not withhold it, now that the request has been made, a Memoir is subjoined, which I have taken the liberty to write, as it seems to me the most natural method, in the first person. On account of pressing occupations, and the necessity of sending it off tomorrow, I have availed myself of the hand of a near friend, to make the fair Copy from my MS.

我第一次未经任何周转和这位知名作家取得联系。我从他在伦敦的朋友那里获悉,作家希望我能作为"云的形成"的作者向德国公众介绍一下我个人的一些情况。因为没有人像我一样准备充分、堪当此任在眼下实现这个目标——况且,还有一些缘由让我不该有所保留。既然有人提出了要求,我便自由发挥,用在我看来最自然的方式,即第一人称写作,附上了一篇论文。由于我事务繁忙,而且第二天必须寄出文章,所以我把手稿副本委托给一位密友,请他代为加工。

Tottenham Green, near London, 21.st of 2.nd Ms: 1822.

I was born in London, the 28 ⟨th⟩ of the Eleventh month (November) 1772, and am respectably descended. By this I mean, first and principally, that my Father, Robert Howard, my Grandfather of the same name, and, for any thing I have been able to learn to the contrary, my great Grandfather, were persons of probity, respectable in their station, (which was that of tradesmen or manufacturers,) and were allied in marriage with persons having similar claims to consideration; secondly, that my great grandfather's father, Gravely Howard, according to a tradition preserved in the family, was a gentleman who ruined his fortune, (or lost in some way his estate, which lay in Berkshire) by his attachment to the cause of James 2nd whom he followed into Ireland.

托滕汉姆·格林,伦敦近郊。1822 年 2 月 21 日。

1772 年 11 月 28 日,我出生于伦敦的一个名门望族;我首先指的是我的父亲罗伯特·霍华德和我同名的祖父。另外,我不知从哪里获悉,我的曾祖父是一名商人和手工业者,为人正直诚恳,受人尊敬。他们都娶了同样有名望、门当户对的妻子;不过,根据家谱记载,我的玄曾祖父格雷夫利·霍华德和雅各布二世有所牵连,后来追随他去了爱尔兰,从而使家业毁于一旦,或以某种方式失去了他在伯克郡购置的产业。

他的儿子斯坦利·霍华德是一个教友派教徒,通过结交社团的方式在英格兰定居。该社团通常以"朋友"的名字命名。假如他的子孙后代要依附他的职业的话,他们追求事业就有了新方向。

His son, Stanley Howard, became a *quaker*, & settled in England: and in attaching himself to this Society (now commonly designated by the name of "The Friends") gave necessarily a new direction to the pursuits of his descendants, should they adhere to his profession. For the tenets of "The Friends" effectually shut out consistent members of that Society from Military and Ecclesiastical, and in great measure also from civil, employments & honours; but indemnify them, in my estimation, by affording them greater leisure and inducement to discharge those voluntary good offices, in which, in this land of reasonable freedom, a man who has a heart for it, may generally be found rendering his measure of service, to his country and to mankind.

　　I was seven years at a large grammar school at Burford, near Oxford, under a "Friend", who was

"朋友社"制定规则,排除了军方人士和宗教界人士,几乎摒弃了所有政府人员和拥有荣誉职位的人员;但我认为,这些规则通过给这些人闲暇和理由接管义务工作的方法补偿了他们,这样一来,在这个理性自由的国家,如果一个人有意愿量力而行,往往可以为祖国和人类效劳。

　　我自七岁起,就在一个朋友的监护之下,就读于牛津附近伯福德地区一所著名的拉丁语学校。他是一个了不起的人,一位大学者,但是他行事老派,习惯于鞭策学习不够快的孩子,而对那些学习能跟上的人,他就放任自流了。于我而言,这样做的后果是,我比能力所及学习了更多的拉丁语,在忽略的学习中又荒废了时间;我的数学荒废如此严重,以至于我在繁忙的工作中再也找不回学习的路径。

an excellent man and a good Classic; but he was "of the Old School", and his method was, to flog those who could not learn fast enough, and leave those who could, too much, to their own pace. The consequence as to myself was, that I acquired more Latin than I have since been able, notwithstanding much neglect of study, to forget; and was so little prepared for the Mathematics that, amidst more active occupations, I have never since found the way to them. My pretensions are consequently but slender, as a man of *science*. Being born, however with observant faculties, I began here to make use of them, as well as I could without a guide; for science was not, at that time, made a part of every child's delight and recreation, whose parents could afford him books and playthings. Accordingly the numerous *Aurorae Boreales* in those years interested me; I settled in my mind one remarkable configuration of the

因此,我几乎不抱幻想能成为科学家;但由于我与生俱来有极强的观察能力,便开始在没有引导的情况下运用观察力:因为那时候,科学还不像现在这样是每个孩子的乐趣和休闲。而现在,孩子的家长能买得起书籍和玩具。

后来,那些年的北极光现象引起了我的兴趣;奇特的云的形成现象在我的想象中扎下了根,我做水的冰冻实验,最终,冰块膨胀引发玻璃容器爆裂,宣告实验终结;我还记得 1783 年那场罕见的薄雾;还很清楚地记得当年 8 月壮观的流星现象。

clouds, because it was of rare occurrence; made experiments of the *freezing* of *water*, which ended in the breaking of my glass vessel by the expansion of the ice; and can remember the remarkable *haze* of 1783; and very distinctly, also, the passage & appearances of the splendid *meteor* of the eighth month of that year.

I left school, to proceed after a few months to a laborious apprenticeship with a Druggist, in a town near Manchester. Pharmacy was here a part of my stated employment, to which was added, in short intervals of leisure, the Study of the French language, Chemistry, Botany etc. The works of Lavoisier and his associates operated upon many of us at that time, like the rising of the Sun after the morning's moonshine: but Chemistry is now betrothed

离开学校几个月后,我去了曼彻斯特附近的一座小城,在那里的一个药房当学徒,工作很辛苦。在这里,药学是我的主业的一部分;工作之余我努力学习法语、化学和植物学等。拉瓦锡①及其同伴们的工作就像晨时月光之后初升的朝阳,对我们很多人产生了影响;但现在化学已经和数学结盟,因此,对于它曾经的仰慕者而言,多少有些难以企及。

① 指安托万-洛朗·拉瓦锡(Antoine-Laurent Lavoisier, 1743—1794),法国化学家,近代化学奠基人之一,"燃烧的氧学说"的提出者。

to the Mathematics, and is in consequence grown somewhat shy of her former admirers.

Returning to London in my 22nd year, I continued to seek improvement in the line of business I had chosen: but an accident here befel⟨l⟩ me, which had nearly proved fatal. I fell from a ladder upon a bottle, which I had in my left hand, full of a solution of Arsenic: the ulnar artery was divided, by a deep and wide incision in the hand below the wrist, and the poison entered freely into the wound. I mention this, because I am not sure that I do not even now suffer from the injury; for I had, for several days, severe haemorrhages (which came on periodically at a certain time of the afternoon) while the Surgeons, discouraged by the appearances of the wound, deferred taking up the artery; which was at length successfully done; and my strength, in the course of some years moderately restored.

二十二岁时,我回到伦敦,遵照既定的选择继续从事原先的工作。我遭遇了一次意外,几乎将我毁灭:当时我左手举着一个装满白砷溶液的瓶子,人从梯子上摔下来,掉在瓶子上;手关节以下形成一个深而宽的切口,手臂动脉遭受重创,毒液长驱直入进入伤口。我回想当时的情形,不能确定是不是现在还有后遗症:因为接下来的几天下午,我的伤口都反复不止地流血,血流如注,外科医生除了结扎动脉以外别无他法,后来伤口渐渐愈合,几年以后慢慢恢复了。

In the interval of inactivity which my disabled state now forced upon me, I paid attention, amongst other pursuits, to the properties of the pollen of flowers, as exhibited in water and alcohol, under the microscope; on which subject, in 1800, a paper of mine was read before the Linnen Society. — In the year 1798 I became the partner in trade of my still intimate friend William Allen; a man whose name is deservedly held in esteem wherever science and humanity have found patrons, and became the subjects of correspondence among men of different nations. My department in this connection was a Laboratory, then newly instituted, at a village called Plaistow, a few miles distant from London. In attending to the duties of this establishment, being often *sub dis*, in passing to and from

这段时间,我被迫停下工作,什么也干不了。我开始留意有关花粉性质的实验。把花粉置于水或者酒精中,放在显微镜下观察。1800 年,我就这个话题在伦敦林奈学会①宣读了一篇论文。

1798 年,我和威廉·阿兰开始业务往来,迄今为止他都是我的挚友;他在科学界和教育界都颇有威望,也是各国人们交际往来中讨论的话题人物。在这一业务联系中,我负责一个地处普莱斯托的当时刚刚成立的实验室,距离伦敦仅几里之遥;根据我的职责,我必须常常露天作业,在一个又一个工作之间往返辗转。我重新开始了以往的观察,并着手编写环境和气象学目录。

① 伦敦林奈学会建立于 1788 年,是一个研究生物分类学的协会,出版动物学、植物学以及其他生物学期刊。

the works, I resumed the observations I had long been in the habit of making, upon the face of the sky, and began to keep a Meterological Register. — My friend Allen and myself belonged to a select Philosophical Society, which met every fortnight, during the winter, in London; each member being required by the rules to bring in an Essay, in his turn, for discussion, or pay a fine. It was the obligation thus contracted, which occasioned me to present to that society, among other papers of less originality, the Essay on Clouds. - The papers seemed worthy of publication by this Society were inserted, in Tilloch's Philosophical Magazine, the Editor being one of our number. Circumstances have long since dissolved this little fraternity, which designated itself, while it lasted, by the name of the "Askesian society", from ασκησις, *exercitatio*: and I believe many of those who were in

我的朋友阿兰和我同属一个精选的哲学社团，冬季里每两周一次在伦敦聚会；每一位成员有责任轮流做完一项实验以供检验，或者支付一笔罚金。这一任务促使我向该社团提交关于云的论文，很多其他人交上来的论文普遍缺少原创性。大家认为这些论文值得向公众推广，于是在蒂洛赫的哲学杂志上发表，这本杂志的主编是我们社团的成员之一。这一团体存续期间的名称是"实践社"，出自希腊语 ασκησις, *exercitatio*，后来的一些状况导致这个社团解散。我认为，热情参与该社团的某些人会承认，他们在不断提升科学品格方面得益于其实践。

the habit of attending it, will acknowledge themselves to have been indebted to its *exercises* for permanent improvements in their scientific character.

My respectable and too partial friend has now before his view the most active, and, as it regards science, the most interesting part of my life: he has seen how the *pearl* which he values, was got out of the oyster, and having fished up the *shell* also, that it might furnish nacre for his cabinet is perhaps disappointed to find it but an oyster shell at last. —

My excellent friend before mentioned and myself, after about a seven years connexion, separated from each other by mutual consent; he retained his interest in London, together with the establishment there: and I associated with myself two men, whose uncommon merit in their respective departments, as managers in the former concern,

现在,我可敬却太过偏信的朋友将看到最生动的部分,就科学而论,这是我一生最有趣的部分;他看到了他珍视的珍珠从牡蛎中被取出,为了作为珍珠母放置在陈列柜中,他还打捞出了牡蛎。也许,假如他最终明白这只是一个牡蛎壳的话,我的朋友会感到不快和失望。

在共同合作七年后,我和前面提到过的那位出色的朋友阿兰,在双方满意的情况下分道扬镳了;他在伦敦的研究机构中继续追求原来的兴趣,我加入了一个由其他两位先生组建的团队,他们俩作为先前商行的经理人,在众多的职位上作出了非凡的贡献,因此有资格成

entitled them now to become principals. Under their immediate care and by dint chiefly of their industry and skill, the Laboratory acquired a stable character, and has proceeded to the present time, with only a change of the Site, which is now at Stratford, Essex. It employs above thirty workmen, and furnishes in large quantities various chemical products, required in Pharmacy and other arts. — It may appear singular that with such opportunities, I should have published nothing as a *Chemist*. The reply to such a proposal would always be short and decisive, C'est notre *métier* — we have to *live* by the *practice* of Chemistry as an *art*, and not by exhibiting in to the public as a science — The success of our labours, under the vigorous competition, which every ingenious man has here to sustain, depends on our using,

为总监。在他们的直接关照之下,也由于他们的勤奋和机敏,实验室得以稳固发展,直至今日还在运行。只不过现在实验室搬到埃塞克斯伯爵领地的斯特拉福。实验室拥有三十多位工作人员,为药剂师和艺术家们提供所需大量高品质且种类不同的化学用品。

但是看上去很奇怪,在如此大好机遇之下,我作为一名化学家,竟没有取得任何成果。答案简单明确:这是我们的行业![1] 我们仰仗的是作为一种技艺的化学,而不是将它作为一门科学向公众开放——我们的工作在遭遇激烈竞争时有幸取得成

---

① 原文为法语 c'est notre métier!

while we can do it, exclusively, the few new facts that turn up in the routie of practice. Thus circumstanced, and having sons to succeed to our posts, we decline to exhibit our operations to any one; and the Establishment it, in fact, useful and important, to a country, for the most part unconscious of its existence. The progress of Chemical Science has been promoted, rather than retarded, by this Conduct; as we have continually been able to furnish to the experimental Chemist, some material or other in an improved state.

The like reasons, together with an inherent liking to it, have confined my connexion with science to the branch of Meteorology. — I have lately methodized the Results of Ten years observations, in a work in 2 vols' 8ᵛᵒ entitled the "Climate of London". I shall send it to Weimar, and I request thy acceptance of it when it arrives. In it, I have made

功,离不开每一位有才智的人员的坚持,取决于我们在可行的情况下,专门使用了在实践中知晓的少量新事实和新的操作方法。在这种情况下,由于我们后继有人,我们便拒绝向他人透露我们的处理方式;事实上,我们由此维护和支持了一个对国家有益而且重要的机构,而这个国家在很大程度上确对它的存在一无所知。这种做法促进了化学业的进步,而非阻碍;因为我们有能力持续为做实验的化学家提供这样或那样的材料,或以一种完美的状态提供原料。

基于同样的理由以及我一如既往的兴趣,我与科学的关联局限在气象学分支上。最近,我把十年来的观察整理成一套两卷本八册的著作,书名是《伦敦的气候》。我将它寄往魏玛,希望它能受到欢迎。和以前分析云一样,我在这本书中十分自由

as free with the *seasons*, as formerly with the clouds; and I suppose that some increased attention to the subject has been the result, here also. It has been favourably received; & I have been proposed & accepted since the publication, as a Fellow of the Royal Society; to which I have sent some papers.

Should it be enquired here, without business requiring much of my attention, and doing little in Science, I now manage to spend my time, I might allege different excuses for inactivity, besides what has already appeared respecting weak health; as, that I am a man of domestic habits, and very happy in my family, and with a few friends, whom I quit reluctantly for other circles; and here seems the place to mention, that I entered into the married state in 1796 with Mariabella, daughter of John Eliot of London, Gentleman, a member of the Society of Friends, and that

地探讨季节的问题；我自豪地认为，持续增加关注主题才能有成果，此处同样如此。这本书获得了不俗的反响；此书出版后，我被推荐并获准成为皇家研究协会的成员。我曾经向这个协会寄送了一些论文。

也许有人会问，我没有需要投入特别关注的事业，为科学作的贡献也微乎其微，那么我平时怎么打发时间；针对我的无所事事，除了前面提到的健康状况不佳之外，我大概可以说出各种理由。因为我是一个热衷居家生活的人，和家人以及极少数朋友在一起。为了加入其他圈子，我勉强离开了这些朋友们；谈到这里，似乎是时候介绍一下，1796 年，我和玛利亚贝拉结婚。她是伦敦人约翰·艾略特的女儿。约翰是一个正直的人，同时也是朋友社的成员。我和我的妻子共同生下五个孩子，三男

we have 5 children living, three sons, and two daughters, of whom the eldest has nearly attained the age of twenty one; they have all been educated thus far, at home, or in the neighbourhood; & the period of their adolescence has, consequently, proved to us a source of enjoyment, as well as of endearment, which was much wanting to my own parents, from the distant location of most of their children. I owe much in life, nevertheless, to the care and protection of an excellent father. — But the man being thus far before thee, I may as well assign, at once, the true reason of his comparative unfruitfulness in science; and which is at the same time the source of his greatest pains & highest pleasures — In a word, then, he is a *Christian*, and the practical sense in which he holds his religion leaves him in fact little time to *himself*. Be not startled my Friend! As if something enthusiastic were now to follow. I

两女,其中最大的孩子快二十一岁了;迄今为止,他们都是在家庭和社区中接受了教育;他们的成长带给我们很多欢乐和亲情。我自己的父母无缘享受这一切,因为孩子们各奔东西,相距甚远。然而,我在生活中却有所亏欠,我不是一个能贴心照料和保护孩子的好父亲。

但因为这个人现在清晰可辨地站在你面前,请允许我即刻说出他在科学领域里成就相对贫乏的原因,这也是他最大的痛苦和快乐。一言以蔽之:他是一个基督徒,他领悟的宗教的实用性观念,实际上让他很少把时间留给自己。我的朋友,请你不要诧异,以为接下来可以看到一些振奋人心的故事。我试着解释得更清楚一点。基督教对我而言不是一系列可以思辨的概念,或者是一些平复良心的仪式,否则人们的行为得不到好

will endeavour to explain myself.
Christianity is not with me, a set of
notions upon which a man may
speculate — or a round of
ceremonies, with which he may
satisfy his conscience, otherwise
bringing no good report of his
actions — It is not a system
prescribed by power, and sanctioned
by human laws, into the profession
of which he may drag others by
force, or allure them by artifice. It
is the plain way to peace of mind
and happiness, laid down in the
Scriptures, and especially in the New
Testament: the method by which
man, who has sinned, and become
the enemy of his God, is reconciled
to Him upon sincere repentance,
thro⟨ugh⟩ Jesus Christ, his Sacrifice
& Mediation: and being thus by Him
redeemed, and having faith in Him,
is enabled to resist the power of evil
in himself, while he is also disposed
to good works, by the secret aid and
influences of God's Holy Spirit.

报——它不是权力规定下的体系，通过法律获得确认，在执行过程中用暴力强迫他人，或用技巧引诱他人。基督教以《圣经》规定下来、通向内心和平和愉悦的朴素道路，尤其体现在《新约》中：通过这种方法，当人们犯下罪孽成为上帝的敌人，通过真心悔过，通过耶稣基督的牺牲和居间转达，人们能获得宽恕；通过耶稣而得到救赎，笃信他，可以抵御人们内心的邪恶，因为人们通过神圣礼拜的秘密协助和影响，也被涤荡成好的造物。

Viewing, I say, my religion in thus light, and feeling it after this manner, it is become the law of my life and affections — and I find it impossible any more to resolve to live to myself; were the enjoyments of such a course of life tenfold greater than they are. To diffuse, then, good principles, to promote good morals, and the careful education of youth; to assert in maintaining orders and discipline in the society of "Friends" — to aid in the settlement of disputes — to contribute to the relief of the afflicted in body or mind; such is the nature of the pursuits & associations, to which I am now habitually attached.

And having acquired a certain facility with the pen, I am content, very often, to employ it in such services, where it is certain that neither fame nor emolument will ensue — and where, in all probability, the morsels thus produced will, after a few years, be

假如我从这个角度看待我的宗教，以这种方式去感受，它就成了我的人生法则和挚爱，我已经无法决断按照自己的意志去生活；这一人生方向转变带来的快乐要比其他东西大上十倍之多。

为了传播好的原理，为了促进良好的道德并用心教育好年轻一代；为了坚决维护"朋友社"的规章制度，为了参与调停一切争端，为了帮助缓解肉体和心灵的痛苦，这些都是我参加的几大协会的追求和本质。

由于有一定的写作能力，我时常很高兴在这些服务中发挥我的写作特长，尽管我很清楚，这样做既不能得到名望，也捞不到什么好处——而且很有可能以这种方式出现的刊本不出几年，

assignable to no certain author.

Am I a fool for this, in Goethe's esteem？ I trust not. As surely as the present world is real，there will be an hereafter, in which every one of us shall be judged according to the deeds done in these bodies. On this *future* I rest my hopes， and on it I found my moderate estimate of the *present*：assured，that if I persevere to the end I shall have my reward — And knowing that in any other Character, the world can well spare me，I am content to be for the most part occupied in it *as a Christian*. Science will go on；there it plenty of labourers； the useful arts will advance towards perfection （the hurtful I think have nearly passed their *acme*）mankind will increase，the earth will be *peopled*，which it can hardly be said to be at present；and while generations pass on, while the understanding of men become more enlightened，their *hearts* will

连作者署名也没有。

按照歌德的看法，我是个傻瓜吗？我不这么认为。因为正如当前的世界真实无误一样，后面还存在另一个世界，在那里，我们每个人根据他在原先世界里的所作所为得到审判。我的希望就建立在这个未来之上，因此我基于当下做出估计：我相信，如果我一直坚持到最后，将得到奖赏。

我现在很清楚，在每一种其他情形的世界里也许可以少了我，所以我很满意在这个世界里我的主要身份是基督徒。因为有很多劳动者，科学总归会往前发展；有用的技艺会日趋完善；（我认为，有害的技艺已气数将尽）；正如当前不允许这么断言的那样，人口将会增加，地球上住满了人。在人口扩张的同时，人的理解力将会提高，统治世界的人不会承认他们内心堕落。不！如果真

not be suffered by Him who rules the Universe to remain corrupt. *No: the Christian Religion in its sincere practice*，will overspread the nations — it will improve the condition of mankind generally; it has done this to an incalculable degree partially; both in moral and civil sense. — Wars will cease，with other degrading，superstitious，and hurtful practices — society will assume a new aspect，general harmony & mutual good offices，between nations and individuals，will replace the present too general selfishness & discord. All this，it may be，not without some intervening period of opposition，and persecution of the good. — Lastly，over this improved and happy society，the Son of God，who laid down his life，to introduce into the world the means of forming it，will reign in peace until the *end* comes. Then shall a little faith，which has ripened in this life into

诚地执行基督教教义，它将跨越国界得到广泛传播，从总体上改善人类的精神状态。无论在道义或者在民法的意义上，这一点已经在无法估量的程度上部分实现了；战争将偃旗息鼓，其他耻辱的迷信思想和败坏道德的活动也将停息，社会将获得一个新面貌，国家和个人之间普遍的和谐与相互良好的服务将取代当前的自私自利和不融洽。尽管不排除出现对立时期的可能和对善良者的迫害。最后，上帝之子为了介绍和引入塑造这个世界的方式，曾经牺牲了自己的生命，他将和平地统治这个改良的幸福社会，直到世界末日来临。随后，一点微小的信仰在这个生命中蜕变成美德，比人类智力最傲人的纪念碑更出色。噢！从这样的观点中产生的诗该是多么高贵！但是我是在做梦！我们

virtue, be found to outweigh the proudest monuments of the power of human intellect. — Oh! What a noble *poem* might be raised on such an argument! But I dream. Our own Milton high as he soared, hat not wings to reach it; and he wisely applied the "Thoughts that, voluntary, moved harmonious numbers" — rather in imagining the circumstances, than in attempting to develop the substance of Divine things. For these are best apprehended, after all, by pursuing with an humble heart, and with prayer to God for *His* light on the subject, the plain energetic prose of the Books of the Old and New Testament.

My friend will not wonder after this, that I am an advocate for the universal diffusion of the Sacred Writing & that in fact I give a good

的弥尔顿①，就算他那么杰出，还是没有翅膀抵达这个高度。他很聪明地使用了"自愿和谐运动的想法"去想象外部状况，而不是尝试去发展神圣事物的本质。毕竟，以一颗谦卑的心面对上帝光芒的人，最能理解《旧约》和《新约》中朴素而有力的文章。

这样一来，看到我拥护《圣经》的广泛传播，我的朋友不会为此感到惊奇。事实上，我在英国和国外的《圣

---

① 约翰·弥尔顿(John Milton，1608—1674)英国诗人、政论家，民主斗士，英国文学史上伟大的六大诗人之一，代表作品有长诗《失乐园》和《力士参孙》等。

deal of time, at intervals, to the affairs of the British and Foreign Bible Society; of the Committee of which in London, I am a member; as was also my Father, from its origin to the time of his decease.

To conclude, should such a man, and thus occupied be an object of further interest to Goethe, his letters will be kindly received, and every due satisfaction afforded to his inquiries.

P. S. In reference to the scattered Essays to which I might advance a claim, I may instance, as specimens, the articles *Penn* and *Woolman*, both *biographical*; and *Quakers*, *historical*, in Ree's Cyclopaedia. Those, together with the articles *Clouds & Dew* were my Contributions to that work; with the respectable & candid Editor of which I have long had the pleasure of being acquainted.

L. H.

经》团体上定期花费了很多时间；我还是这些团体驻伦敦机构的成员，就像我的父亲那样，从这个机构成立开始，他一直是成员，直到去世。

总而言之，希望歌德持续关注这样一个忙碌的人，他会友好地接受歌德的来信，满足他的问题和愿望。

〔附言〕

那些我零散的文章，是我曾经做的多样化的尝试，例如：《佩恩》和《沃尔曼》，两篇都是传记性质的；收录于李氏百科全书的《教友派教徒》，历史文献。这些文章连同《云》和《露水》，是我对上文提到的著作的贡献；长期以来，我和该书可敬正直的主编交情颇深，彼此友好。

卢克•霍华德

煤炭国王
KING COAL

英国相对其他国家有一个巨大的优势：英国的科学家们试图将汇总的以及个人的发现都尽可能地运作起来；通过广泛传播已有的知识，最有把握实现这一点。对此他们不鄙视任何手段。也许看上去很奇怪，其他民族认定为假设或者方法，并精神抖擞地为此地争论不休，可英国却能用严肃或戏谑的诗歌整合人尽皆知的东西。

教育诗在英格兰颇受欢迎；一首时新的、活泼生动并且欢快幽默的诗歌值得人们更深入地认识它。它不是为了普及地球构造学的知识，而是为了号召有才能的人相互靠拢。此外，他们按照维尔纳学派的思路接纳了采矿学，一个东张西望的游客也不需要对走马观花的事物产生兴趣。这首诗由三个部分组成，第一部分：煤炭国王的早朝，或地理学的礼仪。

为了讨好他的夫人黄铁矿①，统治者煤炭国王兴起猛烈的地震，要求英格兰和威尔士所有的矿物种类都聚集在一起。他坐在黑色王座上，严肃而伟岸，他的夫人则兴致勃勃、光彩照人，在接见厅主持聚会。装饰得闪闪发光的墙壁上，一盏炫目的煤气灯反射出光线。矿物物种们纷纷赶来，他们的级别早已经规定好。通过片麻岩②，花岗岩③公爵最先报告他的到来；他庄重地走进来，煤炭国王向他问候。

---

① 黄铁矿是铁的二硫化物，因其浅黄铜色和明亮的金属光泽，常被误认为是黄金。
② 片麻岩是由岩浆岩或沉积岩经深变质作用而成的岩石。
③ 花岗岩属于酸性岩浆岩中的侵入岩，多为浅肉红色、浅灰色、灰白色等。

但片麻岩形单影只,没有得到相同的礼遇。**板岩**①侯爵紧随其后;不过他身体欠佳。**残斑岩**②伯爵夫人是寡妇,她把她所有的华美服饰都留在埃及了;王后嘲笑她穿着寒酸;国王宣布她是一个有教养的贵妇,只是没有注重着装。

　　蛇纹岩③伯爵出现了,他身穿绿色服装,相貌英俊,举止高雅,但是财产不多。接着,**黑花岗岩**④子爵走进来,他和上面提到的花岗岩伯爵长得非常相像;他看上去颇为自得,因为他重权在握,他和某个**角闪石**⑤有亲属关系,后者是个无趣的男人;但是他们两个人是亲密挚友,以至于看到其中一个,就以为看到了另一个。**杂砂岩**⑥伯爵看上去颇有才干,他脸上长着雀斑,勇敢地走上前。萨克森魔法师维尔纳将他抚养长大,现在他自信满满地要求得到厚层泥岩的财产;不过国王认为,这一争端还将持续很长时间。

　　邻座**辉钼**⑦是国王的远房亲戚,他因为身世凄惨越来越自我封闭,多愁善感,在路过的时候没有什么表现。现在一位大人物上场了,**老砂岩**⑧在白等了他侄子**小砂岩**许久以后,独自前来拜见国王。紧随其后的是**劳伦斯·原生石灰岩**爵士,一位家财万贯的先生,他未

---

① 板岩是具有板状构造,基本没有重结晶的岩石,是一种变质岩,颜色随其所含有的杂质不同而变化。
② 残斑岩是一种具有斑状结构的中性、酸性或碱性的火成岩。
③ 蛇纹岩是多以绿色或黑绿色为主的镁硅酸盐,并有蛇皮状斑纹。
④ 黑花岗岩是红色或灰色矿石,主要产自埃及南部阿斯旺地区。
⑤ 角闪石是绿黑色或黑色的硅酸盐,由镁、铁和钙等组成。
⑥ 杂砂岩又称瓦克岩,是哈尔茨地区的采矿术语,指深灰色的砂岩。
⑦ 辉钼是一种硫化物和软金属,和石墨相近。
⑧ 砂岩是一种沉积岩,主要由各种砂粒胶结而成的,结构稳定,通常呈淡褐色或红色,主要含硅、钙、黏土和氧化铁。

婚,但他是**石膏**①小姐的男朋友,因为她富有,爵士打算娶她为妻,但是她美丽的侄女**透明石膏**②也想嫁给他,然而她没有财产可以继承,这使得爵士很难取舍。

但是两位砂岩先生也想娶石膏小姐,小砂岩谈话时尽量说着逗趣的话,尽管没有什么**连珠的妙语**③;砂岩家族也有很多旁支,大部分人地位低微,但是所有人都很自豪,因为是了不起的贵族院议员石英勋爵写信邀请他们来的。

但是**劳伦斯·原生石灰岩**爵士富甲一方,在宫廷里很受待见;人们还提到他的四个儿子,还顺带提到他的堂弟**泥灰岩**④。

不过劳伦斯爵士为他的母亲**大理石**⑤夫人告假,因为她居住得偏远。煤炭国王教训他的夫人,说大理石夫人以前而且现在依然是一个美人儿,尽管她不是英格兰人,但是她受到所有家族的喜爱;国王称赞她光彩照人,并且保证,不管她到任何一个宫廷,都会感觉像家一样舒适自在。国王说,现在作品中尽其所能地称颂她是一个阴谋,因为大家一再听说卡诺瓦⑥证实她很受人瞩目。

小砂岩挽着石膏小姐走进来,在众目睽睽之下与宫廷的男士和

---

① 石膏是单斜晶系矿物,是一种用途广泛的工业材料和建筑材料。
② 透明石膏(Selenit)是一种晶体状的石膏矿,纯白色,半透明,名称取自希腊月神,意为“月亮发光”。
③ 原文是“阿提卡的盐”,阿提卡是希腊半岛的一个地区,雅典所在地,古希腊文化中心。“阿提卡的盐”指机智的话或者妙语。
④ 泥灰岩是一种介于碳酸盐岩与黏土岩之间的过渡类型岩石,可作水泥原料和建筑石料。
⑤ 大理石泛指有各种颜色花纹的、用于建筑装饰材料的石灰岩。
⑥ 指安东尼奥·卡诺瓦(Canova,1757—1822),意大利雕塑家,古典主义的代表人物。推崇古典样式雕塑,风格严谨、优美、理想化。他最有名的作品之一是把保琳娜·博格塞作为维纳斯展示的大理石雕像(1807)。

女士们眉来眼去。

此时凝灰岩①现身了,罕见地佩戴着武器;他看上去像喝醉了,神志不清;他十分奢侈地用蜥蜴和鱼装饰脑袋。他的盾牌是煅烧过的龟壳,中间有一只海马在燃烧。凝灰岩骑着鳄鱼,表现出自己化石界主宰的气势。

层状石灰岩②在活泼又硬心肠的男孩**燧石**③的陪伴下现身了。层状石灰岩住在英格兰南部地区,一刻也不能离了这个小家伙的陪伴。

汉斯·泥灰岩和雅各布·黏土④从谢佩岛⑤过来,在宫廷里受到了热情的款待;王后喜欢贝壳,委托**雅各布·黏土**为她举办一次藏品展览。她也没有被忽视植物学,细致地收集了史前时代的植物。因此**雅各布·黏土**恭维国王和王后陛下,受到优待,试图在此地安居下来。

虽然有些姗姗来迟,不过**玄武岩**⑥男爵还是在**灰绿石**⑦夫人和侍

---

① 凝灰岩是一种火山碎屑岩,成分主要是火山灰,表面疏松粗糙或致密,有层理的称为层凝灰岩。
② 层状石灰岩一种具叠层构造的石灰岩,叠层在平面上是水平层状或呈波状起伏,更常见的是向上凸起。
③ 燧石,又称火石,是比较常见的硅质岩石。
④ 黏土由硅酸盐矿物在地球表面风化后形成,颗粒较大而成分接近原来的石块的,称为原生黏土或者一次黏土。这种黏土的成分主要为氧化硅与氧化铝,色白而耐火,为配制瓷土之主要原料。
⑤ 谢佩岛坐落于肯特(Kent)郡北部,离伦敦约30公里,位于泰晤士河的河口。
⑥ 玄武岩是洋壳主要成分,属于基性火山岩。玄武岩是地球洋壳和月球月海的最主要组成物质,也是地球陆壳和月球月陆的重要组成物质。
⑦ 灰绿石多呈现深灰、灰黑色,属玄武岩。

童沸石①的陪同下勇敢地走上来。男爵轻蔑地环顾四周,因为没有看到立柱,觉得这个大厅的建造有失水准;他认为,斯塔法岛和芬戈尔岩洞②是完全不一样的。他毫不掩饰他的不屑,但大家绝对不可以跟他生气,因为他是位卓越的建筑家。

关于数学及其被滥用
和个别科学分支周期性占据统治地位
ÜBER
MATHEMATIK UND DEREN MISSBRAUCH
SOWIE
DAS PERIODISCHE VORWALTEN EINZELNER
WISSENSCHAFTLICHER ZWEIGE

　　考虑到我的资质和条件,我不得不很早就认识到,我有权利,在不采用数学手段的情况下,从最简单、最神秘的源头出发,用最司空见惯的物体来观察、研究和理解大自然。对我来说,我一生都坚持这样做。我的成绩显而易见;至于它们怎样使他人获益,日后也会得到证明。

　　但是,我不太愉快地发现我的努力被强行赋予了一种错误的意义。我听到别人指责我,好像我与数学为敌。可是没有人像我这样对数学评价这么高,因为它达成了在我看来完全不可能的事。所以我想解释一下,于是选择了一个办法,用其他知名人士和有影响力的

---

① 沸石,一种天然硅铝酸盐矿石,常为无色或白色,在灼烧时会沸腾和融化,希腊语中意为"沸腾"(zeo)的"石头"(lithos)。
② 斯塔法岛(Staffa)是苏格兰西部赫布里底群岛(Hebriden)的岛屿之一,岛上有一个岩洞,是以神秘的凯尔特-苏格兰诗人芬戈尔的名字命名的。

人物的话语和报告来说明我对数学的看法。

一
达兰贝尔①

说到数学,它的本质和巨大的数字绝不能震撼到我们。

数学的研究对象的单一性主要是由它的确定性造成的。甚至我们必须承认,由于数学的不同分支并不处理同一个简单的对象,这也有一种确定性。这种确定性建立在通过自身显得清晰的必要真实的原则基础之上。所有分支既不相同,也不会以相同的方式出现。还有几个同类的分支,借助物理原理,即经验事实,或者纯粹的假说,这样说来只有经验的确定性或纯粹的假说。确切地说,只有那些处理大小的计算以及空间普遍属性的分支,比如代数、几何和机械学,人们才可以用确凿的事实证据作出判断。甚至可以看到,这些分支被迫接受分层和细化,妨碍我们的思考。从普遍和抽象的方式上看,研究对象包含的内容越宽泛,它们的原则就越自由。所以几何学比机械学更简单,而两者又比代数更简单。

人们大概会同意,所有数学知识不能以相同方式满足智力的需要。再往前走一步,我们公正地研究一下,究竟这些知识受到了何种限制。一眼看去,这些知识好像真的数目很庞大,从某种程度上说甚至是取之不尽;但假如采用哲学记数法把它们放在一起观察,人们就会发现,我们早已不像我们以为的这么富有。我在这里谈的不是少

---

① 指让·勒隆·达兰贝尔(D'Alembert,1717—1783),法国著名的物理学家、数学家和天文学家,研究涉及多个科学领域,其中最著名的有 8 卷本《数学手册》、力学专著《动力学》和 23 卷的《文集》等。

量的应用,也不是利用这些真理。这也许是个针对这些真理的相当
站不住脚的论据;我是在谈论真理本身。绝大多数这些公理究竟意
味着什么,让几何学这么骄傲? 实际上,它们不过是用两个不同符号
和话语表达的简单观念而已。相较于说二乘以二就是二乘以二的
人,说二乘以二等于四的人懂的就更多。这里说的不是同样简单而
且约定俗成的看法,像全体、部分、更大、更小的观念;人们不能在拥
有其中一个观念的同时,不展现其他观念。有一些哲学家已经意识
到,我们有时候产生误会,原因是用错了词语。也许,推导出公理的
方法,是否也犯了同样的错? 另外,我不想在这里谴责同样的使用;
我只希望提醒一下,使用数学有其限制。由此,一些简单的观念通过
习惯让我们觉得更加特别,这样一来,当我们想用不同方式使用这些
观念时,它们就好像信手拈来。当我提到数学定理时,说的几乎是同
样的情况,尽管有些限制条件。不带任何成见地看,它们融合成数目
极小的原初真理。假如研究一系列一个从另一个中推导出的几何命
题,相邻的两个定理会直接无缝相交,人们就会发现,它们实际上合
起来就是最初的那个命题,以相连顺序经过某个结论变形而来。但
这个命题并没有因为相互关联而变得多样化,只是服从于不同的形
式而已。就好比人们想通过一种语言表达一个句子,而这个句子悄
悄地偏离原来形态,于是人们渐渐地用不同方式表达这个句子,借助
不同语言描述不同状态。人们可能会在相邻句子上看到其中某个状
态,但因相隔甚远而难以辨认,尽管这个句子和原先提到的状态总是
密切相关,尽管这不过是同一个句子的不同表述而已。同样道理,我
们可以把几个几何原理的相互串联等同于翻译,或多或少有些不同,
或多或少互相关联,但事实上始终是同一个句子,表达同样的假设。
此外,按照重要性和范围的标准,这些翻译让我们能够多样化地利用
它们表达出的原理值得重视,很有用。但假如我们要赋予一个原理

的数学翻译以真正的价值,则必须承认,该归功于原初命题。这一点让我们明白,我们没有真正认识到创造性才智的价值,正是它们发现了基础真理,作为源头和其他真理的根源。它们真正地丰富了几何学,拓宽了它的疆域。

二
《环球报》第 104 期第 325 页[①]
德普雷[②]的物理论文

"在法国,毕奥[③]先生的著作为帮助用数学的方式处理科学作出了不小的贡献。他的物理学著作是一部杰作,他的声学和电学理论在表述和文风上堪称大师级作品。然而同时我们必须承认,这本书中充斥着对计算的偏爱和对数学的滥用,导致科学名誉受损。比如,该书无法解开气态类型的密度公式,对于想要学习它并整体运用它的人来说十分麻烦,也没有什么用。

"现在,人们常常在公开课上采用阿维的最终版论文[④]、伯当先生

---

① 摘录自第一部分节选(WA II/13,第 466 页)。另:歌德此处摘引有误,正确的页码是第 525 页,而不是第 325 页。

② 塞萨尔·芒叙埃特·德普雷(César-Mansuète Despretz, 1789—1863),法国物理学家。

③ 歌德曾在《关于自然科学》(Zur Naturwissenschaft überhaupt)一文中对法国数学家让·巴蒂斯特·毕奥(Jean Baptiste Biot, 1774—1862)关于"光的偏振和数字和符号的胡扯"提出质疑。

④ 指勒内·朱斯特·阿维1803年发表的论文《基础物理论文》,译文在歌德图书馆中可以找到。

的著作①和毕奥先生的节录。前二者用很多细节发展了结晶理论,可以理解的是,可敬的阿维为了心满意足地从他自己的发现中缔造物理学上的特殊篇章,把吸引力集中到自己身上;但伯当先生似乎没有辩解。

"尽管毕奥先生的节录没有把计算包括在内,却和前面提到的那本著作几乎犯了同样的错误。从文风来看,这本物理学著作保留着罕见的文学研究的风格。毕奥先生努力在没有代数分析的情况下,用现象描述来复述计算公式。我们找不到 x;此外,这篇节选是纯数理的,对初学者而言太难了。人们常常忘记了撰写基础性著作的首要原则:教授他人,而不是自己出风头。"

从一本顶级法语期刊上摘选的这个段落提供了最明显的滥用数学的例子。对于运用公式的偏爱也渐渐变成了头等大事。一项本来为了达到目的而进行的活动,现在变成目的本身,最终一个目的都达不到。我们在此提出我们在这种场合说过的同样的话,我们曾经谴责没有限制的胡说八道②,凭着这些公式,光的偏振③原理被掩盖了,以至于没有人能够判断底下掩埋的是尸体还是残骸。

人们反对科学处理方式的另一种异议是,个别学科在科学中时不时占据优势地位,只有经过一段时间才各科平等。崭新的、锐意进取的意识促使人们共同参与。有些人凭借杰出成就在这些学科中露脸,他们小心谨慎地制定原理,赢得了门徒、同僚和帮忙修订的人。这样一来,全局的某个部分扩张成为重中之重,同时,其他人作为整

---

① 指弗朗索瓦•叙尔皮斯•伯当(François Sulpice Beudant,1787—1850)于 1823 年发表的论文《基础物理论文》。
② 指毕奥关于光的偏振等观点是胡说八道。
③ 光的偏振指的是振动方向对于传播方向的不对称性,它是横波区别于其他纵波的一个最明显的标志。

体中的参与者退回到他们原来的位置。

　　然而，从更高的伦理意义上来说，不应该舍弃任何参与者。因为科学的历史教育我们，正是对新事物和未知事物的偏爱使发现的幸福往往为一人独享。而很多人热情参与并促成了发现，他们想要参与分享占有知识和获得名誉的喜悦，得到应得的份额。

　　正是这一点让这一章很快变得清楚而完整。由不同思维方式引发的不可避免的争议不能达成这项任务，我们的知识也以令人惊讶的方式得到了丰富。

　　我也因此目睹了自然科学的个别分支多年来的发展。每个意想不到的发现作为报纸头条使全世界产生了浓厚兴趣；但是对于这些发现，有人要持续工作、全面检查、不断推进、孜孜不倦，最后还得分类和排除。

　　人们认为，在我出生的时候，电恰巧确立了这样一种人人参与的显赫地位。人们猜想，随着时间推移这些发现最后会变成什么样，人们也会相信，最重要的现象会慢慢退出大众关注的视线——部分原因是，一些博人眼球的发明会渐渐让好奇的公众感觉乏味；部分原因是，人们有理由从更高级的结论中去寻求自我安慰；还有的原因是，独立个体在靠近其他个体时逐渐迷失自我，放弃了他的独立性。

　　这就是法国批评家控诉的情况。因为只要部分没有穷尽的知识占统治地位，它就会挤压其他人，和所有的比例失调一样，激起观望者的不快。

　　法国人已经察觉，结晶学细致处理相邻知识时懂得给自身制造优势。需要补充说明的是，等到这一知名学科看到自身逐渐独立完善尚需一些时日，以便它能作为辅助学科对相邻学科产生影响。要允许结晶学从相邻学科知识中任意拿取，从而充分武装自己。

　　每一个人生来都把自己看作世界的中心，因为所有半径都从他的意识发散出去，又折回他自身。因此，我们难道可以责怪聪明人有征服欲和学习热情吗？

为了接近个体，我们要补充说明，在这种情况下，周边更普及的知识耗尽了矿物学，以至于它不得不为学科的独立性奋起抗争。结晶学成了主宰和首脑，尽管这样做不无道理。因为形态始终占据高位，何必苛责它，只有这样塑造无机物，人们才能识别和评估它们，并为之排序。

恰恰相反，化学家可能很少关心形态；他探寻自然界的普遍法则，让大自然在矿物王国中尽情显现出来。形态、畸形和奇形怪状都听任他摆布。他只是试图回答问题：个体是怎么和永恒无尽、万物围绕其运行的枢轴产生关联的？

也许结晶学家和化学家都会不断努力探寻；最终，每一位爱好知识和科学的人士却可以任意选择投身于其中某个有效范围，或者以某个学科为依据加以利用。

此外，我们或许可以半开玩笑半认真地从一个角度威胁矿物学，并且是从地质学的角度。我们要苛责这样一位地质学家吗？倘若他认为地质学科、所有个体的矿物，其结晶形态以及其他外在特征都是独立的；当一些个体矿物以某种顺序和某种状态出现在地球上时，它们内在的化学属性，和这样加工导致的结果都是独立的，而只有这样，这一切对他来说才有价值、才重要。甚至这类已有众多前期准备的处理方式，对一些它在其中已是可有可无的相邻学科来说，也可能有巨大的好处；如同每个新的立场能引发新的观点一样，也可设想在每个圆圈的边缘有着无穷无尽的、在某些关系中相互依存的观点。

但是，这里谈到的所有被赞赏、批评、希冀和拒绝的东西，却在一定程度上都预示着人类智慧永不停歇的作用和生命力。不过，人类智慧要通过行动自我检验，只有这样，所有悬而未决和可疑的问题才能真正落地，成为备受称赞的事实。

三

罗马的奇科利尼骑士①致信热那亚的察赫男爵②

"我的男爵先生，这封信有关水平日晷仪的图样和理论，被看作日晷学③的支柱④。我的主要目标是复兴一种没有被遗忘却被闲置的方法，尽管它相比其他人们在日晷仪著作中提到的方法更有优势。

"不过，我想顺带提一下人们通常使用的其他方法，这样大家才会根据它的价值而对另一种更好的方法引起重视；我会指出这种方法的错误，甚至尽可能地修正错误，正如我希望的，这样做是为了说明上述常见方法即使得到改进还是应该优先采用这种不知名的方法，它更简单、更优雅也更轻松。我在连续长期发表的关于日晷仪的论文中提出希望为这种方法争取一席之地。"

在这里，作者试图详细阐明他的意图，他的做法是，指出存在争议的方法的缺陷，却很少论及他赞成的方法，而是像下文这样泛泛地谈：

"人们不会否认，这种设计借助等边三角形这样一个易于描绘的图形向我们描述了水平日晷仪，十分简单小巧。因此，我很吃惊，人们在法国和意大利出版的关于日晷学的论文里竟然没有联想到它，实际上法国和英国在 17 世纪 50 年代以前已经发明了这个装置。可

---

① 指卢多维卡·马里亚·奇科利尼(Chevalier Louis Ciccolini，1767—1854)，博洛尼亚的天文学教授。
② 指弗朗茨·克萨韦尔·察赫男爵(Franz Xaver Freiherr von Zach，1754—1832)，1787—1806 年间曾任哥达天文台的主管人，后担任萨克森-哥达公爵夫人的最高总管。
③ 指与日晷有关的学科。
④ 指日晷学的核心与关键点。

能是由于上世纪伟大的分析家们为了找到和证实设想的两条线采用了这种分析方法①,把简单问题复杂化,导致大家不了解或者忽略了这种诞生于法国和意大利的设计。可惜现在一些数学家还在不断犯这种错误。"

　　在最近出版的关于日晷学的著作中,人们采纳了解析几何学中吸收的新理论,却没有发现自己想用合成的知识来解释简单的内容。借此机会,我用拉·格朗日②的观点来回应:"这样做除了练习计算,别无其他用处。"这种过度消耗确实用错了地方,造成无端浪费。球体、三角学和圆锥曲线的理论足以满足日晷学;这些工具可以解决日晷学所有问题。但是时尚取得了胜利,我不说这么做很愚蠢,只能说这种滥用真的达到了登峰造极的地步,不幸地被夸大到所有学科中;真正的聪明人在叹息和抱怨,有时还要发出嘲弄。不久之前,一位出色的学者就这样做了,他把一位著名几何数学家的皇皇巨著称为"数学家的末日预言"。

　　另一位学者,我曾在他的论文中作过注释:在我看来,从一个方程式到另一个方程式的某种过渡,在解决某个问题时,既不清晰,又不可靠。而这位学者很轻率地答复我:"您想做什么!我已经发现了困难,但时间紧迫。而且我看到 N. N 先生和 N 先生在他们的著作中有更大的漏洞;所以为了摆脱尴尬的局面,我壮着胆子翻了个筋斗。"

　　恰恰相反,不去要求那位数学家的级别,我本人并不反对分析,

① 指笛卡尔和皮埃尔·德·费马(Pierre de Fermat,1601—1665)发明的方法,用代数方程式证明几何关系(这是解析几何的基本原理)。

② 指约瑟夫·路易·拉格朗热(Joseph-Louis Lagrange,1736—1812),曾用姓拉·格朗日,法国著名数学家、物理学家。他在数学、力学和天文学三个学科领域中都有历史性的贡献,尤以数学方面的成就最为突出,曾发展了木星的卫星运动理论,曾常年担任普鲁士科学院主席。

甚至酷爱分析；我不会建议别人采用克拉维乌斯①、塔凯②和其他诸如此类的浅陋的方法；但我迫切希望：所有数学家能像拉•格朗日那样，在撰写著作和论文时有智慧而且表达清晰！

上述翻译的信件对数学方法作了双重谴责：首先，如果简单的公式不能满足，人们不仅在实际操作发明更高级和复杂的公式，而且在不必要的时候找到替代物，拖延并导致处理问题的难度增加。

在科学和世俗的事物中，手段变成目的的情况时有发生。这是一种政治手腕，让人在做得很少或什么也不做的时候却以为自己做了很多；因为这个时候瞎忙活取代了真正的工作。

每个用复杂手段达到简单目的的人就像一位数学家，发明了一个可以把塞子从酒瓶上拔掉的复杂机器，实际上用手臂和手掌也能轻易达到同样效果。简单的几何学及其相邻分支肯定已经能做很多，因为在精神的意义上讲几何学更接近常见的人类智慧，而人类的智慧直接指向目的，要求有用并且会抄近路。以上从日晷仪中得出的例子可以向我们解释这个问题。

那位罗马朋友③对数学家们的第二大批评是针对每一位科学工作者所能做出的最严厉的指责，即他们不够诚实。世俗事物会关注每个意义下的我和你，为了达到特殊目的，不坦诚做事会引发反作用，那么此时，已经获取的盈利将用来赔偿，不得不做出的批评也能尽可能抵消；但科学工作中没有特殊性和偶然性，一切事物都应该不

① 指克里斯托佛•克拉维乌斯（Christopher Clavius，1538—1612），梵蒂冈罗马学院的耶稣会天文学家。1586年出版《关于日晷学的八本书》。
② 指安德烈•塔凯（André Tacquet，1612—1660），比利时数学家、天文学家，生于安特卫普。
③ 指前文提到的奇科利尼骑士。

断向着普遍和永恒运行,所以做不到诚实就十分无耻了。因为在每种活动,也包括在科学活动中,受到限制的个性足以制造障碍;很多时候固执、自负、嫉妒和竞争有碍进步,最终弄虚作假也加入这些令人厌恶的热情中,也许会遮蔽半个世纪的发现,更为糟糕的是,会抑制科学方法的应用。

现在我们把所有关联和观察放在一起,再次表达我们的控诉:

在我们翻译的第一部分中,达朗贝特将从一个推导出另一个的几何学命题的结论,比作从一句引申出另一句习语的翻译。事实上,如果意思够清楚并且可以使用的话,只需保留最初的命题。前提是,要在持续进程中关注最大的稳定性。可是,当奇科利尼骑士在解决某个问题时,他认为从一个方程式过渡到另一个方程式的做法既不明晰,也不可靠,而撰写这篇论文的作者不但承认这一困难,而且还透露很多业内人士在他们的著作中有更大的漏洞,我不禁要发问,我们还能相信胡说八道的结论吗?是否应该建议人们,尤其是外行,只要有足够的经验和理解力,必须牢牢遵守并钻研原初命题,使用已经发现的知识,但是彻底拒绝认知领域以外的东西呢?

下面这句箴言可以用来辩解并论证以上言论的正确性。有了这句话,我们没有通知到的那位杰出人物可以在科学领域取得进步,作出难以估量的贡献,不管他做与不做,都能像盾牌一样庇护他自己:

在文学创作中没有自由的思想,那就算不上文学,也算不上科学,没有灵魂,什么也没有。①（普鲁塔克②）

1826 年 11 月 12 日写于魏玛

---

① 原文为法语,摘自察赫男爵《通讯》第 14 卷封面上的箴言。
② 普鲁塔克(Plutarque,约公元 46—120),罗马帝国时代的希腊作家、哲学家、历史学家。

出自《关于盘旋倾向①》
AUS: ›ZUR SPIRALTENDENZ‹

……

螺纹导管②早已为人熟知,它的存在已经完全得到承认,但实际上螺纹导管只是被看作整个植物盘旋倾向中的个别从属器官而已。人们到处寻找,尤其在边材③中找到了螺纹导管,它们发出某种生存信号。大自然最擅长通过极个别例子使整体设计产生效果。

……

螺纹导管普遍存在于有机体中,通过解剖学研究及其形态差异,渐渐为人所知。现在还不能处理这些现象,因为连植物爱好者自己还在学习内容提要;但是越来越多的专家可以通过学术专著或者观察大自然来自学。

很早就有人推测,螺纹导管使植物有机体充满生命的活力,尽管人们不知道该怎么解释这一现象如何真正发生作用。到了近代,人们严肃而坚决地要求承认这些螺纹导管的独立性,并把它们展现出来;也许可以将戴维·唐④的文章《论植物中螺纹导管的普遍存在》⑤作为一个例证:

---

① 垂直系统在植物形成时发生作用,表现出持续性和团结性。盘旋系统是不断生成和增加的,表现出暂时性和分离性。不能孤立地看两个系统,二者始终伴随,使植物的完整性达到平衡。
② 螺纹导管是多数被子植物主要的输水组织,由一系列长管状或筒状的死细胞横壁溶解形成穿孔通道连接而成。导管壁上有一条或数条成螺旋带状增厚的为螺纹导管。
③ 指靠近树皮部分的木材,是近年形成的次生木质部,颜色较浅,具有活的木薄壁组织和木射线,有效担负着输导和贮藏功能。
④ 戴维·唐(David Don,1798—1834),伦敦植物学家。
⑤ 此文发表于《爱丁堡新哲学期刊》(1828 年 10—12 月号),第 21—23 页。

　　"人们曾经普遍认为不太可能在果实部分发现螺纹导管,但是反复观察却让我相信,在植物的每个部分中都能找到它们。我在松虫草和草夹竹桃属的花萼、花冠、花丝和雌蕊中发现了螺纹导管。螺纹导管在血红老鹳草的花冠和叶、在条纹庭菖蒲属的花萼和花冠、西班牙黑种草属的荚和叶柄中和在柳叶菜科、菊科和锦葵科的果皮中,都普遍存在。

　　"在最新一期《植物学索引》中,林德利先生①描述了一个螺纹导管网络,关于'线形花葱的种子构造'作了颇有见地的注释,引导我得出以上思考。花葱科的这些螺纹导管看似和紫葳科、夹竹桃科和锦葵科的茸毛或冠毛相似。但是要确认它们是螺纹导管则有待进一步观察。在苎麻、深紫色矢车菊、光叶赛菊芋、高葵花、荷兰菊和柳叶菊的茎中,螺纹导管也很常见,且肉眼可见。建议植物爱好者观察这些清晰可见的螺纹导管的例子。我们按照长度把植物的茎轻轻分开,在顶端用楔子拨开,能比横截面更清楚地展示这些螺纹导管。有时候,人们会发现在马络葵中和光叶赛菊芋中这些螺纹导管基部位于孔腔中,但是人们可以密切观察处于木质纤维之间的源头。如果在外皮皮层里没有发现痕迹,但在松属的内皮夹层和蛋白中都可以找到螺纹导管。不过,我从来没有在松属的树叶和罗汉松中发现过螺纹导管,似乎它们在常绿树种的树叶中非常少见。花葱科、鸢尾族和锦葵科的茎叶中通常会有螺纹导管,但是除了菊科植物,螺纹导管在其他地方并不常见,例如在十字花科、豆科和龙胆族中就十分罕见。

　　"我常常发现,当我从草本植物的鲜嫩壮实的枝条上取下螺纹导管时,它们会猛烈地抖动。抖动会持续几秒,在我看来似乎是为了求生,和饲养动物差不多,并不是纯粹的机械运动。

---

① 指约翰·林德利(John Lindley, 1799—1865),伦敦植物学家。

　　"我从存活的苎麻树干上采下一截表皮,用两个手指夹住,注意力瞬间被一种奇特的螺旋运动吸引。用树皮的其他部分反复进行相同实验,结果和第一次实验一样。显然这是活体纤维受到拉紧的外力作用后产生的结果,因为我把这段表皮捏在手里,过了几分钟它就不抖了。我记录下这个情况,希望能引起自然科学家们对这一特殊现象的关注。"

　　还有一个例证,请参见《自然科学杂志》第 2 期(1829 年 2 月,第 242 页)上的文章:

　　"多叶羽扇豆是道格拉斯先生在美洲西北部发现的新物种。它是草本植物,生命力旺盛,和欧洲羽扇豆很像,但尺寸更大,第 11 节到第 15 节茎叶呈柳叶形;两者的花萼和花冠部分不太一样。

　　"受到这种植物的启发,林德利先生提醒人们注意,它的花序是一个重要的例子,有力地支持了以下理论:植物的所有器官都是围绕着茎秆呈螺旋方向形成一个轴交替排列的。尽管这一现象并不适合所有植物,但却普遍存在。"

1831 年 1 月 14 日写于魏玛

　　请读《对动植物内部构造及其流动性的解剖学和物理学研究》(M. H. 迪特罗谢①,1824)的文章:

　　"作者主要把他的经历集中在含羞草②这种植物上,它最高程度

---

① 指勒内·若阿基姆·亨利·迪特罗谢(René Joachim Henri Dutrochet,1776—1847),巴黎植物学家。
② 含羞草是敏感植物,由于叶子会对热和光产生反应,受到外力触碰会立即闭合,所以得名含羞草。

地展现了植物的敏感性和流动性。这种植物活动的重要原理是叶柄基部和小羽片连接叶片引起膨胀。这种膨胀的形成得益于表皮薄壁组织①的发展,它含有大量细胞壁被神经粒覆盖的球状细胞;同样的情况也发生在茎叶上。如果切下一截含羞草的嫩枝,可以在流淌的汁液中再次发现这一现象。

"表皮薄壁组织被一个维管束形成的核心环绕,它的发展是导致含羞草膨胀的重要环节。了解原本器官两个部分中的哪一部分在运动很重要,薄壁组织已经被去除,叶子还活着,但失去了活动能力。这种现象说明,表皮膨胀过程存在流动性,人们至少可以通过它的功能与动物的肌肉系统作比较。

"此外,迪特罗谢先生还发现,把切下来的含羞草枝条投入水中,它的运动路径形成一条曲线,这条线深的一侧始终对准膨胀的中心点。他用一个普通的名字命名这种运动,叫内向弯曲,并且把它看作在植物和动物内部进行的一切运动的元素。此外,这种内向弯曲以两种不同方式展现;作者把其中一种称为振荡式内向弯曲,因为人们可以观察到收缩和拉伸交替进行;第二种运动方式叫固定式内向弯曲,没有表现出运动交替;人们观察含羞草时能看到第一种内向弯曲,在旋花属、铁线莲属和豆类的卷须和蜿蜒的茎上则可以看到第二种内向弯曲。迪特罗谢先生从这些观察中得出结论:含羞草从生机勃勃的内向弯曲中获得了敏感性。"

1831 年 1 月 14 日写于魏玛

---

① 薄壁组织以细胞具有薄的初生壁而得名,它是一类较不分化的成熟组织,又称营养组织,是由一群具有活的原生质体、初生壁较薄的细胞(薄壁细胞)构成的组织。

　　当我对可敬的封·马蒂乌斯骑士更宏大的见解感兴趣时，我才理解了这些突出的、将上述现象解释得越来越清楚的论断。马蒂乌斯曾连续两年在慕尼黑和柏林详细明了地解释了这个问题。当他从柏林回来时，我和他进行了友好的会面，他通过独特而粗略的绘图更清楚地阐述了这个复杂问题，使我得到相关的口头证明。现在我越发理解 1828 年至 1829 年间刊登在《伊西斯》①上的文章，在上述地区展出的模型的仿制品也让我明白了这位研究者的倾向和思考，探讨如何最有益地形成花萼、花冠和受精器官。

（……）

　　我们从曼托瓦皇家植物园林管理员保罗·巴尔别里②的最新研究中获悉，韭菜兰③提供了一个幸运的例子，展示了我们研究的两个系统如何各自生长和发展。我们翻译了他的论文节选，插入或添加了一些注释，希望能进一步接近我们的预期目标。

　　"韭菜兰长在较浅的水底，6 月至 8 月间开花，雌性个体和雄性个体呈不同的生长状态。雄性个体主茎笔直向上，等到它到达水面，尖顶上形成四瓣（或三瓣）的叶鞘，叶鞘里长着受精器官，附着在锥形的佛焰花序上。

　　"如果雄蕊还没有完全长成，一半叶鞘则是空的，这时如果把它

---

① 伊西斯是古代神话中专司生育与治病的女神。此处指菲利普·封·马丁（Philipp von Marting）在 1828 年和 1829 年的《伊西斯》(Isis)上发表了两篇描述盘旋倾向现象的论文。
② 保罗·巴尔别里（Paolo Barbieri，1789—1875），曾发表论文《对韭菜兰的观察》。
③ 韭菜兰属于水鳖科，又名欧亚苦草，雌花腋生，花柄线形，螺盘状盘旋，借水力授粉，果实在水中成熟。根固着于泥土中。

放在显微镜下观察，可以看到里面湿气涌动，从而促进叶鞘生长。同时，植物的梗围绕托载雄蕊的佛焰花序进行圆周运动，向上伸展，这样一来，佛焰花序的生长和扩展以及受精器官的生长便同时实现了。

"然而，佛焰花序的扩展导致叶鞘再也无法包裹住雄蕊；它便一分为四，而受精器官则从佛焰花序上脱落，化作成千上万的颗粒漂浮扩散在水中，看上去像银白色的棉絮，努力朝雌性个体运动。雌性个体的螺旋花茎弹性减弱，于是从水底往上冒出来，在水面上展开三瓣型的花冠，我们可以在花冠上看到三道瘢痕。在水面上漂浮的絮末将雄蕊花粉洒向柱头，使其受精；这一步完成后，雌性个体的螺旋花茎退回到水下，而圆柱形果荚中的种子在水中最终发育成熟。

"每个作者理解的韭菜兰的受精方式各不相同。他们说，雄性花由于剧烈运动掉落，摆脱了水下的短小而坚固的茎，获得自由。我们的观察者尝试从茎上采下雄性花的花蕾，发现它们并没有漂浮在水上，而是全部沉到水底。但更重要的是茎和花朵结合的结构。在这里找不到关键接合，但在所有允许自体分离的植物器官中，应该可以找到接合点。这位观察者研究了银白色的絮末，把它们看作真正的花药；他从所有导管中除去佛焰花序，单独观察并发现了同样的细嫩的花丝，上面还有花药附着，正躺在一个三瓣型的圆盘上；这肯定是里面含有关节的三瓣型的花冠。"

我们建议热衷于思考的自然科学家们观察这个奇特的现象。这种情况也许反复发生在其他植物身上，但我们自己也不能忽略这种引人注目的现象，应该反复进一步讨论。

这里提到的雄性个体的垂直倾向很特殊，植物的茎笔直向上不断延伸，当它到达水面，叶鞘就逸出花茎自行生长，和茎结为一体，包裹住佛焰花序，和马蹄莲相似。

这样一来，我们摆脱了这样一个假设：关节非自然地附着在花茎和花朵之间,使花有可能脱落并完成配种。雄性花和花茎紧密相连,依靠空气和阳光的作用生长;关节从梗上脱落,欢快地在水中漂来漂去。雌性花的螺旋花茎弹性变差,花抵达水面,舒展开来并受精。所有植物受精后很明显变得凝固而僵化,在这里也同样发生作用。就像一开始从水底跃出水面一样,花茎的螺旋性增强重新回到水下,随后种子开始成熟。

想想我们在上文大胆提到的关于木杆和旋花的比喻①,再往前走一步,回想一下缠绕在榆树上的葡萄藤②,这样我们就看到了雌性和雄性、需求和满足以垂直方向和螺旋方向并存,按照我们观察到的大自然法则生长着。

现在我们回到一般,回想我们一开始提出的问题:垂直倾向和盘旋倾向在存活的植物机体中密切相连;现在我们看一看这株明确为雄性和雌性的植物:我们可以想象,这棵植物从根部开始雌雄同花,紧密相连,在生长变化的过程中,垂直倾向和盘旋倾向显然相互对立,彼此分离,竞相超越对方生长,为了在更高的意义上重新合为一体。"

1831 年 2 月 4 日写于魏玛

(……)

---

① 这个例子没有出现在节选中。盛夏时节,花园的土地上斜插着一根木杆,旋花植物环绕着木杆向上生长。此时木杆和旋花都是从同一个根部长出来,相互促进,不停地生长。看到这一现象就不难理解了。攀缘植物为了发展试图向外扩张,当它本身没有这个能力时,会借助外力。
② 歌德将这一元素结合他的意大利之行和第三次瑞士之行见到的树和常春藤的景象,重新激发,写在悲歌《阿闵塔斯》(1797)中。见《歌德全集》第 1 卷第 632—633 页(原文页码)。

改编

BEARBEITUNGEN

演出风波(歌剧)
DIE THEATRALISCHEN ABENTEUER.

> 洛伦佐,某流动剧团的经理
> 奥兰多,剧作家
> 波利多罗,乐队总指挥
> 伊莎贝拉,女演员
> 罗萨尔芭,女演员
> 梅利纳,女演员①

第一个节目 四重唱

洛伦佐:

> 难以忍受! 噢,这个蠢女人!
> 听不进理智的话语!
> 嘈杂声,喋喋不休,唠叨个没完
> 我的脑袋快裂开了。

梅利纳:

> 照我说的,我就是要这样!
> 我可是个人物,你们应该尊重我,
> 不应该冷落我。
> 不,不行! 我不走。

波利多罗:

> 啦啦啦啦!

---

① 相比于原作,改编后的作品除梅利纳外,其他角色的名字都被替换。

罗萨尔芭:

　　我是女主角;

　　你们信上就是这么说的,

　　不管发生什么事,

　　我不想当配角。

梅利纳:

　　我很清楚我的长处,

　　我的嗓音,我的才华!

　　我要绸缎长裙

　　搭配最精美的刺绣。

洛伦佐:

　　今天就让我消停一下吧!

　　箱子明天到

　　裙子就在里边。

　　哎呀! 变天了!

　　是的,我完蛋了。

罗萨尔芭、梅利纳:

　　是啊! 我看很明显,

　　是啊,他会完蛋的。

波利多罗:

　　什么,见鬼! 不要说话了,

　　否则我得走了。

　　有人在叫喊,有人在唠叨,

　　使我不得安宁,

　　让我想不出最妙的点子。

　　多么烦人的嘈杂声!

是啊,我得走了。

罗萨尔芭:

　　是啊,我们要离开您,

　　投奔别人去。

梅利纳:

　　我要绸缎裙,

　　还要适合我的颜色。

洛伦佐:

　　安静点,我的美人儿!

　　一切会如你所愿。

梅利纳:

　　最重要的是要二重唱!

波利多罗:

　　嗬嘿嗬啦啦!

洛伦佐:

　　没问题!

罗萨尔芭:

　　我要参加四重唱。

波利多罗:

　　哎,见鬼! 不要再说了。

　　快走! 这嘈杂声是怎么回事?

第二个节目①

波利多罗：

> 名草无主，
> 我看大概是伤脑筋的事。
> 自由自在多美好；
> 每个女人都对你微笑。
> 不过追逐在她们身后，
> 对她们说点什么，
> 最后会被她们
> 一个接一个地唾弃。
> 应该有唯一的爱情，
> 用坚固的枷锁把我锁紧；
> 只有她让我动心，
> 我对她忠诚到永远。

第三个节目　二重唱

奥兰多：

> 像春雨一样柔情，
> 像早晨的太阳一样可爱，
> 悸动，狂喜，
> 我的心在燃烧。

---

① "第二个节目" 是歌德新增加的内容。

伊莎贝拉:

　　新的喜悦

　　突然向我侵袭;

　　这目光,这谈吐,这呼吸,

　　我早已熟悉。

奥兰多:

　　我看到花朵绽放,

　　我看到清泉流淌。

伊莎贝拉:

　　您说这些甜言蜜语,

　　会把我宠坏的。

伊莎贝拉:

　　您想想,什么事都是来得快,

　　去得也快。

　　奥兰多,

　　来得快

　　并不总是去得也快。

两人合唱:

　　我感到呼吸急促!

　　胸中热浪滚滚!

　　众神啊! 但愿来得快,

　　不会结束得也如此之快!

第四个节目

洛伦佐：

> 我彬彬有礼地走进包厢，
> 左一言右一语，和人攀谈。
> 叠句演唱开始了，
> 周遭万籁俱寂。
> 你的歌声悠扬地响起，
> 如同夜莺在歌唱，
> 四周都在欢呼，为你喝彩
> 真棒！真棒！
> 然后我对先生们说：
> 听听，这是位好姑娘，
> 不会搅浑水。
> 如果有无耻之徒
> 想要喝倒彩，发嘘声，
> 这里有棍棒和刀剑，
> 能让他老实待着。
> 有趣，有趣，可爱的姑娘！
> 演出开局良好。
> 但是，哎呀！她抱怨个没完，
> 演出失败了。
> 明天一早有人会说：
> 乐队总指挥走了，不见了。

第五个节目①

梅利纳:

　　你们问，

　　我最想演哪个角色?

　　我是怎么想的?

　　猜猜我想演什么。

　　一个年轻的乡下丫头，

　　天真烂漫,纯洁无瑕，

　　像小绵羊一样温顺。

　　但所有上等人，

　　趾高气扬,颐指气使，

　　都不适合我;

　　我顷刻间迷失了，

　　不知道自己身处何方。

　　人群对我的友善微笑

　　报以最热烈的掌声，

　　如果把您美丽的诗篇

　　化作乐章，

　　我会感谢您,尊贵的先生，

　　您让我感到幸福。

　　尊敬的先生,您要牢记，

　　时刻留心，

　　我感激您，

---

①"第五个节目"在很大程度上偏离了原作。

因为您让我感到幸福。

第六个节目

伊莎贝拉：

　　真可惜！留给最忠诚的人
　　最后的收获
　　只是眼泪和内心的痛苦。

　　但是可爱的梦想，
　　被光芒包围，
　　照亮了生活，
　　活跃了感官。

第七个节目

奥兰多：

　　"噢，看国王在你脚下，
　　看那位英雄，
　　皮洛士①，
　　全世界最伟大的灵魂。"

---

① 皮洛士（Pyrrhus，希腊语意为"棕发者"），（公元前319—公元前272，公元前
　297—前272在位），古希腊伊庇鲁斯国王，醉心于马其顿亚历山大大帝的功
　业，企图在地中海地区建立一个大帝国。他具有杰出的军事才能，是罗马称
　霸亚平宁半岛的主要敌人之一。

洛伦佐：

> 太棒了！

奥兰多：

> 非常感谢！

伊莎贝拉：

> 真棒！

梅利纳：

> 我要赞美这样的胡闹吗？不！

奥兰多：

> 那就继续听吧：
>
> "安德洛玛刻①，你这个残忍的女人！
>
> 如果你的心不为所动，
>
> 我就杀死你的幼子，
>
> 把他砍成碎片。"

洛伦佐、伊莎贝拉：

> 好！

奥兰多：

> 非常感谢！

梅利纳、罗萨尔芭：

> 我该赞美这样的胡闹吗？不！

奥兰多：

> 继续往下听吧：

---

① 安德洛玛刻是史诗《伊利亚特》及古希腊悲剧中的形象。她是赫克托耳之妻、底比斯国王厄提昂之女。荷马史诗记载，特洛伊城破后，她与赫克托耳的儿子阿斯提阿那克斯被从城墙下扔下而死，她本人亦被阿喀琉斯之子皮罗斯虏为奴隶。

"如果一位国王饱受爱情的折磨……

梅利纳、罗萨尔芭：

"真是难以忍受。

奥兰多：

"……整个国家都觉得痛苦。"

梅利纳、罗萨尔芭、波利多罗：

真可怕！再听简直是受罪！

奥兰多：

我希望，你们所有人
都在特洛伊被烧死！

伊莎贝拉：

我感到很吃惊，
怎么会允许发生这样的事情；
我本来以为，
您是个有教养的人。

梅利纳、罗萨尔芭：

杰出的大师！
——我的教养
在大人物那里碰钉子，
在她那里学不到任何东西。

洛伦佐：

孩子们，我希望，
你们别这么较真。

众人：

这场交易越来越伤脑筋了。
结果会怎么样呢？

梅利纳、罗萨尔芭:

> 如果您允许的话,
>
> 我想毛遂自荐。

洛伦佐:

> 怎么,你们想走?

梅利纳、罗萨尔芭:

> 我就想这么做。

洛伦佐:

> 你们越来越粗鲁了!
>
> 今晚我就走!

奥兰多:

> 我们继续读下去!

梅利纳、罗萨尔芭、波利多罗:

> 读这些废话!

奥兰多:

> 现在合适的来了。

梅利纳:

> 是啊,是啊! 合适的。

洛伦佐、伊莎贝拉:

> 多么无耻的行为!
>
> 谁能忍,就让谁去忍吧!

奥兰多:

> "如果你的心不为所动……"

洛伦佐、伊莎贝拉:

> 好! 好极了!

其他人：

　　别人会喜欢吗？——不！

　　没有人会喜欢。——不！

伊莎贝拉：

　　多么粗暴的行为！

　　多么粗野的举止！

众人：

　　听着，你们说下去！

　　听着，别出声！

　　啊！面对麻烦和愤怒

　　我头晕目眩，不想说话。

奥兰多：

　　"安德洛玛刻，你这个残忍的女人……"

伊莎贝拉、洛伦佐：

　　好！

波利多罗、罗萨尔芭、梅利纳：

　　忍无可忍！

伊莎贝拉：

　　看这种行为，

　　简直难以忍受！

洛伦佐：

　　好！棒极了！好！棒极了！

梅利纳、罗萨尔芭、波利多罗：

　　如果您允许的话，

　　我想退出。

众人：

听着，你们说下去！

第八个节目　四重唱

奥兰多：

是啊！——我想——
亲爱的！——是的，我想——
退出。
不，不！
因为你美丽的眼神——
是的，是的！
让我陷入危险。

伊莎贝拉：

我没有忍受很长时间吗？
最亲爱的人，难道是我的错吗？
哎呀！你说的所有话，
我都听不懂。
你要对自己这么狠心吗？——
哎！我不明白。

奥兰多：

亲爱的，别说了！

伊莎贝拉：

你说说吧，这样我才能明白。

奥兰多：

我不能说。

伊莎贝拉：

　　亲爱的！

奥兰多：

　　上帝保佑！

伊莎贝拉：

　　听着！

奥兰多：

　　我不能听。

伊莎贝拉：

　　说吧，亲爱的！

奥兰多：

　　不！——保佑我吧。

伊莎贝拉：

　　够了！够了，暴君！——

　　这个可怜的好姑娘，

　　哭哭啼啼，跑远了，不见了。

奥兰多：

　　哎呀！他拿着匕首来了。

　　不！我不能再待在这儿了。

伊莎贝拉：

　　啊！多么残忍！——来人哪！救命啊！

波利多罗：

　　哎呀！我失败了。

洛伦佐：

　　怎么这么吵？出了什么乱子？

梅利纳：

　　说说，发生了什么事？

伊莎贝拉：

　　他想要我的命，

　　你们看，他口口声声说他恨我。

洛伦佐：

　　我看到了什么！这是犯罪！

波利多罗：

　　她该死。

梅利纳：

　　拿着锋利的匕首——

洛伦佐：

　　什么？拿这样的利器

　　去对付一个姑娘！

波利多罗：

　　哎呀！所有的痛苦，

　　爱与恨在我心里涌动，

　　我犹豫不决。

洛伦佐、梅利纳：

　　这真是犯罪！——天哪！这是真的吗？

伊莎贝拉：

　　哎呀！太痛了！哎呀！你们离我远点！

波利多罗：

　　哎呦！我多么可怜。

伊莎贝拉：

　　哎呦！我可怜的心

还是爱着他。

众人：

> 像遥远海域里的一艘小船，
> 在汹涌的波涛里惊惧地来回摇晃。
> 啊！浪涛汇聚到一起，
> 把小船抛来抛去。

第九个节目　三重唱

波利多罗：

> 像一只被利箭射中的狍子，
> 身后还有猎狗在追赶，
> 不知道怎样才能得救。

伊莎贝拉：

> 像一只可怜的羔羊，
> 被捆绑在祭坛之上，面对利刃，
> 哎呀！一动也不能动。

洛伦佐：

> 像一个人在黑夜里
> 迷了路，
> 在森林里四下摸索，寻找出路。

伊莎贝拉：

> 是的，就是他！

洛伦佐：

> 啊！他们来了。

伊莎贝拉：

　　啊！他不说话。

洛伦佐：

　　我是不是得说几句？……

波利多罗：

　　快乐啊！——驱散忧愁，

　　我相信忠贞；

　　我将双手交予你。

波利多罗：

　　啊，亲爱的！——

伊莎贝拉：

　　啊，亲爱的！

伊莎贝拉、波利多罗：

　　最亲爱的，多么快活！

　　我们是幸福的一对！

洛伦佐：

　　啊，孩子们！多么快活！

　　你们是幸福的一对！

众人：

　　欢迎快乐回归！

　　风暴已经过去。

　　所有星星闪耀，

　　海面恢复了平静。

歌剧中的歌曲：
被挫败的阴谋
GESÄNGE AUS DER OPER:
DIE VEREITELTEN RÄNKE

根据意大利语自由改编
两幕剧
音乐取自于奇马罗萨

人物

阿塔巴诺侯爵（简称"侯爵"）
奥林匹娅，阿塔巴诺的侄女
克利科齐奥伯爵（简称"伯爵"）
奥滕西娅，女演员
纳尔多，奥滕西娅的陪同，杂耍艺人
多琳德，园丁
门戈，园丁
仆人们
伪装的人们
差役

（故事发生在那不勒斯）

第一幕第一场

（四重唱）

侯爵：

弗兰切斯科！——巴尔托卢齐奥！——法布里齐奥！——

梅尼基诺！——

有人来吗？

嘿！你们没听到吗？

都聋了吗？

（一个仆人拿上来一封信）

啊，您的仆人！多么仁慈！

看到您是多大的恩典！——

去哪儿了，你们这群无赖？

嗬！你们没长耳朵吗？

我嗓子都快喊哑了。

（拿起信）

罗马寄来的信！让我瞧瞧，

都有什么新鲜事。——

（开始读信）

"尊敬的女婿！

我亲爱的女儿

向你致以千百次的问候，

她要飞奔到你的怀里。"

噢，天哪！多么高兴！

我的新娘马上就要来了。——

　　　　快把围巾给我！

多琳德：（走过来）

　　　　我向您献上鲜花。

　　　　您可以挑选；

　　　　您只要命令下去，

　　　　还能要求更多。

侯爵：

　　　　快活些吧，姑娘！高兴起来！

　　　　我的心上人马上就要来了。

　　　　快把我的假发拿过来！——

伯爵：（走过来）

　　　　您的仆人，侯爵先生！

　　　　我的美人儿在做什么？

　　　　您的侄女在哪儿？

　　　　到处都找不到她。

侯爵：

　　　　快活起来，朋友！高兴些吧！

　　　　我的心上人马上就要到了。——

　　　　把我的剑拿来！

奥林匹娅：（走过来）

　　　　哎呀！我亲爱的叔叔！

　　　　您很不耐烦。

　　　　在您房间里见到，

　　　　她总是惴惴不安的样子。

侯爵、其他人：

　　　　快！帮我穿衣服，

　　为我装扮一新，
　　迎接我的婚礼，
　　今天我的爱人要来了！

　　返老还童了！
　　他说起他的婚礼。
　　噢！给他穿上最华贵的礼服。
　　今年他的爱人要来了。

第一幕第二场

奥林匹娅：
　　噢，你们瞧瞧我亲爱的叔叔！
　　真的！他真可爱！
　　他深情款款！
　　他彬彬有礼！

　　双眼含情脉脉！
　　目光柔情似水！
　　温柔地抿着嘴；
　　啊！多讨人喜欢！真是太迷人了！

　　谦逊又从容！
　　兴高采烈，
　　滔滔不绝，机智幽默，
　　啊！准会让他的新娘心醉神迷。

（自言自语）

哪个新郎，

会像他一样纨绔而幼稚，

会像他一样装腔作势！

第一幕第三场

（二重唱）

（奥滕西娅、纳尔多）

奥滕西娅：

哎！我的爱的真心

在你俏皮的眼神中寻找归宿，

当心灵祈求爱情，

它就会寻找养分和赏赐。

纳尔多：

啊！为你所爱！

还有哪一种幸福可与我的幸福匹敌？

（自言自语）

老头的财富

是一盏指路明灯，是一块磁石。

奥滕西娅：

我要扮演一个谦卑的女人。

纳尔多：

谦卑的女人？好极了，我的亲爱的！

奥滕西娅：

　　我要看上去天真纯朴。

纳尔多：

　　天真纯朴? 好极了!

奥滕西娅：

　　但是——要欺骗那个老人，——

　　不! 这样做不正派。

纳尔多：

　　哟! 你说什么? 多虑了!

　　欺骗和耍弄一个上了年纪的有钱的花花公子，

　　按照聪明人塞内卡的话说，

　　才是真正的博爱。

奥滕西娅：

　　那就这么干吧!

纳尔多：

　　必须这么干!

奥滕西娅：

　　勇敢一点!

两个人：

　　我已经看到了我们的幸福。

奥滕西娅：

　　往前走! 我会跟上来。

　　安静! 安静! ——赶紧,赶紧!

　　他必须掉进圈套。

纳尔多：

　　我走了! 你可以跟上来。

安静！安静！——赶紧,赶紧！

两个人：

他应该被榨个精光。

奥滕西娅：

哎！亲爱的,可爱的魔法师！

纳尔多：

你是所有强盗中最漂亮的那一个！

两个人：

噢！幸福和爱情向我们微笑,

我们真是人人艳羡。

第一幕第四场

侯爵：

我的妻子不缺少黑马,

也不缺白马。

她的身边仆从环绕,

只要她稍稍使个眼色,就能得偿所愿。

整箱华美的衣服,

精致的刺绣,

珍珠,戒指,金表,

羽毛和宝石；

因为你的新郎有的是钱。

我还能找到更美更好的吗？

从满满当当的钱包，
从箱子里，拿出钱来。

当我走到你身旁，
所有人万分惊讶，
这对幸福的情侣变化多大啊。
年轻的先生们
眼神沮丧地扫过我们。
这位年迈的老人
喜欢回想青春时代。
所有人都渴望
获得你的垂青。
但一切是徒劳的，
你只把幸福赐予我一个人。——
雄壮的黑马！
强健的白马！
华贵的布料！
金光闪闪的戒指！
闪耀的宝石！
飘飞的羽毛！
金灿灿的手表！
漂亮的项链！

所有这一切，我挚爱的人儿！
我都献给你。
令人心神摇曳的魅力和美貌！

多么高贵！眼神中闪耀着火花！
爱情向谁微笑，谁就是最幸福的。

第一幕第五场

（二重唱）
（伯爵、纳尔多）

伯爵：

是的！这狡诈的目光，
暴露了阴谋；
但那位先生却说：不！
只能如此了。

你的呼吸
充满了欺瞒和谎言；
但那位先生却说：不！
只能如此了。

我坚信
通过你无耻的本质
和狡猾的言谈，
我看清楚了，你是个恶棍。
但那位先生却说：不！
只能如此了。

你的举止

着实令我讨厌。

我只能说：

你是个恶棍！

纳尔多：

但我总是说不！

伯爵：

只能如此了。

纳尔多：

暴君开始喋喋不休

所有人无法忍受！

听听别人的辩白吧。

这些羞辱和责骂

都是冲着我吗？

听听别人的辩白吧！

第一幕第六场

（五重唱）

（奥滕西娅、伯爵、侯爵、纳尔多、多琳德）

奥滕西娅：

现在要受到这样的屈辱！

这样的不幸竟然发生在我身上！

纳尔多：

我浑身战栗。

双脚颤抖。

伯爵：

多么痛苦！多么难受！

真不幸啊！女骗子还活着！

侯爵：

哎呀！我的心上人快死了！

你们看啊！她在抽搐，在颤抖！

多琳德：

叛徒！

纳尔多：

是的！就是她！

奥滕西娅：

啊！是克利科齐奥？

伯爵：

奥滕西娅在这里吗？

众人：

真让人吃惊，太少见了！

简直闻所未闻！

侯爵：

你们倒是说说，这儿发生了什么事？

你们说说，究竟是什么意思？

多琳德：

我浑身战栗，几乎说不出话。

我的心在胸膛里害怕得跳个不停。

奥滕西娅：

哎呀，这是羞辱，一片混乱？我该如何反击？

　　　我的心在胸膛里害怕得跳个不停。

纳尔多：

　　　噢，交易！女人！

　　　不是在说笑话！

　　　这笔买卖是真的！

　　　我的心在胸膛里害怕得跳个不停。

伯爵：（对奥滕西娅说）

　　　你这个不知羞耻的女人。

侯爵：

　　　安静！安静！——冷静！——

多琳德：（对纳尔多说）

　　　你这个不忠的人！

纳尔多：

　　　是的！她认出我来了。

伯爵：

　　　你必须死！

多琳德：

　　　你这个骗子！

侯爵：

　　　你们说说，究竟是什么意思？

　　　说，哪里来的吵闹声？

　　　谁给你们权力威胁别人？

　　　谁允许你们这么做？

　　　快告诉我！这儿究竟发生了什么事？

众人：

　　　多么让人吃惊的巧合！

所有一切那么离奇！
吵闹！争执不休！
哈！血液在血管里奔涌！
我已喘不过气。

第一幕第七场

奥滕西娅：

其他一切都很美好，
只有爱情还需要培养，
所有的尊严，所有的辉煌。
什么样华丽的集会
我在我们的宅子里没见过？
有人唱歌，有人跳舞，
还有英俊的青年
表情甜蜜地向我表白：
亲爱的人儿，发发慈悲，
看看我多么痛苦！

（退到一边）
这个老人这么容易就受骗上当，
可能吗！

（大声说）
是的，他们尊重我的一言一行。
我懂得，得时不时友善地说：
"好心的先生！不要让我再受折磨！"
别人应该知道，

轻慢我是什么下场吗？

不！他们要是敢这么做，

就该知道我是什么样的人。

（退到一边）

这样很好！

老头子相信我。

幸福和快乐正在等着我。

（大声说）

不，我要走！不，我要走！

不，没有什么能让我留下。

从前别人都拜倒在我脚下，

而今我却遭如此对待？

在那里我沉醉于爱情，

而在这里却有人要我性命？

从前大家温柔地赞美我，

这里的人却要辱骂我？

不，他们应该知道我是什么样的人，

没有什么能让我留下。

第一幕第八场

（第一幕终曲）

（侯爵、奥林匹娅、多琳德）

侯爵：

照我说的，给我滚！

　　　　别要求我,不要抱怨。

　　　　没有人能帮你;

　　　　我说到做到。

　　　　走吧,走了干净!

多琳德:

　　　　您既然这么坚持,

　　　　我会听您的吩咐离开。

　　　　我只待到明天。

　　　　我不想再继续待下去;

　　　　我会走,走个干净。

奥林匹娅:

　　　　她究竟犯了什么错?

　　　　谁能告诉我?

侯爵:

　　　　安静! 安静! 别说话。

　　　　让多琳德走! 她走了事情就好办了。

多琳德:

　　　　但我还是请求您! 亲爱的侯爵——

侯爵:

　　　　给我走,别再让我看见你!

奥林匹娅:

　　　　我只说一句,亲爱的叔叔!

侯爵:

　　　　我说到做到!

　　　　伯爵也可以赶紧走人。

　　　　我不能容忍他继续留在这儿。

奥林皮娅:

　　天哪！什么？伯爵也要走？

多琳德:

　　您说说看,究竟发生了什么？

侯爵:

　　我不喜欢看到他出现在我周围;

　　他得马上离开。

众人(奥林皮娅、多琳德、侯爵):

　　突然之间

　　黑夜的天空布满乌云。

　　我终于快得到安宁;

　　我已经尽力！

(纳尔多、奥滕西娅、伯爵)

纳尔多:

　　小心,小心,静悄悄地

　　我已经快靠岸了。

　　老头子现在大概已入睡,

　　我们现在动手吧。

奥滕西娅:

　　朋友,帮帮我！你这个小偷,

　　你这个爱之神！

　　让我的计策可以成功,

　　帮助我成功逃脱。

伯爵：

　　我已经在这儿

　　转悠半小时了。

　　他应该马上就来了。

　　他马上要遭报应了。

纳尔多：

　　我好像听到有人说话！

　　肯定是她！ 嗯！ 嗯！ 嗯！

奥滕西娅：

　　什么？ 已经发暗号了。

　　纳尔多已经到了。——喂！①

伯爵：

　　他们总算来了！

纳尔多：

　　包裹收拾好了吗？

奥滕西娅：

　　是！ 已经收拾好了。

纳尔多：

　　嗬，有意思！ 快下来吧。

奥滕西娅：

　　哎呀，太可怕了！ 亲爱的纳尔多！ 噢！

　　我的脚被绳子缠住了。

纳尔多：

　　你怎么了？ 天哪！ 快把它松开。

---

① 原文采用德语词 Hetzi,可能是接头暗号。

小心点！悄悄下来，不要出声。

伯爵：

哈哈！他们的死期到了，

他们马上要倒霉了。

奥滕西娅：

我的心害怕得怦怦直跳！

哎呀！我快昏过去了。

纳尔多：

哎呦！你太胆小了！

我们马上就成功了。

伯爵：

嘿！小偷！（开枪射击）

纳尔多：

见鬼！天哪！

奥滕西娅：

快跑，纳尔多！赶紧逃！

伯爵：

你必须死！你这个骗子！

嘿！骗子！给我站住！

（开枪射击）

（伯爵、多琳德、奥林匹娅、侯爵）

侯爵：

谁在我的花园里开枪？

谁在开枪？发生了什么事？

奥林匹娅：

　　啊，亲爱的叔叔！发生了什么事？

多琳德：

　　谁在开枪？啊，侯爵先生！

侯爵：

　　这里有凶手！这里有小偷。

　　这儿有人开枪。

纳尔多：（从花园里走出来）

　　去警卫那里吧！

奥滕西娅：（从花园里走出来）

　　来人哪，快救救我！

侯爵：

　　我的新娘在呼救。

侯爵、奥林匹娅：

　　快去警卫那儿！

三人：

　　叫警卫过来！我们要看看

　　究竟谁在花园里开火。

（伯爵、纳尔多、奥滕西娅）

纳尔多：

　　他在这儿！

奥滕西娅：

　　凶手在这里！

伯爵：

你们俩是小偷！

纳尔多：

大胆！

奥滕西娅：

阴谋！诡计！

伯爵：

安静！大家认出你们了，你们是小偷。

众人：

快去警卫那里，

把叛徒捆住。

（前场人物、侯爵、奥林匹娅、仆人们）

侯爵：

乞求和哀告没有用！

我这次不会心软。

四人：

强盗在哪儿？

众人：

站住，无赖！站住！

三人：

我会看到什么场景啊！

侯爵：

我醒着吗？还是在做梦？

纳尔多：

　　一个尊贵的伯爵,和我一样真实!

六人：

　　我简直不相信我的眼睛!

侯爵：

　　现在! 快说,无耻之徒!

　　你们看! 他吓得抖个不停。

纳尔多：

　　现在! 我高贵的先生! 快说!

　　否则——警卫就快来了。

伯爵：

　　这样的审问——

众人：

　　审问什么?

伯爵：

　　你们说——

众人：

　　简直是胡扯!

伯爵：

　　这是个阴谋——

众人：

　　噢! 闭嘴!

侯爵：

　　安静! 安静! 我命令你们每个人,

　　不要说话!

　　亲爱的新娘,你说说,

告诉我们发生了什么事

我只想听你一个人说

其他人都闭嘴。

奥滕西娅：

让我先喘口气，

然后告诉你们发生了什么事。

五人：

安静！让她先喘口气，

接下来她会告诉我们发生了什么。

奥滕西娅：

我正在房间里看书，

突然一个巨人出现——

（转向纳尔多）

你接着说，我说不上来，

告诉大家，接下来发生了什么。

纳尔多：

他闯进来，握着手枪威胁

撬开柜子——

多么可怕！——一想到当时的场景，

我的心还吓得怦怦直跳。

奥滕西娅：

他拿走了各种各样的银器——

纳尔多：

收拾好包裹——

奥滕西娅：

蹑手蹑脚，小心翼翼地往前走——

纳尔多：

　　把包裹从阳台往下扔。

侯爵：

　　不过,他是怎么进房间的呢?

奥滕西娅、纳尔多：

　　您去问问那个正直的人。

伯爵：

　　简直是放肆! ——你们在撒谎!

　　你们这两个叛徒! 你们必须死!

　　如果你们继续威胁我。

侯爵：

　　镇定,镇定! ——不要激动!

　　如果你继续威胁下去,够你受的。

纳尔多：

　　把你抓去做苦役!

　　这样的小偷该死。

奥滕西娅：

　　哎呀,这样可怕的场景,

　　真的只有一死!

奥林匹娅、多琳德：

　　如果继续这样争吵下去,

　　接下来可能会杀人流血。

众人(纳尔多除外)：

　　和平已经向我预示着

　　安宁和幸福即将到来。

　　但现在和平不再,

　　　安宁和幸福消失了。

纳尔多：（自言自语）

　　　可惜，我本来以为已经上岸，

　　　可以拿着钱财逃跑了。

　　　现在我的计划受阻了。

其他人：

　　　谁能猜出

　　　这话里的意思。

纳尔多：

　　　这个正直的人说不。

　　　但我——却说是。

　　　我听到枪声响！

　　　他还在不停地否认。

　　　我坚称我看到的一切。

　　　他说不，我偏说是！

众人：

　　　多么可怕的一天！噢，上帝啊！

　　　多么离奇的案件！

　　　我是该留下？——还是该离开？——啊！我该到哪里去？

女人们：

　　　多么可怕，一团乱麻！

　　　一切都乱了套！

男人们：

　　　我像海浪里的一艘船，

　　　战战兢兢，上下颠簸。

众人：

> 明明我已经上了天。
> 却掉落到谷底。
> 我该留下，还是该离开？ 啊！我该去哪里？

第二幕第一场

（三人合唱）

（伯爵、奥林匹娅、多琳德）

三人：

> 夜晚和黑暗消失，
> 狂风暴雨已经平息。
> 我颤抖着跑向岸边，
> 所有的恐惧、危险和困难很快会消失。

第二幕第二场

（二重唱）

（奥滕西娅、多琳德）

奥滕西娅：

> 放肆！我很早以前就听说过你了。
> 走吧！ 离开这儿！
> 像你这样的人可以出去碰碰运气。
> 这里不适合你。

你离开的正是时候。
再见！——走得远远的！

亲爱的，走吧！到森林里去，
温柔地吸引牧羊的少年，
轻而易举地得到高贵的男人，
亲爱的姑娘！走吧。

多琳德：

是的，我愉快地走进森林，
挑选牧羊少年。
得到一个高尚的男人，
也许从此就安定地生活了。

奥滕西娅：

你应该来观摩我的婚礼
羡慕我的好运气。

多琳德：

看到一个上了年纪的新郎，
恐怕也不算什么特别的好运气！

奥滕西娅：

你这个粗鲁的乡下女人！
竟敢在我面前口出狂言。

多琳德：

噢！贵妇人。
看她如何趾高气扬！

两人：（自言自语）

我要把她赶走，

> 这个蠢女人！
> 悄悄地，悄悄地，
> 让她暴跳如雷！

奥滕西娅：

> 这眼神，这微笑，
> 这玩笑话，
> 她真的打算
> 夺走我挚爱的心！
> 她的计划
> 不会成功。

多琳德：

> 噢，这个有教养，
> 被捧得高高的、守妇道的、
> 有艺术修养的女人！
> 走着瞧吧！
> 到时候大家就会沉默。
> 最后大家会看到，
> 是否一切如愿。

奥滕西娅：

> 这个乡下女人！

多琳德：

> 这个贵妇人！

两人：

> 我要把她赶走。

第二幕第三场

伯爵：

> 一条平缓的小溪，清澈、纯净，
> 在狭窄的河床里流淌。
> 然而它突然涨起来，
> 溪流冲毁了土地。
>
> 如果你们现在还看不明白，
> 接下来就会知道一切。
> 因为，真的！我不想白白
> 看到自己受辱。

第二幕第四场

侯爵、纳尔多：

> 听着，我亲爱的新娘！
> 我要告诉你：
> 我们这里最好的结婚礼物
> 是亲密。
> 当我还是少年郎的时候，
> 我就比大部分同龄人都聪明，
> 还没有哪个姑娘或女人，
> 没有被我戏弄过。
> （面朝纳尔多）
> 怎么？什么事？有人来了吗？

我明白了！——别管我！

（面朝奥滕西娅）

我总是殷勤地邀请

所有漂亮姑娘们

去参加舞会或散步。

她们也很乐意前往，

让人一亲芳泽，

赞扬那位风流倜傥的青年，

温柔地同我握手——

（面朝纳尔多）

但是，这又是什么意思呢？

让我们在这儿安静地站会儿。

（面朝奥滕西娅）

不过，亲爱的姑娘，

快阻止你厚颜无耻的表兄。

等我发火了，暴风雨就来了！——

那他就倒霉了。

我们好不容易第一次

单独说会儿悄悄话，

他竟然打断我们！

别以为我会忍受他。

这个家伙又阴险又疯狂。

纳尔多：（自言自语）

我该待在角落里，

看他谈情说爱，

忍受这最可怕的事情，

戴了绿帽子,还得耐着性子?

(面朝侯爵)

请您住口,侯爵先生!

因为这实在太过分了。

侯爵:

那我长话短说,你考虑一下:

你的爱人是个有钱人。

不要问我的年纪,

不要问我的言行,

因为金钱和财富

让我和年轻人一样青春。

第二幕第五场

多琳德:

我的主人! 我应该走了吗?

请允许我再说一句:

主人! 想想吧,我要走了!

再想想,听我说:

让我亲吻这只手,

还有最后一句。

如果我犯了错,

得罪了您,

您要原谅我,

瞧瞧我的痛苦,

我的叹息,我的眼泪,

我抽紧的心。

但是,一切都是徒劳!

我孤立无援。

我会永远恨他。

　　我不言语,我的主宰,

您现在是、以后也是我的主人。

　　我该在这里徒劳地哀求吗?

我会被驱逐,陷入苦难吗?

我活该被惩罚吗? 我犯了什么错?

　　我忠诚地服侍主人。——我被发现了。——

爱情让我误入歧途!

要是智慧永远伴随着我就好了!

姑娘们! 噢,记住了,不要轻易相信爱情。

噢! 姑娘们! 要吸取我的教训。

哎呀,我受了太多苦!

不要轻易相信爱情。

第二幕第六场

纳尔多:

怎么回事? 没有开枪?

对我来说真是难以收场的闹剧!

他们想,——我写。

对,把枪拿走。

(写信)

"我让高贵的克利科齐奥伯爵

陷入尴尬，
我大胆撒谎，
有力地指控他。"
（自言自语）
噢！假如我可以
骗那位先生就好了！
我们要想个计策，
也许可以逃走。
（接着写信）
"我再加把劲儿，
想点骗人的招数。
那个可爱的园丁姑娘，
要离开这儿了。
再也没有比她更好的姑娘了，
真的！哪儿都没有了。
唐·纳尔多，流浪人。"
伯爵先生！我现在把信加密。
（自言自语）
这个愚蠢的魔鬼不会注意到，
我把信换掉了。
（他换掉了信件）
如果在信里被找到的内容，
和他想的不一样，
所有人会多么吃惊。
想想我都要笑出声。
（把假信交给伯爵）

（大声说）

您的愿望实现了！

还有其他吩咐吗？

您谦卑的仆人

向您告退！

第二幕第七场

（三重唱）

（侯爵、奥滕西娅、在洞里的纳尔多）

侯爵：

> 亲爱的，冷静！ 小心点！
> 这些台阶都裂开了。——
> 纳尔多肯定藏身在这里，
> 我们一定能找到他。

奥滕西娅：

> 可怜的纳尔多！ ——哎呀！ 可怕的地方！
> 多么可怕的藏身之处！
> 天呀！ 哎呀！ ——我该找哪里？
> 可怜的纳尔多，你在吗？

纳尔多：

> 噢，我这个可怜人！ 这儿有蛇！
> 毒蛇围住我发出咝咝的声音。
> 哎呦！ 我已经感觉到刺痛，
> 它们把我的胸口咬伤了。

奥滕西娅：

　　小声点！是什么东西？

侯爵：

　　有人在说话！

　　低沉、悲戚地哀号——

奥滕西娅：

　　是的！可能是纳尔多的声音。

　　是的！肯定是他。

纳尔多：

　　大蛇，大蟾蜍！

　　哎呀！它们要咬死我。

侯爵、奥滕西娅：

　　喂！纳尔多！

纳尔多：

　　啊！谁在叫我？

侯爵、奥滕西娅：

　　快告诉我们，你在哪儿？

纳尔多：

　　快把我从蛇窟里拉出来！

　　我再也受不了了。

侯爵、奥滕西娅：

　　不要喊，安静点！

　　我们来救你了。

纳尔多：

　　半个小时过去了，

　　我已经快绝望了。

奥滕西娅：

　　可怜的表兄！为了救你，

　　我不怕死。

侯爵：

　　别说话，放轻松，

　　我马上砸开你的监牢。

　　（切割绳子）

奥滕西娅：

　　绳子割开了吗？

侯爵：

　　还没有！割不开。

奥滕西娅：

　　这里的人这样对付我们，

　　真是无耻，真是可怕！

侯爵：

　　这根绳子像铁一样坚固，

　　这把刀根本不顶用。

纳尔多：

　　救命啊！救命啊！我快死了！

　　毒蛇在我耳畔发出咝咝声，

　　蟾蜍在啃咬我的胸膛，

　　你们还在犹犹豫豫，听不到我说话！

侯爵、奥滕西娅：

　　哈！绳子终于断了。

　　来，我的朋友！快出来！——

　　天哪！你脸色煞白，

啊！你看上去真恐怖！

纳尔多：

噢，我要死了！——噢，我真是不幸！不幸啊！

快给我放血！——我快死了。

奥滕西娅、侯爵：

告诉我们，你究竟发生了什么事？

纳尔多：

克利科齐奥伯爵——和他的爪牙

全副武装——拿着刀剑和手枪，

然后——哎呀！他们过来了，哎呦！——

啊，尽管来吧！我快要死了。

众人：

一定要报复这种恶行！

啊！我四肢战栗。

我震惊异常，几乎晕厥！

如此恶行太过分。

第二幕第八场

奥滕西娅：

住口！你们不要再撒谎了。

我们知道你们的谎言，

你们的阴谋和诡计。

你们想欺骗我们。

我们已经看穿了。

（面朝伯爵）

伯爵先生！这么尴尬！
您不害怕吗？
您现在掉入了陷阱，
跑不掉了。
（面朝多琳德）
你们看这条小蛇！
她会虚与委蛇！
耐心一点！一切会真相大白！
大家会知道这卑劣的行为！
（面朝侯爵）
亲爱的！你应该独自
享受甜蜜的爱情。
在台伯河①上航行时，
我已经为你倾心。
（面朝多琳德）
杀死你这条毒蛇，
是我甜美的报复。
我发誓要向你报仇！
噢，我的心中
充满痛苦！

---

① 台伯河，意大利语名特韦雷河，是仅次于波河和阿迪杰河的意大利第三长河。

第二幕第九场

（第二幕终曲）
（侯爵、伯爵、多琳德）

伯爵：

遭受这样的辱骂，被赶走，

为什么？我要耐着性子忍受这一切？

侯爵：

您最好走。

我不想再在这里看到您。

多琳德：

亲爱的主人！您会明白。

我没有欺骗您。

侯爵：

你们想违抗我的命令吗？

快走，我不需要你们了！

伯爵：

侯爵先生！

侯爵：

唉！您的仆人哪！

多琳德：

侯爵先生！

侯爵：

你走不走？

伯爵、多琳德：

> 好吧！您应该听我们的。
> 我们已经决定了。

侯爵：

> 这样最好！我正有此意。
> 你们想说的话，我已经知道了。

多琳德：

> 这是个陷阱，请您睁大眼睛看看！

侯爵：

> 住嘴！

伯爵：

> 您误会了最好的朋友，
> 以后一定会追悔莫及！
> （伯爵和多琳德下）

（侯爵、奥林匹娅）

奥林匹娅：

> 亲爱的叔叔，您听听！
> 我这儿有个大新闻。

侯爵：

> 是吗？是什么新闻？
> 说来听听。

奥林匹娅：

> 纳尔多和您的心上人
> 撬开了您的柜子。

干净利落地把您的箱子

一扫而空。

侯爵：

是真的吗？

奥林匹娅：

是的。

侯爵：

太震惊了，我简直不能动弹！

奥林匹娅：

我和门戈透过锁眼，

清清楚楚地看到了这一切。

侯爵：

你跟在我后面，

我怕控制不了自己的怒气。

奥林匹娅：

哎呀！谁愿意跟您过去，

您又不信我说的话。

两人：

小点声！他们过来了。

我们要偷听他们在干什么。

（前场人物、奥滕西娅、纳尔多）

纳尔多：

噢，事情进行得很顺利！

我的愿望，我的渴望，

都静静地躺在这钱袋里
这些让人快活的金银。

奥滕西娅:

美丽的扣环,漂亮的戒指,
珍珠,啊! 还有钻石——
噢! 最可爱的钱箱。
幸运女神多么眷顾我们!

纳尔多:

啊! 这悦耳的魔音!
啊! 金子的声音多么动听!

奥滕西娅:

现在我们赶紧逃跑,
不能在这里耽搁。

两人:

老家伙! 你上当了!
记住,这就是后果!

侯爵:

忠诚的朋友! 可爱的情人!
你们告诉我,后果是什么呢?

奥滕西娅:(自言自语)

哦,天哪! 我们完了!

纳尔多:(自言自语)

晚上好,不速之客①!

---

① 原文为 Herr Urian,意思是魔鬼或不受欢迎的人。

侯爵：

恭喜你们！

纳尔多：

咦，为什么？

侯爵：

恭喜你们拿到满满的钱箱。

奥林匹娅：

恭喜你们！

奥滕西娅：

咦，为什么？

奥林匹娅：

恭喜你们拿到最可爱的钱箱。

侯爵、奥林匹娅：（模仿她）

老家伙！你上当了！

记住，这就是后果！

奥滕西娅：（自言自语）

哎呀，我快吓得没命了！

纳尔多：（自言自语）

啊，现在四处都着火了。

两人：

我们怎么才能挣脱这火焰？

这火焰会要了我们的命。

侯爵、奥林匹娅：

哈！现在他们落网了。

被人唾骂，身败名裂。

侯爵：

　　弗兰切斯科！索尔巴托罗！

　　快去找伯爵！

　　我请求他，

　　立刻来我这儿。

　　还有，去告诉多琳德：

　　让她过来一趟。

纳尔多、奥滕西娅：（自言自语）

　　哦，天哪！多么可怕！

　　多么吓人！

　　我感觉，好像差役

　　已经站在我身边了。

　　（高声说）

　　对不起！求您饶恕我！

侯爵：

　　你们是在白费力气。

奥滕西娅、纳尔多：

　　求您饶恕我！对不起！

侯爵：

　　我再也不相信你们了。

纳尔多、奥滕西娅：

　　我最忠诚的朋友！我最亲爱的人！

侯爵：

　　这是白费力气！

　　这样的骗子

　　应该进监狱，戴上镣铐。

没有人能救你们。

我们有法律。

（前场人物、伯爵、多琳德）

伯爵：

侯爵先生，您有什么吩咐？

多琳德：

侯爵先生，您有什么指示？

侯爵：

来吧，勇敢的好姑娘！

亲爱的朋友！欢迎你们！

真相已经大白，

我知道，我错怪你们了。

这两个可恨的骗子

已经暴露了真面目。——

众人：

小点声！我听见邮车的号角已经吹响，

声音越来越近了。

真巧！到底是什么事？

（一个仆人走过来，悄悄地跟侯爵说了几句话）

侯爵：

什么消息！——一个信差？

好朋友，越来越近了！

（一位信差走过来，悄悄地跟侯爵说了几句话）

是这样吗？——怎么？你们看看吧！——哎呀！——太震惊了！

噢,好极了! 真是好极了!

女士们,先生们!

有一则天大的新闻!

众人:

什么天大的新闻?

侯爵:

信差捎来消息,

我亲爱的、可爱的新娘,

玉体刚刚恢复健康,

正和她的父亲在路上,

最迟后天,

就真的来到我的身边了。

伯爵:

还有另一个新娘? 这是什么情况啊!

奥林匹娅、多琳德:

这个新娘是你说的那个新娘吗?

纳尔多:

天哪! 快用闪电击倒

可怜的纳尔多吧,

快用恐惧毁灭

我整个人吧。

奥滕西娅:

啊,我们不会有好下场!

五人:

你们将自食恶果。

这里有法律和政府。

众人:

多么离奇的转折,

迷雾终于被驱散,

恶行终于被揭露。

一群静默的人们,

被疾风暴雨吓退,

在田野和草地上迷失了方向,

乱作一团,四处乱跑。

(侯爵、奥林匹娅、伯爵和多琳德下)

(二重唱)

(奥滕西娅、纳尔多)

奥滕西娅:

好极了! 太美妙了! 亲爱的纳尔多!

啊! 计划多么周详!

完美的结局,完美的开场!

真是一部杰作!

纳尔多:

到蜘蛛屋里去,亲爱的宝贝儿!

伟大的主啊! 服苦役去。

我的尊严啊,真够好的!

是的! 的确是一部杰作。

奥滕西娅:

不过,亲爱的纳尔多,情况紧急!

纳尔多：

太紧急了，美丽的蒂朵①！

奥滕西娅、纳尔多：

说说，现在该怎么办？

说说，现在该怎么办？

奥滕西娅：

纳尔多！

你敢和我一起去死吗？

你也不怕死吗？

你不怕这利刃吗？

现在呢？

纳尔多：

什么？你是问我这个？

我是为你而活。

我全听你的。

你知道我的答案。

是的！

奥滕西娅：

不过，杀了我的爱人！

不！啊！不！我做不到。

纳尔多：

把刀给我！我来试试；

---

① 蒂朵这个名字有记载最早出现于特洛伊驸马埃涅阿斯的故事中。她是迦太基的女王和传说中的迦太基建国者。作为英文名的 Dido 是由传说传承下来的。

等你死了，我也跟着你去死。
亲爱的！你敢和我一起死吗？——
噢，在你动人的目光面前
闪着寒光的刀刃退缩了。

奥滕西娅：

亲爱的朋友！你还在犹豫吗？

纳尔多：

啊！我怎么可以杀死你，
你是我的欢乐，我的生命！
看这战栗，看这颤抖；
匕首从我手里滑落了。

奥滕西娅：

那就让我们活下去吧！
不要哀怨，
不管我们遇到怎样的不幸，
都勇敢地面对！

纳尔多：

友善的希望，
从未抛弃我们；
我们还有希望，
我们还有勇气。

奥滕西娅：

自杀，
并不勇敢。

纳尔多：

上天让我们

不要断绝自己的性命。

奥滕西娅：

上天会最终
拯救我们。
我们会重新
获得希望。

两人：

只要不失去勇气，
情况会好转。
我们盼望着，还活着，
自由就在前方。

奥滕西娅：

忠诚的朋友！
温柔的表哥！
我们可以忍耐，
我们还没有死。
不！

纳尔多：

温柔的甜心！
美丽的表妹！
去服苦役吧，
我还没有死。
不！

（差役们上场）

奥滕西娅：

上天会最终

拯救我们。
我们会重新
获得希望。

纳尔多：

只要不失去勇气，
情况会好转。
我们盼望着，还活着，
自由就在前方。

（差役们把两人押走）

歌剧中的歌曲：喀耳刻①
GESÄNGE AUS DER OPER：CIRCE

独幕剧
音乐来自安福西②

人物

喀耳刻
林多拉，喀耳刻的侍女

---

① 《喀耳刻》一剧根据希腊神话改编，喀耳刻是一个住在艾尤岛上的女巫。她是太阳神赫利俄斯和海神女儿珀耳塞所生的孩子，也是国王埃厄忒斯的妹妹。她善于用药，并经常以此使她的敌人以及反对她的人变成怪物。在《奥德赛》的故事中，喀耳刻爱上了奥德修斯，并帮助他返回家乡。

② 指帕斯夸莱·安福西（Pasquale Anfossi，1727—1797），意大利歌剧作曲家，先后在伦敦、威尼斯和罗马工作，以教堂音乐和宗教剧闻名于世。

布鲁诺罗,喀耳刻的侍从

伯爵,一个法国人

男爵,一个德国人

第一场

(三重唱)
(喀耳刻、林多拉和布鲁诺罗)

林多拉:

这个地方越来越可怕,

该怎么办呢?

布鲁诺罗:

熊、狼和蛇,

每走一步我都害怕。

林多拉和布鲁诺罗:

啊,仁慈的女主人!

我们真的不能跟您一起继续走了。

喀耳刻:

让我安静一下;

噢,忠诚的仆人! 不要说话,

我的美德告诉我,

要显示我的神力了。

林多拉、布鲁诺罗:

噢,请保护好您忠诚的仆从,

他们是您带来的。

喀耳刻：

> 冥界的魂灵，
> 听听这声音！

林多拉、布鲁诺罗：

> 牙齿咯咯作响，
> 屏住了呼吸，
> 耳畔嗡嗡作响！

喀耳刻：

> 华丽的花园，
> 房间和立柱，
> 不要停留，
> 快快出现吧。

林多拉：

> 啊，奇迹
> 在我眼前出现！

布鲁诺罗：

> 啊，魔力
> 出现在我面前！

喀耳刻：

> 你们快来看看，
> 这是我施的魔法。

三人：

> 凉爽的微风
> 在林间吹拂，
> 用爱意温柔地
> 撩拨我们。

第二场

林多拉：

> 我的母亲常常说，
> 所有年轻女子，
> 生来就是魔法师，
> 她自己也很擅长。
> 这样一来我便知道，眼睛
> 射出万千利箭，
> 在我们每个人眼中，
> 美就是魔法。
> 我不想伤害任何人，
> 我希望所有人为我鼓掌；
> 但是假如有人合我心意，
> 我一定会把他引诱过来。

第三场

（二重唱）

（伯爵和男爵）

两人：

> 这儿吹着迷人的风，
> 旷野多么明媚，天空多么晴朗。
> 暴风和巨浪把我们带到这里，
> 多么幸运。

伯爵:

　　男爵,接下来会发生什么呢?

男爵:

　　多么和煦,多么芬芳!

伯爵:

　　多么温柔甜美的微风啊!

男爵:

　　多美的鲜花,多么壮观!

（宣叙调）

男爵:

　　我听见鸟儿,
　　在枝头吟唱。

伯爵:

　　这悦耳的声音,
　　多么动听!
　　来吧,我得坐下。
　　疲倦让我
　　得歇一歇脚。

男爵:

　　我也不觉得饿了。
　　好像睡意来袭;
　　渐渐地,
　　我的头垂到地上。

伯爵：

　　我没有犯困

　　多么美好。

<h2 style="text-align:center">第四场</h2>

布鲁诺罗：

　　她一旦用含情脉脉的眼神，

　　看向你们，先生们，

　　骄傲又残忍地看着你们，

　　你们要背过身去。

　　"爱人！"

　　这样说，我们该怎么办？

　　"听着！"

　　这样说，不过是个玩笑！

　　我真的害怕，

　　我很了解她。

　　你们看上去出色又正派，

　　这么年轻，这么英俊，

　　如果看到你们被变形，

　　我可真的要难过。

　　我已经看到像你们这样的人

　　成百上千地被变成熊，变成狼，变成恶龙，

　　在这里散步，

在我们的花园里转悠。

第五场

喀耳刻：

充满甜蜜欲望的心灵，
应该被好好注意，
最纯洁的爱，
只渴望得到欢乐。

高贵的德国人，欢迎你！
法国人，欢迎你！
你夺走了我的芳心，
因为我喜欢严肃。
但是这样彬彬有礼，柔情似水，
真是举世无双。

他们温柔地注视我，
打算离开，我阻止他们。
再见，亲爱的朋友！①
男爵，再见吧。
两个人都完了，
我们等着瞧吧。

---

① 原文为法语。

第六场

（宣叙调）

喀耳刻：

> 毒药残忍地渗入
> 我的胸膛，
> 毁掉我所有的欢乐。
> 了不起的喀耳刻，
> 神啊！你为什么不快活？
> 噢，睡眠，你这个安慰者，
> 来缓解我的痛苦吧。
> 让鬼魂唱起甜美的歌谣，
> 让你们听听！
> 在温柔的梦里，
> 我忘却了所有折磨我的事。

（四重唱）
（喀耳刻、林多拉、男爵和伯爵）

喀耳刻：

> 伴着如同天籁的交响乐，
> 轻柔的乐声，
> 美梦渐渐侵袭
> 我的全身。

林多拉：

小点声，她睡着了。

大着胆子砍吧。

男爵：

过来。

伯爵：

多美啊！

林多拉：

不要儿戏！

伯爵：

这嘴唇。

男爵：

这鼻子。

伯爵：

走吧。

男爵：

你们自己去吧。

林多拉：

快！要是她真的醒了，

不知道会发生什么。

男爵和伯爵：

只要壮着胆；你们看，女巫的头

已经飞下来了。

喀耳刻：

我醒了！

哎呀，叛徒！定在这儿

一动也不动。

林多拉：

啊，主人，发生了什么事？
让他们俩开口吧，
他们全身僵硬
一动不动站在原地。

林多拉：

我太高兴了，
我放声大笑，哈哈哈！

伯爵、男爵：

啊！肺、心脏和胃，
牙齿，一切的一切。

喀耳刻：

我可以爱上叛徒吗？

林多拉：

我可以为了笑留下吗？

喀耳刻：

叛徒！你们走吧，
不过小心我发怒。

男爵、伯爵：

我还活着吗？我的脚
又可以重新迈开步伐了。

喀耳刻、林多拉：

是的，叛徒，不忠的人！
你们会遭到惩罚。

男爵、伯爵：

> 在这个地方遇上女巫，
> 多么不幸！

第七场

男爵：

> 第一次等候觐见，
> 所有人站在一起，
> 所有的叹息，所有的愿望，
> 只为迎候你到来。

> 随后进屋等你接见。
> 我不想看到陌生人，
> 不想看到英国人、法国人，
> 不想看到老爷、伯爵。

> 但是爱情应该
> 以各种各样的形式存在。
> 老爷和伯爵
> 想同我一起散步。

> 接着走进一间小巧可爱的屋子，
> 林多拉常常在这里歇息。
> 考虑了一下，还是不要去吵醒她，
> 心脏几乎停止了跳动。

接着又到了另一个地方，
这里——这里——我不得不笑出声来！
这是什么地方！因为世界上没有哪里
比这里更美好。

看，我脸红了，手足无措！
假如你知道的话，——不，我不说
你会瞧见的。

第八场

（宣叙调）

伯爵：

噢，爱人！允许我这样叫你。
我的心里在怕什么？
哎呀，是什么阻止了甜蜜的哀叹。
我可以把哀愁说给谁听？
我该怎么告诉你？

（咏叹调）

噢，女神！
所有的希望，所有的爱情都向你飘去。
为什么我要压抑
心中的欲望？

她已把装有魔汤的金色酒杯
递过来。
神啊！给我力量，
让我摆脱她。

是的，我坠入了爱河，是的，我要离去。
不要再阻止我。
哎呀，我怎样才能抗拒这眼神，
这种魔力？

第九场

（终曲）

林多拉：
　　普路托①把我从冥河派来！
男爵：
　　普路托向我派来了女巫！

---

① 普路托（Pluto）是罗马神话中的冥王，他统治人类亡灵所在的冥界。对应希腊神话中的哈得斯。

林多拉：

　　阿斯塔罗特①和琐罗亚斯德②。

男爵：

　　笨蛋，照看好爱发牢骚的老头儿。

林多拉：

　　先生，假如魔鬼们听到，

　　你们这么诋毁拉丁语，

　　你们要遭殃了！

男爵：

　　啊，林多拉，这些话

　　听上去陌生，非常卑鄙，

　　你还是单独说吧。

林多拉：

　　现在别说话了。

男爵：

　　我很乐意。

---

① 原文为 Astarott，根据上下文可能是印刷错误，应为 Astaroth，地狱大公，原型为巴比伦的丰饶女神 Isthar。作为异教神，阿斯塔罗特被列为恶魔。作为地位崇高的地狱大公，他是地狱西方的统治者，指挥四十个恶魔军团。

② 琐罗亚斯德，又译查拉图斯特拉(公元前 628—前 551)，是琐罗亚斯德教的创始人。琐罗亚斯德教是基督教诞生之前在中东最有影响的宗教，是古代波斯帝国的国教。琐罗亚斯德出身于米底王国的一个贵族家庭，二十岁时弃家隐居，三十岁时受到神的启示，他改革传统的多神教，创立琐罗亚斯德教，但受到传统教祭司的迫害，直到四十二岁时，波斯阿契美尼德王朝的宰相娶他女儿为妻，将他引见国王，此后，琐罗亚斯德教才迅速传播。琐罗亚斯德七十七岁时遭遇战争，在神庙里被杀身亡。另有说法认为琐罗亚斯德的生存年代要更早，琐罗亚斯德教也非他首创，他只是一个集大成者。

两人：

> 所有的魔法
> 都更合适女人。

林多拉：

> 好心的魂灵帮助你，
> 可以让波涛平静下来，
> 小船可以慢慢地
> 着陆，靠岸。
> 留神会发生什么事。

男爵：

> 哎呀，海面也许已经结冰，
> 小船不会来了。

林多拉：

> 不，我向你保证，
> 魂灵们请听一听，
> 我们真心恳求你们。

男爵：

> 噢，这一切变得多么美妙。

林多拉：

> 噢，可爱的指环派上了用场！

男爵：

> 你听到声音了吗？

林多拉、男爵：

> 我们走到旁边去，
> 只要我们还拥有智慧，
> 依然强大而有力。

喀耳刻：

> 哎呀,残忍的痛苦!
> 噢,可怕的时刻!
> 引发了爱情。
> 我的欢乐突然之间
> 就消失了。
> 哎呀,我的爱人
> 会永远厌弃我吗?

布鲁诺罗：

> 我要找到他,
> 你们应该感激我,
> 我真的把那个法国人
> 带到这里来了。

喀耳刻：

> 我看到一艘船,
> 注意它的踪迹。

布鲁诺罗：

> 噢,悲伤的爱情,
> 饶恕我。

伯爵：

> 其他人到底在哪儿?

喀耳刻：

> 我看到他在走来走去。

伯爵：

> 我该怎么脱身?

喀耳刻：

　　我命令你站住。

伯爵：

　　这个悲伤的人儿多么打动我！

　　我该怎么办？

喀耳刻：

　　如果爱人离我而去，

　　就是他这样的下场。

布鲁诺罗：

　　你们不会成功的。

男爵：

　　我要把你碎尸万段！

布鲁诺罗：

　　你们逃不出我的手心。

男爵：

　　我不会向你屈服。

喀耳刻：

　　这吵嚷声是怎么回事？

布鲁诺罗：

　　这位先生要离开。

　　林多拉从这里逃跑了。

喀耳刻：

　　啊，真是大胆！

　　她竟然敢背叛我？

男爵：

　　布鲁诺罗知道一切。

伯爵:

　　他自己都想和我们一起逃走。

布鲁诺罗:

　　唉,不幸啊! 我这样做

　　太没有头脑。

喀耳刻:

　　你们会为自己的所作所为

　　付出代价。

男人们:

　　贵夫人紧盯着可怜的人们。

喀耳刻:

　　鬼神们,不要怜悯,

　　去对付他们。

男爵:

　　噢,让魔鬼走开。

　　我的朋友,我想

　　你只能接受她。

　　她因爱生恨

　　必须得到拯救。

喀耳刻:

　　不,我只要报仇。

　　鬼神们快来。

伯爵、男爵:

　　我们真的完蛋了,

　　我又变成了石头。

布鲁诺罗：

我想我已经变成了禽兽。

我的手臂变成了腿。

林多拉：

不要恐惧，不要害怕，

这戒指会保护一切。

喀耳刻：

你怎么可以拥有这枚戒指？

你拿着它也没有用，

我还有足够的法力。

忠诚的鬼神，听好了。

林多拉：

屈服吧，我才是主人。

喀耳刻：

我输了，我遭到了背叛！

男人们：

我们会是什么下场，

她还有足够的勇气。

喀耳刻：

神啊！我经受不住了。

林多拉：

等一下见分晓吧。

喀耳刻：

雷电、风暴快快来！

林多拉：

帮不了你的。

伯爵、布鲁诺罗：

> 看，就像女巫召唤那样，
> 暴风雨快来了。

男爵：

> 神啊，求你不要下倾盆大雨，
> 我没有带大衣。

林多拉、男人们：

> 快跑！

喀耳刻：

> 你要残忍地丢下我吗？

伯爵：

> 这次我真的要离开你了。

男爵：

> 你是走还是留？

喀耳刻：

> 爱人啊，请你停住脚步！

伯爵：

> 你真让我难过。

林多拉、男爵、布鲁诺罗：

> 赶紧走啊。

男爵：

> 真是忍无可忍！
> 你还要遭罪吗？

林多拉、男爵、布鲁诺罗：

> 就让这个糊涂蛋留在这里
> 去陪女巫吧。

如果他想变成禽兽，
就让他留下吧。

伯爵：

不，朋友们，
不要把我留在这里。

喀耳刻：

你们下地狱去吧。
天上的狂风，
地上的巨浪，
追逐并且掀起你们的小船，
波浪滔天，
直到大海
最终把你们吞没。

男人们：

啊，多么可怕的威胁！

林多拉：

你们害怕吗？

男人们：

我们会遭殃的。

林多拉：

不，有了这枚戒指，
只要坚信，
一切就会成功。

喀耳刻：

好船长，放下船帆！
让他们无处可逃。

　　　　狂风暴雨快快来！
　　　　公正的神啊,把雷电
　　　　劈到这些罪人身上。

众人(除了喀耳刻)：

　　　　好船长,快撑起船帆！
　　　　好让我们逃走。
　　　　狂风暴雨快快平息吧,
　　　　噢,仁慈的神啊,
　　　　为无辜的人们
　　　　挡住雷电吧！

罗密欧与朱丽叶
ROMEO UND JULIA
(莎士比亚/施莱格尔 1811/1812)
〈Shakespeare／Schlegel 1811/1812〉

人物

　　　　埃斯卡洛斯,维罗纳①亲王
　　　　帕里斯伯爵,亲王的亲戚
　　　　蒙塔古,大家长
　　　　卡普莱特,大家长

---

① 维罗纳是位于意大利北部的一座历史悠久的城市。位于阿尔卑斯山南麓,临
　阿迪杰河,威尼斯以西 114 公里。2000 年,维罗纳入选为联合国教科文组织
　的世界遗产。

罗密欧,蒙塔古的儿子

梅尔库提奥,亲王的亲戚,罗密欧的朋友

班伏利奥,蒙塔古的侄子,罗密欧的朋友

蒂巴特,卡普莱特伯爵夫人的侄子

洛伦佐神父,方济各会修士

马库斯神父,同样是方济各会修士

罗密欧的侍童

帕里斯伯爵的侍童

卡普莱特的仆人们

卖药人

卡普莱特伯爵夫人

朱丽叶,卡普莱特的女儿

朱丽叶的奶妈

维罗纳的市民

面具舞客

卫兵

随从们

第一幕第一场

（卡普莱特家门口）

（卡普莱特的佣人们正在用彩灯和花环装饰大门,放声歌唱）

仆人：

把灯点亮,

将花环高高挂起,

整个屋子多敞亮!
你们得多留意晚间的盛宴,
有舞会,有美食,
是高贵的卡普莱特伯爵
举办了这场盛宴。

很多朋友热情地赶来,
跳舞,嬉戏,
欢迎光临!
他准备的,
已经完成。
奇装异服的人们
纷纷走进来。
(面具舞客们走进卡普莱特家,第一节歌曲重复)

第一幕第二场

（罗密欧、班伏利奥、侍童）

仆人：
　　把灯点亮,
　　将花环高高挂起。

班伏利奥：
　　我们走到凉快的地方去提提神,
　　怎么偏偏走到这条街上?
　　卡普莱特这个可恨的名字

立刻在我们的耳畔放肆地嗡嗡作响，
猛烈地侵袭我的全部神经，
从头到脚，尤其是右臂，
感觉如此强烈，
我无法克制想要拔刀相向，
先是钝刀，然后是锋刃，
让放纵的人群不再说话。

仆人：

恭祝卡普莱特伯爵健康，祝他健康常在！

（说罢下场）

班伏利奥：

该死的恶棍！

罗密欧：

等等，朋友！住手！
这次你得把剑收好了。
这群卖身的奴仆侮辱了我们吗？
吃谁家的饭，就为谁唱歌。
蒙塔古和卡普莱特两大家族世代有仇，
别让这仇恨加深，
用高贵的双手去化解他们；
不要再制造纷争，已经有三次了，
都是空穴来风，
破坏了我们这座城市美好的和平。
维罗纳上了年纪的市民们
不得不摘掉捍卫荣誉的首饰，
老迈的双手挥舞长矛，

压制住分裂两大家族的仇恨，
随着时间流逝，仇恨的源头不断扩张，
已刨挖出一个宽大的河床。

班伏利奥：

一定要尽力阻止他！敌人幸灾乐祸，
我却要温顺服从，我办不到。

罗密欧：

你知道亲王的威权，他不久前
狠狠地威胁了煽动者：
"你们如果胆敢破坏城市的安宁，
必须为此付出生命！"
我的朋友，不要沦为第一个牺牲者！
让我们保有权利，
告诉他们，我们更愿意息事宁人。
今晚卡普莱特家举办了一场传统庆典：
维罗纳城的年轻人乔装打扮，
在舞会上欢聚。

班伏利奥：

你真有兴趣混迹其中吗？

罗密欧：

我现在比以往任何时候都更需要消遣。
尽管我放弃了罗莎琳德，
因为她辜负了我的忠诚和爱情；
我作势要放弃，但有时候
我的女神会赶走理智，
在白天的光亮求助，唤起某个画面；

晚间各种感觉开始活跃，温柔而甜蜜，

成了女神的女神：

在傍晚，在深夜，这压抑我许久的美好画面

再度浮现，

我比以往任何时候都需要帮助。

忠诚的朋友，你觉得如何？

让我们戴上面具，享受消遣和欢乐

加入五彩缤纷的人群里，如何？

（说话间，很多面具舞客走进厅堂）

班伏利奥：

有道理，我很赞同你的话！

我要克制住怒火。

（他收起剑）

否则你会郁郁寡欢，

不再用身体和有神的眼眸

打量任何一个姑娘，除了罗莎琳德以外。

比比看，好比星星在天空闪耀：

时间和比较很有用处，

旧的爱情因此枯萎，新的爱情随之绽放。

罗密欧：

尽说废话！不要治疗痛苦了，

忘了它，赶紧走吧！

（面朝侍童说）

你帮我们去搞个面具。快点！

侍童：

马上去办。——给我自己也弄一个。

（下）

第一幕第三场

（前场人物、梅尔库提奥）

梅尔库提奥：

你们这是去哪儿？

罗密欧：

你来得正好。

我们突发奇想去参加庆祝，

当然我们是不请自来。

我们乔装打扮，你也一同去吧。

带上大衣和一张陌生的脸孔。

梅尔库提奥：

我还是留在这里吧：什么也帮不了我！

人人都认识我，我知道是怎么回事。

我是个出色的男人；举手投足，

言行举止，都十分特别。

班伏利奥：

当然了！你的肚子

尤其特别。

梅尔库提奥：

你们说得倒好，自己的身材像牙签！像麻秆儿！身上罩着层层破布：谁还想解开你们？但是我呢，穿着最厚重的大衣，长着最特别的鼻子，想去哪儿就去哪儿，很快就有人在我背后嘀咕：那是梅尔库提奥！真的是梅尔库提奥！如果我不是这样有名气，该是多让人恼火的事啊！因为我一旦是梅尔库提奥，我就是梅尔库提奥，而且一直是梅尔库提奥了。——现在祝你们好运！
好好干，诸事顺利；我要在枕头上冒险！一个有趣的梦让我精神
焕发，你们追随梦境，还不如我能抓住梦呢。
然后我精神百倍，曙光女神却让你们哭泣，
让你们因为疲劳和爱情哈欠连连。
（下）

罗密欧：

随他去吧！朋友之间这样最好：每个人去庆祝他自己的节日。
（和班伏利奥一同离场）

第一幕第四场

（卡普莱特家的大厅，化装舞会）
（卡普莱特和帕里斯正在交谈）

帕里斯：

只有庄严的话语才配得起这样盛大的庆祝。
高贵的先生，您对我的求婚有何看法？
请允许我，将这里装点一新。
毫不奇怪，朱丽叶的光芒和价值
照耀着所有人，深深吸引着我。
这不是瞬间的好感：整整一年
我的目光都紧紧盯着这颗闪亮的星星。
尽管我安于沉默：
因为您最能判断她的价值和无价之处；
仅仅是她的美貌就让我思念不已：

我是亲王的亲戚，年轻而富有。

卡普莱特：

年轻人，荣耀的求婚

唤起我双重的感受。

对一位父亲而言。女儿长大成人，

他为她寻找一位体面的伴侣；

但当这个时刻终于降临，

一位有为的才俊出现，要把她娶进家门，

父亲的心儿战栗，因为忧虑而摇摆不定：

他怕自己会永远失去她，

只有通过外孙才能把她赢回。

帕里斯：

不过智慧可以战胜这样的忧虑。

卡普莱特：

亲爱的伯爵，请体谅我的犹豫。

我所有儿女被黄土埋葬：

只剩这棵独苗，是我唯一的指望；

不过尊敬的先生，去求婚吧，找寻您的幸福：

我是否同意要先看她愿不愿意。

如果她答应你，选中了你，

我就没有什么异议。

（他们走向后台）

第一幕第五场

（卡普莱特伯爵夫人，朱丽叶和奶妈正在交谈）

卡普莱特伯爵夫人：
结婚，是的！这是我想说的。
——告诉我，亲爱的孩子，
你想结婚吗？

朱丽叶：
我做梦也没有想过这种荣幸。

奶妈：
一种荣幸！要不是你只有我一个奶妈，
我想告诉你：孩子，
你喝了奶，变得聪明。

卡普莱特伯爵夫人：
好吧！现在就想想吧！简单说一句吧，
年轻的帕里斯来向你求婚了。

奶妈：
是个好男儿！小姐，这样的男子
可以说是世上——真正的如意郎君！

卡普莱特伯爵夫人：
维罗纳花丛中最美的一朵鲜花！

奶妈：
是呀，一朵鲜花！没错，一朵真正的鲜花！

卡普莱特伯爵夫人：
你怎么看？你觉得他怎么样？

　　他正在那儿和你父亲说话；

　　把他的俏脸当书来念，

　　你可以读到美妙的指尖在他脸上写下的欢乐，

　　看那可爱的线条，

　　如何相互修饰，

　　如果书上还留下什么暗影，

　　读一读他眼角的旁注。

　　看！——你喜欢他吗？

朱丽叶：

　　我倒要看看,他是否会让我喜欢；

　　不过我不敢看得太仔细,

　　仿佛你们为他鼓掌喝彩。

　　（一位戴面具的男士邀请朱丽叶共舞）

第一幕第六场

（罗密欧、班伏利奥）

罗密欧：

　　那位骑士有幸与一位小姐携手共舞,

　　那是谁家的姑娘？

班伏利奥：

　　我认识吗？

罗密欧：

　　噢,烛光远不及她明亮！

　　仿佛黑人耳垂上的一颗珍珠,

娇美的容颜悬挂在夜的脸庞上，

这样高悬！谁有幸能得到她？

她在玩伴们中间，

就像白鸽走到乌鸦群里面。

等这支舞结束，我要靠近她；

与她玉手相握，将使我无上幸福。

我以前爱过吗？她的双眼发誓：没有！

这样的绝代佳人，前所未见，今后也不会有。

（两个人走向后台）

第一幕第七场

（卡普莱特、蒂巴特走上前）

蒂巴特：

听声音，他肯定是蒙塔古家的人。

侍卫，把我的剑拿来！这个恶棍竟敢伪装得这样滑稽，

跑到这里来，

来嘲笑和辱骂我们的家庭节日！

确实如此！为了家族的荣誉！

把他杀死，不必承担任何罪责。

卡普莱特：

侄儿，怎么啦？这样怒气冲冲！出了什么事？

蒂巴特：

看吧，伯父！那个人是蒙塔古家的。

这个混蛋混在客人们中间，

　　　　嘲笑我们的盛会。

卡普莱特：

　　是罗密欧那个小伙子吗？

蒂巴特：

　　是罗密欧那个混蛋。

卡普莱特：

　　好侄子，消消气！由他去吧！

　　他自认为诚实而高贵；

　　事实上，整个维罗纳城

　　也都认为他是个有教养、品行端正的青年。

　　即使得到整个城市的财富，我也不愿

　　在我家里羞辱他。

　　所以请你耐心点，不要太在意。

　　这是我的心愿，如果你愿意听我的劝告，

　　表现得友好一些，不要皱眉，

　　这副表情对聚会来说多不合适。

蒂巴特：

　　这样的混蛋来做客，我还要忍耐？

　　不行，我不能忍受。

卡普莱特：

　　我就是要你忍受他！

　　必须！——年轻人，你听到了吗？快闭嘴！

　　谁是这里的主人？你还是我？快住嘴！

　　什么？你不能容下他？——上帝保佑我！——

　　你想当着客人的面吵架？想赶走我的客人吗？

　　你要强出头吗？你得听我的！

蒂巴特：

　　伯父,这难道不是耻辱吗?

卡普莱特：

　　住嘴! 赶紧住嘴!

　　你太冒失了。哎呀,你听我的!

　　你会让我难堪的! 真的,来者是客!

　　别说话,否则我让你老实待着!

　　（走向后台）

蒂巴特：

　　强忍不耐和熊熊怒火

　　在我内心交战,愤怒的血液不断上涌。

　　我走了：但他这样无理闯入!

　　暂且让他得意片刻,以后他会吃苦头。

　　（下）

第一幕第八场

（亲王和梅尔库提奥换了装束,从幕前走出;班伏利奥从后台走上前来）

班伏利奥：

　　那是梅尔库提奥!

　　他到这儿来偷看我们;不过他的伪装很差劲：

　　因为我一眼就认出了他。和他在一块儿的那个人是谁?

　　一个高贵的男子,连面具也掩饰不住。

　　我去捉弄梅尔库提奥一下。

(轻声走过他身边)很多人在大街上可以认出的梅尔库提奥，
他在这里。
你好啊!

梅尔库提奥:

小点声,我说,小点声!

班伏利奥:

你的同伴是谁?

梅尔库提奥:

小点声,你听到了吗,小点声!

班伏利奥:

他是认真的! 我快进去吧!
等到傻瓜也严肃起来,就没什么好事了。
(下)

亲王:(摘下面具)

我们不必战战兢兢,遮遮掩掩:
我来这儿,不是为了让别人认不出我。
卡普莱特和蒙塔古两大家族,
一直以来扰乱我这城邦的安宁。
严厉和暴力不能让他们听话,
也许温和才能赢得他们。
我个人倒很愿意加入这一盛会;
如果他们高兴的话,我愿意为他们调解。
这样做也许比我在王座上下命令更有用。

梅尔库提奥:

假如每个人都像殿下您这样想,
每个人都可以被称作殿下了。

亲王：

> 我愿意将尊贵的头衔分与众人，
> 只要有永久的和平。

梅尔库提奥：

> 殿下，您将带来和平。

亲王：

> 我不是非得有尊贵的头衔：
> 因为我的国土还没有太平。
> 要是有办法就好了！失败了无数次，
> 最后只能听天由命。

梅尔库提奥：

> 是命运，只要不是人就行。
> 这是一场被诅咒的竞赛。我只是觉得奇怪，不是所有男孩都带着伤疤降生到世上。因为除了我们的年轻人，我这辈子没有看到过热衷于伤疤的人。他们的双手命中注定要执剑：因为每个人都奋力去抓，停留在原地，像鸟儿粘挂在树枝上。他们的手握紧剑把，直到浑身鲜血淋漓。

亲王：

> 你很了解这座城市，描述得很准确。

梅尔库提奥：

> 事实确实如此，如果维罗纳的所有裁缝都是外科医生，人们只要走进铺子喊：嘿，裁缝师傅！嘿，伙计！快出来！拿好针线和布头！帮我缝合一下手臂、胸口和肚子，就好像缝补一件裂开的大衣。

亲王：

> 仇恨招致杀戮的快感，杀戮的快感制造仇恨。

对于你,梅尔库提奥,我充分信任:
你是我的近亲,不属于争执的任何一方,
尽管你认为你站在罗密欧、站在蒙塔古家一边。
所以一定要对年轻人施加影响:
说服老顽固们几乎不可能:
因为年轻人虽然冲动,却容易相处。

梅尔库提奥:

要竭尽全力:因为每个节目
都可能成功,或者失败。

亲王:

暴力可能战胜爱,
但仇恨,这最最暴力的仇恨,却永远不会。
所以我想通过美好而柔情的联姻,
让两大家族和解,和我并肩。
帕里斯伯爵向卡普莱特家的女儿朱丽叶求婚,
我乐见其成,
他和你一样,是我钟爱的表弟。
梅尔库提奥,快来帮帮我,
用你那掩藏在玩笑中的智慧。
在灰暗的时刻,活泼的心灵
往往可以战胜机敏。

梅尔库提奥:

好的,殿下! 我的小把戏
每时每刻都愿意为您效劳。

第一幕第九场

（卡普莱特、蒂巴特、埃斯卡洛斯）

卡普莱特：

亲王驾到，是不是真的？

蒂巴特：

他就站在那儿呢。

卡普莱特：

多么意外的惊喜！我激动得说不出话——

亲王：

不是奇迹指引我来到这里。

欢乐与和平相会的地方，

我衷心祝福。

问候所有人，

不过我特别想看看我表弟帕里斯。

（背对着卡普莱特）

可能已经有人引见过他了，就像我一样。

（亲王走向后场，所有人跟在他身后）

第一幕第十场

（朱丽叶、罗密欧，朝圣者的姿态）

罗密欧：（热切地握住朱丽叶的左手）

请宽恕我，如果我抓住你的纤手时

> 过于鲁莽和用力，噢，这座神龛，
> 那么我的嘴唇，两位信徒，
> 准备用亲吻赎还粗鲁的罪过。
> （他吻她的手）

朱丽叶：

> 不，信徒，莫要责怪你的双手
> 还有它庄重虔诚的问候；
> 圣人的手容许触摸，
> 双手相握是信徒的亲吻。

罗密欧：

> 但圣人有嘴唇，而朝圣者也有。

朱丽叶：

> 不过嘴唇唯一的用处是祷告。

罗密欧：

> 噢，高尚的圣人，请恩赐我吧！
> 允许嘴唇也履行手的工作。
> 它们正热切地请求你：应允吧！
> 别让信仰变成失望。

朱丽叶：

> （优雅地凝视着，像画幅一般兀自站立，低着头）
> 圣人通常不会动，
> 即便她答应了请求。

罗密欧：

> 那就不要动吧，
> 让我的嘴从你那里得到他想要的。
> （他吻上她的唇）

你的吻涤荡了我心底的罪孽。

朱丽叶：（姿态优雅地朝后退去）

现在你的罪孽沾上我了。

罗密欧：

从我这里到你那儿？你的指责真让我心碎。

那就让我收回吧！

（吻她）

朱丽叶：

你吻的理由倒是很合理。

第一幕第十一场

（前场人物、奶妈，随后班伏利奥上场）

奶妈：

小姐，你母亲想和你聊聊。

朱丽叶：（走进大厅）

罗密欧：

哪位是这位小姐的母亲？

奶妈：

啊，少爷，

她母亲是这座宅邸的女主人，

一位正直、聪慧又可敬的夫人。

刚才与您说话的那位小姐，由我抚养长大。

我告诉您：谁娶了她，

真是走运了。

（奶妈往后走,遇到朱丽叶）

（两个人会合）

罗密欧：（站在前面）

她是卡普莱特家的人吗？ 啊,多大的代价！

我的生命要被仇敌掌控了。

班伏利奥：

来吧！ 舞会快结束了,人都走了！ 原谅我来催你了。

罗密欧：

来吧！ 或许我该离开,但我要留下来。

第一幕第十二场

（前场人物、面具舞客,最后卡普莱特上场）

卡普莱特：

不！ 亲爱的先生们,别急着离开。

面具舞客：（纷纷恭维他）

卡普莱特：

看来是真的都要走了——好吧！ 感谢各位！

感谢你们,尊贵的先生们！ 晚安！

（所有人离场）

第一幕第十三场

（朱丽叶,奶妈走上前）

朱丽叶:

　　奶妈,你上我这儿来! 那位先生是谁?

奶妈:

　　那是小蒂贝里奥,老蒂贝里奥先生的儿子和继承人。

朱丽叶:

　　刚刚走出去的那个人是谁?

奶妈:

　　我想,那是年轻的马塞林。

朱丽叶:

　　跟在他身后那个刚才不想跳舞的又是谁呢?

奶妈:

　　我不知道。

朱丽叶:

　　你快去! 问问他叫什么。——如果他已经结婚,

　　我的坟墓就是我的婚床。

奶妈:（折回来）

　　他叫罗密欧,是蒙塔古家的,

　　我们大仇人家的独生子。

朱丽叶:

　　我竟把唯一的爱给了唯一的仇敌?

　　我太早付出了真心,现在悔之已晚。

　　真是奇迹! 我觉得我被驱使着,

最温柔地恋上最凶狠的敌人。

奶妈：

为什么这么说？为什么这么说？

朱丽叶：

不过是我刚刚从一位舞伴那里学来的歌词罢了。

（有人在里屋喊："朱丽叶！"）

奶妈：

马上来！我们来了。

来了！我们走吧。客人们都已经散去了。

第一幕第十四场

（卡普莱特家的花园）

（罗密欧，紧接着朱丽叶出现在窗口）

罗密欧：

没受过伤，才会嘲笑别人的疤痕！

一直在乘凉的人怎么能明白在泉水边口渴的人？

伤口在痛！谁能想到伤疤。

口渴的人？他应该在泉边苦熬吗？

不！这里有伤口和清泉，有痛苦和幸福。

随它去吧，对我来说都不重要。

（朱丽叶蒙着面纱出现在窗口）

罗密欧：

小点声！窗口那里是什么在闪闪发光？

是东方，朱丽叶就是太阳。

美丽的太阳,快升起来吧! 杀死月亮,
它嫉妒,因悲伤而面色煞白,
你虽然躲起来了,却美得多。
让嫉妒者羞愧,就应该那样。
快快现身吧,独自闪耀,
月亮消隐了,众星退却了。

她欲言又止。不,她在说话,
她的眼睛在说话。我从她眼睛里得到了答案。——
我太莽撞了;她的眼睛并不是在跟我说话。
天上最美的星星
有其他重要职责,
于是央求她,
用眼睛代替它们闪烁;
如果朱丽叶的眼睛真的在星空里,
而星星在她脸上,她脸上的光芒
难道不会让星星们自惭形秽吗?
就像阳光让灯火黯然失色?
如果她的眼睛在天空发出光亮,
鸟儿们会欢快地啼唱,迎接白昼的到来吗?
啊,瞧她手托香腮的俏模样!
我要是那只手套就好了,
可以一亲芳泽!

朱丽叶:
　　哎呀! 哎呀!

罗密欧：

> 她在说话。噢，再说一次，可爱的天使！
> 你在我头顶上方，
> 就像耀眼的流星，火花的信使，
> 艳惊四座，
> 令众生侧目，又忍不住回头，
> 只为看你一眼。
> 而你却穿过缓缓的浮云，
> 在沉静的气流中穿行而过。

朱丽叶：

> 噢，罗密欧，罗密欧！为什么你偏偏是罗密欧！
> 否认你的父亲，抛弃你的姓氏；
> 如果做不到，那就发誓成为我的爱人，
> 而我也不再是卡普莱特家的人。

罗密欧：（自言自语）

> 我是该继续听，还是该说话？

朱丽叶：

> 你的姓氏是我的仇敌，
> 你若不姓蒙塔古，你还是你自己。
> 蒙塔古究竟是什么？不是手，不是脚，
> 不是手臂，不是脸庞或身体上其他部位。
> 名字是什么？我们称作玫瑰的，
> 不管它叫什么，都一样馥郁芬芳：
> 所以罗密欧，即使他不叫罗密欧，
> 只有保留可贵的内涵，
> 他还是他。

噢,罗密欧,抛弃你的名字吧!
去掉这个不能代表你自己的名字,
把我整个人都带走吧。

罗密欧:(稍稍靠近)

我便依你所言。
把我称作你的爱人,我愿意更名改姓,
从此不叫罗密欧。

朱丽叶:

你是谁,躲在黑夜里,
偷听我心底的秘密?

罗密欧:

我的名字,
我不知道该怎样告诉你我是谁,
高贵的仙女,因为我的名字
是你的仇敌,我自己都怨恨不已。
假如我写下了名字,
我会把它撕个粉碎。

朱丽叶:

我的耳朵从这张嘴里听到的话
还不足百句;可我认得这个声音。
你不是罗密欧,是蒙塔古家的人吗?

罗密欧:

不,美人儿,都不是,只要你喜欢。

朱丽叶:

你怎么会到这儿来? 告诉我,你为什么来?
花园的围墙高耸,难以攀爬。

　　　　这里十分危险。想想你的身份，
　　　　万一我的表哥们抓住你，那可怎么办！
罗密欧：
　　　　是爱情轻柔的羽翼带我来到这里，
　　　　再坚固的堡垒也阻挡不了爱情。
　　　　只要爱情想办到，它就具有无比的勇气：
　　　　所以你的表哥们不能阻止我。
朱丽叶：
　　　　如果他们发现你，会要了你的命。
罗密欧：
　　　　啊，你的眼睛比他们的二十柄剑还要危险。
　　　　温柔地看着我，
　　　　他们的愤恨会让我更坚强。
朱丽叶：
　　　　无论如何，我希望他们不要看到你。
罗密欧：
　　　　黑夜包裹住我，不被他们发现。
　　　　如果你不爱我，就让他们抓住我吧：
　　　　与其得不到你的爱情而苟延残喘，
　　　　我宁愿被他们的仇恨夺去生命。
朱丽叶：
　　　　告诉我，谁指引你到这儿来？
罗密欧：
　　　　爱情教我去寻找，
　　　　它指点我，而我借给它眼睛。
　　　　我不是舵手；但假如你在远方，

在被最遥远的海洋冲刷的海岸边，
我也会鼓起勇气来寻找奇珍异宝。

朱丽叶：

黑夜的面纱遮住我的脸庞，
不然听到你的告白，
我脸颊上肯定布满少女的红晕。
我很想遵从礼教，
否认我说过的话，不过别去理会这些形式了！
告诉我，你爱我吗？我知道，你会说爱。
我愿意相信你所说；但如果你发誓，
你可能不忠诚。人们都说，
丘比特会笑话情人间的虚情假意。
噢，可爱的罗密欧！你爱我吗？真的吗？
不要说谎；如果你以为，
我快被你征服了，我可以暧昧迟疑，
拒绝你的深情。但我要说："不！"
除非你想这样；否则我断不愿这样故作姿态。
是的，英俊的蒙塔古，我太过痴情。
你可能以为，我举止轻浮；
但请相信，朋友，我比那些老练且拿捏有道的人
要忠诚得多。
如果不是在我答允前，你已偷听到我爱的悲叹，
我本该收敛我的情感。所以请原谅我！
不要把我的真心误会成轻狂，
是宁静的黑夜向你泄露了我的爱情。

罗密欧：

　　小姐，我向将树梢涂满银光的圣洁的月亮起誓。

朱丽叶：

　　噢，不要对着月亮发誓，它如此善变！

　　不要让你的爱也跟着起变化。

罗密欧：

　　那我该向谁起誓呢？

朱丽叶：

　　算了吧。

　　如果你愿意，对着你尊贵的自身发誓吧，

　　这圣像引得我爱慕连连；

　　那样我就相信你。

罗密欧：

　　如果心底的爱情——

朱丽叶：

　　好了！ 不要发誓了，虽然我钟情于你，

　　可我并不喜欢今晚的盟约：

　　这约定太仓促，太草率，太突然，

　　就像一道闪电，等不及人们说，这是一道闪电，

　　它已消逝不见。——安睡吧，我的爱人！

　　夏夜的暖风会让这爱情的蓓蕾变成最美的花朵，

　　直到我们再次相遇。

　　晚安！ 愿我心中充满和平与安详，

　　你也一样。

罗密欧：

　　啊！ 不让我满足就让我离开吗？

朱丽叶：

你还想要怎样满足？

罗密欧：

向我说出你忠诚的爱的誓言，来与我的誓言交换。

朱丽叶：

不等你来求，我便给予你爱的誓约，

但是，我宁愿从没有给过你。

罗密欧：

你要收回誓言吗？为什么？

朱丽叶：

为了了表示慷慨，我把誓言送给你。

但是，我有的难道还不够？我还有何所求？

我的钟情像大海一样无边无际，

我的爱慕同样深不见底。——我给得越多，

我拥有越多：这二者都无穷无尽。

我听见屋子里有响动！再见，我的爱！

奶妈：（在场景后喊）

小姐！

朱丽叶：

马上来，马上！——噢，可爱的蒙塔古，不要负了我！

等一下，我马上回来。

（她起身进去）

罗密欧：

噢，幸福的，幸福的夜啊！只是我担心，

因为是夜晚，怕一切只是梦一场，

太甜蜜动人，好像不是真的。

朱丽叶：（重新回到窗边）

　　罗密欧，我再说三句话，然后要跟你说再会了。

　　如果你的爱情庄严而认真，

　　想和我结婚，明天告诉我，

　　我该遣谁到你那儿去，

　　告诉他，何时何地我们举行婚礼。

罗密欧：

　　你想知道的，我早已计划好：

　　我刚刚考虑过，你我之间，

　　为什么还要派人？

　　我们只需面对面像平时说话一样交换秘密。

　　你认识洛伦佐，那位尊敬的先生，

　　他全力支持圣洁的爱情，

　　愿意促成、斡旋和介绍。

　　他也是你的神父，了解你，

　　懂你无邪的心灵，当你对他作天真的忏悔，

　　他肯定常常微笑。

　　来吧！他看上去严肃，会训斥人，

　　但我们的爱情一定会在他那儿得到承认。

　　他把虔诚的双手置于我们的双手之上，

　　一切忧虑和恐惧烟消云散。

朱丽叶：

　　那就这样吧！我愿意追随你，我的朋友和主人，

　　到天涯海角。

奶妈：（在场景后）

　　小姐！

朱丽叶:

我就来——如果你心怀不善,

我请求你——

奶妈:(在场景后)

小姐!

朱丽叶:

马上来! 我来了。

不要再表达爱意了,让我独自伤心吧——

明天一早我就去——

罗密欧:

我的灵魂要得救!

朱丽叶:

现在,我对你道一千声再见!

(她返回屋里)

罗密欧:

没有你的光亮,黑夜如此恐惧,让人不安,不眠。

(他缓缓起身离去)

朱丽叶:(重新走到窗边)

嘘! 罗密欧,嘘! 我要是有猎人的嗓子该多好,

可以把高贵的鹰重新唤来!

情形窘迫,只能低哑出声,不敢大喊大叫。

但如果这声音够勇敢的话,它在心里活泼地鸣响,

叫着"罗密欧,罗密欧"。

我难道害怕厄科①吗?

---

① 即 Echo,希腊神话中的回声女神。

　　　　也许厄科也喜欢呼唤罗密欧呢。噢,罗密欧,罗密欧!

罗密欧:

　　我的灵魂在呼唤我的名字。

　　黑夜里,这情人的声音

　　像银铃般清脆动人,

　　听上去就像世间最柔情的音乐。

朱丽叶:

　　罗密欧。

罗密欧:

　　我的爱人!

朱丽叶:

　　明天我几点派人过来?

罗密欧:

　　等你一有空吧;我马上赶过去。

朱丽叶:

　　我不会耽误时辰!——不过我忘记了,

　　刚刚为什么叫你回来。

罗密欧:

　　那我在这儿候着,你慢慢想。

朱丽叶:

　　你挨我很近,我满心欢喜。

　　为了让你一直站着,我情愿一直想不起。

罗密欧:

　　那我就站着,除了这儿,

　　我忘记了哪儿才是我家。

朱丽叶：

> 天快亮了。我看你快走吧！
> 但不要走太远，就好像心爱的鸟儿
> 被我们绑在带子上，
> 它才刚刚振翅欲飞，
> 我立刻把它拉回到我胸前。

罗密欧：

> 噢！把我拉到你胸口吧！

朱丽叶：

> 亲爱的！我多想这样做！
> 我会爱护你，体贴你，直到生命的尽头。
> 晚安了！分别的痛楚多么甜蜜；
> 我一直说晚安，直到我看到白昼！
>
> （她走回去）

罗密欧：

> 你的眼里有了睡意，你的胸口有了安宁，
> 啊，我多想成为安宁和睡意，好和你亲近。

第二幕第一场

（修道院花园）

（洛伦佐神父提着篮子上场）

洛伦佐：

> 黎明对着黑夜愉快地微笑，
> 用光线涂抹东方的云朵。

昏暗的云朵走得摇摇晃晃,喝醉一般,
太阳的光轮将开启一天的行程。
趁太阳还没有睁开闪亮的双眸,
还没有饮尽黑夜的露珠,还没有让世界苏醒,
我得在此地挑拣花瓣和草药,把提篮装满。
有毒的植物,可以治病保健。
大地这自然之母,亦是它的坟墓;
在她怀里孕育,在她怀里死去。
我们看到,各种各样的孩子被她揽在怀里,
趴在她胸口吮吸乳汁。
大地的许多孩子奇妙无穷,
每一种各有价值,每一种又各不相同。
噢,植物、草药、矿石都蕴含着巨大的力量,
假如人们知道如何正确地使用。
大地出产的东西,即便没有特殊功效,
也不至于一无是处。
但也没有一样东西是尽善尽美的,
如果违背本来的用途故意滥用
会惹下祸端。
使用不当,美德将变成恶习,
好好利用,恶也可能变成美。
这朵小花柔软的外壳蕴含毒液,
可以治疗疾病:
闻一下,香气四溢,精神振奋;
尝一口,毒液进逼心脏,性命堪虞。
人心同样如此,

善与恶,好与坏,
这对劲敌永远在交战。
如果恶势力占上风,
这样的植物就立刻被死亡的蛀虫吞噬。

第二幕第二场

（洛伦佐、罗密欧）

罗密欧：
　　早上好,神父!
洛伦佐：
　　愿上帝祝福你!
　　一大清早,这是谁友好地向我致意?
　　我的孩子,你这么早告别床榻,
　　看样子是有心事。
　　每个老人眼中都充满忧虑,
　　人有忧患,就无法安枕。
　　但朝气蓬勃的青年,无忧无虑,
　　身强体健,可以睡个好觉。
　　所以你清早到来,我就知道,
　　你内心不安,深受烦扰。
　　怎么了? 让我猜猜——
　　我的罗密欧——难道整夜无眠?
罗密欧：
　　确实如此,我得到了比睡眠更甜蜜的安宁。

洛伦佐：

上帝请宽恕吧！你和罗莎琳德一起过夜了吗？

罗密欧：

我？和罗莎琳德在一起？噢不，尊敬的神父！

我已忘记这个名字和它带给我的痛苦。

洛伦佐：

我的孩子，你真了不起！那你去了哪儿？告诉我！

罗密欧：

听着，我这就告诉你，无须再问。

我去了仇敌家的聚会，

突然有人伤害了我。

我也伤害了她，这两个伤口，

只有靠你赐给我们解药。

虔诚的老朋友，我并不怨恨，

看！我的仇敌也对你有同样的请求。

洛伦佐：

亲爱的孩子，说得简单些！不要打哑谜！

谜一样的忏悔会得到谜一样的赦免。

罗密欧：

那我就说明白点：我全身心地钟情于

卡普莱特家的俏女儿。

她得到我的真心，也把她的真心奉献给我，

我们的亲密结合只差神圣的婚礼为证：

至于我们何时何地以及如何相识、表白、彼此盟誓，

如果你愿意聆听，我和盘托出。

但我请求你，答应今天为我们举行婚礼。

洛伦佐：

噢,圣方济! 这变化太无常!

你曾经热恋罗莎琳德,

现在已把她忘得一干二净? 年轻人的爱情,

不是出自真心,而是全靠眼睛?

噢,圣方济! 为了罗莎琳德,

你曾多少次以泪洗面!

这么多眼泪却不能消除你的爱意：反而激起你的爱火。

你的叹息还浮现在阳光下,

你的哀诉还在我耳畔回荡。

看! 你脸上旧日泪花的印记

还不愿褪去。

如果你曾经付出真心,真的痛苦过,

只为罗莎琳德而痛苦。

现在要变心了吗? 那就听听我的忠告：

既然男子会薄幸,女子也可能负心。

罗密欧：

你以前就常常责备我为了罗莎琳德而烦恼。

洛伦佐：

只是怪你太痴心；不是不让你去爱,我的孩子。

罗密欧：

你总教训我要克服爱情。

洛伦佐：

我没叫你埋葬第一段爱情,又投身第二段。

罗密欧：

神父,不要责备我! ——她,我现在的爱人,用爱回报我的爱,用心交换我的心。
别人从不曾如此。

洛伦佐:

也许她知道,你的爱虽是蜜语甜言,
却是写在黄沙里。

罗密欧:

神父啊,为了让爱情镌刻在矿石上,
祝福我们,帮帮我们吧!
我不能让你行不义之举,
你可以满足我每个愿望。
罗莎琳德难道不是欠了我的情,
因为我现在又欠了朱丽叶?——
因为,正如电闪雷鸣、刹那间火花四溅,
我们像干柴烈火,一拍即合,
一个眼神,一次握手,一个亲吻,
我们已心心相印。

洛伦佐:

父辈的旧仇会摧毁儿女们的爱情。

罗密欧:

那就让旧仇先撕碎儿女们的胸膛!
神父,我们面临的危险已无暇顾及,
分离已经让我们痛不欲生。

(他热情地拥抱洛伦佐,勾住他的脖子)

洛伦佐:(顿了一下)

上天对这神圣的盟约微笑,
未来的日子不因悲伤而责备我们。

罗密欧:

> 阿门! 就这么定了! 让痛苦来吧,
> 让它去:它能抵消我在她眼中停留瞬间的快乐吗?
> 只要通过你的祝福把我们的双手放到一起,
> 就让爱情的外在面对庄严的死亡:
> 够了,只要我们属于彼此。

洛伦佐:

> 狂野的欢愉会有狂野的下场。
> 在最高潮的胜利中死去,就像火和枪药
> 在亲吻中相互耗尽。
> 蜂蜜太甜,就会腻口。
> 尝起来败坏我们的兴致。
> 所以要爱得适度;这样的爱才持久:
> 太快或太慢,同样走不远。

第二幕第三场

(朱丽叶、前场人物)

洛伦佐:

> 看,那位小姐来了!
> 步履轻盈,不伤害一朵小花;
> 瞧瞧,爱情的力量多么强大,爱的狂喜胜利了!

朱丽叶:

> 尊敬的先生! 您好。

洛伦佐:

孩子,罗密欧代表我们两个感激你的问候。

朱丽叶:

我也向他问候,否则他的感谢太多了。

罗密欧:

啊,朱丽叶! 如果你也和我一样满心欢喜,

如果你有更多的本领来表达,

那就让你的气息使四周空气芬芳四溢;

让歌唱的嘴巴宣告这一幸福的时刻,

此刻我们如此贴近彼此,再度相逢。

朱丽叶:

感情,就内容而言,远比话语丰富,

感情,可贵在其价值,而不是表达和炫耀。

只有乞丐才会计算财富。

但我忠诚的爱情如此澎湃,

难以估算。

洛伦佐:

来吧,我祈求你们的冒险能获得幸福!

事出有因,我很乐意支持你们;

也许这幸福的结合会终结你们两家的世仇,

促成永久的情谊。

第二幕第四场

（街道）

（梅尔库提奥、班伏利奥、侍童）

班伏利奥：

朋友，求你了，我们回家吧。

天气炎热，卡普莱特家的人在外头，

要是碰到，难免要起冲突：

因为天一热，火气就上来。

梅尔库提奥：

你这种人，一踏进酒馆的门槛，就把剑拍在桌上，

大声嚷嚷："愿上帝保佑，我不再需要你！"等第二杯酒下肚，

就醉醺醺地拔剑挑衅酒保；其实没必要大动干戈。

班伏利奥：

我是这种人吗？

梅尔库提奥：

没错！你的火爆脾气在意大利无人能及；

容易被激怒而火冒三丈，因为火冒三丈而更容易被激怒。

班伏利奥：

还有别的吗？

梅尔库提奥：

哎，如果有两个像你这样的人，很快会一个也没有，因为这两个人会自相残杀。啊！你真的会因为别人比你多一根或少一根胡子，就和他大吵大嚷。纯粹因为你有栗褐色的眼睛，所以看到别人在啃咬栗子，你也要吵。你的脑袋里充满争吵，就像

鸡蛋装满了蛋黄,但是你的脑袋早就因为争吵而像蛋黄一样乱哄哄了。你会跟一个站在大街上咳嗽的人大打出手,因为他的咳嗽声把你睡在太阳底下的狗吵醒了。以前你还和一个裁缝吵过架,因为他复活节前穿上了新的短外套。或者,就因为对方用旧鞋带系他的新鞋? 现在你居然要管教我,不让我吵架?

班伏利奥:

如果我像你一样容易和人吵架,过不了一个半钟头,我的性命就要卖给别人了。

梅尔库提奥:

把你的性命卖给别人! 噢,你这个笨蛋!

第二幕第五场

（蒂巴特和其他人走进来,前场人物）

班伏利奥:

坏了! 卡普莱特家的人来了。

梅尔库提奥:

管他呢! 我可不担心。

蒂巴特:（对他的随从说）

你们紧跟着我,我要同他们理论。

你们好,先生们! 我要和你们其中一位说话!

梅尔库提奥:

只是和我们俩人中的一个说话而已吗? 再加一点吧!

说一句,然后干上一架。

蒂巴特：

要是你们给我机会，自然有你们受的。

梅尔库提奥：

我们不给你机会，你们自己不会找机会吗？

蒂巴特：

梅尔库提奥，你和罗密欧是一伙的。

梅尔库提奥：

一伙的？你说什么？把我们当卖唱的吗？如果你要把我们当成卖唱的，你也只能听到难听的音乐了。这儿是我的琴弓：走着瞧，它会教你们跳舞！太过分了！居然说我们是卖唱的！

班伏利奥：

我们现在可是在露天市集上争吵。

要么你们找个僻静的地方，

如若不然，就冷静下来说说你们的纠纷。

否则各走各的！这里每双眼睛都盯着我们看呢。

梅尔库提奥：

人长眼睛就是为了看的！让他们看去吧！

我绝不动摇和屈服，绝不！

第二幕第六场

（前场人物，罗密欧上场）

蒂巴特：

先生，我不和你吵！我的人来了。

梅尔库提奥：

　　我宁愿去死，先生！如果他是你的人。

　　不过尽管站队吧，他会靠近你们的。

　　这么说来，你可以把他当成

　　你的人。

蒂巴特：

　　听着，罗密欧！我对你的仇恨，

　　让我只能这样叫你：你是个恶棍！

罗密欧：

　　蒂巴特，我有理由爱你，所以我不生气，

　　否则我难保不会动怒：我不是恶棍，再见吧！

　　我看，你不知道我是怎样一个人。

梅尔库提奥：

　　噢，温顺、耻辱、可恨的屈服！

　　武力可以赶走屈辱。——

　　（他拔出剑）

　　蒂巴特，你这个鼠类！你愿意和我决斗吗？

蒂巴特：

　　你究竟想干什么？

梅尔库提奥：

　　你要把剑抽出来吗？快点，否则你的剑还没有出鞘，我已经把剑

　　抵到你耳边了。

蒂巴特：

　　我乐意奉陪。

　　（与梅尔库提奥拔剑相向）

罗密欧:

　　好梅尔库提奥,快把剑收好。

梅尔库提奥:

　　来吧,先生! 亮出你的本事来。

　　(与蒂巴特比斗)

罗密欧:

　　班伏利奥,拔剑吧。

　　挑落这两人的剑! 你们意气用事

　　该自惭形秽! 蒂巴特! 梅尔库提奥!

　　亲王严令禁止

　　在维罗纳的大街小巷发生这样的斗殴。

　　蒂巴特,梅尔库提奥,我的朋友,快快住手!

　　(蒂巴特和同伴们离开)

梅尔库提奥:

　　我受伤了。——

　　你们两大家族真是见鬼了。我快不行了。

　　他走了吗? 他没有被我伤到吗?

班伏利奥:

　　你受伤了? 哪里伤到了?

梅尔库提奥:

　　是啊! 被刺伤了! ——倒霉,够我受的了。

　　我的侍童呢? ——小子,快去! 帮我找个外科医生。

　　(侍童下)

罗密欧:

　　朋友,勇敢一点! 伤口看上去并不严重。

梅尔库提奥:

> 不,伤口不像井那么深,也不像教堂大门那么宽;但伤到里面了。
> 要是你们明天再来打听我的情况,就会看到一个死人。相信我,
> 我就快没命了。找出你们两家的刽子手! ——什么? 狗、耗子
> 和猫都能把人抓伤,要了人的命! 被一个满口大话、一个照本宣
> 科击剑的无赖杀死! ——见鬼,你为什么横在我们中间? 因为
> 你拉住我,我才受了伤。

罗密欧:

> 我只想从中调和,不让事态扩大。

梅尔库提奥:

> 班伏利奥,快扶我进屋,我快倒下去了。
> ——你们两家真是见鬼! 害我丢了性命。
> 我受到牵连;该死的家族仇恨!

> (梅尔库提奥和班伏利奥下)

罗密欧:

> 因为我的缘故,这位骑士,
> 亲王的近亲,我的朋友,受伤垂死;
> 蒂巴特,一个小时前成了我的内兄,却诽谤我,破坏了我的名声。
> 啊,美丽的朱丽叶! 你的美貌让我变得懦弱,让我不再勇敢和刚强。

班伏利奥:(和侍童一起回来)

> 哎呀,罗密欧! 我们忠诚的朋友丢了性命!
> 他那过早被尘世拒绝的英灵,
> 已经升天。

罗密欧:

> 没有什么可以扭转今天的厄运;
> 它制造了痛苦:其他人要把它终结。

（蒂巴特重新上场）

班伏利奥：

暴怒的蒂巴特又来了。

罗密欧：

他还活着！一副胜利者的模样！还杀死了我的朋友！

上天，亲戚的情分都抛到脑后！

燃烧的怒火指引我！

蒂巴特，刚刚你骂我恶棍，现在收回你的话！

梅尔库提奥的英灵还悬在我们头上，

等着吧，你去和他做伴。

不是你去，就是我去！抑或我们一起追随他去。

蒂巴特：

臭小子！你才是他的朋友，

所以应该你陪他去。

罗密欧：

让剑来说话吧。

（两人比剑，蒂巴特倒地）

班伏利奥：

罗密欧，快跑！卫兵的脚步近了。

蒂巴特死了！别傻站着！

赶紧跑吧！如果你被逮住，亲王会判你死刑。

快走！快跑啊！

罗密欧：

多么不幸啊，我被命运捉弄了。

班伏利奥：

你还想干什么？

（罗密欧下）

班伏利奥：（对侍童说）

快去,跟着他。叫他快点逃。

侍童：

尊贵的先生,我马上去。——我真为他担心!

（下）

第二幕第七场

（卫兵扣押了班伏利奥;随后亲王和随从上场;蒙塔古、卡普莱特
和其他人）

亲王：

是谁挑起这场格斗?

班伏利奥：

啊,尊贵的亲王,

我可以一五一十地讲清楚这起不幸的来龙去脉。

梅尔库提奥,您忠诚的朋友,被这个人杀死了,

而他又被罗密欧杀死了,尸体就在这儿。

卡普莱特：

我的侄儿! 蒂巴特! 我们全家的顶梁柱!

公正的亲王! 您看,这儿还在淌血!

仁慈的亲王殿下,请让蒙塔古家血债血偿!

哎呀,我的侄儿!

亲王：

班伏利奥,你来说! 谁是罪魁祸首?

班伏利奥:

躺在这里的这个人,被罗密欧杀死了。

罗密欧对他说了很多好话,请他三思,

说没有必要动干戈,还说不能让您生气。

所有一切,他和声细语、低眉顺眼、谦卑有礼,

都不能消除蒂巴特的怒气。他置若罔闻,

将利刃刺向梅尔库提奥。梅尔库提奥很快还以颜色,

和他刀剑相向,一手勇敢地挡住蒂巴特的进攻,

一手朝对手刺去。蒂巴特身手敏捷躲开了。

罗密欧高声喊:朋友们快住手! 分开,别再打了!

说时迟,那时快,他挡在两人中间,阻止了杀戮。

但蒂巴特一剑刺在罗密欧臂下,伤到梅尔库提奥,使他送了命。

蒂巴特逃走了,但很快回来找罗密欧。罗密欧起了复仇的念头,

两个人很快打起来,

我还没来得及将他俩拽开,勇猛的蒂巴特就被击倒。

他死了,罗密欧大为惊愕,转身逃走了。

我说的都是实情,否则我甘愿受死。

卡普莱特:

他是蒙塔古家的亲戚。

他偏袒朋友,他在说谎,妨碍公正。

一群乌合之众打群架,

合伙要了一个人的命。

殿下,我请您还我一个公道。

让罗密欧杀人偿命。

亲王:

蒂巴特杀死了梅尔库提奥,又被罗密欧杀死,

　　　　谁该偿还血债？

蒙塔古：

　　殿下，不应由我的儿子罗密欧来承担，他是梅尔库提奥的朋友。

　　他错在不该替代法律，去取杀人者蒂巴特的性命。

亲王：

　　罗密欧犯了罪，我宣布将他驱逐出境。

　　你们两家结仇，牵连到了我。

　　你们的斗殴让我的亲戚送了性命。

　　我要重重地惩罚你们，

　　让你们因我的受损而悔罪。

　　我不要听到辩护和求情；

　　哀求和哭诉不能让我心软；

　　所以省省吧：命令罗密欧快快离开此地！

　　一旦被抓住，他难逃死刑。

　　将这两具尸体搬走。记住我的话：

　　宽恕杀人凶手，等同于行凶犯罪！

第三幕第一场

（朱丽叶的闺房）

朱丽叶：

　　降落下来吧，踏着火云的骏马，

　　到福玻斯的住处去！像法厄同那样的驾车人

　　会一路驱赶你们更快地往西飞奔；

　　黑夜随之降临。

黑夜,铺开厚重的窗帘,

你是仁慈的保护者,

这样好事者们就低头闭上了眼睛,

罗密欧悄无声息地来到我的怀抱。

如果恋人们在黑暗中相会,

本身美妙的光亮对他们就已足够。

如果爱情是盲目的,黑夜同样如此。

可爱的夜,快快降临,你这装束朴素的妇人,

教会我一个游戏,在胜利中失败,交出纯洁的童贞。

用黑色外套裹住我沸腾的热血和两颊的红晕,

直到羞怯的爱情变得大胆,

直到在由衷的满足里唯有看到纯真。

到来吧,黑夜! 来吧,罗密欧! 你是黑夜中的白昼!

来吧,亲爱的黑夜,将罗密欧送到我身旁吧!

一旦他死了,带他走,把他变成很多小星星。

他把天空装饰得如此美丽,

让全世界都爱上黑夜,

没有人再去崇拜傲慢的太阳——

啊! 我买下了爱情的华舍,

但还没有住进去;

我已经被出卖,但还没有奉献出自己。

白天多么漫长!

我等黑夜降临,就像焦急的孩子盼着节日,

她有件新裙子,

只能等到过节才能穿。——奶妈!

她肯定是带来了消息。

每张呼唤着罗密欧名字的嘴巴，
就像天使在说话，诉说着仙音。

第三幕第二场

（朱丽叶，奶妈携绳索上）

朱丽叶：

奶妈，有什么消息吗？你手里拿着什么呀？是罗密欧叫你去拿绳子吗？

奶妈：

哎呀！这绳子——

（把绳子扔到地上）

朱丽叶：

哎呦！怎么了？你为什么绞着双手？

奶妈：

上帝啊！他死了！他死了！死了！

孩子，我们完了！我们完蛋了！

我们多么不幸，他死了！被杀死了！死了！

朱丽叶：

上天竟然这样狠心！

奶妈：

罗密欧可能会！——上天不会！

啊，罗密欧！谁能想到呢！

啊，罗密欧！罗密欧！

朱丽叶：

> 魔鬼，你是谁，竟这样折磨我！
> 只有昏暗的地狱里才有这样的痛苦。
> 罗密欧自杀了吗？告诉我！
> 他死了吗？说吧！如果不是，就说不！
> 短短一句话决定我的悲喜。

奶妈：

> 我看到了伤口，亲眼所见——
> 上帝保佑！——他结实的胸膛——
> 惨白如灰，到处是血，
> 汩汩的鲜血；我一看见，就昏倒了。

朱丽叶：

> 啊，我心碎了！可怜的负债人，破碎吧！
> 眼睛啊，失去了所有！
> 不要再指望自由！
> 生于尘土，归于尘土吧！停止心跳吧！
> 等待我和罗密欧的是棺床！

奶妈：

> 噢，蒂巴特，蒂巴特！我最好的朋友！
> 随和可亲、心地善良的先生，
> 我活到现在，是为了看到你死去吗？

朱丽叶：

> 转眼间，风暴转了方向向我袭来。
> 罗密欧被杀死了吗？蒂巴特死了吗？
> 噢，亲爱的表哥！我最亲爱的丈夫！
> 末日审判的号角已经吹响，

> 如果他们俩死了,谁还能活得下去?

奶妈:

> 蒂巴特死了,罗密欧被流放了;
> 罗密欧杀死了蒂巴特,被流放了。

朱丽叶:

> 上帝啊! 罗密欧亲手杀死了蒂巴特?

奶妈:

> 是的! 真不幸啊! 是啊!

朱丽叶:

> 啊,花一样的容颜,蛇蝎一样的心肠!
> 是恶龙盘踞在华美的洞府里吗?
> 英俊的暴君! 天使般的魔鬼!
> 乌鸦披上鸽子的羽毛! 狼一般贪婪的羊!
> 圣洁的皮囊里有邪恶的内心!
> 造物主,你怎么能容许造出一个魔鬼的灵魂
> 住进肉体的天堂里!
> 一本书里面肮脏龌龊,
> 却装订得如此美观?
> 哎呀,富丽堂皇的宫殿里竟住着虚伪!

奶妈:

> 男人哪里靠得住,忠诚和正直
> 已经荡然无存。他们立假誓,
> 虚伪,都是骗子,伪君子!
> 我该怎么办? 啊! ——给我——这件事情已了!
> 苦闷、恐惧、悲伤使我衰老。
> 愿罗密欧遭受耻辱!

朱丽叶：

起这种恶愿，你的舌头会生疮！

他不是生来遭受耻辱的。

耻辱羞于盘踞在他额头；

那是一把王座，

世间主宰为荣誉加冕的王座。

我刚才那样骂他，真是没人性！

奶妈：

他是杀死你表哥的凶手，你还要为他说好话？

朱丽叶：

我难道要说我丈夫的坏话吗？

可怜的夫君！我刚刚做了你的妻子

就这样侮辱你的名字，该怎么弥补呢？

但你这个恶棍，却杀死了我表哥！——

是的，恶棍，表哥，如果我丈夫没有像骑士般地防卫，

你不是也会杀了他吗？

（哭泣）

流出的泪，回到你的源头去！

你的泪珠应该奉献给痛苦，

现在却错付给了欢乐。

蒂巴特差点杀死我丈夫，可他活下来了。

想杀人的蒂巴特却死了。

这一切都足以安慰，我还哭什么呢！

有句话要扼杀我，它比蒂巴特的死还要糟糕，

我多想忘却！

但是，这句话牢牢扎根在我脑海里了，

就像罪犯，忘不了他犯下的罪。
蒂巴特死了，罗密欧被流放了！
流放，"流放"这个词就杀了蒂巴特千百次。
蒂巴特的死已经够不幸了，此时应该结束一切。
如果祸不单行，要把其他坏事牵连，
为什么是这样的消息：蒂巴特死了，
为什么不接着说："你父亲，你母亲，你的双亲"——
蒂巴特死了，却是这个坏消息：
"罗密欧被流放了。"这句话就是说，
把父亲、母亲、蒂巴特、罗密欧和朱丽叶
统统杀死。——罗密欧被流放了！
这句话意味着死亡，无边无际
无穷无尽。
没有一句话像它一样让人绝望。——
我的父母在哪里？

奶妈：

他们围着蒂巴特的尸体嚎啕大哭。
你想去找他们吗？ 我带你去。

朱丽叶：

他们用眼泪向蒂巴特表示敬意；
我的眼泪要为罗密欧被放逐而流。——
把绳子收起来吧——可怜的绳子，
和我都落得空欢喜，谁能把他带到我身边？
他本想借它作爱情的桥梁，
但我却将成为寡妇，至死都是处女新娘。
来吧，奶妈，来吧；我想进婚房。

不是罗密欧,而是死神当我的新郎!

奶妈:

进去吧! 我会找到你的心上人来安慰你;

我知道他藏在哪里。

听着,等罗密欧来了,你们得有多高兴!

他躲在神父那里。悄悄地,我去了,悄悄地!

朱丽叶:

啊,去看看他! 把这戒指给我的新郎,

让他上我这儿来;然后我们就要诀别。

第三幕第三场

(洛伦佐的告解室)

(洛伦佐神父、侍童)

侍童:

尊敬的神父! 请告诉我,我家少爷在何处?

洛伦佐:

我的孩子,在不远处;

但是他现在很痛苦,你不能见他。

不要担心,我会解决此事;

把他送出城,前往曼托瓦。

你留在他父亲这里,

如果他们想给他捎信时,你可以帮忙。

我如果有消息带给他,可以托修会的兄弟帮助我。

侍童：

　　噢，让我随他一同去吧，在他受苦受难的时候伺候他！

洛伦佐：

　　如果你留在这里，可以帮他更多。

侍童：

　　你把我的肉体困在这里；

　　但我的心随罗密欧一同去了。

　　这不幸降临得太早，

　　我的主人年纪轻轻却遭到流放。

　　（下）

第三幕第四场

（洛伦佐、罗密欧）

洛伦佐：

　　来吧，罗密欧！出来，你受惊了！

　　忧愁和爱情系于你身，你和不幸结下不解的缘分。

罗密欧：

　　神父，有什么消息吗？亲王的判决是什么？

　　有什么未知的苦痛要来折磨我？

洛伦佐：

　　我的孩子，你已经饱尝命运的艰辛：

　　我就是来告诉你亲王判决的消息。

罗密欧：

　　亲王不会让我偿命吧？

罗密欧：

他作出了仁慈的裁决：

不判你死刑，只将你流放。

罗密欧：

流放？真够仁慈的！还不如干脆判我死刑！

流放比死亡更可怕！——啊，不要说流放！

洛伦佐：

你只是被驱逐出维罗纳；忍着点，天大地大。

罗密欧：

走出维罗纳城，哪里还是世界；

有的只是炼狱之火、痛苦和地狱。

从这里被流放，等于被驱逐出世界，

这样的禁令就是死亡：

你还错把它叫作流放。——

如果你把死亡叫作流放，就如同用金斧头砍我的头，

明明杀了人，却还在笑呢。

洛伦佐：

啊，罪孽深重！啊，以怨报德，顽固不化！

按照我们的法律，你杀人应该被判死刑；

但仁慈的亲王偏袒你，格外开恩，

只将你流放，没有对你处以可怕的死刑。

怎么，你还不明白这是多大的恩典吗？

罗密欧：

不，这是酷刑；不是宽恕！

朱丽叶在哪里，哪里就是天堂！——

最恶的人都能生活在这里，一睹她的芳容；

　　　　只有罗密欧不行！

　　　　每一只苍蝇都比罗密欧

　　　　更有声望,更受优待:

　　　　因为它们可以放肆地抓住她的纤纤玉手,

　　　　狂喜地掠夺她的朱唇,

　　　　这两片唇美好纯洁,仿佛连亲吻都是一种罪过?

　　　　苍蝇都可以亲吻她,我却要逃离;

　　　　他们是自由之身,我却遭到放逐。

　　　　你还要说"流放不是死刑"吗?

　　　　你身边没有携带毒药吗? 没有磨好刀刃吗?

　　　　"流放"比其他办法能更快地要了我的命!

　　　　啊,神父! 只有在地狱里才会吼出这个词:

　　　　你听人忏悔,代表天主赦免罪孽,我的朋友,

　　　　你怎么忍心说出"流放"二字,置我于死地?

洛伦佐:

　　　　愚蠢的痴心人,听我一句劝吧!

罗密欧:

　　　　啊,你又要说流放了吗?

洛伦佐:

　　　　我要送你武器,一套哲学,

　　　　哪怕你被流放,

　　　　它也像困境中的甜乳,可以抚慰你。

罗密欧:

　　　　还要说流放吗? 见鬼的哲学!

　　　　如果哲学不能创造一个新的朱丽叶,

　　　　不能撤销亲王的宣判,

不能挪移一座城市,那么哲学有何用处?

什么忙也帮不上;不要再劝我了!

洛伦佐:

现在我明白了,疯子都听不进劝。

罗密欧:

能怪他们吗?聪明人都不长眼睛。

洛伦佐:

那我和你聊聊你的处境。

罗密欧:

你不是亲身经历,我没办法和你说。

如果你和我一样血气方刚,朱丽叶是你的恋人,

一个小时前你们完婚,你又杀死了蒂巴特,

像我一样为爱痴狂,像我一样遭到流放:

那你尽管说去吧,尽管揪住头发躺倒在地,

像我一样,丈量好以后的坟墓。

(他扑倒在地上,有人敲门)

洛伦佐:

起来! 有人敲门;亲爱的朋友,赶紧躲起来!

罗密欧:

我躲起来不让人发现!

这是唯一救我的法子。否则让我死了算了。

(敲门声)

洛伦佐:

听着! 有人在敲门! ——是谁在外面? ——罗密欧,快走!

有人要来抓你。——等等! ——

你快起身,躲到书房里去!

（敲门声继续）

好,知道了! 等一等! ——我的上帝啊!

真是不听劝! ——我来了,我就来:

是谁在拼命敲门? 究竟是谁? 你想干什么?

第三幕第五场

（前场人物、奶妈）

奶妈:（站在门外）

让我进去,我要来通知你们。

是朱丽叶小姐派我来的。

洛伦佐:

欢迎你!

奶妈:

噢,仁慈的神父啊! 噢,好心的神父,请告诉我:

罗密欧——朱丽叶小姐的爱人,他在哪儿?

洛伦佐:

他躺在地上,以泪洗面。

奶妈:

啊! 他和我家小姐一样,小姐也是如此。

洛伦佐:

啊,一样伤心! 同病相怜!

奶妈:

她也是这样躺倒,边哭边说,边说边哭。

起来,起来! 如果你是个男子汉,就起来!

为朱丽叶着想，为了对她的爱，快起来！
你怎么可以这么消沉？

罗密欧：

好奶妈！

奶妈：

啊，姑爷！姑爷！死了，就一了百了。

罗密欧：

你刚才在说朱丽叶吗？她怎么样了？
她没有把我当成冷酷的杀人犯吗？
因为我用她亲人的鲜血玷污了圣洁的婚姻。
她在哪儿？她在做什么？
我的新婚妻子对我们破碎的盟约说了什么？

奶妈：

唉，姑爷！她一句话也没说，只是不停地哭。
一会儿扑倒在床上；一会儿起身喊"蒂巴特"，
一会儿叫着"罗密欧"，接着又倒在床上。

罗密欧：

好像我的名字是从致命的火炮里朝她射击，
夺去她性命；就像我亲手杀了她的表哥。
神父，告诉我，哎呀，快告诉我：
我的名字长在身体里哪个可恨的地方？
告诉我，我要毁掉那个万恶的地方。

（他拔出剑）

洛伦佐：

住手，不要冲动！你是男子汉吗？
看样子不像，

因为只有妇人才会垂泪；
你野蛮的举动如同暴怒的禽兽失去理智。
男人的模样，却是个娘们儿！
乔装的牲畜，只不过长着人形！
你让我吃惊：我的神啊！
我认为，你本应该更有涵养。
你杀死了蒂巴特，还想自杀吗？
你想用可耻的仇恨了结自己，
然后杀死和你心心相印的妻子吗？
你为什么唾骂生辰，怨天怨地？
生辰和天地造就了你，
你却突然自暴自弃。
你枉费了这副外表、爱情和智慧。
呸！你就像个吝啬鬼，
有足够的资本，却不想用在正途，
为外表、爱情和智慧增光添彩。
你仪表堂堂，却只是个蜡像，
缺乏男子气；
你爱的誓约不过是空口白话，
杀死你发誓要效忠的爱人；
外表和爱情需要智慧来装饰，
可你的智慧却失去了节制，用错了地方，
就像一个粗心的士兵携带了弹药，
却笨头笨脑自己点燃了，
本来可以保护你，却把你炸得四分五裂。
振作起来，做个堂堂男子汉！因为你的朱丽叶还活着，为了她，你刚才几乎想死。

多么幸运！蒂巴特想杀死你，

可你却杀了他：这又是一种幸运！

你受到死亡威胁，可法律青睐你，

改判为流放：这又是一桩幸事！

一连串好运降临到你身上，幸福身穿华服向你献媚。

但你却像个没有教养、脾气乖戾的姑娘，

跟你的幸福和爱情怄气。

啊，小心啊！这样的人没有好下场。

按照原来的约定，去找你的爱人；

爬进她的卧室：去吧，去安慰她！

但是不要等夜间巡逻了还要磨蹭，

否则你无法脱身去曼托瓦。

你就在那儿住下，等到我们瞅准时机，

让两家和解，公开你们的婚约，向亲王请求赦免，

比你离去时的悲伤更甚两百万倍的喜悦把你召回。

奶妈，你去吧；替我问候你家小姐；

嘱咐她让全家上床歇息，

这场祸事让所有人悲痛；

罗密欧马上就到。

奶妈：

好的！我真想整晚留在这里，

听您的训示；好心的姑爷，

我会告诉小姐，你要来。

罗密欧：

去吧，告诉我的爱人，让她准备好一顿责骂。

奶妈：

> 好心的姑爷,这里有一枚戒指,是小姐让我捎给你的。
>
> 你要快些! 否则天色太晚了。
>
> （下）

罗密欧：

> 我又重新鼓起了勇气!

洛伦佐：

> 去吧! 晚安! 这事关系到你的命运:
>
> 趁早乔装打扮,快些去曼托瓦。
>
> 我会传递消息宽慰你:
>
> 这里有一位忠诚的修士
>
> 会时不时向你报告这里的好消息。
>
> ——让我同你握手!
>
> 已经晚了:快去吧! 晚安!

罗密欧：

> 无尽的喜悦在召唤我,
>
> 否则向你匆匆告别,我该多么难过。

第四幕第一场

（花园和阳台）

（罗密欧、朱丽叶）

朱丽叶：

> 你要走了吗? 天还没有亮。
>
> 叫声刺耳让你害怕的是夜莺,不是云雀。

　　　　它总是深夜在石榴树上鸣唱。

　　　　爱人,相信我,那是夜莺。

罗密欧:

　　　　那是云雀在宣告黎明,

　　　　不是夜莺;看,晨光满怀妒意,

　　　　在东方的云层里迟疑。

　　　　夜晚的烛火已经燃尽,

　　　　活泼的白昼已登上迷蒙的山巅。

　　　　我得赶紧动身,才能活下去,耽搁会要了我性命。

朱丽叶:

　　　　相信我,那不是白日的亮光。

　　　　太阳吐露出这幅幻象,

　　　　是要在夜里手执火炬,

　　　　为你照亮去曼托瓦的路:

　　　　所以再待一会儿吧:别急着走。

罗密欧:

　　　　让他们抓住我,杀了我吧!

　　　　只要你愿意,我甘心情愿。

　　　　不,这灰白不是清晨的眼睛,

　　　　这苍白的光亮不过是照在月亮脸上的微光。

　　　　那响彻云霄的叫声,也不是我们头顶的云雀发出。

　　　　我想留下;不愿意离开。

　　　　死神,欢迎你! 朱丽叶让我留下。

　　　　那么,我的爱? 天还没有亮,我们再说说话。

朱丽叶:

　　　　天亮了,天亮了! 起床吧! 快点! 赶紧离开这里!

哑声吟唱的就是云雀，

虚伪的聪明人，发出不和谐的声音。

人们都说云雀多可爱，叫声多和谐；

但并不是这一只：它只会让我俩分离。

天越来越亮了：我们必须分别了。

罗密欧：

天亮了吗？我们的痛苦越来越黯淡！

奶妈：（走过来）

小姐！

朱丽叶：

奶妈，什么事？

奶妈：

夫人来找你了；

你留神；宅子里有人在走动。

（奶妈下）

朱丽叶：

让白天快照进来！让生命走出去！

罗密欧：

我爬下去：让我再吻吻你。

朱丽叶：

朋友！爱人！夫君！你就这样离开我了吗？

每天，每时每刻告诉我你的消息；

一分钟，好似有好几天，

啊，这样算起来，等我再见到我的罗密欧，

早已垂垂老矣。

罗密欧：

再会！一有机会，我就向你，

我的爱人，捎来问候。

（下）

朱丽叶：

噢，你认为我们还会重逢吗？

罗密欧：（走进来）

我毫不怀疑，所有苦恼我们日后谈起

更觉甜蜜。

朱丽叶：

上帝啊！我的心可以预知不幸。

我恍惚间觉得，看到你站在下面，

好像已死去，躺在深墓里。

大概是我晃了眼，或是你脸色苍白。

罗密欧：

亲爱的，在我眼里你也是一样：

离愁别绪吞噬了我们的鲜血。再会！再会！

（下）

第四幕第二场

（朱丽叶的闺房）

朱丽叶：

啊，幸福！每个人都说你变幻无常。

如果真是这样：你要拿忠诚的人儿怎么办？

　　　幸福,就这样反复无常吧!

　　　这样你就不会留住他太久,

　　　希望你快快把他送回来。

卡普莱特夫人:(在场景后)

　　　嘿,女儿,你起床了吗?

朱丽叶:

　　　谁在叫我? 是我慈爱的母亲吗?

　　　她醒得这般迟,还是起得这般早?

　　　是什么不寻常的原因让她到我这儿来?

卡普莱特夫人:(走进房间)

　　　朱丽叶! 你还好吗?

朱丽叶:

　　　我不太舒服。

卡普莱特夫人:

　　　还在为你表哥的死痛哭吗?

　　　你想用眼泪把躺在墓穴里的人冲出来吗?

　　　就算可以,你也不能让他死而复生。

　　　所以,别哭了。悲痛说明你多么敬爱他;

　　　但太过悲痛说明你不够明智。

朱丽叶:

　　　这样的打击让我难过,

　　　你就让我哭吧。

卡普莱特夫人:

　　　你为这打击伤心;

　　　可你再为你的朋友痛苦,他也活不过来了。

朱丽叶:

　　但我感到伤心,所以必须为我的朋友痛哭。

卡普莱特夫人:

　　我的孩子,你不是为了他的死哀哭,

　　而是因为杀死他的恶棍还活着,你才哀哭。

朱丽叶:

　　哪个恶棍?

卡普莱特夫人:

　　那个罗密欧啊。

朱丽叶:(退到一边)

　　他和恶棍天差地远。

　　(大声喊)

　　上帝饶恕他! 我全然出自真心;

　　没有一个人,像他那样,让我伤心难过。

卡普莱特夫人:

　　那是当然,因为这个刽子手还活着。

朱丽叶:

　　是的,母亲,我多想抓住他!

　　啊,我多想单独为表哥报仇!

卡普莱特夫人:

　　我们会报仇的,别担心:

　　所以你别哭了。那个恶棍被流放到曼托瓦,

　　我派人到那里去,为他准备好烈性毒药,

　　让他很快下去和蒂巴特作伴。

　　到时候你就满意了。

朱丽叶：

是的，我对罗密欧永不满足，除非看到他——死去。

我的可怜的心为了血肉兄弟难过不已。

母亲，如果你可以找到某个人，把毒药递给罗密欧：

我想亲手调制，让罗密欧服下，很快长眠。

听到他的名字，我的心充满仇恨——

恨不得到他那里去——把我对表哥的爱——

报复在杀死他的凶手身上！

卡普莱特夫人：

如果你能找到毒药，我也许就能找到那个人。

不过现在我要告诉你好消息。

朱丽叶：

在愁苦的时候，好消息来得正是时候。

是什么好消息？ 好妈妈，我求你告诉我。

卡普莱特夫人：

孩子，你有一个体贴的父亲。

为了给你排忧解愁，

他突然决定为你举办欢乐的盛会，

你可能措手不及，我也一样。

朱丽叶：

啊，我很期待！ 到底为什么，妈妈？

卡普莱特夫人：

是啊，想想吧，我的孩子！ 就在明天早晨，多么幸福！

高贵、勇敢、年轻的绅士，

帕里斯伯爵，陪你踏上圣彼得教堂的圣坛，

让你成为快乐的新娘。

朱丽叶：

    啊，我对着圣彼得教堂和圣彼得本人发誓！

    嫁给他，我不能成为快乐的新娘。

    我很意外，这么仓促就要嫁人，

    还没等到我的追求者来求婚呢。

    求你了，妈妈，告诉我父亲，

    和那位绅士，我还不想结婚；

    如果要结婚，我发誓：我要嫁给罗密欧，

    你们知道，我恨他，宁愿嫁给他，

    也不嫁给帕里斯。——这才是好消息！

卡普莱特夫人：

    你父亲来了，你自己告诉他。

    看看他听了你的话，会有什么反应。

第四幕第三场

（卡普莱特和奶妈上场，前场人物）

卡普莱特：

    太阳落下时下起了蒙蒙细雨，

    而我侄子陨落的时候，

    天下起了瓢泼大雨。

    怎么？孩子，雨还在下？你还在哭泣？

    雨还没有停吗？这小小的身子，

    突然又是海，又是风，还有船？

    好吧，夫人，到底怎么回事？

你把我们的决定告诉她了吗？

卡普莱特夫人：

是的，她很感激你，不过她不愿意。

这傻丫头宁愿死掉。

（欲走）

卡普莱特：

把话说明白，夫人，我不懂。

她不愿意？ 她不感激我们？

她不觉得荣耀吗？ 尽管她一无长处，

我们却给她物色了一位尊贵的丈夫，

她不觉得自己有福气吗？

朱丽叶：

你们这样做，我并不感到荣耀，不过我很感激。

嫁给不喜欢的人，我怎会感到荣耀？

不过你是出于好意，我虽心里厌恶，但是依然感激。

卡普莱特：

岂有此理！ 岂有此理！ 你竟然和我花言巧语？

荣耀——我感激你——我不感激你——

但不荣耀——听着，你这个娇小姐，

不要再说感激不感激、荣耀不荣耀！

明天一早洗漱整齐，打扮一新，

随帕里斯到圣彼得教堂去，

否则我把你装在笼子里拖过去！

呸，面色苍白的丑玩意！ 不要脸的东西！

卡普莱特夫人：

呸！ 你是不是疯了？

朱丽叶：

　　我跪下来求你，好父亲！

　　请你耐心听我说一句。

卡普莱特：

　　滚开，不听话的东西！

　　我命令你：明天一早，去教堂结婚！

　　否则永远不要再来见我。

　　不要说话！不许犟嘴！不准拒绝！

　　我手指头正发痒呢。噢，夫人！

　　我们以前觉得福气不够；不过现在我看，

　　一个都嫌多，

　　这唯一的一个还让我们遭罪。

　　你这个坏东西！

奶妈：

　　上帝保佑她！

　　您不应该这样骂她。

卡普莱特：

　　为什么，聪明的老婆子？住嘴，

　　放聪明点！和婆婆妈妈们唠叨去吧！

奶妈：

　　我不是在说您坏话。

卡普莱特：

　　走开！

奶妈：

　　我就不能说一句？

卡普莱特：

闭上嘴，你这个唠唠叨叨的婆娘！

省省你那些牢骚话，和老太婆们吃饭的时候再说去吧：

我不要听。

卡普莱特夫人：

你火气太大了。

卡普莱特：

天哪！我真是受够了。每天每夜，

从早到晚，不管独自一个人还是和别人在一块儿，

家里家外，无论是睡是醒，我总是操心她的婚事。

现在我帮她物色了一位绅士，

出身高贵，广有资产，

年轻，有教养，有才华，

就像别人说的，彬彬有礼：

我却偏偏生了个蠢货，

只会哭哭啼啼，像块木头

好运气来了，她却说：

"我不想结婚，不要恋爱，

我还太小，——我求求你们，原谅我。"——

好吧，你不想结婚，我可以原谅你：

爱去哪儿就去哪儿，别再指望我给你饭吃。

听着！想想！我可不开玩笑。

明天马上就要到！我说的都是肺腑之言！

如果你是我女儿，就该嫁给帕里斯；

如果不是：走吧，去要饭，去饿肚子，去死在大街上！

因为我不会承认你，不让你继承我的财产。

好好考虑吧！相信我，我说到做到。

（下）

朱丽叶：

老天没看到我心灵深处的痛苦，

不怜悯我吗？

啊，好妈妈，不要不管我！

只要给我把婚事延后一个月！哪怕一个星期！

如果不行，为我准备婚床

放在阴暗的墓室里，就在蒂巴特身旁。

卡普莱特夫人：

不要跟我说话；我无话可说。

你想怎样就怎样，我不管你了。

（下）

第四幕第四场

（朱丽叶、奶妈）

朱丽叶：

啊，上帝！奶妈，该怎么阻止婚礼？

我的丈夫还活着，我的誓言已上了天——

我要怎样收回誓言，

除非我的丈夫上了天，

将誓言还给我？——安慰我，给我出出主意，救救我！

多么不幸，上天对我这样的弱女子

竟施如此诡计！

你怎么说呀？奶妈，

你没有话安慰我、让我高兴吗？

奶妈：

有的！我倒有个主意！

罗密欧被流放了，回来和你团聚的可能微乎其微；

就算他回来，也只能偷偷摸摸。

既然事已至此，我想，

最好你嫁给帕里斯伯爵吧。

啊，他是最出色的绅士！

跟他相比，罗密欧不过是个乞丐。

小姐，就算一只鹰，

都没有帕里斯那样耀眼、漂亮、热情洋溢的眼睛。

说句实话，你的第二段婚姻才是真正的幸福：

它比第一段更好；或者，就算不如第一段好：

你的第一个丈夫死了，没有死也和死了差不多；

因为就算他活着，你也不能和他在一起。

朱丽叶：

你说的是真心话吗？

奶妈：

完全出自真心，

否则我愿意接受上帝惩罚！

朱丽叶：

阿门！

奶妈：

怎么了？

朱丽叶：

好的,你已经给了我极好的安慰。

去吧,告诉我母亲,

因为我惹父亲生气,我要去洛伦佐神父的告解室,

去忏悔,请求宽恕。

奶妈：

你不用去;他会自己来,

已经有人去请他,

在可怕的日子里安慰我们;

听我说,你只要友好地看着帕里斯,

一直、永远友好地看着他,

你就能让忌日变得有生气。

为了我,为了你父母,

深深鞠躬,愿福祉降临在你身上。

他在附近,帕里斯伯爵就在附近:

我请他过来,你要友善些,再友善些。

（下）

朱丽叶：

啊,老巫婆! 邪恶的魔鬼!

现在引诱我作伪誓,

这条赞美我夫君举世无双的舌头,

现在如此辱骂他。——走开,出馊主意的人!

你和我从此不是一条心。

我希望,神父可以帮助我们;

此事若不成,我决意自杀。

第四幕第五场

（朱丽叶、帕里斯）

帕里斯：

　　啊,我太荣幸了,你悲痛万分,还愿意和我说说话。

朱丽叶：

　　悲痛常常只是看上去如此,荣幸也是。

帕里斯：

　　你纯洁的内心,不知道假象。

朱丽叶：

　　在无所不知的上帝面前,没有哪颗心是纯洁的。

帕里斯：

　　在上帝面前谦卑恭顺的人值得尊敬。

朱丽叶：

　　爱情和忠诚也掌握在上帝手中。

帕里斯：

　　把你的爱情和忠诚从上帝手中交付给我,
　　明天安安心心地跟我去教堂成婚吧。

朱丽叶：

　　我已经准备动身去教堂,
　　但我担心会在前院逗留。

帕里斯：

　　你在跟我打什么哑谜?
　　新娘由新郎牵引,
　　不是很快就进了教堂吗?

朱丽叶：

　　出于纯粹的欲望，她才愿意跟他进去。

帕里斯：

　　啊,不要那么苛责我!

　　我先向你父母提亲。

　　一生专一的人才这么做。

　　就算我没有向你求婚,

　　多久了! 尽管我没有开口求婚。

　　我常常和仆人经过你家门口,

　　在所有人中我鞠躬最深。

　　我的骏马如此习惯走在这条大街上,

　　倘若我领它到别处去,它就受惊蹬起后腿。

　　也许这一切你都能看到,

　　你看到了,对我毕恭毕敬地问候,

　　还回了礼,

　　还对着奶妈微笑。这是错觉吗?

　　我以为你在对我笑。我为你着迷,

　　向你父亲提亲;

　　他答应将你许配给我,我还在犹豫。

　　我想把最温柔的求婚归功于你的厚爱,

　　把最自由的爱情归功于你的应允。

朱丽叶：

　　但现在你生气了,像我父亲一样生气。

帕里斯：

　　计划很少能进行得一帆风顺,

　　有时候受阻,有时候又加速。

这件事情加速了我的幸福：
现在一切都变得紧急——蒂巴特的死
罗密欧被流放，会在维罗纳城掀起轩然大波，
如果亲王的权力和你的家族没有结成同盟的话。

朱丽叶：
将和平赠予一座城市，太美妙了。

帕里斯：
这美好也属于你。

朱丽叶：
我没有力气抓住它。

帕里斯：
啊，如果你坠入了爱河，爱情会让你强大。

朱丽叶：
也许我坠入了爱河，但它却让我变得柔弱。

帕里斯：
你恋爱了，你爱我吗？噢，不要说不！

朱丽叶：
我不说不，并不代表承认！

帕里斯：
纯洁的小嘴怎么这么矫情地说话？

朱丽叶：
如果矫情掩盖得了痛苦，那也是甜蜜的。

帕里斯：
很好，如果它藏不住爱情。——
我要告别了。我多想留下，
却没有留下，这是我爱你的证明。

第四幕第六场

（前场人物、洛伦佐神父）

帕里斯：

噢，尊敬的神父！欢迎你！
美丽的新娘和我发生了口角。
噢！但愿她对我敞开心扉；请教导这美好的心灵，
让它对我钟情。

（帕里斯下）

第四幕第七场

（朱丽叶、洛伦佐神父）

朱丽叶：（匆忙地）

先看看周围！

洛伦佐：

小姐，就我们俩。

朱丽叶：

来吧，和我一起哭吧！宽慰没有用了，没有希望了，一点办法也
没有了。

洛伦佐：

啊，朱丽叶！我知道你的痛苦，
我也失去了主张。
我听说，你必须马上嫁给这位伯爵，

不得拖延。

朱丽叶：

神父，不要告诉我，你听说了这件事，

除非你告诉我，怎么才能不嫁他。

如果你的智慧不能帮助我，

就只能赞同我的决定正确而明智，

这把刀立刻帮我解决难题。

你曾用这只手使我和罗密欧结合，

上帝让我的心和罗密欧的心联结在一起，

在你用这只手见证另一场婚约之前，

在这颗纯洁的心背叛投向另一个人之前，

用双手杀死背叛的心。

所以，根据你多年的经验，给我出个主意；

否则，这把刀就是我和麻烦之间的裁决者，

快快做决定，如果你的技巧和经验不能做出英明的决定，

这把刀可以很快解决问题。

啊，不要迟疑！ 如果你不能帮我，

我情愿一死。

洛伦佐：

等等！ 我想到了一线生机；

实施这件事很有风险，

就像这灾祸让我们陷入绝境。

你情愿一死，

也不想嫁给帕里斯伯爵；

所以我不怀疑，你愿意做一件与死差不多的事情，

为了避免遭受耻辱，

如果你敢作为，我告诉你法子。

朱丽叶：

告诉我吧！只要不和帕里斯结婚就成。
快吩咐我吧，不管是让我从城楼上跳下，
把我绑在荒凉的山顶，
熊和狮子嘶吼着行走，
黑夜里把我锁在尸骸堆积的坟地，
让我摸索咯吱作响的骨架、腐尸
和没有颌骨的头颅，
让我爬进新砌的墓穴，
用尸布将我包裹，
只要一提这些事，我忍不住发抖；
但我现在毫不迟疑，不害怕这样做，
只要能做我爱人纯洁无瑕的新娘。

洛伦佐：

好的！装出高兴的样子！
告诉家人你愿意明天嫁给帕里斯伯爵，
留心，今天晚上你得一个人休息。
把这个小瓶子带上床，
喝下瓶里的药水。
很快冰冷乏力的感觉穿透你的全身血脉，
生命活动受到抑制；
照理说，随后脉搏被阻，停止跳动；
呼吸停止，身体变凉，好像已咽气；
嘴唇和脸颊的红晕消失，变成死灰，
你的眼睑垂下，仿佛生命的剧集落幕；

肢体不再灵活自如，

变得僵硬冰冷，像个死人。

计算好的时辰里

你都持续如此，

然后像从美梦中醒来。

只是等明天早晨新郎帕里斯过来，

叫你起床，你已经死在那里了。

然后，按照我国的风俗，你身穿盛装，

人们会把你抬上华丽的棺架，不加覆盖

送往卡普莱特历代祖先的墓地。

在你醒来之前，

罗密欧将从我的信中获悉我们的计划。

到时候他赶过来；

我们一起等你醒来，

这天晚上罗密欧带你去异地，

离开危险的境地，

只要不是中途变卦，女子惯有的胆怯

也没有让你失去行动的勇气，你就能免遭耻辱。

朱丽叶：

啊，给我，给我，不要跟我说胆怯！

洛伦佐：

拿着吧！上帝和你同在！决定好后，

坚强乐观地继续作为！我会火速派一位兄弟

把信送给你的爱人罗密欧。

朱丽叶：

爱情，赐我力量！有力量就能得救！

再见，神父！再见！
上帝很快会让我们愉快地相见。
（洛伦佐下）

第四幕第八场

朱丽叶：（独自一人）
　　恐惧侵袭周身，让我虚弱无力，四肢冰凉；
　　生命的温暖消逝了，让我僵冷下去吧。——
　　我要叫奶妈来安慰我。
　　奶妈！——但叫她来干什么呢？
　　我必须独自扮演这凄然的一幕。——
　　来吧，我的酒杯！你是我最后的慰藉。
　　但是，万一这药不灵该怎么办？
　　难道我要被迫嫁给帕里斯吗？
　　不，不！要阻止这一切发生！等一等！
（她把一把匕首藏在身上）
　　这会不会是毒药？神父处心积虑为我备下，
　　只为置我于死地。
　　因为他为我和罗密欧主持婚礼在先，
　　不想再为我主持一次；
　　事情一旦暴露，他会颜面扫地。
　　恐怕是这样；但是，我觉得不可能：
　　因为他向来虔诚，
　　我不能疑神疑鬼。
　　那又如何？如果我躺在墓地里，

没等罗密欧来救我，
我就已经醒来呢？——真可怕！
我会在墓穴里窒息，
张嘴呼吸不到新鲜空气，
等罗密欧赶到，我已经活活闷死。
就算我活下来，死亡和黑夜令人惊惧，
那个地方阴森恐怖——
几百年来祖先的尸骨堆积在古老的地下墓穴里，
刚刚下葬还浑身血淋淋的蒂巴特正在殓衣下开始腐烂，
据说，夜里鬼魂会回归墓穴——
哎呀，哎呀！我这么早醒来，
很容易碰到恶心的气味，
人们挖曼德拉草①时尖锐的声音，——
一个死人听到了，苏醒过来。——
噢！如果我醒来，不是会很快被恐怖包围？
到时候惊慌失措地摆弄祖先的尸骨，
把蒂巴特从殓衣里拽出来；
提着一位伟大先祖的尸骨，像提着一根木棍，
我暴怒地砸碎精神失常的脑袋。
啊，你们看，我瞧见了表兄的鬼魂，
他窥伺着罗密欧。
罗密欧曾拿剑刺穿他的身体。蒂巴特，住手！
罗密欧，我来了！我为你干了这一杯。

---

① 曼德拉草是一种麻醉用的草药。

第五幕第一场

(曼托瓦,某条街道)

罗密欧：(出现)

如果我相信梦中的安慰和怜悯,

那么我的梦预示着有好消息。

我的心中满是欢乐和勇气,

奇异地整日里将我从平地上抛起,

让我兴高采烈。

我梦见:朱丽叶来了,发现我死了。

(奇怪的梦! 死人也会思考)

她朝我吐气,把生命送进我口中,

我活过来了,成了国王。

啊! 拥有爱情是这般甜蜜,

连爱的影子都能让人幸福。

第五幕第二场

(罗密欧、侍童)

罗密欧：

好伙计,维罗纳有什么新消息?

快把神父的信给我,给我呀!

我的爱人呢? 我的父亲是否康健?

我的朱丽叶怎样了? 我再问一次:

　　　　只要她好好的就行。

侍童：

　　　　只要她好好的，一切都好。
　　　　但她的尸身躺在卡普莱特家族的坟地里，
　　　　不死的灵魂和天使们永远在一起。
　　　　我看到她被葬在坟墓里，
　　　　急急忙忙骑马跑来告诉你。
　　　　请原谅我带来的坏消息：
　　　　你吩咐我这么做，我真过意不去。

罗密欧：

　　　　伙计，是你在做梦，还是我在做梦？

侍童：

　　　　看到这件事，我也希望我是在做梦。
　　　　维罗纳的大街小巷骚动不安，
　　　　人们震惊悲痛，奔走相告：
　　　　朱丽叶死了，卡普莱特家的朱丽叶死了。
　　　　葬礼上丧钟齐鸣，
　　　　所有人震惊地跑去看。
　　　　上百个僧侣，两两一对，又来上百个，
　　　　从所有修道院出来，静静地走过，
　　　　因为上了年纪而弯腰驼背，面色灰白，光着头，
　　　　好像要往坟地上去。
　　　　民众们闷声不响，
　　　　被葬礼的排场震惊。
　　　　看到棺架摇摇晃晃地经过，
　　　　我跳到一根柱子旁，

抓住柱身往下看：
天使的面孔煞白，还在微笑，
仿佛在说："死神，你想从我身上得到什么？"
她穿着新娘服。每个人
都期待——她不要死——
希望她能动一动。
她睁不开眼看那明晃晃的天，
双耳听不到丧钟的声响，
僵死的心听不到太阳在说话，
我周围的人开始啜泣：
我跟着一起哀哭。抬棺的人走远了；
但我无法忍受和她道别，
穿过狭窄的街道飞快地跑到教堂院子里，
用力挤进坟地前面的大厅。
我看到小门敞开，
洛伦佐神父在认真清扫墓穴，焚香。
我说了这么多！我亲眼所见，
她被葬在蒂巴特附近。

罗密欧：

竟会发生这种事！命运，我诅咒你！
给我备马：我要连夜前去。

侍童：

宽恕我！少爷，我不能让您就这么去。
您看上去毫无血色，这样仓促。
您的眼神预示了有恶事会发生。

罗密欧：

> 没有！你在胡说。
>
> 让我走，照我的吩咐做。
>
> 神父没有让你带信给我吗？

侍童：

> 没有，我的好少爷。

罗密欧：

> 行了，你快动身吧！
>
> 给我备马：我要马上回去！

> （侍童下）

第五幕第三场

罗密欧：（独自一人）

> 朱丽叶！今晚我要在你身旁安眠。
>
> 我必须想想办法。
>
> 噢！绝望之中，不幸多么快地想出主意！
>
> 我想到一个卖药人。
>
> 他住在这附近。
>
> 最近我看到他衣衫褴褛，眉头锁紧；
>
> 他在寻找草药；眼神空洞。
>
> 贫穷让他瘦得皮包骨头。
>
> 他寒酸的铺子里挂着一副龟甲、
>
> 一条剥了皮的鳄鱼和奇形怪状的鱼皮。
>
> 搁板上摆着空匣子、搪瓷罐、
>
> 胞囊和发霉的种子，

几捆绳结,干玫瑰花,稀稀拉拉地摊开,聊作装饰。

看到这副寒酸样,我告诉自己:

在曼托瓦城里,贩卖毒药是要被处死的。

但如果这里有人需要,这个穷光蛋会卖给他。

啊,这个念头正合我意。

这个穷鬼会把药卖给我。

我记得这是他的店。

今天是假日,这个乞丐关着门。

喂,卖药的!

第五幕第四场

(罗密欧、卖药人)

卖药人:

是谁喊得那么大声?

罗密欧:

伙计,上这儿来! 我看你很穷,

拿着,这里有四十个杜卡特①!

给我一瓶毒药,药性要烈,

快速流到所有血管里,

让厌世的人喝下立马倒地,停止呼吸,

就像弹药从可怕炮膛里猛地发射出去。

---

① 杜卡特是意大利威尼斯铸造的一种金币,或称杜卡币或泽西诺币或西昆币,
于1284年至1840年之间流通。

卖药人：

> 我有这种致命的毒药。
>
> 不过曼托瓦的法律规定
>
> 售卖毒药会被处死。

罗密欧：

> 你衣不蔽体，
>
> 愁眉苦脸，还怕死不成？
>
> 你的眼神里流露出困苦和迫害，
>
> 贫贱和苦难压垮了你的背脊。
>
> 这世道和法律不会帮助你；
>
> 这个世界没有律法让你富裕，
>
> 如果你不想穷下去，
>
> 那就违背法律，收下这些钱！

卖药人：

> 我的贫穷屈服于你，但这样做违背我的意愿。
>
> （进屋）

罗密欧：

> 我把钱付给你的贫穷，不是付给你的意愿。

卖药人：（回来）

> 把它掺到饮料里喝下去，
>
> 就算你有二十个人的力气，
>
> 也会立马咽气。

罗密欧：

> 给你钱！比起你那些不准卖给我的卑贱的毒药，
>
> 钱是害人灵魂更猛的毒药，
>
> 在这个令人作呕的世界上犯下更多杀人的罪行。

我给你的才是毒药,你卖给我的却不是。
再见! 去买点食物把自己喂饱——
来吧良药! 你不是毒药,
陪我到朱丽叶坟上去,因为我正需要你。

第五幕第五场

（洛伦佐的房间）
（马库斯神父,随后洛伦佐出场）

马库斯:

尊敬的师兄,嘿,洛伦佐! 嘿!

洛伦佐:

这是马库斯师弟的声音吗?
欢迎从曼托瓦回来!
罗密欧说了什么? 如果他提笔写了信,
就把信给我。

马库斯:

临走的时候,我找了一位同门师兄弟作陪,
他去城里给一位病人看病;
我毫不担心地走进修道院,找到他和我同行;
我们正要动身,却被锁起来了。
外面把守森严,我们听说
不许任何人进出,
因为政府怀疑
师兄精心医治病人却招来了灾难,

因为瘟疫正流行。
直到检查完毕,嫌疑排除,
我不得不留在原地。现在我才脱身,
过来告诉你,曼托瓦之行耽搁了。

洛伦佐:

究竟是谁把我的信带给了罗密欧?

马库斯:

我把信给你! 我没办法托人送信;
大家都害怕被传染。

洛伦佐:

糟糕,麻烦大了! 我的上帝!
这封信内容重要,绝非等闲,
万一耽搁会有祸事。马库斯师弟,
来,去取一把铁锹,
拿到我的房间来。

马库斯:

师兄,我这就去拿。

(下)

洛伦佐:

我必须一个人去墓地:
朱丽叶马上就会醒来。
假如她的罗密欧对这事一无所知,
她定会责怪我。
我赶紧写信再去告诉他;
我把她藏在我房间里。
到时候她吓到别人,死而复生将是个奇迹。

她曾活着躺在死人堆里,现在又要爬起。

(下)

第五幕第六场

(卡普莱特家族坟地,前厅)

帕里斯:(举着火炬和鲜花)

照亮我的不是颂歌的火炬,

很快死神的画像要被推翻!

(他把火炬插到墓碑上)

啊,甜美的花朵,我想用各种鲜花

装饰你的婚床;

但找不到一朵能与你相比。

我的心底生出爱和忠诚,

它们成了爱和忠贞的悲伤的见证,枯萎了!

这里美好又可爱:因为这里离你近。

我想,她正在酣睡。美好的坟墓,

你把美丽世界完整地包裹。

噢,美丽的朱丽叶,与天使结伴,

从这双手中拿走最后的献礼,

他在你活着的时候仰慕你,而今你死了,

他用赞美和哀悼装点你的安息地。——

我看到了火炬的亮光!谁在靠近?

哪双该死的脚朝这里走来,

打扰虔诚爱情的哀礼?

也许是强盗,他们的贪欲觉察到
这里有昂贵的首饰和戒指,
死神无情地夺走我美丽的新娘,
而今他们要掠夺她身上最后的饰物。
噢,对爱着的人来说多宝贵的机会,
将生者允诺的保护和荫蔽
敬献给死者。
虔诚的夜啊,把我藏起!

(他退到一边)

第五幕第七场

(罗密欧手拿火炬和铁锹,随后帕里斯上)

罗密欧:

怎么? 我眼花了吗? 那里插着一把火炬!
它从葬礼到现在一直在亮吗?
怎么了? 或许是奶妈忠诚的手
举着火把悄悄靠近——
让可爱的人儿四周不再黑漆漆,
让爱她的人日夜兼程寻到这里。
去吧,和那一片光亮做伴去。
(他把火炬插到对面,抢起铁锹砸向地面)
一对悲伤的爱侣,
为悲伤的情爱祈求见证。
你默默地暗自神伤,

我胸中涌动着火苗，
用愤怒把自己和整个世界点燃。

幸福和苦难、成功和享受、
恐惧和痛苦一下子降临到我身上，
谁能默默承受这一切！
否则，白天如此空洞，
夜晚如此漫长，连坚定和忍耐都不能承受它，
心惊胆战地希冀着未来。
忽然之间，仿佛天堂被迫一下子敞开，
从无边无际的天界里赐予我福祉，
转眼间，地狱的暴力猛烈地撕开地面，
从地底将所有痛苦投向我，
这是一个被判下地狱者要忍受的。
不过，从天堂和地狱的力量来得更强大吧！
两扇小门，阴森可怖，相互紧挨着，打开了地狱和天堂。
啊，可恨的深渊！死神的肚子，
黄土吞噬了最可爱的人儿，
我要劈开你腐烂的颌骨，
把你填得更饱！
（他掘开墓门）

帕里斯：（从藏身的地方走到他旁边）
哈！被流放的骄傲的蒙塔古，
你杀死了朱丽叶的表哥。听说，
这个可爱的人儿也因此伤心至死。
现在他到这里来，对着尸体

干下贱的勾当。我要抓住他。

（大声喊）

蒙塔古，快停下卑鄙的行为！

杀了她还不够，还要再报复吗？

该死的，我要抓住你！

听着，跟我走：你必须死。

罗密欧：

是的，我必须死！所以我上这里来。

年轻人，不要惹恼一个绝望的人；

快走吧，让我留下！——想想这些死去的人，

他们让你心惊胆战。年轻人，

我求你不要增加我的罪孽，

不要激怒我。走吧，你走吧！

上帝啊！我爱你胜过我自己。

因为我带着凶器到这里来，是为了对付我自己。

走吧！快走，好好活着，

是一个疯子起了怜悯，放你走的。

帕里斯：

我才不信你的誓言，

我要抓住你这个凶手。

罗密欧：

年轻人，你要逼我出手吗？看剑！

（两人持剑格斗，帕里斯倒地）

帕里斯：

啊，我要死了！求你发发慈悲，

让我躺到朱丽叶的墓穴中去吧。

（帕里斯咽了气）

罗密欧：

> 我成全你。
>
> 这是谁？让我看看他的脸。
>
> 他是梅尔库提奥尊贵的表哥，帕里斯伯爵。
>
> 我们骑马过来的时候，我的侍童说了什么？
>
> 那时候我心烦意乱，没有听见。
>
> 我听说，好像朱丽叶本来要嫁给帕里斯。
>
> 他不是这么说的吗？
>
> 怎么，是我在做梦？
>
> 或者，因为他说到朱丽叶，所以我精神错乱？
>
> 噢，把你的手给我！
>
> 你和我都会被写进厄运的名册，
>
> 一个胜利光辉的坟墓将迎接你，
>
> 不是坟墓，而是一个发光的华丽殿堂：
>
> 因为这里躺着朱丽叶。她的美使墓穴成了耀眼的殿堂。
>
> 一个死人安葬了你，躺在那里吧！
>
> 有多少人在濒临死亡的那一刻，
>
> 还心存欢乐。旁观者把这叫作回光返照。
>
> 这是我的回光返照！——噢，我的心上人，我的爱妻！
>
> 死亡吸走了你呼吸中的芬芳，
>
> 却无法动摇你的美貌。
>
> 你没有被征服。
>
> 你的双颊和嘴唇依旧红润美丽；
>
> 死亡不能使它们变成死灰。

蒂巴特！是你裹在血淋淋的尸布里吗？
啊，我能为你效劳吗？
你年轻的生命葬送在仇人手中，
我要亲手了结你仇人的性命。
表哥，宽恕我！——亲爱的朱丽叶，
为什么你还是这么美丽？我是否该相信，
这无声无形的死神，这瘦削可恨的魔鬼，
因为爱你，要把你留在黑暗中当他的情妇。
出于嫉妒，我永远不想离开你，
不想屈服于长夜的幽宫。
我要留在这里，
和蛆虫，你的奴婢们在一起。
噢，我要在这里建起永远的安息地，
抛弃厌世的肉身，摆脱厄运的奴役。——
再最后看你一眼！再最后抱你一次！
噢，嘴唇，呼吸的门户，用正当的一吻
同吞噬一切的死亡
订下永久的盟约吧！

（举起药瓶）

来吧，苦涩的向导！叛逆的同伴，
绝望的领路人！
让饱受风浪之苦的船只撞上岩石吧！
就让船儿搁浅吧，哪里都可以！
为了我的爱人！

（他喝下毒药）

噢，卖药人没有骗我，

你的药很快起作用了。——我在一吻中死去。

（他倒下）

第五幕第八场

洛伦佐：（提着灯笼和铁锹）

　　救命啊，圣方济！我这双老脚
　　在墓地里不知道绊了多少回！
　　这些残旧的、被踩坏的无名尸骨层层垒起来的阶梯，
　　是坟墓中的坟墓，就像死神中的死神，
　　自我折磨，愤怒地摧毁他掌管的纪念碑。
　　这些阶梯引导我走向一个罕见的坟墓，
　　储备着的生命，毫无知觉，
　　渴望着相爱的福气。——

　　卡普莱特家坟地上还有火炬亮着，
　　每场假模假样的庆祝都有虔敬的尾声，
　　对着蛆虫和眼盲的骷髅
　　白白浪费着微弱的光亮。
　　重新燃烧吧，照亮吧！因为一颗爱着的心
　　很快要为着第二次婚礼复活了。——
　　哎呀！坟墓被掘开了？那是谁？
　　悲惨哪！不幸啊！谁的鲜血染红了坟墓的石门？
　　这几把被鲜血染红的没了主人的剑，
　　为什么静静地躺在这里？

（他走进墓穴）

罗密欧,面色这么——苍白？——还有谁？
什么,还有帕里斯？倒在血泊中？
啊,多么残酷的时刻,
发生了这出惨剧！——
我的智慧,我的忧虑,
对大自然力量的深刻认识都去了哪里！
出于这个目的,我挑选鲜花和草药！
对这对情侣的好意,
竟为我们备下了这样的苦难。
要是我反对他们相爱就好了,
拒绝他们,
任由他们受青春莽撞的痛苦,
没有什么
比发生在我眼前的一切更糟糕了。——
小姐在动。——

朱丽叶：（苏醒过来）

好心的神父！——我的丈夫在哪里？——
我清楚地知道,醒来应该在哪里。
我确实在这里。——我的罗密欧在哪里？

洛伦佐：

不要四处看！小姐,来,
离开这座坟墓,这里有死亡、瘟疫和不得已的长眠。
虔诚地鼓起勇气：
因为无人抗拒的力量
挫败了我们的计划！来吧,来吧！

朱丽叶：

　　你走吧，让我看一看。

洛伦佐：

　　听着，你看！

　　你的丈夫倒在你脚下，已经死去，

　　帕里斯也死了。我陪你

　　去女修道院里。

　　不要问，不要停留！

朱丽叶：

　　只能这样吗？

洛伦佐：

　　没有其他办法了。小姐，走吧，啊，走吧！

朱丽叶：

　　是啊，你去吧！走吧；我马上随你来。

洛伦佐：

　　我关上坟墓的嘴巴。

　　它会保持沉默，直到我把我俩救下。

朱丽叶：

　　救你自己吧，我要留在这里。

洛伦佐：

　　小姐，快走啊！

朱丽叶：

　　这是什么？

　　一个小瓶子，紧握在我至爱的手中？

　　是毒药，我明白了，他服毒死了。

　　噢，冤家，你全喝光了？

一滴也不剩,没给我留下?
我吻你的唇,也许还有一些毒药挂在你唇边,
可以让我,你的爱妻兴奋地死去。
你的双唇还是温热的。

洛伦佐:

不要迟疑了。

朱丽叶:

我不会犹豫。啊,好匕首,
刀鞘是我的心,在这里腐烂吧!
(她拿匕首刺死了自己)

赌约
DIE WETTE

独幕喜剧

特普利茨(1812)

人物

多恩
弗尔斯特
爱德华,弗尔斯特的儿子
莱奥诺尔,多恩的女儿
约翰,爱德华的仆人
弗里德里克,莱奥诺尔的侍女

第一场

（多恩，稍后弗尔斯特上场）

多恩：

我常说，谁不知道，太过轻易行事，结果会带来很多不便。就算说话、思考再谨慎，又有什么用；我又卷入一场让我变傻的买卖。我在最美的季节离开我乡间的产业；急急忙忙到城里去，城里时间过得太慢，我不耐烦了，重新回到这里。透过这家寒酸客栈的窗户，我看到了我的城堡和花园，可我却不能去。要是这里不这么不舒服该多好。我想坐的每把椅子都摇摇晃晃，找不到挂钩挂帽子，找不到地方放手杖。不过一切都是可以克服的，只要我的目的达到，只要那对年轻人幸福就好。

弗尔斯特：（站在门外）

这里可以住吗？屋里有人吗？

多恩：

我没有听错吧？是弗尔斯特！至少我在这个奇怪的地方总算找到伴了。

弗尔斯特：（走进来）

多恩！真的是你？为什么不待在城堡里，跑到客栈里来？我听说你在城里。我觉得你的城堡太荒凉、太偏僻了。

多恩：

并不像你想的那么荒凉。有一对爱人住在里面。

弗尔斯特：

是谁？

多恩：

是莱奥诺尔和爱德华，他们彼此倾心。

弗尔斯特：

这两个年轻人，他们在一起吗？

多恩：

在一起或者分开，悉听尊便。

弗尔斯特：

不要打哑谜啦。

多恩：

那就听我说吧。现在有一个赌约，他们必须通过，才能保证未来幸福。

弗尔斯特：

你说的话让我越来越好奇了。

多恩：

爱德华和莱奥诺尔彼此倾心，我乐意培养爱苗，希望看到他们能成一对佳偶。

弗尔斯特：

我对这件事一向举手赞成。

多恩：

爱德华是一个高贵的年轻人，聪明，有才干，很有教养，善良又活泼，但是有些鲁莽和自负。

弗尔斯特：

你得承认，这样的组合造就了一个可爱的小伙子。

多恩：

嗯，还有。莱奥诺尔温柔，有同情心，做事积极，会持家，但不无傲慢；她真心喜爱爱德华，但有时候容易发脾气；她闷闷不乐的性格和爱德华的莽撞不太合拍,所以两人谈恋爱、结婚,经常会吵架,相互厌恶,并对对方不满。

弗尔斯特:

他们婚后可能会出现这种情况。

多恩:

我希望这种情况在他们婚前就发生,这正是这场特殊教育的目的。我经常提醒他们注意自己的错误,要求他们承认自己的问题,相互让步,彼此平衡。不过是白费唇舌,但是我不能放任不管,不去警告他们。八天前,我发现他俩比平常更固执,所以严肃地指出他们的坏习惯和坏脾气,指出他们应该觉得没有对方就活不下去。他们很高傲,说可以离开对方过日子,可以彼此分开。

弗尔斯特:

他们可能这么说,不过坚持不了多久。

多恩:

我也这么想,所以开玩笑,威胁说要考验他们的爱情,看看谁先去找对方,谁想先靠近对方。现在傲慢起作用了,他们都信誓旦旦,认为自己是更能坚持的那一个。

弗尔斯特:

说说罢了,不过说说而已。

多恩:

为了知道这样做是不是行得通,我这样建议:我说,你们知道我和我已经过世的妻子曾经住过两个相邻的房间;一道门把两个房间连起来,门上有个栅栏,一道两面都可以拉起来的窗帘把这个栅栏盖住;如果我们夫妻俩想和对方说话,就把窗帘拉起来。现在你们去住这两个房间,赌约是,谁会成为那个感觉痛苦、更想念对方、跨出第一步去见对方的人。两个人都同意打这个赌,分别搬了进去,我拉上了窗帘。事情就是这样。

弗尔斯特:

这件事情发生多久了?

多恩:

已经八天了。

弗尔斯特:

没有发生什么事情吗?

多恩:

没有。因为约翰和弗里德里克密切关注他们的主人,我让他们一有情况就进城向我汇报。我没有听到任何消息,有些不耐烦了,所以跑回来在附近待着,看看接下来的情况。

弗尔斯特:

我来得正是时候,能看到这场离奇的冒险。这件事这么特别,我暂且忍一忍,和你住在这家寒酸的客栈里,不去舒适的城堡里待着。

多恩:

我希望这种不舒服不会持续太久,你尽量让自己舒服一些吧。也许我们的密探马上要来了。

弗尔斯特:

我对这件事的结果很好奇;因为总的来说我不觉得特别高兴。可能会有让人担忧的情况发生。

多恩:

绝对不会!我相信所有结果会对这对爱侣有好处。示弱的那一方不会输,因为这证明了他爱得很深。如果更坚持的那一个有些傲慢,思索片刻就会觉得残酷。他们会懂得让步并发现对方是多么可爱;他们会深信,他们多么需要真正心贴心的相互交

流;他们也会明白,相信工作和娱乐可以补偿充满爱的心灵是多
么愚蠢的想法。我们应该告诫他们,坏脾气会影响家庭幸福,太
过莽撞会让人悲伤。这些错误一旦消除,每个人将真正认识并
珍惜对方的价值,避免以后出现更严重的分手。

弗尔斯特:

我们都盼着最好的,可这个办法总是有些奇怪。不过我们这些
饱经世事的人大概也能学到点什么。我们倒要看看,他们俩谁
能更久地忍受漫长等待和不满带来的压力。

多恩:

有人拿着你的行李吵吵嚷嚷地上楼来了;来吧,我帮你布置房间。

(两人下场)

第二场

(约翰、弗里德里克)

约翰:

仁慈的主人不在这里,也不在花园里。那他在哪里呢? 我要告
诉他一些好笑的事情。

弗里德里克:

是关于那对小情侣吗? 等你说完就轮到我了。小姐让我操碎
了心。

约翰:

为什么呢?

弗里德里克:

是啊,你瞧。他们的生活发生变化以后,最初几天日子过得很

平静。她看上去很开心、很忙碌，欢呼着不需要那位年轻的先生，兴高采烈，以为自己全副武装可以对抗相思病。要不是她扭扭捏捏地提到你，连我都要猜不透她对你家少爷是怎么想的了。

约翰：

何必拐弯抹角，我看哪，别人想到我、时不时说起我是再自然不过的了。

弗里德里克：

小点声，这回你可搞错了，她说起你只是想偷偷了解一下你是否经常陪着少爷，想知道他过得怎么样。如果我假装不在意，她一开始会不停地问；如果我怀疑她想他、希望见到他，她很快就闭上嘴巴，开始闷闷不乐，一句话也不说。

约翰：

多美好的谈话呀！

弗里德里克：

最开始的几天就这么过去了。现在她什么也不说，吃不下，睡不着，放下这个活计跑去做另一个，看上去像是病得很厉害，真让人担心。

约翰：

咦，又变成这样了？喜怒无常！不过是喜怒无常罢了！女人们看起来总是像生病的样子。所有女人都一个样。

弗里德里克：

约翰，你的意思是说我也这样吗？我可不想听到这话！

约翰：

你别生气，我只是在说那些有身份的女人。如果别人没有及时奉承她们的虚荣心，她们就会冒出这样的怪念头。

弗里德里克：

不！我家小姐可不是这种人。很可能是爱情让她这么憔悴。

约翰：

爱情？那她何必掩饰呢。

弗里德里克：

是的！因为他们打赌了。

约翰：

打什么赌呢！只要相爱就行了。

弗里德里克：

但是她有她的骄傲！

约翰：

对爱情来说骄傲算不了什么。我们这些粗人不懂装腔作势，我们可快活多了。我问你：弗里德里克，你爱我吗？你说，是的！那么我就属于你了

（他拥抱她）

弗里德里克：

要是我们年轻的主子们的命运已经决定了，如果我们密切注意这对情侣可以赢下一笔嫁妆钱就好了。

第三场

（多恩、弗尔斯特、前场人物）

多恩：

欢迎你们。说说看，发生了什么？

约翰：

仁慈的主人，没有什么特别的事！我的囚徒有时候激动不安，大发雷霆；有时候若有所思，谁也不理。有时候他很安静，思索着，好像已经决定好了一般急急忙忙地跑到紧闭的房门口；有时候他又踱回来，打消了开门的念头。

多恩：

弗尔斯特，你听到了吗？

弗尔斯特：

你往下说！

多恩：

约翰，告诉我们，我走之后发生了什么？

约翰：

上帝啊，我怎么能记得住那么多大大小小的事情，那些我听到和看到的——我有点不知所措了！如果这样叫作爱情的话！如果有身份的人都这么做的话，可怜的约翰我愿意发誓，向我的弗里德里克直截了当地保证我爱她就行了。

多恩：

到底有什么不寻常的事情发生呢？

弗尔斯特：

快说说。

约翰：

我尽可能把这件事说出来。您走后，少爷把自己关起来，看书写字忙得不亦乐乎。只是我发现他很紧张，他在附近一带散步，很晚才回来，高高兴兴的，几天时间就这么过去了。后来他去打猎，参加各种活动。我很容易就发现每件事情他都干不长久。他在房间里走来走去，把一本书扔掉又换另一本，他斥责别人有时候是有原因的,不过实际上他常常没头没脑地发脾气,只是想把他心里激烈的情绪发泄出来。

多恩:

不错。

约翰:

日子就这么一天天过去了。散步的时候他惦记着城堡,把狩猎时间缩短,回家,但半道上犹犹豫豫,越来越不确定,还自说自话。他拉长了脸,让我害怕。他呆呆地站着,好像有点犹疑地靠近危险的窗帘布,很快又走回来跟自己生闷气。不耐烦和不确定的感觉折磨着他,让他垂头丧气,我担心他会发疯。

多恩:

够了,够了!

约翰:

什么!我不用再往下说了吗?

多恩:

这回不用了,回去吧,照顾好少爷,回头再来跟我汇报。

约翰:

我还有很多事没有说呢。

多恩:

下次再说吧,你先回去吧!

约翰:

那好吧。我一口气跑过来,觉得要是我经常看到这些事,经常说起这些事,我自己也会变得奇奇怪怪的。弗里德里克,你觉得呢?

弗里德里克:

我们想让一切恢复原来的样子。

约翰：

好吧！（他向她伸出手，下场时拉着她走到她原来站的地方）

多恩：

弗尔斯特，对这个开局你想说点什么？

弗尔斯特：

说不上来。事情还说不准呢。

多恩：

抱歉，我的朋友。我们比您想的要更接近目标。看样子爱德华
克制住了自己的骄傲，感情战胜了骄傲，并且会占据上风。

弗尔斯特：

您怎么会得出这个结论的呢？

多恩：

根据约翰说的细节和所有话就能看出来。

弗尔斯特：

他肯定不会是迈出第一步的那个人。我太了解他了，他很傲慢，
不会这么做。他自视甚高，不会让步。

多恩：

那样的话，我真感到遗憾，也许他不太爱我的女儿，不那么投入，
感情也不热烈，没有精力在这个尴尬的局面下坚持得更久。

弗尔斯特：

莱奥诺尔也不会这么做吗？

多恩：

不，我的朋友！女人们因为谦逊都比较含蓄，这是她们最重要的
装饰。这让她们没办法自由地表达感情。就像现在这个赌约一
样，如果傲慢参与其中的话，她们更不可能表露自己的感情。在
她们消除这种傲慢以前，她们可以忍受最表面的东西。她们认

为,向一个男人表白,说自己仰慕他,温柔地爱着他,这样做有失脸面。但她们内心和我们男人一样热烈,也许比我们更持久,不过她们更能够控制自己的情感。

弗尔斯特:

也许你说得有道理;不过先让我们听听莱奥诺尔做了什么,这样我们对这些揣测就更有把握了。

多恩:

弗里德里克,你来说吧。

弗里德里克:

仁慈的先生们,我很担心我家小姐的玉体。

多恩:(着急状)

她生病了吗?

弗里德里克:

倒不是真的病了,只不过她茶饭不思,像一个游魂一样飘来飘去,连她最喜欢的活动也提不起兴趣。她也不弹琴,以前爱德华还给她伴奏呢。她也不再像往常一样自顾自哼着小曲儿了。

多恩:

她说什么了吗?

弗里德里克:

她很少说话。

多恩:

她到底说了什么话呢?

弗里德里克:

她几乎什么也没有说。她有时候问起约翰,但我发现这个时候她其实总想着爱德华。

多恩：

这八天都是这样吗？

弗里德里克：

噢，不是！一开始她很快活，比以往都快活，忙着干家务，弹奏音乐，也不去想她的恋人，她很高兴可以向他证明自己有多厉害。

多恩：

弗尔斯特，你瞧瞧，我说得没错吧？女人们有她们的矜持。

弗尔斯特：

那为什么她一开始很喜欢忙着干活，现在却荒废了呢？

多恩：

这一点我也可以解释。女人们习惯了勤劳持家。想到自己被别人所爱，她们就不害怕孤独了。哪怕只是快活地看上一眼，她们就得到了足够的安慰。只有当爱情彻底消失，她们才感到难受，变得憔悴不堪，最后郁郁寡欢。她们越想掩饰这种感觉，越受折磨。她们像鲜花一样凋谢了。

弗里德里克：

没错，莱奥诺尔小姐也是如此。我有很多证据可以证明她爱着爱德华。她经常好像不经意地走到门旁边，犹豫着，很不好意思，重新走开：她的双眼噙满泪水，似乎想听他的动静，听他的脚步声，想猜测他的想法；她在爱情和固执之间挣扎。

弗尔斯特：

她为什么不直接问你爱德华的情况呢？约翰刚才不是说，爱德华经常和他谈起莱奥诺尔吗？所以他爱她胜过她爱他。

多恩：

看样子你不太了解女人。她们什么时候会信任她们的感受？她们小心地守护着自己的感情，试图在所有人面前把它隐藏起来；

她们最害怕男人狂妄的掌控力占据上风。她们宁愿闭口不谈，最不愿意自我暴露。她们可以静静地爱着，所以她们的感情更热烈，也更持久。反之，男人们更莽撞，没有含蓄的本性阻止他们自言自语，所以爱德华在约翰面前并不掩饰。

弗里德里克：

您还需要证据证明她爱着他吗？她很熟悉花园里那块漂亮的空地，那是爱德华在莱奥诺尔的命名日①布置的。她每天都去那里。她什么话也不说，眼睛直勾勾地盯着地面，一待就是好几个小时。爱德华送的每样小东西都摆在她桌子上。她常常看上去有些不安，看她叹气就能猜出来。是的！她害了相思病，我很确定，她摆不脱相思病的困扰了。

多恩：

弗里德里克，想开点吧！时间一到，所有问题都会解决的。

弗里德里克：

如果换作是我，问题早就解决了。

第四场

（多恩、弗尔斯特）

多恩：

我很满意，一切都如我所愿。

---

① 命名日是和本人同名的圣徒纪念日，主要在一些天主教、东正教国家庆祝。对命名日的庆祝是基督教国家从中世纪就有的一项传统。命名日源于基督教会对圣徒和受难者举行纪念的节日。现在不同的国家有不同的命名日体系。

弗尔斯特：

但是,假如你女儿病了呢?

多恩：

别这么想,这种状况不会持续太久的。

弗尔斯特：

你是这么想的吗?

多恩：

他们会妥协、相见、相爱,经过考验后再相爱。

弗尔斯特：

我想知道,你怎么这么乐观!

多恩：

因为我看到我的杰作快完成了。他们变成了我期望的样子。他们的沉默寡言和所有行为都合乎他们的处境和情感。

弗尔斯特：

怎么会呢?

多恩：

爱德华是个活泼的年轻人,还有些烦躁,他在傲慢和爱情之间挣扎,不过爱情会取得胜利。他感受到了独处的痛苦! 莱奥诺尔的身姿和魅力在他眼前活灵活现,他忍不了太久。他已经不能再从事其他消遣了,马上就会打开门,承认自己输了。

弗尔斯特：（自言自语）

我看还不一定。

多恩：

莱奥诺尔是个高贵含蓄的姑娘,只是爱耍小性子。她一开始以为随便做点什么活计就可以忘记爱德华,挺过这段考验期;日子这么一天天过去了:她必须对爱人表现冷淡,也不想问这

问那,所以把自己封闭起来,忍受担忧和不确定的折磨。她真
切地感受到空虚,觉得温柔的爱情不见了;她没有办法迈出第
一步,矜持阻止她这么做,于是只能默默忍受,所以她才会叹
气,流着眼泪,茶饭不思。她想通过看没有生命的物件来自我
安慰,这是唯一可以唤回她思念的东西。也许莱奥诺尔比以前
更加柔情地爱着爱德华,她只是在等待着某一时刻,放弃她先前
的权利。

弗尔斯特:

那就等着看吧!

多恩:

现在我们听听他们两个在干什么吧。房间的角落里有个秘洞,
我俩过去亲眼看看吧。

(二人下)

第五场

隔开的两间房里都布置着舒适的家具,摆放着各种供消遣娱
乐的东西,比如:书桌、书籍、乐器以及上文描述过的门、栅栏和
窗帘。

莱奥诺尔站在右侧,爱德华站在左侧,多恩和弗尔斯特站在高
处。最后是约翰和弗里德里克。

爱德华飞快地走来走去,大声地自言自语,看上去时而困惑,时
而犹豫;莱奥诺尔神情忧郁,手里拿着活计,边叹着气边看向那扇门,
然后她仔细端详绣着爱德华名字的钱包,泪水打湿了钱包。

爱德华：

不，我不出去！我该去哪里，该做什么，没有什么事情能让我快活，我对一切感到厌恶，我真想她！莱奥诺尔，最高贵、最温暖、最可爱的人儿！我陪她度过的快乐时光都到哪儿去了？那时候，她曾用她曼妙婀娜的身姿、温柔的性子将我牢牢系紧。她是我最初和最后的念想，她的关心和柔情使我无比快乐，工作之余我在她那里得到放松，现在我烦躁不安！她时常用悦耳动听的歌谣伴我度过阴郁的时光，她说的每一句情话都和我的心贴在一起，让我舒心快乐。我曾经那么幸福，就连她一时半会儿的小脾气也并不像我想的那样讨人厌。我为什么这么冲动，我怎么能傲慢到同意这次考验——谁会让步呢？她不会——我？——是的！（作高兴状）我为什么要犹豫？把门打开，走向她，这圣洁的人儿，跪在她脚下，向她发誓我永远爱她，承认没有她我活不下去！——但别人会怎么说？别人会认为你胆小又懦弱吗？你的朋友们会嘲笑你——这有什么关系！——但是莱奥诺尔，也许你会幸灾乐祸，认为我输了，你也许想要掌控局面，真不幸啊，如果我想做个男子汉呢！我应该可以坚持下去，我为什么在这里游手好闲，还有这么多工作要做呢！（他在写字台边坐下，拿起笔却没有写，陷入沉思）

莱奥诺尔：

又一天过去了，爱德华还没有出现。啊，多么痛苦，他忘了我，也许他不像我想的那样温柔地爱着我；假如他感受到我一半的痛苦，就会赶紧输掉赌约，我会对他受伤的骄傲给予足够的补偿，和热切的爱情还有只能在相爱中获得的喜悦相比，这又算得了什么呢？那时候，每一天、每一个小时都像甜蜜的梦；那时候，我做完家务活，和他说说话也感到高兴和快乐。残忍的父亲啊，你怎么能用这样的考验让我这么伤心，还不如让我忍受爱德华的狂妄呢！现在我不能迈出第一步。我的心同意我这么做，但是我的矜持、姑娘的面子教会我必须服从，必须忍耐——还要等多久啊！（她放下手里的活计，叹起气来）

爱德华：（急匆匆地从写字台旁站起身）
我写不下去！到哪里寻找意义和勇气？要是约翰过来就好了，我还可以和他说说莱奥诺尔。当然，他不太明白我的感受，但是他出于好心，而且他把莱奥诺尔当女神来崇拜，就像每个认识她的人那样。我好像听到他来了！

莱奥诺尔：（优雅地看着钱包，把它紧贴在自己的胸口）
是啊，这是你爱情的信物，这里有你的名字，你会忘了我吗，爱德华？——我该做什么，让他回到我身边——啊，太好了，也许这样会有用（她跑过去取六弦琴，紧挨着墙壁，在门旁边坐下，这样一来别人通过栅栏看不到她）

爱德华：（正坐着沉思，听到音乐整个人变得活跃起来，因为那是让他着迷的声音，他立即拉开窗帘想看看她，但什么也看不到）

莱奥诺尔：（走到门边去听，她看到窗帘拉开了，看到了她的爱人，恐惧和欣喜让她喊出了声。门开了，瞬间她被他拥入怀中）

两人：
我又重新拥有了你，我属于你！

多恩和弗尔斯特：（走进房间）
太好了！太好了！

（莱奥诺尔和爱德华沮丧地站着）

多恩：
孩子们，我说什么来着！

莱奥诺尔：

　　是爱德华先朝我走过来的。

爱德华：

　　不，是她，她想看看我是不是在偷听。

多恩：

　　你们俩说得都对。其实没有人输掉赌约。同样的情感鼓舞着你们，你们的行为合乎年轻小伙和年轻姑娘的做法。莱奥诺尔略施小计，想让你把窗帘拉开，你表现得更热情，莱奥诺尔只是想偷偷考验你。你们证明了高尚而拥有爱的心灵是相似的，只不过表现不同，却又恰如其分。你们很珍惜彼此！那就好好相爱吧！原谅对方的小缺点，要知道相爱可以弥补一切。

莱奥诺尔：

　　我们很珍惜今天！

爱德华：

　　你真的教会了我们怎么去爱。

弗尔斯特：

　　我今天所经历的比我这一生都多。

弗里德里克：

　　我也一样。

约翰：

　　弗里德里克，你经历了什么呢？走吧，这一切对我们来说太过崇高、太过书卷气了。让我们简简单单地相爱，让我们幸福吧。仁慈的老爷，世界上没有比漂亮的嫁妆更简单的了。

多恩：

　　这是你们应得的！

保护神
DER SCHUTZGEIST

根据奥古斯特·弗里德里希·费迪南德·科策比
1817 年的剧本《保护神》改编

人物

奥托大帝,德国皇帝(简称"奥托")

贝伦加,意大利国王

阿德莱德,已故意大利国王的遗孀

阿佐·封·埃斯特边疆伯爵,卡诺萨城堡军事长官(简称"阿佐")

奥斯瓦尔德,阿佐的旧侍从

圭多

艾斯图尔夫,圭多的父亲

欧金尼娅,圭多的母亲

安东尼奥,一位老渔夫

玛格丽特,安东尼奥的女儿

赫尔曼·比林,萨克森公爵(简称"赫尔曼")

坚固的科莫城堡的管事(简称"城堡管事")

洛泰尔的幽灵,骑士

骑兵

诸侯,骑士和宫廷侍臣

勃艮第的女人们,伦巴第的女人们

卫兵,渔夫和渔夫的妻子

葬礼随行人员

第一幕
第一幕序幕

　　树木葱郁的林地，生机勃勃。在一处破败的小教堂附近竖立着墓碑群，中间一座尤其醒目，石棺中安葬着圭多。

　　参加葬礼的人静静地伫立着。圭多的父亲艾斯图尔夫走上前。

艾斯图尔夫：

　　感谢你们给予我同情！
　　现在这个可爱的孩子躺在冰冷的石棺中；
　　不过在你们盖上棺盖前，
　　请让他的父母独自悲泣吧。
　　（葬礼随行人员下）
　　再会吧，我的美梦！
　　这朵漂亮的鲜花——凋零了！
　　老树被连根拔起——
　　不会再有孩子咿咿呀呀叫我父亲了！

　　时光还没有过去十五年，
　　那声呼唤还在我耳畔回响：
　　艾斯图尔夫！你有儿子了！
　　突然我感觉全身涌动着欢乐的热潮——
　　我看到母亲的头顶环绕着柔美的光环，
　　我看到苍白的脸颊上痛苦的表情消失不见，
　　她微笑着喜悦地抱住男孩，
　　充满爱意地将他搂在胸口！

当他生龙活虎地扭来扭去，
当母亲伴着朝霞的红晕
第一次把孩子放到他父亲的臂弯里——
我这位父亲心中如此骄傲！
我为这个儿子骄傲！
就算给我一顶王冠，
我也不愿意交换这小小的幸运！
世间的苦难消失了，
逼仄的现实不见了，
所有生命中欢愉的时光
都留给我的未来。——

闷热的雷雨天，不幸来临——
一道闪电穿透幼嫩的树苗——
我的酒杯空了——沉渣苦涩！——
再会吧，我的美梦！

欧金尼娅：（提着满满一篮鲜花）
我带着鲜花来参加最后的丧礼，
它们是母亲用颤抖的双手采摘——
又被泪水浸湿——拿去吧，
把它们撒到我们逝去的爱情结晶身上去吧！

艾斯图尔夫：（将鲜花撒到尸体上）
昨天还青春洋溢，
是父母的期望——欢乐——慰藉——

欧金尼娅：
今天却成了一具冰冷的躯壳，

在死亡的霜冻中永远僵硬！

艾斯图尔夫：

够了！——我们祈求神灵赐福于长眠的儿子，

我们泪眼蒙眬与他别离——

让我们把他埋葬，——

我们把尘土还归尘土。

欧金尼娅：

啊，等一下，在眼泪让我窒息之前，

再一次把离别之吻

印在苍白的嘴唇上！

噢，让我再吻他最后一次！

（她俯下身面朝尸体）

艾斯图尔夫：

不管父亲的心多么哀痛，

生他的人同样饱受折磨；

因为心爱的孩子死去，

母亲的心也被撕碎！

欧金尼娅：（吃惊地跳起来，瑟瑟发抖）

他还活着！

艾斯图尔夫：

你伤心过度疯了吗？

欧金尼娅：

我感觉到了生命的热度——

艾斯图尔夫：

走开，这恼人的错觉！快消散吧！

欧金尼娅：

　　我触碰到了他温柔的呼吸——

艾斯图尔夫：

　　祷告吧，驱除你自以为是的幻想。

欧金尼娅：

　　哪儿来的浑身哆嗦，让我激动不已？

　　这不是我的孩子吗？我怕什么呢？

　　我是他的母亲！他还活着！还活着！

艾斯图尔夫：（往前跨几步，祈求状）

　　欧金尼娅！——上天的神力啊！

　　难道不是骗人的期望在糊弄我吗？

　　上帝啊！上帝啊！

　　你和你的仆人走进了仁慈的法庭。

欧金尼娅：

　　僵硬的胸膛里

　　升起微弱的呼吸——

艾斯图尔夫：

　　死亡的苍白消失了——

欧金尼娅：

　　他在微笑——

艾斯图尔夫：

　　他在叹气——

欧金尼娅：

　　他睁开了眼睛！

　　（两个人跪下）

　　我们在尘土中向你鞠躬！

　　我们欢呼雀跃,永远歌颂你!
　　微茫的信仰满心羞愧
　　从全能的主手中接受这馈赠和神迹!

圭多:(向着天空伸出手臂)
　　上帝! 我服从你。

欧金尼娅:
　　我们又重新拥有了你!

艾斯图尔夫:
　　闪电劈中一棵橡树,砸中了你。

圭多:(没有看他们)
　　在你的光线中我飘飘然落下,
　　悄悄占领这具尸体。

艾斯图尔夫:
　　圭多,你醒一醒,你活过来了。

欧金尼娅:
　　你为什么不让妈妈吻你?

圭多:
　　你们曾是圭多在人世间的双亲,
　　我知道你们。请接受儿子的问候吧。

艾斯图尔夫:
　　你还活着! 我们的儿子活过来了!

欧金尼娅:
　　因为你,我们突然间如此贫穷,又再次变得富有!

圭多:
　　是的,你们的圭多生活在上帝的王座前,
　　而我——我和你们有什么干系?

艾斯图尔夫：

这话说得太稀奇——

欧金尼娅：

我心里暗暗害怕——这首饰——这么眼生——

天蓝色的银饰亮个不停，

这不是他的寿衣。

艾斯图尔夫：

还有这身形，这么伟岸——

他的眼里闪着光！

欧金尼娅：

这是我们害羞的孩子的目光吗？

不，已不复是圭多温顺单纯的模样！

圭多：

当全能者启示神迹，

不会由死者宣布；

当天使的永恒颂歌

在灯海中回荡，

我站在上帝面前，

当圭多的灵魂挣脱了尘世，

他那天真又虔诚的信仰

在审判者的王座前得到了宽恕。

然而对他的审判还未结束，

远处的呻吟已经撕裂了浮云——

星河中飘过来一个幽魂

面容惨白，悲叹连连！

他是洛泰尔，伦巴第的统治者，

美德，王冠的装饰，
忠诚的护卫们拔剑出鞘，
都不能守护他躲避谋杀和统治的贪欲。
他在世间遗下一朵美丽的鲜花，
一个在世上被美化的女人，
后世的人，为着上帝的荣光，
把她当作圣洁的阿德莱德来景仰。
但面对始于暴虐的暴政，
她的心在深渊中瑟瑟发抖。
这位高贵的勃艮第公主，
费尽心力想得到拯救。
从她虚弱、充满恐惧的胸口
散发出叹息，
紧随着夫君的祷告
钻入审判者的耳朵里。

上帝挥手示意，我听到他的指示，
谦顺地听从他的命令：
"降落到被玷污的尘世去吧，
无辜者在哭泣，暴力在威胁她；
让这个男孩的身体重新获得生命力，
父母的哀痛还环绕在他周围；
他们可以享受上天的宽慰：
但他们深爱的孩子，现在属于我。
赶快去找高贵的王后，
在冰冷的人间当她的保护神，

直到一位更高级别的神灵在世上逗留，

在她横遭厄运时陪伴左右。

你只能行使有限的权力，

对濒死之人给予帮助；

但你被赐予障眼法

和祈祷的神力，

直到你战胜狂妄的许德拉①的恶行，——

世上松散的纽带才会散开，

用轻柔的羽毛带你飘浮

上我这儿来!”——他说这话时，——我消失了!

很快我穿越苍穹

在尘世的暗夜里，往下坠落，

在闷热的梦境里落到昏暗的土地上——

你们的圭多就醒了。

艾斯图尔夫和欧金尼娅：（刚才吃惊地听他说话，现在害怕地连连
后退）

你不是我们的圭多!

圭多：

我是! 因为没有任何界限

可以阻挡灵魂——是高处，还是深处?

活着和悬浮着的，不过是全能者的旨意，

他只要喊一声“变”。

看看你们头顶无数闪耀的群星，

在你们看来仿佛入了迷，

---

① 古希腊神话中的九头怪蛇，后转义为“难以消除的祸害”“难题”。

在无限遥远的地方

它们通过光和你们密切联系。

宇宙中,只要是光照耀的地方

就没有陌生和冷僻,

环绕宇宙,也没有相互的隔离;

在永恒之光中我们联系在一起,

光是灵魂的要素!

所以叫我儿子吧,我愿称你为母亲;

(转向艾斯图尔夫)

按照尘世间的规矩称你为父,

直到我们在光的王座前认出彼此,

成为每个灵魂唯一的气息。

欧金尼娅:

噢,圭多! 做我的儿子——不要做天使!

重新拥有孩子般的天真吧,我的孩子!

孩子的缺点怎么会让母亲发愁?

她只想爱——和被爱啊!

艾斯图尔夫:

让他去吧! 如果不是从圣洁的嘴里说出,

谁愿意堕入黑暗? ——

他负有使命去干崇高的事业,

他要和上帝一道完成神圣的使命!

我们与他诀别,不要再抱怨。

你去吧! 这条道路,

通向帕维亚,再会吧!

很快,现在还在叹息的心灵,

将长埋地下——再会！

圭多：

> 是的，我感到帕维亚在召唤我！
> 我自由的魂灵急欲挣脱肉体的束缚，
> 我带着救赎的神力
> 一头栽进人间的腥风血雨！
> 在高高的天庭，上帝派我下凡，
> 日后让我向他汇报！
> 到时候我就甩掉这借来的躯壳，
> 喃喃自语："主啊！你的意志已经实现！"

他飞快地往前赶路。艾斯图尔夫和欧金尼娅张开双臂跟在他身后，当他们无法追赶这个飞奔的年轻人时，他们跪倒在地，划着十字祷告上天。

幕布落下。

第一幕第一场

（阿德莱德王后的房间）

一位身穿丧服的侍女拿过来几个首饰盒，她叹口气放在长桌上，另一位侍女把一件朝圣的袍服放在椅子上，把朝圣的帽子放在桌上。

阿佐：（走进来）

> 边疆伯爵阿佐觐见，
> 请求向王后告假。

（侍女下）

这样做比较好。

这里,对她和我都无益,

我在这个洞窟里体会不到人生的快乐。

这里,我曾与爱恨搏斗,

快意的人生乐趣,已被驱散。

但当我重新挥舞起狩猎的长矛,

我的心将重新变得轻松。——

只需再一次隐藏狂野的爱火!

她缄默的痛苦让人心生敬畏。——

她来了!——戴着寡妇的面纱美得惊心动魄!

管住自己,你这颗狂热的心。

第一幕第二场

(阿德莱德、阿佐)

阿德莱德:

边疆伯爵,怎么,您也要离我而去吗?

这里,我的脚已经触碰到深渊边缘,

我只能恐惧地抱住我最后的朋友!

最后的——体会一下,我一下子想到这个词!

阿佐:

是的! 我是您的朋友,一直都是;

上帝知道,我将一直都是! 无论远近,同样如此。

阿德莱德:

您为什么突然离开帕维亚?

阿佐：

王后殿下，我觉得这里的空气太过沉闷。
我可以随便寻个借口，
但我从来没学过虚伪；
我想诅咒命运，不让人听见——
可这里到处隔墙有耳，怎么可能？
自从统治的贪欲夺走我们仁慈的国王，
奴役就印刻在我们的额头上，
因为贝伦加被诅咒的头颅上
戴上了伦巴第人的旧王冠。
权力被嘲弄，暴力被滥用，
对这一切大声称颂，我不忍卒听；
我想把自己紧锁在城堡里，
在那里我的叹息渐渐平息。
等到胸口最后一丝气力消失殆尽，
自由的守护神已经逃离，
晚安吧！是时候了，
正义之士不得不隐退。

阿德莱德：

您要离开——我不责备——但是我——
是最最不幸的女人啊！只留下我一个人！
不再有胸膛信任地向我敞开，
不再有双眼为我流一滴泪！
假如洛泰尔最后的朋友也离我而去，
悲伤的泪水该向何处流？
您可知道！我忠诚的女仆，

从勃艮第追随我而来,离开了我!
就在今天,在这不安的时刻,
暴君强迫她们与我分离,
我的心深受重创,
站在陌生人中间,变成一个陌生人!

阿佐:

啊! 怎么,他怎么敢?

阿德莱德:

那个人借助幸运的彩色信号旗航行,
还有什么不敢做?
他敢犯最卑鄙的恶行! ——还要我说吗,
我的夫君——

阿佐:

我知道——他死于中毒。

阿德莱德:

死于中毒! 在鼎盛之年!
那是谎言,他死于巫术!
仅凭尸体上的瘢痕,
就昭然揭露了这场卑鄙的谋杀。

阿佐:

那您逃走吧,去祖国寻求庇护,
母亲的怀抱真诚地欢迎你!

阿德莱德:

您没发现吗,武特里希用暴力选中我,
逼我成了抵押品?
他知道,民众热爱我——我的财富——

激起了可耻的贪欲——
所以成百上千的护卫被买通，
日日夜夜监视我的一举一动。

阿佐：

啊！要想想办法！
他逼迫我们立下的誓约，我们已经完全摆脱；
我们准备着——愿上帝保佑我们！——
用财富和生命，换取他的灭亡！
只要其中一人做好准备，
看准合适的时机，
骗过武特里希的戒备，
相信我，援助就快来临，
这里流过的泪将要收起，
因为强大的德国皇帝挥起了长矛。

阿德莱德：

最近我也做了一个梦，向我预示，
我把它叫作梦——也许以前还更多！
似乎我想走近洛泰尔宫殿的花园，
热切地等候亲爱的夫君。
我这里找找，那里寻寻，
在每一个熟悉的地方。
终于，我在荆棘密布的路上遇到他，
他递给我一顶王冠。
我想亲吻他，想与他握手，
王冠还在闪着光，可他消失了。

阿佐：

> 您要相信这个暗示。不用等到秋日的寒夜里树叶变黄，
> 我们的英雄和拯救者就会现身，
> 半个天下为他纳贡。
> 但如果新的风暴将您包围，
> 而上帝的追随者还没有复仇；
> 想一想，卡诺萨城堡里还有一个人，
> 乐意为您肝脑涂地。
>
> （下）

阿德莱德：

> 上帝保佑他！——他也离开了我，
> 最后一个忠于我的人！
> 想起他有很多回忆：
> 他是我丈夫的朋友，我对他格外珍惜。

第一幕第三场

　　阿德莱德话音未落，三个穿着丧服的侍女神情悲痛地悄悄进来，她们身后跟着三个着装艳丽的侍女，表情欢快。

阿德莱德：（看着她的侍女们）

> 哈！
> （她顿了顿，试图让自己镇定下来）
> 走近点——（站到一边）从苦难的碗里
> 吸出更苦的汁液！（大声说话）我知道你们来的目的。
> 我知道，这是我们最后一次见面——

坚强一点,抱怨于事无补。

(看着三个陌生的女人)

你们是谁? 没有我的命令竟敢擅自闯入?

一侍女:

我们接到命令,从今往后服侍您。

阿德莱德:

好吧! 听我的命令,下去啊!

(三个侍女下)

哀悼的人群,

包围我的痛苦的爱——

没有一颗陌生的心灵可以将之玷污;

为了最后的欢乐而蒙蔽我,

不要听最后的圣洁的苦痛。

你们在哭泣吗?——苍白的脸颊上挂满泪水,

这是抚慰受苦灵魂的药膏!

在干枯的眼窝里,我的眼睛灼热——

你们还有眼泪——啊! 我却没有! ——

为了这个世界,我们必须分别,

讥诮的暴力把你们也从我身边夺走!

我不该再说出那些高贵的名字,

连婴孩在摇篮里都能咿咿呀呀地说出。

告别了双亲,离开了祖国,

我被陌生人包围;

啊! 当我看到熟悉的队伍,

常常给予我平和安宁。——

我错以为光是酬谢你们已很甜蜜,

的确如此！我想为你们感到高兴；
我希望的乐园已经覆灭！

不过，你们不该得不到最后的爱的馈赠，
就空着手离我而去。
拿去吧，分一分！这是我的所有——
我不需要首饰，别嫌弃它们。
（把首饰盒交给侍女们）
都拿去吧！我不需要穿金戴银！
（指向朝圣袍）
只要把那件忏悔袍留给我，
我要穿着它开始迟到的朝圣之行，
去罗马人的国家朝拜圣女。
我身穿朝圣服，祈求她显灵
赐予我可贵的生命，
不得不编织寡妇的面纱
哎呀！就在家里！——他已横遭祸事！——

再见吧！故国重逢的喜悦，
不能减少我的痛楚，
不要告诉父亲我正在受苦，
呵护我母亲柔弱的心灵。
（侍女们哭着亲吻她的双手，离开）

第一幕第四场

阿德莱德：

她们回到了美丽的祖国——

我没回去！——我必须扯断尘世的双重纽带，

爱和习俗——可怜的幻想！

你还能做什么，叫虚幻的身影出来，

或者牢牢抓住？

听不到熟悉的声音，看不到熟悉的面庞！

再也听不到亲切的母语！

思念永无休止，攥紧了胸口。

而你自己，已不能振作。

第一幕第五场

（前场人物，一位侍女）

一侍女：

请您原谅，没有得到您的吩咐——

一位陌生的少年请求得到您的接见。

阿德莱德：

他想要什么？寻求帮助？——没有用的抱怨，让它去！

这里已经不再是厄运的避难所。

一侍女：

我们想赶他走，但他不肯。

阿德莱德：

　　好吧，让他进来。

一侍女：（打开门）

　　陌生人，进来吧。

　　（侍女离开）

第一幕第六场

（圭多现身）

阿德莱德：

　　你想要什么？

圭多：

　　最近梦境向我预示，
　　未来我会成为您的仆人。
　　如果在仆人具备的所有才能中
　　忠诚算是最佳，
　　请接受这个可怜的男孩，
　　他带来了爱和忠诚。

阿德莱德：

　　生命之河从何处将你带来？

圭多：

　　父亲教会我沉默。

阿德莱德：

　　你想与不幸为伍？

圭多：

只有不幸才能考验忠诚。

阿德莱德：

忠诚在这里只能为暴力卖命。

圭多：

忠诚只乞求信任，它本身富有。

阿德莱德：

一个寡妇报答不了忠诚的服务。

圭多：

圭多不要求您支付任何酬劳。

阿德莱德：

你想从这儿得到什么？分担恐惧、悲伤和忧愁吗？

圭多：

是的，也许分担能减轻您的痛苦。

阿德莱德：

噢！我的伤口，只能靠死亡来治愈。

圭多：

有一位神灵——您知道他，但你泄气了吗？

阿德莱德：

美德在这里无法取胜。

圭多：

但一块岩石在汪洋大海中也没有被征服。

阿德莱德：

你不该趟这浑水。

圭多：

我来拯救您，或者和您一起灭亡。

阿德莱德：

怎么？我幸福的支柱刚刚晃动，

数以千计的人就无耻地背叛我，

他们会为这个少年友善的自告奋勇而惭愧吗？

我在顺境中从来没有帮助过他。——

谁人不同情年少轻狂？

这位少年是异乡客，对宫廷和世道一无所知；

这个可怜的人儿攀附的是一根柔弱的芦苇，

在暴风中费力地苦苦支撑。

从我阴沉忧郁的目光中，

他不该希冀光芒，也不该渴望温暖。

广阔的世界正向你敞开怀抱，

少年，走吧，去寻找更好的运气。

圭多：

不要赶我走！您不能赶我走！

我紧紧靠着您，温柔却坚定。

我多想成为一缕西风，

为绝望的人在水深火热中带去一丝清凉；

我愿把自己的胸膛当作盾牌，

阻挡住对您的威胁；

我看上去年轻，但我严肃而宽厚，

作战时勇猛，救人于危难。

阿德莱德：

我需要你吗？——很快我就达到目的——

进坟墓——难道我要拉你下水？

圭多：

> 相信我！我受上帝的派遣；
> 为了守护您，我被神赐予了力量。

第一幕第七场

（贝伦加、前场人物）

贝伦加：

> 欢迎您！脸上还挂着泪痕？
> 最后赐给我的泪滴已经干涸。
> 把冰冷的麻烦的宫廷束缚都抛掉，
> 它们妨碍我们友好地理解对方！
> 我过来是为了享受自由自在和您在一起；
> 是我的心驱使我上这儿来；
> 您双颊的红晕因悲伤而消失太久，
> 它们曾那样迷人地绽放。
> 不过，我们不是两个人独处吗？——什么！我太意外了！
> 这个小鬼是从哪里冒出来的？
> 当真大自然在心情糟透了的时候，
> 把他造得这般丑陋。说说看，您想做什么？

阿德莱德：

> 您说这个男孩丑陋？

贝伦加：

> 怎么，这是个男孩？

阿德莱德:

　　就勇气而言,他是一个小伙子。

贝伦加:

　　没错! 我看,

　　这灰白的胡子一直蓄到腰带上,

　　让他看着很成熟,过分成熟足以进坟墓。

阿德莱德:

　　您真会说笑。

圭多:

　　外表有时候会骗人。

贝伦加:

　　你的眼神很刺眼——你想要在这儿干什么?

　　我感觉,陌生人的打扰让我不快。——

　　我们独处吧! 在你这里我觉得不舒服。

圭多:

　　王后吩咐了我才走,

　　告诫她是我的职责!

　　因为您心底的阴谋,

　　在我眼前暴露得清清楚楚。

贝伦加:

　　你竟敢这么跟我说话?

阿德莱德:

　　孩子,这是何意? 走吧! 我命令你。

圭多:

　　您想一想! 这个人是贝伦加。

阿德莱德：

你听到我的命令了，走吧！

圭多：

洛泰尔死在他手上。

贝伦加：

啊！快来人！

（卫兵们冲进来）

抓住他！

阿德莱德：

快逃！

贝伦加：

套上枷锁，牢牢看住他，让他死无葬身之地！

圭多：（转向阿德莱德）

您会后悔赶走我。

（转向贝伦加）

您想杀我，不会得逞。

（他离开，卫兵们用长矛抵住他）

（他挥挥手，卫兵们朝后退去，举起长矛构成一个穹顶，圭多镇定地从中间走过）

贝伦加：

怎么回事，我看到我的护卫们在发抖？

他们身不由己，抖个不停。

你们这群胆小鬼，快去！

如果你们让这个小坏蛋逃走了，

我要你们偿命。

（卫兵们下）

第一幕第八场

（贝伦加、阿德莱德）

贝伦加：

> 我不希望,这种亵渎
> 让您高贵的内心起了猜忌。

阿德莱德：

> 他大声说出的话,常被万千唇舌低声议论,
> 您不知道吗?

贝伦加：

> 过去的已经过去! 说话发出声响,
> 也会渐渐散去,聪明人就由它去。——
> 啊,愿您此刻能够欢喜,
> 比以往任何时候更看到自己沉浸在我给出的幸福里。

阿德莱德：

> 幸福! 您在开玩笑。也许我曾经享受过幸福;
> 如今我的心为过世的丈夫哀悼,
> 这才是我的幸福。

贝伦加：

> 自从您戴上寡妇的面纱,
> 已经过去了五个月;
> 您已经尽了义务,
> 我也遵从规矩,重视丧期;
> 不过,我现在希望,
> 当爱情要求恢复理智时,

悲伤能够听话。
我爱着您,美丽的夫人——

阿德莱德:

啊！竟敢对我说这种话！

贝伦加:

我爱您已经许久,只不过默默痛苦地爱您;
摆脱烦人的掣肘,敞开热情的胸怀,
这一刻终于来临。
我由衷爱着您。再一次坐上
爱情赐予您的王座吧;
再一次接受这件紫袍吧！

阿德莱德:

住嘴！
您只是在提醒我的卑微。
事到如今我才发现——我对侮辱毫无还手之力——
命运深深地抛弃了我,
因为贝伦加家族的人如此放肆,
对他的王后口出狂言。

贝伦加:

现在我是您的国王！

阿德莱德:

号角声中,向人民大声宣布,
您是他们的国王——过去,
现在还有以后您都是我的——仆役。

贝伦加:

假如人民和国王的愿望相一致,

　　您应该对新的盟约宣誓效忠。

阿德莱德：

　　承认吧！您渴望得到我的陪嫁吧？

　　帕维亚只给了我首饰和魅力。

贝伦加：

　　即使机智只作出规划，

　　为什么不想要国家的安宁？

阿德莱德：

　　把帕维亚拿走吧，

　　我想在神圣的城墙下找到安宁，独自哭泣。

贝伦加：

　　这张动人的嘴里说出的蠢话已经太多！

　　我要定了您，您必须属于我！

阿德莱德：

　　难道我应该把手递给谋害我夫君的凶手，

　　缔结罪恶的婚约吗？——休想！

贝伦加：

　　不要震怒，您的胸部因生气颤抖不已。

阿德莱德：

　　真相引起震怒，是因为良知受到伤害。

贝伦加：

　　您归我掌控！好好考虑，颤抖吧！

阿德莱德：

　　就凭你？勃艮第的公主会怕你？

贝伦加：

　　我再浪费唇舌——说最后一句——

明天早晨我们举行婚礼。
命运再一次掌握在您手中：
一头是王座和爱情——另一头是监狱——选吧！
（下）

第一幕第九场

阿德莱德：

选择很简单！到最深的监狱里去！
在那里你恶毒的气息不再压迫我。
我最后的希望破灭了！
连静静地流泪都不行——
不在剧痛的心口上浇油——
不和所有我爱的人远远地隔离——
也许也可以！——嫁给那个男人，
我用战栗的嘴唇说出他的名字——
在深情的心中仇恨痛苦！
那样我就被上帝和世界抛弃了。

上帝？他怜悯地俯身对着
蠕虫的尘土吗？——原谅我的亵渎吧！
你活着！我心中还有坚定的信仰，
笃信你的力量,还有你的天命！
你没有把我变成绝望的战利品，
我的头脑飞速运转——
上帝可以听到：我摇晃锁链，

信任地叹息：你，你会救我！

（她陷入沉思，来回踱步）

逃跑——逃到哪里去？——无论如何！——我必须逃。

我想逃到母亲的怀里去！

我不必抵达家乡，

每家每户会保护我。

可是，哎呀！ 我可以信任谁呢？

这里布满了暴君的窥视。

我不相信那些陌生的侍女，

她们因为别人的指令对我纠缠不已。

好吧，我独自逃跑！ ——危险

不会恐吓无辜的人——拿出我的朝圣袍吧！

（她披上衣服）

早在虔诚的祈祷中

火热的爱情就把妻子献给了你，

现在你要保护我不让密探发现，

绳索为我套上卑微，

贝壳镶嵌的帽子掩护我，

不被叛徒的光亮察觉。

（她戴上帽子，抓起手杖）

夜幕已经降临，我要去碰碰运气，

我挂着拐杖勇敢前行，

静谧的黑夜，我逃入你的怀抱里！

不是去往故乡，而是去往安全的坟墓！

（她匆匆离去）

第一幕第十场

坚固的科莫城堡被湖水环绕。一个装着铁栅栏的阁楼略微突出，栅栏后面闪着微弱的灯光。深夜的月光下，一艘渔船停靠在岸边。

圭多：

阿德莱德现在还在反抗吗？

每一个凡人！他们不知道，

他们在世间被指派给一位保护神，

在危急时刻贴近他胸口；

当尘世和上天共谋，

保护神可以在火焰中发现救赎之路，

如果希望之锚已经失去，

保护神常常会唤起不可知的力量。

人类啊，不要被夺去愉快的预感：

"他悬浮在我周围！我永远不会沉没！"——

噢，但愿她能这般真诚地相信！

因为只有信仰可以拯救她。

（圭多跳进小船，一边划桨一边察看四周的情况）

第一幕第十一场

贝伦加匆忙现身，他身后跟着城堡管事。

贝伦加：

啊，再跟我说一遍！抓住她了吗？

城堡管事：

> 她一路逃到科莫湖；
> 她想到陌生的河岸上去，
> 在湖湾里寻找一艘渔船；
> 但是她假扮朝圣者引起了怀疑，
> 全身散发出王族的威严和傲气，
> 可眼神里充满恐惧；
> 有人向我报告，我认出了她。
> 不管她怎么害怕，浑身颤抖，
> 矜持的双眼噙满泪水，
> 忠臣的仆人都不为所动，
> 她被关押在坚固的城堡里。

贝伦加：

> 谢谢。你将得到丰厚的奖赏。

城堡管事：

> 她已经输了这场冒险！
> 您瞧，那盏灯发出昏暗的灯光，
> 大胆的逃亡已经结束。

贝伦加：

> 你要时刻警惕，
> 别让她第二次逃跑——

城堡管事：

> 您放心，
> 连一只蜘蛛都爬不进她的牢房，
> 除非燕子把翅膀借给她。
> 岸边设立了岗哨，

看上去没什么用,但我遵照您的旨意。

贝伦加:

> 一旦月亮跃入水面,
> 朝阳从月亮的怀抱中出现,
> 把宫殿里的小教堂隆重地布置一番,
> 让一位机灵的神父为我们主持婚礼;
> 因为明天我要摘下这朵玫瑰,
> 即便她四周荆棘满布。

城堡管事:

> 你这会儿想小憩一下吗?
> 条件简陋,请您将就一下。

贝伦加:

> 如果阿德莱德的财富无可争议归我所有,
> 你可以在软榻上放上砾石。
> 去试试煽动怒火,
> 对着边疆伯爵阿佐和他的神父们!
> 我想从此以后在美好的臂弯中醒来,
> 在她的臂弯中讥笑危险。
> 我知道诸侯们针对我在谋划什么,
> 灰烬之下有火焰,不停冒着热气;
> 不过她归我所有,尽管怒气冲冲发脾气,
> 却在幸福的河流中游来游去。

(携城堡管事下)

第一幕第十二场

圭多划着小船靠近塔楼。

阿德莱德：（在栅栏后）

　　我的祈祷得不到宽慰！

　　万物已经沉睡！——只有跟踪我的人还醒着！

　　不幸啊！不幸！上帝抛弃了我！

　　我在深夜的地牢苦苦忍受煎熬！

圭多：

　　你的祈祷可以得到一个人的宽慰；

　　万物并没有全部沉睡，你的保护神还醒着；

　　你只要相信，上帝并没有抛弃你，

　　一缕光线深夜照进你的牢房里。

阿德莱德：

　　哈！谁在说话！

圭多：

　　您熟悉这声音！

　　是被您赶走的圭多在说话！

阿德莱德：

　　噢！我感到深深的惭愧和懊恼，

　　那个被鄙弃的声音在问候我。

圭多：

　　我划着漏水的小船漂流过来，

　　而它在暴风雨中岿然不动。

　　我实现承诺来拯救您！

　　拯救您,或者和您一起灭亡!

阿德莱德:

　　救我? 好心的男孩,这不可能!

圭多:

　　对虔诚祈祷的人来说,没有什么不可能。

阿德莱德:

　　我能砸断这铁栅栏吗?

圭多:

　　为什么不呢! 如果信仰赐给您力量。

阿德莱德:

　　你还要嘲笑这个柔弱的女人吗?

圭多:

　　只有不为信仰欣喜的人才柔弱。
　　王后啊! 请您高兴地抬眼
　　看一看强大的上帝!
　　充满自信,坚定信仰,抓住手杖,
　　只要砸一下! 它们就像干枯的芦苇折断!

阿德莱德:

　　你的话让我鼓起勇气! 我壮起胆,
　　含着泪光抬眼看着强大的上帝,
　　怀着信仰和自信我抓住手杖,
　　我颤抖着将它们像干枯的芦苇那样拗断。

　　(她砸断了栅栏)

　　哈! 我心中燃起新的希望,
　　因为上帝的仆人被赐予神奇的力量!

圭多：

现在您跳到水里来！

因为信仰而变勇敢，跳到我怀里来。

阿德莱德：

怎么？考验我的上帝吗？我敢吗？

深渊朝上裂开了口子，你的双臂无力。

圭多：

信仰砸碎了铁栅栏，

您怎么能再次泄气？

阿德莱德：

不！不！——我决定——我必须——为什么犹豫？

当灵魂和肉身打着寒噤，

胆怯的目光坠入黑暗的深处，

哎呀！双脚不由自主地缩回来！

圭多：

自从贝伦加入主这座城池，

就已经决定摧毁您，

罪犯冷酷无情的同伙们，

正狞笑着准备好您的覆灭。

婚礼的蜡烛已经燃起，

神父已经装饰好圣坛。

未等太阳从海面升起，

暴力已经扼杀您的叹息。

阿德莱德：

住口！

圭多：（请求状）

　　朝我跳下来吧！

阿德莱德：

　　你的话像匕首一样插进我的心脏——

圭多：

　　快跳下来！

阿德莱德：

　　是的，我宁愿跳进死亡的深渊，

　　也不要戴着枷锁，蒙受羞辱！

圭多：

　　天已经亮了。

阿德莱德：

　　跳下去！——天哪！——这波涛——

圭多：

　　信仰上帝的人，水波会把他托起。

阿德莱德：

　　这恐惧——

圭多：

　　听着！钥匙在叮当作响！说话声尖锐刺耳！

阿德莱德：

　　他们来了——

圭多：

　　他们来抓新娘。

阿德莱德：

　　上帝啊！救救我！

圭多：

上帝会救你。

阿德莱德：

我面前和身后都是敞开的坟墓！

圭多：

牢门在嘎吱作响——

阿德莱德：

他来了！

圭多：

砸碎锁链！

阿德莱德：

是他！上帝保佑我！跳下去！跳下去！

她跳入水中。圭多接住她，小船继续滑行。贝伦加举着火把出现，他把火把朝他们身后扔去。

第二幕

科莫湖边一片乡间地带，一间渔夫的小茅屋。天已破晓。

第二幕第一场

安东尼奥：（走出小屋）

山毛榉木的桌子已经擦亮——

木头的杯子已经洗净——

卖力地把锅烧热——

用甜润的油涂抹糕饼——

嘿！玛格丽特！你好了吗？

玛格丽特：（在里屋）

爸爸，我马上好。

安东尼奥：

她还在梳洗，

期待着英俊的新郎，

盼望着婚姻的礼仪。

鱼儿在清澈的水中嬉戏，

灵活地摆动身体；

它们过得自在，还想更自在些，

钻进了渔网——在里面活蹦乱跳。

第二幕第二场

（安东尼奥、玛格丽特）

玛格丽特：

爸爸，我来了。

安东尼奥：

好吧！玛格丽特！

我拿着面纱，

在亲友的簇拥下走向你以前，

听我说一句心里话吧。

现在你将成为家庭主妇，

这是世上最崇高的位置，

在它之上建立幸福的基础；
母亲之名将装扮你，
你将以你的秉性，
走向秩序、勤勉和美德，
刚柔并济管理你的家庭。
傍晚，当你的丈夫完成一天的辛苦劳作，
疲惫地回到家里，
用家庭的温暖和妻子友善的目光欢迎他。
最重要坚定信仰，
信你的上帝！
不要让人夺去上天的慰藉，
它永远不会变成耻辱。
当世界的苦难压迫心灵，
怀揣上天的慰藉面对上帝；
谁能祷告，发自内心地祷告，
谁就能承受上帝的赐予。

第二幕第三场

渔人们用歌舞引领着新郎。站在他们前面的是一个男孩，举着一个燃烧的火把；一个姑娘戴着新娘面纱。

欢快的进行曲和合唱：

来参加婚礼！老人和青年，
在科莫湖的岸边！
火把正在挥舞，

新娘戴着面纱，
爱情被歌颂，
载歌载舞，
喧闹的喜悦！

安东尼奥：

欢迎你们，所有的邻人！
感谢你们，肆意欢呼，光临寒舍，
来到老邻居安东尼奥家。
众所周知，大摆宴席的时刻，
假如友好的邻居们都到场，
父亲嫁女儿的欢乐会加倍，
新娘简陋的首饰，
也会加倍闪着光芒；
因为，如果不能分享，
什么是幸福，什么又是欢乐？

再一次欢迎你们光临寒舍！
不过，在我合乎礼仪地
按照旧日习俗，为新娘戴上面纱之前，
我要在你们中间，感激地颂扬阿德莱德王后，
我在她婚礼当天，
曾给她送去一条巨大无比的罕见的鱼，
那是我在历经贫穷、烦恼和辛劳后，
在最幸福的深夜捕捉到的。
早晨，当我们的王后和她的夫君
高兴地站在辉煌宽敞的大理石大厅里，

我壮着胆子去获取奖励。
我挤进去,把大鱼敬献给她,
她看到了奇迹,亲切地微笑。
没有卫兵能阻拦我,
她馈赠给我丰厚的金币。
我想,我已将王后美丽的身影
深深牢记;
她常常在我眼前浮现,
她永远出现在我脑海里!
我的勤勉增加了她的赠予,
将上帝的恩赐带回家里,
如今我用正当的收益,
为女儿布置婚礼,心怀感激。
可是,哎呀! 善良的王后,
戴着寡妇的面纱,黯然神伤!
愿上帝安慰她的痛苦!
愿上帝安慰赐我恩典的王后!

众人:

愿上帝安慰她!

安东尼奥:

现在把面纱递给我,
再把火把交给我,
我要举着它庄重地开始订婚礼,
按照旧日习俗。
(他为新娘戴上面纱)
父亲的双手把你的头盖住,

用这密密织就的纱巾布；
在你缔结下神圣的婚约前，
没有人可以将它摘下。
（他为新娘戴上花环）
花环上的桃金娘花和石榴花，
有双重寓意。
爱和宽容来打扮你，
光彩照人，兴高采烈。
（他在新郎头顶挥舞火把）
在挥动的火把面前，
邪恶的鬼魂退缩，永远蒙受羞辱！
不要熄灭火苗，让它慢慢褪色，
直到神父说出祝福语。
（火把被安插在小屋前）

安东尼奥：（拥抱新郎）
我的儿子！希望我的余生
得到你的照料！

第二幕第四场

（前场人物、阿德莱德和圭多乘船靠岸）

安东尼奥：
看啊！又有客人来。
不管来自何方，我都欢迎！

圭多：

> 上帝与您的白发同在！
>
> 我赞美上天的神力，
>
> 向无辜者发出启示，
>
> 将我们坐着漏水的船带到这里。

安东尼奥：

> 你们怎么敢
>
> 在暴风骤雨的夜晚坐船过湖呢？

圭多：

> 上帝赐给我们勇气！

安东尼奥：

> 今天风平浪静，
>
> 但昨天湖水汹涌澎湃，
>
> 你们真的是得到了上帝的护佑。

圭多：

> 确实如此！

阿德莱德：

> 确实如此！我们向上帝许愿！

安东尼奥：

> 在我家里待得自在舒服些吧，
>
> 尽管我看着你们面生；
>
> 欢迎你们加入我们。
>
> 你们从哪里来，我们不打听。

阿德莱德：

> 请让我今日和你们在一起，
>
> 不要问我的处境和姓名，

即便分享此处的幸福与欢乐，
悲苦的命运仍然拒绝了我。

安东尼奥：

我怎么了？——是阳光让我眼花了吗？
我定睛一看，双目炯炯——
上帝助我获得永恒的欢乐！
我看到了洛泰尔的遗孀。

众人：

是王后！

圭多：

她确实是王后。

阿德莱德：

请可怜我！
不要出卖一个逃亡者，
她逃脱了仇人的双臂，
她砸碎了耻辱的枷锁。

安东尼奥：

有人追踪您？不要着急，
也许逃跑能成功。
我们不会出卖您！
逃离残忍的折磨和死亡！

（对其他人说）

她找到这儿来，多么幸运！
圣洁的王后啊！纯洁无邪。
您用善举将我们联系在一起，
我们与您同仇敌忾！

众人：

> 是的，我们与您同仇敌忾！

阿德莱德：

> 上帝啊！当心灵饱受创伤，
>
> 颤抖地询问最后的希望，
>
> 你在苦难的酒杯中，
>
> 滴入爱的佳酿，使它变甜蜜！

安东尼奥：

> 您在婚礼之后，
>
> 或许想起过那位老渔夫？
>
> 他为您欢乐的婚礼，
>
> 从科莫湖上送来了大鱼？
>
> 我就是那位渔夫，最卑微的一个，
>
> 仰慕您仁慈的目光。

阿德莱德：

> 正直的老人，我想起你了。
>
> 你曾看到我站在幸福的峰巅！

安东尼奥：

> 那时候，心中的爱和忠贞
>
> 为您建起了圣坛；
>
> 因为您，我的幸福重新绽放，
>
> 因为您，这个姑娘成了新娘；
>
> 我所拥有的，我所获得的，
>
> 是您仁慈的馈赠：
>
> 现在您还问我这个感念王后仁慈的人，
>
> 是否会保护您吗？

我们所有人,尽管看上去卑微,

却把忠贞视为礼服,

现在您还要问,我们是否齐心协力,

为阿德莱德而战吗?

阿德莱德:

那我就静静地受你们庇护,

悄悄把我藏起来,

直到我去卡诺萨求助,

重新获得力量。

第二幕第五场

(前场人物,一个少女匆忙跑来)

少女:

啊,救命! 救命! 国王的骑兵——

他们在搜寻和咒骂——他们大吼大叫,拍门,

他们撬开了紧锁的屋门——

他们气势汹汹地闯进渔村——

搜遍每个角落,查询,盘问,

我差点不能脱身来通知你们。

阿德莱德:

完了!

安东尼奥:

哎呀! 我的天哪!

他们有多少人?

少女：

两个。

安东尼奥：

只有两个人？

好像有二十个,这样的比例——

冷静——我们不要怕。

如果可以用金钱堵住他们的嘴,

我愿意用掉最后一分钱。如果不行,

我们就用船桨揍他们,

直到最后一个人脑袋开花。——

不过,我灵机一动,

有个法子也许能奏效,

如果我破坏旧传统,

希望上帝会原谅我的苦衷。

强行摘下贞洁少女的面纱,

提前揭开新娘的纱巾,

是放肆大胆的亵渎。

不过感谢在场的朋友。

为我们的王后不惜一切!

她在危难中信赖我们;

好吧! 把面纱拿下来!

(他摘下女儿的面纱,给阿德莱德戴上)

现在您是我的女儿,您是新娘!

阿德莱德：

啊! 可敬的老人!

安东尼奥：

> 小点声！照我的办法做。
>
> 我们骗那两个人。不要出声。
>
> 不！不要让恐惧出卖您——
>
> 去小屋吧！快些去！

（他轻轻地推阿德莱德进屋）

> 如果他们看到燃烧的火把，
>
> 会尊重当地习俗，
>
> 如果他们听到婚礼响亮的欢呼声，
>
> 会受到蒙蔽，心平气和从旁边经过。
>
> 噢，上帝！让我的计划成功吧！
>
> 然后送我这把老骨头到坟墓里去！
>
> 他们来了！——唱起来，跳起来，欢呼起来，
>
> 假装我们没有发现他们。
>
> 合唱队和舞蹈
>
> 老人和青年，
>
> 来参加科莫湖边的婚礼！

第二幕第六场

（前场人物、一个年长的骑兵和一个年轻的骑兵）

年长的骑兵：

> 祝你好运！这么好的兴致？

安东尼奥：

> 今天我们的天空

　　　　没有乌云。

年长的骑兵：

　　　　你们到底在这里干什么？

安东尼奥：

　　　　这对年轻人——

　　　　被赐予少有的欢乐——

　　　　好像在天梯上欢快地跳跃。

　　　　上帝赐予我快乐的一天！

　　　　骑兵先生们，欢迎你们参加我女儿的婚宴。

　　　　来杯好酒，开怀畅饮——

　　　　放松一点，骑兵的制服太重了。

年长的骑兵：

　　　　时间紧迫，

　　　　我们到处搜查，没有收获。

　　　　阿德莱德王后逃跑了，

　　　　她从坚固的科莫湖城堡出逃

　　　　也许只有魔法才能让她成功，

　　　　从环湖的监狱里溜走。

　　　　但她会为这次冒险付出代价，

　　　　也许她藏匿在教堂里。

　　　　如果有人发现她的行踪，

　　　　会得到丰厚的报酬。

安东尼奥：

　　　　整个米兰对她赞不绝口，

　　　　是什么迫使这位高贵的人儿逃亡？

年轻的骑兵：

我们何必在意原因？

我们的义务是执行国王的命令。

安东尼奥：

随您的意！祝您好运！

年长的骑兵：

我们要找的人真的不在这里吗？

安东尼奥：

看看这群人！

有谁长得像王后吗？

年长的骑兵：

我常年驻守边防，

从来没见过王后，

所以很可能错过诱人的抓捕。

安东尼奥：

那么您呢？您认识她吗？

年轻的骑兵：

我熟悉她，就像熟悉我自己。

我每天都离她很近；

可我只是随从！问这些有什么用？

她又不在这儿，

但她很难继续往前逃跑；

我们还没有搜查过小屋。

安东尼奥：

请您放过这间屋子，

因为火把会照亮她的藏身之处，

　　　　您知道本国的风俗；

　　　　新娘正在屋里静静地祈祷。

年轻的骑兵：

　　　　新娘？我们得看上一眼。

安东尼奥：

　　　　按规矩，她盖着面纱。

年轻的骑兵：

　　　　在这里我们不必守规矩。

安东尼奥：

　　　　以后您将会因为宽宏得到颂扬。

年轻的骑兵：

　　　　我们不想伤害她；

　　　　看一眼就行。

安东尼奥：

　　　　你们是要钱吗？要多少我们给多少，

　　　　就是别轻举妄动！

年长的骑兵：

　　　　伙计，我看我们还是走吧！

年轻的骑兵：

　　　　我不走，因为我开始疑心。

安东尼奥：（走到门前）

　　　　不准进我的屋子！

年轻的骑兵：

　　　　进去！难道她是被撒旦守护着吗！

　　　　（他把安东尼奥推到一边，走进屋去）

安东尼奥：

> 邻居们！朋友们！弟兄们！儿子们！
>
> 诅咒违背誓言的人吧！
>
> 谁能忍受奴仆的嘲讽？
>
> 抓起你们手边的东西。
>
> （众人把船桨和棍棒当作武器）

年长的骑兵：

> 嘿，伙计们！老老实实待着别动。
>
> 好好想想你们的危险！
>
> 你们想反抗国王吗？
>
> 听着，这是国王的命令！

安东尼奥：

> 我站在死亡边缘，
>
> 神圣的义务在这里统管一切！

年长的骑兵：

> 嘿，老头儿！这话什么意思？
>
> 现在我也开始疑心。

第二幕第七场

（前场人物，年轻的骑兵拽着阿德莱德）

年轻的骑兵：

> 出来，摘掉你的面纱！
>
> 我的确是一个正直的军人，
>
> 伙计，这里有可疑，

这身形像王后。

年长的骑兵：

你怎么会痴人说梦，

王后怎么会嫁给渔夫？

年轻的骑兵：

她像杨树叶一样瑟瑟发抖，

假如她不怕我们，何至如此？

安东尼奥：

这不奇怪！

因为你们笨手笨脚地抓住她，她很可能发抖；

因为事实如此！她这辈子

还没有见过这么粗暴的客人。

年轻的骑兵：

不管怎么说！你把面纱拿下来！

怎么回事，我揪住了幸福女神的头发吗？

安东尼奥：（走到阿德莱德和骑兵中间）

先生！听我一句劝！不要捣乱！

小心我用棍棒砸您的脑袋！

年轻的骑兵：

我才不怕呢。往后退！

安东尼奥：

弟兄们！

把这个顽固的无赖打倒在地！

年轻的骑兵：

老头儿，给我后退！我要捅倒你！

阿德莱德：

　　住手！住手！是我！

　　她揭开面纱。主多在整个闹剧中始终交叉双臂，安静地旁观事态发展。此时，他敏捷地闪到阿德莱德身边，人们看到的不是阿德莱德，而是一张完全陌生的脸孔。——所有人惊呆了，停顿。

年轻的骑兵：

　　不，不是她。

安东尼奥：

　　不，不是她。

年轻的骑兵：

　　为什么你们所有人都目瞪口呆？

阿德莱德：

　　不是我吗？

年轻的骑兵：

　　难道不是你们在我周围大声喧哗吗？

　　激起我的怒气？

　　你们这群蠢人，快说！

安东尼奥：（虔诚地看着上天）

　　不，不是她！——也许我们这群蠢人

　　一开始就亵渎了神灵！

　　因为我们失去了

　　对保护神力的美好信仰！

年轻的骑兵：

　　我对你们可是好意。

　　漂亮姑娘，你这么害怕吗？

　　让面纱重新垂下吧；

没有人故意捉弄你。

（阿德莱德重新蒙上面纱）

年长的骑兵：

你千万别恼火，

新娘应该温顺又和气；

在我们继续赶路前，

喝杯酒提提神吧。

安东尼奥：

是的，把酒端来，别怕，

没有人再威胁你了。

现在信仰可以大胆发问：

谁敢动无辜者一丝一毫？

（阿德莱德走进小屋）

年长的骑兵：

还有你们，我们和气地道别吧。

相信我，这是一道让人恼火的顺序，

主人常常逼迫奴仆们，

让别人受苦又受气。

（阿德莱德端着酒走过来）

安东尼奥：

喝吧，把一切都忘个精光。

年长的骑士：（喝酒）

祝美丽的新娘健康！

年轻的骑兵：（喝酒）

原谅我，我太鲁莽，

我草率地相信了表象。

年长的骑兵：

　　酒可以化解一切仇怨。

年轻的骑兵：

　　我们得走了,祝你们顺利!

　　拉着琴,吹着笛,尽情欢乐吧,

　　我们要搜遍整个湖区,

　　一直到达蒂罗尔边境。

　　(两骑兵下)

第二幕第八场

(除了两名骑兵外的前场人物)

安东尼奥：

　　他们走了——危险已排除!

　　我究竟怎么了? 我是在做梦吗? ——

　　他们找到了王后?

　　还是没有? 我自己也搞不清楚!

阿德莱德：(摘下面纱)

　　是我。

安东尼奥：

　　是啊,现在又是您了!

　　上天的障眼法实施伪装的神力,

　　降临到您身上。

阿德莱德：

　　为什么这一切我摸不清?

　　　　我摘下面纱,打算听天由命,
　　　　怎么突然间心定神怡?

圭多:
　　　　您现在是否相信四周围绕着神力,
　　　　为受迫害的无辜者提供保护的祥云?

阿德莱德:(朝上看)
　　　　是的。你温柔地将我包裹!
　　　　你掩护我没有被认出来!
　　　　我要真诚地赞美你,信赖你,
　　　　天父,我要称你天父!
　　　　我备受鼓舞,鼓起勇气,
　　　　每一根神经充满力量,绷得紧紧;
　　　　你的天使护卫我陪伴我,
　　　　指引我走向卡诺萨!

安东尼奥:
　　　　您以为我们的帮助已经多余? ——
　　　　啊,好好想想! 不要这么快告别!
　　　　前路遥远,危险重重,
　　　　这条路途经一片茂密的森林。

阿德莱德:
　　　　噢,让我走吧! ——
　　　　加快步伐,无所阻挡,
　　　　赶紧去卡诺萨;
　　　　每堵墙,就像你们的小屋,
　　　　都住着强大的保护神,守卫忠诚的人。
　　　　但当我的心祈祷,与上帝对话,

我将永远记住这一天；

如果我的命运得以好转，

酬报你们是首要的、最美的义务。

（她为新娘蒙上面纱）

把我藏起来躲过强盗目光的面纱，

拿回去吧，幸福是你的酬劳！

桃金娘花环将她装扮一新，

因为安宁的家庭也是一把王座。

新娘跪在王后面前，她为新娘戴上花环。

其他人围成一圈，摆好造型。

第三幕

森林和山岩，暴风雨来袭，电闪雷鸣。

第三幕第一场

贝伦加：（在众多卫兵的陪同下上场）

岩石后传来雷声阵阵，

森林簌簌作响，树梢都已弯折，

天空压低了黑色的嫩芽——

发怒的大自然！你想吓唬谁？我吗？

没有用！面对闪电熔岩我不会颤抖，

即使乌云携带闪电发出轰隆响。

假如你要把逃犯交给我，

那么欢迎！把她包裹在黑夜里！

（对卫兵说）

这里是条岔路。你们兵分两路！从这里骑马过去，
到湖岸边去,湖水正汹涌澎湃——
其他人往这里去！这处山隘
指引你们去卡诺萨,边疆伯爵的领地——
这个狡猾的女人
可能已经在逃往城堡的路上;
不过假如我大胆相信轻微的惩戒,
我的运气会阻止这次放肆的出逃。

（卫兵们朝不同方向四散开去）

第三幕第二场

贝伦加：（独自一人）

哼！忘恩负义的女人！我要报复！
为什么我在她最初痛苦时饶过她？
假如我当时冷漠严肃地提出要求,
她早已头脑发昏嫁给我。——
为什么要给她时间考虑？
快一步,她早已属于我！
这是一个慷慨的开始,
仇恨最终会化成爱——

但是我——爱吗？——哈！
我从来没有被诅咒,
陷入这样的罗网,将我吞噬;

有人胆敢违抗我，
嘲笑我，让我怒火中烧！
有一种痛苦，不折磨卑鄙的灵魂，
只折磨王座上的统治者：
权力的嫉妒！他必须掌控，
不幸啊！有人拒绝服从他。
他曾经冒险获得的所有成功，
他未来还能得到的成功，
都毫无价值，因为如果他得不到这一个，
就仿佛一无所成。——
只要边疆伯爵还活着，还在起作用，
这一个——最高的一个——我是否能得到？——
这个可恨的人应该被我荡除！
怎么？同样的道理，只要达到目的。
我想佯装求他赠我友谊，
我要求取他的友谊。——只要有用，
他就是我的仆役——然后他可能暴毙！
暗地里审判是国王的权力。

（他离开）

第三幕第三场

阿德莱德和圭多从灌木丛中走出来。

阿德莱德：

我走不动了——浑身乏力。

夜晚蒙上了黑纱，

却没有一滴水缓解可怕的酷热！

上帝啊，给我一滴雨水吧！

圭多：

只要一个小时——不要泄气。

阿德莱德：

舌头像火烧，呼吸灼热又沉重——

圭多：

很快卡诺萨的塔楼就朝您招手了。

阿德莱德：

给我一滴水！我不行了！

圭多：

重视最高义务，努力到达目的地，

振作起来！我托住您疲惫的手臂。

阿德莱德：

我的脚没有力气——我渴望——我不得不忍受折磨——

我走不动了——上帝怜悯我！

（倒在岩石上）

圭多：

我们被敌人包围，他们在森林里到处搜寻——

阿德莱德：

我迷路了！——可怜的心破碎了！

圭多：

还有时间——

阿德莱德：

他们可能会抓住我！

我无能为力——上帝怜悯我！

（昏厥过去，不省人事）

圭多：

主啊，你通过我

让这个高贵的女子的心灵变坚强，

从而战胜恐惧，

请你现在怜悯她柔弱的身躯，

她养尊处优，经不起残酷的打击！

噢！请你满足纯洁的意志，

同情地看一眼人类的命运，

行行好，敞开云朵的怀抱，

止住这灼人的干渴！

你让我发挥更高的威力，

但是没有你，你的天使还有何用？——

你的神力不起作用的地方，我的保护也是徒劳，

所以天父啊！亲爱的慈父！听听我的祈求吧！

（只听一阵剧烈的雷鸣，突然，一股清泉从岩石里冒出来）

圭多：

我的愿望得到了满足！——阿德莱德万岁！

享受岩石在上帝指示下施舍给你的，

新的力量流淌过年轻的血管，

接住这满满贝壳里的水，喝吧。

阿德莱德：

障眼法逃不过睁开的双眼，

我觉得自己又一次摆脱了死神。

干涩的嘴唇贪婪地吮吸

　　　　这清凉的甘泉！疲劳顿消！
　　　　我多舒坦，多自在！感谢我的救星，
　　　　让我再稍歇片刻。
　　　　清新的树叶芳香已抚慰了我，
　　　　我不由自主闭上双眼！
　　　（休息）

圭多：
　　　　她正甜甜地安睡——呼吸如此轻盈——
　　　　面对这样的安睡，连雷声也沉默了。
　　　　太阳的光芒以新的力量
　　　　从暴雨和乌云阴暗的包围中突围；
　　　　鸟儿正悦耳地鸣唱，
　　　　和煦的微风几乎没有弯折嫩草；
　　　　彩虹环绕着天地，
　　　　宣告仁慈的同盟已经成立。

　　　　无辜者的力量可以这样彰显，
　　　　她那尚无意识的，静默的英雄的勇气；
　　　　这是她天生的权利，当处境危险时
　　　　她微笑着栖息在深渊的边沿；
　　　　一位善良的天使会守护她，
　　　　波涛不能将她打湿，酷热无法将她灼烧；
　　　　无辜者啊！你是造物可爱的装饰！
　　　　你这般强大——你还没有认识到自己的力量。

　　　　当泉水向她喷出清凉的水花，

她或许已进入甜美的梦乡。
我要把树枝向着这里折弯，
保护她，替她遮住阳光。
或许能庇护她逃过密探的窥伺，
茂密的树冠挡在她面前，
这样贝伦加和他收买的爪牙，
被蒙蔽了，径直走过。——
树枝朝你形成拱形，变成凉亭，
为你营造凉爽充满绿意的夜晚，
希望，爱和信仰围绕在你周围——
温柔地安睡吧，你的保护神守护你。

（坐到山泉边）

第三幕第四场

阿佐提着轻便的围猎长矛上场。

阿佐：

看啊！我差点在自己的森林里迷路，
在山坡上，猎队同我分离，
我盲目地追赶远处丛林里的山雕，
它一跃而起，飞向太阳；
箭筒里的箭已经耗尽，
我只留赢弱的长矛去搏斗。
猎队的其他人胡乱地奔跑着寻找我，
我在暴风雨中迷失了道路。

雷声在怒吼，一阵又一阵狂风
吞噬了喊叫声，吞噬了号角沙哑的鸣响。
但置身在这咆哮和怒吼中，
当闪电击中橡树，将它点燃，
仿佛我的胸口骤然敞开，
第一次感受到自由的呼吸。——

当被摧残的心灵在永恒的痉挛中
抽搐，在胸口来来去去地翻腾，
等到它可以在身体的格斗中忘却自我，
心灵顿觉舒适无比。——
高贵的灵魂，助我得胜吧！
正直的意念，让我强大起来吧！
我逃走了，缄默不语，
只能在静默的心中燃烧热情。
那个大胆的愿望不能太好高骛远，
因为这个愿望，我常常喘息着振作起来：
只有一份功绩，一种幸福让我去获取，
为你，我的心上人，去战斗、去流血——去牺牲！——

我看到了什么？在岔路口竟有一股泉水？
迷人的爱情难道耍弄般跟着我吗？
我经常来这个熟悉的地方，
却从来没见过清澈的山溪。
还有这个陌生的金色卷发的男孩
两眼直盯着我看——

是什么把我引到这里，让我在泉水边感受清凉，
我要和他打招呼吗？你是谁？说话呀！

第三幕第五场

（圭多、阿佐）

圭多：

我也是一个普通人，有着相似的欲望，
试图为凡人谋幸福；
我也是一个心怀纯洁永恒之爱的普通人，
让您和我，让这尘土振奋精神。

阿佐：

这个男孩的话语让我心生疑虑。
你从哪儿来？

圭多：

从我父亲家中来。

阿佐：

你的姓名？

圭多：

圭多！——或许我还有一个名字；
不是人类的嘴可以念出来的。

阿佐：

为什么不呢？

圭多：

您别问。

阿佐：

　　恐惧悄悄来袭。

圭多：

　　鼓起勇气面对我！
　　一个诚实的人可以直视我的双眼。

阿佐：

　　我就是。好吧！我鼓起勇气面对你。

圭多：

　　也面对您自己。孜孜不倦地抗争，
　　病人会痊愈。您的美德会胜出。

阿佐：

　　你能读懂我的内心？

圭多：

　　就像读懂一本摊开的书。

阿佐：

　　如果是上天指名要奖赏我，
　　那就告诉我！我的未来将会如何？

圭多：

　　命运松开了纠结缠绕的绳结，
　　您的愿望将会实现。

阿佐：

　　是我为她而死的愿望吗？

圭多：

　　心灵说出了这个愿望，上帝已经听到：
　　您英勇地倒下，大仇得报，
　　新的太阳亮堂堂地升起。

阿佐：

> 怎么可能呢，莫不是邪恶的幽灵
> 编出狡诈的谎言来蒙蔽可怜的凡人？
> 你若受上天派遣，就明示我。

圭多：

> 不信神的人，您还在怀疑吗？ 好吧！
> 你们和这个国家的贵族们如何共同密谋；
> 你们如何向德意志皇帝求助，
> 努力派出多少乔装打扮的信使，
> 徒步，骑马，怀揣信和恳求；
> 而贝伦加又是如何将他们截住，
> 他工于心计，将分散各处的军队作为守卫截住信使，
> 还没有人能逃脱报复——
> 这一切我都知道。您还想知道更多吗？
> 您的胸口——我可以看透这件衣裳——
> 现在还藏着新的信件，
> 您在找信使托付，
> 小心翼翼，思量再三。
> 您还在找送信人，还没有找到，
> 最后的希望快破灭了。
> 把信给我，相信我，要不了多久，
> 我就把边境、岗哨和一切都抛到身后。

阿佐：

> 是的，你说出了最最隐秘的事，
> 面对暴君燃起熊熊怒火，
> 我心中燃起了新的希望；

确实,你是一个好幽灵。拿去吧!

（他把信从胸口掏出,递给圭多）

圭多:

还有一件事。你们考虑得很周到,

你们的愿望表达得很得体;

但信里还缺少一些东西,

能强有力地打动皇帝渴望爱的内心。

阿佐:

还缺什么呢?

圭多:

您想把意大利的王冠献给他吗?

这顶王冠本来就归他;

如果您想酬谢他艰难的征战,

就把王后嫁给他。

最近死神夺走了他的爱妻,

他情绪低落,哀伤不已,

肯定想念亲爱的夫人,

她曾为他温柔地拭去英雄的汗水。

新的幸运星理应照进他的生活,

他们也得以摆脱暴君的仇恨;

让我以您的名义

加入这封信缺失的内容。您是否愿意?——

阿佐:（往后退）

以我的名义?——尽管你说得

有道理——这一点我承认——奥托的军队

只能征服这个国家,占领她的心——

啊！我自己，我应该——不！绝不！

圭多：

想想您的职责，您的侯爵身份！

受苦受难的人们正在喘息和巴望您：

您拯救的是可贵的祖国！

您拯救的是高贵的王后的幸福！

阿佐：

你想要什么？

圭多：

我知道该向谁要求。

卑微的爱情，惧怕牺牲；

纯洁的爱火在您心中燃烧，

超越时空，升腾而起！

为了心上人，甘心自我牺牲

在她的幸福中欢乐地灭亡，

亲手将她送入别人怀中，

流着血站在她面前，默不作声；

这是我指示给您的荣耀，

享有过它的人才懂什么是真爱；

努力去获得吧！我预示您的所有酬劳，

只给最高贵的幽灵。

所有王座化为废墟，

每一根尘世的纽带解体；

只有这样的爱——才永远值得；

因为它不属于人间。

阿佐：

但愿如此。

圭多：

胜利！心上流血的伤口，
经我温柔抚触，可以愈合，
你不会见证那一刻，
那一刻预备将你牵引。
有一位神在掂量纯洁的意义
他知道——他已满足——不要求行动；
在艰难的考验到来以前，
我看到你渐渐归于平静。

阿佐：

洛泰尔虔诚又贞洁的遗孀，
将摘下寡妇的面纱？

圭多：

如果聪明的朋友使她目光炯炯，
让她意识到祖国和自身的困境；
如果一把王座呼唤她施行善举，
如果一位虔敬的英雄赢得她的芳心；
那么心就沉默了，寡妇的面纱坠落，
即便那个"是"挂在嘴边说不出口。

阿佐：

但假如她宁愿用胸口对准谋杀的匕首，
谁能告诫她？——
你说到聪明的朋友，有这样的人吗？
谁能温和地劝服她？

圭多：

　　您！

阿佐：

　　我？

圭多：

　　您！

阿佐：

　　这需要我出面吗？

圭多：

　　让她幸福

　　您有何难处？

阿佐：

　　你在折磨我！

　　就算我能压抑自己的内心，

　　谁能带我找到她？

圭多：

　　我！

　　（把树枝拨开）

　　看这儿。

阿佐：

　　她在这儿！

圭多：

　　我救了她。

　　她来投奔您！您宽容大度，

　　令她安心地保留了最后的希望——

　　您还要拒绝她吗？

阿佐：

　　哈！我乐意奉献我的鲜血、

　　我的生命和我的爱情！

　　但凡一个人能做的，阿佐都愿意！

圭多：

　　在烈火中，就算黄金也会变得柔软！

　　您赢了，我现在把她交给您。

　　我在远方协助你们，

　　飘飘然飞去德国，您待在近旁；

　　您会把她带到您的城堡，守护她、

　　用鲜血捍卫她吗？

阿佐：

　　我愿意！

　　（他把手伸向圭多）我愿意！

　　（他举手宣誓）我愿意！

圭多：

　　再见！我还想给您最好的安慰，

　　让您在困境里变得坚强：

　　您为美德奉献美好的生命，

　　它将用美好的死亡来报答您。

　　（下）

第三幕第六场

阿佐：

　　我怎么了？——我在做梦吗？——真的没有！我醒着！

真是她,我沉醉地看着她。
我承担上帝的使命,效忠无辜者,
我已离开这鄙俗的世界!
我嘲弄危险和恐惧!
上天的神力让我神经紧绷!
好似一支军队向我冲过来,
把她托付给我——上帝与我同在!

第三幕第七场

(阿佐、醒来的阿德莱德)

阿德莱德:
　　片刻小睡缓解疲劳,轻柔地为我消除疲惫;
　　我重新恢复了体力。

阿佐:
　　双眼发光,虔诚地看着天空,
　　我着迷地想起从前。

阿德莱德:
　　谁在说话? 边疆伯爵! 是您! 我要赞美上帝,
　　他向我预示了吉兆。
　　我担惊受怕来求助您,
　　因为您是我最后的希望。

阿佐:
　　我感谢您。确实! 这希望并不渺茫。
　　我已经知晓一切。接受我伯爵身份立下的誓约:

　　我将保护您,卡诺萨欢迎您,

　　只要我还有一口气在,您就安全。

阿德莱德:

　　谢谢! ——我的圭多呢? ——告诉我!

　　追踪我们的人发现他了吗? 把他抓走了吗?

阿佐:

　　他目前安全。您认识这个少年?

阿德莱德:

　　如果还能允许我说出一个愿望,

　　那就是,答谢这个陌生人,

　　他在我万分危难的时候现身营救;

　　盲目者的爱和忠诚与他为伍!

阿佐:

　　真是个好人! 但您认识他吗?

阿德莱德:

　　他在哪儿? 告诉我! 他怎么可以离开我!

阿佐:

　　放心,您的保护神会回来的。

　　这段时间您可以编织最美好的希望:

　　他正在阿尔卑斯山的另一边为您谋求幸福。

　　在那里有一位英雄为胜利和美德加冕,

　　圭多召唤他——成为您的救星——成为您的丈夫。

阿德莱德:

　　圭多不会嘲笑深深的痛苦。

　　难道要一颗心第二次做出抉择?

阿佐：

　　保持理智！它将战胜守寡的痛苦。

阿德莱德：

　　我要遁入空门，告别红尘。

阿佐：

　　您应该为祖国作出牺牲。

阿德莱德：

　　以我的安宁为代价？以我的职责为代价吗？

阿佐：

　　洛泰尔已经死了——您没有违背职责。

阿德莱德：

　　只要我活着，就要对他忠贞不贰。

阿佐：

　　誓言难道可以替代民族的幸福？

阿德莱德：

　　只有遭遇诱惑，才能考验忠诚。

阿佐：

　　我没有雄辩家的本领；

　　我怎么想，就怎么说——您——

　　向我证明诚实的意愿——噢，假如您知道——

　　够了！朋友履行义务，保持沉默。

阿德莱德：

　　感谢您。是的，您说给我听，

　　我也说给您听，这样正合适。

　　阿德莱德从一而终，

　　死后别人会赞美她。

阿佐：

> 现在随我来。为我的门槛赐福吧，
> 当您双足和平抵达它的那一刻。——
> 我看到了什么！哈！地狱的戏法！
> 有人偷偷靠近我们，
> 难道他不是贝伦加？
> 他正在树下阴冷地漫步，
> 脚步轻盈，双臂交叉，
> 有着狂热的掌控欲，就像在邪恶的梦里
> 他将被诅咒的头颅垂向地面？

阿德莱德：

> 是他！多么不幸！我要遭殃了。

阿佐：

> 他还没有发现我们！快钻进灌木丛！
> 让他来好了！我来面对他的质疑；
> 只有踏过我的心，他才能找到您。
> （阿德莱德躲进灌木丛中）

阿佐：

> 他想在这里干什么？他在找什么！是的！我去问问？——
> 他想发现逃跑者。——
> 耐心一点，我得忍受他的狂妄。
> 这个时候伪装才管用——镇定——勇敢一点。——

第三幕第八场

（贝伦加、阿佐）

贝伦加：

　　边境伯爵！真的！我多么盼望，

　　在这里遇上您。

阿佐：

　　国王陛下，欢迎您。

贝伦加：

　　有人看到您匆匆离开宫廷，消失了踪迹——

　　我还不知道，您为何离开我们？

阿佐：

　　我想看看自家的小窝，

　　早就荒芜了很久！

贝伦加：

　　无论如何！是近或是远，

　　我始终信任您，心里向着您！

　　我本人憎恨宫廷礼节的束缚，

　　不希望这束缚夺走我的朋友，

　　至少包括我最看重的您在内，

　　因为旧习的坦率才说明年轻。

阿佐：

　　旧习吗？——旧器皿，

　　舒适，就是太随意。

贝伦加：

> 您看起来心情很好；
> 您也不问一问，
> 为什么您在此地遇上我？

阿佐：

> 我确实很惊讶——

贝伦加：

> 当您在自个儿的森林里
> 骑马、围猎和消遣时，
> 发生了怪事，
> 也许您已经听说了吧？

阿佐：

> 这里流言四起，
> 据说王后逃跑了。

贝伦加：

> 没错！
> 您离开我们那天，
> 就在那天她逃跑了！多奇怪！您说说看！

阿佐：

> 碰巧而已。

贝伦加：

> 自然，很多人这么跟我说；
> 其他人口没遮拦，
> 觉得也许您插手其中。
> 每个人都在说这件事情表面上如何。

阿佐：

表面不一定是真的。廷臣们喜欢牵强附会。

他们就喜欢胡说八道。

但请相信我的话——如果您在意的话——

接受我用名誉担保所发的誓言：我对此一无所知。

贝伦加：

我乐意相信正直的人，

您不知晓王后的逃跑。

不过,您看上去那么快活,

大概您确切知道她向谁去求助。

我决定和她成婚,

到处寻找她,一无所获,

所以您不会把逃犯藏起来,

您的城堡也不会收留她。

阿佐：

您错了。您在我的城堡里寻找被迫害者

是白费力气。假如您找到她,

要抢走她安全的庇护所,

我会用尽平生最后一口气。

贝伦加：

我再一次警告您! 留点神儿别吃苦头!

抓紧我体谅您的时机,

不要因为顽抗到头来后悔,

那时您的城堡马上化成废墟。

阿佐：

我偏不。您可以让卫兵摧毁城堡,

　　　但不能摧毁我的忠诚。

　　　不过我想——您可以——省下点暴行，

　　　因为您再使劲儿也不会如愿。

　　　王后还没有现身，

　　　也许——很快会——如果我获此殊荣——

　　　我将誓死捍卫，

　　　请您相信我的话，相信我的剑。

贝伦加：

　　　我疑窦顿生。就算她不在你的领地，

　　　也肯定在不远处，就在现在，

　　　也许您想瞅准时机，

　　　把她带回去，风平浪静，毫发无伤；

　　　告诉我！您没发现她的踪迹吗？没有看到她吗？

　　　回答我！诚实地回答我，不许说谎。

阿佐：

　　　我必须一直面对好奇心的质问吗？

　　　我感到厌烦。

贝伦加：

　　　哈！我知道了！

　　　她就在不远处，就在附近——

　　　谁知道呢，她也许就藏在这灌木丛里？

　　　边疆伯爵，颤抖吧，可别让我发现她！

　　　您故意引起我的怀疑。

　　　（想强行钻到灌木丛里）

阿佐：

　　　我要容忍有人在我的领地实施暴力吗？

退回去！道路很宽——这片森林是我的。

贝伦加：

　　您想违抗命令，自寻死路？

阿佐：

　　在这片森林里，我是唯一的主人。

　　假如您搜寻逃犯，我可以帮您找，

　　我从不袒护强盗；

　　但我不容许别人向我诅咒被迫害的无辜者，

　　我不会把她出卖给暴力。

贝伦加：

　　没有什么能够阻止这罪行吗？

阿佐：

　　破坏国家和平才是犯罪。

贝伦加：

　　难道您逼我用剑开路吗？

阿佐：

　　尽管试试看。您看到了，我手无寸铁。

贝伦加：

　　快快放弃！我最后一次警告您。

阿佐：

　　我最后一次说：不！不！不！

　　上帝会奖赏我的忠诚！

贝伦加：（拔出剑）

　　好吧，这可关乎您的性命！

第三幕第九场

阿德莱德：（走上前）

　　住手！

贝伦加：

　　哈！您终于出现了！欢迎！

阿德莱德：

　　惩罚我吧。

阿佐：

　　王后，您这是做什么！

阿德莱德：

　　唉，把我交出去吧！

　　不应因为我白白流下正直的热血！

　　让我承受痛苦的命运吧。

贝伦加：

　　您的投降是明智之举！您的命运不会悲惨，

　　您是有福气的——跟我走，不要垂头丧气。

阿佐：（拦在两人中间）

　　除非我死在您脚下，

　　这卑鄙行径才不受惩罚！

贝伦加：

　　怎么？还没有认清形势，要负隅顽抗吗？

　　我是天命所归，屈服吧！

阿佐：

　　即便忠诚无法抗衡暴力，

　　可我就算战死，也要反抗你！

阿德莱德：

噢，请您克制高贵的激情！

阿佐：

我不能——而且我不愿意！

贝伦加：

好吧！

为了这个战利品，让我们勇敢地决斗！

您还有荣誉——我们一对一。

（拔剑）

阿德莱德：

他没有武器。

贝伦加：

这是他自己的意思。我可以宽恕他。

只要您跟我走，他就自由了。

阿佐：

我绝不动摇！

仁慈的神永远不会原谅我，

假如我此刻没有牺牲的勇气！

贝伦加：

我的忍耐有限。大胆狂徒！求饶吧！

阿佐：（举起长矛指着对方）

王后，快跑！我来拦截他。

贝伦加：

受我一剑！（他劈开阿佐的长矛）

看哪，我只是轻轻一砍，

这破烂的武器已经从你手中掉落。

阿德莱德：

　　救救我们！怜悯我们吧！

贝伦加：

　　好吧！我愿意宽宏大量，

　　饶你一命。让她跟我走。

阿佐：

　　我手里还握着长柄！

　　你自吹自擂，未免高兴得太早。

　　（他左臂揽住阿德莱德，并威胁地对贝伦加挥舞长柄）

贝伦加：

　　蠢人！那就受死吧！

　　阿佐把阿德莱德往后一推，挡住了贝伦加最初的几剑。阿德莱德跟跄了几步，差点昏厥，终于倒下，旁边的阿佐双膝跪地。贝伦加双手握剑，打算用力一击，将阿佐的脑袋一劈为二。

第三幕第十场

　　突然，一位骑士身穿闪闪发光的银色甲胄，戴着面盔出现。他用盾牌遮挡住阿德莱德和阿佐，举起剑刃朝国王刺去。

贝伦加：（目瞪口呆）

　　陌生人，你是何人，如此胆大妄为，

　　敢在这里出现？快走！让我把他杀死！

　　出于国王的仁慈，我赦免你。

　　你还不让开？——我只需要挥手就可叫卫兵上来，

就可以教你听话。

但国王的剑应该让你感到荣幸，

打开你的面盔！

（面盔自动打开）

贝伦加：（瑟瑟发抖，往后退）

洛泰尔！

阿德莱德和阿佐：（费力地站起身）

洛泰尔！

贝伦加：

这是障眼法——我看错了——

不在我的身体之外，只在我的血液中——

骗人的把戏，快走开！快消失！

你想骗我，骗这天地，是白费力气！

一个幽灵站在原地，扭头转向阿德莱德，朝她友好地挥手，用左手示意她离开。阿佐和阿德莱德哆嗦着，感激却悲伤地接受指示。

阿佐：（匆忙将阿德莱德引向通往卡诺萨城堡的道路）

快来！上帝与我们同在！——噢，王后！

贝伦加：

该死的，下地狱吧！

他们逃走了！站住！——卫队！快追！

给我竭尽全力，挖地三尺！

该死的幻觉！走开！快消失！

（幽灵渐渐消散）

我恍恍惚惚地屈服了，当我醒来，还在颤抖！

我的勇气、我的意志还没有被蛊惑。

卡诺萨的城墙在摇晃，在坠落，在崩塌！

我要用鲜血洗刷我的剑遭受的羞辱。

(急急忙忙往前赶路)

中场休息

第四幕

奥托大帝的行宫。

第四幕第一场

奥托大帝站在他的御座上,被帝国的重要人物环绕,其中有他的儿子鲁道夫、他的兄弟法兰克公爵海因里希、智者康拉德和赫尔曼·比林。王座前面站着西法兰克国王派来的使者;此时装扮好的侍童们将礼物送了进来。

奥托:(对使臣说)

告诉西法兰克国王,你们的主人,

我和他之间已握手言和。

他应该感恩明智的臣服,

我被胜利的狂喜挡住了步伐。

我也想更牢固地缔结友情的纽带,

不希望新的仇怨将我们彼此分隔,

所以克洛蒂尔德,我亲爱的妹妹

如他所愿,嫁与他。

但他必须向胡戈伯爵,韦芒杜瓦人,

郑重承诺,提供保护。

我保护他们两人，
假如发生不公或放肆的行径，
我会加以惩罚，实施报复。
（他摆摆手，使臣们鞠躬离去）

你，康拉德公爵，我们称你为智者——
也许有道理——洛林大区是你的封赏。
海因里希，我的兄弟，我把巴伐利亚赐给你。
鲁道夫，我亲爱的儿子，施瓦本归你。
把领地赏给你们让我欣喜，
你们与我并肩战斗。
皇帝不会埋没任何功劳，
才算把事情办得圆满。

他挥挥手，除了赫尔曼之外的所有人都离开了。奥托从御座上走下来，若有所思地徘徊。

第四幕第二场

（奥托大帝、赫尔曼）

赫尔曼：

您示意所有诸侯退下，
只留下赫尔曼，您的苦恼让他忧心不已；
我看到沉郁的悲伤悄然萦绕在王座周围，
奥托为天下造福，却承受这伤悲。

您提拔的不是诸侯的儿子，

而是一个忠诚的无名小卒，

给予他权力，

在皇帝锐利的眼睛和耳朵面前不感到惧怕。

您想提拔我成为诸侯，

但是——请原谅！——作为朋友我要抱怨：

您给我了很多，又什么都没给我，

假如您拒绝将最可贵的信任交托给我。

奥托：

你还想问吗？地位、权力和威严，

它们能让心灵感到幸福吗？

唉！连皇冠都是一个负担，

假如它用冰冷的光芒装饰孤家寡人。

只有当他的心灵建立在外在的幸福之上，

疲惫与忧心过后，靠在忠贞的胸口醒来，

静静地依赖爱妻：

"瞧瞧这儿，我今天安静地把这事儿做完了。"

然后从她不巴结恭维的嘴巴里，

发自内心地将最美的赞扬送给他；——

啊，朋友！这才是美妙的晚间时光，

即使是帝王，也不可或缺。

赫尔曼：

无情又残酷的死神，

夺走了您最高贵的夫人，

也许您身处富丽堂皇之中，

依然感觉孤单——但请允许忠诚的仆人，

他劝诫您，
一颗日渐僵死的伟大心灵
应该开辟阳光大道，追寻新的幸福，
阳刚地战胜柔弱的痛苦。
请您想一想！距离人生目标路途尚远，
您精力充沛，身强体健；
还有那么多高贵的诸侯之女，
与诸侯的高贵和热情相称，
她们在四处张望，选择如意郎君。

奥托：

坦白说，
这个念头时常在我心中盘桓，
理智也建议我寻找同样的慰藉，
尽管我的心不乐意这样做。
也许有些女子朝我走来，
我承认她们的美丽和高贵；
但我不希冀和渴望任何一个，
我不倾心于任何一个。
只有遇着奇迹发生才会可能，
而它真的发生，我自己都无法置信。
听着！我看到了一个陌生女人，
一个天使般美艳的女人，但只在梦里。
她目光哀怨、神情悲戚，
抱住我的双膝，求我救救她；
她就这样三次来到我梦里，
在我心里成了一位亲爱的访客。

是的，我眼里只有她一个！

这是幻想在嬉戏吗？——无论如何！

也许你会取笑我——要不娶她，或是不娶！

让我相思的心继续沉醉于这游戏。

赫尔曼：

我断然不敢大胆嘲笑这梦境，

它常常揭开了未来的面纱；

我断然不会泯灭这希望，

这并不是捉弄您的黄粱一梦。

但请允许我建议您——不要长久地孤独下去——

别去追逐虚无缥缈的幻影，

振作起来，带领军队穿越您的国土，

直到真相让您惊喜。

即便没有发生——在心旷神怡的异地，

每走一步都悦目赏心。

听我一句劝，谁知道突然之间，

这动人的身影不向您走来呢？

奥托：

但愿如此！——不过，现在我希望，

在一切喧嚣之后，独自一人好好歇息；

不要让任何陌生人打扰我。

去把宫殿的门关上吧。

（赫尔曼下）

第四幕第三场

奥托：

> 我是有福的！现在独处正合我心意！
> 单纯的愿望已让我振奋，
> 可以高兴地说出实现的成就；
> 在我的眼前向着天空努力抗争。
> 我知道自己获得了什么，
> 因为我已经习惯勤勉，
> 至少我还有信任，还有爱！
> 我多么有福，我被爱，我得到了酬报。

第四幕第四场

圭多：（出现）

> 您好！

奥托：

> 啊！这个陌生人是谁？
> 胆敢擅闯皇帝的行官？
> 你是谁？快说！
> 难道卫兵和守卫没有向你宣布我的禁令吗？

圭多：

> 怎么，
> 奥托大帝能把自己锁起来吗？
> 他喜欢接见被压迫者，
> 在严峻的时刻致以友好的问候，

　　　　父亲不会阻挡自己的孩子。

奥托：

　　　　好吧，正是这道权利，那就随你便吧！
　　　　你从哪儿来？

圭多：

　　　　来自意大利。

奥托：

　　　　我已经许久没有收到那儿的消息。

圭多：

　　　　那就将您的仁慈赐予我作为酬劳吧。

奥托：

　　　　是谁派你来的？

圭多：

　　　　诸侯们。

奥托：

　　　　派你？

圭多：

　　　　也许您瞧不起面前的少年，但请想一想，
　　　　小工具常常能制造大物件，
　　　　小玩意往往牵动人心。
　　　　所以有些信使，装备齐全，
　　　　被诸侯们冒险派来见您；
　　　　但却被贝伦加狡诈地骗过，
　　　　每一个请求都被武力扼杀。
　　　　他们不得不派出渔家子，
　　　　无人注目，悄悄翻越阿尔卑斯山，

您无所谓从何人手中接到诸侯的信件——
请您读一下，然后听我说。

奥托：（读完信）

什么？——这个贝伦加？哈！——如此胆大妄为！——
他竟厚颜无耻要染指王位和主教冠冕？
他曾经在我的宫廷得到庇护，
他自己的困境，都已经遗忘？
当胡戈国王威胁要他的性命，
是我保护了他。

圭多：

洛泰尔英年早逝，也是拜他所赐，
叛徒——毒药悄然吞噬了他年轻的生命。
还没有复仇者行动起来，
唤醒昏昏沉沉的诸侯，让民众觉醒。
噢！只要伟大的德国皇帝还活在人间，
不要容忍放肆的行径夸夸其谈。

奥托：

他们想从我这里得到什么？
我要用军队征服意大利！骗人的奖赏！
省省这热血，我要维护祖国，
把鲜血洒在这里，保护人民和王位。

圭多：

一句真正的德国话，不是为了您
让不耐烦的剑落在邻人的头上；
拯救被逼迫的无辜者，是一桩幸事，
奥托大帝配得上这样的奖励。

命运错综复杂的纠缠，
是凡人的造物主睿智的谋算：
洛泰尔被迫害的遗孀请求得到救助！
勃艮第受苦受难的公主在召唤您！
谋杀犯要牵她的手，用令人厌恶的联姻
稳固被窃取的帝国；
她是人间最美好的女人，
也是最不幸的一个。
她逃到了爱沙尼亚边疆伯爵那里，
卡诺萨城堡能给她的保护微乎其微，
这座城堡被大肆围攻，几乎被摧毁，
敌人的拳头和饥馑的怒火压垮了防御。
请救救这位高贵的夫人！从被玷污的王座上
撂下给她制造痛苦的恶棍！
起来吧！去救救她！从她手中接过铁王冠，
做她的夫君。

奥托：

你以为这样的诱骗会让我动心？
你在补偿我吗？——你的努力都是徒劳！

圭多：

那又如何？假如最近三次出现在您梦里的人，
就是阿德莱德呢？

奥托：

你说什么？阿德莱德？你怎么知道？
是谁向你泄露了我的梦？快说！

圭多：

奥托！面纱已经撕裂——

你的灵魂——与我亲密如友——认出我来吧！

奥托：

哈！是你——我认出了你——迷雾消散——

有一个幽灵——一个好幽灵走向我——

我的梦，我的希望——你唤起了力量，

让我勇敢行动起来！

好吧！我要砸碎那枷锁，

无辜者正在枷锁中呻吟，蜷缩着身体！

起来吧！过来吧！神意将她赐给我为妻，

我要拯救她。

圭多：

武装好，扬起旗帜，

让士兵都聚拢到你周围，

好吧！我愿为你开辟胜利之路，

强大者，突然从天而降！

我负责引导你走每一步，

为你把陡峭的山石踏平，

昂扬斗志，把敌人打败，

直到他被战斗的呐喊吓得发抖！

直到你的军队迫使他改变主意，

他逃脱和报复都是白费，

一桩罪连着一桩罪，

无从狡辩，目眩的绝望将他击碎！

（下）

奥托：

> 勇敢的诸侯们，都集结起来吧，
>
> 围绕在皇帝飘扬的军旗旁！
>
> 军鼓咚咚！军号齐鸣！
>
> 这是对赫尔曼说的！忠诚之士，随我来吧。

第四幕第五场

（卡诺萨城堡的小房间）

阿佐和他忠诚的侍从奥斯瓦尔德走上场。侍从把一个水罐放到桌上。

阿佐：

> 到这儿来！别让王后听到我们说话，
>
> 因为你的眼睛告诉我没有什么好消息。

奥斯瓦尔德：

> 哎，可惜没有！如果我让您更添忧愁，
>
> 请上帝饶恕我。这是我的义务。

阿佐：

> 说吧。对我来说，
>
> 噩耗已经不是新鲜事。

奥斯瓦尔德：

> 我偷听佣人们说话，
>
> 他们聚集在回廊上，
>
> 威胁说要离开您。

阿佐：

　　我早已忧心，不出我所料。

奥斯瓦尔德：

　　他们把脑袋紧紧凑在一起，

　　想聪明地出主意；

　　您的城堡管事，仇敌的狂热追随者，

　　正在煽风点火。

　　他说了很多聪明话，所有人点头同意，

　　当我突然靠近时，他们都闭口不言，

　　但我注意到，他们恶毒地看我，

　　邪恶的念头让他们欣喜。

阿佐：

　　一群恶棍！你让我有所防备。

奥斯瓦尔德：

　　有一群勇敢的仆人忠于您，

　　准备和您一起战胜魔鬼，

　　只要肚子不咕咕叫。

　　现在！我们是男子汉，坚强如钢铁一般，

　　我最担心的是温柔的王后。

　　她怎么样了？——我们像往常一样，

　　把饭菜端到她桌上，

　　饥饿折磨着我们，

　　可她似乎只喝了那杯葡萄酒，

　　体味着内心的渴望，

　　丝毫没有察觉我们的忧愁和困难。

　　解渴的泉水已经挖光，

> 我们叫天天不应，
>
> 我为王后存下的这罐水，
>
> 是我们最后的珍藏。

阿佐：

> 你做得对！为阿德莱德剩最后一滴水，
>
> 为她流尽最后一滴血；
>
> 即使命运让苦难接踵而至，
>
> 只要她毫发无伤，我就有勇气承担。
>
> 已经是深夜了——门开了——
>
> 你出去吧！剑刃变成了闪电，
>
> 我们将尸体堆积成山！——
>
> 如果能为阿德莱德挥洒热血，
>
> 是多么幸福！我的人生结束得这样壮丽！——
>
> 去吧！提醒每个仆役要守护荣誉，信守诺言。
>
> 听我的口令："为上帝和阿德莱德而战！"
>
> （奥斯瓦尔德下）

第四幕第六场

阿佐：（独自一人）

> 但是！假如我死了，谁来保护她？
>
> 圭多，你在哪里？你在骗我吗？
>
> 你在我面前出现，难道不是一个好幽灵吗？
>
> 她的叹息渐渐平息，无人听见吗？
>
> 如果绝望迫使我去战斗和死亡，
>
> 请你快过来，救她于危亡！

我只是一个凡人，会生老病死，
除非阿德莱德有人襄助。
谁来了？——是她。

第四幕第七场

（阿德莱德、阿佐）

阿德莱德：

外面大声喧哗，发生了什么事？
您的城堡怎么突然乱作一团？
为什么一群人带上武器，吵吵嚷嚷，
嗓音嘶哑，刀枪发出叮当响？

阿佐：

他们在武装！决定突围！

阿德莱德：

边疆伯爵阁下，怎么了？您竟敢——

阿佐：

为了您，还有上帝！

阿德莱德：

您要对抗敌人的进攻？
形势并不紧迫，您却要造反？

阿佐：

形势危急。

阿德莱德：

请斟酌一下，这么做明智吗？

是什么原因让您冒这样大的风险？
我们缺什么呢？我们有吃有喝。
山岩会阻挡国王的武装。

阿佐：

但是，我不能再瞒着您——
食物储备马上就要消耗殆尽。

阿德莱德：

怎么突然之间缺了呢？
我的餐桌总是很丰盛。

阿佐：

是喝的！我们缺酒！还缺水！

阿德莱德：

好吧，
我看您喝酒很节制，保持清醒。
我以为并不缺水，
仆人们在餐桌前给我倒水，
餐后也有，只要我需要，
他们为我提供充足的最新鲜的水。

（指向水罐）

阿佐：

啊！王后殿下，这是最后仅剩的几口，
每一滴水都像黄金一样珍贵。

阿德莱德：

竟然这样！啊！愿上帝宽恕您！
事情竟已到如此田地？啊！竟已到这般地步！
而我——我怎能丝毫察觉不到水源短缺？

我还在大吃大喝——而您也许——

阿佐：

请不要过分担心。如果爱和忠诚使人坚强，

那么一个男子汉不会把匮乏当一回事。

阿德莱德：

我心里充满悲伤——

边疆伯爵阁下注视着我——这空洞的眼神——

这干涩的嘴唇——噢！上帝啊——

请您说实话，您渴了——

（她赶紧把水罐递给他）

您拿着，喝吧。

阿佐：

拿回去！

我一滴也不喝！——我要带上剑，

用尽最后的力气——冲出去！冲出去！——

傲慢的贝伦加想款待我，

他餐桌上血淋淋的盛宴正在招手。

如果我去那儿品尝他的酒，

我就变得兴高采烈，

我在为您，为您忍受饥渴。

再见吧！祈祷我获胜。是时候了！

（阿佐下）

第四幕第八场

天黑了。

阿德莱德: (独自一人)

　　我感到震撼,少有的忠臣的典范!
　　他敢冒一切风险保护朋友的遗孀;
　　不计回报,只是心甘情愿
　　为了水源甘洒热血。
　　他总是这样温柔地避开我的感激,
　　是啊,他以为对我负有义务! ——
　　你还没有完全离开我,
　　洛泰尔,你附在高贵的朋友身上!
　　你在天堂里被美德授予群星的桂冠,
　　啊,快从天堂里下来吧;
　　到他那里去,当他为我战斗却没有力气的时候,
　　用你的盾守护他。

第四幕第九场

(阿德莱德、奥斯瓦尔德)

奥斯瓦尔德:

　　啊,王后,发生了闻所未闻的意外,
　　他们已经被打败。

阿德莱德：

　　这么快？

　　敌人的刀剑怎么会伤到他们呢？

奥斯瓦尔德：

　　是中了埋伏，是暗杀！

　　他们被包围了！只有拼尽最后的勇气，

　　他们才突围，回到城堡。

　　他们已经进来了，啊！天已经破晓，十分恐怖，

　　透过玻璃，我看到了鲜血和火光。

第四幕第十场

　　　　阿佐身负重伤，手里握着剑，仆人们把他带了进来。

阿德莱德：

　　边疆伯爵阁下！您受伤了？

阿佐：

　　我受了致命伤。

阿德莱德：

　　不！啊，不！

阿佐：

　　已经有预言说我会死得悲壮，

　　这个预言马上要应验了——

　　我看到和平的天使在友好地挥手，

　　我为您而死，而倒下（没有被击败）。

　　这把剑要从虚弱的手中滑落，

如果它有荣幸,将落在您的脚下。

（他的剑从手中滑落）

阿德莱德：

啊,救命! 救命啊!

阿佐：

上帝会派人来拯救您——

我死于战斗,得到了救赎——

噢! 请赐我幸运,这样结束生命——

为您而死,是我的夙愿——

在诀别的时刻,请允许我坦白,

我的心犯下了严重的罪行——

如果这致命的伤口让您恼怒,也请宽恕,

因为现在您知道了,您,我爱您!

我爱着您,凭着满腔热火和努力——

只有美德的羞愧才能将它克服——

假如您愿意原谅这大胆的冒犯,

请将您的手递给快要死的人。

（阿德莱德把手递给他）

阿佐：

我感到舒坦,我很幸福——

您的手消除了死亡的痛楚。

最后的生命之火渐渐熄灭,

这颗心最后一次为您跳动——

您在哭? ——为了我而哭? ——噢,这是对痛苦最高的嘉奖!

带着珠泪的装饰去见上帝,

告别世界是多么甜蜜!

上帝与您同在！——去叫侍卫们过来——带我走——

但愿您的保护神很快——很快回来！——

再见！——再见！——我们在那里重逢！——

　　他被抬走了；当仆人们把他抬到门边时，阿德莱德从痛苦中挣扎着站起，跟在他身后。阿佐昏死过去，她认定他已经身亡。

第四幕第十一场

阿德莱德：（慢慢走上前）

　　闪电击垮了这棵橡树的树干，

　　啊！他用阴影庇护我！

　　最后的希望也泯灭了——

　　忠诚在世间得到了礼赞！

　　最后的朋友——他因你而死——

　　最后的勇气——牙齿发出寒光，

　　苍白的饥饿——猛虎已伸出利爪，

　　扑向抽搐的猎物。——

　　多么痛苦！她已经接近最可怕的时刻！

　　无辜者吐露出最后的叹息——

　　他们把我拖下去——嘲笑我——把我捆住——

　　门突然打开，他们把我推出去。

　　外面迎接我的是嘲笑和挖苦——

　　我寒毛直竖——

　　杀夫凶手放肆地向我伸出沾满鲜血的双手，

　　把我硬生生拖到圣坛前——

　　不！不！还是死吧！死吧！不要忍受这奇耻大辱！

趁着这样的灾难还没有降临到我头上,我只求速死!
我要用力扯开这邪恶的纽带——
我只要一把匕首,只要一滴毒药。
(倒在地板上)
我蜷缩在尘埃里,
结束人间的痛苦——
(在手的下方找到了阿佐的佩剑)
哈! 一把剑! 一把剑!
朋友染血的佩剑在我手上——
(吃力地站起身)
胜利! 我得救了——我得到了满足! ——
不! 您不会说出谴责式的审判,
您看到我现在遭受最深重的苦难!
我活不下去了! ——不! 这不是犯罪,
被迫害的无辜者选择快点死去!
清清白白地升天,
有些人这样挣脱了暴力! ——
这是什么声音! 他们来了——我要清白地死去,
请恩赐我! 上帝,请宽恕我!
(举起剑对准胸口)

第四幕第十二场

圭多突然出现,扑倒在她怀里。

圭多:

住手!

阿德莱德:

圭多!

圭多:

是我。

阿德莱德:

我的圭多!

圭多:

哎呀! 哎呀!

您让我太伤心了!

阿德莱德:

不要责备我。

圭多:

我看到了,不敢相信我的眼睛,

这还是那个无辜者虔诚的信仰吗?——

他跑去科莫湖砸开您的枷锁,

他载着您渡过汹涌的湖水,

他打开坟墓解救您,

为了您的信任,他做的还不够多吗?

为什么? 看上去身边围绕着保护神——

即便险峻的岩石在四周层层累积——

绝望的内心能自我克制，

神奇地遮蔽上帝之爱吗？

噢，阿德莱德！

阿德莱德：

责难的话语像火烧！

我的心里亮起新的光明；

你，我的双唇不敢再叫你的姓名，

别再严厉地谴责这个忏悔的人！

圭多：

惭愧地听着：

当您想举剑自裁那一刻，

一位屡战屡胜的拯救者出现了，

高山和流水都不能消灭这勇猛和匆忙。

我在意念里看见，宽阔的山脊上，

托起了刀枪之林，

长着高高的金黄色稻穗的原野，

从一个山谷到另一个山谷，此起彼伏地波动。

您可曾听到踩在地面上的沉闷声响？

男人们一个紧挨一个，密密麻麻地行进，

骑士在喘息，马驹在哈气，

金色的帝国军旗在前方飘扬。

皇帝在宣誓，几千名骑士在宣誓，

大声面对铁十字宣誓：胜利或死亡！

他们安静地奔赴疆场，

像乌云中低喃的雷雨。

阿德莱德：

上帝！上帝啊！我感谢您！

圭多：

现在敌人的军营里一片混乱，

一切翻天覆地，计谋在酝酿——

挣脱缰绳的战马迷失了道路，

卫兵们跌跌撞撞地寻找刀剑和盾牌——

没有人听从统帅的话——

胆小的卫军抛弃了他——

人们只听到一句叫喊：德国人来了！

震惊错愕，恐惧无比——他们逃跑了。

阿德莱德：

上帝！上帝！我感谢您！

圭多：

我看到了那位骑士，

他敢驯服烈马。

那个伟岸的男人，身披金色盔甲，

在随从中间高高地耸立。

绿色的月桂树枝蔓蜷曲，

围绕着受封加冕的头盔，长矛发出寒光——

阿德莱德：

那个伟岸的男人是谁？

圭多：

他是德意志皇帝，

奥托大帝，他的利剑保护着您。

阿德莱德：

噢，但愿我能酬谢他就好了！

圭多：

您愿意吗？

阿德莱德：

我愿意！

我把帕维亚献给他，只要我能给的一切！

只要我能在遥远的地方

在修道院中安静地度过余生。

圭多：

绝对不行！您为了王位而生，

美德发生影响之处，便是圣地。

英雄已经选中您当他的妻子，

你们将共享爱情、荣耀和福气。

快起来，去打扮吧！

阿德莱德：

你拿这些尘世间的虚荣念头折磨脱尘者

是白费力气；

的确如此！我曾发誓对丈夫忠贞至死，

矢志不渝。

圭多：

忠贞？——上帝已经瓦解了你们的婚姻，

您以为违背了义务，

其实不会有碍和平，

已故的魂灵也不会追究。

您可以，必须，也一定会结婚！

心中还有最后的哀叹！消散吧；

留下心灵的美丽纽带，

将天和地彼此联系在一起。

阿德莱德：

舌灿莲花地想安抚这颗愤怒的心，

你是白费唇舌；

我的耳朵只听到你的声音

这怎么能免除爱的义务？

圭多：

人类将他的感受给予亡灵，

这是、始终是人类的虚妄才能。

那么，万一洛泰尔死后不得安宁，

除非人民重新获得幸福呢？

阿德莱德：

他得不到安宁，除非我失了贞？

你说服不了一个寡妇。

圭多：

梦中的幻象，王冠的光芒在您梦中出现，

您认出了皇帝的冠冕；

即使亡灵没有吐露半句，

他的暗示已将王冠交付给您。

阿德莱德：

是的——但这解释——有可能！

圭多：

您还怀疑吗？那友善又沉郁的目光——

阿德莱德：

　　我好像看到他了！

圭多：

　　虽然沉默，却很动人，

　　他祈求安宁，也希望您得到幸福。

阿德莱德：

　　我想怀疑，但我的心在战栗——

　　我还从没有考虑过这梦的解释。

　　你已经撼动了我坚定的意愿，

　　我不由自主被说服了。

　　假如他指名要将王冠给我——

圭多：

　　已经指明。

阿德莱德：

　　是的，我必须承认：

　　听从他沉重的义务，

　　我不算违背誓言！

圭多：

　　好吧！

　　履行您的义务。

阿德莱德：

　　我得马上献上我自己吗？

　　也许是梦境欺骗了一个睡着的人呢？

　　他必须提示醒着的人，

　　只有这样，我才如他所愿。

　　在这最后的疑虑消失之前；

请让我待在修道院里——虔诚而安静。

圭多：

您抬头看！

（出现一顶闪耀的王冠）

阿德莱德：

真的是这样！

圭多：

您明白他的指示了吗？

阿德莱德：

我明白了。

圭多：

您还疑虑吗？

阿德莱德：

这是他的意愿——我愿意听从。

第五幕

第五幕第一场

贝伦加戴着假发和假胡子，穿着乞丐服，正在逃跑。

贝伦加：

没有人追我？——我能喘口气吗？——

听！一阵嗡嗡声——不是！一只瓢虫在叫——

身后有咯吱咯吱的响声？——那是寒鸦沙哑的叫声——

猎人的号角声？——不！是阿尔卑斯山的牧羊人在吹号——

什么在簌簌作响？——是脚底长了翅膀吗？——
什么在低低絮语？——镇定！只是一只鸽子在咕咕叫。——
打起精神来，我捡了一条命；
装成乞丐——却逃脱了刽子手的屠刀。

我曾经勇敢地争取当主角，
现在这个骗人的把戏已经结束，
形势陡然反转，
昨日听到我的指示还在颤动，
千万次地发誓效忠：
我的失败——没有能够幸免！
他们将我奉为神明，
不吝辞藻地奉承我。

但我的王冠还没有失去光芒，
所有人都跑了，像被飓风吹散了一样！
有的人耸耸肩膀避开我，
有的人讥笑着不再惧怕我，
还有人已经骗取了敌人的恩宠，
背叛我让自己苟全性命；
所有人作鸟兽散，像一群蚊子，
只在阳光下起舞。

不出所料，我要覆灭！
我还有匕首——一个手臂还有力气。
拔出匕首，喝敌人的鲜血，

刺穿胆小鬼的胸膛。
仇恨唤起我的新生，
成功的报复——是高贵魂灵的乐趣！
拿到我的头可以得到奖赏——我已经给出了价格，
这样一来我可以主宰每个人的性命。
（只听到远处传来钟声，还有柔和庄重的音乐）

仔细听！那是什么？我听到钟鸣声，
远处传来各种欢呼声，歌声，
传到了山里，回声又折返，
夹杂着嘹亮的铙钹柔和的声响；
一行队伍开始走下山谷，
一个长长的队伍，步态庄重；
有人把一个十字架送到主教面前，
旗帜围绕着金色马车迎风飘扬。

波河①旁，旁边是圣像，
用枝叶搭起了小屋，支起了彩色帐篷——
那不是闹哄哄的战场——
这群人不是去打仗——这里喜气洋洋。
我想——哈！这是护送新娘出嫁！
阿德莱德成了皇帝的新娘！

---

① 波河(Po)，意大利最大河流。发源于意大利与法国交界处科蒂安山脉海拔
3 841米的维索山，注入亚得里亚海。河流全长652公里，流域面积约为7.5
万平方公里。

民众为她欢呼——胜利者为她加冕，
她在欢庆胜利，嘲笑我！

哼！别高兴得太早！
你不过是在做梦；幸福可以被扭转；
你还没有登上胜者的宝座；
颤抖吧！贝伦加还活着！
你将流着鲜血倒在他脚下！
形形色色的宫廷弄臣们会呆若木鸡，
他们为胜利的旅行装扮一新，
却不知道是在为你送葬。
（藏身在墓碑后；音乐越来越近，声音渐弱）

第五幕第二场

阿德莱德盛装打扮，圭多现身。

阿德莱德：
幸福的狂喜包裹着我，
但还是有点儿畏惧。
我们还在犹豫什么？为什么不迎着他走去，
这个命中注定成为我丈夫的男人？

圭多：
马匹在胜利的战车前疲乏地拖着脚步行走，
沉重的装饰压迫着它们；
在欢呼声中，一个营地将建立，

用奥托的彩旗来布置一新。
骑士解开铠甲，
哼着歌卸下马辔；
傍晚的号声已经吹响，
和虔诚民众的祈祷声融为一体。
马驹和战士们在青草地上奔跑嬉戏，
每一顶头盔周围都装饰着清新的绿色。

这条路蜿蜒而行，一直通向帕维亚，
把拯救者请过来。
高贵的女君主，请从白日的闷热中稍歇片刻；
我们站在岔路口，等候他们；
我认识这个地方——我们到目的地了——
您的圭多在这儿找到了故乡。

阿德莱德：（瞥见墓碑）
怎么？你把我引向一座墓碑吗？

圭多：
桃金娘正在这里向着您吐露芬芳。
您活着——我会活下去。——
在这个墓穴里，早已为我备下一张花床。

阿德莱德：
啊！不要打扰亡魂们宁静的栖居。
你怎么突然这样忧郁，胡思乱想？——
你为被迫害的女人殚精竭虑，
王后现在终于可以报答你。

圭多：

> 您要酬谢我？——为您分忧解难
>
> 是我在尘世间的义务；
>
> 我不可以再在世间逗留太久，
>
> 必须服从，上天示意我们分开。

阿德莱德：

> 让你和我分开？——永远不要！
>
> 危难中建立的同盟，在幸福中更新，只会更加稳固；
>
> 你曾经是、以后也一直是我的兄弟——而我是你的姐妹。
>
> 王冠的点缀也是一种谢意。

圭多：

> 当大自然用早春的清新气息，
>
> 编织女人柔软的衣料，
>
> 包裹住一尊美丽的身体，
>
> 把身体变成庄重珍贵的造物，
>
> 好像制造出了天使，
>
> 这个美好的女人——如此妩媚，如此明丽！
>
> 却不能否认布料的来源，
>
> 那是春的气息，狂风一吹就散，
>
> 别人的呼吸可以轻易地摧毁和荼毒它，
>
> 如果温柔的内心在交战，
>
> 那么热情会造成尘世的障眼法，
>
> 而尘世的障眼法又会玷污上天的职责。
>
> 上帝看到了——他派人来保护他最美的作品；
>
> 无辜者的保护神，那位强者，

在上帝面前出现——

一个眼神——两个人飘然离开他的光环。

无辜者得了圣女的庇护，

手无寸铁，在人间漫步——

然而纯粹的天下太平也将她引向深渊，

面对擦亮的刀刃；

直到这个美人紧紧依偎着强者，寻求保护，

通过结盟获得力量！

将胜利的力量和纯粹的意愿结合，

这个女人的幸福才得以稳固。

在此之前，圭多还能环绕在您四周，

贞洁的女人啊！现在不得不与您告别，

将您交托给更强大的神灵护佑，

我曾是无辜者的保护神。

阿德莱德：

奥托的保护会威胁到我的珍宝吗？

无辜者不也是用来修饰他妻子吗？

她是否能成为别人的母亲，

把自己的婴儿揽在胸口？

那我也愿意问候我的丈夫，

英雄的武力和权力保护着我；

所以我就应该失去那个可爱的引路人吗？

他曾忠诚地把我引向这个目的地。

第五幕第三场

（前场人物）

贝伦加：（出现，低沉着嗓子开口）

啊，希望并没有欺骗我这个老人！——

高贵的女君主，意大利的珍宝，

请允许我向您祈求第一份恩典；

在我身上证明您的新身份的神力。

（他企图靠近她；圭多走到两个人中间）

阿德莱德：

说吧，你想要什么？ 我身处困境，

但现在又可以帮助他人。多么美好的权力！

你为戴着王冠的人带去欢乐，

你册封她的族类，并恩宠她！

圭多：

小心。

阿德莱德：

不要紧。祈求我帮助的人，

可以对他们尽情倾诉心怀；

如果被压迫的人有所请求，

冰冷的气息不该封闭君主的心灵。

但我自己也缺少生的欢乐，

在漫漫长夜看不到希望之星，

所以我很容易被别人的痛苦打动，

所以，说吧，老人家；我在聆听，愿意帮助你。

贝伦加：

　　长期的重病已经将我压垮，
　　我的双目渐渐失去光明，喘息着步履蹒跚；
　　我四肢麻痹，
　　没有草药可以治愈疾病，挽回衰老的体力。
　　但不安的父亲的忧虑紧紧攥住我，
　　我不得不喘息着走进我的墓穴；
　　直到今天早晨，
　　一位虔诚的隐士打开了希望的大门。
　　"去吧"，他说，"被痛苦折磨的人！
　　还有一位医生活着，能治好你的病，
　　去寻找阿德莱德，高贵的王侯之女；
　　神力环绕着皇帝的王座。
　　在这把王座上，她历经命运的残酷打击，
　　美德现在给予她封赏；
　　假如她将温柔的手放在你的头顶，
　　你就能骤然神奇地重获健康。"

　　我拄着乞丐的手杖，蹒跚而行，
　　手杖现在变绿，焕发了希望，
　　现在我在这墓前向高贵的女君主下跪：
　　请您为老者续命！
　　如果乞丐结结巴巴地说出感谢，
　　在女君主听来值得怜悯，
　　如果这个羸弱的病人的信任没有付诸流水，
　　请向他伸出您神奇的手！

阿德莱德：

> 我是上帝的女仆，只在尘土中祈祷，
>
> 感觉不到身上有神力；
>
> 但有可能，这虔诚而天真的信仰，
>
> 在你身上能现出奇迹。
>
> 一位神明也许会现身帮助您，
>
> 他仁慈，永远不会遗忘可怜人，
>
> 而我只能为你祈祷，
>
> 看吧，我发自内心祝福你。

她朝他走过去，把手放在他头顶。他用左手抓住她的手臂，跳起身用右手举起匕首向她胸口刺去。此时圭多扑上来，用自己的胸膛挡住了这次袭击。匕首插在他胸口。贝伦加吃惊地后退，呆呆地盯着他看。

阿德莱德：（倒在一棵树旁）

> 啊！

圭多：（坚强地站立，没有喊疼）

> 贝伦加！你的伪装已经被识破。
>
> 你这个卑鄙的魔鬼，快认出我来！
>
> 你在阳光下隐藏得很深，
>
> 卑劣地撕碎别人的胸膛。

一阵雷鸣。圭多突然浑身雪白站在他面前，把匕首扔到他脚下。他的伤口在流血。

贝伦加：（害怕得发抖）

> 小孩，那是什么？
>
> 你的声音在空洞的胸口发出可怕的回声——洛泰尔，
>
> 你的亡灵抓住我，紧紧攥住我的心——

我在哪儿？——我为什么寒毛直竖？——

大地在摇晃，我站在陡峭的悬崖上——

深渊张开大口，地狱在嘲笑我——

一种无名的力量迫使我开口：

这是神吗？不！不！他不是神！

（他摇摇晃晃，圭多稳步跟在他身后，直勾勾地盯着他）

你为什么盯着我看？——美杜莎①的头颅！

放开我，你这个卑鄙的上天的奴仆！

那不是神！——我为什么要忏悔！为什么要赎罪！

这种意外不过是骗孩子的把戏！

哈，那儿！闪电！——树枝在熊熊燃烧——

你为什么盯着我不放，跟在我后面？——

放开我！消灭汹涌的河流！

如果还有永恒，走开！往后退！

（踉踉跄跄地往前走）

第五幕第四场

（圭多、阿德莱德）

圭多：

他神志不清，已经逃走了。

---

① 美杜莎是古希腊神话中的人物，她原本是雅典娜神庙的女祭司，因遭到雅典娜的惩罚和诅咒而变成蛇发女妖。美杜莎后被珀尔修斯杀死，砍下头颅。任何看到她眼睛的人都会立刻变成石头。

被地狱幽灵们嘲弄，被诅咒！
他无法挣脱火焰的泥潭！
阿德莱德：（挣扎着起身）
圭多！你受伤了！
圭多：
上帝在召唤我。
阿德莱德：
那我怎么办！——哎呀！
你站在超凡的光芒中，
那是最纯洁的上天的光亮！
你的脸庞照耀着我！
你是一位天使！
圭多：
是的，我曾是你的天使！
阿德莱德：（跪下）
圭多：（扶她起来）
你只需在上帝面前下跪；
他派我来帮助你。
站起来！最后的日子快来了；
分别的时刻即将到来——迎接它的到来！
（只听到远处传来战斗的行军，脚步越来越近）
阿德莱德：
你要离开我吗？
圭多：
你听到了吗？
远处的鼓声已经在宣告，胜利者快来了。

啊，不要担心圭多会离开你，

你会在奥托身上重新发现强者。

从此以后，一条铺满鲜花的平坦大道，

将温柔地抚平英雄粗砺的轨迹，

他和你分担忧愁，共享爱情和荣誉，

他用强大的双手牵你共度人生，

直到面对天国之门前的圣迹！

那时，我们所有人在悦耳的合唱声中欢呼，

面对天国的新娘！

那时，你会首先听到，

你在世间如此信赖的声音。

我已经看到星辰的光芒照耀着我，

只是这借来的躯壳还在提醒我，

偿还尘世间的债；

陌生的羁绊从脖颈后解除。

阿德莱德：

你要死了！哎呀！——一个陌生男人走近我，

把我当作新娘，拥抱我——我孤零零地站立。

这个时候你要离开我吗？

难道你最后的叹息成了我的新娘曲？

你要死了！——噢，多么痛苦！——死神之箭也刺穿了我的心！

圭多！留下吧！

第五幕第五场

（前场人物、奥托、随从）

奥托：（随从们匆匆忙忙地赶来）

　　就是她！——发生了什么事？

阿德莱德：

　　主人！我的天使离开了！

奥托：

　　啊！我认出你了！留下吧！

圭多：

　　我不能留下——欢迎你！——看吧，

　　我们的努力成功了——祝你幸福——幻象消失了——

　　你用剑争夺来的嘉奖，

　　现在从我冰冷的手中接过它吧——

　　（把阿德莱德王后的手放到奥托的手中）

　　向我发誓，你永不变心。

奥托：（拥抱阿德莱德）

　　我向你发誓！

圭多：（面对阿德莱德）

　　好吧，你的保护神苏醒了——

　　胜利！胜利！我已经完成任务——

　　上帝！带我走吧！你的意志已经实现！

被窃者
DIE BESTOHLENEN

（独幕喜剧）
根据科策布作品改编
（1817）

人物

> 埃戈，庄园主
> 汉斯·弗洛姆特，庄园主（简称"汉斯"）
> 弗里茨，汉斯的儿子
> 邮差

故事发生在一座小城的城门前，左右两边是埃戈和汉斯的房屋。

第一场

汉斯：（手上提着一袋钱，从家里走出来，抬头看天气）
　　这天气不肯迁就我的田地！
　　没有法子可想——无能为力的事情，
　　不要为这种事情发愁；爱怎样就怎样吧。
　　在好日子到来之前，安安静静地干活，
　　还有问问这世上所有的行业：
　　他是不是一个幸运儿，有没有力气。
　　年轻的时候，我就学到了经验，

这世上没有人送我财富。

我正派又努力，想达成一些目标，

常常冥思苦想——但从来没有成功。

上帝只给了我一件东西，让我牢牢抓住：

那就是轻松乐天的个性，从来没有离开我，

关于将来，我从不担心、害怕和怀疑，

即便我是一个穷光蛋，也总是十分高兴。

哎！严格说来，这样并不坏，

我从来不会高兴得忘乎所以；

谢天谢地！汉斯·弗洛姆特没有遭遇窘境，

田产虽薄，总还有饭吃。

我们获取丰厚的租金，

从土地上压榨出六百塔勒，

今天我高高兴兴，清清楚楚

把这笔数目偿还给债主，

往后的日子，让亲爱的上帝去操心吧。

第二场

（汉斯、弗里茨）

弗里茨：

啊，父亲！——

汉斯：

发生什么事了？

弗里茨：

又有一具尸体！

汉斯：

家里吗？

弗里茨：

不，在马厩里；长角的牲口得了瘟疫。

汉斯：

谢天谢地，孩子，幸好我们不是牲口。

弗里茨：

小牡马的右眼瞎了。

汉斯：

如果两只眼睛都瞎了更糟。

弗里茨：

那头漂亮壮实的牛犊不肯喝奶。

汉斯：

那我们把奶喝了吧。

弗里茨：

小麦着火了。

汉斯：

只要我的屋子不着火就行。

弗里茨：

田里没有雨水。

汉斯：

这件事情上帝说了算，我们再抱怨也无济于事。

这里有个口袋！你马上送去伯爵那里。

你知道，我们还欠他很多钱。

他去年还有耐心宽限我，

今年我得加紧干活好还债。

弗里茨：

要不是您够卖力，您肯定缺不少钱，

否则这笔数目还要少呢！

汉斯：

确实如此！

我家里很少有美酒和烤肉，

但不缺好心情，它总是忠诚地陪伴我们左右。

短缺固然不好，但永远不缺——更糟糕；

有些人，命运吝惜给予他们生活的乐趣，

他们能敏锐地体会享受的感觉；

一些小事，纵情享乐的人早就提不起兴趣，

却能让贫乏的人轻松愉快。

你想想看，孩子，我们常常静静地感受幸福——

你母亲，你，还有我——采摘草莓，

同时享受新鲜空气，获取新的活力，

最后你妈妈把鲜奶浇在草莓上。

多么沁人心脾！再说了，

这样的美味花费多便宜！

弗里茨：

也许我也能冷静地看待财富；

但我不想彻底鄙视美食盛宴。

欢庆的日子，一切都闹哄哄的，

暖风吹拂一整天。

这一切也唤起了新的活力，单调使人疲累，

如果不是时不时沸腾一下,血液都要冷下来了。
节日中断了千篇一律的生活,
这样一来,旧的事物重新变得可爱。

汉斯：

是啊,是啊,谁能拥有这一切呢——

弗里茨：

当然了！ 听着！ 我想,
我很快要把这样一天送给您。
我爱玛尔欣;假如您不反对,
大吃大喝让您振作精神的日子已经不远了。

汉斯：

是邻居家的女儿？ 唉,我不反对;
不过他,那个有钱的吝啬鬼,他怎么想?
你知道,他脾气古怪,
满脸不高兴地接受甜美的生活;
你知道,世界在他的头脑里多么黑暗,
他坐拥幸福,却挖空心思想不幸的事情。
你一文不名,可他家财万贯——

弗里茨：

我希望,女儿的爱情可以使一切平等。
我早就懂得怎么去顺从这个老头,
甚至帮着去改善这个邪恶的世界。
假如他骂过了头,我就赶紧抛出王牌。
如果他抱怨,说人类不过是可怜虫,
在人世间生来受苦,
我就和他一起哀哭,就好像耳边听见狼嚎。

汉斯：

　　哎呀,哎呀,你这个伪君子!

弗里茨：

　　别太较真,

　　为了漂亮女人,谁没有这么干过呢?

　　只有做做蠢事,才能让傻瓜们变得友好。

汉斯：

　　哪本道德败坏的书教你这种道理?

弗里茨：

　　我从一本人人喜欢的杰作里学来的,

　　这本书或多或少能派用场,这本书——就是世界!

　　所以您知道我是怎么做事的;

　　我今天要去求婚,我想也许能成。

汉斯：

　　上帝保佑吧! 美妙的时间正在流逝,

　　去吧,乘着市场上还没有人挤人,你快去吧。

　　(他把钱袋交给儿子)

　　人那么多,货摊一个挨着一个,

　　你知道,你走的这条路要穿过拥挤的人群,

　　有人可能对你恶作剧,

　　转眼之间你的天堂就完蛋;

　　因为如果我今天不能还清旧债,

　　我将不得不失去房产,得不到任何同情。

弗里茨：

　　别担心! 拿来吧! ——把钱袋交给我,

　　一个小时以后您就可以拿到收条和凭据。

　　(下)

第三场

汉斯：（独自一人）

但愿上帝成全，爱情和希望不要欺骗他！

他的幸福——除此以外我还能向上天祈求什么呢？

但是幸福不仅仅只对富人微笑，

否则穷人就绝望透顶了。

幸福究竟是什么呢？幸福在于花天酒地，

在于大吃大喝吗？

肯定不是！真正的幸福只在自己家中。

在那儿感觉自在，在那儿觉得舒服，

假如傲慢责骂他，他微笑。

家庭生活让他每天拥有美好的时光，

外面的世界只能逗引他，不能伤害他，

成群的拥护者无论怎样尊重他或称呼他，

他都无所谓，只要他的家人没有误解他；

他迎娶的女人，依偎在他身旁的孩子，

和他一起喝汤感到满足的朋友，

这些人为他创造了幸福，即使他头发花白，

这些人最终让他墓前的土轻舞飞扬。

第四场

（汉斯、埃戈）

汉斯：

　　欢迎！上帝给了您快乐的时光！

埃戈：

　　我们到这世上来，是为了高兴吗？

汉斯：

　　我觉得是。

埃戈：

　　绝非如此！听我说，上帝为什么创造了我们：
　　恐惧、悲伤、困苦和死亡是凡夫俗子的职能。

汉斯：

　　这可不行啊！

埃戈：

　　想要真正重视生命的价值，
　　必须把生命像死亡一样看待。

汉斯：

　　那样太不幸了。

埃戈：

　　是的，天哪，太不幸了！
　　人活一世不过是在追求泡影罢了！
　　短短几年，时间飞逝，
　　睡眠和童年就要分走一半时间，
　　四分之三的时间常常在忍饥挨饿，

忧愁和烦恼又消耗了剩余的部分。
坦率地承认吧,好邻居!
我们仿佛生来就是在人世间学习计算的。
困难,苦涩的困难则是计算大师;
人们坐着,流着汗,呻吟着——结果就是一死。

汉斯:

假如我要这样用苦木①给人生调味,
宁愿一头跳进河里算了。
坦率地承认吧,好邻居!
在这世上您至少还有理由抱怨。
您一开始就蒸蒸日上;策划已久的诉讼,
尽管道理上不一定站得住脚,您却赢了。

埃戈:

我当然赢了——

汉斯:

您买彩票,
买什么中什么。

埃戈:

是的,我从来没输过。

汉斯:

生意场上您也同样顺风顺水:
您有一堆谷子,价格很快就涨上去了。

埃戈:

没错。

---

① 苦木,灌木或小乔木,茎、皮极苦,有毒。为园艺上的著名农药,也能泻湿热、杀虫治疥。

汉斯：

> 冰雹把我们最后一根麦秆一折两段，
> 却有云朵在您的田地上空飘过。

埃戈：

> 飘过！

汉斯：

> 您非常有钱。

埃戈：

> 我不缺钱。

汉斯：

> 您夫人很听话。

埃戈：

> 图斯奈尔德太太很听话。

汉斯：

> 女儿漂亮又好心肠。

埃戈：

> 嗯，还不错。

汉斯：

> 您身体健康。

埃戈：

> 哦，没错。

汉斯：

> 您胃口又好——

埃戈：

> 我胃口好。

汉斯：

那睡眠呢？

埃戈：

我睡觉不太容易被人打扰。

汉斯：

我请问您，您还想要什么呢？

埃戈：

亲爱的邻居，也许您不明白，

您在这个罪恶的世界上快乐地生活，

只是很浅显地得出一个平淡的结论，

考虑一下，得从两个方面看这个问题。

财富固然好，却常常让人尴尬——

我不得不提心吊胆，防止被贼偷；

眼下我有很多现金放在箱子里，

如果被人偷走了，我就得去要饭，或者绝食。

健康固然好，但今天鲜活红润——

您知道那句古老的谚语——明天也许就断气。

我的妻子固然好，那有什么用！她随时都可能会死。

人是什么？是个玻璃杯！轻易就会变成碎片！

我女儿虽然漂亮，只会让我更发愁，

因为，哎呀！她是——与生俱来的少女。

狼群始终在窥伺着，我不得不睁着锐利的眼睛保护好我的羊羔，

时而吼两声，时而阻止他们。

汉斯：

我的儿子很乐意为您分忧。

埃戈：

　　是啊，您儿子很听话，他和我一样想，不过——

汉斯：

　　他没有钱，不是吗？

埃戈：

　　是啊，这就是问题。

　　靠空气和爱情怎么活得下去？

汉斯：

　　但您的财富——

埃戈：

　　唉！幸福是会转变的。

　　尽管随着时间流逝，我女儿会继承我的遗产；

　　但这段时间里，她的丈夫要供她吃饭，提供储备，

　　因为您知道，只要我活着，她得不到一个子儿。

汉斯：

　　您真是够顽固的。

埃戈：

　　还不算最顽固的。

　　为自己和别人省钱，难道就是顽固吗？

汉斯：

　　给予是这么美好——

埃戈：

　　绝不！

汉斯：

　　行善的快乐——

埃戈：

只有忘恩负义的人才这么做，

所以我宁愿一毛不拔。

第五场

（弗里茨、前场人物）

弗里茨：

啊，父亲！太可怕了！

汉斯：

怎么了，发生什么事了？怎么回事？

弗里茨：

我该怎么跟您解释。

您看到了一个不幸的孩子，绝望啊！让我走吧！

汉斯：

你太不正常了；绝望？这是什么话！

到底发生了什么事？

弗里茨：

钱不见了！

汉斯：

我的钱吗？

弗里茨：

钱被偷了！

汉斯：

整整一袋钱——

弗里茨：

　　肯定是魔鬼把钱拿走了！

汉斯：

　　嘿！真是糟糕。

埃戈：

　　把魔鬼画在墙上，

　　一转眼，魔鬼已经在手上了。

汉斯：

　　这件事是怎么发生的呢？

弗里茨：

　　农民们熙熙攘攘挤满了市场，

　　我手臂紧紧夹住钱袋，

　　在人堆里奋力往前挤；

　　有一个老人站在重物面前，扛不动，

　　他大声求过路的行人帮忙，

　　把包裹放到他肩上，

　　因为他自己没有力气提起来；

　　但每个人冷漠地走过他身旁，嘲笑他，

　　我斥责这样的行为！怎么能让老人束手无策，

　　于是我把钱袋紧紧地靠在双脚之间，

　　吃力地去搬他的包裹。很快完事了。

　　我得到了神的酬谢！我想继续赶路；

　　但是天哪！我刚想弯下腰去拿钱，

　　钱却不见了！一个狡猾的小偷从我身后把钱偷走了！

　　我大声喊叫——人们围拢过来，询问我，盯着我看，

　　也许为我惋惜，但是建议和安慰有什么用呢？

没有人说见过那个贼！

而且小孩子们还嘲笑我。

埃戈：

从原则上讲，他们也不是没有道理；

谁让你去帮忙呢？

弗里茨：

哎，那是我应该做的。

埃戈：

哎呀！这种事情在年市上并不稀奇；

买卖、欺骗和偷窃；

每个人都必须牢牢盯紧自己的口袋，

想求别人帮忙，大家才不搭理他呢。

弗里茨：

我父亲可不这么想。

汉斯：

我绝对不这样想！

看到别人有困难，我不会无动于衷。

你做得很对。虽然损失惨重，

债主很严苛，我的庄园保不住了——

弗里茨：

唉，父亲！都怪我！

汉斯：

不是的！——幸福女神的诡计，

即便此时此刻也不能夺走我的快乐。

努力热情履行义务的人，

冷静勇敢地承担上帝的赠予。

现在怎么办呢？这笔钱——咳，落到贼的手里了！

只要健康、勤奋和快乐陪伴我就行。

埃戈：

您是位哲学家。

汉斯：

假如这算是哲学的话，

我要感谢大自然，我可从来没有学过。

弗里茨：

快走吧！去找警察！去找律师！

噢，但愿我偶然会撞上那个恶棍，那个小偷！

（下）

第六场

（汉斯、埃戈）

埃戈：

好邻居，我真心为你难过。

汉斯：

谢谢！

埃戈：

或许我能出个主意，帮您的忙？

因为我要让您重新拥有过去的财富，

我日里思，夜里想。

汉斯：

省省力气吧！只要您真想帮我——

埃戈：

　　我完全是真心实意！

汉斯：

　　那好吧，把您的钱借给我。

　　如果我努力干活得到老天的帮助，我真的会还给您的。

埃戈：

　　我可敬的邻居，您知道，我们像兄弟一样友爱，

　　您是我在这个可鄙的世界上最最亲爱的朋友。

　　我与您同生共死，与您交心——只是我不和您分享我的钱。

汉斯：

　　您知道，我很愿意保护好邻居的钱袋。

　　还有一个办法——把玛尔欣嫁给我儿子吧！

　　现在，因为他一无所有，您这样的举动很深明大义。

埃戈：

　　深明大义，不过——我的心宽宏而柔软——

　　当我听到别人说到义举，

　　每次都会流下热泪。

　　因为没有什么更打动人了！

汉斯：

　　所以您的打算是？

埃戈：

　　上帝啊！噢，不！

　　在这个讨厌的世界上，我们不可以深明大义；

　　只会因此遭到嘲笑，被认为愚不可及；

　　所以，亲爱的邻居，我们之间还是和从前一样吧。

　　相信我，我的心同意深明大义——

我认为这样很美好——但我自己不这么做。

汉斯：

太棒了！我不想给您添麻烦。

和您没什么好说的。我要去收拾行囊。

即使我不得不去漫游，快乐还是会伴随我。

听着！您至少把我美丽的庄园买下来吧。

埃戈：

那座美丽的庄园？——啊，为什么不呢？——为您效劳——

汉斯：

您已经常常在盘算，我倒大霉。

埃戈：

绝对不是！我买下它，

只是在我朋友遇到困难的时候，出手帮一把。

汉斯：

随便您怎么说吧。

埃戈：

您开价多少？

汉斯：

您知道，我不会狮子大开口：

这座庄园花了我一万塔勒，而且是现金。

埃戈：

一万塔勒！太贵了！

但是我绝对不愿意利用邻居的困境！

我给您六千塔勒吧。

汉斯：

还有这修葺，

花了多少钱和力气——

埃戈：

是啊，六千塔勒！拿去吧。

汉斯：

哎呀！这样算下来，

我几乎损失了一半。

埃戈：

我很同情您！

我愿意支付一万两千塔勒——只要您不捐出去；

同时我不得不失去可敬的邻居！

汉斯：

假如您这么在乎，那么借给我，您这位可敬的邻居，

六百塔勒吧，赶紧啊！他就可以继续留下了。

埃戈：

啊，我很想这样做！不过您似乎不知道，

我是个傻里傻气的怪人，心又软：

说到做到；

如果食言太没意思了。

汉斯：

好吧！迫于无奈，我只能低头了。

但是我要现金！——我可以立刻把价格抬高吗？

埃戈：

两百个金路易①已经包好，

① 法国金币名，铸于 1641 年至 1795 年间。币上铸有路易十三和路易十四等人的头像。

我去取钱,签下契约;

但是,再一次,再一次,在没有完成交易前,

您想想,我多么难过——朋友,想想这结局!——

我们曾经这样和睦又高兴地生活在这里!

雷鸣阵阵,夺走了我的朋友!

我还要住在这里吗? 要的! 您朝街上走去——

尘世间的幸福是一个泡影。

(下)

第七场

汉斯:(独自一人)

是不是真的,财富常常让人变得冷酷,

所以我感谢上帝,他从来没有给过我财富!

没有打动我内心的东西,我很快就已遗忘。

虽然我深陷困境,他夺去我的地产,

他却不能同时买走我的快乐;

所以他很穷,会一直穷下去,我很富,也会一直富下去。

只要我不缺这最大的珍宝,

我就不会问:上帝赐我的面包在哪里?

天地这么大,我要走了;只有一件事让我难过——

我可怜的儿子——他必须分手,而他坠入了爱河!

假如我可以如他所愿,让他娶了玛尔欣,

我真的愿意再被偷二十次。

第八场

（埃戈、汉斯）

埃戈：

被偷了！是啊，我被偷了！

汉斯：

什么？您也被偷了吗？

埃戈：

我被偷了！是啊，还是不是，帮帮我吧！

这是真的，又不是真的！怎么可能呢！

就算只是假象，这假象让我无法忍受。

汉斯：

我的上帝啊！发生了什么事？您的脸苍白——

怎么回事呢？

埃戈：

我说了，您也听到了！我一无所有了！

我还不能从害怕中转过神来：

魔鬼有一个口袋，他把埃戈家的东西拿走了。

汉斯：

怎么可能！又有一个贼出现吗？在您家吗？

埃戈：

真是怪事！上帝帮帮我们吧！我的财产完蛋了。

年市上管风琴还在演奏，城门上还贴着布告，

那个贼悄无声息地潜入，一点不畏惧通缉令。

汉斯：

尊敬的先生，您认命吧，事情已经发生。

埃戈：

已经发生！已成事实！该死的，您耐心地旁观，

冷静地想：一切都是虚无；

不是空的，塞得鼓鼓的钱包可不是虚无！

一千两百个金路易！——这个整数，

一千两百次地照亮我的心头，快活无比！

汉斯：

好吧，那您跟我说说，这个事儿是怎么发生的呢？

埃戈：

哎呀！趁着我和您叙旧，

那个贼已经爬上了花园的围墙，

撬开我的小房间，背着钱袋逃之夭夭！

那一袋子钱！我真想把自己的头发从脑袋上扯下来！

汉斯：

难道没有人看到那个家伙吗？

埃戈：

不，不，有人看到他逃走了。

我那上了年纪的花匠跟在他后面跑，但他一瘸一拐，

所以毫无疑问！那个恶棍逃脱了！

您说说看，现在该怎么办？

汉斯：

您就像我一样坦然接受吧，

没穿袜子的人，必须耐心习惯习惯。

埃戈：

　　您安慰起人来真是古怪！呸！我觉得您太讨厌！

　　没有钱我可怎么办？一文不名啊。

汉斯：

　　有很多人，身无分文，

　　我们依然很尊敬他们。

　　当我看到这么个人，大腹便便，双下巴，

　　像青蛙一样鼓着腮帮，像孔雀一样洋洋自得，

　　高傲地俯视整个世界，

　　就因为他继承了财产，也许还是靠放高利贷：

　　我常常冒出朴素的念头：

　　该怎么对这个人呢？他对国家有什么贡献？

　　假如他的钱突然从银箱里消失，

　　现在必须自食其力呢？

　　那么这个胖子的境况真的就很糟；

　　上帝才知道！就算我缺一个雇农，我也不会找他。

埃戈：

　　您的意思是——

汉斯：

　　我不是这个意思！您不属于我说的情况！

　　不过是我偶然因此想到而已。

　　您是一个正直可靠的人。

埃戈：

　　唉！口袋里没钱，

　　功劳不过是废物而已。

您就算像莱布尼茨①一样卓越，像康德②一样伟大，

有钱人还是排在您前头，您得到的不过是虚名。

凝聚才智写作品！卷册目录塞得满满当当，

但人们更喜欢货币。

贫穷的西塞罗给富有的犹太人让路，

虽然残酷，事实就是如此。

金钱是世界的核心！受人尊敬也只意味着，

牙口好的人，把这个核咬出来。

我那么奋力撬开它！而且我已经拥有了，

虽然不是整个核，怎么说也得到其中一部分，

对每个民族，即便是易洛魁人③来说都足够了，

毫无意义地得到别人的尊敬。

我真的这么出色吗？——现在是犹豫的时候吗？

该死的哲学家！这种冷静让我吐露了真情。

（转过身去）

汉斯：（自言自语）

请允许我！我几乎感到骄傲：

艺术家让我拥有其他更好的气质。

---

① 指戈特弗里德·威廉·莱布尼茨（Gottfried Wilhelm Leibniz，1646—1716），德国哲学家、数学家，历史上少见的通才，被誉为"17世纪的亚里士多德"。
② 指伊曼努尔·康德（Immanuel Kant，1724—1804），出生和逝世于德国柯尼斯堡，德国哲学家、作家，德国古典哲学创始人，开创了德国古典哲学和康德主义等诸多流派，对近代西方哲学影响深远。康德是启蒙运动时期最后一位主要哲学家，是德国思想界的代表人物，也是西方最具影响力的思想家之一。
③ 易洛魁人是北美洲印第安人的一支，原分布在密西西比河以西，后迁到安大略湖和伊利湖一带。

第九场

（弗里茨提着一个满满当当的大口袋跑过来，前场人物）

弗里茨：

嘿！我收获不小呢！

汉斯：

你抓到贼了吗？

弗里茨：

没有抓到偷我们的贼！但是您看！我可没有白忙乎。

我徒劳地穿过大街小巷，

悄悄跟踪嫌犯，

我审视人潮中每个人的脸——

他们看上去都很正派，又都没有什么用处。

于是我绝望地看着美丽的蓝天，

我看到城门外的田野里一阵骚动！

您的园丁急急忙忙地在街上奔跑，

然后坐在一块石头上，累得上气不接下气。

他还没有力气缓过神来，就跟我说，

参加年市的人也偷了您家，

一个贼胆大妄为，翻过您花园的围墙，

找到通向您金钱的——

埃戈：

是通向我心灵的路。

弗里茨：

那个园丁看到这一切，追了出去，

但很快就累得倒下了,不得不大口地喘气。

埃戈:

跑步还需要喘气吗? 他赶快跑啊!

就能一把抓住贼了!

弗里茨:

我请求他:只要再说一句!

只要用手指一下! 指给我看小偷逃跑的路线!

他指给我看了! ——人群压迫似的围拢在我四周,摩肩接踵。

他们给我让路,而我——

埃戈:

你怎么样?

弗里茨:

我开始狂奔。

这辈子我从来没有这么一路狂奔;

我已经离他很近了,我伸手去抓,差点就逮住他了。

埃戈:

只是差一点! 唉,多么不幸啊! 唉!

弗里茨:

但是当强盗发现自己已经没法脱身,

因为我就在他身旁时,

他金蝉脱壳,溜之大吉! 接下来的事情太没意思了,

他把沉重的口袋扔到路中央。

我心里寻思:以上帝的名义逃跑去吧!

绞刑架会收拾你;我缴获了赃物,

将它拖到这里来,东西实在太重,我背不动;

但我想为您效劳。

埃戈:

　　啊! 这不是我的袋子! 我的袋子很小;

　　这是个马厩里放麦子的口袋。

弗里茨:

　　就是啊,这个袋子太重了。

埃戈:

　　你在里面找到什么了?

弗里茨:

　　您自己打开看看吧,我还没有打开看过。

　　不过扛着走的时候口袋太沉,压得我难受——

　　您试试,这个袋子塞得很满。

埃戈:

　　我看看。(打开口袋)

　　我猜得没错! 是马厩里的干草料。

弗里茨:

　　不过干草里还藏着什么吗? 重得像铁块。

埃戈:(把一些干草扔出来,继续翻找,从里面掏出一个小袋子)

　　这是我的口袋! 值钱的口袋!

弗里茨:

　　您看! 我说对了吧。

汉斯:

　　您真走运!

埃戈:

　　今天我的运气也不算坏。

　　这个口袋还是密封的——分文未动!

　　(对弗里茨说)

噢，我的心里充满感激。

不过还是别大声嚷嚷了！

汉斯：

为什么呢？

埃戈：

你为我背负重担，

所以我也为你背负欠下的谢意。

汉斯：

偿还谢意难道不更好吗？

埃戈：

邻居，别说话，你可别说话，我知道我的义务。

人是健忘的！如果现在我一件事情做一次，

谁知道呢，可能我还没死，我就已经忘记了这一善举。

不，我还是省省吧。

弗里茨：

我想要的酬谢也不是金钱。

埃戈：

太好了！我知道您希望得到什么，

由衷的感谢，对您来说最为珍贵。

我一生都对您感激涕零，

我要每天默默地重复我的感激。

汉斯：

这样的慷慨实在太过分！

埃戈：

我不过偶尔如此。

善举让我由衷地感到快乐。

> 您看这个事实！我不想诅咒那个贼，
> 但还想继续翻他的袋子。——
> 看看！还有各种各样的东西！真的！没有干草！
> 一套银餐具！东西还真不少。
> 啊，甚至还有一盒珠宝——
> 要是这个狂妄的贼经常偷我就好了。

汉斯：

> 我们算明白了！幸福总是盲目的：
> 一个人踏上地毯，腿就骨折，
> 另一个人从四层楼高的屋顶摔下来，
> 却能像猫一样双脚站立——笑吧，
> 可怜的弗里茨，即使幸福没有朝我们微笑，
> 清醒的认识也是一种珍宝，让人不断感觉快乐。

埃戈：（还在忙不迭地翻找）

> 等等！这真是幸福的欢乐时刻：
> 大袋子底下还有一个袋子！
> 哎呦！是六百塔勒！

汉斯：

> 这是我的钱。

弗里茨：

> 谢天谢地！
> 是我们的钱！

汉斯：

> 拿过来。

埃戈：

> 拿过来！——听上去真粗鲁。

您怎么证明这钱是您的呢?

就凭一句话,您就想搪塞我吗?

汉斯:

我说得还不够吗?

埃戈:

当然不够!

汉斯:

我儿子不是还没有查看过一切吗?

您就这么酬谢他吗?

埃戈:

他的美德应该给他带来幸福和运气;

但他没有办法向我证明有权利拿到这笔钱。

汉斯:

您想独吞?

埃戈:

是啊! 这是正当所得,

我受了惊,幸福女神想加倍补偿我。

汉斯:

我认得这个袋子——

埃戈:

袋子总有相似。

汉斯:

换句话说,假如我现在去找律师呢?

埃戈:

既然这样! 那就会有诉讼,您大概知道,

每场官司我都能赢。

汉斯：

是啊，太遗憾了，这是真话！我看您经常赢，

就算理由是胡编乱造的。

埃戈：

那现在呢？

弗里茨：

您知道了吗？您就留着我们的钱吧，

把玛尔欣嫁给我。

埃戈：

哎呀，你是个聪明人。

就因为父亲觉得你到处瞎跑，

就想花点小钱把我女儿买去吗？

想也不要想。我还不打算把我女儿交易出去。

这个宝贝只能嫁给有钱人。

您听着！我也不想把钱放在口袋里，

我们的地产交易还是照老样子；

您从里面搬出去，让我十分难过，

我看不得不和您分别了。

我不得不信守承诺，不过我付钱十分爽快，

我当场给您六百塔勒。

汉斯：

我自己的钱？

埃戈：

不是，这是我的钱。您只要写下收据，这钱就归您。

汉斯：（在一旁）

啊！太无耻了！

第十场

（邮差、前场人物）

邮差：

谁能告诉我汉斯·弗洛姆特住在哪里吗？

汉斯：

我就是。

邮差：

您就是那个庄园主？

汉斯：

是的。

邮差：（指着一封信）

我要邮资。

汉斯：

这是给我的信吗？

邮差：

是啊。这封信从荷兰寄过来，

昨天我已经拿着信挨家挨户跑了个遍。

汉斯：

给我吧。邮资多少？

邮差：

四个古尔盾①！还有一点小费，您随意给。

---

① 古尔盾，也译作"古尔登"，荷兰、德国、瑞士的州或自由市以及中欧的某些国家在某些历史时期曾发行过，在 19 世纪的德国南部一度流行，是一种银币。其他原荷兰殖民地(如荷属东印度、荷属圭亚那)曾经也使用过名为古尔盾的货币。

汉斯:

> 我的朋友,我到哪儿去弄四个古尔盾呢?
>
> 我翻遍所有衣袋,空空如也。

信差:

> 哎! 真糟糕,那我不能把信给您。

汉斯:

> 那您收着吧,我的运气也不指望这封信。
>
> 我很少收到信。
>
> 信的内容估价也太高了。

信差:

> 那我把信带回去了。

汉斯:

> 随您的便吧。

埃戈:

> 哎呀,您不知道信从哪里寄过来,
>
> 或许它能给您带来好运呢,
>
> 您好好想想,您这是故意把好运气往外推呢。

汉斯:

> 我是故意吗? 并非如此啊。我是没有办法花钱收信。

埃戈:

> 好吧,把信给我,这钱我付了。

汉斯:

> 我很乐意。

埃戈:

> 不过别事后找借口;
>
> 这封信里许给您的东西——归我——听明白了吧。

汉斯:

> 这是您的财产;您就一直留着吧。

埃戈:

> 好吧,我的朋友。这是邮资。

邮差:

> 信在这儿。
>
> (下)

汉斯:

> 邻居先生,这回您被骗了。

埃戈:

> 还没有呢。

汉斯:

> 在您拆开信以前,我认为有义务,
>
> 用皇帝的名义向您担保,
>
> 我压根儿不指望从荷兰得到什么好运气——

埃戈:

> 不管怎么样,我先看看信再说。

汉斯:

> 我在荷兰毫无名气,就像在堪察加半岛①一样。

埃戈:

> 没关系。

汉斯:

> 告诉我,您希望从信里得到什么呢?

---

① 堪察加半岛位于亚洲东北部俄罗斯远东地区,西临鄂霍次克海,东邻太平洋和白令海。堪察加半岛长 1 250 公里,面积 372 300 平方公里,是俄罗斯第二大半岛。

埃戈：

充满神秘，深不可测，预感正朝我挥手。

汉斯：

哎呀，您快看哪！

埃戈：

我把它当作博彩，

因为您知道，我的直觉和预感一向都很准确。

汉斯：

我现在已经没有负债了。

埃戈：

这一点我可以为您作证。

信里面写了点什么，我们俩得保密。

（他开始读信）

"阁下：尊敬的先生，我荣幸地通知您，

住在瓜德罗普①的卡斯帕尔·弗洛姆特先生及其公司，

我长达三十年的贸易伙伴和客户，

于去年10月告别人世，

他在遗嘱中将您，他的外甥，

指定为单独继承人。"

啊哈！

弗里茨：

哎呀！

---

① 瓜德罗普（法国的海外省），位于加勒比海小安的列斯群岛中部。东濒大西洋，西临加勒比海，西北为瓜德罗普海峡，南是多米尼加海峡。1493年哥伦布到达该岛。16世纪由西班牙统治。1635年法国殖民者占领该岛。后被英国夺得。1815年又重新处于法国的统治之下。

汉斯：

　　上帝的闪电！真是一个纵情的玩笑！

　　我把舅舅忘得一干二净。

埃戈：

　　对您来说糟糕透了。

　　（继续往下念）

　　"他留下了一些不动产、

　　几个漂亮的农场，还有一个富庶的货仓、

　　五艘船和大量现金。整笔遗产高达三十多万古尔盾，

　　衷心祝您好运，

　　我公司愿意为您效劳。"

　　啊哈！现在您怎么说？

汉斯：

　　我无话可说，笑笑而已。

埃戈：

　　我想哭！

汉斯：

　　好吧，对您来说这事儿不值得哭。

埃戈：

　　我这邻人的心被触动了，

　　在享乐中我体会到了您的痛苦。

汉斯：

　　邻居先生，您省省这痛苦吧。

　　把我的承诺收回来——

埃戈：

　　上帝保佑我！

汉斯:

那样做是合理的。

埃戈:

那样做太愚蠢。

汉斯:

好吧,随便您吧。您觉得我在为此苦恼吗?

我生来没有享受过美食,

连烤鸽肉都没有吃过。

弗里茨:

啊! 要是玛尔欣是可爱的鸽子就好了,她属于我!

埃戈:

听着! 这回我想慷慨一点。

汉斯:

您要把遗产留给我吗?

埃戈:

只要我活着就不行。

不过,如果我把我的玛尔欣嫁给您儿子呢?

弗里茨:

您肯吗?

埃戈:

再加上这袋钱。

弗里茨:

您让我多么幸福!

汉斯:(在一旁)

这袋钱理所应当归我。

埃戈：

　　不过他先得帮我个忙。

弗里茨：

　　非常乐意。

埃戈：

　　他必须去一趟瓜德罗普，

　　领取遗产，把钱如数给我，

　　带回这里，然后他才可以娶我女儿。

弗里茨：

　　我去。

埃戈：

　　现在我想帮你，

　　把你当作我女婿，热烈地拥抱你。

　　（他抱住弗里茨）

汉斯：

　　我们信守承诺。

埃戈：

　　您与我共同分享遗产，

　　这是我用灵魂签订的契约。

弗里茨：

　　成交！舅舅是一个正直的人！

　　现在让我自己来看一下这封信吧。

埃戈：

　　给你，看吧。

弗里茨：

　　是啊，信上确实是这么说的。——

不过结尾的 T.S.V.P. 是什么意思呢? 您解释给我听听吧。

汉斯:

这是法语! 假若我没有猜错,

这句话的意思是: 请翻页。① 看一下信的反面。

弗里茨:

没错,这儿还写了点东西。

埃戈:

大概是要求偿清?

只要死者不打算遗赠就行。

弗里茨: (读信)

"我刚听说,

您已故的舅舅还欠下了巨债,

而且负债超出资产达二十万古尔盾。

所以我想好心建议您,

正式放弃这笔遗产。"

埃戈:

什么!

汉斯:

好吧,事情就是如此。

埃戈:

我被抢了! 我被骗了!

汉斯:

我知道幸运女神不会眷顾我。

---

① 原文是法语"tournez s'il vous plaît!"。

弗里茨：

　　不过玛尔欣是我的！

埃戈：

　　走开，我绝不同意。

汉斯：

　　您不是自己说这是一场博彩吗？

埃戈：

　　难道我不总是赢家吗？

汉斯：

　　您得知道一句老话：

　　没有人能够死前快乐。①

　　意思就是说：即使您活得长寿，活得幸福，

　　但是也许最后幸福会从您身边溜走。

　　您一旦羞愧，这就是您的错。

　　您本应该从头再活一次。

　　您应该看到，不管怎么做，

　　欢乐和悲伤总是相互交替，没有什么可以留下。

埃戈：

　　那我就提起诉讼，我很在行。

弗里茨：

　　好先生，那您就等着吧，您现在已经输了。

　　邻居家的围墙着火时，谁不希望他得救呢。

　　这是与人为善。

---

① 原文是拉丁语 Beatus ante mortem。

埃戈：

　　您这个废物竟敢这样教训我！

　　我虽然惭愧，但您说服不了我。

弗里茨：

　　您也说服不了我们。

汉斯：

　　是啊！如果世上真有幸福，

　　那就是快乐的想法，尽管意外会来打扰。

　　健康！知足！就凭这些天赐的礼物，

　　我们已经与自己和他人和解。

对本书中若干篇章的评注

KOMMENTAR

外语习得及早期运用

少年习作（出自歌德的练习本，1757—1761(?)）

留存下来的歌德"少年习作"（Labores juveniles）练习本保存了歌德 1757 年至 1761 年间的部分语言课程练习。

翻阅练习本，首先看到的是被称为 Stechschrift 的竞赛练习部分，然后是希腊语或拉丁语文本的翻译练习。1846 年至 1932 年间，歌德少年时期习作部分出版。今日所见习作集共 87 页，1846 年由美因河畔法兰克福市图书馆购得，据信，装订前有几页脱落，其中上有"法厄同故事"的一页，有一段时期被诗人默里克①（Eduard Mörike）收藏；其余几页于 20 世纪初在旧书店出现。

完整习作首次出版见于费舍尔-兰贝格（Herta Fischer-Lamberg）修订的五册丛书《青少年时期歌德》第一册（1963 年）。歌德的习作顺序原本比较随意，本册这部分的编排依照费舍尔-兰贝格之书按照习作的时间顺序以及题目进行排序。这部分并未收录与外语学习无关的书法练习、个人练习和单词表。

首次完整出版及本卷参考底本见于：FL I, S. 3 - 64。

---

① 默里克(1804—1875)，德国诗人、小说家，以优美的诗歌著称，叙述作品代表作为《画家诺尔顿》(*Maler Nolten*，1832)与《莫扎特在去布拉格的路上》(*Mazart auf der Reise nach Prag*，1856)。

从世界的文学到"世界文学"

希腊文学

品达 奥林匹亚第五颂歌

　　歌德译文约产生于 1773 年。歌德可能受到其父书房收藏的克里斯蒂安·戈特洛布·海涅（Christian Gottlob Heyne）主编的品达作品集（希腊语和拉丁语）影响。译文的产生，正如荷马和莪相译文的产生一样，应该归功于赫尔德的鼓励。歌德、赫尔德等人正处于"狂飙突进"运动时期，为天才而着迷，而品达恰恰被视为擅长赞诗的天才。1772 年起，人们便能从歌德诗歌中看出他对品达的热爱。甚至到了 1821 年，歌德仍然在《意大利的古典派和浪漫派》中盛赞品达，表达了对这位古代诗人的喜爱之情。

　　原文首次发表于：Goethes Briefe an Friedrich August Wolf，hg. von Michael Bernays，Berlin 1868，S. 122f.。参考底本为：FL III，S. 68f.。

格言短诗

　　约 1765 年，歌德第一次接触荷马。他读了 1754 年出版的《奇妙旅行故事新文集》（Die neue Sammlung der merkwürdigsten Reisegeschichten），文集收录了"荷马对攻占特洛伊的描述"（Homers Beschreibungen der Eroberung des Trojanischen Reiches）。歌德读后便喜爱上荷马，直到生命的尽头，荷马对他而言是"神圣的荷马""诗人之父"。当时，德语地区译介荷马主要是由福斯（Voß）和施托尔贝格（Stolberg）推动，歌德也尝试通过翻译理解和掌握荷马的经典文本。在这一篇译文中，歌德意在结合翻译从语文学的视角解析荷马作品,并对比和评价博德默和福斯的译文。

祖梵(Suphan)从歌德手稿的墨迹和纸张推断,这段论述应该产生于歌德刚开始进行第二次罗马之行的时期,即约 1788 年 6 月。歌德译文首次发表以及原文参考见于:Gjb 22 (1901),S. 9-12 (Bernhard Suphan, Homerisches aus Goethes Nachlaß, S. 9-16)。

出自荷马史诗《奥德赛》和《伊利亚特》

歌德译文产生于 1793 年至 1795 年之间。福斯于 1793 年出版《伊利亚特》译文,一同出版的还有修订版《奥德赛》译文。这或许从外部促使歌德等人于 1794 年秋冬举办《伊利亚特》朗诵会,或许也激励了歌德拾起译笔翻译荷马史诗。魏玛高级中学校长伯廷格(Karl August Böttiger)有如下记述:"歌德是朗诵者。一些人查阅原文。其他人在旁边围成圆圈。"至于歌德的朗诵方式,记述如下:"最困难之处经由他出色的朗诵和正确交替的行板和柔板速度变得特别温柔及柔和。"

译文首次出版信息具体如下:

《奥德赛》第 7 卷第 78—131 (132?)诗行:WA I 4 (1891),S. 326-328;

《奥德赛》第 8 卷第 267—326 诗行:WA I 5/2 (1910),S. 385-387;

《奥德赛》第 8 卷第 339—346 诗行:WA I 5/2 (1910),S. 387;

《伊利亚特》第 6 卷第 1—6 诗行:WA I 5/2 (1910),S. 382;

《伊利亚特》第 12 卷第 243 诗行:WA I 5/2 (1910),S. 383;

《伊利亚特》第 12 卷第 442—452 诗行:WA I 5/2 (1910),S. 383;

《伊利亚特》第 13 卷第 95—110 诗行：GJb 22（1901），S. 14（Bernhard Suphan，Homerisches aus Goethes Nachlaß）；

《伊利亚特》第 14 卷 第 329—351 诗行：WA I 5/2（1901），S. 384；

《伊利亚特》第 15 卷 第 6 诗行及第 9—10 诗行：WA I 5/2（1910），S. 385；

译文参考底本为：AA，Epen，Bd. 1，S. 311－317。

《法厄同》,欧里庇得斯的悲剧

法厄同是希腊神话人物,是赫利俄斯与克吕墨涅生的儿子。自从阿波罗被尊为太阳神,法厄同也被不少诗人误认为是阿波罗之子。欧里庇得斯曾写悲剧《法厄同》,但已轶失,仅存残篇。除欧里庇得斯之外,奥维德、农诺斯、但丁等作家都曾在作品中描述过法厄同的悲惨命运。

歌德曾在少年练习外语时期接触过法厄同故事(见本卷"少年习作"部分),后因对欧里庇得斯的喜爱反复钻研欧氏悲剧残篇《法厄同》。歌德对欧里庇得斯的崇拜始于"狂飙突进"运动时期,随着年岁的增长,歌德对这位希腊诗人的欣赏有增无减。1827 年 3 月 28 日,在与爱克曼的谈话中,歌德提及欧里庇得斯尽管有谬误之处但仍然是与索福克勒斯和埃斯库罗斯旗鼓相当的、值得尊重的剧作家。1831 年 11 月 30 日,歌德已近油尽灯枯,但仍在日记中记述对欧里庇得斯这位天才的钦佩。

1821 年 7 月 22 日,歌德得到数月前由戈特弗里德·赫尔曼(Gottfried Hermann)在莱比锡出版的《欧里庇得斯的两部残篇》(Euripidis fragmenta duo Phaëtontis e codice Claromontano edita)。歌德马上着手尝试复原这部剧作。他参考了奥维德和农诺斯的作品,并委托语文学顾问里默尔(Friedrich Wilhelm Riemer)将现存的残篇拼在一起。1821 年,歌德在《四季笔记》中写道:"由赫尔曼出版的法厄同残篇激发了我的创造力。我心急地钻研欧里庇得斯的一些剧作,好再现这一出色之人的意图。戈特林教授曾翻译过这些残篇,我已研究了许久如何增补。"1822 年 12 月 3 日,索雷(Frédéric-Jean Soret)在一份谈话笔记中提及,歌德正忙于复原欧里庇得斯的《法厄同》,他一年前开始这项工作。歌德在译文中采用边译边评的手法,在评论中推测剧情的推进,有时也会加入比较。1823 年,歌德将自己的工作成果发表于《论艺术与古代》(Über Kunst und Altertum)。首次发表以及参考原文见于:KuA Ⅳ 2 (1823),S. 5-34。

威廉·迈斯特的漫游年代
出自《马卡里亚笔录选》:希波克拉底和普洛丁的格言

此篇译文的第 621—623 选段出自希腊名医希波克拉底的《论生活智慧》(拉 丁 语:De victus ratione;德语:Über die Lebensweisheit)第 1 部第 11 章。歌德是在莱比锡与斯特拉斯堡求学阶段沉迷炼金术之时接触了希波克拉底。在《诗与真》中,歌德曾写道,希波克拉底的文字提供了一种看待世界和已发生事情的范式。于 1795 年至 1796 年间,歌德研读了这位希腊名医的作品。

第 624—641 选段出自普洛丁的《九章集》(Enneaden,德语 Neun Bücher;V. Buch 8,Kap. I)。普洛丁(205—约 270)是古罗马时期新柏拉图主义哲学家。歌德曾在《诗与真》中提及在斯特拉斯堡求学阶段接触了普洛丁的学说。普洛丁主要用希腊语写作。1805

年夏末,歌德从出自希腊语原文的拉丁语版翻译了这些选段。在将这些选段收进《马卡里亚笔录选》之前,歌德早已将普洛丁相互联系的段落分解为独立的选段。普洛丁对歌德影响很深,1810 年在《论色彩学》中,歌德以"一位神秘主义者的言语"为名引出下面诗句:Wär' nicht das Auge sonnenhaft, die Sonne könnt es nicht erblicken. 这句诗句可追溯至普洛丁。

　　首次发表与参考底本见于:Wilhelm Meisters Wanderjahre oder die Entsagenden, in: Goethe's Werke. Vollständige Ausgabe letzter Hand, Bd. 21‑23, Stuttgart und Tübingen 1829。选段计数根据黑克尔(Max Hecker)。歌德翻译参考的原文为 Aphorismi Hippocratis. Ex recognition Adolfi Vorstii 〈...〉. Lugduni Batavorum [o. J.],该书在歌德父亲书房藏书之列。

拉丁语文学

　　1784 年 11 月 22 日,歌德在写给施泰因夫人的信中写道:"我······寄给你早前许诺的文字。这基于一则逸闻。我相信应该是克里斯蒂娜王后(Königin Christina)对一位乞丐的回答。"其实根据多份原始材料,这则逸闻的主角应该是英国伊丽莎白一世(1533—1603)。据说,她曾在伦敦一教堂前向一位行乞的诗人叫喊:"穷人到处都是,就在他安置自己的地方(Pauper ubique iacet)。"他回答说:"如果穷人到处都可以找到一块地方,如果真是这样,女王,今夜我会躺在你的床上(In thalamis Regina tuis hac nocte cubarem, | Si foret hoc verum: pauper ubique iacet)。"

　　歌德原文并无标题,译文首次发表见于:Schöll, S. 234。参考底本见于:Goethes Briefe an Charlotte von Stein. Neue und vollständige Ausgabe auf Grund der Handschriften im Goethe- und Schiller-Archiv, hg. von Julius Petersen, 2 Bde. (in 4), Leipzig.

《普里阿普斯颂诗》评注

在儿子奥古斯特出生数周之后,歌德致信卡尔·奥古斯特(Carl August)公爵。信中写道,在鲁西娜,即罗马神话中掌管生育的女神的眷顾下,人们也开始再次维护爱情。一个月后,歌德致信弗里德里希·海因里希·雅各比(Friedrich Heinrich Jacobi),信中说,自己在研究古代人的生活,并效仿他们。很明显,歌德女友武尔皮乌斯(Christiane Vulpius)的怀孕和生产给生活带来变化,而歌德乐在其中。1790 年,歌德完成两篇用拉丁语写就的、关于性的作品:《〈普里阿普斯颂诗〉评注》以及《对奥古斯丁〈上帝之城〉的注释》。

普里阿普斯为古希腊生殖之神,在拉姆普撒科斯(Lampsakos)尤为受到崇敬。他被视为爱情之神,施舍财富之神,是花园的保护神。在花园里,他的雕像总是彩色的,并有着一个巨大的、勃起的生殖器。在亚历山大大帝统治期间,人们对普里阿普斯的崇拜达到顶峰。约在 1 世纪末,罗马出现赞颂他的八十首箴言诗诗集,即《普里阿普斯之歌》(Carmina Priapea)。普里阿普斯是繁殖力之神,象征着男性旺盛的性欲。

首次印刷见于:WA I 53,S. 197-202。参考底本见于:SzL,Bd. 1,S. 104-202 (modifiziert)。值得说明的是,译者在参阅本卷附录注释时,在德国专家的指点下,发现注释标明"Carmen LXVIII."的德语注释后半部分其实针对(I. 2)的拉丁语,亦即"Carmen LXVIII."。后半部分译文阙如;而德语注释 Im letzten Distichon spottet Priapus 有误,拉丁语原文并无 spotten 之意。

出自泰伦提乌斯《阉奴》

《阉奴》（Eunuchus）是古罗马戏剧家泰伦提乌斯（Publius Terentius Afer，约公元前 190—159）的一部诗体喜剧，根据米南德（Menandros，公元前 342—291）的同名剧本改编而来。公元前 161 年首演，大获好评。1486 年，汉斯·尼塔尔（Hans Nithart）将它译为德语；1546 年，汉斯·萨克斯（Hans Sachs）对其进行改编。

《阉奴》中，两种恋爱关系被对立地展示出来：一边是切瑞亚（Chaerea）与女奴庞菲利拉（Pamphila）的恋情，另一边是切瑞亚的兄弟费德里亚（Phädria）与泰伊斯（Thais）的爱恋。此外，还有特拉索（Thraso）——一位擅长吹牛的士兵，他把自己乔装为阉奴，想诱拐庞菲利拉。剧末，有情人终成眷属，吹牛大王空手收场。

1803 年初，魏玛准备上演《阉奴》，诗韵翻译以及舞台布置由魏玛宫廷侍臣艾因西德尔（Friedrich Hildebrand von Einsiedel）负责。1803 年 2 月 5 日，歌德曾致信席勒谈及此事。1803 年 2 月 11 日，艾因西德尔致信克内贝尔："《摩尔女奴》可能在未来几周内完成。我从头到尾改编了这部剧作，因为人们觉得有很多有伤风化的地方。我很有理由相信，泰伊斯的房子以及她与费德里亚的关系过于风尘，切瑞亚对被强暴的庞菲利拉的胜利过于清晰和聒噪。第一幕是全新写出，第四幕也几乎是新的。这花了我不少工夫，现在摩尔女奴已经洗白！"

在同一天，歌德谈及艾因西德尔："亲爱的朋友和兄弟，我满怀愉悦地告知你，在昨天的戏剧试排中，《摩尔女奴》已准备得相当不错，那么再过八天，即 19 日……可上演。"歌德的译文片段可能是对艾因西德尔 2 月 19 日即将上演戏剧的备选方案。歌德译文首次印刷以及本册参考底本见于：Die Mohrin. Ein Lustspiel nach Terenz in fünf Akten, Leipzig 1806, S. 134。

艾因西德尔对应译文如下：

PHÄDRIA Wie? Den Nebenbuhler

In Thais Haus?

PARMENO Wägt euern Vorteil. – Ihr

Braucht viel；lebt lustig；Thais putzt sich gern. –

Da fehlt's am *Besten*. Spannt den Kriegsmann vor：

Der hilft euch durch. Er gibt mit voller Hand.

Tut seinen Willen. – Ihr wagt *nichts*. Er ist

Ein Narr，ein fauler Lümmel. Thais liebt

Ihn nicht. – Macht er sich breit：so jagt ihn fort.

法语文学

说谎者

译文片段大约产生于歌德在莱比锡求学阶段，约为 1767 年 11 或 12 月，译自高乃依（Pierre Corneille，1606—1648）的诗体戏剧《说谎者》（Le Menteur），原剧于 1643 年在巴黎首演。高乃依的剧作取材于西班牙剧作家阿拉尔孔（Juan Ruiz de Alarcón y Mendoza，1581—1639）的喜剧《可疑的真相》（Verdad sospechosa，德译名为 Verdächtige Wahrheit）。《说谎者》讲的是撒谎成性的多朗特及其仆人克力东由普瓦捷到巴黎，堆砌谎言尝试寻求艳遇。该剧于 1762 年译为德语。歌德译文片段以高乃依剧作 1660 年的版本为依据。歌德在翻译过程中自由发挥较多，间或添加自己即兴发挥的诗句。

首印见于：Schöll，S. 11 - 19。文本参考底本：AA，Judendwerke，Bd. I，S. 25 - 31。

拉辛《阿达莉》中的合唱

　　《阿达莉》系法国剧作家拉辛（1639—1699）创作的悲剧，1693 年 5 月 1 日在巴黎首演。《阿达莉》取材于《圣经》，讲的是以色列信奉异教的公主阿达莉为了巩固自己的异教统治不惜残害自己的后代。1786 年，克拉默（Carl Friedrich Cramer，1752—1807）将《阿达莉》首次译为德语。1789 年，作曲家赖夏特（Johann Friedrich Reichardt）向歌德介绍了该剧的翻译和作曲。人们可以从歌德于 1789 年 6 月 15 日写给赖夏特的信推断，歌德翻译是出于对克拉默译文的不满。

　　克拉默的德文译文如下：

Laut durch die Welten tönt Jehovas großer Name!

Unser Loblied erschall! Ihn verehre sein Volk!

Eh' noch Bergen und Felsen die Feste gesenkt ward,

War Gott! bringet Lob ihm und Dank.

O du göttlich, segenvoll Gesetz!

Quell des Lebens! Reich an Heil und Wonne!

Säumet auch wer? schöpfet nicht gern Entzückung

Aus dem Strom dieses Quells, wem der himmlische rann?

beglückt, beglückt tausendmal!

Das Kind, das sich der Herr zum Dienst früh auserkor!

Doch Wehklag faßt noch einst, und Entsetzen die Rotte,

Wenn sich Jehova aufmacht, Uns ein Rächer!

Dann tötet sie seiner Herrlichkeit Glanz!
Aber wir mit Asoor und mit Psaltergesange,
　　wir frohlocken dem Retter!
Ein Triumphlied erhöht des Helden starken Arm!

O möchte Gott! ach, seine Stimm' uns tönen!
Erquickung uns! wie den Blumen der Tau,
　　Ach, wie der Rose Sarons
Am schwülen Tag kühler Tau Labung ist.

O Drohung! o Verheissung! o dämmetndes Geheimnis!
Wie viel Weh! Wie viel Glück hüllt in Nacht uns dein Schoß!

　　Vermählt auch wohl mit so feurigem Zorne
　　Sich treue Vaterhuld?

　　Wohlan! Kinder Aarons!
　　Wohlan! hinab zum Streit!
Nie klang, o du heiliges Volk, in gerechterm Kampfe
　　dem Vorfahr Waffengetön.
Nie zückt' in gerechterm Kampfe der graue Vorfahr
　　seine Lanze, sein Schwert!
Sieg oder Tod! Für Gott fließt euer Blut!
Sieg oder Tod! Für Gott entblößet ihr das Schwert!
Kämpfet! Ihr siegt! Für Gott, für Gott fließt Blut!

歌德译文首次印刷见于：WA I 12（1892），S. 289（IIa），GJB 16（1895），S. 35 - 37（Bernhard Suphan, Goethes ungedruckte Übersetzung der Chöre von Racines Athalie）。参考文本见于：GJB 16（1895），S. 35 - 37。

浪迹天涯的痴女

歌德译文出自法语小说《浪迹天涯的痴女》（La Folle en pèlerinage），原作者不详。这篇中篇小说后来被《威廉·迈斯特的漫游年代》收录。歌德得以接触这篇法语作品当归功于赖夏德（Heinrich Ottokar Reichard）1789 年的《阅读笔记》（Cahiers de Lecture），但赖夏德的原文出处模糊。1786 年，厄勒斯（Norbert Oellers）厘清原始材料，并在巴黎出版文选《小说集：多愁善感的疯狂，或为爱痴狂》（Nouvelles Folies sentimentales, ou Folies par Amour）。尽管如此，疑团仍存：究竟这些中篇小说的原作者是谁？歌德在卡尔斯巴德于 1806 年至 1807 年夏天完成译文，当然，歌德的翻译糅合了翻译与创作。《浪迹天涯的痴女》讲的是一位外貌出众、举止不凡的女子的痴情。一位浪迹天涯的女子偶遇赫万南先生，后在其家中做客并帮忙。赫万南父子都对她产生爱恋之情，但她仍旧选择为远方不忠的恋人坚守贞洁，最后使计离开。

首次印刷以及德语原文参考底本见于：Taschenbuch für Damen auf das Jahr 1809（1808），S. 252 - 266。

《塔索》，由亚历山大·杜瓦尔先生所作的五幕历史剧

塔索（Torquato Tasso, 1544—1595），意大利文艺复兴时期诗

人,长诗《被解放的耶路撒冷》(La Gerusalemme liberata)让他名声大噪。塔索后来精神失常,最后贫困交加而死。1780年,歌德着手创作戏剧《托夸托·塔索》(Torquato Tasso),1789年完成。后来,法国作家杜瓦尔(Alexander Vincent Pineux Duval,1767—1842)写成戏剧《塔索》,并搬上舞台,获得广泛关注。值得一提的是,杜瓦尔剧作多处借镜于歌德《塔索》。杜瓦尔是戏剧舞台作家和演员,曾任"法兰西剧院"(Comédie Française,亦被称为法兰西喜剧院)的经理,因此由他改编的《塔索》得以在此上演。杜瓦尔本人可以说是德语文学的拥趸。除《塔索》外,他还曾改编歌德《青年维特的痛苦》、莱辛的《莎拉小姐》(Miss Sara Sampson,1755)等作品。1803年,他曾在魏玛受歌德接见。

　　1826年至1827年岁更新之际,歌德在两份法国报纸上先后读到评论杜瓦尔剧作的文章;两份评论对杜氏一剧作出截然不同的评价,歌德对它们的立场和视角产生了浓厚兴趣,并打算介绍给德国读者。1827年1月初,歌德着手翻译,当年3月中旬,歌德将修订好的稿件寄给《论艺术与古代》。1827年1月15日,歌德在致翻译家卡尔·施特雷克富斯的信中提及"世界文学"这一概念:"我确信,一种世界文学正在形成,所有的民族都倾向于此,因此迈着友好的步伐前去。"后来,歌德与爱克曼交谈时再次提到"世界文学"。歌德此文更关注两份评论对杜瓦尔《塔索》一剧与他本人《塔索》的比较。歌德之文最终升华为首次公开地讨论"世界文学"的文字。歌德本人并未对于杜瓦尔的改编发表公开言论。但未曾料到,安倍一个举动泄露了其看法。1827年5月6日,安倍曾拜访歌德。后他写信给友人雷卡米耶(Julie Récamier),称歌德谈及杜氏《塔索》。在未获得歌德允许的情况下,安倍将信件德译刊登在当年6月5日的《晨报》(Morgenblatt)上。安倍写道:"您将愉快地得知,他(歌德——笔者按）相信塔索与公主之间存在爱情；但一直是远距离的，总是浪漫的，没有发生乏味（abgeschmackt）的求婚，人们能在我们一部新的剧作中找到这样的情节。""新的剧作"正是杜瓦尔作品，此处的"乏味"与法语信中的"荒谬"（absurde）相比，谴责语气有所减弱。歌德得知后陷入"窘迫"的境地。通过这封信，后人得以获悉歌德的真实想法。

　　本文首次发表以及德语原文参考底本见于：KuA VI 1（1827），S. 123–133。

意大利文学

亚历山德罗·曼佐尼创作的悲剧《卡尔马尼奥拉伯爵》（米兰，1820）

　　亚历山德罗·曼佐尼（Alessandro Manzoni，1785—1873）系 19 世纪初意大利著名作家，也是歌德晚年尤为推崇的一位青年作家。曼佐尼在小说、戏剧和诗歌领域均有建树，其中历史小说《约婚夫妇》（I Promessi sposi）堪称现代意大利小说创作的典范。1820 年，歌德收到曼佐尼的《卡尔马尼奥拉伯爵》（Conte di Carmagnola）。同年，歌德便发表这篇介绍性的文章。早在这篇文章之前，歌德已写了一篇文章介绍意大利古典主义作家和浪漫派作家之间对抗的概貌，并在这个框架内简短地梳理了曼佐尼的戏剧。歌德认为曼佐尼拥有过人的文学天赋，因此常在由己主编的《论艺术与古代》上推介这位异域作家，也积极推动其作品的德译。例如，他成功地鼓励施特雷克富斯（Karl Streckfuß）翻译曼氏《阿德尔齐》（Adelchi）。他甚至为曼佐尼的长篇历史小说《约婚夫妇》找到译者丹尼尔·莱斯曼（Daniel Leßmann）和爱德华·封·比洛（Eduard von Bülow），推动这部小说的德译。

此文首次印刷及参考底本见于：KuA Ⅱ 3 (1820)，S. 35 - 65。

歌德对曼佐尼的关注：《阿德尔齐》(悲剧，米兰，1822)

歌德在本文推荐并部分翻译了曼佐尼的悲剧《阿德尔齐》。如之前的译文所示，这位意大利作家除了文学创作之外，还着迷于历史研究，在历史小说中注重史实和细节。《阿德尔齐》于 1822 年出版，描绘意大利伦巴第王国于 772 年至 774 年的没落。在准备阶段，作家细致地研究了伦巴第王朝的历史，并发表了呼吁民族融合的《关于伦巴第历史的若干疑点》(Discorso sopra alcuni punti della storia longobardica in Italia)。可以说，曼佐尼在创作时研究了大量史料，做了充分的历史学准备。这部悲剧以伦巴第王国被法兰克人入侵为历史背景。德西德里乌斯系伦巴第王国最后一位国王，公元 756 年即位，曾尝试在统治期间融合意大利的各民族，但不幸与教皇产生龃龉；其子阿德尔齐王子在逆境中与敌人战斗至生命的最后一刻，场景很悲壮。

《阿德尔齐》出版不久，歌德便已阅读。他在 1822 年 12 月 8 日的日记里写道："已读曼佐尼最新戏剧《阿德尔齐》。"歌德此文发表于 1827 年。当年年初，施特雷克富斯的《阿德尔齐》译文(Adelgis, Trauerspiel, übersetzt von Karl Streckfuß)出版。这之后，歌德的外甥施洛瑟(Johann Friedrich Heinrich Schlosser)也翻译了这部作品。首次印刷及参考底本见于：Teilnahme Goethes an Manzoni, in：Opere poetiche di Alessandro Manzoni con prefazione di Goethe, Jena 1827, S. Ⅴ - L。

英国爱尔兰文学

出自詹姆斯·麦克弗森《芬戈尔之子莪相的作品》

　　苏格兰诗人麦克弗森(James Macpherson，1736—1796)出身于部分说盖尔语的苏格兰地区的贫困农户之家。1759 年,他受人委托将所谓著名的"高地诗歌"(Hochlandsdichtung)翻译为英语,并未料到所做之事会引发一场轰动一时的文学事件。1760 年,他的工作成果为《古代诗歌残片,搜集于苏格兰高地,由盖尔语或厄尔斯语译出》(Fragments of Ancient Poetry, Collected in the Highlands of Scotland, and Translated from the Galic or Erse Language)。爱丁堡修辞学和诗学教授布莱尔(Blair)催促他自己用英语进行诗歌创作。1762 年,一部题为《莪相诗集》(Ossian, the Son of Fingal①)出版。麦克弗森假托从盖尔语原文翻译了莪相诗歌,足以填补民族史诗领域的空白。这些所谓莪相的诗篇病毒式地在整个欧洲快速蔓延,掀起一股"莪相热"。直到 19 世纪末,研究证明,所谓的莪相作品,即凯尔特语和盖尔语原文只不过是他自己英语作品的不规则的凯尔特语的翻译,换言之,这些作品大部分是麦克弗森自己的创作的。歌德所读莪相诗篇实际是麦克弗森的创作,不能与真正的莪相作品相混淆。

　　1771 年 9 月,从斯特拉斯堡回来之后,歌德向赫尔德宣称自己翻译了《帖莫拉》第 7 卷,歌德在左侧抄录了原文,右侧是德语翻译,每

---

① 副标题为 *Translated from the Galic language by Fingal*, an ancient epic poem, in six books: together with several other poems, composed by Ossian the Son of Fingal. *Translated from the Galic language by James Macpherson*。

一段的下方还有英语翻译；当年秋天，歌德又翻译了《塞尔玛之歌》，并托斯特拉斯堡的朋友扎尔茨曼（Salzmann）转交给布里翁（Friedrike Brion）。1774 年，歌德将《塞尔玛之歌》和《贝拉松》译文的修改稿用于《青年维特的痛苦》。书中，洛特请求维特为她读他所翻译的文字：

"'那儿，在我书桌中，'她（洛特，引者按）又说道，'有您译的几篇莪相的诗章，我还没读，因为总希望从您口中听到它们，可一直没找到机会。'

"维特微笑着去拿诗稿。当他把它们拿在手中时，心中一阵惊颤；当他看向诗稿时，眼眶中已涌满了泪水……"①

维特在朗诵完所谓莪相诗歌的译文之后情绪一时失控。这也是译文凄婉哀怨所致。后来，《维特》得以风靡欧洲，也与该作渲染的悲凄氛围有脱不开的干系。

对查尔斯·罗伯特·马图林的 《伯特伦或圣·阿尔多布兰德的城堡》的研究与节选

查尔斯·罗伯特·马图林（1780—1824）是爱尔兰作家，擅长惊悚的哥特式作品，其《伯特伦》出版后引起很大关注。不莱梅作家与翻译家卡尔·伊肯（Karl Jakob Ludwig Iken，1789—1841）于 1817 年 5 月 26 日寄给歌德一本《伯特伦》及伊肯译文初稿，并附信一封，写道，马图林的这本书在伦敦非常热门，肯定很快会传到德国。伊肯认为进一步了解这部作品对他而言是很有价值的，人们也可了解当代英

---

① 歌德：《青年维特之烦恼》，卫茂平译，太原：北岳文艺出版社，2011 年，第 96 页。

国人的文学品位。在这之前,歌德已于当年 3 月获悉此书,他在 3 月 24 日的日记中记录:"《伯特伦》,英国悲剧。"歌德日记表明,他已于当年 6 月开始该书部分片段的翻译。当然,歌德翻译并非仅仅为了将英语转化为德语,也为了剖析这篇文章的风格,了解同时代英国文学的特点。

歌德此文在他逝世后于 1891 年出版,首次出版及参考底本见于:GJb 12(1891),S. 22 - 32(Anzeige des Trauerspiels Bertram nebst Proben einer Übersetzung 1817,hg. von Bernhard Suphan,ebd.,S. 12 - 32;vgl. auch WA I 42/2,S. 38f. und I 11,S. 353 - 358 und 452)。

出自一本 1604 年的宾客题词留念册

歌德这首译诗以拟人手法描绘了月亮。歌德将诗歌作者归于莎士比亚,其实是个谬误。原文作者落款仅为"W. S.",所以歌德误以为是 William Shakespeare 情有可原。1818 年 3 月 18 日,歌德写信给儿子奥古斯特,诉说得了一首莎士比亚的诗,并绞尽脑汁使自己的译文贴近原文。同年 4 月 18 日,哥廷根日耳曼学者和英语文学研究家格奥尔格·贝内克(George Friedrich Benecke)在报刊《探矿叉》(Wünschelrute. Ein Zeitblatt,Nr. 34)上刊登这首英语诗歌,标题却是"谁是落款的 W. S.?"。这首诗歌可追溯至 1600 年的诗歌集《英国赫利孔山》(England's Helicon)。赫利孔山位于希腊中部,传说是文艺女神的居住地。再往前追溯是约翰·道兰(John Dowland,1563—1626)于 1597 年所编《首部诗集》(First Booke of Songes or Ayres)。这首诗歌的作者可能是坎伯兰伯爵乔治·克利福德(George Clifford,1588—1605)或斯宾塞门徒威廉·斯密斯(William Smith)。

歌德译文受到好评,现将歌德所参照的原文摘录如下,便于读者比较:

My thoughts are winged with hopes,my hopes with love,
Mount Love unto the moone in clearest night
And saie,as she doth in the heavens move
In earth so wanes and waxeth my delight,
And whisper this but softlie in her eares
How ofte doubt hange the head and trust shed teares.

And you,my thoughts that seem mistrust do carye
If for mistrust my mistris do you blame
Saie,though you alter yett you do not varye
As she doth change and yett remaine the same.
Distrust doth enter hartes but not infect
And love is sweetest seasoned with suspect.

If shee,for this,with clouds do mask her eyes
And make the heavens dark with her disdaine,
With windie sighes disperse them in the skyes,
Or with thy tears derobe them into rayne.
Thoughts,hopes and love returne to me no more
Till Cynthia shyne as shee hath done before.

W. S.

歌德译文首次出版及参考底本见于:KuA II 3 (1820),S. 32f。

《曼弗雷德》,一首拜伦勋爵的戏剧诗(伦敦,1817)

1817 年 10 月 11 日,一位美国友人将拜伦的《曼弗雷德》作为礼物赠予歌德。歌德显然被拜伦奇特的文风吸引。两天后,歌德就在致封·克内贝尔(Carl Ludwig von Knebel)的信中提及"这一奇特的出版物"。据说,拜伦《曼弗雷德》参考了歌德于 1808 年出版的《浮士德》,两文之间确有不少相似之处,歌德也接受了这一看法,但与舆论不同的是,歌德并不认为这是一种抄袭,而是一种吸收与重塑。拜伦本人与歌德的意见相左。1817 年 10 月 12 日,拜伦在一封信中写道,他从未读过歌德的《浮士德》,只是接触过刘易斯(Matthew Monk Lewis)对《浮士德》一作的翻译。三年后,他又重申自己并未参考《浮士德》。尽管两文之间有这样的纠葛,但歌德仍尤为欣赏拜伦,并于 1818 年尝试通过叔本华与拜伦取得联系,拜伦在回信中表达了对歌德的钦慕,并计划探望歌德,但这一计划终因拜伦英年早逝被永远搁置。歌德在译文前加了一部分评论,后于 1820 年发表。本文首次发表及参考底本见于:KuA II 2(1820;Nr. VI in der Rubrick Literarische,Poetische Mitteilungen),S. 186–192。

出自拜伦《英国诗人和苏格兰评论家》

拜伦原作题为《英国诗人和苏格兰评论家》。拜伦之所以写这样一首诗,起因于拜伦第一部诗集《闲散的时刻》(Hours of Idleness)。它于 1807 年出版,问世后遭到《爱丁堡评论》(Edinburgh Review)尖锐的批评,拜伦 1809 年则以此诗作答。1821 年 1 月,歌德阅读了相关作品,3 月又再次阅读。1822 年 11 月,歌德向贝内克透露想翻译其中片段。拜伦原诗片段如下:

While these are censors, 't would be sin to spare;
While such are critics, why should I forbear?
But yet, so near all modern worthies run,
'Tis doubtful whom to seek, or whom to shine
Nor now we when to spare or where to strike,
Our bards and censors are so much alike!

从原诗可以窥见，歌德并未逐字对应翻译。歌德之文首次发表及参考底本见于：GJb 20 (1899), S. 15 (Alois Brandl, Goethes Verhältnis zu Bayron, ebd., S. 3–37)。

出自莎士比亚《约翰王》

1770 年至 1822 年间，歌德多次接触莎士比亚《约翰王》。1791 年 11 月 29 日，魏玛宫廷剧院上演了该剧，剧本参考的是埃申堡 (Johann Joachim Eschenburg) 的散文体译文。除了埃申堡译文之外，奥古斯特·施莱格尔也曾将《约翰王》译为德语，以其译文为底本的《约翰王》于 1806 年 4 月上演。歌德译文后四句出自《约翰王》第二幕第一场私生子菲力浦所说的话，原文如下：

Philip the Bastard. Drawn in the flattering table of her eye!
Hang'd in the frowning wrinkle of her brow!
And quarter'd in her heart! He doth espy Himself love's traitor: This is pity now,
That hang'd and drawn and quartered, there should be,
In such a love, so vile a lout as he.

　　歌德译文首次出版见于：WA I 53 (1914)，S. 430f.。此处参考的歌德原文出自：JbFDH 1992，S. 95。

出自卡莱尔《席勒传》

　　托马斯·卡莱尔(1795—1881)为苏格兰文学研究者、翻译家和历史学家。德国矿物学家和地质学家维尔纳（Abraham Gottlob Werner，1750—1817)的作品引起了他的兴趣。卡莱尔想研究维尔纳作品原文，因此与德语结缘。约 1820 年，他转而研究德国文学，先是研究席勒及其作品，尔后歌德。1823 年与 1832 年间，他出版大量译文与论文，其中有《席勒传》。1824 年 6 月 24 日，卡莱尔将其翻译的《威廉·迈斯特的学习年代》寄给歌德，由此两人开始频繁通信。

　　1829 年初，法兰克福书商维尔曼斯(Heinrich Wilmans)请求歌德为卡莱尔《席勒传》的德语译本作序。当年 1 月 26 日，歌德在信中流露出对即将收到译稿清样的兴奋之情。6 月 21 日，在收到第一批清样之后，歌德请求卡莱尔描绘其居所及周围自然环境。在收到最后一批清样之后，歌德在日记中记有"就卡莱尔的《席勒传》进行口授"，这标志着歌德开始写序言。1830 年 4 月，歌德继续这项工作，于当年 8 月完成交给书商。

　　本文首次发表和参考底本见于：Thomas Carlyle，Leben Schillers，aus dem Englischen；eingeleitet durch Goethe. Frankfurt/Main 1830，S. I - XXIV。

其他欧洲文学

出自《埃达》

《埃达》是冰岛史诗集,是中古时期流传下来的重要北欧文学经典。日耳曼学者及古代文化研究者阿伦特(Martin Friedrich Arendt,1769—1824)于 1809 年初在魏玛作了有关北欧文学的演讲。歌德藏书中的《埃达》诗集里夹了一份由阿伦特制作的鲁内文插图,落款为"1809 年 1 月于魏玛"。在 1809 年的《四季笔记》(Tag- und Jahreshefte)中,歌德曾就此写道,"在无拘无束的交谈中,兴趣只转向北欧的,尤其是浪漫的远古时代",在谈到《尼伯龙根之歌》、《洛特尔国王》(König Rother)、《特里斯坦与伊索尔德》(Tristan und Isolde)等之后他说,"令人惊讶的徒步旅行者、鲁内文旧书商阿伦特的到来引起我们对维基娜传奇(Wilkina Saga)及北欧其他情况和作品的兴趣"。歌德的《埃达》译文应该受此激励。

首次印刷见于:WA I 42/2 (1907), S. 436。参考底本见于:AA I, S. 212 - 215。

芬兰之歌

瑞典上校舍尔德布兰德(Anders Fredrik Skjöldebrand)及其随从朱塞佩·阿切尔比(Giuseppe Acerbi)在各自书中讲述了 1798 年至 1799 年去北角的航行,分别为前者 1801 年在斯德哥尔摩出版的《北角风景如画的旅行》(Voyage pittoresque au Cap-Nord)以及后者于 1802 年出版的《途经瑞典、芬兰和拉普兰至北角的旅行》(Travels through Sweden, Finland and Lapland to the Nord Cap)

（德译本①为：Reise durch Schweden und Finnland bis an die äußersten Grenzen von Lappland in den Jahren 1798 und 1799）。两位作者都在作品中介绍了芬兰民歌。歌德译文可能参考了舍尔德布兰德的作品，或许是在里默尔的帮助下得以译出，最终于 1810 年11 月完稿，柏林手稿的记载日期为 1810 年 11 月 25 日。

首次印刷及底本见于：Goethe，Werke，Ausgabe ›B‹，Bd. I (1815)，S. 157。

阿拉马 摩尔抒情叙事诗

歌德的翻译约产生于 1822 年秋。1822 年 9 月 10 日，歌德在日记里写道："开始翻译摩尔人的抒情叙事诗。"歌德所译之作据传原本源自阿拉伯世界，是会作诗的鞋匠伊塔（Ginés Pérez de Hita，约 1544—1619）的诗作之一，后由托马斯·珀西（Thomas Percy，1728—1811）重新发现，并收录于其主编的《英诗辑古》(Reliques of Ancient English Poetry，1765)，该作品收集和整理了不少中古时期的民谣。早在 1778 年，在歌德翻译本诗之前，赫尔德已经部分翻译了这首诗，并收录于民歌集中。促使歌德着手翻译的直接动因是卡尔·费迪南德·雅利格斯（Karl Ferdinand Jariges，1773—1826）化名 Beauregard de Pandin 在柏林出版的《西班牙抒情叙事诗》(Spanische Romanzen，1823)。早在 1822 年，歌德就读过该作品的校样稿。

首次印刷：WA I 5/2 (1910)，S. 388-390。参考底本见于：藏于魏玛古典基金会（Stiftung Weimarer Klassik）歌德与席勒档案馆

① 德译本于 1803 年由魏兰（Ch. Weyland）从英语译成德语。

的手稿(GSA 25/IX，3，15)。相关手稿收于一个信封，信封上有歌德亲笔字迹：Kleinere Gedichte Bannfluch Ay de mi Alhama Charon(参见 WA I 5/2，S. 390)。

喀洛斯

这首民谣源自南部斯拉夫地区。1771 年至 1774 年间，意大利学者福尔蒂斯(Abate Alberto Fortis)到斯拉夫地区考察。基于自己的经历，福尔蒂斯于 1774 年出版两卷本《达尔马提亚之旅》(Viaggio in Dalmazia)，问世后在欧洲中部引起广泛关注。《阿桑·阿伽贵族妻子的怨歌》正收录于福尔蒂斯的作品中。随着《达尔马提亚之旅》在欧洲传播，这首民谣在德国引起知识分子的极大兴趣。歌德译本并非首译。1775 年，韦特斯(Clemens Werthes)已将民谣译为德语。这首民谣讲述了一个令人唏嘘的故事。阿桑·阿伽将军战场上受伤，但妻子因害羞不愿前往探视。按当地文化，女子不能违拗丈夫意愿。阿桑一怒之下休妻，夫妻恩爱化为泡影。阿桑妻子被逐回娘家后，无法违拗哥哥的意志，被嫁给他人。为了不被自己的孩子看见，她请求戴一件长面纱遮脸。但接亲队伍路过阿桑府邸之时，孩子们仍然认出了她，拼命呼喊，她停下来与孩子们告别后，悲伤过度而亡。骨肉分离场景让人甚为动容。

歌德译本于 1778 年发表，收录于赫尔德《民歌集》(Herder，Volkslieder，1. Tl.，Leipzig 1778，S. 309 - 314)。参考底本见于 Goethes Schriften（›S‹），Bd. 8（1790），S. 177 - 182。

远东与近东文学

出自《古兰经》

约公元 570 年，穆罕默德出生于麦加。公元 610 年，穆罕默德开始向世人宣讲真主传授他的神谕，即《古兰经》。他坚称自己被真主选中，进行传道活动，拥有了一批追随者。《古兰经》包括 114 章，Sura 即"章"之意。

长久以来，在基督教主导的西方社会是以仇视的态度看待伊斯兰世界、《古兰经》以及穆罕默德。1698 年，马拉奇（Ludovico Marracci）将《古兰经》译为拉丁语，并与阿拉伯语原文并行出版。1703 年，内雷特尔（David Nerreter，1649—1726）将之译为德语。1772 年，法兰克福教授梅格林（David Friedrich Megerlin）首次将《古兰经》从阿拉伯语译为德语，译文标题为《土耳其圣经》（Die türkische Bibel oder des Korans allererste teutsche Übersetzung aus der arabischen Urschrift，Frankfurt/Main 1772）。这里呈献的歌德译文约产生于 1771 年秋至 1772 年间。

首次出版：Schöll，S. 148f.（VI. Sure und Referat der weiteren Teile），DJG², Bd. 3（1910），S. 132‑135。参考底本见于：FL III，S. 125‑127。

雅歌

所罗门之歌中的"歌"对应的德语是 Hohelied。Das hohe Lied 即 sir has-sirmi，意为"歌中之歌"，即最美的歌。它大概产生于公元前 4 世纪，在阿拉伯世界流传，是一部赞扬凡尘爱情的诗集。后被

《圣经》收录为经典,大概是与基督教传播有关,可表达上帝亲民,人民如同上帝的妻子。德语名 Hohelied 出自马丁·路德的译笔。欧洲当时存在一种诗意的改写,将基督与教堂的联系比作基督与"姑娘"(Braut)。对此,歌德于 1830 年 1 月 29 日在给策尔特的信中有所表述。

歌德的翻译大概产生于 1775 年 8 月初和 10 月初之间。1775 年 10 月 11 日,歌德写信给默克:"我翻译了《所罗门之歌》,这是上帝创造的最愉悦的爱情诗歌集。"歌德对希伯来语的基础知识源自他收藏的圣经《七十士译本》版本、古典拉丁语《圣经》译本、路德《圣经》译本以及迪特尔迈尔的《圣经》译注本。[①] 1778 年,赫尔德在出版的《爱情诗歌》(Lieder der Liebe)中也译了此诗。歌德译作首印见于:Briefe Goethes an Sophie von Laroche,hg. v. Gustav v. Loeper,Berlin 1879,S. 127–139。歌德原文参考底本见于:FL V,S. 360–365。

出自阿拉伯《悬诗》

《悬诗》(Moallakat)通过英国人威廉·琼斯(William Jones,1746—1794)为西方社会所知。琼斯系英国东方学家和语言学家,是历史比较语言学的奠基人。他曾去过印度,深入了解了东方。琼斯于 1774 年在伦敦出版《亚洲诗歌集解》(Poeseos Asiaticae Commentarii libri sex)。1774 年,耶拿神学家和东方学家艾希霍恩(Johann Gottfried Eichhorn,1752—1827)送给歌德一本琼斯诗集的再版。琼斯主持的阿拉伯语诗歌改编及翻译,即 1777 年至 1783

---

① J. A. Dietelmair,Die heilige Schrift ⟨...⟩ aus den auserlesensten Anmerkungen verschiedener Engländischen Schriftsteller zusammengetragen,Leipzig 1749–1770,Bd. 7,1756.

年在伦敦出版的《悬诗》(The Moallakat，or Seven Arabian Poems，which were suspended on the temple at Mecca；with a translation，and argument)，这是欧洲第一部《悬诗》全译本，在 20 世纪初之前一直是权威译本。琼斯版《悬诗》影响了歌德译文。1783 年 11 月 14 日，歌德写信给封·克内贝尔，称琼斯出版的《悬诗》"非常奇特"，歌德显然受之吸引，但直到 1815 年，歌德才重拾这首阿拉伯语诗歌。歌德译文首次出版及参考底本为：WA I 6，S. 461f.。

出自波斯语

长期以来，这两首与波斯文化相关的诗歌出处存疑。1996 年，博塞(Anke Bosse)在其博士论文中解答了这一疑问。波斯诗人贾米(Dschami，1414—1492) 的小说《麦吉努和莱拉》(Medjnoun et Leila)由法国人谢齐(Antoine Léonard de Chézy)于 1807 年译为法语。歌德于 1815 年 3 月得到法译本。不久，这些片段的翻译问世。在小说的开头场景，女孩们试图用脚踝上戴着的脚铃发出声音引诱一位年轻男子。但这位男子却因此想起反复无常的爱人，正如多鲁花那样(在波斯语中意为"两面的"，即拥有两副面孔)。首次发表见于：WA I 42/I (1904)，S. 243f.。本文参考底本为：SzL 4，S. 146f.。

汉语作品

《百美新咏》(Gedichte hundert schöner Frauen)是清代乾隆时期的一部人物木刻版画书，由文人颜希源收集编纂而成，以中国历史和传说中百余名女子为题材，收录女性人物小传百篇，并配图百幅及文人所作诗歌。19 世纪初，法国汉学家雷慕萨(Abel Rémusat，

1788—1832）翻译了《好逑传》《玉娇梨》等作品，在欧洲范围引起广泛关注，魏玛文化圈也不例外。歌德受此触动，于 1827 年 1 月从魏玛图书馆借出英国东印度公司职员汤姆斯（Peter Perring Thoms）于 1824 年翻译的《中国求爱诗》（Chinese Courtship），即《花笺记》的附录，也就是歌德在译文前提及的《百美新咏》。汤姆斯译文也成为歌德译文的主要参考对象。1827 年，歌德在《论艺术与古代》以《中文作品》为标题发表了这几首中国诗的译文。歌德译文并非将汤姆斯译文一一对应地译为德语，而是一种自由的加工再创作。首印以及参考底本见于：KuA Ⅵ 1（1827），S. 159 - 163。

南美洲文学

囚徒的死亡之歌

歌德曾在《诗与真》第 3 部第 11 卷中写道："蒙田、阿米奥（Amyot）、拉伯雷（Rabelais）和马罗（Marot）是我的朋友，引起我的共鸣和赞叹。"蒙田（Michel de Montaigne，1533—1592）是法国作家，著有《随笔集》（Essais），1753/54 年被译为德语，由提丢斯（Johann Daniel Titius）翻译（原书信息为：Johann Daniel Titius, Michaels Herrn von Montagne Versuche，Leipzig 1753/54）。三十年后，歌德或许是在赫尔德的鼓励下进行此次翻译。在《歌德全集》第 1 卷第 383 页（原文页码），歌德曾讲述，他读了蒙田用散文手法翻译的一首囚徒的歌曲，讲的是法国在美洲中部殖民地当地的食人风俗，食人族甚至食用自己父亲和祖父的骨和肉。

首次出版：Grenzbogen（1871）。参考底本：Das Journal von Tiefurt，hg. von Eduard von der Hellen，Weimar1892，S. 296f.。

服务于文化与自然交流的翻译

源自歌德信夹
论法尔科内的艺术创作

　　法国作家梅西耶（Louis-Sébastien Mercier，1740—1814）于1773 年出版了《戏剧艺术新论》（Neuer Versuch über die Schauspielkunst），歌德委托友人瓦格纳（Heinrich Leopold Wagner，1747—1779）将此书从法语译成德语，译文后附上歌德1773 年至 1775 年的散文作品，其中包括这一篇论述法尔科内的散文。梅西耶德译本于 1776 年出版。法尔科内（Étienne-Maurice Falconet，1716—1791）是法国著名雕塑家，曾完成闻名一时的彼得大帝骑马雕像。法尔科内曾于 1771 年出版《对马尔库斯·奥勒留雕像以及美术中其他事物的思考》（Betrachtungen zur Statue des Mark Aurel und zu anderen Gegenständen der schönen Künste，an Herrn Diderot gerichtet）。在这篇散文中，歌德在翻译了一段法尔科内的文字后再进行论述。

　　译文首次印刷以及参考底本见于：〈Louis-Sébastien Mercier〉，Neuer Versuch über die Schauspielkunst. Aus dem Französischen 〈von Heinrich Leopold Wagner〉. Mit einem Anhange aus Goethes Brieftasche，Leipzig 1776，S. 492‑302。

出自一份佛罗伦萨的报纸，1796

　　1795 年，歌德开始与好友兼艺术史顾问迈耶（Johann Heinrich Meyer）开展紧密的艺术合作，为写一部大篇幅的作品收集文献和材料。这部作品计划在历史、艺术、社会、经济和地理方面展现意大利，并为歌德的第二次意大利之旅做准备。1795 年 10 月，为准备这部著作,迈耶先旅行至罗马,经过一个冬天,他从当地的艺术收藏中搜集了丰富的材料。1796年5月,在他准备继续前往那不勒斯前,政治局势发生变化,促使他改变旅行计划。4月10日起,拿破仑大军碾压至意大利北部和中部,迫使各诸侯国屈服或者停火。局势的变化使得迈耶于6月20日从罗马进入保持中立的托斯卡纳。他在给歌德的信(7月19日至21日)中写道,罗马局势相当混乱,人们没有确定的消息,据说还发生奇迹。迈耶随信附上一份报纸,这是特意为他们收集稀奇之事而购买的。歌德在回信(8月17/18日)中感谢这些"罗马奇谈",并请求迈耶时不时寄回佛罗伦萨的报纸,好让人们得知意大利局势。此时,歌德大概已经翻译了迈耶所寄报纸的一部分,即译文第一部分,并已寄给席勒。

黑克尔(Max Hecker)于魏玛歌德—席勒档案馆在歌德的遗稿中发现了意大利报纸和译稿,并于1934年将二者出版。报纸被标注页码"463"与"464",大概出自佛罗伦萨的《环球大观》(Gazzetta Universale)。

译文首次出版:JbGG 1934,S. 76‑78。参考底本:MA 4.2,S. 507‑511。

施塔埃尔夫人《试论文学作品》

德·施塔埃尔夫人(Madame de Staël-Holstein,1766—1817)系法国女作家。身为女性,她受过良好教育,拥有独立思想,这在当时并不多见。她的写作涉猎很广,著有《法国大革命》《论文学与社会的关系》等大量作品,其《论德国》(De L'Allemagne)让法国人深入了解歌德、席勒等人的德语作品。大概在逃亡至洛桑的曼侯爵(Marquis Jean Antoine Claude Adrien de Mun)的促使下,歌德于1795年秋获得施塔埃尔夫人所著《碎片集》(Recueil de morceaux détachés)，文集收录了其青年时期所作的中篇小说。施塔埃尔夫人在一篇安排在小说前面的《论虚构文学》(Essai sur les fictions)一文中论述了小说类型和小说中情感的作用，这篇散文引起歌德的注意，歌德认为这篇文章值得在席勒主编的《时序女神》杂志上发表。1795 年 10 月 5日，席勒告知威廉·洪堡(Wilhelm von Humboldt，1767—1835)，歌德打算翻译施塔埃尔夫人的《试论文学作品》，译文将发表在《时序女神》。第二天，歌德在写给席勒的信中写到他已开始翻译这篇散文。译文最终于 1796 年发表(见 Die Horen 1796，2. Stück，S. 20 - 55)。

狄德罗《画论》

1759 年起，法国启蒙思想家、文艺理论家狄德罗为巴黎的《沙龙》(Salon)担任艺术评论家。1765 年左右，他将自己对造型艺术的评论集结成《六篇散文》，部分章节发表于其友格林男爵主编的《文学通讯》(Correspondance littéraire)上，全文于 1795 年出版。歌德翻译了狄德罗《画论》的前两章，在译文中穿插了评论。歌德认为同时代某些人借用狄德罗的思想助长其草率作风，看到了其思想的危害性，因此对狄德罗《画论》中的艺术主张进行坚决的批判。

歌德文章分两部分分别于 1798 年与 1799 年发表于《雅典娜神殿入口》。自狄德罗散文中译出部分在首次印刷时应歌德的要求用较大的字符印出，本卷为便于区分译文与评论，此处用楷体呈现。

论约翰·约阿希姆·埃申堡译海因里希·菲斯利《绘画讲座》

海因里希·菲斯利(1741—1825)是一位在瑞士出生的英国画家

和出版商,在英国以"亨利·菲斯利"(Henry Fuseli)闻名。埃申堡翻译了菲斯利 1801 年在伦敦出版的《绘画讲座》(Lectures on Painting)。歌德文章发表于 1804 年。本文前面文字是歌德好友海因里希·迈耶在内容和专业上讨论菲斯利的著作。迈耶称,"作者不具备足够的知识来处理他所选的材料",迈耶认为菲斯利没有方法,观察事物并没有遵循有计划的顺序,因此他的批判常有失公允。歌德在本文批评了埃申堡译文的不当之处。面对歌德的批评,埃申堡也作了回应,1804 年在《耶拿文学总汇报·信息报》(Intelligenzblatt der Jenaischen Allgemeinen Literaturzeitung)第 30 号上刊文承认了自己的错误。

译文首印以及参考底本见于: Jenaische Allgemine Literaturzeitung, Nr. 34, 9. 2. 1804, Sp. 267 - 269。

弗里德里希的荣耀

1804 年,瑞士历史学家米勒(Johannes von Müller, 1752—1809)受雇于普鲁士宫廷。米勒负责每年为庆祝弗里德里希大帝的生辰作一次演说。从 1804 年至 1807 年间,欧洲政治格局有了翻天覆地的变化。1806 年,普鲁士军队在耶拿和奥尔施泰特打了败仗,导致柏林被法国人攻占。米勒受托于 1807 年 1 月 29 日用法语进行演说。对于米勒本人而言,他的思想在这期间也发生巨大转变。1806 年 11 月 20 日,米勒与拿破仑会面。米勒原本对拿破仑不屑一顾,会面之后,米勒转变为这位科西嘉人的拥趸。在 1807 年的演说中,米勒字里行间透露出对拿破仑的尊敬,这在受法国人占领的普鲁士并不合时宜。此举激起了爱国主义者的愤怒。歌德于 1807 年 2 月 11 日阅读了米勒的演说词,尝试着平息日益严重的争论。歌德这份译文是与其语文学顾问里默尔紧密合作的结果。译文精华片段先在《耶拿文学汇报》以 La Gloire de Frédéric 为标题发表，几天后，全文登在《受教育者晨报》(Morgenblatt für gebildete Stände) 上。译文发表后，米勒写信感谢歌德翻译其演说词。

首次印刷和参考底本见于：Morgenblatt für gebildete Stände，I. Jg.，Nr. 53 vom 3. 3. 1807，S. 209‑211 und Nr. 54 vom 4. 3. 1807，S. 213‑215。本文亦见于《歌德全集》第 19 卷第 331—345 页（原文页码）。本卷译者对照发现，第 12 卷原文漏印了两行文字：so ausgezeichneter Tugenden，wie sie Dein Andenken zurückruft，vereinigen mußte。为了便于读者完整理解本文，此处译文亦译出这两行文字。

《环球报》的翻译与节选

1826 年初，歌德开始接触法国巴黎发行的报纸《环球报》。这份报纸于 1824 年发刊，其宗旨为反古典主义，宣扬浪漫主义。1826 年 2 月 14 日，歌德在日记中评价它为奉行"绝对自由主义或理论激进主义"(absoluter Liberalismus oder theoretischer Radikalismus) 的报纸。歌德相当喜欢阅读这份报纸，时常摘录、翻译并进行评论。除了第 511 页的"3"文摘之外，其余手稿并未特别地注明时间。本卷多次论及《环球报》，如歌德提出"世界文学"概念的文章《塔索（亚历山大·杜瓦尔先生所作的五幕历史剧）》《向外的关系》等。显然，《环球报》在很大程度上影响着歌德。

首次印刷见于：C¹，Bd. 46 (1833)，S. 180‑182（I 部分）；49 (1833)，S. 159f.（2 部分）；S. 162（3 部分）。本文参考底本：SzL，Bd. 2，S. 158‑161（根据手稿）。

出自《环球报》法语文章

　　这份译文诞生的背景如下：1824 年 12 月 7 日，德国作曲家韦伯（Carl Maria von Weber，1786—1826）的歌剧《魔弹神手》（Der Freischütz，1821 年在柏林首演）首次登上巴黎舞台。德国作家金德（Johann Friedrich Kind，1768—1843）的歌剧脚本在从柏林出发的途中遭受关键性的改写。改编者绍瓦热（Thomas Sauvage）和布拉兹（François-Henri-Joseph Blaze）将情节背景改为英国的约克郡，并使情节结构和人物的刻画也顺应这一想法，结果标题变成：绿林罗宾汉或三颗子弹（Robin des bois ou Les trois balles，德语 Robin aus den Wäldern oder Die drei Kugeln）。歌剧演出后引起巨大轰动，引发舆论热烈的讨论。巴黎《环球报》于 1825 年 2 月 8 日发表评论文章《论绿林罗宾汉》（Du Robin des Bois）。1826 年，歌德得到《环球报》的系列文章，当年 2 月 6 日，歌德在日记中记载："翻译《环球报》一些文章"，这其中也包括上面这篇文章，"译者评论"可能后期加上。

　　译文首次发表见于《论艺术与古代》（1827 年第 6 卷第 1 期第 59—68 页），期刊目录显示文章题为"神话、巫术和仙术，摘自法语"（Mythologie，Hexerei，Feerei，aus dem Französischen）。歌德译文首印以及参考底本见于：KuA VI I（1827），S. 59‑68。歌德译文提及的德拉克鲁瓦（Eugène Delacroix，1798—1863）系法国著名画家，1827 年完成十七幅《浮士德》平版插图，1828 年初随施塔普费尔译本出版。歌德对这些插图格外满意。

出自《色彩学》——论辩部分
（对艾萨克·牛顿《光学（……）》的节选与研究）

出自《色彩学》——历史部分

（托马斯·博德利致罗杰·培根、

出自拉扎尔·努盖特《颜色系统》、

丰特奈尔的牛顿颂词、

出自路易·贝特朗·卡斯代尔《色彩的光学》、

出自迭戈·德卡瓦略与桑帕约的色彩理论论著）

这六篇小文摘出自歌德的《色彩学》，它们涉及歌德的翻译，分别是：出自《色彩学》论辩部分的"对艾萨克·牛顿《光学（……）》的节选与研究"、出自《色彩学》历史部分的"托马斯·博德利致罗杰·培根""出自拉扎尔·努盖特《颜色系统》""丰特奈尔的牛顿颂词""出自路易·贝特朗·卡斯代尔《色彩的光学》"与"出自迭戈·德卡瓦略与桑帕约的色彩理论论著"，标题皆为《歌德全集》另附注，五篇小文也分别见于《歌德全集》第 23/1 册第 336—481 页（原书页码）、第 678—680 页（原书页码）、第 749—756 页（原书页码）、第 860—864 页（原书页码）、第 880—884 页（原书页码）与第 935—938 页（原书页码）。

很明显，除了博德利写给培根的信件之外，其余五篇文章围绕光展开，确切地说，围绕牛顿的《光学》展开。1704 年，牛顿出版了光学研究成果《光学》，这部著作被视为近代光学研究的奠基之作，并在很长时间内成为解释光的生成的权威之作，被追随者膜拜。歌德却认为牛顿思想对人类有害，并在《色彩学》中大加批判。

在"对艾萨克·牛顿《光学》的节选"中，歌德采用边译边评的方式揭示牛顿实验及推导方式的弊端，歌德用 * 符号对所译段落加以标注。歌德译文涉及牛顿《光学》第二命题第二定理、第五命题第四定理、第四命题第三定理与第五命题第四定理。

努盖特《颜色系统》只比牛顿《光学》晚出版一年，但获得的关注远不如《光学》。努盖特通过实验批判了马勒伯朗士等人的颜色理论。人们可从歌德译文看出,努盖特的实验和推导方式与牛顿的不同。

在"丰特奈尔的牛顿颂词"中,歌德恢复了边译边评的方式。丰特奈尔(Bernard Le Bovier de Fontenelle,1657—1757)系法国作家,曾任位于巴黎的法国皇家科学院常务秘书,著有《关于宇宙多样性的对话》(Entretiens sur la pluralité des mondes)。丰特奈尔的牛顿颂词被 1717 年出版的《皇家科学院院士颂词》(Eloges des Academiciens)收录。双引号内文字系歌德译文。他对丰特奈尔的文字采取批判的态度,逐一反驳。

在"出自路易·贝特朗·卡斯代尔《色彩的光学》"中,歌德节选并翻译了牛顿的反对者卡斯代尔著作部分。卡斯代尔(Louis-Bertrand Castel,1688—1757)系法国耶稣会士和数学家,其《色彩的光学》于 1740 年在巴黎出版。卡斯代尔在字里行间暗示牛顿不诚实、矫饰自己的理论和系统。

在"出自迭戈·德卡瓦略与桑帕约的色彩理论论著"中,歌德翻译了葡萄牙科学家所著色彩学论著《论颜色》的部分内容。1801 年,威廉·洪堡托人给歌德带去这部于1791 年出版的著作,认为作品所包含的理论与歌德看法相近。歌德在当年 11 月 29 日的信中对洪堡的礼物表示特别的感谢,但也指出作品仍然犯了许多其他科学家也犯的错误,即急于建立一种假设,并从中发展理论。

最后,歌德还翻译了博德利于 1607 年 1 月 19 日写给培根信件的其中一部分,博德利(Thomas Bodley,1545—1613)系英国外交家和牛津大学博德利图书馆(Bodleian Library)的创立人。信件虽与光和色彩无关,但深刻地探讨了人类发展与艺术科学的关系。

马韦先生最近一次旅行考察(1817 年 10 月)报告

马韦(John Mawe，1764—1829)是英国矿物商人。1817 年 6 月 23 日,歌德曾致信福格尔(Christian Georg Carl Vogel),希望通过魏玛宫廷驻英国的文学代理人许特纳与马韦取得联系。此事很快成功。耶拿矿物学协会(Mineralogische Sozietät zu Jena)吸纳马韦为会员。马韦对此表示感谢,并通过许特纳将康沃尔之行的报道送至歌德处。11 月 24 日,歌德阅读此文,第二天开始翻译。但歌德参考的英语原文已无迹可寻。1817 年,歌德在《四季笔记》中曾纪念与马韦的思想交流。

译文首次发表见于 WA II 13 (1904)，S. 394 - 398。本文也见于《歌德全集》第 25 卷第 562—565 页(原文页码)。

卢克·霍华德致信歌德

1815 年 12 月初,歌德读到了英国化学家卢克·霍华德(Luke Howard，1772—1864)的论文"云"(Clouds)的德语译文,对文中关于云的分类的论述大为赞赏,曾表示:"我愉快地采纳了霍华德的术语,因为这个术语提供给我一根线,而这根线是我迄今为止所缺失的。"(Wolkengestalt nach Howard，1820)

1821 年 9 月底,歌德在写给约翰·克里斯蒂安·许特纳(一位魏玛公国的公民,同时又是常住伦敦的消息灵通人士)的信中,表示想"了解这位在世的著名气象学家,并获悉他的近况"。歌德的愿望得到了满足,于是他在 1822 年 3 月 9 日的日记中写道:"真的! 这样一位温和、虔诚而亲切的出色的人物,向我毫无保留地袒露他的命运、所受的教育以及内心隐秘的思考,没有什么比这更让我欣喜了。"

1822 年 4 月至 9 月间,歌德兴高采烈地译出卢克·霍华德的回信,并于 1823 年出版(› Zur Naturwissenschaft überhaupt ‹,2 Band,1. Heft)。

原文首次发表见于:› Zur Naturwissenschaft überhaupt ‹ II 1 (1823),S. 7‑19。

参考底本见于:Liepe,S. 72‑78(siehe auch FA I 25,S. 245‑254)。

煤炭国王

《煤炭国王的早朝,或地质学的礼仪,附阐释;以及金属委员会》(King Coal's Levee,or Geological Etiquette,with Explanatory Notes;and the Council of the Metals)介绍了地理—矿物学的基本概念。这本书 1818 年最初在伦敦出版时没有关于作者的介绍,仅印刷了 25 册,结果大受欢迎,到 1820 年又连续出了 3 版,每版至少印行 1 000 册。此书的第三版现存于歌德图书馆。作者约翰·斯凯夫(John Scafe)(卒于 1843 年)是英格兰北部一个煤矿的所有人。从 1829 年起,歌德在魏玛的府邸接见英国来访的客人时,常常会谈论《煤炭国王的早朝》。他在 1831 年 3 月 29 日写给友人约翰·默里(John Murray)的信中曾表示,希望"更详细地了解该书作者的品格"。

原文首次发表见于:C¹,Bd. 51(1833),S. 193‑198。

参考底本见于:FA I 25,S. 617‑620.(nach LA I 11,S. 235‑237)。

关于数学及其被滥用和个别科学分支周期性占据统治地位

1826 年初,歌德在法语报纸《环球报》上读到了法国物理学家塞萨尔·芒叙埃特·德普雷匿名发表的论文"物理基础论文"。他把论文翻译成德语,但只将其中第一部分放入"关于数学及其滥用"一文中。1826 年 3 月 8 日,天文学家弗朗茨·克萨韦尔·察赫男爵出版的《通讯》第 14 卷第 1 期中包含了舍瓦利耶·路易斯·奇科利尼的信件:《论水平日晷仪》。1826 年 10 月中旬,歌德从魏玛图书馆借出了达兰贝尔和狄德罗的《百科全书》第 1 卷,主要阅读书中关于数学的论述。1826 年 11 月上旬,他翻译了其中一部分,把自己写的段落放在文章最前面,但这篇文章 1833 年才正式发表。

可以从两个方面看歌德本人对数学的态度:一方面,他对这一自然科学的分支缺少亲近感;另一方面,歌德还批评牛顿,在他看来,将数学运用于某些领域并不合适。

原文首次发表见于:C[1],Bd. 50 (1833), S. 167‑185。

参考底本见于:FA I 25, S. 65‑76(nach LA I 11, S. 273‑283)。

出自《关于盘旋倾向》

1829 年秋,歌德在与植物学家卡尔·弗里德里希·菲利普·马蒂乌斯(Karl Friedrich Philipp Martius, 1794—1868)谈话后受其启发,开始阅读并观察"植物的盘旋倾向"。他把研究和观察记录下来,汇成论文"论盘旋倾向"(Über die Spiraltendenz)。1831 年由弗里德里克·索雷出版的《论植物的变形》(Versuch über die Metamorphose der Pflanze)一书中,这篇文章作为附录一同发表

(FA I 24，S. 776 - 780)。对于植物中的盘旋倾向，歌德后续还有观察和研究，但未成文。

原文首次发表（节选）见于：C¹，Bd. 55 (1833)，S. 99 - 131。

参考底本见于：FA I 24，S. 785 - 808(nach LA I 10，S. 343 - 365)。

改　编

演出风波（歌剧）

　　1786 年 11 月至 1788 年 6 月在罗马逗留期间，特别是 1787 年 7 月从西西里岛回来之后，歌德第一次观看了意大利歌剧。他从意大利带回一部歌剧脚本合集。这部合集收录了二十三部作品，都在威尼斯、罗马和那不勒斯演出过，其中大部分歌德本人还或许听过（参见 Goethe als Bearbeiter，S. 4）。1790 年至 1791 年间，歌德初次尝试改编其中一些作品。他将原歌剧脚本作者多梅尼科·奇马罗萨①（Domenico Cimarosa，1749—1801）的作品改名为《演出风波》，替换了剧中大部分人名，还修改了部分情节。这部作品 1791 年 10 月 24 日在魏玛首演。一直到 1793 年，此剧接连在魏玛、劳赫斯塔特和埃尔夫特等地演出。经历第二次改编后，这部歌剧于 1797 年 10 月 14 日在魏玛重新上演，同年台本以《歌剧中的歌唱：演出风波，两幕剧。音乐取自奇马罗萨和莫扎特》（Gesänge aus der Oper：Theatralische Abenteuer, in zwei Aufzügen. Die Musik ist von Cimarosa und Mozart）为名出版。1799 年 6 月 15 日，该剧经克里斯蒂安·奥古斯特·武尔皮乌斯（Christian August Vulpius）再次改编，再次搬上舞台。

　　原文首次发表见于：WA I 53，S. 102 - 117。

　　参考底本见于：第一稿的总谱根据马克思·莫里斯（Max Morris）的歌词进行了修改（该总谱以 WA I 53 为基础，大约在 1950 年前后遗失）（参见 Goethe als Bearbeiter，S. 9 - 23）；其他内容（包

---

① 奇马罗萨系意大利作曲家，同时也是 18 世纪后半叶很有代表性的喜剧作曲家，被称作"意大利的莫扎特"，曾担任俄国女皇捷卡叶琳娜二世的宫廷作曲家和奥地利皇帝利奥波德二世的宫廷乐长。

括人物安排和导演分配）则采纳了 1797 年的版本。

歌剧中的歌曲：被挫败的阴谋

多梅尼科·奇马罗萨的歌剧《被挫败的阴谋》（Die vereitelten Machenschaften）1784 年在那不勒斯完成了首演，后来歌德将该剧本带回德国。1788 年，改编后的剧本在德累斯顿出版，配有德语翻译。这部歌剧以《被挫败的阴谋》命名，参照 1788 年改编版的德语翻译，于 1794 年 10 月 24 日在魏玛剧院上演，直到 1809 年始终常演不衰。

在剧本的内封面上，歌德的孙子沃尔夫冈·马克西米利安·歌德（Wolfgang Maximilian Goethe）曾注明，他的祖父曾经送给他这部剧本合集。据此，马克西米利安认为"魏玛剧院演出的很多意大利歌剧都是他翻译的，因此，《被挫败的阴谋》完全出自他之手。"但是，魏玛剧院的一张账单却让人对这段论述产生怀疑。1794 年 6 月 16 日，克里斯蒂安·奥古斯特·武尔皮乌斯在这份账单上签字并证实"因重新改编歌剧《被挫败的阴谋》获得 13 塔勒的报酬"。从表面上看，歌剧"相对武尔皮乌斯（的水平而言）太过出色"。由于武尔皮乌斯以"粗糙的改编风格"闻名，因此，歌德研究者莫里斯提出质疑，认为歌德有可能"拒绝了武尔皮乌斯的作品，转而用自己的版本取而代之"。不过还有一种可能：这次改编是武尔皮乌斯和歌德合作的结果，而后者曾精心打磨该剧本的文体风格。

原文首次发表和参考底本均见于：Gesänge aus der Oper. Die vereitelten Ränke. Nach dem Italienischen frei bearbeitet in zwei Aufzügen. Die Musik ist von Cimarosa，Weimar 1794。

歌剧中的歌曲：喀耳刻

1788 年狂欢节期间，帕斯夸莱·安福西的歌剧《女巫喀耳刻》(Die Zauberin Circe)首演于罗马。这部由佚名作者创作的歌剧脚本也包含在歌德从意大利带回德国的剧本合集中。1790 年，歌德首次改编这部作品，在情节架构上做了很大的改变，但最终没有完成。第二次改编相对而言更接近意大利语原作，四年后才宣告完成。1794 年 9 月 15 日，这部歌剧在魏玛首演，在此后的一年中曾多次上演。《歌剧中的歌曲》被收录到一部经由歌德校改过的手稿中。克里斯蒂安·奥古斯特·武尔皮乌斯为这部作品编写了对白和宣叙调。

补遗：残篇的初稿形成于 1790 年（Handschriften H¹ 和 H²）。歌德把原先的独幕剧改成两场。残篇表明，歌德试图对原作作出改编，前后历时四年。早在 1790 年的西里西亚旅行日记中，歌德就曾提到，他设计好了喀耳刻唱催眠曲和歌队作答的情节（参见 Zarncke，Goetheschriften S. 175）。直到 1794 年，歌德才重新拿起草稿，但由于他忙于应付魏玛剧院的事务，最终选择了相对简单和忠实于意大利语原文的改编版本。

原文首次发表和参考底本均见于：Gesänge aus der Oper：Circe，in einem Aufzuge. Musik von Anfossi. Weimar 1794。

罗密欧与朱丽叶

从歌德的青年时代开始，莎士比亚就和荷马一样，伴随了他整整一生。歌德在莱比锡读大学时，开始接触威廉·多德（William Dodd）的著名论文选集《莎士比亚之美》(Beauties of Shakespeare)（1757），同一时期又恰逢克里斯蒂安·费利克斯·魏斯（Christian Felix Weiß）

改编的《罗密欧与朱丽叶》(Romeo und Julia)被搬上舞台。后来到了斯特拉斯堡,赫尔德不断鼓励歌德,促使后者发表演讲《纪念莎士比亚日》(Zum Schäkespears Tag)。

1791 年至 1817 年间,歌德主管魏玛官廷剧院的事务,这段时间共演出了十二部莎士比亚剧作,个别作品甚至有多个译本和改编版本。比较知名的作品有《约翰王》(König Johann)、《哈姆雷特》(Hamlet)、《亨利四世》(Heinrich Ⅳ)和《暴风雨》(The Tempest)等。1812 年,歌德根据施莱格尔翻译的莎翁作品《罗密欧与朱丽叶》(见本卷"改编"部分)和《威尼斯商人》(Der Kaufmann von Venedig)作了改编,并在魏玛演出。

《罗密欧与朱丽叶》是歌德最先接触的莎士比亚作品。1767 年,他读到了这部作品的片段,旋即在写给妹妹的信中谈到对爱情的看法——"爱是一阵烟……是一种持久的甜蜜"(此信写于 1767 年 5 月 11 日)。他对于魏斯的改编不甚满意,在写给友人的信中表示,"我有新计划要重新塑造罗密欧,因为通读了魏斯的作品后,我不太喜欢……"(此信写于 1767 年 10 月 17 日)。

1797 年 6 月,几乎是在施莱格尔的译文问世的同时,歌德遇见了他颇为欣赏的女演员克里斯蒂娜·诺伊曼(Christine Neumann),打算在上演《罗密欧与朱丽叶》时,让后者担任剧中的重要角色。从歌德 1811 年 3 月 1 日的日记可以看到,当时饰演哈姆雷特的著名演员皮乌斯·亚历山大·沃尔夫(Pius Alexander Wolff)正在魏玛巡演,使歌德萌生了将《罗密欧与朱丽叶》纳入魏玛剧院经典剧目演出单的想法。

1811 年 11 月,歌德几乎都在为《罗密欧与朱丽叶》而忙碌。每一幕剧的润色,夜晚的朗读,安排角色,誊清稿件以及修改,直到 12 月 26 日才最终完成。1812 年 1 月 7 日,全剧开始排练,首先在主要演员的圈子内反复诵读。2月1日,该剧正式上演,此后四年间在魏玛多次上演。该剧于1812年4月在柏林上演。对于《罗密欧与朱丽叶》的改编所引发的公众反响,歌德说法不一,但多次提及态度均有所保留。最猛烈的批评之声来自浪漫派阵营,以至于歌德对科塔出版社声明:"我不想向这部作品的狂热的译者和保管员交出把柄,让他们有机会口出狂言。"作为歌德口中该剧保管员之一的路德维希·蒂克(Ludwig Tieck),直到很久以后《罗密欧与朱丽叶》在德累斯顿宫廷剧院上演时,才公开表达异议:"如此粗暴地对待他人的杰作,只有像歌德这样伟大的作家才会被允许和被宽恕。就这部悲剧的发生来说,人们几乎找不到原作的影子,即便是依旧保留的地方,也被改得乱七八糟,看上去面目全非,失去了原作真正的意义。"

歌德对此的辩解是:"我只挑选莎士比亚作品中有用的内容,把有碍的部分去掉。"他还说:"实际上,(我的改编)只保留了爱情。纯洁的爱情贯穿整部作品,所以其他东西仅仅一笔带过。"

根据这样的原则,经过歌德改编后的《罗密欧与朱丽叶》,从原著大约3050行(参见施莱格尔的译文),减少至大约2033行。故事发生的场景从24个减少到12个,剧中人物的数量也相应减少,两大家族结怨的母题被删去,也相应地失去了最终和解的大结局。

从歌德借出英语原著并开始改编《罗密欧与朱丽叶》的情况来看,他参考施莱格尔的译文时,不无批判,他也试图在很多情况下更趋近原著。有时候他还比较和参照维兰德(Wieland)和埃申堡的译文。然而,一方面歌德试图贴近原著,一方面他又偏离了原著,因为他放弃了莎士比亚(和施莱格尔)作品中的粗俗以及口语化的表达。

原文首次发表见于:Nachträge zu Goethes sämtlichen Werken,hg. von Eduard Boas,2 Bde.,Leipzig 1841;hier:Bd. 2。

参考底本见于：Handschrift H（Stiftung Weimarer Klassik/ Goethe- und Schiller-Archiv，GSA 25/XIII，8；datiert：„20. 1. 1812.“，Regie- und Soufflierbuch）und eine Abschrift im Besitz des Freien Deutschen Hochstifts（FDH‐10844）。

关于这部改编作品的产生和接受

歌德 1811 年 12 月 28 日致信卡尔·路德维希·克内贝尔：

我正忙于戏剧事务，十分操劳。从 1 月底至 2 月初，要在很紧凑的时间里连续推出三部作品，让我们十分忙碌；《罗密欧与朱丽叶》即将完工。

夏洛特·席勒（Charlotte Schiller）1812 年 1 月 26 日致信卡尔·席勒（Karl Schiller）：

歌德将原著的力量和他美好的语言融合在一起。……这次改编很出色，对于戏剧世界来说是真正的收获。

露易丝·塞德勒（Louise Seidler），《回忆录》

1812 年 1 月 7 日至 24 日中的某一天，我得到允许，在歌德宅邸参加悲剧《罗密欧与朱丽叶》的朗读会。歌德要求演员们重复朗读个别句子，分辨极细微的音色差别。他那样不厌其烦，很有耐心，令人叹为观止。

歌德 1812 年 2 月 13 日致信卡尔·弗里德里希·赖因哈德（Karl Friedrich Reinhard）：

1 月 30 日，在公爵夫人生日当天，我们把这部剧（指《罗密欧与朱

丽叶》)搬上了舞台,这次又有很多观众捧场;比这些角色,尤其是比
主角更令人期待的是,演员十分贴合角色。这项工作对我来说是一
种研习,我从来没有像现在这样深刻洞悉莎士比亚的才华;而他,却
是深不可测的。

歌德 1812 年 4 月 8 日致信弗里德里希•施莱格尔:
我正集中精力改编莎士比亚的《罗密欧与朱丽叶》。所有不属于
主要情节的内容,我都删去了。这部作品反响很好。

柏林 1812 年 4 月 11 日出版的倾向于皇室的《柏林国家和教育
事务报》:
皇家戏剧
罗密欧与朱丽叶,根据莎士比亚和 W.施莱格尔的创作和翻译,
由封•歌德先生(首次)改编:
一位大师改编一部大师级的作品,没有什么比这更令人期待了。
把所有偏见暂且放在一旁,由此必然激起情感的矛盾:人们时而崇
拜作者,时而膜拜改编者;常常在两者之间摇摆不定。对于作品冷静
思考的判断是针对作者的;认为作品惊喜不迭的观点是针对改编者
的。所有改变了作者原先计划、改变作品进程的做法,都会让观众产
生疑问:为什么要这样改呢?

莱比锡 1812 年 4 月 20 日出版的《高雅世界报》:
歌德的《罗密欧与朱丽叶》上演,来自柏林剧院。
这部作品的改编反响平平,责任并不在表演,这一点可以由另一
个情况来证明。据可靠消息,这部悲剧在魏玛舞台上演出时,并未获
得好评;根据上一期《奢侈和时尚》杂志对魏玛演出的报道可知,情况

似乎恰恰相反。但是，如果读者读过这篇笨头呆脑、用新时尚手段写成的文章，并且超越文字营造的错误印象，将很容易察觉这篇报道不过是溢美之词而已。……

爱德华·格纳斯特，《魏玛的古典和后古典时代》，出版于斯图加特：

1812 年，在露易丝公爵夫人生日当天，由施莱格尔翻译、歌德改编的《罗密欧与朱丽叶》完成了首演。由于这次改编，歌德遭到猛烈批判，且不无道理。

……

除了第一场在露台上的情景，第二场中梅尔库提奥的妙语连珠及由格拉夫出色演绎的洛伦佐神父的独白，这场演出获得的掌声寥寥。

赌约

1812 年 7 月 14 日至 8 月 12 日，歌德与奥地利皇后玛丽亚·卢多维卡（Maria Ludovica）、卡尔·奥古斯特公爵和奥·唐奈伯爵夫人（O'Donell）等人在特普利茨度假。他在 7 月 28 日的日记中写下"任务，两个因为打赌而分开的情人"。两天后，他写信告诉妻子克里斯蒂娜："皇后……这些天写了一部短剧，我稍作修改。下周演出，切勿告诉他人。"此后一直到 8 月 6 日，阅读会、布景安排、角色分配和排练轮番进行。由于该剧情节不突出，人物性格刻画比较模糊，"像是按照公式堆砌起来的"，后来有人质疑，认为歌德不太可能写出这样低劣的作品。有一种可能是，歌德确实对卢多维卡皇后的"短剧"作了修改，但出于对皇后陛下的尊重，没有完全去掉作品中文体风格和结构的缺陷。

　　原文首次发表见于：*Goethes poetische und prosaische Werke*，hg. von Friedrich Wilhelm Riemer und Johann Peter Eckermann，2 Bde.，Stuttgart und Tübingen，1837，Bd. 1，S. 381–385（danach 1842 in Bd. 17 der *Nachgelassenen Werke* im Rahmen der ›Ausgabe letzter Hand‹）。

　　参考底本见于：Handschrift H（Stiftung Weimarer Klassik/Goethe- und Schiller-Archiv，GSA 25/XIII，7）。

保护神

　　原作者奥古斯特·封·科策比生于魏玛，是当时与伊夫兰（Iffland）齐名的最有名和最成功的剧本作家。他最著名的作品《恨与悔》（Menschenhaß und Reue，1787）和《德国小城居民》（Die deutschen Kleinstädter，1803）为整整几代观众提供了认同典范，不突破市民道德的框架，却同样能获得成功。后来，由于遭到浪漫派的猛烈抨击，科策比将歌德也视为对手，认为后者"用尽方法和手段阻止我发挥才干，从事创作和获得幸福"。歌德尽管对科策比的人品感到不满，但作为魏玛剧院负责人，却没有对他的作品弃之不用。在他主持剧院事务的二十多年中，先后有八十七部科策比的作品上演，而伊夫兰仅有三十一部、歌德本人十九部、席勒十八部、莎士比亚八部和莱辛四部，可见歌德对科策比的创作才华还是十分认同和赞赏的。

　　这部作品完成于1814年，科策比采用了女诗人冈德尔斯海姆的罗斯维塔（Hrotswit von Gandersheim）的叙事长诗《奥托颂》的题材，讲述了意大利国王的遗孀阿德莱德遭受边疆伯爵贝伦加迫害的故事。1817年2月1日，《保护神》在魏玛宫廷剧院首演失败，因为全剧长达四小时,冗长繁琐。当时歌德正打算辞去剧院职务,但最终决定修改和"挽救"这个剧本。他将剧本内容删去三分之一,目的是"避免重复和夸张,去掉次要情节,避免出现对官廷生活的诽谤",但对于情节,歌德并未作调整。后来,这部戏剧作品经过歌德的修改后大获成功,并多次重演。

原文首次发表见于:WA I 13/2 (1901),S. 1/102。

参考底本见于:Handschrift H (Stiftung Weimarer Klassik/ Goethe- und Schiller-Archiv,GSA 25/XVI,14)。

被窃者

1817 年初,科策比的戏剧作品《被窃者》(Die Bestohlenen)发表在《乡间社交娱乐戏剧作品年鉴》第 15 期。1817 年 3 月 3 日至 16 日,歌德在日记本中记录下了对这部作品的改编情况。3 月 17 日,他写信给克内贝尔:"除了《保护神》,我现在为我们剧院安排另一部科策比的作品,我很乐意这样做,因为关键是要让剧院的经典剧目单越来越完善和丰富。"同年 4 月 9 日,这部剧作在魏玛上演,此时距离歌德彻底辞去魏玛剧院的职务才短短几天。

歌德的改编主要是针对文字风格的修改,并删去了原著中一部分过于伤感的片段。

原文首次发表见于:Goethes Werke (Großherzog Wilhelm Ernst-Ausgabe). Leipzig 1905 - 1917;Bd. II (1912)。

参考底本见于:Handschrift H (Stiftung Weimarer Klassik/ Goethe- und Schiller-Archiv,GSA 25/XVI,18;beschrieben WA I 13/1,S. 353)。

附录

附录 1 歌德手迹

其一

参见第 107 页

其二

参见第 107 页

附录 2　缩写与简写

A　　　　　*Goethe's Werke*，13 Bde.，Stuttgart und Tübingen，1806－1810.

AA　　　　*Werke Goethes*，hg. v. der Deutschen Akademie der Wissenschaften zu Berlin unter Leitung von Ernst Grumach，Berlin 1952ff.（›Akademie‹-Ausgabe）.

Adelung　　Johann Christoph Adelung，*Versuch eines vollständigen grammatisch-kritischen Wörterbuchs der hochdeutschen Mundart*，5 Bde.，Leipzig 1774－1786；2. Aufl.，4 Bde. Leipzig 1793－1801（Reprint Hildesheim 1970）.

AlH　　　　Siehe C¹.

B　　　　　*Goethe's Werke*，20 Bde.，Stuttgart und Tübingen 1815－1819.

BA　　　　*Goethe. Berliner Ausgabe*，hg. von Siegfried Seidel，22 Bde. und 1 Erg.-Bd.，Berlin（Ost）und Weimar 1960－1978（›Berliner Ausgabe‹）.

Biedermann/　*Goethes Gespräche. Eine Sammlung zeitgenössischer.*
Herwig　　*Berichte aus seinem Umgang.* Auf Grund der Ausgabe und des Nachlasses von Flodoard Freiherrn v. Biedermann，ergänzt u. hg. von Wolfgang Herwig. 5 Bde.，Stuttgart 1965－1987.

C¹　　　　*Goethes Werke. Vollständige Ausgabe letzter Hand*，40 Bde.，Stuttgart und Tübingen 1827－1830（›Taschenausgabe‹）. － Ergänzt durch *Goethes nachgelassene Werke*，hg. von Johann Peter Eckermann und Friedrich Wilhelm Riemer，20 Bde.（＝ Bd. 41－60），1833－1860.

C³	*Goethes Werke. Vollständige Ausgabe letzter Hand*, 60 Bde., Stuttgart und Tübingen 1827 – 1842 (›Oktavausgabe‹).
CA	*Goethe. Gesamtausgabe der Werke und Schriften*. Abt. I: Werke, Abt. II: Schriften, Stuttgart o. J. 〈1950 – 1960〉 (› Neue Gesamtausgabe des Originalverlags ‹Cotta› ‹).
DWb	*Deutsches Wörterbuch*, hg. von Jacob und Wilhelm Grimm (u. a.), 16 Bde. (in 32), Leipzig 1854 – 1960.
EG	Etudes Germaniques.
FA	Johann Wolfgang Goethe, *Sämtliche Werke, Briefe, Tagebücher und Gespräche*, 40 Bde. (in 41), Frankfurt a. M., 1985 – 1999.
Fischer	Paul Fischer, *Goethe-Wortschatz*, Leipzig 1929.
FL	*Der junge Goethe*, hg. v. Herta Fischer-Lamberg, 5 Bde. u. 1 Registerbd., Berlin 1963 – 1974.
GA	Johann Wolfgang von Goethe. *Gedenkausgabe der Werke, Briefe und Gespräche. 28. August 1949*. Hg. v. Ernst Beutler, 24 Bde. u. 3 Erg.-Bde., Zürich 1948 – 1971.
Goethe	- Vierteljahrs/Viermonatsschrift der Goethe-Gesellschaft. Neue Folge des Jahrbuchs (1936 – 1944) - Neue Folge des Jahrbuchs(1947, 1949 – 1971).
GJb	Goethe-Jahrbuch -(1880 – 1913)-(1972ff.).
GHb 97/98	*Goethe-Handbuch*, hg. von Bernd Witte u. a., 4

Bde. (in 6), Stuttgart 1997/1998.

Grumach	*Goethe, Begegnungen und Gespräche*, hg. v. Ernst und Renate Grumach, 4 Bde., Berlin 1956 – 1980.
GSA	Goethe- und Schiller-Archiv in der Stiftung Weimarer Klassik, Weimar.
GWb	*Goethe-Wörterbuch*, hg. v. der Deutschen Akademie der Wissenschaften zu Berlin/DDR, der Akademie der Wissenschaften in Göttigen und der Heidelberger Akademie der Wissenschaften. Stuttgart 1978ff.
HA	*Goethes Werke*. 14 Bde., hg. v. Erich Trunz, Hamburg 1948, 10. Auflage München 1981 (›Hamburger Ausgabe‹).
JBWGV	Jahrbuch des Wiener Goethe-Vereins.
Hecker	*Goethe, Maximen und Reflexionen*. Text der Ausgabe 1907 mit den Erläuterungen und der Einleitung Max Heckers. Nachwort v. Isabella Kuhn, Frankfurt a. M. 1976.
MA	*Johann Wolfgang Goethe, Sämtliche Werke nach Epochen* seines Schaffens, 21 Bde. (in 32), hg. v. Karl Richter u. a., München 1985 – 1999 (›Münchner Ausgabe‹).
Morris	*Der junge Goethe*, 6 Bde., hg. v. Max Morris, Leipzig 1909 – 1912.
MR	*Maximen und Reflexionen* (siehe Hecker).
Schöll	Briefe und Aufsätze von Goethe aus den Jahren 1766 bis 1786, hg. von Adolf Schöll, Weimar 1846.

Schuchardt　Christian Schuchardt, Goethe's Kunstsammlungen. 2 Tle. , Jena 1848.

Strack　Adolf Strack, *Goethes Leipziger Liederbuch*, Gießen 1893.

SzL　*Goethe. Schriften zur Literatur*, hg. von der Deutschen Akademie der Wissenschaften zu Berlin, Bd. 1 - 6, Berlin 1970 - 1978.

WA　*Goethes Werke*, hg. im Auftrage der Großherzogin Sophie von Sachsen. Abt. I - IV, 133 Bde. in 143, Weimar 1887 - 1919 (Reprint: München 1987).

附录 3 外文参考文献

I. FREMDSPRACHENERWERB UND ERSTE ANWENDUNG

Aus einem Schulheft Goethes (Labores juveniles, 1757 – 1761)

Elisabeth Mentzel, *Wolfgang und Cornelia Goethes Lehrer. Ein Beitrag zu Goethes Entwicklungsgeschichte*, Leipzig 1909.

Eugen Sparig, *Wie Goethe den Homer übersetzen lernte*, in: Ehrengabe der Latina für F. Fries, Halle 1906, S. 45 – 59.

Fremdsprachen in Jugendbriefen Goethes (1765 – 1769)

Goethe an Cornelia. Die dreizehn Briefe an seine Schwester, hg. von André Banuls, Hamburg 1986.

II. VON DEN LITERATUREN DER WELT ZUR ›WELTLITERATUR‹

GRIECHISCHE LITERATUR

Ernst Maass, *Goethe und die Antike*, Berlin u. ö. , 1912.

Humphrey Trevellyan, *Goethe and the Greeks*, Cambridge 1942 (dt. 1949).

Ernst Grumach, *Goethe und die Antike. Eine Sammlung*. 2 Bde. , Berlin 1949.

Wolfgang Schadewaldt, *Goethes Beschäftigung mit der Antike*, in: Grumach, *Antike*, S. 971 – 1050.

Horst Rüdiger, *Goethe und Schiller als Übersetzer aus den klassischen Sprachen*, in: Rivista di Letterature Moderne 4 (1953), S. 284 – 301.

Pindar. Fünfte Olympische Ode〈1772/1773〉

Jochen Schmidt, *Pindar als Genie-Paradigma im 18. Jahrhundert*, in: GJb 101 (1984), S. 63 – 73.

Otto Regenbogen, *Goethes Pindar-Erlebnis*, in: Ders., *Griechische Gegenwart, Über Goethes Griechentum*, Leipzig 1942. S. 43 – 64.

Friedrich Zucker, *Die Bedeutung Pindars für Goethes Leben und Dichten*, in: Das Altertum I (1955), S. 171 – 185.

Versuch eine homerische, dunkle Stelle zu erklären〈1787?〉

A. Kappelmacher, *Goethe als Homerübersetzer und Homerinterpret*, in: Zeitschrift für die österr. Gymnasien 1901, S. 1057 – 1062.

Bernhardt Suphan, *Homerisches aus Goethes Nachlaß*, in: GJB 22 (1901), S. 6 – 16.

Myrons Kuh〈1812/1818〉

Behrendt Pick, *Goethes Münzbelustigungen*, in: JbGG 7 (1920), S. 195 – 227.

Wolfgang Speyer, *Myrons Kuh in der antiken Literatur und bei*

Goethe, in: Arcadia 10 (1975), S. 171 - 179.

Phaeton, Tragödie des Euripides.
Versuch einer Wiederherstellung aus Bruchstücken ⟨ *1821 / 1822* ⟩
Die Bacchantinnen des Euripides ⟨ *1821 / 1827* ⟩

Albin Lesky, *Goethe und die Tragödie der Griechen*, in: JbWGV
74 (1970), S. 5 - 17.

Uwe Petersen, *Goethe und Euripides*, Heidelberg 1974.

Paul Primer, *Goethes Beziehungen zu Gottfried Hermann*,
Frankfurt a. M. 1913.

Ulrich von Wilamowitz-Möllendorff, *Phaeton*, in: Hermes 18
(1883), S. 396 - 434.

Ken D. Weisinger, *Goethes Phaeton*, in: DVJs 48 (1974), S.
134 - 192.

Wilhelm Meisters Wanderjahre:
›*Aus Makariens Archiv*‹ ⟨ *Maximen nach Hippokrates und Plotin* ⟩

Karl Deichgräber, *Goethe und Hippokrates*, in: Sudhoffs Archiv
für Geschichte der Medizin und der Naturwissenschaften 29
(1965), S. 27 - 56.

Franz Koch, *Goethe und Plotin*, Leipzig 1925.

Karl P. Hasse, *Von Plotin zu Goethe*, Leipzig 1912.

LATEINISCHE LITERATUR

⟨ *Bemerkungen zu den* ›*Priapeia*‹ *. 1790* ⟩

Kurt W. Eissler, *Goethe: eine psychoanalytische Studie 1775 – 1786*.
Aus dem Amerikanischen übersetzt von Rüdiger Scholz, 2
Bde., Basel, Frankfurt a. M. 1784/1785.

Veni Creator Spiritus ⟨ *1820* ⟩

Rudolf Völkel, *Veni creator spiritus*. *Zur Entwicklung der*
Goetheschen Dichtung im Winter 1819/1820, in: JbFDH
1973, S. 157 – 189.

FRANZÖSISCHE LITERATUR

Goethe et l'esprit francais. *Actes du colloque international de*
Strasbourg, Paris 1958.
Alfred Fuchs, *Goethe et la langue française*, in: Bulletin de la
Faculté des Lettres de Strasbourg 36 (1958), S. 126 – 133.
Alfred Fuchs, *Goethe et la littérature française*, in: Bulletin des la
Faculté des Lettres de Strasbourg 36 (1958), S. 249 – 263.

⟨ *Chöre aus Racines* ›*Athalie*‹ *. 1789* ⟩

Bernhard Suphan, *Goethes ungedruckte Übersetzung der Chöre von*

Racines »Athalie«, in: GJb 16 (1895), S. 35 – 43.

〈 *Aus den* ›*Unterhaltungen deutscher Ausgewanderten*‹ : 〉
Die Geschichte des Marschalls Bassompierre
Die Geschichte vom Procurator

Theodore Ziolkowsksi, *Goethes* »Unterhaltungen deutscher
Ausgewanderten«: A Reappraisal, in: Monatshefte 50
(1958), S. 57 – 74.

Die pilgernde Törin 〈 *1809* 〉

Norbert Oellers, *Goethes Novelle* »Die pilgernde Thörinn« und ihre
französische Quelle, in: GJb 102 (1985), S. 88 – 104.

ITALIENISCHE LITERATUR

Vito R. Giustiniani, *Goethes Übersetzungen aus dem Italienischen*, in:
Italien und Germanien: deutsche Italien-Rezeption von 1750 –
1850, Tübingen 1996, S. 275 – 299.

Hans-Georg Grüning, *Goethe critico della letteratura italiana*,
Palermo 1988.

Giorgio Imperatori, *Goethe e gli scrittori d'Italia*, Udine 1937.

Giorigo Neccho, *Goethe e la letteratura italiana*, in: Letterature
Moderne IX (1959), S. 421 – 436.

Canzonetta Romana 〈 vor 1780 〉

Otto Jahn, *Die Canzonetta* › *Quelle piume* ‹, in: Goethes Briefe an Christian Gottlob von Voigt, Leipzig 1868, S. 453 – 466.

Sicilianisches Lied 〈 1811 〉

E. di Carlo, *Spigolature Meliane*. *»L'occhi«* di G. *Meli e il »Sizilianisches Lied« di Goethe*, in: Studi su Giovanni Meli nel II centenario della sua nascita, Palermo 1942, S. 337 – 443.

La Biondina 〈 1812 〉

Heinrich Düntzer, *Die Gries-Goethesche Übersetzung des venezianischen Gondolierlieds* › *La Biondina* ‹, in: Archiv für Literaturgeschichte 6 (1877), S. 398 – 415.

〈 Aus einem Sonett von Leonardo da Vinci 〉

Reinhold Köhler, Goetheana II, *Deutsche Übersetzungen eines Leonardo da Vinci zugeschriebenen Sonettes*, in: Kleinere Schriften von Reinhold Köhler, hg. von Johannes Bolte, Berlin 1900, Bd. 3, S. 180 – 185.

Hugo Blank, *Goethe und Manzoni. Weimar und Mailand.* Heidelberg 1988.

Mazzino Montinari, *Goethe und Manzoni*, in: Studi germanici n.

s. IX (1971), S. 394 – 418.

Luigi Quattrocchi, *Il primo Manzoni e il tardo Goethe*, in: Accademie e bibliotheche d'Italia XLII (1974), S. 249 – 268.

Silvana Raffaelli Marini, *Goethe e Manzoni; per una storia della loro amicizia*, in: Critica letteraria 8 (1975), S. 550 – 567.

Horst Rüdiger, *Teilnahme Goethes an Manzoni*, in: Arcadia 8 (1973), S. 121 – 137.

Lionello Senigaglia, *Goethes Beziehungen zu Manzoni und anderen Italienern*, in: GJb 9 (1888), S. 135 – 147.

Il conte di Carmagnola. Tragedia di Alessandro Manzoni.
Milano 1820
Indicazione di cio che nel 1819 si è fatto in Italia ⟨ ... ⟩
⟨ Tragödien von Ruffa ⟩
Theater-Einheit, in Bezug auf vorstehendes Trauerspiel
ausgesprochen Graf Carmagnola noch einmal

John Hennig, *Goethe and an English Critic of Manzoni* ⟨zu: *Graf Carmagnola noch einmal*⟩, in: Ders. , *Goethe and the English Speaking World*, Bern u. ö. , 1988, S. 83 – 90 (zuerst 1946).

Der fünfte Mai. Ode von Alexander Manzoni ⟨ 1822 ⟩

Hugo Blank, *Manzonis Napoleon-Ode in deutschen Übersetzungen*, Bonn 1995.

Mario Gasparini (Hg.), *Traducciones españolas del » Cinco de*

Marzo« de Alejandro Manzoni，Rom 1948.

Der fünfte Mai. Ode auf Napoleons Tod von Alex. Manzoni. In der Italischen Urschrift, nebst Übersetzungen von GOETHE, Fouqué, Giesebrecht, Ribbeck, Zeune，Berlin 1828.

C. A. Meschia，*Ventisette traduzioni in varie lingue DEL CINQUE MAGGIO di Alessandro Manzoni*，Foligno 1883.

Horst Rüdiger，*Ein Versuch im Dienste der Weltliteratur-Idee: Goethes Übersetzung von Manzonis Ode »Il Cinque Maggio«*，in：Studi in onore di Lorenzo Bianchi，Bologna 1960，S. 385 – 406.

〈*Dante. 1826*〉

Arturo Farinelli，*Dante e Goethe*，Florenz 1900.

Willi Hirdt，*Goethe und Dante*，in：Deutsches Dante-Jahrbuch 68f.（1993f.），S. 31 – 80.

Emil Sulger-Gebing，*Goethe und Dante*. Berlin 1907（Reprint Hildesheim 1978）.

Alfred Zastrau，*Dante und Goethe. Internationale Beziehungen*，in：Mitteilungsblatt der Deutschen Dante-Gesellschaft 1972，S. 18 – 46.

ANGLO-IRISCHE LITERATUR

James Boyd，*Goethe's Knowledge of English Literature*，Oxford 1932.

⟨ Ossian-Übersetzungen. 1771 / 1774 ⟩

Gustav Adolf König, *Ossian und Goethe*, Diss. (Masch.)
Marburg 1959.
Herbert Schöffler, *Ossian. Hergang und Sinn eines großen
Betrugs*, in: Goethe-Kalender auf das Jahr 1941, S. 123 - 162
(auch in: Ders., *Deutscher Geist im 18. Jahrhundert*, hrsg.
von Götz von Selle, Göttingen 1956, S. 135 - 154).

*⟨ Zu und aus Charles Robert Maturins
› Bertram;
or The Castle of St. Aldobrand‹. 1817 ⟩*

Bernhard Suphan, *Anzeige des Trauerspiels » Bertram « nebst
Proben einer Übersetzung*, in: GJb XII (1891), S. 12 - 32.

Aus einem Stammbuch von 1604 ⟨ 1818 / 1820 ⟩

Harold Jantz, *Goethe and an Elisabethan Poem*, in: Modern
Language Quarterly 12 (1955), S. 451 - 461.

Manfred, a dramatic Poem by Lord Byron. London 1817 ⟨ *1817/1820* ⟩
⟨ *Aus Byrons* ›Manfred‹, *1817/1823* ⟩
Byrons Don Juan ⟨ *1819/1821* ⟩
⟨ *Aus Byrons* ›English Bards and scotch reviewers‹, *1821* ⟩

Elsie M. Butler, *Byron and Goethe. Analysis of a Passion*, London 1956.
John G. Robertson, *Goethe and Byron*, in: Publications of the English Goethe Society, N. S. 2 (1925), S. 1 – 132.

⟨ *Aus Shakespeares* ›King John ‹. *1822* (?)⟩

Christa Dill, » *Gehängt, geschleppt, geviertheilt* … «. *Aufklärende Bemerkungen zu einem Goetheschen Paralipomenon*, in: JbFDH 1992, S. 95 – 106.

Klaggesang. Irisch ⟨ *1817/1823* ⟩

John Henning, *Goethes Klaggesang Irisch*, in: Monatshefte für den deutschen Unterricht 41 (1949), S. 71 – 76.

Hochländisch ⟨ *1827* ⟩
Altschottisch ⟨ *1827* ⟩
⟨ *Aus der altschottischen Ballade* ›May Colvin, *or false Sir John‹, 1828* ⟩

John Henning, *Goethes Schottlandkunde*, in: Goethe 25 (1963),

S. 264 – 282.

WEITERE EUROPÄISCHE LITERATUREN

⟨ *Aus dem* ›*Nibelungenlied*‹ . *1807/1809* ⟩

Ernst Jenny, *Goethes altdeutsche Lektüre*, Diss. Basel 1900.

Reinhard Hahn, »*Dies Werk ist nicht da, ein für allemal beurteilt zu werden* ⟨ . . . ⟩«. *Über Goethes Auseinandersetzung mit dem Nibelungenlied*, in: GJB (1996), S. 275 – 286.

Klaggesang von der edeln Frauen des Asan Aga ⟨ *1775/1778/1789* ⟩

Camilla Lucerna, *Die südslawische Ballade von Asan Agas Gattin und ihre Nachbildung durch Goethe*, Berlin 1905 (Reprint Hildesheim 1978).

Ismail Balic, *Goethes* ›*Klaggesang* . . . *von den edlen Frauen Asan Agas': eine bosnische Volksballade erobert die Welt*, in: Östereichische Osthefte 20 (1978), S. 244 – 253.

Wilhelm Gerhard (Hg. [u. Übers.?]), *Wila. Serbische Volkslieder und Heldenmärchen*, 2 Bde., Leipzig 1828.

Matthias Murko, *Die serbokroatische Volkspoesie in der deutschen Literatur*, in: Archiv für slavische Philologie 28 (1906), S. 355 – 369.

Mathias Murko, *Das Original von Goethes Klaggesang von der edlen Frauen des Asan Aga (Asanaginica) in der Literatur und im Volksmunde durch 150 Jahre*, in: Germanoslavica 3 (1935), S. 354 - 377; 4 (1936), S. 94 - 115 und 285 - 309.

Milan Curcin, *Das serbische Volkslied in der deutschen Literatur*, Leipzig 1905.

Jevto M. Milovic, *Übertragungen slavischer Volkslieder aus Goethes Briefnachlaß*, Leipzig 1939.

Briefwechsel zwischen Goethe und Therese von Jakob ⟨ Talvj ⟩, hg. von Reinhold Steig, in: GJb 12 (1891), S. 33 - 77.

Das Sträußchen. *Alt böhmisch ⟨ 1822 ⟩*
Gätet Mädchen Hanf ⟨ Altböhmisch. 1822 ⟩

Johannes Urzidil, *Goethe in Böhmen*, Berlin, Darmstadt, Wien o. J. (zuerst 1962).

Finnisches Lied ⟨ 1810 / 1815 ⟩

Erich Kunze, *Goethes › Finnisches Lied ‹* , in: Studia Fennica 6 (1952), S. 37 - 57.

Heinrich Viehoff, *Beiträge zur Zurückführung von Goethe's Gedichten auf ihre Quellen und Vorbilder. I. Finnisches Lied*, in: Archiv für das Studium der neueren Sprachen und Literaturen 4, 1899, S. 154 - 156.

Neugriechisch-epirotische Heldenlieder 〈 *1822 / 1823* 〉
Charon . *Neugriechisch* 〈 *1822 / 1823* 〉
Charos 〈 *1826* 〉
Neugriechische Liebe-Skolien 〈 *1827* 〉

Charles Fauriel（Hg.）, *Chants populaires de la Grèce moderne* , 2 Bde. , Paris 1824/1825.

Neugriechische Volkslieder. Gesammelt und herausgegeben von Charles Fauriel. Übersetzt 〈 ... 〉 von Wilhelm Müller. 2 Tle. , Leipzig 1825.

Wilhelm Müller, in: Allgemeine Literatur-Zeitung 1825, Nr. 7, Sp. 40.

Neugriechische Volkslieder , gesammelt von Werner von Haxthausen. Urtext und Übersetzung, hg. von Karl Schulte-Kemmighausen und Gustav Soyter, Münster 1935.

Hermann Lübke, *Volkslieder der Griechen in deutschen Nachdichtungen* , Berlin 1897.

Gustav Soyter, *Die Quellen zu Goethes Übertragungen aus dem Neugriechischen* , in: Hellas-Jb. 1936, S. 67 – 73.

Gustav Soyter, *Goethe und das Neugriechische Volkslied* , in: Gymnasium 58 (1951) S. 55 – 72.

Karl Dieterich, *Goethe und die neugriechische Volksdichtung* , in: Hellasjahrbuch 1929, S. 61 – 81.

Johannes Irmscher, *Goethe und die neugriechische Literatur* , in: GJb 98 (1981), S. 43 – 48.

LITERATUR DES NAHEN UND FERNEN OSTENS

Katharina Mommsen, *Goethe und die arabische Welt*, Frankfurt a. M. 1988.

〈 *Aus dem Koran* . 1772 〉

Hanna Fischer-Lamberg, *Zu Goethes Koran-Auszügen*, in: *Beiträge zur Stilforschung*, hg. von Ernst Grumach, Berlin 1959, S. 119 f.

Chinesisches 〈 1827 〉
Chinesisch-deutsche Jahres- und Tageszeiten 〈 1827 / 1829 〉

Eric A, Blackall, *Goethe and the Chinese Novel*, in: The discontinous tradition. Studies in German Literature in Honour of Ernest L. Stahl, hg. von Peter E. Ganz, Oxford 1971, S. 19 – 53.

Selden, Elizabeth, *China in German Poetry from 1773 – 1833*, in: University of California Publications in Modern Philology 25 (1942), S. I – X und 141 – 316.

Christine Wagner-Dittmar, *Goethe und die chinesische Literatur*, in: Studien zu Goethes Alterswerken, hg. von Erich Trunz, Frankfurt a. M. 1971, S. 122 – 228.

Richard Wilhelm, *Goethe und die chinesische Kultur*, in: JbFDH 1927, S. 301 – 316.

Chinesisch-deutsche Jahres- und Tageszeiten 〈*1827/1829*〉

Andreas Anglet, *Die lyrische Bewegung in Goethes »Chinesisch-Deutsche Jahres- und Tageszeiten«* , in: GJb 113 (1996), S. 179 – 198.

Wolfgang Bauer, *Goethe und China*, in: Goethe und die Tradition, hg. von Hans Reiss, Frankfurt a. M. 1972, S. 177 – 197.

Woldemar von Biedermann, *›Chinesisch-deutsche Tag- und Jahreszeiten‹*, in: Ders. , Goetheforschungen, N. F. , Leipzig 1886, S. 426 – 446.

Friedrich Burkhardt, *Goethes ›Chinesisch-deutsche Tag- und Jahreszeiten‹. Eine Ergänzung zur Entdeckung des biographischen Hintergrundes durch Wolfgang Preisendanz*, in: JbDSG 13 (1969), S. 180 – 195.

Günter Debon, *Die ›Chinesisch-deutschen Jahres- und Tageszeiten‹*, in: Ders. , China zu Gast in Weimar, Heidelberg 1994, S. 199 – 240. (erweitert gegenüber: Ders. , *Goethes ›Chinesisch-deutsche Tag- und Jahreszeiten‹ in sinologischer Sicht*, in: Euphorion 76[1982], S. 27 – 57).

Hideo Fukuda, *Über Goethes letzten Gedichtzyklus ›Chinesisch-deutsche Tag- und Jahreszeiten‹*, in: Goethe 30 (1968), S. 192 – 201.

Wilfried Franz, *Zur Problematik einer vorgeschlagenen Textkorrektur in Goethes Gedicht ›Dämmrung senkte sich von oben‹*, in: GJb 96 (1979), S. 280 – 290.

Meredith Lee, *Goethes ›Chinesisch-deutsche Tag- und Jahreszeiten‹*, in: Goethe und China – China und Goethe, hg. von Günther Debon und Adrian Hsia, Bern 1985, S. 37 – 50.

Meredith Lee, *Studies in Goethe's Lyric Cycles*, Chapel Hill 1978, S. 129 – 147.

Monika Lemmel, *Der Gedichtzyklus ›Chinesisch-deutsche Jahres- und Tageszeiten‹ und sein Ort in Goethes Spätwerk*, in: JbDSG 36 (1992), S. 143 – 166.

Lübbe-Grothues, *Grete, Goethes letzter Lyrikzyklus. Eine Interpretation*, Weimar 1996.

Norbert Mecklenburg, *Naturlyrik als Glaubensbekenntnis. Das ›Rosenlob‹ aus Goethes ›Chinesisch-deutschen Jahres- und Tageszeiten‹*, in: Ders. (hg.), Naturlyrik und Gesellschaft, Stuttgart 1977, S. 74 – 87.

Katharina Mommsen, *›West-östlicher Divan‹ und ›Chinesisch-deutsche Jahres- und Tageszeiten‹*, in: GJb 108 (1991), S. 169 – 178.

Joachim Müller, *Goethes Altersdichtung ›Chinesisch-deutsche Tag- und Jahreszeiten‹*, in: Marginalien zur poetischen Welt. FS Robert Mülher z. 60. Geburtstag, hg. von Alois Eder u. a., Berlin 1971, S. 53 – 87.

Walter Müller-Seidel, *Lyrik, Tragik und Individualität in Goethes später Dichtung*, in: Das Subjekt in der Dichtung. FS Gerhard Kaiser, hg. von Gerhard Buhr u. a., Würzburg 1990, S. 497 – 518.

Wolfgang Preisendanz, *Goethes ›Chinesisch-deutsche Jahres- und*

Tageszeiten‹, in: JbDSG 8 (1964), S. 137 - 152.

Erich Trunz, *Goethes späte Lyrik*, in: Ders. , *Goethes späte Lyrik*, in: DVJs 23 (1949), S. 409 - 432.

Joachim Wohlleben, *Über Goethes Gedichtzyklus › Chinesisch-deutsche Jahres- und Tages-Zeiten‹*, in: JBDSG 29 (1985), S. 266 - 300.

Yang En-lin, *Goethes › Chinesisch-deutsche Tag- und Jahreszeiten‹*, in: GJb 89 (1972), S. 154 - 188.

Karl Vietor, *Goethes Altersgedichte*, in: Euphorion 33 (1932), S. 105 - 152.

LITERATUR SÜDAMERIKAS

Liebes Lied eines amerikanischen Wilden
〈 *Aus dem »Brasilianischen«* . *1781* 〉
Todeslied eines Gefangenen 〈 *Aus dem »Brasilianischen«* . *1781* 〉
Brasilianisch 〈 *1824* 〉

Victor Bouillier, *Montaigne et Goethe*, in: Revue de littérature comparée 5 (1925), S. 571 - 593.

Ernst Feder, *Goethes Liebe zu Brasilien*, in: Goethe 13 (1951), S. 142 - 177, bes. S. 144 f.

Reinhold Köhler, *Goethiana I: Zwei brasilianische Lieder*, in: Kleinere Schriften von Reinhold Köhler, hg. Von Johannes Bolte, Bd. 3, Berlin 1900, S. 128 - 133.

III.　ÜBERSETZUNG IM DIENST DES AUSTAUSCHS ÜBER KULTUR UND NATUR

⟨ *Aus einer florentinischen Zeitung. 1796* ⟩

Max Hecker, *Eine Ergänzung des Goethe-Schillerschen Briefwechsels, eine bisher unbekannte Übersetzung Goethes*, in: JbGG 20 (1934), S. 71 – 83.

Germaine de Staël-Holstein, › *Versuch über die Dichtungen* ‹ ⟨ *1796* ⟩

Johannes Imelmann (Hg.), *Frau von Staëls Essai sur les fictions (1795) mit Goethes Übersetzung (1796)*, Berlin 1896.

Jacques Voisine, *Goethe traducteur de* › *L'Essai sur les fictions* ‹ *de Mme de Staël*, in: EG 50 (1995), S. 73 – 82.

Diderots Versuch über die Malerei ⟨ *1799* ⟩

Jean Rouge, *Goethe et L'Essai sur la peinture de Diderot*, in: EG 4 (1949), S. 227 – 236.

Herbert Dieckmann, *Goethe und Diderot*, in: Deutsche Vierteljahresschrift 10 (1932), S. 478 – 503.

Roland Mortier, *Diderot in Deutschland. 1750 – 1850*, Stuttgart 1967 (zuerst Paris 1954), bes. S. 275 – 284.

Philipp Hackert 〈 *1811* 〉
〈 *Aus: Richard Payne Knight,* › *Expedition into Sicily* ‹ 〉

Richard Payne Knight, *Expedition into Sicily*, hg. von Claudia
Stumpf, London 1986.

Le Globe. Übersetzung und Auszug 〈 *Nachlaß. 1826* 〉
〈 *Œuvres dramatiques de Goethe. 1826/1827* 〉
Aus dem Französischen des Globe 〈 *1826/1827* 〉
Bezüge nach Außen 〈 *Le Globe V. Nr. 91. 1828* 〉

Heinz Hamm, *Goethe und die französische Zeitschrift* › *Le Globe* ‹ ,
Weimar 1998.

Zur Farbenlehre 〈 *1810* 〉. *Polemischer Teil:*
〈 *Aus und zu Isaac Newtons* › *Opticks* 〈 *...* 〉‹ *. 1810* 〉

John Hennig, *Goethe, Newton übersetzend*, in: Goethe 20
(1958), S. 225 – 232.

〈 *Aus: Diego de Carvalho e Sampayo,* › *Tratado dos Cores* ‹ *u.a.* 〉

Albin Eduard Beau, *Zu Goethes Portugal-Lektüre*, in: Biblos
(Coimbra) 25 (1949), S. 386 – 437.

Luke Howard an Goethe

Gertrud Liepe, *Luke Howard (1772 – 1864) mit dem bisher unveröffentlichten, von Goethe übersetzten Originaltext der Autobiographie Howards*, in: JbFDH 1972, S. 59 – 107.

BEARBEITUNGEN

Das Weimarer Hoftheater unter Goethes Leitung

Hans-Georg Böhme (Hg.), *Pius Alexander Wolff. Die Weilburger Goethe-Funde. Neues aus Theater und Schauspielkunst. Blätter aus dem Nachlaß Pius Alexander Wolffs*, Emsdetten 1950.

Walter Horace Bruford, *Theatre, drama and audience in Goethe's Germany*, London 1950.

Reinhard Buchwald, *Bühnengestalt und dramatische Kunstform der deutschen Klassiker*, in: GJb 17 (1955), S. 1 – 18.

Carl August Hugo Burkhardt (Hg. und Bearb.), *Das Repertoire des Weimarischen Theaters unter Goethes Leitung 1791 – 1817*, Hamburg und Leipzig 1891.

Marvin Carlson, *Goethe and the Weimar Theatre*, Ithaca, London 1978.

Maurice Colleville, *L'Esthétique dramatique du poète à l'époque classique*, in: EG 3 (1948), S. 148 – 161.

Werner Deetjen, *Iffland und Weimar*, in: Hannoversche

Geschichtsblätter 21 (1918), S. 432 – 447.

Adolph Doebber, *Lauchstädt und Weimar. Eine theaterbaugeschichtliche Studie*, Berlin 1908.

Willi Flemming, *Goethes Gestaltung des klassischen Theaters*, Köln 1949.

Willi Flemming, *Goethe und das Theater seiner Zeit*, Stuttgart, Berlin, Köln, Mainz 1968.

Eduard Genast, *Aus Weimars klassischer und nachklassischer Zeit. Erinnerungen eines alten Schauspielers*, Leipzig 1862.

Walter Hinck, *Der Bewegungsstil der Weimarer Bühne. Zum Problem des Allegorischen bei Goethe*, in: Goethe 21 (1959), S. 94 – 106.

Johannes Höffner, *Goethe und das Weimarer Hoftheater. Mit vielen Bildern nach alten Vorlagen*. Weimar 1913.

Heinrich Huesmann, *Goethe als Theaterleiter. Historisches Umfeld und Grundzüge*, in: *Ein Theatermann. Theorie und Praxis. Festschrift Rolf Badenhausen*, hg. von Ingrid Nohl, München 1977, S. 143 – 160.

August Wilhelm Iffland, *Über meine theatralische Laufbahn*, Heilbronn 1886.

Ifflands Briefwechsel mit Schiller, Goethe, Kleist, Tieck und andern Dramatikern, hg. und erläutert von Curt Müller, Leipzig 1910.

Heinz Kindermann, *Theatergeschichte der Goethezeit*, Wien 1948.

Heinz Kindermann, *Theatergeschichte Europas, Bd. 5: Von der Aufklärung zur Romantik*, 2 Tle. (darin: *Goethe und das*

Theater der Weimarer Klassik, S. 152 - 217), Salzburg 1962.

Hans Knudsen, *Goethes Welt des Theaters*. *Ein Vierteljahrhundert Weimarer Bühnenleitung*, Berlin 1949.

Hans Knudsen, *Deutsche Theatergeschichte*, Stuttgart 1959.

Walter Kunze, *Goethes Theaterleitung im Urteil der Zeitgenossen* (Diss.), München 1932.

Erika Irene Lindner, *Einflüsse des Wiener Theaters auf das Weimarer Hoftheater unter Goethes Leitung* (Diss.), Wien 1944.

Max Martersteig, *Pius Alexander Wolff*. *Ein biographischer Beitrag zur Theater- und Literaturgeschichte*, Leipzig 1879.

Richard M. Meyer, *Goethes ›Regeln für Schauspieler‹*, in: GJb 31 (1910), S. 117 - 135.

Eberhard Orthband, *Psychologie des Schauspielers und des Schauspielens bei Goethe* (Diss.), Tübingen 1951.

Ernst Pasqué, *Goethes Theaterleitung in Weimar*. *An Episoden und Urkunden dargestellt*. 2 Bde., Leipzig 1863.

Karl Wilhelm Reinhold, *Saat von Goethe gesät am Tage der Garben zu reifen*, Leipzig 1908.

Neue Urkunden zu Goethes Theaterleitung, erl. von Georg Wittkowski, in: Jb Slg. Kippenberg 10 (1935), S. 49 - 117.

Bruno Theodor Satori-Neumann, *Die Frühzeit des Weimarischen Hoftheaters unter Goethes Leitung (1791 - 1798)*. *Nach den Quellen bearbeitet*, Berlin 1922.

Eduard Scharrer-Santen, *Die Weimarische Dramaturgie*. *Aus Goethes Schriften gesammelt, erläutert und eingeleitet*, Berlin und Leipzig 1927.

Lothar J. Scheithauer, *Goethes Auffassung von der Schauspielkunst*, in: *Gestaltung, Umgestaltung. FS Hermann August Korff*, hrsg. von Joachim Müller, Leipzig 1957, S. 108 – 117.

Heinrich Schmidt, *Erinnerungen eines weimarischen Verteranen aus dem geselligen, literarischen und Theater-Leben. Nebst Originalmitteilungen über Goethe, Schiller, Herder, Wieland*, Leipzig 1856.

Olga Gräfin Taxis-Bordogna, *Caroline Jagemann*, in: Dies., *Frauen von Weimar*, München 1950, S. 267 – 302.

Valerian Tornius, *Goethe als Dramaturg*, Leipzig 1909.

Valerian Tornius, *Goethes Theaterleitung und die bildende Kunst*, in: JbFDH 1912, S. 191 – 211.

Julius Wahle, *Das Weimarer Hoftheater unter Goethes Leitung. Aus neuen Quellen bearbeitet*, Weimar 1892.

Alexander Weichberger, *Goethe und das Komödienhaus in Weimar 1779 – 1825. Ein Beitrag zur Theaterbaugeschichte*. Leipzig 1928.

Irmgard Weithase, *Anschauungen über das Wesen der Sprechkunst von 1775 – 1825*, Berlin 1930.

Irmgard Weithase, *Goethe als Sprecher und Sprecherzieher*, Weimar 1949.

Walter Wittsack, *Studien zur Sprechkultur der Goethe-Zeit*, Berlin 1932.

Günther Ziegler, *Theaterintendant Goethe*, Leipzig 1954.

Paul Zucker, *Die Theaterdekoration des Klassizismus. Eine*

Kunstgeschichte des Bühnenbildes，Berlin 1925.

Opern-/Singspiel-Bearbeitungen 〈 1791/1794 〉

Karl Blechschmidt， *Goethe in seinen Beziehungen zur Oper*，Frankfurt a. M. 1937.

Otto Janowitz， *Goethe als Librettist*，in：German Life and Letters 9 (1955/56)，S. 110 – 117，265 – 276.

Giulio Meregazzi， *Un melodramma del Cimarosa* 〈 *Le trame deluse* 〉 *tradotto in tedesco dal Goethe*，in：Rivista di Letteratura Tedesca 2 (1908)，S. 15 – 30.

Max Morris， *Goethe als Bearbeiter von italienischen Operntexten*，in：GJb 26 (1905)，S. 3 – 51.

Alfred Orel， *Goethe als Operndirektor*，Bregenz 1949.

Alfred Orel， *Goethe e l'opera italiana*，in：Rivista di letterature moderne N. S. 1 (1950)，S. 37 – 43.

Romeo und Julia 〈 1811/1812 〉

Carl Aßmann， *Shakespeare und seine deutschen Übersetzer, eine literarisch-linguistische Abhandlung als Beitrag zur deutschen Übersetzungsliteratur*. Programm des Gymnasiums Liegnitz 1843.

Ernst Beutler， *Goethe und Shakespeare*，in：Ders. ， *Goethes Rede zum Schäkespears-Tag*，Weimar 1938.

Michael Bernays， *Zur Entstehungsgeschichte des Schlegelschen*

Shakespeare, Leipzig 1872.

James Boyd, *Goethe und Shakespeare*, Köln und Opladen 1962.

Alois Brandl, *Die Aufnahme Shakespeares in Deutschland und die Schlegel-Tiecksche Übersetzung*, in: Shakespeare, Dramatische Werke, hrsg. von A. B., 10 Bde., zweite, kritisch durchgesehene und erläuterte Ausgabe, Leipzig 1922/23, Bd. 1, S. 59–80.

Werner Deetjen, *Shakespeare-Aufführungen unter Goethes Leitung*, in: Shakespeare-Jb. 68 (1932), S. 10–35.

Rudolph Genée, *Geschichte der Shakespeare'schen Dramen in Deutschland*, Leipzig 1870.

Rudolph Genée, *Studien zu Schlegels Shakespeare-Übersetzung. Nach den Handschriften A. W. Schlegels*, in: Archiv für Literaturgeschichte 10 (1891), S. 236–262.

Friedrich Gundolf, *Shakespeare und der deutsche Geist*, München und Düsseldorf 1959 (zuerst: 1911).

Karl Holtermann, *Vergleichung der Schlegelschen und Voßschen Übersetzung von Shakespeares » Romeo and Juliet«*. Programm des Realgymnasiums Münster in Westfalen 1892.

Heinrich Huesmann, *Shakespeare-Inszenierungen unter Goethe in Weimar*, Wien 1968.

Carl Niessen, *Goethe und die romantische Shakespeare-Bühne*, in: Das deutsche Theater. Jahrbuch für Theater und Bühne 2 (1923/24), S. 118–129.

Horst Oppel, *Das Shakespeare-Bild Goethes*, Mainz 1949.

Rudolf Alexander Schröder, *Goethe und Shakespeare*, in:

Shakespeare-Jahrbuch 84/86 (1950), S. 17 - 39.

Ernst Leopold Stahl, *Shakespeare und das deutsche Theater*, Stuttgart 1947 (darin: *Shakespeare im klassischen Weimar*, S. 180 - 218).

D. Bahnung, *Goethes Bearbeitung von Romeo und Julia*, in: Vossische Zeitung, Sonntagsbeilage Nr. 28, 1911.

Gustav Richard Hauschild, *Das Verhältnis von Goethes »Romeo und Julia« zu Shakespeares gleichnamiger Tragödie*. Programm des Goethe-Gymnasiums zu Frankfurt a. M. 1907.

Hans Georg Heun, *Shakespeares »Romeo und Julia« in Goethes Bearbeitung. Eine Stiluntersuchung*, Berlin 1965.

Ders., *Goethes Kritik an Shakespeares Romeo und Julia*, in: Shakespeare-Jb. 98 (1962), S. 201 - 215.

Walter Hinck, *Vom Ärgernis der Klassiker-Inszenierungen. Goethes Bearbeitung von ›Romeo und Julia‹ und Hansgünther Heymes des ›Wallenstein‹*, in: Verlorene Klassik? Ein Symposium, hrsg. von Wolfgang Wittkowski, Tübingen 1986, S. 353 - 373, dazu ›Diskussion‹, S. 373 - 377.

Eugen Kilian, *Schreyvogels Shakespeare-Bearbeitungen. Romeo und Julia*, in: Shakespeare-Jb. 41 (1905), S. 135 - 162.

Jacob Minor, *Die Lesarten zu Goethes Bearbeitung von »Romeo und Julia«*, in: Festschrift VIII. Allgemeiner Deutscher Neuphilologentag in Wien, hrsg. von Johannes Schipper, Wien und Leipzig 1898, S. 3 - 15.

Artur Sauer, *Shakespeares »Romeo und Julia« in den Bearbeitungen und Übersetzungen der deutschen Literatur*, Diss. Greifswald

1915.

Emil Wendling, *Goethes Bühnenbearbeitung von »Romeo und Julia«*, in: Jahresbericht des Gymnasiums in Zabern, Schuljahr 1906/1907, No. 36, S. 1 – 22.

Heinrich Viehoff, *Über Goethe's Bearbeitung von Shakespeares Romeo und Julia*, in: Herrigs Archiv 1 (1841), S. 263 – 273.

Max J. Wolff, *Romeo und Julia bei Shakespeare, Goethe und Lope de Vega*, in: Ders., *William Shakespeare*, Leipzig 1903, S. 195 – 229.

Kotzebue-Bearbeitungen 〈 1817 〉

Guido Glück, *Kotzebues Schutzgeist und seine Bearbeitung durch Goethe*, Lundenburg 1907.

Gerhard Stenger, *Goethe und August von Kotzebue*, Breslau 1910.

Die Wette 〈 1812 〉

Heinrich Düntzer, *Goethes Verehrung der Kaiserin von Österreich Maria Ludovica von Este*, Köln und Leipzig 1885.

Werner Kraft, *Die Wette*, in: Ders., *Goethe. Wiederholte Spiegelungen aus fünf Jahrzehnten*, München 1968, S. 140 – 144.

附录 4　中文参考文献^①

爱德华·吉本：《罗马帝国衰亡史》，席代岳译，长春：吉林出版集团有
　　限责任公司，2014 年。

爱克曼辑录：《歌德谈话录》，朱光潜译，北京：人民文学出版社，
　　1978 年。

埃斯库罗斯、索福克勒斯著：《埃斯库罗斯悲剧三种》《索福克勒斯悲
　　剧四种》，载于《罗念生全集》第 2 卷，罗念生译，上海：上海人民
　　出版社，2007 年。

狄德罗：《狄德罗美学论文选》，张冠尧、桂裕芳译，北京：人民文学出
　　版社，1984 年。

范大灿主编：《歌德论文学艺术》，范大灿、安书祉、黄燎宇等译，上
　　海：上海人民出版社，2017 年。

歌德：《青年维特之烦恼》，卫茂平译，太原：北岳文艺出版社，
　　2011 年。

荷马：《伊利亚特》，陈中梅译，北京：北京燕山出版社，1999 年。

荷马：《奥德赛》，陈中梅译注，南京：译林出版社，2003 年。

穆旦：《穆旦译文集》第 1 卷，北京：人民文学出版社，2005 年。

莱辛：《关于悲剧的通信》，朱雁冰译，北京：华夏出版社，2010 年。

刘小枫、陈少明主编：《奥林匹亚的荣耀》，北京：华夏出版社，
　　2009 年。

牛顿：《光学》，周岳明译，北京：科学普及出版社，1988 年。

莎士比亚：《哈姆雷特》，梁实秋译，台北：远东图书公司，1977 年。

莎士比亚：《约翰王》，梁实秋译，台北：远东图书公司，2001 年。

王焕生：《古罗马文学史》，北京：中央编译出版社，2008 年。

威廉·R. 史密斯：《以色列的先知及其历史地位》，孙增霖译，上海：

---

① 中文参考文献为译者所加。

上海三联书店，2013年。

徐新、凌继尧主编：《犹太百科全书》，上海：上海人民出版社，
1993年。

杨武能、刘硕良主编：《歌德文集》第12卷，罗悌伦译，石家庄：河北
教育出版社，1999年。

伊斯梅尔：《古兰经译注》，马金鹏译注，银川：宁夏人民出版社，
2005年。

译后记

译者的观察

歌德：在诗人与译者之间

　　歌德给我们的印象向来是大文豪,但法兰克福版《歌德全集》第11、12卷辑录的译文数量之多仍令人咂舌。这两卷文字提醒人们歌德的另一重身份:译者。本文原于 2018 年底写成,原计划追溯译者歌德的成长历程,盘点其译文。自三联书店萨弗兰斯基传记《歌德——生命的杰作》出版后,这份歌德小传犹如附赘悬疣。因此,我调整了部分内容,意在呈现翻译所察所得。

　　歌德在试译《卡尔马尼奥拉伯爵》后曾感慨“所有翻译皆探索(tastend)的尝试”。歌德从事翻译多年,深谙翻译之苦,tastend 用得非常形象,直观地描绘了人在黑暗中摸索前行的画面。翻译本卷也是译者“触摸”歌德另一面的历程。第 12 卷逾半卷为歌德译文,其余为作品改编。其中,歌德译文逾百篇,译者徜徉其中,首先触及的是歌德青少年译作,继而碰触各国文学译作,进而摩挲歌德为文化自然领域之交流所作译文。本卷历时混合共时编排,使得歌德的译者角色更加立体。

＊　＊　＊

　　歌德诞生于启蒙文化语境中。17 世纪,在莱布尼茨、托马修斯、克里斯坦·沃尔夫等哲学先贤的引领下,启蒙思想在德意志上空酝酿。到了 18 世纪初,启蒙运动的思潮席卷了德国精英阶层。这场运动的主体自认肩负开启民智的重任,但实则是市民阶层受困于政治上的无出路,转而尝试在文化上获得话语权的运动。埃利亚斯指出,这些市民阶层的知识分子与民众相比“可谓精英”,但于宫廷贵族而言,他们仍为"下等人"①。无怪乎启蒙运动的"将士们"高举理性的大旗,试图跨越阶级壁垒,不以出身论贵贱,而以思想论长短,争夺文化话语权。

"叫语法给我滚开!"

1749 年 8 月 28 日,歌德出生于美因河畔法兰克福市富裕市民家庭。父亲约翰·卡斯帕尔·歌德出身于富裕的手工业家庭,母亲卡塔琳娜·伊丽莎白·歌德,是法兰克福市长的女儿。歌德母亲共诞下六个孩子,但只有歌德及其妹科尔内利娅长大成人。歌德父亲曾在莱比锡大学学习法律,毕业后尝试打入官场,但成效甚微,最后只能返乡谋得空头衔"皇家顾问"。他仕途不顺,对天资聪颖的儿子寄予厚望。

启蒙的时代亦是翻译的时代。早在歌德出生约廿年前,与已建立统一民族国家的英法相比,德国在欧洲文学版图中仍处于"洼地",文坛巨擘戈特舍德倡导翻译,意在振兴民族文学。他本人与妻子一同翻译了诸如丰特奈尔、贝尔、蒲柏等英法作家的作品,数量可观。与戈特舍德常年论战的博德麦也是位眼光独到的译者,于 30 年代便将弥尔顿《失乐园》译为德语。可见,当时的文坛先锋们虽在具体问题上各持己见,但就翻译上立场基本一致:德意志可借助文学翻译提高文学品位。歌德在莱比锡求学阶段与戈特舍德有过一面之缘,但他显然并不崇拜这位曾主宰文坛的风云人物,并在《诗与真》中调侃了此次会面。尽管如此,步入成年期的歌德肯定赞同戈特舍德借

---

① 诺贝特·埃利亚斯:《文明的进程》,王佩莉、袁志英译,上海:上海译文出版社,2013 年,第 17 页。

助翻译发展民族文学的观点，因为他的"世界文学"理念也与翻译和民族文学不可分割。

工欲善其事，必先利其器。要从事翻译，必得先拥有外语知识。歌德的外语启蒙教育可追溯至垂髫时期。1752 年，未满三岁的歌德被送至霍夫①女士的"游戏学前班"。那里的在读者皆为上层阶级或富裕家庭的子女。在外语类学习科目中，霍夫安排了意大利语启蒙课。② 1755 年，歌德被送去由舍尔哈费③开设的私立小学，学习阅读、计算和书法。④ 然而，这段学习经历并不愉快。歌德只待了九个月，此后其教育由父亲与家庭教师接手。在《诗与真》中，歌德自述"公立学校教师的炫学的习惯和抑郁的神态"⑤，大概是父亲的考虑。歌德讲述其父亲自教课，"只有必需的个别课程才请真正的教师来教"，但实际上，歌德父亲聘请的家庭教师比重远超此处回忆的"个别"。⑥ 已知的语言类家庭教师不下五位：1756 年末起，舍尔比乌斯⑦教拉丁语和希腊语；加谢⑧女士负责法语课；1760 年初至 1762 年中，焦维纳齐⑨教授意大利语；英语教师是谢德⑩；希伯来语则由阿尔布雷希特⑪教授；甚至连在法兰克福街巷所用的犹太德语由某位克

---

① Maria Magdalena Hoff，1710—1758 年。
② Vgl. Elisabeth Mentzel：Wolfgang und Cornelia Goethes Lehrer，Leipzig 1909，S. 27.
③ Johann Tobias Schellhaffer，1715—1773 年。
④ Vgl. Elisabeth Mentzel，S. 50.
⑤ 歌德：《诗与真》（上），刘思慕译，北京：人民文学出版社，1999 年，第 26 页。
⑥ 参见同上。
⑦ Johann Heinrich Scherbius，1728—1804 年。
⑧ Maria Magdalaine Gachet，1713—1789 年。
⑨ Domenico Giovinazzi，出生年不详—1763 年。
⑩ Johann Christoph Schade，生卒年不详。
⑪ Johann Georg Albrecht，1694—1770 年。

如"自己民族的先知"①，承担促进交流和启智作用。

其二，英语诗歌自带的悲哀吸引了歌德。他与同辈年轻人"或从其中寻求挽歌般的淡淡的哀愁，或从中寻求摒弃一切的沉重的绝望"②。18世纪60年代，苏格兰诗人麦克弗森假称发现传说中苏格兰古诗人莪相的诗歌《芬戈尔》和《帖莫拉》，并出版英译，一时风靡欧洲。直到1895年人们才确定它们其实系伪作。但当年，歌德等人笃信这些是莪相作品。1771年至1774年，歌德陆续翻译了所谓《莪相诗集》的部分。虽为朝气蓬勃的年轻人，歌德亦着迷于莪相营造的氛围。对于歌德来说，创作与翻译不可分割，两者互相渗透，相互促进。《青年维特的痛苦》正是翻译与创作的结合，是歌德当年心境的体现。维特在信件中诉说："莪相已把我心中的荷马挤走。"③这位吟游诗人对"我"来说是"孤独的伟人"④。孤独本是个体的情绪，设想自己饱受内外折磨，不被人理解。但若孤独成为一代年轻人的普遍心境，那么一部与之相契合的作品便犹如燎原的星星之火，成为年轻人宣泄情感的突破口。

在维特备受感情折磨、欲爱不能之时，歌德设计了一场洛特请求维特念他亲自译的几首莪相诗章。这些诗实际是歌德译麦克弗森《芬戈尔之子莪相的作品》中"塞尔玛之歌"片段。1771年，歌德译毕。译作主要由科尔玛的悲诉和阿尔平的哀叹组成，显露出对生死之事的感伤和对已逝之人的追思。译作修改后便用于《青年维特的

① 歌德："German Romance"，范大灿译，载歌德：《歌德文集》第10卷，范大灿等译，北京：人民文学出版社，1999年，第396页。
② 歌德：《诗与真》（下），第617页。
③ 歌德：《青年维特之烦恼》，卫茂平译，太原：北岳文艺出版社，2010年，第71页。
④ 同上，第72页。

痛苦》读译诗的场景。维特拿到诗之后,激动得"一阵惊颤……眼眶中已涌满了泪水"①。维特念完哀婉悲戚的译文后,压抑许久的情感被释放,"声泪俱下"②,当他念完"你为何将我唤醒,春风?……明天一位漫游者将要到来,他曾见过我的美丽年华。他会在旷野中把我四处寻找,但不会再找到我的身影"③,他感情决堤,无法再掩饰心意,尝试狂吻洛特,两人关系发生质变。洛特凛然拒绝维特后,他陷入痛苦不能自拔,产生了自杀的念头,以外出旅行的名义写信向洛特丈夫索要手枪,实为自杀。《青年维特的痛苦》出版后,欧洲范围内掀起一股"维特热",歌德声名鹊起。

魏玛时期的歌德——"走向"世界

"从世界的文学走向世界文学"原是德语版《歌德全集》第 12 卷编者为歌德译文其中一章节起的标题,但用来形容成熟期的歌德创作甚为贴切。1775 年,歌德接受魏玛大公卡尔·奥古斯特的邀请,赴魏玛任职。翌年,歌德任枢密院顾问。昔时魏玛是个并不起眼的小城,歌德家乡法兰克福拥有三万五千人口,而魏玛只有区区六千,着实一个边陲小镇。④ 但随着众文坛学士的到来,文学土壤不再贫瘠,一片繁荣。维兰德于 1772 年在歌德之前早已入驻魏玛,在歌德的介绍下,赫尔德于 1776 年接踵而来,后席勒于 1799 年也来到此地,四

---

① 歌德:《青年维特之烦恼》,卫茂平译,太原:北岳文艺出版社,2010 年,第 96 页。

② 同上,第 103 页。

③ 同上。

④ Vgl. Karlheinz Schulz: Goethe. Eine Biographie in 16 Kapiteln. Stuttgart: Reclam. 1999, S. 80.

大文豪被称为"魏玛四杰"。

　　18 世纪亦是宣扬"世界"的时代。对知识的渴求亦是对世界的渴望,德国的贤才俊彦希冀成为世界的一员。莱辛、维兰德、赫尔德、威廉·洪堡等人为世界主义激动不已,并自称为"世界公民"。18 世纪下半叶,"世界公民"一时成为"时尚词"①。德语地区四分五裂的现状使得德意志民族迟迟未能建立统一的民族国家,政治上的"侏儒"状态与文化繁荣构成鲜明的反差,这就必然使得这些知识分子追求超越民族局限的"世界主义"。② 歌德也不例外,在精神上,他早已突破逼仄的魏玛,成为世界公民。世界视野与翻译息息相关。赫尔德曾论"人们通过翻译和反思形成(bilde)我们的语言"③,其中 bilde除了"形成、构成"之意之外,还有"教育"之意,一语双关,在赫尔德看来,翻译和反思构成德语构成和提高的两步骤,两者作用不可低估。而世界,正通过翻译走向歌德。在歌德抵达魏玛至他 1786 年意大利之行之前,其文学视野经由翻译得到极大的拓展,触角伸展至南部斯拉夫和南美洲的巴西。在赫尔德的鼓励之下,歌德翻译了南部斯拉夫地区民谣《阿桑·阿伽贵族妻子的怨歌》,于 1778 年收录于赫尔德《民歌集》。歌德受法国作家蒙田散文的激励,译出民谣《囚徒的死亡之歌》,讲的是法国在美洲中部殖民地当地的食人风俗、食人族甚至吃自己父亲和祖父的骨和肉。

　　1786 年至 1788 年,歌德完成了一趟梦寐以求的意大利之旅。回国后,希腊文学在歌德的翻译活动中变得重要起来。以荷马为例,约

① Feldmann, Wilhelm: Modewörter des 18. Jahrhunderts II, in: Zeitschrift für Deutsche Wortforschung, Bd. 6, 1904/05, S. 346.
② Vgl. Ebd., S. 347.
③ Johann Gottfried Herder: Sämtliche Werke. Zur schönen Literatur und Kunst. I. Teil. Stuttgart und Tübingen: J. G. Gotta. 1827, S. 205.

1765 年，歌德第一次接触荷马。歌德视之为"神圣的荷马""诗人之父"。约 1788 年，歌德化被动阅读为主动翻译，采用边译边析的方式，试解荷马作品存疑之处，从语文学的视角比较分析了博德默和福斯的译文，并最后进行意译。1793 年至 1795 年间，歌德还选译荷马史诗《奥德赛》和《伊利亚特》中的片段，此外，还译了视为荷马作品的长诗《阿波罗诞生之赞歌》。歌德也将语文学与翻译相结合，学习其他古希腊作家，如欧里庇得斯等人的作品。《歌德全集》第 12 卷评注曾援引戴西格雷贝尔评歌德译希波克拉底，该评价揭示了成熟期的歌德翻译的本质。戴氏指出："歌德并非单纯地为译而译，他不是为了练习，而是尝试理解和吸收所面对的文学作品。"[1]戴氏认为歌德用自己的思维和表达方式将原文转换为德语，他"去除其中抽象的、无生机的学究气，词语和句子被赋予色彩，活泼的直观性、充满生命的感受抵消了希腊表达中的生硬，处于静态的东西转而变得生机勃勃"。[2] 可见，歌德的方法不仅将学和译融为一体，而且展现了一位诗人通过译内化他人的文学作品，从而成长为更成熟的诗人。

　　除了希腊文学之外，法国文学在译作中比例大大提高。歌德翻译了伏尔泰的五幕悲剧《穆罕默德》《唐克雷迪》以及狄德罗《拉摩的侄子》。造型艺术如何反映自然，反映何种自然，这是文艺创作一直关心的问题，歌德翻译了法国狄德罗理论《画论》部分片段，并进行评论，目的不在于介绍狄作，而在于批判狄德罗诡辩的逻辑和错误的自然观，纠正法国文艺界对于理解和表现自然的谬论。约 1795 年，歌德对意大利雕塑家、金匠、音乐家和作家切利尼产生了兴趣，着手翻

---

[1] Karl Deichgräber, Goethe und Hippokrates, in: Sudhoffs Archiv für Geschichte der Medizin und der Naturwissenschaften 1965 (29), S. 45.
[2] Ebd..

译《切利尼自传》，约 1803 年完成。歌德从意大利语原文译出，但也参考了 1771 年纽金特的英译。歌德对近乎全才的艺术家及其曲折的人生经历赞不绝口。歌德译文并非逐句逐字的对译，而是发挥了译者的主动性，自由地翻译，某种程度上是对翻译素材的再创作。歌德虽未系统地阐释自己的翻译观，但他显然从实践中积累了心得。

在勤于翻译的这段时期，歌德逐渐有意识地将翻译提升至改善民族文学的高度。1805 年，歌德评黑贝尔《阿勒曼方言诗歌》：

> "将外国作品翻译成为自己民族的语言，这是自己民族走向文明的重要一步，同样，如果让同一民族不同地区的人能用自己的方言阅读该民族的作品，那必然也是这一民族的各个地区走向文明的一步。"①

歌德此言无疑提高了当时不被重视的译者的身份和地位，使译者成为文化交流的使者，赋予翻译以文化复兴的重任。

1816 年，歌德创立了期刊《论艺术与古代》，为艺术评论提供了平台。凭借这有利的喉舌，歌德的翻译活动进入活跃期。歌德虽无类似《切利尼自传》的皇皇巨译，所产皆为短篇，但数量明显攀升。纵横文学世界数十载，歌德终于 1827 年在《塔索》一文提出了对后世影响至深的"世界文学"理念。歌德预告了一种新型的文学交流和联系方式的形成。歌德意在打开德国人狭隘的民族主义文学视野和闭塞的眼界，让德语文学成为兼并包容、民族性与世界性并举的文学，而且，歌德正是朝这个方向推进德语文学，并借助翻译将民族文学放置于世界的坐标中考量和观察。从 1806 年至歌德驾鹤西去这段时期，歌德涉猎世界各国文学的范围之广为常人难以企及。可见，在创作

---

① 歌德：《歌德文集》第 10 卷，范大灿等译，北京：人民文学出版社，1999 年，第 170 页。

日臻成熟之时,浸淫于世界文学中,歌德的品位与眼光由世界滋养,逐渐脱离德语原本的艰涩,为自己的创作打上兼容并包的烙印。除了古希腊和近代欧洲文化中心英法文学之外,芬兰文学(如《芬兰之歌》)、波斯文学(如《出自波斯语》)、古苏格兰诗歌(如古苏格兰民谣《梅·科尔文,或假的约翰爵士》)、冰岛文学(如埃达诗歌)、爱尔兰诗歌、古波希米亚文学(如《姑娘拔大麻》)、摩尔文学(如摩尔人的抒情叙事诗《阿拉马》)以及遥远的中国文学都吸引着歌德:《百美新咏》中的薛瑶英、梅妃、冯小怜和开元显然给歌德留下难以磨灭的印象;《中德四季晨昏杂咏》中,歌德融入大量中国元素。值得注意的是,歌德通过从英法语转译处理上述部分文学,尤其是东方文学。歌德观察异域文学的特点,进而更加清晰地了解本民族文学。

除了观察他国文学之外,对于这一时期的歌德,翻译还有如下多重意义:

首先,翻译具有传播与介绍作用。当代作家,如拜伦和曼佐尼,先后进入歌德的视野。1817 年 10 月 11 日,歌德获赠拜伦《曼弗雷德》。歌德显然被拜伦奇特的文风吸引,旋即翻译了其中片段,并于 1820 年发表于《论艺术与古代》。此后,歌德还选译了拜伦《唐璜》《该隐》和诗歌《英国诗人和苏格兰评论家》部分。另一位得到歌德大力推崇的青年作家便是意大利人曼佐尼。1820 年,歌德收到曼佐尼《卡尔马尼奥拉伯爵》。同年,歌德发表文章进行推介。在此之前,歌德已写文章介绍意大利古典主义作家和浪漫派作家之间对抗的概貌,并在这个框架内简短地梳理了曼佐尼的戏剧。歌德认为这位年轻的意大利作家拥有过人的文学天赋,因此经常推介这位异域作家,极力促成其作品的德译。1827 年,歌德推介曼佐尼于 1822 年出版的悲剧《阿德尔齐》,其中,歌德高度评价其天赋和诗品:"他那充满魅力和真实诗意的天赋源于纯粹的人文意识和感受。至于他所塑造的人物的内心,正如他现在完全真实并与自己保持和谐一致。那么他觉得,他用诗歌形式表现和创造出的历史元素同样包含无可指摘的、通过档案确认且前后不会矛盾的真实事件,这绝对有必要。他努力使道德与美学方面的要求与真实的、不可避免的已存在之事相一致。"

其次,翻译是斗争的武器,具有对决、论战和批判的作用。这在《色彩学》中尤为明显。歌德涉猎自然科学研究多年。1810 年,歌德出版《色彩学》。其中,歌德翻译了牛顿《光学》部分章节、托马斯·博德利致罗杰·培根的信、拉扎尔·努盖特《颜色系统》部分章节、丰特奈尔的牛顿颂词、路易·贝特朗·卡斯代尔《色彩的光学》和迭戈·德卡瓦略与桑帕约的色彩理论论著部分章节。

在论辩部分,歌德翻译了牛顿《光学》部分,并大加批判。该作于1704 年出版,被视为近代光学研究的奠基之作。歌德采用边译边评的方式揭示牛顿实验及推导方式的弊端,揭露牛顿思维方式对人类的危害。歌德提醒读者:"牛顿也只是透过偏见的迷雾来观察这次实验。他既并未正确地知道他看见了什么,也不清楚实验还得出了什么结论。"在具体论证中,歌德边译边批评牛顿的光学。

除了传播与批判之外,我们细析歌德作品可发现,创作时加入翻译是歌德文学与世界文学紧密结合的一种方式。歌德曾译法语小说《浪迹天涯的痴女》,将之融入《威廉·迈斯特的漫游年代》。通过这种互文性,原文本在歌德文本的新语境中焕发出新活力,获得全新的意义。19 世纪初,当德意志民族还在摸索统一民族国家的道路之时,德意志民族文学早已超越民族的框架,进入文学的世界维度。

译者的交代

本卷翻译之路只能用"漫长"和"艰辛"两个词来形容。本卷翻译持续约四年半,于 2015 年上半年启动,于 2019 年 9 月结束。任何翻译皆非易事,更何况歌德译作和改编作品中还夹杂其少年时期令人百思莫解的词语和用法、不知名的词语以及费解的自然科学理论。翻译进展一度缓慢,译者可谓一直匍匐前进。傅斯年曾言"上穷碧落下黄泉,动手动脚找东西",此言针对的是史料搜集,实际上也适用于翻译,译者已尽力借助各方资料,从各种词典、网络资料到求助德国专家,竭力解决译文的难点和疑点。

在本卷付梓之时,译者有几件事交代。首先,便是交代本卷分工:卢铭君负责原文第 1 至 581 页的译注、译后记、参考文献以及全卷的统稿工作,冯晓春负责第 582 至 894 页的译注。全卷评注并未完全遵照原书附录注解,而是根据具体情况有所取舍,部分根据中文研究文献添加评注内容。需要说明的是,部分篇目与其他卷篇目重复,为保持译文一致,本卷译者与别卷译者就重复之处协商,部分篇目借用自别卷,并根据本卷体例作了相关调整,借用篇目已在篇末标明译者。本卷译者也在此感谢各位译者的慷慨分享。其中,全卷四篇文章为合译,具体说明如下:

1. "《曼弗雷德》,一首拜伦勋爵的戏剧诗(伦敦 1817)":卢铭君译"一份奇妙的……展现诗人的意图是必要的",姜丽翻译"曼弗雷德 一个人"。

2. "出自拜伦《曼弗雷德》":"诅咒……心和大脑——去吧"由姜丽翻译,"曼弗雷德独自一人……一张更友好的脸"由卢铭君翻译。

3. "拜伦《唐璜》":卢铭君译开篇诗歌,其余由毛明超翻译。

4. "歌德的戏剧作品":卢铭君负责从"在这一刻"至"研究了这种方式";陈高雅翻译其余部分。

其次,要交代的便是翻译体例说明:

　　1. 标点符号体例按原作，并兼顾中文行文习惯。例如，原文用
›‹表示书名，如 Aus Calderón，›Das Leben ein Traum‹，本译文遵
循中文习惯，用将作品名放入书名号，如前例译为：出自卡尔德隆
《人生如梦》。

　　2. 原标题按原文，原文大写则大写，小写则小写。

　　3. 原文斜体，译文用楷体。

　　4. 关于评注：本册收录具体篇目数目较多，其中不乏短而小的
残篇，若只是对译文进行简短说明，无须另起评注，只放入脚注。

　　5. 歌德原文所作注解放脚注，用＊标示。

　　再次，歌德译文，特别是"少年习作"部分时有误译和单词未拼写
完整情况，译文除在特别影响上下文的笔误情况加注说明，其余不再
一一说明。"少年习作"部分疑为歌德拉丁语—希腊语互译练习，如
原文第 69 页，为体现歌德练习原貌，本卷保留这部分拉丁语和希腊
语原文。"少年习作"部分练习使用了极少的标点符号，如原文第 77
页练习，译者根据中文阅读习惯添加必需的标点符号。部分篇目是
歌德采用语文学方法结合翻译比较和学习文本，例如在《试解荷马作
品不明之处》中，歌德比较了博德默和福斯译文，这时中译文有必要
使读者了解博德默和福斯德语译文的区别，因此保留德语原文，附上
汉译。

　　最后便是致谢。本卷译者感谢母校和恩师的信任，交予我们这
项光荣的任务，且我们经由此番译事进一步了解了歌德及"歌德时
代"德国文化圈。本卷翻译得以完成，还要感谢 Florian Welling 博
士、Björn Spiekerman 教授等友人解答德语、拉丁语等疑难问题，感
谢邓玮、张海虹、尚冰等同事帮助解答法语、意大利语等疑难问题，也
感激我的学生雷惠婷、刘湘莲等承担扫描拉丁语等技术工作。本卷
部分译文已有前辈钱春绮、范大灿、杨武能、关惠文、黄燎宇等先生的

珠玉在前，本卷在重译之时也借镜诸位前辈的译本，并保留了前辈们的一些神来之笔，在此表示感谢，并对前辈们优美的文笔和高超的翻译水平表达由衷的钦佩。本卷两位译者并非老道译者，相信其中必有错谬之处，还请各位方家不吝赐教，批评雅正。

卢铭君
2019 年 7 月于广州云泓轩

编后记

　　第 12 卷原书名《向外的关系翻译 Ⅱ 改编》，被保留在译本内页上，封面则按全书统一目录，使用《翻译 Ⅱ 改编》。

　　该卷主要收录歌德的翻译和改编作品，涉及古希腊语、拉丁语、法语、意大利语和英语等多种欧洲语言，另有一些作品源自远东和近东文学。它们不仅表现歌德杰出的外语能力，而且显露他参究外国文学作品的显豁志趣。所谓事有必至，理有同然。缺乎此，歌德也许成不了今日著述辉煌和令人敬仰的文豪歌德。

　　该卷法兰克福版原作，将与中国有关的作品《百美新咏》和《中德四季晨昏杂咏》也归入歌德的"翻译"。这体现了对于"翻译"概念的别样理解，而非译者的自主选择。

　　本卷译者通过本项目的"译者任务表"，觅得本卷与他卷重合的篇目，较好地利用了其他译者的已有译文，也为对方提供相应的支持，不失为本项目各位译者"通力合作"的范例。

　　本卷牵涉外语及事项众多，译事之难，"译后记"已用"漫长"和"艰辛"简括，不赘。

卫茂平

2019 年 11 月

黃侃黃焯批校

昭明文選

五

〔梁〕蕭統 編 〔唐〕李善 注

黃侃 黃焯 校訂

長江出版傳媒

崇文書局

文選卷第二十五

梁昭明太子撰

文林郎守太子右内率府錄事參軍事崇賢館直學士臣李善注上

贈荅三

傅長虞贈何劭王濟一首

郭泰機荅傅咸一首

陸士龍爲顧彥先贈婦二首　荅張士然一首

荅兄機一首

劉越石荅盧諶一首　并書

重贈盧諶一首　盧子諒贈劉琨一首

贈崔溫一首　荅魏子悌一首

荅魏子悌一首

謝宣遠荅靈運一首　於安城荅靈運一首

謝惠連西陵遇風獻康樂一首

登臨海嶠與從弟惠連一首

謝靈運還舊園作見顏范二中書一首

酬從弟惠連一首

贈何劭王濟一首 五言 并序

傅長虞

　王隱晉書曰傅咸字長虞北地泥陽人也
　舉孝廉拜太子洗馬後爲司隷校尉甍

贈何劭王濟一首

朗陵公何敬祖咸之從內兄
咸紫緒晉書曰何劭襲封朗陵郡公國子祭
酒王武子咸從姑之外孫也
王隱晉書曰王劭龔封朗陵郡公國子祭
濟爲國子祭酒並以明德

其當未說改

見重於世咸親之重之

之情猶同生義則師友

何公既登侍中武子俄而亦作

慶之

從之末申

有家艱

爾

日月光大清列宿曜紫微

赫赫大晉朝明明

關皇闈

尚書曰先王既勤用明德漢書曰霍光以張安世篤行光親重

之左氏傳曰鄭罕虎豐同生孫卿左氏人必將求賢師之擇

何劭為散騎常侍臧榮緒晉書曰

晉諸公讚曰王濟

侍中傳暢晉諸公讚曰王濟

左遷國子祭酒數年入為侍中

友之而友之良友遷侍中傳暢晉諸公讚曰王濟

二賢相得甚歡咸亦

然自恨闇劣雖願繾綣而

歷試無效且

賦詩申懷以貽之云

尚書歷試諸難余又集于蓼莪詞也

毛詩傳曰繾綣從公無怨從之

左氏傳曰溯洄從之

薛君

韓詩章句曰懷抱抱懷云

蒼頡篇曰

及泰清下及太寧春秋合誠

圖曰北辰其星七在紫微之中也

子曰上

毛詩曰明明在下赫赫在上張衡陳公誄曰穆穆皇闈公

左氏傳子囊曰赫赫楚國而君臨之毛詩曰明

定省

吾兒旣鳳翔王子亦龍飛〔吳質荅文帝牋曰曹烈荅文帝牋曰曹烈肉舊恩其龍飛雙書曹丹加以公室枝庶骨〕

鳳翔實其分也 雙鸞遊蘭渚二離揚清暉〔鸞離喻王何中蘭渚喻王何中〕

書也王逸楚詞序曰蚪龍飛以託君子漢書曰長離也 麗前揆光耀明臣瑱曰長離靈鳥也二離日月也〔離日月也〕

手升玉階並坐侍丹帷〔毛詩曰攜手同行西都賓曰既見君子並坐毛詩曰階形庭毛詩曰〕

鼓瑟曹植娛賓賦 金璫綴惠文煌煌發令姿〔漢書曰昌邑王賀冠惠文服虔通俗文曰璫惠侍中服志曰侍中冠武弁董巴輿服志曰侍中服〕

日丹帷雅以四張 文冠弁大冠加金璫附蟬爲文也今侍中所著也

榮非攸庶繾綣情所希〔情所希庶也賈逵國語注曰希庶也廣雅曰希庶也 豈不企高斯〕

蹤麟趾邈難追〔司馬彪莊子注曰企望也蹤莊子蹻能赴茲毛詩曰麟之趾麟之趾麟之趾〕

振振臨川靡芳餌何爲空守坻〔餌以喻令德也歸田賦曰徒臨川以羨魚吳芳餌何爲空守坻賦曰餌以喻令德也歸田〕

公子臨川靡芳餌何爲空守坻

越春秋大夫種曰深川之魚死於芳餌

日任公爲大釣牯牛以爲餌淮南子曰黃帝化天下也

攜

當作贈

漁者不爭坻槁葉待風飄逝將與君違槁葉自喻也毛詩曰蘀兮蘀兮風其吹女鄭玄曰木葉槁得風乃落毛詩曰逝將去汝毛萇詩傳曰違離也違君能無戀尸素當言歸韓詩章句曰何謂素餐素者質人但有質朴無治民之材名曰素餐尸祿者頗有所知善惡不言默然不語苟欲得祿而已譬若尸矣毛詩曰言旋言歸歸身蓬蓽廬樂道以忘飢劉向雅琴賦曰潛坐蓬廬之中禮記孔子曰儒有蓽門圭竇毛詩曰泌之洋洋可以樂飢毛萇曰言可以樂道忘飢進則無云補退則恤其私漢書諸葛豐曰臣誠願之獨恐未有云補廣雅曰云有也論語曰退而省其私但願隆弘美王度日清夷東觀漢記陳元上疏曰抉瑕擿釁掩其弘美左氏傳右尹華曰祈招之詩曰思我王度式如玉式如金仲長子昌言曰警蹕清夷

荅傅咸一首 五言

郭泰機傅咸集曰河南郭泰機寒素後門之士不知余無能爲益以詩見激切可施用之才而況沈淪不能自拔於世余雖心知

之而未如之何此屈非復文
辭所了故直戲以咎其詩云

曒曒白素絲織為寒女衣 素絲喻德、女喻賤也傳寒
女難為容崔駰七言曰曒曒練絲退
濁汗曹植閑居賦曰顧同衾於寒女

秉杼機杼拙操杼安能工
言不見用也傳咸言古詩贈曰札
言能工傳咸贈詩曰札弄機杼
手 天寒知運

速況復鷹南飛 天寒既至霜雪既降峰楚辭
言歲之方晏以喻年之將老也莊子曰鷹雍而

南衣工秉刀尺弃我忽若遺 衣工喻傳咸
賦曰飛鋒曜景秉刀尺持刀
言凡人皆不及物

毛詩曰將安將 人不取諸身焉所希 能恕已
樂棄我如遺

取之於身故世間之士安可冀身 況復巳朝饗曷由知
而相薦平問易近取諸身

我飢猶居貴而遺我賤
言巳朝饗而忘我飢

為顧彥先贈婦二首 此二篇並是婦苔而云贈
五言集亦云為顧彥先然

原誤作
媚

海林喻年盛八啟下意

悠悠君行邁 [也婦誤]　　陸士龍

毛詩曰悠悠南行又曰行
邁靡靡又曰獨行熒熒

山河安可踰永路隔萬里京室多妖冶粲粲都人子

上林賦曰妖冶閑都毛詩曰西人之子粲粲衣服又
彼都人士鄭玄儀禮注曰女子者女也別於男也
南子雅閑都雅謂妖麗也許慎淮
注曰擢引也毛詩曰

雅步擢纖腰巧笑發皓齒

巧笑倩兮楚辭曰
美人皓齒娥以姱
曰趙佳麗之所出高誘曰大也
麗美也賈逵國語注曰紀猶錄也

佳麗良可美衰賤焉足紀

戰國策
司馬喜
遠蒙眷顧言銜恩
左氏傳鄭伯
非望始
毛詩曰卷言顧念也左
言魏文帝哀已賦曰蒙君子之博愛
之鄭玄曰顧念也

非望始

垂惠
之渥恩
日非所敢望

浮海難為水遊林難為觀

林海以喻上京也言遊上
京難為容色也孟子曰觀
海難為水遊林難為觀京

一四一五

海者難 容色。貴及時朝華忌日晏。 皎皎

說文曰木槿　朝華暮落

彼姝子灼灼懷春粲　古詩曰盈盈樓上女皎皎當窗牖

毛萇曰懷思也毛詩曰彼姝者子又曰有女懷春
者國語曰女三爲粲賈逵曰粲亦美貌
者毛詩曰今夕何夕見此粲　西城善雅儛

朱紱繞素腕　君丹禮記曰吹笙鼓簧神女賦曰朱脣的其

惣章饒清彈　魏故宮人

陽秋傳隆議曰其惣章技一時冠絕孫盛晉樂鳴簧發丹脣

帝宮人尚衣能歌舞　陸機洛陽記曰金墉城在宮之西比角

神賦曰輕裾猶電揮　張衡舞賦曰裾若飛燕神如迴雪徘佪相

侔瞥若電伐韓康伯周易注曰雲布霧散華容溢藻幄哀響入

攘皓腕輕裾猶電揮雙袂如霧散　燕神如迴雪徘佪相

揮散也封禪書曰雲布霧散

雲漢　洛神賦曰華容阿那杜預左氏傳注曰幄帳也列

子曰薛談學謳於秦青辭歸青餞於郊衢撫節悲

歌聲震林木響遏行雲張秦之善歌者

湛日二人薛秦之善歌者　知音世所希非君誰能讚　詩

○北辰石移顧婦自喻
玄龍墜軒言所被
姝
玄龍程言蒙
玄龍超高以青爲
罷民言澆之逸世
枉春

日不惜歌者苦但傷知音希孔安國論語注曰

稀少也希通釋名曰稀人之美曰讃也　弃置北

辰星問此玄龍煥　彼北辰言不移也玄龍喻美女也言
色而不好德陸雲代彦先贈婦詩曰何用結中款仰指

北辰星石氏星讃曰軒轅龍體主后姫然此唯取眾姫

即指西城章宮人不論於

后也龍色多玄故取以喻

賤色衰後相弃背　毛詩序曰華落

時暮復何言華落理必

苔兄機一首　五言

陸士龍　士衡前爲太子洗馬
時贈別土龍今苔之

悠悠涂可極别促會長　機贈詩曰行矣怨路長
傷別促鄭玄禮記注曰極盡

詩曰別促會日長衡恩戀行邁與言在臨觴指塗悲
也曹子建送應氏詩曰

有餘臨觴可旋酌念彼恭人與言出宿
日念彼恭人與言出宿

絕濟而可旋也章昭漢書注曰直

渡爲絕爾雅曰濟渡也機詩曰我若西流水子爲東時

南津有絶濟北渚無河梁

原詩作攜手俱

岳故云南比以報之楚
辭曰江河廣而無梁楚

神往同逝感形留悲參商

留而神實往故曰神往同逝言之感形留悲參商之隔左氏傳子
產曰高辛氏有二子伯曰閼伯季曰實沈居于曠林不相能也
尋于戈以相征討后帝不臧遷閼伯于商丘主辰商人是因故辰
爲商星遷實沈于大夏主參唐人是因以服事夏商其季世曰唐
叔虞故參爲晉星法言曰
吾不見參商之相比也
類牽牛不以服箱也毛詩曰睆彼牽牛不以服箱

衡軌若殊迹牽牛非服箱 機詩曰安

得同攜手契闊成駟服故苔云衡軌若殊迹則

茍張士然一首 五言

陸士龍

新序孔子張日臣犯霜露
行邁越長川飄飄冒風塵 冒塵埃曹植出行日蒙霧露與海通波

犯風塵鄭玄考工
記注曰冒蒙也也 通波激枉渚悲風薄丘榛 西都賓曰

楚辭曰朝發枉渚又曰哀江介之悲 脩路無窮迹井
風高誘淮南子注曰叢木曰榛

邑自相循 周禮曰九夫爲井四井爲邑廣雅曰循從也也 百城各異俗千室非

域　劉越石

良鄰　謝承後漢書曰黃琬拜豫州刺史威邁百城禮記
曰廣谷大川異制民生其間異俗論語子曰千室
之邑百乘之家晏子春秋見君子也
曰願有良鄰則見君子也

感念桑梓域髣髴眼中人　止楚辭曰惟桑與梓必恭敬止見
歡舊難假合風土虜親　毛詩曰惟桑與梓必恭敬以遙見
詩曰眷眷懷顧古詩曰靡靡軱長辛苦

魏文帝詩曰迴頭四
向望眼中無故人
曰行邁靡靡毛萇曰靡靡行貌也韓
詩曰靡靡軱長辛苦
靡靡日夜遠巻巻懷苦辛　毛詩

答盧諶詩一首并書　四言　　劉越石

王隱晉書曰劉琨字越石中山靜王之後也
初辟太尉隴西秦王府末就尋爲博士未之
職末嘉中爲并州刺史與盧志親善志子諶
琨先辟之後爲從事中郎段匹磾領幽州牧
諶求爲匹磾別駕諶與琨
故有此荅後琨竟爲匹磾所害也

琨頓首損書及詩備辛酸之苦言暢經通之遠音　子張平
子書

謏訝有民生陸齊
縈辱實別詮語故
答之名冊

曰酸者不能不苦於言漢董仲舒

對策曰天地之常經古今之通義　執玩反覆不能釋手

弄玩猶愛也　慨然以悲歡然以喜昔在少壯未嘗檢括

章句曰括約束也

檢法度也薛君韓詩　遠慕老莊之齊物近嘉阮生之放

老莊老聃莊周也阮生嗣宗也莊子有齊物論藏榮

緒晉書曰阮籍放誕不拘禮教著頭篇曰曠疎曠也

曠

怪厚薄何從而生哀樂荷由而至　能厚自厚身亦非輕之所所

能薄愛之或不厚輕之或不薄此似反也亦自厚自薄信命

者亡壽天信理者亡是非信心者亡逆順也安

危則謂都士所信士不信矣愳去愳就愳哀愳

樂之謂也

自頃輈張困於逆亂

輈與侜古字國破家亡親友凋殘僭即位于平陽又曰遣

謂之　輈張驚懼之貌也楊雄國三

通張由切

聰遣從弟曜攻晉破洛陽又曰遣賀狄行吟則百憂俱

崔鴻前趙錄曰劉聰又曰

子嵩攻長安陷之家士見下文

至禮記曰公叔禺人遇負杖者楚辭曰屈原行吟澤畔毛詩曰逢此百憂淮南子曰卓然獨處塊然獨坐則哀憤兩集時後相與舉觴對膝破涕爲笑排終身之積慘求數刻之暫歡刻漏也說文曰以銅盆受水分時晝夜百刻也譬由疾疢彌年而欲一丸銷之其可得乎毛萇詩傳曰彌終也夫才生於世實須才蘇武荅李陵書曰每念足下才爲世生器爲時出璧焉得獨耀於郢握夜光之珠何得專玩於隨掌和氏之和氏之璧得之而富失之而貧天下之寶當與天下共之但分析之曰不能不悵子曰孫卿子曰淮南王曰和氏璧天下所共傳寶也史記秦恨卽然後知聊周之爲虛誕嗣宗之爲妄作也尚書傳孔安國傳曰誕欺也昔騄驥倚輈於吳坂長鳴於良樂知與不知也戰國

策楚客謂春申君曰昔騏驥駕鹽車上吳坂遷延負轅
而不能進遭伯樂仰而鳴之知伯樂知己也今僕屈厄
日久君獨無意使僕為君長鳴乎思玄賦曰馬倚輈而
徘徊鄭玄考工記注曰輈轅也古今地名曰寘零坂在
吳城之北今謂之吳坂良也王良也王良無遇驥之事因
伯樂而連言之孔融薦禰衡表曰飛兔騕褭良馬之所

急

遇命也

今君遇之矣勖之而已
也

百里奚愚於虞而智於秦遇與不遇也 謂廣武君
曰僕聞百里奚居虞而虞亡之秦而秦伯非愚於虞而
智於秦用之與不用聽與不聽耳漢書揚雄曰以為遇不

文三十餘年矣 鄭玄儀禮注曰屬綴也
反故稱指送一篇 也稱旨稱其意旨赤證切

久廢則無益想必欲其一
適足以彰來詩之益

不復屬意於
傳曰勖勉也
孔安國尚書

美耳 適祗適也 琨頓首頓首 久罹厄運故述喪
毛萇詩傳曰 亂多感恨之言也

厄運初遘陽爻在六也 陽爻在六謂乾上九也周易曰
毛萇詩傳曰遘遇也

上九龍有悔
盈不可久也

乾象棟傾坤儀舟覆　乾坤謂天地左氏傳子產謂子產横厲

皮曰子於鄭國棟也棟折榱崩僑將厭焉戰國策曰
或謂公叔曰塞漏舟而輕陽侯之波則舟覆矣

糾紛羣妖競逐　言劉聰之構逆也橫厲從橫猛厲也紛亂貌也楚辭曰權舟以橫厲火燎洪流以喻範雎以橫厲范雎紛

火燎神州洪流華域　亂也尚書曰若
後漢書岑彭曰四火之燎于原河圖括地象曰崑崙東南地方五千里名曰神州孟子曰洪水橫流氾濫天下彼黍離離

彼稷育育　毛詩曰彼黍離離彼稷之苗毛詩傳曰育長也　哀我皇晉痛

心在目　其一左氏傳呂相曰心疾首也心愛育萬物即不仁也下句同塗禍淫莫驗福善則虛謂皆為芻狗也　天地無心萬物同塗　謂無心尚書

逆有全邑義無完都　義謂晉室　禍淫莫驗福善則虛　逆謂劉聰

善禍淫日天道福善　英蕤以喻晉朝毒卉以比胡寇也王逸　英蕤落毒卉冬敷　離騷序曰善鳥香草以配忠貞惡禽醜

落毒卉冬敷

物以此比
讒佞也

如彼龜玉毀櫝諸 論語孔子曰虎兕出於柙龜玉毀於櫝中是誰之過

與又曰有美玉於斯韞櫝而藏諸馬融曰韞藏也

芻狗之談其最得乎 子曰天地不仁以萬物為芻狗聖人不仁以百姓為芻狗芻狗之弃芻狗也然此與

地不以萬物為芻狗結芻為狗也然此與

談老者不同彼為狗也言天地不愛萬物類祭祀之弃

美而此怨耳

咨余軟弱弗克負荷 漢書曰王尊之子伯為京兆尹

軟弱不勝任左氏傳鄭子産曰古人有言

其父析薪其子弗克負荷軟奴亂切

愆豐仍彰榮

威之不建禍延凶 威之不建謂為聰所敗而

寵屢加 預左氏傳注曰寵瑕隙也杜

孔安國尚書傳曰愆過也

播 播也言遭凶禍而遷播

忠隕于國孝惔于家 范曄後漢書世祖誠勤曰能盡

孝杜預左氏注曰隕失也 傳曰惔與在家仁

斯罪之積如彼山河 言高深也毛詩曰如山如河

之深終莫能磨 其三毛詩曰白圭

傳曰惔失也 之玷尚可磨也

郁穆舊姻嬿婉新婚

○別本有不慮其敗
詩曰不思舊姻又曰嬿婉之求又曰覯爾新婚裹粮攜
○惟義是毅八字當
補

三蘗十指三劉最是
即此用漢女義也

藏榮緒晉書曰琨妻即諶之從母也　新婚未詳毛
詩曰不思舊姻又曰嬿婉之求又曰覯爾新婚裹粮攜

弱胥匍星奔　詩曰凡民有喪匍匐救之星奔言疾也

未輟爾駕巳隕我門二族俱覆三蘗並根　王隱晉書曰劉聰圍

晉陽令狐泥以千餘人爲鄉導于琨琨父母年老不堪擔審馬步擔不
太守高嶠反應聰逐琨琨爲泥所害何法盛晉中興書曰聰害三蘗一曰謂父母
免爲泥所害何法盛晉錄曰孺子爲蘗悉害一曰謂劉聰劉
琨之兄也張晏漢書曰孺子爲蘗一曰謂劉聰劉雅劉
粲也班固漢書曰三蘗本根既朽音義曰蘗木斬
而復特生喻魏齊韓滅而復更生也何休公羊傳注曰蘗木斬
蘗生者猶樹之蘗之也

長慚舊孤永負寃魂　其四結上
孤謂三蘗也寃魂舊孤謂二句也

三臺突圓得兔後演治梟上及演妻息
二族也王隱晉書曰琨遣兄子演領兗州石勒圍演於
盡爲所虜也　　　亭亭孤幹獨生無伴宋
虜也楚辭注綠葉繁縟柔條脩罕說文
王逸侶也綠葉繁縟柔條脩罕也宋玉
曰伴侶也孤幹獨生之竹以喻諶笛賦曰

洟反別本
憒

節簡朝採爾實夕採爾竽字林曰竽木挺竽翠豐尋也協韻公旦切

逸珠盈椀言豐尋言節長盈也說文曰豐尋漢書注曰入尺曰尋珠即以喻德也逸謂

過於衆類盈盈椀言多也

其五去謂之匹磾之所也逝將已見上文白虎通曰哀痛滿

春林瘁秋棘秋棘琨自喻也春株以喻匹磾

寔消我憂憂急用緩逝將去乎庭虛情

虛滿伊何蘭桂移植茂彼

有鳥翻飛不遑休息鳥謂誰

匪桐不棲匪竹不食鄭玄毛詩箋曰鳳皇之性非梧桐不棲非竹實不食括地圖曰鳳皇食竹實

求戢東羽翰撫西翼戢欲也翰高飛也

眺蟲拂飛惟鳥也毛詩曰肇允彼桃蟲拂飛惟鳥

音以賞奏味以殊珍

我之敬矣又曰敬之敬之懷之廢歡輟職呂氏春秋曰鍾期死而伯牙乃破琴絕絃以為世無復賞音者也淮南子曰珍其味人之所美也

明言言以暢神不足言家語孔子曰言說者情之導也左氏傳仲尼曰志有之言以足志文以

曹集詮評作陳
審舉表

肅曰所以導達其情也

之子之徃○四美不臻○毛詩曰之子于征文言之也澄

醪覆醹絲竹生塵○謂音味也淮南子曰酒澄而醪覆禮記曰絲竹樂之器也素卷

莫啟帷無談賓○言謂文

既孤我德又闕我鄰光光段○資忠履信武烈昭

生出幽遷喬○楊雄榮緒晉書順帝曰鮮甲叚四彈自號大將軍出自幽
谷遷于喬木范瞱後漢書順帝曰鮮甲叚四彈自號大將軍
詔曰楊倫出幽升喬以蕃寵以進德漢武帝贈故朱崖太守董廣認居開
賦曰資忠履信以進德漢武帝贈故朱崖太守董廣認居開
曰伐叛柔服文昭武烈曹植令曰相者文德昭武
烈於弓驥驂輿駕翹翹○孟子曰子思
功於弓驥驂輿駕翹翹○陳薇仲曰詩曰翹翹錯車乘
詩曰驥騄角弓毛萇曰驥騄調利也○乃奮長纓是○毛
招我以弓杜預云詩也翹翹調利也大夫招以旌
詩曰驥騄角弓毛萇曰○何以贈子竭心公朝○詩
纞是鑑廣日鑑雅馬勒傍索鐵也說文○何以敘懷引
詩曰鑑廣日鑯○於所事曹朝也
日何以贈之鸚心○子建求親親表曰執政不廢於公朝也
子建求親親表曰執政不廢於公朝也

六百四十六　　　圖文三十五

領長謠　侯日引領西望日庶幾乎
其八左氏傳云穆叔謂晉

重贈盧諶一首　劉越石
臧榮緒晉書日琨詩託意非常摅想張陳以激諶諶素無奇略
以常詞酬琨

握中有懸璧本自荊山璆
懸璧懸黎以為璧以喻諶
琴操卜和歌日收收沂

惟彼太公望昔在渭濱叟
史記日太公望以漁釣于周西伯將出獵果遇於渭之陽太公
望王卜田于渭之陽史編曰太公望王將田于渭之陽卜之田于渭陽非龍非罷非熊非羆非虎得公侯卒見呂尚坐茅以漁賓戲汝師文王遺太

鄧生何感激千里來相求
東觀漢記日鄧禹聞光武安集河北即杖策北渡河追至鄴謁上見之甚驩禹曰更始雖都關西我得拜除

既至雒陽以世祖為大司馬使安集河北禹謂之甚驩

望兆於渭濱齋戒三日田于渭陽卒見於渭濱

長吏生遠來寧欲仕有耶禹曰不願也同氣相求孟子白登幸
章指曰千載聞之猶有感激周易日同氣相求

○中有段匹磾在

○所謂潛隱在此越石
何云自有帝王之志
哉

○淮云十字一意

曲逆鴻門賴留侯（漢書曰陳平從高帝擊韓信至平城單于閼氏解圍以得開高帝既出南過曲逆平寫出逆侯又曰頓圍高帝於白登七日如詔御史封侯城旁有之地若上陵者也留侯巳見謝惠連張子房詩）

重耳任五賢小白相射鉤（左氏傳曰晉公子重耳之及於難也遂奔狄從者狐偃子犯也魏武子魏犨也司空季子胥臣曰此五人賢而有大功使管仲趙衰顛頡魏武子司空季子杜預曰左氏傳寺人披謂晉侯曰齊桓公置射鉤而使管仲相也）

苟能隆二伯安問黨與讎（二伯謂晉文齊桓公也）

中夜撫枕歎想與數子遊（數子謂五賢及管仲太公謂毛詩傳）

吾衰久矣夫何其不夢周（論語曰甚矣吾衰也久矣吾不復夢見周公也）

誰云聖達節知命故不憂（左氏傳曹子臧曰前志有之曰聖達節次守節下失節周易曰樂天知命故不憂矣）

下也言數子皆能陳謀以共遊靜亂故巳想之而共遊

賢雛謂射鉤也

齊桓公也管仲射鉤謂五中射鉤

管仲射鉤柑杜預曰乾時之役

宣尼悲獲麟西

狩涕孔丘〔公羊傳曰哀公十四年春西狩獲麟何以書記異也孔子曰孰為來哉孰為來哉反袂拭面涕泣沾袍〕

功業未及建夕陽忽西流〔業夕陽西流喻將老之人也 家語曰孔子云脩功事而能建業注曰建功事〕

時哉不我與去乎若雲浮〔詩曰時哉不時書曰肅時〕

朱實隕勁風繁英落素秋〔劉楨與臨淄侯書曰奉肅以素秋〕

狹路傾華蓋駭駟摧雙辀〔劉歆遂初賦注曰說文曰奉華蓋也於帝側 應劭漢書注曰說者以〕

何意百鍊剛化為繞指柔〔金取堅剛百鍊不耗也〕

贈劉琨一首并書 四言 盧子諒 何

故吏從事中郎盧諶死罪死罪〔傅子曰漢武元光初五郡國舉孝廉元封五年舉秀才歷世相承皆向郡國稱故吏漢末 書音義張晏曰人臣上書當味犯死罪而言〕盧諶

謹稟性短

驟當世罕任〔鄭玄周禮注曰任用也〕因其自然用安

靜退（鬼谷子曰。物有自然。樂氏曰。自然繼本。）在木關不
材之資。處鴈之善鳴之分。（荊子行於山中。見大木。枝
葉盛茂。伐木者止其傍而不取也。問其故曰。無所可用。
莊子曰。此木以不材得終其天年。夫子出於山舍故人
之家喜。令豎子殺鴈而烹之。豎子請曰。其一能鳴。其一
不能鳴。請奚殺主人曰。殺不能鳴者。明日弟子問於莊
子曰。昨日山中之木。以不材得終其天年。今主人之鴈
以不材死。先生將何處。莊子笑曰。周將處乎材與不材
之間。材與不材之間。似之而非也。故未免乎累。霄灼漢書
注曰。資材量也。）謂己所當得也。卷異蘧子愚殊審（論語。子曰
甯武子。邦無道則愚。又曰。君子哉蘧伯玉。邦無道則可卷而
懷之。論語子曰。甯武伯問子路邦無道則愚。）匠者時眄不免媵
（莊子。惠子謂莊子曰。吾有大樹。人謂之樗。匠者不顧。時眄在
鴈乏善鳴故不免媵。）嘗自思惟因緣運會得蒙接事
（賓言也。莊子惠子謂莊子曰。匠進食也。不顧廣雅曰進食
也。饌與撰同。）自奉清塵于今五稔（楚辭曰。聞赤松之清

運五行用事之運
宋衷保乾圖注曰五
行用事之運
也饌與撰同

文選二十五

塵然行必塵起不敢指斥尊者故假塵以言之言清尊之也左氏傳叔向曰所謂不及五稔者杜預曰稔年也

謨明之効不著候人之譏以彰尚書曰允迪厥德謨明弼諧毛詩序曰候人刺

近小人也詩曰彼其之子大雅含弘量苞山藪周易曰含弘光大品物咸亨大雅卓爾不羣班固漢書贊曰

河間獻王近之矣左氏傳宋伯曰川澤納汙山藪藏疾

加以待

接彌優款眷逾昵與運籌之謀厠讌私之歡毛詩曰昵近也漢書高祖曰運籌策於帷幄雅廣之中吾不如子房毛詩曰諸父兄弟備言燕私

綢繆之旨有同骨肉毛詩曰綢繆束薪毛萇曰綢繆縛絲也骨肉謂父子呂氏春秋曰綢繆

其為知己古人罔喻晏下春秋越石

昔聶政殉嚴遂之顧荊軻慕燕丹之義

意氣之間靡軀不悔喬曰侯生為意

父母之於子也子之於父母也此之謂骨肉之親

父曰士者中平知已巳見別賦荊軻巳見西征賦荊軻

謝承後漢書楊政聶

氣冽頸楚辭曰子胥諫而靡軀比干忠
而剖心說文曰靡爛也靡與糜古字通雖微達節謂之

可庶
見上文然苟曰有情孰能不懷故委身
毛萇詩傳曰懷思也

之曰夷險已之委身
委身猶委質也左氏傳狐突曰事與願違當恭外役別駕謂
質乃辟也夷險喻治亂也淮南子曰
決竟也

接徑歷遠直道曰已猶
左氏傳注曰已遭茲淹役遂
也對琨故謂之外秘
留廣雅曰違背也
以章和二年罷州役
論衡曰王充

去左右收迹府朝蓋本同未異楊朱與哀始素終玄
墨翟垂涕淮南可以北墨子見練絲而泣之爲其可以黃
可以黑高誘曰分乖之際咸可歎慨致感之途或迫乎
閔其別與化也
楊子見逵路而哭之爲其可以南可以北

兹鄭玄周禮注曰迫急也亦奚必臨路而後長號觀絲而
曾曰也廣雅曰急也
後歟欷哉是以仰惟先情俯覽
楚辭曰歔欷啼貌也
王逸辭曰歔欷涕而沾衿也

○然侗琨託意邪
常德而未喻也

今遇　先謂謚父也今謂琨也　感存。念亡觸物。眷戀　戶子曰其生也　戶子曰其死也立

易曰書不盡言言不盡意　周易繫辭　然則書非盡言之

器言非盡意之具矣況言有不得至於盡意書之

不得至於盡言邪不勝猥瀣謹貢詩一篇　廣雅曰猥眾也王逸

楚辭注曰瀣憤也

兩都賦序曰雍容揄揚著於後　嗣弘美巳見上文抱或為挹　抑不足以揄揚弘美亦以慮其所抱而已　固班

左氏傳王使富辛如晉曰伯父若肆大惠　肆展也廣雅曰遂竟也漢書劉向曰蒙漢厚恩　若公肆大惠遂其厚恩　錫以

咳唾之音慰其違離之意　莊子孔子謂漁父曰上竊侍　於下風幸聞咳唾之音也

則所謂咸池酬於北里夜光報於魚目　樂動聲儀曰黃帝樂曰咸池史

書記曰紂使師涓作新淫聲北里之舞靡靡之樂

書曰秦失金鏡魚目入珠鄭玄曰魚目亂真珠　雖諳之

劉妣和親議

願也非所敢望也　左氏傳鄭伯曰孤之　諶死罪死罪願也非所敢望也

潛哲惟皇紹熙有晉　願也非所敢望也毛詩曰潛哲維商毛詩曰諶懷帝也毛詩曰紹熙典也又曰熙典也

振厥弛維光闡遠韻　篇曰闡開也韻謂德音之和也韋昭漢書注曰弛廢也若頡

斯雍至止伊順　雍至止肅肅毛詩曰有來雍

三台摛朗四岳增嶘其一　摛舒也尚書曰四岳春秋漢含色齋為和孔安國尚書傳曰比日三能也能在天毛詩三公象五岳也尚書曰上帝之也孳曰三能

伊陟佐商山甫翼周　在太戊尚書周　漢書曰有若伊陟格于　弘濟艱難對揚王休尚書　時則有若伊陟格于　父將之也

茍非異德曠世同流　琨言其二左氏傳茍息曰公家之利知無不為忠也毛詩王休書尚　弘濟艱難對揚　難毛詩曰虎拜稽首對揚王休

忠貞宣其徽猷為忠也　班固議曰漢興以來曠世歷年廣雅曰曠遠也曠世若同一流也王曰用敬保元子弘濟于艱　之德苟不異於昔賢雖復與之曠世雅曰曠遠也

思難忍之思

曰君子

有徽猷

伊譖陋宗昔蒓嘉惠　爾雅曰蒓遇也越絕書曰恭承嘉惠述暢往事

申以婚姻著以累世　左氏傳呂相好范雎後漢書孔融謂李膺曰與君累世通家

義等休戚好同興廢執云匪諧如樂之挈其三　左氏傳晉侯謂魏絳曰八年之中九合諸侯如樂之和無所不諧爾雅曰諧和也說文曰契大約也

喪師私門播遷　法言曰屈國喪師戰國策曰破公家而成私門列子曰喪師播遷者王室也國語曰宣王既喪南國之師

望公歸之視險忽難　左氏傳晉趙孟曰望楚而歸如邇吳季重與曹丕書曰聲類曰阻顛謂諶父爲仰悲

願不遂中路阻顛

先意俯思身從其大鈞載運良辰遂往　鵬鳥賦曰大鈞物孔安國尚書傳曰載行也莊子曰天道運行也楚辭曰遂往猶因也

瞻彼日月迅

尋文義改
微　眇

過俯仰
○毛詩曰瞻彼日月悠悠我思　莊子了老聃謂崔瞿
曰其疾俛仰之間　杜預左氏傳注曰俛仰俯也

感今惟昔借日如昨忽為疇襄
八想借曰如昨忽為疇襄曰其五毛詩
曰借曰未

疇襄伊何逝者彌踈
音襄伊何逝者彌踈死者彌踈呂氏春秋父生
也蓍頡篇曰昨隔曰襄女也

溫溫恭人慎終如初
若爾雅曰彌人惟德謂之基老子曰溫溫恭
也彌雅曰襄女也　子曰慎終如

睠彼遺音恤此窮孤壁言彼樛木蔓葛以敷其
敗始踈則無覽睠彼遺音恤此窮孤壁言彼樛木蔓葛以敷其
記遺音謂諶父之言也窮謂也爾雅曰恤憂也禮
省曰浮費賑恤以逮不足范曄後漢書曰恤謂由
即詩曰南有樛木喻以雅曰恤憂也何敬謂宋由曰
也　有樛木蔓葛累系之琨

妙哉蔓葛得託樛木
妙　葉不雲布華不星燭妙哉蔓葛得託樛木
微也　猶　封禪書曰雲布霧散承伴卜和質非
井璞　薛君韓詩章句曰承受恩也鄭玄周禮注曰
也　薛君韓詩章句曰承受也韓子曰楚子和氏得璞於楚山之中奉

葉不雲布華不星燭
眷同尤良用之驥騄衛太子于戚將戰卹無卹納
而獻之　眷同尤良用之驥騄衛太子于戚將戰卹無卹納
武王也　其七左氏傳曰晉趙鞅

御簡子杜預曰郵無恤王
良也尤與郵同古字通

惚凡也西京賦曰方
也駕以方駿猥以

承亦既篤眷亦既親飾獎駕

方言曰凡相被飾亦曰獎禮記曰凶年乘
駕馬廣雅曰駕駟也許慎淮南子注曰猥乘

猥方駕駿珍

駕授饔鄭玄儀礼注曰方珍寶也併入
方珍也賈逵國語注曰珍寶也弼諧

靡成良謀莫陳

明弼諧
尚書曰謨

狐趙之立大功有
其入
五臣

無見狐趙有與五臣

五臣巳
見上文
契闊又曰我生之後逢此百罹言五
臣何故敢與五臣契闊毛詩曰死生

五臣奚與契闊百罹

離毛莨又曰離憂也一作罹
身經險阻足蹈幽遐言己
關逢於百罹毛詩曰

契闊臣問也左氏傳楚子曰晋
侯險阻艱難備嘗之矣

義由恩深分隨昵加

恩深分隨昵加力
節也分猶綢

緆忝自同匪他

其九綢繆巳見上文漢書韓信謂廣
君曰委心歸計願子勿辭毛詩云

豈伊異人匪他
兄弟匪他

昔在眼曰妙尋通理

脩其孝悌忠信也
孟子曰世者以睱曰

彼意氣使是節士。尤而使之薛君韓詩章句曰尤兆也故言已皆以意氣而殞八命皆非正道故

意氣已見上文謝承後漢書曰節士之志慎子曰世高節士鮑昂有鴻漸浮雲之志

情起。言今乃知意氣節士之流

思情以體信而生感以其十言既感厚恩而吉凶惟命故云趣舍無要窮達斯已

達仕其所止也六韜太公謂武王曰夫王曰夫人皆有性趣舍無所要求窮

不同喜怒不等趨亦猶向也舍猶置也列子孔子曰脩古之道者則窮達一也

身任其窮達所謂窮達天知命也舍猶置也列子孔子曰脩古之道者則窮達一也

道之得窮達者則窮達一也

內史廖曰孤聞鄰國有聖人敵國之憂也今由余片言。秦人是憚。史記秦繆公問

憂也今由余由余將奈何也

漢玄金曰碑已見西征賦盡遠迹以飛聲桓桓撫軍古賢作冠來牧

幽都濟厥塗炭。史臣匹碑尚書曰勖哉夫子尚桓桓日碑效忠飛聲有

漢書曰陳遵張竦為後進冠小雅曰有夏昏虐民隊塗炭塗山炭既濟寇

牧臨也尚書曰

原作就

挫民阜〔周禮曰以阜人民〕謬其疲隸授之朝右〔朝右謂別駕也〕

〔張璠漢記曰玉堂為汝南太守教掾〕

〔史曰其憲章朝右委功曹陳蕃也〕實祇高明敢忘

厚〔日上施厚則民之報上而亦厚也〕上懼任大下欣施

〔漢書武帝制曰任大而守重管子〕

所守〔而以善名終也漢書谷永曰有守者循其職也〕相

彼反哺尚在翔禽〔毛詩曰高朗令終也鄭玄曰有高朗之譽〕

人斯而忍斯心〔斯心謂諶父母見害之心也國語國人〕

每憑山海庶覿高深〔山海以喻琨也李斯上書曰太〕

不擇細流故遐眺存亡緬成飛沈〔其十三章昭明國語長〕

能成其深〔長徽巳纓謂被匹碎所辟類乎徽纆〕

徽巳纓逝將徒舉〔纆之繫於巳也周易曰繫用徽纆〕

〔說文曰纓繞也〕收迹西踐衢哀東顧〔鄭玄毛詩箋曰顧曰迴首曰〕

嬰續也

原作大

不尺步。貫達國語注曰八寸曰咫。

豈不鳳夜。謂行多露。詩其十四曰豈豈不
鳳夜謂行多而不往喻已懼威而不行。多
露而不往喻已懼威而不行。

縣縣女蘿施于松標。蔦與女蘿
白喻松栢廣雅標末也。毛詩曰蔦與女蘿
施于松栢廣雅標末也必遇切。

稟澤洪幹瞬陽。
說文曰瞬平九陽。毛詩傳曰
幹本也楚辭曰夕瞬乾

豐條。身也九陽毛詩傳曰
余嬌也

根淺難固莖弱。
飆喻亂也鹽鐵論
飆上卤沙石敖積

易彫操彼纖質承此衝飆。
其十五曰衝飆
日衝風

纖質定微衝飆斯值誰謂言精致在賞意。
論者物之粗者也可以意致之言者物之精
者也鄭玄禮記注曰致之言至也。莊子曰
可以言論者物之粗者也可以意致

不見得魚亦忘筌。
筌者所以在魚得魚而忘筌者所以得意而
忘言者也莊子曰筌者所以在魚也得魚而
忘筌言得意而忘言。

遺其形骸。其十六莊子曰申徒
兀者也謂子產曰吾與
夫子遊十有九年矣而未曾知吾兀者也今

寄之深識。夫子遊於形骸
之内而子索我於形骸之外不亦過乎王命論曰淵然
與我遊於形骸之外不亦過乎王命論曰淵然深識

先民頤意潛。

隱机毛詩曰先民有作爾雅曰頤養也莊子曰仰熙丹

南郭子綦隱机而坐嗒焉似喪其偶也

崖府澡綠水說文曰熙燥也謂暴燥也莊子曰古之治

道者智與恬交相養而理出其性又曰無極而眾美

不亡也無不有也澹然無極而眾美從之

無求於和自附眾美

有愧高上其十七言心慷慨慕古賢之遠爰造斯論

躐而事與煩違故有愧高上

肝膽楚越謂琨被謗也藏榮緒晉書曰眾人謂琨詩

注曰肝膽猶近也謂琨近帝于大志莊子仲尼謂季日自其異

者視之肝膽楚越也喻遠也

越也喻淮南子惟同大觀萬殊一轍

同大觀也琨冠冕達人大觀也

聖人由近知遠以萬異為一也

死生既齊榮辱奚別列子曰楊朱曰生齊死齊賢齊

也

注曰楊朱曰見其死齊賢齊愚齊貴齊賤齊王仲宣七

齊死生貴賤齊王仲宣七釋曰

日均同死生處其玄根廓焉靡結

混齊榮辱也

廣雅曰廓空也靡結謂體道虛通心無怨結也

玄者無形之類自然之根作於太始莫與為先也福為禍

其十入張衡玄圖曰玄者無形之類自然之根作於太始莫與為先也

道也十入廣雅曰玄圖曰玄

始禍作福階○言無常也韓詩曰利為用本福為天地盈

虛寒暑周迴○言物極必反寒往則暑來暑往則寒來易曰天地盈

夫差不祀覺在勝齊○以喻琨敗也記曰越王勾踐敗吳

吳王遂自到死○吳使人賜勾踐胙九命為伯又命為伯也

越王滅吳也○吳夫差以甲兵五干人樓於會稽也史記十九日勾踐已平

吳周元王使人賜勾踐作伯胙自會稽史記

道是杖琨達度亦形有○何晏論語注曰泰音

如川之流如淵之量○毛詩曰如山之苞如川之流家語齊大夫子高適魯

道通義也暢○馳度也形有未泰神無不暢○自縱泰論語注曰泰音

之為孔子曰而今而後知泰山之為大也○鄭玄礼記法曰塞滿也

兄隆之吉不恍乎下也○上弘棟隆下塞民望○其二周

左氏傳師曠謂晉侯曰○易曰棟隆之吉不恍乎

贈崔溫一首　五言集日與溫太真崔道儒何法盛晉錄日溫嶠字太真又曰崔悅

盧子諒

字道儒

逍遙步城隅，暇日聊遊豫。毛詩曰侯我於城隅暇日己言笑晏晏誰與為懽曹植蟬賦曰蟬始遊豫漠北流沙也揚聲

北眺沙漠垂，南望舊京路。曹植蟬賦曰漠北望舊京路曹植七述曰白馬篇曰揚聲

平陸引長流，岡巒挺茂樹。

中原厲迅風，山阿起雲霧。

霧貌也　遊子恆悲懷，舉目增永慕。漢書高祖曰遊子悲故鄉李陵書曰

卑曰言笑誰與為懽曹子懷永慕　良儔不獲偕，舒情將焉愬。楚辭曰伊朔鄙多愬楚辭曰

建應詔詩曰長懷永慕　良儔不獲偕，舒情將焉愬。

日向長風　遠念賢士風，遂存往古務。思兮往古

而舒情　俠氣豈惟地所固，爾雅曰朔北方也鄭玄周禮注曰都

高氣也　李牧鎮邊城，荒夷懷南懼。史記曰李牧者趙之

勢也　勢也　李牧鎮邊城，荒夷懷南懼。良將也常居代居

馮門備匈奴小入佯北不勝以數千人委之單于鄙漢書曰趙地地通燕涿

聞之大率眾來入李牧多為奇陣張左右翼擊之大破于

殺匈奴十餘萬騎單于奔走其後十餘歲趙奢止疆場

匈奴不敢近趙邊城說文曰懷念思也史記趙奢趙

秦人折北虜

與之圍而歸左氏傳一彼此日疆場之患侯使敬仲為卿辭曰羈旅之臣幸若獲宥及於寬政君之惠也又狐突曰策名委質貳乃辟也

羈旅及寬政委質與時遇恨以鴛

王命論曰大維生非子非子居大使主馬于汧渭之間馬大蕃息與飛古字通

蹇姿徒煩飛子御

仁好馬及玄囿善養息之大丘召之周孝王亦既弛

左氏傳陳公子

負擔忝位宰黔庶苟云免罪戾何暇收民譽

悼公即位公官之長皆民譽也完日免於罪炭弛於負擔又曰倪寬少晉

衆賦

漢書曰倪寬遷左內史時裁闊狹與民相假貸以負租課殿當免皆黜終乃最

武

恐失之大家牛車小家擔負租課更以最上

輸租縋屬不絕課以負租課殿當免皆民貲譽陳公子

何武不赫赫遺愛常在

去

漢書曰何武爲大司空其所居亦無赫赫名去後常見思

古人。非所希　短弱自有素。

鄭玄禮記注曰素猶故也

何以敷斯辭　惟以二子故

二謂崔溫也

荅魏子悌一首　五言

盧子諒

崇臺非一幹　珍裘非一腋

慎子曰廊廟之材蓋非一木之枝狐白之裘非一狐之皮也

多士成大業　羣賢濟弘績

紳之徒聘　班固漢書賛曰高初征伐定天下智辯並成大業

遇蒙時來會　聊齊朝彥迹

富貴榮寵時之暫來也時平時不再來也　韓詩外傳曰晉平公遊於河而樂曰吾安得賢士與之樂此也船人盍胥跪而對曰主君亦不好士耳

顧此腹背羽　愧彼排虛翮

主安得賢士與之樂此士不好士乎謂不好士乎對曰士耳何患無士乎對曰夫鴻鵠一舉千里所恃者六翮爾背上之毛腹下之毳益一把飛不爲加高損一把飛不爲加下今君之食客門左右各千人亦有六翮在其中矣

原文著作如

何焯說晉昌是新興改政名在并州一圖五郡二年昌也一說昌難故邙陽文誤藥陵說曼

將寄身薄四嶽託好憑三益四嶽謂劉琨四嶽已見

腹下之毛耶下之毛耶

上文論語孔子曰友直友諒友多聞益矣者三益已見

傾蓋雖終朝大分邁疇昔鄴陽

上書曰白頭如新傾蓋若故左氏傳曰楚子文訓兵終

朝而畢李圖與賓卿開廓大分綢繆恩信在氏傳

羊斟曰疇昔之故日晉昌也

之羊斟為政在危每同險處安不異易韻以赤切也協

難斥言之故晉中與書曰石勒攻樂平劉琨所

護匈奴中郎將別領戶然時段匹磾為此職甚在

自代飛狐口晉中與書曰石勒攻樂平劉琨所

奔安次飛狐也

涉晉昌艱共更飛狐厄王隱晉書曰惠帝以敦煌士

界閬遠分立晉昌郡又曰晉昌郡

恩由契闊生義隨周旋積契闊已見上文

公子重耳謂楚子曰晉楚治兵以與君周旋子燕丹

楚治兵以與君周旋故曰本州役子燕丹

士無鄉曲別駕故曰不可以論行四磾辟甚上文

為幽州別駕故曰本州役已見上文

豈謂鄉曲譽謬充本州役燕丹

悲欣使情惕惕毛萇詩傳曰惕猶切切也

理以精神通匪曰形骸

楚辭曰眾人莫可與論道非

隋　精神之不遺形骸巳見上文

贖　深也

小雅曰

妙詩申篤好清義貫幽

隨侯珠巳見上文

恨無隨侯珠以酬荆文璧

隨侯珠巳見上文　韓子曰楚

人下和得璞玉於荆山之中文王即位乃使理其璞得

寶焉乃命曰和氏之璧也傅玄豫章行曰琅玕溢金匱文

璧世所無

所無

苔靈運一首　五言　　謝宣遠

夕霽風氣涼閑房有餘清

何敬祖雜詩曰閑房來清氣呂氏春秋曰冬不用翣

開軒滅華燭月露皓已盈

餘也盈斬斬以臨山秦嘉贈婦詩曰

獨夜無物役寢者亦云寧

詩曰飄飄惟帳炎炎華燭孫卿子曰是為物謂以巳為物

忽獲愁霖唱懷勞奏所成

役也靈運愁霖詩序云示從兄宣遠歡彼行

旅觀深茲卷言情

魏文柳賦曰行旅日卷言顧之　伊余雖寡慰

當作成

於安城荅靈運一首　從兄宣遠　義熙十一年正

謝宣遠

五言　謝靈運　贈宣遠　序曰

月作守安城其年夏贈
以此詩到其年冬有荅

嘉藻長揖愧吾生

長門賦曰伊予羨志之懷慢愚　牽率訓
韓詩曰耿耿不寐如有殷憂牽率
左氏傳智伯曰牽率老夫以至于
薛君曰嘉藻麗之彬彬漢書曰
岳詩曰斂曰吾生明德惟允
酈食其長揖不拜陸機贈潘
岳詩曰斂曰吾生明德惟允

殷憂暫為輕

條繁林彌蔚波清源愈濬

阮德猷荅棗道彥詩曰
體直響正源深流清

宗誕吾秀之子紹前脩

魏志曹植上疏曰華宗貴族必
有應斯舉者毛萇詩傳曰誕大
也大矣后稷十月而生也廣
于征尚書曰俾克紹前烈孔
安國尚書傳曰紹嗣也之子
毛詩曰之子

綢繆結風徽煙熅吐芳訊

綢繆已見上文周易曰天地
絪縕萬物化醇演連珠曰肆
芳訊鄭玄禮記注曰訊問也

鴻漸隨事變雲臺與嶺峻

其一鴻漸
以喻仕進

雲臺以喻爵位也周易曰鴻漸于陸其羽可以爲儀李

顯阮彥倫誄曰累土積功以爲雲臺淮南子曰雲臺之

高墮者折脊碎脛高誘曰雲臺高際於雲故曰雲臺也

毛詩曰棠棣之華萼不韡韡鄭玄曰與者喻弟以敬事

兄兄以榮覆弟也毛詩曰伐木丁丁鳥鳴嚶嚶鄭玄曰

其鳴之志似 **親親子敦子賢賢吾爾賞**

於求友也 **華萼相光飾嚶嚶悅同響** 賢其賢而親

故敬宗論語曰親親故尊祖尊祖故敬宗論語曰賢賢易色 其親禮記曰君子

比景後鮮輝方年一日

長安國論語曰比景後爾鮮輝方年長爾一曰也說文曰景光也孔

一曰長爾鮮輝方年長爾一曰曾皙冉有公西華侍坐子曰以吾

平爾 其二菱華萼涸流自

菱華愛榮條涸流好河廣 喻也王逸楚辭注

日枝葉早菱痛絶落涸安仁河陽詩曰峻巖敷楚辭曰江河廣

榮條文賦曰豁若涸流楚辭曰江河廣而無梁殉業謝

成操復禮愧貧樂 同馬彪莊子注曰殉營也論語子

日克己復禮天下歸仁焉子

幸會果代耕符守江南曲 注許慎淮南子

而好禮者富注日果成也

江南五臣作南江臺也
條五臣乙

監當作邸丞本何說

禮記曰諸侯之下士視上農夫祿足以
代耕漢書曰初與郡守爲竹使符也

履運傷荏苒

導塗歎緬邈

莊子曰遵塗遠蹈
又擬古詩曰緬邈區
沈
贈馮文熊詩曰遵塗

詩云陰陽四時運行各得其序張茂
先厲志詩云日與月與荏苒代謝陸機

布懷存所欽我勞一何篤　其三

康秀才詩曰我思一何篤其
劉楨詩曰我
答
思
我所欽我勞如
何徐幹詩曰我愁兼三春
肇允雖同

毛詩曰肇允彼桃蟲拚飛惟鳥異躲
詩曰肇允
幾躲以平量也故言躲而顯

規翻飛各異躲　謂異量也凡躲

量爲楚辭曰一
躲而相量也

超遞封畿外窈窕承明內
宣遠爲安城
守故云封畿
尋塗塗暌暌

外靈運爲秘書監故云云
日京畿于里承明假京洛而言之也
承明內也毛詩

即理理已對　賢愚異
任職是塗暌也是理對也
絲路有恒悲短廼在

外內殊職
塗暌也理對也
絲路或爲蹊也跬行安步武鍛翮周數句　公孫漢書

吾愛　其四絲絲路已見上跬也

獲日吴失與而無助跬行獨進如滃曰跬以一足行爲

跬空藥切鄭玄禮記注曰武迹也淮南子曰飛鳥鏃翅

此与眺柳潘陸同
旨

許慎曰鐅殘羽也莊子曰有鳥焉其名為鵬搏扶搖羊角而上者行九萬里斥鷃笑之曰我騰躍而上不過數

仞而下此亦飛之至也閟也包咸論語注曰七尺曰仞

阮籍詠懷詩曰豈不識宏大羽翼不相儀郭象莊子注曰君子舍之往咨窮

豈不識高遠違方往有咎

也歲寒霜雪嚴過半路愈峻 言位高而愈懼也易曰君子

孔子曰天寒既至霜雪

量己畏友朋勇退

既降戰國策曰或謂秦王曰行百里者半於九十此言末路之難也

不敢進 曰詩云規讓中書表曰量己知愆左氏傳陳敬仲曰春秋曰上士

行矣勉令獸寫誠訓來訊 傳曰

其五孔安國尚書

曰勵勉也補士

難進而易退也

書曰賓寫爾誠曹植與吳重

詩曰得所求來訊文采委曲

西陵遇風獻康樂一首 五言沈約宋書曰靈運
襲封康樂侯鄭玄禮記

注曰獻猶進也又曰古
者致物於人尊之曰獻

謝惠連

原姓湯作鬚

我行指孟春春仲尚未發趣途遠有期念離情無歇

成裝候良辰漾舟陶嘉月
許慎淮南子注曰裝束也良辰已見上文

蜀都賦曰漾輕舟兮楚辭曰陶嘉月兮陶喜也
總駕竣王英兮

瞻塗意少悰還顧情多闕
注其一章　昭漢書

哲兄感仳別相送越坰林
毛詩曰有女仳離慨其嘆矣毛萇曰仳別也匹視
靈運也漢書谷永謝王鳳曰察父哲兄覆育子弟誠無
以加

飲餞野亭館分袂澄湖陰
爾雅曰坰野外曰林林外曰野野外曰坰
郭璞曰唯遂止野亭
毛詩曰飲餞于禰韓詩曰餞卷

悽悽留子言眷眷浮客心
日浮行也
安國尚書傳曰
書曰浮于其分背回塘孔

回塘隱艫栧遠望絕形音
南都賦曰
其二

靡靡即長路戚戚抱遙悲
楚辭曰居
說文曰舮船頭也韋昭漢書注曰栧櫂也

悲遙但自弭路長當語誰
楚辭曰汎容與而遐舉兮聊抑志而自弭
昭漢書文注曰
說文曰
不戚戚而
感戚而

原作傷

原作告

杜預左氏傳注曰弭息也古詩曰愁思當語誰赴洛詩曰行行遂已遠昨孔子之去魯行遲遲乎其行也

行行道轉遠　去去情彌遲

赴洛詩外傳曰昨發浦陽汭今宿浙

注曰浦陽江水道亏源烏傷縣而江水經上虞縣孔安國尚書傳曰水北曰汭晉灼漢書

注曰江水至會稽山陰為浙江音折山海經注曰今錢塘有浙江郭璞

江湄

屯雲蔽曾嶺　驚

毛詩曰零雨其濛浮氣

風涌飛流零雨潤墳澤落雪灑林丘

臨崖勮積素惑原疇

爾雅曰重曲汜薄停旅通川絕

王逸楚辭注曰泊止也泊與薄古字通韓詩阿谷之女曰隊隱也行旅已見上文

行舟　其四

上林賦曰通川過於中庭魏文帝臨津不得濟佇檝阻善哉行曰泊津不濟還轅息鄒爾雅曰佇久也

孔叢子孔子歌曰臨津不濟還轅息鄒爾雅曰佇久也

風波久也家語孔子曰不觀巨海何以知風波之患也

蕭條洲渚際氣色少諧和西瞻興遊歎東睇起悽

歌積憤成疢痾無萱將如何其五　韓詩曰焉得萱草言樹之背願言思伯使我心痗薛君曰痗病也萱志憂也萱與諼通痗音悔

還舊園作見顏范二中書一首五言　沈約宋書曰元嘉三年徐羨之等誅徵顏延之等爲中書侍郎范中書蓋謂范泰也

謝靈運

辭滿豈多秩謝病不待年偶與張邴合久欲還東山漢書曰張良曰今以三寸舌爲帝師封萬戶位列侯此布衣之極於良足矣願弃人間事欲從赤松子學道輕舉又曰邴漢亦有清行兄子曼容亦養志自脩爲官不肯過六百石輒自免去東山謂會稽始寧也檀道鸞晉陽秋曰謝安有反東山之志每形之於言

聖靈昔迴眷微尚不及宣聖靈謂高祖也陸機弔魏武文曰行旅仰而迴卷柳賦曰

何意衝飈激烈火縱炎烟焚沈約宋書曰少帝即位權在大臣靈運構扇異同非毀執

王發崑峯餘燎遂見遷

攷司徒袞之等忠之出爲末嘉太守衝颷巳見上授
文尚書曰火炎崐崗玉石俱焚天吏逸德烈于猛火投
少理旣迫如印願亦慾漢書曰賈誼以謫居長沙
又曰卓文君謂司馬長卿曰第如臨印從昆弟假貸猶
足以爲生何至自苦如此相如與俱之臨印第但也

長與懽愛別末絶平生緣緣也緣因浮舟千仞窒摠縺萬

尋巘巓戰國策蘇代曰水浮輕舟春秋繁露曰水赴干
身以摍巒琴之鑒而不旋似勇者家語孔子曰善御者正
于青壁萬尋賦列子曰孔子
水四十仞流沫數百步而被髮行歌而遊於堂下孔子
從而問焉曰蹈水有道乎長於水有道焉觀於呂梁懸

而安於水性也故曰東越諸世奉越祀身帥閩中兵事蹟
歸旋漢書曰越王無諸之別名也閩音旻

流沫不足險石林豈爲艱閩中安可處日夜念

兩如直心愜三避賢有道則見召無道則左遷故云事
歸旋以佐滅秦韋昭曰史魚有道無道行俱如矢而巳

當作板
別本作板而板
三訛

蹟兩如矢直而已雖遷終無悔吝心怏三避之賢章昭

漢書注曰蹟頓仆也謂顛仆也說文曰蹟跋也論語子曰

直哉史魚邦有道如矢邦無道如矢三避三黜也蹟音致相

楚三去相而不悔知其非邦已罪也孫敖數相

託身青雲上棲巖把飛泉康陸機詩曰託身華側棲巖

盛明蕩氛昏貞休康屯邅盛明之德而蕩氛昏之世以

又以正美之道以康屯邅之俗也解嘲曰遭盛明休美也

周易曰乾元亨利貞又曰休否大人吉鄭玄曰

起宋書上使光祿大夫范泰與靈運獎之乃出就文子不約沈

也王弼易曰居尊位能休如否殊方咸成貸微物豫采甄

日殊方偏國老子曰善貸且成說文曰貸施也

魏明帝豫章行曰於斯誠微物能不懷傷悴鄭玄尚書

緯表注曰感深操不固質弱易版纏謂應徵也楚辭曰感深

甄表也浩蕩何執操之不固應璩與陰中夏書曰體

正者則檢於人質弱者則陋於衆版纏猶牽引也

悲靈脩之浩蕩何執操之不固應與陰

曾是反昔園語往實欵然　毛詩曰曾是在位　曩基即

先築故池不更穿　爾雅曰曩久也謂久舊也仲長子曰相造于水者　築基起功莊子曰　穿池而給養也　果木有舊行壞石無遠延　雜而成行　劉歆甘泉賦說苑曰楚

莊王築層臺延石　雖非休憩地聊取永日閒　莊子南榮趎曰願以求日　毛詩曰　千里延壤百里　鄭詩曰且

玄日永　且　衛生自有經息陰謝所牽　聞衛生之經而已願　莊子南榮趎曰願　影即息影

引也　衛生之經平能抱一乎能勿失乎能與物　以求日　司馬虎曰生謂　矣老子曰衛生之經平能抱一平能勿失平能與物　生謂

委蛇而同其波平是衛生之經也　夫子照情素探懷　授

衛護其生全性命也　息陰即息影

也牽謂俗務也已見遊南亭詩　王仲宣詩曰探懷授

授往篇　史記蔡澤謂應侯曰公孫鞅之事孝公也披

心腹示情素　素猶實也王仲宣詩曰探懷授

所歡願醉　不願身

登臨海嶠初發彊中作與從弟惠連見羊何共

和之一首 五言謝靈運遊名山志曰桂林頂遠則嵊尖彊中沈約宋書曰靈運既東還與族弟惠連東海何長瑜穎川荀雍太山羊璿之文章常會共爲山澤之遊時人謂之四友

謝靈運

杪秋尋遠山山遠行不近 楚辭曰靚杪秋之遥夜 與子别山阿含酸赴脩軫 軫當爲昣說文曰昣井田閒陌 中流袂就判欲去情不忍 毛萇詩傳曰判分也毛詩曰彷徨不忍去 顧望脰未悁汀曲舟已隱 何休公羊傳注曰脰頸也陸彦聲詩曰相思心既勞相望脰亦悁說文曰痟疲也痟與悁通文字集略曰汀水際平也 隱汀 絶望舟騖棹逐驚流 海賦曰驚浪雷奔 欲抑一生歡并奔千里遊 言遠別已爲抑歡千里逾加離思列子公孫朝曰欲盡一生之歡窮當年之樂古詩曰離家千里客戚戚多思復 日落當棲薄繫纜臨江樓 纜維舟索也吴志曰更增舸纜謝靈

運遊名山志曰從臨江樓步路南上二里餘左望湖中右傍長江也山

豈惟久情欲憶爾共

淹留 楚辭曰聊淹留攀桂枝兮聊淹留

淹留昔時歡復增今日歎 永逝日哀憶舊歡兮

茲情巳分況廼協悲端 增新悲悲端謂秋也楚辭曰悲哉秋之爲氣也

秋泉鳴北澗哀猿響南巒 爾雅曰巒山墮郭璞曰巒山形長狹者荆州謂之巒

戚戚新別心悽悽久念攢 蒼頡篇曰攢聚之也攢念攻別心旦

發清溪陰瞑投劍中宿明登天姥岑 會稽有剡縣吳錄地里志曰剡縣有天姥岑剡植琰切姥莫古切 於石城漢書曰楚辭曰又授宿

高高入雲霓還期

那可尋 孟子曰太山之高參天入雲羊祐請伐吳表曰高山尋雲霓潘安仁在懷縣詩曰感此還

期儻遇浮丘公長絕子徽音 淹期劉仙傳曰王子喬好吹笙道人浮丘公接以上嵩山

毛詩曰太姒嗣徽音

酬從弟惠連一首　五言　謝靈運

寢瘵謝人徒，滅迹入雲峯。（爾雅曰：瘵，病也。太玄經曰：老子曰，行則滅迹，立則隱形。）

巖壑寓耳目，歡愛隔音容。（潘安仁詩曰……無與同。）

永絕賞心望，長懷莫與同。（令弟史記蔡澤曰：披腹心，輸志意。善曰：余逍遙於天地之間，而心意自得也。）

末路值令弟，開顏披心胸。（古詩曰：披心腹，既云披意，得咸在斯。書曰：鄰唱上于其莊。）

凌澗尋我室，散帙問所知。（文說……）

夕慮曉月流，朝忌曨日馳。（王逸楚辭注曰：悟對。王逸：楚，昏時也。聚散而必散有常，故聚而必散，散以……）

別時悲已甚，別後情更……（其二言事無常，故聚而必散也。其二言事無常，故聚而必散，福相生以……禍福相生。其二言分離也。）

無歇歌聚散，成分離別西川迴景歸東山，別時悲已其別後情更。（成分離也。）

延爾雅……傾想遲嘉……果枉濟江篇。（延，長也。傾想遲嘉果枉濟江篇。遲遲猶思也，遂也，辛勤……）

暮春未至云謂未至
暮春也

風波事款曲洲渚〇言　其三風波已見上文秦嘉
淹時風波子行遲務協華京想詎存空谷期　贈婦詩曰思面叙欵曲
猶復惠來章　　　　　　　　　華京猶京華也郭璞遊仙詩曰京華遊俠窟　　務廣雅曰
秖足攬余思　　毛詩曰　　毛詩日皎皎白駒在彼空谷　　遠也
儻若果歸言共陶暮春　詩曰采其蕨　未交謂暮
暮春雖未交仲春善遊遨　　　　　　　　春氣節與
山桃發紅萼野蕨漸紫苞　　孔安國日漸進長也
　　　　　毛詩義疏曰蕨山
　　　爾雅曰樧似茱萸　　蕨初生紫色尚可
　　　南日　　毛詩曰草木漸苞
　　仲春未交也孔安國尚書　　　　孔安國日漸進
　傳曰　交言夏與春交也　　　　　　　　毛詩曰鳴嚶
鳴嚶已悅豫幽居猶鬱陶　已見上文不
　也　叢生也　　　　　　　　　　　淫禮記禮論衡
　子幽居而靜處恬澹守尚書曰鬱陶　夢寐佇歸
　日也　顏厚有忸怩孔安國日鬱陶哀思也乎
舟釋我吝與勞　其五范曄後漢書曰陳蕃周舉嘗相
　　　　　　謂曰數日之間不見黄生則鄙悋之

胡復存乎心毛詩曰
豈不爾思勞心忉忉

文選卷第二十五

壬戌六月廿九日偑溪

廿九日當作廿八日燁或徐抽閣

文選卷第二十六

梁昭明太子撰

文林郎守太子右內率府錄事參軍事崇賢館直學士臣李善注上

贈答四

顏延年贈王太常一首

夏夜呈從兄散騎車長沙一首

直東宮荅鄭尚書一首

和謝監一首　　王僧達荅顏延年一首

謝玄暉郡內高齋閑坐荅呂法曹一首

在郡臥病呈沈尚書一首

暫使下都夜發新林至京邑贈西府同僚一首

訓王晉安一首

陸韓卿奉荅內兄希叔一首

范彥龍贈張徐州一首

古意贈王中書一首　　任彥昇贈郭桐廬一首

行旅上

潘安仁河陽縣作一首

在懷縣二首　　潘正叔迎大駕一首

陸士衡赴洛二首　　赴洛道中作二首

吳王郎中時從梁陳作一首

陶淵明始作鎮軍參軍經曲阿作一首

辛丑歲七月赴假還江陵夜行塗口作一首

謝靈運初發都一首

富春渚一首

登江中孤嶼一首

初發石首城一首

入彭蠡湖口一首

入華子崗是麻源第三谷一首

過始寧墅一首

七里瀨一首

初去郡一首

道路憶山中一首

贈荅

贈王太常一首　王言蕭子顯齊書
　　　　　　日王僧達除太常
　　　　　　顏延年

玉水記方流琁源載圓折 尸子曰凡水其方折者有玉其圓折者有珠也 蓋寶

每希聲雖祕猶彰徹 老子曰若同大音希聲左氏傳君子險危大人而有名彰徹也

聆龍聰九泉聞鳳窺丹穴 驪龍頷下說文曰聆察也山海經曰山有名曰鳳鳥丹穴巳見東京賦歷聽 廣雅曰聆聽也千金之珠必在九重之泉也莊子曰夫千金之珠

豈多工唯然觀世哲 孔安國尚書工官也 傳曰

舒文廣國華敷言遠朝列 王逸楚辭注曰發文舒詞爛然成章國語季文子曰吾聞以德榮為國華尚書曰敷言

德輝灼邦懋芳風被鄉掔 人極之敷言秋興賦也 禮記曰德輝動乎內而人莫不承側同幽人居郊扄常

廁朝列 禮記曰履道坦坦幽人貞吉殷然晏然 林間時晏開喁過 爾雅曰林間時晏開喁過

書開 周易曰履道坦坦幽人貞吉殷然晏然 仲堪誄曰荊門畫掩閑庭晏然

長者輒 爾雅曰野外謂之林鄭玄周禮注云閭里門也漢書淮南王曰早開晏開又曰陳平門外多長

者車庭昏見野陰山明望松雪靜惟浹羣化徂生入

窮節
莊子毛詩箋曰惟思也蘇林漢書注曰浹周也
子曰巳化而生又化而死爾雅曰徂往也謂
往之死也家語孔子曰花於陰楊象豫往誠歡歆悲
形而發謂之生化窮數盡謂之死

非樂闋　凶爾雅曰豫樂也
悲　鄭玄禮記　初六豫凶王弼曰樂過則淫志窮則
　　注曰豫雅也　日豫樂也淮南子曰樂則淫奏樂而終
　　注曰閟終也　屬美謝繁翰遙懷具短札
說文曰懷念思也又　　　謝繁猶綴也屬綴也
日札牒也阻隔黜切　　　短札謝猶懃也

夏夜呈從兄散騎車長沙一首 五言
集曰從
宗車長沙　　　散騎字敬
字仲遠

顏延年

炎天方埃鬱暑晏闌塵紛
淮南子曰南方曰炎天高
誘曰南方五月建午火之

中也火性炎上故曰　炎天廣雅曰方正也毛萇
鬱積也禮記曰仲夏小暑至賈逵　詩傳曰
　萇詩傳曰闊息也杜預
左氏傳注曰紛亂也　國語注曰偶對也夜
國語注曰偶對也夜　法言曰晏晚也毛
周禮記曰薄迫也薄木　萇詩傳曰
之意也楚辭曰雪紛紛而薄木　亦激
山孔安國尚書傳曰仲夏之月蟬始鳴易通系卦曰　夜蟬當夏急陰蟲
之意也蟲隨陰迎陽聖主得賢臣頌曰　蟋蟀俟秋吟　之

先秋聞　　側聽風薄木遙晞月開雲　獨靜闢偶坐臨堂對星分

歲候初過半荃蕙豈久芬
　楚辭曰荃蕙化而為茅　屏
　又曰荃蕙化而　為茅
　漢書曰寶嬰謝病屏居田南　楚
　山下鵬鳥賦曰萬物變化　九

居惕物變慕類抱情慼
　辭曰思莫不慕類兮以悲　魏文帝善哉行曰憂以　慘慼
抱情不得敘桓玄鸚鵡賦曰卷僑侶而情慼然以悵歎也

逝非空思七襄無成文
　楚辭曰惟郢路之遼遠兮　　　楚辭曰逝韓詩曰跂彼織女終
報章薛君曰襄反也　　　　日七襄雖則七襄不成　　日七襄雖則七襄不成

環〇注及別本

直東宮答鄭尚書一首

五言沈約宋書曰鄭
鮮之字道子高祖踐

徐遷都
官尚書

顏延年

沈約宋書曰高祖受命延年補
太子舍人孔融薦禰衡表曰若
居西京詩謝衡表曰夫長年神

皇居體寰極設險祗天工

洋赫羲人以寸其國尚書曰天工
義人以其輝煌周易

兩闈

阻通軌對禁限清風

軌道也各有
禁守謂東宮及
中臺也方言曰
禁中也故

政子旅東館徒歌屬南塘

毛詩曰徒歌謂之
旅客也爾雅曰徒歌
曰謠鄭玄儀禮注曰
屬意也謂為中臺

建洪德流清風
日對也胡廣書曰

寢興慘無已起觀限漢中

毛詩曰念君子載寢載興鄭玄
曰謠鄭玄儀禮注曰屬意也謂
宋遠政予望之賈逵遠國語注曰旅客也爾雅曰徒歌
仙宮室玉堂璧眾星之環極泮赫

在南故曰南塘
謂南塘寢興慘鬱
日在南故曰南塘
工記注曰欂不舒散辰也爾雅大辰房心尾也郭
璞曰龍星明者以為時候故曰大辰毛萇詩傳曰漢天

二語當西尚之來詩

中之善

練桐連數而言狂大
夫五仍造車馬耳
李善讀之邪也

也河流雲藹青闕皓月臨丹宮　廣雅曰跼蹐跼也鑑照也

跼蹐清防露徙　毛詩曰搔首跼蹐夏侯冲苔詩曰潛岳靜也楚辭曰

倚恒漏窮　限清防企佇誰與言爾雅靜曰窔辭曰相思

步從倚而遙思　漏窮言曉也

懷所感物惜無丘園秀景行彼高松痛也周易曰惜于

詩曰束帛戔戔陸機演連珠曰賁毛詩曰歲寒

丘園景行行止高松喻守節而不移也論語子曰歲寒義芳訊詩古詩曰肆

君子吐芳訊感物惻余衷　知汝之言有誠演連珠曰

然後知松栢　之後彫也　實舊貫美價

知言有誠貫美價難克充論語之選論諸

難以克充　漢書武帝詔書曰九變復貫知言之選論諸

語子貢曰有美玉於斯韞櫝而藏諸求善價而沽諸何

以銘嘉既言樹絲與桐帝書曰嘉既益腴爾雅曰

也毛詩曰言樹絲桐絲樹桐欲播之琴瑟也魏文

齊威王王曰夫治國家何異絲桐之開哉以鼓琴見

和謝監靈運一首　五言沈約宋書曰

靈運為祕書監也

顏延年

沈約宋書曰少帝出顏延年為始安太守元嘉三年徵為中書侍郎顏延年弱植如陳王逸楚捷

寡

弱植慕端操窘步懼先迷

左氏傳鄭子產曰陳君弱植也王逸楚辭注曰植志也楚辭曰內省以端操徑以窘步窘迫周易曰先迷失道後順得常辭注曰楚辭求隕切周易曰先

非擇方刻意藉窮棲

孫卿子曰寡立而不勝強不立不強易曰不易乎世不成乎名孔安國論語注曰山處之所棲者也莊子曰刻意尚行離世異俗此語山谷之方易方王弼曰得其所久故不易也道也謂常道也莊子曰刻意尚行離世異俗論語注曰士非俗之人枯槁赴淵處者之棲好也韋昭國語注曰山處曰棲

伊昔遘多幸秉筆侍兩闈

左氏傳羊舌職曰民伊昔遘多幸秉筆侍兩闈之多幸國語之不幸國語曰士岀謂智襄子曰臣秉筆事君兩闈謂上臺及東宮詩及東宮詩曰盧諶苔劉琨書曰惟其素終也事二宮巳見曲水詩也事君兩闈謂上臺

雖慙丹雘施未謂玄素暌

丹雘喻君恩也玄素喻別也盧諶苔劉琨書曰惟其始素終也雖慙丹雘施未謂玄素暌玄墨翟垂涕易曰聯者乖也苦圭切尚書曰惟其塗丹雘也

徒遭良時詖王道奄昏霾

丹雘徒遭良時詖王道奄昏霾河陽縣詩曰徒恨潘岳河陽縣詩曰徒恨少帝之日也潘岳

人神力序廬陵也

時泰蒼頡篇曰誺詔佞也彼寄切方言曰奄　人神幽明
遠也民昌霍喻世亂也爾雅曰風雨為霍
絕朋好雲雨乖瓔
乎愴而散心弔屈汀洲浦謁帝蒼山蹊
雨散心　天曰明地曰幽明絕言時亂不獲祭享也曾子
建贈張載詠懷詩曰安郡也賈詣曰雲乖瓔楚詞曰
　弔屈原文楚詞曰
峯汀洲芳杜若文字集略曰汀水際也曹子建贈
白馬王詩曰謁帝承明廬禮記曰舜葬蒼梧之野倚巖
聽緒風攀林結繾綣　秋冬之緒風楚辭曰倚石巖以流涕又曰欸
車王逸曰留歠黃　跂予間衡嶠曷月瞻秦稽
黃香草也　跂予間衡嶠曷月瞻秦稽　文衡山名也跂予已見上
　山大會計更各茅山曰會稽　皇聖昭天德豐澤振
越絕書曰禹救水到大越上茅
稽記曰秦望山在州城正南史記曰始皇登之望南海
爾雅曰山銳而高曰嶠毛詩曰曷月余還歸哉孔雝會
沈泥　皇聖謂文帝也孫卿子曰變化代興謂之天德謝
承後漢書曰仁風豐澤四海所宗說文曰振舉也
蓍龍其與張略書曰　惜無爵雉化何用充海淮　國語曰趙
日頑闇沈泥　　　　　　　　　　　　　　簡子歎曰

玩○注反別本
懷○五臣

雀入于海爲蛤雉入于淮爲蜃
鄭玄禮記注曰充足也子喻切
藜○去國謂去始安也莊子曰越之流人去國旬月見古詩
　日思還故里間楚辭曰去故鄉而就遠兮陸雲答兄書
　日脩庭采茨葺昔宇剪棘開舊畦　去國還故里幽門樹蓬
樹蓬日葺覆也左氏傳戎子駒支日驅其狐貍剪其荆棘廣
雅日葺覆也左氏傳戎子駒支日驅其狐貍剪其荆棘廣
孟子日病于夏畦劉熙日今俗以二十五畝爲小畦鄭玄周禮注日
日脩庭采茨葺昔宇剪棘開舊畦　親仁敷情昵興賦窒
　　　　　　　　　　　　　　　　茨闔苦也廣
物謝時既晏年往志不偕子言年俱也王日往楚志意已哀不與
也楚辭日年洋洋而日往毛萇詩日父之近也謝注日
傳日偕俱也亦齊同之意也左氏傳陳五父之近也親之近也
也玩親仁謂靈運也左氏傳陳炎日親之近也親之近也
　　　　昵近也玩親仁謂鄰國之
辭棲　芬馥歌蘭若清越奪琳瑤　盡言非報
悅也玩親仁謂爾雅日昵近也　吳都賦日盡言非報
愛也玩　寶寶也玩都賦日芬馥胗
　　　芬馥歌蘭若清越奪琳瑤　盡言非報
一日氣越泄也禮記日昔者君子比德於玉上文莊子日懷抱
焉丷之其聲清越以長鄭玄日書不盡言報章已見上文莊子日懷抱
章聊用布所懷有問而應之盡其所懷苕頴篇日懷抱

塵軌句拙品難解

子徑高駕塵軌實爲林　　崇情符遠迹清氣溢素襟

長卿冠華陽仲連擅海陰

道心

荅顏延年一首　五言　　王僧達

先約宋書曰王僧達琅邪人少好學善屬文爲始興王行軍叅軍稍遷至中書令以屢犯

上顏於獄賜死

長卿相如字也尚書曰華陽黑水惟梁州華陽國記曰益州地㮣天府原曰華陽史記曰魯仲連齊人也穀梁傳曰水南曰陰

珪璋旣文府精理亦　　　　　　　　　　　　　君

珪璋之麗旣光於文府精理之妙亦窮於道心惟微

道心文賦曰遊文章之林府尚書曰道心惟微

楚辭曰𬳵余駕兮入覩何邵詩曰亮無風雲會安能襲塵

崇情符遠迹思玄賦曰

結遊略年義篤顧

軌司馬遷書曰列於君子之林也

盍遠迹以飛聲陸景典語曰清氣溢素襟

漂於青雲之上聲類曰襟交領也

棄浮沉　莊子曰志年志義振於無境鄭玄毛詩箋曰
顧念也高誘淮南子注曰浮沈猶盛衰也　寒

榮共偃曝春醞時獻甚　桓子新論曰余與揚子雲奏
事坐曰榮屋南簷也殿廊廡下以寒故
背日曝焉郭璞上林賦注曰榮屋
曹植酒賦曰或秋藏冬發或春醞夏開　事來歲序遷

輕雲出東岑　鄭玄毛詩曰聿來胥宇
毛詩曰嘉麥被壟廣雅曰秀美也　麥龍多秀色楊園流

好音殞　魏文帝登城賦曰　秀美也其音歡此
閣之道又曰　現晚黃鳥載好

乘日睇忽忘逝景侵　謂之侵莊子牧馬童子謂黃帝曰侵
言人壽不留與景俱逝而壽損

久謠吟　翰墨以奮藻　幽衷何用慰翰墨
歸田賦曰揮　棲鳳難為條淑覿非所臨
襄城之野郭象曰出而遊日入而息　鳳非梧桐不棲
有長者教予曰若乘白之車而遊於

故曰難　誦以求周旋匣以代兼金
為也　左氏傳太史克曰
一于百而不受也　為周旋不敢失墜孟
子曰齊王餽兼金

栗作谷

文選三十六　　七

郡内高齋閒坐答呂法曹一首　謝玄暉
〔五言　郡是宣城郡是〕

結構何迢遰　曠望極高深
〔結構廣雅曰結構謂結連構架以成屋宇也魯靈光殿賦曰觀其結構善哉　迢遰廣雅曰迢遰遠也高深謂江山也魏武帝善哉曠望超遠瞻〕

窗中列遠岫　庭際俯喬林
〔歸鳥赴喬林曹子建詩曰歸鳥赴喬林　石崇思歸引曰宴華池引玉觴瑟康贈秀才詩〕

日出眾鳥散　山暝孤猿吟
〔毛詩曰彼美無度〕

已有池上酌　復此風中琴
〔之子美無度〕

非君美無度　孰為勞寸心
〔毛詩曰惠而好我鄭〕

惠而能好我　問以瑤華音
〔毛詩曰惠而好我在而又好我毛詩雜佩以問之毛　鄭〕

又吹我素琴　習習和風
〔吾見子之心矣方寸之地虛矣又曰勞心忉忉列　又曰習習和風〕

華音
〔毛詩曰惠而好我攜手同行毛萇曰惠愛也鄭〕

若遺金門步　見就玉山
〔蕙日問遺也　楚辭曰折麻兮遺所離居〕

芳
〔芳瑤華將以遺兮　葉日問遺也〕

岑
〔山海經王之謂冊府郭璞曰即山海經玉山　山海容氏所守先王之解朝日歷金門上王堂穆天子傳曰癸巳至尋玉之〕

在郡卧病呈沈尚書一首　五言集曰沈約也尚書謝玄暉

淮陽股肱守高卧猶在茲
漢書曰季布為河東守時吾為河東守故時召
君耳又曰拜汲黯為淮陽太守股肱郡故時起
薄淮陽耶顧淮陽吏人不相得吾徒得君重卧而治之
君臥而治之

況復南山曲何異幽棲賒
謝靈運南山詩連陰盛濃此末幽樓賒連陰盛濃

節簞笠聚東菑高閣常晝掩荒堦少諍譁
朝安道愁霖賦曰與連陰之見微毛
詩曰彼都人士臺笠緇撮毛萇曰臺臺
音臺爾雅曰田一歲曰菑所以御雨曰笠
書掩已珍簞清夏室輕扇動涼風
見上文楚辭曰溢閭而上征嘉

鮫可薦淥蟻方獨持
毛詩曰南有嘉魚鄭玄毛詩箋曰酒有淥齊浮
蟻在上洗洗然鄭玄毛詩箋曰方且也

夏李沈朱實秋藕折輕絲
魏文帝與

擬詠懷詩改
注引誤
今原詩另冊

吳質書曰沈朱李於寒水

良辰竟佇許鳳昔夢佳期　佳謂沈也言會面良辰竟在何

霜沾而令鳳昔空夢所夢佳期尚書曰鳳夜浚有家亦安國曰

許衣襟許猶夢佳期阮籍詠懷詩曰良辰在何許

佳期兮浚張王逸曰不敢斤尊者故言佳也

鳳早也夜思之須明行之楚辭曰與坐嘯徒

可積為邦歲巳暮　張瓚漢記曰南陽太守弘農成瑨任

岑公孝弘農成瑨但坐嘯但坐嘯音津唯時人為之語曰南陽太守

人為邦百年可以勝殘去殺矣又曰苟有用我者期月

而巳可也　論語子游為武城宰聞絃歌之聲

三年有成　絃歌終莫取撫机　今自噭

陸機赴洛詩曰撫机不能寐　自噭

阮籍詠懷詩曰噭噭令自噭

暫使下都夜發新林至京邑贈西府同僚一首

五言蕭子顯齊書曰謝朓為隨王子隆文學

子隆在荊州好辭賦數集僚友朓以才力

被賞愛長史王秀之以朓年少相動密以啟

聞世祖勅朓可還都朓道中為詩以寄西府

謝玄暉

大江流日夜。客心悲未央。吕氏春秋曰水泉東流日夜不休毛詩曰夜未央廣雅曰央已也

徒念關山近。終知反路長。古樂府有度關山介面王賦曰阻險顏延年秋胡詩曰反路遵山河也阻險也

秋河曙耿耿。寒渚夜蒼蒼。秋河天漢光也毛詩曰蒹葭蒼蒼潘岳河陽縣詩曰京室東都耿耿耿光

引顧見京室。宮雉正相望。引領望京室宮雉相望張周易注曰麗連也毛詩曰引領

金波麗鳷鵲。玉繩低建章。漢書甘泉宮外春秋元命包曰玉繩星漢書歌云月穆穆以金波王弼周易注曰麗連也張衡西京賦曰建章之制九重古詩曰兩宮遙相望

驅車鼎門外。思見昭丘陽。漢書歌云九鼎既成三星炎於是作建章宮也漢書星為玉繩星漢書驅車鼎門外春秋元命包曰春秋成王定鼎于郟鄏其南門名定鼎門蓋九鼎所從入也楚辭曰南方曰炎天古詩曰驅車策駑馬

陽。古詩曰柏梁昭丘鄭玄鄭其南門鼎門也鼎門蓋九鼎所從入也

大者為丘上丘有楚昭王墓登樓賦曰所謂西接昭上也馳暉不可接何況隔

兩鄉馳暉日也眺至尋陽詩曰過客無所留風雲有鳥路

江漢限無梁南道中入志日四百里楚辭曰江河廣而無梁古常

恐鷹隼擊時菊委嚴霜毛萇詩傳曰古者鷹隼擊然後尉羅設濫岳河陽詩曰時

寄言尉羅者寥廓已高翔喻蜀

者猶視乎藪澤廣雅日寀廓空也
父老曰猶鶡鵬之翔乎寥廓之宇而羅曰寀廓空也

訓至晉安一首五言書曰晉安郡太康三年置即今
謝玄暉

梢梢枝早勁塗塗露晚晞爾雅曰梢梢櫂櫂也郭璞曰謂木無枝柯梢櫂櫂長而殺也
之泉也州也

南中榮橘柚毛萇詩傳曰橘柚冬生
也楚辭曰白露紛以塗塗厚貌也毛萇詩傳曰晞乾也

鴻飛櫟則柚字也鴻鴈南棲衡陽不至晉安之境故曰寀
也劉子曰吳越之國有木焉其名曰櫟碧樹而冬生

知也

拂霧朝青閣，日旰坐形闈。左氏傳趙盾曰日旰。曰旰晚也。帳

望一塗壅，參差百慮依。蔡邕詩曰暮宿。仲長統詩曰。百慮。

日百慮何爲。曰一致而百慮。

春草秋更綠，公子未西歸。言春草萋萋。王孫遊樂之。故言春草萋萋。王孫萋萋已綠。楚辭曰王孫遊。曰王孫萋萋。毛詩曰秋草萋萋。

至安在我何爲

而不反。今春草秋而更綠。萋萋。古詩曰秋草萋萋。萋萋古詩曰秋。

遊兮不歸，春草生兮萋萋。古詩曰。

誰能久京洛，緇塵染素衣。陸機爲顧彥先贈婦詩曰：京洛多風塵，素

西歸

誰能

爲衣化緇

奉答内兄希叔一首　五言　顧氏家譜曰胖字希叔。邵陵王國常侍。

陸韓卿　蕭子顯齊書曰：陸厥字韓卿，吳人。好屬文。州舉秀才。王晏少傅主簿。後至行軍參軍。歐恨父不及感慟而卒。歐父被誅坐繫尚方尋有令赦。其集云竟陵王舉秀才選太子太傅功曹掾。

嘉惠承帝子躍履奉王孫　帝子謂竟陵也王孫謂太
　嘉惠述暢往事管子曰君有嘉惠於其臣漢舊儀曰恭承太
　子爲王長門賦曰躍履起而彷徨魏志蔡邕見王粲曰帝
　此王公孫　屬叩金馬署又點銅龍門　漢書音義曰屬近
有異才也　漢書曰掾功曹掾也漢書曰上嘗急召太子出龍樓門張
秀才也兩都賦序曰內設金馬石渠之署點銅龍門謂金馬署謂爲
爲太傅掾　晏曰門樓　出入平津邸一見孟嘗尊　漢書孟嘗曰封丞相
晏曰門樓　漢書曰內設金馬石渠之署點銅龍門
上有銅龍　公孫弘爲平津侯於是起客館開東閣以延賢人與蔡
謀議說苑雍門周說孟嘗君曰以孟嘗之尊乃如是也　史詩曰陳
歸來翳桑柘朝夕異涼溫　其一在太沖詠史詩曰歸來翳賈誼郭涼
賤也　徂落固云是寂蔑終始斯　賦曰萬物徂落於外
溫喻貴徂落猶彫落也
荀組七哀詩杜門清　漢書曰王陵三
日何其寂蔑　門竟不朝謂三
輔決錄曰蔣詡字元卿舍中三
徑決楚辭曰坐堂伏檻臨曲池　見鵠嘯儔侶荷蕡始

居字不誤

参差蜀都賦曰鴻儔鵠侶雖無田葉及爾泛漣漪　其二古樂府

采蓮蓮葉何田田　毛詩曰河水清且漣漪　詩曰江南可采蓮蓮葉何田田

春華與秋實庶子及家臣　魏志曰邢顒字

子昂為平原侯劉楨書植家曰家丞邢顒防閑以禮無所屈撓由是不

合庶子為劉楨書諫植曰家丞邢顒殊特顒反踈簡私懼觀者將謂君侯近

殊特顒反踈簡私懼觀者將謂君侯近

肖禮賢不足采庶子之春華忘家丞之秋實王門所以

貴自古多俊民　鄒陽上書曰何王之門不可曳長　鄒陽上書曰明王用康哦與俊同離宮

收杞梓華屋富徐陳　太子所居宮皆稱宮謂東宮也卜壺議曰離宮

者二宮以東西為稱明是天子之離宮使太子居之也如

左氏傳楚聲子曰晉大夫皆卿才也

往者也吳質荅曹子建書曰墳籍溢於華屋魏志曰

文帝為五官郎將比海徐幹廣陵陳琳並見友善平旦

上林苑日入伊水濱　其三言晨夕侍遊良非一所也楚辭曰平明發兮蒼梧暮余至兮縣圃

王入朝侍帝遊獵上林中論衡曰堯時擊壤者曰吾日

入而息列仙傳曰王子喬周靈王太子晉也遊伊雒之

閒書記翩翩賦歌能妙絶　魏文帝與吳質書曰公幹
　　　　　　　　　　　　五言詩之善者妙絶時人

元瑜書記翩翩致足樂之　相如惡溫麗子雲慙筆札
　　　　　　　　　　　　西京雜記記曰枚皐
　　　　　　　　　　　　製作淹遲皆一時之譽長卿首尾溫麗枚皐時有累句
　　　　　　　　　　　　故知疾行無善迹矣方言曰惡溫麗也漢書曰樓護與谷
　　　　　　　　　　　　永俱爲五侯上客長安號曰谷

子雲之筆札樓君卿之脣舌　駿足思長阪柴車畏峇
　　　　　　　　　　　　　　西京雜記記曰枚皐
　　　　　　　　　　　　　　自喻也棗臺彦苍杜育詩曰矯矯
　　　　　　　　　　　　　　臣賴君子曰臣賴君之賜駕馬

轍　駿足繁纓朱就韓詩外傳齋子曰臣賴君之賜駕馬
　而乘也柴車自喻也棗臺彦苍杜育寓居山陽縣
　柴車可得　愧兹山陽讁空此河陽別峇康寓居山陽縣
　　　　　　　　　　　　　　　平原十日飲中散

與向秀遊於竹林號曰七賢曹植送置酒此河陽
應氏詩曰親眤並集送置酒此河陽
　　　　　　　平原趙勝也史記曰秦昭王聞魏齋在平原君
千里遊　家遺平原君好書記曰寡人願與君爲十日之飲平原
布衣之交君遂過寡人寡人聞君之高義願與爲
君遂入秦見昭王于寶晉紀曰初呂安友嵇康思則
命駕從之　幸過寡人願與君爲十日之飲平原君
里從之　渤海方滯滯宜城誰獻歙州言已之事竟陵猶徐
　　　　　　　　　　　　　　州吳之在渤海漢書渤

海郡有南皮縣，即徐吳遊之所也。國語曰：底著滯，賈遠曰，滛久也。陳思王酒賦曰：酒。毛詩曰：獻酬交錯。父曰：歲云秋矣。漢書路博德曰：方始秋也，匈奴馬肥，可與戰。廣雅曰：方，始也。

屏居南山下，臨此歲方秋。

上文，左氏傳，卜徒……惜哉時不與，日暮……國語注曰：惜，偏……不與，曹子建贈……

惜哉時不與，日暮……

無輕舟。 王仲宣詩曰：有彼孤鴛鴦，哀鳴無匹儔，我願執此鳥，惜哉無輕舟也。劉越石贈盧諶詩曰……以相從也。賈遠……時哉不我與……

贈張徐州稷一首　五言　范彥龍

田家樵採去，薄暮方來歸。 漢書楊惲曰：田家作苦。張景陽雜詩曰：投來修岸垂。楚辭曰：薄暮雷電。廣雅曰……薄，至也。毛詩曰：薄言還……自外之之文也。……時間樵探，音楚辭曰薄暮……日來歸，自鎬杜頭，左氏傳注曰：薄，來者也。

聞稚子說，有客款柴扉。 史記曰：楚懷王稚子子蘭。呂氏春秋曰：款門而謁……高誘曰：款，所……鄭玄禮記注曰……也。柴扉，即荊扉也。注曰：蓽門，荊竹織門也。

儐從皆珠玳，裘馬悉輕肥。

原作未備

吴都賦曰賓從奕奕廣雅曰賓導也史記曰趙平原君
使人於春申君舍之於上舍趙使欲夸楚為玳
瑁簪刀劍並以珠飾之請春申君客論　軒蓋昭壚落傳
語于曰赤之適齊也乘肥馬衣輕裘

瑞生光輝師曠謂晉平公曰五鼎不當生禄厚應劭風
俗通曰諸侯車號傳車從事有傳信乃得舍於傳耳今刺史行
部車號傳車從事督郵　周禮曰典瑞鄭玄曰瑞節信也

疑是徐方牧既是復疑非　阮瑀瑀賦曰思舊昔言有
此道今已微也　穀梁傳曰叔姬歸于紀其不言逆何
棄疾賤何獨顧衡闈　情也莊子曰人之有所娛在懷皆物情耳

門也或以衡闈為絲韋非也衡闈　恨不具雞黍得與故人
非理也爾雅曰疏痛也郭象曰憂娛物之情

揮友謝承後漢書曰范式字巨卿與汝南張元伯為
親笑曰山陽去此幾千里何必至元伯
別京師以秋為期至九月十五日殺雞作黍二
失期者言未絕而巨卿至韓康伯周易注曰揮散也

王主作懸舊音草

漢紀漢世也 曰作由

懷情徒草草淚下空霏霏　毛萇詩傳曰懷思也毛詩又曰雨雪霏霏曰騎人好好勞人草草又

寄書雲間鴈爲我西北飛　上林中得鴈足有係帛書西北謂徐州也在揚州之西漢書曰帝思蘇武使謂單于天子射北輿地志曰宋以鍾離置徐州兗州以荆州爲此徐州也

古意贈王中書一首　贈王中書融　范彥龍　五言集曰覽古

攝官青瑣闥遥望鳳皇池　王融答詩題云雜體報范散騎侍郎左氏傳韓厥曰敢告不敏攝官承乏漢書曰雲爲通直日黃門郎暮入對青瑣門拜中興書曰荀勖徙中書監爲尚書令人賀之乃發志元云奪我鳳皇池鄉諸人何賀我耶

誰云相去遠脉脉阻光儀　古詩曰盈盈一水間脉脉不得語劉楨贈徐幹詩曰誰謂相去遠君子之光儀

饒靈畢沂水富英奇　尚書曰海岱及淮惟徐州又曰淮海惟徐州漢書有琅邪郡音義曰屬

秦遷于琅邪之皐虞後徙于臨沂　徐州晉書...琅邪邪五氏之先漢紀曰

逸韜凌北海摶飛出

南皮

徐幹居北海昇質遊南皮二人皆蒙魏文恩幸故

言地以明之也郭璞遊仙詩曰逸翮思拂霄杜預
左氏傳注曰陵侮也郭輕易之也莊子曰鵬摶扶
搖而上司馬彪曰摶圜也圜飛而上若扶搖也遭逢聖

明戶來棲桐樹枝校

至孔安國尚書傳曰聖人受命則鳳皇之性非梧桐
不棲竹花何莫莫桐藥何離離

鄭玄毛詩箋曰鳳非竹
實不食毛詩曰鳳皇鳴矣于彼高岡梧桐生矣于彼朝陽鄭玄毛詩箋曰鳳皇之性非梧桐不棲非竹實不食君頡
維葉莫莫又曰其實離離
桐其椅其實離離

可棲復可食此外亦何為

鵷鶵鳳賦曰巢林不過一枝每食妄擬詩曰貴賤何為

豈如鵷鶵者一粒有餘貲

鵷鶵食不過數粒菩君頡篇曰貲財

也

贈郭桐廬出溪口見候余既未至郭仍進村維

盧溪也劉孝標
集口郭桐廬峙

舟久之郭生方至二首

五言顧野王輿地志曰桐廬縣吳分富陽之桐
盧溪也劉孝標集口郭桐廬峙

任彥昇

一四九〇

原村歇作歇

朝發富春渚蓋田意忍相思　漢書曰會稽郡富春縣孔安國尚書傳曰蓄積也

涤令行春反冠蓋溢川坻　范曄後漢書曰滕撫字叔輔初仕州郡稍遷為涤令有文武理用太守以其能委任郡職薫六縣流愛于民行春兩白鹿隨車挾轂而行郭璞上林賦注曰坻水中小洲也

或為湄　坻岸也坻望久方來莫歡不自持　毛萇詩傳曰萃集也滄江路

窮此端險方自茲疊嶂易成響重以夜猨悲客心

自彈中道遇心期親好自斯絶孤遊從此　楚辭曰聊抑志而自弭謝靈運詩曰眇眇孤遊非情歎蘇武詩曰去去從此辭

行旅上

河陽縣作二首　五言　潘安仁　哀傷贈荅皆比潘居陸後而此在前疑誤也

遊別本

微身輕蟬翼、弱冠忝嘉招、秀才曹植表曰 身輕蟬翼 恩重丘山 楚辭曰 蟬翼為輕也 說苑楚令尹虞丘子謂莊王曰 臣為令尹十年矣 士不以妨群賢路上宰 朝謂司空太尉府 也 毛詩曰 營營在疢

在疢妨賢路、再升上宰朝、言以几筵閒居賦許慎淮南子注曰 猥 凡 猥荷公叔

舉遂陪廁至寮、郎巳見閒居賦而 而荷薦舉也 太尉舉凡

長嘯歸東山、擁耒耨時苗、論語曰 公叔文子之臣大夫僎與文子同昇諸公子曰陪臣執國命馬融曰陪重也謂家子岳天陵詩序曰岳屏居天也臣長嘯說文曰嘯吹聲也長嘯陵東山下楚辭曰臨深水而鄭玄周禮注曰耰耘耔也

幽谷茂纖葛、峻巖敷榮、杜預左氏傳注曰趾足爾雅曰大阜曰陵條落英隕林、跚飛蕋秀陵喬、二者升降亦在於須臾言不足歎也

早高亦何常升降在一朝、之榮辱亦在一朝之二者升降在於倏忽以喻人李陵贈蘇武詩曰良時不再至徒恨良時泰、小人道遂消、也難衡書曰衡以良時

散而復合周易泰卦曰
君子道長小人道消

譬如野田蓬轉逐風飄商君
今夫飛蓬遇飄風而行千里乘風之勢也
冠子曰幹流遷徙如滬漢書注曰幹轉也
游今掌河朔儵昔倦都邑
顧凱恩都邑以永春秋日南方洪
風揚微綃鄭玄毛詩箋曰綃生繰也鄭玄曰繰音消
流何浩蕩脩鬱若巘嶬浩蕩或為齊蕩音西郭緣生
誰謂晉京遠室邇身實遼毛詩曰誰謂
謂邑宰輕令名惠不劭古詩曰人生天
地間百歲孰能要又曰人生天地間
若截道嶇毛萇曰考亦擊也毛詩曰頹如槁石火
日鑿石見火能幾時說文曰人生寄一世奄忽若
電滅古詩曰

曲別衣

浦

都無遺聲。桐鄉有餘謠。論語曰齊景公有馬千駟死
之日人無德而稱焉、書曰
朱邑爲桐鄉嗇夫廉平不苛及死子
葬之桐鄉邑人爲之起冢立祠也
循衿驕周易曰鬼神害盈而福謙
在約思純孔安國尚書傳曰自賢曰矜雖
無君人德視民庶不恌毛
詩曰我有嘉賓德音孔昭
視民不恌君子是則是傚毛
福謙在純約害盈

長詩曰
桃偷也

日夕陰雲起登城望洪河潘元茂九錫文
曰濟師洪河
驚湍激巖阿歸鴈映蘭畤游魚動圓波以史記曰楚
川氣冒山嶺弱弓微
緻加歸鴈之上韓詩曰宛在水中沚薛君曰沚
中沚薛君曰大渚
禮記曰孟秋寒蟬鳴廣雅曰鳴蟬厲寒音時菊耀秋
中沚薛君曰
禮記曰季秋菊有黃華毛也引領望京室南
謂高而急也禮記曰
華左氏傳穆叔曰引領西望毛
路存伐柯詩曰伐柯伐柯則不遠大夏緬無覿崇

原文作如

芒鬱嶵峩。陸機洛陽記曰大夏門魏明帝所造有三層高百尺韋昭國語注曰緬猶邈也郭緣生述征記曰北芒去大夏門不盈一里秦嘉詩曰巖石鬱嶵峩楚辭曰紛惣惣兮九州王逸曰惣聚也七發曰惣惣都邑人擾擾俗化訛攘若三軍之騰裝鄭玄毛詩箋曰惣聚也七發曰惣惣都邑人擾擾俗化訛

惣惣都邑人。擾擾俗化訛。依水

類浮萍寄松似懸蘿。於土天子地性也毛詩曰於蔦與女蘿施于松上曹植雜詩曰浮萍寄清水松相依水如浮萍寄杜陵不人也遷琅邪太守齊部舒緩粉功曹官屬多裒衣大袑音紹其袑裕袴緣也吏皆去地三寸皆視事如數年趙音紹改其袑裕袴緣也

朱博糾舒慢楚風被琅邪。書漢

曲蓬何以直託身依叢麻。曹子建詔曰蓬生麻中不扶自直也禮記曰節寸皆視事如數年趙音紹漢書曾子妻護曰麻人曰蓬生麻中不扶自直也禮記曰

黔黎竟何常政成在民和。曲蓬何以直託身依叢黔黎竟何常政成在

民和。漢史記曰季梁和民更名而神降之福曰密子賤治單父鳴琴身不下堂而單父治

子賤歌。呂氏春秋曰身不下堂而單父治其父老曰

豈敢陋微官但恐位同單父邑愧無

泰所荷。

在懷縣作二首 五言　潘安仁

南陸迎脩景，朱明送末垂。續漢書曰：行南陸謂之夏。爾雅曰：夏爲朱明。毛詩曰：仲夏至脩，毛詩曰：夏之日。毛萇曰：言時長也。爾雅曰：夏之首末爲春之垂。

啟新節，隆暑方赫羲。崔寔四民月令曰：六月初伏薦麥瓜于祖禰賈誼早雲賦曰：隆赫羲，赫盛也。

夕遲白日移，暑盛其無聊，繁欽柳樹賦曰：翳炎暑之赫羲思之賦注曰：遲猶

揮汗辭中宇，登城臨清池。史記蘇秦揮汗辭中宇楚辭注曰：揮麗也。雨賈遠國語注曰：麗也。

涼颸自遠集，輕襟隨風吹。靈圃猶靈圃也。東征賦曰

靈圃耀華果，通衢列高標。道寸通衢之大道也。東征賦屬

瓜瓞蔓長苞，薑芋紛廣畦。韓詩小瓜也。毛萇詩傳曰：苞瓞跌。韓詩薛君曰縣瓜跌薛君

襄

自我違京輦　四載迄于斯

器非廊廟姿　屢出固其宜

徒懷越鳥志

眷戀想南枝

春秋代遷逝　四運紛可喜

寵辱易不驚　戀本難為思

稻栽肅仟佰　黍苗何離離

虛薄乏時用　位微名日卑　驅役宰兩邑政績竟無幾

本也。劉熙孟子注曰：今稻俗以五十畝為大畦也。畦栽者培之，凡蒔草謂之栽也。廣雅曰：芉茂也。毛詩曰：彼黍離離，彼稷之苗。

之民少而名甲。朝子曰：工商游食。

胡廣漢官解故注曰：輦下謂之京，故京城之中也。詩曰：廊廟之材非廊。慎子曰：廊廟之材非一木之枝也。史記曰：賢人深謀於廊廟。孫子曰：君子道行則萬物皆得其宜也。

一鄉子曰：越鳥巢南枝。古詩曰：越鳥巢南枝。

莊子曰：黃帝陰陽四時運行。楚辭曰：綠葉素榮紛其可喜兮。

其代序各得其所。老子曰：寵辱若驚，何謂寵辱？寵為下，得之若驚，失之若驚，是謂寵辱若驚。禮記曰：太。

周君子樂其所自生，禮不忘其本。公封於營丘，比及五世，皆反葬於。

我來冰未泮，時暑忽隆熾。

毛詩曰我來自東

感此還期

淹歎彼年往馳。

楚辭曰年洋洋而日往
又曰迫冰未泮

登城望郊甸，遊目歷朝寺。

楚辭曰忽反顧以遊目
日今尚書御史所止皆曰寺也

老子曰小國寡民陸賈新語曰君
子之治也混然無事寂然無聲

小國寡民務，緫督寂無事。

白水過庭激，綠槐夾門植。

鄭玄周禮注曰植根生之屬也

雖信美而非吾土，祗攪懷歸志。

孔叢子歌曰卷然顧之慘焉心悲鄭玄毛詩箋曰回首
曰顧輩洛岳父墳塋所在也漢書曰頴川比近輩洛墳

攬我心孟子曰浩然有歸志

卷然顧輩洛，山川邈離異。

塋已見西征賦楚
辭曰終離異毛詩曰願

願言旋舊鄉，畏此簡書已。

毛詩曰思子願
言思子路

辭曰終免獨離異
毛詩曰簡書戒命也

祗奉社稷守，恪居處職司。

何論語子路

毛萇曰懷歸畏此簡書書

使子羔為費宰子路曰有民人焉有社稷

焉左氏傳公鉏曰敬恭朝夕恪居官次

原樂府作詩喜樞鑑

迎大駕一首

五言王隱晉書曰東海王越從大
駕討鄴軍敗末康二年越率天下
甲士三萬人奉
迎大駕還洛

潘正叔

南山鬱岑崟　洛川迅且急
爾雅曰蘙薈也
蟠蔫也

青松蔭脩嶺　綠藜被廣隰

朝日順長塗　夕暮無所集
毛詩曰順彼長道魏武帝短歌行曰仰
歸雲說文曰乘覆也
宿栖暮無所集也

歸雲乘幰浮　凄風尋帷入
傅毅七激曰仰歸雲說文曰乘覆也
帷車飾也子虛賦曰張翠帷建羽
蓋然此雖無翠羽而蓋即同也
羽蓋翳然

吾擥遠覽淵然深識　世故尚未夷嶠函方嶮澀
王命論曰超然遠覽淵然深識士摹手對
假為深識之言也
道逢深識士摹手對

語桓公問於史伯曰王室多故國策蘇
也孔安國尚書傳曰夷平也戰國策蘇武曰秦東有嶠函之固
函之固

固之函　狐貍夾兩轅　豺狼當路立
漢書侯文謂孫寶曰對狐貍
語桓公問於史伯曰周禮注曰故災禍也
王室多故鄭玄周禮注曰故災禍也不宜復問狐貍

翔鳳嬰籠檻　騏驎見維縶
其麟驎見維縶
驎驎伏匿而不見鳳皇
皆踰賢也翔鳳皇

高飛而不下鷦鷯賦曰順籠檻
以俯仰毛詩曰縶之維之
論語曰衛靈公問陣於孔子孔子對曰俎豆之事則
嘗聞之矣軍旅之事未之學也鄭玄喪服注曰素猶
故也

且少停君駕徐徐于戈戢　　俎豆昔嘗聞軍旅素未

謂爲君也毛詩曰載戢
既假爲彼人之辭故自
假爲君也

戈干

赴洛二首　五言集云此篇赴太子洗馬時作下
篇云東宮作而此同云赴洛誤也

陸士衡

希世無高符營道無烈心　莊子原憲謂子貢曰夫希
爲也漢書音義希隨世也　世而行比周而友憲不忍
記曰儒有合志同方營道同術靖端蕭有命假楫越
國語祁午見范宣子曰若能靖端諸侯使服聽命
江潭　於晉國周易曰大君有命說文曰越渡也楚辭
游於　晉語周易曰大君有命
江潭親友贈予邁撣淚廣川陰　家語公父文伯卒敬姜
　　　　　　　　　　　　　　曰二三婦無撣淚王肅

日揮涕者淚

撫膺解攜手求歡結遺音

列子曰撫膺而
恨毛詩曰攜手
以手揮之

詩曰趜思慕遠人願託遺音
同行又曰寤寐求歡曹子建雜
以手揮之

沈寂寞而無迹有所匪寂漠聲必

詩言分訣之後形有所匪聽其塗必
寂寞而其聲必沈音也呂氏春秋曰作
言寂寞音之後形有所匪聽其塗則有所匪

主也淮南子曰寂寞者音之積非也

南望泣玄渚北邁涉長林賦西京曰

瞻望不及也毛詩曰盡也見上文曰肆目眇不及緬然若雙滯淮南誘

於海若遊玄渚

谷風拂脩薄油雲翳高岑交王逸楚辭注曰草木
薄迪雲翳高岑交曰薄孟子曰油然

作若遊玄渚

曥曥孤獸騁嚶嚶思鳥吟孤獸走索羣毛詩曰鳥鳴
曥曥孤獸騁嚶嚶思鳥吟孤獸走索羣貌也曹子建詩曰

雲若遊玄渚

感物戀堂室離思一何深雜感物已見上文曹子建詩曰佇
感物戀堂室離思一何深詩曰離思一何深

嚶嚶孤獸騁

立惆我歡寡瘝瘝涕泗盈衿又毛詩曰佇立以泣
立惆我歡寡瘝瘝涕泗盈衿日惆我寡歡

志苦誰爲心見上文

念擾東京賦字
从心

羈旅遠遊宦託身承華側

薄昭書曰遊宦事人范曄後漢書王常曰臣羈旅之臣漢書
謂爲太子洗馬也左氏傳
託身陛下陸機洛陽記曰太子宮有承華門
陳敬仲曰羈旅之臣
左氏傳曰子朱怒撫劍從之銅鞮之
撫劍導銅

輦振纓盡祇肅

舊禮彫銅
子車飾未詳所見漢書
漢書曰祇肅

或爲彫銅

歲月何易寒暑忽已革載離多悲心感物

念

情懷惻

毛詩曰二月初吉載離寒暑

慷慨遺安愈求歡廢餐食

東京賦曰鴈多福以安愈末歡巳見上文列子曰杞
國有人憂天崩墜寢食蔡琰詩曰飢當食兮不能餐思

樂樂難誘曰歸歸未克

國語曰楚藍尹亹曰飲食思禮
同宴思樂毛詩云曰歸曰歸

歲亦憂苦秋何爲纏緜胷與膺

列子曰甲辱則憂苦
張叔與任彥堅書曰

纏緜恩好庶蹈高蹻登

樓賦曰氣交憤於胷膺
淮南子注曰羨願也毛詩
曰弁彼鸒斯歸飛提提毛詩

仰瞻陵霄鳥羣茨爾歸飛翼誘高

赴洛道中作二首　五言　　陸士衡

總轡登長路，嗚咽辭密親。家語孔子曰善御者正身以總轡　蔡琰詩曰行路亦嗚咽　韓詩章句曰嗚咽憂也　毛萇詩傳曰咽憂不能息也

借問子何之，世網嬰我身。說文曰嬰繞也

永歎遵北渚，遺思結南津。周禮野曰野　楚辭曰寂其無人　婦詩曰求永歎已見上文

行行遂已遠，野途曠無人。秦嘉贈婦詩致款誠　禮記曰野塗五軌　楚辭曰辭日遠逝迤　阡眠日遠望兮阡眠

山澤紛紆餘，林薄杳阡眠。紆餘辭日餘　江偉苔進軍司馬詩曰　網維進退繩繞繫世也　楚辭曰林薄兮阡眠　淮南子曰虎嘯而谷風至

虎嘯深谷底，雞鳴高樹巔。上林賦曰虎嘯而　毛詩曰雞鳴高樹巔　風雞鳴高樹巔

哀風中夜流，孤獸更我前。日至樂錄曰　哀風中夜流

悲情觸物感，沈思鬱纏綿。佇立望故鄉，顧影悽自憐。纏綿見上文　上林賦曰佇立望故鄉　顧影為儔楚辭曰私自憐兮何極

沈思鬱纏綿。已見上文丁儀寡婦賦曰賤妾煢煢　顧影為儔楚辭曰私自憐兮何極

○遠遊越山川山川脩且廣 楚辭曰願輕舉而遠遊秦嘉詩曰高山巖巖妻徐氏荅嘉書曰高山巖巖

○振策陟崇丘案轡遵平莽 秦嘉詩曰過辭二親墓長衢顧漢書曰天草南楚謂之芬

○夕息抱影寐朝徂銜思往 振策陟崇丘案轡遵平莽楚辭曰抱影而獨游

○頓轡倚嵩巖側聽悲風響 清露墜素 頓猶舍也爾雅曰嵩高高也新序曰老古振衣而起舞

○輝明月一何朗撫几不能寐振衣獨長想 振衣而起舞

埌遠思長想
賦曰遊心無

吳王郎中時從梁陳作一首 五言　　陸士衡

○在昔蒙嘉運矯迹入崇賢 孫放詩曰矯迹步玄闈東京賦曰昭仁惠於崇賢薛綜曰立崇賢門於東也

○假翼鳴鳳條濯足升龍淵 應璩與劉公幹書曰鶄鷱樓翔鳳之條龍淵之川識

○玄冕無醜去冶服使我妍 周禮大條冕羃遊升龍之川真者所爲憤結也

夫玄

輕剱拂鞶厲長纓麗且鮮

禮記曰男鞶革也毛萇曰垂帶而厲毛萇曰鞶帶之垂者鄭玄曰鞶必垂厲以為飾韓子曰鄒君好長纓左右皆服長纓日鄒君好長纓緌左右皆服長纓也誰謂伏事

淺契闊踰三年

司農大司徒頒職事十有二日服事謂為公家服事也鄭日服事與伏同古字通毛詩曰契闊日古生字死曰契闊

薄言肅後命改服就藩臣

毛詩曰薄言肅旋歸左氏傳日有後命無下禮拜漢書孔日宰稍失藩臣禮

鳳駕尋清軌遠遊

毛詩曰星言夙駕廣雅曰吳王濞稍失藩臣禮

感物多遠念慷慨

越梁陳

軌道也遠遊已見上文

懷古人

毛詩曰我思古人實獲我心

始作鎮軍參軍經曲阿作一首

五言臧榮緒晉書曰宋武帝行鎮軍將軍

陶淵明

沈約宋書曰陶潛字淵明或云字元亮潯陽人少有高趣為鎮軍建威參軍後

為彭澤令解印綬去職卒於家

賓注並引
賓江立通禮詩

逝　别本

弱齡寄事外委懷在琴書　晉中興書簡文詔曰會稽王英秀玄虛神棲事外鄭玄儀禮注曰委安也劉歆遂歡暢衎然有自得之志論語子曰回也其庶乎屢空漢書曰楊雄家產不過十金室無儋石

被褐欣自得屢空常晏如　禮注曰委安也劉歆遂歡暢初賦曰玩琴以條暢衎然有自得之志論語子曰回也其庶乎屢空漢書曰楊雄家產不過十金室無儋石之儲也晏晏安也言長往之駕憩息於通衢之中通衢已見上文

時來苟宜會宛轡憩通衢　如之儲也晏晏安也言屈長詩傳曰憩息也通衢之中通衢已見上文魏子諒答詩仕來會宛轡投策命晨裝

投策命晨裝暫與園田疏　路也言屈長詩傳曰憩息也七命曰夸父命日為之投策薄又曰縹縣縣斷絕也

眇眇孤舟遊緜緜歸思紆　楚辭曰安眇眇兮無所紆細微之思難斷絕也縣縣歸思紆

我行豈不遙登降千里餘　不可紆王逸曰縣細微縣斷絕也仲長子昌言古之隱士我行豈不

目倦川塗異心念山澤居　或夫負妻戴言魚鳥咸得其所而已獨違其心念山澤居

望雲慚高鳥臨水愧遊魚　以入山澤也文子曰高鳥盡而良弓藏遊魚所

真想初在衿誰謂形迹迹　大戴禮子曰魚遊於水鳥飛于雲真想初在衿誰謂形迹迹

淮南子曰全性保真不驕其身老子曰脩之於
拘　身其德乃真王逸楚辭法曰保真守玄默也
憑化遷終發班生廬
郭象莊子謂惠子曰與時俱化固幽通賦
曰終保己而貽則里上仁之所廬漢書曰班彪與
從兄嗣共遊學家有賜書楊子雲下莫不造門

孔子行年六十化

辛丑歲七月赴假還江陵夜行塗口一首
約宋書五言沈

日潛自以曾祖晉世宰輔恥不復屈身後代
自高祖王業漸隆不復肯仕所著文章皆
題年月唯云甲子而巳江圖曰自沙陽縣下
巳來唯云義熙巳前則書晉氏年號自永初
流坼一百一十里至赤坼
赤坼二十里至塗口也

陶淵明

閑居三十載遂與塵事冥
漢書曰司馬相如稱疾閑居塵事
塵俗之事也郭象莊子注曰凡非
真皆塵垢矣說文曰冥窈也
窈也又曰冥窈深遠也

詩書敦宿好林園無世情
襄曰郭毅
左氏傳趙

營侃依焯改

悅禮樂而敦詩書緣子董無
心曰無心鄙人也不識世情

時京都在東故叩枻新秋月臨流別友生而去王逸曰叩船也
謂荊州為西也

舷也楚辭曰臨流水而太息
毛詩曰雖有兄弟不如友生

涼風起將夕夜景湛虛明昭

淮南子曰甘瞑于大雪之宅覺視于昭昭之宇李顒離思篇曰烈烈寒氣嚴寥
毛詩曰不遑寐

天宇闊暠暠川上平 懷役不遑寐中宵尚孤征 商歌

通白曰晶晶明也 寥寥天宇清說文曰
遑逴假寐
論語曰長沮桀溺耦而耕

非吾事依依在耦耕

無因自達將車自往商秋聲也莊子卜隨
日非吾事也

為好爵縈 養真衡茅卜廬善自名 投冠旋舊墟不

周易曰我有好爵吾與爾縻之
隱居以養真也范曄後漢書馬援曰吾從弟少遊
爵吾與爾縻之

曹子建辯問曰君子
土生一時鄉里稱善人斯可矣鄭玄禮記注曰名令聞也

永初三年七月十六日之郡初發都一首 五言 沈約

謝靈運

宋書曰高祖永初三年五月崩少帝即位出
靈運爲永嘉郡守少帝猶未改元故云永初

述職期闌暑理棹變金素
尚書大傳曰古者諸侯之
身述其職述者述其所職也漢書王吉傳部公述
職盡於棠下而聽斷焉潘岳悼亡詩曰淳暑隨節闌闌
猶盡也秋爲金而色白故曰金素也
漢書曰西方金也劉楨書曰肅以素秋則落也 秋岸澄

夕陰火旻團朝露
秋爲旻
火大火也毛詩曰七月流火爾雅曰秋爲旻天毛
詩曰野有蔓草零露團

辛苦誰爲情遊子值頹暮
爲心楚辭曰歲忽忽而遒盡
陸機赴洛詩曰辛苦誰爲情
言遊者多悲觸物增戀愛昔

愛似莊念昔久敬曾存故
若莊子曰夫越之流人去國
顙類曾子之存故交莊子曰
久而愈敬類曾子之存故交
旬月見所嘗見於國中喜矣
論語曰晏平仲善與人交久
過曾子曰入食子夏曰不爲公費采曾子曰有三費飲

食不在其中子夏曰敢問三費曾子曰少而學長而忘志

之一費也事君有功輕而負之二費也久友交而中絕

此三費也

費也如何懷土心持此謝遠度此謂懷土之心持此如何同

思玄賦曰願得遠度以自娛彼懷土之心持此爾愬愬

遠度也楚辭曰願得遠度以自娛

如何懷土心持此謝遠度 李牧愧長袖鄧克懃躩

壽言手足有疾故或愧或懃也戰國策曰武安君李牧為

居不於前押七首當死武安君曰身大臂短不能及地若起

弗信請視之說文曰押兩手擊也左氏傳曰伙於

邵克徵會于齊頃公使婦人使觀之邵子登婦人笑於

也房杜頠賦曰跛而登階故步婦人使希切左氏傳曰

有疾皆不見弃遺杜頠曰良時巳見上文 **良時不見遺醜狀不成惡**

左氏傳曰霿惡杜頠曰惡貌醜也 雖言

早有慕 指天子曰支離者頤隱於齊肩高於頂魯撮

離不全正也名疏莊子曰反子桑戶音義曰形體撮

相與友子桑戶死孔子使子貢往待事或鼓琴相和而 **曰余亦支離依方**

步

至趙王使韓䕫數之曰將軍

之日或愧或懃也戰國策曰武

於前故使工人為木杖以接手上

工人為買切

歌子貢反以告孔子子曰彼遊
方之內者也子貢曰敢問其方孔子曰彼方之依方曰上天之戴民也
郭象曰以方內為桎梏明所貴在方外者依民內
司馬彪曰方常也言彼遊心於教方之外也漢書郊祀
音括撮租括並切況惟乎有慕會
歌曰天地並況惟乎米切

步于米切

左氏傳王孫滿曰德之
休明英達謂盧陵王也德之
平次也趙為氏用而乖
班曰魏璧趙氏用而見
其堅不自卑剖我瓠以為
曰魏王貽我大瓠之種我樹之成
也能吾為其無用而掊之以為
之也栲然大貌掊擊破之也

生幸休明世　親蒙英達顧

空班趙氏璧　徒慚魏王瓠

從來漸二紀　始得傍歸路

將窮山海迹　永絕賞心悟

經始寧故
切部日歸路
部曰歸路

年孔安國尚書傳曰郡必之塗十二

將窮山海迹永絕賞心悟
海之迹今遠遊將窮山
言海之迹賞心之對

於此長乖鄭玄毛
詩箋曰晤對也

此解鄭文見溪

過始寧墅一首　謝靈運

五言沈約宋書曰靈運父祖並有故宅及墅遂脩
營舊業極幽居之美水經注曰始寧縣西本上虞之南鄉也

束髮懷耿介逐物遂推遷

韓詩外傳曰夫人為父祖並必
全其身體及其束髮屬授明
師以成其材楚辭曰獨耿介而
不隨兮願慕先聖之遺
教莊子曰惠施之才逐萬物而
不反尚書曰惟民生
厚因物有遷

違志似如昨二紀及茲年

廣雅曰違背也楊雄
解嘲曰歷覽者茲年

淄磷謝清曠疲薾慙貞堅

論語子曰不曰堅乎磨而不磷不曰白乎涅而
不淄蒼頡篇曰跊跊疲貌也莊子曰蘭
不知所歸司馬彪曰蘭極貌也蘭奴結切疲
而拙疾相倚

薄還得靜者便

亦宜然韓康伯
周易注曰薄謂相附
也論語曰智者動仁者靜

剖竹守滄海枉帆過舊山

守為使持節
者也論語曰初與郡
漢書曰

日符信漢制以竹

山行窮登頓水涉盡迴沿
爾雅曰泝洄流而上曰泝洄
分而相合
逆洄孔安國尚書傳曰順流而下曰泝
日順流而下曰泝
高也又曰稠稠也三輔
故事曰連縣四百餘里

巖峭嶺稠疊洲縈渚連緜
白雲抱幽石綠篠媚清漣

上
葺宇臨迴江築觀基曾巓
其山春秋運斗樞曰山者
文
洞簫賦曰回江流川而溉
地基也

揮手告鄉曲三載期歸旋
長越石扶風歌曰揮手
燕丹子夏扶日士無鄉曲之譽則
與論行三載黜陟幽明故以爲限
左氏傳曰初季孫爲已樹六檟於蒲
圃東門之外杜預曰檟欲自爲櫬也
孤願言

富春渚一首　五言

謝靈運

宿濟漁浦潭旦及富春郭
吳郡記曰富春東三十里有漁浦
定山緬雲霧

定山緬雲霧赤亭無淹薄
吳郡緑海四縣記曰錢唐西南五十里有定山去富春又七十里橫出江

霧赤亭無淹薄
里有定山

中濤迅邁以避山難

辰發錢塘書已達富春赤亭定

溯流

山東十餘里王逸楚辭注曰泊止也薄與泊同

觸巘急臨圻阻參錯 也碩與圻同參錯謂碩岸之險參頭
差交也

亮乏伯昏分險過呂梁壑 無人射引之盈貫措杯
列子曰列御寇為伯昏
水其肘上伯昏無人曰是射之射非不射之射也當
汝登高山履危石臨百仞之泉若能射乎於是無人遂與
登高山履危石臨百仞淵之泉背逡巡足二分垂在外者揖
御寇而進御寇伏地汗流至踵伯昏無人曰夫至人者
上關青天下潛黃泉揮斥八極神氣不變今汝怵然有
恂目之志爾於中殆矣夫分斤八極孔子曰孔子觀於
呂梁懸水三十仞流沬三十里黿鼉魚鱉之不能游也
周易曰水洊至習坎王弼曰重險懸絕故水洊至也周
以坎為隔絕相仍而至習坎者山習謂便習之也周
易曰兼山艮又曰坎者山

平生協幽期淪躓困微弱久露干禄

良其止止其所也

請始果遠遊諮 諮論語曰子張學干祿果猶遂也鄭玄毛
易始果遠遊諮 論語曰諸應辭也然古者請於君君許

畫

則盡諮宿心漸申寫萬事俱零落。趙壹報羊陟書曰

以報之

心莊子曰致命盡情天地樂而萬惟君叡平斯宿

事銷亡楚辭曰草木之零落懷抱昭曠外物徒

龍蠖與莊子菡風謂草木之零落謂諄芒曰願聞神人諄芒曰上神乘光昭曠說文曰曠明也周易曰尺蠖

之屈以來仲也龍蛇之蟄以存身也

七里瀨一首　五言　甘州記曰桐廬縣有七里瀨下數里至嚴陵瀨

謝靈運

羈心積秋晨　爾雅曰展適也郭璞曰展得自申展皆適意　晨積展遊眺　孤客之可悲進許慎曰陀

傷逝湍徒旅苦奔峭　曹植九詠曰何孤客者必陀許慎曰陀　孤客南子曰岸崝者必陀

石淺水潺湲日落山照曜　毛詩曰潺湲水流貌也毛詩曰日落山照曜然見其如

落也然奔亦落也入彭蠡湖口詩曰坼岸屢崩奔與此同也

詩曰觀流水兮潺湲雜字曰潺湲水流

瞱　日羔裘如膏日出有曜毛萇曰日出照曜然見其如

何日宗年作世

膏
荒林紛沃若哀禽離相叫嘯
也

遭物悼遷斥存期得要妙
光而不汙其鮮同塵而不渝其真不亦
湛芳似或存兮莊子此之謂要妙也
既秉上皇心

毛詩曰桑之未落其葉沃
若廣雅曰更相叫嘯詭色
音殊莊子曰監照下士天下載之此謂上皇王
屑末代謝
楚辭注曰屑顧也先結切劉向雅琴賦曰末

世鎖才芳
智孔寡
目覩嚴子瀨想屬任公釣
子陵後漢書曰嚴光字
大夫不屈耕於富春山後人名其釣處為嚴陵瀨莊子
日任公子為大鈎巨緍五十犗以為餌蹲會稽投竿東
海旦旦而釣朞年不得魚巳而大魚食之牽巨鈎陷沒而
下驚揚而奮鬐白波若山任公子得若魚離而腊之自制
河以東莕梧以比離而腊之自制
莫不饜若魚也
有蘷古今不同樂豨耀嘉日聖人雖生異世
其心意同如一也調猶運也調音聲之和也

登江中孤嶼一首　　謝靈運
五言
嘉江
也
誰謂古今殊異世可同調
注曰人性

江南倦歷覽江北曠周旋　長門賦曰貫歷覽其懷雜道
中操周旋巳見上文

轉迴尋異景不延　爾雅曰迴遠也又曰延長也

亂流趨正絕孤嶼

媚中川　都賦注曰嶼海中洲上有山石吳

雲曰相輝映

空水共澄鮮　都賦注曰水正絕流曰亂劉淵林吳

表靈物莫賞蘊真誰為傳　鄭玄禮記注
曰表明也謂

顯明之也馬融論語注曰蘊
藏也說文曰真仙人變形也

想像崑山姿緬邈區中緣
楚辭曰思舊故而想像列仙傳曰西王母神人名曰王始
母在崑崙山司馬相如　人賦曰迫區中之隘陜

信安期術得盡養生年　人列仙傳曰安期生琅邪阜鄉
郭象曰養生非求過分蓋全理盡年而巳　仙傳曰自言千歲文子曰靜漠恬
淡所以養生也莊子養生篇曰可以盡年而巳　生曰安期生琅邪阜鄉恬漠

初去郡一首　在郡一周稱疾去職宋書曰靈運
謝靈運

彭薛裁知恥貢公未遺榮　漢書曰彭宣字子佩淮陽人遷御史
大夫轉為大司空

○依東文改

王莽秉政專權宣上書乞骸骨歸鄉里又曰薛廣德字

長鄉沛郡人也爲御史大夫乞骸骨班固漢書彭薛平

當述曰廣德宣近於知恥漢書貢禹字少卿琅薛平

耶人也爲光祿大夫上書乞骸骨鍾會有遺榮賦或可

優貪競豈足稱達生 楚辭曰皆競進以貪婪莊子曰

馬彪曰倪讀曰睨睨大也 達生之情者倪達於知者胥司

情在故曰大也胥多智也 伊余秉微尚拙訥謝浮名。禮記

孔子曰恥名之浮於行也 嵇康絕交書曰子房之嚴

之浮 盧園當樓嚴卑位代躬耕 顧已。

樓之列女傳黔婁先生妻曰先生安天 雖自詡忘迹

下之甲位禮記曰夫祿足以代其耕

猶未并。者莊子不自許也 無庸妨周任有疾像長鄉 論語

周任有言曰陳力就列不能者止漢書曰司

馬長鄉有消渴疾常稱疾閑居不慕官爵 畢娶類尚

子薄遊似邴生 稽康高士傳曰尚長字子平河內人隱

相關當如我死矣稽康書亦云尚娶畢勅家事

向長字子平男娶女嫁既畢乃勅斷家事尚向不同末

勝

原缺恠作恨

詳執是班固漢書曰邪曼容養志自
修爲官不肯過六百石輒自免去

越絕書曰恭承嘉惠思玄賦曰
簡元辰而俶裝柴荆巳見上賦文

恭承古人意促裝反柴荆

元曰元輿運龜去官也藏榮緒晉書曰安帝即位改元

牽絲及元興解龜在景平

宋書曰少帝即位改元曰景平薛宣爲左馮翊高陽令楊湛
三署來相尋漢書曰薛應璩詩曰不惧牽絲解印

印龜細文又曰黃金

負心二十載於今廢將迎

綬付曲細文章嵆康幽憤詩曰內負

宿心文子曰聖人若鏡不
將不迎爾雅曰將送也

理棹遄還期遵渚騖修坰

淮岳在懷縣詩曰遵期淹遄速也陸機
越潜溶詩曰爾雅曰林外曰坰

溯溪終水涉登嶺始山行

越溶詩曰求歡比還期淹遄速也
子曠沙岸淨天高秋月明

野曠沙岸淨天高秋月明

毛萇詩傳曰棲斛斛也王褒楚辭注曰搴采取也

憩石挹飛泉攀林搴落英

毛萇詩傳曰棲斛斛也王褒楚辭注曰搴采取也

泉攀林搴落英

止監流歸停

戰明貴不如義止鑒明語不如嘿也韓子曰吾入見先王之義則榮之出見富

貴又榮之二者戰于胷臆故臞今兒先王之義戰勝故
肥也爾雅注曰臞瘦也巨俱切
子曰莫監於流
僚而監於止水以其保心而不外蕩也文
蒼頡篇曰亭定也停與亭同古字通
壤於塗觀者曰大哉堯之德也擊壤者曰吾
作曰入而息鑿井而飲耕田而食何力於我也

我擊壤聲
者以木作之前廣後銳長四尺三寸其形
如履將戲先側一壤於地遠於三四十步以手中壤擊壤擊
之中者爲上部論衡曰堯時百姓無事有五十之民擊
義庖羲也唐唐堯也周厲風土記曰擊壤者

即是義唐化獲

初發石首城一首

五言沈約宋書曰靈運陳
疾東歸會稽太守孟顗乃
表其異志靈運馳往京都
知其見誣不罪也不欲
使東歸以爲臨川内史
伏韜北征記曰石頭城建康
西界臨江城也是曰京師

謝靈運

白珪尚可磨斯言易爲緇
毛詩曰白珪之玷
尚可磨也斯言之玷
不可爲也毛萇詩曰
萋以利貞
周易曰中孚以利貞乃應乎天毛詩曰萋
雖抱中孚猶勞貝錦詩
傳曰緇
黑色也
黑色也

兮非兮成是具錦鄭玄曰譏人集作巳過
以成於罪猶女功之集彩色以成錦文也

寸心若不亮

微命察如絲　命在絲髮鄭玄命東觀漢記梁節王暢上疏曰筋骨相連
詩箋曰察省也　　　日月喩也
葛龔薦黃鳳文比君垂日月之光流萬里之
恩老子曰大道善貸且善成說文曰貸施也

日月垂光景成貸遂兼茲　　　太祖也

幾晨裝摶曾颷　搏扶搖而上征颷巳見上文
　　　　　　毛詩曰出宿于齊又曰莊子曰重經

出宿薄京

故山日巳遠風波豈　孔子家語之忠莊子遊當羅浮行息必
　　　　　　　　茗薈萬里帆江

還時　古詩曰相去日巳遠家語之忠
　　　日不觀巨海何以知風波

平生別再與朋知　　再謂前之永臨川
　　　　　　　　嘉今適之

浩終何之　毛詩曰芒芒洪水浩浩乎何之忽乎
　　　　　適子遊當羅浮行息必

廬霍期　羅浮山記曰山高三千丈長八百里舊說浮山
　　　山從會稽來博于羅山故稱博羅今羅浮山

上獨有東方草木廬霍　越海凌三山遊湘歷九嶷
二山名也巳見江賦

辨亡焉矣

此已有辨亡子屬審

江南當以松魂所生

朔對詔曰陵山越海窮天乃止三山在海中

衆仙所居九巖疑山在長沙零陵舜帝所葬也　欽聖若曰

暮懷賢亦懷其　范曄後漢書三朱勃謂馬援曰欽慕

知其解者是日暮遇之　聖義莽子曰萬代之後而一遇大聖　曰明

發不寐有懷二人說苑　皎皎明發心不爲歲寒　其　毛詩

日孔子曰義士不欺心　也毛萇詩傳曰其辭也

道路憶山中一首　五言　　謝靈運

采菱調易急江南歌不緩　楚辭曰涉江採菱發揚荷

　府江南辭曰可採蓮　江南可採蓮也古樂

　江南辭曰可採蓮

楚人心昔絕越客腸今斷　楚人屈原也越

　宋書曰靈運本在陳郡父祖並葬始寧　客自謂也沈約

　縣并有故宅遂籍會稽故稱越客焉

斷絕雖殊念俱

爲歸慮歎　款

　款扣也　廣雅曰　存鄉爾思積憶山我憤薇　楚辭

　款扣也　　　　　　　　　　　　　　　　王逸

追尋棲息時偃卧任縱誕　曰棲息高丘范

　注曰言己　　　　　　崔寔苕茗陸機詩

　情憒薆也

臘後漢書曰光武共嚴
光僵孫縱念而傲誕

得性非外求自巳爲誰篡縶得

性之理非在外求取足自巳爲人
之所繼也莊子南郭子綦曰夫吹万不同而使其自巳
也咸其自取怒者其誰也司馬彪曰篡繼也
也使各得其性而止也爾雅曰篡繼也

不怨秋夕長

常苦夏曰短濯流激浮端息陰倚密筭

挺字林曰竿竹
也台寒切

今恊韻爲懷故叵新歡含悲志春腴
悲而志之字書曰
叵不可也莊子曰
古旦切

懆懆明月吹惻惻廣陵散

月皎夜光應
古樂府有明
月篇
廣陵散

殷勤訴危柱懷慨命促管

危柱謂琴
也孫氏笙

籍樂論曰琵琶箏
聽廣陵之清散
塚與劉孔才書曰
日煖然似春
叵不可也莊子曰
筴賦曰陵危柱以頡頏促管謂笛也
笛間促而聲高也

入彭蠡湖口一首 五言　　**謝靈運**

客遊倦水宿風潮難具論洲島驟迴合圻岸屢崩

雲 別本

輟 ○別本亞作魄

奔○孔安國尚書傳曰海曲謂之島　乘月聽哀狖泄露馥芳蓀輟

廣雅曰乘月而遊以聽哀狖之響濕露而行爲歡芳叢之馥狖蜼也說文曰泄濕也

乘月猶日也

春晚綠野

秀巖高白雲屯十念集曰夜萬感盈朝昏攀崖照

石鏡牽葉入松門　張僧鑒潯陽記曰石鏡山東有一圓石懸崖明淨照人見形顧野王輿地志曰自入湖三百三十里青松徧於兩岸又曰九江

空存○孔安國尚書傳曰尚書曰三江既入　江賦曰流九派乎潯陽　露物委珍怪異人祕

三江事多佳九派理

精魂○毛詩傳曰秘閉也　江賦曰孟惜也高唐賦曰珍怪奇偉毛納隱淪之列真挺異人

魂乎精○金膏滅明光水碧綴流溫○穆天子傳曰河伯示汝黃金之膏山海經曰耿

山多水碧郭璞曰碧亦玉溫潤也　徒作千里曲絃絕念彌敦

也流溫言水玉溫潤也

曲奥以消憂絃絕而念逾甚故曰徒作也琴賦

日千里別鶴演連珠曰繁會之音生乎絃絕乎

入華子崗是麻源第三谷一首　五言謝靈運　山居圖曰華
子山岡麻山第三谷故老相傳華子爲華子期者
祿里弟子翔集此頂故華子爲稱也

謝靈運

南州實炎德　桂樹凌寒山
　楚辭曰嘉南州之炎德麗桂樹之冬榮　銅陵映
　楊雄蜀都賦曰橘林銅陵　銅山也

碧嶂石磴瀉紅泉　銅陵
　陵靈運山居賦曰訊丹沙於紅泉靈
　運自注云即近山所
　出然銅陵亦近山

既枉隱淪客　亦棲肥遯賢
　論衡曰周
　桓子新
　孔子曰山人藏其家
　易曰肥遯無不利

險逕無測度　天路非術阡
　爾雅曰山絕陘
　語孔子曰
　無不利肥遯
　心不可測度險逕無測
　平若昇天路而不知

遂登群峰首　邈若升雲煙
　曹子建詩曰
　如雲煙
　升雲煙建述仙詩曰遊將升雲煙

羽人絕髣髴　丹丘徒空筌
　楚辭曰仰羽人於丹丘留不死之
　徒空筌楚辭筌捕魚之器也莊子以喻言言也

圖牒復摩滅

注作常

碑版誰聞傳 蘇林漢書注曰牒譜也孔安國 莫辯百世
論語注曰版邦國之圖籍也

後安知千載前且申獨往意乘月弄潺湲 淮南王莊子
之上山谷之人輕天下細萬物而獨往者也 略要曰江海
司馬彪曰獨往任自然不復顧世也 恒充俄頃

用豈爲古今然 言古之獨往必輕天下不顧於世而
己之獨往常充俄頃之間豈爲尊古
甲令而然哉小雅曰充猶備也江賦曰千里俄頃何休
公羊注曰俄者須臾之間也司馬彪莊子注曰常久也
莊子曰尊古卑今學者之流也郭象曰古無
所尊今無所甲而學者尊古卑今失其原矣

文選卷第二十六

壬戌六月廿八日中 保誦

文選卷第二十七

梁昭明太子撰

文林郎守李崇卒府錄事參軍事崇賢館直學士臣李善注上

行旅下

顏延年北使洛一首　還至梁城作一首

始安郡還都與張湘州登巴陵城樓作一首

鮑明遠還都道中作一首

謝玄暉之宣城出新林浦向版橋一首

敬亭山詩一首

休沐重還道中一首

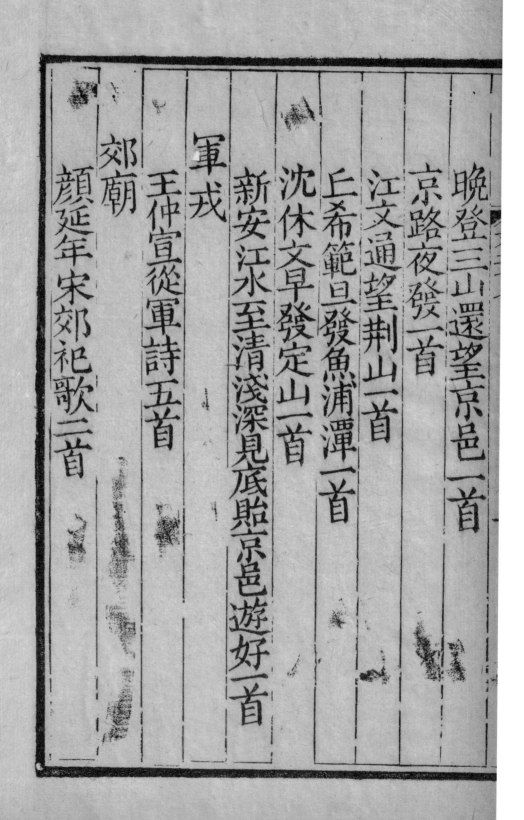

晚登三山還望京邑一首

京路夜發一首

江文通望荆山一首

上希範旦發魚浦潭一首

沈休文早發定山一首

新安江水至清淺深見底貽京邑遊好一首

軍戎

王仲宣從軍詩五首

郊廟

顏延年宋郊祀歌二首

樂府之

古樂府三首

班婕妤怨歌行一首

魏武帝樂府二首

魏文帝樂府三首

曹子建樂府四首

后季倫王昭君辭一首

行旅下

北使洛一首　　　　郭長年

沈約宋書云延之為始興王濬後軍行參軍元嘉十二年高祖北伐有宋公之授府遣一

使虞殊命茶怨辰延无已湾阳道中作诗一

首文薛綜麗以謝朓傅亮所賞集曰時年三

二十

政服傷往旅首路蹋險難 左氏傳曰齊侯謂韓厥曰服

承凌隂女序曰徐傲我車首路毛诗曰謂天盖高不敢

不蹋毛苌诗曰蹋曲也鄭云曰蹋于畏耀天之

振檝發吳州練馬陵楚山 夜亦過吳州毛诗曰言秣其

馬枉櫝田栗官馬田練韓曰 隂霧承懷诗曰朱瞰遲瀌泉

林笠和瓦为璞玉於林笠之中 隆生梁宋鄭道由郿

闞 晉志曰洋水之道楊伯 前瑩階碱跨月如逊

南郡有闞城鼎曰道由楊伯 三川今之月在昔親期逢逢

高郡昭閣鼎有洞伯 自古在昔魏都期逢

南郡奉昭曰三川也三川今 伊牧曰夜期違之嶽蔡

始闟聖賢 毛诗曰自古在昔 昔朴子曰周公之

前去聖人生 山邑陳宫夜期逢 甲曹嶽梽郎笑嫰

辛闟五百歲 伊穀絶津廬臺館 粤尺楝

官集詩辭辨掾作招

原詩隂作岭

閡〇注　馬輯國作倭

蓬延年自記也

殿令曰秦之滅也則阿房無尺
椽鄭玄論語注曰津濟渡處也

窮陰升八表嗟行方暮年　於歲暮也摯虞尚書令箴

宮陛多巢穴城關生雲煙

陰風振涼野飛雲瞀窮

日補我衰闡我王歆毛詩云歲聿云暮
歆行之人又曰歲聿云暮　言王道被於八荒余行属

天曰言昏冥也
陸機苦寒行曰涼野多險難雅曰霧謂之晦郭璞
曰言昏冥也武賦切窮

氏春秋冬日季冬之日窮盡也呂
窮于次月臨塗未及引置酒慘無言
日上置隱憫徒御悲威遲良馬煩
酒沛宮

臨塗未及引置酒慘無言　引猶進
也漢書

神賦曰車遊役去芳時歸來屢徂愆
殆馬煩

隱憫徒御悲威遲良馬煩　韓詩
楚辭曰隱閔而不達閊道威遲洛本期本數

遊役去芳時歸來屢徂愆　言當歸來而更
言已有蓬心事既已矣而身

蓬心既已矣飛薄殊亦然　言所往而覺

之亦然

莊子謂惠子曰夫拙於用大則夫子猶有蓬
郭象曰蓬非直達者曹植吁嗟篇曰吁嗟此轉蓬居世

蓬心既已矣飛薄殊亦然飛薄亦復同之自傷之心也夫

原文堙作湮

還至梁城作一首 五言 顔延年

眇默軌路長憔悴征戍勤楚辭曰登石巒兮遠望路眇眇兮默默又曰顔色憔悴左氏傳曰勤戍五年昔邁先祖師今來後歸軍振策睠東路傾側不及羣陸機赴洛詩曰振策陟崇丘楚辭曰肩傾側而不容息徒顧將夕極望梁陳分嵇康贈秀才詩曰息徒蘭圃陸機從梁陳詩曰遠遊越梁陳故國多喬木空城凝寒雲論衡曰觀喬木知舊都丘壟塡郛郭銘志滅無文木石扃幽闥黍苗延高墳說文曰扃門之閉也惟彼雍門子吁嗟孟嘗君愚賤同堙滅尊貴誰獨聞桓子新論曰雍門周見孟嘗君曰臣竊悲千秋萬歲後墳墓生荆棘行人見之曰孟嘗君尊貴乃如是乎毛詩曰吁嗟女兮封禪書曰堙滅而不[illegible]子曰伏羲以來三十餘萬歲賢愚好醜無不消滅曷爲久遊客憂念坐自殺

稱列

查陸觀作見是作觀

毛詩曰憂
心殷殷殷

始安郡還都與張湘州登巴陵城樓作一首　五言

顏延年

沈約宋書曰延之為貞外常侍出為中書侍郎集曰張劭

江漢分楚望。衡巫奠南服。

書曰奠高山大川孔安國曰奠定也　左氏傳曰楚昭王曰江漢衡巫二山名　漳楚之望也

三湘淪洞庭。七澤藹荊牧。

水比流二千里入于洞庭賦曰旦聞楚有七澤嘗登其一未見其餘郭璞山海經注曰巴陵縣有洞庭陂　盛弘之荊州記曰相

江湘沅水皆共會巴陵故號曰江牧　爾雅曰郊外曰牧

三江口也

經塗延舊軌。登閣訪川陸。

周禮曰國中經塗九軌說文曰經徑也鄭玄周禮注曰經徑所亘　都賦曰延長也又曰闉城曲重

三江門也舊軌謂張劭都也

周禮曰國門也舊軌謂張劭都也

水國周地嶮。河山信重復。卻倚雲夢

日延進也川陸機豫殊塗

章行曰進也

余固水鄉士呂氏春秋注曰鄉國也地嶮巴然詩曰張

見上文左傳子犯曰表裏山河必無害也

爨注文厂及此

爨注

林前瞻京臺圍 尚書曰荆州云二夢作乂孔安國曰雲夢之澤在江南西都賦曰舍櫩檻而却倚舊賦曰前瞻大室説死曰楚昭王遊於荆臺司馬子期諫曰荆臺左洞庭右彭蠡荆或為京圍于有圯清

氛靈岳陽曾暉薄瀾澳 説文曰氛祥氣也亦氛氣字也杜預左氏傳注曰潘安仁在懷縣詩曰涼飈自遠毛萇詩傳

懷矣自遠風傷哉千里目 詩曰涼飈自遠

萬古陳往還百代勞起伏 楚辭曰蒼頡簡曰烔明也劉

存没竟何人烔介在明淑 蒼頡篇曰烔明也孟子注曰介操也

有楓目極千里兮傷春心 楚辭曰湛湛江水兮河上

起伏即伏也

倚伏也

楚辭曰彼堯舜之耿介王逸曰耿與烔同古迴切

光也介大也耿與烔同古

論衡曰上世之人質樸易

桑竹 化毛萇詩傳注曰藝樹也

請從上世人歸來藝

還都道中作一首 五言集曰上尋陽還都道中作都謂都揚州也

鮑明遠

昨夜宿南陵今旦入蘆洲〔宣城郡圖經曰南陵縣西南圖曰蘆洲至樊口二十里初沂所渡處也樊口至武昌十里然此蘆洲在下非子胥所渡處也〕客行

惜日月崩波不可留〔江賦曰駭浪崩波之而相礴言客行既惜日月兼崩波之上不可少留〕

侵星赴早路畢景逐前儔〔鱗鱗夕雲起獵獵曉風〕

遒騰沙欝黃霧翻浪揚白鷗〔遡廣雅曰遡急也漢書音義李斐曰舳船前頭刺撓處也楚辭曰長太息而掩涕水刺渧而掩渧絕目盡〕登艫眺淮甸

掩涕望荊流〔擢處也〕

原時見遠煙浮〔絕猶盡也盡也倏悲坐還合俄思甚兼秋〕

〔毛詩曰不見如三秋未嘗達戶庭安能千里遊〕周易曰不出戶庭无咎古歌曰慕古

離家千里客誰令乏古節貽此越鄉憂〔戚戚多思復思人之貞節左氏玄賦曰慕古此越鄉憂人之貞節左氏〕

〔不可以越鄉傳宋人曰懷壁〕

此文此水東流西股兩上 諂另溫離美

文選二十七

之宣城出新林浦向版橋一首　　謝玄暉

五言酈善長水經注曰江水

三山又幽浦出焉水上南比結浮橋渡水故曰版橋浦江又北經新林浦

江路西南永　歸流東北鶩

宋孝武之江州詩曰山曲蒙　幽雨江路結流寒尚書大傳曰大水小水東流歸海也上林賦曰東西南北馳騖往來

天際識歸舟雲中辨江

楊雄交州箴曰交州荒裔水與天際應劭風俗通曰太山巖石松樹鬱蟠蒼蒨如雲中

樹

旅思倦搖搖孤遊昔巳屢

毛詩曰中心搖搖搖非情歎謝靈運既懽懷祿

摇孤遊昔巳屢

湖中詩曰孤遊非情歎謝靈運

復協滄洲趣

賦曰楊暉書曰世有黃公者起於菑州精神養性與

既歡懷祿情　復協滄洲趣

道浮遊謝靈運遊南亭詩曰賞心惟良知頤塵自兹隔

囂塵自茲隔賞心於此遇

左氏傳曰景公遊於

雖無玄豹姿終隱南山霧

列女傳曰陶

謂晏子曰子之宅湫溢囂塵

列女傳曰陶答子治陶三

年名譽不興家富三倍其妻抱兒而泣姑怒以為不祥
妻曰妾聞南山有玄豹隱霧而七日不食欲以澤其衣
毛成其文章至於犬豕肥以取之澤以澤其
禍必矣朞年苔子之家果被盜誅

敬亭山詩一首　五言　宣城郡圖經曰敬　謝玄暉
亭山宣城縣北十里

茲山亘百里合沓與雲齊　方言曰遂積聚而合沓相紛薄而
　　　　　　　隱淪既已託靈異俱然　書注曰沓合也古詩曰西北有高樓上與浮雲齊新論曰天下神人五一曰神仙
上干蔽白日下屬帶迴谿　賦曰棲百靈兮區區紆紜糾紛兮上干青雲臨迴谿
　　　　　　　　　　交藤荒且蔓　子虛賦曰隱海賦曰發蔽虧依絕區
雲罷池陂隄七
詩曰枉子隱淪海
樛枝聳復低　毛萇詩傳曰
木曲曰樛

獨鶴方朝唳飢鼯此夜啼　陸機歌曰華亭鶴唳
　渫雲已漫漫多雨亦凄凄　故事入王
不可得也鼯鼠已見上文
日山峻高以蔽日兮下幽冥以多雨
魏都賦曰窮岫泬雲日月常翳楚辭
曰山峻高以蔽日兮下幽冥以多雨
我行雖紆組兼得

室東歷作記

尋幽蹊　揚子雲解嘲曰紆青拖紫說文曰紆屈也一曰組綬也幽蹊山徑也楚辭曰道幽路

緣源殊未極歸徑窅如迷　望聲類曰窅遠也於鳥切要欲追奇

趣即此陵丹梯　丹梯謂山也眺鼓吹登山曲曰暮春春服美遊駕陵丹梯升嶠旣小魯登巒西京賦曰

　帳齊謝靈運登石門最高頂詩曰共登青雲梯

皇恩竟已矣兹理庶無睽　皇恩溥也王粲從軍行詩曰垂

　從軍行詩曰易茲理不可違

疑

休沐重還道中一首　　謝玄暉

五言休假也沐洗也漢書休沐未嘗出如淳
下日五日得一沐

張安世

薄遊第從告閑願罷歸　孫綽子曰或問賈誼不遇
漢文將退耕於野平薄遊　還印

蘇林曰第且也又曰高祖嘗告歸罷歸
於朝平漢書曰骸骨罷歸
之田李斐曰休謂退之名也又韋賢乞

歌賦似休汝車騎非　令相善於是相如往舍臨邛都亭
漢書曰司馬相如家貧素與臨邛

卄九

沐所休沐之沐

是時卓文君新寡好音相如以琴心挑之恒如時從車
騎雍容閑雅甚都文君心悦而好之恐不得當也范曄
後漢書曰許劭汝南人為郡功曹同郡袁紹濮陽令
徒甚盛將入界內曰吾興服豈可使許子將見以單
車歸家

霸池不可別，伊川難重違。

賦伊川已見上文。枚乘集有臨霸池遠相訣

汀葭稍靡靡，江菼復依依。

關中記曰霸陵文帝陵也以水
上有池有四出道以寫

毛詩曰葭菼揭揭
毛萇曰葭蘆也菼薍也田
高唐賦曰薄草靡靡韓詩曰楊柳依依

田鶴遠相叫，沙鷗忽爭飛。

雲端楚山見，林表吳岫微。

楚辭曰美人在雲

試與征徒望，鄉淚盡沾衣。

外也端表猶
毛詩曰出東南隅清川含藻景
嵇康秀才詩曰日出酒盈罇陸機
下沾衣裳

賴此盈罇酌，含景望芳菲。

酒盈罇陸機詩曰問我

勞何事沾沐，仰清徽，志狹輕軒冕，恩甚戀重闈。

管子

春有酒初服，優郊扉。

日先王制軒冕以著貴賤華
楚辭曰進不入以離

尤芩退將復修吾初顏延之
贈王太常詩曰卻扉常晝閉

原詩作滯淫

晚登三山還望京邑一首　五言山謙之丹陽記曰江寧縣北十　謝玄暉

二里濱江有三山相接即名爲三山舊時津濟道也

灞涘望長安　河陽視京縣　王粲七哀詩曰南登霸陵岸迴首望長安潘岳河陽縣詩曰引領望京室南路在伐柯

白日麗飛甍　參差皆可見　日吳都賦曰飛甍

餘霞散成綺　澄江靜如練

喧鳥覆春洲　雜英滿芳甸　漸臺中起列館參差舛互李洪池銘曰

去矣方滯淫　懷哉罷歡宴　伍處玄詩曰行矣去言別易會曰難王粲七哀詩曰何爲久淫滯毛詩曰懷哉懷哉月余旋歸哉

佳期悵何許　淚下如流霰　楚辭曰與佳人期兮夕張湛曰涕淫淫而若霰霰有情孰能不懷佳期

張何許淚下如流霰張又曰涕淫淫而若霰有情知望鄉

誰能繽不變　盧諶與劉琨書日繽黑也古詩曰還顧望舊鄉張苟日有情孰能不懷廣雅曰繽黑也

載七哀詩曰憂來令髮白毛萇
詩傳曰鬢髮黑髮也續與鬢同

京路夜發一首　五言　　謝玄暉

擾擾整夜裝蕭蕭戒徂兩　枚乘七發曰擾擾若三軍之騰裝尚書曰戒車三百
兩廣雅曰擾擾亂也毛詩曰蕭肅
宵征許慎淮南子注曰裝束也　曉星正寥落晨光復
泱漭　寥落星稀之貌也字　班固燕山銘
書曰泱漭不明之貌　猶沾餘露團稍見朝霞
毛詩曰野有蔓　故鄉邈已夐山川修且廣
草零露漙兮　洛詩曰遠　班固燕山銘
遊越山川脩且廣　曰夐其貌兮
回地界陸機起洛詩曰　文奏方盈前懷人去心賞
地界陸機洛詩曰遠　敕
躬每跼蹐瞻恩唯震蕩　曹子建聖皇篇曰侍臣首文
草零露　奏陛下躬仁慈毛詩曰
懷人鮑昭白頭吟曰心賞猶難特孝經鈎命決曰勅躬
未濟毛詩曰謂天蓋高不敢不踢謂地蓋厚不敢不踏
楚辭曰心怵惕而震蕩　行矣倦路長無由稅歸鞅行矣怨路長說
傷而震蕩　贈弟詩曰

重殊濟作躋

文曰鞙頸鞙也又曰鞙柔
革也鞅鞅於兩切鞙都達切

望荊山一首 五言　　江文通

奉義至江漢始知楚塞長　右將軍宋書曰建平王景
素五經奉義猶慕義也江漢荊楚之境也盛弘　荊州刺史江淹授景
之荊州記曰魯陽縣其地重險楚之北塞也　南關繞

桐柏西嶽出魯陽　南陽尚書曰道淮自桐柏漢書曰
　　　　　　　　　南陽郡魯陽縣有魯陽山　寒郊無

留影秋日縣清光悲風橈重林雲霞蕭川漲　周易曰橈萬物者莫
疾于風說文曰橈曲木也奴教切肅寒也漲漲水大之貌也　歲晏君如何

零淚沾衣裳　古詩曰淚下沾衣裳楚辭曰歲既晏兮
江賦曰淚而起張　　　　　　　　　玉柱空掩露金樽坐

含霜　袁子建樂府詩曰金樽　　　玉柱之鳴箏曹
而掩露納納　王杯不能使薄酒更厚楚辭
日衣納納　　之芳袞陳玉杜之　　　　　　　子建樂府詩曰金樽

一聞苦寒奏更使豔歌傷　苦寒行魏帝辭又
　　　　　　　　　　　沈約宋書曰北上

漁○別夾

曰以維敷豔歌
行古辭也

旦發魚浦潭一首　五言　　丘希範

漁潭霧未開赤亭風已颺〔漁潭赤亭巳見謝靈運富春渚詩　櫂歌發中〕

流鳴鞞響沓障〔林曰馬融廣成頌曰發櫂歌縱水謳字　村／鞞小鼓也爾雅曰山正曰障〕

童忽相聚野老時〔望詭怪石異像嶄絕峯殊狀　衡　張〕

起將成藤垂島易陟崖傾嶼難傍〔七巘日暎／路詭怪／森森荒樹齊析析寒沙漲〔謝靈運山居賦注曰漲者沙始／文曰島海中有／說山劉淵林吳都賦〕

嶼也／洼曰嶼海中洲上有山／石說文日傍附也〔信是求幽棲豈徒暫清曠〔山謝靈運／方山詩曰〕

曠招遠風蒼頡篇曰曠踈曠也〔坐嘯昔有委臥治今可〔坐嘯在郡臥病詩〕

尚〔玄暉〕

原作敷駁

早發定山一首　五言　梁書曰約為東陽大守然定山東陽道之所經也

沈休文

夙齡愛遠壑晚蒞見奇山　毛萇詩傳曰蒞臨也

標峯綵虹外置嶺　指穆天子傳

白雲間　西王母謠曰白雲在天丘陵自出

傾壁忽斜豎　江賦曰絕岸萬丈壁立霞剝謝靈運有登

絕頂復孤員　盧山詩毛萇詩傳曰山頂曰冢

歸海流漫漫出浦水淺淺　歸海巳見上文楚辭曰石瀨淺淺王逸曰淺淺流疾貌

野棠開未落山櫻發欲然　忘歸　楚辭曰遊子憺兮忘歸懷祿巳見上文楚辭曰荃

忘歸屬蘭杜懷祿寄芳荃　荃不察余之中情王逸曰荃香草以喻君子楚辭曰

眷　卷言採三秀徘徊望九仙秀　楚辭曰采三秀於山間王逸曰三秀謂芝草也列仙傳曰涓子者齊人好餌术至三百年乃見於齊後授伯陽九仙法

字

新安江水至清淺深見底貽京邑遊好二首　五

十洲記曰桐廬縣新安東陽
二水合於此仍東流為浙江

沈休文

眷言訪舟客　茲川信可珍　廣雅曰
　　　　　　　　　　　　淮南子曰豐水之深千
　　　　　　　　　　　　仞則形見於
洞澈隨深淺　皎鏡無冬春　楚辭
　　　　　　　　　　　　漁父歌曰
　　　　　　　　　　　　齊有
　　　　　　　　　　　　清濟於澤
千仞寫喬樹　百丈見遊鱗　外抱朴子曰扶南
　　　　　　　　　　　　金生於百丈水底
　　　　　　　　　　　　可以濯我足戰國策曰
　　　　　　　　　　　　蘇秦曰
滄浪有時濁　清濟涸無津　日滄浪之水濁之
　　　　　　　　　　　　春秋曰禹周行字内
　　　　　　　　　　　　竭洛涸濟瀝淮
豈若乘斯去　俯映石磷磷　書曰達國語也注曰涸竭也字
　　　　　　　　　　　　毛詩曰揚之水白石磷磷
紛吾隔囂滓　寧假濯衣巾　賦曰乘之水流以往東陽
　　　　　　　　　　　　自然隔越我纓亦不可以濯我纓
　　　　　　　　　　　　津液語也注曰楚詞
願以潺湲水　沾君纓上塵　塵之地雜子曰滄浪之水清可以濯我
　　　　　　　　　　　　須濯之巾辭曰東陽自然隔越
　　　　　　　　　　　　纓上塵曰滄浪之水清可以濯我纓

軍戎

從軍詩五首　五言魏志曰建安二十年三月公西征張魯及五子降十二月至

王仲宣

自南鄭是行也侍中王粲作五言詩以美其事

從軍有苦樂但聞所從誰

明軍不得自便李將軍歷簡易其上不識擊刁斗吏治軍簿至

漢書曰李廣程不識不識為名將

所從神且武焉

漢書曰定天生德聰明神武

得久勞師

左氏傳骞辰口勞師以龍襲遠非所聞也

相公征關右赫怒震天威

曹操為丞相公也毛詩日相公也

日天威承天功與之爭尺日王赫斯怒陸賈新論曰聖人承天威不違顏咫尺

功豈不難哉左氏傳齊侯對宰孔曰

一舉滅獯虜再舉服羌夷

漢書曰獯鬻南蕘時凶奴號也　西

獯鬻虐老獸心服也

收邊地賊忽若俯拾遺

漢書梅福上書曰高祖舉陳賞

秦如鴻毛取楚如拾遺

閒刈兵

語

注當移在詩中下

峴号征張魯時點下

甲別本

傷婦曰榮此與作賊何
異孟子萬門惜不
生今世本此宣不議
論件宣豺與夫子点
稱賦奪夫之尾
稱賊田此言之
兵無非賊世

越丘山酒肉踰川坻　傳晉侯投壺穆子曰有酒如淮有
肉如坻寡君中　軍多飫饒。人馬皆溢肥。杜預左氏傳
此為諸侯師　說文曰飫賜也　徒行兼乘還。空出有餘資。
論語孔子曰吾
也徒行　拓地三千里。往返速若飛。拓地萬里海內
虞氏壽王驃騎論功曰漢書魏
詩曰王旅嘽嘽如飛　歌舞入鄴城。所願獲無違。
翰毛萇曰疾如飛也
郡有鄴城縣家語孔子曰少　盡日處大朝。日暮薄言歸。毛
無聲之樂所願志從少　　詩言歸
旋歸　言外參時明政內不廢家私禽獸憚為犧良萬實
已揮　左氏傳曰宵自憚其尾問之侍者
　　　曰自斷其雞其憚為人用
乎異於是矣良苗穀公子如饗園
君之礼使子賦黍苗子餘曰重耳
黍苗之仰陰雨也若賈達曰在宗廟
在宗廟君之仰陰雨之力也賈達曰
　　　爲祭主也揮當爲輝

別本有寫幕負
飛翁顧廬拈銚
臺婆士字
覽夫子對霜愁祖觀
所言云非汰傑
夫子對必汰注云引
趙蹻設爲去魯龜
山汰行
孫志祖設執與執同

陸善經
下四首征孫權時

顧

崔駰七依曰霑
膏雨之潤良苗
而

熟覽夫子詩信知所言非 孔叢子曰趙簡子使聘夫
子夫子將至及河聞鳴犢夫
子將于衛復我舊居欲
從所好而隱居仲宣欲

不能效沮溺相隨把鋤犁 論語曰長
沮桀溺耦
耕
與寶雙之見殺迴輿而
從吾所好其樂只且然
鷹節而求仕有異夫子
之志故以所言爲非也夫子

涼風厲秋節司典告詳刑 禮記孟秋之月涼風至用始
行戮天子乃命將帥選士厲
兵以征不義尚書王曰有
邦有土告爾祥刑詳刑

我君順時

魏志曰建安二十一年繫徐從征吳作此四篇

發桓桓東南征 毛詩曰桓桓于征
穀梁傳曰葬我君還
公順時應秋以征
東南謂吳也
禮記曰舉事必順其時東南

征逃彼東南
日桐林外
曰桐桐

征夫懷親戚誰能無戀情附襟倚舟檣眷眷思
漢書公孫獲曰累足撫襟埤蒼曰檣
檔帆柱曰檔韓詩曰眷眷懷歸

鄴城

哀彼東山人喟

然〇
鶴鳴〇　毛詩曰我徂東山慆慆不歸我來自東零雨
其蒙鶴鳴于垤婦歎于室毛萇曰垤螘冢也
鄭玄曰鶴水鳥也將陰雨則鳴行於陰雨尤苦婦人則歎於室垤徒頲切
常〇寧〇　國語曰周公子曰日月不處人誰獲安
齒〇　毛萇詩序曰周公東征三年而歸
睦〇恩〇輸力竭忠貞　左氏傳樂盈曰陪臣書能輸力於王
素餐〇　偶俱無猜貞也　送往事居又曰苟息曰公家之事知無不為
夙夜自恱性思逝若抽縈〇　懼無一夫用報我素餐誠　毛詩曰彼君子兮不
登舟豈敢聽金聲〇　東觀漢記曰賈後擊青犢於射犬將秉先
被羽先登所向皆靡仲宣從軍詩
從軍征遐路討彼東南夷方舟順廣川薄暮未安坻
日被羽在先登甘心除國疾秉羽義
同也孫卿子曰聞鼓聲而進聞金聲而退

日月不安處人誰獲
昔人從公旦一徂輒三
今我神武師暫往必速平弃余親

史記曰春中君曰廣
川大水山林谿谷

日行行復行
日薄西山桑蟋
蟀來岸鳴孤鳥翩
翩飛　鄭玄
毛詩曰謂蟋蟀
也　在野

白日半西山又桑梓有餘暉　右步出
夏門行
梓二木名也餘暉言
日行行復行日薄西山桑蟋
蟀來岸鳴孤鳥翩翩

征夫心多懷惻愴令吾悲　記礼

下船登高防草露沾我衣
說文曰
防隄也

迴身赴休寢此愁當告誰
楚辭曰居愁思當告誰
占詩曰愁思當告
說苑曰居愁期誰誰
說辞曰孺子不覺露之沾衣
春秋元命苞曰露所以潤草
之必有懷愴君子之心
日霜露既降日七月

身服干戈事豈得念所私
書傳曰戈戟干盾也
也　所私情所親

即戎有授命兹理不可違
論語曰善人教民
即戎有授命兹理不可違

七年亦可以即戎矣又曰
見危授命亦可以即戎矣

朝發鄴都橋暮濟白馬津
漢書麗食其曰
塞白馬之津

連舫踰萬艘帶甲千萬人
毛詩曰河逍遥
上平逍遥　連舫踰萬艘帶甲千萬人
逍遥河堤

上左右望我軍

宗炳燁說當作筆
不當輒改稿□□
作稿

六韜曰武
王伐紂出於河呂尚爲右將以四十七艘舫
諭於河國語曰吳王帶甲三萬人也說文舫併舟也又
惣名也船船名也
率彼東南路將定一舉動國策張儀謂秦王曰夫
一舉而成也王籌策運帷幄一由我聖君運籌策
之中吾不如子房運籌策後漢書光武恨我無時謀諸
詔曰將軍鄧禹與朕謀謨帷幄之中恨我無時謀諸
之中論語季子然問仲由冉求也可謂具臣與可
孔子對曰今由與求也可謂具臣矣
具臣
堅內微畫無所陳 論語曰光武入公門鞠躬如也東觀漢記曰陳俊躬衣三百領以
衣中堅士也
心之士也
許歷爲完士一言獨敗秦 史記曰秦伐韓趙奢救之令軍
中曰軍中有以軍事諫者死許歷請以軍事諫趙奢曰
內之許歷曰秦人不意趙師至此其來氣盛將軍必厚
集其陳以誅趙待之不然必敗趙奢曰請受令許歷曰請先振北就
鈇鑕之誅以趙奢令邯鄲許歷復諫曰先據北
山上者勝後至者敗趙奢縱兵擊之大敗
至爭山者不得上趙奢即發萬人赴之後秦軍完謂全具也

言非有奇也論衡曰西門豹董安于

誠爲完具之人能納韋絃之教也

我有素餐責。誠

愧伐檀人

毛詩曰坎坎伐檀兮寘之河之干兮彼君子兮不素餐兮漢書平當曰吾已負素餐責矣東觀漢記班起曰與立鈌刀孟堅荅賓戲曰

雖無鈌刀用。庶幾奮薄身。

鈍鈌刀

拗朽摩

一割之力

悠悠涉荒路。靡靡我心愁。

毛詩曰悠悠南行又曰靡靡中心搖搖

四望

無煙火但見。林與丘。

東觀漢記曰北夷無火煙 作寇千里無火煙

城郭生榛棘

徑無所由。

高誘淮南子注 高曰聚木曰榛

萑蒲竟廣澤。葭葦夾長流。

日夕涼風發。翩翩漂吾舟。寒蟬在樹鳴。鸛鵠摩天遊。

禮記

子歌曰黃鵠摩天極高飛

孟秋寒蟬鳴 古烏生八九

客子多悲傷。淚下不可收。

朝入譙郡界。曠然消人憂。

魏志曰武皇 雞鳴達四境黍 帝譙人也

文二十七

十三

此言寶不与登樓相違

振遊當國二字有誤

宋玉作諷

穆盈原隰　孟子曰齊有地雞鳴狗吠相聞而達乎四境也說文曰疇耕治之田也九疇爾雅曰

廛聖女士蒲莊旭　六達謂之莊韓詩曰蕭肅兔罝施于中逵爾雅曰九交之道也　館宅充

自非聖賢國誰能享斯休　孔安國尚書傳曰享當也毛詩曰逝將去汝適彼樂土鄭玄曰樂土有德之國也　詩人美樂土

雖客猶願留

郊廟

宋郊祀歌二首　四言

顏延年

曾威寶命嚴恭帝祖　尚書曰周公曰嚴恭寅畏又曰王無墜天之降寶命帝上帝祖

炳海表岱系唐冑楚　尚書曰海岱及淮惟徐州宋書曰高祖彭城人楚元王之後也約宋書曰高祖同父少弟也爲楚王彭城沈約宋書曰彭城徐州之境先祖炳海表岱系唐冑楚東京賦曰系唐統接漢緒漢書曰楚元王交高祖同父少弟也

靈監嶽文民屬叡武　曹植離友詩曰靈鑒無私奄受敷錫宅中拓

奄受敷錫宅中拓

宇
毛詩曰奄大也尚書曰斂是五福用敷錫厥庶民東
京賦曰豈如宅中而圖大范曄後漢書虞詡曰先帝
開拓土宇　燕然山銘曰覆其巍于豆地而

亘地秤皇罄天作主
請立太子師傅表曰壓月髀期順乾作賦曰罄天壤而
作皇孝經鈎命決曰師傅表曰西壓月髀界
春周禮注曰今南陽人名穿地爲竈充
賦曰組曰際而來王潘岳爲賈謐贈陸
際奉圭　泉月所生也尚書曰明王戍德服虔曰域服虔曰音窈
機詩曰奉土歸

月窆毛來賓曰

開元首正禮交樂舉
應乎下和布化禮記曰禮交動乎上樂交
之至也　張載元康頌曰開元建號班德
又曰太宰之職掌建邦之六典以佐王治邦國一曰治
典二曰教典三曰政典四曰政典五曰刑典六曰事典

六典聯事九官列序
周禮曰以官府之六聯合邦治一曰祭祀之聯事合
漢書劉向上疏曰舜命九官濟濟相讓應
禹作司空弃后稷契作士師垂共工益虞
伯夷秩宗夔典樂龍朕虞
納言也几九官也

有牷在滌有絜在俎
周禮曰九人之掌繫祭祀

一五五四

性禮記曰帝牛必在滌三月鄭玄曰滌牢中所搜除變毛詩曰挈爾牛羊或肆或將鄭玄曰有肆其骨體於俎者或奉將進也杜預左氏傳注曰薦獻也而之受神人祐福

薦饗玉衷以荅神祐東中心也長楊賦曰

維聖饗帝維孝鄉饗親禮記曰唯聖人為能饗帝孝子為能饗親皇平備矣

有事上春漢書郊祀歌曰天子有事于郊杜預曰有事祭事也周禮行宗祀敬達郊禋禮記曰禮行于郊而百神受職焉孝經曰宗祀文王於明堂又曰郊祀后稷以配天禮記曰享之禮慈服焉

金枝中樹廣樂四陳漢書曰金枝秀華應劭曰金枝銅鑑於鈞天廣樂史記曰趙簡子病五日不知人我之與百神聽於天陛配在京禮記曰后王命冢宰降德于兆民

在京降德在民毛詩曰王命冢宰記也史記曰漢家常以正月上

夜高燎煬晨辛祠精甘泉昏時夜祠到明而終常有流星

奔精昭陟配

星經於祠壇東京賦曰太一颺檻陰明浮爍沈熒深淪言宋
燎之炎爆致陰高煙於德而主辰故陰明之宿浮爍而揚光沈熒所祭沈淪而陰明
沈靜也又尚書考靈耀曰氣在於冬其紀辰星是謂陰明
尚書大傳曰沈四海鄭玄曰祭水也
沈鄭司農周禮注曰熒祭星名也　告成大報受釐元神
禮記曰升天報祀而主日也漢書曰上方受釐坐宣
之成功鄭玄曰鼇音僖吕安髑髏如滄漢書曰上方受釐坐宣
室臣瓚曰鼇餘胏服虔甘泉宮賦注曰釐福也
賦上奏元神下告皇祇

遠駕曜曜振振左氏傳注曰振振盛貌遠駕乘駕也

樂府上漢書曰武帝定郊祀之禮而立樂府

樂府三首

月御案節星驅扶輪御月御案節星驅為之案節星驅為之扶輪王濟
齊桓公曾不足使扶輪羽獵賦曰風詡詡其扶輪遙興
鍾夫人序德頌曰濟蒙天假星驅省疾羽獵賦曰風詡詡
遠駕曜曜振振漢書房中歌曰雷震震電曜曜杜預

古辭五言言古詩不知作
者姓名他皆類此

玉臺新詠八多蔡邕作

此四句言無情之物尚有如豈人而無之乎對無不告語耳

飲馬長城窟行

酈善長水經曰余至長城其下往往有泉窟可飲馬古詩飲馬長城窟行信不虛也然長城蒙恬所築也言征戍之客至於長城而飲其馬婦思之故為長城窟行也行曲音義曰行

青青河邊草緜緜思遠道 辭注曰縣縣細微之思也 言良人行役以春為期期不來所以增思王逸楚辭注曰

遠道不可思夙昔夢見之 廣雅曰夙昔夜也夢見往

夢見在我傍忽覺在他鄉各異縣輾轉不可見 輾亦展字書曰展轉也

枯桑知天風海水知天寒 枯桑無枝尚知天風海水廣大尚知天寒之患平

入門各自媚誰肯相為 君子行役豈不自媚誰肯為言也

言 但人入門咸不能為言平皆

客從遠方來遺我雙鯉魚 鄭玄禮記注

呼兒烹鯉魚中有尺素書 素生帛也

長跪讀素書

劉本及何敬祖祿祥詩注引

孫煒鴈作鴈

書書上竟何如　說文曰跪拜也
上有。加餐食下有。長相憶

傷歌行

昭昭素月。明暉光燭我牀憂人不能寐耿耿夜何長　毛詩
如有隱憂
耿耿不寐微風吹閨闥羅帷自。飄颺　毛萇詩傳曰也　開內門也　攬
衣曳長帶屣履下高堂　長門賦曰屣履起而彷徨　東西安所之徘
徊以彷徨春鳥翩南飛翩翩獨翱翔悲聲命儔匹哀鳴
傷我腸感物懷所思泣涕沾裳衣佇立吐高吟舒憤訴
窮蒼李巡爾雅　毛詩曰佇立以泣谷求與王譚書曰抑於家不
穹蒼　得舒憤毛詩曰靡有旅力以念穹蒼李巡爾雅
注曰仰視天形穹隆而高其色蒼
蒼故曰穹蒼爾雅日穹蒼天也

長歌行　崔豹古今注曰長歌言壽命長短定
分不妄求也此上一篇似傷年命而

下一首直敘怨情古詩曰長歌正激烈魏武
帝燕歌行曰短歌微吟不能長傅玄豔歌行
曰咄來長歌續短歌然行

○別東作待

劉束及下篇注

多別束作徒

聲有長短非言壽命也

青青園中葵朝露待日晞（別東作待）（毛詩曰湛湛露斯匪陽不晞毛萇曰晞乾也）

陽春布德澤萬物生光暉（楚辭淮南子曰光暉萬物常恐秋）

常恐秋節至焜黃華葉衰（漢焜黃色衰貌也胡本切）

百川東到海何時復西歸（尚書大傳曰百川赴東海）

少壯不努力老大乃傷悲。

怨歌行一首（五言歌錄曰怨歌行古辭然言古辭者有此曲而班婕妤擬之婕妤好）

班婕妤（好進見充後宮好居增成舍後趙飛燕寵盛婕妤好失寵希復進初即位選入後宮始為少使俄而大幸為婕妤）

新裂齊紈素皎潔女霜雪（漢書曰罷齊三服官李斐曰紈素為冬服范子曰納素為……）

山為劉先主四作

素出齊國獻紈
素絹天子為三官服也
曰文綵雙鴛鴦裁為合歡被恩幸之時也

裁為合歡扇團團似明月　古詩

出入君懷袖動搖微風發　蒼頡篇曰懷抱也此謂蒙

常恐秋節至涼風奪炎熱　古長歌行曰常恐秋節黃華葉衰炎

熱氣也

棄捐篋笥中恩情中道絕

樂府二首

短歌行　魏武帝　魏志曰太

武皇帝
追諡曰

沛國譙人姓曹諱操字孟德少機警有權數
而任俠舉孝廉為郎遷南頓令封魏王文帝

對酒當歌人生幾何　左氏傳曰俠河之清人壽幾何譬言如朝露去日苦

譬如朝露去日苦　漢書李陵謂蘇武人生如朝露慨當以慷憂思難忘何以解憂

多

慨當以慷憂思難忘何以解憂

唯有杜康　毛詩曰微我無酒以遨以遊博物志曰杜康王著與杜康絕交書曰康字仲寧或云

唯有杜康

思作情

○宋本旺二印月四日在
呦〜鹿鳴上

皇帝時宰人號酒泉太守漢書東
方朔曰臣聞消憂者莫若酒也

青青子衿悠悠我
心但為君故沈吟至今

古詩曰馳車整中
帶沈吟聊躑躅

相招以盛禮也鄭
玄云苹藾蕭也

呦呦鹿鳴食野之

毛詩小雅文也苹萍也鹿得萍草呦
呦然而鳴相呼而食以興喜樂賓客

苹我有嘉賓鼓瑟吹笙

也說文月掇拾取也豬岁切
吉月之不可掇由憂之不可絕

明明如月何時可

應劭風
俗通曰
毛詩
死誓

掇憂從中來不可斷絕

里語云越陌更為客主
長門賦曰漢書孔雀集而相存

越陌度阡枉用相存

張生賀思念舊恩
生契闊

契闊談讌心念舊恩

明已見上句
客子無所依託也

月明星稀烏鵲南飛繞樹三匝何枝可

辭子曰海不
管子曰海不
辭水故能成
水故能成

依

其大山不辭土故能成其高眾
明主不厭人故能成其眾

山不厭高海不厭深周公吐哺天下歸心

韓詩外傳
周公踐天子之位七年成王封伯禽於魯周公誡
曰無以魯國驕士吾文王之子武王之弟也成王
之叔父

也又相天下吾於天下亦不輕矣然一沐三握髮一飯
三吐哺猶恐失天下之士也論語素王受命讖曰河授
圖天下
歸心

苦寒行　五言歌錄曰苦寒行古辭

北上太行山艱哉何巍巍羊腸坂詰屈車輪為之摧
呂氏春秋曰天地之間有九山何謂九山曰太行羊腸其山高
誘注淮南子曰羊腸坂在
太行在河內野王縣北也羊腸坂紆如羊
腸在太原晉陽北高誘在太行山是
太行孟門之限然則坂在晉陽也

樹木何蕭瑟北風聲正悲熊羆對我蹲虎豹夾路啼
谿谷少人民雪落何霏霏
毛詩曰雨雪霏霏

延頸長歎息遠行多所懷
春秋曰天下莫不延頸舉踵也

我心何怫鬱思欲一東歸
楚辭曰怫鬱兮不陳東歸

水深橋梁絕中路正徘徊迷惑失故路薄暮無
言望舊鄉也

清

宿棲〔楊雄……雄居獨……情英曰當……暮無所宿……莊子曰……檐囊而趨〕行行日已遠，人馬同時飢〔毛詩曰：我徂東山，慆慆不歸〕，檐囊行取薪，斧冰持作糜〔……囊而趨〕，悲彼東山詩，悠悠使我哀〔……山溜溜不歸〕

樂府二首

燕歌行〔七言〕

〔歌錄曰燕地名……古辭猶楚宛之類此不言……古作也皆類此〕

魏文帝

秋風蕭瑟天氣涼〔楚辭曰：悲哉秋之為氣也，蕭瑟兮……〕，草木搖落露為霜〔……芳草木搖落而變衰。毛詩曰……白露為霜〕，群燕辭歸鴈南翔〔仲秋之月鴻鴈來。左氏鳥歸。鄭玄曰……燕也。楚辭曰：燕翩翩其辭歸。又曰……其辭歸。又曰：鴈雍而南……禮記……〕，念君客遊思斷腸〔……〕，慊慊思歸戀故鄉〔鄭玄禮記注曰……〕，何為淹留寄他方〔慊，恨不滿……之貌〕

諷

也口篝切

賤妾煢煢守空房　煢煢也　單　憂來思君不敢忘　不覺淚

下霑衣裳　古詩曰下霑衣裳　援琴鳴絃發清商短歌微吟不能

長　宋玉風賦曰援琴而鼓之　明月皎皎照我牀　星漢

西流夜未央　毛詩曰明月皎皎照我羅牀　牽牛織女

遙相望爾獨何辜限河梁　史記曰牽牛為犧牲其比織女天女孫也曹植九詠

注曰牽牛為夫織女為婦織女牽牛之星各處一旁七月七日得一會同矣

善哉行　歌錄曰善哉行古詞也古出夏門

歎美之　辭也　殊復善哉絃歌樂我情然善哉

魏文帝

上山采薇薄暮苦飢　毛詩曰陟彼南山言采其薇薇楚辭曰薄暮雷電歸何憂古豔歌曰居

貧衣單薄腸　說苑曰孺子不予野雉　谿谷多風霜露露沾衣　覺兒露之沾衣

中常苦飢

高山有崖村以齊
由有崖逸秀陸郎
此言由有高山之木有枝
以與人要知耳取
同音云字以多喻其
風言笑苦之陰子
此贤山趣曲

羣雛猴猿相追之朝雛 毛詩曰雛 還望故鄉鬱何畢畢重也

高山有崖林木有枝憂來無方人莫之知 崖言高山之有
枝愚智同知之今憂來仍無定方而人皆莫能知之說 崖林木之有
苑日非辛調襄成君日昔越人之歌曰山有木兮木有枝
枝心悦君兮君不知 人生如寄多憂何為 天地之間寄者固
也君不知 人生如寄多憂何為 天地之間寄者固
也楚辭曰傷今我不樂歲月如馳 毛詩曰月 其除今我
楚國之多憂 毛詩曰月 其除今我
川流中有行舟隨波迴轉有似客遊策我良馬被我
輕裘赤之適齊也乘肥馬衣輕裘 載馳載驅聊以忘憂
毛詩曰良馬四之論語子曰 載馳載驅聊以忘憂
娛以忘憂又毛詩曰駕言出游以寫我憂

樂府四首 五言

箜篌引 漢書曰塞南越禱祠
太一后土作坎坎侯應
聲也應劭曰使樂人侯調作之取其姓號名曰坎
節也因以其姓號名曰坎侯蘇林曰作箜篌應

曹子建

置酒高殿上，親友從我遊。〔漢書曰：過沛，置酒沛宮。又曰：賢大夫有肯從我遊者，吾能尊顯之也。〕

中廚辦豐膳，烹羊宰肥牛。〔鄭玄周禮注曰：膳之言善也。今時美物曰珍。聲類曰：宰，治也。〕

秦箏何慷慨，齊瑟和且柔。〔史記：蘇秦說齊王曰：臨淄甚富而實，其民無不吹竽鼓瑟彈箏也。〕

陽阿奏奇舞，京洛出名謳。〔史記曰：漢書趙后臨…陽阿主家…京洛出名謳也。〕

樂飲過三爵，緩帶傾庶羞。〔禮記曰：君子之飲酒也，一爵而色灑如也，二爵而言言斯，禮三爵而油油以退。〕

主稱千金壽，賓奉萬年酬。〔儀禮…史記曰：平原君以千金為魯仲連壽。毛詩曰：君子萬年，永錫祚胤。〕

久要不可忘，薄終義所尤。〔論語曰：子曰：久要不忘平生之言，亦可以為成人矣。要，約也。厚之於始，或薄之於終，義所尤人。〕

謙謙君子德，磬折欲何求。〔周易曰：謙謙君子，卑以自牧。尚書大傳曰：諸侯來受命，周公莫不磬折…君子甲以…〕

折

驚風飄白日　光景馳西流　盛時不可再　百年忽我遒

生存華屋處　零落歸山丘董逃行曰耀華屋而燼洞房古我道零落左氏傳曰人舟我道零

先民誰不死　知命亦何憂左氏傳曰子產曰人

天知命故不憂

落不死周易道終也詩傳曰道終也日樂

美女篇

歌錄曰美女篇齊瑟行也

美女妖且閒　采桑歧路間妖冶開都又曰開幽開也說文曰開雅也上林賦曰攘袂又曰攘袖

條紛（糸冊）葉落何翩翩　攘袖見素手　皓腕約金環釋名曰爵釵頭上施

頭上金爵釵　要貝佩翠琅玕環釧也爵釵尚書曰厥貢惟球琳南方草物狀曰珊瑚出漲海中廣雅

明珠交玉體　珊瑚間木難南越志曰木難金翅鳥沫所成碧色珠也大秦國珍之珊瑚也南越志曰珊瑚

羅衣何飄飄　輕裾隨

風還顧眄遺光采長嘯氣若蘭。神女賦曰芬芳其若蘭行徒用

息駕休者以忘餐。慎子曰毛嬙西施衣以玄錫則行爾雅曰安止也杜篤祓禊祝曰懷秀女使不饗借

間女安居乃在城南端。爾雅曰安止也薛綜西京賦注南端城之正南門也

青樓臨大路高門結重關。臨大路列子曰虞氏梁之

富人高樓容華耀朝日。誰不希令顏。白日神女賦曰耀乎若白日初出照屋梁

詩人言所說者顏色盛也。周禮有媒氏之職佳人慕高義求媒氏

何所管玉帛不時安。爾雅有媒氏之職佳人慕高義求

賢良獨難。楚辭曰聞佳人兮召予

衆人何嗷嗷安知彼所觀盛年

處房室中夜起長歎。蘇武苔李陵詩曰低頭還自憐盛年蔡雍霖雨賦曰中宵夜

息而歎

白馬篇　〔歌錄曰白馬篇齊瑟行也〕

白馬飾金羈〔古羅敷行曰青絲繫馬尾黃金絡馬頭說文曰羈馬頭絡也班固漢書贊曰羅絡之徒也〕，連翩西北馳〔金絡馬頭說文曰并二州名〕。

借問誰家子，幽并遊俠兒〔幽并二州也漢書曰雄俠流沙也說文曰揚聲劇孟之徒也〕。

少小去鄉邑，揚聲沙漠垂〔說文曰漠北方流沙也以揚聲宿昔〕。

宿昔秉良弓，楛矢何參差〔墨子曰良弓難張然可以及高入深李氏貢楛矢石威動北鄰毛詩曰發彼有〕。

控弦破左的，右發摧月支〔班固漢書曰控弦貫矢〕。

仰手接飛猱，俯身散馬蹄〔的的物飛迎前射之射左邪鄲淪藝經曰馬蹄二枚馬蹄二枚〕。

狡捷過猴猨，勇剽若豹螭〔長楊賦曰水猛獸也巳見〕。

邊城多警急，虜騎數遷移〔長楊賦曰無邊城之災〕。

羽檄從北來，厲馬登高堤〔西都賦曰剽輕也〕，長驅蹈匈奴，左顧凌鮮卑〔漢書〕。

日匈奴其先夏后氏之苗裔也又曰燕北
有東胡山戎或云鮮卑蒼頡篇曰凌侵也　棄身鋒刃端名
管子云平原廣城車不結軌士不旋踵鼓　鄭玄毛詩箋名
之三軍之士視死若歸臣不若王子城也

性命安可懷父母且不顧何言子與妻　曰顧念也春秋
編壯士籍不得中顧私捐軀赴國難視死忽如歸　呂氏名

名都篇　歌錄曰名都者

名都多妖女京洛出少年　王逸荔枝賦寶劍直千金被
服光且鮮　史記曰陸賈寶劍直千金論闘雞東郊道走
馬長楸間　漢書睢弘少時　衡日世稱利劍有千金之價
弓捷鳴鏑長驅上南山　好闘雞走馬
頓乃作為鳴鏑君勒其騎射　馬駎未能半雙兔過我前攬
音義曰鏑箭也如今鳴箭也　儀禮曰司射搢三挟一鄭玄曰
　　　　　　　　　　　　　楚甲切漢書曰匈奴冒

左挽因右發一縱兩禽連

寒當讀為寒具之
寒殆今肉凍羊羔月
之類

鄭玄周禮注曰凡鳥獸未孕曰禽也

毛萇詩傳曰發矢曰縱兩禽也雙兔也　餘巧未及展仰手

接飛鳶

鄭玄毛詩曰鳶飛戾天也　觀者咸稱善眾工歸我妍

毛詩曰觀者如雲　我歸宴平樂美酒斗十千　平樂觀名

稱麗

炙熊蹯　毛詩曰炮鱉膾鯉　薛解詁曰膾鯉臇胎鰕　臇少汁臛也子

多熊蹯　宄切鹽論曰煎魚切肝羊淹雞寒鱉劉熙釋名

韓羊韓雜本出韓國所為然寒鱉與韓　鳴儔嘯匹侶列

古字通也　左氏傳曰宰夫臑熊蹯不熟　坐竟長筵

連翩擊鞠壤巧捷惟萬端　漢書曰霍去病在塞外尚穿域

蹴鞠也　如淳曰域鞠室也郭璞三蒼解詁曰鞠毛凡

蹋戲鞠巨六切　史記曰魏公子賓客辨士說王萬端可

白日西南馳光景不可攀雲散還城邑清晨復來還

舞賦曰駱驛而

歸雲散城邑

王明君詞一首　并序　五言

石季倫　臧榮緒晉書曰石崇字季倫勃海人也早有智慧稍遷至衛尉初崇與賈謐善謐既誅趙王倫專任孫秀有妓曰綠珠秀使人求之崇不許秀勸倫殺崇遂被害

王明君者本是王昭君以觸文帝諱改焉　琴操曰王昭君者齊國王襄女也年十七獻元帝藏晉書曰文帝諱昭

匈奴盛請婚於漢元帝以後宮良家子昭君配焉　琴操曰單于遺使請一女子帝以昭君賜單于漢書曰詔采良家女

昔公主嫁烏孫令琵琶馬上作樂以慰其道路之思　漢書曰烏孫使使獻馬願得尚公主乃遣江都王建女為公主以妻烏孫

其送明君亦必爾也

其造新曲多哀怨之聲故敘之於紙云爾

我本漢家子將適單于庭　漢書曰匈奴歲正月辟會單于庭祠諸長小會留十于庭祠

辭訣未

原文作默

及終前驅巳抗旌 曹子建應詔曰前驅舉遂後乘抗旌 僕夫御涕流離轅馬

悲且鳴 魏文帝柳賦曰左右僕從御涕流離而縱橫 僕夫御涕流離轅馬

傷五內泣涕濕朱纓 李陵詩曰行行且自割無令五內傷 李陵詩見郭璞遊仙詩 朱纓內傷沾

行日巳遠遂造匈奴城 魏文帝人馬同時飢 行行日巳遠 延我於

穹廬加我閼氏名 漢書曰天子一方烏孫公主作歌曰吾家嫁我兮烏孫王穹廬為室兮旃為墻音義曰旃如漢皇后也

榮 蘇武書曰但見異類 殊類也異類苔 蘇林曰閼氏音焉支李陵答蘇武書異類也 殊類非所安雖貴非所

父子見陵辱對之慚且驚 漢書呼韓邪單于復系若 後系若立二女也為後系若

殺身良不易默默以

蹉 韓邪單于復 雕莫皋立二女誠獨難 賈誼弔屈原曰呼嗟 曹子建詩曰三良詩曰哀公迎孔子席不端不坐割不正

苟生 蘇子曰子建言墨子曰哀公迎孔子 何與陳蔡曰為苟義也

不食子路曰與汝為苟義也 今與汝為

晏嬰與汝為苟 苟生亦何聊積思常

憤盈 楚辭曰蓄怨兮積思平王逸曰結恨在心願假飛鴻 魏文帝喜霽賦曰思寄身於鴻鷺舉六翮而輕飛高誘呂氏春秋曰征飛也

翼乘之以遐征 詩曰芎臂憤盈毛詩曰佇立以泣國語申胥曰昔楚靈王獨行屏營昔

飛鴻不我顧佇立以屏營

爲匣中玉今爲糞上英不足歡甘與秋草幷 古詩傳語後世人日傷彼蕙蘭花含英揚光輝過時而不采將隨秋草萎說文曰木槿朝華暮落也

遠嫁難爲情 漢書張禹日有愛女遠嫁爲張掖太守蕭咸妻

文選卷第二十七 壬戌六月廿八日 佩誦

文選卷第二十八

梁昭明太子撰

文林郎守太子右內率府錄事參軍事崇賢館直學士臣李善注上

樂府下

　鮑明遠樂府八首　　　謝玄暉鼓吹曲一首

　陸士衡樂府十七首　　謝靈運樂府一首

挽歌

　陶淵明挽歌一首　　　陸士衡挽歌三首

　繆熙伯挽歌一首

雜歌

荆軻歌一首

漢高帝歌一首

劉越石扶風歌一首

陸韓卿中山王孺子妾歌一首

樂府下

樂府十七首

猛虎行　雜言古猛虎行曰飢不從猛虎食暮

陸士衡

不從野雀棲野雀安無巢遊子爲誰驕

渴不飲盜泉水熱不息惡木陰惡木豈無枝志士多苦心

尸子曰孔子至於勝母暮矣而不宿過於盜泉渴
矣而不飲惡其名也江淹文釋云管子曰夫士懷
耿介之心不蔭惡木之枝惡木尚能恥之況與惡人同
處今檢管子近亡數篇是亡篇之内而遂見之論語
日志士仁人古詩
日晨風懷苦心

整駕蕭時何杖策將遠尋日思玄賦日發整

環當作瑾後漢文苑有傳

駕而巡行時君之命也杜預左氏傳注曰策馬箠也廣雅曰將箠也

野雀林皀歸功未建時往歲載陰
語曰以義建功神農
本草曰秋冬爲陰
廣雅曰駿馬也桓子
門周曰秋思之又
毛詩曰靜言思之條則傷心矣
臨深水而長嘯爾雅

饑食猛虎窟寒栖

新論曰歸而功未立陸賈新
曰山出自幽谷楚辭曰急絃
桓子又曰山小而高曰岑

崇雲臨岸駿鳴條隨風吟

靜言幽谷底長嘯高山岑

急絃無懦響

亮節難爲音
國語韋侯璞箏賦曰急絃促柱變調改曲賈逵
貞信之節言必難也
慷慨故曰難言也

人生誠未易昌言開此衿

易何爲開此衿行役者必高踏風塵之表今乃
宣易贈蔡子篤詩曰人生實難苦誠爲未多
大蘊耿介之懷蒼頡篇曰懷抱也

卷我耿介懷俯仰愧古

令愧不隨慕先聖五言古君子行曰君子

君子行　防未然不處嫌疑間

天道夷且簡人道嶮而難

莊子曰有天道有人道無為而尊者天道也有為而累者人道也孔安國尚書傳曰夷平也又曰簡略也尚書

休咎相乘躍翻覆若波瀾書尚

曰乘登也廣雅曰躍履也杜預左氏傳注曰躍履也

曰夷徵咎

去疾苦不遠疑似實生患言

曰疾惡也呂氏春秋曰使人大迷惑者物之相似者也

左氏傳伍貞曰石樹德莫如滋去疾莫如盡賈逵國語注

人主之道所患不患似是而疑似之道不可不察也王使者

近火固宜熱履冰豈惡寒當

則慎氣之所習也論衡曰夫近水則寒近火則位在南水位在北北邊則寒南極則熱毛水位在南火則溫遠近微何

掇蜂滅天道拾塵惑孔顏

說苑曰王國子前母子伯奇王國之子

寒南極則熱毛

詩曰後母愛妾子伯奇上坰臺使視者袖中白王見蜂王見蜂蜂追之巳

伯奇愛母後母欲除其子為太子言王曰置衣領之

奇後母蜂而相愛後母取蜂而置衣領之自投河中使

者中往過中伯奇死蜂王見蜂王見蜂自投河中使

呂氏春秋曰孔子窮於陳蔡之間藜羹不糝七日

粒書寢顏回索米得而來爨之幾熟孔子望見顏回攫

此言天損人益皆虚
五也其諸祐仍与庄子
云間　天損非福言
人益非福言

其甑中而飯之少選間食熟謁孔子而進食孔子起曰
今者夢見先君食絜故饋顏回對曰不可嚮者煤入
甑中弃之不祥回攫而啗之猶子笑曰不足特弟子記之知人
固不易夫孔子所以知人難也高誘逐臣尚何有弃交

焉足歎。博毅七激曰屈原放逐在沅湘之間毛詩谷風序曰天下俗
曰炊煤煙塵入甑讀作臺入猶墮也逐臣王逸楚辭序
薄朋友道絕焉鄭玄舊恩也福鍾恒有兆禍集非無端天
曰道絕者弃恩舊也福生有基禍生有胎傅子銘曰無端緒也
皆福生有漸也枚叔上書曰福鍾也言無端也

損未易辭人益猶可懽 言禍福之有端兆故安之而未辭人益至
無受天損易無受人益難郭象曰無受天損易者唯安
之來非己所求故非己所招故安之而
也無故易也所在皆安不以損為懽斯待天而不受其
下故天下樂推而不猒相與社而稷之稷無受人益之
所以為難矣然文雖出彼而意微殊彼以榮辱同途故

安之甚易此以吉凶申
異轍故辭之實難　朗鑒豈遠假取之在傾冠　荀悅申
　　　　　　　　　　　　　　　臨鑒曰側
弁垢顏不鑒於明鏡矣抱朴子曰明鏡
舉則傾冠見矣以其遞相祖述故引之　近情苦自信君
子防未然然而蒙福列于蕭叔曰皇子果於自信鄧析
　　　言小人近情苦自信而遇禍君子遠慮防未
子曰慮能
防於未然

從軍行 五言

苦哉遠征人飄飄窮四遐南陟五嶺巔北戍長城阿漢書
日泰北為長城之役南有五嶺之戍史記日
始皇以謫遣戍謫罰獄吏不直者築長城也深谷邈無
底崇山鬱嵯峨列子曰夏革曰渤海之東有大壑焉實
　　　惟無底之谷秦詩曰巖石鬱嵯峨
奮臂攀喬木振迹涉流沙史記曰武臣曰陳王奮臂
　　　　　　　　　　為天下唱始毛詩曰南有
喬木尚書曰道于　隆暑固已慘涼風嚴且苛
弱水入于流沙　　　　賈誼早雲賦曰隆暑者盛其

無聊　說文曰慘毒也宋均

春秋緯注曰苛者切也

曰夏條可結毛詩
之寒冰

曰誕真之寒冰
也國語越王曰吳為
不道敢問諸大夫
戰奚以而可大

關於邯鄲杜篤論都賦曰斬白蛇屯黑雲廣雅曰屯聚也

夏條集鮮藻寒冰結衝波

胡馬如雲屯越旗亦星羅
鄒陽書曰胡馬遂進

飛鋒無絕影

大種曰審物則可以戰韋昭曰物旌旗
也翟曰煥若天星之羅

色微幟之屬也翽獵賦曰

鳴鏑自相和
張衡髑髏賦曰飛鋒曜景秉尺持刀漢書
如今鳴箭也

朝食不免胄夕息常負戈
戰國策曰衛行人燭過免胄
而進李陵荅蘇武書曰

頁戟而長歎孔安國
論語注曰戈戟也

苦哉遠征人撫心悲如何
列子曰師襄乃

撫心

高蹈

豫章行
五言古　豫章行曰白楊
初生時乃在豫章山

沉舟清川渚遙望高山陰
國語曰泰沉舟于河列子
曰伯牙遊於泰山之陰

川

陸殊途軌懿親將遠尋【廣雅曰軌道也左氏傳富辰曰昔周公弔二叔之不咸故封建親戚以蕃屏周不廢懿親也】

三荆歡同株四鳥悲異林【古上留田行西門○三荆同一根生一荆斷絕不長兄弟有兩三人小弟堁摧獨貧家語曰孔子在衞昧旦晨興顏回侍側聞哭者之聲甚哀子曰回汝知此哭何者曰回以此哭非但為死者而已又為生離別者子曰何以知之對曰回聞完山之鳥生四子羽翼旣成將分于四海其母悲鳴而送之哀聲有似於此為其往而不返竊以音類知之孔子使問哭者果曰夫死家貧賣子以葬之與之長決矣善於識音矣】

别豈獨令【鄭玄毛詩箋曰悼傷也古詩曰今日良宴會歡樂難具陳又曰別日何易會日何難○樂會良自古悼 寄】

世將幾何曰具無得陰【尸子老萊子曰人生於天地之間寄也寄者固歸也左氏傳】

前路旣已多後塗隨年侵【人壽幾何周易日日具之離不鼓缶而歌則大耋之蹉凶前路後塗愉壽命也言前路已多而罕至後塗隨年侵而又盡言無幾何也】

促促薄暮景疊

豐鮮克禁景之薄暮喻人之將老也流行不息鮮能止

曷爲復以茲曾是懷苦心之孔安國尚書傳曰薄迫也楚辭曰時曇曇其將老也流行不息鮮能止言何爲復以此慕景不留之志而曾是重懷悲

遠節嬰物淺近情能不深景影也言形影苦說文曰嬰繞也

行矣保嘉福景絕繼以音景影也言形影苦絕當繼之以惠音

苦寒行 五言或曰北上行

北遊幽朔城涼野多嶮難尚書曰宅朔方曰幽都毛府韓詩曰寒凉也

入穹谷底仰陟高山盤韓詩曰在彼穹谷于窅周凝冰盤山石之安也

結重澗積雪被長巒爾雅曰巒山墮曰郭璞曰荊州謂之巒山形長狹者

巖側悲風鳴樹端不覩白日景但聞寒鳥喧猛虎憑林陰雲興

嘯立猿臨岸嘆春秋元命苞曰猛虎嘯而谷風起小夕雅曰憑依也上林賦曰立猿素雌

宿喬木下慘悽恒鮮歡渴飲堅冰漿飢待零露餐

周易曰履霜堅冰至 毛詩曰零露團兮 曹子建雜詩曰

離思固巳久窘寐莫與言 說文曰劇甚也 鄭禮記注曰懍恨

深毛詩曰 獨寐窹言 劇哉行役人懍懍恒苦寒

之貌也

不溥足

飲馬長城窟行 五言

驅馬陟陰山。山高馬不前。

漢書侯應上書曰臣聞北邊塞有陰山

往問陰山候。勁虜在燕然。

漢書一候范蔚後漢書單于登點然山

解嘲曰西北一候 寶憲征比 鄭玄考工記注也

戎車無停軌。旌旆屢徂遷。

仰憑積雪巖。俯

涉堅冰川。冬來秋未反。去家邈以縣。

獫狁匈奴也 毛詩曰獫狁孔亮 于夷 毛萇曰夷平也

征人豈徒旋。 獫狁亮未夷

末德爭先鳴

凶器無兩全者凶器也爭者
　吳越春秋范蠡曰夫人君勇者逆德也莊子曰三軍五
　兵凶器也爭者事之末也左氏傳州綽曰先二子鳴
謂李陵書曰平陰之役先二子鳴
　　　師克薄賞行軍浸微軀
捐
　賞予以守節　　　　　　　漢書字君況比延
將遵甘陳迹收功單于旃
　地人也爲郎中諫大夫使西域與副校尉陳湯共誅斬
　郅支單于又曰陳湯字子公山陽人也爲西
侯域副校尉與甘延壽俱出同斬單于首賜爵關內
　班固漢書述曰仗節收功大夏旃旗也振旅
勞歸上受爵槀街傳
　漢書陳湯上疏曰斬郅支首及名王以下宜懸
　頭槀街蠻夷邸間晉灼曰黃圖在長安城門內邸
　謂傳舍也

門有車馬客行　五言

門有車馬客駕言發故鄉
毛詩曰駕
言出遊
念君久不歸濡

迹涉江湘

毛萇詩傳曰濡漬也

投袂赴門塗攬衣不及裳

左氏傳曰楚子聞之投袂而起古詩曰上衣下衣起徘徊攬衣下裳曰以般仲春鄭玄曰春秋言溫涼也

溫涼

拊膺攜客泣掩淚敘借問

毛萇詩傳曰濡漬也投袂而起無恨楚曰爾曰春秋言溫涼也

邦族間惻愴論存亡親友

尸子曰言旋復我邦族存其生也死也

毛詩曰其生也存其死也亡言我邦族親友

多零落舊齒皆彫喪

孔融與曹操書曰海內知識零落殆盡黃石公記曰理

曹子建籙引曰親友從我遊

市朝互遷易城闕或丘荒

王聘舊齒萬事乃理毛詩曰在城闕兮

市朝人易丁歲墓兮平壠瓏日月多松栢鬱芒芒

仲長子曰仲長子昌國語藍尹門行曰占出臾子仲長

天道信崇替人生安得長

梧桐以識其崇言桐前世之崇獨居思前世之崇

國語藍尹說文曰懍寰曰召子

天道信崇替人生安得長

慷慨惟平生俛仰獨悲傷

替賈達曰終也獨賈達曰終也

說文曰懍慨壯士不

日得俛仰於之間日偈志於心莊子

君子有所思行　五言

命駕登北山延佇望城郭　孔叢子孔子歌曰巾車命駕楚辭曰結幽蘭而延佇鄭德漢書注曰城邑之居也

廛里一何盛街巷紛漠漠　漢書音義曰有甲乙次第故曰第中候曰昔黃帝軒轅鳳皇巢阿閣鄭注周禮曰立周曰娉容佁態細洞房尚書中候曰甲第崇高闥

洞房結阿閣帟宇列綺總蘭室接羅幕　篆宇列綺總蘭室楚辭曰高堂邃宇檻層軒古詩曰盧家蘭爲室桂爲梁楚辭曰翡翠珠被爛齊光阿拂壁羅幬張

曲池何湛湛清川帶華薄　邃貌色斯升哀音承　斯音亦承人生誠行邁容論語曰色斯舉矣升哀音楚辭曰升哀音承古詩曰人生天地間忽如遠行客

顏作華隨年落　顏作言淑貌而作也色斯而見升哀音亦承矣以色斯而見楚人生天地間忽如遠行客

營生奧且博　國語藥伯請公族大夫曰夫膏粱之性難止也賈逵曰膏肉之肥者粱食之精者

言其食肥美者率驕放其性難止也　章宴安消靈根酖

昭漢書注曰生業也廣曰奧藏也

毒不可恪左氏傳曰懷也杜預曰以宴安比之酖毒不可

經曰玉池清水灌靈根靈根堅固老不衰然靈根謂身

也左氏傳曰緩不書緩也以懲不恪爾雅曰恪敬也

菜食寧得不肝腦塗地也

日忽使肉食失計於廟堂

無以肉食資取笑葵與藿　公曰晉東郭氏上書於獻

公曰肉食者巳慮之矣對

齊謳行五言　漢書禮樂志

齊謳貞六人

營丘負海曲沃野爰且平　禮記曰太公封於營丘鄭玄

日齊禮記注曰負之言背也漢

地僻遠負海地大人衆鄭玄　書曰營丘晁錯新書曰齊

書曰沃野千里左氏傳齊景公欲更晏子之宅曰請更

洪川控河濟崇山入高冥　毛萇詩傳曰控引也齊有

諸藥壇之地　戰國策蘇秦曰齊有

清齊濁河傳毅洛都賦曰岱高冥之　東被姑尤側南界

獨鵠連軒者羽之雙鷗崇或爲蒿非也

一五八八

聊攝城

左氏傳晏子曰聊攝以東姑尤以西其為人也多矣杜預曰姑尤二水名姑水尤水皆在城陽齊東界也平原有聊縣東北有攝城聊攝齊西界也東南不入海者其地既非西界平原東北有聊縣東言之也攝城以西其為人也

海物錯萬類陸產尚千名

苞萬類也其禮記曰醢陸產之物也海物海之物也陸產陸之物也子虛賦曰其南則有平原廣澤其北則有陰林其中有海物錯萬類陸產尚千名物也加豆之實有青州貢也惟書曰錯厥貢鹽絺海岱惟青州禹貢九州以海

孟諸吞楚夢百二侔秦京

賦曰浮勃澥游孟諸諸吞若雲夢田肯曰秦得百二焉夢百二侔秦京者八九於其中也子虛賦曰其中曾不蒂芥漢書田肯曰秦形勝之國帶河阻山縣隔千里持戟百萬秦得百二焉夾二十萬之眾齊得十二焉故曰東西秦得百二又云齊得十二焉此所謂百二也但文相避耳

惟師懷東表

賀上曰陛下得韓信又治秦中焉齊得百二又十二也李斐謂齊雄日夾齊之地二十萬持戟百萬李斐謂時雜曰鷹揚左氏傳曰昔太十持戟百萬秦得十二焉故言東西百萬中之二也然尚父為齊斐謂秦時雜曰鷹揚也公之故謂言東西百萬中之二也林曰李斐父為齊時雜曰鷹揚也

桓后定周傾

公平公又曰公及桓公毛詩請觀於周師尚止謀定寧周傾扶危魯僖公也齊侯桓公也會鹽鐵論曰定寧周傾扶危公天道有迭

代人道無羋盈　符滔夫論

孫卿子曰日月遞照四時代御王鄙鄙哉
論語曰荷蕢而過孔氏之門者晏子春秋
景公遊牛山臨其國城而流涕曰若何
收涕曰而問之晏子獨笑於旁公收涕
涕曰若何去此而死乎使古而無死者太公桓公
仁也見不守則太公桓公將常守之矣吾君
者常守則吾君安得有此以而為流涕
勇者見死不守則莊公靈公將常守之矣吾君

牛山歎未及至人情

之至人也
不離於真謂之至人
仁者見不守則之君一諂之諛之臣二所
以獨笑也莊子曰

爽鳩苟已徂吾子安得傳　左氏傳齊侯與晏子坐於遄臺齊侯飲酒樂公曰古而無死其樂若何晏子對曰古而無死則古之樂也君何得焉昔爽鳩氏始居此地季萴因之有逢伯陵因之蒲姑氏因之而後太公因之古若無死爽鳩氏之樂非君所願也

行行將復去長存

非所營　羽獵賦序曰西京賦曰長安歷御所營禁御所營

長安有狹邪行　五言

伊洛有歧路歧路交朱輪　爾雅曰二達謂之歧歧道旁出也楊惲書曰郭璞曰乘

此下仍士衡之辭

原評士衡誤作明遠

徒鳴玉於……家……芳

訊也

朱輪者十人，曹植妾薄命行曰：輜軿飛轂交輪。相行曰輜軿飛轂交輪。漢書云……華曜也。

輕蓋承華景，騰步蹙飛塵。華景……也。

鳴玉豈樸儒，憑軾皆俊民。玉以相禮記曰趙簡子曰子君子……國語曰……子行則鳴佩玉。漢書儒林傳武帝曰吾始以尚書為樸……俊民……左氏傳楚子……論語曰請與君馮軾而觀之。尚書曰俊民……

用烈心厲勁秋，麗服鮮芳春。嚴貌也。西京賦曰麗服颺菁。余本倦遊。

客豪彥多舊親。漢書長卿故倦遊。家語曰孔子之郯遭程子於塗傾蓋而語……記曰雞鳴……考異記曰雞鳴應旦明而鳴。

傾蓋承芳訊，欲鳴當及晨。

守一不足矜，歧路良可遵。古字通也。漢書嚴安上書曰一而不變者未睹治也。淮南子曰楊子見逵路而哭之，為其可以南可以北……守也。

規行無曠迹，矩步豈遠人。以之至也。老子曰聖人抱一為天下式，河上公曰抱守也，乃知萬事務應規行，故為天下法式……楊子……規行矩步……靈賦。

投足緒巳爾，四時不必循。矩步蘇子曰行務雅曰曠遠也。慮投……楊二子規……規言。

○予字誤當從刻本作子

原作步

子

殊塗

行矩步既無所及故授足顛緒且當止矣猶如四時異
節不必相循解朝日欲行者擬足而投迹爾雅曰緒事
也孫卿子曰日月遞照四時代御

將遂殊塗軌要予同歸津 下同歸而

長歌行 五言

逝矣經天日悲哉帶地川　范曄後漢書曰上黨太守田邑
與馮衍書曰日月經天河海帶
地

寸陰無停晷尺波豈徒旋　言日無停景川不旋波以喻
年命之流行曾無止息也淮南
子曰聖人不貴尺之璧而重寸之陰
時難得而易失也說文曰晷景也

年往迅勁矢時來
楚辭
而日往釋名曰
矢指也其有所
不再來急絃然已

亮
漢書蒯通日時乎時不
楚辭

遠期鮮克及盈數固希全　管子曰往之重者莫如身左氏傳
文見上期之遠者莫如年
下僂日萬盈數也然此之盈數謂百年也列子楊朱曰
人得日百年之壽千中無一疾病哀苦居其半矣毛時曰

君子萬年，介爾景福。鄭玄曰：汝有萬年之壽矣，又助汝大福也。

容華風夜零，體澤坐自捐。捐曰坐也，無故自捐也。茲物苟難停，吾壽安得延。爾雅曰：延，長也。楚辭曰：逝將去汝。

俛仰逝將過，倏忽幾何間。倪仰已見上文。毛詩曰：逝將去汝。毛萇曰：逝，往也。楚辭曰：往來。

慷慨亦焉訴，天道良自然。但恨功名薄，竹帛無所宣。四子講德論曰：簡趨不立，則功名不宣。墨子曰：以其所行書於竹帛，傳遺後子孫。

迨及歲未暮，毛萇詩傳曰：及也。韓詩曰：歲聿其暮。薛君曰：暮，晚也。言君之年歲已晚也。楚辭曰：

長歌承我閒。君曰暮晚也言君之年歲已晚也楚辭曰

願乘閒而自察

悲哉行 五言

歌錄曰：悲哉行，魏明帝造。

遊客芳春林，春芳傷客心。和風飛清響，鮮雲垂薄陰。

蕙草饒淑氣，時鳥多好音。毛詩曰：睍睆黃。毛詩曰：好其音。翩翩鳴鳩羽，

生及別本

嗟嗟倉庚吟○禮記曰季春之月鳴鳩拂其羽毛詩曰倉庚喈喈幽蘭盈○通谷長

秀被高岑○幽蘭生平通谷而長秀被平高岑言有託也楚辭曰結幽蘭而延佇漢書伍被曰通谷數

行漢武秋風辭曰蘭有秀兮菊有芳已獨無所以增思也毛詩曰蔦與女蘿施于松柏毛萇曰蔦女蘿松蘿也詩曰南有樛木葛藟纍之鄭

立曰葛藟纍纍而蔓之尋猶緣也言己客遊不

蔓之尋猶緣也傷哉遊客王憂思一何深如蘿葛故憂

思逾目感隨氣草耳悲詠時禽窟寐多遠念緬然若

深也緬韋昭國語注曰緬猶言殊隔也願託歸風響寄言遺所欽

飛沈邈也飛沈言時因比風復惠

李陵荅蘇武書曰德音梾康贈秀才詩曰思我所欽

德音梾康贈秀才

楚妃且勿歎齊娥且莫謳○五言崔豹古今注曰吳

吳趨行趨曲吳人以謌其地也楚妃楚如樊姬齊娥齊后也歌錄

妃歎曰百崇楚楚妃歎曰歌辭楚妃

解諛江文通擬詩
徽詩詩注引及
刻本改

歎莫知其所由楚之賢妃能立德著勳垂名於後唯樊
姬焉故今歎詠之聲求世不絕孟子淵干髡曰昔綿駒
處高唐而齊右善謳方言曰秦晉之
間美貌謂之娥說文曰謳齊歌也

四坐並清聽聽我 吳越春秋日大城立
昌門者象天通閶闔

歌吳趨 風亦名破
楚門也

吳趨自有始請從昌門起 吳地記曰昌門者吳
王闔閭所作也

昌門何峨峨飛閣跨通波 西京賦曰閶闔之
內別風嶕嶢又曰
飛閣神行極於浮
柱結重欒以相承
日跨游極於屋之
曲曰阿也周書曰
明堂咸有四阿鄭
左周禮注曰四注也

重欒承游極回軒啟曲 史記曰若
煙非煙若
雲非雲鬱
鬱紛紛蕭
索輪囷是

蔼蔼慶雲被泠泠祥風過

阿言長總開於
名馬闔閭門高樓閣道西都賦
日儉除飛閣又日與海通波

山澤多藏育土風清且嘉 左氏
謂慶雲郁郁 史記曰
操士風皆不志本也 泰伯導仁風仲雍揚其波 吳太伯

傳曰晉侯曰鍾儀樂曰 泰伯導仁風仲雍揚其波 史記曰吳太伯
弟仲雍皆周太王之子而王季歷之兄也季歷賢有聖
子昌太王欲立季歷以及昌於是太伯仲雍二人乃奔

邪文作乎

荊蠻以避季歷果立是為王季而昌為文王太伯

之奔荊蠻自號句吳太伯卒無子弟仲雍立典嗣曰仁

風翔於海表揚其楚辭曰灼

泗其泥而揚其波辭曰灼明也左氏傳曰吳公子札來聘其出聘也通嗣君也

穆美也左氏傳曰吳周之冑裔也今而始大

廣雅曰灼明也

穆穆延陵子灼灼光諸華 毛萇詩曰穆穆延陵子灼灼光諸華

比于諸華 王迹隤陽九帝功與四遷 詩士漢書曰陽九厄百六厄

之會者也東都賦曰軒轅氏之所以開帝功

入百六陽九音義曰易傳所謂陽九之厄百六

也世羅猶皇綱也言大皇生 邪彥應運興粲若春林

自富春矯手而整天綱也 屬城咸有士吳

富春矯聳頓世羅 謚曰大皇帝謚文

大皇自

也毛詩曰彼己之子次彥相代也 命春秋頌曰

蓻歷亭序曰五德之運應錄 八族未足後四姓

邑最為多 府君勸耕桑于屬城也

蔡邕陳留太守行縣頌曰

實名家 四姓朱張顧陸也漢書劉敬曰徙齊諸田豪桀

張勃吳錄曰八族陳桓呂竇公孫司馬徐傳也

原訃作命

名文德熙濟懿武功俾山河者曹植令曰相者文德昭明將

謂盛多也謝丞後漢書曰朱皓德行純懿才學優裕漢

書曰漢興封爵之誓曰使黃河如帶泰山若礪國以永

存爰及

禮讓何濟濟流化自滂沱

苗裔

商度

商榷粗略也言

商度其粗略也

三以天下讓毛詩曰
月離于畢俾滂沱矣
萬日魯侯之淑魯侯之
國語注曰紀錄也廣雅曰

毛萇詩傳曰濟濟多
威儀也論語曰泰伯
何休曰淑美也賈逵曰
淑美也美好也
許慎淮南子注曰
公羊傳宋

短歌行 四言

置酒高堂悲歌臨觴

　　列子曰楚青撫節悲歌
　　楚辭曰悲歌言愁思也　王人壽

人壽幾何逝如朝霜

　　左氏傳曰俟河之清人壽
　　幾何　應氏詩曰人壽若朝霜時無重

時無重至華不再陽

　　論語摘輔像讖曰
　　及宋均曰時不再也　亦至也

蘋以春暉蘭以秋

芳。其禮記曰季春萍始生鄭玄曰萍萍華
其大者曰蘋楚辭曰秋蘭兮青青來日苦短去日苦
長。武帝短歌行篇曰苦短樂有餘韻
日蟋蟀在堂歲聿其莫毛詩
今我不樂日月其除
憂為子忘我酒既酤我羞既臧 史記曰紂為長夜之飲毛詩曰爾酒既酤爾羞既嘉
詠長夜無荒 飲毛詩曰好樂無荒
樂以會興悲以別章豈無感
今我不樂蟋蟀在房 毛詩
短歌有

日出東南隅行 五言
或曰羅敷豔歌
崔豹古今注曰陌上桑者出秦氏女也秦氏
邯鄲人有女名羅敷嫁為邑人千乘王仁為
妻。王仁後為趙王家令羅敷出採桑於陌上
趙王登臺見而悅之因飲酒欲奪焉羅敷巧
彈箏乃作陌上之歌以自明焉

扶桑升朝暉照此高臺端
山海經曰湯谷上有扶木扶
桑也十日所浴新語
木者扶桑也

娛遠
據注別呂院移轟辭注
尋文改此注誤
注

日高臺百偽臺

端猶室端也

高謂侍者曰我
奚若侍者曰公妖且麗王逸
楚辭注曰妖好也琴道雍門周曰廣厦邃房淑貌耀皎

高臺多姚麗潘房出清顏
呂氏春秋
曰列精子

日惠心清且閑
易曰有孚惠心
廣雅曰閑正也

美目揚玉澤蛾眉象翠翰
毛詩曰美
目盼兮楚

辭曰娥眉曼睩目騰光王
女之貌娥眉玉貌曼好目曼澤睩音錄

日眉如翠羽兮尚
書大傳注曰翰毛也

韓詩曰東方之日兮彼姝者子在我室
薛君曰顏魚盛美如東方之日矣周

鮮膚一何潤秀色若可餐
張衡七辯曰淑女

窈窕多容儀婉媚巧笑言
毛詩曰窈窕淑女
又曰巧笑倩兮

暮春春服成粲粲綺與紈
論語曰暮春者春服
既成毛詩曰粲粲衣服

釋名曰爵釵頭
及上施楚辭曰爵釵砥室翠翹王

金雀垂藻翹瓈珮結瑤璠
逸注曰翹羽名也毛詩曰珮玉瓊
琚杜預左氏傳注曰璠璵美玉也

方駕揚清塵濯足

洛水瀾　西京賦曰方駕授綏鄭玄儀禮注曰方併也司
馬相如諫獵書曰犯屬車之清塵楊雄太玄賦
曰踞弱水而濯足　風雲也言多也過泰賦
曰天下雲會響

應
南崖充羅幕北渚盈軿車　頲衣車也清川舍藻景
藹藹風雲會佳人何繁多　蘇武詩曰馥馥芳
馥馥芳袖揮冷冷纖指彈　見上文悲歌巳
我蘭芳又曰誰爲遊　悲歌噡響雅舞攡幽蘭
子吟冷冷一何悲　宋玉風賦曰臣援琴而鼓之爲幽蘭
韓詩曰舞則莫兮薛君曰言其舞則應雅樂也杜頲
氏傳注曰擂揚也　洛神賦曰丹脣外朗廣
白雪之曲　丹唇含九秋妍迹陵七盤　都賦曰南
結九秋之增傷怨西荆之折盤　雅曰陵乘也南
張衡舞賦曰歷七盤而屣躡　赴曲迅驚鴻蹈節如集
繽十蘭七牧曰翻放袂而赴節若遊鴻之翔天邊讓章
華臺賦曰忽飄然以輕断似鸞飛於天漢淮南子曰
龍興與華臺賦曰忽飄飄然
鸞集綺熊隨顏綏沈姿無乏之源乏或俯仰紛阿那顧步

咸可懌　張衡七辯曰蜎蠁之領阿那亘顧薯頗頥視也王逸楚辭注曰步徐行也遺芳結

飛廱浮景映清湍　爾雅曰扶搖謂之飈　周易曰慢藏誨盜冶容誨淫

遊良可歎　說文曰湍水疾也　冶容不足詠春

前緩聲歌　五言

遊仙聚靈族。高會曾城阿。　淮南子曰掘崑崙墟以下地中有層城九重其高萬一千一百一十四步二尺六寸

長風萬里舉　慶雲鬱嵯峨　慶雲已見上文　魏文帝詩　宓妃

洛浦玉韓起太華　楚辭曰王韓獨宓妃於伊洛　何人翔翾隨天淪神仙

興洛浦玉韓起太華

傳曰衞叔卿歸華山漢武帝令與數人博者為誰叔卿也又曰劉根初學道至華陰見一人乘白鹿從十餘玉女根頓首乞一言神人乃住曰爾聞有韓眾　不苔曰實聞有之神人即曰即是也尚書曰至于太華即

北徵瑤臺女　南要湘川娥　爾雅

日微召也楚辭曰望瑤臺之偃蹇兮見有娀之佚女西

京賦曰懷湘娥王逸楚辭注曰堯二女娥皇墮湘

水之中為湘夫人也

蕭蕭宵駕動翩翩翠蓋羅

龍篇曰芝蓋翩翩甘泉賦曰咸翠蓋而鸞旗

故曰摖也鸞旗已見上注楚辭曰鳴玉鸞之啾啾又曰

周曰水嬉則建羽旗瓊鸞以施於旗上鸞鳥之啾啾曰

羽旗摖瓊鸞玉衡吐鳴和雝

賦曰太容吟曰念哉揮動也

和皆以金為鈴也應劭漢書注曰鑾在軾和在衡

枉玉衡於炎火王衡已見上注楚辭曰鳴玉鸞之

西京賦曰洪崖立而指麾太容黄帝樂師廣雅曰揮

薛綜曰三皇時伎人也

容輝高紞洪崖發清歌

曰獻酬交錯漢書曰永谷

曰遙輿輕舉登霞倒景

麇鹿獻酬既巳周輕舉乘紫霞

余馬乎咸池總髮於湯谷

桑又曰朝濯髮於湯谷乘雲車排閶闔淪天門高誘曰

惣轡扶桑枝濯足湯谷波

子曰馮夷大禹之御也蔡雍述征賦曰皇家赫而天

天門上帝所居紫宮門也

清輝溢天門鏖慶惠皇豪

居寓方徂
而星集

塘上行

五言歌錄曰塘上行古辭或云甄皇后或云魏文帝或云武帝歌曰蒲生我

池中生蒲葉何　離離

江蘺生幽港微芳不足宣　張揖漢書注曰江蘺香草也郭璞曰似水薺也楚辭曰發藻玉臺

風雲會移居華池邊　周易曰潤之以風雨西京賦曰西有玉臺連以昆德孟冬

下垂影滄浪泉　西京賦曰滄浪之水清滄浪水色也

既巳渥結根奧且堅　毛詩曰既霑既渥太山阿古詩曰泛舟孤生竹結根毛萇曰渥厚也沾潤

奧猶深也四節斷不處華繁難久鮮澆氣與時殞餘芳隨風　司馬遷悲士不遇賦曰天道悠昧人理促芳

抱天道有遷易人理無常全　天道悠昧人理促芳

懷智傾愚女愛衰避娥　莊子曰喜怒相疑愚智相欺仲尼曰彊者勝弱智者欺長子昌言曰彊者勝弱智者欺

愚不惜微軀退，但懼蒼蠅前。

毛詩曰營營青蠅止于丘也　鄭玄曰蠅之為蟲汙白使黑汙黑使白喻佞人變亂善惡也

願君廣末光，照妾薄暮年。

日月之末光　暮年喻老也　封禪書曰使獲

樂府一首　會吟行五言　謝靈運

六引緩清嚶，三調佇繁音。

沈約宋書曰控揭宮引第二徵引第三羽引第一四古有六引其宮引本第二角引本第四也並無歌有三琴調第三楚調第四側調第五清平側也爾雅曰佇立也郭璞曰佇久立也

列筵皆靜寂，咸共聆會吟。

廣雅曰聆聽也　會吟自有初請從文命敷

會吟自有初，請從文命敷。

尚書曰敷績壺與始列木又大禹曰文命敷于四海史記曰夏禹名曰文命尚書傳曰敷陳也

至江汜

尚書曰嵎州既載壺口治梁及歧又曰岷山導江毛

詩曰江

列宿炳天文貢海橫地理〔前漢書地理志曰吳地斗分野論衡曰天文列宿炳奧貢海已見上文宋裏易緯注曰天文者謂三光地理謂五土也〕

各百里〔上林賦曰蕩平八川分流相背而異態毛詩曰滮池北流浸彼稻田毛萇曰滮流貌也王逸楚辭曰曖闇眛貌也〕

滮池漑粳稻輕雲曖松杞 連峯競千仞背流〔兩京也曹子建贈丁儀詩曰佳麗殊百城三都蜀吳魏也〕

兩京懷佳麗三都 豈能似〔詩曰〕

層臺指中天〔楚辭曰層臺累榭臨高山列子曰公用射周易曰公用射〕

高塘積崇巘〔王築臺號曰中天之臺周隼于高墉之上爾雅曰崇重也王肅家語注曰高一大曰堵三堵曰雉也〕

飛燕躍廣途鶬〔西京雜記曰文帝自代還有良馬九匹一名飛燕驪南子曰龍舟鷁首毛萇詩傳曰沚一名〕

百戲清泚〔周禮曰立市周穆王為其肆鄭玄曰肆陳物處也毛詩曰窈窕〕

肆呈窈窕容路曜便娟子〔淑女枚乘兔園賦曰採桑之女連袖方路磨陸長髻便娟子常恐日月傾王〕

便娟數顧〔阮籍詠懷詩曰路端便娟子〕

逸楚辭注曰　便嬹好貌也

自來彌年代賢達不可紀爾雅曰句踐善

廢興越叟識行止

越公也越絕書曰越王句踐平吳周元王賜句踐叟蓋欲復其雠師事越公子胥錄其術周易曰時止則止時行則行動靜不失其道光明

范蠡出江湖梅福入城市

會稽之恥乃謂然而歎曰計然之策七越用其五而得意既已施於國吾欲用之於家乃乘扁舟浮於江湖變名易姓適齊為鴟夷子漢書曰梅福字子真九江人也少學長安至元始中王莽顓政福一朝奔妻子去九江至今傳以為仙其史記曰范蠡既雪

東方就旅逸梁鴻去桑梓

後人見福於會稽者變姓名為吳市門卒　東方朔者楚人也在吳中為書師武帝時上書拜為郎至宣帝初奔郎去以避亂政置冠幘官舍風飄之夫後見會稽賣藥旅逸漢書謂為客曰梁鴻字伯鸞扶風人也東出關遂至吳依大家皋伯通居廡下為人賃春伯通異之乃舍之家鴻著書十餘篇毛詩曰惟桑與梓必恭敬止

牽綴書辭彈意未巳

樂府八首　東武吟

左氏傳晉侯曰鍾儀　樂操土風不忘本也　五言左思齊都賦注曰東武太山皆齊之土風　弦歌謳吟之曲名也

鮑明遠

主人且勿諠賤子歌一言　賓邑自稱賤子　漢書曰王邑請召

僕本寒鄉

士出身蒙漢恩始隨張校尉占募到河源　漢書曰張騫漢中人也　張騫以校尉從大將軍擊匈奴知水草處軍得以不乏占募　漢書曰吳志曰中郎將周祗乞於郡　漢書曰自隱度而應募爲占募也　漢書曰自張騫窮河源也

後逐李輕車追虜窮寧塞　漢書曰李廣從弟李蔡爲郞事武帝元朔中爲輕車將軍　漢書曰耿夔爲輕車將軍追虜窮塞　漢書曰王有功封樂安侯范瞱後漢書曰

密塗亘萬里寧歲　方言曰竟也　國語左氏

垣軍擊右賢王　軍擊右賢王漢書曰蔡邑上疏曰秦築長城漢起塞垣所以別內外異殊俗也

安城漢起塞垣　追虜出塞而還安城漢起塞垣

猶七奔　日孔安國尚書傳曰密近也　子曰密自子之行晉無寧歲左氏　日姜氏告於公子曰七奔

晉錄十字惟言其二躬
郢老田丈耳不觀前後
文氣芝兄有經趨祥彼
文也意

傳曰巫臣請使於吳晉侯許之乃通吳於晉吳始伐楚

子重奔命吳入州來子反於是乎一歲七奔命

肌力盡鞍甲心思歷涼溫 孟子涼溫已見上文 思將軍既下

世部曲赤罕存 厲芳吁嗟惜哉乃下世兮司馬彪續漢

書曰大將軍營五部部校尉一人 人部有曲曲有軍候一人

苔客難事異曰呂公窮老 少壯辭家去窮老還入門

時異事異託身於我 古長歌行曰少壯不努力漢書頗切昔

如轄上鷹今似檻中獲 東觀漢記桓虞謂趙勒曰善吏如良鷹矣下轄即中淮南子曰

置獲檻中則與純同非不肆其能也 不徒結千載恨空負百年怨言

巧捷也無所肆其能也

在已若 棄席思君幃疲馬戀君軒願垂晉主惠不愧

何賀之 言已窮老而還則兼愛之道斯同故亦無愧於田子

田子魂而不見遺則兼愛之道斯同故亦無愧於田子

也晉主言惠田子言愧互文也然田子久謝故謂之魂

韓子曰文公至河令籩豆捐之席蓐捐之手足胼胝面目犂黑者後之今得反之咎犯聞之而夜哭公曰寡人出士二十年乃今得反國咎犯聞之而哭意者不欲寡人反國邪咎犯對曰籩豆所以食也而君捐之席蓐所以卧也而君棄之手足胼胝面目犂黑者勞有功者也而君後之今臣與在後之中故哭之

傳之曰今昔臣與君在方出見老馬於道哀其力故放之放者不用故束帛而贖之

子方曰此何馬也御者曰故公家畜也罷而不為用故出放之田子方曰少盡其力而老弃其身仁者不為也束帛而贖之

衣薻巾聊樂我魂所薛君曰魂神也

出自薊北門行

五言 漢書曰薊故燕國也

羽檄起邊亭烽火入咸陽

漢書高祖曰吾以羽檄徵天下兵史記曰有寇至則舉烽火風俗通曰文帝時匈奴犯塞候騎至甘泉烽火通長安臣瓚漢書注曰甘泉烽火通長安又曰勤兵太原郡有廣武縣又鄜食其曰聚天下兵軍於廣武

徵騎屯廣武分兵救朔方

漢書贊曰聚

其三

嚴秋筋竿勁◦虜陣精且強◦ 天子按劒怒使者遙相望◦ 雁行緣石逕魚貫度飛梁◦ 簫鼓流漢思旌甲被胡霜◦ 疾風衝塞起沙礫自飄揚◦ 馬毛縮如蝟角弓不可張◦ 時危見臣節◦世亂識忠良◦ 投軀報明主◦身死爲國殤◦

〔注〕

楚人聞則分兵救之。又有朔方，漢書曰，武帝開朔方郡。

者馬肥大，漢書曰，秋，匈奴……所以爲踐行也。周禮曰，弓人爲弓，冬析幹而春液角，夏治筋，秋合三材。不甘不利。王弼曰，貫，倒頭而次。歷似貫魚。

者遙相望，說文曰，說。公孫石山先以登，周易曰，貫魚。漢書曰，鴈行上相次似貫魚。

度飛梁爲鴈，漢書曰，公……帝遣使。秦帝按劒盖相望於道。漢鷹行緣石逕，魚貫。孫……登校尉擊匈奴至右賢王庭，寵無。

簫鼓流漢思雄甲被胡霜，……易命歷序曰，大風揚沙。春……易通卦驗曰，大風飄石。

縮如蝟韋鞲角弓持急絃。深，西京雜記曰，元封二年大雪，牛馬皆死……野獸皆死。露衣裳，老子曰，昏……鳩鳥化爲鷹，鷹化爲鳩。時危見臣節，世亂識忠良，亂曰，國家昏亂有忠臣。

投軀報明主身死爲國殤。戰亡也。楚辭祠國殤曰，身既死兮神以靈，魂魄毅兮爲鬼雄。既死。

結客少年場行 曹植結客篇曰結客少年場報
怨洛北芒范雎後漢書曰祭遵
嘗為部縣之吏所侵
結客報之也所侵

驄馬金絡頭錦帶佩吳鉤
古曰出東南行曰黃金絡馬
頭觀者滿道傍禮記曰居士
錦帶范雎世要論
錦帶吳都賦曰吳鉤越棘也
吳鉤越棘也

失意杯酒間白刃起相讎
相讎韻酌遲速論
賓追兵一旦

追兵一旦至負劍遠行遊
漢書曰謂捕已也遠行
兵曰世祖會追兵
至燕丹太子聽秦
之也范雎後

去鄉三十載復得還舊丘
洛陽記曰洛陽有四關
北關比孟津西
關曰廣雅曰
丘居也

升高臨四關表裏望皇州
函谷表裏猶內外也左
氏傳子犯曰表裏山河也
人營國傍三門國中九經九緯
鹿盧之劍可負而拔日

九塗平若水雙闕似雲浮
王姬人鼓琴琴聲曰
至負劍遠行遊
九塗平若水雙闕似雲浮
鄭玄曰經緯塗也古詩曰雙闕百餘
人營國傍三門國中九經九緯
日平者水停之盛也其可以為法也
古詩曰雙闕百餘
莊子曰

尺史記曰三神山黃金白銀爲宮闕
望之如雲崔駰達曰日冠盖雲浮

列王侯 王侯迎者夾道 漢書曰宣帝登長平坂

流貨張協禊飲賦曰市致天下之人聚天下之貨 周易曰日中爲市

陳膠葛兮流波亂

扶宮羅將相夾道

日中市朝滿車馬若川

擊鍾陳鼎

食方駕首相求
夫子將食方駕巳見 今我獨何爲坎壈懷百憂 左氏傳曰宋左師每食擊鍾聞鍾聲公曰子路南遊於楚積粟 家語曰子路南遊於楚 嵇康幽憤詩曰宁獨何爲 楚辭曰貧士失職而志不平又曰坎壈不遇貌

萬鍾列鼎而食方駕自相索

上文右詩曰冠帶自相索

幽憤詩曰宁獨何爲楚辭曰貧士失職而志不平又曰坎壈不遇貌

惟鬱鬱之憂志坎壈而不違王逸曰坎壈不遇貌

毛詩曰我生之後逢此百憂

之後逢此百憂

東門行 歌錄曰日出東門行古辭也

傷禽惡弦驚倦客惡離聲 戰國策魏加對春申君曰臣少之時好射願以射譬 可乎春申君曰可異日更羸與魏王處京臺之下更羸 謂魏王曰臣能虛發而下爲魏王曰然則射可至此乎

隋

更嬴曰可有鴻鴈從東方來更嬴以虛弓發而下之王
曰射之精可至此乎此孽也王曰先生何以知
之對曰其飛徐者也悲鳴者久失羣也故創未
息而驚心未忘聞弦音引而高飛故創裂君常
拒爲秦之將不可爲離聲斷客情實御皆涕零涕零心斷絶

將去復還訣 決訣同 一息不相知何况異鄉別 息端也遙遙
遙征駕遠杳杳落日晚 遙遙楚辭曰杳以西頹
居人掩閨卧行子夜中飯野風吹秋木行子心腸斷幽食
梅常苦酸衣葛常苦寒 淮南子曰絺兮綌兮百梅足以爲百人酸其以爲風毛詩曰絺兮綌兮凄其以風毛
綠竹徒滿坐憂人不解顏 禮記曰綠竹列子曰綠竹老師之器也列子曰綠竹列子樂之器也禮記曰列子曰鄭玄禮記注曰
寒風凄風也 商氏五年之後夫子長歌欲自慰彌起長恨端

始一解顏而笑也 彌益
也彌益

苦熱行　曹植

交阯鄉苦熱行曰　漢書西域傳杜欽曰又歷大
行遊到日南經歷　苦熱但曝露越夷水中藏
赤阪橫西阻火山赫南威
阪令人身熱無色頭痛嘔吐東方朔神異經曰南荒之外有
有火山焉長四十里廣四五里其中皆生木晝夜火燃
方不視鳥鳶不可以止雕　王歆之始興記曰雲日南有赤
火雖不滅風雨暴　黑齒得人以把其骨為臨
身熱頭且痛鳥墮魂來歸
赤魚出游莫有游焦石坼曲　魏武帝芳草以
仰視鳥鳶墮水中楚辭曰魂來歸官屬南
熱之熱恒數四丈楚辭曰觸石礆而　湯泉發雲
蒸氣熱也南越志曰寧縣有細赤魚出水山焉其下有焦石敧
岸礆同與　赤魚出游莫有水源泉者焦煙如沸蓋
坼岸同　衡遊坤蒼曰焦石礆曲
潭焦煙起石坼
日月有恒昏雨露未嘗晞
未晞毛萇日晞乾也東觀漢記馬援曰吾在浪泊之時
感時賦曰惟淫雨之水降曠三旬而未晞雲魏都賦曰月恒翳曹植洛
上下潦丹蛇踰百尺立蜂盈十圍
之夫九疑曰五萬里楚蛇辭居

行暉輝行人之
景耳以狁牙
短短射影一竅

蘭即里足之辞
青春草中山隈之
若草涯南萬之
畢莽之菴草
兮俗謂之小菴
莫朱蒔沈

日赤蟻名象玄蜂若壺。百尺十圍言其長大也。

含沙射流影，咳蠱痛行暉。

千寶搜神記曰：有物處于江水，其名曰蜮，一曰短狐含沙，一名火。射人影，所中者頭扁發熱，劇者至死。毛詩義疏曰：短狐能含沙射，一名射影，即飛蠱也。顧野王輿地志曰：江南數郡有畜蠱者，影主人行即飛蠱也。飲中人不覺也，其家有畜，絕滅。吳志……

盡者行則飛暉，行遊之光暉，即蒼梧南海歲有瘴風。郭氣宋永初山川記曰：山川記曰，有毒其上露觸之肉……

華嚴表曰：蒼梧南海歲有瘴風。寧州郭氣，晝露四時不絕。蒿草名有毒。

郭氣晝重軆，蒿露夜沾袠。

即潰爛。藺音闌。南越志曰：南越上露石縣有……銅澗泉源沸湧，謂之……

飢猨莫下食，晨禽不敢飛。

毒豹飛禽走獸經之者殤。七日不下食，曹植七哀詩曰：南方有谷子妻曰……女傳南方有谷子妻曰……

鳥不毒涇尚多死。渡瀘寧具腓。

而次秦人俱病也。左氏傳師人多死，諸葛亮表曰：五月渡瀘……寧有俱病也。諸侯之大夫從晉侯伐秦濟涇而況言秦人毒瘴涇尚或多渡瀘諸葛亮表曰五月渡瀘……

脯毛萇曰毛脯病也。詩曰秋日凄凄。脯音肥。

深入不毛萇曰毛脯病也。詩曰秋日凄凄百卉其生軀蹈死地昌志……瀘音盧。凄音凄。腓音肥。

後漢書馬援傳樓
船將
謂孟冀曰昔伏
波的軍威博德
開置七郡裁封
數百戶

注

登禍機 地列女傳曰楚子發之母謂子發曰使人入於死
日軍事險危故也司馬彪曰死地也以
非之謂也司馬彪曰死
來若機栝之發機括圓
漢書述曰禍之發如
子徵為戈船將軍出零陵下離水
還京師朝見
位次九卿朝見
嚴為戈船將軍

戈船榮既薄伏波賞亦微
韓詩外傳曰諸侯平皆素錦
燕相齊遂罷宋
歸義侯
漢書曰交阯女
漢書側曰振軍旅

財輕君尚惜士重安可希

不歸舍燕門射田饒等
何士曾不能用所輕
繡從風而獎士所重君不
難用也財者君所輕欲使士
死者士所重君不得錄衣夫財欲使
致君重乎輕

白頭吟
西京雜記曰司馬相如將聘茂陵人女為妾卓文君作白頭吟以自絕相如乃止
沈約宋書曰古辭願得一心人白頭不相離凄凄重凄凄嫁娶不須啼

直如朱絲繩清如玉壺冰
朱絲繩朱絲而疏越也禮記曰清廟之瑟朱絲而疏越
嫁娶不須啼古辭願得一心人白頭不相離凄凄重凄凄
神瑟論曰新廟之神瑟

農始削桐爲琴繩絲爲絃秦子曰五

壹必求其以盛干將必求其以斷　何斲宿昔意猶恨

坐相似

猜疑也爾漢記段任曰武達書曰張奐事勢相友遂懷猜恨方言曰
因也猜疑千才句仍

毫髮一爲瑕丘山不可勝　人情賤恩舊世議逐衰興

者鄭玄曰道絕也
胣芒仲長子昌言曰事求絲髮豐敗成於上海文子曰禍福之
陵之禍曰劉之至琨王浚王山
李尤戟銘曰于亳山越
毛詩序曰朋友道絕

食苗實碩鼠玷白信薈蠅

食我苗碩鼠碩鼠爲無蟲
毛詩曰碩鼠碩鼠無
韓詩外傳曰田饒
魯哀公而不見

觳觫遠成美薪芻前見陵

事

汗白使黑鳬鵠

已見上文黑呌夜不失時信也足
察也謂哀公曰夫雞頭戴冠文也
勇也有食相呌來近也五夫黃鵠
而食君之者以其稻梁無此也一舉
油食故魚鼈啄君黃鵠舉之以千里
遠也食君去而不光譬若積薪燎
虛無因循常後而不君子之言也著
頡

篇曰陵侵也。史記曰：汲黯謂武帝曰：陛下用羣臣如積薪，後來者居上。

申黜褱女進，班去趙嬩昇。
毛詩序曰：幽王取申女以爲后，又得襃姒。申黜褱女也。班婕妤好辭賦，好怨詩。心賞猶難恃，貌恭豈易憑。

周王日淪惑，漢帝益嗟稱。
呂氏春秋曰：幽王淪惑。班婕妤好詩賦，心賞猶難恃，貌恭。

心猶不足恃，尚書持者曰貌曰恭而古來共如此非君獨

易憑心。

古來共如此，非君獨撫膺。
欲學其道聞言者巳。別子曰昔人有知不死之道者齊子死乃而撫膺而歎。

撫膺。

放歌行
古歌辭錄曰：放孤子生行。楚辭曰：蓼蟲不徙乎葵王言蓼蟲處辛辣食苦惡。

蓼蟲避葵堇習苦不言非。
不徙葵藿食甘美者也。楚辭曰蓼蟲不徙乎平葵藿王漢書酈食其其曰齷齪食苦惡苦。

小人自齷齪安知曠士懷。
漢書曰齷齪好齷齪其將。史記曰雞三號平明東觀出入禁禮也史記杜詩曰伏湛出入禁。

雞鳴洛城裏禁門平旦開。

門補拾遺闕冠蓋縱橫至車騎四方來素帶曳長颸華纓結

〔禮記曰大夫帶素爾雅或爲此犬𤟘𤟘

與𡹬同古字通也七啓之纓

遠埃

鍾鳴猶未歸　詔曰鍾鳴漏盡湯城路

日中爲市巳見上文崔元始正論永寧字夷

日世有夷險殺之而愛其

左氏傳尹

世不可逢賢君信愛才　魏雙傷於匈公欲

才明慮自天斷不受外嫌猜　禮明慮弘深

李尤上林苑銘曰顯宗備

左氏傳箋尹

一言分珪爵片善辭草萊　張竦漢書

奏曰一言之勞皆蒙丘山之賞解嘲曰析人之

左氏傳注曰猜疑也

克黃曰君天也杜預

桂擔人之爵莊子曰農夫無草萊之事則不比

豈伊白

二言分珪爵片善辭草萊

璧賜將起黃金臺　史記白璧一雙王隱晉書曰段匹

說趙孝成王一見賜

王置千金於臺上以

燕太子丹金臺易水東南十八里燕昭王置千金

彈討石勒進屯故安縣故

日黃金臺易水東南十八里

升天行

今君有何疾臨路獨遲迴

既延天下之士引之

異故貝引之說

延天下之士引之

家世宅關輔勝帶宮王城　關關中也漢書曰右扶風左馮翊京兆尹是爲三輔東京家謂漢三

賦曰然後備聞十帝事委曲兩都情也論衡曰

以建王城後

帝燿德十卷見物與衰覿俗屯難也奈何兮朝華

百歲十倦見物與衰覿俗屯平周易曰

恍惚似朝榮　猶運掌言疾也孟子曰武丁朝諸侯有天下翻翩類迴掌

窮塗悔短計晚志重長生　問太一之道太

榮兮斃　春秋合誠圖曰黃帝請

齋戒六丁從師入遠岳結友事仙靈圖　莊子曰從師不

道乃可成楚辭而爲偶　郭象曰任其

抱朴子曰余聞鄭君言道書之重莫尚於三皇文五岳

松結友比王喬唯見授金丹之經又曰九

真形圖也又曰鄭君唯見授金丹之經又曰九

自聚非也書之重莫尚於三皇文五岳

五圖發金記九篇隱丹經

丹金液經皆在崑崙五城之內藏以玉函尚書曰啓筮篇

見書鄭玄易緯注曰齊魯之閒名戶及藏器之管曰

九篇以藏故曰經而丹緯有九篇也

風餐委松宿雲卽恣天行　莊子曰姑射之山

解玉佩也言向注

有神人居焉不食五穀吸
風飲露乘雲氣御飛龍

冠霞登綵閣解玉飲椒庭 郭璞

遊仙詩曰振髮戴霞解褐禮絳霄陸機雲賦曰似長
城曲蜿綵閣相扶椒庭取其芬香也洛神賦曰踐椒塗日
之郁

暫遊越萬里近別數千齡

語神女曰昔與女郎遊于安息憶此未久已二千年矣
之能馬明先生別傳曰先生隨神士還代雲賦曰
列 之神仙傳曰簫史者秦穆公時人也善吹簫繆公

鳳臺無還駕簫管有遺聲

有女號弄玉好之公遂以妻之遂教弄玉作鳳鳴居數
十年吹似鳳聲鳳皇來止其屋為作鳳臺夫婦止其上
不下數年一旦皆隨鳳皇飛去故秦氏作鳳女詞王安在哉
有簫聲阮籍詠懷詩曰有遺音梁王安
有簫聲阮籍詠懷詩曰有遺音梁王作鳳女詞王安在哉 **何時**

與爾曹啄腐共春腥

如淳漢書注曰曹輩也孔安
國尚書傳曰腥臭也

鼓吹曲一首　謝玄暉

蔡邕曰軍樂也謂之短簫
鐃歌黃帝岐
伯所作也

五言漢書云
鼓吹鐃歌
奉隋王教作古入朝曲

原文无先字

江南佳麗地。金陵帝王州。爾雅曰江南曰揚州佳麗巳見上文吳錄言於孫權曰秣陵楚武王所置名為金陵秦始皇時望氣者云金陵有王者氣故斷連崗改名秣陵也曹植贈王粲詩曰

逶迤帶淥水。迢遞起朱樓。也馮衍顯志賦曰且以淥水劉逵吳都賦曰伏朱樓而四望採三秀之華英絕絕懸王逸楚辭注曰逶迤長貌

飛甍夾馳道。垂楊蔭御溝。也吳都賦曰飛甍舛互古崔豹古今注曰天子道也洛今注曰長安御溝謂之楊溝謂於其上植楊陽記曰天淵南有石溝御溝謂之不敢絕馳道應劭曰馳道

疊鼓送華輈。凝笳翼高蓋。徐引聲謂之小雅曰翼翼送之疊西京賦曰龍輈馬高蓋小擊鼓謂月獻納范雎曰郭京賦序曰朝久論思華曰肅

獻納雲臺表。功名良可收。兩京賦序日朝久論思華曰肅輈獻納范雎後漢書曰

解嘲 嘲曰蘭先生收功於章臺宗詔賈逵入講尚書南宮雲臺

挽歌 笺者不敢哭而不勝哀故為此歌以寄哀音焉譙周法訓曰挽歌者高帝召田橫至尸鄉自殺

挽歌詩一首 〔五言〕　　　繆熙伯

文章志曰繆襲字熙伯魏志曰襲字東海人有才學多所敘述官至尚書光祿勳

生時遊國都死沒弃中野　歸田賦曰遊都邑以永久周易曰古之葬者厚衣之以薪葬之中野

朝發高堂上暮宿黃泉　論衡曰親之生也其死也葬之高堂之上其死也葬之中野玄地黃泉在地中故言黃泉也

白日入虞淵懸車息駟馬　淮南子曰日出于暘谷至于虞淵是謂黃昏

造化雖神明安能復存我　淮南子曰大夫恬然無為與造化逍遙存已見上文

稍歇滅齒髮行當墮　自古皆有然誰能離此者　穆天子傳

挽歌詩三首 〔五言〕　　　陸士衡

七萃之士曰
自古有死生

注疑　注中第二難字點誤

卜擇考休貞嘉命咸在茲　儀禮曰筮若不從筮擇如初儀又曰卜若不從卜擇如初

儀鄭玄曰擇地而筮之也鄭玄周禮注曰大貞大卦也廣雅曰命名也凰駕驚

也鄭衆周禮注曰大貞大卦也廣雅曰命名也毛詩曰星言夙駕又曰徒御不驚龍

徒御結鑾頓重基　春秋運斗樞曰山者地基也

幌被廣柳前驅矯輕旗　禮記曰飾棺君龍帷三池振容在傍曰帷

在上曰荒皆所以衣柳然龍荒畫龍於荒也被猶衣也

史記曰周氏置季布於廣柳車中劉熙釋名曰興棺之

車其蓋曰柳晉灼漢書曰柳聚也眾飾之所聚也禮記

曰以死者為不可別也故以其旗識之賀循葬禮曰杠

今之旅也古以緇布為之絳題姓名而已不為畫飾幌與荒同古字通

名而已不為畫飾幌與荒同古字通殯宮何嘈嘈曰哀

響曰沸中闈　釋名曰殯於西壁下塗之曰殯宮中闈曰　謳謹聽我

響曰沸中闈　釋名曰於西壁下塗之殯儀禮曰遂適殯宮中闈目多謳謹聽我

薤露詩　崔豹古今注曰薤露蒿里並喪歌出田橫門人

薤露詩　崔豹古今注曰薤露蒿里並喪歌出田橫門人

自殺門人傷之為之悲歌言人命如薤上之

露易晞滅亦謂人死魂精歸于蒿里故有二章其一曰

露易晞滅亦謂人死魂精歸于蒿里故有二章其一曰

露上朝露何易晞露晞明朝更復落人死一去何時歸

其二章曰薨里誰家地聚斂魂魄無賢愚思伯一何相

催促人命不得少跰蹋至李延年乃分二章為二曲隴
使挽柩者歌之世亦呼為挽歌也

當有時○

露送王公貴人薨里送士大夫庶人
范曄後漢書曰唐姬詩曰死生各異兮從此乖
周禮曰喪祝掌大喪祖飾棺乃載鄭玄曰祖為

死生各異倫祖載○

儀禮曰遷于祖用輀正柩
白虎通曰祖者始也始載於庭鄭說不同故俱
行始也其序載而後名曰祖載也白虎通曰

引含盟尉兩楹位啓殯進靈輀

之
禮記曰遷于祖又曰殯於兩楹之間鄭玄曰設如初又
請啓期鄭玄曰請啓殯之期也說文曰輀喪車也禮記
孔子曰予疇昔之夜夢坐奠於兩楹之間

飲餞觴莫舉出宿歸無期○

坐奠於兩楹之間而見也
毛詩
饋食言奠者以為函也
鄭玄禮記注曰祖即席也孔安

飲餞于禰

帷裧曠遺影棟宇與子辭○

日出宿于沸
尚書王曰雖有周

國尚書傳
親不如仁人孔安

周親咸奔湊友朋自遠來

曰曠空也
尚書王曰雖有周

國曰周至也王逸楚辭注曰湊聚也

眾也論語子曰女朋自遠方來

翼翼飛輕軒駸駸策駿篤

駕彼

素騏毛詩曰乘其四駱載驂駿駿又曰按鸞遵長薄送
有驊有騏毛舊曰蒼白曰騏也

子長夜臺漢書曰冥冥九泉室漫漫長夜臺呼子子不
詩曰天子按鸞徐行阮瑀七哀詩毛杜預左氏傳注曰欑棺

聞泣子子不知歎息重欑側念我疇昔時
也楚鎮切左氏傳羊斟疇昔之羊子爲政

爲殉沒身易亡救子非所能三秋猶足收萬世安可思
殉漢書注曰士殉物曰殉之或劉表與袁譚書曰聞之身從物曰殉毛詩一

舍言哽咽揮涕涕流離
哽咽若存若亡士長門賦曰

而從橫
曰涕流離

重阜何崔嵬玄盧窬鼠其間曹植曹嗜誅曰旁薄立四
痛立盧之虚廓

極穹隆放蒼天爾雅曰東至於泰遠西至於邠國南至
於僕鈆比至於祝栗謂之四極太玄經

薄而向乎上故天裹地旁側聽陰溝涌卧觀天井懸
曰天穹隆而周乎下地

左margin手書: 別本此云在流離
觀友思一云後是
也

三六

葬者於壙中爲天象及江河陰溝江河也天井天象也魯靈光殿賦曰玄體騰漏於陰溝史記曰始皇治酈山以水銀爲江河上具天文天井一名天井官星占曰東井一名天井張奐遺令曰吾死之日地底冥冥長夜無曉期

胡可以問之對曰今臣將有遠行病桓公往問之高誘曰行謂即世也

人往有反歲，我行無歸年。
廣霄何寥廓，大暮安可晨。

昔居四民宅，今託萬鬼鄰管子曰士農工商四民者國之正民也淮南子曰海水經枝名曰鬼門曰東海中有山焉名度索上有大桃樹東北萬鬼所聚

昔爲七尺軀，今成灰與塵。
淮南子曰吾生有七尺之形

吾死也有一棺之土韓子曰肥骨消滅隨塵去

金玉素所佩，鴻毛今不振。
已而土李尤九曲歌曰珂錫佩珠玉鄭玄喪服有服漢書郊祀歌曰曳鴻毛輸輕也司馬相如美人賦曰弱

豐肌饗螻蟻，妍姿永夷泯。
輕於豐肌饗螻蟻妍姿永夷民莊子曰弱司馬相如美人賦曰弱豐肌莊子曰吾以天地爲棺弟子曰恐烏

死弟子欲厚葬之莊子曰吾以天地爲棺弟子曰恐烏鳶之食夫子也莊子曰在上爲烏鳶食在下爲螻蟻食

奪彼與此何其偏也廣雅
曰夷滅也爾雅曰泯盡也

曰塞將澹兮壽宮與日月兮齊光王逸
處也左氏傳曰王孫蒲對楚子曰螭魅
杜頠曰螭山神獸形魅怪物也周禮曰
爲鄉使之相賓鄭玄曰賓客其賢者也

壽蟉延蟉魅虛無兮自相賓〔楚
之貪亂寧爲荼毒〕辭
又曰假寐永歎

怨螭魅我何親拊心痛荼毒永歎莫爲陳〔文
毛詩曰民〕

流離親友思惆悵神不泰〔流
離已見上文楚辭
曰惆悵兮而私自憐素驂竛〕

輭車立馬駕飛蓋衰鳴與殯宮迴遲悲野外〔殯
宮已見上文魂
周禮曰蕷車服志曰禮葬有魂車儀
禮曰蕷車直東榮鄭玄曰進車〕

連寂無響但見冠與帶〔
備物象平生長旌誰爲旆孔子〕

者象生時將行陳駕
今時謂之魂車也

明器者備物而不可用〔悲風徽行軦傾雲結流謣〔
周禮曰大喪供銘旌 爾雅曰徽〕

止也或作鼓軌車也結猶積也文字
集略曰靈雲雨狀也藹與靄古字同振策指靈上駕言
從此逝　鄉之足顧戀祖宗之靈上毛詩曰駕言出遊
秦嘉詩曰振策陟長衢曹植感節賦曰駕言豈吾遊

挽歌詩一首　五言

陶淵明

荒草何茫茫白楊亦蕭蕭
古詩曰四顧何茫茫東風搖百草又曰白楊何蕭蕭松栢楚辭曰

嚴霜九月中送我出遠郊
颯颯兮木蕭蕭
夾廣路楚辭曰風
邑外郊
嚴霜爾雅曰

四面無人居高墳正嶕嶢
嶕嶢字林曰嶕嶢高貌也馬為

馬為仰天鳴風為自蕭條
蔡琰詩曰馬為立踟躕車為我吟幽
夫躬絕命辭曰
馬為漢書息

幽室一已閉千年不復朝
千年不復朝賢達無奈何

向來相送人各自還其家親戚或餘悲他人亦已歌死去何
所道託體同山阿

雜歌

歌首 序荊軻史記曰荊軻衛人其先齊人徙於衛衛人謂之荊卿之燕燕人謂之荊卿荊卿好讀書擊劍

燕太子丹使荊軻刺秦王丹祖送於易水上 崔宣定四民月令曰祖道神祀以求道路之福

高漸離擊筑 鄧展漢書注曰筑音竹應劭曰狀似琴而大頭安絃以竹擊之故名筑也

荊軻歌 宋如意和之音

風蕭蕭兮易水寒

壯士一去兮不復還

歌一首 并序 七言 漢高祖

高祖還過沛留置酒沛宮悉召故人父老子弟佐酒 應劭漢書注曰發沛中兒得百二十人教之歌酒酣漢書日助行酒也 酒酣上擊筑自歌曰 注曰酬酒也洽也

大風起兮雲飛揚威加海

内兮歸故鄉安得猛士兮守四方

風起雲飛以喻羣兇
競逐而天下亂也威
加四海言已靜也夫安不
忘危故思猛士以鎮之

扶風歌一首 五言

劉越石

集云扶風歌九首然以兩
韻爲一首今此合之蓋誤

朝發廣莫門暮宿丹水山

晉宮閣名曰洛陽城廣莫門
向漢書曰高都縣莞谷丹
水所出也
莞音管

左手彎繁弱右手揮龍淵

繁弱弓名也戰國策蘇
秦說韓曰韓之劒戟龍淵大阿皆陸斷馬牛水擊鴻鴈
左氏傳衛子魯公以封父之
繁弱 分左揮龍淵
杜預曰父古諸侯也繁弱

顧瞻望宫闕俯仰御飛軒

鄭玄毛詩箋曰顧
迴首曰顧

據鞍長歎息

淚下如流泉繫馬長松下發鞍高岳頭烈烈悲風

起泠泠澗水流揮手長相謝哽咽不能言

晉灼漢書
注曰以辭相告

竟

日謝哽咽已見上文

浮雲爲我結歸鳥爲我旋　漢書息夫躬絕命辭曰秋風爲我吟

我陰爲去家日已遠安知存與亡　古詩曰相去日已遠　韋弘嗣秋風篇曰

親向長路安知存與亡　慷慨窮林中抱膝獨摧藏　琴操王昭君歌曰離宮絕曠身

摧藏麋鹿遊我前猿猴戲我側資糧既乏盡之畫薇薇蕨安可　攬轡命徒侶吟嘯絕巖中

食　史記曰伯夷叔齊隱於陽山采薇而食之

日攬轡驂轡而下節李陵書曰吟嘯成羣　君子道微矣夫子故有窮　周易曰君子道

消穀梁傳曰牧姬歸于紀其不言逆何也逆之道微矣　惟昔李騫期寄在匈奴庭忠信反獲罪

論語曰夫子在陳絕糧慍見曰君子亦有窮乎

日君子固窮小人窮斯濫矣　李陵降匈奴已見恨賦周易曰歸妹愆期

漢武不見明　遲歸有時王肅曰愆過也愆與衍通也

我欲竟此曲此曲悲且長　宋子侯歌曰吾欲竟此曲此曲愁人腸

弃置勿

重陳重陳令心傷〔魏文帝雜詩曰 弃置勿復陳〕

中山王孺子妾歌一首　五言
陸韓卿

〔漢書曰詔賜中山靖王噲及孺子妾并未央才人歌詩四篇如淳曰孺子幼少稱也孺子宫人也〕

如姬寢卧內班婕坐同車〔史記侯嬴謂魏公子毋忌曰嬴聞晉鄙之兵符常在魏王卧內而如姬出入王卧內力能竊之漢書載曰成帝遊於後庭常欲與班婕妤同輦載班婕妤好同輦之往昔之遺館獲林光於視〕

林光宴秦餘〔韓詩外傳曰趙簡子與諸大夫飲於洪波之臺西都賓曰視往昔之遺館獲林光於秦餘然秦餘漢之臺疑陸誤也〕

洪波陪飲帳

歲暮寒風及秋水落芙蕖〔爾雅曰荷芙蕖別名芙蓉也韓者芙蕖芙蓉也〕

子瑕矯後駕安陵泣前魚〔韓子曰昔彌子瑕有寵於衛君國之法竊駕君車者罪刖彌子母病人聞夜告彌子矯駕君車以出於門君聞賢之曰孝〕

哉爲母之故犯蹶罪蹶古刖字也說文曰矯擅也戰國

策曰魏王與龍陽君共船而釣龍陽君釣得十餘魚而

弃之泣下王曰有所不安乎對曰臣無何爲涕前之所得

出對曰臣始得魚甚喜後得益多而大欲弃前之所得

也今以臣凶惡而得拂枕席今爵至人君定人於庭避

人於塗四海之內其美人甚多矣聞臣之得幸於王畢

褰裳而趨王臣亦同暴者所得魚也亦將弃矣得無涕

出乎王乃布令曰敢言美人者族然泣魚是龍陽非安

陵疑陸也 賤妾終巳矣君子定焉如日楚辭曰巳矣哉王逸

誤也 日巳矣絕望之辭也

天道其焉如

思玄賦曰繆

文選卷第二十八 六月廿八夕 侃誦

文選卷第二十九

梁昭明太子撰

文林郎守太子右內率府錄事參軍事崇賢館直學士臣李善注上

雜詩上

沈休文言靈樂章古詞
今三春柎蕾遂世術陌謳
謠江南可采蓮烏生十五
子白鄧吟之屬皆此第

謂古詩散逸人難詳
從有主名已必同里候
待之什烙人或胠為爲
下堂語烙謼之體年
載

齊以同兩鹽含之
俱未中而多十九有
之總贊而以應手古

乘此首元臺新詠屬校
而元景常新迎

張茂先雜詩一首　情詩二首

陸士衡園葵詩一首　曹顏遠思友人詩一首

感舊詩一首　何敬祖雜詩一首

王正長雜詩一首　棗道彥雜詩一首

左太沖雜詩一首

張景陽雜詩十首　張季鷹雜詩一首

古詩十九首

五言並云古詩蓋不知作者
或云枚乘疑不能明也詩云
又云遊戲宛與洛此則
非盡是乘明矣昭明以失
其姓氏故編
在李陵之上
辭兼東都
驅馬上東門

行行重行行與君生別離
楚辭曰悲莫悲生別離
相去萬餘里各

枚

在天一涯〔涯廣雅曰方也〕道路阻且長會面安可知〔阻薛綜西京賦注曰阻難也綜馬也　毛詩曰遡洄從之道　韓詩外傳曰迴從之道〕

胡馬依北風越鳥巢南枝〔家語曰馬依北風飛鳥棲本之謂也故云馬趍北鳥棲本皆不忘本之謂也　韓詩〕

相去日已遠衣帶日已緩〔古樂府歌曰離〕

浮雲蔽白日遊子不顧反〔忠良之故新語曰邪臣之蔽賢猶浮雲之蔽白日義也　陸賈新語曰邪臣之蔽賢猶浮雲之蔽白日也以喻浮雲之蔽白日蓋毀傷賢臣之行　欲明浮雲蔽白日　鄭玄毛詩箋曰顧念也〕

思君令人老歲月忽已〔晚〕

棄捐勿復道努力加餐飯〔與此同也　行日讒邪害公正浮雲蔽白日義也　鄭玄毛詩箋曰顧念也〕

青青河畔草鬱鬱園中柳〔青青河畔草鬱鬱茂盛也　鬱鬱茂園中以喻美人當盈與贏同古字通〕

盈盈樓上女皎皎當〔窗牖〕〔惚牖也廣雅曰贏容也盈與贏同古字通〕

娥娥紅粉〔妝〕

纖纖出素手〔惚牖也廣雅曰贏容也　方言曰秦晉之間美貌謂之娥韓詩曰繼繼女手可以縫裳薛君曰纖纖女手　纖纖女手〕

○倡女獨宿荷多故梁
鄧鑑月夜圍中詩云
誰能當此夕獨宿類
倡家 黃何焯說

○後漢

之貌毛萇曰摻猶纖纖也
說文曰倡樂者也
蕩謂作妓者而不歸者世謂之
爲狂蕩之人也

昔爲倡家女今爲蕩子婦 史記曰趙王遷母倡也說

蕩子行不歸空牀難獨守 列子曰有人去鄉土遊於四方去

青青陵上栢磊磊礀中石 言長存也莊子仲尼曰受命
於地唯松柏獨在冬夏常

青青楚詞曰石磊磊兮葛蔓蔓
蔓蔓字林曰石磊磊衆石也

人生天地間忽如遠行客 言
松石也尸子曰老萊子
子曰死人則生人爲行人矣韓詩
人生於天地之間寄也寄者固歸
魚衒索幾何不蟲
親之壽忽如過客
二斗酒相娛樂聊厚不爲薄 鄭左毛
聊粗略也 詩箋曰
之辭也
驅車策駑馬遊戲宛與洛 廣雅曰駑鈍者也漢書曰南陽
郡有宛縣 謂馬遲鈍者也說題辭曰馬
洛東都也
洛中何鬱鬱冠帶自相索 春秋說題辭曰冠帶以禮相提
俗冠帶

長衢羅夾巷王侯多第宅 魏王奏事曰大出
賈逵國語注曰 不由里門面
日索求也

二句与上句不相应

人生以下皆高言也

洛陽伽藍記四四此楼
为西阳门外之西北高
校楼则杨衒之不以为
校束之作

兩宮遙相望雙闕百餘尺　蔡質漢官典職曰南宮北宮相去七里

極宴娛心意戚戚何所迫　楚辭曰居戚戚而不可解

今日良宴會歡樂難具陳　毛萇詩傳曰良善也陳猶說也

彈箏奮逸響新聲妙入神　左氏傳末昭公曰光昭先君之令德之至入於神音之至於眾人之口廣雅曰妙善也

令德唱高言識曲聽其真　令德莊子曰是以令德唱高言也謂辭之美也高言高上也真高言不止於衆人之口廣雅曰高上也謂辭之美

齊心同所願含意俱未申　所願謂富貴也

人生寄一世奄忽若飇塵　方言曰奄遽也何不策高足先據要路津　者真猶尚正也

無為守窮賤轗軻長苦辛　無為守窮賤轗軻長苦辛人生若寄也亦無為守窮賤奄忽若飇塵爾雅或為此飇謂之焱爾雅或為此飇謂之焱人生若寄上也何不策高足先據要路津謂之凡漂漂謂之飇風飄飄謂之焱

策高足先據要路津　高上也亦足也

奄忽若飇塵　爾雅飄颺謂之焱爾雅飄

幸也轗軻與輡同苦貌輡同苦貌切	楚辭曰年既過太半然苦辛賀切	年既過太半然

西北有高樓上與浮雲齊　此篇明高才之人仕宦未達知人者稀也西北乾位君之

交疏結綺牕阿閣三重階○也居　薛綜西京賦注曰疏刻穿也綺文也繪此刻鏤以象之尚書中侯曰昔黄帝軒轅鳳皇巢阿閣周書曰明堂咸有四阿然則閣有四阿謂之阿閣鄭玄周礼注曰四阿若今四注者也薛綜西京賦注曰今謂之阿閣也薛綜西京賦注曰毁前三階者也

上有絃歌聲音響一何悲○說死應侯曰琴操曰杞梁妻歎曰上則無父中則無夫下則無子將何以立吾節遂自投淄水而死而鼓之曲終亦死而已援琴　論語曰子游為武城宰聞絃歌之聲

誰能為此曲○無乃杞梁妻○

清商隨風發中曲正徘徊○宋玉長笛賦曰徬徨吟清商追流徵

一彈再三歎慷慨有餘哀○慷慨壯士也又志於心也　說文曰太息也

不惜歌者苦但傷知音稀○賈逵國語注曰惜痛也不得志於心也孔安國論語曰稀少也

願為雙鳴鶴奮翅起高飛○楚辭曰將奮翅兮高飛雅曰高遠也

涉江采芙蓉蘭澤多芳草采之欲遺誰所思在遠道楚辭
曰折芳馨兮遺所思還顧望舊鄉長路漫浩浩鄭玄毛詩箋
曰回首曰顧同心而
離居憂傷以終老周易曰二人同心楚辭曰將以遺兮離居毛詩曰假寐永歎維憂用老
明月皎夜光促織鳴東壁宋均
功急故趣之禮記曰季夏蟋蟀在壁王衡指孟冬眾星何歷歷
七星第五曰玉衡淮南子曰孟秋之月招搖指申然上春秋運斗樞曰北斗
日高祖十月至霸上故以十月為歲首漢之孟冬今之七月矣白露沾野草時節忽復易
易降列子曰為歲首漢白露秋蟬鳴樹間玄鳥逝安適記
禮記曰孟秋寒蟬鳴又曰仲秋之月玄鳥歸鄭玄曰玄鳥鷰也適去也謂去蟄也呂氏春秋曰國危甚矣若將安適高誘曰適之也復云秋蟬玄鳥者此明實候故以夏正言之昔我同門友高舉振六翮
適之也論語

文心雕龍以此篇為
傅毅之詞

曰有朋自遠方來不亦樂乎鄭玄曰同門曰朋韓詩外傳蓋桑曰夫鴻鶴一舉千里所恃者六翮耳不念

攜手好棄我如遺跡毛詩曰惠而好我攜手同車國語其弟曰靈王不顧於民言有名而無實也南箕北有斗牽牛不負軛毛詩曰維南有箕載翕其舌維北有斗不可以挹酒漿睆彼牽牛不以服箱良無盤石固虛名復何益良信也盤大石也聲類一國棄之楚閭且語如遺跡不可以戟楊維此有斗不可以

益

冉冉孤生竹結根泰山阿竹結根於山阿喻婦人託身於君子也風賦曰緣太山之阿與君為新婚兔絲附女蘿毛萇詩傳曰女蘿菟絲松蘿也松而生而枝正青兔絲蔓延草上黃赤如金與松蘿殊異此古今方俗名草不同然故曰附也兔

菟絲生有時夫婦會有宜蔡邕篇曰宜得其所也千里遠結婚悠悠隔山陂陂阪也說文曰陂阪也思君令人老軒車來何遲傷彼蕙蘭花

校　　　校

脈當作眽

含英揚光輝過時而不采將隨秋草萎　楚辭曰秋草榮其實微霜下
而夜　君亮執高節賤妾亦何為　爾雅曰亮信也
庭中有奇樹綠葉發華滋　蔡質漢官典職曰宮中種嘉木奇樹攀條析其榮將以遺所思　遺所思見上文
楚辭注曰在衣曰懷　毛詩曰豈不爾思遠莫致之說文曰致送詣也　馨香盈懷袖路遠莫致之　王逸
此物何足貢但感別　莫致之說文曰致送詣也　貿遠國語注曰貢獻也　物或為榮貢或作貴
經時
迢迢牽牛星皎皎河漢女　牽牛已見上文毛詩曰維天有漢監亦有光跂彼織女終日七襄雖則七襄不成報章毛萇曰河漢天河也　纖纖擢素手札札弄機杼
終日不成章泣涕零如雨　不成章已見上句注如毛詩曰睆彼弗及泣涕如雨
河漢清且淺相去復幾許盈盈一水間脈脈不得語

爾雅曰脈相視也郭璞
曰脈脈謂相視貌也

文三十九

迴車駕言邁悠悠涉長道。毛詩曰駕言出遊又曰
悠悠南行順彼長道
四顧

何萐萐東風搖百草 莊子曰方將四顧王逸楚辭注曰
日萐萐草木彌遠貌容盛也

所

遇無故物焉得不速藂盛衰各有時立身苦不早人生
奄忽隨物化

榮名以為寶 物而化也謂變化而死也莊子曰聖人之生也天行其死
也物 化也

非金石豈能長壽考 槳燕天下未有日也韓子曰雖與金石相
物化

化也

東城高且長逶迤自相屬。城高且長故登之以塈也王
逸楚辭注曰逶迤長貌也 周

迴風動地起秋草萋巳綠四時更變化歲暮一何速 易
逸楚辭注曰逶迤長貌也 速易

晨風懷苦

日四時變化而能久成毛詩曰歲聿云暮
尸子曰人生也亦少矣而歲往之亦速矣

武

陵溪

江文通雜體詩效李
陵詩引思作顧

蟋蟀傷局促也

趙多佳人美者顏如玉

被服羅裳衣當戶理清曲

響一何悲絃急知柱促馳情整中帶沈吟聊躑躅

思為雙飛燕銜泥

巢君屋

驅車上東門遙望郭北墓

白楊何蕭蕭松栢夾廣路

下有陳死人杳杳即

毛詩曰鴥彼晨風鬱彼北林未見君子憂
心欽欽薛君韓詩章句曰懷抱也毛詩序曰蟋蟀
刺晉僖公儉不中禮漢書曰蟋蟀
景帝曰局促效轅下駒

蕩滌放情志何為自結束

燕趙二國名也楚辭曰聞佳人
兮召予神女賦曰芭溫潤之玉

如滬漢書注曰今樂家
五日一習樂為理樂也

中帶中帶整
衣帶整

思為雙飛燕銜泥

音

將欲從之毛萇詩傳曰丹朱中衣
說文躑躅住足也躑躅與蹢躅同

上東門已見阮籍詠懷詩應
瑒詩劭風俗通曰塚於郭北比首
求諸幽之道也白虎通曰庶人無墳
之道也白楊何蕭蕭松栢夾廣路
殿殿兮木蕭蕭仲長子昌言曰古
之葬者松栢梧桐以識其墳也

潛

長暮〔莊子曰人而無人道是之謂陳人也郭象曰陳久也楚辭曰去白日之昭昭襲長夜之悠悠〕

寐黃泉下千載永不寤〔服虔左氏傳注曰天玄地黃泉在地中故言黃泉〕浩浩陰

陽移年命如朝露〔神農本草曰春為陽秋冬為陰莊子曰陰陽四時運行漢書李陵謂蘇〕

武曰人生如朝露人生忽如寄壽無金石固〔如寄已見上文〕萬歲更

〔見上文〕相

送賢聖莫能度服食求神仙多為藥所誤不如飲美酒

被服紈與素〔范子曰白紈素出齊〕

去者日以疏生者日以親〔呂氏春秋曰死者彌久生者彌疏〕出郭門直

視但見丘與墳〔白虎通曰葬於城郭外何死生異別終始異居〕古墓犁為田

松柏摧為薪白楊多悲風蕭蕭愁殺人〔楚辭曰哀江介之悲風又曰秋〕

風兮思還故里閭欲歸道無因

蕭蕭

張景陽七命注作人生

陵溪以後補知之盛
云此太和以前也

古懽舊懽也

生年不滿百常懷千歲憂　孫卿子曰人生無百歲之壽而有千歲之信士何也曰以
夫千歲之法自持者是乃千歲之信士矣
及時何能待來茲　呂氏春秋曰今茲美禾來茲美麥高誘曰茲年也愚者愛惜費
但為後世嗤　嗤笑也說文曰嗤笑也
仙人王子喬　列仙傳曰王子喬者太子晉也道浮上公接以上嵩高山
難可與等期　王子
晝短苦夜長何不秉燭遊為樂當

凜凜歲云暮螻蛄夕鳴悲　說文曰凜寒也歲暮已見上
螻廣雅曰螻蛄蛄也
螻力侯切蛄胡切
涼風率已厲遊子寒無衣　注方言曰南楚或謂螻蛄為
月涼風至杜預左氏傳注曰厲猛遊子寒無衣　孟秋之
也毛詩曰無褐何以卒歲禮記曰
錦衾遺洛浦同袍與
我遠毛詩曰豈曰無衣與子同袍
也毛詩曰角枕粲兮錦衾爛兮　獨宿累長夜夢想見
容輝良人惟古懽枉駕惠前綏　良人念昔之懽愛故枉
駕而迎已惠以前綏欲

太和電凌
占法及七命注

令升車也故下云攜手同車孟子曰齊人一妻一妾而
處室者其良人出必厭酒肉劉熙曰婦人稱夫曰良人
禮記曰壻出御婦車
而壻授綏御輪三周
歸見上注

願得常巧笑攜手同車歸毛詩曰巧笑倩

既來不須臾又不處重闈爾雅曰晨風鴅也莊子曰楚辭曰何須亮無

亮無晨風翼能凌風飛子曰鵲凌風而起

引領遙相睎徒倚懷感傷垂涕沾雙扉毛萇曰晨風栗烈

孟冬寒氣至北風何慘慄毛詩曰二之日栗烈栗烈寒氣也禮記曰東陰窮於地

夜長仰觀眾星列三五明月滿四五蟾兔缺愁多矣

山川播五行於四時和而后月生也是以三五而盈三五而闕春秋元命苞曰月之為言闕也兩說以詹諸與

兔然詹與占古字通同

客從遠方來遺我一書札說文曰札牒也上言長韓詩外傳曰趙簡子

相思下言久離別置書懷袖中三歲字不滅

少子名無愁簡子自為書牘使誦之居三年簡子坐一
青臺之上問書所在無愁出其書於左袂令誦習焉

心抱區區懼君不識察　李陵與蘇武書曰區區之心
竊慕此爾廣雅曰區區愛也

客從遠方來遺我一端綺　綺巳見上文
相去萬餘里故人心

尚爾　字書曰尚猶也　鄭玄毛詩箋曰尚猶
也爾詞之終耳
文綵雙鴛鴦裁為合歡被

著以長相思　鄭玄儀禮注曰著充之以
絮也著謂以絮也毛詩曰著謂以
緣以結不解　鄭玄禮記注曰實之與實如

日緣飾邊也
以膠投漆中誰能別離此　韓詩外傳子夏
實之與實如

膠與漆君子不
可不留意也
明月何皎皎照我羅床幃　毛詩曰月
出皎兮

憂愁不能寐攬衣　毛詩曰耿耿
起徘徊　耿不寐　客行雖云樂不如早旋歸　毛詩序曰言旋言歸
旋歸　旋言歸

明月何皎皎照我羅床幃

出戶獨彷徨愁思當告誰　毛詩序曰彷徨
徨不忍去　毛詩曰彷徨不忍去

引領還入房淚

被華此相覆絲青同
邑陰語後來吳毅
聚曲以解答以蓮為
悵印左于此本楊慎
說文緯結不解也絮
長言曰歎令語
曰統達本憤

良時不再至離別在須史　論語摘輔像讖曰時不再至及亦至也須史巳見　宋均曰及亦至也

屏營衢路側執手野踟蹰　國語申胥曰昔楚靈王獨行屏營毛詩曰執子之手　又曰搔首踟蹰

首踟蹰仰視浮雲馳奄忽互相踰　浮雲之馳奄忽以喻人之客遊飛薄亦爾　蕩各在天之一隅

一隅　風波一失所各在天長

當從此別且復立斯須　禮記君子曰禮樂不可斯須去身鄭玄曰斯須猶須史也欲

因晨風發送子以賤軀　晨風早風言欲因風發而已乘風　楚辭曰乘回風

遊兮遠

下沾裳衣　引領巳見上文

與蘇武三首　五言　李少卿　漢書曰李陵字少卿少時爲侍中建章監善射愛人降匈奴爲右校王病死

右上方手書批語：
魏文帝詩歌行謝云
睡休沐重還道中江
又通俗荊山詩注並引
裳而作亦嘗疑是也
末三句撰韻耳

嘉會難再遇，三載為千秋。〔琴操曰，巨邾虞者，邾國之女所作也。古者役不踰時，不失嘉會〕會臨河濯長纓，念子悵悠悠。〔以遠遊仕子之所服，濯之。遠遊今因遠遊而感逝之。川故增念也。別念也〕遠望悲風至，對酒不能酬。行人懷往路，何以慰〔毛萇詩傳曰〕我愁。〔毛萇詩傳曰懷思也〕獨有盈觴酒，與子結綢繆。〔毛詩曰綢繆束薪，毛萇曰〕綢繆纏綿之貌也。攜手上河梁，遊子暮何之。〔楚辭曰浮雲兮容裴徊蹊路側，與道兮予何之也〕側悢悢不得辭。〔廣雅曰悢恨也〕行人難久留，各言長相思。安〔劉熙釋名曰弦月半之名也，其形一旁曲，一旁直，若張弓弛也〕知非日月，弦望自有時。〔也望月滿之名也。十六日月在東，月大十六日月，十五日月在西，西遙相望也〕努力崇明德，皓首〔周易曰利用安身，以崇德也。毛萇詩傳曰崇終也。既勤用明德，聲類曰顥白首貌〕以為期。〔尚書曰先于...〕

也皓與題

古字通

○詩四首　五言

蘇子卿〔漢書曰蘇武字子卿鄉為栘中監使匈奴十九年歸拜為典屬國病卒　帝謂燕〕

骨肉緣枝葉結交亦相因〔骨肉謂兄弟也漢書帝謂燕王旦曰今王骨肉至親〕

四海皆兄弟誰為行路人〔論語子夏曰四海之內皆為兄弟　弟君子何患乎無兄弟家語曰子游見行路之人云魯司鐸火也　莫羞貧日結交〕

況我連枝樹與子同一身〔毛詩曰駕鴛于飛畢之羅之鄭玄曰言其止則相偶飛則為雙尚書大傳曰書之論事離離若參辰龍星之相比也宋衷曰辰龍星也　錯行法言曰吾不睹參辰之相比也〕

昔為鴛與鴦今為參與辰〔　一身昔為鴛鴦今為參與辰〕

昔者常相近邈若胡與秦〔胡越許慎淮南子曰肝膽胡越　見龍虎俱見　參虎星也我不見〕

惟念當離別恩情日以新〔日胡在比方越居南方　然胡秦之義猶胡越也〕鹿鳴

思野草可以喻嘉賓（毛詩曰呦呦鹿鳴食野之苹我有嘉賓鼓瑟吹笙）我有一

蹲酒欲以贈遠人願子留斟酌叙此平生親（韓詩外傳曰田饒謂魯哀

黃鵠一遠別千里顧徘徊（公曰夫黃鵠一舉千里

馬失其羣思心常依依（胡馬已見上文依戀之貌也

羽翼臨當乘（雙龍喻已及朋友也）幸有絃歌曲可以喻中懷請為（何況雙飛龍

遊子吟泠泠一何悲（琴操曰楚引者楚游子龍丘高出游三年思歸故鄉望楚而長歎故

綠竹厲清聲慷慨有餘哀（篇曰楚吟嘆也／禮記曰絲竹之器也王逸楚辭注曰厲烈也謂清烈有餘哀

長歌正激烈中心愴以摧欲展（也古詩曰慷慨有餘

清商曲念子不能歸（見上文　清商已）佪仰內傷心淚下不可揮

（爾雅曰揮竭也郭璞曰揮振去水亦為竭莊子曰偋仰之間家語曰公文伯卒敬姜曰二三子無揮涕也

秋下注

為雙黃鵠送子俱遠飛

結髮為夫妻恩愛兩不疑
　結髮始成人也謂男年二十女年十五時取笄為義也
　漢書李廣曰結髮與匈奴戰也

歡娛在今夕嬿婉及良時
　而與娛之求也毛詩曰今夕何夕見此良人者之毛詩
　娛如也又曰女曰嬿婉

征夫懷往路起視夜何其
　夫又毛曰其辭也毛詩曰征夫
　未央夜如何其

參辰皆已沒去去從此辭
　曉行也參辰已沒言將沒言將
　參辰

行役在戰場相見未有期
　場也毛詩曰嗟余子行役戰國策曰繆賢曰燕王私握
　握手一長歎淚為生別滋
　史記繆賢曰燕王私握手曰願結
　毛詩曰勵兵劾勝於戰國見上文

努力愛春華莫忘歡樂時
　春華喻少時也

生當復來歸死當長相思

相思
　燭燭晨明月馥馥我蘭芳
　蒼頡篇曰燭照也韓詩曰馥
　芬孝祀薛君曰馥香貌也

馨良夜發隨風聞我堂
秋月旣明秋蘭又馥遊征夫

懷遠路遊子戀故鄉
漢書武帝太初元年改從夏正此或改遊子悲故鄉日冬又中之必嚴霜

嚴霜
正之後也也楚辭日
寒冬十二月晨起踐
俯觀江漢

流仰視浮雲翔良友遠離別各在天一方
江漢流不息浮雲去靡依
所託楚辭日賽而未歎
以喻良友各在一方擔遷而未歎
楚辭日仰浮雲而

長
楚辭日誰
留兮中州
嘉會難遇懽樂殊未央
令德已見上文景光即光景
見上文顧君
山海隔中州相去悠且
嘉會已見上文願君借光景以往來

崇令德隨時愛景光
令德已見上文景光即光景

四愁詩四首　并序

張平子

張衡不樂久處機密陽嘉中出爲河間相時國王驕奢
不遵法度
范瞱後漢書順帝紀日改元嘉元年嘉七年爲陽嘉七年爲永和元年又日順帝初元年改陽嘉五年爲永和元年又

序盖羋嶠語宗後
漢子之詞

永建

正秋蘭始作也
秋蘭始觀之則此段

穎　　　　　係

衡復爲太史令陽嘉元年造候風地動儀永和初出爲
河間相而此云陽嘉中誤也范瞱後漢書曰和帝中貴
人生河間孝王開立四十二年順帝永建六年薨子惠
王政嗣傲很不奉法憲然考其年月此是惠王也

又多豪右并兼之家　漢書曰魏郡豪右大家也漢書曰李竟文類曰有
之塗李奇曰謂大家役　小民富者兼役貧民也衡下車治威嚴能内察屬縣漢書曰禁兼并
姦滑行巧劫皆密知各下吏收　下車作威民竦息
捕盡服擒諸豪俠遊客悉惶懼逃出境郡中大治爭訟
息獄無繫囚　時天下漸獎鬱鬱不得志楚辭曰心鬱鬱之憂思獨
　　　　　　　　　　　　　　　　爲四愁詩屈原以美人爲君子
永歎而增傷鄭玄考工記注曰鬱不舒散也
以珍寶爲仁義以水深雪零爲小人思以道術相報貽
於時君而懼讒邪不得以通其辭曰

一思曰我所思兮在太山欲往從之梁父艱〔言王者有德功成則東封泰山故思之太山以喻時君梁父以喻小人也漢書曰有太山郡又武帝登封太山之梁父音義曰梁父小山也〕側身東望涕霑翰〔楚辭曰願側身而無所韋昭漢書注曰翰筆也〕美人贈我金錯刀何以報之英瓊瑤〔漢書曰佩刀諸侯王黃金錯鐶謝承後漢書曰詔賜應以瓊瑤又尚漢書曰王莽鑄大錢又造錯刀以金錯其文續〕英乎而之以瓊瑤路遠莫致倚逍遙何爲懷憂心煩勞〔古詩曰路遠莫致之〕

二思曰我所思兮在桂林欲往從之湘水深〔林漢書曰鬱林郡故泰桂林郡海南經曰桂林八樹在番禺東又曰湘水出零陵舜死蒼梧葬九疑故思明君〕側身南望涕沾襟〔楚辭曰泣歔欷而沾襟〕美人贈我金琅玕何以報之雙玉盤〔路遠中歷年尚書禹貢曰惟球琳琅玕古詩曰委身玉盤路遠尚書應劭漢官儀曰封禪壇有白玉盤〕

傷

莫致倚惆悵何爲懷憂心煩傷〔楚辭曰惆悵兮而私自憐〕

三思曰我所思兮在漢陽欲往從之隴阪長〔漢書曰天水郡明帝改曰漢陽應劭曰天水有大坂名曰隴阪秦州記曰隴阪九曲不知高幾里〕側身西望涕沾

裳〔古長歌行曰泣涕沾裳〕美人贈我貂襜褕〔獨斷曰侍中中常侍加貂蟬說文曰貂鼠也襜褕直裾謂之襜褕也〕何以報之明月珠〔淮南子曰隨侯之珠高誘曰明月珠也謂之明月珠雍蔡〕

路遠莫致倚踟躕何爲懷憂心煩紆〔楚辭曰志紆鬱其難釋王逸曰紆屈也〕

四思曰我所思兮在鴈門欲往從之雪紛紛〔漢書有鴈門郡楚辭曰雪紛紛而薄木〕側身北望涕沾巾〔說文曰巾佩巾也〕

美人贈我錦繡段〔錦繡有五采成文章玉案君所憑記曰君所特禮記曰春服〕何以報之青玉案〔俞大臣曰臣亦爲天子所青玉楚漢春秋淮陰侯去曰項歸漢漢王賜臣玉案之食〕

路遠莫致倚增歎何爲

懷憂心煩惋（楚辭曰心煩憒增）欸兮如雷

雜詩一首（雜者不拘流例）五言

王仲宣

日暮遊西園　冀寫憂思情（遇物即言故云雜也）
曲池揚素波　列樹敷丹榮（楚辭）
上有特棲鳥　懷春向我鳴（毛詩曰有女懷春　衿音今）
褰袵欲從之　路嶮不得征（說文曰袵衣衿也）
徘徊不能去　佇立望爾形（毛詩曰瞻望弗及佇立以泣）
風颭揚塵起　白日忽已冥（鄭玄毛詩箋曰冥夜也）
回身入空房　託憂通精誠（通）
人欲天不違　何懼不合并（漢書功臣皆曰蕭何　尚書曰人之所欲天必從之）

發於宵寐

雜詩一首　五言

劉公幹

職事相填委　文墨紛消散（漢書功臣皆曰蕭何　顧居臣上馳翰未）
徒恃文墨　顧居臣上
馳翰未

暇食日晏不知晏〔翰墨已見上尚書曰自朝至于日昃不遑暇食〕沈迷簿領書

回回自昏亂〔簿領謂文簿而記錄之史記日間上林尉諸禽獸簿司馬彪莊子注日領錄也楚辭日腸回回芳盤紆〕

釋此出西城登高且遊觀方塘含白水中有

鳬與鴈〔楚辭日乘白水而高毛詩日弋鳬與鴈〕安得蕭蕭羽從爾浮波瀾

飛肅肅其羽〔毛詩日鴻鴈于毛詩肅肅其羽〕

雜詩二首〔五言集云枹中作下篇云於黎陽作〕　魏文帝

漫漫秋夜長烈烈北風涼〔楚辭日終長夜之曼曼毛詩日冬日烈烈又日北風其涼〕

展轉不能寐披衣起彷徨〔毛詩日展轉不寐彷徨已見上文〕俯視清水波仰　彷徨忽已

夕白露沾我裳〔白露已見上文說苑日露之沾裳孺子不覺露之沾裳〕

看明月光天漢迴西流三五正從橫〔河圖括地象日河精上為天漢毛詩〕

日嘒彼小星三五在東毛萇　草蟲鳴微悲孤鴈獨南翔

日三心五躅四時更見也

毛詩曰嘤嘤草蟲趯趯阜夆蟲毛萇曰蟲趯

草蟲常羊也楚辭曰鴈雍雍而南遊鬱檍鬱多悲思縣

縣思故鄉縣思遠道　願飛安得翼欲濟河無梁葛襲與

府君戚戚古詩曰縣　向風長歎息斷絕我中腸

異楚辭曰江河廣而無梁

楚辭曰向長

風而舒情

西北有浮雲亭亭如車蓋

亭亭迴遠無依之貌也易通卦驗曰太陽雲出張如車蓋

惜哉時不遇適與飄風會

何休公羊傳曰適遇也　吹我東南行南行

行至吳會

當時實至廣陵未至吳會也吳會非我鄉安能

久留滯

楚辭曰然輐而留滯　軒而舒

朔風詩一首　四三　曹子建

棄置勿復陳客子常畏人

云別本

仰彼朔風用懷魏都願騁代馬倏忽北徂　代馬已見上文

凱風

求玉思彼蠻方　毛萇詩傳曰南風謂之凱風禮記曰用湯蠻方毛詩曰用蠻方

願隨

越鳥飛飛南翔　古詩曰越鳥巢南枝

謂之玉燭淮南子曰二者代明

謝朓詩馳周易曰懸象著明

別如俯仰脫若三秋

四氣代謝懸景運周　爾雅曰四氣和謂之四氣一毛詩

日不見兮如三秋兮

昔我初遷朱華未希今我旋止素雪云飛　俯降千仞仰登天阻

日昔我往矣楊柳依依今我來思雨雪霏霏霏霏希與稀同古字通也

莊子曰千仞之高不足以極其深天阻山也范瞻

後漢書郎顗林宗論蘇不韋曰城闕天阻宮府幽絕

風

飄蓬飛載離寒暑　商君書曰夫飛蓬遇飄風而行千里乘風之勢也毛詩曰載離寒暑千

俔易陟天阻可越昔我同袍今永乖別　見上太子好

同袍已子好芳

草豈忘爾貽贈多芳　古詩曰蘭草繁華將茂秋霜悴之方言曰君

繁華將茂秋霜悴之悼傷也

注不字行

不垂眷豈云其誠　言君雖不垂眷己則豈得不誠乎　秋蘭可喻桂樹冬榮　蘭以秋馥可以喻言桂以冬榮可以喻性楚辭曰秋蘭兮青青又曰麗桂樹之冬榮　臨川暮思

紈歌蕩思誰與消憂　言紈歌可以蕩思誰與共奏以消憂也

何為汎舟　言臨川日暮而又相思何為汎舟不濟以相從乎國語曰秦汎舟於河　豈無和

樂遊非我鄰　言豈無樂遊豈非我鄰故不奏也　誰志凡舟愧無榜

人　榜人喻良朋也漢書注云榜人船長也

雜詩六首　五言

曹子建　此六篇並託喻朋友別道絕傷絕賢人竊勢別京已後思鄉而作政急

高臺多悲風朝日照北林　新語曰高臺喻京師悲風言教令朝日喻君之明照比林言在邶城思鄉而作人為人

之子在萬里江湖迥且深　言狹比喻小人新序曰高堂百仞之子喻江湖喻小人隔蔽毛

詩曰之子于征　爾雅曰迴遠也　併兩船也毛萇詩傳曰極至也

方舟安可極　離思故難任

爾雅曰大夫方舟　方舟郭璞曰　方舟郭璞曰

孤鴈飛南遊　過庭長哀吟

見上文　南遊已　翹

翹思慕遠人　願欲託遺音

說文曰花美其枝葉　懸也　猶形影

形影忽不見　翩翩傷我心

本根　矣　翹

轉蓬離本根　飄颻隨長風

說文曰花美其枝葉　魯哀公曰秋風蓬惡其根　秋風一起根其拔

何意迴飆舉　吹我入雲中

爾雅曰之焱飈與焱同　扶摇謂

高高上無極　天路安可窮

呂氏春秋曰風曰風乎其高無極也　仲長　昇天路也

類此遊客子　捐軀遠從戎

子昌言曰蕩蕩乎若昇天路而不知矣其所登子若

毛褐不掩形　薇藿常不充

淮南子曰羊裘短褐不掩形也列女傳曰曾子謂黔婁妻則
子布衣掩形鹿裘不掩形也　女傳曰寒言貧人冬則
禦寒言貧人冬則

去去莫復道　沈憂令人老

羹常不充
聖人食足以充虛接氣而已　禦寒形
日先生在時食不充虛衣不蓋形　毛笛賦曰武毅發沈
王襞古詩曰思君令人老　沈憂令人老

西北有織婦，綺縞何繽紛者（小雅曰繒之精明。縞，古老切。）明晨秉機杼，

日昃不成文，（而志憂甚。日晏為昃。）太息終長夜，悲嘯入青雲。妾身守

空閨，良人行從軍，（夫也。良人謂自期三年歸，今已歷九春。（歲一

三春故以三年為九春，言已過期也。纂要曰九十日故九春。飛鳥繞樹翔，噭噭鳴索

群，（噭以寂寥。）願為南流景，馳光見我君，（楚辭曰聲噭噭）

南國有佳人，容華若桃李，（楚辭曰江南也。佳人，朝遊江北岸，夕宿瀟湘沚，（江南也。又曰美人皓齒以姱。朱顏，毛萇詩傳時俗

何彼穠矣，華如桃李。時俗薄朱顏，誰為發皓齒，（楚辭曰受命不遷生南國謂上文毛詩俛仰歲

日暮已見。上文邊讓章華榮耀春華又曰體迅輕鴻日僕夫懷兮心悲又曰將暮榮耀難久恃，（楚辭曰僕夫懷兮心悲又日願輕

僕夫早嚴駕，吾將遠行遊，（嚴車駕兮出戲遊。又曰願輕

遠遊欲何之，吳國為我仇。說苑楚王謂梟子髠曰遠遊欲何之吾有仇在吳國子能為吾報之乎

將騁萬里塗，東路安足由。孟子曰禹排淮泗而注之江也廣雅曰由行也

江介多悲風，漢書司馬相如相如難蜀閑　淮泗馳急流。楚辭曰哀江介之悲風泗水名也孟子曰禹排淮泗而注之江也

願欲一輕濟，惜哉無方舟。

閑居非吾志，甘心赴國憂。居范瞱後漢書梁竦歎曰梁竦歎曰居可以養志毛詩曰甘心首疾

飛觀百餘尺，臨牖御欞軒。古詩曰雙闕百餘尺爾雅推曰觀謂之闕御猶憑也說文曰欞楯欄也韋昭漢書注曰軒檻上板也

遠望周千里，朝夕見平原。遠望周千里

烈士多悲心，小人媮自閑。烈士者有不易之分風俗通曰烈士不志喪其元孟子曰

國讎亮不塞，甘心思喪元。塞謂杜絕也喪其元孟子曰勇士不忘喪其元

撫劍西南望，思欲赴太山。左氏

弦急悲聲發……傳曰朱怒撫劍從之太山東岳接吳之境西喻願紫矢石建旗東岳意與此同也

原詩作音響音一句
悲

悲聲發聆我懔懔言悲絃急知柱促

情詩一首 五言 古詩曰音響何太

曹子建

微陰翳陽景清風飄我衣

游魚潛淥水翔鳥薄天飛

行士遙役不得歸

今來白露晞

歌式微微靡靡

賓悽愴內傷悲

雜詩一首 四言

嵇叔夜

微風清扉雲氣四除

○意言雖為賢并當与
三契合也注邦
昭明何焯為說

麗于高隅。古詩曰明月何皎皎亮明
興命公子攜手同

車巳見上文龍驤翼翼揚鑣跼蹶
毛詩曰四牡翼翼
舞賦曰揚鑣飛沫

肅肅宵征造我友廬。毛詩曰肅肅宵征
光燈吐輝華幔長舒鸞
毛詩曰且以酌醴 紘超子野歎過綿

觴酌醴神鼎亨鱻。又曰誰能亨魚
杜預左氏傳注曰子野師曠字也孟子
曰齊右善歌流詠大素俯

駒滔于髮曰昔縣駒處高唐而齊

讚之虛又玄眾妙之門管子曰虛無形謂之道史記太

列子曰太初形之始太素質之始老子曰玄之

史公曰老子所貴道虛無應用變化無方

塾克英賢與爾剖符言詠讚妙道遊心恬漠誰

能以英賢之德與爾分符而仕平班固漢書述曰漢興

柔遠與爾剖符然文雖出彼而意微殊東觀漢記韋虎

上議門二千石皆以選

出京師剖符典干里

雜詩一首 五言

傅休弈〔臧榮緒晉書曰傅玄字休弈北地人勤學善屬文州舉秀才稍遷至司隷校尉卒〕

志士惜日短愁人知夜長〔論語子曰志士仁人無求生以害仁古詩曰愁多知夜長〕

攝衣步前庭仰觀南鴈翔〔仰觀眾星列衣迎酈食其攝玄景隨漢書…禮記曰月生於西方生於西〕

玄景隨形運流響歸空房清風何飄颻微月出西方〔繁〕

繁星依青天列宿自成行蟬鳴高樹間野鳥號東箱〔曰秋右詩〕

蟬鳴樹間王逸楚辭注也東箱也纖雲時髣髴渥露沾我裳〔魏德曹植〕

論曰纖雲不形陽光赫戲劉楨詩曰曠月…垂素光玄雲為髮髴露沾裳已見上文

良時無停景北斗忽低昂常恐寒節至凝氣結為霜〔曾于山陰氣結為霜勝則凝為霜落〕

落葉隨風摧一絕如流光

雜詩一首　五言
　　　　　張茂先

黯慶隨天運四時互相承　　說文曰黯景也孫東壁正昏

中固陰寒節升　　禮記仲冬之月日昏東壁中左氏氏繁霜降卿子曰四時代御

螢夕悲風中夜興　　毛詩曰正深山窮谷固陰沍寒繁霜降重

凝燭華容備　　古詩曰朱火然其中青煙颺其間楚辭曰蘭膏明燭華容備也蘭香燒膏也無故曰凝坐自　朱炎無光蘭膏坐自

衾無暖氣挾纊如懷冰　　左氏傳曰楚子圍蕭申公巫臣師人多寒王巡三軍拊而勉之三軍之士皆如挾纊孔細綿也

安國尚書傳曰纊　爾雅廣

日宵寐無為展伏枕終遙昔窩言莫宁應　　雅廣日窩寐也毛詩曰獨寐窩言永思厥崇替愷然獨撫膺詩

楚辭曰永思芳為傷國語藍尹亹曰君子

獨居思前世之崇替列子曰撫膺而恨

情詩二首　五言　　張茂先

清風動帷簾晨月照幽房佳人處遐遠蘭室無鏧光　　古詩

曰盧家蘭室桂爲梁曹植離別
詩曰人遠精魂近寤寐夢容光

荏擁猶
抱也居歡惕夜促在感怨宵長
云居歡惜夜促爾雅
曰惕貪也苦蓋切
襟懷擁靈景輕衾覆空

拊枕獨嘯歔欷感慨心內傷

遊目四野外逍遙獨延佇
楚辭曰忽反顧以遊目
又曰結幽蘭而延佇蘭蕙

緣清渠繁葇華蔭綠渚佳人不在茲取此欲誰與巢居
知風寒穵處識陰雨
漢含孳曰穴藏先知雨陰瞢
未集魚已驗鵲巢居之鳥先知風
樹木搖鳥已翔
韓詩曰鸛鳴于垤婦歎于室薛君曰鸛水鳥
水鳥巢處知風穴處知雨
天將雨而蟻出壅土鸛鳥見
之長鳴
而喜
不曾遠別離安知慕儔侶

園葵詩一首　五言
陸士衡
臧榮緒晉書曰趙王倫簒
位遷帝於金墉
位遷帝於齊王冏
城後諸王共誅倫復帝位齊王冏
諸機爲倫作禪文頓成都王穎教

之免故作此詩
以葵爲喻謝穎

種葵北園中葵生鬱萋萋朝榮東北傾夕穎西南睎淮南
子曰聖人之於道猶葵之與日雖不與終
始哉其鄉之誠也高誘曰鄉仰也誠實也
朗月耀其輝毛詩曰零露瀼瀼時逝柰飛歲暮商飙飛管子曰東
方曰春柔風甘雨乃至曾雲無溫液嚴霜有凝威鄭玄
楚辭曰商風肅而害言之毛詩
箋曰曾重也漢書曰孫寶曰幸蒙高墉德玄景蔭素
當從天氣以成嚴霜之威豐條並春盛落葉後秋衰
爾雅曰牆謂之墉說文
曰墉城垣也華盛兒也
慶彼晚彫福志此孤生悲

思友人詩一首 五言

曹顏遠臧榮緒晉書
曰曹攄字顏
遠慕國人篤志好學泰南國中郎將
遷高密王左司馬流人王逌等冠椋

此以邑壙與戰平敗而死也

密雲翳陽景霖潦淹庭除
周易曰密雲不雨左氏傳曰忩雲不雨自三日以往爲霖又曰凡雨自三日以往爲霖鄭玄禮記注曰振動也

凜凜天氣清落落卉木疎
古詩曰凜凜歲云暮又曰長松落落毛詩曰蔞草也

嚴霜彫翠草寒風振纖枯
首陽山賦曰松落落毛詩曰蟋蟀在堂

感時歌蟋蟀思賢諷白駒
毛詩曰蟋蟀在堂又曰皎皎白駒食我場苗毛詩曰蔞草也維之以求今朝毛鄭玄曰絆之欲留也

皎白駒食我場苗蔞之維之以束鄭玄曰絆之欲留也
顏遠贈詩情隨玄

卉草也詩傳曰蔞草也

賢者有乘白駒而去

陰霮心與迴颺俱思心何所懷懷我歐陽子
陽堅石贈詩歐陽詩

我良友惟彥之精義測神奧清機發妙理
彥即堅石也陽即周易曰精義入人

嗟我良友惟彥之
自我別旬朔微言絕于耳
選然此歐周易曰微言絕于耳爵識曰
神以致用也廣雅曰雅曰論語崇
奥藏也機樞機也當素王劉子駿書讓太常博士
子夏共撰仲尼微言絕禮記曰聲不絕于耳
日夫子沒而微言絕禮記曰塞裳不足
子夏共撰仲尼微言絕禮記曰塞裳不足

殷浩送兵餉韓康伯
詠此三言溪下見晉書
芊隱華記云吾慎當
是顯冠子

難清陽未可俟

毛詩曰子惠思我褰裳涉溱又曰有美
一人清陽婉兮邂逅相遇適我願兮毛
萇曰清陽眉目之間也

延首出階檐佇立增想似

芳意謂是而復非莊子徐無鬼曰夫越
之流人去國數
日見其所知而喜去國旬月見所嘗見於
國中而喜及
期年也見似人者而喜矣不
亦去人兹女者思人兹深乎

感舊詩一首 五言 曹顏遠

此篇感故舊相
輕人情逐勢

富貴他人合貧賤親戚離

鴟鴞子曰家富疏
族聚居貧兄弟離
廉藺門
廉頗藺相如與廉君同列

易軌田竇相奪移

史記曰藺相如出望見
廉頗相如引車避匿
於是舍人相與諫曰今
君與廉頗同列
廉君宣惡言而君畏之
匿恐懼殊甚且庸
人尚羞之況於將相
乎臣等不肖請辭去漢
書曰竇太后怒免丞相故相
寶嬰雖不任職以太后故相
親幸太尉事多效士趨勢

晨風集茂林棲鳥去枯枝

去親戚而事君者徒慕
廉君宣惡言而君畏之
於將相乎臣等不肖
寶嬰雖不任職以侯居家
親幸太尉事多效士趨勢
利者皆去嬰而歸蚡也

毛詩

屏山別本

日鶺彼晨風鬱彼北林 國語優施歌曰暇豫之吾不
如烏烏皆集於菀起獨集于枯 黃石公兵書曰樹杙
樓也
者烏不今我唯困蒙 群士所背馳困蒙吝鄉人敢懿義
濟濟蔭光儀 春秋說題辭曰秉懿誠之義思至
忠之功鶺鵐賦曰侍君子之光儀至湛湛露斯匪 對實

頌有客舉觴詠湛露斯 毛詩曰有客宿宿有客信信言授
之摯以摯其馬又曰湛湛露斯匪
陽不晞厭厭夜飲不醉無歸 臨樂何所歡素絲與路歧
今鄉人情重皆頌詠此詩
禮記曰執綍不笑臨樂不歎淮南子曰楊子見逵路而
哭之為其可以南可以北墨子見練絲而泣之為其可
以黃可以黑高誘曰
閔其別與化也

雜詩一首 五言

秋風乘夕起明月照高樹 賈逵國語注曰乘亦侵也陵也
氣廣庭發暉素 暉素月光也古長歌行曰昭
昭素月明月暉光燭我牀靜寂愴然

何敬祖 贈荅何在陸前而此居後誤也
閒房來清

歎惆悵出遊顧（惆悵見上文）仰視垣上草俯察階下露（垣草彤）

階露易隕心虛體自輕飄飄若仙步（言既悟二物故當言可傷也）（全形養生列子曰）

南郭子貌充心虛張湛曰心虛則形全劉梁七舉曰霍爾躰輕瞻彼陵上栖想與神人

遇（古詩曰青青陵上栢文子曰）日天地之間有神人真人道深莫可期精微非所慕（勤思終遙夕）

魏武帝秋胡行曰道深未可得名山歷觀（行禮記曰德產之緻也精微鄭玄曰緻密也）勤思終遙夕

永言寫情慮（歌永言尚書曰永言）

雜詩一首 五言

王正長（臧榮緒晉書曰王讚字正長義陽人也博學有俊才辟司空掾歷散騎侍郎）

朔風動秋草邊馬有歸心（蔡琰詩曰比風應芳蕭馬鳴胡笳動兮邊馬鳴胡寧）

久分析靡靡忽至今（毛詩曰胡寧忍又曰行邁靡靡）王事離我志殊

隔過商參

毛詩曰王事靡盬左氏傳子產曰高辛氏有二
子伯曰閼伯季曰實沈居于曠林不相能也后帝不臧遷
閼伯于商丘主辰商人是因故辰為商星遷實沈于大
夏主參唐人是因故唐虞為商星遷實沈于大辰
故參為晉星毛詩曰春日遲遲
君臣

昔往鶗鴂鳴今來蟋蟀吟

毛詩曰鳥飛反其所生聖主得賢臣頌曰鳥飛反
其所生依其所生師

人情懷舊鄉客鳥思故林

頌曰蟋蟀候秋吟

消久不奏誰能宣我心

韓子曰衛靈公將之晉至濮水之上而宿夜分
而聞有鼓新聲者而其狀似思神而寫之師涓
子為我聽而寫之召師涓而告之曰有鼓新聲
者而說之曰諾因端坐撫琴而寫之師涓

明日報曰臣得之矣

雜詩一首 五言　棗道彦

據字道彦潁川
今書七志曰棗

人弱冠辟大將軍府遷尚書郎太
尉賈充為伐吳都督請為從事中
郎遷中庶子卒

服
別衣

吳寇未殄滅亂象侵邊疆 左氏傳晉侯問於士弱曰吾
可必乎對曰國亂 聞之宋災於是乎知有天道
無象不可知也 也毛詩曰上宰賈充曰
价人爲藩毛萇曰价善也藩屏也左氏傳晉鸞貞子曰
漢陽諸姬楚實盡之毅梁傳曰水地曰漢陽漢水之
遺之吕氏春秋曰聘名士高誘曰聘問之也將與興化
也 周易曰大君有命開國承之
開國建元士玉帛聘賢良 家小人勿用禮記曰天子
八十一元士王逸曰楚辭注曰天下賢人將持玉帛而
質復虎文燕翼假鳳翔 韓子曰楚人和氏得羊
也 璞玉於楚山之中
致治子非荆山璞謬登和氏場 玉羊質而戰也
既懼非所任怨彼南路長 曹子建贈白馬王
邐路次限關梁 楚辭曰關梁閉而不通 僕夫罷遠涉車馬困山岡
僕夫巳深谷下無底高巖曁穹蒼 列子夏革曰澳海
見上文 之東有大壑焉實

惟無底之谷杜預左氏傳注
日暨至也爾雅日穹蒼蒼天也

豐草俱滋潤霧露沾衣
毛詩日湛湛露斯在彼豐
草露沾衣裳巳見上文

玄林結陰氣不風自寒凉
玄木冬榮
高唐賦日草露沾衣

士生則懸

顧瞻情感切惻愴心哀傷
感傷也廣雅日

弧有事在四方
禮記日國君太子生三日卜士負之射天地四方又孔子射之義也韓詩內傳日男于生桑弧蓬矢六射上下四方明當有事天地四方

安得恆逍遙端坐守閨房引義割外情內感實難忘
也

非有先生論日引義以正身

雜詩一首　五言

左太沖
沖于時賈充徵為記室不就因感人年老故作此詩

秋風何冽冽白露為朝霜
毛詩日蒹葭蒼蒼白露為霜
蒼白露為霜
柔條旦夕勁

綠葉日夜黃明月出雲崖皦皦流素光　劉楨詩曰皦素光　披

軒臨前庭嗷嗷晨鴈翔　軒長廊之腦也毛詩曰鴻鴈于飛哀鳴嗷嗷　高志局

四海塊然守空堂　尸子曰入極為局淮南子曰塊然獨處　壯齒不恒居歲

暮常慷慨歲　廣雅曰慷慨年也

雜詩一首　五言

張季鷹　翰字季鷹吳郡人也文藻新麗齊王冏辟為東曹掾覩天下亂東歸卒於家　今書七志曰張翰字季鷹吳郡

暮春和氣應白日照園林青條若摠翠黃華如散金

嘉卉亮有觀顧此難久躭　西京賦曰嘉卉灌叢爾雅曰卉草也毛萇詩傳曰躭樂之久者

延頸無良塗頓足託幽深　呂氏春秋曰天下莫不延頸舉踵頓猶止也吳也

雖云幽深視險若夷　榮與壯俱去賤與老相尋歡樂不　季重與曹丕書曰

照顏慘憺發謳吟。謳吟何嗟及。古人可慰心。〔毛詩曰嘅其泣矣何嗟及矣又曰我思古人實獲我心又曰仲山甫永懷以慰其心〕

雜詩十首　五言　張景陽

秋夜涼風起。清氣蕩暄濁。蜻蛚吟階下。飛蛾拂明燭。〔易通卦驗曰立秋蜻蛚鳴崔豹古今注曰飛蛾善拂燈火也〕

君子從遠役。佳人守煢獨。〔已見上文論語曰君子佳人也已見上文〕

離居幾何時。鑽燧忽改木。〔論語曰鑽燧改火禮含文嘉曰春取榆柳之火夏取棗杏之火季夏取桑柘之火秋取柞楢檀之火冬取槐檀之火也取火炮生為熟〕

房櫳無行跡。庭草萋以綠。〔說文曰櫳房室之疏也古詩曰秋草萋〕

青苔依空牆。蜘蛛網四屋。〔淮南子曰窮谷之洴生以荅菩說文曰龍籠籞彊也魏文帝詩曰野草當階生論衡曰蜘蛛結絲以網飛虫蜘蛛繞戶牖〕

人之用計
安能過之
我心曲
毛詩曰亂

感物多所懷沈憂結心曲　古詩曰感物懷所思沈憂已見上文

大火流坤維白日馳西陸　毛詩曰七月流火毛萇曰火大火也淮南子曰坤維在西南又曰斗指西南維為立秋續漢書曰日行西陸謂之秋杜預左傳注曰陸道也

浮陽映翠林

迴飆扇綠竹　陽日也

飛雨灑朝蘭輕露棲叢菊　周易曰龍蛇之蟄以求伸也禮記曰仲秋之月蟄虫壞戶廣雅曰凝

瞳氣凝天高萬物肅　止也楚辭曰悲哉秋之為氣天高而氣清毛詩曰肅肅鴇羽肅縮也霜降而收縮萬物也

弱條不重結芳蕤豈再馥　為秋秋肅也萬物草木肅敬禮之至也

人生瀛海內忽如鳥過目　史記鄒衍曰中國名赤縣折夏條可結時難得而易失中州也中國外如赤縣州者九乃所謂九州也於是有瀛海環之中國名赤縣州者九一區中者乃為一瀛海環之人民禽獸莫能相通者如海也

州如此者九乃有大瀛
海環之其外天地之外也

子在川上曰逝者如斯夫

川上之歎逝，前脩以自勗
脩兮非世俗之所服蔡琰詩曰竭心自勗厲

金風扇素節，丹霞啓陰期
西方爲秋而主金故秋風曰金風也河圖曰崑崙山有五色

騰雲似涌煙，密雨
赤水之氣上蒸爲霞陰而赫然

如散絲。寒花發黃采，秋草含綠滋。閑居玩萬物，離羣
魏文帝芙蓉池詩曰丹霞夾明月
閑居已見上文　禮記子夏曰吾離羣索居亦已久矣

戀所思。
案無蕭氏牘庭無

貢公綦
漢書曰蕭育與朱博爲友著聞當世時人爲之語曰蕭朱結綬王貢彈冠往者有王陽貢公説

高尚遺王侯道

積自成基
基者
文子曰履君兮履跡也
毛萇詩傳庭無
周易曰不事王侯高尚其事文子曰積道德者天與之地助之
莊子曰不離於真謂之至人不事王侯高尚其事文子曰積道德者謂之道

至人不嬰物，餘風足染時
人又南伯子綦曰吾與之

乘天地之誠而不
以物與之相嬰

朝霞迎白日，丹氣臨湯谷。　丹氣謂赤水之氣也。淮南子曰：日出湯谷。

繁雲紛森森，散雨足。　毛詩曰瞳瞳其陰，毛萇曰如常陰然。瞳與瞳古字通。論衡曰初出，日瞻與瞳。

木　楚辭曰：澇疑。玄雲之晻晻，懸長雨之森森。為雲霏霏，雲為翳。蔡雍霖賦曰：瞻玄雲之晻晻，懸長雨之森森。

霜之紛紛　密葉日夜疏，叢林森如束。　輕風摧勁草，凝霜竦高木。

晚節悲年促，　左氏傳羊斟曰：疇昔之羊子為。鄒陽上書曰：至其晚節末路。歲暮懷百。

憂將從季主卜。　史記曰：司馬季主者楚人也。卜於長安東市。

卜主請　東市宋忠與賈誼遊於市中謁司馬季主。

昔我資章甫，聊以適諸越。　章甫以喻明德。諸越以喻流俗也。莊子曰：宋人資章甫而適諸越，越人斷髮文身，無所用之。司馬彪曰：斷也。資取也。章甫冠名也。諸於也。爾雅曰適往也。

行行

入幽荒○駱從祝髮 史記曰東海王摇者其先越王勾踐之後也姓騶氏摇率越人佐漢漢立摇為東海王都東甌世俗號為東甌王徐廣曰騶一作駱穀梁傳曰吳夷狄之國祝髮文身范甯曰祝斷也鄭玄毛詩箋曰從隨也

左氏傳曰季平子卒陽虎將以璵璠斂仲梁懷弗與曰改步改玉秦失金鏡魚目入珠明月珠已見上文

年志歸○窮領顚奇 窮年非所用此貨將安設 京賦曰窮年非所用此貨將安設雅曰流俗之失也

爭蜡魚目笑明月 言流俗之失也爭以瑕瑜喻德無所毀以諭西施冠領顚之覽 不見鄣中

歌能否○居然別陽春無和者巴人皆下節 宋玉對問曰客有歌於郢中者其始曰下里巴人國中屬而和者數千人其為陽春白雪國中屬而和者不過數十人是其曲彌高者其和彌寡尹文子曰形之與名居然別矣楚辭曰攬驂轡而下節 流俗多昏迷此理誰能察 玄禮記曰流俗失俗也鄭然別矣楚辭曰不從流俗也

朝登蒿陽關狹路峭且深 庚仲雍荊州記曰其此有流雍州記曰春白雪國中屬而和者四關魯陽伊關之屬也

澗萬餘大圍木數千尋　麗元水經注曰魯陽關水出魯
陽關分頭山說菀曰齋王曰大

國之樹必巨圍應劭
漢書注曰八尺曰尋
曰八尺曰尋曰咆

則風爲我吟莊子子游曰地籟
是無故自吟坐也

凄風爲我嘯百籟坐自吟　漢書息夫躬
絕命辭曰秋

虎響窮山鳴鶴聒空林　說文
曰咆

注曰聒讙也

哱也杜預左傳

注曰我吟莊
子子游曰坐

感物多思情在險易常心

竭來戒不虞挺轡越飛岑　劉向七言曰竭來歸耕求自
漢書曰琅邪王陽爲益州

王陽驅九折周文走岑崟　刺史行部至邛棘九
折坂

虞王陽驅九折　漢書曰琅邪王陽爲益州
刺史行部至邛棘
九折坂

嘆曰奉先人遺體奈何數乘此險以病去及王遵驅
史至其坂問吏曰此非王陽所畏道耶對曰是遵叱
其馭曰驅之王陽爲孝子王遵爲忠臣然此言王陽驅

九折蓋驅馬而去之也公羊傳曰百里奚與蹇牧子送
其子而戒之口爾即死必於殽之巖險是文王之所避
而者也何休曰其處阻險故文王過之驅馳常若避風
爾者也經阻貴勿遽此理著來令　漢書杜業上書曰深
也　思往事以戒來令

此鄉非吾地此郭非吾城羈旅無定心翩翩如懸旌旌左氏傳陳敬仲曰羈旅之臣戰國策楚王曰寡人心搖搖然如懸旌終無所泊

出覜軍馬陣入聞鞞鼓聲之臣禮記曰君子聽鼓鞞之聲則思將帥之臣鞞則小鼓也常懼羽檄

飛神武一朝征漢書高祖述曰吾以羽檄徵天下兵實天生德聰明神武

長鋏鳴鞘中烽火列邊亭楚辭曰帶長鋏之陸離兮曹植結客篇曰長鋏鋏鋼名也

舍我衡門衣更被縵胡纓利劒鳴手中一擊兩尸僵說文曰烽燧候表邊有警則舉也毛詩曰衡門之下可以棲遲莊子趙太子悝壽皆懷蓬頭突鬢垂縵胡之纓昍

何必操干戈縹日吾所好劒士皆

堂上有奇兵呂氏春秋曰尹隨為荊使於宋司城子罕軍於其前而不直西家子軍艦之南面之牆釁於其前使於宋司城子罕

微志帷幕竊所經將軍於營張幕也兵書曰將謀於帷帳謂謀帷帳也

遼注於庭下而不止問三葉矣今徒求鞍者不知吾處之其父曰吾特鞍而食

吾將不食故不徒也西
家高吾宮畀潦
不禁也荊適典兵攻宋
尹陷歸諫而止故
修之廟堂之上折衝千里之外其司城
誘曰鸞出也鞁屨也孫武兵法曰奇正還相生若環之無高
子罕之謂乎高
端折衝樽俎閒制勝在兩楹
也昭觀齊國政景公觴之范
昭起曰願得君之樽為壽昭令左右酌樽以獻晏子春秋
徹去之范昭不悅而起無顧太師曰為我奏成周之樂
太師曰盲臣不習也范昭歸謂平公曰齊未可并吾欲
試其君晏子知之吾於是懾代齊
謀孔子聞之曰善哉不出樽俎之閒而折衝千里之外晏
子之謂也高誘注曰折衝者衝車所以衝突
也敵之軍能陷破之兵法曰攻己因者折還其衝車因敵而制之於千里之外制
外不敢之來也欲攻己水因地而制行兵因敵而制
勝組李奇漢書注曰制折也漢書杜鄴說王音曰所接雖在樽俎實主
階俎豆之閒其於為國折衝厭難豈不遠哉兩楹之閒
之位巧遲不足稱拙速乃垂名
孫子兵法曰兵聞拙速
也建大功於天下者
不睹工久陸賈新語曰
必垂名於萬世也

徐陵又江文通雜擬詩　黃門詩注注引

述職投邊城羈束東戎旅間　尚書大傳曰古者諸侯之於天子五年一朝見其身述其職述其職者述其所職也之邊城之患也

下車如昨日望舒四五圓　長楊賦曰承無邊城之患也已見上文楚辭曰前望舒使先驅王逸曰望舒月御也

借問此何時胡蝶飛南園　莊子曰昔者莊周夢為胡蝶栩栩然胡蝶也胡蝶蘧蘧然周也

流波戀舊浦行雲思故山閩越　司馬彪曰蝶蝶也漢書曰無諸為閩越王王閩中越人衣文蛇代馬依北風

衣文虵胡馬願度燕　中蘇武書曰越人衣文蛇代馬依北風也漢書曰

比風君子度燕　傷於心度燕即依北風也

土風安所習由來有固然　傳晉侯曰鍾儀樂操土風東京賦曰凡人心是所習也學躬安所習魯連子譚子曰物之必至理固然也

結宇窮岡曲耦耕幽藪陰　論語曰長沮桀溺耦而耕鄭玄周禮注曰藪大澤也荒

庭寂以閒幽岫峭且深淩風起東谷有淪興南岑　毛詩曰有淪蓁薆與雨祁祁毛萇曰淪雲與貌淪

雖無箕畢期膚亦自成　蓁與叀同音奄說文曰山有穴曰岫

霖則多風離于畢則多雨公羊傳曰觸石而出膚寸而合不崇朝而徧天下者唯太山云也何休曰膚寸四指為膚寸而

尚書曰月之從星則以風雨孔安國曰月經于箕

吟一啄百步一飲莊子曰澤雉十步一啄百步一飲

森林叢木也芻牧樵采不入田不樵樹不采蓺杜預曰蓺種也

罕到說文曰

投耒循岸垂時聞樵采音左氏傳曰楚子弃疾過鄭楚

運斗摳曰山者地基顧子曰登者地基顧子曰

高使人意遐臨深使人志清

溪壑無人跡荒楚鬱蕭森日人

澤雉登龍雕寒猿擁條長笛賦

重基可擬志迴淵可比心春秋

養真尚無為道勝貴

陸沈守真玄默也莊子曰君子隱居以養真也王逸楚辭曰淮南無為以之清地無為以之

寧故兩無相合萬物皆化人執得無為哉韓子解老

子曰所以使賢無奈又曰道勝則名不彰莊子曰孔子

日夫道所以使賢無奈又曰道勝則名不彰莊子曰孔子

也若此則謂之道勝矣

子之妻臣妾曰人中隱者仲尼

口子之陸沈者也是其市南宜僚邪郭象曰

如無水
也
遊思竹素園寄辭翰墨林

風俗通曰劉向為孝成皇帝典校書
籍皆先書竹為易刊定可繕寫者以上素也今東觀書
竹素也歸田賦曰揮翰墨以奮藻長楊賦曰籍翰林以
而沈也
人為主

黑蜼躍重淵商羊舞野庭

淮南子曰犧牛駢毛宜於廟牲其於致雨不若黑蜼高誘
曰黑蜼黑蚖也潜於神泉能致雲雨家語曰齊有一足
之鳥飛集於殿前舒翅而跳齊侯大怪之使
使聘魯訪諸孔子孔子曰此名曰商羊水祥也昔童兒
有屈其一脚振訊兩臂而跳且謠曰天將大雨商羊鼓
舞今齊有之其應至矣告趣治溝渠修隄防將有大水
為災須大霖水溢汎諸國傷害民人唯齊備不敗

飛廉應南箕豐隆迎號屏

楚辭曰後飛廉使奔屬
豐隆乘雲芎王逸曰楚辭曰吾令
以興之王逸曰屏翳雨師也號呼也與起也
師而雨下也呼則雲起也

雲根臨八極雨足灑四溟

淮南子曰八極八紘
之外有八極八

極之雲是雨天下高誘曰八
極八方之極也四溟四海也

言今淫雨霖瀝巳過二旬
水流散漫亞乎九齡
也鄭玄詩譜曰堯之末洪
水九年萬國不粒

霖瀝過二旬散漫亞九齡
階下伏

洪潦浩方割人懷昏
尚書曰湯湯洪
水方割孔安國曰割害也水為災
洪水滔天浩浩
懷山襄陵下民昏

泉涌堂上水衣生
高誘淮南子注
曰菁苔水衣也

墊情
尚書曰湯湯洪水方割孔
安國曰昏瞀
塾溺皆病水災

沈液漱陳根綠葉腐秋莖
漱蕩也鄭
玄毛詩箋

可拔日陳根

里無曲突煙路無行輪聲
漢書徐福上書曰
曲突徙薪無恩澤
禮記曰儒有環堵之室廣雅曰
堵垣墻也釋名曰
堵容也

堵自頹毀垣間不隱形
容也

尺爐重尋桂紅粒貴瑤瓊
說文曰爐薪也
國策曰蘇秦之楚
國食貴於玉薪貴於桂

三月乃得見王談卒辭行楚
王曰先生不遠千里而臨
寡人曾弗肯留願聞其說對
曰楚國食貴於玉炊桂

桂謂者難見於思王難見於
見帝其可得乎漢書曰
帝令臣食玉炊桂因思
太倉之粟紅腐而不可食也

君子守固窮，在約不爽貞。

論語曰，子路愠見曰，君子亦有窮乎。子曰，君子固窮。左氏傳，晉成鱄曰，居利思義，在約思純。爾雅曰，爽，差也。周易曰，君子貞正也。

雖榮田方贈，斬爲溝壑氓。

說苑曰，子思居衛，縕袍無表，二旬九食。田子方使人遺狐白之裘，恐其不受，因謂之曰，吾假人遂忘之，吾與人如弃之。子思辭曰，伋聞之，遺棄物於溝壑，雖貧不忍身爲溝壑，故不敢當，卒不受。孟子曰，志士不忘在溝壑。

取志於陵子，比足黔婁生。

孟子章句曰，陳仲子豈不誠廉士哉，居於陵，三日不食，耳無聞，目無見也。井上有李，螬食實者過半矣，匍匐往將食之，三咽然後耳有聞，目有見也。仲子，齊一介之士也。李實有蟲食之。劉熙曰，陳仲子齊人也。又列女傳曰，陳仲子妻辟纑以易食之。皇甫謐高士傳曰，黔婁先生者，齊人也。先生死，曾子與門人往弔之。曾子曰，先生死，何以爲諡。其妻曰，以康爲諡。曾子曰，先生在時，食不充虛，衣不蓋形，死則手足不斂，何樂於此而爲諡爲康乎。先生妻曰，昔先生君嘗欲授之政，以爲國相而不爲，是其有餘貴也。君嘗賜之粟三十鍾，先生辭而不受，是其有餘富也。爲康不宜也。

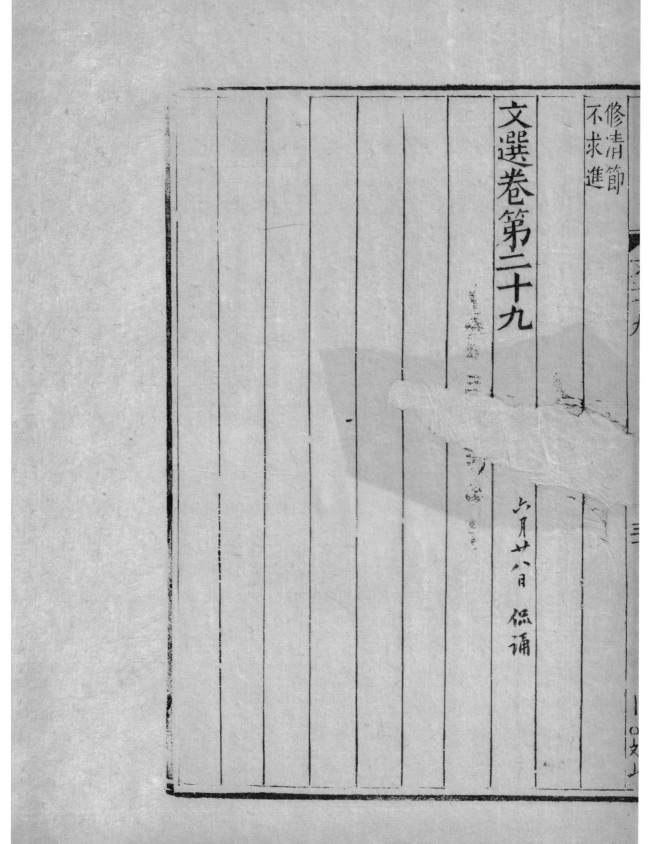

修清節
不求進

文選卷第二十九

六月廿八日 佩誦

文選卷第三十

梁昭明太子撰

文林郎守太子右內率府錄事參軍事崇賢館直學士臣李善注

和徐都曹詩一首　　和王主簿怨情詩一首

沈休文和謝宣城詩一首

應王中丞和謝宣城詩一首

冬節後至丞相第詣世子車中五韻詩一首

直學省愁卧詩一首

詠湖中鴈詩一首

三月三日率爾成詩一首

雜擬上

陸士衡擬古詩十二首

張孟陽擬四愁詩一首

陶淵明擬古詩一首

謝靈運擬鄴中詩八首

雜詩下

時興一首　五言　　盧子諒諶

亹亹圓象運悠悠方儀廓　子曰天道曰圓地道曰方在天成象故曰圓象天地曰兩儀故曰圓地道曰方儀也賈逵國語注曰悠悠長也爾雅曰廓大也

忽忽歲云暮　楚辭曰歲亹亹而過中曾忽忽歲云暮游原采蕭藿　楚辭曰歲忽忽而遒盡毛詩曰歲聿云暮又云

暮游原采蕭藿　楚辭曰歲暮采蕭藿萩藿毛萇詩曰歲聿云暮又云

北踰芒與河南臨伊與洛　芸山名也河及凝洛皆水名凝霜

霜霑蔓草悲風振林薄　楚辭曰激凝霜之紛紛霑霑芳又曰哀江介之悲風又曰哀江介之悲風蕭萬也萩藿也

葉葉忽榮榮芬華落　擬已見射雉賦字書下泉激冽清日榮木垂也如捶切

集題為飲酒本廿首

望去字不誤不望南出楊由知其佳耶至敬改古以伸其認見此宗人云病也李伯緯

曠野增遼索　莊子注曰流彼下泉毛萇曰冽寒也司馬彪毛詩曰列彼下泉毛萇曰曠野毛詩集略形變隨時

登高眺荒極望無崖嶬　毛詩曰嶬崖也莊子曰一龍一蛇與萬物並

化神感因物作　莊子曰化爾雅曰感動也又形變而有生者也

澹平至人心恬然存　莊子曰澹而靜乎又曰澹與漠同而靜安也莊子曰至人之心若鏡又張華厲志詩曰大獻淮南玄

漠　平漠而清平王弼曰化爾雅曰漠廣也作言已漠而清平王逸注曰存玄安也又曰漠又曰人意存玄同彼至人恬然反覆者長也

同曰恬然則於真縱之謂之廣至雅曰人之厛恬然又靜也

漠漠廣雅也漠泊也說文曰道泊也又無也

雜詩二首　　陶淵明

結廬在人境而無車馬喧　結構也問君何能爾心遠地自偏　鄭玄禮記注曰爾助語也偏　琴賦曰體清心遠觀難極

采菊東籬下悠然望南山

當不誤觀注引故知首二字說仍
此還仍作而上飛鳥之
還止是真姜安其
還游常誤以作中始非
且院即為真姜矣
豈忘言之謂乎或
豈忘言之謂乎或意而忘言
此寧遠懷蒙史
矣

討紀作嘯傲遠
世孫復性在作
任獨佳

歸鳥趨林何与
上篇同旨

連集本作遺世
案李注正當輒改

山氣日夕佳飛鳥相與還 管子曰夫鳥之飛 必還山集谷也 此還有真

意欲辯已忘言 情 楚辭曰狐死必首丘夫人乾能反其所 莊子曰言者所
以在意也得意而忘言

秋菊有佳色裛露掇其英 文字集略曰裛衣坌衣香也然 露坌花亦謂之裛也毛詩
傳曰掇拾也潘岳秋菊賦曰汎流 英於清醴似
無酒可以忘憂也潘岳 我無酒以
浮萍之隨波纏子董無心曰無心鄙人也 不識世情一

汎此忘憂物遠我遺世情 毛詩曰微 我無酒以遊世情
遂以遊毛萇曰非我以

觴雖獨進杯盡壺自傾日入羣動息歸鳥趨林鳴 莊子卷
日余日出而作日入而息尸子曰書動而夜息天之道歸
也村青詩曰臨下覽羣動曹子建贈白馬王彪詩曰歸

嘯傲東軒下聊復得此生 俗羅得此生 劉獻易注
鳥赴喬林嘯懷遺世孫遊仙詩曰嘯懷遺
也

生得性之始有日生
日自無出有日生

○本七首

○本十三首

詠貧士詩一首 五言　陶淵明

萬族各有託孤雲獨無依
<small>孤雲喻貧士也陸機擬古詩曰
區楚辭曰憐浮雲之相伴無依據之貌也</small>

曖曖虛中滅何時見餘輝
<small>王逸楚辭注曰曖曖昏昧貌
陸機擬古詩曰照之有餘輝</small>

朝霞開宿霧衆鳥相與飛
<small>亦喻衆鳥翩翩而飛</small>

遲遲出林翮未夕復來歸
<small>人也</small>

量力守故轍豈不
<small>左氏傳晉荀吳曰量力而行又向
貧士</small>

寒與飢
<small>古詩曰不惜歌者苦但傷知音稀</small>

知音苟不存
<small>誰能恤楚也</small>

已矣何所悲
<small>楚辭
曰已矣國無人兮莫我知</small>

讀山海經詩一首 五言　陶淵明

孟夏草木長繞屋樹扶踈
<small>上林賦曰垂條扶踈</small>

衆鳥欣有託吾
<small>衆鳥欣有託語</small>

亦愛吾廬既耕亦已種且還讀我書窮巷隔深轍頗

迴故人車

漢書曰張負隨陳平至其家乃負郭窮巷以
席為門外多長者車外傳楚狂接

歡言酌春酒摘我園中蔬

興妻曰門外車轍何其深乃周毛詩曰
為此春酒張協歸舊接歡言

微雨從東來好風與之俱

不樂復何如

周王傳流觀山海圖

山海圖山海經也
周王傳穆天子傳也
倪仰終宇宙
微雨開居賦新晴汎覽

之莊子老聃曰其疾也倪仰之間再撫四海
善卷曰余立於宇宙之中毛詩曰

既見君子
云何不樂

七月七日夜詠牛女二首

五言齊諧記曰桂揚
城武丁有仙道常在

人間忽謂其弟曰七月七日織女渡河諸
仙悉還宮吾向以被召不得停與爾別矣
弟問織女何事渡河兄何當還荅曰織女
暫詣牽牛吾去後三千年當還耳明旦失女
七武月丁七日所在世人至今猶云
七月七日織女嫁牽牛

謝惠連

落日隱櫚楹　升月照簾櫳

毛詩曰如月之升說文曰櫳房室之疏也

團團滿

葉露　析析振條風

毛詩曰野有蔓草零露團兮楚辭曰蹀足

呂氏春秋曰惠盎見宋康王康王蹀足振條蹀足

循廣除瞬目曚曾宮

登樓賦曰循階除而下降說文曰曚索視之貌也又曰宮天也瞬開闔目也蒼頡篇曰曚索視

有靈匹彌年闊相從

毛詩曰彼雲漢曹植九詠注曰同會牛女為夫婦七月七日得一會同雲漢

遷川阻眠愛脩渚曠清容

毛萇詩傳曰川阻眠近也孫炎曰眠曠眠近也曹植九詠注曰織女奉牛之星

弄杼不成藻聳轡

古詩曰纖纖擢素手札札弄機杼終日不成章泣涕零如雨王逸楚辭注曰軌跡也昔離傾河易過

驚前蹤

成章泣涕零如雨王逸楚辭注曰軌跡也昔離傾河易過

秋巳兩今聚夕無雙

各會而秋巳兩相故久無雙也昔聚便別故久無雙古詩曰天漢東南陸機擬古詩曰天河既迴歡樂未

幹歎顏彥難久慄

傾河天漢也讓章華臺賦日天河既迴歡樂未

終如滈漢書注曰斡轉也字林曰沃若靈駕旋寂寥雲
款誠也意有所欲廣雅曰惊樂也
幬空 毛詩曰我馬維駱六轡沃若陸機雲賦曰藻亦高舒長帷虹繞
留情顧華寢遙心
逐奔龍 古詩曰神人承雲氣御飛龍也子曰馳情整中帶沈吟聊蹢躅鄭玄禮注
沈吟爲爾感情
深意彌彌 箋曰爾汝也廣雅曰感傷也鄭玄毛詩
日彌盡也

擣衣一首 五言 謝惠連

衡紀無淹度晷運儵如催 漢書曰用昏建者杓夜半建者衡晉灼曰衡斗之中央也
爾雅日星紀斗牽牛也漢書音義曰二十八舍列在四方日月周易日日景也
方日月行焉起於星紀說文曰晷日景也
月運
白露滋園菜秋風落庭槐肅肅莎雞羽烈烈寒螿啼
行
嚖 毛詩曰六月莎雞振羽一名促織一名絡緯一名蟋蟀鳴將感陰氣也許慎淮南子
蟏 論衡曰夏末寒蜻蜓鳴

霄五曰

毎云髣髴玉鳴金珠
名石類不知所贴乃
深閨照婦斯達
門陋賀如何言當
曰臂著出北房
懸瑞步南階耶

夕陰結空幕宵月皓中閨美人戒裳服端飾相招攜簪玉出北房鳴金步南階樹高砧響發楹長杵聲哀微芳起兩袖輕汗染雙題紈素既已成君子行未歸裁用笥中刀縫為萬里衣盈篋自余手幽緘候君開腰帶準疇昔不知今是非

注曰賓蠻蠻屬也子羊切

楚辭曰美人皓齒娉以姱左氏傳曰招攜以禮何休公羊傳注曰攜提將也曰簪繁欽定情詩曰何以致拳綣綰臂雙金環

魏臺訪議曰王為箋今古曰笄今曰簪

郭璞曰擣帛之質也說文字砧碪木質也然此砧碪之質也

集略曰砧杵之質也猶微芳起兩袖輕汗染雙題說文題額也

金切爾雅曰砧謂之虔君子謂夫也毛詩曰未見君子

詩曰相去萬餘里古詩曰盈篋自余手幽緘候君開左氏傳曰

說文曰笥飯及衣之器也又曰筐箧也古咸切

縅束笥也古咸切

羊捶曰疇昔之羊子爲政

南樓中望所遲客一首　五言　謝靈運

遊名山志曰始寧又北轉一汀七

別衣校語

謝靈運

里直指舍下園南門樓

自南樓百許步對橫山遠而窈迫王逸註曰言道路長

杳杳日西頹○漫漫長路迫○
　　楚辭云曰杳杳路長
長遠不得復還憂心窈窕無所舒志也

登樓為誰思○臨暉竢來客○
　　楚辭曰吹參差

圓景早已滿○佳人猶未適○
　　日問子別所期耀

與我別所期○期在三五夕○
　　陸機贈馮文羆詩

禮記曰月者三五而盈三五而闕十五日謂十五日也

靈緣思也猶思也遲也

曹子建贈徐幹詩曰圓景光未滿衆星粲以繁魏文帝

胡行曰朝與佳人期日夕殊不來杜預左氏傳註曰

適歸扶木三五

即事怨睽攜○感物方懷戚○
　　禮記曰即事即此離別之意也
　　列子周易曰睽乖也賈逵國語註
　　尹氏傳註曰有老役
也

夫畫則呻呼即事夜則昏憊而熟寐周易曰昏物懷所思鄭玄論語註

遠國語註曰攜離也古詩曰感物懷所思

日方常也

孟夏非長夜○晦明如歲隔○
　　楚辭曰整駕孟夏之短
　　夜何晦明

華未堪折蘭○苕已屢摘○
　　楚辭曰折疏麻兮瑤華將以
　　遺兮離居又曰被石蘭兮帶

杜衡折芳馨兮遺所思

路阻莫贈問云何慰離坼搔首訪行人引領巢良覿

楚辭曰媒絕路阻兮言不可結而
贈也毛萇詩傳曰問遺也又曰慰安也
杜育金谷詩曰既而慨爾感此離坼
毛詩曰愛而不見搔首踟躕爾雅曰覿見也良覿謂見良人也

田南樹園激流植援一首　五言　謝靈運

樵隱俱在山由來事不同

臧榮緒晉書曰何琦與
明有言隱者在山樵者亦在
山則異豈不信乎

不同非一事養病亦園中

范曄後漢書曰馬融與
高彪書曰今病病懶士

中園屏氛雜清曠招遠風

詩曰仲長統昌言
范曄後漢書曰

卜室倚北阜啟扉面南江

其志廣雅曰居清曠以樂遠也
西都賦曰臨峻

激澗代汲井插槿當列墉群木既羅戶眾山亦對牖

西京賦曰
西都賦曰亶漫靡迤

靡迤趨下田迢遞瞰高峯

西京賦曰
亶漫靡迤

對炎
寡欲不期勞

原文譯作爭

即事寧人功 此營室之事也巳開蔣生逕求

懷求羊蹤 三輔決録曰蔣詡字元卿隱於杜陵舍中三

大妙郭象曰妙善同故無往而不死生而不冥也吾聞子之言也八年而不知死生九年也

賞心不可忘妙善豈能同 謂莊子曰郭子綦曰自

齋中讀書一首　謝靈運
五言　郡齋也

昔余遊京華未嘗廢丘壑 漢書郭璞遊仙詩曰京華遊俠窟班嗣書曰夫嚴子者漁

矧乃歸山川心跡雙寂漠 薛別況也楚辭曰無人

虛館絕諍訟空庭來鳥雀 張衡四愁詩序

臥疾豐暇豫翰墨時間作

爾雅曰寂漠無人也楚辭

日靜訟息鷦子曰禹治天卧也羅雀也崔君幸之韋昭日暇閒也豫時閒作

下朝廷之間可以羅雀也崔君

國語優施曰我教暇豫之事君

樂也歸田賦曰揮翰墨以奮藻兩都賦

懷抱觀古今，寢食展戲謔。[文賦曰觀古今於須臾　毛詩曰善戲謔兮不為虐兮　論語曰飫]

笑沮溺苦，又晒子雲閣，埶戟亦以疲，耕稼豈云樂。[漢書曰王莽以符命自立即位之後　甄豐子尋　劉歆子棻復獻之　莽誅豐父子投棻四裔　辭所連及便收　雄恐不能自免乃從閣上自投下　天祿閣上　諸儒校書　者來欲收者　雄校書天祿閣上　投于閣幾死　莽曰雄素不與事何故在此間]

萬事難並歡，[惟寂漠楊　自侻音硯　執戟疲楊　司馬彪曰]

達生幸可託。[莊子曰達生之情者　在之情者無故曰大侻音硯]

石門新營所住四面高山迴溪石瀨脩竹茂林

詩一首　五言

謝靈運

躋險築幽居，披雲臥石門。[方言曰躋登也　論衡曰幽居靜處恬澹自守　莊子曰雲將遊]

苔滑誰能步，葛弱豈可捫。[風起北方　一西一東　執居無事而披拂是　苔滑　遊天台賦曰]

踐莓苔之滑石又曰援葛藟_蘦嫋嫋秋風遞蔓蔓春草
之飛莖毛萇詩傳曰門持也　嫋嫋
清醠滿金樽_席俯闥楊郁毛斌
期何由敦_佳楚辭期兮夕張方言
繁何由敦_{楚辭曰}楚辭木貌也楚
之飛莖毛萇詩傳曰援持也

俯濯石下潭仰看條上猿早聞夕飇急晚見朝日暾
崖傾光難留林深響易翻
奔感往慮有復理來情無存

結念屬霄漢孤景莫與諼
空波瀾桂枝徒攀翻
美人遊不還
芳塵凝瑤席

用別本　注云東或
三耳　爲居也自釋莊
原文説作逍

物我俱喪故情無所存庶持乘日車得以慰營魂耳莊子

往謂彼可悲之境也

牧馬童子謂黃帝曰若乘日之車而遊

襄城之野郭象曰有長者敎子曰若乘日之車而遊

辭曰載而升霞鍾會曰出而遊日入而息也車或爲居焉

老子注曰可　　護爲營也

司馬遷書曰經　　匪爲眾人説與智者論

者説難爲俗人言

雜詩一首　五言

王景玄

沈約宋書曰王敬字景玄少好學

無不通覽年十六舉秀才除南平

王鑠右軍咨議素無官情並除吏部郎中

陳疾不就江湛舉爲吏部郎中

思婦臨高臺長想憑華軒

陸機爲顧彦先贈婦詩曰

東南有思婦長想憑華軒

機詩曰珥筆華軒韋昭漢書注曰軒檻上板也

長想登樓賦曰憑軒檻以遙望潘岳贈陸謡贈陸遠思弄紋

車下　王弄紋

不成曲哀歌送苦言

左太沖詠史詩曰

哀歌不能歌漸離張

平子書曰駿者不若於言也

興

箕箒留江介良人處鳴鴈門

箕箒婦人所執也國語曰吳王夫差伐越越王勾踐乃令
諸稽郢行成於吳曰勾踐請盟一介嫡女執箕箒以備
姓於王宮說文曰箕簸也箒所以掃也楚辭曰哀江介之悲
厭酒肉劉渠曰婦人稱夫曰良人漢書有鳴鴈門
處室者其有良人出必詭憶
日闇牛羊下
孟冬

無衣苦但知狐白溫
毛詩曰日之夕矣羊牛下來古猛
野雀棲

下野雀滿空園
虎行

寒風起東壁正中昂
禮記曰仲冬之月昏東壁中楚

自愁怨
古詩曰朱火然其中朱火獨照人抱景
辭曰廓抱景而獨倚

論詩曰所思在遠道
毛詩曰亂我心曲古
誰知心曲亂所思不可

數詩一首 五言

鮑明遠

一身仕關西家族滿山東
家語孔子曰恭敬忠信四者可
以正國豈特一身漢書王衛

尉曰蕭何守關中搖足則關西非陛下所
有又曰高帝問羣臣皆山東人也

齋蔡甘泉宮漢書曰上甘泉蔡邕曰元延二年行幸甘泉賦曰正月
言漢駕漢書曰武帝作甘泉宮獨斷曰不敢指斥天子故但從
中為臺置蔡邕以致天神也

邦即慶賀之漢書曰張安世沐未嘗出王蔡贈蔡子駕
詩曰戾漢書曰食於三朝之會周禮曰國有福事有牡石

二年從車駕
三朝國慶畢休沐還舊
四牡曜長路輕蓋若飛鴻崇還京詩曰駕彼四牡石毛詩曰迅風翼翼
五侯相餞送高會集新豐漢書曰五侯王譚王立王根悉封
　　　王商時為列侯五人同日封故世謂之五侯鄉里高祖從
華若鴻飛飄飄　王商置酒高會三輔舊事曰太上皇思慕鄉里高祖從
六樂陳廣坐組帳揚春風者文之以五聲周禮曰几六樂
漢王逢王商立　侯嬴曰公子自組帳高襄詩曰組而展蹕
鄭玄曰此固所以存六代之樂史記曰侯嬴曰公子自長七
迎巍羣衆廣坐之中嵇康贈秀才詩曰
　為新豐也
七盤起長神庭下列歌鐘盤已見陸機羅敷歌韓子曰長七
盤起長神庭下列歌鐘盤已見陸機賦曰歷七盤而屣躡

袖善舞。國語曰：鄭伯納女樂二八。歌鍾，已見魏都賦。食醫，酉掌和。王八珍之齊。莊子曰：祝宗人說彘曰，汝奚惡死，吾將加汝肩尻乎彫組之上。應璩與公琰書曰：繁組綺錯，羽飛騰。尚書曰：敦叙九族，高祖玄孔。

八珍盈彫俎，綺肴紛錯重。

九族共瞻遲，賓友仰徽容。

十載學無就，善宦一朝通。

孫之親也。張載送鍾繇軍詩……安國曰：九族，高祖玄……日善見理，不抆闒道，播徽容……漢書曰：張釋之事文帝十年不得……又曰：司馬安巧善官，四至九卿。

玩月城西門解中一首　五言

鮑明遠

始見西南樓，纖纖如玉鈎。

未映東北墀，娟娟似蛾眉。

蛾眉蔽珠櫳，玉鈎隔瑣窗。

三五二八時，千里與君……

西京雜記曰：公孫乘月賦曰……如鈎蔽脩瑑如分鏡……說文曰：墀，塗也。禮，天子……王逸楚辭注曰……曲瓊，玉鈎也。毛詩曰：螓首蛾眉。王逸楚辭上林賦曰：長眉連娟。娟娟……說文曰……珠櫳……赤墀……窈窕……窗窗窗牖，皆有綺疏。漢書……青瑣也。飾，梁也……第舍窗牖，皆有綺疏青瑣也。

風注

關○別京

里與公君同 二八十六日也釋名曰望滿之名月大十六

月馳驚千里 日月小十五日淮南子曰道德之論譬如日

夜移衡漢落徘徊帷戶中 衡斗中央也已漢

不能改其處 天漢也已見上

文曹植七哀詩曰明月

照高樓流光正徘徊

歸華先委露別葉早辭風 言歸

華先委露所隕曰華落向本

本葉下離枝故云別葉早辭王逸楚辭

風角曰木落歸根

水流歸本未落歸

客游厭苦辛仕子倦飄塵 陸機答張士然詩曰飄飄

休澣自公日宴慰及私辰 字林曰晏子宴飲衣以朝

塵

冒風 言慰也禮記曰晏私辭也方

蜀琴抽白雪鄭曲發陽春 曰蜀琴工琴而題中蜀故

居言也宋玉笛賦曰師曠將為白雪中屬而又對問者

稱郢曲也於郢中者其為陽春白雪中屬而和者不

曰客有歌於郢中者

過數

肴乾酒未缺金壺啟夕淪 肴雖乾而酒未止金壺

氏傳注曰肴乾而不食爾雅曰小波為淪陸又波杜預左

人 之漏也

機漏賦曰伏陰蟲以承波吞恒流其如揖淪 迴軒駐馬輕

雲

蓋留酌待情人

始出尚書省一首　五言　謝玄暉

尚書殿中郎　高宗輔政以眺為諮議領記室　高宗明帝也眺　　蕭子顯齊書曰眺
顯齊書曰眺解褐豫章王行參軍然王　　休明謂齊武皇帝也　　書曰眺兼
左思七牧曰開甲第之廣豪建雲陛之嵯峨朝也　　左氏傳蒲王孫蒲謂齊武皇帝也左氏傳蕭子

惟昔逢休明十載朝雲陛

閨即金門也解嘲曰歷金門上玉　　既通金
籍者為二尺竹牒

閟籍復酬瓊筵醴　學應劭漢書注曰籍者

記其年紀名字物色懸之宮門案省相應乃得入也表
宏夜酬賦開金旅坐瓊筵漢書楚元王敬禮穆生等

穆生不嗜酒王每置酒常為穆生設醴也

宸景厭照臨昏風淪繼體

酒常厭照臨武帝崩也繼躰謂爵林王昭業也蕭子
位也　　顯齊書曰爵林王文惠太子長子武帝崩即位也毛詩
顯齊書曰爵林王昭業也蕭子　　口明明上天照臨下土尚書曰遠者德此顯齊書曰章明謂之乱王之
風廣雅曰昏亂也又曰淪没也公羊傳口繼文王之乱謂

躬守文王防止視聽
屬王防止視聽
林程為寬政也
法斯本良法

之法度

紛虹亂朝日濁河穢清濟

漢書息夫躬絕命辭曰虹霓曜兮日
微張晏曰虹蜺邪陰之氣也而有照耀以蔽日月方讒
言流行忠良浸微也戰國策張儀說秦王曰清濟濁河足
以爲阻孔安國尚書注曰濟水入河並流十數
里清濁異色混爲一涑亦渝巍邪之穢忠正也

寬政餐荼更如薺

言防衆口實由寬政雖
如薺之甘時明帝輔政故曰寬
也國語召公諫厲王之口甚於防川左氏傳陳
公子完奔齊曰百幸若獲宥及於寬政君之惠也
長子昌言曰有軍興之大役焉有凶荒之役用焉如此
則清脩絜皎之士固當食茶鹽膽枕籍菁棘毛詩曰誰
爲茶苦其甘如薺

英衮暢人謀文明固天啓

爲英衮尚
書謂明帝令故曰英
衮蕭子顯齊書曰明帝以太后令廢鬱林王
即帝位周禮曰三公白衮而下漢書音義曰衮通也周易
曰人謀鬼謀百姓與能又曰見龍在田天下文明左
氏傳曰晉侯賜畢萬魏卜偃曰畢萬之後必大魏
大名以是始賞天啓之矣青

精翬紫軑黃旗映朱邸

聚房房者箸神之精周據而與
精星

然青即蒼也齊木德故蒼精翼翼之孔安國尚書傳曰翼
輔也方言曰韓楚之閒輪謂之軑徒計切天子之車以
紫爲蓋故曰紫軑司馬德操與劉恭嗣書曰黄旐紫蓋
恒見東南終成天下者揚州之君子嗣書曰諸矦朝天
子於天子之所立宅舍曰邸漢書曰諸
代了王入代邸諸王朱戶故曰朱邸　還觀司隷章復見
東都禮尉東觀漢記曰更
十輩皆冠幘漢官府吏更始欲迎陽以
皆相指視之衣婦人之衣或垂涕諸將過者數
賢者蟻附也　　極望老吏或垂涕曰不圖今日復見
中區咸已泰輕生諒昭洒　然復見官府儀體司隷官
禮趨事辭宮闕載筆陪旌綮　謂出殿中夜而寢早起妻希
切面趨事如是慎子曰趨事　以玄賦曰佇中區以玄
筆士載言司馬飈續漢書曰公　覽說文說文曰洒滌也桑
見　以下至二千石騎吏四　書曰朱博夜早起妻希
人皆帶劒祭戟爲前行葦　　邑里向疎燕寒流自清洒
昭漢書注曰祭戟也　音啟　冠鴉
子曰士之居邑里曰賈連國禮　襄柳尚沈沈凝露方
燕葳也說文曰汕清也

泥泥　沈沈茂盛之貌也毛詩曰蓼彼蕭斯零露零落悲

泥泥廣雅曰方正也毛詩曰海內

友朋歡虞謙兄弟　盡虞融與娛通毛詩序曰常棣燕兄弟也呂氏春秋鄭子墨子見

既秉丹石心寧流素絲涕　丹石之心素絲淨丹石可破而不可奪其堅

金石可磨而不可奪其赤素絲可黃可黑也上相德守道者皆懷

練絲綠而泣之韓子所日上黑與高誘曰素絲與路歧之淵垂因竿也

閔其化也曹顏遠感時下詩曰如泥之舟於清冷之乘此終蕭散

垂竿深澗底　於巖澗之下孫惠龜山之賦詩下曰漢書注曰乘

直中書省一首　五言蕭子顯齊書中書顯郎

日眺轉中書省書　　　謝玄暉

紫殿肅陰陰彤庭赫弘敞　光降集紫殿莊子曰至陰肅肅至陽赫赫西都賦曰玉階彤庭弘敞

蕭至陽赫赫西都賦曰赫西都賓以弘敞

庭西京賦曰赫昈名曰華林園有萬年樹十四株漢書曰華

掌曜宣明又曰武帝作栢梁銅柱承露盤僊人掌也

風動萬年枝日華承露掌

玲瓏結綺錢深沈映朱網 晉灼泉賦注曰玲瓏明見也東宮舊事曰窗有四面 綾綺連錢楚辭曰網戸朱綴刻方連王逸注曰網與綴同而義異也紅藥當階 翻蒼苔依碧砌 之淮南子曰窮谷之汙生以蒼苔茲言翔鳳池鳴珮多清

響 晉中興書曰荀晶徙中書監爲尚書令人賀我乃發 則鳴玉 佩 何賀我邪尚書記曰或登樓賦曰雖信美而非 信美非吾臺中園思偃仰 吾士兮毛詩曰陶平子心惠遲遲

偃 朋情以鬱陶春物方駘蕩 尚書曰君子所其無逸信美而非 仰 蕩而不得逐物不反司 安得凌風翰聊恣山泉賞 莊子

詩曰 鵲巢於高榆猶施散之顛巢折凌風而起毛 飛如翰鄭玄曰如鳥之飛翰也

觀朝雨一首 五言 謝玄暉

朔風吹飛雨蕭條江上來既灑百常觀復集九成臺 景張

辱玭眇作訟劻
作程

二而言希榮晨
辱也

陽七命曰表以百常之闕西京賦曰通天眇以竦峙勁
百常而莖擢薛綜曰臺名也爾雅曰觀謂之闕呂氏春
秋曰有蛾氏有二佚女為

九成臺飲食必以鼓

空濛如薄霧散漫似輕埃
楚辭曰東方明平明發兮蒼梧新序曰重門
老辭曰平明發兮蒼梧日重門懷古

明振衣坐重門猶未開
楚辭曰東京賦曰振衣而起周易曰重門擊柝
毛詩曰悠哉悠哉長思也毛萇曰

栿**耳目暫無擾懷古信悠哉**
毛詩曰悠哉悠哉戢鱗翼以匿潛
悠也綏用戢鱗賦曰惟潛不

悠思**戢翼希驤首乘流畏曝鰓**
鄒陽上書曰蛟龍驤首奮翼則浮雲出流傍有山水陸不
影鄰陽上書曰蛟龍驤首奮翼則浮雲出
乘流則逝三秦記曰河津一名龍門兩傍有山水陸

下上則動息猶出處言出處之情有疑譬
通龜魚莫能不得上曝鰓水次也

動息無兼遂歧路多徘徊
感也臨歧路而哭之謂其可以
淮南子曰楊子見逵路而哭之謂其可以多

多徘徊**方同戰勝者去翦北山萊**
韓子曰子夏曰吾入見先王之義則榮之出見富貴又榮之二者戰
以北可方同戰勝者去翦北山萊韓子子夏曰吾入見先
也王之義則榮之出見富貴又榮之二者戰勝故肥也毛
也今見先王之義戰勝故肥也毛詩曰南山有臺北山

原焭阻作岨

有萊毛萇曰萊草也

郡内登望一首　五言　蕭子顯齊書曰謝玄暉朓字玄暉爲宣城太守　謝玄暉

借問下車日匪直望舒圓　眺山爲宣城太守如寒城一　張景陽詩曰下車　昨日望舒圓四五圓

寒城一以眺平楚正蒼然　楚叢木也鄭玄毛詩箋曰蒹葭在衆　毛詩曰翹翹錯薪言刈其楚　毛詩曰丹楚叢木也

山積陵陽阻溪流春穀泉　江賦曰廣陽縣山戰國宣城水經注曰幽澗積　郡太康中分丹陽立陵陽得仙於廣陽縣　策曰飲茹溪之流漢書曰丹陽郡有春穀縣　沈約　宋書曰　餘流威夷長之貌

威紆距遥甸巉嵒帶遠天　尚書傳曰嶢崵高也　廣雅曰嶢品高也　孔安國尚書傳曰距至也　又合安國尚書傳曰距至也　江連春穀水　又　威紆夷貌紆

切切陰風暮桑柘起寒煙　楚辭曰招勞驕切怳況壞切悵望招魂況往而　上文楚辭曰招隱怳切怳況往而　見上文楚辭曰招

心已極恬悅塊屢遷　永懷招劲驕切恬悅塊見上文楚辭曰招隱　至也孔安國尚書傳曰距至也　帳望巳見上文楚

結髮倦爲旅平生早事邊　漢書霍光結髮内侍論要不忘平生　語子曰久要不忘平生論

言誰規鼎食盛寧要狐白鮮家語曰子路南遊於楚曰列鼎而食晏子春秋曰景公被狐白之裘坐於堂側

方棄汝南諸言稅遼東田續漢書曰汝南太守范孟博南陽宗資主畫諾魏志曰管寧聞公孫度令行海外遂至于遼東皇甫謐高士傳曰人或牛暴寧田者寧為牽牛著涼處白飲食也

和伏武昌登孫權故城一首墓誌序曰曼容為五言徐勉伏曼容

大司馬諮議叅軍出為武昌太守 謝玄暉

炎靈遺劍璽當塗駭龍戰炎靈謂漢也典引曰蓄炎之烈精漢儀禮遺志曰皇太子即位中黃門以斬蛇寶劍授異苑曰晉惠帝元康三年武庫火燒漢高斬白蛇劍吳書曰初黃門張讓等作亂劫天子出奔四方獻帝紀太史丞許芝奏魏以徵當塗在世名行圖曰漢以魏故白馬令李雲上事見於當塗高者魏也當塗代漢易曰龍戰于觀闕是也當道而高大者魏也

野其血
玄黃

聖期鈇中壤霸功興寶縣 論衡曰孟子云五百
　　　　　　　　　　　年有王者興五百年
者以為天出聖期也桓譚便宜曰所謂霸功者法度
明正百官脩治威令流行者也蒼頡篇曰宇邊也說文
曰寓籍文寧字也
鵲起登吳山鳳翔陵楚甸 莊子曰鵲上城之
時則壞鵲巢折陵風飇而起故墝最高危之處也得時則義行失
城壞曰墝司馬彪曰墝最高危之處也得時則義行失
賦曰龍飛白水鳳翔參墟孫氏初基之時也起飛也義行失
後都建鄴故云吳山楚甸也墝居毀切武昌
衿帶窮巖險
惟筭謀選 西京賦曰嚴險周固衿帶易守漢書高祖
帝亦曰筭策於惟帳之中左氏傳蔿啟疆曰
趙成中行吳毗諸侯等之選也鄭玄毛北拒溺驂驨西籠
詩箋曰選者謂於倫等之中最上毛 春秋感精符
　　　　　　　　　　　宋均曰龍門
収組練 比拒謂禦與宋鄭戰敗相殺血溺驂馬尚書序曰龍門
日強傑並侵戰兵雷合龍門溺驂尚左氏傳曰
西伯戡黎孔安國曰戡勝也龕與戡音義同
魯地名也特齊與宋戰西鄆雷合龕謂敗劉備也
甲組以組三百為甲被練三干為馬融日
組甲被練三百為甲裏也
江海䲧無波俯仰流英

五
一七二四

別本印睕字

寢原娃作桐以離宮別

禮斗威儀曰其君乘木而王其政象裴冕類禮郊卜

平則江海不揚波好色賦曰竊視眄睩

撲崇離殿帝亦如之又曰王祀昊曰天上帝則服大裘而冕亦祀五

孔安國尚書傳曰卜兆五日凡精意以享曰禋毛詩曰

撲之以日作爲楚室毛萇曰撲度也度日出日入以卜之毛詩曰

西東視定此準極以正南北毛萇詩傳曰崇立也西都知

賦曰別寢則　**釣臺臨講閱樊山開廣讌**　昌臨釣臺飲酒於武

離騷曰　吳志曰孫權於武

歡國語號曰文公曰一時講武公羊傳曰大閱者何簡車大

馬也水經曰武昌郡治城南有袁山即樊山也北皆車

江江上有釣臺顏延年　**文物共葳蕤聲明且葱舊**　左氏傳注藏

釋奠詩曰即宮廣讌

物哀以紀之夫德儉而發聲明以有度之　**三光厭分景書軌欲同薦**　國三

下車同軌書同文今天　**參差世**

名昌頌曰三光參分宇宙暫隔禮記子曰薦也忽忽謂忽忽易

祀忽寂漠市朝變　然而去也古出夏北門行曰市朝易

藉 ○別本

人千載
舞館識餘基•歌梁想遺囀•燕城賦曰歌堂舞閣之基西征賦曰覓陛殿之餘基歌梁故曰歌梁淮南子曰秦楚燕趙之歌也異轉而皆樂高誘曰轉音聲也
故林襄
木平荒池秋草徧•雄圖悵若茲•茂宰謂伏武昌也言伏氏感之而深遠睎圖悵然如此
幽客滯江皋•從賞乖纓弁•楚辭曰朝騁騖兮江皋王逸注曰澤曲曰皋自謂也幽客滯睎從賞乖纓弁
清瀣阻獻酬•良書限聞見•州酬毛詩曰獻酬良書也
干役儻有期•鄂渚同游衍•毛詩曰君子于役不知其期兮王期楚辭曰乘鄂渚而反顧兮鄂渚地名也毛詩曰吳六日及爾游衍毛萇曰游衍溢也鄭玄曰常與汝入往遊溢相從也
幸藉芳音多•承風采餘絢•楚辭曰聞赤松之清塵願承風也論語注曰絢文貌之遺則馬融論語注曰
也
逸注曰鄂渚地名也毛詩曰吳六日逸注曰鄂渚地名也鄭玄曰常與汝入往日游衍也鄭玄曰常與汝入往遊溢相從也
和王著作八公山一首 安養士數千人中有高
言淮南子曰淮南王

良書謂伏詩也鄭玄禮記注曰庖酒器也毛詩曰獻酬
交錯墨子曰墨子受而讀之曰良書也
孫氏雄圖悵然如此
伏氏感之而深遠睎

才八人，蘇非、李上、左吳、陳由、伍被、雷被、
毛被、晉昌為八公。神仙傳曰：雷被誣告
安謀反，人告公曰：安可以去矣。乃與登
山，即日升天。八公與安所踐石上之馬
跡存焉。

謝玄暉

二別阻漢坻雙崤望河澳

左氏傳曰吳子伐楚子常乃濟漢而陣自小別至于大別　殽有二陵巳見西征賦　爾雅曰小澨曰沚又曰澳隈也

兹嶺復崚巇分區奠淮服

字林曰崚巇山也潘岳贈陸機詩曰　尚書禹貢曰海岱及淮惟徐州　區域以分孔安國尚書傳曰奠定也

東限琅邪臺西距孟諸陸

山海經傳曰臺在渤海間周禮曰正東曰青州其　郭璞曰今在梁國雝陽縣謂之梁澤西距者　楚辭曰遠望兮仟眠枚乘　藪曰孟諸爾雅在宋有孟諸澤　以避上文耳謂山在澤東是也　東北然東是也

仟眠起雜樹檀欒蔭脩竹

兔園賦曰脩竹夾池水檀欒蔭脩竹

日隱澗凝空雲聚岫如復出没眺樓雉

羣路隆郡

昔亂華素景淪伊穀　王肅家語注曰高丈長曰皆三堵明戎州

遠近送春目　雜呂氏春秋曰客出田騶送之以見戎州

也何戎之有焉又孔子曰裔不謀夏夷不亂華素景謂符堅也左氏傳曰衛侯登城以望見戎州公氏曰我姓

晉也干寶搜神記曰金者晉之行也漢書曰穀水出穀陽谷東比見上文伊水已入洛也

貼危賴宗姦　微管寄明牧

良將也晉可以鎮北方者衛將軍謝安曰唯兄子玄可堪此武

任於是拜建武將軍宛州刺史領廣陵相監江比諸軍

事漢書賈誼上書曰安有天下貼危者若是臣竊

宗袤謝安曰求文武明牧宗袤謝安

危曰微管仲吾其被髮左袵矣論語子

日微管寄吾其被髮左袵矣論語子

長虵固能翦奔鯨自此

入公山謝玄敗符堅之處也長虵喻融奔鯨喻堅也

曝羣謝錄曰玄領徐州符堅傾國大出玄為前鋒射傷

符堅陣殺符融左氏傳申苞胥如秦乞師曰吳為封豕

長虵以荐食上國又楚子曰古者明王伐不敬取其鯨

觏而名以封以喻不義之人吞食小國也

魚名以封以喻大戮杜預曰鯨觏大　大道峻芳塵流業遐

年運儵（陸機大暮賦曰播芳塵之馥馥莊子老聃曰予年運而往矣何以戒我）平生仰

令圖吁嗟命不淑（子能眺自謂也左氏傳汝叔齊曰君平生眺自謂也必有令圖令圖天贊也薛君韓詩章句曰吁嗟必有令圖天贊也五湖賦曰底功定績盖寓令圖不淑巳見嵇康幽憤詩）春秀良巳凋秋場

浩蕩別親知連翩戒征軸（楚辭志浩蕩而傷懷思玄賦曰繽連翩兮紛紛暗曖）再

遠館娃宮兩去河陽谷（方言曰吳有館娃之宮石崇思歸引序曰肥遯於河陽別業）

風煙四時犯霜雨朝夜沐（曹植丞出行曰禹沐淫雨櫛疾風淮南子曰蒙霧犯風塵）

庶能築（秀毛詩曰九月築場圃孫子曰秋霜被不凋其也魏書公令曰沐浴霜露二十餘年高誘曰以雨為沐浴也櫛疾風為梳篦）

和徐都曹一首 五言集云和徐都新渚 謝玄暉

（曹勉昧旦出新渚）

宛洛佳遨遊春色滿皇州（與洛鮑昭結客少年場曰表古詩曰驅車策駑馬游戲宛）

裹望結軫青郊路過矚蒼江流
皇州　　楚辭曰結余軫於西山
都賦曰列綺　　周禮曰東方謂之青蜀
辣以瞰江　　日華川上動風光草際浮　日華巳見上文
蕙汜崇蘭賞　　王逸注曰日光風謂轉
日出而風　　桃李成蹊遶桑榆陰道周
班固漢書賢曰諺曰桃李不言下自成蹊楚辭曰鳴鳩
棲於桑榆毛詩曰有杖之杜生于道周毛萇曰周曲也
　　東都巳俶載言歸望綠疇　毛詩曰以我覃耜俶載南畝
也載事也言用我之利始事於南畝也毛萇曰覃利也王肅曰俶始
詩曰言旋言歸賈逵國語注曰一井爲疇
　　和王主簿怨情一首　五言集云王主簿名李哲

謝玄暉

披庭聘絕國長門失歡宴　漢書元紀曰賜單于待詔披
庭　王廥爲關氏應劭曰名廥　
小字昭君娶女曰聘據單于而言也琴道雍門周曰一赴
絕國披庭王昭君所居也長門陳皇后所居也南都賦曰

接歡宴

於日夜

婕妤怨詩曰新製齊紈素鮮絜如

霜雪裁為合歡扇團團似明月

相逢詠蘼蕪　辭寵悲班扇　古樂府詩曰上山採蘼蕪下山逢故夫班

花叢亂數蝶　風簾入雙燕　徒使

徒使春帶賒　坐惜紅粧變　賒緩生平一顧重宿昔

千金賤　鄭玄毛詩箋曰顧迴首也列女傳曰楚成王登臺子奢不顧

千金賤者楚成王之夫人也初成王登臺子奢不顧詩曰一顧

千金重何必珠　玉曰頠吾與女千金子奢遂行不顧曹植詩曰同衾裳

人心尚爾故人心不見　籍詠懷詩曰宿昔同衾裳故

人心尚爾故人心不見　尚爾古樂府曰相去萬餘里故人心

書曰爾

詞也

和謝宣城一首　五言集云謝宣城眺臥疾

沈休文

王喬飛鳧舄　東方金馬門　從官非宦侶　避世不避喧

臨〇據雕騷改注
引〇誤

後漢書曰王喬者河東人也顯宗時為葉令喬有神術

每月朔望自縣詣臺朝帝怪其來數而不見車騎密

太史伺望之言其臨至輒有雙鳧從東南飛來於是伺鳧

至舉羅張之但得一雙舄焉乃詔尚方診視則四年中

所賜尚書官屬履也史記曰武帝時齊人有東方生名

朔時坐席中酒酣歌曰陸沈於俗避世金馬門

揆余發皇鑒短翮屢飛翻〇楚辭曰皇鑒揆予于初度丁

鳳並晨趨朝建禮晚沐卧郊園〇儀周成王論曰振短翮與鸞

期 漢書與職曰於建禮門內書

也休沐 賓至下塵榻憂來命綠樽〇謝承後漢書曰尚書郎內沐

不起時陳蕃為太守以禮請署功曹雅不免之既謁而

退蕃在郡不接賓唯雅來特設一榻去則懸之應劭漢

與曹長思書曰紅塵薇於机榻傳玄雜詩曰机榻

委塵埃漢書東方朔曰開銷憂者莫若酒也

伴時雨今守馥蘭蓀〇字林曰伴齊等也孟子曰君子之今

守即眺也潘正叔贈河陽詩曰流聲如時雨化之者五有如

馥秋蘭王逸楚辭注曰蓀香草名也 神交疲夢寐路

所以教者五有如

黃賢

黃賢

屈文崔作崖島
作島
原狂當作盞

遠隔思存　列子曰夢有六候此六者皆魂神所交也莊子曰子綦曰其寐也魂交其覺也形開說文曰交會也毛詩曰雖則如雲匪我思存梁書曰隆昌

牽拙謬診東汜浮情及西崐　毛詩曰我思存如雲匪我思存太守即位徵為五兵尚書以日之早晏喻年之少老也牽率庸拙也東汜謂湯谷日之所出也西崐日之所入也

顧循良菲薄何以儷瑾瑤　鄭玄曰毛詩箋曰情俺崚顧謂念也楚辭曰質菲薄而無由馬融論語注曰非薄也左氏傳曰季平子卒陽虎將以璵璠斂之廣雅曰儷偶也劉公幹詩曰方塘含清源杜預曰瓔美玉也璠

將隨渤澥去刷羽泛清源　崔澹之鳥吳都賦曰刷蕩瀚說文曰刷刮也

應王中丞思遠詠月一首　五言
沈休文
蕭子顯齊書曰王思遠為御史中丞

月華臨靜夜夜靜滅氛埃　魏明帝詩曰靜夜不能寐方楚辭曰辟氣埃而清涼

暉竟戶入圓影隙中來○

淮南子曰受光於隙照一隅受光於戶照室中無遺物況受光於宇宙乎說文曰隙壁際也

高樓○切思婦○西園游上才○

曹子建七哀詩曰明月照高樓流光正徘徊上有愁思婦悲歎有餘哀　魏文帝芙蓉池詩曰乘輦夜行遊逍遙步西園丹霞夾明月華星出雲間

網軒映珠綴應門照綠苔○

連下云綠苔此當爲朱　班婕妤自傷賦曰潛玄宮兮幽以清應門閉兮禁闥局華殿塵兮玉墀苔中　綴今並爲珠疑傳寫之誤漢書曰班婕妤

洞房殊未曉清光信悠哉○

楚辭曰網戶朱綴刻方　楚辭曰姱容脩態互悠悠　洞房毛萇詩傳曰悠悠遠貌也　楚辭曰綠草生兮

遠貌也

冬節後至丞相第詣世子車中一首　五言蕭子顯齊書曰

豫章王嶷太祖第三子也薨贈丞相揚州牧長子廉字景藹爲世子蔡邕獨斷曰諸侯適子稱世子

沈休文

廉公失權勢門館有虛盈史記曰廉頗失勢之時故客
盡去及復為將又復至于符
貴賤猶如此況
潛夫論曰昔魏其之客流於武安長平
之利移於冠軍廉翟公頗之客亦填門及翟公大署
乃曲池平漢書下邽翟公為廷尉賓客欲往翟公大署
其門曰一貴一賤交情乃見栩栩巳子傾曲池又周說
孟嘗君曰一貴一賤交情乃以平
高車
塵未滅珠履故餘聲老漢書曰于定國父于
間門令容駟馬高蓋說文曰高車其蓋高立祖大父
載之車也史記曰春申君上客皆躡珠履賓階綠錢
蒲客位紫苔生家語又曰客位加其有成也崔
記曰十人就東階客行則生宮又薜或礭於或青或紫一名綠錢禮於庭
今注曰空室無人行則西階賓階升堂禮以從先大夫之
誰當九原上鬱鬱望佳城於九原禮記趙文子曰晉卿大夫之
墓地在九原西京雜記曰滕公駕至東都門馬鳴蹄地不
肯前皆以前腳踢地久之滕公懼使卒掘馬所踢地入

三尺所得石槨有銘曰佳城鬱鬱三千年見白日

吁嗟滕公居此室滕公曰嗟乎天也吾其即安此乎遂

葬焉漢書曰夏

侯嬰號滕公也

學省愁臥一首　五言學省國學也梁書曰齊
明帝即位約遷國子祭酒

沈休文

秋風吹廣陌蕭瑟入南閨　廣雅曰愁人掩軒臥高愒時
陌道也也　愁人掩軒臥高愒時

動扉　楚辭曰愁人兮奈何　軒長廊也
猶閉也

虛館清陰蒲神宇曖微微　謝
神宇暖微微

微網蟲垂戶織夕鳥傍簷飛　屋張景陽雜詩曰蜘蛛繞網戶
運齋中詩曰虛館絕諍訟曹植九詠曰蔓滋兮冒神靈以微
宇王逸楚辭注曰暖暖昧昧貌南都賦曰清朝肅以微

牖緩珮空為忝江海事多違　爾雅雅日乔辱也莊子曰江海之士就
藪澤處閒曠此也

遠避世之人也廣雅日　山中有桂樹歲暮可言歸　桂樹即
謂乖異也

四原詩無作

攀桂枝而聊淹留也　韓詩曰蟋蟀在堂歲聿
其莫　薛君曰莫晚也言君之年歲巳晚也

詠湖中鴈一首五言　沈休文

白水滿春塘旅鴈每迴翔
劉公幹雜
詠詩曰方塘含白
水中有鳧與鴈謝靈運戲馬
臺集詩曰旅鴈遠
迴翔穀梁傳曰掩禽
旅范甯曰象禽也

唼流牽弱藻
楚辭曰唼
夫梁藻
楚辭曰孔雀兮翡翠

斂翮帶餘霜
楚辭曰建章臺集詩曰
遠行蒙霜雪

群浮動輕浪
上林賦曰鴻鸕鷫
鸘浮乎其上鸀鳿鵁鸕皆唼

單汎逐孤光
呂氏春秋曰鴈翔
鳥則晝而行不下乃
而成行

懸飛竟不下亂起未成行
白虎通曰鴈則隨陽
毛傳曰願傳田饒曰黃鵠
一舉

刷羽同搖漾一舉還故鄉
搖漾飛貌也士韓詩
外傳曰願爲黃鵠
千里鳥孫公子歌也

三月三日率爾成篇一首五言　沈休文

麗日屬元巳年芳具在斯
南都賦曰暮春
之禊元巳之辰
開花巳匝樹

流嚶復滿枝洛陽繁華子長安輕薄兒

阮籍詠懷詩曰
昔日繁華子安

陵與龍陽范滕後漢書曰李寶勸劉嘉且觀成敗光武
間告干鄧禹曰孝孫素謹當是長安輕薄兒誤之耳嘉
字孝孫嚶於耕切

東出千金堰西臨鴈鶩陂

西去城三十五里堰上有穀水塢朱超石與兄書曰千金
金堤舊堰穀水魏時更脩謂之千金堨音竭塢烏古切一建
也謂潛築土以壅水也一作揭音竭塢烏古切長安有鴈
圳然三字義同而音則異出漢宮殿跡曰長安有鴈鶩
也於昆明陂流也
下流承昆明也

游絲映空轉高楊拂地垂綠幘文照耀紫燕

漢書曰董偃與母以賣珠為事
主家因留第中偃謁上綠幘傳毛萇詩傳曰

光陸離

馬賦楚辭曰玉珮兮陸離
日出照耀紫燕已見漢書後還楚辭曰薄暮雷電歸
建名都篇曰清晨復來還楚辭曰薄暮雷電歸
何憂廣雅曰薄至也池有蘭池宮

清晨戲伊水薄暮宿蘭池象筵鳴

寶瑟金瓶沉羽卮

日吳都賦曰羅行觴寶瑟
瓶酒器也古樂

府詞曰金瓶素練汲寒將水羽厄即
羽觴也楚辭曰瑤漿密勺實羽觴　寧憶春蠢起日暮

欲菱蠢餝中人望奈何　長袂屢以拂彫胡方自炎
日長袂拂面善留客宋玉諷賦曰主人之女為臣炊彫
胡之飯露葵之羹來勸臣毛詩箋曰方且也

獨何爲　公孫尼子曰衆人役物而志情郭象論曰志情
於無有之域曹子建贈白馬王詩曰太息將何爲

愛而不可見宿昔減容儀　毛詩曰愛且當忘情去歎息
而不見

雜擬上

擬古詩十二首　陸士衡

擬行行重行行

悠悠行邁遠　戚戚憂思深　此思亦何思　君徽與音

微日夜離緜邈　若飛沈至鮪懷河岫　晨風思北林　王鮪已見

東京賦晨風
已見上文

遊子眇天未還期不可尋鸞颲塞反信歸

雲難寄音 楚辭曰願寄言於浮雲兮遇豐隆而不將佇立想萬里沈憂萃

我心攬衣有餘帶循形不盈袵去遺情累安處撫

清琴

擬今日良宴會

閑夜命歡友置酒迎風館 西京賦迎風已見 齊僮梁甫吟秦娥

張女彈 南都賦曰齊僮唱兮列趙女蔡邕琴頌曰梁甫吟曰梁甫耕泰山之下天雨雪東旬月不得歸思其父母作梁山歌應瑒神女賦曰泰娥與吳娃方言曰泰晉俗謂

美兒謂之娥張 女彈已見笙賦 哀音繞棟宇遺響入雲漢

齊謳齊歌假食既去而餘響繞梁三日不絕又曰薛談學謳於秦青辭歸青餞於郊衢撫節悲歌聲振林木響遏

列子泰青曰昔韓娥東之齊匱糧過雍門鬻歌假食既去而餘響繞梁三日不絕又曰薛談學

行雲張湛曰三人薛韓秦韓之善歌者也

四坐咸同志羽觴不可筭高談

何纚蔚若朝霞爛爛爲華或

人生無幾伺爲樂常苦晏

壁言彼伺晨鳥揚聲當及旦

曷爲恆憂苦守此貧與賤

憂苦

擬迢迢牽牛星

昭昭清漢暉粲粲光天步

牽牛西北迴織女東南顧

華容一何冶揮手如振素

怨彼河無梁悲此年歲暮

跂彼無良緣睆焉不得度

巳見上毛詩 日睍彼奉牛

引領望大川雙涕如霰露

踟躕獨吟歎

擬涉江采芙蓉

上山采瓊蕊窮谷饒芳蘭采采不盈掬悠悠懷所歡（毛詩日終朝采綠不盈一掬）

故鄉一何曠山川阻且難沈思鍾萬里

擬青青河畔草

靡靡江離草熠燿生河側（江離巳見子虛賦）

皎皎彼姝女阿那

當軒織粲粲妖容姿灼灼美顏色良人游不歸偏棲

擬明月何皎皎

獨隻翼空房來悲風中夜起歎息

○意改

此必高反照下二句之屬　映

安寢北堂上明月入我牖照之有餘暉攬之不盈手 淮南

子曰天地之間歷不能卑其數手微惚恍不能攬其

光也高誘曰天道廣大手雖能微其惚恍無形者不能

攬得日月之光也 月

涼風繞曲房寒蟬鳴高柳踟蹰感節物我行

永巳名游宦會無成離思難常守

擬蘭若生朝陽

嘉樹生朝陽凝霜卦其條執心守時信歲寒終不彫 美

人何其曠灼灼在雲霄 作雲端天路隔無期 隆想彌年

擬青陵上柏

月長嘯入飛飇引領望天末譬彼向陽翹

擬青青陵上柏

冉冉高陵蘋習習隨風翰 山海經曰崐崘之丘有草名

日養如葵字書曰養亦蘋字

也人生當幾何譬言彼濁水瀾言濁水之波易竭也戚戚多滯念置

酒宴所歡乃駕言振飛轡遠遊入長安名都一何綺城闕

鬱盤桓史記曰公仲謂韓王曰不如和秦照以一名都賦曰飛閣纓虹帶曾臺冒

雲冠虹帶已見吳都賦虹或為垂非也

高門羅北闕甲第椒與蘭賦曰西京

北闕甲第當道直啟椒蘭俠客控絕景都人驂玉軒列子

蓋取其嘉名且芬香也日子華善養私名使其俠客以鄒相攻

曰晉范氏有子曰絕景為流矢所中

魏書曰張繡降而復反上所乘馬名

都人已見上國語叔向曰遨遊放情願慷慨為誰歡

絳之富商而能金玉其車

擬東城一何高

西山何其峻曾曲鬱崔嵬零露彌天墜蕙葉憑林衰

尚書五行傳曰雲寒暑相因龍襲時逝忽如頹三間絕飛

起於山彌於天

以文通諜體詩注引作佳人撫鳴瑟

彎。大夆嗟落暉。離騷引月屈原者爲三閒大夫離騷曰

日吳之離不鼓缶而歌則大夆之嗟凶飲余馬於咸池緫余轡於扶桑周易日

歌中心則大夆之嗟凶毛詩曰行道遲

遲中心有違

京洛多妖麗五顏侔瓊蕤古詩曰燕趙多佳人美者顏如玉

昌爲牽世務中心若有違善思爲河

夜撫鳴琴惠音清且悲長歌赴促節哀響逐高徽一唱

萬夫歎往而梁塵飛七略曰漢與魯人虞公善歌發聲盡動梁上塵雅歌

曲鳥雙游豐水湄

擬西北有高樓

高樓一何峻苕苕峻而安綺窗出塵氛飛陛躡雲端綺

飛陛已見上文佳人撫瑟琴纖手清且閒芳氣隨風結哀響馥

若蘭玉容誰得顧傾城在一彈玉容傾城並已見上佇立望日昃

蹢躅再三歎不怨佇立久但願歌者歡思駕歸鴻羽

比翼雙飛翰

○擬庭中有奇樹

歡友蘭時往苕苔匣音徽虞淵引絕景四節逝若飛虞淵
已見芳草父巳茂佳人竟不歸蹢躅遵林渚惠風入我
懷感物戀所歡采此欲貽誰

擬明月皎夜光

歲暮涼風發昊天肅明明招搖西北指天漢東南傾呂氏
春秋日季秋之月招搖指戌大戴禮夏小正日七月漢
案戶漢天漢案戶者直戶也李陵詩日招搖西北
東南流朗月照閒房蟋蟀吟戶庭翩翩歸鴈集嘒嘒

寒蟬鳴歸鴈已見鴛鴦賦嘒嘒已見上文曠昔同宴友翰飛戾

高宴毛詩曰匪鶉匪鳶翰飛戾天高宴已見齊謳行服美改聲聽居愉遺舊

情織女無機杼大梁不架楹言有名無實也織女已見

擬四愁詩一首七言　　張孟陽

我所思兮在營州欲往從之路阻脩登崖遠望漭泗流

我之懷矣心傷憂佳人遺我綠綺琴何以贈之雙南金

傳立琴賦序曰齊桓公有鳴琴曰號鍾楚莊有鳴琴曰繞梁中世司馬相如有綠綺蔡邕有燋尾皆名琴也

願因流波超重深終然莫致增永吟

擬古詩一首五言　　陶淵明

日暮天無雲春風扇微和佳人美清夜達曙酣且歌歌

日酣歌。歌竟長歎息。持此感人多。明明雲間月。灼灼葉
中花。豈無一時好。不久當如何。

擬魏太子鄴中集詩八首 并序 五言 謝靈運

建安末余時在鄴宮。朝遊夕讌。究歡愉之極。天下良辰
美景賞心樂事。四者難并。今昆弟友朋。二三諸彥。共盡
之矣。古來此娛。書籍未見何者。楚襄王時有宋玉唐景。漢書
梁孝王時有鄒枚嚴馬。遊者美矣。而其主不文。梁孝王
來朝從遊說之士。斉人鄒陽淮陰枚乗吳莊
忌夫子之徒。司馬相如見而悅之。客遊梁
樂諸才見別賦。備應對之能。而雄猜多忌。豈獲晤言之
適

漢武帝徐

原名卻作都

原文與生字

必與畢通

纖盡撰文懷人感往增悁〔撰魏文帝與吳質書曰撰其遺文卻爲一集其辭曰〕

魏太子

百川赴巨海眾星環北辰〔百川比北辰已見上文〕照灼爛霄漢遙裔

起長津夫地中橫潰家王拯生民〔橫潰以水喻亂也家王謂魏太祖也陳思王謂魏太子〕〔漢司馬相如難蜀文曰拯民於沈溺說文曰拯上出溺爲拯〕

區宇既滌蕩羣英必來臻〔東京賦曰區寓又寧謝承後漢書曰黃向對策爲羣英之表〕

忝此欽賢性由來常懷仁況值眾君子傾心隆日新論物靡浮說

析理實敷陳〔莊子曰判天地之理析萬物之理〕羅縷豈闕辭窈窕究天

仝或爲卿〔王延壽賦曰羌難得而羅縷羅縷詩〕〔王孫子已見應吉甫華林園詩〕澄觴滿金罍連

楬設華茵急絃動飛聽清歌拂梁塵〔侯瑾筆賦曰急絃促柱變詞改曲抱絃〕

幽平四年難弁令畫之
安言

朴一日弧巴操琴翔禽爲之下聽

梁塵巳見陸機擬東城一何高詩何言相遇易此歡信

可珍。

王粲

家本秦川貴公子孫遭亂流寓自傷情多

幽厲昔崩亂桓靈今板蕩 幽厲周二王也桓靈後漢二帝也巳見上帝版

版鄭玄曰版反也先王之道也毛詩曰
蕩蕩上帝鄭玄曰蕩蕩法度廢壞之貌
伊洛既燔燼

函崤沒無像 曹子建送應氏詩曰洛陽何寂寞宮室盡燒焚王粲七哀詩曰西京亂無像整

羌辭泰川秣馬赴楚壤 王粲七哀詩曰復弃中國去遠身適荆蠻魏明帝自惜薄祜行中國去遠

沮漳自可美容心非外獎 沮漳巳見登樓賦小雅曰獎勸詩

常歎詩人言式微何由徨 式微巳見曹子建情詩
也居伊洛 爰居伊洛
日出身泰川秣馬上宰奉皇靈

侯伯咸宗長　上宰魏太祖也棗道彥雲騎亂漢南紀郢

音掃蕩　王肅格虎賦曰羽騎雲布蘭車排霧屬盛明披星陳漢書曰天子命上宰

雲對清朗　盛明清朗已見張平子賦令衛瓘見太祖也王隱晉書曰樂廣爲尚書令衛瓘見而奇之命諸子造焉曰每見此人塋然若開雲霧之睹青天阮瑀謝太祖牋曰唯力是視敢有二心慶泰欲重

疊公子特先賞　公子謂曹植也不謂息肩願一旦值明兩已見

並載遊鄴京方舟泛河廣　東京賦明兩謂文帝也明兩並載遊鄴京方舟泛河廣文兩已見謝宣遠張子房詩同遊後園陸機集有皇太子乘輿吳質書曰乘輦夜遊園乘並載以遊後園帝與吳質書

綢繆清讌娛寂寥梁棟響　子清宴詩梁棟響則歌聲繞也巳見陸機擬古今日良宴會詩

既作長夜飲豈顧乘日　巳見上廣雅曰養樂也

養　月巳收又記曰紂爲長夜之飲乘

陳琳

原討讙作宴

注

袁本初書記之士故述喪亂事多

皇漢逢屯遭天下遭氣慝〔西都賓曰皇漢之初經營也屯如遭如已見上〕董氏

淪關西表家擁河北〔董卓表已見上文〕單民易周章竄身就

羈勒當憙事乖已永懷戀故國相公實勤王信能定蟄〔王相公魏太祖也王仲宣從軍戒詩曰相左氏傳曰使富辛如晉曰諸侯用〕復覲東都輝重見漢

喻災害也〔賊食節曰賊蟄賊〕餘生幸已多短廷值明德愛睿不

朝則出已尚書省〔謝玄暉詩〕疲欲讙遺景刻〔曹子建公讙詩曰公子與視夜明疲刻漏刻也〕

星關朝遊窮曬黑〔毛詩曰星有關曬已見上〕哀哇動梁埃怱

觸盜幽默〔法言曰李軌曰哇邪也梁塵已見上女賦曰既澹泊於幽默楊覺寐而中〕張敏神女賦

財
也

驚且盡一日娛莫知古來或或容言曰我有三不惑酒色〔范曄後漢書曰楊秉嘗從容言曰我有三不惑酒色財也〕

徐幹

少無宦情有箕潁之心事故仕世多素辭〔國語桓公問於史伯曰王室多故余懼及焉〕

伊昔家臨淄提攜弄齊瑟〔臨淄已見魏都賦〕

置酒飲膠東淹留憩高密〔漢書膠東國故齊高帝別為國又此歡謂可終高密國故齊宣帝更為高密國故齊〕

此歡謂可終外物始難畢〔莊子曰外物不可必故龍逢比干修焉〕

摇蕩箕濮情窮年迫憂慄〔箕山許由所隱也濮水莊周所釣也漢水莊周所釣也莊子之上憂慄平廟堂之上〕

末塗幸休明棲集建薄質已免負薪苦仍游椒蘭室〔禮記曰君〕

使士射不能則辭以疾言曰某有負薪之憂大戴禮曰

與君子遊苾乎如入蘭茝之室久而不聞則與之化矣

道原話巳　陸機詩曰甲　第椒與蘭　曹植詩曰四言詩曰

秋興賦曰　**行觴奏悲歌永夜繫白日**　魏文帝與吳質書以

清論事究萬美話信非一　高談虛論問彼

朗月　**華屋非蓬居時髦豈余匹**　華屋巳見陸韓卿詩髦巳見上文

飲顧苦悵焉若有失　說苑曰宣孟知之中飲而出淮

南子曰悵然有喪漢書曰戴

良見黃憲及歸罔然若有失

劉楨

卓犖偏人而文最有氣所得頗經奇　潘勗玄達賦曰匪偏人之自題訴諸

袁於　來哲

貧居晏里閈少小長東平　漢書泰山郡有東平縣前義曰泰山郡屬兗州河袞

陽

當衝要淪飄薄許京（謝承後漢書李燮曰凉州天下要衝廣川無逆流招

納廁群英（細流故爲百谷長羣英臣法江海江海不逆流故爲君者宜法江海巳見擬太子詩北渡

黎陽津南登紀郢城（漢書音義臣瓚曰黎陽津在魏郡黎陽津名也村左伏氏傳法曰楚國今南郡郢城也江陵縣北紀南城也淊北征記曰黎陽

既覽古今事頗識治亂情歡友

相解達敷奏究平生（解達方言曰解說也而進說也短荷明哲顧知深覺命輕（王逸晉書孔坦表曰朝遊牛羊下暮坐括令命輕遇恩令毛萇終歲

揭鳴日毛詩曰雞棲於桀括至也桀與揭音義同日之夕矣牛羊下括

非一日傳厄弄新聲辰事旣難諧歡願如今共唯羨書

肅翰繽紛戾高冥

　　　應瑒

汝頹之士流離世故頗有飄薄之歎

嗷嗷雲中鴈舉翮自委羽

毛詩曰鴻鴈于飛哀鳴嗷嗷 淮南子曰燭龍在鴈門北 蔽于委羽之山日月所不見 獸之智違寒就溫 漢書曰長沙國屬荆州 然別彭蠡之號一號 魏

求涼弱水湄違寒長沙渚

成公綏鴈賦曰濱弱水之陰岸沙國屬荆州 求涼弱水湄 違寒長沙渚 毛詩曰鴻鴈于飛 上列子曰禽獸之智

顧我梁川時緩步集頹許

漢書曰徙大梁故魏徙許皆魏之號 分也魏徙許

一旦逢世難淪薄恆羈旅 天下昔未定託身早得所

魏志曰公還軍官渡紹衆進 于瓊等紹進 臨官渡公斬淳于瓊 河東為鴈蕭即今 一百里南岸

官度厨一卒烏林預艱險

魏志曰公渡 臨官渡公斬淳于瓊

曾是庇天宇列坐廕華榱金樽盈清醑

大貳漢書音義文頗曰於滎陽近縣汜水記曰薄沂縣沂江 官渡水也盛弘之荆州記曰 於烏林周瑜黄蓋此乘大艦上破魏武兵 名赤壁周瑜赤壁其東西一百六十里 晚節伯衆賢 坐華榱蒲賦曰坐華榱之高殿

臨激水之清流金樽清醑並已見上

笑輒酬荅嘲謔

始奏延露曲繼以闌夕語見上延露已調

無慙泛傾軀無遺應任恕良已叙

阮瑀

管書記之任有優渥之言

河洲多沙塵風悲黃雲起
繁欽述行賦曰芃芒河濱實多悲風
淮南子曰黃泉之埃上為黃雲
說文曰羅馬絡頭也

金罍相馳逐聯翩何窮已
王逸楚辭注曰慶喜也

慶雲惠優渥微薄攀多士
漢書勃海郡南皮縣魏文帝與吳質書曰每念昔日南皮之遊誠不可忘

海時南皮戲清沚
念昔渤

今復河曲游鳴葭泛蘭汜
魏文帝與吳質書曰游者鳴筑以啟路者與吳質從河曲游

乘路於後車躧步陵丹梯並坐侍君子
躧步並坐並已見上丹梯丹墀也

妍談既愉心哀弄信睦耳 魏文帝與吳質書曰高談娛心哀箏順耳傾酤係

芳醴酌言豈終始 酒酌言嘗之毛詩曰君子有 自從食蘋來唯見今

日美 之莘毛莒曰莘萍也 毛詩曰呦呦鹿鳴食野

平原侯植

公子不及世事但美遨游然頗有憂生之嗟

朝游登鳳閣日暮集華沼傾柯引弱枝攀條摘蕙草 楚辭曰白蘋兮騁望又曰目極千里西顧太行

徙倚窮騁望目極盡所詩

山北眺邯道 太行曰見上漢書曰文帝指慎平嚾脩 夫人新豐道曰此走邯鄲道也

且直白楊信褭褭 褭褭風貌副君命飲宴歡娛寫懷抱副 摇木貌副君

良游匪書晝夜豈云晚與旱泉寔 謂文帝也漢書疏廣日太子國儲副君也

中山當引中山靖王膝
車魚說之以伺燁謂畫
攝閣樂心非

悉精妙清辭灑蘭藻哀音下迴鵠餘哇徹清昊鵲謂
下迴

師曠也徹清昊謂　泰中山不知醉飲德方覽飽
青也並巳見上文　中山有
見魏都賦毛詩曰既　美酒巳
醉以酒既飽以德　願以黃髮期養生念將老隱
使營蒬裘吾將　左氏傳
老焉蒬音塗　公曰

文選卷第三十

壬戌六月廿九日　倅誦